ममता कालिया

ममता कालिया का जन्म 2 नवम्बर, 1940 को वृन्दावन, उत्तर प्रदेश, में हुआ। दिल्ली विश्वविद्यालय से एम.ए. करने के बाद उन्होंने दिल्ली, मुम्बई और इलाहाबाद में अरसे तक प्राध्यापन किया।

1963 से शुरू हुआ उनका रचनात्मक सफर आज भी अबाध रूप से जारी है। अबतक उनकी 36 पुस्तकें प्रकाशित हो चुकी हैं, जिनमें प्रमुख हैं— 'बेघर', 'नरक-दर-नरक', 'तीन लघु उपन्यास', 'दौड़', 'दुक्खम-सुक्खम', 'सपनों की होम डिलिवरी', 'कल्चर-वल्चर' (उपन्यास); 'छुटकारा', 'सीट नम्बर छह', 'उसका यौवन', 'एक अदद औरत', 'जाँच अभी जारी है', 'निर्मोही', 'मुखौटा', 'बोलनेवाली औरत', 'प्रतिदिन', 'थोड़ा-सा प्रगतिशील', 'खुशकिस्मत', 'पच्चीस साल की लड़की' (कहानी-संग्रह); 'A Tribute to Papa and other Poems', 'Poems 78', 'खाँटी घरेलू औरत', 'पचास कविताएँ', 'कितने प्रश्न करूँ' (कविता-संग्रह); 'कल परसों के बरसों', 'सफर में हमसफर', 'कितने शहरों में कितनी बार', 'अन्दाज़-ए-बयाँ उर्फ रवि कथा', 'जीते जी इलाहाबाद' (संस्मरण); 'भविष्य का स्त्री विमर्श', 'स्त्री विमर्श का यथार्थ', 'स्त्री विमर्श के तेवर' (निबन्ध-संग्रह); 'महिला लेखन के सौ वर्ष' (सम्पादन)।

वे महात्मा गांधी अन्तरराष्ट्रीय हिन्दी विश्वविद्यालय, वर्धा की इंग्लिश पत्रिका HINDI की सम्पादक भी रह चुकी हैं।

उन्हें उत्तर प्रदेश हिन्दी संस्थान के 'यशपाल कथा सम्मान' (1985), 'साहित्य भूषण सम्मान' (2007), 'राममनोहर लोहिया सम्मान' (2014), के.के. बिरला फाउंडेशन के 'व्यास सम्मान' (2017), ढींगरा फैमिली फाउंडेशन, अमेरिका के 'लाइफटाइम अचीवमेंट अवार्ड' (2020), 'ओ.पी. मालवीय स्मृति सम्मान' (2020) समेत अनेक सम्मान और पुरस्कार प्रदान किए जा चुके हैं।

सम्पर्क : बी 3ए /303, सुशान्त एक्वापोलिस, क्रॉसिंग रिपब्लिक के सामने, एन.एच. 24, गाजियाबाद-201016 (उत्तर प्रदेश)

ई-मेल : mamtakalia011@gmail.com

महिला लेखन के सौ वर्ष

20वीं सदी : गद्य साहित्य

सम्पादक

ममता कालिया

लोकभारती पेपरबैक्स

लोकभारती पेपरबैक्स में
पहला संस्करण : 2020
दूसरा संस्करण : 2023

लोकभारती पेपरबैक्स : उत्कृष्ट साहित्य के जनसुलभ संस्करण

लोकभारती प्रकाशन
पहली मंज़िल, दरबारी बिल्डिंग, महात्मा गांधी मार्ग
प्रयागराज-211 001
द्वारा प्रकाशित
शाखाएँ : 1-बी, नेताजी सुभाष माग, दरियागंज, नई दिल्ली-110 002
अशोक राजपथ, साइंस कॉलेज के सामने, पटना-800 006
वेबसाइट : www.lokbhartiprakashan.com
ई-मेल : Info@lokbhartiprakashan.com

बी.के. ऑफ़सेट
नवीन शाहदरा, दिल्ली-110 032
द्वारा मुद्रित

मूल्य : ₹499

MAHILA LEKHAN KE SAU VARSH
Edited by Mamta Kalia

ISBN : 978-93-89742-81-7

भूमिका

अभी सम्पूर्ण हुई बीसवीं शताब्दी हमारे सामने है। गिनती में देखा जाए तो सौ वर्ष बहुत अधिक लग सकते हैं। सौ वर्ष का भार काफ़ी होता है लेकिन सौ वर्ष का सिर्फ़ भार ही नहीं, सम्पदा भी होती है। साहित्य के सृजन में सौ वर्ष एक संचित कोश है जिसके सततानुक्रम में इक्कीसवीं शताब्दी के प्रयोग और परिवर्तन होंगे, क्रान्ति के स्वप्न रचे जाएँगे और इतिहास लिखा जाएगा।

व्यतीत हुई बीसवीं शताब्दी के लिखित साहित्य का स्मरण करें तो हम स्वयं विस्मय में पड़ जाएँगे कि इस एक अकेली सदी में शताधिक महिला रचनाकार गर्व से उन्नत भाल लिये इतिहास-पथ पर खड़ी हुई हैं। इनमें से किसी एक के बिना भी हम अधूरे और अधलिखे हैं। प्रस्तुत गद्य संकलन की चिन्ता यही है कि सीमित पृष्ठों के कलेवर में किसे रखें और किसे छोड़ें। चयन-चिन्ता मात्र यही होती तो भी ग़नीमत थी। इससे बढ़कर चिन्ता यह रही कि प्राय: सभी रचनाकार एक से अधिक विधाओं में लिखती रही हैं। किसे उनका श्रेष्ठतम मानें और किसे स्थगित होने की छूट दें। बहरहाल ये सम्पादन के संकट हैं, शायद इसीलिए एक पुस्तक के सम्पादन में अगली पुस्तक की सम्भावना छिपी रहती है।

बीसवीं शताब्दी को इस बात का श्रेय जाता है कि इसमें स्त्री की स्थिति पर लगातार विचार हुआ। इसकी पहल उन्नीसवीं शताब्दी के समाज-सुधारकों ने कर दी थी। राजा राममोहन राय, ईश्वरचन्द्र विद्यासागर, महादेव गोविन्द रानाडे, महर्षि कर्वे, ज्योतिबा फुले, सावित्री बाई फुले, गोखले आदि ने महिला शिक्षा का स्पष्ट समर्थन किया और महिला पक्षधरता के लिए सकारात्मक धरातल तैयार किया। भारत के नवजागरण काल में स्त्रियों के अस्तित्व और व्यक्तित्व की रक्षा और विकास के व्यापक अभियान छेड़े गए। यदि उन वर्षों में बाल-विवाह, सती-प्रथा, विधवा-प्रताड़ना और अशिक्षा दूर करने के प्रयत्न न किए गए होते, तो बीसवीं शताब्दी का अधिकांश साहित्य दूसरी तरह से लिखा गया होता। उन्नीसवीं सदी के सुधारवादी आन्दोलनों ने स्त्री के अन्दर अस्तित्व की चेतना जगायी। इसके बावजूद स्त्रियों का कोई स्वतंत्रता आन्दोलन उन्नीसवीं सदी में उभरकर नहीं आया। बीसवीं सदी के प्रथम दशक को ही इसका श्रेय जाता है कि स्त्री-जागृति की चेतना व्यापक रूप से उभरी। विख्यात आलोचक डॉ. वीर भारत तलवार के अनुसार, "1909 ई. में इलाहाबाद में पहली बार रामेश्वरी नेहरू ने प्रयाग महिला समिति का गठन किया और इसी के साथ एक गम्भीर पत्रिका 'स्त्री-दर्पण' निकालना शुरू किया। इस पत्रिका का एक अन्तरंग भाग कुमारी दर्पण नाम से छपता था, जिसकी सम्पादिका रूप कुमारी नेहरू थीं। स्त्री-दर्पण हिन्दी-प्रदेश में स्त्री-आन्दोलन की सबसे प्रमुख पत्रिका बनी। स्त्रियों की समस्याओं को एक आन्दोलनकारी ढंस से, इतनी

गम्भीरता और गहराई से, उठानेवाली पत्रिका उस समय कोई दूसरी न थी। पहले विश्व युद्ध के दौर में और उसके बाद हिन्दी में किसान-साहित्य की ही तरह स्त्री-साहित्य की भी काफ़ी रचना हुई। स्त्रियों के सवालों को उठाया गया, ख़ुद स्त्रियों ने आगे बढ़कर अपनी समस्याओं पर बहस चलाई, और साहित्य लिखा। पूरे हिन्दी प्रदेश के स्तर पर तो नहीं, पर स्थानीय स्तर पर कुछ स्त्री-संगठन भी बने। स्त्रियों से सम्बन्धित पत्र-पत्रिकाओं और साहित्य के प्रकाशन का सिलसिला शुरू हो गया।"

बीसवीं शताब्दी के मध्य तक लिखित साहित्य में ऐसे अविस्मरणीय और अग्रगामी पात्रों का एक अलबम तैयार हो गया जिसमें प्रेमचन्द की धनिया, निर्मला, जैनेन्द्र की मृणाल और सुनीता, यशपाल की तारा और कनक, अज्ञेय की शशि और रेखा, भगवतीचरण वर्मा की चित्रलेखा और रेखा जैसे कई क्लासिक नाम जुड़ गए। ये रचनाकार स्त्री और समाज के आपसी सम्बन्ध और उनके सक्रान्ति बिन्दुओं की पड़ताल करते नज़र आए। इनकी स्त्री-विषयक वैचारिकता में तीखे तेवर और विसंगति-चेतना की धार मिली। लेकिन स्त्री को महज पात्र और विषयवस्तु बने रहने से चैन नहीं था। शिक्षा के साथ उसकी चेतना का विकास हुआ। अपने अस्तित्व, अस्मिता और अवस्थिति पर उसे स्वयं विचार करना प्रासंगिक लगा। ऐसी स्थिति में पूर्व में उस पर लिखे गए पर अगर उसे सन्देह और असन्तोष रहा, तो उसके लिए क़लम उठाना ज़रूरी हो गया। जब स्त्री को लगा कि उसका अस्तित्व, स्थान, अधिकार और आज़ादी संकट में है, उसे अपने विचारों को अभिव्यक्ति देनी पड़ी। इसीलिए स्त्री-लेखन का मूल स्वर प्रतिरोध का रहा। उसके विचार-लोक ने स्वाभाविक रूप से विकास नहीं पाया। पहले उसे पारम्परिक पट्टी पर दौड़ाया गया। उसे अच्छी-अच्छी किताबें पढ़ने को दी जाती रहीं, अच्छे-अच्छे लोकगीत सुनाए जाते रहे। पत्र-पत्रिकाएँ उसके सामने जीवन की एक चिकनी और चमकदार छवि प्रस्तुत करती रहीं।

यकायक उसने हड़ताल कर दी। उसे नहीं दौड़ना, रेल की तरह, पटरी पर। स्त्री-लेखन इसीलिए एक विस्फोट की तरह आरम्भ हुआ। स्त्री वर्तमान समय और समाज के साथ अपने सम और विषम सम्बन्धों को समझने की भरपूर कोशिश करती रही है। लोकसम्मत प्रतीकों को झटककर अलग करना उसके लिए ज़रूरी रहा है, क्योंकि इन्हीं प्रतीकों की प्रतिष्ठा में स्त्री की न जाने कितनी पीढ़ियाँ होम हुई हैं। गुज़री शती के वर्षों में ये प्रतीक कभी महानता का महावर रचकर, तो कभी करुणा का प्रलेप कर समाज के सम्मुख आते रहे हैं। इस छवि के बने-बनाए चौखटों को तोड़कर बाहर निकलने की झटपटाहट स्त्री के अन्दर युगों से चली आ रही है। जब नारीवाद नाम का कोई आन्दोलन अस्तित्व में नहीं था तब भी मुक्ति और परिवर्तन की कामना स्त्री की चेतना में गहरी बैठी थी। थेरिगाथाओं में वर्णित सुमंगलामाता की एक कविता है :

एक पूर्ण मुक्तवादी! मैं कितनी मुक्त
कितने आश्चर्यजनक रूप से मुक्त
रसोई के खटराग से मुक्त
भूख की झटपटाहट से मुक्त
ठनठनाते खाने के बरतनों से मुक्त
मुक्त उस बेईमान आदमी से...

थेरिगाथा, सम्भवत: महिलाओं द्वारा रचित सबसे प्राचीन साहित्य है, लगभग पच्चीस सौ वर्ष पुराना। इसमें स्त्रियों की मुक्ति कामना को तरह-तरह से व्यक्त किया गया है। जो भी बन्धन उसे बाँधता है, उसे वह तोड़ना चाहती है। यह प्रयत्न आज भी जारी है। इस संघर्ष को तिथि, वार और वर्ष में नापा नहीं जा सकता। हमने अंग्रेज़ों से आज़ादी 1947 में हासिल कर ली, लेकिन उन्हीं हथियारों से हम अपनी आज़ादी अभी तक हासिल नहीं कर पाईं। सत्याग्रह और सविनय अवज्ञा हमारे हाथों में कभी सत्य के लिए दुराग्रह बनी तो कभी अविनय अवज्ञा। कभी लगा हमारा संघर्ष ऊर्ध्वागामी रहा तो कभी लगा, प्रतिगामी। स्त्री-लेखन स्त्री के लिए मुक्ति के प्रयासों का एक द्वार है, अनुभूति और अभिव्यक्ति का द्वार। दूसरे शब्दों में स्त्री-लेखन के साथ ही स्त्री-विमर्श का समय भी आरम्भ होता है। पुरुषों द्वारा लिखी अपनी कथा और गाथा स्त्री को अधूरा इतिहास लगती है। इसीलिए कभी मीरा के रूप में, कभी अज्ञात हिन्दू महिला के रूप में वह अपनी असमान स्थिति पर विचार करती है और पुरुषवादी समय में अपना सत्याग्रह दर्ज करती है। स्त्री-लेखन में एक चरपरापन स्वभावतः इसलिए है कि वहाँ पुरुष मानसिकता की सीमाएँ, कुंठाएँ और वर्जनाएँ पहचानी जा रही हैं और यह फ़ैसला हो रहा है कि सुख व सुरक्षा की जोखिम पर असलियत उजागर करें या पुरुष अहम् को पुचकारें जैसा कि आसान रास्ता है। सदियों की शातिर तैयारी से पुरुष-समाज ने असमानता की ऐसी आचार-संहिता गढ़ी है कि स्त्री को कभी शस्त्र से, कभी शास्त्र से, कभी धर्म से, कभी इतिहास से, कभी मिथक से, कभी आख्यान से जताया गया है कि पुण्य की अधिकारी वही स्त्रियाँ रही हैं जो नेपथ्य में रहीं, आज्ञाकारिणी बनीं और जिन्होंने पुरुष की इच्छानुसार जीवन जिया। बीसवीं सदी में स्त्रियों की जो टुकड़ी समान स्थान, अवसर और अधिकार की दौड़ में हिस्सा लेने आगे आई, उसके हिस्से हिंसा पड़ी। महाश्वेता देवी, तसलीमा नसरीन, प्रभा खेतान, मृणाल पाण्डे, रमणिका गुप्ता, मैत्रेयी पुष्पा, चित्रा मुद्‌गल, मणिमाला, सभी ने स्त्री-जीवन के संघर्ष और स्पर्धा का वृतान्त लिखा। महिला-लेखन ने इन सब जटिलताओं को पकड़ने का प्रयास किया है। असन्तोष और अस्वीकार के प्रारम्भिक तीखेपन के तहत नकारात्मक लेखन करते-करते आज महिला लेखन वैचारिक वयस्कता और सकारात्मक, सम्यक् वृत्तान्त तक का सफ़र तय कर चुका है, लेकिन विजय का अर्थ विश्राम नहीं है। इस बिन्दु पर हम उस लम्बे सफ़र के बारे में विचार करें जो इन सौ वर्षों में हमने तय किया है।

यह सोचकर मन उत्तेजित हो जाता है कि हम 2008 में अर्थात् ठीक 101 साल बाद 1907 में छपी हिन्दी कहानी 'दुलाईवाली' पर चर्चा करें जिसकी रचनाकार राजेन्द्रबाला घोष उर्फ़ बंग महिला थीं। वे बंग महिला, एक बंग महिला, कौनो बंग महिला, श्री बंग महिला आदि उपनामों से साहित्य सृजन करती रहीं। थीं तो वे अहिन्दी भाषी, किन्तु मीरजापुर में रहने के कारण उनकी भाषा-शैली में पूर्वांचल की समस्त सुवास और मिठास सहज ही समा गई। इस कहानी को लिखने से पूर्व वे बहुत-सी बांग्ला कहानियों का अनुवाद कर चुकी थीं, किन्तु उन्होंने क़स्बे में बोली जानेवाली हिन्दी का निजत्व पहचाना जिसका परिचय उनकी दोनों कहानियों, 'कुम्भ में छोटी बहू' तथा 'दुलाईवाली' में मिलता है। इसी कालखंड के अन्य लेखकों की कहानियों में भाषा

का यह सहज प्रवाह और प्रभाव देखने में नहीं आता। बंग महिला ने दुलाईवाली कहानी में आंचलिक शब्द-प्रयोग का सहारा लेकर जीवन्त परिवेश का निर्माण किया।

उदाहरण के लिए—जानकी देई अपने पति बंशीधर से नवल के बारे में कहती है, "उनकी हँसी मुझे नहीं भाती। एक रोज़ मैं चौके में बैठी पूड़ियाँ काढ़ रही थी, कि इतने में न जाने कहाँ से आकर नवल चिल्लाने लगे—ए बुआ! ए बुआ! देखा, तुम्हारी बहू पूड़ियाँ खा रही है, मैं तो मारे शरम के मर-सी गई। हाँ, भाभी जी ने बात उड़ा दी सही। वे बोलीं—खाने दो, खाने-पहनने के लिए ही तो आई है। पर मुझे उनकी हँसी बहुत बुरी लगी।"

"बस इसी से उसके साथ नहीं जाना चाहतीं। अच्छा चलो, मैं नवल से कह दूँगा कि बेचारी कभी रोटी तक तो खाती ही नहीं, पूड़ी क्यों खाने लगी।"

इतना कहकर बंशीधर कोठरी के बाहर चले आए और बोले, "मैं तुम्हारे भैया के पास जाता हूँ। तुम रो-रुलाकर तैयार हो जाना।" इतना सुनते ही जानकी देई की आँखें भर आईं और असाढ़-सावन की ऐसी झड़ी लग गई।

उक्त उदाहरण में बंग महिला की विनोदप्रियता, प्रसंग-प्रतिभा और व्यंग्य-क्षमता का सहज दर्शन हो जाता है। यह देखकर गर्व होता है कि बीसवीं सदी के पहले दशक में प्रयोगधर्मिता का कमान महिला लेखक के हाथ में है। बंग महिला में हमें उपरोक्त भावों के अलावा संवेदनशीलता, कल्पना और सामाजिक सरोकार भी भरपूर मिलते हैं। बंग महिला के कहानी-लेखन का समय मुख्यत: 1902 से जून 1915 तक रहा। यही समय हिन्दी कहानी की स्थापना का भी है। हम कह सकते हैं कि आधुनिक हिन्दी कहानी का प्रादुर्भाव महिला कथाकार के सार्थक योगदान से हुआ। दुलाईवाली कहानी में यथार्थ चित्रण, पात्रों के अनुरूप भाषा-शैली, व्यंग्य-विनोद और स्थानीय रंग का इतना जीवंत तालमेल था कि वह इतिहास की सनद बन गई।

हिन्दी कहानी का प्रथम दशक प्रयोग एवं अनुसन्धान का समय था। इस दशक में जहाँ दूसरे कहानीकार अभी विस्मयकारी कथानकों से उबर नहीं पा रहे थे, बंग महिला ने कहानी में सोद्‌देश्यता और दृष्टि की सृष्टि की। उन्होंने सर्जनात्मकता में मौलिकता और भिन्नता का समावेश कर उसे एक विश्वसनीय स्तर और स्थान दिलाया।

महिला-लेखन के लिए इससे सशक्त सूत्रपात नहीं हो सकता था। इसीलिए बीसवीं शताब्दी में महिला-लेखन के गद्य खंड में कथा को हमने शीर्ष स्थान दिया है। संकलन में कथा और कथेतर गद्य का विभाजन कुछ इस प्रकार बना—

1. कहानी
2. जीवनी व संस्मरण
3. आलोचना तथा विमर्श
4. यात्रा-वृत्तान्त व डायरी

कुछ विधाएँ और भी ली जा सकती थीं, पर पृष्ठ सीमा के चलते उनके उल्लेख मात्र से सन्तोष करना पड़ रहा है, जैसे नाटक, उपन्यास, ललित निबन्ध और लघु कथा।

नाटक के क्षेत्र में त्रिपुरारि शर्मा, मन्नू भंडारी, कुसुम कुमार, शान्ति मेहरोत्रा, मृणाल पाण्डे, मृदुला गर्ग और सुधा अरोड़ा के काम से हिन्दी-जगत् परिचित है। आलोचना खंड में, सुपरिचित नाट्यालोचक डॉ. गिरीश रस्तोगी के लेख का एक अंश

दिया जा रहा है। उपन्यासों के अंश देने के साथ-साथ हमने कथा-आलोचन के क्षेत्र में विख्यात और विकासमान दो विदुषियों—डॉ. निर्मला जैन और डॉ. रोहिणी अग्रवाल के लेख दिए हैं। रोहिणी जी का लेख बीसवीं सदी के उल्लेखनीय उपन्यासों का अध्ययन करता है, जबकि दिग्गज आलोचक निर्मला जैन अपने लेख में आलोचना-कर्म की जटिलताओं सें हमारा परिचय करवाती हैं। उनकी समस्त विशिष्टताएँ जानने के लिए हमें उनकी पुस्तकों से गुज़रना होगा। महीयसी महादेवी वर्मा द्वारा रचित साहित्य विविध तथा विपुल है। संयोग से 2007 महादेवी जी का जन्म-शताब्दी वर्ष भी रहा है। महादेवी जी का लेखन अपनी प्रतिभा, प्रज्ञा, प्रबुद्धता और पराक्रम से बीसवीं शताब्दी के चौथे, पाँचवें दशक को भाव और विचार, संवेग और आवेग, भाषा और शैली के स्तर पर ऐसी समृद्धि प्रदान करता है कि महिला-लेखन को लेकर उठीं समस्त आशंकाएँ निर्मूल सिद्ध होती हैं। महादेवी जी ने जहाँ पद्य में युगानुरूप भावनाओं की अभिव्यक्ति की, वहीं गद्य में उन्होंने चार क़दम आगे बढ़कर साहित्य के साथ-साथ स्त्री, समाज और राष्ट्र की स्थिति पर विस्तृत विमर्श किया। उनके व्यापक वैचारिक व सामाजिक सरोकारों के प्रति विस्मित हो जाना पड़ता है। एक ख़ास बात यह है कि अपनी कविताओं में महादेवी जी छायावादी हैं, किन्तु गद्य-रचनाओं में वे नितान्त यथार्थवादी हैं। इसी प्रकार अपने व्याख्यानों में वे निर्भय सिंह की भाँति दहाड़ती हैं यद्यपि उनके संस्मरण अपनी मानवीयता के लिए हम सबके पाथेय रहे हैं। प्रस्तुत संकलन के लिए हमने श्रृंखला की कड़ियाँ निबन्ध संग्रह से उनके निबन्ध जीने की कला का चयन किया है। स्त्री की तत्कालीन स्थिति पर उन्होंने 1934 में इतना बेबाक लेखन किया जिससे शती के चौथे दशक के तेवर बने।

देखा जाए तो स्त्री-विमर्श की दिशा में यह निबन्ध-पुस्तक एक सार्थक पहल थी। भारतीय परिप्रेक्ष्य में स्त्री से सम्बन्धित विचार का विकास इसी के सन्दर्भ में हुआ होता तो इतने वर्षों में सही निष्कर्षों की तरफ़ पहुँचा जा सकता था। उन्होंने अपने सम्पादकीय आलेख में स्त्री की सामाजिक व साहित्यिक स्थिति पर विस्तार से विचार किया। उनके शब्दों में—"हमारे समाज में स्त्रियाँ कहानियों का अक्षय कोष हैं। वे प्रत्येक पुण्य-पर्व में अपने धार्मिक कृत्यों का उपसंहार, प्रत्येक शंका का समाधान तथा प्रत्येक सुख-दुःख और आपत्ति-सम्पत्ति का दार्शनिक समाधान कथाओं द्वारा ही कर लेती हैं। अपने कहानी-प्रिय स्वभाव के कारण महिलाओं ने आख्यायिका साहित्य को अधिक अपनाया और इसमें उन्हें आशातीत सफलता भी मिली। कहानी, उपन्यास के समान, जीवन के अन्तर्द्वन्द्वों का बड़ा चित्र न होकर, किसी घटना-विशेष के आधार पर वैयक्तिक परिवर्तनों की झाँकी मात्र है।"

महादेवी जी ने महिला-लेखन पर विचार और विमर्श इस सम्पादकीय आलेख में दिए। उन्होंने माना कि स्त्री-जीवन की समस्याएँ ही स्त्री-लेखन की जननी हैं। उनके अनुसार सुभद्राकुमारी चौहान, कमलादेवी चौधरी, यशोदा देवी, शिवरानी देवी, तेजरानी पाठक आदि की रचनाओं में सामाजिक परिस्थितियों और समस्याओं का सजीव तथा मर्मस्पर्शी चित्रण हुआ है।

महादेवी जी ने कविता, निबन्ध, लेख के साथ-साथ रेखाचित्र, संस्मरण और चरित्र-प्रधान कहानियाँ भी लिखीं। हर विधा में उनके पास स्मरणीय कृति है। अतीत

के चलचित्र व श्रृंखला की कड़ियाँ जैसी उनकी पुस्तकों के बिना कोई भी लाइब्रेरी अधूरी मानी जाएगी। उनके लेखन में साहित्य, स्त्री-विमर्श और समाज चिन्तन की त्रिवेणी मिलती है।

महादेवी जी की प्रतिभा को उनके जीवनकाल में ही उचित सम्मान मिला। उन्हें सेकसरिया पुरस्कार, मंगला प्रसाद पारितोषक, पद्मभूषण अलंकरण, उत्तर प्रदेश विधान परिषद् की सदस्यता एवं ज्ञानपीठ पुरस्कार प्राप्त हुए।

सुभद्रा कुमारी चौहान को अल्पायु मिली, फिर भी बीसवीं शती के चौथे एवं पाँचवें दशक की वे तेजस्वी रचनाकार रहीं। उन्होंने एक तरफ़ अपनी कविताओं से देशप्रेम की भावना का उन्मेष किया, दूसरी तरफ़ अपनी कहानियों से आदर्शोन्मुखी यथार्थवाद का विकास। उन्होंने दो बार सेकसरिया पुरस्कार प्राप्त किया जो उस काल में कहानी-विधा का सर्वोच्च सम्मान था। बीसवीं सदी में वे एक ऐसी रचनाकार थीं जो केवल काग़ज़ पर क्रान्ति नहीं करती थीं अपितु यथार्थ में भी विप्लवकारी थीं। वे पहली सत्याग्रही थीं जो स्वाधीनता-संग्राम में नागपुर में गिरफ़्तार हुईं। फिर तो यह सिलसिला चल निकला। कभी सुभद्रा जी तो कभी उनके जीवनसाथी लक्ष्मण सिंह चौहान जेल की सलाखों के पीछे निरुद्ध रहे। सुभद्रा जी का परिचय देने के उद्‌देश्य से यहाँ सुधा चौहान की पुस्तक 'मिला तेज़ से तेज़' का एक अंश दिया जा रहा है। सुभद्रा जी की कहानी 'गौरी' से आभास मिलता है कि उनके लिए प्रेम और देश-प्रेम अभिन्न और एक हैं।

बीसवीं शती के पूर्वार्द्ध में भारतवासियों के पास एक ओर स्वाधीनता के सपनों से उद्‌भूत क्रान्तिकारी आदर्शवाद था, तो दूसरी ओर असुरक्षाजनित यथार्थवाद। स्त्रियों के जीवन में, अब की तरह तब भी, अधिकार और अवसर का असमान वितरण, हताशा, दुराशा और निराशा की स्थिति पैदा कर रहा था। ऐसे संक्रामक समय में हिन्दी की प्रबुद्ध लेखिकाएँ लेखन और क्रान्तिपटल पर सक्रिय थीं। उनकी अभिव्यक्ति के प्रति समाज में निषेधवादी दृष्टि थी। इसके बावजूद उनकी लेखनी सक्रिय रही। उस काल में भाषा-सम्बन्धी सौष्ठव प्रदान करने में आचार्य महावीर प्रसाद द्विवेदी की पत्रिका सरस्वती का योगदान निरन्तर रहा। अन्य पत्रिकाएँ थीं—प्रदीप, अभ्युदय, मर्यादा, प्रकाश, गृहलक्ष्मी, इन्दु, माधुरी, साहित्यालोचन, सुदर्शन आदि।

बीसवीं सदी के प्रारम्भिक काल-खंड की अन्य उल्लेखनीय लेखिकाएँ थीं—जानकी देवी, ठकुरानी शिवमोहिनी, गौरवमोहिनी, गौरादेव, सुशीला देवी और धनवती देवी। यह राजनीतिक उथल-पुथल और जन-जागरण का भी समय था। अत: इनके बाद की महिला कहानीकारों में हमें इन्हीं से प्रेरित राष्ट्रीय-चेतना के दर्शन हुए। वनलता देवी, सरस्वती देवी, हेमन्त कुमारी और प्रियंवदा देवी ने अपनी कहानियों में राजनीतिक सरोकारों का परिचय दिया। समाज में फैली कुरीतियों, यथा बाल-विवाह, परदा-प्रथा और अशिक्षा को विषय-वस्तु बनाकर मुन्नी देवी भार्गव, शिवरानी देवी, चन्द्र प्रभा देवी मेहरोत्रा, विमला देवी चौधरानी आदि ने कहानियाँ लिखीं। इन रचनाकारों ने अपने तरीक़ों से यथार्थपरक, समाजोन्मुखी लेखन की नींव रखी।

सन् 1916 से 1935 तक का समय प्रेमचन्द के प्रभाव का समय था। उनकी कहानियों में मौजूद आदर्शोन्मुखी यथार्थवाद, परवर्ती लेखकों में फ़ार्मूला की हद तक अपनाया गया, लेकिन यहीं से परिवर्तन की इच्छा ने जन्म लिया। हिन्दी कहानी पर इस

कालखंड में गांधीवाद, मार्क्सवाद और फ्रॉयडवाद का भी प्रभाव देखा गया। उषा देवी मित्र, कमला देवी चौधरी और सत्यवती मलिक ने कहानी के विकास के इस दौर में सार्थक योगदान किया। उनकी रचनाओं में सामाजिक समस्याओं के साथ मनोवैज्ञानिक पक्ष भी व्यक्त हुआ। इस दौर में हिन्दी कहानी में समाज सुधार की चिन्ता सर्वोपरि थी। होमवती देवी, चन्द्रकिरण सोनरेक्सा आदि ने अपनी कहानियों में समाज के समस्याग्रस्त हिस्सों को उजागर किया।

स्वतंत्रता प्राप्ति के पश्चात् देश के दो टुकड़े हो गए। समाज ने विभाजन की विभीषका देखी और झेली। इस प्रक्रिया में सबसे ज़्यादा अवमूल्यन मानवीय विश्वास और विवेक का हुआ। कथा-साहित्य के लिए यह समय संक्रान्ति-काल था। कृष्णा सोबती का लेखन इस समय का मार्मिक दस्तावेज़ है। जीवन के प्रति गहरी आस्था और अनुराग चित्रित करती उनकी प्रसिद्ध कहानियाँ हैं—'बादलों के घेरे', 'ए लड़की', 'मित्रो मरजानी', 'यारों के यार', 'नाम पट्टिका' और 'तिन पहाड़'। उनके लेखन में पंजाब क्षेत्र की महक, उनकी भाषा, शब्द-चयन और वाक्य-संरचना में भरपूर महसूस की जा सकती है। कृष्णा जी अपने वृहद् उपन्यास 'ज़िन्दगीनामा' के लिए भी जानी जाती हैं। समकालीन साथी कलाकारों पर उनके संस्मरण 'हम हशमत' नामक संग्रह में प्रकाशित हैं। संस्मरणों के इलाके में 'हशमत' के नाम से हम हशमत मील का पत्थर माने गए थे। कृष्णा जी ने साहित्य, कला, रंगजगत् और समाज की अन्य विशिष्ट हस्तियों पर यादें पूरे तेवर और तरंग में दर्ज कीं। लेखन के इस अन्दाज में लेखक का स्त्री या पुरुष होना बेमानी समझा गया। उनकी रचनाओं में तल्ख़ी की अपेक्षा खुलापन और व्यंग्य की अपेक्षा संवेदनशीलता नज़र आती है। उनकी कहानी 'बादलों के घेरे' का साहित्य में विशेष स्थान है।

1947 में आज़ादी मिलने के बाद भी हमें वह समाज नहीं मिला जिसका सपना गांधी, नेहरू के साथ-साथ हम सबने देखा था। ऐसी स्थिति में वर्जनाओं, प्रतिबन्धों और विसंगतियों से जूझते जन-साधारण की भावनाओं, परिस्थितियों और परेशानियों को नई कहानी ने अपने विषय-वस्तु बनाया। नई कहानी जीवन से जुड़कर समाज की पहचान करती है। समाज में फैली अस्थिरता, अनिश्चितता और अराजकता को अपनी-अपनी तरह से मोहन राकेश, क़मलेश्वर, राजेन्द्र यादव, मन्नू भंडारी, अमरकान्त, उषा प्रियम्वदा, कृष्णा सोबती, मार्कंडेय, भीष्म साहनी और निर्मल वर्मा ने व्यक्त करने का प्रयास किया। नई कहानी की विशेषता प्रतीकात्मकता और सांकेतिकता रही। मोहन राकेश की 'ग्लासटैंक', राजेन्द्र यादव की 'छोटे-छोटे ताजमहल', कमलेश्वर की 'राजा निरबंसिया', मन्नू भंडारी की 'यही सच हैं', निर्मल वर्मा की 'परिन्दे' और उषा प्रियम्वदा की 'वापसी' में ये विशेषताएँ देखी जा सकती हैं। कहानी के सृजन में महिलाओं का योगदान बराबर का रहा।

कई बार महिला लेखन-शब्द, साहित्य के हाशियेवाली जगह बन गई। इसके अन्तर्गत कुछ झीनी, रोमांटिक, आत्मपरक रचनाएँ देखी गईं, किन्तु वे प्रतिनिधि लेखन का अंश नहीं थीं। आलोचक मधुरेश के शब्दों में, "इसमें सबसे उल्लेखनीय बात यह है कि अपनी अन्तर्वस्तु के विस्तार की चिन्ता और चेतना उसमें लक्षित होती है। वस्तुतः यह चेतना ही उसके क्रमशः विकसित होते अनुभव-विस्तार का मूल कारक भी है। इस

दुनिया से साक्षात्कार जिसे किसी प्रकार की भौगोलिक चौहद्दी में बाँधकर रख पाना मुश्किल है।"

बहुत से भारतीय परिवार बेहतर जीविका की तलाश में अपना देश छोड़कर अलग-अलग देशों को प्रस्थान कर गए। भूमंडलीकरण की प्रक्रिया सैकड़ों वर्ष से चली आ रही है जिसके तहत आचार-विचार और जीवनशैली की नव्यता प्रवास में बाधा नहीं बनती। फिर भी प्रवासी लेखक को एक क्राइसिस से गुज़रकर ही सामंजस्य का रास्ता मिलता है। संक्रान्ति के विभिन्न बिन्दुओं पर हमने प्रवासी साहित्यकारों की कहानियाँ और यात्रा वृत्तान्त इस संग्रह में संकलित किए हैं।

बीसवीं शती के हिन्दी-लेखन में संस्मरण पक्ष भी बहुत प्रबल रहा। इस विधा में महादेवी जी की पहल को स्वीकार करना पड़ेगा। उन्होंने ख्यातनाम सुभद्रा जी को याद करने के अलावा गुमनाम, कमनाम चरित्रों पर भी जमकर लिखा। शिवरानी देवी ने अपने पति, कथा सम्राट प्रेमचन्द पर संस्मरण व जीवनी का संयुक्त संस्करण अपनी पुस्तक 'प्रेमचन्द : घर में' दिया।

डायरी और संस्मरण विधाओं ने हर दशक में भरपूर पाठक पाए। दूसरे के जीवन में झाँकने का सुख तो इसमें रहा ही, एक समय-खंड की आत्मीय जानकारी भी उपलब्ध हुई। लेखिकाओं ने भी डायरी लिखी, मगर कम। एक प्रकार से उन्होंने तिथि-विहीन ब्यौरे लिखे। सम्भवत: इसका कारण साहस का अभाव न होकर गोपनीयता का आग्रह था। वैसे भी डायरी की दुनिया रात दस बजे के बाद की दुनिया होती है, अपने अकेले कोने की, जब हम अपने कवच और कुंडल उतारकर स्वयं को देखते हैं। अनीता औलक (राकेश) ने अपने प्रेम और संघर्ष का बेबाक बयान 'चन्द सतरें और' में किया, जो डायरी की तरह सारिका में छपता रहा। इस रचना में हमें कथाकार मोहन राकेश की अविस्मरणीय स्मृति-छवियाँ मिलीं। दिसम्बर 1972 में मोहन राकेश के आकस्मिक निधन के पश्चात् इस डायरी में संस्मरण की काया आ जुड़ी।

महिला-लेखन की पठनीयता और लोकप्रियता स्वयं महिला-लेखन की प्रतिद्वन्द्वी सिद्ध हुई जब व्यावसायिक पत्र-पत्रिकाओं ने लेखिकाओं की रचनाएँ नियमित छापनी शुरू कर दीं। पत्रिकाओं ने अपनी पाठक-प्रसार संख्या बढ़ा ली और लेखिकाओं को 'व्यावसायिक' अथवा 'घरेलू' लेखन का ठप्पा लगाकर शीतल उपेक्षा का शिकार बना दिया। प्रतिभावान लेखिकाओं की एक समूची पीढ़ी इन ठप्पों का शिकार हुई, जैसे शिवानी, शशिप्रभा शास्त्री, मालती जोशी, बसन्त प्रभा, दीप्ति खंडेलवाल आदि। इन्हें हाशिये पर डालनेवाले भूल गए कि इन्होंने एक समय में बड़ी अहम् भूमिका का निर्वाह किया। विशेषकर शिवानी ने अपने धारावाहिक उपन्यासों से आम पाठकों में हिन्दी कथा-कहानी के प्रति रुचि जाग्रत की। उन्होंने वस्तुत: कहानी को जंगल से जनता तक ढोया। इसके साथ ही उन्होंने अद्भुत संस्मरणों की रचना की। यहाँ गिरिजा देवी पर लिखा उनका संस्मरण संकलित है।

विषयगत नवीनता, दृष्टिकोण का साहस और विसंगतियों की पड़ताल कृष्णा सोबती के साथ-साथ हमें मन्नू भंडारी, उषा प्रियम्वदा, चित्रा मुद्गल और नमिता सिंह में भरपूर मिलती है। कुछ अन्य महिला रचनाकार जिन्होंने हिन्दी कहानी को समृद्ध किया है इस प्रकार हैं—मृणाल पाण्डे, मैत्रेयी पुष्पा, राजी सेठ, चन्द्रकान्ता, प्रभा खेतान,

कमल कुमार, सुषम बेदी, लवलीन, गीतांजलि श्री, मधु कांकरिया आदि। सभी महिला-रचनाकारों ने स्त्री-पुरुष सम्बन्धों का गहन और सूक्ष्म विश्लेषण किया है।

कामकाजी स्त्री-जगत घर-परिवार के अतिरिक्त व्यापक हो जाता है। अत: महिला कहानीकार की क़लम कामकाजी महिलाओं की ज़िन्दगी पर भी फोकस हुई है। बीसवीं शती के नवें दशक में महिला-लेखन की कमान कुछ ऐसे समझदार लोगों ने सम्भाली जिन्होंने लेखक की विषयवस्तु व दृष्टिकोण पर भी प्रभाव डालने की कोशिशें कीं। ऊपरी तौर पर यह, पश्चिम से प्रभावित क्रान्तिकारी विचार था कि तुम्हारी देह तुम्हारी अपनी है, तुम इसका मनमाना इस्तेमाल करो। किन्तु इसकी गिरफ़्त में देहवादी कहानियों के अम्बार लग गए और महिला-लेखन कुछ समय के लिए आइटम डांस जैसी कोई चीज़ बन गया। समय समाज की विराट् समीक्षा, विश्व स्तर के व्यापक विमर्श और समग्र जीवन का सुर-संगीत साधने की बजाए महिला-लेखन सीमित सरोकारों में उलझता दिखाई दिया किन्तु अन्तिम दशक में देहमुक्ति के नाम पर देहवादिता का दधिमाखन लेपन कम होता गया और महिला रचनाकारों ने समय का दिनमान और समाज का तापमान अपनी रचनाओं में पकड़ने का प्रयत्न किया। स्त्री-लेखन के सरोकार वृहत्तर होते चले गए।

कथा-सृजन के क्षेत्र में प्रतिभा का विलक्षण विस्फोट महिला-लेखन की प्रामाणिक पहचान के लिए पर्याप्त प्रमाण होता यदि आलोचना के स्तर पर इसकी सम्यक् समीक्षा की जाती। महिला-रचनाकार की कृतियाँ अपनी संवेदनशीलता, तार्किकता और तेवर में बेहद पठनीय होते हुए भी आलोचना के ठंडेपन की शिकार हैं। डॉ. निर्मला जैन ने मूल्यांकन की दशा में कुछ महत्त्वपूर्ण कार्य किया है, पर उतना अपर्याप्त है। मूल्यांकन का मसला, आरक्षण के मसले की तरह ही पुरुषवादी परहेज का शिकार है।

कुछ वर्ष पहले तक महिला-लेखन पर आरोप लगाया जाता था कि यह सीमित दृष्टि का साहित्य है कि यह परिवार के दायरे से बाहर नहीं निकलता कि यह समय-समाज के उन पेचीदा आयामों को नहीं उठाता जो समकालीन जीवन को परिभाषित करें।

प्रस्तुत संकलन में परिवार-केन्द्रित कहानियों की संख्या नगण्य है। जो हैं वहाँ परिवार से अधिक परिवार की पड़ताल पर ज़ोर है। हमें यह देखना है कि भारतीय समाज में महिलाओं की स्थिति कैसी है। कहना न होगा कि इसका उत्तर सन्तोषजनक नहीं है। महिलाओं को दोयम दरजे का नागरिक, कार्यकर्ता और संचालक माना जाता है। परिवार से जुड़ी हर जिम्मेदारी उनके मत्थे मढ़कर पुरुष अपनी प्रतिभा का बेहतर उपयोग करने के लिए स्वतंत्र है। स्त्री के सन्दर्भ में अवसर की कमी को प्रतिभा की कमी समझने की धूर्तता बरती गई है। कुल मिलाकर भारतीय समाज में एक ऐसी आचार-संहिता का पालन होता है जिसमें स्त्री-पुरुष का रिश्ता सेवक-स्वामी के असमान सम्बन्ध के रूप में पनपता है। यह अपने-आप में एक नए तरीक़े की वर्ग-विषमता है जिस पर हैव और हैव-नॉट का सिद्धान्त बख़ूबी लागू होता है। कोई ताज्जुब नहीं कि जब-जब स्त्री-विमर्श पर गोष्ठियाँ आयोजित की जाती हैं, स्त्री के साथ दलित प्रश्न भी चर्चा का केन्द्रीय विषय बनकर उभरता है।

आत्माभिव्यक्ति की आकांक्षा के साथ-साथ आत्मसजगता का रेखांकन पिछले सौ वर्षों से महिला-लेखन का केन्द्र-बिन्दु रहा है। उपन्यास-लेखन के क्षेत्र में 1917 से स्त्री-

रचनाकार सक्रिय रही हैं, जब कलकत्ते की कुमुदबाला का उपन्यास 'सदाचारिणी', स्त्री-दर्पण पत्रिका में 'स्वतंत्र' रचना की तरह प्रकाशित हुआ। कहानी के समानान्तर उपन्यास के सृजन में आज भी लेखिकाओं ने कमान संभाले रखी है। पिछले कुछ वर्षों के महत्त्वपूर्ण उपन्यास महिलाओं द्वारा ही रचे गए हैं। कृष्णा सोबती का 'ज़िन्दगीनामा' और 'समय सरगम', मन्नू भंडारी का 'महाभोज', मृणाल पाण्डे का 'पटरंगपुर पुराण', मृदुला गर्ग का 'अनित्य', चित्रा मुद्गल का 'आवाँ', मैत्रेयी पुष्पा का 'चाक' और अलका सरावगी का 'कलिकथा वाया बाइपास' कालजयी उपन्यास हैं। गीतांजलि श्री के तीन उपन्यास 'माई', 'हमारा शहर उस बरस' और 'खाली जगह' विषयवस्तु और विन्यास के स्तर पर ध्यान खींचते हैं, जबकि मधु कांकरिया का उपन्यास 'पत्ताख़ोर' अपने सर्वेक्षण, संवेदन और सरोकार से हमें एकदम संजीव, स्वयंप्रकाश और अखिलेश की परम्परा का ध्यान करवाता है। कहीं यह उपन्यास, युवा, दिग्भ्रमित समाज का आख्यान बन जाता है, तो कहीं पारिवारिक संक्रमण चेतना का घोषणा-पत्र, तो कहीं दलित-चेतना का उद्घोष। कहीं-कहीं इसमें संघर्ष-शक्ति का निर्भीक निनाद सुन पड़ता है। इसमें कथा, रिपोर्ताज और विमर्श अपने उज्ज्वल, उदात्त रूप में दिखाई देते हैं। मधु ने इससे पूर्व यौनकर्मियों के जीवन पर भी उपन्यास 'सलाम आख़िरी' लिखा था। बीसवीं शताब्दी के अन्तिम दशक तक आते-आते हमें अलका सरावगी, गीतांजलि श्री और नीलाक्षी सिंह की रचनाओं में परिवर्तन की आहट सुनाई देने लगती है। कथा अथवा वृत्तान्त कहने के ढंग में एक नया तेवर और मिज़ाज है जो उन्हें सदी के छठे-सातवें दशक से अलग करता है। गीतांजलि श्री का विषय-चयन भिन्न प्रकार का है। 'हमारा शहर उस बरस' में वे साम्प्रदायिक दंगों जैसा साहसी विषय उठाती हैं और अपनी तटस्थ शैली में उपन्यास के अन्त तक उसका निर्वाह कर लेती हैं।

लेखिकाओं ने देश-विदेश की यात्राएँ भी ख़ूब कीं और अपने अनुभवों का वृत्तान्त लिखा। उनकी राहें प्रशस्त हैं, आकाश अनन्त है, दिशाएँ अनगिनत हैं। बीसवीं शताब्दी के महिला-लेखन को उसके उत्कर्ष-बिन्दु तक ले जाना इक्कीसवीं शताब्दी का स्वप्न व संकल्प होना चाहिए। गद्य हो या पद्य, उसे इसमें सन्तुलन के वे बिन्दु तलाशने होंगे जिनके आधार पर किसी भी सदी का साहित्य पूरे दमखम के साथ ताल ठोंककर कह सकता है—अहम् ब्रह्मास्मि।

—ममता कालिया

क्रम

खंड-1
चिन्तन और विमर्श

खंड-2
आत्मकथा अंश

खंड-3
संस्मरण और जीवनी

खंड-4
यात्रा संस्मरण

खंड-5

कहानी

खंड-6

उपन्यास अंश

खंड-1

चिन्तन और विमर्श

स्त्री के अर्थ-स्वातंत्र्य का प्रश्न

महादेवी वर्मा

अर्थ सदा से शक्ति का अन्ध-अनुगामी रहा है। जो अधिक सबल था उसने सुख के साधनों का प्रथम अधिकारी अपने-आपको माना और अपनी इच्छा और सुविधा के अनुसार ही धन का विभाजन करना कर्तव्य समझा। यह सत्य है कि समाज की स्थिति के उपरान्त उसके विकास के लिए, प्रत्येक व्यक्ति को, चाहे वह सबल रहा चाहे निर्बल, मेधावी था चाहे मन्दबुद्धि, सुख के नहीं तो जीवन-निर्वाह के साधन देना आवश्यक-सा हो गया; परन्तु यह आवश्यकता भी शक्ति की पक्षपातिनी ही रही। सबल ने दुर्बलों को उसी मात्रा में निर्वाह की सुविधाएँ देना स्वीकार किया, जिस मात्रा में वे उसके लिए उपयोगी सिद्ध हो सकें। इस प्रकार समाज की व्यवस्था में भी वह साम्य न आ सका जो सबके व्यक्तित्व को किसी एक तुला पर तोलता।

सारी राजनीतिक, सामाजिक तथा अन्य व्यवस्थाओं की रूप-रेखा शक्ति द्वारा ही निर्धारित होती रही और सबल की सुविधानुसार ही परिवर्तित और संशोधित होती गई, इसी से दुर्बल को वही स्वीकार करना पड़ा जो सुगमतापूर्वक मिल गया। यही स्वाभाविक भी था।

आदिम युग से सभ्यता के विकास तक स्त्री सुख के साधनों में गिनी जाती रही। उसके लिए परस्पर संघर्ष हुए, प्रतिद्वन्द्विता चली, महाभारत रचे गए और उसे चाहे इच्छा से हो और चाहे अनिच्छा से, उसी पुरुष का अनुगमन करना पड़ता रहा जो विजयी प्रमाणित हो सका। पुरुष ने उसके अधिकार अपने सुख की तुला पर तोले, उसकी विशेषता पर नहीं; अतः समाज की सब व्यवस्थाओं में उसके और पुरुष के अधिकारों में एक विचित्र विषमता मिलती है। जहाँ तक सामाजिक प्राणी का प्रश्न है, स्त्री, पुरुष के समान ही सामाजिक सुविधाओं की अधिकारिणी है, परन्तु केवल अधिकार की दुहाई देकर ही तो वह सबल-निर्बल का चिरन्तन संघर्ष और उससे उत्पन्न विषमता नहीं मिटा सकती।

एक ओर सामाजिक व्यवस्थाओं ने स्त्री को अधिकार देने में पुरुष की सुविधा का विशेष ध्यान रखा है, दूसरी ओर उसकी आर्थिक स्थिति भी परावलम्बन से रहित नहीं रही। भारतीय स्त्री के सम्बन्ध में पुरुष का भर्ता नाम जितना यथार्थ है उतना सम्भवतः और कोई नाम नहीं। स्त्री, पुत्री, पत्नी, माता आदि सभी रूपों में आर्थिक दृष्टि से कितनी परमुखापेक्षिणी रहती है, यह कौन नहीं जानता! इस आर्थिक विषमता के पक्ष और विपक्ष दोनों ही में बहुत-कुछ कहा जा सकता है और कहा जाता रहा है।

आर्थिक दृष्टि से स्त्री की जो स्थिति प्राचीन समाज में थी, उसमें अब तक परिवर्तन नहीं हो सका, यह विचित्र सत्य है।

वेदकालीन समाज में पुरुष ने नवीन देश में फैलने के लिए सन्तान की आवश्यकता के कारण और अनाचार को रोकने के लिए विवाह को बहुत महत्त्व दिया और सन्तान

की जन्मदात्री होने के कारण स्त्री भी अपूर्व गरिमामयी हो उठी। उसे यज्ञ जैसे धर्म-कार्यों में पति का साथ देने के लिए सहधर्मिणीत्व और गृह की व्यवस्था के लिए गृहिणीत्व का श्लाघ्य पद भी प्राप्त हुआ, परन्तु धार्मिक और सामाजिक दृष्टि से उन्नत होने पर भी आर्थिक दृष्टि से वह नितान्त परतंत्र ही रही।

गृह और सन्तान के लिए द्रव्य-उपार्जन पुरुष का कर्तव्य था, अत: धन स्वभावत: उसी के अधिकार में रहा। गृहिणी गृहपति की आय के अनुसार व्यय कर गृह का प्रबन्ध और सन्तान-पालन आदि कार्य करने की अधिकारिणी मात्र थी।

प्राचीन समाज में पुरुष से भिन्न स्त्री की स्थिति स्पृहणीय मानी ही नहीं गई, इसके पर्याप्त उदाहरण उस समय की सामाजिक व्यवस्था में मिल सकेंगे। प्रत्येक कुमारिका वयस्क होने पर गृहस्थ-धर्म में दीक्षित होकर पति के गृह चली जाती थी और फिर पुत्रों के समर्थ होने पर वानप्रस्थ आश्रम में पति की अनुगामिनी बनती थी। पुत्र पिता की समस्त सम्पत्ति का अधिकारी होता था, परन्तु कन्या को विवाह के अवसर पर प्राप्त होनेवाले यौतुक के अतिरिक्त और कुछ देने की आवश्यकता ही नहीं समझी गई। जिन कुमारिकाओं ने गृहस्थ-धर्म स्वीकार नहीं किया उन्हें तपस्विनी के समान अध्ययन में जीवन व्यतीत करने की स्वतंत्रता थी, परन्तु उस स्थिति में गृहस्थ के समान ऐश्वर्यभोग उनका ध्येय नहीं रहता था।

स्त्री को इस प्रकार पिता की सम्पत्ति से वंचित करने में क्या उद्देश्य रहा, यह कहना कठिन है। यह भी सम्भव है कि स्त्री के निकट वैवाहिक जीवन को अनिवार्य रखने के लिए ऐसी व्यवस्था की गई हो और यह भी हो सकता है कि पुरुष ने उस संघर्षमय जीवन में इस विधान की ओर ध्यान देने का अवकाश ही न पाया हो। कन्या को पिता की सम्पत्ति में स्थान देने पर एक कठिनाई और भी उत्पन्न हो सकती थी। कभी युवतियाँ स्वयंवरा होती थीं और कभी विवाह के लिए बलात् छीनी भी जा सकती थीं। ऐसी दशा में पैतृक सम्पत्ति में उनके उत्तराधिकारी होने पर अन्य परिवारों के व्यक्तियों का प्रवेश भी वंश-परम्परा को अव्यवस्थित कर सकता था। चाहे जिस कारण से हो, परन्तु इस विधान ने पिता के गृह में कन्या की स्थिति को बहुत गिरा दिया, इसमें सन्देह नहीं। विधवा भी पुनर्विवाह के लिए स्वतंत्र थी, अतएव उसके जीवन-निर्वाह के लिए विशेष प्रबन्ध की ओर किसी ने ध्यान नहीं दिया।

प्राचीन समाज का ध्यान अपनी वृद्धि की ओर अधिक होने के कारण उसने स्त्री के मातृत्व का विशेष आदर किया, यह सत्य है; परन्तु सामाजिक व्यक्ति के रूप में उसके विशेष अधिकारों का मूल्य आंकना सम्भव न हो सका। उसके निकट स्त्री, पुरुष की संगिनी होने के कारण ही उपयोगी थी, उससे भिन्न उसका अस्तित्व चिन्ता करने योग्य ही नहीं रहता था। अपनी सम्पूर्ण सुविधाओं और समस्त सुखों के लिए स्त्री का पुरुष पर निर्भर रहना ही अधिक स्वाभाविक था, अत: समाज ने किसी ऐसी स्थिति की कल्पना ही नहीं की, जिसमें स्त्री, पुरुष से सहायता बिना माँगे हुए ही जीवन-पथ पर आगे बढ़ सके। पिता, पति, पुत्र तथा अन्य सम्बन्धियों के रूप में पुरुष स्त्री का सदा ही भरण-पोषण कर सकता था, इसलिए उसकी आर्थिक स्थिति पर विचार करने की किसी ने आवश्यकता ही न समझी। स्त्री के प्रति समाज की यह धारणा इतनी पुरानी हो गई है कि अब उसकी अस्वाभाविकता और अनौचित्य को हम एक प्रकार से भूल ही गए हैं, अन्यथा ऐसी स्थिति बहुत काल तक न ठहर सकती।

आरम्भ में प्राय: सभी देशों के समाज ने स्त्री को कुछ स्पृहणीय स्थान नहीं दिया परन्तु सभ्यता के विकास के साथ-साथ स्त्री की स्थिति में भी परिवर्तन होता गया। वास्तव में स्त्री की स्थिति समाज का विकास नापने का मापदंड कही जा सकती है। नितान्त बर्बर समाज में स्त्री पर पुरुष वैसा ही अधिकार रखता है, जैसा वह अपनी अन्य स्थावर सम्पत्ति पर रखने को स्वतंत्र है। उसके विपरीत पूर्ण विकसित समाज में स्त्री पुरुष की सहयोगिनी तथा समाज का आवश्यक अंग मानी जाकर माता तथा पत्नी के महिमामय आसन पर आसीन रहती है।

भारतीय स्त्री की स्थिति में आदिमयुग की स्त्री की परवशता और पूर्ण विकसित समाज के नारीत्व की गरिमा का विचित्र सम्मिश्रण है। उसके प्रति समाज की श्रद्धा की मात्रा पर विचार कर कोई उसे पूर्ण संस्कृत समाज का अंग ही समझ सकता है, परन्तु उसके जीवन का व्यावहारिक रूप एक दूसरी ही करुण गाथा सुनता है। सम्भवत: उस धर्मप्राण युग ने स्त्री को धार्मिक तथा सामाजिक दृष्टि से उन्नत स्थान देकर ही अपने कर्तव्य की इति समझ ली; उसकी व्यावहारिक कठिनाइयों की ओर उसका ध्यान ही नहीं जा सका। मातृत्व की गरिमा से गुरु और पत्नीत्व के सौभाग्य से ऐश्वर्यशालिनी होकर भी भारतीय नारी अपने व्यावहारिक जीवन में सबसे अधिक क्षुद्र और रंक कैसे रह सकी, यही आश्चर्य है। समाज ने उसे पुरुष की सहायता पर इतना निर्भर कर दिया कि उसके सारे त्याग, सारा स्नेह और सम्पूर्ण आत्म-समर्पण बन्दी के विवश कर्तव्य के समान जान पड़ने लगे।

शताब्दियाँ की शताब्दियाँ आती-जाती रहीं, परन्तु स्त्री की स्थिति की एकरसता में कोई परिवर्तन न हो सका। किसी भी स्मृतिकार ने उसके जीवन की विषमता पर ध्यान देने का अवकाश नहीं पाया; किसी भी शास्त्रकार ने पुरुष से भिन्न करके उसकी समस्या को नहीं देखा!

अर्थ सामाजिक प्राणी के जीवन में कितना महत्त्व रखता है, यह कहने की आवश्यकता नहीं। इसकी उच्छृंखल बहुलता में जितने दोष हैं वे अस्वीकार नहीं किए जा सकते, परन्तु इसके नितान्त अभाव में जो अभिशाप हैं वे भी उपेक्षणीय नहीं। विवश आर्थिक पराधीनता अज्ञात रूप में व्यक्ति के मानसिक तथा अन्य विकास पर ऐसा प्रभाव डालती रहती है, जो सूक्ष्म होने पर भी व्यापक तथा परिणामत: आत्मविश्वास के लिए विष के समान है। दीर्घकाल का दासत्व जैसे जीवन की स्फूर्तिमती स्वच्छन्दता नष्ट करके उसे बोझिल बना देता है, निरन्तर आर्थिक परवशता भी जीवन में उसी प्रकार प्रेरणा-शून्यता उत्पन्न कर देती है। किसी भी सामाजिक प्राणी के लिए ऐसी स्थिति अभिशाप है जिसमें वह स्वावलम्बन का भाव भूलने लगे, क्योंकि इसके अभाव में वह अपने सामाजिक व्यक्तित्व की रक्षा नहीं कर सकता।

समाज में पूर्ण स्वतंत्र तो कोई हो ही नहीं सकता; क्योंकि सापेक्षता ही सामाजिक सम्बन्ध का मूल है। प्रत्येक व्यक्ति उसी मात्रा में दूसरे पर निर्भर है, जिस मात्रा में दूसरा उसकी अपेक्षा रखता है। पुरुष-स्त्री भी इसी अर्थ में अपने विकास के लिए एक-दूसरे के सहयोग की अपेक्षा रखते हैं, इसमें सन्देह नहीं। कठिनाई तब उत्पन्न होती है जब यह सापेक्ष भाव एक की ओर अधिक घट या बढ़ जाता है! स्त्री और पुरुष यदि अपने सुखों के लिए एक-दूसरे पर समान रूप से निर्भर रहते तो उनके सम्बन्ध में विषमता आने की सम्भावना ही न रहती, परन्तु वास्तविकता यह है कि भारतीय स्त्री की सापेक्षता

सीमातीत हो गई। पुरुष अपने व्यावहारिक जीवन के लिए स्त्री पर उतना निर्भर नहीं है जितना स्त्री को होना पड़ता है। स्त्री उसके सुखों के अनेक साधनों में एक ऐसा साधन है जिसके नष्ट हो जाने पर कोई हानि नहीं होती है। एक प्रकार से पुरुष ने कभी उसके अभाव का अनुभव करना ही नहीं सीखा, इसी से उसे स्त्री के विषय में विचार करने की आवश्यकता भी कम पड़ी। स्त्री की स्थिति इससे विपरीत है। उसे प्रत्येक पग पर, प्रत्येक साँस के साथ पुरुष से सहायता की भिक्षा माँगते हुए चलना पड़ता है।

जीवन में विकास के लिए दूसरों से सहायता लेना बुरा नहीं; परन्तु किसी को सहायता दे सकने की क्षमता न रखना अभिशाप है। सहयात्री वे कहे जाते हैं, जो साथ चलते हैं; कोई अपने बोझ को सहयात्री कहकर अपना उपहास नहीं करा सकता। भारतीय पुरुष ने स्त्री को या तो सुख के साधन के रूप में पाया या भार रूप में, फलत: वह उसे सहयोगी का आदर न दे सका। उन दोनों का आदान-प्रदान सामाजिक प्राणियों के स्वेच्छा से स्वीकृत सहयोग की गरिमा ना पा सका, क्योंकि एक ओर नितान्त परवशता और दूसरी ओर स्वच्छन्द आत्मनिर्भरता थी। उनके कार्यक्षेत्र की भिन्नता तो आवश्यक ही नहीं, अनिवार्य है, परन्तु इससे उनकी सापेक्षता में विषमता आने की सम्भावना नहीं रहती! यह विषमता तो स्थिति-वैषम्य से ही जन्म और विकास पाती है।

2

भारतीय समाज में जिस अनुपात से स्त्री जाग्रत हो सकी, उसी के अनुसार अपनी सनातन सामाजिक स्थिति के प्रति उसमें असन्तोष भी उत्पन्न होता जा रहा है। उस असन्तोष की मात्रा जानने के लिए हमारे पास अभी कोई मापदंड है ही नहीं, अत: यह कहना कठिन है कि उसकी जागृति ने उसकी चिर-अवनत दृष्टि को जिस क्षितिज की ओर फेर दिया है, वह उजले प्रभात का सन्देश दे रहा है या शक्ति संचित करती हुई आँधी का। ऐसे असन्तोष प्राय: बहुत-कुछ मिटा-मिटाकर स्वयं बनते हैं और थोड़ा-सा बनाकर स्वयं ही मिट जाते हैं। भविष्य को उज्ज्वलतम रूप देने के लिए समाज को, कभी-कभी सहस्त्रों वर्षों की अवधि में धीरे-धीरे एक-एक रेखा अंकित कर बनाए हुए अतीत के चित्र पर काली तूली फेरना पड़ जाता है। कारण, प्रत्येक निर्माण विध्वंस के आधार पर स्थिर है और प्रत्येक नाश निर्माण के अंक में पलता है।

असंख्य युगों से असंख्य संस्कार और असंख्य भावनाओं ने भारतीय स्त्री की नारी-मूर्ति में जिस देवत्व की प्राण-प्रतिष्ठा की थी, उसका कोई अंश बिना खोये हुए वह इस यंत्रयुग की मानवी बन सकेगी, ऐसी सम्भावना कम है। अवश्य ही हमारे समाज को, यह सोचना अच्छा नहीं लगता कि उसकी निर्विकार भाव से पूजा और अपेक्षा स्वीकार कर लेनेवाली चिर मौन प्रतिमा के स्थान में ऐसी सजीव नारी-मूर्ति रख दी जावे, जो पल-पल में उसके मनोभावों के साथ रुष्ट और तुष्ट होती रहती हो। वास्तव में तो भारतीय स्त्री अब तक वरदान देनेवाली देवी रही है, फिर अचानक आज उसका कुछ माँग बैठना क्यों न हमें आश्चर्य में डाल दे! झाँझ और घड़ियाल के स्वरों में धूप-दीप के मध्य अपने पूजागृह में अन्ध बधिर के समान मौन बैठा हुआ देवता यदि एकाएक उठकर हमारी पूजा-स्तुति का निरादर कर हमारे सारे गृह पर अधिकार जमाने को प्रस्तुत हो जावे, तो हम वास्तव में संकट में पड़ सकते हैं। हमारी पूजा-अर्चा की सफलता के

लिए यह परम आवश्यक है कि हमारा देवता हमारी वस्तुओं पर हमारा ही अधिकार रहने दे और केवल वही स्वीकार करे जो हम देना चाहते हैं। इसके विपरीत होने पर तो हमारी स्थिति भी विपरीत हो जाएगी। भारतीय स्त्री के सम्बन्ध में भी यही सत्य हो रहा है। उसको बहुत आदर-मान मिला, उसके बहुत गुणानुवाद गाये गए, उसकी ख्याति दूर-दूर देशों तक पहुँचाई गई, यह ठीक है, परन्तु मन्दिर के देवता के समान ही सब उसकी मौन जड़ता में ही अपना कल्याण समझते रहे! उसके अत्यधिक श्रद्धालु पुजारी भी उसकी निर्जीवता को ही देवत्व का प्रधान अंश मानते रहे और आज भी मान रहे हैं।

इस युगान्तरदीर्घ जीवन-शून्य जीवन में स्त्री ने क्या पाया, यह कहना बहुत प्रिय न जान पड़ेगा, परन्तु इतना तो 'सत्य ब्रूयात् प्रियं ब्रूयात्' के अनुसार भी कहा जा सकता है कि इस व्यवहार से उसके मन में जीवन को जानने की उत्सुकता जाग्रत हो गई। पिछले कुछ वर्षों में जीवन की परिस्थितियों में इतना अधिक परिवर्तन हो गया है कि उस कोलाहल में स्त्री को कुछ सजग होना ही पड़ा। इसमें सन्देह है कि इससे भिन्न स्थिति में वह उतनी शीघ्रता से सतर्क हो सकती है या नहीं। इस वातावरण को बिना समझे हुए स्त्री की माँगों के सम्बन्ध में कोई धारणा बना लेना यदि अनुचित नहीं तो बहुत उचित भी नहीं कहा जा सकता।

वर्तमान युग में भी जिनकी परिस्थितियाँ श्वास लेने की स्वच्छन्दता तक नहीं देतीं और जिन्हें जड़ता के अभिशाप को ही वरदान समझना पड़ता है, उनके सुख-दुःख तो हृदय की सीमा से बाहर झाँक ही नहीं सकते, फिर उनके सुख-दुःखों का वास्तविक मूल्य आँक सकना हमारे लिए कैसे सम्भव हो सकता है! परन्तु जिन स्त्रियों के निराश असन्तोष में हमें अपने समाज का असहिष्णुता से भरा अन्याय प्रत्यक्ष हो जाता है उनके स्पष्ट भाव को समझने में भी हम भूल कर सकते हैं। ऐसी स्थिति में हमारी विश्वास योग्य धारणा भी इतनी विश्वास योग्य नहीं है कि हम उसे बिना तर्क की कसौटी पर कसे स्वीकार कर सकें।

हम प्रायः अपनी सनातन धारणा का जितना अधिक मूल्य समझते हैं उतना दूसरे व्यक्ति के अभाव और दुःख का नहीं। यही कारण है कि जब तक व्यक्तिगत असन्तोष सीमातीत होकर हमारे संस्कारजनित विश्वासों को आमूल नष्ट नहीं कर देता तब तक हम उसके अस्तित्व की उपेक्षा ही करते रहते हैं। स्त्री की स्थिति भी युगों से ऐसी ही चली आ रही है। उसके चारों ओर संस्कारों का ऐसा क्रूर पहरा रहा है कि उसके अन्तरतम जीवन की भावनाओं का परिचय पाना ही कठिन हो जाता है। वह किस सीमा तक मानवीय है और उस स्थिति में उसके क्या अधिकार रह सकते हैं, यह भी वह तब सोचती है जब उसका हृदय बहुत अधिक आहत हो चुकता है। फिर उसके व्यक्तिगत अधिकारों और उनकी रक्षा के साधनों के विषय में कुछ कहना तो व्यर्थ ही है। समाज ने उसकी निश्चेष्टता को भी उसके सहयोग और सन्तोष का सूचक माना और अपने पक्षपात और संकीर्णता को भी अपने विकास और उसके जीवन के लिए अनुकूल और श्रेयस्कर समझने की भूल की।

स्त्री के जीवन की अनेक विवशताओं में प्रधान और कदाचित् उसे सबसे अधिक जड़ बनानेवाली अर्थ से सम्बन्ध रखती है और रखती रहेगी, क्योंकि वह सामाजिक प्राणी की अनिवार्य आवश्यकता है। अर्थ का प्रश्न केवल उसी के जीवन से सम्बन्ध

रखता है, यह धारणा भ्रान्तिमूलक है। जहाँ तक सामाजिक प्राणी का सबन्ध है स्त्री उतनी ही अधिक अधिकार-सम्पन्न है, जितना पुरुष, चाहे वह अपने अधिकारों का उपयोग करे या न करे। समाज न उनके उपयोग का मूल्य घटा सकता है और न बढ़ा सकता है; केवल वह बन्धनों से उसकी शक्ति और बुद्धि को बाँधकर उसे जड़ बना सकता है, परन्तु उन बन्धनों में कुछ ऐसे भी हो सकते हैं, जो केवल उसके लिए ही नहीं, वरन् सबके लिए घातक सिद्ध होंगे।

अर्थ का विषम विभाजन भी एक ऐसा ही बन्धन है, जो स्त्री-पुरुष दोनों को समान रूप से प्रभावित करता है। यह सत्य है कि यह प्रश्न आज का नहीं है वरन् हमारे समाज के समान ही पुराना हो चुका है, परन्तु यह न भूलना चाहिए कि आधुनिक युग की परिस्थितियाँ प्राचीन से अधिक कठिन है। जैसे-जैसे हम आगे बढ़ते जाते हैं, हमारा जीवन अधिक जटिल होता जाता है और हमें और अधिक उलझनभरी परिस्थितियों और समस्याओं का सामना करना पड़ता है, इसी से अतीत के साधन लेकर हम अपने गन्तव्य पथ पर बहुत आगे नहीं जा सकते। आदिम युग की नारी के लिए जो साधारण कष्ट की स्थिति होगी वह आधुनिक नारी का जीवनयापन ही कठिन कर सकती है। वर्तमान युग में अन्य व्यक्तियों के सामने जो जीवन-निर्वाह की कठिनाइयाँ हैं, उनसे स्त्री भी स्वतंत्र नहीं क्योंकि वह भी समय का अवश्यक अंग है और उसके जीवन के विकास से ही समुचित सामाजिक विकास सम्भव हो सकता है।

सुदूर अतीत काल में विशेष परिस्थितियों से प्रभावित होकर निरन्तर संघर्ष के कारण समाज स्त्री को जो न दे सका उसी को आदर्श बनाकर उसके प्रत्येक अधिकार को तोलना न आधुनिक समाज के लिए कल्याणकर हो सका है, न हो सकने की सम्भावना है। उचित तो यही था कि नवीन परिस्थितियों में नवीन कठिनाइयों को दृष्टि में रखते हुए वह किया जाता जो पहले से अधिक उपयुक्त सिद्ध होता। प्राचीन हमारे भविष्य की त्रुटियों को दूर करने में समर्थ नहीं हो सकता, उसका कार्य तो उनकी ओर संकेत मात्र कर देना है। यदि हम उस संकेत को आदेश के रूप में ग्रहण करें और उसी से अपनी सब समस्याओं को सुलझाना चाहें तो यह इच्छा हमारे ही विकास की बाधक रहेगी।

कोई नियम, कोई आदर्श सब काल और सब परिस्थितियों के लिए नहीं बनाया जाता; सबमें समय के अनुसार परिवर्तन सम्भव ही नहीं, अनिवार्य हो जाते हैं। प्राचीन आधारशिला को बिना हटाये हुए हम उस पर वर्तमान का निर्माण करके अपने जीवन के मार्ग को प्रशस्त करते रह सकते हैं, अन्यथा कोई प्रगति सम्भव ही नहीं रहती।

समाज ने स्त्री के सम्बन्ध में अर्थ का ऐसा विषम विभाजन किया है कि साधारण श्रमजीवी वर्ग से लेकर सम्पन्न वर्ग की स्त्रियों तक की स्थिति दयनीय ही कही जाने योग्य है। वह केवल उत्तराधिकार से ही वंचित नहीं है, वरन् अर्थ के सम्बन्ध में सभी क्षेत्रों में एक प्रकार की विवशता के बन्धन में बँधी हुई है। कहीं पुरुष ने न्याय का सहारा लेकर और कहीं अपने स्वामित्व की शक्ति से लाभ उठाकर उसे इतना अधिक परावलम्बी बना दिया है कि वह उसकी सहायता के बिना संसार-पथ पर एक पग भी आगे नहीं बढ़ सकती।

सम्पन्न और मध्यम वर्ग की स्त्रियों की विवशता, उनके पतिहीन जीवन की दुर्वहता समाज के निकट चिरपरिचित हो चुकी है। वे शून्य के समान पुरुष की इकाई

के साथ सब कुछ हैं, परन्तु उससे रहित कुछ नहीं। उनके जीवन के कितने अभिशाप उसी बन्धन से उत्पन्न हुए हैं, इसे कौन नहीं जानता! परन्तु इस मूल त्रुटि को दूर करने के प्रयत्न इतने कम किए गए हैं कि उनका विचार कर आश्चर्य होता है।

जिन स्त्रियों की पाप-गाथाओं से समाज का जीवन काला है, जिनकी लज्जाहीनता से जीवन लज्जित है, उनमें भी अधिकांश की दुर्दशा का कारण अर्थ की विषमता ही मिलेगी। जीवन की आवश्यक सुविधाओं का अभाव मनुष्य को अधिक दिनों तक नहीं बना रहने देता, इसे प्रमाणित करने के लिए उदाहरणों की कमी नहीं। वह स्थिति कैसी होगी, जिसमें जीवन की स्थिति के लिए मनुष्य को जीवन की गरिमा खोनी पड़ती है, इसकी कल्पना करना भी कठिन है! स्त्री ने जब कभी इतना बलिदान किया है नितान्त परवश होकर ही और यह परवशता प्राय: अर्थ से सम्बन्ध रखती रही है। जब तक स्त्री के सामने ऐसी समस्या नहीं आती जिसमें उसे बिना कोई विशेष मार्ग स्वीकार किए जीवन असम्भव दिखाई देने लगता है तब तक वह अपनी मनुष्यता को जीवन की सबसे बहुमूल्य वस्तु के समान ही सुरक्षित रखती है। यही कारण है कि वह क्रूर-से-क्रूर, पतित-से-पतित पुरुष की मलिन छाया में भी अपने जीवन का गौरव पालती रहती है। चाहे जीर्ण-शीर्ण ठूँठ पर आश्रित लता होकर जीवित रहना उसे स्वीकृत हो, परन्तु पृथ्वी पर निराधार होकर बढ़ना उसके लिए सुखकर नहीं। समाज ने उसके जीवन की ऐसी व्यवस्था की है जिसके कारण पुरुष के अभाव में उसके जीवन की साधारण सुविधाएँ भी नष्ट हो जाती हैं। उस दशा में हताश होकर वह जो पथ स्वीकार कर लेती है वह प्राय: उसके लिए ही नहीं, समाज के लिए भी घातक सिद्ध होता है।

आधुनिक परिस्थितियों में स्त्री की जीवनधारा ने जिस दिशा को अपना लक्ष्य बनाया है उनमें पूर्ण आर्थिक स्वतंत्रता ही सबसे अधिक गहरे रंगों में चित्रित है। स्त्री ने इतने युगों के अनुभव से जान लिया है कि उसे सामाजिक प्रामाणिक प्राणी बने रहने के लिए केवल दान की ही आवश्यकता नहीं है, आदान की भी है, जिसके बिना उसका जीवन, जीवन नहीं कहा जा सकता। वह आत्म-निवेदित वीतराग तपस्विनी ही नहीं, अनुरागमयी पत्नी और त्यागमयी माता के रूप में मानवी भी है और रहेगी। ऐसी स्थिति में उसे वे सभी सुविधाएँ, वे सभी मधुरकटु भावनाएँ चाहिए जो जीवन को पूर्णता प्रदान करा सकती हैं।

पुरुष ने उसे गृह में प्रतिष्ठित कर वनवासिनी की जड़ता सिखाने का जो प्रयत्न किया है उसकी साधना के लिए वन ही उपयुक्त होगा।

आज की बदली हुई परिस्थितियों में स्त्री केवल उन्हीं आदर्शों से सन्तोष न कर लेगी जिनके सारे रंग उसके आँसुओं से धुल चुके हैं जिनकी सारी शीलता उसके सन्ताप से उष्ण हो चुकी है। समाज यदि स्वेच्छा से उसके अर्थसम्बन्धी वैषम्य की ओर ध्यान न दे, उसमें परिवर्तन या संशोधन को आवश्यक न समझे तो स्त्री का विद्रोह दिशाहीन आँधी-जैसा वेग पकड़ता जाएगा और तब एक निरन्तर ध्वंस के अतिरिक्त समाज उससे कुछ और न पा सकेगा। ऐसी स्थिति न स्त्री के लिए सुखकर है, न समाज के लिए सृजनात्मक।

कथा-समीक्षा की दुश्वारियाँ

निर्मला जैन

हिन्दी कथा-समीक्षा के सन्दर्भ में काफ़ी समय पहले एक अध्यापक-आलोचक ने रेने वेलेक और आस्टिन-वारेन के 'साहित्य-सिद्धान्त' को उद्धृत करते हुए लिखा था कि उपन्यास-विषयक साहित्य-सिद्धान्त और आलोचना परिमाण और गुणवत्ता, दोनों दृष्टियों से घटिया दर्जे के हैं। दर्जा ऊँचा करने के लिए उन्होंने सुझाव दिया था कि कथा-समीक्षा में संरचना का विवेचन ही आलोचक का मुख्य लक्ष्य होना चाहिए। कहना न होगा कि उस समय यह सुझाव अंग्रेज़ी आलोचना के एक नए फैशन का अनुकरण करते हुए दिया गया था। हिन्दी कथा-समीक्षा की अविकसित अवस्था की ओर संकेत करने के लिए रेने वेलेक का हवाला देने से अधिक-से-अधिक यही मालूम होता है कि अंग्रेज़ी में भी कथा-समीक्षा अपेक्षाकृत अल्पविकसित है। किन्तु इस नज़ीर ने हिन्दी कथा-समीक्षा की समस्याओं को उजागर करने की बजाए घपला ही पैदा किया था, क्योंकि अंग्रेज़ी कथा-समीक्षा 'नई समीक्षा' की संरचनात्मक प्रणाली के अभाव में नहीं, बल्कि उसके बावजूद कमज़ोर मानी जा रही थी। समस्या और समाधान का यह आयातित ढंग देखते हुए क्या यह ज़रूरी नहीं कि हिन्दी में कथा-समीक्षा की समस्याओं को ही ठीक से पहचानकर निरूपित किया जाए? कहानी-समीक्षा की प्रविधियों को लेकर हिन्दी में कभी-कभार चर्चा होती रही है, इसलिए प्रस्तुत सन्दर्भ में हम अपना ध्यान उपन्यासों की समीक्षा पर ही केन्द्रित करना चाहेंगे।

हिन्दी में उपन्यास रचना की चाहे जितनी प्रविधियाँ अपनाई गई हों, किन्तु उपन्यास-समीक्षा के क्षेत्र में लम्बे समय तक एक प्रविधि काम में लाई जाती रही। किसी उपन्यास का कथा-सार लेकर प्रमुख चरित्र के सहारे प्रस्तुत जीवन-खंड की सामाजिक, नैतिक या मनोवैज्ञानिक आलोचना। कथा-समीक्षा की यह प्रविधि 'गोदान' के लिए भी अपनाई गई, 'परख' के लिए भी और 'बाणभट्ट की आत्मकथा' के लिए भी। सवाल यह है कि क्या इस पद्धति से किसी उपन्यास में चित्रित जीवन-खंड का सम्पूर्ण घनत्व प्राप्त किया जा सका? ज़ाहिर है कि इस विधि से किसी जीवन्त उपन्यास के जीवन का कंकाल ही हासिल किया जा सकता है, जो मूल्यांकन की सामग्री के लिए किसी भी तरह काफ़ी नहीं कहा जा सकता। इस प्रसंग में अंग्रेज़ी कथा-समीक्षा का एक उदाहरण आलोकप्रद हो सकता है। हेनरी जेम्स की जटिल रचना-प्रक्रिया के अनुभवों से दृष्टि प्राप्त करके पर्सी ल्युबक जब उपन्यास-समीक्षा की ओर प्रवृत्त हुए तो 'क्रैफ़्ट ऑफ़ फ़िक्शन' के आरम्भ में ही उनके सामने किसी कृति को पूर्णत: स्वायत्त करने की समस्या आई और उन्हें यह स्वीकार करना पड़ा कि "परिष्कृत रुचि और पैनी दृष्टि तब तक बेकार है जब तक हम आलोच्य कृति की समग्र प्रतिमा को अपने मन में सुरक्षित नहीं कर लेते और

कृति है कि एक बादल के समान हमारी पकड़ से बाहर निकलती जाती है।" स्पष्टतः किसी लघु प्रगीत की आलोचना करते समय उसकी प्रतिमा को समग्रता में सुरक्षित रखने की समस्या नहीं होती, किन्तु एक कथाकृति की समीक्षा के मार्ग में यह अनिवार्य समस्या है। आलोचना-कर्म का अर्थ यदि आलोच्य कृति की पुनःसृष्टि है और यह पुनःसृष्टि यदि आलोचना-कर्म का प्रथम सोपान है तो कहने की आवश्यकता नहीं कि कथा-समीक्षा की कथानक-संक्षेपी और चरित्र-केन्द्री दृष्टि से किसी कथाकृति की पुनः सृष्टि असम्भव है। इस पद्धति से तो आलोच्य कृति का बहुत-कुछ शेष बचा रहता है और यह अवशिष्ट अंश कभी-कभी अधिक मूल्यवान् होता है। किसी जीवन्त उपन्यास का कथा-सार प्रायः उस माला के सूत के समान होता है जिसमें गूँथे हुए सारे फूल नोचकर अलग कर दिए गए हों। इसलिए कथा-समीक्षा की पहली समस्या है किसी कथाकृति की पुनःसृष्टि के लिए आवश्यक प्रविधियों की तलाश! इसमें सन्देह नहीं कि पुनःसृष्टि की प्रत्येक प्रविधि सरलीकरण के लिए प्रकृत्या अभिशप्त है, इसलिए इस दिशा में हमारा प्रयास अधिक-से-अधिक अति सरलीकरण से बचने का ही हो सकता है। चित्रकला में किसी कृति का सरल रेखांकन भी एक विधि है जो एक दक्ष कलाकार के हाथों कभी-कभी और भी निखर उठता है।

कहना व्यर्थ है कि पुनःसृष्टि की प्रक्रिया में, आलोचक के लिए आलोच्य कृति की रचना-प्रक्रिया का कुछ ज्ञान आवश्यक है, जिसके लिए, वह अनिवार्यतः कथाकार द्वारा दिए गए संकेत सूत्रों पर निर्भर रहता है। हिन्दी कथा-समीक्षा की दुर्बलता का एक कारण यह भी है कि कथात्मक प्रविधियों के प्रयोक्ता कथाकारों ने स्वयं आगे बढ़कर इस दिशा में पहल नहीं की, जबकि उनके समानधर्मा पाश्चात्य कथाकारों ने अपनी डायरियों और टिप्पणियों के द्वारा प्रचुर सामग्री उपलब्ध कराई है। हिन्दी में काव्य-समीक्षा यदि अपेक्षाकृत समृद्ध है, तो इसका एक कारण निश्चय ही स्वयं कवियों के सर्जनात्मक अनुभवों का सुलभ होना है। किन्तु खेद इस बात का है कि हिन्दी में इस प्रकार के संकेत जहाँ कथाकारों ने सुलभ कराए हैं वहाँ भी कथा-समीक्षा में उनका उपयोग नहीं किया गया।

उदाहरण के लिए 'शेखर : एक जीवनी' के लेखक ने भूमिका में यह संकेत दिया है : "कालीन के रंग-बिरंगे बाने को जैसे मोटे और सख्त बटे हुए सूत का एकरंगा ताना धारण करता और सहता है उसी तरह जीवनी के तीन भागों की रंगीन गाथा में मेरे अभिप्रेत, मेरे कथ्य का एक तन्तु है जो एक है, अविभाज्य है।" कहने की आवशकता नहीं कि आलोचकों की दृष्टि चरित-नायक शेखर के रूप में मोटे और सख्त बटे हुए एक सूत पर तो गई, किन्तु वह सूत, "कालीन के जिस रंग-बिरंगे बाने को धारण करता और सहता है" उसकी ओर नहीं गई। उल्लेखनीय है कि अज्ञेय ने अपने उपन्यास की बुनावट को समझाने के लिए कालीन के जिस प्रतीक का सहारा लिया है उसमें उपन्यास-सृजन की एक विशेष प्रविधि का महत्त्वपूर्ण संकेत निहित है। उदाहरण के लिए टामस हार्डी ने अपनी रचनात्मक प्रविधि को स्पष्ट करने के लिए इसी प्रतीक का सहारा लेते हुए लिखा है : "जिस तरह कालीन देखते समय एक रंग का अनुसरण करने पर आकृति एक प्रकार की लगती है और दूसरे रंग का अनुसरण करने पर दूसरे प्रकार की, उसी प्रकार जीवन में द्रष्टा को सामान्य सत्ताओं में अनुस्यूत उस आकृति का निरीक्षण करना चाहिए जो उसकी रुचि को आकर्षित करे और केवल उसका वर्णन करना चाहिए।" हार्डी ने

जो बात जीवन के सम्बन्ध में कही है उसे उपन्यास के सन्दर्भ में भी उपयोगी माना जा सकता है। कालीन की स्त्री बुनावटवाले उपन्यास के रूपाकारों को विभक्त करते समय आलोचक में इतनी आत्मसजगता बराबर बनी रहनी चाहिए कि वह कब किस रंग का अनुसरण कर रहा है। यही नहीं, बल्कि उसे कालीन के दूसरी ओर भी पलटकर देखने का प्रयास करना चाहिए। सवाल यह है कि क्या हिन्दी कथा-समीक्षा में ऐसा पर्यवेक्षण होता है अथवा कम-से-कम ऐसे पर्यवेक्षण की आवश्यकता भी समझी जाती है?

आपत्ति हो सकती है कि उपन्यास कालीन नहीं है, इसलिए उस रूप में उसे देखना आलोचना-कर्म का आवश्यक अंग नहीं है। निस्सन्देह सभी सादृश्यों की तरह इस सादृश्य की भी एक सीमा है जिसे दूर तक खींचना निरर्थक होगा, किन्तु उल्लेखनीय है कि अन्य साहित्य-रूपों की समीक्षा की तरह कथा-समीक्षा की शब्दावली को रूपकात्मकता से बचाया नहीं जा सकता। स्वयं अंग्रेज़ी में भी कथा-समीक्षा की शब्दावली अन्य कलाओं की ऋणी है। ई.एम. फॉर्स्टर ने यदि उपन्यास के रूप-विन्यास को समझाने के लिए 'लय' का सहारा लेकर संगीत-कला के प्रति अपना ऋण व्यक्त किया था तो हेनरी जेम्स के कथात्मक चिन्तन में भी जगह-जगह चित्रकला, मूर्तिकला एवं स्थापत्य का सादृश्य अनुस्यूत रहा। यही नहीं, बल्कि डॉ. एफ.आर. लीविस जब बीसवीं सदी के चौथे दशक में काव्य-समीक्षा के बाद उपन्यास-समीक्षा की ओर प्रवृत्त हुए तो उन्होंने नवीन समीक्षात्मक उपलब्धियों के प्रभाव में शेक्सपियर के नाटकों का निरूपण 'नाटकीय-काव्य के रूप में उपन्यास' कहकर किया। ज़ाहिर है कि कथा-समीक्षा में इस प्रकार की प्रविधियों का उपयोग उपन्यास में चित्रित बहुआयामी जीवन को अधिक-से-अधिक रूप में उपलब्ध करने के लिए किया गया और इसमें सन्देह नहीं कि कथा-समीक्षा इस ढंग के प्रयासों से काफ़ी दूर तक समृद्ध हुई। हिन्दी में यदि ऐसे सादृश्यों का सहारा नहीं लिया गया तो परिणामस्वरूप हिन्दी की विधापरक शुद्धता सुरक्षित भले ही रह गई हो, पर वह इसके साथ प्राय: शुद्ध आख्यान समीक्षा होकर रह गई, जिसे आज के उपन्यासों को देखते हुए निश्चय ही 'अधूरा साक्षात्कार'—बल्कि 'एकाक्ष साक्षात्कार' ही कहा जाएगा।

हिन्दी कथा-समीक्षा की दूसरी समस्या है : उपन्यास के अवयवपरक विवेचन का व्यापक प्रचलन और प्रत्येक अवयव की रूढ़ मान्यता के अनुसार आलोच्य उपन्यास का मूल्यांकन। सामान्यत: उपन्यास के पाँच या छह अवयव माने जाते हैं जिनमें कथानक, चरित्र और देश-काल अथवा परिवेश को अनिवार्य मानकर किसी भी उपन्यास का विवेचन अर्थात् विवरण प्रस्तुत कर दिया जाता है। इस विवरण की जड़ें यांत्रिकता उस समय और भी घातक हो जाती है जब इनमें से किसी अवयव को मूल्यांकन का आधार भी बना दिया जाता है। उदाहरण के लिए 'गोदान' की आलोचना इस बात के लिए करना कि शहरी जीवन को समाविष्ट करने के प्रयास में 'गोदान' का कथानक शिथिल हो गया है, अथवा 'चारु चन्द्रलेख' के कथानक में विशृंखलता है। ऐसी शिकायतों की कमी यह नहीं है कि वे प्रत्येक उपन्यास से एक ख़ास तरह के बने-बनाए कथानक की अपेक्षा रखती हैं बल्कि वहाँ यह भी स्पष्ट नहीं है कि आलोच्य कृति के कथ्य में कथानक की क्या भूमिका है। इसीलिए किसी-किसी उपन्यास के बारे में ऐसी भी शिकायत सुनने को मिलती है कि उसमें कोई कथानक ही नहीं है। इसी प्रकार किसी उपन्यास के 'नैरेटर' या वाचक को ही नायक मानकर यह शिकायत की जाती है कि वह चरित्र बेहद कमज़ोर

है और न जाने किस तर्क से इसे स्वयं उपन्यासकार के चरित्र की कमज़ोरी मान लिया जाता है। हिन्दी कथा-समीक्षा की यह भी एक परम्परा है कि यहाँ किसी उपन्यास में छोटे चरित्रों की जीवन्तता और बड़े चरित्रों की क्षीणता स्वयं उपन्यास की दुर्बलता मानी जाती है। ऐसे ही चमत्कारपूर्ण मूल्यांकन देश-काल को भी लेकर किए जाते रहे हैं।

यह सही है कि प्रत्येक उपन्यास में एक कथानक होता है, कुछ चरित्र होते हैं और एक प्रकार का परिवेश भी होता है, उसी प्रकार जैसे किसी वाक्य में कर्ता, क्रिया, कर्म, विशेषण, अव्यय आदि होते हैं। कहने की आवश्यकता नहीं कि इन अवयवों की सत्ता वास्तविक नहीं है, बल्कि ये एक प्रकार की सुविधाजनक परिकल्पनाएँ या अवधारणाएँ हैं जिनका निर्माण भाषा के विवरण के उपयोग के लिए किया जाता है। जिस प्रकार किसी वाक्य का अभिप्रेत अर्थ जानने के लिए व्याकरण के अवयवों से आगे बढ़कर शब्द की अन्य शक्तियों का सहारा लिया जाता है, उसी प्रकार उपन्यास के व्याकरण से भी आगे बढ़ने की आवश्यकता है—किन्तु इसके लिए आवश्यक यह है कि उपन्यास के अवयवों को उपन्यास का व्याकरण समझा जाए। इस व्याकरण की सीमा पहचानने का अर्थ है उपन्यास को एक सर्जनात्मक कलाकृति के रूप में देखना और उपन्यास को सर्जनात्मक कलाकृति मानने का अर्थ है उसकी अखंडता, अविभाज्यता एवं आवयविकता की स्वीकृति। इस प्रकार उपन्यास का सम्पूर्ण रूपबन्ध ही उसका कथ्य है। कथानक, चरित्र, परिवेश आदि का उपयोग सभी उपन्यासकार करते हैं किन्तु हर उपन्यासकार अपने विशिष्ट जीवनानुभव और सर्जनात्मक उद्देश्य के अनुरूप इन तत्त्वों का उपयोग विशेष प्रकार से करता है, इसलिए वह आवश्यकतानुसार कथानक को कहीं सुसम्बद्ध, कहीं विशृंखल और कहीं क्षीण कर देता है तो चरित्रों में से किसी को सक्रिय, किसी को निष्क्रिय, किसी को तटस्थ द्रष्टा और किसी को अनुचिन्तक बना देता है। इसी प्रकार परिवेश को कभी पर्यावरण मात्र, कभी वातावरण और कभी समूचे इतिहास के संघर्ष बिन्दु का रूप दे देता है। स्पष्ट है कि किसी उपन्यास के कथानक, चरित्र और परिवेश के स्वरूप और अनुपात का मूल्यांकन उसके विशिष्ट रूपबन्ध के सन्दर्भ में ही संगत है और प्रत्येक अवयव की अनिवार्यता उस रूपबन्ध से ही निर्धारित होती है। फ़्लाबेअर ने जब कहा था कि 'मादाम मैं बीमारी ही हूँ' अथवा जैनेन्द्र ने जब 'परख' के सन्दर्भ में कहा कि, 'यह पुस्तक मुझे प्रिय है, तो वे चरित्र-विशेष में रचनाकार को हूबहू ढूँढ़ने की प्रवृत्ति का हुए समग्र कृति के रूपबन्ध में आद्यन्त व्याप्त एवं उससे ध्वनित होनेवाले की ओर संकेत कर रहे थे। सवाल यह है कि क्या हिन्दी में कथा-समीक्षा में इस ढंग की आवयविकता की दिशा में अग्रसर होने का कोई प्रयास किया है।

हिन्दी कथा-समीक्षा की एक और समस्या है उपन्यास में भाषा की सर्जनात्मक भूमिका की उपेक्षा। निस्सन्देह प्रत्येक उपन्यास के मूल्यांकन में अन्ततः चलते-चलाते पात्रों की बातचीत की स्वाभाविकता एवं दृश्य वर्णन के प्रसंग में भाषा-शैली की सक्षमता-अक्षमता का उल्लेख कर दिया जाता है, किन्तु बद्धमूल धारणा यही है कि उपन्यास में भाषा की भूमिका गौण होती है। यह सही है कि किसी काव्य-कृति की सर्जना में भाषा की जो भूमिका होती है, वही उपन्यास या कहानी में नहीं होती। यह भी सही है कि अनेक उपन्यासकार भाषा प्रयोग के बारे में काफ़ी लापरवाही बरतते हैं—यहाँ तक कि कुछ उपन्यासकारों ने अपेक्षाकृत कमज़ोर भाषा के सहारे महान् उपन्यासों की सृष्टि की है।

किन्तु इसके साथ ही यह भी सच है कि काव्य-कृति के समान ही उपन्यास भी अन्ततः एक भाषिक संरचना है। उपन्यास समाप्त करने के बाद हमारे सामने एक-एक करके जो चरित्र उभरते हैं, जो कथानक प्राप्त होता है और परिवेश का जो चित्र मूर्तिमान् होता है वह सारा महल क्रमशः एक-एक शब्द और वाक्य की ईंटों का ही सम्पुंजित प्रभाव होता है। उपन्यास में भाषा चाहे जितनी नगण्य प्रतीत हो किन्तु उसके बिना उपन्यास के भवन की परिकल्पना असम्भव है। इसी विश्वास के आधार पर अंग्रेज़ी में 'नई-समीक्षा' की विश्लेषणात्मक प्रविधियों का उपयोग उपन्यास-समीक्षा के क्षेत्र में हुआ, और आलोच्य उपन्यासों के प्रमुख एवं मार्मिक प्रसंगों का भाषिक विश्लेषण करते हुए कथ्य का सौष्ठव उजागर किया गया। इस प्रक्रिया में कृतिगत बिम्बों, प्रतीकों एवं मिथकों की भी प्रसंगवश चर्चा की गई। निस्सन्देह उपन्यास-जैसी एक विस्तृत कलाकृति का मूल्यांकन केवल कुछ स्थितियों या प्रसंगों के भाषिक विश्लेषण द्वारा सम्भव नहीं है क्योंकि यह प्रविधि स्पष्टतः अपर्याप्त है। किन्तु इस पद्धति से निश्चय ही आलोच्य कृति में प्रस्तुत विशिष्ट जीवनानुभवों की तीव्रता और सघनता पर रोशनी पड़ती है जो कथा संक्षेप अथवा चरित्र-चित्रण की विधि में छूट जाती है। सवाल यह है कि क्या इस पद्धति की सीमाओं को भली-भाँति देखते हुए कथा-समीक्षा में अंशतः इसका उपयोग वांछनीय हो सकता है?

भाषिक विश्लेषण का महत्त्व विशेष रूप से उन कथा-कृतियों के सन्दर्भ में प्रकट होता है जिनका कथ्य मुख्यतः भाषा की संरचनात्मक संरचना पर आधारित होता है, उदाहरण के लिए 'बाणभट्ट की आत्मकथा'। कहने के लिए 'बाणभट्ट की आत्मकथा' एक ऐतिहासिक उपन्यास है, किन्तु यह 'झाँसी की रानी' की तरह का ऐतिहासिक उपन्यास नहीं है। 'झाँसी की रानी' की आलोचना भाषिक विश्लेषण के बिना भी सम्भव है, बल्कि उसके मूल्यांकन में यदि भाषा की सर्वथा उपेक्षा भी कर दी जाए तो उसके साथ अन्याय न होगा। किन्तु 'बाणभट्ट की आत्मकथा' के बारे में यह सिद्धान्त लागू नहीं किया जा सकता। 'बाणभट्ट की आत्मकथा' में भाषा केवल एक विश्वसनीय वातावरण निर्मित करने का सफल माध्यम ही नहीं है बल्कि उसमें उपन्यास का समूचा कथ्य ही अनुस्यूत है। एक विशेष प्रकार की संस्कृतगन्धी भाषा के द्वारा विश्वसनीय वातावरण-निर्माण का प्रयास 'दिव्या' में भी किया गया है, किन्तु संवेदनशील पाठक की दृष्टि में 'दिव्या' का भाषा-प्रयोग 'बाणभट्ट की आत्मकथा' के भाषा-प्रयोग के सर्जनात्मक स्तर तक नहीं पहुँचता। इसी प्रकार 'त्यागपत्र', 'नदी के द्वीप' और 'वे दिन' जैसे उपन्यास भी अपने विशिष्ट भाषा-प्रयोगों के कारण प्रथमतः एक काव्य-कृति के समान ही समीपी भाषिक विश्लेषण की अपेक्षा रखते हैं।

उत्तर शती के कथा-साहित्य में एक बड़ी संख्या में ऐसे उपन्यास और कहानियाँ लिखी गई हैं जिनके रचनाकारों ने भाषा का उपयोग बड़ी सतर्कता से अपने कथ्य को प्रभावी बनाने के कारगर औजार के रूप में किया है। ऐसी रचनाओं में भाषा के प्रति क्रीड़ा भाव, एक प्रकार का खिलन्दड़ापन दिखाई पड़ता है जो उस रचना की बहुत बड़ी शक्ति होता है। भाषा-प्रयोग के पीछे सक्रिय रचनाकार की इस सर्जनात्मक क्षमता की पकड़ उसके कथ्य तक पहुँचने के लिए निहायत ज़रूरी होती है। मनोहर श्याम जोशी के उपन्यास 'कुरु कुरु स्वाहा' और उनकी कई कहानियों का प्रमुख आकर्षण भाषा के साथ उनका यही बर्ताव है। इसलिए वे आलोचना में और बातों के अलावा कथा-भाषा की बारीक़ी से पड़ताल को आमंत्रित करती हैं।

पिछले दिनों विनोद कुमार शुक्ल का उपन्यास 'दीवार में एक खिड़की रहती थी' भी अपने भाषिक वैशिष्ट्य और 'फैंटेसी' शिल्प के कारण बहुचर्चित रहा। इस उपन्यास में उपभोक्तावादी संस्कृति के विरुद्ध जिस 'विजन' का सृजन किया गया है उसमें काव्य-भाषा की संवेदनधर्मिता को औपन्यासिक विधान में ढालने की दक्षता की महती भूमिका है। कहने का तात्पर्य यह कि ऐसी कथा-कृतियों की समुचित पड़ताल न तो उन्हें कथानक, पात्र, देश-काल, वातावरण के तत्त्वधर्मी खाँचों में डालकर की जा सकती है और न ही इन तत्त्वों में किसी महत्त्व क्रम को स्वीकार करके।

अंग्रेज़ी कथा-समीक्षा में काव्यगत 'नई समीक्षा' के अन्त:प्रवेश पर उठाई गई आपत्तियों से घबराकर हिन्दी में यदि भाषिक विश्लेषण की उपेक्षा की गई तो निश्चित ही कथा-समीक्षा एक गम्भीर विश्लेषणात्मक प्रयास से वंचित रह जाएगी, क्योंकि यहाँ तो अभी काव्य-समीक्षा के क्षेत्र में भी भाषिक विश्लेषण का ठीक-ठीक उपयोग नहीं हो सका है।

हिन्दी कथा-समीक्षा की सम्भवत: सबसे महत्त्वपूर्ण समस्या है उपन्यास को वास्तविक जीवन के दस्तावेज़ के रूप में ग्रहण करके जाँचना। यदि कलावादी किसी कथाकृति को स्वत: सम्पूर्ण कलाकृति मानकर एक छोर पर जा खड़े होते हैं तो स्थूल यथार्थवादी कथाकृति को जीवन का पर्याय मानकर दूसरे अतिवाद का सहारा लेते हैं। कहने की आवश्यकता नहीं कि हिन्दी कथा-समीक्षा मुख्यत: इस दूसरे छोर पर है। कलावादी यदि किसी उपन्यास का मूल्यांकन केवल 'समन्विति' (कोहरेन्स) के विश्लेषण के द्वारा करते हैं तो तथाकथित यथार्थवादी की दृष्टि बराबर जीवन के साथ उपन्यास की संवादिता (कॉरेस्पोंडेन्स) पर रहती है। तथ्य यह है कि उपन्यास न तो चित्रकृति की तरह 'कला' है और न इतिवृत्त की तरह ठेठ जीवन-वृत्त। इन दोनों छोरों के बीच उपन्यास की स्थिति ऐसी विशिष्ट है कि कुछ लोग इसे एक प्रकार का मिश्र कलारूप मानते हैं। इसलिए उपन्यास की सम्यक् साहित्यिक आलोचना के लिए आवश्यक है कि एक विशिष्ट कलाकृति के रूप में उसकी सापेक्ष स्वायत्तता स्वीकार की जाए और उसकी आलोचना ज़िन्दगी के दस्तावेज़ के रूप में न की जाए। यदि हमें उपन्यास का कोई स्वतंत्र समीक्षाशास्त्र निर्मित करना है तो उसे एक विशेष प्रकार की कलाकृति का दर्जा देना ही होगा।

एक विशिष्ट ढंग की कलाकृति के रूप में प्रत्येक महत्त्वपूर्ण उपन्यास इस संसार के भीतर एक दूसरा संसार है जो एक हद तक अपने-आप में सम्पूर्ण होते हुए भी वास्तविक संसार के साथ आवागमन के लिए खुला है आवश्यक नहीं कि प्रत्येक उपन्यास हमारे पूर्व परिचित यथार्थ का ही दिग्दर्शन कराए। जिस युग में स्वयं वास्तविकता का ही सर्वसम्मत रूप सन्दिग्ध हो उठा हो, किसी उपन्यासकार से सर्वसुलभ यथार्थ की माँग करना और उसे मिलते न देख उसकी कृति को अप्रासंगिक कहना संगत न होगा। जब वास्तविकता प्रदत्त न हो तो ज़ाहिर है कि उपन्यास वास्तविकता के अन्वेषण का ही नहीं, बल्कि वास्तविकता के कलात्मक सर्जन का भी माध्यम बन रहा है। इस प्रकार इस युग के श्रेष्ठ उपन्यास अपने कर्ता के निजी सत्यान्वेषण के प्रयास हैं। ऐसी स्थिति में किसी महत्त्वपूर्ण कथा की कोरी 'संवादिता' की जाँच बेहद ख़तरनाक है जो कथा-समीक्षा को साहित्यिक समीक्षा के प्रकृत पथ से भटका ले जाती है। हिन्दी की कथा-समीक्षा अभी तक वास्तविकता के सन्दर्भ में इस विशिष्ट कलात्मक स्थिति की चुनौतियों से प्राय: अनजान है, इसलिए कथा-समीक्षा के नाम पर आनेवाली अधिकांश आलोचनाएँ बाहरी

यानी 'एक्सट्रिजिक' हैं। हिन्दी में 'फैंटेसी' के रूप में रचित कथाकृतियों की समीक्षा का जो गम्भीर प्रयास नहीं मिलता उसका एक बड़ा कारण उपन्यास की प्रकृति के विषय में यह भ्रामक अवधारणा ही है। प्रेमचन्द का 'कायाकल्प' और अज्ञेय का 'अपने-अपने अजनबी', मनोहर श्याम जोशी का 'हरिया हरिक्यूलीस की हैरानी' जैसे और भी कई उपन्यास सम्भवत: इसी धारणा के दु:खद शिकार हैं।

इस बात पर गौर किया जाना चाहिए कि लम्बे समय तक हिन्दी में कथा-समीक्षा की किसी निजी पद्धति का कोई ढाँचा नहीं बन सका तो इसका कारण यह तो नहीं था कि आधुनिक काल में इस विधा की शुरुआत को पश्चिमी प्रभाव के रूप में देखा गया। आचार्य शुक्ल ने 'परीक्षा गुरु' को लक्ष्य करके अपने साहित्य के इतिहास के प्रथम संस्करण में ही कहा था : अंग्रेज़ी ढंग का मौलिक उपन्यास पहले-पहले हिन्दी में लाला श्री निवासदास का 'परीक्षा गुरु' निकाला था। अंग्रेज़ी ढंग की उन्होंने जो व्याख्या की उसका सम्बन्ध शैली से है जिस पर अंग्रेज़ी का एकाधिकार न तब था न अब है पर इससे एक बात स्पष्ट है—इस विधा के मूल्यांकन के लिए अंग्रेज़ी उपन्यासों की विशेषताओं की तरफ़ ध्यान देने की प्रवृत्ति विधा के प्रचलन के साथ ही शुरू हो गई।

आगे चलकर निर्मल वर्मा ने बिना व्याख्या किए प्रेमचन्द के उपन्यासों को विक्टोरियन ढाँचे के उपन्यास कहा। अगर उनकी मुराद इस ढाँचे में नैतिक शिक्षा या सोद्देश्यता से थी तो याद करना अप्रासंगिक नहीं होगा कि भारत में नीति कथाओं की बड़ी लम्बी परम्परा है। निर्मल वर्मा ने 'प्रेमचन्द की उपस्थिति' शीर्षक लेख में इस बात का खुलासा कुछ इस तरह किया : "प्रेमचन्द की अधिकांश रचनाएँ यूरोप के उन्नीसवीं शती के विकसित ढाँचे से ली गई थीं—यह ढाँचा, कथ्यात्मक फार्म एक तरह से अन्य विश्वव्यापी आधुनिक उपकरणों की तरह हर लेखक के लिए सुलभ था—जब कभी लेखक के जातीय अनुभव इस ढाँचे में फिट नहीं हो पाते थे तो लेखक अक्सर ढाँचे को छोड़ने के बजाए अपने अनुभवों को छोड़ देना अधिक सुविधाजनक मान लेता था।" निर्मल वर्मा के उपर्युक्त कथन से यह स्पष्ट नहीं होता कि उनका इशारा कैसे और कौन से 'जातीय अनुभवों' की तरफ़ है जिन्हें यूरोप के इस तथाकथित ढाँचे में अपने उपन्यासों को 'फिट' करने की गरज से प्रेमचन्द छोड़ने के लिए बाध्य हुए। इसे विडम्बना ही कहा जाएगा कि अपने कथा-लेखन में बहुत-सी 'आधुनिकतावादी' और 'उत्तर-आधुनिकतावादी' तकनीकों के प्रयोग में महारत का प्रमाण देनेवाले निर्मल वर्मा प्रेमचन्द से पश्चिमी साँचे में बँधे होने के कारण किन्हीं (?) जातीय अनुभवों को छोड़ देने की शिकायत करें। ऐसे कथन सिर्फ़ यह प्रमाणित करते हैं कि कथा-साहित्य का मूल्यांकन करने के लिए, हमारी सहज प्रवृत्ति, बार-बार पश्चिम की ओर मुड़कर देखने की होती है। कहना न होगा कि यह प्रवृत्ति कथा-समीक्षा की कोई हिन्दी जातीय पद्धति विकसित करने की दिशा में बहुत दूर तक बाधक रही है।

भारत में कहानी पश्चिम से आई है—इस मंत्र का निरन्तर जाप करनेवालों को डॉ. रामविलास शर्मा, भारत में बहुत पहले से वर्तमान कथा-आख्यायिका की लम्बी परम्परा का हवाला देते हुए सावधान कर चुके हैं। इस परम्परा के होने की चर्चा औरों ने भी बहुत बार की है पर केवल ऐतिहासिक तथ्य के रूप में।

इस परम्परा में वर्तमान देशज और जातीय तत्त्वों का प्रतिफलन आधुनिक भारतीय कथा-साहित्य में हुआ या नहीं, या फिर हुआ तो किस रूप में और किस हद तक इसकी

पड़ताल जितनी गहराई से की जानी चाहिए थी प्रायः नहीं की गई। कहने का अभिप्राय यह कि कथा-साहित्य के तथाकथित विदेशी साँचों के बीच जो देशी और जातीय तत्त्व हैं उनकी पहचान और रेखांकन आज भी बाक़ी है। हिन्दी में लिखे गए उपन्यास, कहानियों के अपने ढाँचे बराबर बनते-टूटते रहे हैं। ऐसा पहला महत्त्वपूर्ण ढाँचा प्रेमचन्द के कथा-संसार में निर्मित हुआ जिसकी 'इदम्' केन्द्रित विषयवस्तु को जैनेन्द्र के 'अहं' केन्द्रित वस्तुतिवन्यास ने तोड़ा। यह परिवर्तन केवल विषयवस्तु का नहीं पूरे विन्यास, पूरी संरचना का था—यथार्थवादी ढाँचे के कलावादी ढाँचे में रूपान्तरित हो जाने का। सवाल रचनात्मक-प्रक्रिया के नियमों में, दृष्टि में बदलाव का था। इस परिवर्तन को देशी-विदेशी ढाँचों की अदला-बदली के रूप में या इन तत्त्वों के अनुपात में हेरा-फेरी के रूप में सरलीकृत करके नहीं समझा जा सकता। दोनों की जातीयता का अपना-अपना रंग है और वह बहुत गहरा है।

ठीक इसी तरह जैनेन्द्र, अज्ञेय और निर्मल वर्मा के व्यक्ति-स्वातंत्र्य या व्यक्तिनिष्ठता को एक ही खूँटे से बाँधकर नहीं समझाया जा सकता। आधुनिकता और उसके बाद उत्तर-आधुनिकता के आग्रह क्रमशः बढ़े हैं। सामान्य व्यक्तिवादी आग्रह के बावजूद तीनों का दृष्टिकोण, भाषा और संरचना एक-दूसरे से कितनी अलग हैं यह यहाँ प्रमाणित करना ज़रूरी नहीं। कहना सिर्फ़ यह है कि विदेशी प्रभाव का ग्रहण भी व्यक्ति अपने जातीय संस्कारों और मानसिक बनावट के अनुरूप करता है। उसकी रचना की निजता की पहचान औरों से अलग करनेवाले इन्हीं तत्त्वों के आधार पर की जानी चाहिए। याद करना अप्रासंगिक न होगा कि एक विशेष दौर में भारतीय भाषाओं के साहित्य पर पश्चिम के अस्तित्ववादी लेखन के प्रभाव की भरपूर चर्चा की गई। इस बात से इनकार नहीं किया जा सकता कि एक हद तक यह प्रभाव लेखकीय भंगिमाओं और मुहावरों पर दिखाई भी पड़ा। पर अजनबीपन, आत्मपरायेपन, भीड़ में अकेले होने की अनुभूति, और इस सबसे उत्पन्न कुंठा, संत्रास या मृत्यु-बोध की तमाम मुद्राओं को—'प्लेग', 'आउटसाइडर', 'नासिया', 'मेटामॉरफसिस' के बरक्स रखकर समझाया तो जा सकता है पर इनकी पहचान उपर्युक्त रचनाओं से इनके अलगाव पर ध्यान देने से शायद ज़्यादा बेहतर ढंग से की जा सकती है।

एक और महत्त्वपूर्ण सवाल उन कथा-कृतियों को लेकर भी उठता है जिनकी रचना गहरे सांस्कृतिक बोध, स्थानीय रंग या अभिव्यक्ति के माध्यमों की परस्पर अन्तःक्रिया से प्रेरित होकर की गई है। ज़ाहिर है हजारीप्रसाद द्विवेदी, फणीश्वरनाथ रेणु और मनोहर श्याम जोशी या सुरेन्द्र वर्मा के कथा-साहित्य का मूल्यांकन किसी एक पद्धति का सहारा लेकर नहीं किया जा सकता। किसी पश्चिमी मापदंड को अन्धाधुन्ध लागू करना कितना निरर्थक सिद्ध हो सकता है, इसका प्रमाण उत्तर-आधुनिकतावादियों के द्वारा 'विरचन' के नाम पर किए गए प्रयास हैं। सारे वागाडम्बर और 'नेमड्रापिंग' के बावजूद ऐसी समीक्षाओं से रचनाओं की समझ में कोई इज़ाफ़ा नहीं हो सका।

कथा-समीक्षा की समस्याएँ और भी हैं तथा हो सकती हैं, किन्तु उन सभी समस्याओं से सुलझने का मार्ग यही है कि उपन्यास को एक निजी गतिशील और जटिल कलात्मक रूप की तरह लेकर उसकी विविधता के अनुरूप विश्लेषण एवं मूल्यांकन के लिए निरन्तर नवीन प्रविधियों की दिशा में प्रयास होता रहे। दृष्टि के इस खुलेपन में ही कथा-समीक्षा के विकास की सम्भावनाएँ निहित हैं।

स्त्री-कथा में स्त्री-मुक्ति की गाथा : हाशिये और उल्लंघन

अर्चना वर्मा

स्त्री-जीवन अगर हमेशा हाशिये के बाहर बन्द जीवन रहा है तो स्त्री-कथा हमेशा हाशिये उलाँघने की कथा रही है। कथा बनती ही तभी है जब कोई उल्लंघन, कोई व्यतिक्रम घटित होता है। उल्लंघन या व्यतिक्रम नहीं तो कथा भी नहीं। यह बात अलग है कि अन्याय, अत्याचार और उत्पीड़न की रीति-रस्म और शक्ल-सूरत हर युग की परिस्थितियों और ज़रूरतों के हिसाब से अलग-अलग होती है और हाशिये के उल्लंघन का रूप हाशिये की शक्ल के हिसाब से तय हो जाता है। आज पीछे मुड़कर सत्तर या साठ या पचास साल पहले की स्त्री-कथा को देखते हुए हमें शायद ऐसा न लगे कि उसमें सचमुच कोई ऐसा अनुभव या आचरण अभिव्यक्त हुआ है जिसे उल्लंघन का नाम दिया जा सके। लेकिन आज की स्थिति में सहज-सम्भाव्य प्रतीत होती घटना उतना पहले किसी पराक्रम से कम नहीं थी।

विरासत

बंगाली, मराठी और हिन्दी भाषाओं में स्त्री-लेखन की छिटपुट शुरुआत उन्नीसवीं सदी के उत्तरार्द्ध में हो चुकी थी। राससुन्दरी देवी, नटी बिनोदिनी (बांग्ला), ताराबाई शिन्दे (मराठी) एक अनाम हिन्दू महिला (हिन्दी) के लेखन को परिभाषा की दृष्टि से कहानी की विधा में चाहे न रखा जा सके लेकिन राससुन्दरी देवी की 'आमार जीबोन' (1876), नटी बिनोदिनी (1863-1941) की 'आमार कोथा' आत्मवृत्तान्त हैं और उनमें आख्यान तत्त्व है। ताराबाई शिन्दे की रचना 'स्त्री-पुरुष तुलना' (1882) को सीधे-सीधे पितृसत्ता के स्त्री-विरोधी, अन्यायपूर्ण और दमनशील स्वभाव के विरुद्ध अभियोग कहा जा सकता है। प्राकृतिक न्याय के अनुसार मानवमात्र के समानाधिकार का दावा उसमें निहित है। एक अनाम हिन्दू महिला की 'सीमन्तिनी उपदेश' (1882) तत्कालीन स्त्री-जीवन की सामाजिक स्थिति का दस्तावेज़ तथा स्त्री को अपनी जकड़न से मुक्त होने का सन्देश है। यह विधिवत् कथा तो नहीं है लेकिन संवाद और आख्यान-तत्त्व की उपस्थिति तथा ऊर्जा के आवेश के कारण कथारस से भरपूर है।

हिन्दी की स्त्री-कथा का सिलसिलेवार लेखन 1922 ई. में 'चाँद' और 'माधुरी' नामक पत्रिकाओं से शुरू होता है। इन दोनों पत्रिकाओं का प्रकाशन स्त्री के बौद्धिक विकास को व्यावहारिक मंच देने के उद्देश्य से ही किया गया था। डॉ. रामकली सर्राफ़ ने अपनी सम्पादित पुस्तक 'आधुनिक हिन्दी-कथा लेखिकाएँ' में 1922 ई. के पहले की बहुत ही विरल और छिटपुट स्त्री-कथा की सूची दी है—

श्रीमती जानकी देवी (घर बिगाड़ बुढ़िया), श्रीमती ठकुरानी शिवमोहिनी (सुशीला, ललिता), कुन्ती देवी (पार्वती), श्रीमती सुभद्रा देवी (मियाँ साहब), श्रीमती रामप्यारी देवी (चतुर बहू), श्रीमती सम्प्रीया देवी (एक अनपढ़ स्त्री की यात्रा), श्रीमती मिश्र महिला (वसीयतनामा), श्रीमती सुशीला देवी (सास-बहू की कहानी), श्रीमती गौरा देवी (जंगल में मंगल), श्रीमती धनवती देवी (उदारहृदया), कुमायूँ महिला (अवसान) और सुश्री मंजूलिका (पहचान)।

ऐसी भी कुछ कहानियाँ लिखी गईं जिनमें राजनीतिक चेतना की झलक मिलती है—बनलता देवी (नवीन नेता), मुसम्मात ठकुरसुहाती (बहू का सपना), बंग महिला (भाई बहन), हेमन्त कुमारी चौधरानी (हिन्दी माता का विलाप), सरस्वती देवी (विमला और कमला की बातचीत), प्रियम्वदा देवी (होली की रात), सरस्वती देवी (घंटी बज गई)।

अपने हाथों लिखा गया अपना नाम जब पहली बार अपनी रचना पर हस्ताक्षर के रूप में घर की दीवारों के बाहर आया होगा, 'मैं चुप रहूँगी' की संस्कृति में जब पहली बार स्त्री के तिरस्कृत जीवन का हाहाकार उसकी अपनी क़लम से दर्ज किया गया होगा तब विषयवस्तु के स्तर पर भले ही वह दीनता की अभिव्यक्ति या एक सदय दृष्टि की याचना मात्र रहा हो, आचरण की दृष्टि से उल्लंघन ही था—निन्दा और तिरस्कार का पात्र और शायद दंड का भागी भी।

लेखिका के नाम की जगह बंग-महिला, कुमायूँ महिला, मिश्र महिला जैसे परिचय इसी बात की गवाही देते हैं कि पढ़ना-लिखना शायद, और छपना तो बेशक, ऐसे निषिद्ध कर्म हैं जिन्हें अपरिचय के आच्छादन में नामहीन रहकर ही किया जा सकता है।

रचनात्मक क्षमता की दृष्टि से पहला महत्त्वपूर्ण नाम शिवरानी देवी प्रेमचन्द का है। उनकी पहली कहानी 'साहस' 1927 ई. में 'चाँद' में प्रकाशित हुई थी। 22-27 के बीच प्रकाशित कुछ उल्लेखनीय कहानियों के नाम डॉ. रामकली सर्राफ़ ने अपनी पूर्वोक्त भूमिका में गिनाये हैं। 1922—मुन्नीदेवी भार्गव (कमला—नवम्बर), चन्द्रप्रभा देवी मेहरोत्र (डिप्टी साहब की आदर्श पत्नी—नवम्बर, 1923—श्रीमती विमला देवी चौधरानी (विधवा), शारदा कुमारी (सरोज) विद्यापती (लीलावती) 1924—सरस्वती वर्मा (कामना), चन्द्रप्रभा देवी मेहरोत्रा (कमला की सास)। 1925—श्रीमती मनोरमा देवी (मालती)।

शिवरानी देवी और सुभद्रा कुमारी चौहान की कहानियाँ तथा महादेवी वर्मा के संस्मरण और रेखाचित्रों को मिलाकर उस पीढ़ी की स्त्री-नव-चेतना की त्रयी बनती है।

शिवरानी देवी का विधवा विवाह हुआ था। महादेवी वर्मा ने अपने बालविवाह को मान्यता न देते हुए गौने से इनकार कर दिया था। सुभद्रा कुमारी चौहान स्वाधीनता-आन्दोलन में बढ़-चढ़कर हिस्सा ले रही थीं। स्त्री की दशा में सुधार और परिवर्तन के आन्दोलनों की प्रवाहधारा में इनका प्रत्यक्ष योगदान था। उन्नीसवीं सदी के तीसरे-चौथे दशक की लेखिकाओं में से अन्य भी अनेक ने स्वाधीनता-संग्राम में सक्रिय भागीदारी की थी। यह राजनीतिक चेतना से सम्पन्न पारिवारिक-सामाजिक उत्तरदायित्व का निर्वाह करती हुई; दुहरे-तिहरे स्तर पर संघर्ष करती स्त्री की प्रतिमा बनकर उभरती पीढ़ी थी। स्त्री के लिए विहित आचरण के आदर्श-विधान को अन्यायपूर्ण समझने और अत्याचार की तरह देखने की यह पहली शुरुआत है। स्वावलम्बन और समानाधिकार की आकांक्षा व्यक्त की गई है लेकिन स्वाधीनता को शील, क्षमा,

संकोच, पतिपरायणता की पुरानी मर्यादाओं के भीतर ही परिभाषित किया गया है। एक चरण हाशिये के भीतर और दूसरा उसे उलाँघते हुए बाहर—मानो पर्दे की बाहर आई हुई स्त्री ने सामाजिक हाशियों का उल्लंघन तो किया है लेकिन अभी अपने-आपको बेपर्दा करने की नहीं ठानी है। कहानियों की प्रमुख विषयवस्तु दहेज, बहुविवाह, वेश्यावृत्ति, बालविवाह का विरोध, विमाता की समस्याएँ, आर्थिक स्वावलम्बन, समानाधिकार की हिमायत इत्यादि हैं।

महादेवी वर्मा की 'बिबिया' और शिवरानी देवी की 'वरयात्रा' की नायिकाओं के रूप में आत्मचेतना सम्पन्न स्वाभिमानिनी स्त्री की प्रतिमा उभरती है जो प्राण दे देती है किन्तु अन्याय के आगे झुकना स्वीकार नहीं करती। उनके परिणाम को आत्महत्या कहा जा सकता है और आत्महत्या को कायरता का प्रमाण मान लेना सहज है। कहा जा सकता है कि आत्महत्या समस्या का अन्त है, उसका मुकाबला नहीं। मरने का साहस उतना नहीं, जितना ज़िन्दगी का सामना करने से इनकार है। लेकिन स्थिति का एक पहलू यह भी है कि जिस समाज में स्त्री के सामने विकल्पहीन ज़िन्दगी के सामने समर्पण का एकमात्र विकल्प आत्महत्या शेष रहे, जैसा कि बिबिया के साथ हुआ, उस समाज में जीने से इनकार उस समाज की अक्षम्यता की अन्तिम सनद है। 'वरयात्रा' में पुराने पारिवारिक अदब कायदों के संकीर्ण चौखटों को ग़ुलामी की तरह देखने और उनमें समाने से इनकार करनेवाली नई-नई शिक्षा प्राप्त स्त्री की चेतना के द्वारा अन्याय के प्रतिकार और टकराहट को ध्वंस के अन्तिम विकराल परिणाम तक पहुँचाया गया है। चौथा दशक अपने साथ कविता और कहानी दोनों ही विधाओं में रचना की बाढ़ लेकर आता है। इनमें उषा देवी मित्र, कमला चौधरी, सत्यवती मल्लिक, होमवती देवी, सुमित्राकुमारी सिन्हा, चन्द्रकिरण सोनरेक्सा, कंचनलता सब्बरवाल, कमला त्रिवेणीशंकर, शिवरानी विश्नोई, विमला रैना, रेंजी पनिक्कर आदि के नाम उभकर आए। इनके अतिरिक्त भी अनेक ऐसे नाम इस रचनात्मक अभियान में शामिल हुए जो इनके साथ या थोड़ा आगे-पीछे चौथे-पाँचवें दशक में आज़ादी के पहले से शुरू करके बाद तक सक्रिय बने रहे। डॉ. रामकली सर्राफ़ ने अपनी सूची में स्वरूप कुमारी बख़्शी, सीता देवी, लीला अवस्थी, सोमावीरा, शान्ति मेहरोत्रा, विजया चौहान, कुँवरानी तारा देवी, इन्दुमति, श्रीमती तेजरानी पाठक, श्रीमती तारा पांडे, श्रीमती रामेश्वरी देवी 'चकोरी', श्रीमती स्वर्णलता देवी, श्रीमती योशदा देवी, सुश्री मालती शर्मा, श्रीमती द्रौपदी देवी, सुश्री विमला रानी, श्रीमती निर्मला मिश्रा, सुश्री शकुन्तला वर्मा, श्रीमती निर्मला मित्र, श्रीमती चन्द्रवती ऋषभसेन जैन आदि के नाम गिनाये हैं।

किसी भी समय के वर्तमान साहित्यिक परिदृश्य में बहुसंख्यक नाम उभरकर सामने आते हैं लेकिन भविष्य उनको छान-फटककर कुछ को ही चुन लेता है। हाशिये और उनका उल्लंघन अपने युग और परिस्थिति से परिभाषित होते हैं और परिस्थिति-विशेष में अपनी पीड़ा का बखान भी एक हद तक हाशिये का उल्लंघन ही होता है, लेकिन उस हद के बाद भी अगर वह जारी रहे तो आत्मपीड़न के सुख का चस्का और विकल्पहीन जीवनस्थिति के सामने समर्पण बनकर नियति के पर्याय की तरह स्वीकार कर लिया जाता है और स्त्री की मुक्तिकामना को दीन और दुर्बल बनाता है। मेरा प्रयास 'उल्लंघन' में ध्वनित चुनौती के जुझारू स्वर को रेखांकित करने का है।

स्वाधीनता प्राप्ति के बाद

परिस्थितियों और परिवेश के बदलाव ने कथा के परिदृश्य को भी बदला। भारत में स्त्री ने मुक्ति का पहला चरण पुरुष की सामर्थ्य, सहयोग और प्रेरणा के कन्धों पर चढ़कर नापा था। स्वाधीनता-संग्राम की प्रखर होती हुई संघर्ष-चेतना के उस दौर में राजनीतिक, सामाजिक और धार्मिक, आर्थिक सब एक-दूसरे में गुँथे हुए, आमूल परिवर्तन की चतुर्मुखी कामना से प्रेरित आन्दोलन थे। स्वाधीनता के लिए राजनीतिक संघर्ष के भीतर ही सामाजिक विघटन के उपचार की अनिवार्यता थी क्योंकि इसके बिना संघर्ष की योग्यता सम्भव ही नहीं थी। सामाजिक सुधार और परिवर्तन के लिए बद्धमूल धार्मिक संस्कारों से लोहा लेना ज़रूरी था क्योंकि उनसे ही सामाजिक आचरण संहिताओं का निर्धारण होता था। समाज में स्त्री तथा दलित वर्ग की दशा ही सामाजिक अवस्था का सबसे बड़ा सूचकांक है इसलिए स्त्री और दलित की दशा में सुधार तब समग्र सुधार-संघर्ष आन्दोलन का एक हिस्सा था, अपने-आपमें स्वयं को सम्बोधित आन्दोलन नहीं।

मुक्ति का ऐसा समग्र और सार्वभौम पैमाना अपने फैलाव में लघुतर हाशियागत सामाजिक समूहों के बन्धनों को ढक देता है। स्वाधीनता-संग्राम जैसे महत्तर संघर्षों के दौरान पूरा समाज परिवर्तन के लिए जिस बौद्धिक पर्युत्सुकता, भावात्मक तत्परता, इच्छा और कर्म की एकजुट प्रस्तुतता से गुज़रता है उसके तहत हाशियों को नज़रअन्दाज़ करके लघुतर समाज भी एक बृहत्तर अभियान में एकजुट हो जाते हैं। यह तो स्वाधीनता मिल जाने के बाद ही हुआ कि औपनिवेशिक शत्रु से जूझने का समान मोर्चा सामने से हट गया, और बृहत्तर समाज अपने-आप को छोटे-छोटे खंडों में विभक्त करके, अपने-अपने हित और अपने-अपने अधिकार के विषय में न्यायोचित ढंग से पूछने लगा, कैसी स्वाधीनता, किसकी मुक्ति? क्योंकि स्वाधीनता-संग्राम जैसे महत् उद्देश्यों के अभाव में तथाकथित 'सार्वभौम हित' केवल कुछ शक्ति-साधन-सुविधा सम्पन्न समूहों के हित में शेष सामान्य जन के प्रति अन्याय, उत्पीड़न और अहित को ढक देनेवाला पर्दा रह जाता है। इस 'सार्वभौम हित' का अस्तित्व सार्वजनिक शौचालय तथा सार्वजनिक उद्यान जैसी सार्वजनिक सुविधाओं तक में भी वस्तुत: मौजूद नहीं। भारत के सभी प्रदेशों में इतिहास के परिवर्तनकारी मोड़ कालानुक्रम में थोड़ा आगे-पीछे और अपनी स्थानीय विशेषताओं को सुरक्षित रखते हुए लगभग समान रूप से घटित होते रहे हैं, इसके पीछे भारत की भौगोलिक स्थितियों और ऐतिहासिक परिस्थितियों के ठोस कारण मौजूद हैं। हिन्दी की स्त्री-कथा में स्त्री-मुक्ति अभियान को तीन चरणों में स्पष्टत: विभक्त देखा जा सकता है—स्वाधीनता-प्राप्ति के पहले, स्वाधीनता-प्राप्ति से लेकर 1975 ई. तक और 1975 में संयुक्त राष्ट्र संगठन के प्रायोजन में विश्वव्यापी सामाजिक अभियांत्रिकी (सोशल इंजीनियरिंग) के लागू होने के बाद। ये तीनों चरण भारतीय भाषाओं में थोड़ा आगे-पीछे चेतना के विकास के हर स्तर के समान रूप से घटित होते दिखाई देते हैं और यह निष्कर्ष निकाला जा सकता है कि सभी भारतीय भाषाओं में स्त्री-मुक्ति का भी यह समानान्तर इतिहास खोजा जा सकता है।

स्वाधीनता-प्राप्ति के बाद कहानी का विषय-क्षेत्र, स्त्री-कथा और स्त्री-विषयक कथा का विशेष रूप से, शहरी मध्यवर्ग बनता गया। शिक्षित युवक पीढ़ी को अपने योग्य संगिनी चाहिए थी अत: सीने-पिरोने, काढ़ने-बुनने, पकाने-खिलाने जैसी वैवाहिक

योग्यताओं में एक और की तरह शिक्षा के अर्जन से 1930-40 के बीच शिक्षिताओं की एक पूरी पीढ़ी तैयार थी। यह अलग बात थी कि शायद संगिनी में अपनी इस योग्यता के अहसास और आत्म-विश्वास को सहने, स्वीकार करने की योग्यता स्वयं युवक पीढ़ी में मौजूद नहीं थी। स्त्री-कथा में मध्यवर्गीय कामकाजी स्त्री नई नायिका की तरह उभरी। हिन्दी पट्टी में तब तक उसका सम्माननीय व्यवसाय शिक्षिका या डॉक्टर का था। एक अन्य स्त्रियोचित व्यवसाय नर्स का भी था पर उत्तर-भारत में तब तक सम्माननीय नहीं बन पाया था। उसे बड़े पैमाने पर केरल के ईसाई समुदाय में स्वीकृति मिली और लगभग पूरे उत्तर-भारत की नर्स-आपूर्ति वहीं से होती रही। इस दौर की हिन्दी कहानी की कामकाजी नायिका दफ़्तर में अफ़सर या कर्मचारी या फिर डॉक्टर के इक्का-दुक्का अपवाद के अलावा बड़े पैमाने पर शिक्षिका ही दिखाई देती है, शायद इसलिए भी कि अधिकतर कामकाजी लेखिकाएँ स्वयं इसी व्यवसाय से सम्बद्ध थीं। स्वाधीनता के तुरन्त बादवाले दशक की लेखिका-त्रयी कृष्णा सोबती, मन्नू भंडारी और उषा प्रियम्वदा में कृष्णा सोबती की आजीविका दफ़्तर से तथा मन्नू भंडारी, उषा प्रियम्वदा की शिक्षण से सम्बद्ध रही है। 1960 से लेकर 1975 ई. में स्त्री-विमर्श का आरम्भ होने तक पुन: स्त्री-कथा में बड़ी संख्या में एक नई जनसंख्या दाखिल हुई। मृणाल पाण्डे, ममता कालिया, मंजुल भगत, मृदुला गर्ग, ज्योत्स्ना मिलन, चित्रा मुद्‌गल, कृष्णा अग्निहोत्री, सुधा अरोड़ा, दीप्ति खंडेवाल, मालती जोशी, सूर्यबाला, प्रतिमा वर्मा, प्रभा खेतान, रेखा, राजी सेठ, नासिरा शर्मा, चन्द्रकान्ता आदि-आदि उन अनेक में से अनायास याद आनेवाले कुछ यशस्वी नाम हैं।

नौकरी तथा अर्थोपार्जन की ज़रूरत से मध्यवर्ग में स्त्री की शिक्षा की एक उपयोगिता बनी लेकिन पहलेपहल इसके पीछे कोई सामाजिक आन्दोलन नहीं, बल्कि आर्थिक मजबूरी थी। स्वाधीनता का उपरान्त-काल द्वितीय विश्वयुद्ध के बाद की मन्दी और महँगाई का काल भी था। भारत के सन्दर्भ में वह देश के विभाजन और विस्थापन का समय था। अराजकता और अव्यवस्था के ऐसे दौर पुनर्व्यवस्थित होने के क्रम में अपनी सामाजिक-पारिवारिक आचार संहिताओं को भी पुनर्योजित करते हैं। पंजाब की विस्थापित जनसंख्या के साथ हिन्दीभाषी प्रदेशों का सम्पर्क स्त्री के अपेक्षाकृत उन्मुक्त वैयक्तिक, पारिवारिक और सामाजिक अस्तित्व के साथ सम्पर्क भी था। इस विस्थापित समुदाय की स्त्री के लिए न केवल रोजगार की अनिवार्यता बल्कि उपार्जन-योग्यता की सहज स्वीकृति की मानसिकता ने भी हिन्दी पट्टी के माहौल तथा अपेक्षाकृत संकीर्ण मानसिकता को अनुकूल तथा 'औरत की कमाई खाने' के कलंक को दोषमुक्त बनाया होगा। लेकिन सच यही है कि अपनी सुविधा में स्त्री के अर्थोपाजन का इज़ाफ़ा कर लेने के बावजूद हिन्दी-पट्टी के मध्यवर्ग की कट्टरपन्थी मानसिकता और पिछड़ापन कायम रहे। उस पीढ़ी की कमाऊ स्त्री के लिए पूर्ण अथवा आंशिक आर्थिक आत्मनिर्भरता या पारिवारिक आय में सक्रिय योगदान के बावजूद इस ढोंग की लगभग मजबूरी जैसी ज़रूरत बनी रही कि कमाऊ होने के बावजूद वह महज एक घरेलू स्त्री है, उसके सारे घरेलू कर्तव्य जैसे-के-तैसे बरकरार हैं और अर्थोपार्जन उनसे अधिक और अतिरिक्त एक दायित्व मात्र है जिसका कोई महत्त्व नहीं ताकि पुरुष को इस नई शिक्षित, आत्मसम्पन्न स्त्री के सामने हीनभावना के गर्त में गिरने से बचाया जा सके। औरत के

काम और मर्द के काम अलग-अलग परिभाषित बने रहे। अपनी कमाई पर अभिमान/आत्मविश्वास, कार्यकुशलता पर गर्व या व्यावसायिक सन्तुष्टि, चुनाव की स्वतंत्रता जैसे सहज-प्राय उसके लिए अनिच्छा और तिरस्कार का विषय या फिर असमंजस, क्लेश, तनाव और विच्छेद का कारण हुए। इकाई परिवार, पारिवारिक सम्बन्धों के दायरों में सिकुड़न, यौन-स्वच्छन्दता, प्रेम और दाम्पत्य में अहं की टकराहट, तालमेल में खटपट, सामंजस्य की कमी, विवाहेतर प्रेम, प्रेम त्रिकोण, विवाह विच्छेद इत्यादि अनेक नए आयाम जीवनानुभव में शामिल हुए।

दहेज, स्त्री-शिक्षा, बालविवाह, बेमेल विवाह, बहुविवाह, विधवा/बाल विधवा पर्दा आदि मुद्दे समाज में जस-के-तस रहे आने के बावजूद साहित्य से गायब हो गए। स्त्री के जीविकोपार्जन में पत्नी और माँ के अलावा अविवाहित बेटी की भूमिका भी शामिल हुई। कुछ समय तक उसकी कमाई को दहेज और विवाह के व्यय के लिए संग्रह से जोड़कर देखा जाता रहा लेकिन जल्दी ही शहरी मध्यवर्ग में कामकाजी बेटी की कमाई को हाथ न लगाने का संकल्प ध्वस्त हुआ। बेटे को मुक्ति देते या उसकी उच्छृंखलताओं के सामने सिर झुकाते बेबस, लाचार परिवार का भार बेटियों पर आता दिखा। वह बेटे की स्थानापन्न तो हुई लेकिन उसके जैसी स्वतंत्रता और आत्मनिर्णय की अधिकारिणी नहीं। परिवार द्वारा उसका आर्थिक और भावात्मक शोषण आरम्भ हुआ। आचार-व्यवहार, मित्रता और अन्य भावनात्मक सम्बन्ध, आवाजाही, उठ-बैठ में वह रोक-टोक की बन्दिनी बनी रही।

स्त्री-कथा में ये सभी स्थितियाँ कथानक बनीं। पूर्ण अथवा आंशिक आत्मनिर्भरता को बड़े पैमाने पर हाशिया उलाँघने का सूचकांक कहा जा सकता है; लेकिन कथा में अभिव्यक्त स्थिति हाशिये को उलाँघने की बजाए कुछ ढीला और लचीला बनाने की; कुछ स्वयं को उसके अनुकूल ढालने और तालमेल बिठाने की कोशिश में बेताल-बेमेल के असमंजस और तनाव को जीवन का स्थायीभाव बनाने की है। संयुक्त परिवार का विघटन, इकाई परिवार का जन्म, कामकाजी औरत पर घर-बाहर का दोहरा भार, शिक्षा और आत्मनिर्भरता से उत्पन्न व्यक्तित्व-सम्पन्नता, उसके समक्ष पुरुष की हीनभावना, स्त्री-पुरुष आमने-सामने—जीवन की स्थितियाँ बदल गई हैं लेकिन माँ, बेटी, बहू, पत्नी, बहन इत्यादि भूमिकाओं के आदर्श का मिथक अभी ज्यों-का-त्यों है। यह नई स्त्री ख़ुद को न झुठला सकती है न ख़ुद को इन कसौटियों पर कसने और अपने-आपको तोलने की मानसिक मजबूरी से मुक्त हो सकती है। यह तनाव और कशमकश इस दौर की स्त्री-कथा का भावात्मक पक्ष है।

उस दौर की अनेक लेखिकाएँ आज भी रचना में सक्रिय हैं। कृष्णा सोबती, मन्नू भंडारी, उषा प्रियम्वदा मौजूदा समय की वरिष्ठ लेखिकाएँ हैं। अपने लेखन में उन्होंने स्त्री की मानसिकता के बदलाव को अंकित भी किया है लेकिन स्वयं को स्त्रीवाद तथा स्त्री-विमर्श की हिमायती नहीं मानतीं।

1975 और उसके बाद—स्त्री-विमर्श और रचनात्मक अभिव्यक्ति का मौजूदा दौर

स्त्रीवाद तथा स्त्री-विमर्श के साथ गठजोड़ में आज की स्त्री-कथा साहित्यिक रचना के अतिरिक्त एक राजनीतिक कार्रवाई भी है। बल्कि कहना चाहिए कि प्रमुखतः वह

राजनीतिक कार्रवाई ही है और साहित्यिक रचना उसके लिए एक विशेष विमर्शात्मक अर्थ रखती है।

स्त्री-मुक्ति के पिछले उपक्रम से यह लेखन स्वभावत: भिन्न है। इस चरण में स्त्री ने समाज की पितृसत्तात्मक संरचना के विरुद्ध अपनी मुक्ति को एक अभियान, एक मोर्चे की तरह सँभाला है। वह अब अपने अस्तित्व/स्त्रीत्व को ही पुन:परिभाषित करते हुए देख रही है कि तथाकथित स्त्रियोचित भूमिकाएँ तथा गुण केवल पितृसत्ता के द्वारा थोपी हुई गढ़न्त हैं जिन्हें अपनी योग्यता का पैमाना, स्वीकृति की शर्तें और आचरण की कसौटी मानकर वह वस्तुत: पितृसत्ता की ज़्यादतियों के समक्ष और अधिक असुरक्षित, वेध्य तथा वध्य हो जाती है। यह अभियान तालमेल और समायोजन के प्रयासों के विपरीत और उनसे भिन्न, न्याय के आग्रह और कई बार प्रतिशोध की न्यायोचित आकांक्षा से भी परिचालित है।

इस नए अवतार के पीछे एक संक्षिप्त इतिहास मौजूद है। 1975 में संयुक्त-राष्ट्र-संघ के तत्त्वावधान में स्त्री के विरुद्ध विश्वव्यापी भेदभाव के उन्मूलन के कार्यक्रम का सूत्रपात हुआ। अन्तरराष्ट्रीय महिला वर्ष, महिला दशक, उस दशक के दौरान तीन विश्व महिला सम्मेलन और उसके बाद अब प्रतिवर्ष मनाया जानेवाला आठ मार्च का महिला-दिवस उसी कार्यक्रम की देन हैं जिसके माध्यम से हम अपने संकल्प को पुनर्नवा करते हैं। महिला दशक के दौरान 'कन्वेन्शन ऑन द एलिमिनेशन ऑफ़ ऑल फॉर्म्स ऑफ़ डिस्क्रिमिनेशन अगेन्स्ट विमेन' (स्त्री के विरुद्ध हर प्रकार के भेदभाव के उन्मूलन का प्रतिज्ञा-पत्र) का ख़ाका तैयार हुआ। सत्तर के दशक में पहली दुनिया (पश्चिम-अमेरिका और यूरोप) में स्त्रीवादी आन्दोलनों की दूसरी लहर अपने प्रबल और आक्रामक उठान पर थी। 1973-75 के दौरान अन्तरराष्ट्रीय महिला वर्ष की योजना की तैयारी इससे गहराई से प्रभावित हुई। प्रतिज्ञा-पत्र का खाका रचनेवाली समिति के सदस्यों ने स्त्री-समता के क़ानूनी संज्ञान से स्त्री की इस प्रगति को गहराई देना, दूसरी और तीसरी दुनिया के देशों तक फैलाना और आर्थिक विकास में स्त्री की भूमिका व घरेलू श्रम के मूल्य को रेखांकित करना चाहा।

1979 में यह प्रतिज्ञा-पत्र संयुक्त राष्ट्रसंघ की आम सभा में स्त्री-अधिकार के अन्तरराष्ट्रीय विधेयक/बिल के रूप में अंगीकृत हुआ और तीन सितम्बर 1981 से लागू किया गया। इस प्रतिज्ञा-पत्र पर भारत भी एक हस्ताक्षरी है।

इस प्रतिज्ञा-पत्र में स्त्री के विरुद्ध भेदभाव को यूँ परिभाषित किया गया है—लैंगिक आधार पर कोई भी ऐसा भेदभाव, बहिष्कार या प्रतिबन्ध जो स्त्री की वैवाहिक स्थिति से बेलिहाज़, स्त्री-पुरुष की समानता के मद्देनज़र राजनीतिक, आर्थिक, सामाजिक, सांस्कृतिक, नागरिक या अन्य किसी भी क्षेत्र में स्त्री के मानवाधिकारों और बुनियादी स्वतंत्रता के संज्ञान, उपभोग या व्यवहार का क्षय अथवा हनन करता हो।

यह परिभाषा स्त्री को हर क्षेत्र में क़ानूनन हर उस मानवाधिकार और बुनियादी स्वतंत्रता का दावेदार बनाती है जिसका भागी पुरुष है और मातृत्व के सन्दर्भ में कुछ अधिक व अतिरिक्त का हकदार भी।

प्रतिज्ञा-पत्र पर हस्ताक्षर करनेवाले देश के उसके प्रावधानों के अनुसार अपने संविधानों में स्त्री-पुरुष की समानता के सिद्धान्त को शामिल करने के लिए सारे

भेदभावमूलक क़ानूनों को निरस्त करने के लिए और स्त्री के विरुद्ध भेदभाव का निषेध करनेवाले यथोचित क़ानूनों के अंगीकार के लिए भेदभाव से स्त्री की रक्षा करनेवाले न्यायाधिकरणों/विशेष अदालतों व अन्य सार्वजनिक संस्थानों की स्थापना के लिए व्यक्ति, संस्था तथा कार्यस्थल द्वारा स्त्री के प्रति भेदभाव के सारे व्यवहारों के उन्मूलन को निश्चित करने के लिए शिक्षा, स्वास्थ्य, रोज़गार, वोट और चुनाव में खड़े होने के समानाधिकार प्रदान करने के लिए प्रतिबद्ध हैं।

संयुक्त राष्ट्र संघ के प्रायोजन में इस विश्वव्यापी सामाजिक अभियांत्रिकी ने स्त्री की दशा में परिवर्तन की ठोस भूमिका तथा अनुकूल परिस्थितियाँ तैयार कीं। स्त्री को राजनीतिक और सार्वजनिक जीवन में बराबरी का अवसर और व्यापक पहुँच की क़ानूनी वैधता से स्त्री-पुरुष की समानता को वास्तविक और ठोस आधार मिला। इसने स्त्री के स्वत्व, अनुभूति और अभिव्यक्ति का स्वर बदल दिया। अब तक जो स्वर बराबरी या बराबरी के आभास के लिए कहीं याचक तो कहीं कृतज्ञ था उसमें अब दावे और दखल की उग्रता और संघर्ष की कर्कशता आने लगी थी।

स्त्री-विमर्श पितृसत्ता के विरुद्ध स्त्री के स्वत्व, अस्मिता और स्वाधीनता के दावे की वैचारिकी है। इस वैचारिकी का एक हिस्सा, हिन्दी कथा के सन्दर्भ में ज़्यादा बड़ा और व्यापक भी, पितृसत्ता के, अन्यायों, उत्पीड़नों और हथकंडों की पहचान तथा कहीं उसकी पीड़ा का हाहाकार तो कहीं उसके विरुद्ध अभियोग है, तो दूसरा हिस्सा अपने स्वायत्त अस्तित्व को परिभाषित करने की, पंखों की, उड़ान की आकांक्षा।

स्त्री-विमर्श अब एक परिपक्व और विकसित वैचारिकी का रूप ले चुका है और ज्ञान के अनेक अनुशासनों में अभिव्यक्त हो रहा है। इतिहास, भूगोल, समाजशास्त्र, अर्थशास्त्र, राजनीति, शरीरविज्ञान, मनोविज्ञान, दर्शन और बेशक साहित्य भी बल्कि शुरुआत में तो साहित्य ही। मूल प्रतिज्ञा अब तक के सारे विकास, इतिहास और अभिव्यक्ति को पितृसत्ता की करतूत मानते हुए उसके कारनामों के भंडाफोड़ तथा प्रतिकार की है। स्त्री-विमर्श केवल कोई एक सिद्धान्त नहीं, सिद्धान्त गढ़नेवाली एक दृष्टि है; दृष्टि जो दर्शन की सूत्रधार है, दर्शन जो ज्ञान के हर अनुशासन का मूल है। इसलिए स्त्री-दृष्टि के रचे हुए दर्शन भी पितृसत्ता के रचे हुए अनुशासनों के मूल में उतरने, उनसे लोहा लेने, अपने हाशियाकरण को निरस्त करने की प्रतिकारजनित यात्राएँ हैं। साहित्य के हिस्से में सामाजिक, आर्थिक, पारिवारिक, सांस्कृतिक रिश्तों के ताने-बाने में ज़िन्दगी का दस्तावेज़ आया है इसलिए स्त्री के जीवन की लिखन्त की तरह उसका उपयोग सभी अनुशासन करते हैं। इसलिए मूलभूत एक प्रश्न यह भी उठ खड़ा होता है कि साहित्य में विमर्श होता है या कि विमर्श में साहित्य? उत्तर यह है कि होते तो दोनों ही हैं लेकिन दोनों की तलाश अलग-अलग होती है।

खोलकर कहें तो विमर्श में साहित्य का अर्थ यह है कि विमर्श एक राजनीतिक कार्रवाई है और साहित्य की ज़रूरत उसे अपने उद्देश्यों के एक माध्यम के रूप में पड़ती है। साहित्य में विमर्श का अर्थ यह है कि विमर्शगत सवालों को विषयवस्तु की तरह लेते हुए भी दृष्टि विमर्श के उद्देश्यों तक सीमित नहीं रहती, रचनात्मक अनिवार्यताओं से संचालित होती और अभिव्यक्ति की प्रक्रिया में अस्तित्व के गहनतम स्तरों से जूझती और अस्मिता को उसकी पहचान देती है। विमर्श के दायरों में कलात्मक

क्षमता और सौन्दर्य कई बार नकारात्मक आलोचना के भागी बनते हैं। रचनात्मक सौन्दर्य के सारे प्रतिमान पितृसत्ता के मत्थे मढ़कर कलाहीनता को एक तरह का विमर्शात्मक आदर्श बना दिया जाता है। लेकिन इस तरह स्त्री अपनी रचनात्मक क्षमताओं को भी एक नकारात्मक सीमा की बन्दिनी बना लेती है। साहित्यिक कोटि की भाषा होने के बावजूद वह विमर्श का अंग है क्योंकि स्त्री के सृजनकर्म के रूप में वह पितृसत्ता के किसी-न-किसी प्रतिमान का कोई-न-कोई प्रतिकार ही कर रही होती है।

पितृसत्ता के प्रतिकार का संकल्प मुक्ति अभियान के पिछले चरण के विपरीत पुरुष के सहयोग की बजाए उसके स्त्री-द्वेष को भड़काने का काम करता है और स्त्री भी उत्पीड़न के पिछले हजार साल के इतिहास का उत्तराधिकार लिये-दिए पुरुष-द्वेष और न्यायोचित आक्रोश के सहारे मोर्चा सँभालती है। अनेक नए-नए क़ानून उसके पक्ष में हैं लेकिन क़ानून से जो अधिकार दिए जाते हैं वे अपनी सजग सचेत कर्मठता के बिना लिये नहीं जाते इसलिए अनेक सरकारी संस्थाएँ, ग़ैरसरकारी संगठन और विशेष अदालतें उसकी मदद को मौजूद हैं। युद्धम् देहि की इस मुद्रा को पुरुष तो क्या, अनेक पिछली पीढ़ी की लेखिकाओं/महिलाओं का समर्थन भी प्राप्त नहीं होता क्योंकि उनका सामाजिक संस्कार इसे परिवार की जड़ पर कुठारघात की तरह देखता है जबकि भारतीय समाज में परिवार को बड़े पैमाने पर पवित्रता का स्पर्श प्राप्त है।

स्त्री-विमर्श कोई एक अकेली धारा नहीं, अनेक धाराओं और प्रवृत्तियों का समुच्चय है। एक उग्र, आक्रोशमयी प्रतिशोधी धारा है जो तोड़-फोड़ मचाकर पितृसत्ता को समूल तहस-नहस कर देना चाहती है ताकि स्त्री को नए सिरे से शुरू करने के लिए खाली मैदान मिले। दूसरी, अपेक्षाकृत नरमदिल धारा सीमाओं को लचीला, भूमिकाओं को पुन:परिभाषित और अर्जित योग्यताओं को सुरक्षित रखते हुए ही उत्पीड़न का प्रतिकार और प्रतिशोध हुए बिना अन्याय का पात्र होने से इनकार करना चाहती है। तीसरी परिस्थिति और समस्या के अनुरूप नरमदिल या गरमदिल प्रतिकार या प्रतिशोध की रणनीति के चुनाव के विकल्प को विचारणीय मानती है।

कहाँ लिख पाती हैं हम सच?

प्रभा खेतान

प्रिय राजेन्द्र जी,

आपने स्त्री दलन के प्रसंग में लिखने को कहा...मगर इस प्रसंग में मेरे मन में कुछ द्वन्द्व रहे हैं, अतः यह पत्र लिख रही हूँ।

राजेन्द्र जी, पता नहीं क्यों मुझे नारीवाद द्वारा प्रतिपादित दलन शब्द को सही दृष्टिकोण तथा सही प्रसंग में समझने में कठिनाई होती है, बहुधा मन में सवाल उठा करता है कि दलन से हम क्या समझते हैं, और वास्तव में दलित कौन है? और इनमें भी विद्रोह करने में कौन ज़्यादा सक्षम साबित होगा? दर्शन के क्षेत्र में न जाने कितने वाद और विचार हैं, मसलन उदारवादी, मार्क्सवादी, अतिवादी या मूलवादी, मनोविश्लेषणात्मक समाजवादी, पर्यावरणवादी, संघटनवादी एवं उत्तर-आधुनिकवादी, तथा उनके विभिन्न दृष्टिकोण, जिनकी सहायता से समय-समय पर स्त्री नामक इस जटिल प्राणी की परिस्थितियों का विश्लेषण करने का प्रयास भी किया गया, किन्तु लगता है जैसे जब भी बहुत-कुछ हम समझ नहीं पाए हैं।

वैसे स्त्री दलन और मुक्ति पर आलोचना करते हुए अधिकतर समय विश्लेषण एवं चिन्तन में स्त्री के बदले स्त्री की विशेषताओं तथा लिंग के बदले संवर्गों का उपयोग ज़्यादा किया जाता है जो हमें अमूर्तन की ओर ले जाता है। दलन को समझने के लिए कभी मार्क्सवादियों के अनुसार वर्गीय अवधारणा को प्रयुक्त किया गया तो कभी मूलवादियों ने यौन-भेद पर आधारित संस्थाओं के ख़िलाफ़ जेहाद छेड़ा, स्त्री चर्चा में कभी सामान्य स्त्री शामिल रही है तो कभी विशिष्ट स्त्री, कभी हमने सारी भिन्नताओं से, देश राष्ट्र की सीमाओं से परे स्त्री की पहचान को स्थापित करना चाहा तो कभी स्त्री को उसकी स्थानीय विशेषताओं में ही सीमित कर दिया, किन्तु स्त्रियों में भी जाति, वर्ग, सम्प्रदाय, धर्म तथा राष्ट्र के प्रसंग में भिन्नता तो है ही, तब फिर हम किस स्त्री पर चर्चा करना चाह रहे हैं? दलन और उसकी मुक्ति के सन्दर्भ में चर्चा करने का यह अधिकार हमें दिया किसने? क्या किसी स्त्री समूह ने? और जिनकी हम चर्चा कर रहे हैं उनके प्रति हमारी नैतिक ज़िम्मेवारी क्या होनी चाहिए? भिन्नता है और विश्लेषण के दौरान इसका खयाल रखना ज़रूरी है। स्वाभाविक है कि जब सब अलग-अलग पहचान स्थापित करना चाहें, अपने बारे में बोलना चाहें, तब इन सारी भिन्नताओं को समेटकर प्रतिनिधित्व का अधिकार महज़ कुछेक स्त्रियों के हाथ में कैसे दिया जा सकता है। सही बात तो यह है कि आप या हमारे जैसों के मातहत रहकर ये स्त्रियाँ हासिल भी क्या कर लेंगी? हो सकता है कि स्त्री पर कुछ कहने की चेष्टा में हमारी ईमानदारी व्यक्त हो, हमारी नीयत में कहीं खोट नहीं लगे। किन्तु क्या केवल ईमानदारी ही काफ़ी है? ईमानदारी का पर्याय प्रामाणिकता

तो नहीं है, प्रामाणिक लेखा-जोखा हम किसे कहेंगे? उसे ही तो न, जिस बात का हमें अनुभव हो, दलन की जिस स्थिति का हमें अनुभव नहीं उस पर वैचारिक चर्चा करना, या सैद्धान्तीकरण का प्रयास करना कहाँ तक उचित होगा? वर्ग, जाति के सारे आयामों को टटोलना होगा ताकि कही हुई बातों में स्पष्टता आए। टटोलने का अर्थ यह भी नहीं कि हम केवल तथ्यों को बटोरने लगें। आख़िर हम ऐसा विश्लेषण क्यों नहीं प्रस्तुत कर पाते जो हमारे सिद्धान्त और संघर्ष की विचारधारा को मज़बूत करे, जो न केवल किसी एक जाति या वर्ग बल्कि सभी स्त्रियों की दलित स्थिति पर प्रकाश डाल सके।

विचारधारा के अभाव में बहुधा स्त्री-लेखन पर अस्पष्टता का आरोप लगता रहा है। न केवल हमारा लेखन ही बल्कि पश्चिमी लेखिकाओं को पढ़ते हुए भी यही लगा कि अन्ततः यह स्पष्ट नहीं होता कि जाति, वर्ग, समुदाय, सम्प्रदाय, धर्म, लिंग की पहचान शारीरिक और मानसिक स्थिति तथा उम्र के प्रसंग में निर्मित इन सैद्धान्तिकियों का किसी लेखिका द्वारा किए गए विश्लेषणों पर कैसा प्रभाव पड़ता है और सैद्धान्तिकियों का निर्माण किया किसने? हमने तो नहीं किया हमें तो ये बैशाखियाँ या कहें कि अस्त्र पकड़ा दिए गए और सारी कवायद के बाद यह सोचकर मुझे दुःख भी होता है कि जिस वैचारिक धरातल पर मैं खड़ी थी, जिसे अब तक मैं अपना दृष्टिकोण कह रही थी वह वास्तव में मेरी अपनी ज़मीन है ही नहीं, यहाँ तक कि संवाद और अभिव्यक्ति की मेरी भाषा भी अपनी नहीं है। मैं तो उधार की भाषा में बात कर रही हूँ। बहुतेरी आरोपित पश्चिमी विचारधाराओं के लिए मैं संघर्षरत हूँ। मेरे लिये यह मोहभंग बड़ी त्रासदी है विशेषकर यह कि न केवल पुरुषों के स्त्री-विरोधी दृष्टिकोण का सामना करना है, बल्कि उन स्त्रियों की उपेक्षा का शिकार भी होना है, जिन्होंने हमें प्रतिनिधित्व का अधिकार दिया था।

कितने सतही तरीक़े से हमारा ज़िक्र किया गया, मानो हमारी कोई अलग पहचान ही नहीं है, क्या अधिकार था इन पश्चिमी श्वेत स्त्रियों को कि वे हमारा नामकरण करें—हमें 'अन्य' के रूप में सम्बोधित करें। आख़िर उन्होंने हमें किसलिए तीसरी दुनिया की स्त्री ऐशियन स्त्री के नाम से सम्बोधित किया? उनके इस औपनिवेशिक दृष्टिकोण पर बड़ी चिढ़ होती है। पश्चिमी श्वेत स्त्री की तुलना में मैं भारतीय स्त्री की प्रतिनिधि हूँ तो क्या हुआ? भारतीय भी तो कोई एक पहचान नहीं, 'कोई अमीर है', यानी वह ग़रीब नहीं। कोई मारवाड़ी है इसलिए वह बंगाली या पंजाबी नहीं। यह क्या एक स्थायी वर्गीकरण है? और अब यह सवर्ण और दलित का मुद्दा उठ खड़ा हुआ है 'मैं कौन हूँ' सवर्ण हूँ या दलित—जाति से सवर्ण होते हुए स्त्री होने के कारण मैं दलित भी हो गई? आपने तो दलित और स्त्री को समकक्ष रखा है, चलो मान लिया, मगर अब दलित स्त्री में जाति भेद—यानी दलितों और दलित और अदलित की लड़ाई यहाँ से शुरू हो गई। दलन के कई प्रकार हैं, हो सकता है किसी स्त्री को एक प्रकार का दलन झेलना पड़ा है तो किसी अन्य को दूसरे प्रकार का। हाँ, सवर्ण हूँ इसलिए जातीय स्तर पर दलन नहीं झेलना पड़ा और न ही मैंने सर्वहारा की वर्गीय लड़ाई लड़ी है। लेकिन दलित जाति की होते हुए भी मीरा कुमार को सर्वहारा की पीड़ा से क्या लेना-देना, इफ़रात दौलत है उनके पास। किन्तु जो स्त्री वर्ग से ग़रीब है तथा जाति से दलित और गाँव या छोटे क़स्बे में रहती है, उसकी पीड़ा, यंत्रणा, त्रासदी, कई-कई स्तरों पर है तो क्या विद्रोह के लिए सबसे अधिक सक्षम वही है? मगर इस प्रकार का विभाजन नई समस्याओं को पैदा करेगा। कुछ भी कहने का

अर्थ होगा ग़लत समझा जाना। आख़िर किस अधिकार से हम दलित पर कहानी, उपन्यास लिखते हैं या उन पर चर्चा करते हैं। अपने ही कहे हुए शब्द मुझे अपरिचित लगते हैं। बिना किसी मौलिक ईमानदारी के मेरी सारी विचारधाराएँ, आन्दोलन, संघर्ष का प्रयास, पहचान की माँग अन्ततः मेरे गले में घुटकर रह जाती है। क्या सवर्ण पैसेवाली स्त्री को दलन नहीं झेलना पड़ता? आप कहेंगे वैसा नहीं, जैसा इन्हें झेलना पड़ता है। 'तुम लोग बहुत आराम में हो', यानी आपने भी जोड़-तोड़ की राजनीति शुरू कर दी। जोड़ा तो कभी नहीं अब तोड़ना भी शुरू कर दिया।

वर्गीकरण भी तो स्थाई चौखटा नहीं और न ही हम स्त्रियों ने इसे निर्मित किया। मनु महाराज ने किया था। यानी हम स्त्रियों की पहचान तो पुरुषों को मापनी से निर्मित है। स्वयं बौद्धिक स्त्रियाँ भी आपस में कितनी बँटी हुई हैं। एक ओर जहाँ मेधा पाटेकर, मधु किश्वर, कुमकुम सांगरी, वृन्दा कारन्त हैं, तो दूसरी ओर कौशिल्या वैसंत्री हैं, मैत्रेयी पुष्पा हैं, सुधा अरोड़ा हैं, राजनीति में सुषमा स्वराज हैं तो दूसरी ओर सोनिया गांधी हैं। हम सबकी अपनी सुविधाएँ-असुविधाएँ हैं...किन्तु आत्मावलोकन के क्षणों में प्रायः लगता रहा है कि विरोध के ये सारे मुद्दे हमें सिखाए गए हैं। एक ओर जहाँ मीडिया और मंच पर रची-बसी ये अति उच्च शिक्षिता अकादमी की कुर्सियों पर विराजमान, राजनेत्रियाँ सामाजिक कार्यकर्तियाँ हैं, कॉलेज से लेकर स्कूल, प्राइमरी स्कूल तक की अध्यापिकाएँ हैं तो दूसरी ओर हजारों-लाखों स्त्रियाँ हैं, जिनको स्त्री मुक्ति आन्दोलन से कोई मतलब नहीं, जिनके लिए रोटी-रोजी की समस्या ही सबसे बड़ी समस्या है, जिनका जीवन ही संघर्ष है। वे नहीं जानती कि नारीवाद की परिभाषा क्या है, यह किन अवधारणाओं पर आधारित हैं, इसके दूरगामी प्रभाव क्या हैं? उनके जीवन में स्त्री होने की यंत्रणा है, हिंसा की त्रासदी से वे गुज़रती हैं अपने बारे में वे बोलना चाहती भी हैं किन्तु वे किससे कहने जाएँ अपनी बात, कौन समझेगा उनका शोषण, उनका उत्पीड़न उनकी त्रासदी? ऐसा लगता है साधारण स्त्री के लिए कहीं कोई जगह नहीं। उसके पास न सत्ता की-सी भाषा है और न अभिव्यक्ति का सूफियाना लहजा।

वैसे राजेन्द्र जी स्वयं मुझे अपनी भाषा पर शक हो चला है, आख़िर नारीवाद से मैं क्या समझती हूँ? क्या मेरे पास मुक्ति का कोई ठोस सिद्धान्त है? कोई ऐसी विचारधारा जो सबके लिए उपयोगी न भी हो तो कुछ के लिए उपयोगी हो। निराशा तब होती है जब अपनी गहरी समझ और संवेदना के बाद भी मैं अधिकतर स्त्रियों के साथ संवाद स्थापित करने में असमर्थ हो जाती हूँ। बहुधा अपने ही वर्ग में पाती हूँ कि पुरुषों की तरह ये स्त्रियाँ भी अनेकानेक स्त्रियों को अपने से हीन जाति की समझती हैं या फिर अपने साथ एक ऐसा वैचारिक ढाँचा लिये चलती हैं, जो हम जैसों के लिए परेशानी का कारण भी है।

और अन्त में सारी चर्चाओं के बावजूद आप जैसे बौद्धिक हमारे लेखन में जातिवाद, वर्गद्वेष, साम्प्रदायिक मानसिकता, सांस्कृतिक साम्राज्यवाद या यौनवाद को खोज निकालेंगे तब लगता है कि पहले मुझे इन सारे 'वादों' के रोग से बचना होगा तब कहीं जाकर वैश्विक बहनापे का दावा किया जा सकेगा। और क्या सच में वैश्विक बहनापे की अवधारणा को स्वीकारा जा सकता है? अब आप मन-ही-मन मुस्करा रहे होंगे, औरतें भला कब से एक होने लगीं? असम्भव! सब तो बिल्लियाँ हैं, अपनी-अपनी पहचान के लिए नोचती-खसोटती या फिर कुछ लोग कहेंगे कि अरे आप काहे परेशान

हो रही हैं? बकवास बन्द करिए। अब इन्हीं सब बातों के लिए न जाने कितनी दोस्तियाँ टूट गईं, न जाने कितनी बातें अनकही रह गईं। गर्भ धारण यानी प्रजनन की समस्या या फिर यौन उत्पीड़न? क्या इन अनुभवों के स्तर पर हम एक हैं? केवल पति-पत्नी पर ही तो परिवार आधारित नहीं हुआ करता। क्या समलिंगी स्त्रियों का परिवार नहीं हो सकता? नहीं...नहीं...ऐसी बहुत-सी जातियाँ हैं, जो आज भी कबीलाई ज़िन्दगी बसर कर रही हैं।

कभी सोचती हूँ कि क्या हम स्त्रियों का अपना कोई सार्वभौमिक मुद्दा नहीं है? यानी क्या सवर्ण और दलित स्त्रियाँ एक-दूसरे के अनुभव और समस्या पर चर्चा नहीं कर सकतीं? हमारा आपस में कोई साझा नहीं हो सकता? इसके दो तरीक़े हो सकते हैं। मान लीजिए कि इस वक़्त यहाँ मैं और वह यानी दो स्त्रियाँ मौजूद हैं और हम दोनों फ़िलहाल साथ-साथ उस स्त्री के अनुभव पर चर्चा कर रहे हैं यानी चिन्तन और सोच-विचार के माध्यम से हम जिस नतीजे पर पहुँचना चाहेंगे उसके लिए यह भी ज़रूरी है कि वह स्त्री अपने बारे में सोचे और बोले तथा मैं भी उसके बारे में सोचूँ और लिखूँ। किन्तु वह स्त्री जहाँ अपनी समस्या पर एक भीतरी व्यक्ति की तरह यानी अन्तस्थ होकर सोचेगी, वहीं मैं एक बाहरी व्यक्ति की हैसियत से ही चर्चा कर पाऊँगी। मैं उसके बारे में पूर्वानुमान के द्वारा सोचूँगी तथा जिस नतीजे तथा निर्णय पर पहुँचूँगी, वह एक प्रकार से अपने दृष्टिकोण को उसके अनुभवों पर आरोपित करना होगा।

जहाँ तक ज्ञान की पहली प्रणाली है, वह इन विभिन्न वृत्तान्तों के प्रसंग में संवाद की सम्भावना की प्रस्तुति मात्र है जबकि दूसरी विधि से मैं अपने अनुभव को उसके ऊपर आरोपित कर रही हूँ—जिसके मूल में मेरा मैं, मेरी श्रेष्ठता की भावना काम कर रही है। यानी अपने लेखन में अपनी चर्चा में मैं, दलित स्त्री को अन्य के रूप में प्रस्तुत कर रही हूँ। दूसरे को यों तौलना, उसको वस्तु रूप में जाँचना ग़लत होगा। उसके प्रति अन्याय होगा, उसको छोटा करना होगा। हममें से बहुतेरी स्त्रियाँ न केवल श्वेत पश्चिमी स्त्रियाँ, बल्कि यहाँ की सवर्ण स्त्रियाँ एक लम्बे अरसे से शायद आज भी, न केवल अपने दलन के बारे में बल्कि अन्य स्त्रियों के दलन के बारे में भी ख़ुद को मुख्य प्रवक्ता समझती रही हैं। और इसे मैं उनकी महत्त्वाकांक्षा ही कहूँगी। आकांक्षा का सम्बन्ध सत्ता से है और सत्ता अपने साथ श्रेष्ठता की भावना को संवर्द्धित करती है जो अन्ततः दूसरे से छोटा करती है।

जागरण काल के मूल्यों ने भी स्त्री के व्यक्तित्व को यथार्थ में छोटा किया। औदार्य के नाम पर स्त्री को न जाने कितने सपने दिखलाए गए। आधुनिकता के कुछ ऐसे ही सार्वभौम पैमाने थे जिनमें सबको फिट होना था और जो नहीं हो पाता था यानी जो भिन्न था उसका अस्तित्व ही ख़तरे में था। चूँकि मैं एक पारम्परिक परिवार की हूँ, मुझे इसका अनुभव है। और इन तेज़-तर्रार आधुनिकाओं ने मुझे नीची नज़र से देखा, मेरा मज़ाक़ बनाया, मेरे विचार एवं मूल्यों को, मेरी शिकायतों को बस एक प्रलाप की संज्ञा दी। वे मुझसे ज़्यादा सलीकेदार, बालकटी थी। अंग्रेज़ीयत में डूबी थीं, इनके मुखश्री से अंग्रेज़ी मौलश्री के फूलों-सी झरा करती। राजेन्द्र जी! पढ़े-लिखे सुसभ्य, सांस्कृतिक परिवारों से आई हुई इन स्त्रियों को मंच पर धड़ल्ले से बोलने का अभ्यास था। इनमें प्रचुर आत्मविश्वास था और मैं श्रोताओं की कुर्सी पर बैठी टुकुर-टुकुर इन्हें देखा करती। मैं भी उन जैसी होना चाहती थी, उस आधुनिक बोध को पाना चाहती थी

जो मुझे सफलता दे। दलन को भोगना और समझना तथा उसे सत्ता एवं संस्कृति की स्थापित भाषा में अभिव्यक्त कर पाना अलग-अलग बातें हैं। दोनों में ज़मीन-आसमान का फ़र्क़ है। गूँगा गुड़ की मिठास के बारे में या नीम की कड़वाहट के बारे में बोलने में असमर्थ है, अपनी भावना को वह शब्दों में कह नहीं पाता।

इसलिए दलन के सिद्धान्तों की चर्चा एक कठिन काम है। इन भिन्नताओं के चलते क्या हम अलग-अलग टुकड़ों में टूट नहीं जाएँगे? टूट नहीं रहे हैं? बिखरेंगे नहीं? आनेवाली सदी में सामूहिक प्रयास के लिए हमारे पास भी कुछ मुद्दे तो बचे रहने चाहिए, जिन्हें हम आन्दोलन के रूप में उठा पाएँ। समवेत स्वर में जिसे अभिव्यक्त कर सकें। किन्तु साथ चलते हुए यह भी लगता है कि परम्परा से मिली हुई सुविधाओं को क्या हम सवर्ण स्त्रियाँ अपनी दलित बहनों के लिए छोड़ पाएँगी? अपने पाक-साफ़ इरादों से कहीं हम दलित स्त्री के प्रति अन्याय नहीं करेंगी? ग़लत नहीं हो जाएँगी? सबसे पहले अपनी नीयत को टटोलें और समझें कि वास्तव में स्त्री-मुक्ति के प्रसंग में, हम चाहते क्या हैं, हमारा उद्देश्य क्या है? हमें अपना निजी स्वार्थ तो छोड़ना पड़ेगा। प्रवक्ता होने की अपनी-अपनी लोकैषणा का त्याग करना होगा। कहीं हम इन ग़रीब बेपढ़ी-लिखी, दलित स्त्रियों को इसलिए तो नहीं जानना चाह रहीं ताकि इस ज्ञान से अपने वर्ग में अपने जैसे लोगों को कह सकें कि देखो हम कितना व्यापक दृष्टिकोण रखते हैं। क्या इन दलित स्त्रियों से हम इसलिए परिचय तो नहीं बढ़ा रहीं ताकि इन्हें तोड़ें-मरोड़ें, इनकी जीवनशैली का अपने स्तर से प्रबन्ध करें। निहित स्वार्थ को प्रबन्ध कहें या अन्य कुछ नाम दें, मगर किसी को बनाते वक़्त सर्जक होने का दावा तथा ज्ञाता के रूप में अन्य के जीवन की तह को उधेड़ने की महत्त्वाकांक्षा पूरी होती है। और क्या महत्त्वाकांक्षा में सत्ता का स्वार्थ अन्तर्निहित नहीं? हो सकता है कि हममें से कुछ के अनुसार यहाँ कोई ऐसा स्वार्थ नहीं पूरा हो रहा, बल्कि हम तो कर्तव्य की भावना से प्रेरित होकर ऐसा कर रही हैं—यह हमारा कर्तव्य है कि स्त्री-मुक्ति की इस महती परियोजना में हम शामिल हों। किन्तु उनके जीवन में भागीदारी मिलते ही, अहम् का बोध होता है। दूसरों की नज़रों में, समाज की नज़रों में सही होने का, कर्तापन का अभिमान जागता है। हमें इससे बचकर चलना चाहिए। अन्य दूसरी स्त्री को जानने के पीछे आपस में दोस्ती की चाह हो, यानी एक-दूसरे के बारे में जानने से आनन्द का बोध और ख़ुशी मिलती हो तो ठीक है। साँझे के जगत् में रहने का एहसास हमें संवर्द्धित करेगा, मगर क्या सच में हम इस मिशन को लेकर चल रहे हैं?

नारीवाद तो इसलिए भयानक रूप से पश्चिमी लगता है कि यह हाल ही में जनमा है। हमारे देश में अभी भी इसकी जड़ें जमी नहीं हैं। तब क्या हम इसे औपनिवेशिक संस्कृति की देन कहें? चलो मान लेती हूँ कि यह एक आयातित विचारधारा है, आप नारीवाद को नहीं स्वीकारना चाहते, मत स्वीकारिये किन्तु इससे यह तो सिद्ध नहीं होता कि हमारे समाज में स्त्री स्वतंत्र है, मुक्त है, उसका दलन नहीं होता। हम भारतीय स्त्रियों के दलन को समझने के लिए भी और कौन-सी ज्ञान प्रणाली है? हमारा ज्ञानशास्त्र भी तो ब्राह्मणवाद की देन है। परम्परा से हमें तर्क केन्द्रित (सवर्ण केन्द्रित/पुरुष केन्द्रित) ज्ञान मिला है।

सारे विचार अन्ततः पुरुष प्रदत्त हैं। विशेषकर सवर्ण केन्द्रित हैं। पाप की अवधारणा, दंड विधान ब्राह्मणों के तर्क एवं विश्लेषण पर आधारित हैं। ब्राह्मणवाद

पूर्वानुमानित रूप से विषयी और विषय, व्यक्ति और वस्तु अन्वेषणकर्ता एवं उनकी अधीत वस्तु के भेद पर आधारित है। यह उस ब्राह्मण पुरुष का सिद्धान्त है जो अन्य के अनुभव पर जीवित है। अपने और अपने से भिन्न के बीच दरार/गैप/स्पेस पर आधारित ज्ञान ही इनके सैद्धान्तीकरण को सुदृढ़ करता और आधारभूमि प्रदान करता है। ब्राह्मण विज्ञान और नैतिक मूल्यों में भेद करता है तथा तर्क में विवाद को प्रश्रय देता है, यानी वह कितनी भी विनम्र मुद्रा अपनाये किन्तु तर्क करते समय अन्य के ऊपर विजयी होने के अहम् भाव से मुक्त नहीं हो पाता। और जब हारने लगता है तो चिढ़कर गार्गी से कहता है, बस गार्गी! अब और प्रश्न मत पूछो...वरना!...इसे क्या कहेंगे? ऐसा तर्क तो किसी भी स्त्री के हक में नहीं है। ज्ञान-प्राप्ति के इस विधान में स्त्री और दलित की कोई महती भूमिका नहीं रही है...दो-चार अपवाद को छोड़कर। जो अपवाद होते हैं उन्हें अपनी परम्परा से अलग हटकर स्थापित होने में मेहनती लगन के अलावा वक़्त चाहिए। विशेषकर सफलता के इतिहास की समृद्धि चाहिए। प्रेरणा चाहिए। हम स्त्रियों के पास ज्ञान की अपनी परम्परा, सफलता का अपना इतिहास कहाँ है? हमारा इतिहास तो आप लोग लिखते हैं। नारीवाद व्यक्ति और वस्तु के भेद को मिटा तो नहीं पाता, मगर धूमिल करने का प्रयास ज़रूर करता है, यह चाहता है कि हम—

1. ज्ञान केवल तर्क पर आधारित नहीं हो बल्कि भावना से भी निर्मित होना चाहिए। कम-से-कम दलन का ज्ञान तर्क केन्द्रित नहीं हो सकता।
2. नारीवाद सापेक्षिक सत्य की खोज कर रहा है। तथा इस सापेक्षिक कल्याणकारी सच को जानने के लिए आपसी संवाद की ज़रूरत है।

ताकि स्त्री अपनी खामोशी तोड़े। स्त्री चाहे दलित हो या फिर सर्वहारा या मध्यमवर्गीय, अपने-अपने दलन के बारे में बोल सके। नारीवादी सिद्धान्त तभी कसौटी पर खरे उतरेंगे, जब वे किसी विशेष स्त्री के जीवित अनुभव पर विमर्श प्रस्तुत कर सकें, जब इनके द्वारा प्रस्तुत सैद्धान्तिकियों में स्त्री देह और स्त्री मानस की दरार को पाटने की कोशिश हो, जब स्त्री जीवन में तर्क एवं भावना का द्वन्द्व खत्म किया जा सके और अपसी भिन्नताओं के बावजूद स्त्रियों में दोस्ती रहे, साझेदारी रहे।

हमारा यह आपसी भेद मिटता—वे मुझ पर बोलतीं, मैं उन पर लिखती, हमारे अनुभवों का एक साझा जगत् होता, यह श्रेणीकृत समाज हमारे बीच नहीं होता। दलित और सवर्ण का यह भेद भी तो उसी पितृ सत्ता का दिया हुआ है, जिसने स्त्री/पुरुष का, मालिक/ग़ुलाम का, बौद्धिक/शारीरिक श्रम का भेद बनाया है। हम स्त्रियों ने तो अपने लिए सिद्धान्त नहीं बनाए और जो हमारे द्वारा निर्मित नहीं उसके प्रति यह अन्धश्रद्धा क्यों? या फिर उन सिद्धान्तों को स्वीकारने या नकारने के द्वन्द्व में हम क्यों पड़ें? क्यों नहीं अपनी ज़रूरत के अनुसार हम उनका प्रयोग करें? मैं जानती हूँ कि मिली हुई सुविधाएँ बहुत अधिक हैं, एक गहरी क्रमशः चौड़ी होती खाई है, मेरा मैं, मेरा सारा वजूद लेखन के इस तकनीकी संजाल और भाषाई धुन्ध में घुटकर रह गया है, इसका प्रमाण है, क्रमशः बासी होता हुआ लेखन। हाँ राजेन्द्र जी! महिला लेखन का दायरा सीमित होता जा रहा है...हमें घिसे-पिटे मुहावरों को दोहराने से बचना होगा।

यह भी जानती हूँ कि आपसी संवाद के लिए महज स्त्री होना काफ़ी नहीं है। संवाद के लिए भाषा की ज़रूरत है। स्त्री के पास अपनी भाषा नहीं। स्त्री भली-भाँति समझती है

कि उसके निजी अनुभवों को कोई दूसरा है जो शब्द दे रहा है, पूर्वानुमानित अवधारणाओं के अपने तराजू में तौल रहा है। कुल-मिलाकर सारी स्थिति बड़ी नाजुक है, ख़ुद कुछ कहने के लिए स्त्री को पुरुषों की भाषा सीखनी पड़ती है। लेकिन यह तो स्त्री की अपनी भाषा नहीं पितृसत्ता की भाषा है, जो लिंग विभाजन पर आधारित भाषा है। ऐसी भाषा है जहाँ पुरुष के लिए श्रेष्ठता का सम्बोधन प्रयुक्त किया जाता है, स्त्री के लिए नहीं। मसलन राजा, धर्मगुरु आदि को आदरसूचक रूप से सम्बोधित करते हैं मगर स्त्री को नहीं। पिता थे और माँ थी। आदरसूचक शब्द में माँ थीं नहीं कहा जाता। भाषा में यह भेद-भाव, स्त्री की हीनता को पुनर्स्थापित करती है। इसका यह अर्थ भी हुआ कि हम स्त्रियाँ अपनी लड़ाई, दूसरों के हथियारों से लड़ रही हैं। दलित स्त्री की समस्या तो और भी गहरी है, उसे तो अपने अनुभवों को इसी भाषा के माध्यम से सम्प्रेषित करना होगा, और चूँकि इस भाषा का उसे बिलकुल अभ्यास नहीं, अभिव्यक्ति के दौरान उसके अनुभव सवर्ण स्त्री की तुलना में अधिक विरूपित होंगे। और इसका परिणाम होगा कि वह केवल शिकायत करके रह जाएगी। शिकायत में छुपा क्रोध केवल बहिष्करण पर चर्चा करेगा।

यही कारण है कि दलित स्त्री हमें शक की नज़र से देखती है। परस्पर अविश्वास की इन खाइयों को कैसे पाटा जाए? कैसे हम एक-दूसरे के साथ चलें? कुछेक अन्तरंग क्षणों में हम एक-दूसरे के निकट आ भी जाएँ तब भी यह एक अधूरी अन्तरंगता है, हममें आधी दोस्ती है तो आधी दुश्मनी। स्वाभाविक है अपनी तमाम सद्भावना के बावजूद चाहने पर भी हम सवर्ण स्त्रियाँ, दलित स्त्री की दुनिया का हिस्सा नहीं हो पाएँगी, हमें उनके प्रतिरोध का सामना करना होगा। बात यह है कि हमें तो कुछ सीखना नहीं पड़ रहा। यह हमारी ज़रूरत भी नहीं कि हम उसके समान स्तर पर उतरें, उससे कुछ सीखें। उसको ही हमारी भाषा-शैली, तौर-तरीक़े सीखने होंगे, उसको हमारी भागीदारी निभानी है।

कड़ुवा सच तो यह है कि सैद्धान्तीकरण का प्रशिक्षण भी सवर्ण स्त्री को ही परम्परा से मिला हुआ है। यही कारण है कि दलित स्त्री अब भी खामोश है। वैसे खामोशी भी एक तरह की शिकायत है। और शिकायत का अधिकार देने या लेने का मतलब निरस्त्रीकरण की प्रक्रिया होगी। किन्तु इसके बावजूद दलित एवं सवर्ण स्त्रियों को साथ-साथ रहना है, पुरुष सत्ता के ख़िलाफ़ आन्दोलन करना है, केवल अपने लिए नहीं, सारी दुनिया की स्त्रियों के लिए, यहाँ भी शहरी सवर्ण, मध्यमवर्गीय स्त्रियाँ आगे रहेंगी, आन्दोलन का प्रशिक्षण भी उन्हें ही मिला हुआ है। उन्होंने अपने पिता, अपने भाई अपने पति को आन्दोलन करते हुए देखा है। दलित स्त्री के पास आन्दोलन की परम्परा नहीं, एक-दो अपवाद छोड़ दें...वह यह भी जानती है कि जननेन्द्रिय महज एक अंग है पितृसत्ता का प्रतीक नहीं।

ऐसा नहीं कि संवाद स्थापित करने की समस्या हमें या आपको औरों के साथ नहीं होती। विशेषकर पश्चिमी स्त्रियों के साथ भी समस्या होती है। किन्तु जहाँ तक साथ चलने का सवाल है, श्वेत या सवर्ण के लिए ऐसी कोई बाध्यता नहीं कि दलित स्त्री की दुनिया को अपनायें, उसकी वहाँ भागीदारी हो, साझा हो या दलित की हानि से सवर्ण को भी चोट पड़ती हो। दलित की स्थिति से वह मुँह मोड़ सकती है, कुछ और भी करने की, कुछ नए भ्रम पालने की उसके जीवन में सम्भावना है, वह पलायन कर सकती है। बहुतेरी स्त्रियों ने ऐसा किया भी है, वे सत्ता के साथ हैं, उनके अनुभव में स्त्री की अलग से कोई

समस्या नहीं। मगर दलित स्त्री ऐसा नहीं कर सकती। उसे तो दलन की इस यंत्रणा को झेलना ही है, मृत्यु के अलावा पलायन के सारे रास्ते उसके लिए बन्द हैं। वह पूरी-की-पूरी इस शोषण में डूबी हुई है। उसके पास अपनी भाषा नहीं है। स्त्री-मुक्ति की हमारी इन सारी सैद्धान्तिकियों से जहाँ उसका स्त्री होना स्थापित होता है वहीं उसका दलित होना स्थापित होता है। परिणामस्वरूप उसके मानस में, व्यक्तित्व में सिजोफ्रेनिक (खंडित व्यक्तित्व की) दारारें पड़नी शुरू होने लगती हैं। दलन के बोध से जहाँ सवर्ण स्त्री, समाज में प्रचलित अवधारणा एवं संस्कृति का संशोधन करने में समर्थ है वहीं दलित स्त्री का अस्तित्व ही मानो लकवाग्रस्त हो जाता है। विस्थापित होकर उसके पास कहीं जाने की जगह नहीं। दुनिया में हर जगह इस ब्राह्मणी संस्कृति और उनकी भाषा का बोल-बाला है, मुद्दे भी यही लोग उठाते हैं स्थापित या विस्थापित भी यही लोग करते हैं, मगर इससे तो हम स्त्रियों के आख़िरी हथियार को भी छीन लिया जाएगा। यहाँ तक कि अश्वेत स्त्री को भी बहुत-कुछ ऐसा नहीं झेलना पड़ता जो कि एक दलित स्त्री को झेलना पड़ता है।

अत: सारी बात हम कहाँ से शुरू करें? अन्तत: किस हद तक दलित को इस औपनिवेशिक संस्कृति या ब्राह्मण संस्कृति की आरोपित भूमिकाओं से संघर्षरत रहना होगा? तब क्या विशिष्ट लेखकों एवं पाठकों की 'हंस' जैसी पत्रिका में स्त्री समुदाय और उसके अन्तर्निहित सैद्धान्तिक विरोधाभासों एवं अवधारणाओं की हम केवल चर्चा करते रहें? किन्तु क्या हमारी इस चर्चा को अधिकतर स्त्रियाँ समझ पाएँगी? सिद्धान्त बनाने में? कुछ लिखने और अभिव्यक्त करने में तथा अपने अनुभवों की व्याख्या करने में भी, बहुत बड़ा आपसी भेद है। जिसको अनदेखा करना सम्भव नहीं।

हाँ, यह ज़रूर कहा जा सकता है, ये सिद्धान्त यों ही नहीं उभर आए हैं, स्त्री समाज की यह कोई सहज घटी हुई घटना नहीं। यह कोई स्वत: स्फूर्त वाणी नहीं। यह तो स्वयं स्त्री होने के नाते सरस्वती की अपनी पीड़ा है, स्त्री होने के नाते ब्रह्मा का अभिशाप तो उसे भी झेलना पड़ा था। मृत्युलोक में अकथनीय द्वन्द्व और पीड़ा से गुज़रना पड़ा था दलन की उसके अनुभवों की यही अर्थवत्ता है।

सच तो यह है कि एक लम्बा रास्ता हम स्त्रियों को तय करना है, वैश्विकता का दावा तो हम बाद में कर सकती हैं। यों भी भूमंडलीकरण एक बेहद उलझा हुआ शब्द है। इसमें सांस्कृतिक साम्राज्यवाद की बू आती है। पहले हमें अपने देश और समाज के बहुसांस्कृतिक बहुजातीय दृष्टिकोण को समझने की चेष्टा तो करनी ही होगी। हम तभी नारीवादी विचारों पर एक सांस्कृतिक बहुलतावादी दृष्टिकोण दे पाएँगे। अर्थात् किसी एक वर्ग की स्त्री को चाहे वह सवर्ण हो या दलित, अमीर हो या ग़रीब अपनी विशिष्टता में सीमित होकर किसी शाश्वत सत्य और नियम का दावा करने का अधिकार नहीं दिया जाएगा और न ही ये नियम दूसरों के विचारों को तौलने के लिए किसी अन्तिम मापनी की तरह प्रयुक्त किए जाएँगे।

बात यह है कि विरासत में, स्त्री को आधा सच मिला है, जिसके सहारे हम स्त्रियों को चलना है, उनकी दी हुई इस महान् आर्य संस्कृति, आधुनिक सभ्यता, जनतंत्र, चुनाव, संसद् तक की यात्रा स्त्री को तय करनी है और इससे हटकर जो समकालीन यथार्थ है, वहाँ केवल दलदल है जिसमें निरन्तर धँसते जाने का बोध है। आपने कभी खाईं में पड़ी हुई भैंस को देखा है? खाईं से निकलकर समतल ज़मीन पर चलने की उसकी छटपटाहट

का आप अन्दाजा नहीं लगा सकते। नारीवाद स्त्री-मुक्ति की उसी बेचैनी, उसी छटपटाहट को शब्द देना चाहता है। नारीवाद पर होनेवाले ये सारे सेमिनार, लेखन, सभा, बौद्धिक विमर्शों का सिलसिला, सत्ता एवं विशिष्ट स्त्रियों की मिली-भगत है। आम सहमति पर आधारित झूठ और प्रपंच का संजाल है। जिसका उद्देश्य है, बहेलियों की तरह जाल फैलाना, उन करोड़ों मूक स्त्रियों को बटोरना, ताकि वे स्त्रियाँ ही सत्ता का स्रोत बनें।

सवाल उठता है कि ऐसे में एक लेखक का दायित्व क्या है? किसी नई बौद्धिक अन्तर्दृष्टि के लिए इस भूमंडलीकृत जगत् में, लेखक अब केवल अपने लिए लिखता है, केवल अपने लिए प्रतिरोध करता है, और यदि कहूँ कि इसीलिए उसकी बात कोई नहीं सुनता तो क्या बहुत ग़लत होगा? किस भाषा में तर्क को रखूँ। तर्क की रूप-रेखा क्या होगी। मेरी भाषा, क्या होगी? कहीं हमारे आन्दोलनकर्ता उस विशिष्ट अंग्रेज़ीदाँ अभिजात वर्ग के सामने अपने प्रभाव में बौने तो नहीं रह जाएँगे? पुरुष सत्ता की समर्थक ये राजनैतिक पार्टियाँ मानव अधिकार के नाम पर उदारवादी मुखौटा लगाए उन्हीं स्त्रियों को खोज रही हैं या फिर निर्मित करना चाह रही हैं जो विश्वमंच से संवाद स्थापित कर सकें, सेतु निर्माण का काम कर सकें। राजेन्द्र जी! इस महत्त्वाकांक्षा के क्षेत्र में हममें से कोई बरी नहीं। मैं भी कुछ लिखना चाहती हूँ। संवाद स्थापित करना चाहती हूँ। लोभ होता है। मैं किसकी शैली का अनुकरण करूँ? अरुन्धती राय, मेधा पाटेकर नहीं...नहीं...बेट्टी फ्रीड, नाओमी वुल्फ, उनसे सीखूँ, उनके विचार ग्रहण करूँ...दलन के बारे में कुछ और समझना हो तो फ़ैनन को पढ़ूँ...शैली के लिए, बौद्धिक विश्लेषण के लिए गायत्री स्पीवाक के आँचल में मुँह छुपाऊँ। फिर सुधीश पचौरी की उत्तर-आधुनिकता में डुबकियाँ लगाऊँ...दुनिया की हवा ही बदल गई है, सुरक्षा का सवाल ही नहीं बल्कि अब तो हमारी अपनी ज़मीन हमें घुन की तरह खाए जा रही है। यह सत्तावाली संस्कृति जो ठहरी!

राजेन्द्र जी, वैचारिक स्तर पर अभिव्यक्ति के जगत् में बड़ा अकेला लगता है। 1967 ई. में अमेरिका से भाग आई थी। क्यों भाग आई थी? जब मुझे पता चला था कि आइलिन अपने फ्लैट में दस दिनों तक अकेली मरी पड़ी रही थी और किसी ने उसकी खोज नहीं ली...उसी का प्यारा कुत्ता पेपे दस दिनों तक उसकी अधखाई लाश की हड्डियाँ चिचोड़ता रहा था।

लेकिन 'आओ पेपे घर चलें' उपन्यास में मैंने इस सच को नहीं लिखा था, पता नहीं क्यों आइलिन की इस दयनीय हालत पर मैं सच लिखने की हिम्मत ही नहीं जुटा पाई थी। औरत के अकेलेपन पर लिखते हुए ख़ुद के अकेलेपन का बोध खाने लगा था। भीतर का डर उचकने लगा था कि कहीं पाठक आइलिन के अकेलेपन को मुझ पर आरोपित न करने लगें—कहीं मैं ही तो आइलिन नहीं हो जाऊँगी। हम जब लिखते हैं तो कई स्तरों पर अर्थों की कुंजियाँ तलाश करते हैं। मैंने आइलिन से कहा था—"चलो आइलिन, हम लोग हिंदोस्तान चलें।" और उसने नाक-भौं सिकोड़कर पूछा था—"हुँह! तुम्हारे वहाँ?"

"हाँ...हाँ क्यों नहीं? तुम्हें अच्छा लगेगा।"

"मैंने सुना है कि तुम लोग हाथी पर बैठकर ऑफ़िस जाते हो और तुम्हारे बिस्तर पर साँप रेंगता है।"

"छि: आइलिन किससे सुना तुमने यह सब? बिलकुल ग़लत बात है?"

"क्यों तुम बन्दर की पूजा नहीं करतीं?"

उसकी नज़र अब मेरे हनुमानजी वाले लॉकेट पर थी—"और तुम्हारे देश में पति की मृत्यु के बाद औरत को जिन्दा नहीं जला देते? तुम लोग 'सैटी' नहीं हो जातीं?" उसका उच्चारण शुद्ध करते हुए मैने कहा था—"सैटी नहीं आइलिन सती कहो। हमारे यहाँ भी विधवाएँ हैं, सब थोड़े ही सती होती हैं।"

"जो भी कहो तुम्हारा पैगागॉन धर्म है, तुम लोग स्त्री-विरोधी हो।" मैं समझ रही थी कि आइलिन का दृष्टिकोण तीसरी दुनिया के प्रति क्या है।

"मैं भी आइलिन?" (आह! आधुनिका कहलाने की मन में कैसी ललक थी। मेरा रोम-रोम उस श्वेत अमेरिकन स्त्री से स्वीकृति माँग रहा था।) आइलिन ने छनकते हुए कहा—"नहीं। हम लोग जैसी कहाँ हो। खैर मैं तुम्हें बदल दूँगी, बिलकुल अपने जैसा बनाऊँगी, एक ईमानदार सच्ची अमेरिकन स्त्री।"

मुझे भयंकर क्रोध आया था। यानी अब भी मैं इन लोग जैसी नहीं हूँ। क्या कारण है कि मैं और आइलिन कभी एक-दूसरे की बात नहीं समझ पाते थे। न एक-दूसरे के अनुभव में प्रवेश कर पाए। आज लगता है कि नहीं, आइलिन की ग़लती नहीं थी और न ही अपने अहम् के कारण उसने मुझे सिखाना चाहा था। आइलिन कहा करती थी...प्रभा मैंने दुनिया देखी है, मेरे अनुभव से लाभ उठाओ, लेकिन मैं उसकी तरह नहीं हो पाई, यों कोई अपना देश, अपनी जाति भूलता है? और जब मिसेज डी. ने फ़ोन पर बताया कि आइलिन दस दिनों तक अपने फ्लैट में मरी पड़ी रही, पड़ोसियों को भी ख़बर नहीं थी...कौन था आइलिन के पास?

उसका पेपे, अरे वही अलशेसियन कुत्ता, जिसे लिये वह फिरा करती थी। क्या करता बेचारा कुत्ता? भूख से बेहाल होकर लाश की हड्डियों को ही चबाने लगा था।

सुनकर मैं रो पड़ी। और जब मुझे पता चला कि डॉ. डी. ने किसी और से शादी कर ली और इतनी त्याग-तपस्या के बाद, इतने प्रेम के बाद इस बुढ़ापे में पूर्व मिसेज डी. को महज एक मिलियन डॉलर के साथ अकेले अपना जीवन बसर करना पड़ेगा।

और जब हेल्गा बैरी अपने भरे-पूरे परिवार को छोड़कर इस्राइल चली गई। क्योंकि वह घर-गृहस्थी से उकता गई थी।

और जब हँसती-खिलखिलाती हुई कैथी किसी अश्वेत पुरुष के हिंसक व्यवहार से पागल जैसी हो गई।

तब मैंने ख़ुद से कहा था—नहीं, हमारे देश में ऐसा नहीं घटता। हमारी स्त्रियाँ बहुत सुखी हैं, सन्तुष्ट हैं, क्योंकि उनके जीवन में संस्कार हैं। और सच कहूँ तो यही सब सोच-समझकर मैं अमेरिका से भाग आई थी। वापस लौटकर अच्छा किया था। मगर भारतीय स्त्री के बारे में मेरे ख़याल कितने रोमांटिक थे, सच्चाई से कितनी दूर। यहाँ भी तो तन्दूर दहकते हैं और रोटियों के बदले औरत की लाश को सेंका जाता है। क्या हमारे देश में स्त्री के प्रति पुरुष समाज कम हिंसक है? अच्छा राजेन्द्र जी! क्या इससे हमारी धार्मिक मान्यताओं को बड़ी ठेस लगेगी...तन्दूर में जला दी जानेवाली स्त्री को हम सती क्यों नहीं मानते? वहीं क्यों न नारियल चढ़ाएँ?

मैंने कहा था न—आओ पेपे घर चलें उपन्यास में मैं बहुत-कुछ लिख नहीं पाई थी।

आपकी, प्रभा

सम्पर्क : 4बी, लिटिल रसल स्ट्रीट, कलकत्ता

'मनुस्मृति' अग्निशिखाओं की पैरवी नहीं करती

डॉ. रोहिणी अग्रवाल

पौंश्चल्याच्चलचित्ताच्च नस्नेह्याच्च स्वभावतः।
रक्षिता यत्नतोऽपीह भर्तृष्वेताविकुर्वते॥

(मनुस्मृति, नौवाँ अध्याय, श्लोक संख्या 15)

(अर्थात् स्त्रियाँ चूँकि स्वभाव से ही पर-पुरुषों पर रीझनेवाली, चंचल व अस्थिर अनुराग-वाली होती हैं, अतः प्रयत्नपूर्वक रक्षित होने पर भी वे पति के साथ विश्वासघात करती हैं।)

स्वतंत्रचेता सुशिक्षित स्त्री की चेतना को क्रमशः क्षरित करते हुए उसे एक 'पालतू' गृहिणी की तरह गृहस्थी की चारदीवारी में बन्द करने की प्रक्रिया के विरोध में लिखी गई कहानी 'बोलनेवाली औरत' ममता कालिया की सशक्त कहानियों में एक है। यह कहानी अनायास प्रसिद्ध स्त्रीवादी चिन्तक सिमोन द बउवार की इस उक्ति की याद दिलाती है कि 'स्त्री पैदा नहीं होती, बनाई जाती है।' लेखिका कहानी में इस तथ्य को रेखांकित करना चाहती हैं कि पितृसत्तात्मक व्यवस्था रोजमर्रा की ज़िन्दगी में घुसपैठ कर स्त्री और पुरुष दोनों की चेतना को इस प्रकार लिंगाधारित भूमिकाओं की वैधता में बाँध देता है कि अपनी-अपनी मानवीय अस्मिता को भूल वे परिवार और विवाह संस्था के रूढ़ मानकों और छवियों का पालन करने लगते हैं। पितृसत्तात्मक व्यवस्था की एक और विशेषता है कि अपनी दीर्घायु के लिए वह किसी भी विवेकशील विश्लेषक की उपस्थिति स्वीकार नहीं करती जो तर्क और तथ्य के आधार पर उसकी निरंकुशता और बर्बरता को चुनौती दे। इसलिए लैंगिक असमानता पर टिकी रूढ़ स्त्री-पुरुष भूमिकाओं को वैध ठहराते हुए यह व्यवस्था न केवल महिमामंडन द्वारा असन्तुष्ट स्वरों को दबा देना चाहती है, बल्कि प्रवंचनाओं को मूल्य बनाकर उस भ्रान्त महिमामंडन के समर्थन में व्यापक जनाधार भी जुटा लेना चाहती है।

ममता कालिया पितृसत्तात्मक व्यवस्था की साज़िशों को समझती हैं, इसलिए 'बोलनेवाली औरत' कहानी में वे पाठक तक अपने इस विचार को पहुँचा देना चाहती हैं कि घर-गृहस्थी की सलामती के लिए बेशक 'दीपशिखा' की तरह मधुर-मधुर जल कर अपने को होम कर देने वाली स्त्री अनिवार्य है, लेकिन वास्तव में जब तक दीपशिखा 'अग्निशिखा' बनकर अपने अधिकारों और गरिमा के लिए संघर्षपूर्ण लड़ाई नहीं लड़ेगी, तब तक पारिवारिक मर्यादा की आड़ में स्त्रियों का तिल-तिल कर जलना-मिटना जारी रहेगा।

'बोलनेवाली औरत' दीपशिखा नामक एक ऐसी स्त्री की कथा है जो प्रेम और विवाह दोनों से छली जाकर भी रूढ़ परम्परा के समक्ष घुटने नहीं टेकती बल्कि भावी

पीढ़ी—परिवार संस्था—को समतामूलक संस्कार और शिक्षा देकर बेहतर भविष्य का निर्माण करना चाहती है। किन्तु इस प्रक्रिया में पाती है कि यथास्थितिवाद के पीछे एकजुट प्रबल सुविधाभोगी ताक़तें अपनी संख्या और पुरातनता के बल पर उसी के औचित्य को शंका के दायरे में ला रही हैं। ममता कालिया कहानी में अपनी नायिका को भरपूर सहानुभूति देते हुए दीखती हैं, लेकिन वास्तविकता इसके बिलकुल विपरीत है। एक लम्बी कालावधि में कहानी की समस्त घटनाओं को पिरोकर वे निःसंग भाव से उन्हें पाठक के समक्ष रखती हैं और अपेक्षा करती हैं कि परिवार भर के आरोपों के कठघरे में खड़ी दीपशिखा के प्रति वह स्वयं अपनी संवेदना और विवेक से निर्णय ले सके। लेखिका के लिए पिछले दस बरस की ज़िन्दगी को उसकी तमाम घटनात्मकता के साथ एक-दूसरे के बरक्स उपस्थित करना अपने पात्रों की मनोरचना और अन्तस्सम्बन्धों को जानने की एक युक्ति हो सकती है, लेकिन दरअसल इसके जरिये वे इस तथ्य को भी सतह पर ले आती हैं कि बेटी और बहू, प्रेमिका और पत्नी से अलग-अलग अपेक्षाएँ करते हुए पितृसत्तात्मक व्यवस्था में दीक्षित पारिवारिक सदस्य अपनी स्वतंत्र सोच के साथ मनुष्य के रूप में उभरनेवाली स्त्री को गृहिणी और माँ की रूढ़ छवि से इतर अन्य किसी रूप में नहीं देखना चाहते।

शिखा के पति कपिल ने परिवार के विरोध के बावजूद दीपशिखा नामक इस 'कुदेसिन' लड़की से प्रेम-विवाह इसलिए किया क्योंकि वह उसे 'अपने परिवार और परिवेश में' दिखाई देनेवाली स्त्रियों से अलग लगी। इस भिन्नता में विशिष्टता के रंग भरती है उसकी वक्तृता, मौलिक चिन्तन, दृढ़तापूर्वक अपनी बात कहने की निर्भीकता और दसों दिशाओं में फूट-फूट पड़ता आत्मविश्वास कि "मैं दीपशिखा नहीं, अग्निशिखा हूँ।" लेखिका ने कपिल के चरित्र को स्वायत्त ढंग से विन्यस्त करने का प्रयास नहीं किया है। उसे या तो माँ के आज्ञाकारी लाड़ले बेटे की छाया में उभारा गया है या पति की ठसक के साथ। इसलिए वह 'आत्मनिर्भर, ख़ूबसूरत और स्वतंत्र सोच' वाला युवक कैसे स्टीरिओटाइप में बदल गया, निश्चयपूर्वक नहीं कहा जा सकता, लेकिन माँ और पत्नी के सन्दर्भ में अपनी टिप्पणियों के साथ वह जिस अधिकारपूर्ण भूमिका में उभरता चलता है, वह पितृसत्तात्मक व्यवस्था द्वारा पुरुष को दिए गए विशेषाभिकारों को भोगने के बाद मिले वर्चस्वशाली आनन्द और उन्माद का परिणाम है। परिवार में अपनी स्थिति मज़बूत करने के उपक्रम में छोटी-छोटी बातों पर सास और बहू का लड़ना, फिर मौका लगने पर सास अथवा पत्नी का पुत्र अथवा पति के कान भरना और अपनी असहाय अवस्था पर आँसू बहाते हुए उसी की कृपा तले सम्मानपूर्वक जीवन जीने के एकमात्र विकल्प की बात रखना—ये कुछ ऐसी सच्चाइयाँ हैं जो तनिक हेरफेर के बाद हर परिवार की रोजमर्रा की ज़िन्दगी में घटती हैं। पति/पुत्र यहां निरन्तर न्यायाधीश की कुर्सी पर विराजमान है जिसे सम्बन्धों के समीकरण के साथ-साथ परिवार की शान्ति और मर्यादा भी बनाए रखनी है। ज़ाहिर है उसके पास बदलती परिस्थितियों का विश्लेषण कर न्याय करने के अवसर नहीं हैं, परम्परा के दबाव तले सम्बन्धों और संस्थाओं के रूढ़ स्वरूप को बचाने के रूढ़ दायित्व हैं। इसलिए लेखिका कपिल को 'न्यायप्रिय' न्यायाधीश की भूमिका में अभिषिक्त नहीं करतीं, एक ऐसे पारिवारिक पूर्वाग्रह का रूप देती हैं जो 'शान्त और सुरुचिपूर्ण

जीवन जीना' चाहता है। "तुम माँ से क्यों उलझती रहती हो दिन-भर"—कपिल के इस अभियोग में पत्नी का पक्ष सुनने का धैर्य नहीं है, पत्नी को एकतरफ़ा निर्णय देकर अपराधी घोषित करने की अहम्मन्यता है। इसलिए वह शिखा के तर्क को नहीं सुनता कि 'इस बात का विलोम भी उतना ही सच है' शायद इसलिए कि मातृत्व का महिमामंडन करनेवाली पितृसत्तात्मक व्यवस्था अपने वर्चस्वशाली प्रतिनिधि पुरुष को यह बताना नहीं भूलती कि उसका पहला दायित्व प्रतीकों और रूपकों (जो अन्ततः टोकनिज़्म में रिड्यूस हो जाते हैं) का पोषण करके अपनी उदार और स्त्री-रक्षक छवि को बचाए रखना है; सचममुच माँ और स्त्री का सम्मान करना ज़रूरी नहीं। इसलिए एक चतुर कूटनीतिकार की तरह वह सारी स्थिाति को आप्तवचनों और रूढ़ छवियों की प्रतिष्ठा की ओर मोड़ देता है कि "माँ की कोई बात ग़लत नहीं होती।" ज़ाहिर है पुरुष द्वारा शान्त और सुरुचिपूर्ण जीवन जीने की मांग अनिवार्यतः अन्याय और विषमता को लेकर पत्नी के भीतर खदबदाते सवालों की हत्या के साथ ही पूरी होती है। पति जज है, स्त्री के सवालों की नोक से बिंधकर अदालत के कठघरे में सफाई देता मुजरिम नहीं। वह अपनी 'विशिष्ट' स्थिति भूलना भी चाहे तो मनु महाराज जब-तब उसे पाठ पढ़ाने आ जाते हैं :

इमं हि सर्ववर्णानां पश्यन्तो धर्ममुत्तमम्।
यतन्ते रक्षितुं भार्यां भर्तारो दुर्बलो अपि॥

(मनुस्मृति, नौवां अध्याय, श्लोक संख्या, 06)

(अर्थात् स्त्री पर नियंत्रण रखना सभी वर्णों में श्रेष्ठ धर्म के रूप में देखा जाता है। अतः दुर्बल पतियों को भी अपनी पत्नी को नियंत्रण में रखने एवं रक्षा करने का भरसक प्रयास करना चाहिए।)

ममता कालिया पितृसत्तात्मक व्यवस्था की संरचना से टकराने के लिए व्यंग्य का आश्रय लेती हैं। वे जानती हैं कि परिवार की प्रभुत्वशाली ताक़तों के प्रति ख़ुशामद और समर्पण का भाव स्त्री के जीवन में क्लेश और हिंसा की स्थितियों में कमी ला सकता है। शिखा चकित है कि उसकी समवयस्काएँ कैसे सन्तोष से लबालब भर 'मेरा परिवार महान्' राग अलाप सकती हैं। गहरी छानबीन करने के उपरान्त वह इस निष्कर्ष पर पहुँचती हैं कि 'जी और हाँ जी' यानी मूक आज्ञाकारिता से स्त्रियाँ अपने सतीत्व और निष्ठा को प्रमाणित करती चलती हैं और परिवार संस्था की यांत्रिक व्यवस्था का एक बेजान पुर्जा बनकर पुराने पुर्जे को रिप्लेस करती चलती हैं। लेकिन क्या यही स्त्री का स्वत्व है और उसके दायित्वों की परिधि? व्यंग्य और उपहास को मिला-जुलाकर लेखिका ऐसी व्यक्तित्वहीन 'सती' स्त्री पर चाबुक फटकारती चलती हैं। एक उदाहरण द्रष्टव्य है—

"कल छोले बनेंगे।"
"जी, छोले बनेंगे।"
"पाजामों के नाड़े बदले जाने चाहिए।"
"हाँ जी, पाजामों के नाड़े बदले जाने चाहिए।"

लेखिका की ख़ासियत है कि वे व्यंग्य के भीतर नायिका के विद्रोह को गूँथती हैं जो चिन्तन के गम्भीर क्षणों में उसे विश्लेषण करने का विवेक देता है कि क्यों एक-दूसरे की मौलिकता और जोशो-खरोश की क़द्र करनेवाले दम्पती समय के साथ एक-

दूसरे के प्रति असहिष्णुता और अविश्वास से भरते चलते हैं। शिखा को लगता है कि पितृसत्तात्मक व्यवस्था ने पुरुष-स्त्री को श्रेष्ठ-हीन, कर्ता-अनुकर्ता, स्वामी-सेवक के विलोम द्वित्वों में क़ैद ही नहीं किया, उनकी सीमाएँ और भूमिकाएँ भी तय कर दी हैं जो धीरे-धीरे पुरुष और स्त्री के रूप में उनके व्यक्तित्व की विशिष्टताओं और निजताओं को कुतरते हुए उन्हें छाया में तब्दील कर देती हैं। शिखा इस खलनायक को नाम देती है—रूटीन अर्थात् रोज की दिनचर्या जहाँ स्त्री के लिए मुँह-अँधेरे उठकर रात तक कामों के ढेर को निबटाते-निबटाते अपने तन-मन की सुध लेने का भी अवकाश नहीं है, और पुरुष के लिए बाहरी जीवन की व्यस्तताओं के अलावा अपने लिए ढेरों अवकाश हैं। मैं शिखा के सामने 'मनुस्मृति' के नौवें अध्याय का ग्यारहवाँ श्लोक रख देती हूँ :

अर्थस्य संग्रहे चैनां व्यये चैव नियोजयेत्।
शौचे धर्मेऽन्नपक्त्यां च पारिणाह्यस्य योजने॥

(अर्थात् धन का संग्रह करना एवं ख़र्च करना, घर की स्वच्छता, भोजन बनाना तथा घर की सभी वस्तुओं की देख-रेख का काम स्त्रियों को सौंप देना चाहिए। इस प्रकार स्त्रियाँ घर से बाहर भ्रमण नहीं कर पातीं।)

'हाँ', वह अवसन्न भाव से मुझे 'द सेकेंड सेक्स' के उस पन्ने पर ले चलती हैं जहाँ सिमोन द बउवार ने बताया है कि धूल को परम शत्रु मान कर स्त्रियाँ अपनी सारी ऊर्जा, शक्ति, समय और संवेदना उसी से दो-दो हाथ करने में रिता देती हैं, और पाती हैं कि उनका सारा श्रम पुरुष के 'उत्पादक श्रम' की तुलना में निरर्थक और अनुत्पादक बना दिया गया है क्योंकि प्रत्यक्षतया वे परिवार के लिए धन अर्जित करके नहीं ला पातीं।

"कितना पारंगत है पुरुष इन्द्रजाल रचाने में! चौबीसों घंटे कार्यरत स्त्री के श्रम को अलक्षित कर कैसी कुशलता से उसे रोटी-कपड़ा-छत के लिए अपने पैरों पर झुका देता है।" शिखा अवसाद की स्थिति से धीरे-धीरे बाहर आने लगी है। "हाथ-पैर बाँध कर पहले तो किसी को पोटली बनाकर पीटो, फिर तोहमत लगाओ, कैसा जड़ इनसान है कि आत्मरक्षा के लिए हाथ-पैर ही नहीं हिलाता।" शिखा के नथुने फड़कने लगे हैं। "मत भूलो शिखा, तुम्हारी लड़ाई पितृसत्तात्मक व्यवस्था से है, पुरुष से नहीं। पुरुष यदि पितृसत्तात्मक व्यवस्था का लठैत है तो स्त्री उसकी मुस्तैद चौकीदार। तुम यह भी तो देखो न कि कैसे पितृसत्तात्मक व्यवस्था पुरुष की मनुष्यता और स्त्री की अस्मिता का आखेट कर उन्हें कठपुतलियाँ बना रही है।"

'हाँ', उसकी भृकुटि तनिक ढीली पड़ी तो मुझे ज्ञान बघारने का अवसर मिल गया। कहा, समाज की दृष्टि में चूँकि उसका यह श्रम अनुत्पादक है, इसलिए अपने को महत्त्वहीन मानते-मानते स्त्री स्वयं अपने श्रम का अवमूल्यन करने लगती है और इसे आवृत्तिपरक अनुत्पादक श्रम (बेगार) की संज्ञा दे आत्मसन्तोष और आत्मसार्थकता जैसी सकारात्मक उपलब्धियों से वंचित रहने लगती है।

देख रही हूँ, 'घर की कारा में क़ैद घटनाहीन दिन बिताने' की प्रतीति ने शिखा के भीतर व्याकुलता और असन्तोष को घनीभूत कर दिया है। ऐसी अवस्था में उसके सामने दो विकल्प हैं। एक, स्त्रीत्व के परम्परानुमोदित रोल में अपने-आपको ढाल लेना। औसत स्त्री के लिए यह विकल्प जितना सरल है, शिखा सरीखी आत्माभिमान

से दीप्त विचारशील स्त्रियों के लिए उतना ही दुष्कर। वह भी तब जब उसकी सास की सारी जद्दोजहद शिखा की निजता की प्रखरता को छिन्न-भिन्न कर उसे अपने सरीखा पितृसत्तात्मक व्यवस्था का चौकीदार बना देना है। वह अभिमानपूर्वक अपने पुत्र से शिखा को 'पालतू' बना लेने का दावा भी करती है—"तू फिकर मत कर। थोड़े दिनों में इसे ऐन पटरी पर ले आऊँगी।" दूसरा विकल्प है, अपने हौसले और दृढ़ता के सहारे अपने भीतर की आँच को लहकाये रखना ताकि अवसर मिलते ही जड़ एवं रुग्ण पितृसत्तात्मक व्यवस्था के निरंकुश चरित्र को भस्म किया जा सके। शिखा दूसरे विकल्प का चयन कर अपनी अलग पाँत बनाती है। वह जानती है भीतर की स्त्री को चेतन और जीवित रखने के लिए उसे नींद के लिए निर्धारित अत्यल्प घंटों में से समय चुराना है। "शिखा जैसे-तैसे रोज के काम निपटाती और जब समस्त घर सो जाता, हाथ-मुँह धो, कपड़े बदल एक बार फिर अपना दिना शुरू करने की कोशिश करती।"

रात के निविड़ अन्धकार में 'अपना दिन शुरू करने की कोशिश' में संलिप्त यह स्त्री पितृसत्तात्मक व्यवस्था के दबावों से मुक्त होती स्त्री-चेतना का प्रतीक है। इसके ठीक विपरीत हैं वे स्त्रियाँ जो ग़ुलामी की सुरक्षा में ऊब को चाव, अनुकम्पा को अधिकार और जड़ता को स्वतंत्रता मान स्वयं को ठगती जा रही हैं। लेखिका एक बार फिर शिखा के कद को समुन्नत करने के लिए व्यंग्य की मारक धार लेकर परिदृश्य पर उपस्थित होती हैं और कटाक्ष करते हुए कहती हैं कि ऐसी स्त्रियाँ, "रोज़ सुबह साढ़े नौ बजे सासों, नौकरों, नौकरानियों, बच्चों, माली और कुत्तों के साथ घरों में छोड़ दी जातीं, अपना दिन तमाम करने के लिए। वही लंच पर पति का इन्तज़ार, टी.वी. पर बेमतलब कार्यक्रमों का देखना और घर-भर का नाश्ता, खाना, नखरों की नोक-पलक सँवारना, चिकनी महिला पत्रिकाओं के पन्ने पलटना, दोपहर को सोना, सजे हुए घर को कुछ और सजाना, सास की जी हजूरी करना, और अन्त में रात को एक जड़ नींद में लुढ़क जाना।"

समाज के बृहत्तर सरोकारों और उत्पादक श्रम की दुनिया से काटकर स्त्री को निष्क्रियता की दुनिया में क़ैद करना, मनुष्य के रूप में एक पूरी स्त्री जाति की सम्भावनाओं को नष्ट करना है। सिमोन द बउवार की दृष्टि से यह अवस्था कहीं स्त्री को अवसादग्रस्त करती है, कहीं उसे स्वयं को आत्मदया और आत्मघृणा की पात्र समझने की हीनता देती है। सिमोन की मान्यता से सहमत होते हुए ममता कालिया उनके इस विश्लेषण में यह तथ्य और जोड़ देना चाहती हैं कि शिखा जैसी 'ज्वालामुखी की तरह फट पड़ने' वाली स्त्रियों की नियति भी इनसे भिन्न नहीं है। समय की सर्जक रचनाकार के रूप में ममता जी की विशेषता यह है कि वे शिखा को वे दबंग योद्धा के रसायन से रचती हैं। शिखा की विशिष्टता है कि पारिवारिक दबावों के विपरीत जाकर वह अन्याय को अन्याय के रूप में चिह्नित करने और फिर उसके विरोध में डटकर खड़े होने में भय या संकोच महसूस नहीं करती। अपने लिए 'बदतमीज' और 'बदज़ुबान' जैसे विशेषण सुन-सुन कर वह संकुचित अवश्य हुई है; नामालूम से अपराध-बोध ने आगे बढ़कर उसकी गति को अवरुद्ध भी किया है, लेकिन देर तक पलायन और निष्क्रियता की ज़मीन पर वह नहीं रह सकती। इसलिए देर-सबेर उस मानसिकता से उबरकर अगले युद्ध के लिए फेंटा कस लेती है। उल्लेखनीय है कि आत्मसमर्पण की मुद्रा में चुप रहने के लिए वह जिन उपायों पर विचार करती है, वे

प्रकारान्तर से चुप्पियों में अपने आक्रोश को गूँथ कर विस्फोटक कर देने की युक्तियाँ ही हैं। टायलेट की तर्ज पर हर घर में 'टॉकलेट' बनाने और वहाँ अपना गुबार निकाल कर शान्तिचित्त बाहर आने के तमाम प्रकरण को लेखिका जिस तरह रस ले-लेकर कहती हैं, उससे लगता नहीं कि शिखा 'गूँगी गुड़िया' बनने को तैयार है, बल्कि 'सेफ्टी वॉल्व' जैसे किसी माध्यम का इस्तेमाल कर वह अपने विद्रोह की ऊर्जा को सही वक़्त पर इस्तेमाल करने के लिए सँजोकर रखना चाहती है।

लेखिका पूरी कहानी में घटना-दर-घटना पात्रों और सम्बन्धों को कठघरे में खींचती चलती हैं, लेकिन अभियुक्त के तौर पर वे किसी एक व्यक्ति विशेष या लिंग विशेष को दोषी नहीं ठहरातीं। पूरी कहानी में वे निर्द्वन्द्व भाव से पितृसत्तात्मक व्यवस्था का पुनरीक्षण करती चलती हैं। झाड़ू को सीधी खड़ी करने का प्रसंग हो या कब्ज-पीड़ित सास को चाय का प्याला पेश करने का प्रकरण—घर-परिवार में घटनेवाली घटनाएँ इतनी बड़ी नहीं होतीं कि इनके कारण तूफ़ान आए, लेकिन असलियत यह है कि चाहते न चाहते, वे तूफ़ान लाने का सबब बन जाती हैं। सास-बहू की लड़ाई के दृश्य कहानी में इस पारम्परिक विश्वास की पुष्टि करने नहीं आते कि 'स्त्री-ही-स्त्री की शत्रु है', बल्कि दो महत्त्वपूर्ण तथ्यों की ओर संकेत करते हैं। एक, पुरुष पर वर्चस्व पाने के लिए स्त्रियों के बीच लड़ी जानेवाली लड़ाइयाँ मूलत: अपनी स्थिति सुदृढ़ करने की कोशिशें हैं, क्योंकि घर के अन्त:प्रशासन का दायित्व वही स्त्री पाएगी जो परिवार के शासक पुरुष के प्रति अपनी निष्ठा एवं वफादारी दिखायगी। एक-दूसरे को पछाड़कर स्वामी की अनुकम्पा पाना स्त्रियों के अस्तित्व रक्षण की बुनियादी लड़ाई है, ठीक वैसे जैसे ग़ुलाम या नौकर परस्पर एक-दूसरे को नीचा दिखा कर मालिक की आँख में ऊँचा उठना चाहते हैं। इस समूची प्रक्रिया में स्त्रियाँ जान ही नहीं पातीं कि अपने निहित स्वार्थों की पूर्ति के लिए कब वे व्यवस्था के हाथ की कठपुतली बन गई हैं। दूसरे, स्त्रियाँ भी पुरुष की भाँति पितृसत्तात्मक व्यवस्था के षड्यंत्रों की शिकार हैं जो दोनों की निजता का आखेट कर उन्हें रूढ़ भूमिकाओं में बदलती हैं। अपनी-अपनी चोटों को सहलाते हुए अपने-अपने द्वीपों में बन्द हो जाने की स्थिति स्त्री को संगठित होने से रोकती है। चूँकि उसका हर प्रयास हर लड़ाई/पैंतरे के बाद पुरुष की प्रतिक्रिया पाकर उत्साहित या हताश होकर नई रणनीति बनाना है, इसलिए नेतृत्व क्षमता जैसी मूल्यवान् गुणवत्ता उसमें नहीं पनप पाती।

लेखिका सिमोन द बउवार के इस कथन से सहमत हैं कि स्त्री पैदा नहीं होती, बनाई जाती है। वे इस कथन में अतिरिक्त भाव से यह भी जोड़ देना चाहती हैं कि ठीक इसी तरह पुरुष भी पैदा नहीं होता, 'पुरुष' (असंवेदनशील) बनाया जाता है। लिंग के विभाजन के इर्द-गिर्द बुना गया पुरुष-स्त्री की श्रेष्ठता-हीनता का भाव घर के सदस्यों के स्त्री के प्रति व्यवहार के साथ अनायास अबोध बच्चों के भीतर पैठता चलता है। माँ के प्रति तिरस्कार का भाव और पिता के प्रति भयमिश्रित आदर का भाव भारतीय परिवारों का विद्रूप सच है। लेखिका ने इस सच की निर्माण-प्रक्रिया को बेहद बारीक़ी के साथ पकड़ा है। बच्चों ने जन्म से ही परिवार में दादा-दादी और पिता को माँ के प्रति हिकारत दर्शाते देखा है। वे अभी इतने छोटे और अबोध हैं कि माँ की तथाकथित बदतमीजियों में छुपे विद्रोह की अनिवार्यता और तार्किकता को नहीं समझ पाए। परिवार के अन्य सदस्यों की तरह बच्चों के भी अपने-अपने आकाश हैं और भीतर-बाहर की दुनिया को

जोड़ती पगडंडियाँ जहाँ, घूम-फिर कर वे दुनिया से संवाद का रिश्ता कायम कर सकते हैं। ऐसे में वे नहीं जान सकते कि 'घर की कारा' में क़ैद माँ क्यों अकबकाकर कुछ घड़ी बाहर की निर्द्वन्द्व हवा में लम्बी-लम्बी साँस लेना चाहती है। आगरा या जयपुर घूमना शिखा के लिए ऐयाशी या सैर-सपाटे की मुहिम नहीं है, व्यक्तित्व को पीस डालनेवाली गृहस्थी की दैत्याकार चक्की की क़ैद से छूटकर कुछ समय के लिए अपनी अन्त:शक्तियों को संचित करने की मोहलत है ताकि नई ऊर्जा के साथ अपने वजूद को बनाए रखनेवाली इस अदृश्य लड़ाई को वह अनवरत लड़ती रह सके। परिवार के लिए उसकी इच्छा फ़िज़ूलख़र्ची और बेतुकी है—"सारी दुनिया का दर्शन जब टी.वी. पर हो जाता है तो वहाँ जाने में क्या तुक है?"—समय-समय पर मुखर रूप से सबके सामने अपमानजनक ढंग से फूट पड़नेवाली पिता की यह हिकारत बच्चों के मन में माँ के प्रति सम्मान और संवेदना का क्षरण करती चलती है जो माँ को काम करने की मशीन का पर्याय समझने का दम्भ देती है। कहानी के अन्त में लेखिका एक ऐसे ही दृश्य की नियोजना करती है जहाँ नाश्ता कर लेने के बाद बच्चे जूठी प्लेटें वहीं छोड़ चले जाते हें। शिखा का क्रोध फटकार बनकर फूट पड़ता है—"यहाँ कोई रूम सर्विस नहीं चल रही है। जाओ, अपने जूठे बर्तन रसोई में रख कर आओ।" बच्चों ने घर के पुरुष सदस्यों और बुजुर्गों को ऐसा करते नहीं देखा है। वे भी उनकी तरह कोई काम न करना अपना विशेषाधिकार समझते हैं। माँ द्वारा धमकाने और पीटने पर भी वे टस-से-मस नहीं होते क्योंकि अपनी अबोध अवस्था के बावजूद वे परिवार भर की मौन सहानुभूति अपने प्रति पाते हैं। यही वह 'शह' है जिस कारण बड़ा बेटा न केवल माँ पर हाथ उठाता है, बल्कि अपनी ग़लती पर पश्चात्ताप करने की बजाए दादी के आँचल में छिप जाता है जो शिखा को ही दोषी ठहराकर पौत्र के भीतर विकसित हो रहे पुरुष को आक्रामक, बर्बर और संवेदनहीन बना रही है—"हमेशा ग़लत बात बोलती हो, इसी से दूसरे का ख़ून खौलता है।...तू बर्तन उठा देती तो तेरा क्या घिस जाता।" परिवार 'सतीत्व' से किनारा कर अपनी अस्मिता के लिए लड़ती स्त्री के लिए व्यूह रचना है जिससे उबरने की कला वह नहीं जानती। भारतीय परिवारों की सामाजिक संरचना विवाह से पूर्व भले ही स्त्री को पुरुष की तरह अकुंठ भाव से कर्म क्षेत्र में उतरने का स्पेस दे, विवाहोपरान्त उसे 'गान्धारी' रूप में ही पाना चाहती है "जो जान-बूझकर न सिर्फ़ अन्धी बनी रहे, बल्कि गूँगी और बहरी भी।" घर और बाहर के इस द्वैत को समझने और जीवन-व्यवहार में उतारनेवाली स्त्रियाँ सफलतापूर्वक दोनों जगह अपने लिये सुपरिभाषित पारम्परिक भूमिकाएँ निभा जाती हैं, लेकिन शिखा सरीखी स्त्रियाँ जो समझौता किए बिना तर्क और न्याय को जीवन का लक्ष्य बना लेती हैं, वे मार खाती रह जाती हैं। शिखा तीर्थ-यात्रा और पर्यटन दोनों को दो अलग-अलग खाँचों में न रख कर दोनों को समान भाव से स्त्री (मनुष्य) द्वारा घर की चौहद्दी से बाहर निकल कर मानसिक-सामाजिक रूप से तरोताजा होने की नैसर्गिक इच्छा मानती है। शिखा की इस तार्किक व्याख्या को अपनी उम्र और ओहदे के ठसके से अतार्किक करार देना स्त्री की वैयक्तिकता और मुखरता को समूल नष्ट करने के उद्योग हैं जो पति या पति के प्रतिरूप सास के मुँह से आकर उसके हौसले निस्पन्द करना चाहते हैं। शिखा यह जानती है, इसलिए निरन्तर प्रेमी को पति और पति को सामन्त में बदलते देख रही है। "पहले सिर्फ़ मुझे सताती थीं,

अब बच्चों का भी शिकार कर रही हो"—कपिल का यह कथन कहानी में विडम्बना के नए आयाम को उद्घाटित करता है। विडम्बना यह कि वर्चस्व के शिखर पर खड़ी पितृसत्तात्मक व्यवस्था की चूलें इतनी कमज़ोर हैं कि स्त्री की ललकार पाकर वह थर-थर काँपने लगती है। इसलिए अपनी ही दुर्नीतियों और दुष्ट मन्तव्यों को अभियोग बनाकर वह स्त्री को ऐसा अपराधी बना डालती है जिसे अपने पक्ष में सफ़ाई देने का अवसर भी नहीं दिया जाता।

कहानी के अन्त को स्त्री की नियति और आकांक्षा के बीच चौड़ी होती खाई का रूप देकर ममता कालिया पाठक से इस तथ्य का साक्षात्कार कर लेना चाहती हैं कि "परिवार में परिवार की शर्तों पर रहते-रहते न सिर्फ़ वह (स्त्री) अपनी शक्ल खो बैठी है, वरन् अभिव्यक्ति भी।" परिवार के लिए स्त्री का अर्थ उसके हाथ-पैर और देह हैं, अपनी जड़ नियति से दो-दो हाथ करती स्त्री अपने को बुद्धि, तर्क और वाणी द्वारा प्रतिपादित करना चाहती है। वह जानती है कि "घर के लोग उसके समस्त रन्ध्र बन्द कर" उसके वजूद को मिट्टी में मिला देना चाहते हैं, लेकिन उसके भीतर की हठधर्मिता उसके भीतर खौलते-खदकते शब्दों को लावा बना देगी जिसकी अनिवार्य परिणति ज्वालामुखी के विस्फोट में होगी।

पुनश्चः

"मेरी बात कहने से पहले यह जो तुमने मनुस्मृति से पद उद्धृत किया है, वह भला क्यों? क्या मेरा विद्रोह तुम्हें विश्वासघात लगता है?" चलने लगी तो शिखा ने अचानक पीछे से आकर मेरा कन्धा झिंझोड़ दिया।

मैं चौंक गई। शब्दों, फतवों और प्रवंचनाओं पर विश्वास करनेवाली कमज़ोर स्त्री तो नहीं शिखा। फिर ऐसी भावविगलित तिलमिलाहट क्यों? क्या आधुनिकता के नकाब तले हर स्त्री सतीत्व की सनदें ही इकट्ठा करते रहना चाहती है? किंचित् सिहरकर मैंने शिखा की आँखों में झाँका। वहाँ कातरता अपमानजन्य ग्लानि या पीड़ा की कोई लिजलिजी तरलता नहीं थी। थी तो एक दृढ़ता और शैतान मोहक चमक—शोख हँसी के मोतियों से गुँथी। मैं ठठाकर हँस पड़ी, जानती हूँ, मनु बाबा के जवाब में तुम सिमोन दादी को ले आओगी कि यदि स्त्री को "सोचने, कल्पना और इच्छा करने के लिए स्वतंत्र छोड़ दिया जाए तो वह पुरुष के आदर्श के साथ विश्वासघात करेगी।"

"हम विश्वासघाती औरतें! शब्दों से अपना साम्राज्य भी रचेंगी और इतिहास से लेकर भविष्य भी।" शिखा ने कसकर मेरा हाथ थाम लिया और आसमान के विस्तार में दो बाँहों को लहरा कर पूरी कायनात को मुट्ठी में भींचने का संकल्प चहुँ ओर रोप दिया।

—प्रो. रोहिणी अग्रवाल

भाषा शिक्षण : मेरे अनुभव, सोच और चुनौतियाँ

सुषम बेदी

यह सच है कि भाषा सिखाने की कोई भी एक रीति अपने-आप में सम्पूर्ण नहीं है। जब से भाषा एक विदेशी भाषा के रूप में सिखाई जाने लगी है पश्चिम में उसके सिखाने के अनेकों सिद्धान्त भी साथ-ही-साथ विकसित हो गए हैं। एक पूरा क्षेत्र 'लैंग्वेज पैडागाजी' का तैयार हो गया है जो नित नए भाषा पढ़ाने के तरीक़ों की नई-नई सोच निकालता रहता है।

इसके साथ ही यह भी सच है कि भाषा सिखाने का कोई भी तरीक़ा आप इस्तेमाल कर लीजिए—विद्यार्थी भाषा सीखेंगे ही। यानी कि हर तरीक़ा अपने में चाहे सम्पूर्ण न हो पर अपने में भाषा सिखाने की पूरी सम्भावनाएँ रखता है। भाषा सिखाने के जिन पुराने तरीक़ों को आज ख़ारिज कर दिया गया है जैसे कि विदेशी भाषा के व्याकरण की शिक्षा और वाक्यों के अपनी मातृभाषा में अनुवाद के माध्यम से—वह भी अपने-आप में कारगर रहा ही है। बहुत-से हिन्दी-संस्कृत से अनुवाद करनेवालों ने उसी माध्यम को जाना-अपनाया था। यह सच है कि वे उतना अच्छा बोल न पाते हों। पर वहीं 'ब्लिट्ज़' स्कूल सिर्फ़ बोलने की भाषा ही सिखाते हैं तो वह भी भाषा का अधूरा ज्ञान ही रहता है। अगर व्याकरण की समझ न हो तो वाक्य सर्जना रटी-रटाई ही हो सकती है। अपने से वाक्य सर्जना बिना व्याकरण की समझ के नहीं होती।

प्रसिद्ध भाषाविद् नॉम चौम्स्की ने जिस 'यूनिवर्सल ग्रामर' के सिद्धान्त को विकसित किया उसमें भी व्याकरणिक नमूनों (पैटर्न्स) का महत्त्व है।

मैंने जब पहली बार हिन्दी भाषा को एक विदेशी भाषा के रूप में पढ़ाना शुरू किया तो मेरे पास भाषा शिक्षण की कोई पद्धति नहीं थी। यह सच है कि इससे पहले मैं एक-दो महीने 'अलियान्स फ्रांसेस' में फ्रेंच भाषा सीखने की शुरुआत कर चुकी थी और हिन्दी साहित्य दिल्ली यूनिवर्सिटी के कॉलेज और पंजाब विश्वविद्यालय में कुल मिलाकर सात साल तक पढ़ा चुकी थी। लेकिन साहित्य पढ़ाने के लिए कोई ट्रेनिंग ज़रूरी नहीं समझी जाती। जो कुछ आप स्वयं एम.ए. तक पढ़ते हैं कुछ-कुछ वैसे ही अन्दाज़ से पढ़ाना शुरू कर देते हैं। बाद में फिर कोशिश और अभ्यास से सीख जाते हैं। विदेशी भाषा का ज्ञान जब तक कि आपका विदेश जाने का कोई मक़सद न हो, इंसान सीखता नहीं। मेरा तब कोई ऐसा मक़सद था नहीं। फिर अंग्रेज़ी भाषा भी भारत में बचपन या किशोरावस्था से ही सीख ली जाती है इसलिए विदेशी भाषा सीखने का वैसा सचेत ज्ञात नहीं होता कि आप सहज ही भाषा सिखाने के काबिल हो जाएँ।

जब मैं विदेश (ब्रसल्स) पहुँची और मुझे हिन्दी भाषा पढ़ाने को कहा गया तो मेरे पास ले-देकर कुछ हफ़्तों की सीखी फ्रेंच थी या एम.ए. में गुजराती सीखी थी जिसे

कैसे सीखा न तो यह कभी याद रहा न ही कभी उस भाषा को बोलने लायक़ हुई थी। हाँ 'सरस्वतीचन्द्र' के कुछ अंश पढ़े थे, इतना याद रहा था। इम्तहान पास करके काम ख़त्म हो गया था। यूँ भी मेरे लिए हिन्दी की जानकारी होने पर संस्कृत मूल की भाषा सीखना उसी तरह है जैसे अंग्रेज़ी सीखे लोगों के लिए फ्रेंच, स्पेनिश इत्यादि सीखना। थोड़े व्याकरण के हेरफेर से भाषा जल्दी पकड़ में आ जाती है क्योंकि उनकी शब्दावली बहुत एक-सी होती है। सिर्फ़ अंग्रेज़ी जाने हुए लोगों को हिन्दी, चीनी या तमिल सीखना दूसरी बात है जहाँ न केवल भाषा का संसार दूसरा होता है बल्कि लिपि को भी सीखना पड़ता है और स्वर-व्यंजन भी अलग होते हैं।

पर ब्रसल्स के सीखनेवाले पुरातत्त्वविद् और भारत के दूसरे क्षेत्रों में रुचि रखनेवाले लोग थे जिनको हिन्दी किसी परीक्षा पास करने के लिए नहीं सीखनी थी बल्कि भारत में जाकर बोलने-समझने के लिए सीखनी थी—ठीक जिस मक़सद से मैंने फ्रेंच सीखी थी। लेकिन अभी मेरा फ्रेंच का ज्ञान अधूरा था और भाषा सिखाने के तरीक़ों का भी।

मैंने 'अलियान्स फ्रांसेस' के तरीक़ों से ही पाठ तैयार किए और भाषा सिखानी शुरू की—"ये क्या है" "वह क्या है"—सारे आसपास के वस्तुगत विषयों का पहले परिचय, फिर व्याकरण सीखा ज़रूर उन्होंने और एक भाषा शिक्षिका के रूप में मेरी प्रशंसा भी की। पर वह सब इसलिए हुआ था कि मुझमें सिखाने का उत्साह और ऊर्जा बहुत थी और उनमें सीखने की। क्लास भी छोटी थी—छह-सात विद्यार्थी थे।

उत्साह और ऊर्जा तो किसी भी शिक्षण के मूल में होना बेहद ज़रूरी है, इससे कोई दो मत नहीं हो सकते। लेकिन बड़े पैमाने पर पढ़ाना हो और सालोंसाल तक पढ़ाना हो तो क्या इन्हीं के बूते नैया पार हो सकती है? क्या कोई व्यवस्था, कोई नियमावली, कोई रचनात्मक कार्यक्रम ज़रूरी होगा कि उसके बिना ही सब हो जाएगा?

न्यूयार्क आने के बाद मुझे भाषा शिक्षण के और अवसर मिले और साथ ही भाषा शिक्षण के सिद्धान्तों की एक कक्षा में बैठने का मौक़ा भी। जिसे पढ़ानेवाले एक जर्मन भाषाविद् थे। उनकी क्लास में कई मेहमान भाषण के लिए बुलाए जाते थे। तभी संगीत द्वारा भाषा शिक्षण, दृश्य उपकरणों द्वारा शिक्षण और गटैनो की पद्धति से भी मेरा परिचय हुआ। मैंने उन दिनों भारतीय काउन्सलेट में हिन्दी पढ़ाने की क्लासें शुरू की थीं। मैं अपने नए सीखे ज्ञान के साथ प्रयोग करती रहती। इस दौरान कम-से-कम मुझमें आत्मविश्वास तो आ ही गया कि मैं भाषा अच्छी तरह से पढ़ा सकती हूँ यहाँ तक कि काउन्सलेट की क्लासों में एक बार भारत से आने-वाले हिन्दी प्रतिनिधिमंडल के सदस्य मेरी क्लास में आए और वे मेरे 'आडियो-विज़्युअल' पढ़ाने के तरीक़ों से बहुत प्रभावित हुए। एक सदस्य रामविलास पासवान ने तो यहाँ तक कहा कि जितने प्यार से और बढ़िया तरीक़े से मैं हिन्दी पढ़ाती हूँ, भारत में भी ऐसे नहीं पढ़ायी जाती।

इसी दौरान मुझे पी.एचडी. की उपाधि मिल गई और मैं यूनिवर्सिटी के घेरे में नौकरी तलाशने लगी। यूँ मेरी उपाधि हिन्दी साहित्य में थी और साहित्य ही मैंने अब तक दिल्ली और पंजाब यूनिवर्सिटी में एक लेक्चरर के पद से भारत में पढ़ाया था और देखा जाए तो यहाँ आकर भाषा पढ़ाना एक तरह से अपने दरजे से नीचे आनेवाली बात थी। पर उसमें एक चुनौती थी—

विश्वविद्यालय के स्तर पर भाषा सिखाने की। मुझे भारत में अज्ञेय और प्रभाकर माचवे के बारे में पढ़े हुए लेख ध्यान में आते कि वे लोग अमरीका में हिन्दी पढ़ा चुके थे और इस सारे काम में मुझे एक कुछ ख़ास—रोमानी चुनौती भरा, उन महारथियों तक पहुँचने का सुख भी मिलता। '85 में जब मैंने कोलम्बिया विश्वविद्यालय में पढ़ाना शुरू किया तो अपने सीखे हुए सभी तरह के आडियो-विज़्युअल, गटैनो इत्यादि तरीक़ों से पढ़ाने लगी। ये विद्यार्थी भाषा के व्याकरण में रुचि रखते थे और मैंने उसे व्याकरण-अनुवाद पद्धति को भी अपने तरीक़ों में शामिल कर लिया।

उन दिनों भाषा शिक्षण के क्षेत्र में 'कम्युनिकेटिव' शिक्षण पद्धति का विशेष जोर पकड़ रहा था। एक साल (1986) मैडिसन में विस्कन्सन विश्वविद्यालय में होनेवाली सालाना दक्षिण एशियाई कान्फ्रेन्स में एक कार्यशाला में मेरा परिचय अमेरिकी काउन्सल आन द टीचिंग ऑफ़ फॉरेन लैंग्वेजेस की पद्धति से हुआ। यह कार्यशाला यूनिवर्सिटी ऑफ़ पैन्सिलवेनिया में पढ़ाने वाले दम्पती विजय और सुरेन्द्र गम्भीर दे रहे थे। इस प्रणाली का सारा ज़ोर इस बात पर था कि भाषा को सम्प्रेषण के लिए बनाया जाए यानी कि उसका इस्तेमाल सम्प्रेषण के लिए हो न कि छात्र मात्र भाषा का निष्क्रिय या पुस्तकीय ज्ञान ही पाएँ और बिना इस्तेमाल की ही भाषा यूँ ही भुला दी जाए जैसा कि आम तौर पर होता है। ऐसी सम्प्रेषण-प्रधान भाषा शिक्षा यूँ अमेरिका में डिफेन्स लैंग्वेज इन्स्टीट्यूट में दी जा रही थी पर उनके मानकों का इस्तेमाल पूरे देश की भाषा सिखाने की प्रणाली पर किए जाने की कोशिश थी। विश्वविद्यालयों की भाषा शिक्षा से सबको शिकायत यह थी कि लोग जब उन भाषा भाषी देशों में जाते हैं तो उनको बोलने में बहुत दिक़्क़त होती है इसलिए यहीं पर भाषा को इस तरह क्यों न सिखाया जाए कि लोग उसका सही सन्दर्भों में इस्तेमाल कर सकें। इसलिए सबसे पहले विकसित किए जा रहे थे 'ओरल प्रॉफिशियेन्सी इंटरव्यू' यानी कि बातचीत के ज़रिये से मौखिक योग्यता का स्तर निर्णीत करना।

मुझे इस पद्धति ने आकर्षित किया। एक तो इसलिए कि मेरे अपने विद्यार्थी लगातार यही माँग करते थे कि वे बोलने में प्रवीण होना चाहते हैं। अब मुझे एक नया और सही रास्ता दीख रहा था। इस कार्यशाला में जब मौखिक परीक्षण की पद्धति दर्शायी जा रही थी तो सवाल उठा कि श्रोताओं में से ही कोई इसका साक्षात् अनुभव करे। मैं चूँकि एक शिक्षिका और हिन्दी बोलनेवाली भारतीय थी, इसलिए सबकी निगाह मेरी ओर गई। मैंने भी हिम्मत करके चुनौती ली। अभिनय और दूरदर्शन पर लिये गए भेंटवार्ताओं की पृष्ठभूमि मेरे पास थी ही। मैं सहज ही यह काम निभा गई। उसके बाद कोलम्बिया यूनिवर्सिटी की ओर से ही मुझे इस विधि के प्रशिक्षण के लिए भेजा गया। मेरे सामने सवाल सिर्फ़ परीक्षाओं में उत्तीर्ण होने का ही नहीं था बल्कि इस विधि से अपने विश्वविद्यालय में एक सफल भाषा कार्यक्रम की नींव रखना भी था। अब तक के हमारे भाषा प्रोग्राम के कार्यक्रम में व्याकरण की नींव प्रोफ़ेसर फ्रांसिस प्रिचेट रखती थी और मैं छात्रों के अभिव्यक्ति पक्ष पर ध्यान देती थी। पर धीरे-धीरे ऐसे छात्रों की संख्या बढ़ने लगी जिनको मेरी पद्धति में ज़्यादा लाभ दीखने लगा। भारतीय मूल के अधिकतर छात्र भाषा के व्यावहारिक ज्ञान की प्राप्ति के लिए ही हिन्दी का कोर्स लेते थे। ख़ास तौर से इसलिए भी भाषा के अकादमिक ज्ञान में अब उनकी रुचि कम थी और उसके सही

इस्तेमाल और मौखिक प्रवीणता में ज़्यादा। उनको अपनी नानी-दादी से बातचीत करनी होती थी, पत्र-व्यवहार करना होता था, या हिन्दी फ़िल्में देखनी-समझनी होती थीं।

हिन्दी कार्यक्रम नवें दशक में बड़ा होने लगा। जहाँ तीन स्तरों (प्राथमिक, माध्यमिक और साहित्य) की एक क्लास को हम दो जन मिलकर पढ़ाते थे वहाँ अब प्राथमिक क्लासें बड़ी हो जाने की वजह से '91 में हमको दो सेक्शन बनाने पड़े।

पर जहाँ मौखिक प्रवीणता को आधार बनाकर उससे जुड़े विषयों को मैंने पढ़ाना शुरू किया वहीं यह सवाल उठा कि प्रॉफिशियेन्सी ओरियेंटेड सामग्री की बहुत ज़रूरत है। ज़ाहिर है कि यह सामग्री अब तक की बनाई गई किताबों में मौजूद नहीं थी क्योंकि ज़्यादातर किताबें व्याकरण को ही केन्द्र में रखकर लिखी गई थीं। या अगर बातचीतवाली सामग्री उपलब्ध थी तो वह भारत में रहनेवाले अंग्रेज़ों की बातचीत की ज़रूरतों को ध्यान में रखकर लिखी गई थी जिसमें सिर्फ़ बाज़ार की बातचीत थी या धोबी, रिक्शावाले से।

इस योजना के तहत जो पाठ्यसामग्री तैयार की गई उसकी अप्रोच बाक़ी पाठ्यपुस्तकों से बहुत अलग थी। उदाहरण के लिए हमने पढ़ने की प्रामाणिक सामग्री को चुना जिसमें प्राथमिक स्तर के लिए बहुत ही छोटे-छोटे टुकड़े थे, सुनने के लिए टेलीविजन-फ़िल्मों से एक-दो मिनट के हिस्से चुने। मक़सद था कि प्रामाणिक भाषा से छात्रों का वास्ता पड़े तो उनके सीखने-बोलने की भाषा भी प्रामाणिक होगी, न कि पाठ्यपुस्तकों की कृत्रिम भाषा! साथ ही इस विधि की एक बहुत मौलिक ज़रूरत थी कि भाषा को जीवन के सन्दर्भों के साथ जोड़ा जाए। बजाए कि यह कहे कि "राम जाता है, सीता जाती है, सब जाते हैं" विद्यार्थी अपनी बात कह पाएँ जो वे सचमुच महसूस करके कहना चाहते हैं। मौखिक परोक्षण के सवाल भी इस तरह के व्यक्तिगत सवाल हैं—अब छात्रों को ऐसी भाषा देनी थी कि वे उन व्यक्तिगत सवालों का सही उत्तर देने की भाषा को भी जानें। यहाँ कुछेक ऐसे पैंतरे सिखाने थे कि वे उसी तरह भाषा का इस्तेमाल करें जैसा कि उसके भाषा-भाषी करते हैं। 'रीडिंग स्ट्रेटजीज़' को लेकर विल्गा रिवर्स की नई खोज में उसी तरह के तरीक़ों की खोजकर बताया गया है कि जिस तरह नेटिव स्पीकर हर शब्द को न जानकर भी मतलब समझ लेता है उसी तरह की स्ट्रेटजीज़ की ज़रूरत विदेशी भाषा सीखनेवालों को है।

जब मैंने इस विधि का प्रयोग करना शुरू किया तब तक हमारे प्रथम वर्ष के दो सेक्शन हो चुके थे। मैंने अपने और दूसरे दोनों सेक्शन में प्रामाणिक सामग्री के इस्तेमाल के साथ पढ़ाना शुरू किया। इस प्रणाली में चूँकि व्याकरण का आधार महत्त्वपूर्ण नहीं रहता इसलिए दो तरह की प्रतिक्रियाएँ हुईं (इस बारे में मेरा अंग्रेज़ी में लेख छपा है (यूसिंग औथेंटिक मैटीरियअल्स ऐट द बिगनिंग लेवल : ए केस ऑफ़ हिन्दी)। कुछ विद्यार्थियों को लगा कि इस तरीक़े से वे सचमुच भाषा के सन्दर्भ में सही इस्तेमाल जान रहे हैं और हर क्लास बहुत प्रेरणादायक होती है। क्योंकि इन स्ट्रेटजीज़ में एक विशिष्ट प्रक्रिया थी—पूर्वपठन (प्री रीडिंग), उथला-पठन (स्किमिंग, स्कैनिंग), गहन-पठन (इंटेसिव रीडिंग), और फिर उत्तर-पठन (पोस्टरीडिंग)। यह सारी प्रक्रिया इस तरह से सहज ही संगीत के आरोह की तरह बढ़ती थी और पोस्ट रीडिंग में अवरोहित होती थी। जो छात्र कभी क्लास मिस कर देते थे वे इस प्रक्रिया से बाहर छूट जाते थे और

इसे दुहराया सिर्फ़ क्लास में ही जा सकता था। ऐसा नहीं था कि वे घर पर पढ़कर उसे फिर से सीख सकें।

कुछ विद्यार्थियों को इससे बहुत तकलीफ़ हुई। उनको इस बात का आश्वासन चाहिए था कि सामग्री ऐसी होनी चाहिए जिसे क्लास से बाहर भी वे अपने-आप पढ़कर तैयार कर सकें। यूँ प्रामाणिक टेक्स्ट तो उनके पास थी ही लेकिन उनमें अकसर शब्द ऐसे थे कि शब्दकोश में अकसर नहीं होते—भाषा के प्रचलन में होते हैं।

जबकि एक ओर इस क्लास के इम्प्रोवाइजेशन से जहाँ छात्रों को बहुत सुखद लाभ होता था वहीं कुछ छात्रों ने यह शिकायत की कि इस क्लास में व्याकरणिक संरचना का अभाव है।

मुझे ख़ुद पर हैरानी हुई—इतने सालों के अनुभव के बाद भी शिक्षण में कुछ-न-कुछ धागे ढीले रह ही जाते हैं। क्या इसे शिक्षण प्रणाली की कमियाँ कहा जाए या कि इस सच का सामना किया जाए कि कोई भी दो सीखनेवाले एक-से नहीं होते! सबकी अपनी अलग-अलग ज़रूरतें होती हैं? अब फिर से मुझे खोजने थे नए तरीक़े। यह भी सच समझ में आ गया था कि हर छात्र के सीखने का तरीक़ा अलग होता है। किसी को किसी तरीक़े से भाषा पल्ले पड़ती है तो किसी को दूसरे तरीक़ों से। कोई ड्रिलिंग चाहता है तो कोई सन्दर्भ सहित बातचीत, कोई व्याकरण चाहता है तो दूसरा व्याकरण को भाषा इस्तेमाल के लिए बेकार मानता है।

हमारी क्लासों में छात्रों के स्तर में भी बहुत ज़्यादा वैविध्य था। कुछ भारतीय मूल के छात्रों को थोड़ा-बहुत हिन्दी का ज्ञान था तो उनके स्तरों में भी जितने छात्र, उतने ही स्तर। किसी के माँ-बाप घर पर बोलते हैं तो वह सारी बात समझ लेता है और कोई दक्षिण भारत से है तो उसने भाषा कभी घर पर नहीं सुनी। पर कुछ फ़िल्मों की समझ है तो वहीं शून्य स्तर के अमेरिकी जिनको शून्य ज्ञान है या अपनी भारत यात्रा के दौरान कुछेक शब्द सुन आए हैं।

मुझे हर स्तर के और छात्र को ही भाषा सिखानी थी। अब यह मेरे लिए चुनौती बनी। और बात सिर्फ़ भाषा सिखाने की ही नहीं होती। छात्रों की प्रवीणता का मूल्यांकन और उनको सही ग्रेड्स वग़ैरह देना उसे और दूभर बना देते हैं। इस मामले में आप चाहते हैं कि उनके साथ पूरा-पूरा न्याय हो। मतलब कि जिसको पहले से भाषा आती हो वह तो ज़रा-सी मेहनत करके ही अच्छे नम्बर ले सकता है और जो ज़ीरो से शुरू कर रहा है वह तो जान मार के भी उनके जैसा नहीं कर पाएगा।

इस समस्या के हल में भाषा लेखन का मानदंड बहुत काम में आया। बोलना चाहे किसी को आता भी हो पर लिखना-पढ़ना आमतौर पर इन क्लासों में किसी को नहीं आता। इसलिए इस स्तर पर सबका स्तर समान हो जाता है। जो छात्र मेहनत करता है उसकी मेहनत लिखने में दीखने लगती है जो नहीं करता वह यहीं कमज़ोर पड़ जाता है। जिनकी भाषा में कुछ पृष्ठभूमि होती है वे बहुत जल्दी तरक्की करने लगते हैं और उनके ग्रेडिंग मापदंड उनसे अलग होते हैं जिन्होंने जीरो से शुरू किया होता है। इस तरह हर छात्र के विकास का अलग-अलग लेखा-जोखा रखना होता है कि किस स्तर पर उसने शुरू किया और सेमेस्टर के अन्त में कहाँ पहुँचा। एक तरह से उनकी होड़ दूसरे छात्रों से न होकर अपने-आप से होती है। विविध स्तर के छात्रों को एक ही क्लास में साथ

पढ़ाते हुए ग्रेडिंग के लिए मुझे सबसे ज़्यादा न्यायोचित यही तरीक़ा लगता है। छात्रों की सारी विविधता को समेटने और साथ ही यह कोशिश कि हर छात्र की इस क्लास से ज़्यादा-से-ज़्यादा अपेक्षाएँ पूरी हों, और साथ ही उनकी भाषा के सभी पक्ष—बोलना, पढ़ना, सुनना, लिखना और व्याकरण मज़बूत हों। मैं अपने प्रोग्राम में इन सबकी शिक्षा का सन्तुलन करने का भरपूर प्रयास करती हूँ।

हर हफ़्ते के पाँच घंटों में जहाँ दो दिन हम पढ़ना, व्याकरण, ड्रिल इत्यादि पर ख़र्चते हैं, वहीं एक घंटा पढ़ने-सुनने की प्रामाणिक सामग्री को समझने और उससे जुड़ी ऐक्टिविटीज़/अभ्यासों में और करीब डेढ़ घंटा बातचीत में गुजारते हैं। हर सप्ताह का एक विषय होता है जिसके बारे में शब्दज्ञान, वाक्यरचना और उसके सामाजिक-सांस्कृतिक सन्दर्भ का शिक्षण और उसका बातचीत में इस्तेमाल किया जाता है। जैसे कि घर, परिवार, ख़रीदारी, भोजन इत्यादि।

साामान्यत: छात्र इस व्यवस्था से अच्छा सीख रहे हैं ऐसा मेरा विश्वास है। उनकी क्लास इवैल्यूएशन में भी सन्तोष देखती हूँ। वे महसूस करते हैं कि वे हिन्दी बोलना, पढ़ना, लिखना सभी कुछ भली-भाँति सीख रहे हैं।

पर यह सब चलते हुए भी एक नई चुनौती अब मेरे सामने है। वह यह कि इतना कुछ नया जो तकनीकी क्षेत्र में भाषा प्रशिक्षण की दिशा में किया जा रहा है, उससे हम वंचित न रह जाएँ। भावी छात्र ज़्यादा-से-ज़्यादा कम्प्यूटर से परिचित हैं। आजकल इस तरह की सामग्री भी उपलब्ध होने लगी है। कुछ सामग्री का हम इस्तेमाल करते हैं। लेकिन इस दिशा में कुछ और सामग्री तैयार हो रही है—नार्थ कैरोलाइना में, यूनिवर्सिटी ऑफ़ पैन्सिलवेनिया और शिकागो इत्यादि में। प्रयास करना चाहती हूँ कि उनको अपने कार्यक्रम में ज़्यादा-से-ज़्यादा शामिल करूँ क्योंकि इस इस्तेमाल से छात्र काफ़ी स्वतंत्र हो सकते हैं और क्लास से बाहर भी हिन्दी सीखने का काम करते रह सकते हैं। यूँ अभी भी वे हर हफ़्ते एक घंटा लैब में काम करते हैं। कई तरह की टैक्नोलॉजिकल सामग्री पहले से उपलब्ध है—वीडियो, रेडियो तथा कम्प्यूटर पर भी। जिसके साथ ये विद्यार्थी अपने-आप लैब में बैठकर काम करते हैं। लेकिन अभी बहुत-कुछ और इस दिशा में होना है। जिस तरह से स्पेनिश, जर्मन आदि में वैब सामग्री है, उतना होने में तो देर लगेगी। लेकिल भाषा शिक्षण में काफ़ी हद तक भविष्य की दिशा यही है। क्योंकि भाषा सीखनेवाले इंटरनेट के माध्यम के बहुत क़रीब होते जा रहे हैं। आजकल के सब बच्चे जब कम्प्यूटर से इतनी जल्दी परिचित होते जा रहे हैं कि हर घर में वह एक दोस्त की तरह मौजूद होने लगा है तो भाषा सिखलाने में, उसे सीखनेवालों तक भली-भाँति पहुँचाने में, हमें भी इस दोस्त की मदद लेनी होगी। दूसरी महत्त्वपूर्ण बात इस सिलसिले में यह है कि जिस तरह मशीनों के इस्तेमाल से हर क्षेत्र में उत्पादन और खपत बढ़ी है वैसे ही कम्प्यूटर के लिए तैयार की गई शिक्षण सामग्री भी एकबारगी ही करोड़ों सीखनेवालों तक पहुँच सकती है।

लेकिन जैसा कि मैंने कहा कोई भी एक तरीक़ा, एक माध्यम काफ़ी नहीं होता, चालू तरीक़ों का भी पूरा इस्तेमाल जारी रखना होगा। छात्रों के पास भी चुनाव रहना चाहिए। सिर्फ़ हमारे पास नहीं। जैसे कि सिखानेवालों के अपने-अपने तरीक़े हो सकते हैं वैसे ही सीखनेवालों के भी। किसी को कोई तरीक़ा मुआफ़िक़ आता है तो

किसी को कोई। हमारा काम है छात्रों को विकल्प देना। सीखने की ज़्यादा-से-ज़्यादा आसान युक्तियाँ देना। उनकी प्रवृत्ति, उनके झुकाव के अनुसार साधन जुटाना और उन्हें उपलब्ध कराना।

दरअसल भाषा पढ़ाना एक कला है और विज्ञान भी। कला इसलिए कि उसमें लगातार सर्जनात्मकता की ज़रूरत है और विज्ञान इसलिए कि उसमें व्यवस्था और नियमों का पूरा-पूरा ध्यान रखना पड़ता है। ऊर्जा, उत्साह, सर्जनात्मकता और उपज जहाँ भाषा शिक्षण को एक कला का रूप प्रदान करते हैं, वहीं पाठन-पद्धतियों का सही इस्तेमाल विज्ञान का। दोनों का सन्तुलन ही श्रेष्ठ भाषा शिक्षण की नींव है।

सार्थकता की नई खोज

विजय शर्मा

फ़िल्म देखना अपने-आप में एक रोमांचक अनुभव है। किसी सिनेमा हॉल में होना एक अलग दुनिया में खो जाना है, हॉल का अँधेरा अपने-आप में समो लेता है। दर्शक बाहर की दुनिया से पूरी तरह कटकर कुछ घंटों के लिए सेल्युलाइड की बाँहों में सिमट जाता है। उसकी सारी चेतना रुपहले परदे पर केन्द्रित हो जाती है। शीघ्र ही यह अनुभव परदे से कूदकर उसके अन्तर्मन की गहराइयों में प्रवेश कर जाता है। टी.वी. और वीडियो के फैलते जाल के बावजूद सिनेमा हॉल की ओर खिंचे चले जाने की वजह यह है कि घर बैठे टी.वी. या वीडियो पर देखी फ़िल्में कभी भी 'लार्जर दैन लाइफ़' नहीं हो सकतीं। ड्रॉइंग-रूम कभी भी स्वप्न लोक की सृष्टि नहीं कर सकता है।

'दृश्य की निरन्तरता' को कैमरे में पकड़ने के प्रयास के फलस्वरूप एक शताब्दी पूर्व रोचक प्रयोग के रूप में सिनेमा की शुरुआत हुई। यूरोप में मनोरंजन की विधा बनते ही यह भारत पहुँच गया। अन्य भारतीय भाषाओं के साथ-साथ हिन्दी सिनेमा निरन्तर विकास के पथ पर अग्रसर है। मनोरंजन की इस विधा में अभी ढेरों सम्भावनाएँ छिपी हुई हैं।

लेखक ऑलग्रेन के अनुसार एक ओर फ़िल्में सपने बेचती हैं, दर्शकों की संवेदनाओं को मर्माहत, उत्तेजित करती हैं, उनके नज़रिये को बनाती-बिगाड़ती हैं, समाज के एक बहुत बड़े वर्ग के विचारों, हाव-भाव, फैशन को प्रभावित करती हैं, पीढ़ी-दर-पीढ़ी को 'रोल मॉडल' प्रदान करती हैं, प्रेक्षकों की संवेगात्मक भावनाओं को द्रवित कर उनका मनोरंजन करती हैं और दर्शक फ़िल्म निर्माता द्वारा रचे गए सपनों की सच्चाई जानते हुए भी उसे यथार्थ की तरह स्वीकार करते हैं, तो दूसरी ओर फ़िल्म बनानेवालों के लिए यह एक बड़ा व्यवसाय है। 'देयर इज़ नो बिजनेस लाइक शो बिजनेस।' 1914 में न्यूयॉर्क में जब पहला मूवी पैलेस खुला तब से लेकर आज तक फ़िल्में 'यूनिवर्सल मॉस मीडिया' बनी हुई हैं। संसार के अन्य देशों की भाँति हमारे देश में भी फ़िल्म देखने जाने के लिए दर्शकों में होड़ लगी रहती है और इसीलिए निर्माताओं में भी प्रतियोगिता रहती है, बड़ी संख्या में प्रेक्षकों को अपनी फ़िल्म की ओर खींचने की।

प्रेक्षकों की संख्या बाज़ार बनाती है और जब व्यवसाय करना है तो क्यों न ऐसी फ़िल्में बनाई जाएँ जिनका कथानक परिचित हो, जिनके चरित्र दर्शकों के क़रीब हों, जिनकी समस्याएँ और उनके हल देखनेवालों को अपनी पहुँच में लगें। अधिकांश निर्माता दर्शक की ज़रूरत को ध्यान में रखकर एक-सी फ़िल्में बनाते हैं जो मोटे तौर पर एक या अक्सर मिश्रित श्रेणी में रखी जा सकें। जैसे, कॉमेडी, फैंटेसी, विज्ञान

कथा, रहस्य-रोमांच या फिर म्यूज़िकल। कभी-कभी एक फ़िल्म की सफलता उसी तरह की फ़िल्मों की लहर ले आती हैं। जब दर्शक इस लहर से ऊबने लगता है तो अचानक एक दूसरी तरह की फ़िल्म की ओर मुड़ जाता है। चतुर निर्माता दर्शकों की नब्ज पहचानता है। हिन्दी फ़िल्मों में इसलिए कभी रोमांटिक हीरो की फ़िल्में चलती हैं और जब चिकने-चुपड़े चेहरे देखकर दर्शकों का मन भर जाता है तो वे 'एंटी हीरो' की ओर टूट पड़ते हैं। इसी कारण मारधाड़ से उजबुजाए हिन्दी सिने प्रेमियों ने 'हम आपके हैं कौन' का तहे दिल से स्वागत किया। इसी फ़िल्म ने ऑप्टिकल साउंड से भी परिचित कराया।

अन्य भाषाओं की तरह हिन्दी में भी कुछ अच्छी और कुछ सामान्य तथा कुछ बुरी फ़िल्में बनती हैं। लोकप्रियता सिनेमा की सफलता की एक कसौटी है। व्यावसायिकता फ़िल्म निर्माण का एक बड़ा पक्ष है। बीच में एक 'नई लहर' आई थी 'सार्थक सिनेमा' की। वैसे जब मृणाल सेन ने 1970 में 'भुवन शोम' बनाई तब उन्होंने व्यावसायिक या अव्यावसायिक सिनेमा का भेद नहीं किया था। इसे सर्वश्रेष्ठ कथाचित्र का राष्ट्रीय पुरस्कार मिला और इसकी सफलता ने एक 'नई धारा' 'समान्तर सिनेमा' के भ्रम को पैदा किया जिसे 'नया सिनेमा', 'कला सिनेमा', 'ऑफबीट सिनेमा', 'माइनॉरिटी फ़िल्म' जैसे नाम दिए गए। 'उसकी रोटी', 'अंकुर' जैसी फ़िल्में इसी लाइन पर बनीं और ख़ूब चलीं। ये निर्देशक लीक से हटकर फ़िल्म बनाने लगे परन्तु अत्यन्त दुरूहता और रुक्षता के कारण शीघ्र ही दर्शकों ने इनसे मुँह मोड़ लिया। लोकप्रियता की दृष्टि पर ये फ़िल्में खरी न उतरीं। स्वयं सत्यजित रे ने खुले मन से स्वीकार किया है कि यदि कोई फ़िल्म चलती नहीं है तो इसलिए कि वह अपनी बात दर्शकों तक पहुँचाने में विफल है। उसमें संवाद की सामर्थ्य नहीं है और जो फ़िल्म कम्यूनिकेट नहीं कर पाती हैं, वह अच्छी फ़िल्म नहीं मानी जा सकती हैं।

हर निर्देशक और कलाकार तहेदिल से दर्शकों की स्वीकृति चाहता है। मात्र दूरदर्शन पर दिखाया जाना, विदेशी फ़िल्म समारोहों में पुरस्कृत होना या पत्र-पत्रिकाओं में चर्चा होना काफ़ी नहीं है। कला फ़िल्मों के लिए बॉक्स ऑफ़िस पर सफलता पानेवाली फ़िल्मों को दोषी ठहराना भी उचित नहीं है। समय के साथ सोच में भी बदलाव आया है। अब यह माना जाने लगा है कि सारी व्यावसायिक फ़िल्में कुरूप, फूहड़ और विकृत नहीं होती हैं और न ही सारी कला फ़िल्में सौन्दर्यबोध को समेटे होती हैं। दोनों धाराओं के बीच की चौड़ी खाई कम हो रही है। जो दर्शकों के गले आसानी से उतरे।

सिनेमा वास्तव में सार्थक बनने का प्रयास कर रहा है। छोटे बजट से, संगीत व सितारों से दूर रहकर नहीं वरन् सुगठित विषयवस्तु और प्रस्तुतीकरण द्वारा उसे सार्थकता का दर्जा दिया जा रहा है। फ़िल्मों की भाषा बदल रही है। फ़िल्म मात्र कला के लिए ही नहीं वरन् कला को फ़िल्म के माध्यम से दर्शक तक पहुँचाने के लिए बनाई जा रही है। चिन्तन के साथ रोचक और मनोरंजनपूर्ण फ़िल्मों को आज के परिवेश में सार्थक फ़िल्मों का लेबल दिया जा रहा है। निर्देशक की साख, कलाकारों की प्रतिभा और कौशल, तकनीकी सुविधाओं को ध्यान में रखकर आकलन करने पर आज हम पाते हैं कि फ़िल्म में सार्थकता को व्यापक अर्थ में स्वीकृत किया जा रहा है। हाल में

बनी या बन रही हिन्दी फ़िल्मों पर दृष्टिपात करने से यह बात स्पष्ट रूप से उभरती है कि इधर के वर्षों में ऐसी काफ़ी हिन्दी फ़िल्में बनी हैं जिन्हें सार्थक कहा जा सकता है। जो प्रस्तुतीकरण और अभिनय में सशक्त हैं, जिनका कथानक दर्शकों को आनन्दित करने के साथ-साथ उनके मर्मस्थल को भी छूता है।

'अंकुर', 'निशान्त', 'भूमिका', 'कलयुग', 'जुनून' की लम्बी सूची ने श्याम बेनेगल को दर्शकों में स्थापित कर दिया है। 'सूरज का सातवाँ घोड़ा' और 'मम्मो' में बेनेगल ने 'सत्य की प्रकृति' की शोध पर कुछ अनूठे प्रयोग किए हैं, जिन्हें दर्शकों ने भरपूर सराहा है। अब वे 'सरदारी बेगम' के साथ दर्शकों के समक्ष उपस्थित हैं, यहाँ भी इनका प्रयोग जारी है। एक व्यक्तित्व के कई अलग-अलग पहलू होते हैं जो सर्वथा अनूठे और एक-दूसरे से भिन्न होते हैं। इसी तथ्य को ध्यान में रखकर वे पाँच अलग-अलग अभिनेत्रियों को सरदारी बेगम के जीवन के विभिन्न हिस्सों में प्रस्तुत करना चाहते थे परन्तु उन्हें लगा कि हिन्दी अभी इसके लिए तैयार नहीं है। अत: उन्होंने उत्तर प्रदेश की इस गायिका की जीवन की पूर्वार्द्ध की भूमिका में स्मृति मिश्रा और दिल्ली आकर स्थापित होनेवाली तथा दंगों में मारी जानेवाली सरदारी बेगम की भूमिका में मँजी कलाकार किरण खेर को प्रस्तुत किया है। उसका सरपरस्त एक जमींदार (अमरीश पुरी) है, जो उसके संगीत से ज़्यादा उसमें रुचि रखता है।

मुहम्मद खालिद की लिखी इस कहानी 'सरदारी बेगम' के संवेदनशील संवाद शमा ज़ैदी ने लिखे हैं। इसके नौ गीतों की रचना जावेद अख़्तर ने की है, जिनका मार्मिक संगीत दिया है वनराज भाटिया ने। यह केवल संगीत की दीवानी एक ज़िन्दगी और मौत की कहानी नहीं है, यह है एक युवा पत्रकार की खोज यात्रा जो कहानी के खंड-खंड को जोड़कर पाती है कि जिसे परिवार ने भुला दिया था वह सरदारी कोई और नहीं उसकी अपनी बुआ थी। फ़िल्म शीघ्र रिलीज होनेवाली है। इसके साथ ही बेनेगल दो और फ़िल्मों पर काम कर रहे हैं।

सत्यजीत रे ने प्रफुल्ल रॉय की एक कहानी पर पटकथा तैयार की जिस पर सन्दीप रे ने अपनी पहली हिन्दी फ़िल्म 'टारगेट' बनाई। अपनी कमज़ोरियों, धीमी गति, अनावश्यक लम्बाई और अस्वाभाविक अन्त के बावजूद यह फ़िल्म 'टीम वर्क' का एक अच्छा परिणाम है। यह सार्थक परिणाम कई सम्भावनाएँ जगाता है। बिजरी की कुशल भूमिका देखकर कौन कहेगा कि यह ठेठ बिहार की गँवार नहीं बल्कि बांग्लादेशी अभिनेत्री है और ओम पुरी तो मानो पैदा ही हुआ है कुशल निशानेबाज रामभरोसा अछूत का चरित्र निभाने को। इस फ़िल्म की सार्थकता है सन्दीप के कैमरे का 'ज़ूम'। फ़िल्म के प्रारम्भिक दृश्य में कैमरे की आँख एक पुरानी झोंपड़ी से घोड़ों, हाथी, सफ़ेद कार को समेटती हुई जिस प्रकार ज़मींदार हवेली की परिक्रमा करती हुई ज़मींदारी का प्रभाव और हवेली की विशालता तथा झोंपड़ी की नगण्यता को प्रस्तुत करती है वह काबिले तारीफ़ है। सन्दीप को यह विहंगम दृश्य समेटने की कला अपने पिता से प्राप्त हुई है। इसी तरह सा-बाज के साथ ज़मींदार का शिकार पर निकलनेवाला दृश्यम कैथी का डोला सजने जैसा 'पैनोरमिक विजन' है। तीन बार की ब्याही नायिका बिजरी और सफल निशानेबाज, परस्त्री के मामले में अनाड़ी, नायक रामभरोसा का मिलन-दृश्य संयोजन आँखों को सुखद लगता है।

पश्चिम में 'म्यूज़िकल' फ़िल्में अलग श्रेणी में आती हैं, परन्तु हिन्दी फ़िल्मों में गाने उसका अनिवार्य पक्ष हैं। बिना गानों के हिन्दी फ़िल्मों की कल्पना नहीं की जा सकती है। ख़ासकर जब निर्देशक स्वयं शायर हो। कवि, लेखक और निर्देशक गुलज़ार की 'माचिस' का विषय बड़ा नाजुक है जिसे उन्होंने बड़ी संवेदनशीलता और ख़ूबसूरती से 'ट्रीट' किया है। कर्णप्रिय संगीत इसमें चार चाँद लगा देता है। कथानक, कास्टिंग, वेशभूषा, मेकअप सभी पर गुलज़ार की सूझ-बूझ की छाप है। वैसे मेकअप का कमाल देखना हो तो 'हिन्दुस्तानी' देखनी चाहिए। अगर पहले न बताया गया होता तो वृद्ध की भूमिका में माइकेल जोन्स के मेकअप के जादू के कारण कमल हासन को पहचानना कठिन है।

देश-विदेश में फैले आतंकवाद पर कई फ़िल्में हिन्दी में बनीं। 'रोजा', 'बाम्बे' और 'माचिस' ऐसी ही फ़िल्में हैं। 'बाम्बे' में राम जन्मभूमि-बाबरी मस्जिद विवाद से उत्पन्न बर्बरता का ख़ूब स्थूल उपयोग हुआ है पर ऐसे भी निर्देशक हैं जिन्होंने आतंकवाद की जड़ों में झाँकने का प्रयास किया है। 'आक्रोश', 'अर्द्धसत्य', 'विजेता', 'अघात' और 'रुक्मावती की हवेली' बनानेवाले गोविन्द निहलानी ने 'एक धुन्ध के आर-पार देखने' की कोशिश में बनाई है 'द्रोहकाल'। हक़ीक़त पर आधारित इस क्राइसिस काल की फ़िल्म का कथानक नैतिक जद्दोजहद, गिरने के बाद उठने के लिए संघर्ष, समझौता और क़ीमत अदा करने से उपजे अपराधबोध की कथा से जुड़ा है। आतंकवादी नेताओं की भी एक विचारधारा है जो हिन्दी सिनेमा में पहली बार आई है।

इसी आतंक और दंगे के कथानक को 90 मिनट की फ़िल्म 'नसीम' में सईद मिर्ज़ा ने बिलकुल अलग ढंग से 'ट्रीट' किया है। उनका कैमरा बाहर की हलचल-भरी दुनिया से भिन्न बम्बई के एक मध्यमवर्गीय मुस्लिम परिवार के फ़्लैट के भीतर की दुनिया दिखाता है। फिर भी दर्शक बँधा रहता है। बाबा (कैफ़ी आज़मी) और पोती (मयूरी क़ानूनगो) के ख़ूबसूरत प्यार-भरे रिश्ते और तीन पीढ़ियों के अलग-अलग नज़रिये की कहानी है 'नसीम', जिसका शाब्दिक अर्थ है, 'सुबह की बयार'। फ़िल्म में संकेतों का भरपूर प्रयोग किया गया है।

6 दिसम्बर को बाबरी मस्जिद गिरने की पिछली शाम 5 दिसम्बर को जब बाबा की मौत होती है तो मानो एक युग और उससे जुड़े मूल्यों का ही जनाजा निकल जाता है। कुलभूषण खरबन्दा बीच की पीढ़ी है, जो न तो भारत को पूरी तरह स्वीकार कर पा रहा है और न ही पाकिस्तान में उसका पूरा यक़ीन है। वह अपनी पत्नी (सुरेखा सीकरी) के साथ अपने बेटे की प्रतिक्रियावादी पीढ़ी से हमदर्दी रखता है। और इन सबसे अलग है नसीम—प्रफुल्लित, मासूम, अलगाववाद के ज़हर से अनभिज्ञ। मिर्ज़ा ने कहीं भी राजनीति या राजनेता को मुद्दा नहीं बनाया है। फ़िल्म में कई संवेदनशील, अर्थपूर्ण दृश्य और संवाद हैं। 'हमारे लिये बुरका और तलाक़ काफ़ी हैं' जैसे सधे वाक्य फ़िल्म की अर्थवेत्ता बढ़ा देते हैं। इसमें दरिन्दगी के परिवेश में आम आदमी के जीवन को मानवीय सहानुभूति के साथ मार्मिक ढंग से प्रस्तुत किया गया है। यह संवेदना प्रेक्षक के मर्म को छुए बिना न रहेगी।

सिनेमा अभी विकास के पथ पर है। देश-विदेश में हो रहे परिवर्तनों और प्रयोगों का प्रभाव हिन्दी फ़िल्मों पर भी पड़ता है। हाल के वर्षों में बनी और बन रही हिन्दी

फ़िल्मों को देखकर यह विश्वास पैदा होता है कि यह सार्थकता की तलाश में अग्रसर है। सत्यजीत रे के शब्दों में सिनेमा दर्शकों तक अपनी बात पहुँचाने की कोशिश में लगा हुआ है। वह 'कम्युनिकेट' करने की सामर्थ्य रखता है, अतः अच्छा है, सार्थक है। इधर बन रही हिन्दी फ़िल्में सार्थकता की अपनी परिभाषा खोज रही हैं। इसमें उन्हें काफ़ी हद तक सफलता भी मिली है। यह एक अनवरत तलाश है जिसमें नए-नए लोग जुड़ते जाएँगे और हिन्दी सिनेमा सार्थकता के साथ दर्शकों का मनोरंजन करता जाएगा। सार्थकता की परिभाषा समय के साथ बदलती जाएगी और आनेवाले समय में भी हिन्दी सिनेमा सार्थकता की नई-नई परिभाषाओं की खोज में जुटा रहेगा।

मनचीते पुरुष की खोज

अनामिका

एशियाई स्त्रीवादी जे. बर्नहाट की इस अवधारणा से नज़र आता है कि "कहते रह गए फ्रॉयड धर्म को 'भ्रान्ति' और मार्क्स उसे अफ़ीम बताते रह गए, पर मनुष्य की जात लाइलाज रूप से धर्मप्राण रही।"[1] इसलिए समझदारी इसी बात में है कि हम उभयनिष्ठ धार्मिक प्रपत्तियों या आध्यात्मिक मूल्यों (नैतिक कथाओं, मिथकों, रीति-नीतियों) की एक साझा गुदड़ी सिलें और फंडा+मेंटल+इज़्म की धज्जियाँ उड़ाते ऐसे धर्मेतर अध्यात्म के पैरोकार बनें जहाँ कुछ भी भयावह रूप से गम्भीर और सँकरा नहीं, तरल हँसमुख दोस्त दृष्टि से परिचालित है सब कुछ! ज़रूरी है तो बस खिड़कियाँ-दरवाज़े खुले रखना, इतर परम्पराओं से मुक्त संवाद की पहल। इसी क्रम में भक्त कवियों, धर्मग्रन्थों और गाथाओं की भी नई विवेचनाएँ ज़रूरी हैं। आवश्यक है उनका पुन: पाठ और साथ में यह समझना भी ज़रूरी है हर युग किसी क्लासिक रचना का नया भाष्य लिखता है।

हिन्दी साहित्य के ज़्यादातर इतिहास स्त्री-कविता के नाम पर 'मीराँ' स्टेशन से एक छुक-छुक गाड़ी छोड़ते हैं। यह गाड़ी बीच के छोटे-छोटे स्टेशन फलाँगती सीधी 'महादेवी' पर रुकती है और मजे की बात यह कि इतनी सदियों के अन्तराल के बावजूद दोनों स्त्री-कवियों के 'चिरप्रतीक्षित पुरुष' एक जैसे हैं—काम्य परिवेश गढ़ने में निमग्न डीक्लास सखा। 'ज्ञानिनाम अग्रगण्य' चरवाहा किशोर मीराँ रानी के मनचीते पुरुष हैं। रहा महादेवी का प्रश्न तो उनके निजी जीवन के बारे में तो बस अटकलें ही लगाई जाती रही हैं। पर सार्वजनिक जीवन में उनके जग ज़ाहिर मनचीते पुरुष हैं : बुद्ध और गांधी, जो कहीं से भी 'मैचो' अतिपुरुष नहीं। दोनों के मनचीते पुरुष बराबरी में संवाद के लिए प्रस्तुत हँसमुख साथी हैं जो देश-काल में ज़रूरी परिवर्तन घटित करते हैं पर ख़ून-खराबे से नहीं, रीति-नीति से। गपशप और हास-विलास के लिए हरदम उपलब्ध नहीं रहते, वियोग में डालते हैं। पर वह वियोग भी मीठा है, क्योंकि उसमें मार-पीट, गाली-गलौज की स्मृतियाँ डाका नहीं डालतीं। एक कल्पनाशील स्त्री के लिए तो सहज सौहार्द का तरल आश्वासन ही बहुत है और यह एहसास कि उस चिरप्रतीक्षित की स्मृतियाँ मधुर हैं और परिवेशगत विषमताओं के विरुद्ध संघर्ष के जिस महामिशन से वह जुड़ा है, वह उसे (स्त्री को) भी तो एक ऐसा स्नेह-तरल रचनात्मक स्पेस दे रहा है जहाँ हर समय कोई सिर पर सवार नहीं है।

यह बात मेरे मन में कौंधी कि समकालीन स्त्री-कविता में उभरनेवाले दोस्त-पुरुष और दोस्त-परिवेश का ब्लू-प्रिंट कहीं-न-कहीं मीराँ और महादेवी के मनचीते/

1. जे. बर्नहार्ट (1999) 'द इनक्यूरेबिली रिलीजस एनिमल', एमाइल साहलियेह (सम्पा.), रिलीजस रिसर्जेन्स ऐण्ड पॉलिटिक्स इन द कंटेम्परेरी वर्ल्ड, एलबेनिस यूनिवर्सिटी, न्यूयार्क।

चिरप्रतीक्षित पुरुष से जुड़ता है जो बृहत्तर परिवेश की विडम्बनाएँ समेटने में व्यस्त है और जिसे अपनी साथिन से यह उम्मीद भी है कि वह उसके वियोग में रोती-झींकती बैठी नहीं रहेगी बल्कि अपनी सर्जनात्मक वृत्तियों का ऊर्जस्वी उपयोग करती हुई एक ऐसा खुला-खिला भाषा-घर रचेगी जिसमें दरवाज़े और दीवारें हों ही नहीं—हवा की तरह, रूपकों की तरह, धूप की तरह कोई कभी-भी, कहीं से भी आ-जा सकता हो। घर वही होता है जहाँ आप लौट सकें। इसलिए स्मृतियाँ घर हैं। सपनों से स्मृतियों तक की आवाजाही हरदम क़ायम रहती है। कविता घर है। जल्पना से कल्पना का नाता जब भी विच्छिन्न हुआ, सारे पुल टूट गए। कल्पना और जल्पना, निजी और समवेत, माइक्रो और मैक्रो, वैचारिक और राजनीतिक के बीच का पदानुक्रम स्त्री-भाषा एक आवेगमय झप्पी, एक हँसमुख जक्स्टापोजीशन में तोड़ती है। स्त्री-भाषा का यह उद्यम ग़ैर-बराबरी के प्रतिकार के अनुरूप ही है, जो इसका बृहत्तर दर्शन भी है। इस सूत्र को मीराँ-महादेवी की कविता में भी ढूँढ़ा जा सकता है।

दीवारें लाँघने का यह क्रम ही स्त्री को (स्त्री-भाषा, स्त्री-साहित्य को भी) वह हँसमुख दोस्त-दृष्टि देता है जो पदानुक्रम ढा दे। हास्य जगता ही वहाँ है जहाँ सोचने और देखने के स्थापित क्रम को एक ख़ुशदिल-सी चुनौती मिलती है। मीराँ की भाषा में यह ख़ुशदिल चुनौती स्पष्ट है, महादेवी की भाषा मुँह पर आँचल रखकर हँसती है—ख़ासकर गद्य में। अवज्ञा वहाँ है पर सविनय, मीराँ की तरह बिन्दास अवज्ञा नहीं। हँसने के क्रम में वे रक्त और यौन सम्बन्धों तक कीलित परिवार और धर्म की जकड़बन्दियों को चुनौती देना भी नहीं भूलतीं! वैष्णवों से मीराँ का मलंग विवाद और काशी विश्वविद्यालय के आचार्यों से महादेवी की गम्भीर असहमतियाँ इस बात का स्पष्ट साक्ष्य वहन करती हैं कि उनकी कविता की तरह उनकी धर्मचेतना भी जकड़बन्दियों के बाहर थी। अब्राह्मण होने के कारण महादेवी वर्मा बनारस हिन्दू विश्वविद्यालय से संस्कृत में एम.ए. नहीं कर सकीं, पर संस्कृत के आर्ष साहित्य से किए गए उनके अनुवाद और बौद्ध दर्शन से ही नहीं बल्कि बुद्ध के व्यक्तित्व से भी उनका गहरा अनुराग किसी भी शास्त्र से अधिक अन्तर्दृष्टिपूर्ण है। कृष्ण, गांधी या और किसी योगीनुमा पुरुष के लिए स्त्रियों के मन में जो एक स्वाभाविक आकर्षण होता है, वह शायद इसलिए कि सामान्य पुरुषों की तरह वे उनके पीछे नहीं पड़ते और थोड़े से शान्त-सचेत होते हैं, स्त्रियों के ज्ञानात्मक या संवेदनात्मक विस्तार में उनकी रुचि होती है, उन्हें गर्भ-मात्र या काया-मात्र मानकर ख़ारिज करने में नहीं! इसलिए बाद के साहित्य में पनपी दोस्त और हमदर्द पुरुष की अवधारणा से भी उन्हें जोड़ा जा सकता है जिसे रेचल ऐल्स ने 'हेजेमोनिक' करार दिया है—

वर्चस्ववादी मर्दानगी के धारक 'धाँसू रूप से आदर्श' पुरुष नहीं होते हैं। वे तो अपने ढंग से अनूठे, सबसे अलग—लोकप्रिय नायक, फन्तासी—प्रतिमाएँ और अनुकरणीय प्रतिमान होते हैं। वर्चस्ववाद सांस्कृतिक प्रभुत्व से सम्बन्ध का प्रश्न ही तो है, गणनावाद उसके स्वभाव में नहीं, सिर्फ़ सिर गिनकर सन्तुष्ट वह नहीं होता।[1]

ज़्यादातर पुरुष पढ़ी-लिखी, परिष्कृत मनवाली स्त्रियों के इस मनचीते पुरुष से चिढ़ते हैं। इस पूरे ब्लू प्रिंट से वे चिढ़ते हैं, क्योंकि इस पर खरा उतरना कई बार उनके

1. रेचल ऐल्स, ऐनेट फिट्साइमन्स और कैथलीन लेनन (2002), थियराइज़िंग मेन एंड मैस्कुलिनिटीज़, पॉलिटी प्रेस, कैम्ब्रिज।

लिए सम्भव नहीं होता और इस आदर्शीकरण की कुछ समस्याएँ भी हैं : ख़ासकर पश्चिम में :

सच पूछिए तो निर्विवाद रूप से आदर्श पुरुष कौन है—अमेरिकी मर्द—शादीशुदा, जवान, उत्तर अमेरिकी सफ़ेद मर्द, शादीशुदा और नौकरीशुदा, क़द-काठी, कार-वार—सब कुछ आदर्श, एक इंच कम, न ज़्यादा, खेल के मैदान में भी बाजी मार आया पुरुष। जो पुरुष ऐसा नहीं पाता, अपूर्ण और अयोग्य होने की कसक और कुंठा उसे आजीवन परेशान रखती है।

भूमंडलीकरण बाज़ार द्वारा प्रस्तावित 'कम्प्लीट मैन' अब तो भारत में भी रेमंड्स सूट पहननेवाला और बड़ी गाड़ी पर घूमनेवाला सम्पन्न पुरुष हो गया है, पर स्वाधीनता आन्दोलन तक ऐसी बात नहीं थी! नेहरू तो इस छवि में थोड़े फिट भी होते लेकिन जिन दो स्त्री-कवियों की बात आज हम करने चले हैं, उसमें एक का मनचीला पुरुष तो ज्ञानी चरवाहा था, और दूसरे का राजपाट छोड़कर चल देनेवाला सिद्धार्थ और (दूसरे चरण में) एक लँगोट में विलायती राउंड-टेबल कॉन्फ्रेंस हो आनेवाला निर्भीक मोहनदास। इन तीनों में से किसी को अपने पौरुष के अनवरत रेखांकन के लिए अतिपुरुष होने की ज़रूरत नहीं थी और इसलिए ये संवेदनशील स्त्री कवियों के अनन्य सखा हो पाए।

महादेवी का स्त्री पाठ

जो लोग स्त्रीवादी आलोचना पर पश्चिमी प्रभाव के अतिरिक्त का अभियोग लगाते हैं, उन्हें यह बात समझ लेनी चाहिए कि 'कैनोनिकल' और 'कोलोनियल'—दोनों पर पहला प्रहार स्त्रीवाद ने किया था। ज्ञान-प्रत्याख्यान में वैकल्पिक स्रोतों की तलाश एलिस वॉकर और कुमकुम सांगारी जैसी स्त्रीवादियों ने ही शुरू की थी। क्षेत्रीय साहित्य और (क़िस्सागोई जैसी) देशी परम्पराओं का सन्धान; मौखिक इतिहास लेखन, रीति-रिवाज, मिथक प्रत्याख्यान; तस्वीरें, घरेलू चिट्ठियाँ और अन्य अनादृत दस्तावेज़ समेत अज्ञात पांडुलिपि सन्धान; ग़लत तरजीह पा गए स्त्री विरोधी पाठों पर लाल चिह्न के निशान आदि महत् कार्य स्त्रीवादी आलोचना ने ही सम्भव किए। अपने इन्हीं प्रयोगों और 'बहुलतावादी मैं' की अपनी मूल अवधारणा के कारण यह आलोचना उत्तर-संरचनात्मक कहलाई।

मनुष्य के अस्तित्व की सार्थकता प्राकृतिक साधनों से इसके सर्जनात्मक, और अन्तःक्रियात्मक संवाद में है। कोई भी भूमिका जो श्रम या काम के मूलाधिकार से वंचित करे, शोषणपरक है। पूँजीवादी व्यवस्था का केन्द्र है अहंवादी, ठिंगना, लालची भोक्ता भाव जिसके ख़िलाफ़ लगातार संघर्ष करती हुई स्त्रीवादी आलोचना स्वयं मीराँबाई की कविता की लय में—परिवार, प्रेम, यौनिकता और नैतिकता की नई परिभाषाएँ गढ़ती है और इस सन्दर्भ में जो महत्त्वपूर्ण प्रश्न पूछती है, वही इसके धर्मेतर अध्यात्म का आधार है। इनमें कुछ महत्त्वपूर्ण प्रश्न यह कि प्रेम और सद्भाव पति और बच्चों तक सीमित क्यों? प्रजननात्मक लेबर भी 'लेबर' का मान नहीं पाता, तो आख़िर क्यों?

ध्यान से देखें तो एशियाई स्त्रीवादियों की साहित्यिक आलोचना स्रोत-विश्लेषण में उत्तर-औपनिवेशिक, साम्य-दर्शन में मार्क्सवादी, भाषिक विश्लेषणों और अस्मिता-विषयक अवधारणाओं में उत्तर-संरचनावादी है। 'सार-सार को गहि रहै, थोथा देई उड़ाय' से ही इसने अपना मॉडल लिया है और इनकी अगाध गम्भीरता का आकलन

तब तक सम्भव नहीं होगा जब तक हम हिन्दी में स्त्री-साहित्य की इतिहास-दृष्टि का सही आकलन नहीं करते और उसके नैतिक भूगोल का भी जिसका सीधा सम्बन्ध धर्मेतर आध्यात्मिक चेतना से बनता है।

दुनिया पैमाने पर स्त्रीवादी धर्म-चेतना के तीन शिविर हैं—एक क्रिश्चियन और मुसलमान स्त्रियों के व्याख्याशास्त्र से जुड़ता है, दूसरा बौद्ध स्त्रियों के आत्म-नियोजन से और तीसरा प्रकृति के येन-प्रिन्सिपल या दैवी चेतना के आकलन से। भारतीय सन्दर्भ में देखें तो यहाँ हम थेरीगाथा और भक्त कवयित्रियों की आधुनिक व्याख्याओं के अलावा मिथकों, लोक-परम्पराओं और रीति-रिवाजों के स्त्रीवादी विश्लेषण का अध्याय भी जोड़ सकते हैं। भारतीय स्त्री-साहित्य गहरे अर्थों में अन्त:पाठीय है और अपनी जातीय स्मृतियों में इसकी जड़ें गहरी धँसी हैं। इस आधारभूत तथ्य की साझेदारी ही कुमकुम संगारी, रूथ वनिता, पुष्पा भावे आदि का आलोचना-दृष्टि को परम्परा-प्रक्षालन का धीरज देती है और बार्बरा आई ओन तथा हेली माउंटेन आदि की काव्य-दृष्टि को परम्पराओं से अन्त:पाठीय संवाद का! इगेलहार्ट के एक स्थानीय रिवाज़ का उत्खनन करती हुई वे मासिक स्राव से भीगे धागे से पेड़ लपेटने का बिम्ब एक विराट् धरातल पर प्रतिष्ठित करती हैं :

औरतों ने बुना है हमेशा,
हम भी बुने जा रही हैं ये धागा परिधि में अपने जीवन की
औरतों ने बुना है समय और विस्तार बुने हैं,
हम भी बुने जा रही हैं ये धागा परिधि में अपने जीवन की
जैसे कि बीज बुनती हैं धरती में हम
आओ बुनें धागा परिधि में अपने जीवन की
जैसे कि कविता में शब्द बुनते हैं,
आओ बुनें धागा परिधि में अपने जीवन की
जैसे कि बुनती है औरतें हमेशा,
ये धागा बुनती हैं और देवी माँ होती है, एकदम से साथ उनके [1]

इसी लय में भक्ति की वीविंग स्वाधीनता विमर्श और ज्ञान की वीविंग संज्ञान से करती हुई हमारी स्त्रीवादी अध्येता आगे बढ़ी हैं ताकि कम-से-कम स्त्री-साहित्य और समीक्षा में 'विशिष्ट' और 'सामान्य', 'शास्त्रीय' और 'लौकिक', 'मैक्रो' और 'माइक्रो' का पदानुक्रम टूटे और नैतिक भूगोल से असम्पृक्त न हो स्त्रीवादी इतिहास-दृष्टि।

II

एक देश में या एक जीवन में जो ऐतिहासिक या नाटकीय मोड़ आते हैं, उनका मंचन दोहरा होता है—एक मंचन युद्धभूमि में, सड़कों पर, भूमिगत दस्तों में, कहवाघरों में, पार्टी-दफ़्तरों, पबों में, अख़बार के दफ़्तरों में, स्कूल-कॉलेजों, नाट्य संस्थानों, मन्दिरों-मस्जिदों-गिरजाघरों के प्रांगणों में, रजवाड़ों में, संसद् में; और उनके समानान्तर एक और

1. मिक्वायर बारब्रे और हैली हौमटेन विंज (1975), 'अ रिचुअल सेलिब्रेशन', वुमॅन स्क्रिप्ट-2, अंक 5, हेमन्त इज्युइनॉक्स : 27

जगह जिसे घर कहते हैं। जो भी लड़ाइयाँ बाहर लड़ी जाती हैं, जो भी कारस्तानियाँ बाहर की जाती हैं, उसका यथोचित बखान, उचित सम्पादन के साथ यानी कहीं से बढ़ाकर, कहीं से घटाकर पत्नी-बच्चों, भाई-बहनों-बुज़ुर्गों के सामने, पुरुष करते हैं। और छने-छनाये उपाख्यान, ये फ़िल्टर्ड नैरेशन स्त्री-मन बाल-मन में ऐसा छायाचित्र रचते हैं जिसमें वह सुना-सुनाया इतिहास अपने ढंग से, दुबारा रचने का संकल्प और धीरे-धीरे अपने रंग भरने लगता है। जो भी सुना गया, उसे अन्तर्मन में दर्ज करते हुए भी एक स्वचालित सम्पादन चलता रहा है यानी कि उसकी आलोचना-प्रत्यालोचना चलती रहती है, गृहिता के संस्कार कुछ बातों का काल्पनिक विस्तार करते हैं, कुछ का अन्यमनस्क सम्पादन।

स्वाधीनता-संग्राम के दौरान स्त्रियों की जो भी इतिहास-दृष्टि बनी, स्त्री-साहित्य में उसकी परछाइयाँ हैं। यह ऐसा समय था जब स्त्रियाँ गौरव गाथाओं का सौर दमनचक्रों का मूक श्रोता-भर नहीं थीं। द्रष्टा, अभिनेता, योद्धा भी थीं। सुने और देखे हुए के बीच का, कल्पना और जल्पना के बीच का फ़र्क़ उस वक़्त के पूरे साहित्य में दर्ज है। सत्य एक बड़े मूल्य, बल्कि हथियार की तरह उभरा था, इसलिए सुने और देखे हुए का, कथनी और करनी का भी फ़र्क़ उतना नहीं था, और हर बड़ा कवि संकल्पसिद्ध मौन में तपने का आदर्श रखता हुआ कुछ ऐसा सोचता दीखता था कि वक़्त आने पर दिखा देंगे तुझे ऐ आसमाँ, हम अभी से क्या बताएँ, क्या हमारे दिल में है। आख़िरकार, वक़्त, एक बड़ी दराज, एक बड़ी जेब तो है ही। इनसान अपने संकल्प, अपने सपने और स्मृतियाँ उसी में तहाकर छुपा लेता है, और इन्तज़ार करता है उस घड़ी जब वह अपने पूरे मर्म में उनका उद्‌घाटन कर पाए।

'मनसाचिन्तित कर्मणावचसा न प्रकाशयेत/अल्यलक्षित कार्यस्य यतः सिद्ध न जायते'—स्त्रियों से ज़्यादा इस बात का मर्म कौन समझेगा भला। विनयपत्रिका में तुलसीदास सीता से कहते हैं कि माता, उस समय मेरी अर्ज़ी लगाना रघुवीर के आगे जब उनका चित्त प्रसन्न हो, यानी कि मूड ठीक हो। स्त्री से ज़्यादा पुरुष का मूड ताड़नेवाला होगा भी कौन! ज़िन्दगी मुँह ताक़ते बीत जाती है। अपनी मनौतियाँ-चुनौतियाँ भी वे उस अभेद्य गाँठ में छुपाकर रखती हैं जिसे देरिदा अपोरिया कहते हैं।

महादेवी का मीराँ-पाठ

हर पाठ में एक गुत्थी होती है। उस पर उँगली पड़ते ही सूत्र पकड़ में आ जाते हैं और अर्थ खुल जाता है। पाठ को पाठ के विरुद्ध पढ़ना यानी सीवन उधेड़कर पाठीय अवचेतन तक पहुँचना आसान हो जाता है।

महादेवी के मीराँ-विमर्श में अपने युग की आहटें साफ़ सुनाई देती हैं : विद्रोह की मीठी धमक, जैसे थोड़ा-सा कहना है, थोड़ा अव्यक्त रख लेना है, पर्दे-पर्दे के ख़िलाफ़ बोलना है पर सिर से आँचल गिरने नहीं देना है। कुल मिलाकर कहें तो महादेवी वर्मा की स्थापनाएँ विद्रोह की मर्यादित अभिव्यक्ति की प्रतीककीलित भाषा का भास्वर उदाहरण हैं। मीराँ में भी वे विद्रोह का उन्नयन ही देखती हैं : प्रकट विद्रोह के अपने गीतों का साक्ष्य लेकर कहती हुई कि वे सामयिक सन्दर्भों में बँधे थे, इसलिए काल-कवलित हो गए। निजी सन्दर्भों के पार वियोग का रूपायन ही असली कला है, यानी वियोग किसी भी आदर्श स्थिति का अभाव है : घर में, सड़क पर, राजनीति में, सामाजिक संकायों में।

आख़िर हम यह भूलें भी कैसे कि महादेवी वर्मा छायावादी कविता की इकलौती बेटी हैं, सात भाइयोंवाली चम्पा की तरह अकेली, गम्भीर और मातृमना। कुछ-कुछ वैसी ही जैसी हमारी दादी की पीढ़ी की ज़्यादातर स्त्रियाँ होती थीं—क़िस्से-कहानियों, गीतों-मुकरियों का सागर, ज्ञान-विवेक की पूरी पिटारी, पर जब जीवन के निजी प्रसंगों की बारी आती, छत्तीस तोले के करधन की तरह वे प्रसंग तकिए की रुई के नीचे कहीं गायब हो जाते। कोई तो बात होगी कि उन दिनों की एक हिट फ़िल्म थी—मैं चुप रहूँगी...महादेवी जी ने तो फिर भी बहुतेरे, उद्भट सत्य उकेरे हैं, उन्हें डीकोड करना हमारा काम है।

आत्मसन्धान की धुन में घर से निकल पड़ी सब स्त्रियों से मीराँ का तादात्म्य सम्भव है, पर यह बात भी अपनी जगह कायम रहेगी कि मीराँ का जीवन, उस अर्थ में आधुनिक नहीं है जिस अर्थ की आधुनिकता के हम अन्वेषक हैं। पितृसत्तात्मकता और राजसत्ता के समस्त निषेध के बावजूद मीराँ बोलती हैं दास्य भक्ति की भाषा ही। वे एक दोस्त की भाषा तो नहीं बोलतीं और कुमकुम संगारी की तरह औषधि-विज्ञान के शब्द उधार लेकर कहें तो उनके समस्त रूपक 'लो-रिस्क कम मेटाफ़र्स' ही हैं। यह समझदारी एक तरह की बचाव वृत्ति से आती है और इसका स्पष्ट सम्बन्ध सविनय अवज्ञा की भाषिक तकनीक से बनता है। रहना तो प्रतिरोध के बीच ही है, वहीं रहकर अपनी राह बनानी है। एक विधवा के रूप में कविता सात पर्दों के पीछे से ऑपरेट करने की अभ्यासी भी रही है। इससे भी मीराँ को चिक की एक ओट-सी मिली। पर वहाँ से भी उन्होंने स्फुलिंग तो बिखेरे ही। संक्षेप में कहें तो मीराँ का जीवन घर-बार छोड़कर अपने वजूद की खोज में सड़क पर निकल आई स्त्री का जीवन है, जिसके देह-मन की वे सब दुर्गतियाँ सम्भव थीं, जो व्यवसाय या वजूद या अपने से ऊपर किसी अन्य की तलाश में घर से निकल आई लड़कियों की होती हैं। (घर छोड़कर तो मैं ऐसे कह रही हूँ जैसे घर में दुर्गति नहीं होती। होती वहाँ भी है। ख़ुद मीराँ की दुर्गति राजमहल में कम नहीं हुई थी। पर सड़कों के ख़तरे और विकट हैं। ताड़ से गिरे खजूर पे अटकेवाला खजूर भी नहीं हैं सड़क। कोई अटकन भी नहीं होती वहाँ। फुटबाल हो जाती है औरत। अनन्त हो जाता है उस पर लगनेवाली शार्प किकों का सिलसिला।

मीराँ या मदर टेरेसा, या इस तरह की अन्य औरतों की बचाव-वृत्ति का एक आजमाया हुआ अस्त्र है लिंग-चेतना से ऊपर उठ जाना। पर जैसा कि कुमकुम संगारी[1] का अन्तर्दृष्टिपूर्ण लेख भी बताता है, मीराँ जैसी भक्त कवियों की एक समस्या है—पितृसत्तात्मक षड्यंत्रों का एक घेरा तो वे लाँघ लेती हैं, स्वयंवरा हो जाती हैं पर पितृसत्तात्मकता का हल्का अख्यान्तरण उनमें भी होता है। तभी तो वही दास्यभक्ति आरोपित कर देती हैं अपने कृष्ण पर भी, जिसे काटकर वे आगे बढ़ी थीं। जो शुरू में एक सखा की तरह, वर्ग-जाति आदि कृत्रिम विभेदों के ऊपर उठे एक दोस्त की तरह उन्हें आकर्षित करता था, उससे भी एक दोस्त की भाषा में वे बात नहीं कर पातीं। सिमोन द बोउवर और सार्त्र की दोस्ती मशहूर है, मगर हाल-फ़िलहाल बोउवर जैसी स्त्री के अपने एक अनाम प्रेमी के नाम लिखे कुछ पत्र प्रकाशित हुए हैं, जिनकी भाषा दास्यभक्ति की भाषा है। तो क्या मुक्ति एक क्रमिक प्रक्रिया है जो कभी पूर्ण नहीं होती—एक मुसलसल

1. कुमकुम संगारी (2012), मीराँबाई और भक्ति की आध्यात्मिकता अर्थनीति, अंग्रेजी से अनुवाद : अनुपमा गुप्ता, वाणी प्रकाशन दिल्ली, 63

सफ़र कि मंज़िल पे पहुँचे तो मंज़िल बढ़ा दी। यहाँ लगातार चौकसी ज़रूरी है। रामभरोसे बैठ कर जग मुजरा लेने-भर से बात नहीं बनती, यहाँ ख़ुद की तलवार की धार पर चलते रहने का संकल्प साधना पड़ता है। क्या सचमुच बड़ी कठिन है डगर पनघट की? या 'चाकर राखो जी', और 'लीनो मोल' की आपसदारी मनुष्य मन की एक अन्तरंग वृत्ति है, जिसका कोई निस्तार नहीं। चलिए, इतनी भी गनीमत है कि कोई एक तो हो इस धरती पर जो चाकर राखे मगर 'तराजू पर तुलने' और 'मोल लिये जाने' के बाद।

मीराँबाई और अन्य स्त्री भक्त-कवि

वैसे तो 'हेज़ियोग्राफी' का अर्थ सन्तों की जीवनी होता है, पर इंगलैंड में हज़ियोग्राफी परम्परा के तहत ज़्यादातर कथाएँ (अपनी ख़ूबसूरती से तबाह) स्त्रियों के नन बनने या बना दिए जाने के कारुणिक प्रसंगों के इर्द-गिर्द बुनी गई हैं। इनके पन्ने पलटते हुए बुद्धकालीन थेरी गाथाएँ बरबस याद आती हैं जहाँ धम्म का वरण मूलत: स्वैच्छिक है।

पर पूरे मध्य एशिया और भारत में भी कई बार महिला सन्त धर्म को, धार्मिक संरक्षण को एक खोह की तरह भी इस्तेमाल करती दीखती है। जैसे चिड़िया बाजों की क्रूर फड़फड़ाहट से परेशान होकर खोह में चली जाती है, बहुत-सारी महिलाएँ सन्त, धर्म की शरण में गईं, हालाँकि इस खोह में भी साँप कुंडली मारे पड़े थे। ताड़ से गिरे, खजूर पे अटके। चलो, अटके तो। धम्म से गिरे तो नहीं। हड्डी नहीं चटकी। एक आश्रय तो मिला। एक कद-काठी मिली। तात्कालिक मुक्ति का एहसास हुआ। एक वैकल्पिक स्पेस की नींव पड़ी, जो अपेक्षाकृत सुरक्षित और दुनियावी जंजालों से मुक्त एक प्राय: स्वतंत्र स्पेस था। आज भी है। आज भी पूरे घर में पूजाघर ही एक स्पेस होता है जहाँ स्त्रियाँ थोड़ी देर निश्चित बैठ सकती हैं हालाँकि 'दूध ले लो', 'टिफिन बना दो', 'अख़बार लाओ' की खटर-पटर वहाँ भी चलती रहती है। एक तरह से देखा जाए तो पूजाघर ही स्त्रियों का बैंक, डाकघर, घरौंदा, तकिया, खेल का मैदान और टेलीफ़ोन-एक्सचेन्ज हैं। हमको मालूम है जन्नत की हक़ीक़त, लेकिन दिल को ख़ुश रखने को ग़ालिब ये ख़याल अच्छा है—

अच्छी विमुक्त हुई।
तीन टेढ़ी चीजों से
अहा, मैं मुक्त हुई
ओखली से, मूसल से
अपने कुबड़े पति से
भली ही विमुक्त हुई।
गया, मेरा निर्लज्ज पति गया
जो मुझको उन छातों से भी
तुच्छ समझता था
जिन्हें वह बनाता था
अपनी जीविका के लिए।

—सुत्तपिटक, थेरी गाथा (सुमंगला माता)[1]

1. भरत सिंह उपाध्याय (2010), थेरी गाथा, गौतम बुक सेन्टर, दिल्ली।

धर्म एक छतरी ही था। धर्माधिकारी भी निर्लज्ज पति की श्रेणी में आते थे। धर्म की छतरी मरोड़-भींच कर उसका एक डंडा भी बना लिया था, स्त्री की पीठ पर टूटनेवाला विकट दंड। यूनान और रोम के प्राचीन वैभव और पुनर्जागरणकालीन (व्यक्ति-केन्द्रित) चतुर्दिक् अभ्युदय के बीच काले नद-सा बहता यूरोपीय मध्यकाल कई नए परिवर्तनों का वाहक भी था। महारानी एलिजाबेथ का समय पुनर्जागरण कहलाता है, किन्तु उसके पहले की अवस्था घोर सुषुप्तावस्था नहीं थी। बहुत सारी नई संस्थाएँ जग-बन रही थीं, जो किसी-न-किसी रूप में अब तक हमारे बीच जीवित हैं। इनकी एक सूची बनाने चलूँ, तो लम्बी हो जाएगी, पर कुछ महत्त्वपूर्ण अवधारणाएँ/संस्थाएँ गिनाना तो ज़रूरी ही है जिनका सूत्रपात मध्ययुग में हुआ : विश्वविद्यालय क़ानूनी संहिताएँ, रोमानी प्रेम, आधुनिक भाषाएँ, राजनीतिक सीमाएँ, राष्ट्र-राज्य, व्यापारी शहर, बैंक, गोली-बारूद, कम्पास, बुक-कीपिंग, चश्मे—सब मध्ययुग की ही देन हैं।

पर मध्यकाल की स्त्री-दृष्टि शोचनीय थी। उपदेशों, आचार-संहिताओं, कहावतों, पाठ्यपुस्तकों, औषधि-विज्ञान के ग्रंथों, सन्त-कथाओं और रोमान्सों में भी धड़ल्ले से मध्ययुग स्त्रियों को कोंचता था। तीन तरह के अभियोग लगते थे स्त्री-समाज पर जिनसे ऊबकर स्त्रियाँ धर्म की राह चल देती थीं। पहला तो यह कि स्त्रियाँ बेहद भौतिकवादी, देहवादी, भोगप्रिय होती हैं। एक मुर्गा पन्द्रह मुर्गियों को यौन-तुष्टि देता है, पर पन्द्रह मर्द मिलकर एक स्त्री को यौन-तृप्ति नहीं दे सकते।[1] दूसरा अभियोग यह था कि स्त्रियाँ भाषा का कचूमर निकाल देती हैं। झूठ बोलने, बक-बक करने, गप्प हाँकने, झगड़ने और फरियाद करने में। 'सिटी ऑफ़ लेडीज़' की शुरुआत में ही क्रिस्टीन लिखते हैं कि एक झगड़ालू चंट बीवी की चाँय-चाँय गिरजाघर के घंटे का निनाद भी ढक लेती हैं।[2] तीसरा अभियोग यह कि साज-सिंगार और दिखावे में स्त्रियों की गहरी रुचि होती है। उनका ज़्यादातर समय इसमें ही बीत जाता है कि बाहरी आकर्षण कैसे बनाए रखा जाए। आन्तरिक गुणों के विकास पर इनका ध्यान ही नहीं जाता। इन तीनों अभियोगों का एक ही प्रतिकार था—सन्त बनकर दिखा देना। ईव का चोगा छोड़कर मदर मेरी, वर्जिन मेरी का झिलमिल आवरण डाल लेना, स्त्री-काया पर, कामनाओं पर सिटकिनी-सी चढ़ा देना। घर में रहकर तो यह सम्भव नहीं था। घर से बाहर बस दो ही दरवाज़े थे—एक गिरजाघर का, दूसरा चकलाघर का। पहला विकल्प दूसरे से बेहतर था, पर मज़ेदार बात यह है कि 'ननरी' दोनों को कहा जाता था।

सेंट ओड ने शादी की जहमत से बचने की ख़ातिर अपनी नाक काट ली थी। एप्रिक एक मठ में रहने आई तो मर्द वेश में। क्रिस्टिना मार्गरिट की माँ ने तो प्रतिज्ञा ली थी कि उनकी ज़िद्दी लड़की का कौमार्य-भंग किसी तरह कोई कर दे तो उसे वे मोतियों से तौलें। उनके पिता ने कहा था कि "परम्परा से प्रयाण की उसकी हिम्मत ही कैसे हुई, अपनी इज़्ज़त बचाकर बाप की इज़्ज़त सड़कों पर नीलाम करती है। एक साधारण लड़की की यह मजाल कि वह वर्जिन मेरी बनना चाहे।" एक साधारण लड़की की मजाल तब भी दुनिया देखती थी, अब भी दुनिया देखती है। साधारण की शक्ति हरदम असाधारण होती है। पूरब में, पश्चिम में, उत्तर में, दक्खिन में। परम्परा से प्रयाण

1. हीड केण्ड (1964), केन्टबरी टेल्स, बैन्टम बुक्स, यके : 64
2. वही,

करनेवाली स्त्रियाँ हर जगह, हर समय रही हैं, पर पहले इसका एहसास सर्वव्यापी नहीं था कि "हाय राम, कुड़ियों का है जमाना।" पहले ज़माना कुड़ियों का नहीं था, गुड़ियों का था। इसलिए इक्का-दुक्का विशिष्ट सन्तों ने मुक्ति की चेतना पाई। अब मुक्ति का अर्थ और व्यापक हुआ है। साधारणीकरण हो गया है इसका। इस अर्थ में कि आँगन-चौबारे, गली-मुहल्ले, खेत-खलिहान, दफ़्तर-कारख़ाने, देवालय, वेश्यालय हर जगह की स्त्री मीराँ के घुँघरुओं की तरह एक नई तरह के मुक्ति-संगीत के तबोताब में ठनक उठी है।

सोलहवीं शताब्दी की राठौर राजकुमारी मीराँ मेवाड़ के सिसौदिया परिवार में ब्याही गईं। बिन माँ की बच्ची जितना प्रतिरोध कर सकती है, किया। उनके बाल-मन में कृष्ण की छवि बसी थी। मरने से पहले माँ ने कभी खेल-खेल में समझा दिया होगा कि वह कृष्ण की परिणीता है तो अब वह यह मानने को तैयार नहीं थी कि बिना दोष के पहला पति छोड़े क्यों और दूसरा ब्याह क्यों रचाए? रचा भी ले तो उसके इशारों पर क्यों नाचे, उसकी कुलदेवी क्यों पूजे, अपने हरि की तलाश में डगर-डगर क्यों नहीं घूमे, सन्तन ढिंग बैठ-बैठ हरि-चर्चा में रस क्यों न पाए! मंडी हाउस, विश्वविद्यालय, शोध-संस्थान, अख़बार और टीवी के दफ़्तरों, पुस्तकालयों के कैफ़े और चाय-ढाबों में आधुनिक स्त्रियाँ कला-साहित्य चर्चा में जो रस पाती हैं, दरअसल उसी रस का परिपाक है जो मीराँ को हरि-चर्चा में मिलता होगा। 'सन्तन ढिंग बैठि-बैठि लोकलाज खोई' का दंश अब भी स्त्रियों की जान खा जाता है। सीधे मुँह किसी से बात की नहीं कि लोक-कम्प्यूटर में शयन-कक्ष और स्नान-गृह तक की अटकलें दर्ज हो जाती हैं।

'सूली ऊपर सेज पिया की' कहती हुई मीराँ जल्पना के ऊपर कल्पना की ही प्राण-प्रतिष्ठा करती नज़र आती है और विच्छिन्न यथार्थ के ऊपर एक सम्पन्न आदर्श लोक, एक यूटोपिया का! आधुनिक स्त्री-यूटोपिया धर्मेतर अध्यात्म (सबलाइम) की जो अवधारणा सामने रखता है, उससे इतना तो स्पष्ट हो ही जाता है कि स्त्रीवाद और धर्मोन्माद सौतेली शक्तियाँ हैं! अन्धी आधुनिकता के दोनों विरोधी हैं, सांस्कृतिक प्रतिनिधित्व के साधनों पर दोनों की दृष्टि है, पर धर्मोन्माद उन पर असंगत एकाधिकार चाहता है। और स्त्रीवाद, ठीक इसके विपरीत, यह कामना करता है कि साधनों और अवसरों का सम्यक् (प्रजातांत्रिक) आवंटन हो (सिर्फ़ कामना ही नहीं करता, अनवरत कोशिशें भी करता है कि यह हो)। एक और बुनियादी फ़र्क़ दोनों में यह है कि परम्परा से रूढ़ियाँ चुन-फटक लेने की तमीज़ जैसी स्त्रीवाद के पास है, धर्मोन्माद के पास नहीं! इस क्रम में महादेवी की पहल अपने एकान्त को, अपने-आपको ही चीरकर दो भागों में बाँटने और अपने-आपसे संवाद क़ायम करने की महत्त्वपूर्ण पहल है। दाम्पत्य के क्लेशों को लेकर लम्बा-चौड़ा शिकायतनामा दर्ज करने के स्थान पर महादेवी इक्कट-दुक्कट में निष्णात बच्ची की तरह कड़वे यथार्थ के विषम चौखट साफ़ लाँघ जाती हैं और कल्पित आदर्श के साथ-साथ ख़ुद अपने से जो नया सम्बन्ध क़ायम कर लेती हैं, वह काम साहस का काम नहीं।

सुभद्राकुमारी चौहान ने वीर और वात्सल्य रसों को महादेवी की करुणा से अलग एक पहचान दी। यह उनका बड़ा अवदान है। रस-निक्षेप की दृष्टि से और शब्द-चयन

के निकष पर भी स्त्री-कविता का परिवृत्त बड़ा करने का श्रेय उन्हें जाता है। काव्य-भाषा की जकड़न खोलने में उसे बातचीत की भाषा के क़रीब लाने में सुभद्राकुमारी की कविताओं की बड़ी भूमिका है। यही काम पाँच दशक पहले भक्त कवयित्रियों ने किया था, विशेषकर मीराँबाई ने। पर स्त्रियों के कामना-विमर्श की दृष्टि से मीराँ की कविता महादेवी की कविता से सीधी जुड़ती है।

युगों तक स्त्रियाँ मरतीं, क्या न करतीं, या 'जो मिल गया, उसी को मुक़द्दर समझ लिया' के भाव से कुटिल-खल-कामी पतियों की भी सेवा करती गईं। लेकिन, हाँ, सेवा ही, प्रेम नहीं। प्रेम के लिए पात्रता चाहिए। कोई तो बात हो जो अभिभूत कर दे। मसलन कि संयम, शालीनता जो पुरुषों में सबसे नायाब होती है। जैसा कि पहले भी कहा, आप सोचकर देखिए कि स्त्रियाँ शंकर या बुद्ध जैसे योगियों की ओर क्यों आकृष्ट होती हैं। इसलिए कि वे उनके पीछे नहीं पड़ते, स्वयं को स्वयं में ही धारण करके धैर्यपूर्वक दूसरों का दु:ख दूर करने का धीरज उनमें होता है। काम-क्रोध-लोभ के अतिरेक से पीड़ित व्यक्ति से प्रेम कर पाना असम्भव है—ख़ासकर मीराँ जैसी संवेदनशील स्त्री के लिए जिसके मन में बृहत्तर सन्धान कर चुका है, कोई और ही धुन बज रही है।

प्रेम के लिए नैतिक परिष्कार पहली शर्त है। डाकू से भी प्रेम होता है। क्यों नहीं होता। लेकिन उस डाकू से जो दानी है, एक तरह का रॉबिनहुड; एक तरह का गॉडफ़ादर। प्रेम आदर्श से ही सम्भव है। समझा तो स्त्रियों ने पहले भी होगा, पर हब्बा ख़ातून, अंडाल, लल्ल दे, अक्क महादेवी, जनबाई, बहिनाबाई, मीराँबाई आदि भक्त कवयित्रियों ने डंके की चोट पर पहले-पहल यह कहने का साहस किया कि आसपास जैसे अबंड पुरुष दीखते हैं, काम्य नहीं हो सकते। हमें तो कृष्ण या शिव जैसा कोई योगी चाहिए। एक यूटोपिया, एक काल्पनिक विकल्प ही हैं देवता, और क्या हैं। दानवीर, कर्मवीर, स्थितप्रज्ञ, न्यायप्रिय हो कोई। सारे विकारों से मुक्त, तो हम खुलकर उसका वरण करें : आत्मा स्वयं अपना स्वयंवर रचाएँ, एमिली डिकन्सन के शब्दों में कहें तो : द सोल सेलेक्ट्स इट्स ओन सोसाइटी।[1]

सच पूछिये तो काम्य पुरुष और पुरुष-आचरण का एक खाँचा, एक ब्लू प्रिंट-सा देती है मीराँ की कविता। थोड़ा-सा रूप-वर्णन तो वह करती है, लेकिन असल आकर्षण का स्रोत कृष्ण का लोकरंजक स्वरूप है : दीन-दुखियों के सहायक, लीलामय, पुरमज़ाक़, संगीतपटु, अहिंसक, स्थितप्रज्ञ, रणछोड़ की लालित्यमय छवि ही क्यों मीराँ को भाती है, समझने की बात यह है। मीराँ का समय हमारे समय की तरह ही एक युद्ध-कातर समय और हिंसा-विह्वल समय था। ऐसे में हर राजपूत कन्या से अपेक्षा की जाती थी कि वह हाड़ा रानी की तरह थाल में सिर रखकर प्रस्तुत कर दे ताकि मोह से सताया पुरुष निश्चिन्त युद्ध जीतने चला जाए। पर मीराँ एक ऐसे गढ़न्त एक ऐसे कन्स्ट्रक्ट का वरण करती हैं जो धर्म-युद्ध को अन्तिम उपाय मानता है, और ऐन युद्धभूमि में लगता है गीता बाँचने यानी साहित्य-कला-दर्शन का आश्रय वहाँ भी नहीं छोड़ता; और ख़ुद के लिए जिसका प्रण है कि वह हथियार नहीं उठाएगा, मनोवैज्ञानिक युद्ध लड़ेगा, भाषा ही जहाँ हथियार बनती है।

---

1. एमिली डिकिन्सन (1970), ऐक्ट्स ऑफ़ लाइट, नैन्सी बर्कर्ट और जैन लैंग्स्टन (सम्पा.), न्यूयार्क ग्राफिक सोसाइटी : 100

यहीं हम उठाते हैं भाषा-शैली का प्रश्न। मीराँ का युद्ध भी एक मनोवैज्ञानिक युद्ध है; जहाँ भाषा हथियार बनती है। एक स्त्री के पास भाषिक हथियारों के सिवा कौन-से हथियार होते हैं भला! और किसी भी मनोवैज्ञानिक युद्ध में वे ही हथियार काम भी आते हैं : अभिधा, लक्षणा, व्यंजना—तीनों की ताक़त अलग-अलग टोनल वैविध्य या स्वर-भंग के साथ आजमाती हुई सड़क पर अपनी बचाव-वृत्ति में साधनहीन स्त्रियाँ भी मंचित कर लेती हैं। कुएँ पर, पानी के नलके पर, राशन की क्यू में, सरकारी अस्पताल की क्यू में, जंगल-पहाड़ पर, मिल में, फुटपाथ पर समोसा-नमकीन बेचती हुई स्त्रियों की भाषा के कई जानदार मुहावरे तो ख़ुद मैंने नोट किए हैं। कोई भी कर सकता है यदि उनसे अन्तरंग बातचीत गाँठे, उनसे दोस्ती करे। अक्क महादेवी और मीराँबाई के साथ मुश्किल यह थी कि सड़क पर आने के पहले सड़क का जीवन उन्होंने देखा नहीं था। वे महलों से सीधी सड़क पर चली आईं। महलों में या किसी भी सामन्ती बन्दिश में रहनेवाली स्त्रियाँ कैसे वाक्य कहती हैं या फिर कोई अच्छा दृश्य देख या कोई कथा सुनी तो विस्मयादिबोधक वाक्य!

मीराँ ने खरी प्रीत की थी। वे हर जगह बरस जानेवाली बदली नहीं थीं। एक के बहाने सारी सृष्टि अच्छी-अच्छी लगने लगे, यह बात अपने-आप में दुरुस्त है, पर अच्छी-अच्छी लगने का मतलब स्नेह-सद्भावपूरित होना है, सर्वस्व समर्पण नहीं। सर्वस्व समर्पण की ज़िद तो कभी करनी ही नहीं चाहिए। होना होगा तो वह स्वयं घटित होगा। सर्वस्व समर्पण दाल-भात का कौर नहीं है। जो ओस चाटकर, अलग-अलग जगह बिखरी बूँदें चाटकर प्यास बुझा लेने की एषणा रखते हैं, उनको मीराँ जैसी बागी सन्त कवियों की एक ही सलाह है कि 'धीरज' का घाघरा धीरें और लज्जा का चीर। ओस चाटने से प्यास नहीं बुझती। अधीर न हों, इन्तज़ार करें। 'धीरज' का घाघरा चुन्नटदार है, उसका घेरा अनन्त है, पर उसको धरे बिना यूटोपिया नहीं मिलता, कोई आदर्श नहीं मिलता। जो चट से मिल जाए, वह माया है। सत्य वह है जो अर्जित किया जाए। क्षमता का कंगन और सुमति की अँगूठी धारण करके ही सत्य से मिला जा सकता है, पर सत्य-सन्धान के पहले छोटे लोभों की मैल ज्ञान के उबटन से छुड़ानी होगी और दिल को दरिया करना पड़ेगा। नेकी कर और दरिया में डाल। बहता पानी निर्मल। किसी भी यूटोपिया किसी भी सत्य का सन्धान एक तपस्या है।

सत्य कब मिलेगा, यह तो तय नहीं है। पर सच्चे सन्धान की प्रक्रिया में हैं आप तो हो सकता है वह आर्किमिडीज़ की तरह, पानी में, टब में अन्यमनस्क भाव से नहाते हुए आपके मन में अचानक कौंधे, एक आइडिया की तरह। एक आइडिया, एक विचार जो दुनिया बदल दे, आपके सारे प्रश्नों का हल ढूँढ़ने में आपकी मदद कर दे और आप मीराँ की राह, आर्किमिडीज़ की तरह, अक्क महादेवी की तरह एकदम से सड़क पर दौड़ जाएँ यूरेका-यूरेका कहते हुए, बल्कि गाते हुए, जैसे मीराँ गाती हैं।

मीराँ की कविता यूरेका की कविता है, सब भक्त कवियों की कविता, यूरेका की कविता है। लम्बे चिन्तन-मनन के बाद, मन में लगातार मथानी चलाने के बाद जो अवक्षेपित होता है, उस नवनीत में जीवन का सार, जीवन की स्निग्धता तो होगी ही, उतनी ही भारहीनता भी होगी। बहुत फिंटी हुई बड़ी हलकी हो जाती है। फिंटे हुए बेसन, मन, मक्खन का हलकापन क्लिष्ट विचारों से उद्भूत सरल प्रमेयों में भी होता

है। भक्त कवि इस सरलता का अमृत चखकर ही बड़े होते हैं, इतने स्निग्ध और इतने सरल। सरल होना दुष्कर है, बहुत-बहुत दुष्कर। येट्स की कविता के तीन चरण इसका प्रमाण हैं। सरल रेखा या पूर्ण शून्य खींच पाना पिकासो जैसे बड़े चित्रकार के लिए ही सम्भव है। सरल रेखा दो बिन्दुओं के बीच की निकटतम दूरी है। वक्रता दूर करती है, अपने ही लक्ष्य से, अपने ही यूटोपिया से, अपने प्रियतम से। यह बात भी मीराँ की कविता अपने पूरे बाँकपन में सामने रखती है, बाँकपन कहीं-कहीं है, भ्रू-भंग भी है ही—लेकिन है वह मध्यावधि अवस्था ही। अन्तिम बात अकाट्य सरलता है। सत्य है तो सरल होगा ही, कम-से-कम आयतन घेरेगा, कम-से-कम शब्द कहेगा जैसे मीराँ की कविता कहती है। बहुत लम्बे-चौड़े भाष्य का कोई स्कोप ही नहीं बनता। मन मस्त हुआ तो क्या बोले।

सरलता का उत्स एक मग्न क़िस्म की आपसदारी है और बृहत्तर दुनिया से अपना सुख साझा करने की उमंग भी। उमंग भी हमेशा सरल होती है, नंगे पाँव दौड़ा देनेवाली—"आवत हिय हरषै नहीं, नैनन नहीं सनेह।/'तुलसी' तहाँ न जाइए, कंचन बरसे मेह॥" कहाँ नहीं जाना है, इस विवेक से परिचालित है स्वाधीनता। सच्ची स्वाधीनता हमेशा विवेक से संयम से संचालित होती है। पर वह विश्लेषण करने नहीं बैठ जाती। अगर किसी को राह सुझाती भी है तो इशारों में सुझाये, जिसमें पात्रता होगी, जो लाल बुझक्कड़ होगा, बूझेगा। लाल बुझक्कड़ होने की, 'जित देखौं तित लाल की' पात्रता भी चाहिए। पश्चिम की भक्ति कवयित्रियों से लेकर अपने यहाँ तक की भक्त कवयित्रियों में यह विवेक है। इसलिए उनकी कविता ज्ञानबोझिल, दर्शनबोझिल नहीं है। उसमें सार-संक्षेप है, निष्कर्षों का गाम्भीर्य, विवेक का गाम्भीर्य, एमिली डिकिन्सन कहती हैं—

यह मेरी चिट्ठी है दुनिया को, जिसने कभी मुझे लिखा नहीं वापस![1]

यह संवाद की एकतरफ़ा पहल है, एक तरह का एकालाप। जिसमें पात्रता होगी, इसका मर्म ख़ुद ही समझ लेगा।

जिसे अशोभन प्रस्ताव (इंडीसेंट प्रपोज़ल) कहते हैं, उससे स्त्रियाँ कैसे निबटें, इसके कुछ सूत्र आपको यहाँ मिल जाएँगे। मीराँ से किसी ने कहा, स्वयं गिरिधर के आदेश से मैं आपके पास आया हूँ, आप मेरे साथ रमण करें। मीराँ सुन्दर थीं। स्त्री थीं। सड़क पर थीं। राह चलते ऐसे शोहदे मिलते ही रहे होंगे। सिद्धहस्त भाव से उन्होंने कहा, "धन्य भाग्य मेरे, प्रभु का आदेश है तो यहीं सबके सामने आप सड़क पर सेज सजाएँ और रमण करें।" उसे पानी-पानी तो होना ही था। न मारा, न पीटा, न हाय-तौबा मचायी, बस एहसास कराया कि मैं तो तुम्हें जान ही गई हूँ, तुम भी मुझे जान लो। स्वयं में झाँको, क्या तुम मेरे योग्य हो? राह चलते मोहा जानेवाला भोगी/लोभी क्या जाकर तेजस्वी स्त्री के योग्य हो पाएगा? फर्स्ट डिज़र्व, देन डिज़ायर।...ठीक है, आदमी हो, कामना जग ही गई तो कोई बात नहीं। उस पर क़ाबू करो। अपना उन्नयन करो, योग्य बनो और करो इन्तज़ार कि कोई स्त्री तुम पर आसक्त हो, ख़ुदा बन्दे से ख़ुद पूछे, बता तेरी रज़ा क्या है। इस प्रसंग में पहल स्त्री को ही करनी चाहिए। पुरुष का काम है योग्य बनकर इन्तज़ार करना।

1. एमिली डिकिन्सन (1970) : 49

एक जगह अक्क महादेवी कहती हैं : मेरी देह ही मेरी गुरु है। औरत की देह ही उसका गुरु है। उसके अनुभव ही उसके गुरु हैं, अनुभव जो ज़्यादातर खट्टे-कड़वे ही होते हैं। आप तो गईं सत्संग के लिए, इस भाव से गईं कि कुछ सीखने को मिलेगा, और गुरु है कि उसे आपकी देह के आगे कुछ दीख ही नहीं रहा। यदि गुरु ऐसा नहीं है तो जो लोग आपको गुरु के पास जाते, उससे मिलते देखते हैं, वे ही घनचक्कर हैं। 'सन्तन ढिंग बैठि-बैठि लोकलाज खोई।' वह तो ख़ैर कहिए कि किसी शोहदे ने सीता का नाम वाल्मीकि से नहीं जोड़ा वरना अटकलें लगाने को कोई कुछ भी लगा सकता है। दिमागी विकृति का कोई इलाज थोड़े ही है। जिन्हें आपने बरजा-डाँटा हो या जिन्हें ध्यान देने लायक़ नहीं जाना हो, वे तो आपको नीचा दिखाने की हर सम्भव कोशिश करेंगे ही। यह कोशिश कुछ देर की ख़ातिर आपको दु:ख देगी, पर फिर आप सोचेंगी, और कोई जाने-न-जाने, मैं स्वयं को जानती हूँ। सत्य अपना प्रमाण ख़ुद है, जब मैंने कोई ओछा काम किया नहीं, क्यों चुप हो बैठूँ, क्यों इनकी बात का असल लूँ—हाथी चले बाज़ार, कुत्ता भूँके हजार—

कोई निन्दो कोई बिन्दो
मैं चलूँगी चाल अपूठी।

मीराँ के जन्म के समय बाबर ने समरकन्द फ़तह किया था। दो विफल आक्रमणों के बाद भारत में अन्ततः उसने पैर जमा लिये थे। मीराँ के मेवाड़ से मेड़ता जाने के ठीक दो वर्ष बाद (1531 में) हुमायूँ राजगद्दी पर आया और लगातार शेरशाह सूरी के आक्रमण झेलते हुए अन्ततः उससे हार भी गया। शेरशाह के राजकाल में ही मीराँ ने शरीर छोड़ा। इस बीच राजस्थान के राजपूत घराने न सिर्फ़ मुगलों से बल्कि आपस में भी लगातार लड़-भिड़ रहे थे।

बाहर की दुनिया से हार-थककर, चिढ़कर घर लौटा आदमी औरतों की क्या गत करता है, सबको पता है। एक तरफ़ कुल-मर्यादा, कुल गौरव के नाम पर बालिका-वध, सती, विधवा-विद्वेष, दूसरी तरफ़ मैट्रिमोनियल अलायन्स के रूप में भेड़-बकरियों के बथान के रूप में रनिवासों का विकास। वीर-प्रसविनी बनना ही तब स्त्रियों का मूल धर्म था। ऐसे में स्वाभाविक है कि पति की अंकशायिनी बनने से साफ़ इनकार करनेवाली स्त्री या तो बावरी (पागल) क़रार कर दी जाएगी या पुंश्चली। सुहाग-चिह्नों और अनुरागोन्माद के कई लक्षणों की मीराँ के काव्य में एक दमकती हुई-सी उपस्थिति है। इसीलिए महादेवी वर्मा का संस्कारी मन यह मानने के लिए राज़ी नहीं होता कि मीराँ वैधव्य-शापित थीं, जबकि प्रोफ़ेसर विश्वनाथ त्रिपाठी जैसे कई आचार्य मीराँ-काव्य को विधवा-विमर्श की तरह ही पढ़ाते हैं। उन्हें यह मानना मर्यादासम्मत दीखता है कि पति की तो वे आदर्श पत्नी थीं, उनका दाम्पत्य जीवन भरा-पूरा था, किसी कारण सती नहीं हो पाईं और परिवार के अन्य जन निष्ठुर हुए, तब उन्होंने भगवद्भक्ति में मन रमा लिया। यानी वे दुनिया पूरी तरह ही ट्रान्सेंड कर गईं; पर लोग हैं कि बात बनाते रहे क्योंकि विधवाओं और वेश्याओं के लिए एक ही सम्बोधन था—राँड़।

आधुनिक पाठक के लिए वैधव्य के दुर्गिंजन से मुक्ति पाने को छटपटाती स्त्री के प्रेम में 'सूली ऊपर सेज पिया' के विराट् अर्थ-गौरव का संकोच ख़ासा कठिन है।

'मजबूरी का नाम महात्मा गांधी' वाली बात। सती न हो पाने का दाह कविता को ही मीठी आँचवाली सेज बना गया—मीराँ जैसे विराट् व्यक्तित्व की महिला से यह स्थापना मेल नहीं खाती। निर्णय की स्वाधीनता का तेज़ जिसमें ऐसा प्रखर हो, वह भला धुआँएगा क्योंकर! जो करना होगा, कर गुज़रेगा (प्रतिकारवश), पार्वती की तरह अग्निकुंड में कूदकर या सीता की तरह धरती में धँसकर।

महादेवी की इस स्थापना में बल है कि मीराँ की कविता में कभी एक क्षण भी किसी दैन्य, किसी अपराधी, किसी डाँट-फटकार की आहट नहीं है। न वे कबीर की तरह की अक्खड़ उपदेशमयता से कीलित हैं, न सूर-तुलसी की तरह दग्ध विनय से। विष को भी अमृत बना लेनेवाला माधुर्य ही है यहाँ। 'राणा जी ने भेजा विष का प्याला/पी गई मीराँ हाँसी रे' में या ननद को सम्बोधित पदों में एक हलका-सा तंज तो दिखाई देता है, लेकिन देवर-भाभी या ननद-भाभीवाले सम्बन्ध का माधुर्य वहाँ भी झिलमिलाता-सा है। पदों की गीतात्मक विधा में आत्मकथा के प्रसंगों की कौंध स्त्री-सुलभ मधुर हास्य के साथ छौंक देना मीराँ के लिए ही सम्भव था।

मीराँ और भी तरह से मीठे हास्यबोध का पता देती हैं। 'बदनामी लागे मीठी', 'बिन्दो चाहे बिन्दो' का यह मस्तापन हर्षातिरेक की पराकाष्ठा है। 'गोविन्द लीनो मोल' के रूपक के विस्तार में भी वे मेटाफ़िज़िकल व्यंग्य-विनोद के साथ रहती हैं—'कोई कहे महँगो, कोई कहे सुहलो, लियो जी तराजू तोल।' लारेन्स कैप्टेन्स डॉल में लिखते हैं कि स्त्रियों की यह मुसीबत है कि वे पुरुषों को गुड्डा बना लेना चाहती हैं। स्त्रियाँ भी पुरुषों पर यह अभियोग लगा सकती हैं कि पुरुष ही नहीं, घरवाले भी उन्हें गुड़िया समझते हैं। महादेवी वर्मा ने इस पर सहज आपत्ति उठाई है कि वीरता के पुरस्कार के रूप में कन्या का दान स्वयंवर के नाम पर स्त्री का पण्यीकरण ही था। पर मीराँ जिस ख़रीद की बात करती हैं उसमें जॉन डन वाला मेटाफ़िज़िकल विट चमक रहा है। मोल ली हुई चीज़ डंके की चोट पर अपनी हो जाती है : उसे न कोई छीन सकता है, न उस पर कोई दावा ठोंक सकता है, फिर यह ऐसी-वैसी ख़रीद तो है नहीं, अपना वजूद देकर यह अमौलिक वस्तु ख़रीदी गई है, इसलिए यह और अनमोल और अविभाज्य है।

इस तरह के विटी प्रयोग एमिली डिकिन्सन के यहाँ भी बहुत मिलते हैं। कोर्ट-कचहरी से लिया गया 'एफ़िडेविट' जैसा शब्द भी उनके यहाँ एक विशिष्ट अर्थगौरव पा जाता है—

नर्क से कोई आत्मकथा नहीं लिखी किसी ने, और स्वर्ग का हलफ़नामा नहीं था।

स्त्रियाँ ऐसे प्रयोगों में निपुण होती हैं क्योंकि कॉस्मिक और कॉमनप्लेस के बीच कोई पदानुक्रम वे नहीं मानतीं। आत्मीयता का विस्तार उनकी भाषा को एक सहज प्रजातांत्रिक, संवादधर्मी गौरव देता है। पदानुक्रमकीलित नहीं होता उनका संसार। ऊँच-नीच—सारे प्रसंगों को एक चटाई पर बिठाकर उनसे अपना सुख-दुःख बतिया लेने की आत्मप्रवाही सहजता ही उन्हें 'लोक और शास्त्र' के बीच का पदानुक्रम तोड़ने में भी मदद करती है।

'पग घुंघरू बाँध मीराँ नाची रे' में भी एक हलका-सा विनोद है। नागर जी का 'सुहाग के नूपुर' बताता है कि गणिकाओं के मन में सुहाग के नूपुर की कितनी

साध होती थी, क्योंकि घुँघरू ही उनके हिस्से आए थे। घुँघरू की झंकार सघनतर होती है, लोक को निवेदित कि सुनो भाई लोगो, यह मैं हूँ। डंके की चोट पर अपने स्वतंत्र वैभव का उद्घोष करती हुई एक कॉस्मिक नृत्य मीराँ जो नाची हैं, उसकी टंकार आज के स्त्री-साहित्य में भी जीवित है। जीवित है यह ठस्सा कि कुलवधूवाले नूपुर की मीठी-सी रुनझुन में नहीं, डंके की चोट पर मैं अपनी मुक्ति का जश्न मनाऊँगी। फ्रेंच मनोवैज्ञानिक इरिगेरी ने स्त्री-भाषा में जिस मिमिक्री की आहट सुनी थी, सबको धता बताकर आगे निकल जानेवाली वह अद्‌भुत तरह की नटखट त्वरा यहाँ गुंजायमान है।

इसी तरह 'मेरे तो गिरधर गोपाल दूसरो न कोई'—यहाँ एक के स्वीकार में सारी दुनिया का निषेध, पितृसत्ता, राज्यसत्ता, सबका निषेध शामिल है जो उस समय के लिए बड़ी बात थी। यही नहीं, एक सामान्य गोपी के रूप में रानी अपनी कल्पना करे, यह भी एक क्रान्तिकारी घटना है। गोपियों का समाज पदानुक्रमग्रस्त समाज नहीं था। इससे भी बड़ी बात यह कि यहाँ स्त्री एक लदा हुआ गर्भ-भर नहीं थी। उसकी कामना का विस्तार मातृत्व से इतर भी नहीं था। अपनी नॉन-प्रोडक्टिव भूमिका में भी स्त्री का प्रेम वरेण्य है, इस तथ्य को स्वीकृति देती दीखती हैं मीराँ। और मुक्ति-पथ पर जो बाधा बनता है, उससे परिहासपूर्वक कहती हैं, "अपने घर को पर्दा कर लें, मैं अबला बौरानी।"

पर्दा तो उससे किया जाता है जिससे लीला करनी हो, जो अपनी टक्कर का पुरुष लगे। बाक़ी तो सब बाल-बुतरू हैं उनसे क्या पर्दा, उनको तो पाल-पोसकर बड़ा कर देने के यत्न कर देने हैं : 'पिया मोर बालक, हम तरुनी' वाले मारक एहसास के साथ, ज़्यादातर स्त्रियाँ जिसकी भुक्तभोगी होती हैं क्योंकि नैतिक/आध्यात्मिक क़द-काठी में बराबर का पुरुष उनको जल्दी मिलता ही नहीं। इसी बात की ओर इशारा करती हुई महादेवी वर्मा गुरु रविदास प्रसंग का ज़िक्र करती हैं।

छायावादी/गांधीवादी मानदंडों पर और संग्रन्थित स्त्रीवाद के निकष पर खरी उतरनेवाली सबसे अनूठी प्रस्तावना यही है। मीराँ वरेण्य हैं, अपनी अहिंसा की ख़ातिर, विष पचाकर अमृत में बदल देने की अपनी क्षमता की ख़ातिर, उनकी कविता में बिजली की त्वरा है क्योंकि उनमें जलतत्त्व का निषेध नहीं!

स्त्री-मुक्ति हर जगह वि-उपनिवेशीकरण की परियोजना का एक महत्त्वपूर्ण पहलू रहा है। चूँकि साम्राज्यवादी ताक़तें समाज-सुधार का काम-धाम फैलाकर अपनी छवि सुधारने की अनवरत कोशिश कर रही थीं, और 'सुधार' का ध्यान बिगाड़ की ओर जाना ही था। सबसे ज़्यादा बिगड़ी हुई स्थिति थी स्त्रियों की, इसलिए उनकी स्थिति को निवेदित कई बिल पास हुए। बाल-विवाह पर अंकुश लगानेवाले शारदा ऐक्ट के अलावा भी 1829 में सती-प्रथा के ख़िलाफ़ और 1850 में विधवा-विवाह के समर्थन में बिल पारित हुए। इनसे स्थानीय नेताओं की चेतना में भी यह बात रेखांकित हुई कि स्त्रियाँ भी इनसान ही हैं, और स्त्री-शिक्षा तथा स्त्री-स्वास्थ्य पर ध्यान देना आन्दोलन के लिए भी हितकर होगा। लुब्बेलुबाब यह कि अगलगी में कुत्ते को नफ़ा हो न हो, साम्राज्यवादी और साम्राज्यविरोधी ताक़तों की मुठभेड़ में स्त्रियों को स्पष्ट लाभ हुआ, जैसे कि शहरीकरण से दलितों को। स्त्रियों को कम-से-कम शिक्षा की आँख मिली—ख़ासकर

मध्यवर्ग में। शिक्षा की आँख मिल गई तो वह मारक स्थिति भी गई जिसके बारे में बाइबिल कहती है : सीइंग दे डोंट सी, हियरिंग दे डोंट हियर। 1920 तक गांधी जी के मन में भी यह साफ़ हो गया था कि स्त्रियों के नैतिक, मनौवैज्ञानिक और व्यावहारिक सम्बल के बिना राष्ट्रीय आन्दोलन परवान चढ़ ही नहीं सकता। उनके मन में यह भी ज़रूर साफ़ होगा कि एक महानाट्य जो उन्हें चौराहों पर आयोजित करना है, उसमें स्त्रियों की बड़ी भूमिका होगी। जैसा कि हम सब समझते ही हैं, ग़रीबों और वंचितों के घटनाविहीन जीवन में राग-रंग पूरित नाटकीयता का एक बड़ा मंच धर्म है, शायद इसी ख़ातिर ग़रीब देश ज़रा ज़्यादा ही धार्मिक रहे हैं। धर्मप्रवण देश के राजनेता भी ख़ूब समझते हैं कि भव्य नाटकीय/काव्यात्मक/महाकाव्यात्मक दृश्यविधातों के बिना जन-जीवन स्पन्दित नहीं हो पाएगा।

गांधी जी ने भी बुद्धिमत्तापूर्वक ऐसे कुछ नाटकीय/महाकाव्यात्मक क्षण ऐन चौराहों पर मंचित किए जिनसे जन-जीवन स्पन्दित हो जाए। इस व्यूह-रचना में उन्होंने अद्भुत प्रतीक-योजना का सहारा लिया—नमक, चरखा, लाठी, लँगोट, ब्रह्मचर्य, वस्त्र-दहन, आभूषण-दान, अनशन-पिकेटिंग यानी कि खटवास-पटवास लेने, त्रिया-हठ ठानने की लोकप्रचलित प्रविधि—ध्यान से देखा जाए तो गांधीवादी रणनीति के एक-एक अवयव का सम्बन्ध स्त्री-जीवन की अन्तरंग दैनन्दिनी से है। सिविनय अवज्ञा (अवज्ञा मगर सविनय) की पूरी तकनीक ही दरअसल स्त्री-भाषा की तकनीक है। गांधी ने सत्याग्रह की घरेलू तकनीक को बड़ा राजनीतिक वितान दिया। युगों से उपेक्षित स्त्रियों के अवचेतन पर इस काव्यात्मक प्रतीक-योजना का गहरा प्रभाव पड़ा। इस आश्वासन से वे बेहद आह्लादित हुईं कि एक बड़े अभियान में उन्हें भी शामिल किया गया है। इसका एहसास हमें उस समय के स्त्री-लेखन से होता है और लोकगीतों तथा लोक-आख्यानों से भी, जिनकी रचयिता अक्सर लोरी गातीं, चरखा चलातीं, किसी घाट पर साथ मिलकर कपड़े पछीटतीं, धान कूटतीं स्त्रियाँ ही होती हैं।

उस समय की सब लेखिकाओं और लोक-गायिकाओं के मन में एक नए पुरुष की प्रतीक्षा है। पुरुष जो साथी होगा, स्वामी नहीं! महादेवी वर्मा के गीतों का चिरप्रतीक्षित पुरुष ऐसा ही पुरुष है। स्त्री-मन में उसकी कल्पना जग गई है लेकिन हाड़-मांस ओढ़कर वह अभी तक सामने नहीं आया है। सुभद्रा जी की कविता 'वीर' और 'वात्सल्य' दोनों रसों का सम्यक सन्तुलन नई स्त्री में घटित करती है—'मरदानी' का शब्द-विचलन, 'एकादशी' का राजनीतिक विनियोग और बिलकुल नए सन्दर्भों में भारतीय मोटिफ़ों का पुनःरोपण इनकी भाषिक सजगता का उत्कट प्रमाण है। सुगृहिणी, चाँद, स्त्री आदि में प्रकाशित अन्य स्त्री-रचनाकारों की भाषा, उनके तेवर, उनकी प्रश्नबहुलता, उनका व्यंग्य-विनोद भी 'कान्तासम्मित' उपदेश के घेरे के बाहर जाते हैं। उन सबकी भाषा में कभी तो सविनय अवज्ञा के (संयत ढंग के) पुरमज़ाक़ तेवर का जायज़ा मिलता है, तो कभी मीराँ के बिन्दास विद्रोह की आहट मिलती है।

ज़्यादातर कृतियों में स्त्रियाँ स्वयं अपना या अन्य स्त्रियों का उद्बोधन करती जान पड़ती हैं और उनके चित्त में एक ऐसे राष्ट्र का सपना अँगड़ाई लेता-सा जान पड़ता है जहाँ परम्परा से रूढ़ियाँ बीन-फटक ली जाएँगी, और वर्गों-वर्णों-सम्प्रदायों के बीच, अंग्रेज़ों और भारतीयों के बीच और स्वयं स्त्री-पुरुष के बीच भी भेड़-

भेड़ियेवाला का रिश्ता न होकर सम्यक् मैत्री का रिश्ता होगा और उस स्तर के क्रीड़ा-कौतुक का भी, जो मीराँ की काव्यभाषा के आनन्दातिरेक, उसकी प्रफुल्लता में कलकल-छलछल बहता है। एक आदर्शलोक, एक यूटोपिया और मनचीते साथी के ब्लूप्रिंट, उसकी आहट, उसके आभास के बिना भाषा का यह प्रफुल्ल आवेग सम्भव ही नहीं है : 'पायो जी मैंने राम-रतन धन पायो' के राम हों, या 'गोविन्द लीनो मोल' के गोविन्द, उन्हें एक ख़ास तरह के ब्लूप्रिंट की तरह पढ़ने पर भाषा का यूरेका-तत्त्व अलग ढंग से उजागर होगा।

भारतीय परम्परा की बैटरी आधुनिकता के नए सॉकेट में रीचार्ज होने देना स्त्री-भाषा की एक बड़ी चुनौती तब भी थी और अब भी है! वर्ग-वर्ण-सम्प्रदाय और लिंगगत भेदभाव की संरचनाओं से मुक्त, पशु-पक्षी और पूरी प्रकृति के प्रति संवेदनशील जिस बृहत्तर बन्धु-परिवार का स्वप्न स्त्री-साहित्य ने देखा है, उसकी भाषा-शैली भी वही प्रतिबिम्बित करती है—वहाँ भी सारे पदानुक्रम तोड़कर, दौड़कर गले मिलते हैं कॉस्मिक और कॉमनप्लेस, मैक्रो और माइक्रो, पर्सनल और पॉलिटिकल, गँवई और शहराती, लोक और शास्त्र, कल्पना और जल्पना!

पंचदेवोपासक कविवर विद्यापति

मीना झा

प्राचीन काल से ही मिथिला का सांस्कृतिक, धार्मिक, साहित्यिक एवं दार्शनिक इतिहास अत्यन्त गौरवशाली रहा है। कालक्रम में यद्यपि सामाजिक, राजनीतिक एवं प्राकृतिक उठापटक अथवा दुर्घटनावश निश्चय ही यह भूमि आधुनिकता की दौड़ में पिछड़ी जा रही है, तथापि इसी भूमि पर जनक, याज्ञवल्क्य, गौतम, मंडन मिश्र, कपिल आदि अद्वितीय मनीषियों का आविर्भाव हुआ है। इसमें दो मत नहीं कि इन ज्ञानीजनों की विद्वत्ता की आभा से सम्पूर्ण विश्व आभासित हुआ है। ज्ञान की स्पर्द्धा में अब भी मिथिलावासी श्रेष्ठतर हैं।

भारतीय कवि-परम्परा की यह शालीनता रही है कि किसी ने भी स्वयं को विख्यात करने के प्रयास नहीं किए। कवि कोकिल विद्यापति के प्रसंग में यह विचार करने पर, उपर्युक्त कथन अक्षरशः लागू होता है। जहाँ अपने प्रत्येक ग्रन्थ में कविवर ने अपने आश्रयदाताओं की वंशानुक्रमिक प्रशस्ति प्रचुर मात्रा में की है, वहीं अपने विषय में सर्वथा मौन हैं। परन्तु विद्वत्-प्रतिभा छिपी नहीं रह सकती। वह स्वयं उजागर हो जाती है। विभिन्न ऐतिहासिक गवेषणाओं के आधार पर उनका जीवन-वृत्त प्रकाश में आ चुका है।

निर्विवाद रूप से कविवर विद्यापति का जन्म मिथिलांचल के दरभंगा जिला स्थित गढ़-विसपी नामक ग्राम में लगभग 1350 ई. माना गया है। इनके परिवार पर सरस्वती/लक्ष्मी दोनों देवियों की विशेष कृपा थी। कर्मादित्य, देवादित्य आदि इनके पूर्वज न केवल विद्वान्, अपितु अपने समय के उच्च शासनाधिकारी थे।

कोई भी कलाकार अपने समय की उपज होता है। विद्यापति का जन्म जिस युग में हुआ, वह संक्रान्ति का युग था। मुस्लिम शासन पहले ही दिल्ली में अपनी जड़ें जमा चुका था। सम्पूर्ण राष्ट्र उसके प्रभाव में आ रहा था, किन्तु मिथिला उससे वंचित थी। उसी समय कर्णाटवंशीय अन्तिम नरेश हरिसिंह देव द्वारा पंजी व्यवस्था आरम्भ की गई और मिथिला का सांस्कृतिक पुनरुद्धार हुआ। इसमें विद्यापति के पूर्वजों का महत्त्वपूर्ण योगदान था। फलस्वरूप कुछ समय बाद, मिथिला में मुस्लिम-शासन-व्यवस्था के बावजूद, इसका सांस्कृतिक स्वरूप अपरिवर्तित रहा। इस बात का श्रेय जिन महापुरुषों को दिया गया उनमें कविवर विद्यापति अग्रगण्य हैं क्योंकि उन्होंने अपनी संस्कृत, अवध और मैथिली रचनाओं द्वारा, जनमानस में अपनी संस्कृति के प्रति प्रेम, समर्थन और समर्पण का व्यापक भाव जाग्रत किया। विद्यापति की शैवसर्वस्वसार, गंगा वाक्यावली, दुर्गा भक्तितरंगिणी, पदावली आदि रचनाओं ने मिथिला के धार्मिक संस्कार और मौलिक व्यवहार को अक्षुण्ण बनाए रखने में अभूतपूर्व सहयोग दिया। हिन्दी और मैथिली साहित्य में, मैथिली में लिखी उनकी 'पदावली' कवि की कीर्ति का आधार है। इसी रचना के आधार पर विद्यापति आदि कवि जाने जाते हैं।

विद्यापति ने अपनी पदावली में विभिन्न देवों की स्तुति की है। इन स्तुतिपरक पदों में सद्गति के लिए किसी-न-किसी पंचदेव की प्रार्थना की गई है। पदावली की विभिन्न भक्तिपरक रचनाएँ देख, विभिन्न विद्वानों ने इन्हें विभिन्न धर्म-सम्प्रदाय का मान लिया। किसी की दृष्टि में ये वैष्णव हैं, किसी की दृष्टि में शैव और कोई इन्हें शाक्त मानता है। वस्तुतः इन विभिन्न देवोपासनाओं का आधार है मिथिला की पारम्परिक धार्मिक-सांस्कृतिक पृष्ठभूमि। मिथिलावासी अब भी शक्ति, शिव और विष्णु के उपासक हैं। इसका स्पष्ट साक्ष्य है मैथिल सज्जनों का भाल तिलक। इनके ललाट पर एक साथ ही भस्मत्रिपुंड, श्रीखंड चन्दन और सिन्दूर बिन्दु का तिलक सुशोभित होता है। भस्मत्रिपुंड शिव, श्रीखंड चन्दन विष्णु और सिन्दूर देवी काली की भक्ति का प्रतीक है और तीनों उन्हें परमप्रिय हैं।

कविवर विद्यापति ने अपनी सांस्कृतिक धार्मिक परम्परा के अनुसार विभिन्न पंच देवों की उपासना की है। फलतः इनमें आराध्यदेव की महिमा और भक्त की असहायता हर जगह अभिव्यक्त हुई है। मिथिलांचल में कुल देवी के रूप में शक्ति की आराधना होती है और विद्यापति की शक्ति-पूजा का यह प्रसिद्ध गीत मिथिला के घर-घर में गाया जाता है—

जय-जय भैरवि असुर भयाओनि,
पशुपति भामिनी माया।
सहज सुमति वर दियओ गोसाओनि,
अनुगत-गति तुम पाया।

शक्ति का यह स्वरूप-वर्णन मार्कंडेय पुराण में देवी-माहात्म्य पर आधारित है। इसी माहात्म्य पर आधारित दुरिततारिणी दुर्गा की एक स्तुति-गीत-रचना यूँ है—

जगति पालन-जन्म-मारण, रूप-कार्य-सहस्त्र-कारण।
हरि-विरंचि-महेश-शेखर, चुम्ब्यमान पदे॥

इस स्तुति में शक्ति की महिमा सर्वोपरि स्थापित की गई है। त्रिदेव भी जगदम्बा की शक्ति के आगे नतमस्तक हैं। शक्ति के प्रति यही भाव विद्यापति ने अपनी रचना 'पुरुष-परीक्षा' के मंगलाचरण में भी व्यक्त किया है। शक्ति के स्वरूप का मूल उद्गम ऋग्वेद का देवीसूक्त माना गया है। देवीसूक्त के आठ मंत्र, महर्षि अम्भृण की कन्या जिसका नाम 'वाक्' था, के उद्गार हैं। वह सम्पूर्ण ब्रह्मज्ञानिनी थी। देवीसूक्त की आठ ऋचाएँ 'वाक्' के स्वरूप-प्रतिष्ठा के मंत्र हैं। देवी के साथ अभिन्नता प्राप्ति के कारण, वह स्वयं को संसार की एकमात्र अधीश्वरी कहती हैं। वह सम्पूर्ण कारण जगत्, जल, थल, आकाश, पवन, भूत, भविष्य, वर्तमान तथा कण-कण में व्याप्त है। सभी प्रकार से प्रतिष्ठित इस देवी को सभी देवगण भी पूजते हैं। आदि शक्ति के इसी आत्मस्वरूप से ब्रह्म की महिमा स्पष्ट हुई है। संस्कृत के प्रकांड विद्वान् विद्यापति शक्तिवाद की इस महिमा से भली-भाँति परिचित थे। अपने एक और प्रसिद्ध पद में उन्होंने इसी ब्रह्मवादिनी का आह्वान किया है—

जय-जय भगवति भीमाभयानी।
चारि वेदे अवतरू ब्रह्मवादिनी॥
हरिहर-ब्रह्मा पुछइत भरमें।
एकओ न जाने तुअ भरमें॥

शक्तिवाद के प्रति भारतीय जनमानस में एक प्रकार की सहज प्रवणता है। महासाधना के इसी वैशिष्ट्य-निरूपण में कविवर ने दुर्गा-भक्ति-तरंगणी का प्रणयन किया है। उनके संस्कार, विश्वासपूजा-पद्धति आदि सारे कार्यकलापों पर इसी शक्तिवाद के प्रभाव लक्षित हैं। विद्यापति की भक्ति साधना के आधार पौराणिक हैं। यह विश्वव्यापिनी देवी भिन्न-भिन्न क्षेत्रों में, भिन्न-भिन्न रूप में अवतरित हुई हैं—

विदिता देवी विदिता हो, अविरल-केस सोहन्ती।
कजल रूप तुअ काली कहिए
उजल रूप तुअ बानी।
रबिमंडल परचंडा कहिए
गंगा कहिए पानी।

इन पंक्तियों में कविवर की शक्ति- भक्ति अत्यन्त व्यापक और प्रखर हो गई है। इसी प्रकार शक्तिस्वरूपा गंगा के माहात्म्य का वर्णन किया है—

ब्रह्म कमंडल वास सुवासिनी, सागर नागर गृहबाले।
पातक महिष विदारण कारण, धृतकरवाल बीचि-भाले।
जय गंगे, जय गंगे, शरणागत भय गंगे।

मिथिला और बंगाल में शक्ति की विशिष्ट उपासना की जाती है। कदाचित् पार्श्व में बसने के कारण दोनों प्रदेशों की संस्कृति और सभ्यता में अद्भुत साम्य है। यही साम्य दोनों प्रदेशों के साहित्य में भी देखा जा सकता है। इसी कारण कुशाग्रबुद्धि बंगवासियों ने विद्यापति को बंगाली घोषित कर दिया। दृष्टान्त विद्यापति को भी जयदेव की परम्परा का कवि प्रमाणित कर दिया। लेकिन हमें ग्रियर्सन का धन्यवाद करना चाहिए, जिन्होंने सर्वप्रथम विद्यापति को बिहारी कवि सिद्ध किया। तत्पश्चात् कुछ बंगीय विद्वान् महामहोपाध्याय हरप्रसाद शास्त्री, जस्टिस शारदाचरण मित्र, नगेन्द्रनाथ गुप्त आदि ने यह तथ्य कबूल कर लिया कि विद्यापति मिथिला निवासी थे और इनकी कविता मैथिली भाषा में रचित है।

विद्यापति रचित बहुत-सारे शान्तिपद ऐसे हैं जिनमें राधा-कृष्ण, सीता-राम और शिव-विष्णु आदि देवी-देवताओं की स्तुति की गई है। आदि शक्ति के बाद विद्यापति की सबसे सशक्त भक्तिपरक रचनाएँ भगवान् शिव के प्रति हैं। द्वादश ज्योतिर्लिंग में से एक 'वैद्यनाथ महादेव' का प्रादुर्भाव बिहार के देवधर जिला में माना जाता है। सम्भवतः उस ज्योतिर्लिंग के प्रति अगाध आस्था ने मिथिलावासियों को उत्कट शिवभक्त बना दिया है। इसी सन्दर्भ में विद्यापति की शिव-स्तुति नचारी के नाम से मिथिला के कण-कण में व्याप्त है। स्वयं कवि व्याघ्रचर्मावृत, वृषभारूढ़ एवं आशुतोष शिव से विह्वल आत्मनिवेदन करते हैं। इस निवेदन की आकुल मार्मिकता मन को सहज ही शिवभक्त बना देती है—

कखन हरब दुःख मोर, हे भोलानाथ।
दुःखहि जनम भेल, दुःख ही गमाएल
सुख सपनहु नहि भेल, हे भोलानाथ।

घोर पार्थिव नैराश्य को व्यक्त करते कवि आकुल हो कहते हैं—

हर जिन बिसरब मोर ममता, हम नर अधम परम पतिता

क्योंकि

जम के द्वार जवाब कोन देब, जखन पूछत कर धरिया।

मरणोपरान्त जब यम के द्वार पर लेखा-जोखा होगा तो कवि क्या जवाब देंगे। जीवनपर्यन्त 'पुत्र-कलत्र, सहोदर-बान्धव' में उलझा व्यक्ति भक्ति से विमुख रहता है, परन्तु जीवन की सन्ध्या वेला में इसकी ग्लानि तो अवश्य होती है। यही आत्मग्लानि तुलसी की 'विनयपत्रिका' में प्रकट हुई है। स्वयं को पतित समझना आस्तिक चित्त की विनम्रता है। इसलिए कवि विनम्र भाव के साथ 'अधमउधारन' से भवसागर पार कराने का आग्रह करते हैं।

शिव हो उतरन पार कवन विधि।

इसी प्रकार विद्यापति ने अनेकानेक शिव-स्तुति से मैथिली साहित्य का भंडार भरा है। कहीं शिव 'तारणधर' हैं तो कहीं 'भंगिया जती', कहीं 'पंचबदन, तीन नयन विसाला जोगिया' तो कहीं 'बसध चढ़ल गुन-निधि'। शक्ति की तरह ही शिव के विभिन्न सहज वर्णन कोई निष्ठावान् भक्त ही कर सकता है।

शक्ति और शिव के बाद कृष्ण-राधा के प्रति यही समर्पण भाव भक्तशिरोमणि विद्यापति के अनेक पदों में पाया जाता है। सांसारिकता से उचाट कवि-हृदय कृष्ण के चरणों में समर्पित है—

तातल-सैकत वारि बिन्दु सम,
सुत-मित रमणि समाजा,
माधव हम परिणाम निराशा।

पुनः 'जगतारण दीन-दयामय' के चरणों में 'दए तुलसी तिल' कातर समर्पण करते हैं। जीवन-सन्ध्या के पश्चात्ताप निम्न पद में कितने सहज और सुन्दर बन पड़े हैं—

मरनक बेर हरि केओ नहि पुछए,
करम संग चलि जाए।
ऐ हरि बंदौ तुअ पद नाय।

माधव के लिए चन्द्रमा, श्रीखंड चन्दन, मणि कलश-कदली एवं अनेकों उपमाएँ कवि को हीन लगती हैं। इसलिए अन्त में वेदान्त परिभाषा 'एकोऽहं द्वितीयोनास्ति' के स्वर-में-स्वर मिलाते हुए कवि के उद्गार यों हैं—

तोहर सरिस एक तोही माधव, मन होइछ अनुमाने।

और राधा के चरण-कमल अपनी गोद में रखने की इनकी चरम अभिलाषा है—

करहु अभिलाख मनहि पद-पंकज अहनिसि कोर अगोरि।

इसी प्रकार राम-सीता की वन्दना भी की है—

जौं हम जनितहुँ भोला भेला ठगना,
होइतहुँ राम-गुलाम गे माई।

सीता तो राम के साथ ही है—

हे नरनाह, सतत भजु ताहि,
ताहि नहि जननी, जनक नहि जाहि।

इसी प्रकार शिव के साथ पार्वती भी हैं अर्द्धनारीश्वर के रूप में—

जय-जय शंकर जय त्रिपुरारि।
जय अधपुरुष, जयति अधनारि॥

विद्यापति के किसी भी पद में धर्म या साम्प्रदायिकता का कोई भेद लक्षित नहीं होता। उनकी भक्तिभावना विश्वजनित आध्यात्मिकता की अभिव्यक्ति है। अत: कविवर की काव्य-साधना में सारे भक्त-हृदय अपनी अभिव्यक्ति पाते हैं, उनकी कविता में व्यक्त माना-हृदय एक तरफ़ वैष्णन भक्त हृदय से सादृश्य रखता है, तो दूसरी तरफ़ उनकी स्तुतियों से शैव और शाक्त समान रूप से आह्लादित होते हैं। अपने एक पद में उन्होंने विष्णु और शिव की समवेत स्तुति की है। वस्तुत: कवि दृष्टि में शिव और विष्णु अभिन्न हैं—

भल हरि भल हर, भल तुअ कला।
खन पीतवसन, खनहि बधछला॥
भनहि पिद्यापति विपरित बानि।
ओ नारायण, ओ शूलपाणि॥

साम्प्रदायिकता की स्थापना कवि का उद्‌देश्य नहीं था। लोक-जीवन में व्याप्त सहज भक्ति-भाव को उद्‌भासित करता उनका काव्य सहृदय के लिए रस-गंगा है; चाहे उनका काव्य राज्याश्रित कवि की रचना क्यों न हो। राधा-कृष्ण के प्रति लिखी गई उनकी रचना चाहे भक्ति हो या शृंगारिक, विद्यापति को अमर कर गई है। ग्रियर्सन का विद्यापति के प्रति कहा गया यह कथन अक्षरश: सत्य है—"जिस प्रकार क्राइस्ट पादरी सालमन के गीत गाते हैं, उसी प्रकार हिन्दू भक्त विद्यापति के अनुपम गीत पढ़ते हैं।"

अपनी इसी प्रतिभा के बल पर उन्हें 'अभिनव जयदेव' से लेकर कवि कंठधर तक की अनेकों उपाधि मिली है। लोक हृदय से कवि हृदय का अद्‌भुत तादात्म्य कवि की वैयक्तिक विशिष्टता है। परवर्ती किसी भी कवि में इस प्रकार की विभिन्न देवों के प्रति भक्ति की समर्पित निष्ठा एक साथ नहीं पाई गई है।

पंचदेवों में सूर्य एवं गणेश की स्तुति विद्यापति की रचनाओं में नहीं पाई जाती। मिथिला में सूर्य-षष्ठि उपासना (छठव्रत) परम्परा से चली आ रही है और गणेश की तो प्रथम वन्दना का विधान है। किन्तु पदावली में इनका किसी स्तुति-गीत का संकलन नहीं है। ऐसा क्यों, यह तो साहित्य के इतिहासकारों की गवेषणा का विवेच्य विषय हो सकता है। शेष देवों की स्तुतिपरक रचनाएँ विद्यापति को पंचदेवोपासक सिद्ध करती हैं। इन रचनाओं को दृष्टि में रखकर ही महामहोपाध्याय हरप्रसाद शास्त्री ने भी उन्हें पंचदेवोपासक कहा है। इसमें दो मत नहीं, कि विद्यापति शैव-शाक्त नहीं, बल्कि पंचदेवोपासक थे।

नारी अस्मिता के वृत्त की त्रिज्याएँ

रजनी गुप्त

आज के इस लोकतांत्रिक माहौल में स्त्री अस्मिता का स्वर अभी भी अनुसना ही रह जाता है और यही वजह है कि पितृसत्तात्मक व्यवस्था अपने वर्चस्व को चुनौती देती इन आवाज़ों को हाशिये पर धकेलने की साज़िशें करने लगती हैं। अब तक नारी अस्मिता का जो वृत्त है, उसकी त्रिज्याएँ क्या हैं? समग्रता में क्या है नारी अस्मिता? ऊपरी तौर पर हमें नई स्त्री दृष्टि या स्त्री चेतना में महत्त्वपूर्ण बदलाव नज़र तो आ रहा है बल्कि शुरुआती दौर में स्त्रियों की स्थिति को लेकर बड़े-बड़े नामचीन मुक्तिदाताओं ने क्रान्तिकारी नारेबाजी की और इस तरह हमारे देश में स्त्री दमन के प्रति विद्रोह व प्रतिरोध की चेतना दिनोंदिन जाग्रत होती गई। धीरे-धीरे जब हम स्त्री जीवन की ऊपरी चकाचौंध की अन्दरूनी अँधेरी परतों की तरफ़ देखते हैं जहाँ पसरे हैं अनगिनत ग़ैर बराबरी के प्रसंग और शिक्षा व अन्य ज़रूरी चीज़ों से वंचित कर दी गई इस आधी दुनिया के जीवन में पैठी विसंगतियों व विडम्बनाओं की संश्लिष्ट तस्वीरें नज़र आने लगती हैं।

स्त्री की सामाजिक हैसियत, आर्थिक पराधीनता एवं वृहत्तर सन्दर्भों में उसकी भूमिका आज भी दोयम दर्जे की है, इसमें ज़रा भी सन्देह नहीं। बेशक कुछ मायनों में उसकी बेहतर समझ बनी है व उसकी संवेदना का विस्तार भी हुआ है जिसके मूल में है उसका शिक्षित होकर स्वावलम्बन की दिशा में बढ़ाया गया सोचा-समझा क़दम पर क्या सही मायनों में इस आज़ादी की आँच हमारे सुदूर गाँवों, कस्बों या दूर-दराज के छोटे-छोटे कस्बों में भी उतनी ही धमक से पहुँच पा रही है? क्या एक आज़ादस्वायत्त मनुष्य की तरह अपना फ़ैसला ख़ुद लेकर मज़बूती से आगे बढ़ने की हिम्मत है उसमें? उसके मूलभूत अधिकार व आत्म निर्णय की पराधीन स्थितियाँ तो जस-की-तस हैं।

आधुनिकता की चपेट में बढ़ते पूँजीवाद और विश्व स्तर पर फैल रहे बाज़ारवाद ने स्त्री जीवन को चारों तरफ़ से प्रभावित किया और एक विभ्रम की स्थिति पैदा कर दी, जिससे ऐसा आभास होता है कि इस रास्ते वे ज़्यादा आज़ाद हुई हैं। लेकिन यह बड़ा अन्तर्विरोध है कि स्त्री आज़ादी के नाम पर वहाँ एक बहुत बड़ी साज़िश रची गई यानी उन्मुक्त यौनाचार बनाम दैहिक स्वतंत्रता के नाम पर वे धीरे-धीरे पुरुष की भोगवादी लालसा का शिकार होती गईं। कहाँ कम हुआ इससे पुरुष वर्चस्ववाद? सजग, सचेत व आत्मनिर्णय से लैस तेजस्वी स्त्री क्या यही थी? स्त्री की स्वतंत्र गरिमा, उसकी सामाजिक सक्रियता व सरोकारों वाली भूमिका क्या समग्रता में हमारे सामने आ पाई है? पूरी तरह तो यह सच नहीं है। बाज़ारवाद एवं बढ़ते भौतिकतावाद की चपेट में स्त्री की सामाजिक हैसियत या मानसिक धरातल पर कहीं कुछ बदलाव नज़र आता है? क्या आज वह अपने बूते अपनी पसन्द के कैरियर का चुनाव कर अपनी पसन्द

के साथी के साथ अपनी मर्जी से रहने या सिंगल बिताने का या स्वतंत्रता क़ायम करने की राह पर चलने में सक्षम हो पाई है? शायद नहीं, आए दिन होनेवाले मर्डर इस बात के गवाह हैं कि, आज भी वे अपनी मर्ज़ी से जीवन का जोखिम उठाएँगी तो पुरुष सत्ता उनकी हत्या कर सकती है।

बेशक समाज बदल रहा है मगर यथार्थ की परतें कितनी बहुआयामी व जटिल हैं जिन्हें भेदकर अन्दरूनी सच्चाई तक पहुँच पाना आसान नहीं। आज के इस रंगीन समय में नई बढ़ती चुनौतियों से टकराती स्त्री की क्रान्तिकारी आवाज़ें हम सबको सुनाई दे रही हैं मगर यही कमाऊ स्त्री जब समान अधिकार और परिवार में लोकतंत्र की अनिवार्यता पर बहस करती या सही मायनों में लोकतंत्र लाना चाहती है तो वहाँ इस बदलाव की राह में तमाम पगबाधाएँ मसलन—धर्म, भारतीय संस्कृति, समर्पण, सहनशीलता, नैतिकता या यौनशुचिता जैसे सामन्ती मूल्य ही उसकी स्वीकार्यता की कुंजी बनते रहे।

जहाँ आधिपत्य, दमन और अवमानना के इस समूचे पितृसत्तात्मक मूल्य व्यवहार से टकराती आज़ाद देश की नई स्वतंत्र स्त्री को लगता था कि चलो, अब कामकाजी माहौल में वे आत्मसम्मान और व्यक्तित्व की आत्मपर्याप्तता को मिले स्पेस के चलते स्त्री स्वाधीनता का भरपूर लुत्फ़ उठाएँगी, वहीं आज के बाज़ारवाद द्वारा परोसी गई स्त्री के बारे में सोचते ही हमारे सामने ढेरों फ़ैसलों के जरिये सुन्दर स्त्री के नकली चेहरे कौंध जाते हैं जिन्हें देखकर तमाम सवाल तेज़ी से बेचैन लगते हैं। आख़िर ऐसा क्या है इनमें? अपेक्षित दृष्टि सम्पन्नता प्रचुर आत्मविश्वास या आत्मबल से भरी-पूरी अस्मिता के नए निशान लगती आधी दुनिया है क्या यहाँ? नहीं क़तई नहीं। जब भी वह अपने लिए मुकम्मल स्पेस या वाजिब हक़ की बात छेड़ती है, उसे पुरुष विद्रोही या घर तोड़ू जैसे अनर्गल आरोपों से मढ़कर उसका मनोबल तोड़कर आगे बढ़ने से हतोत्साहित किया जाता है। जबकि पूर्वाग्रही सोच सिर से निर्मूल या अधारहीन है। पुरुष वर्चस्ववाद से जूझकर अपने जीवन की चुनौतियों से ख़ुद निबटने का बूता उसके अन्दर आता है तभी वह बदले सामाजिक, राजनैतिक व आर्थिक मोर्चे पर पूरी निडरता व निर्भीकता से स्वत्व की ज़मीन पर पैर टेक पाएगी।

हिन्दी साहित्य में आधुनिकता के दौर में 1960 के बाद उभरे नई कहानी आन्दोलन में स्त्री से जुड़े सवालों को उठाया जाता रहा। स्त्री जीवन के संघर्ष और समस्याओं को अनुभव की प्रामाणिकता के साथ उभारने का श्रेय जाता है, हमारी वरिष्ठ कथाकार कृष्णा सोबती, उषा प्रियम्वदा, मन्नू भंडारी, मृदुला गर्ग, ममता कालिया, मृणाल पाण्डे, चित्रा मुद्गल, मंजुल भगत, चन्द्रकिरण सोनरेक्सा, प्रभा खेतान व नासिरा शर्मा जैसी सशक्त लेखिकाओं को। इन्होंने पुरुष वर्चस्ववाद के ख़िलाफ़ परम्परागत रूढ़ियों व टिपिकल मर्दवादी मानसिकता को तोड़ने का रचनात्मक साहस दिखाया। उन्होंने पुरुष संरचना व पुरुष द्वारा गढ़े एकतरफ़ा मूल्यों व मान्यताओं को सिरे से नकारते हुए स्त्री जीवन को सर्वथा नए कोण से रचा व सालों से दबायी उसकी आवाज़ को उसी की ज़ुबान में शब्द मिले, नई भाषा मिली और नया लोकतांत्रिक नज़रिया भी जिसमें उनकी कठपुतलीवाली नकली छवि को पूरी ताक़त से तोड़ा गया। प्रेम, विवाह व कैरियर के बीच संघर्ष करती स्त्री की एक नई जीवन्त तस्वीर सामने आई और स्त्री मुक्ति को नई दिशा मिली।

स्वातंत्र्योत्तर देश में एक ओर जहाँ समूचे सामाजिक-आर्थिक शिकंजे में क़ैद स्त्री की चीखें आज़ाद हुईं, वहीं दूसरी तरफ़ नारी लेखन में 'अनारो', 'बेघर', 'शेष यात्रा' सरीखी नायिकाओं के संवेदनशील व्यक्तित्व ने 'मैं नीर भरी दु:ख की बदली' छवि से टकराकर अपने निजी सपनों व आकांक्षाओं को विस्तार दिया। धीरे-धीरे स्वावलम्बी स्त्री-पुरुष बनाम पति-पत्नी की सबलता से प्रभावित बंटी का सूक्ष्म मनोवैज्ञानिक विश्लेषण हुआ। कहीं उग्र नारीवाद उभरा तो कहीं यथास्थितिवाद से समझौता करता संस्कारों से सीधे न टकराकर समन्वयवादी रवैया अपनाया गया, जैसे सूर्यबाला जी की कहानियाँ। मगर यह एक बड़ी उपलब्धि थी कि नारी चेतना अपनी स्वतंत्र सोच व सप्राण संवेदना के साथ रचनात्मकता के बहुआयामी रूपों में मुखरित होनी शुरू हो गई। इस नई स्त्री ने आधुनिकता के साथ नई करवट ली और 'पचपन खम्भे लाल दीवारों' में नए किस्म के यथार्थ को उभारा गया।

घर से बाहर निकल कमाऊ स्त्री को आसान आज़ाद औरत समझ उसे हथियाने के लिए पितृसत्ता ने तमाम हथकंडे अपनाने शुरू कर दिए। लोभ-लालच वशीभूत करने की साज़िशें रची गईं या भावात्मक दोहन के जाल बिछाये गए जिसे बखूबी उजागर करने के लिए लेखिकाओं की एक नई जमात उभरकर आई—सुधा अरोड़ा, मेहरुन्निसा परवेज, निरुपमा सेवती, नमिता सिंह, मैत्रेयी पुष्पा जैसी सशक्त कथा लेखिकाओं ने सक्रिय स्त्री के प्रतिरोध को व्यापक सन्दर्भों में मुखरित किया, जिसमें उसकी सामाजिक, आर्थिक राजनैतिक हैसियत को आँकते हुए उसकी त्रासदी के ज़िम्मेदार कारकों की सघन पड़ताल की गई कि वे अब अपनी तरह से सोचने लगी हैं व तमाम चुनौतियों से निबटने में सक्षम हैं। बेशक इस प्रक्रिया में कई वर्जनाएँ टूटीं मगर उस पर लादे गए अनावश्यक दबाव भी कमतर होते गए। जिस तरह से उसके पारिवारिक परिवेश ने सालों तक उसकी मानसिकता को आक्रान्त कर रखा था, धीरे-धीरे अब वे अपने हकों से वाक़िफ़ होती गई। अपने सपनों व निजी आकांक्षाओं को गतिशीलता से आगे बढ़ाती आज की स्त्री पूरी विविधता व समग्रता से अपना आकाश तलाशना सीख रही है। क्रमश: आज़ाद देश की स्त्रियाँ आईटी, सेना, चिकित्सा, इंजीनियरिंग, वैज्ञानिक, बैंकर, विश्वविद्यालय में प्रोफ़ेसर, पुलिस अधिकारी या समाज सुधारक आदि न जाने किन-किन भूमिकाओं में कामयाबी के शिखर छू रही हैं। ऐसा कोई क्षेत्र नहीं जहाँ आज की महिलाओं ने अपनी छाप न छोड़ी हो। भारतीय महिला बैंक की सीएमडी उषा अनन्त सुब्रह्मण्यम हों या भारतीय स्टेट बैंक की सीएमडी अरुन्धती जी या आईसीआईसीआई की अध्यक्ष चन्दा कोचर, जैसे जितने शानदार नाम, काम में भी वे उतनी ही कुशल, दक्ष व प्रखर मेधा का परचम लहराती हुई। कह सकते हैं कि आधी नहीं, पूरी दुनिया हमारी है। सारा आकाश हमारा है।

सच तो यह है कि आधुनिक स्त्री की स्वाधीन छवि के प्रति समाज/परिवार अभी भी पूरी तरह तैयार नज़र नहीं आते मगर हाँ, उपभोक्ता संस्कृति उसे प्रयोज्य वस्तु की तरह ज़रूर इस्तेमाल करने से नहीं हिचक रही। सच बताएँ तो इस ऊपरी चकाचौंध के पीछे की तस्वीरें इतनी कुरूप हैं, इतनी भयावह और वितृष्णा जगानेवाली हैं जो हमारी आज़ादी की सालगिरह पर एक ऐसा तमाचा हैं जहाँ आज भी अख़बार जघन्य बलात्कार की घटनाओं से रँगे रहते हैं। सच यह है कि आए दिन अख़बार महिलाओं

के प्रति अपराधों की रिपोर्टों से भरे रहते हैं। फिर यह कैसी आज़ादी? कैसा लोकतंत्र? क्या वाकई लोकतंत्र नज़र आता है? चारों तरफ़ स्त्री को लेकर होनेवाले अपराधों की ख़बरें-ही-ख़बरें, हत्या से आत्महत्या तक, घर की गली से अगले मोड़ तक, मोड़ों में से आगे मिलती लम्बी सड़क से राष्ट्रीय राजमार्ग तक, सब तरफ़ बैठे हैं गिद्ध ही। बेहद हिंसक, ग़ैर ज़िम्मेदार, क्रूर एवं प्रभुता के मद में चूर, उन्हें अपनी पशुता का अहसास तक नहीं, मलाल तो दूरी की बात है, जो अपनी प्रेमिका को पाने की ख़ातिर अपनी मरती हुई पत्नी की चीखें सुनना चाहता है, ओफ़...सच तो यह है कि महिलाओं के प्रति पुरुषों की सोच इतनी घटिया, सँकरी, इकहरी और पूर्वाग्रही है कि आज भी उनका हँसना, बोलना या अकेले अपनी मर्जी से घूमना-फिरना सवालों के घेरों में। आए दिन गैंग रेप की हिंसक वारदातें, स्त्री प्रताड़ना के दिल दहलानेवाले ख़ौफ़नाक सच्चे कारनामे इस सभ्य-सुसंस्कृत समाज के माथे पर कलंक का टीका हैं जो हमारे लोकतंत्र व न्यायव्यस्था को कठघरे में खड़ा कर देते हैं।

कहने को विश्वविद्यालयों में महिला अध्ययन केन्द्र खुलने लगे हैं मगर लैंगिक भेदभाव कम हुआ क्या इससे? प्रेम, विवाह व कैरियर के बीच संघर्ष करती स्त्री को उसका वाजिब हक़ कब और कैसे मिलेगा, आज भी एक ज्वलन्त सवाल है। कई भूमिकाओं का कुशलतापूर्वक निर्वहन करती स्त्री पूरे दम-खम के साथ आत्मविश्वास की जलती लौ के सहारे न जाने कितनी पीढ़ियों को ऊर्जस्वित रखती आई है। आज के बहुआयामी यथार्थ की देहरी पर उसके जीवन्त व तेजस्वी व्यक्तित्व की दस्तक सुनाई देने लगी है जहाँ वह अपनी सोच को पर्याप्त आधार देते हुए परिवार व समाज में बहुमुखी प्रतिभा की छाप छोड़ने लगी है सो अब उसे और ज़्यादा दरकिनार कर हाशिये पर नहीं ठेला जा सकता।

स्त्री की सच्ची स्वाधीनता का अहसास तभी हो पाएगा जब वह आज़ाद मनुष्य की तरह भीतरी आज़ादी को महसूस करने की सुखद स्थिति में होगी। तभी सही मायनों में वह एक ख़ुदमुख़्तार मज़बूत इनसान की तरह समाज की मुख्य धारा में अपनी सशक्त भूमिका निभा पाएगी। न केवल आर्थिक आज़ादी सही मायनों में आज़ादी का पर्याय नहीं बल्कि सामाजिक, राजनैतिक परिप्रेक्ष्य में उसकी ठोस भागीदारी एवं मनुष्यता के समान अधिकारों से लैस समानता चाहिए, संरक्षण नहीं। आज के कथा साहित्य में धीरे-धीरे उसे समग्रता में देखा जाने लगा है जो एक सुखद अहसास है, हवा के ताजे झोंके की तरह।

5/259 विपुलखंड गोमतीनगर
लखनऊ 09452295943

खंड-2

आत्मकथा अंश

आत्मकथा—अबलाओं का इन्साफ़

स्फुरना देवी

आत्मकथा की प्रस्तावना

उच्च वर्ण के हिन्दू, ख़ासकर राजपूताने के ब्राह्मण एवं वैश्य-स्त्रियों के आपस के व्यवहारों के विषय में अपने अनुभव को प्रकाशित करने का बहुत समय से मेरा विचार था; क्योंकि मैंने स्वयं अपने ऊपर बीती हुई बातों के अनुभव से तथा दूसरों पर बीती हुई बातें देख-सुनकर निश्चय किया है कि इस समाज के पुरुषों का व्यवहार स्त्रियों के साथ बहुत ही अनुचित और स्वार्थपूर्ण, अन्याय एवं अत्याचार से युक्त है, जो कि सदा और सर्वदा अनुपयुक्त है! यदि यह अत्याचार इसी तरह चलता रहा, तो इस समाज का बहुत शीघ्र अध:पतन ही नहीं; किन्तु सर्वनाश हो जाएगा। अतएव इस विषय की चर्चा करना, मैंने अपना मुख्य कर्तव्य समझा।

यद्यपि स्त्री-जाति की हीन दशा को दिखानेवाले बहुत-से सामाजिक उपन्यास, निबन्ध, टैक्ट, नाटक आदि कुछ काल से प्रकाशित हो रहे हैं, जिनसे समाज में कुछ जागृति होकर इस विषय पर लोगों का थोड़ा-बहुत ध्यान आकर्षित हुआ है; परन्तु ये उपन्यास आदि प्राय: पुरुषों के ही लिखे हुए होते हैं और उनको इस विषय का स्वयं किया हुआ अनुभव न होने के कारण वे परदे के भीतर का असली मार्मिक रहस्य कुछ भी प्रकाशित नहीं कर सकते; क्योंकि 'जाके पैर न फटी बिवाई, सो क्या जाने पीर पराई।' साथ ही यह भी स्वाभाविक बात है कि अपने दोष एवं त्रुटियाँ किसी को दीखतीं भी नहीं, और यदि दीखें भी तो उन्हें छिपाने की ही चेष्टा की जाती है। इसके अतिरिक्त लेखक अपनी पुस्तक की रोचकता के लिए शृंगार आदि रसों के वर्णन तथा भाषा की सुन्दरता आदि पर जितना ध्यान रखते हैं, उतना सामाजिक दुर्दशा के मर्म को अंकित करने पर नहीं रखते। किसी लेखक का उद्देश्य भाषा की उन्नति करने का होता है, तो किसी का ख्याति प्राप्त करने का और किसी का उद्देश्य अर्थ-लाभ तथा लोक-हित का होता है, तो किसी का समाज-सेवा का; परन्तु मेरा उद्देश्य केवल अपना अनुभव प्रकाशित कर, परदे की ओट में होनेवाले घोर अत्याचारों पर कुछ रोशनी डालने के साथ-ही-साथ इस विषय पर अपनी तुच्छ बुद्धि के अनुसार विचार प्रकट करने का था; परन्तु यह काम हो कैसे? मैं यद्यपि मुँह से तो सब बातें कह सकती हूँ; परन्तु उन्हें लेखबद्ध कर, निबन्ध बनाने की मुझमें बिलकुल योग्यता नहीं; इससे मेरे मन के भाव इतने दिन मन में ही बने रहे; परन्तु जब से 'चाँद' मासिक पत्र में अनेक स्त्रियों के लेखों में अपने ऊपर बीती हुई बातें खुले तौर से प्रकाशित होने लगीं, तो उन्हें देखकर मेरे चित्त में फिर से उत्कंठा जाग्रत हो गई और साहस भी बढ़ गया। तब उद्योग करने पर एक सहृदय महाशय ने मेरे भाव लेखबद्ध करने में सहायक

होना स्वीकार किया। अस्तु, इस लेख द्वारा मुझे अपने अनुभव एवं विचार प्रकाशित करने का सौभाग्य प्राप्त हुआ है।

पाठक महाशयो! यह कोई धर्म की गाथा नहीं है, न कोई अपने पूर्वजों का पवित्र इतिहास; न यह कोई मनोरंजक उपन्यास या नाटक है; और न यह श्रृंगार रस, न नायिका भेद तथा उपमाअलंकार से परिपूर्ण कोई काव्य ही है; न यह कोई राजनीतिक पुस्तक है, न कोई वैज्ञानिक निबन्ध; न इसमें भाषा की शुद्धता एवं सुन्दरता पर ही कोई ख़याल रखा गया है और न कोई कविता ही की गई है; बल्कि यह है अत्याचार से आतुर अबलाओं की आत्मकथा; और है उनकी करुणाभरी अपील! अत: सम्भव है कि आपको रुचिकर न हो। परन्तु यदि आपके हृदय में इन्साफ़ का ज़रा भी असर है तथा सहृदयता का थोड़ा भी समावेश है—यदि करुणा से आपका हृदय कुछ कोमल हो सकता है और दया उसे द्रवीभूत कर सकती है, तो अपने मनुष्यत्व के नाते आप मेरे इस तुच्छ लेख को एक बार पढ़ने का कष्ट अवश्य करें। जब आप पशु-पक्षियों तक की करुणाभरी अपील सुन लेते हैं, तो मेरी इस अपील को सुनने के लिए विनयपूर्वक आपके मूल्यवान् समय एवं सहनशक्ति पर आक्रमण करना सम्भवत: अनुचित न होगा।

इन आत्मकथाओं में जिन घटनाओं का वर्णन आया है, वे मिथ्या कल्पनाएँ नहीं हैं। इनमें वर्णित सब घटनाएँ यद्यपि उसी क्रम से नहीं घटी हैं, जैसा कि इसमें वर्णन है; परन्तु अनेक व्यक्तियों पर ये ही एवं इसी प्रकार की घटनाएँ रूपान्तर से सदा इस समाज में घटती रहती हैं। ये आत्मकथाएँ अधिकतर अबलाओं की सच्ची जीवनियों के आधार पर लिखी गई हैं; परन्तु इस छोटे-से लेख में अगणित व्यक्तियों पर होनेवाली अनेक प्रकार की वारदातें अलग-अलग क्रमबद्धता से स्पष्टतया अंकित करना असम्भव है। यदि मेरा ही पूरा अनुभव लेखबद्ध किया जाए, तो न मालूम वह कितनी जिल्दों में पूरा हो! इसलिए मैंने थोड़े से नामों की कल्पना करके, उनके वर्णनों में अनेक अत्याचार-पीड़ित व्यक्तियों की आत्मकथाओं का संक्षेप में समावेश करते हुए, समाज की दुर्दशा का दिग्दर्शन मात्र करा दिया है। इस तरह की आत्मकथाएँ सच्ची हों, तो भी उनके सम्बन्ध के व्यक्तियों के सच्चे नाम लिखना अनेक कारणों से ठीक नहीं। अत: इस लेख में व्यक्तियों के नाम यद्यपि बदले गए हैं और कहीं-कहीं कल्पित भी किए गए हैं; परन्तु अत्याचार कल्पित नहीं हैं। उन वर्णनों का एक-एक अक्षर सत्य घटनाओं के आधार पर लिखा गया है; इनमें अत्युक्ति कहीं भी नहीं आने पाई। जब सच्ची आत्मकथा लिखनी है, तो उसमें अत्युक्ति का लेश भी न होना चाहिए; इसी बात पर बहुत ही सावधानी रखी गई है। घटनाएँ प्राय: आमतौर पर होनेवाली ही लिखी गई हैं। ख़ास तौर पर होनेवाली घटनाएँ, जो बहुत भयंकर होती हैं, छोड़ दी गई हैं; क्योंकि वे बिरली ही हुआ करती हैं; और उनके लिखने से पाठकों को अत्युक्ति का भी सन्देह हो सकता है। इसमें धर्मराज की कचहरी में मुक़दमे का जो दृश्य दिखाया है, वह मेरी कल्पना है; परन्तु यदि जीवों के पाप-पुण्य का फ़ैसला करनेवाला ईश्वर के घर का न्यायाधीश, धर्मराज के होने की शास्त्रों की बात सत्य है, तो मेरी तुच्छ बुद्धि के अनुसार, हमारे समाज के स्त्री-पुरुषों का इन्साफ़ धर्मराज के सामने इसी तरह का होना चाहिए। इसलिए मेरी यह कल्पना भी सत्य ही के विश्वास पर है। यथाशक्ति इसको अश्लीलता से बचाए रखने का भी पूरा प्रयत्न किया गया है; क्योंकि यह कोई श्रृंगार रस का काव्य नहीं है, जिसमें अश्लील

बातें आने की आवश्यकता हो। यह तो करुणा-कलाप है, जिसमें अश्लीलता का प्रसंग ही क्या! करुणा के साथ इसमें प्रसंगवश बीभत्स-कांड का अनेक स्थानों पर ज़िक्र, अवश्य करना पड़ा है, जिसमें सम्भव है कि पाठकों में ग्लानि उत्पन्न होकर, इसके भावों में उन्हें दु:शीलता प्रतीत हो; परन्तु यदि इसमें दु:शीलता की कोई बात है, तो आप ही की करतूतों का फल है; और इसके दिखाने का दु:साहस (यदि आप इसे दु:साहस समझें तो) भी मुझे आपकी ही करतूतों से पीड़ित होकर हुआ है।

जिस समय इस समाज की स्त्री-जाति आपकी कृपा से घोर अन्धकार में पड़ी हुई अपने आपका और अपने स्वाभाविक अधिकारों का कुछ भी ज्ञान नहीं रखती थी, उस समय आपके अत्याचारों पर पूरी तरह से परदा पड़ा हुआ था, जिससे समाज को अकथनीय हानि पहुँची; परन्तु अब वह समय नहीं रहा। पश्चिमी लोगों के सहवास से स्त्रियों को भी आपने साक्षर बनाना शुरू कर दिया है, जिससे हममें से अनेक को अपने आपका तथा अपने अधिकारों एवं हानि-लाभ का ज्ञान होने लगा। तब आप लोगों के अप्रकट अत्याचार बढ़ते-बढ़ते असह्य होने लगे; और पढ़ी-लिखी स्त्रियाँ इस विषय को कुछ-कुछ प्रकट करके उस पर प्रकाश डालने लगीं, और अपनी जाति के उद्धार के लिए छटपटाने लगीं। उनके इस प्रयत्न में कहीं से भी सहायता मिलने का ढंग उन्हें नहीं दीखता था—

सभी सहायक सबल के, कोऊ न निबल सहाय।
पवन जगावत आगि को, दीपहिं देत बुझाय॥

के अनुसार हमारी मदद कौन करता? हिन्दू जाति में सबसे उच्च तथा सबको समान दृष्टि से देखनेवाले संन्यास-आश्रम है, सो वह भी केवल अपने ही कल्याण-साधन के स्वार्थ में इतना लीन है कि उसकी तरफ़ से कोई सुखी हो या दुखी, समाज डूबे या तरे, कोई स्वतंत्र हो या परतंत्र, कोई न्यायी हो या अन्यायी—उसकी जाने बला! गद्दी-नशीन महन्तों तथा धर्माचारियों को हमारी सहायता करने से अपने स्वार्थ में हानि होने का भय है; क्योंकि हमारी उन्नति होकर उद्धार हो जाने से जाल में फँसी हुई चिड़ियाँ सब निकलकर भाग सकती हैं। अतएव वे लोग हमारी सहायता के बदले, उलटे हमारे विरुद्ध खड़े होकर और भी अधिक डुबाने को कमर कसे हुए हैं; और हममें अपने जन्मसिद्धि एवं धर्मसम्मत उचित अधिकारों को प्राप्त करने के भाव पैदा होने तक को घोर पाप बतलाते हैं। फिर उनकी चर्चा करने की तो कथा ही कैसी? लकीर के फ़क़ीर पंडित और विद्वान् प्रचलित प्रथाओं को शास्त्रसम्मत ठहराने के लिए प्रमाण ढूँढ़ निकालने ही में अपनी पंडिताई की पराकाष्ठा समझते हैं। हमारे राजा-महाराजा ऐश-आराम करने; और अपने व्यक्तिगत स्वार्थों को सुरक्षित रखने के प्रयत्न में इतने लीन हैं कि समाज की भलाई-बुराई की तरफ़ ध्यान देने की उन्हें फ़ुरसत ही नहीं। समाज के नेता भी अधिकतर हमारी दुर्दशा के लिए विचार करना यदि महा अनर्थ नहीं, तो अनावश्यक तो अवश्य ही समझते हैं; और यदि उनमें से कोई सज्जन इस विषय को मन में आवश्यक भी समझता हो, तो उसमें इतना आत्मबल नहीं कि बड़े-बड़े महन्तों, धर्माचार्यों एवं अन्य अज्ञ जन-समुदाय के विरुद्ध अपने मन के भाव बाहर निकाल सके। साधारण जन-समुदाय का यह हाल है कि जो व्यवस्थाएँ वे अपने सामने पूर्वकाल से प्रचलित देखते हैं, उन्हीं

को ईश्वर की आज्ञा समझते हैं, और जिन व्यवहारों को वे अपने पिताओं के समय से करते आए हैं, उनमें उनका ऐसा व्यसन हो गया है कि उनमें ज़रा भी परिवर्तन करना सरासर अधर्म, अन्याय एवं दुःखदायक समझते हैं। वे अन्धविश्वास में पड़े हुए उन धर्म के ठेकेदारों के पंजों में यहाँ तक जकड़े हुए हैं कि उनकी आज्ञा के बिना अपनी बुद्धि से अपनी भलाई-बुराई का विचार करने की भी योग्यता नहीं रखते। ऐसी स्थिति में हम लोगों को यदि कहीं से सहायता एवं सहानुभूति प्राप्त करने की आशा थी, तो केवल देशोद्धार के लिए उद्योग करनेवाले राजनीतिक नेताओं से; क्योंकि जो देश का उद्धार करने का प्रयत्न करें, वे हमारा भी उद्धार अवश्य करेंगे; यही हमारा विश्वास था; परन्तु हमारे दुर्भाग्य से भगवान् तिलक तो अपने 'जन्मसिद्ध अधिकार' प्राप्त करने के कार्य में इतने व्यस्त रहे कि उनको 'हमारे जन्मसिद्ध अधिकार' अपनी ही जाति के लोगों से दिलवाने की फ़ुरसत नहीं मिली। महात्मा गांधी जी जो किसी काल में परमात्मा कृष्ण महाराज के अवतार समझे जाते थे (जिन कृष्ण भगवान् ने सोलह हज़ार स्त्रियों को, समाचार मिलते ही तुरन्त बन्दीगृह से छुड़ाया था) असहयोग को स्वीकार कर हमारे साथ सहयोग करना भी अनावश्यक समझ, हमसे उदासीन रहे। तब हमको पूज्य पं. मदनमोहन मालवीय जी की आशा रही; और जब मुसलमानों से हिन्दुओं के सताये जाने पर आपने हिन्दू-संगठन करके अछूत जातियों के उद्धार का बीड़ा उठाया, तब हमको भी विश्वास हो गया कि आफ़त आने पर हमारे सनातन-धर्मावलम्बी हिन्दू-नेताओं में कम-से-कम एक को तो अपना अत्याचार सूझने लगा, तभी तो अछूत जातियों को गले लगाकर अपने अत्याचारों का प्रायश्चित्त करके समाज को मज़बूत बनाने की चेष्टा करते हैं।

इस संगठन में हमारा भी नम्बर शीघ्र आएगा; क्योंकि हम पर गुज़रनेवाले अत्याचारों को मिटाये बिना संगठन कभी दृढ़ नहीं हो सकता। आख़िर हम भी समाज का बायाँ अंग हैं; और जब एक अंग को लक़वा मार जाता है, तब उसको अच्छा किए बिना दूसरा अंग कुछ भी करने योग्य नहीं रहता है, परन्तु अत्यन्त दुःख की बात है कि हमारा वह विश्वास केवल भ्रम निकला, और समाज का भला-चंगा दाहिना अंग भी लक़वावाले बायें अंग के संसर्ग से इतना संज्ञाहीन हो गया कि उसको इस बात का ज्ञान ही न रहा कि अपने दूसरे अंग को तन्दुरुस्त किए बिना हम अकेले उस निकम्मे आधे अंग का बोझ लादे हुए कुछ नहीं कर सकेंगे। समाज-संगठन के लिए हिन्दू-महासभा संगठित हुई; परन्तु उसमें अछूतों के उद्धार कर लेने मात्र को ही, अपना मतलब सिद्ध करने के लिए काफ़ी समझा गया; और हमारे उद्धार के लिए विचार करना अनावश्यक समझकर टालमटोल कर दिया गया। हमारा विश्वास टूट गया, आशाएँ निराशा में परिणत हो गईं; और अपने पुरुष-समाज के सिवाय अत्याचार के और किसी प्रकार की भलाई की कभी उम्मीद करने के लिए भी स्थान न रहा। अस्तु, मुझे इस लेख के प्रकाशित करने की और भी उत्कट इच्छा उत्पन्न हुई; और इस काम में विलम्ब करना घोर पाप करने के समान प्रतीत होने लगा; अतएव यह निबन्ध प्रकाशित करने का प्रबन्ध किया।

अब मैं अपने पुरुष पाठकों को विशेष रूप से सम्बोधन कर कहती हूँ कि आप लोगों ने अभी तक समय के प्रभाव पर पूरी तरह ध्यान नहीं दिया। एक तरफ़ विधर्मी और विदेशी लोग आपको ख़ूब दबाते और तंग कर रहे हैं, जिनसे छुटकारा पाने और

बचने के लिए आप छटपटाकर उद्योग कर रहे हैं; और दूसरी तरफ़ अपने ही समाज के आधे अंग पर अत्याचार करके उसको निकम्मा बना रहे हैं। भला इस बोझ को सँभालते हुए क्या आप इस बीसवीं सदी में उन प्रबल एवं सुसंगठित समाज के लोगों की प्रतिद्वन्द्विता में ठहर सकेंगे? दूसरों के जन्मसिद्ध अधिकारों को मारकर अपना उद्धार करने में कोई समर्थ नहीं हो सकता। अपना उद्धार वही कर सकेगा, जो दूसरों को भी उनके उचित अधिकार देगा।

इस कथन से मेरा मतलब यह नहीं कि आप लोग जान-बूझकर स्त्री-जाति पर अत्याचार करते हैं या हमसे दुश्मनी रखते हैं। यह बात बिलकुल नहीं है; किन्तु उसके विपरीत आप हमारे साथ बहुत प्यार एवं दुलार का बर्ताव करते हैं; और भोजन, वस्त्र, आभूषणों द्वारा हमारा सत्कार भी भली प्रकार करते हैं; तथा हमारे गहनों, कपड़ों तथा अन्य फ़रमाइशों को पूरा करने के लिए आप बहुत कष्ट उठाकर धन कमाते हैं और हमारे लिये ख़र्च करते हैं। परन्तु इतना करने पर भी वास्तव में आप हमें सुखी नहीं कर सकते; दुखी ही रखते हैं। इसका कारण यह है कि न मालूम किस ज़माने में और किस कारण से स्त्रियों के अधिकार कम करने की आवश्यकता पड़ी। पुरुषों द्वारा उनके अधिकार कम होते-होते 'अति' को पहुँच गए; और इस समय यह हालत हो गई कि उनके शरीर के प्राकृतिक वेग शान्त करने तक के जन्मसिद्ध अधिकार भी न रहे—जो अधिकार पशु-पक्षियों तक को प्राप्त हैं।

सम्भव है कि किसी ज़माने में कारण-विशेष से स्त्रियों के अधिकार कम करने की आवश्यकता उचित प्रतीत हुई हो; और ऐसा करने से समाज का हित-साधन हुआ हो; एवं वही बढ़ते-बढ़ते अब इस दर्जे तक पहुँच गया हो। फिर यह व्यवस्था बहुत मुद्दत से चली आने के कारण पुरुष-समाज में इसकी इतनी आदत पड़ गई कि यह उनको खाने-पीने की तरह साधारण व्यवहार प्रतीत होने लगा; और उसमें स्त्रियों को उतना कष्ट होने का उन्हें ध्यान न रहा, जितना कि वास्तव में होता है। उदाहरणार्थ लोगों को शराब, अफ़ीम, भाँग, सुलफ़ा, गाँजा, कोकेन, तम्बाकू, सुरती आदि खाने की आदत पड़ जाती है, जिससे उनके शरीर को बड़ी हानि पहुँचती है। परन्तु व्यसन पड़ जाने के कारण से काम छूटते नहीं; और अधिकांश लोगों को तो शरीर की हानि भी प्रतीत नहीं होती। यदि किसी बुद्धिमान् मनुष्य को हानि सूझती भी हो, तो आदत के वश हो जाने से वे व्यसन उससे भी नहीं छूट सकते।

यद्यपि अपना शरीर सबको प्रिय होता है, और उसको हानि कोई भी पहुँचाना नहीं चाहता; परन्तु आदत या व्यसन पड़ जाने के कारण लोग शरीर को रोगी तथा दुखी बना डालते हैं—खाने को अन्न न मिलने पर भी नशे का प्रयोग अवश्य करते हैं! यही हाल समाज के पुरुषों और स्त्रियों के सम्बन्ध में है। यद्यपि अपनी अर्द्धांगिनियों पर जान-बूझकर अत्याचार आप नहीं करते, और न करना चाहते हैं; परन्तु लम्बी मुद्दत से आपको ऐसी आदत पड़ गई है कि आपकी करतूतों से हमको घोर दुःख ही नहीं; हमारा मनुष्य जन्म ही नरक की यातना के तुल्य होकर नष्ट हो गया है, और आपको इस बात का तनिक ख़याल तक नहीं होता। यदि आपमें से किसी को ख़याल होता भी होगा, तो वह अपनी आदत का क़ायल होने से कुछ कर-धर नहीं सकता। शरीर रोगी होने पर यदि वैद्य-डॉक्टर नशे को छुड़वाने की चेष्टा करते हैं, तो यह भी व्यसनी को नागवार गुज़रता

है; और वह उसे सर्वथा नहीं छोड़ता। यद्यपि आपकी अनजान में, अप्रतीति में या भ्रम से ही हम पर आपकी तरफ़ से सब अत्याचार होते हैं; परन्तु उसका कष्ट तो हमको होता ही है। बालक अपनी माता की आँख में प्रेम से ही अँगुली घुसेड़ दे; परन्तु उसकी पीड़ा तो माता को होती ही है। विष चाहे अमृत समझकर भी खाया जाए; परन्तु मृत्यु तो अवश्य होती ही है। अतएव आपकी बुद्धि चाहे द्वेषयुक्त न भी हो, तो भी आपकी करतूतों से हमारा सर्वनाश होता ही है। आप ज्ञानवान् प्राणी हैं; अत: यदि उचित प्रयत्न करें, तो अपनी विपरीत आदतों को मिटाने में समर्थ भी हैं, इसलिये आपको सम्बोधन कर यह अपील की गई है।

देखिए, समय क्या कह रहा है! वर्तमान में अन्य धर्म और अन्य समाज के लोग स्त्री-जाति का कितना आदर करते हैं! कुछ वर्ष हुए सीमा-प्रान्त से एक पाश्चात्य रमणी को कोई दुष्ट ले भागा था। उसके लिए भारत और इंग्लैंड में इतना आन्दोलन मचा कि ज़मीन-आसमान गूँज उठा। फिर एक दूसरी रमणी ने वीरतापूर्वक उसको छुड़ाया, जिसकी बड़ी पूजा हुई। इसके विपरीत हमारे समाज में सैकड़ों-हज़ारों रमणियों को प्रतिवर्ष दुष्ट लोग ले भागते हैं, जिसकी किसी को ख़बर तक नहीं पड़ती; और समाज के लोगों के कान तक नहीं खड़े होते। कहाँ तो वह समाज, जिसमें स्त्री-जाति के लिए इतना आदर; और जिस आदर के प्रताप से उन स्त्रियों में इतनी शक्ति उत्पन्न हो रही है कि अपनी एक बहन को छुड़ाने के लिए दूसरी दुश्मनों के घर में बेधड़क प्रवेश करके उसे छुड़ा लाती है; और कहाँ हमारा समाज, जिसमें स्त्री का पशु-तुल्य भी आदर नहीं! (यदि पशु को कोई ले भागता है, तो उसके लिए 'वार' चढ़ती है; परन्तु स्त्री के लिए कुछ भी नहीं) जिसका नतीजा यह होता है कि स्त्रियों का आत्मबल नष्ट हो जाता है; और वे स्वयं अपनी रक्षा के लिए भी कुछ नहीं कर सकतीं, दूसरों के छुड़ाने की तो बात ही क्या!

जब विधर्मी लोगों के हमले अपनी जाति पर होते हैं, तो उनकी स्त्रियाँ अपने को सँभालती हुई हमलों में पुरुषों का साथ देती हैं; परन्तु आपको उन हमलों के समय अपने बचाव के पहले हमारा बचाव करने की आवश्यकता पड़ती है; अर्थात् हम लोग उस विकट समय में आपकी सहायता करना तो दूर रहा, उलटा बोझ रूप हो जाती हैं। इसका कारण यही है कि चिर-अभ्यस्त आदतों से होनेवाले अत्याचारों ने हमको भेड़ों से भी गई-गुज़री बना दिया कि हमको कोई काट डाले तो रोने की आवाज़ निकालने तक का हमें साहस नहीं होता; अस्तु—

समय पुकार-पुकारकर कह रहा है कि वर्तमान काल में जिस जाति में पुरुष-स्त्री अपने-अपने अधिकारों को बराबर निभाते हैं और स्त्रियों का यथोचित आदर होता है, वही संसार में ठहर सकती है, वही सब पर अपना अधिकार जमा सकती है, वही शासन कर सकती है। और जो जाति स्त्रियों को पददलित रखती है, वह दूसरों का शिकार बनती है।

आप केवल समय के ही नहीं, किन्तु प्रकृति के भी विरुद्ध चल रहे हैं, और प्रकृति के विरुद्ध चलनेवाला संसार में कभी नहीं ठहर सकता; क्योंकि प्रकृति सबसे बलवती होती है। सांसारिक जनों को उसके अनुसार चलने ही में सफलता होती है, उसके विरुद्ध चलने से वे बर्बाद हो जाते हैं। अगर आप हठ से उसके विरुद्ध ही चलते रहेंगे, तो याद

रखिये कि प्रकृति अपना बदला लिये बिना न रहेगी। आप हमको प्रकृतिजन्य वेगों को शान्त करने से वंचित रखे रहेंगे; और हमारे जन्मसिद्ध अधिकारों को न देकर अत्याचार करते रहेंगे, तो हम लोग दु:खों से तंग होकर, जिस समाज में हमको सुख मिलेगा, उसमें शनैः-शनैः चली जाएँगी; क्योंकि दु:खों में अधिक समय तक कोई नहीं रह सकता। जहाँ सुख दीखता है, वहीं जाने की सबकी स्वाभाविक प्रवृत्ति हुआ करती है। आपके अत्याचार हद-दर्जे तक पहुँच गए, अब वे इस स्वतंत्रता के ज़माने में अधिक समय तक बर्दाश्त नहीं हो सकेंगे। दूसरी ओर विधर्मी आपको नष्ट करने के लिए कमर कसे तैयार हैं। हम लोगों को अनेक प्रकार के प्रलोभन देकर वे अपने में मिला लेंगे, और उनके सहवास से जो हमारी सन्तान होंगी, वे ही आपके सम्मुख होकर हमारे दु:खों का बदला आपसे चुकायेंगी। इसलिए आपको चेतना चाहिए। अब भी चेतने से इस प्राचीन पवित्र समाज का बचाव हो सकता है; नहीं तो इस सर्वनाश से बचने का अन्य कोई मार्ग नहीं है।

मेरी इस चेतावनी का आप उलटा अर्थ न लगावें और न इसको आप कोई धमकी ही समझें। मैंने जो कुछ कहा है, वह समाज के सच्चे हित-साधन के लिए; अपना कर्तव्य समझकर, जो कुछ मेरी समझ में समाज के लिए श्रेयस्कर प्रतीत हुआ, वही कहा है; और उसके न करने से समाज का जो अनिष्ट होनेवाला है, वह दिखाया है। आप मेरे कथन पर उसी शुद्ध भावना से विचार करें।

सम्भव है कि अनेक लोगों को इस पुस्तक के पूर्वार्द्ध में वर्णन किए हुए समाज के गन्दे और घृणित रहस्य को इस तरह प्रकाशित करना नागवार गुज़रे परन्तु किया क्या जाए? लाचारी है। जब किसी के शरीर में एक महा भयंकर नाड़ी-व्रण (cancer) हो जाए और उसे छिपाते-छिपाते इतना बढ़ जाए कि उससे शरीर के नाश होने की सम्भावना हो, फिर भी उसको इस भय से छिपाया जाए कि इसमें बहुत गन्दा मवाद भरा हुआ है, इसको प्रकट करना बहुत लज्जाजनक एवं ग्लानि-उत्पादक होगा; तो फिर उस शरीर का शीघ्र ही नाश होने में क्या कोई सन्देह रहता है? यहाँ प्रश्न यह उठेगा कि ऐसे व्रण को वैद्य-डॉक्टर को बताना चाहिए, जो इसका इलाज करे? संसार में डौंड़ी पीटकर हँसी कराने से क्या फ़ायदा? इसका उत्तर यह है कि जब हकीम-डॉक्टर इतने स्वार्थी, लालची और अदूरदर्शी हों कि इस फोड़े के बने रहने ही से अपना फ़ायदा समझते हों—फीस मिलेगी, रोगी हमारे क़ब्ज़े में रहेगा, आराम होने से हमको कौन पूछेगा? इत्यादि जिनके विचार हों, और रोगी के मर जाने की जिनकी कुछ भी फ़िक्र न हो, ऐसे हकीम-डॉक्टरों के भरोसे पर फोड़े के गुप्त रखने से शरीर का सर्वनाश के सिवाय और क्या होगा?

दूसरा सवाल यह उठता है कि स्त्रियों को दु:ख है, उसका कारण समाज से छिपा नहीं है। उसके लिए आन्दोलन हो रहा है; और उसके मिटाने के उपाय भी सोचे जा रहे हैं। फिर समाज के गुप्त छिद्र प्रकाशित करने से क्या लाभ? इसका उत्तर यह है कि स्त्री-जाति को जो दु:ख हैं, बहुत- से लोग तो उन्हें दु:ख ही नहीं मानते। जो दु:ख मानते हैं, उनमें भी ऐसे सज्जन थोड़े हैं, जिनको पूरी तरह से उनका अनुभव हो; और जिनको अनुभव है, वे उन दु:खों के केवल आदि कारणों का निश्चय करके उन्हीं के निवारण करने मात्र की चेष्टा भर करते हैं; परन्तु उन आदि कारणों के बाद जो उपद्रव पीछे से

हुए हैं, उन पर कुछ भी ध्यान नहीं देते। इसी कारण दुःख मिटाने के लिए उनसे कुछ फल नहीं हो सकता। जैसे किसी की सर्दी लगकर बुख़ार और खाँसी हो गई, उस पर ठंडी हवा में फिरता रहा, ठंडे कफोत्पादक पदार्थ खाता रहा, इलाज कुछ भी न कराया, बदपरहेज़ी सब तरह से होती रही; ऐसा करने से ज्वर मुद्दत का होकर जीर्ण हो गया, खाँसी से फेफड़े पर आघात पहुँचकर यक्ष्मा हो गया, साथ में मन्दाग्नि और कमज़ोरी हद दर्जे तक पहुँच गई। अब वैद्य उसके पीछे से होनवाली सहायक बीमारियों पर ध्यान न देकर, और उसके पथ्य-परहेज आदि का यथोचित प्रबन्ध हो सकेगा कि नहीं, इसका विचार न कर, केवल बीमारी के आदि कारण सर्दी का ही इलाज करेगा, तो क्या वह उस रोग को मिटा सकेगा? कदापि नहीं। इसी तरह संग्रहणी अजीर्ण से उत्पन्न होती है, फिर अन्य कारण सम्मिलित होकर रोग बढ़ जाता है; और उससे अनेक प्रकार के दूसरे उपद्रव हो जाते हैं। क्या उस रोगी को केवल पाचक-चूर्ण देने से ही काम चल जाएगा? चाहे रोगी को पथ्य से रखनेवाला कोई भी न हो। आमवात और बदगाँठ का आदि कारण उपदंश हैं, तो क्या बदगाँठ का ऑपरेशन न करवाकर केवल उपदंश का इलाज करते रहने से रोगी चंगा हो जाएगा? इन सबका उत्तर 'नहीं' के सिवाय और कुछ भी नहीं हो सकता। ठीक यही हालत हमारे दुःखों को मिटाने का उद्योग करनेवाले महाशयों की है, जो दुःखों के आदि कारणों में से कुछ को समझकर उनका इलाज करते हैं और निश्चय कर बैठते हैं कि आदि कारणों के मिट जाने मात्र से सब दुःख मिट जाएँगे। अतः वे उन्हीं का साधारण उपाय करते हैं। एक रोग में अनेक रोगों के सम्मिलित हो जाने से जितनी भयंकरता बढ़ जाती है, उसका पूरा अनुभव उनको भी नहीं है। इसलिए रोग का वर्तमान स्वरूप, उसका आदि कारण और उसको पीछे से मदद देनेवाले साधन और उपचार-व्यवहारों के मिल जाने से भयंकरता जितनी बढ़ गई है, वह सब खोलकर संक्षेप से दिखाने का उद्योग इस निबन्ध में किया है; ताकि उनको पूरी-पूरी वाक़िफ़ियत हो जाने से वे उसका ऐसा-वैसा इलाज करके ही निश्चिन्त न हो जाएँ; किन्तु यथार्थ उपाय करें।

पुरुष-समाज के सामने इतनी अपील करने के पश्चात् थोड़ी-सी प्रार्थना मैं अपनी पढ़ी-लिखी प्यारी बहन पाठिकाओं से भी कर देना चाहती हूँ कि, आप निडर होकर अपना सच्चा अनुभव प्रकाशित करें; और साथ-ही-साथ अपने विचार भी प्रकट करें, ताकि पुरुष-समाज की आँखें खुलें और वे समाज को सर्वनाश से बचाने के लिए स्वार्थ की नीच वृत्तियों को त्यागकर उदार भाव से हमारे साथ सद्व्यवहार करके हमको अपने जन्मसिद्ध अधिकार देकर गृहस्थी को सुव्यवस्थित करते हुए जाति के संगठन को सुदृढ़ बनावें।

प्रस्तावना समाप्त करने के पूर्व मैं उन सहृदय महाशयों को धन्यवाद देना अपना कर्तव्य समझती हूँ कि जिन्होंने मुझे इस कार्य में सहायता दी है। यद्यपि उनको धन्यवाद आवश्यक नहीं है; क्योंकि उन्हीं के अत्याचारों को रोकने के लिए उन पर प्रकाश डालने में सहायक होना उनका भी कर्तव्य था; परन्तु स्त्री का यह प्राकृतिक स्वभाव होता है कि थोड़ी-सी सहानुभूति से भी प्रसन्न हो जाती है। पति से ख़ूब पीटी जाकर फिर उसी समय उसके थोड़े से प्यार करने पर वह गद्गद हो जाती है और उस मार-पीट को भूल जाती है। उसी स्वभाव के वश होकर मैं यह कृतज्ञता प्रकाशित करती हूँ।

इस लेख में प्रसंगवश पुरुषों की करतूतों की कड़ी, परन्तु उचित समालोचना ही प्रधानता से की गई है; इसलिए इसमें कटु और अप्रिय शब्दों का प्रयोग होना अनिवार्य है। यद्यपि ऐसा करने में शिष्टता की सीमा उल्लंघन न करने के लिए बहुत ही सावधानी रखी गई है, अत: पाठकों को यदि इसके शब्दों से चोट पहुँचे, तो वे उदार भाव को अंगीकार करके इस विचार से क्षमा करें कि यह लेख हमारे ही अत्याचार से पीड़ित एक अबला का लिखा हुआ है, और अबला सदा क्षमा की पात्र होती है।

जिन महाशयों को समाज के परदे के भीतर के रहस्य को देखने की इच्छा न हो और जो केवल इस लेख का मार्मिक तत्त्व ही पढ़ना चाहें, वे सिर्फ़ सहनशीलता देवी का व्याख्यान ही आदि से अन्त तक पढ़ें, और जो महाशय समाज की वास्तविक दशा से भली-भाँति परिचित होना चाहें, वे पुस्तक को आदि से अन्त तक अवश्य पढ़ें।

पिंजरे की मैना

चन्द्रकिरण सोनरेक्सा

चन्द्रकिरण सोनरेक्सा की आत्मकथा 'पिंजरे की मैना' के कुछ पृष्ठ देने का उद्देश्य यही बताना है कि बीसवीं शताब्दी के पूर्वार्द्ध में स्त्रियाँ कितने कठिन जीवन संघर्ष से गुज़रकर अपनी राह बनाती थीं। रचनात्मकता के ख़तरे झेलकर परिवार में जीना कभी सरल नहीं रहा। आरम्भ के पाँच पृष्ठों में उनके पूर्वज के जीवट की कथा है जिसकी पृष्ठभूमि में लेखिका की जिजीविषा और भी स्पष्ट होकर उभरती है।

ऊपर लिखा शीर्षक किसी भी कहानी या घटना का हो सकता है, परन्तु इसे मैंने 'अपनी जीवन-कहानी, अपनी ज़ुबानी' के लिए चुना है। क्यों चुना—इसका उत्तर इस कथा को पढ़नेवालों को स्वत: ही मिल जाएगा—ऐसा मेरा विश्वास है।

मैं न कोई प्रसिद्ध नेता हूँ, न अभिनेता; मैं न कभी स्वतंत्रता-संग्राम में जेल गई, न जुलूस में डंडे खाए, और न मैं किसी देश प्रसिद्ध प्रतिभा की सन्तान हूँ, जिसने कोई ताजमहल या कोणार्क का मन्दिर बनवाया हो। हाँ, मैं हिन्दी-भाषा की एक समर्पिता लेखिका अवश्य हूँ, जो भारत की सबसे अधिक बोली जानेवाली भाषा है। इस भाषा वृन्दावन में असंख्य लेखक हैं। उन्हीं में से एक गिनती मेरी भी है। यही मेरी पहचान है।

देश के अनेक प्रसिद्ध व्यक्तियों के पास उनके पूर्वजों की वंशावलियाँ हैं, जो उनके गौरव और प्रसिद्धि में चार चाँद लगाने का कार्य करती हैं तथा पाठक की जिज्ञासा को भी तृप्त करती हैं। परन्तु देश का सामान्य जन जो मज़दूर है, किसान है—उससे यदि उसके पूर्वजों का अता-पता पूछो तो वह केवल इतना बता सकता है—"हमारे बाप का नाम रामबहोरे रहा, हमार नाम रामकिसुन और दादा का नाम नामनिहोरे है। उससे पहले परदादा का नाम तो कुछ रहा होई, पर हमने बाप से कभी पूछा नई।" और वंशावली समाप्त।

बस यही दशा मेरी वंशावली की है। अपने बाबू जी के द्वारा बचपन में जो वंश-कथा मैंने सुनी, वह प्राय: इस प्रकार है—वे एक वैश्य परिवार की सन्तान हैं। उनका गोत्र मंगल है, अब उसे मांगलिक कहने लगे हैं। पूर्वज हमारे मूलत: राजस्थान के नारनौल के निवासी थे। 1845 के आसपास मेरे पड़बाबा अपने एक जाति-भाई के साथ रोज़ी-रोटी की तलाश में चलते-चलते झाँसी आ गए; साथ में दोनों की पत्नियाँ भी थीं। दोनों ने थोड़ी पूँजी से अपनी-अपनी दो दुकानें खोलीं—मेरे पड़बाबा ने अनाज की और जाति भाई ने तिलहन की। ईश्वर की कृपा कहिए कि यहाँ उनकी इतनी कमाई होने लगी कि दाल-रोटी का जुगाड़ बैठ गया। दोनों प्रसन्न थे। मेरे पड़बाबा के यहाँ दो लड़के हुए और जाति भाई के यहाँ एक लड़की। 1857 के विद्रोह के समय मेरे बाबा गणेशीलाल की आयु सात वर्ष व उनके बड़े भाई बिशनलाल की नौ वर्ष थी—जाति भाई की कन्या आठ वर्ष की थी। मेरे पड़बाबा की इच्छा थी देस जाकर लड़कों का जनेऊ करें, साथ ही ब्याह भी कर दें।

उस समय बाल-विवाह एक सामान्य प्रचलित प्रथा थी। किन्तु दोनों ही इतना पैसा नहीं जुटा पाए कि देस जाकर अपनी इच्छा पूरी करें। अन्त में दोनों ने तय किया कि बिसना की सगाई दूसरे जाति भाई की कन्या से कर देते हैं। वर्ष-दो वर्ष में साधन जुट जाएँगे तो देस जाकर जनेऊ और ब्याह साथ-साथ कर देंगे। पर...मेरे मन कुछ और है बिधिन के कुछ और...1857 के विद्रोह में झाँसी का पतन हुआ। अंग्रेज़ सेना ने शहर में घुसकर मनमानी लूटपाट की। बाज़ार में दुकानें लूटी गईं। अनाज गोरे सिपाहियों और उनके घोड़ों के लिए सबसे अधिक काम का था—सो किराना बाज़ार की लूट में आम, सभी दुकानदार मृत्यु के घाट उतार दिए गए—मेरे पड़बाबा व उनके जाति भाई की भी वही गति हुई।

बाज़ार लुटने और मारकाट की ख़बर जब गली-मोहल्लों में पहुँची, तो प्राणों के भय से सभी अपनी उठाने योग्य पैसा-पूँजी समेटकर झाँसी से भागने लगे। मेरी पड़दादी और उनकी समधन भी तीनों बच्चों को लेकर, उसी क़ाफ़िले में शामिल थीं। दोनों के पति मारे जा चुके थे। दोनों विधवाएँ यह भी जानने की स्थिति में न थीं कि पतियों का मुँह तक देख सकें और उनका अन्तिम संस्कार करवा सकें। बाज़ारों में, सैकड़ों लाशों के साथ जो हुआ, वही उनका भी हुआ होगा। बदहवास से औरत, मर्द, बच्चे, लुटे-पिटे, अपनी-अपनी कथरी-गुदड़ी कन्धे पर लादे, पैदल चलकर दिल्ली आ गए। बाबू जी बताते थे कि वहाँ जून की गर्मी में, खुली सड़क पर बैठे वे झाँसी के असहायजन, जिसमें स्त्रियाँ व बच्चे अधिक थे—पंजाब जाने की सोच रहे थे—सुना था वहाँ शान्ति है। किन्तु उस झुलसानेवाली गर्मी में, जलते आकाश के नीचे, मुसीबत के मारे क़ाफ़िले पर दूसरी विपत्ति आई। अधिकांश बच्चों को माता निकल आईं। बड़का बिशन उसी चेचक की भेंट चढ़ गया; सगाईवाली कन्या ब्याह से पहले ही विधवा हो गई। पर आगे तो जाना ही था। लड़के को जमना नदी में विसर्जित कर, मेरी पड़दादी व उनकी समधन अन्य सभी के साथ पंजाब की ओर चल पड़ीं। किसी तरह दोनों विधवाएँ, लाहौर की मियाँ मीर छावनी पहुँच गईं। सात वर्ष का गणेशीलाल, आठ वर्ष की राजकुँवर और दोनों माताएँ, और पास में फूटी कौड़ी नहीं।

एक खपैरल की कोठरी आठ आने महीने पर ले ली; समस्या थी चार जनों के पेट की। वे यदि छोटी जाति की होतीं, तो उन्हें वहाँ के बड़े घरों में चौका-बर्तन करने, कंडे पाथने या झाड़ू-सफ़ाई का काम आसानी से मिल जाता; पर दोनों ही अपने वैश्य होने की संस्कारगत चेतना से ग्रस्त थीं; उनके सामने केवल एक रास्ता था—चक्की पीसना। मशीनी चक्कियाँ तब तक आई नहीं थीं। सब घरों में स्त्रियाँ ही अनाज पीसती थीं। ज़मींदारों में पिसनहारी लगी हुई थीं। मेरी पड़दादी ने भी बड़े घरों में जाकर अपनी दु:खगाथा सुनाई और आटा पीसने का काम माँगा। एक घर से चक्की उधार ली—शर्तें यह थीं कि वह आधा सेर अनाज प्रतिदिन मुफ़्त पीस कर देंगी। वैसे अनाज की पिसाई उन दिनों दो पैसे पसेरी थी। पैसा उस समय बहुत सुलभ वस्तु नहीं थी; पैसों की जगह कौड़ियों में लेन-देन होता था। एक गुंडा (सोलह) कौड़ी एक पैसे के बराबर थी।

मेरी पड़दादी धनी सेठों के घर से दस सेर अनाज तुलवाकर लाती, घर लाकर बीनती, पछोरती और वह कूड़ा भी पोटली में बाँध रखती; फिर वह दो पसेरी अनाज पीसती और प्रात: दस-ग्यारह बजे तक पिसा हुआ आटा व कूड़ा अलग लेकर, सेठ के घर जाती; जहाँ आटा दुबारा तौला जाता (कूड़े सहित), और फिर उसे पिसाई की इकन्नी मिलती थी। पड़दादी उसी इकन्नी का आटा ख़रीदकर घर आती। तब तक दोनों बच्चे पास के जंगल

से, सूखी लकड़ियों की टहनियाँ बीन लाते थे। उन्हीं की आँच पर रोटियाँ सिंकतीं, जिससे नमक-पानी के साथ बच्चे व उनकी माएँ पेट की आग बुझाते। बची रोटियाँ कपड़े में लपेटकर रात के लिए रख दी जाती थीं, क्योंकि दो वक़्त जलाने लायक़ टहनियाँ नहीं होती थीं।

ग़रीबी की मार बच्चों को समय से पहले ही बड़ा बना देती है। गणेशीलाल भी आठ साल की आयु में, अपनी आयु से अधिक कर्मठ व समझदार हो गया; उसने सोचा वह भी धेला पैसा कमा सके तो रोटी के साथ, दाल-सब्ज़ी का भी हिसाब बैठ सकता। पर मुश्किल यह थी कि बनिये का बेटा था वह—छोटी जाति के बच्चों की भाँति घरेलू नौकरी नहीं कर सकता था। घरेलू नौकर को बड़े मर्दों के हुक्के भरने पड़ते, सबके जूठे बर्तन उठाने पड़ते और झाड़ू-बुहारू का काम करना पड़ता था। उसके तीव्र मस्तिष्क ने एक उपाय ढूँढ़ निकाला—जंगल में लकड़ियाँ चुनते समय, वह नीम या बबूल के पेड़ पर चढ़कर हरी टहनियाँ तोड़ लेता, घर जाकर चाकू से छील-काटकर दातुनें तैयार करता। उसके बाद गलियों में दो कौड़ी में तीन दातुन; एक कौड़ी में एक दातुन की पुकार लगाता घूमता। उन दिनों लोग कंडे की राख से दाँत साफ़ करते थे या दातुन करते थे। छिली-कटी हरी दातुनें गली के लोग ख़रीद लेते और गणेशी को आठ-दस कौड़ियाँ मिल जातीं, जिनसे वह मूली, शलजम, आलू जो अधिकतर बासी होता ले आता, तो दूसरे-तीसरे दिन सब्ज़ी-रोटी या कभी-कभी दाल-रोटी बन जाती।

दिन कट रहे थे। दोनों विधवाओं की कड़ी मेहनत चल रही थी; मेरी पड़दादी बाहर से अनाज लाना-ले जाना और घर में दोनों साथ मिलकर छानना-पछोरना और पीसना करतीं; उसके अलावा घर के सारे काम साथ चलते। बच्चे जंगल से लकड़ी लाने और गणेशी बराबर दातुन बेचने का काम करता रहा। गणेशी-राजकुँवर में बालपन के साथ की गहराई थी—पल में झगड़ा, पल में दोस्ती। दोनों विधवाओं ने आपस में मिलकर यह निर्णय लिया कि गणेशी और राजकुँवर की सगाई करे दें, इस परदेस में अपनी जाति के सम्बन्ध वह कहाँ जुटा पाएँगी; पूरा जीवन यूँ ही ग़रीबी की चक्की में पिसना है। एक दिन आठ वर्षीय गणेशी राजकुँवर, जो नौ वर्ष की थी, सगाई के बाद एक-दूसरे के वाग्दत्ता पति-पत्नी हो गए गणेशी और पहले ही उस पर रोब जमाता था, अब उसे अधिकार मिल गया। उसने सुन रखा था—'बड़े बहू बड़े भाग, छोटो दूल्हा, बढ़ो सुहागा'—वह राजकुँवर से छोटा था तो क्या, राजकुँवर का भावी दूल्हा था।

उस समय घरेलू सिलाई का काम घर की स्त्रियाँ ही करती थीं। बड़े घरों में चादरें लिहाफ़ इत्यादि सीने को दर्जी जाति की स्त्रियाँ सुई-धागे से तुरपाई व बखिया का काम करके दो पैसे कमा लेती थीं। गणेशी ने एक दिन अपनी माँ से कहा, "किसी घर से सिलाई का काम मिले, तो ले आया करो।" माँ वैसे ही चक्की पीसने, छानने-फटकने के काम से थकी-टूटी रहती थी—सो उसने कहा, "मेरी नज़र कमज़ोर है। सिलाई करने का समय और ताक़त हम दोनों में ही नहीं है।"

तो गणेशी ने समझाया, "अम्माँ! मैंने आप दोनों के लिए ही सोचा है यह सब। क्या मुझे आपकी और मौसी की हालत नहीं दिखती? मैं राजो के लिए सोच रहा था। यह दिन-भर क्या करती है? बस लकड़ियाँ चुन लाई और घर के चार बर्तन माँज लिये। बाक़ी सारा दिन, गली की लड़कियों के साथ स्टापू और गुट्टे खेलती रहती है। इसे टाँका लगाना, तुरपाई करना सिखा दो। सीख लेगी, तो चार पैसे बनेंगे।"

माँ ने समधन की तरफ़ देखा। वह अपनी इकलौती बेटी को अभी से सिलाई-तुरपाई में डालकर, उसकी आँखें कमज़ोर करने के पक्ष में नहीं थीं। परन्तु उनको अपने नन्हे दामाद को समझने में देर नहीं लगी। गणेशी ने उन्हें भी समझाया; "मौसी! ऐसी नवाबी हम जैसे ग़रीब बनियों को नहीं सोहती। दो पैसे कमाएगी, तो इसी का नया लूगड़ा ख़रीद देना।" और अपनी माँ की तरफ़ देखते हुए, उसने अधिकारपूर्ण स्वर में कह दिया, "नहीं अम्माँ! तुम इसे टाँके लगाना सिखाओ। बाल बिखेरे, गली में कुदकड़े लगाती बहू मुझे ज़रा भी पसन्द नहीं।"

बस राजकुँवर का दिन अब दोहरों के फुँदने बाँधने; सलूकों की तुरपाई करने और चादरों व लिहाफ़ के खोल सीने में लग जाता।

एक साल और बीतते-न-बीतते गणेशी ने दो पैसे कमाने का दूसरा धन्धा ढूँढ़ निकाला। गरमी के दिनों में कोई-कोई सेठ सड़क किनारे पौशाला खोल देते थे—अर्थात् चटाई द्वारा एक कामचलाऊ कोठरी खड़ी करके उसमें चार घड़े ताज़ा पानी भरवाकर रख देते थे। कहार या उसकी समकक्ष जाति के किसी व्यक्ति को, वहाँ पिलाने को नियुक्त कर देते थे। इसे बड़े पुण्य का काम माना जाता था, क्योंकि उस समय न सड़क किनारे नल लगे होते थे, और न गन्ने के रस या शरबत बेचनेवाले ठेले होते थे।

गणेशी के घर के पीछे कोई पौशाला नहीं थी। दातुन बेचने में घूमना बहुत पड़ता था; सो गणेशी ने सोचा—मैं पानी पिलाने का काम करने लगूँ और एक लोटा पानी का दाम एक कौड़ी रख लूँ, तो क्या कोई हरज है? गणेशी ने यह प्रयोग करने की ठान ली। बड़ा घड़ा भरकर सड़क तक ले जाने की ताक़त उसमें नहीं थी; उसने एक छोटा घड़ा एक पैसे से ख़रीदा; पिछवाड़े के कुएँ से वहाँ पड़े सार्वजनिक रस्सी-डोल से घड़ा भरा और पिछवाड़ेवाली गली में एक पेड़ के नीचे, टूटी ईटों का चबूतरा बनाकर, उस पर घड़ा, और घड़े पर लुटिया रखकर बैठ गया। धूप में चलकर थके यात्री इस बच्चे को देखकर आश्चर्य में पड़ गए। लड़के ने सधे स्वर में पुकारा—"ठंडा ताजा पानी। एक कौड़ी में पेट भर पानी पियो! ठंडा ताजा पानी।"

किसी प्यासे राहगीर ने पूछा, "तू किसका छोरा है? यह पौशाला किसने खोली है? पानी भी अब बिकने लगा?"

लड़के ने उत्तर दिया, "हूँ तो मैं बनिये का छोरा, पर मेरे बाप नहीं हैं। पेट के लिए पानी भी बेचना पड़े है। पर तुम्हें प्यास लगी हो, और पास में कौड़ी भी न हो, तो तुम ऐसे ही पानी पी लो।"

राहगीर कोई भला आदमी था, गाँठ में पैसे भी थे। उसने पानी पिया और एक नहीं दो कौड़ी बच्चे के फटे अँगोछे में डालकर कहा; "शाबाश बेटे!"

जो भी मैं लिखती थी, वह छप जाता था—इससे यह विश्वास अवश्य मन में पैदा हो चला था कि और कुछ कर पाऊँ या नहीं—मैं लेखिका अवश्य बन रही हूँ किन्तु जो साहित्यिक जगत् में अक्सर होता होगा—उससे मेरा परिचय पहली बार हुआ, और मैंने उसके विरुद्ध आवाज़ भी उठाई—पर परिणाम कुछ नहीं निकला, क्योंकि बात प्रतिष्ठित लेखक की थी, और मैं केवल एक नई-नई किशोरी कहानीकार थी। उस समय महादेवी वर्मा 'चाँद' की सम्पादिका थीं। मैंने हिन्दी की एक पाठ्य-पुस्तक में संकलित आचार्य

चतुरसेन शास्त्री की—'दुखवा मैं कासे कहूँ मोरी सजनी'—कहानी पढ़ी। बहुत ही मार्मिक लगी। किन्तु तभी मुझे साहित्य भवन लिमिटेड से प्रकाशित, किन्हीं पारसनाथ त्रिपाठी की एक कहानी और पढ़ने को मिली। वह पुस्तक रूप में थी, और त्रिपाठी जी ने आमुख में स्पष्टत: लिखा था, यह कहानी उनकी—'सलीमा बेगम' बँगला से अनूदित है, और यह बँगला उपन्यास, 'रंगमहल' का एक अध्याय है। 'सलीमा बेगम' और 'दुखवा मैं कासे कहूँ मोरी सजनी' उतनी ही अलग थी, जितनी दो अनुवादकों द्वारा अनूदित एक ही कहानी हो सकती है। आचार्य चतुरसेन शास्त्री जी की यह चोरी मुझे पीड़ित कर गई। इतने प्रसिद्ध रचनाकर, और बंगाली रचना को ही ज्यों-का-त्यों अपना बनाकर, मौलिक रचना के रूप में प्रकाशित करना—एक साहित्यिक अपराध है। उससे भी ज़्यादा उसका मौलिक रचना माना जाकर, पाठ्य-पुस्तक में पढ़ाया जाना, इस ऐतिहासिक झूठ पर मोहर लगाने के बराबर है। सो मैंने अपने विचार, महादेवी जी तक पहुँचाए—

माननीय महादेवी जी,

आप प्रसिद्ध कवयित्री हैं; हिन्दी साहित्य में आपका विशिष्ट स्थान है। मैं दो कहानियाँ भेज रही हूँ—'सलीमा बेगम' और शास्त्री जी की पाठ्य-पुस्तक में संकलित 'दुखवा मै कासे कहूँ मोरी सजनी'—साथ ही इन दोनों का मूल स्रोत भी। आप स्वयं ही पढ़कर देख लीजिएगा—जाँच और भी कराई जा सकती है—मूल बँगला उपन्यास 'रंगमहल' मँगाकर। कम-से-कम कोर्स में से, शास्त्री जी की यह कहानी निकलवा दीजिए। आप 'चाँद' की सम्पादिका हैं, स्वयं सम्पादकीय के माध्यम से भी बहुतों को सचेत कर सकती हैं।

आशा है, आप एक नवोदित रचनाकार के सुझाव पर ध्यान देंगी।

आपकी, चन्द्रकिरण

नक़्क़ारख़ाने में तूती की आवाज़ न तब सुनी जाती थी और न आज। हमेशा ही शीर्षस्थ और शक्तिजन का सच सच माना जाता था—फिर वह शक्ति चाहे धन की हो या पद की। यह एक प्रकार से प्रकृति का नियम लगता है। न मेरे पत्र का उत्तर आया; और न ही इस बात की कहीं चर्चा तक हुई। मैंने उसके बाद 'चाँद' में कोई कहानी छपने के लिए नहीं भेजी—शायद यही मेरे वश में एक विरोध-प्रदर्शन का साधन था।

उन्हीं दिनों, भाई साहब के पास बड़े फाटकवाले मकान में रहनेवाले उनके दोस्त मित्तल साहब आए। वह कभी-कभी ही आया करते थे। एम.ए., एल.बी. थे। उन्होंने बातों-बातों में कहा, "यार! शामलाल तुम्हें निक्की की कुछ फ़िक्र है या नहीं? बीस-इक्कीस की तो हो गई होगी?"

भाई ने परेशानी से उत्तर दिया, "है क्यों नहीं! पर तुम जानते हो बाबू जी उसकी ज़िम्मेदारी मुझे सौंप गए हैं। घर बैठे-बैठे इतना पढ़ गई है, कहानी-वहानी भी लिखती है—किसी मामूली दुकानदार से तो ब्याह नहीं सकता!" मित्तल बोले, "मैं तुम्हें एक लायक़ रिश्ता बता सकता हूँ। लड़के को मैं जानता हूँ...इलाहाबाद में उसका-मेरा काफ़ी साथ रहा है...अमीर नहीं है, पर बड़ा मशहूर है; कई किताबें छप चुकी हैं; बस एक ही बात है कि अभी-अभी उसकी पत्नी का स्वर्गवास हो गया है...पर उसकी उम्र अधिक नहीं है...तीस-इकतीस का होगा।"

"दुहाजू!" भाई चौंके, "न भई, यह बात कोई कम दोष नहीं है फिर भी लड़के का नाम क्या है—बताओ—मशहूर है तो हमने भी सुना होगा..."

मित्तल बोले, "ज़रूर सुना होगा, रेडियो पर उसकी कविताएँ आती हैं। कायस्थ है तुम्हारे यहाँ तो जात-पाँत की वैसे कोई बन्दिश नहीं है, इसी से कहता हूँ—निक्की के लिए एकदम ठीक रिश्ता रहेगा। नाम उसका है—हरिवंश राय बच्चन।"

भाई ने तुरन्त अस्वीकृति में सिर हिलाते हुए कहा, "बिलकुल नहीं...यह वह कवि है न, जिसकी—'मधुबाला' या जो भी नाम हो—के गीत छोकरे गाते-फिरते रहते हैं! एकदम वाहियात लगते हैं...उम्र भी तीस कह रहे हो, तो निक्की से दस साल बड़ा, ऊपर से दुहाजू... फिर शायर!" मित्तल बोला, भई! वह शायर है, पर शराब नहीं पीता, मैं गारंटी देता हूँ।"

"रखे रहो अपनी गारंटी"—भाई का स्वर उत्तेजना में ऊँचा होता गया, "मैं कोई बच्चा नहीं हूँ। आज तक मैंने कोई शायर ऐसा नहीं देखा, जो शराब न पीता हो...फिर वह शायर जो शायरी ही शराब की करता हो; और नहीं तो पत्नी का गम भुलाने को भी दुगनी पीता होगा—मुझे शराब से सख़्त नफ़रत है।"

मित्तल चुप रह गए। बात वहीं समाप्त हो गई। मँझली भाभी ने ताना मारा, "पता नहीं सात समन्दर पार से कौन-सा राजकुमार ढूँढ़कर लाएँगे अपनी बहन के लिए..."

'बच्चन' तब भी मेरे लिये बहुत बड़े कवि थे, आज भी मैं उनका पूरा सम्मान करती हूँ। इसलिए, भाभी का ताना सुनकर मन किया भाई से कह दूँ—"भाई साहब! होने दीजिए शराबी! इतने प्रसिद्ध कवि की पत्नी बनना ही गर्व की बात होगी..." पर ज़ुबान पर तो, हमेशा की तरह, ताला लगा रहा। बात भी आई गई हो गई।

घर में तो सब कुछ इसी तरह चलता रहता था, पर मेरी सृजनात्मक प्रक्रिया, हर चट्टान से टकराती हुई, निर्बन्ध चलती रहती थी। उसकी ऊर्जा का तेज़ कभी कम नहीं हुआ। कम-से-कम समय में बिना किसी अतिरिक्त सुविधा के मेरी लेखनी, कोरे काग़ज़ पर, कहानियों को आकार देती थी। उसी समय की मेरी रचना थी—'बेजुबाँ'—मुझे ख़ुद को वह बहुत ही अच्छी लगी, और मैंने उसे 'हंस' में छपने भेज दिया। अक्षरशः तो स्मरण नहीं आज पर 'हंस' के तत्कालीन सम्पादक—श्री अमृतराय (प्रेमचन्द जी के सुपुत्र) को मैंने ऐसा पत्र लिखा था :

प्रिय अमृत राय जी!

'हंस' के लिए एक कहानी भेज रही हूँ, आशा है पसन्द आएगी। इसके अतिरिक्त एक निवेदन यह है कि आपकी पत्रिका के एक लेखक बालूपुरी जी भी हैं। सितम्बर-अक्टूबर में, उनके दो लेख 'हंस' में छपे हैं। वे कहते हैं अभी तक उसका पारिश्रमिक उन्हें नहीं मिला है। वे बीमारी की हालत में, कई महीनों से हमारे घर पर ही हैं। आप तो जानते ही हैं लेखक और टीचर दोनों फटीचर। रहने-खाने का प्रबन्ध तो हर गृहस्थ में हो जाता है, पर जेब ख़र्च! आप अपनी एकाउंट्स ब्रांच से पूछकर, पता लगाएँ। यदि बात सच है—तो कृपा कर उनका पारिश्रमिक हमारे ही पते पर भेज दें।

आपकी
चन्द्रकिरण।

चौथे दिन उनका उत्तर आ गया। वह कुछ इस प्रकार था—

प्रिय चन्द्रकिरण,

कहानी मिली। सचमुच ही बहुत सुन्दर है! एकदम यथार्थवादी रचना है। आप 'हंस' को अपना ही पत्र समझें। आगे जो भी लिखें, उसे पहले 'हंस' में भेजें। मैं सचमुच लज्जित हूँ—एकाउंट्स चेक करने पर पता चला वास्तव में बालूपुरी का पारिश्रमिक भूल से रह गया है। आज ही मनीआर्डर से भिजवा रहा हूँ। आपकी दूसरी रचना की प्रतीक्षा रहेगी।

आपका
अमृतराय

पत्र पढ़कर, ऐसे ही खुला, मैंने बड़े कमरे की मेज़ पर डाल दिया। सभी पत्र-व्यवहार इसी तरह से करती थी। खुला रख देती थी, जिससे 'यह' शाम को दफ़्तर से आने के बाद उन्हें पढ़ लें। यथासमय कान्ति जी लौटे, और पत्र पढ़ते ही बोले, "वाह! बड़ी तारीफ़ लिखी है आपकी अमृतराय ने।" मैं रसोई में काम करते हुए ही सुन रही थी। दो मिनट बाद ही फिर मैंने सुना 'ये' तल्ख़ी से भरे स्वर में कह रहे थे, "ये साले सम्पादक भी लड़कियों को बड़े मीठे-मीठे पत्र लिखते हैं। अभी कोई पुरुष लेखक अपनी रचना भेजता तो उत्तर ही पन्द्रह दिन बाद मिलता—या मिलता ही नहीं।" और 'यह' रसोई के सामने खड़े थे—क्रोध-ईर्ष्या की मिली-जुली तस्वीर बनकर—"तुमने भी तो कहानी भेजते समय पत्र में कुछ-न-कुछ तो लिखा ही होगा ज़रूर..."

मैं स्तब्ध थी—इस प्रतिक्रिया के लिए तो मैं सपने में भी नहीं सोच सकती थी। मेरी बुद्धि से परे था कि आख़िर इस साधारण से पत्र को पढ़कर 'इन्हें' क्रोध क्यों आया; और यह 'घी मलने की बात' तो बिलकुल ही—अकल्पनीय थी...थोड़ी देर बाद, जब इस बात का गालीनुमा अर्थ स्पष्ट हुआ दिमाग़ में तो मेरा सिर घूम गया। आज तक, बाबू जी के मरने के बाद, एक मामले में एक बार भाभी ने ज़रूर फलों की चोरी का दोष लगाया था—पर गाली या अपशब्द बोलने की किसी में हिम्मत नहीं थी। मैं तो ख़ुद ही फूँक-फूँककर क़दम रखनेवाली, अपने काम से मतलब रखनेवाली रही शुरू से। मुँह से मैंने कुछ नहीं कहा, पर क्रोध और अपमान से मेरी देह ऊपर से नीचे तक जल रही थी। बस यंत्रवत् मैंने खाना बनाया सबका; सबको खिलाया। कान्ति जी और मैं साथ-साथ खाते थे, पर उस दिन वे स्वयं 'पत्र' और पत्र की अपनी प्रतिक्रिया से आक्रान्त थे—अपनी थाली उठकार कमरे में जाकर खाने लगे। सब लोग सो गए। मैं रसोई में भूखी, बैठी थी। सोच रही थी—"क्या इस तरह की गाली खाने के लिए ही, मैं इस परिवार को चलाने के लिए ख़ुद को तिल-तिलकर खपा रही हूँ? तीन वर्ष के विवाहित-जीवन के बाद, कोई विश्वास का आधार नहीं बन पाया अब तक, तो आगे क्या आशा हो सकती है? एक साधारण प्रशंसा-पत्र हमारे बीच—इतनी घिनौनी गाली बनकर खड़ा हो सकता है—विश्वास नहीं होता था—पर एक कड़वा सच था—मैंने ऐसे व्यक्ति का साथ चुन लिया था, जो शक के चश्मे से ही सब कुछ देखता है—वरना जिस व्यक्ति को मैंने आँख से नहीं देखा (अमृतराय

को) केवल सम्पादक के नाते पत्र-व्यवहार किया—उसी का नाम लेकर ऐसी गाली छिः—कभी कोई सन्तुलित सामान्य व्यक्ति नहीं देता! बस अब और नहीं बढ़ने दूँगी यह सिलसिला; अविश्वास के धुन्ध में मानों मेरा दम घुटने लगा...मैंने निर्णय किया मैं 'इनके' साथ नहीं रहूँगी; घर छोड़कर मेरठ चली जाऊँगी। बड़े भाई तो यह बात सुनकर, यूँ भी दुबारा यहाँ भेजने का नाम नहीं लेंगे। भाभी को ज़रूर बुरा लगेगा। सोचेंगी किसी तरह राम-राम करके बीबी जी को ब्याह करके विदा किया था, अब एक लड़की समेत लौट आई हैं। मैंने ख़ुद ही उत्तर तलाश लिया—मैं उन पर आर्थिक भार नहीं डालूँगी। मेरठ में भी स्कूल की नौकरी और ट्यूशन से अपना जीवनयापन कर लूँगी। भाई को समझा दूँगी—कोई कुँवारी कन्या तो नहीं हूँ अब, जो बाहर नौकरी करने से परिवार की बदनामी होगी। अपनी बेटी का पालन करने की सामर्थ्य मुझमें है—यह शादी के बाद मुझे ख़ुद के बारे में अच्छी तरह मालूम हो गया था। पर हाँ, यह ज़रूर सुनना पड़ेगा—किरण के पति ने उसे छोड़ दिया। पति-गृह से निष्कासित लड़कियाँ, उन दिनों भी, मायके में ही रहती थीं।

मैंने अपना बाक्स ठीक किया; एक लम्बा पत्र 'इनके' लिए लिखा। शब्द प्रतिशब्द कुछ याद नहीं आज, पर उसका मूल कथ्य यही था—'तीन वर्षों में भी, मैं, आपका विश्वास अर्जित नहीं कर सकी, तो पूरा जीवन आपके साथ अविश्वास के घेरे में रहकर, बिताना मेरे लिये असम्भव है।'

कड़े संघर्ष के यह वर्ष मैंने रात-दिन के जानतोड़ परिश्रम से बिताये थे। अपनी शक्तिभर कान्ति जी व उनके मित्रों तथा परिवारजनों के लिए सामान्य दाल-रोटी जुटाने की चिन्ता में अपनी किसी सुविधा की बात तक नहीं सोची थी। विवाह से पहले अपने मुहल्ले को छोड़कर कभी अकेले पैदल जाने का साहस भी नहीं किया था। अपने घर यानी मेरठ में लड़कियों का कमाई करना अत्यन्त घृणित माना जाता था। यहाँ दस-बीस रुपयों की खातिर, मैं मील भर पैदल चलती थी। मुझे इसकी शिकायत भी नहीं थी, किन्तु अविश्वास के इस भयावह अन्धकार ने जैसे मुझे दिशाहीन कर दिया था।

मैं उच्च वर्ग की या उच्चशिक्षित परिवार की कन्या नहीं थी। (किन्तु सदाचार का पाठ तो सदैव मेरा साथी रहा था) मायके के अतिरिक्त और कहाँ जा सकती थी। साथ में एक छोटी बच्ची के पालन-पोषण का उत्तरदायित्व भी था। यूँ तो किसी शायर ने कहा—

'सुबह होती है; शाम होती है—तन्हाई में यूँ ही ज़िन्दगी तमाम होती है—' पर यह तमाम होना कोई आसान बात नहीं थी। मैं फिर ज़िन्दगी के दो राहों पर खड़ी थी—साधनहीन मित्र व परिजनविहीन। पति परित्यक्ता नारी है यह मैं ख़ूब समझती थी। किन्तु गाली खाकर, निर्दोष होने पर भी अविश्वासरूपी धुआँ घर में रहना भी मृत्यु के समान पीड़ादायक था। वह रात मेरे लिए मृत्यु से भी अधिक भयावह थी।

करने के लिए मैंने दूसरा निश्चय किया—कहानी लिखूँगी, पर इन्हीं को पकड़ा दूँगी—फिर 'यह' चाहे जहाँ प्रकाशन के लिए भेजें—मेरा कोई सीधा सम्पर्क नहीं रहेगा—न सम्पादक के पत्र आएँगे, न ये झगड़े होंगे। (शायद यही वह सबसे आदर्शवादी, पतिव्रता पत्नी का निर्णय था—जिसकी कीमत मेरे पूरे साहित्यिक-जीवन ने चुकाई—और लगभग गुमनामी के कगार पर खड़ी—अभिशप्त सरस्वती के वरदान-सी—मैं खड़ी हूँ।

भविष्य में, मैंने अपनी रचना का नाता लिखने तक ही रखा। तीन-चार वर्षों तक, मैं कहानी लिखती तो 'इन्हें' पकड़ाकर कह देती, "मुझे भेजने का समय नहीं मिलता, आप भेज दें!"

कान्ति जी बहुत ही मित्र-वत्सल प्राणी रहे, सदा जिसने भी प्रयाग या कहीं से भी कोई नया पत्र निकाला और कहानी माँगी—'ये' उदारतापूर्वक मेरी अच्छी-से-अच्छी कहानी उसे भेज देते। 'हंस' में उसके बाद, मैंने कोई कहानी नहीं भेजी। सिर्फ़ हिटलर पर एक व्यंग्यात्मक आल्हा लिखा था, जिसे रामविलास जी ने मुझसे लेकर वहाँ भेजा था; और वह छपा भी था।

आज सोचती हूँ कि कान्ति जी का मेरे प्रति मोह या प्रेम इसी तरह का रहा। मेरे साहित्य के प्रकाशन के लिए, उन्होंने प्रयत्न नहीं किए—यह कहना सच्चाई पर पर्दा डालना है। उनकी शर्तों का गांडीव उठाना—कठिन था; और मेरी सामयिक समस्याओं पर लिखी रचनाएँ, पत्रिकाओं में जब छपीं, तो क्रान्तिकारी मानी गईं। जैसे '40 की मेरी 'तूफ़ान' कहानी, सचमुच तूफ़ान का प्रतीक थी। अब वे तत्कालीन सन्दर्भ में, पाठक के लिए बासी अख़बार से ज़्यादा कुछ नहीं। नतीजा—प्रकाशक तो व्यापारी है; अगर बिक्री की सम्भावना नहीं तो, श्रेष्ठतम रचना भी मिट्टी है उनके लिए। मैं विश्वास से कहती हूँ अगर आज गोस्वामी तुलसीदास अपना 'मानस' किसी प्रकाशक को देते, तो वह दो ही पृष्ठ पढ़ने के बाद पांडुलिपि, यह कहकर वापस कर देता—"नहीं भाई! इसकी भाषा और विषय बहुत पुराने हैं। इसके साथ तो एक शब्दकोश भी जोड़ना पड़ेगा। आप आजकल की नई बातों पर कुछ लिखकर लाइए। तब देखेंगे।" समय पर छपी कृति का मूल्य, बाद में, उसकी ऐतिहासिक सत्यता के प्रतीक-रूप में प्रतिष्ठित हो जाता है।

मेरी नई-पुरानी फ़ाइलों में, टाइप्ड; पत्रिकाओं में छपी सभी कहानियाँ, संग्रहों की पांडुलिपि के रूप में रखी हैं। रजिस्टरों में उनकी बाक़ायदा सूचियाँ बनी हैं। कान्ति जी ने ज़िद करके, थोड़ा-बहुत आकाशवाणीवाला लेखन भी, मुझसे मँगवा लिया। पर वह सब यूँ ही रखा है, मेरे रिटायरमेंट के बाद तक। मेरी इच्छा थी कि जैसे भी हो, जिन शर्तों पर भी हो, वह प्रकाशक द्वारा प्रकाश में आ जाए। पर ख़ुद तो न मैंने कभी बात की थी, और न शोभा देता था; और साथ कान्ति जी की अप्रसन्नता का भी डर लगता था।

जब भी कभी मैं कहती, "मेरी रचनाएँ हर दिन अब एक साल पीछे जा रही हैं, कुछ हो जाता तो..."

बस कान्ति जी, आँगन में खड़े होकर, ज़ोर से कहते, "कोई साला प्रकाशक तुम्हें नहीं पूछता, तो मैं क्या करूँ!"

मेरे चुप हो जाने के बाद, फिर शुरू हो जाते, "तुम्हारा लड़का अमेरिका में इतना कमाता है, उससे कहो पचास हजार भेज दे, मैं ख़ुद सब छाप लूँगा।"

और यह मुझे किसी शर्त पर स्वीकार नहीं था। कारण अमृतराय की वही बात, मैं कभी भूली नहीं, "चन्द्रकिरण! लेखक अगर पब्लिशर नहीं है, और अपनी पुस्तक स्वयं छापता है, तो बेचेगा कैसे? क्या कन्धे पर लादकर गली-गली आवाज़ लगाएगा? वे किताबें बस घर में चट्टे बनकर रखी रहेंगी...।"

बूँद-बावड़ी

पद्मा सचदेव

अम्मी जी ने मुझे देखकर टॉपिक बदला। कहने लगीं—तुमने भी सरदार से ही शादी करनी थी। तुम्हारे अब्बा जी होते तो मैं सामने न आती, पर अब तो कोई चारा नहीं है। फिर एक दिन हम दोनों गए थे। अम्मी जी भी आकर बैठी थीं। बाक़ी सब आकर बड़े प्यार से इन्हें मिले। मैं सरदार जी को क्या बताती, अब्बा जी होते तो कितने ख़ुश होते। शादी का कार्ड भेजा था। उनकी मुबारिकी का तार मेरे पास अभी तक सुरक्षित है। सिस्टर जी ने घर पर खाने को बुलाया था। हर जगह वही ज़िक्र, वही कहानी। मुझे देखकर जिन्हें सबसे ज़्यादा ख़ुशी होती, वो नहीं थे।

शादी के बाद पहली बार हम दोनों घूमने निकले थे। कश्मीर जैसे एकदम नया, धुला-धुलाया सवेरा-सा हो गया था। सत्ती साहनी जो मेरे बड़े पुराने परिचित थे, उनके घर हम गए। उनकी पत्नी प्रेम भैन जी मेरे बड़े जेठ से संगीत सीखती थीं। सरदार जी को देखकर बोलीं—ये तो छोटा था। निक्कर पहने मुझे घर तक छोड़ने आता था।

मेरे गर्दिश के दिनों में सत्ती जी ही अकेले ऐसे व्यक्ति रहे हैं, जिन्हें मैंने बेझिझक होकर सभी बातें कही हैं, जिन्होंने बिना कुछ कहे मेरी सहायता करने की कोशिश की है। जब श्रीनगर में भाटिया साहेब स्टेशन डाइरेक्टर थे, तब सत्ती जी ने उन्हें मेरे बारे में बताया था।

मैं तो श्रीनगर की मिट्टी से जुड़ा हुआ एक कण थी। मैं और मेरे पति एक दिन सड़क पर घूम रहे थे। एक भव्य चिनार के नीचे एक औरत अपनी झाड़ू व टोकरी लिये खड़ी थी। ये मेरे अस्पताल की अज़ीज़ बूढ़ी थी। पहले तो मैंने उसे नहीं पहचाना, पर जब मैंने उसे अपनी ओर आँखें फाड़कर देखते हुए महसूस किया तो ज़ोर से मैं चिल्लाई—हे अज़ीज़ बूढ़ी!

उस विशाल चिनार के नीचे खड़े होकर हम दोनों एक-दूसरे से लिपट गईं। अचानक मुझे डॉक्टर साहेब का ख़याल आया तो मैं रोने लग गई। उसने समझकर कहा—हम रो-रोकर ख़ाली हो गए हैं। हम सबका बाप चला गया। हे ख़ुदा, हम क्या करें।

फिर एक तरफ़ खड़े इनको देखकर अज़ीज़ बूढ़ी ने बड़े अधिकार से पूछा—ये सिक्ख कौन है?

मैंने कहा—मेरे पति हैं।

उसने अपनी पूरी आँखें फाड़कर कहा—ये क्या किया। सिक्ख से शादी कर ली!

मैंने कहा—क्यों, सिक्खों की शादियाँ नहीं होतीं।

इस पर हम ख़ूब हँसे।

फिर उसने कहा—मेरे लिए दिल्ली से तबर्रुक लाई हो।

मैंने कहा—मैं क्या जानती थी यहाँ इस तरह तुम चिनार से लगी मिल जाओगी।

—ओह, तो तुम दिल्लीवाली हो गईं।

हम विदा हुए तो मैंने उन्हें बताया—ये मेरे अस्पताल की जमादारिन थी। अब रिटायर हुई है।

एक और वाक़िया याद आता है। हम डलगेट में घूमने के लिए शिकारा ढूँढ़ रहे थे। एक-दो शिकारेवाले आगे आए। 20 रुपये से कम पर कोई मानता न था। उन दिनों 20 रुपये की क़ीमत होती थी। मैं तमाशा देखती रही। वो कश्मीरी में बोल रहे थे।

एक ने कहा—नई शादी हुई लगती है, कुछ भी देंगे।

—क्यों न देंगे।

—तुम कोशिश करो

—तुम क्यों नहीं करते? सिक्ख दिलदार कौम है।

काफ़ी देर से मैं बकझक सुन रही थी। फिर मैंने तुरुप चाल चली। मैंने कश्मीरी में डाँटा—क्या हो गया तुम लोगों को! मुझे ही लूटोगे। मैं तुम लोगों की ही बहन हूँ। मुझे नहीं शिकारे पर जाना।

सब एक साथ बड़े हैरान हो गए।

मैंने कहा—ये भी हिन्दू ही हैं अब बोलो, दस रुपये में कौन चलेगा।

एकदम एक शिकारेवाला आगे आया। हम उसमें बैठ गए।

मातृभाषा की मिठास के ताल पर चप्पू चलने लगे। हम आरामदेह गद्दों पर लेटे सामने हिमालय के कदमों के नीचे खिलखिलाती डल झील को देखने लगे।

तभी दूर जाते एक शिकारे से कोई कश्मीरी में चिल्लाया—हे हुसैन, आज तो नया ब्याहा जोड़ा फँसा है।

हमारे माँझी ने भी कश्मीरी में ही उत्तर दिया—अरे मुझ पर मुसीबत पड़ गई। ये लड़की अपनी कश्मीरी है।

बस इतनी ही बात। फिर वो चुपचाप हमें डल में घुमा लाया।

फिर एक दिन मैं और मेरे पति ताँगे में बैठकर कहीं जा रहे थे। मैं आगे बैठी थी। मेरे साथ एक जनाना सवारी और थी। पीछे मर्द बैठे थे। मेरे पति भी उन्हीं में थे।

अचानक मेरे पति ने पाया कि ताँगेवाला मेरे साथ झगड़ा कर रहा है।

हुआ यों कि ताँगेवाला घोड़े को कश्मीरी में डाँट रहा था। मैंने भी अपनी रंगत दिखाने के लिए उसको कश्मीरी में कहा—क्यों बेज़ुबान जानवर को डाँटते हो। उसके हाथ से घोड़े की रास छूटते-छूटते बची। वो मुझे डाँटकर बोला—तो क्या तुम सरदार के साथ नहीं हो?

मैंने कहा—हाँ, वो मेरे पति हैं।

उसने कहा—सिक्ख से शादी क्यों की?

घोड़े की दुलत्ती की लय के साथ-साथ मेरा मूड व भी काफ़ी बुलन्द था। मैंने कहा—मेरे साथ और कोई शादी करने को तैयार ही न था।

उसने मुझे डाँटते हुए कहा—शर्म नहीं आती, एक तो सिक्ख से शादी की, ऊपर से बातें करती हो। अगर मुझे कहा होता तो मैं अपने ही बेटे से शादी करवा देता। वो बड़े टेलर के पास बैठता है। पहले तो खाली बटन टाँकता था। अब तुरपाई भी कर लेता है।

मेरी हँसी छूट गई।

मैंने कहा—अब क्या, मैं इतनी पढ़ी-लिखी हूँ, तुम मेरी शादी आख़िर एक टेलर से करवाते।

वो बोला—अपने घर में तो रहतीं। अब ये सरदार तुम्हें पीटा करेगा।

फिर उसने घोड़े से ध्यान हटाकर मुझे देखा और पूछा—पीटता तो नहीं है?

मैंने कहा—नहीं। अभी तो नई-नई शादी हुई है।

नुमाइश आ गई थी और हमने यहीं उतरना था। जब मैं उतरी, तो ये भी उतरे। ताँगेवाले ने मेरे पति को घूरकर देखा। हम दोनों हँसते हुए आगे बढ़ गए।

पर मुझे ये जानकर ख़ुशी हुई कि ये लोग मुझे अपना समझते हैं।

मातृभाषा की ताक़त ही ऐसी है। मनुष्य खिंचकर एक-दूसरे के क़रीब आ जाता है। जो प्रभाव माँ-बाप भी पैदा नहीं कर सकते, वो मातृभाषा पैदा करती है। एक-दूसरे को जोड़नेवाला दूसरा पुल कोई नहीं है।

श्रीनगर का हमारा ये पहला ट्रिप बेहद अच्छा रहा। इसमें मैं अगर अपनी सहेली रज़िया और बिलक़ीज़ का ज़िक्र न करूँ तो बात अधूरी ही रहेगी। अस्पताल के सामने इनका ख़ूब बड़ा घर है। डॉक्टर साहेब का इन्तकाल हुए अभी बरस-भर ही हुआ था, सो मैं इन्हें वहाँ न ले जाना चाहती थी। बस अड्डे से मैंने सोचा, बिलक़ीज़ के घर जाते हैं। कल कोई होटल ढूँढ़ लेंगे। पर उन लोगों ने कहा, ये नहीं हो सकता। उनके घर में ही एक अलग कमरा भी था। वहीं हम रुके थे। सुबह की चाय अक्सर रज़िया की माँ, जिन्हें हम सब भाभी जी कहते थे, पिलाती थीं। फिर हम निकल जाते थे और रात को खा-पीकर ही आते थे। कश्मीरियों की मेहमाननवाज़ी के क्या कहने। भाभी जी कहवे का समोवर ले आतीं। फिर इनको कहतीं—और लो न, ये कश्मीरी कहवा है। इनको कितना ही कहवा पीना पड़ता। भाभी जी बेहद सादगी की मूर्ति थीं। उनकी उर्दू अच्छी न थी। वो कहती थीं—रज़िया ने ऑपरेशन करवाया और रशीद अपने-आप निकल गई।

इस पर हम ख़ूब हँसते थे।

—हे पद्मा, ज़ामतर (दामाद) को बोलो और कहवा ले। मैं उन्हें कश्मीरी में कहती—भाभी, ये सरदार आदमी, इनको कहवे का क्या पता। लाओ मुझे दो। उनकी मेहमाननवाज़ी ख़ुशबू की तरह मेरी यादों से लिपटी हुई है। वो लोग मुझे देखकर सुखी थे। हर तरह से ख़ुश थी मैं, मेरी सेहत भी काफ़ी अच्छी थी। इसका राज़ मेरी बीचवाली ननद हैं। मैं अच्छी-ख़ासी पतली थी। उन्होंने परोस-परोसकर जो खिलाया, बस अच्छी तगड़ी सरदारनी हो गई।

जम्मू में हम माँ के घर भी रुके थे। मेरी माँ कायदे का दामाद पाकर ख़ुश हो गई थीं। माँ को मैं अपनी और इनकी तस्वीर दे आई थी। माँ ने सँभालकर अपनी अलमारी में कपड़ों की तहों में छुपा दी थी। फिर मेरी माँ ने एक बार जब मेरी गुलाबीताई गाँव से आईं तो उनसे कहा—बेबू जी, आइए आपको एक चीज़ दिखाऊँ? वो मेरी ताई को भीतर ले गईं और हमारी फ़ोटो दिखाकर कहा—ये देखिए आपका दामाद।

ताई यों उछलीं जैसे बाघ देख लिया हो। वो मेरी अच्छी-ख़ासी दोस्त भी थीं। दोस्ती को दरकिनार करके बोलीं—हे शकुन्तला, तेरी बेटी जो करे थोड़ा है। चल मुझे थोड़ा पानी दे। मैं तो नहा लूँ।

वैसे उन दिनों की कोई बात भी मुझे मैनन्जाइटिस के बाद ज़्यादा याद नहीं रह गई। मेरी माँ ख़ुश थीं, मुझे इतना ही वास्ता था।

माँ को मैं अब अपने घर-बाहरवाली सुखी बेटी नज़र आती थी। माँ ने सारी उम्र वैधव्य का दुःख देखा था, अब मेरे सुख से वो सराबोर हो गई। ये पहला सुख था जो मेरे पति के रूप में मेरी माँ को मिला।

फिर मेरे भाई आशुतोष की शादी मेरी मामी की सगी बहन की बेटी के साथ हो गई। घर में बहू आने से माँ और भी ख़ुश हो गईं। उस वक़्त सतरह-अठारह बरस की मेरी भाभी बिन माँ-बाप की बेटी थीं। माँ उनकी बहुत बचपन में गुज़र गई थीं, इसलिए हमारे घर को उन्होंने अपना ही घर बना लिया। उनकी बुआ व मामा लोगों ने बड़ी अच्छी शादी की। हमने उनसे कहा था कि हमें दहेज नहीं चाहिए। बारात की ख़ातिरदारी भी बड़े भव्य तरीक़े से हुई। विजय की बुआ के पति पुराने खाते-पीते घराने के थे और असेम्बली में मेम्बर थे।

घर में भाभी आने से मेरा मन बार-बार जम्मू जाने को करता था। पर मैं नौकरी कर रही थी। छुट्टी मिलना सम्भव न होता था।

शादी से पहले इन्होंने मुझे मना लिया था कि शादी करते ही मैं नौकरी छोड़ दूँगी। पर अब समाचारों में मन भी लग गया था। तनख़्वाह भी पूरी मिल रही थी, यानी 400 रुपये, इसीलिए नौकरी छोड़ने को मन न था। हालाँकि इनके घर में सभी लोग बड़े रोशन ख़याल थे, पर दफ़्तर जाने से ज़िन्दगी में जो बदलाव आता था, वो मैं छोड़ना न चाहती थी।

खंड-3

संस्मरण और जीवनी

'मैं भी अपने घर का बादशाह हूँ'

शिवरानी देवी

जाड़े के दिन थे। स्कूल का इन्स्पेक्टर मुआयना करने आया था। एक रोज तो इन्स्पेक्टर के साथ रहकर आपने स्कूल दिखा दिया। दूसरे रोज़ लड़कों को गेंद खेलाना था। उस दिन आप नहीं गए। छुट्टी होने पर आप घर ले आए। आरामकुर्सी पर लेटे दरवाज़े पर आप अख़बार पढ़ रहे थे। सामने ही से इन्स्पेक्टर अपनी मोटर पर जा रहा था। वह आशा करता था कि उठकर सलाम करोगे। लेकिन आपने ऐसा नहीं किया। कुछ दूर जाने के बाद इन्स्पेक्टर ने गाड़ी रोककर अपने अर्दली को भेजा।

अर्दली जब आया, तो आप गए।

"कहिए, क्या है?"

इन्स्पेक्टर—"तुम बड़े मग़रूर हो। तुम्हारा अफ़सर दरवाज़े से निकल जाता है। उठकर सलाम भी नहीं करते।"

"मैं जब स्कूल में रहता हूँ, तब नौकर हूँ। बाद में मैं भी अपने घर का बादशाह हूँ।"

इन्स्पेक्टर चला गया। आपने अपने मित्रों से राय ली कि इस पर मान-हानि का केस चलाना चाहिए। मित्रों ने सलाह दी, जाने दीजिए। आप भी उसे मग़रूर कह सकते थे। हटाइए इस बात को। मगर इस बात की कुरेदन उन्हें बहुत दिनों तक रही।

पाँचवें महीने जब 25 रुपये के अलावा 80 रुपये मैंने और दिए और जमा कर आने को कहा तो आप बोले—"ये रुपये कहाँ थे?"

मैं—"हर महीने के ख़र्चे मे से ये बचे हैं। अब यहाँ क्यों रहें?'

आप बोले—"तो फिर तो बचत के रुपये तुम्हारे हुए।"

मैं—"तो फिर सब मेरे हुए। आप तो कभी एक पैसा नहीं बचा पाए।"

"खैर, लाओ रख आऊँ, अच्छा ही है।"

उनकी चाची को ये रुपये बुरे लगे। जब चले गए तो बोलीं—"क्या मैं रुपये अपने पास रख लेती थी?"

मैं—"रखने का लांछन कहाँ लगा रही हूँ? अरे बच गए। घर में रहने से क्या होता? ज़रूरत पड़ने पर वहाँ से भी तो आ सकते है।"

उन्हें बुरा तो लगा ही।

वे शाम को आने पर मुझसे बोले—"भाई, क्या बात है? सच-सच बोलो। कैसे पूरा प्रबन्ध कर लेती हो?"

मैं—"आख़िर चीज़ों को लाता कौन है, आप ही न! तो आप पूरे ख़र्चे का अन्दाज़ लगा सकते हैं। थोड़ा ख़र्चा फल का और भी बढ़ गया है, पहले की बनिस्बत।"

"सच कहता हूँ, मुझे तो ख़र्च पूरा पड़ जाने की ही चिन्ता रहती थी। अच्छी बात है। तुम ऐसे ही चलाओ।"

तब से तो वे चीज़ों के ले आने के बाद पैसे-पैसे का हिसाब इस तरह देते थे कि जैसे कोई पराया हिसाब देता है। पैसा-धेला जो भी बचता, उसे मुझे वापस कर देते।

कहीं से भी जो पैसे आते, उन्हें मुझे वे तुरन्त देते। हिसाब तो कभी भी नहीं माँगा।

खाने-पीने के बारे में तो बच्चों की तरह जो भी पाएँ चुपके से खा लें और कुछ न बोलें। अगर अपने मन की कोई चीज़ वे खाना चाहें और मेरी इच्छा न हो तो उसे वे किसी तरह भी न खाते थे।

मेरी बातों को वे बहुत महत्त्व देते थे। अपने जीवन में कोई भी काम उन्होंने मेरी सलाह के बिना नहीं किया।

एक बार की बात है। मैं बीमार थी। मुझे दस्त की बीमारी थी। मेरा लड़का धुन्नू आठ महीने का था। बीमार कई महीने रही। डॉक्टरों को आशंका थी कि अपने बच्चे को मैं दूध पिलाती रही तो तपेदिक हो जाने का पूरा ख़तरा है। इस पर आप एक दिन बोले—"मेहतरानी को दूध पिलाने के लिए रख लो। नहीं तो धुन्नू भी तो कमज़ोर पड़ जाएगा।"

मैं—"यह सब कुछ नहीं।"

"नहीं जी, दूध में क्या हर्ज है? तुम उसे मत छूना। वह तो बच्चा है।"

मैं—"बच्चे पर दूध का असर बहुत पड़ता है। उसका दूध इसकी प्रकृति के अनुकूल भी तो न पड़ेगा। वह आठ महीने का है, मेहतरानी को तो अभी बच्चा हुआ है। उसका दूध कैसे माफ़िक़ पड़ेगा?"

आप बोले—"फिर तुम्हीं बताओ। क्या करूँ?"

मैं—"बकरी का दूध ठीक होगा।"

एक बकरी उन्होंने मँगवाई। बच्चे के लिए जब भी दूध पीने की ज़रूरत पड़ती, ख़ुद दुहते। चाहे कोई समय क्यों न हो।

मगर लड़का इतना उग्र प्रकृति का था कि शीशी का रबड़ ही काट डालता, फिर वे हाथ पकड़ते। मैं चम्मच से मुँह में दूध डालती। कभी-कभी मुझे भी इसने गिरा दिया। बहुत ही मचलता था। फिर थोड़ा-थोड़ा सागूदाना खिलाने लगी।

अहीर के यहाँ से फिर एक सेर दूध आने लगा। चाची उसमें से आधा तो अपने बच्चे के लिए रख लेती थीं। बाक़ी आधा सेर सागूदाने के लिए भी पूरा न पड़ता। यह देखकर कि ज़रा से बच्चे का भी ख़याल नहीं रखती, मुझे क्रोध हो आया।

मैंने कहा—"आज से कुल तीन पाव दूध आएगा, केवल धुन्नू के लिए।"

तब आप बोले—"बेटी क्या यों ही जिएगी? अरे, उसे भी तो चाहिए।"

मै—"यहाँ धुन्नू को ही पूरा नहीं पड़ता। सागूदाना में पानी भी पड़ता है और आप ऐसा कहते हैं।"

"तुम्हें तो डॉक्टर ने दही खाने को कहा है।"

"मुझे तो डॉक्टर ने संखिया खाने को कहा है।"

"संखिया खा लेने से तो खेल खतम हो जाएगा।"

उसके तीन दिनों के बाद चाची को खाँसी आने लगी। खाना ख़ुद बनाते। चाची कहतीं—अपनी बीवी से क्यों नहीं बनवाते? ख़ुद आख़िर क्यों बनाते हो? उनकी बीमारी का यही

रहस्य था। तीन रोज़ तक उन्होंने खाना पकाया। चाची ने नहीं खाया। तीसरे रोज़ जब वे खाना खाकर लेटे, तो आकर चाली बोलीं—"बचवा को तार दे दो। हमको घर पहुँचा दे।"

धुन्नू को आँव पड़ती थी। आप बोले—"कहाँ जाना चाहती हो?"

"वह आकर मुझे लमही भेज दे।"

आप बोले—"इस समय दवा तक का पैसा नहीं है। आठ महीने के बच्चे की यह दशा! उसकी माँ सख़्त बीमार। और वह अभी गया, पच्चीसों ख़र्च हुए। तुम बिना समझे क्या करती हो। हाँ, जाना चाहो तो बनारस का एक लड़का है, तुम्हें घर वह भेज देगा।"

"हाँ, मैं जाना चाहती हूँ।"

"जाइए। शौक से। कोई बात नहीं।"

शाम की ट्रेन से वे 10 रुपये लेकर रवाना हुईं।

मेरे पिता ने मुझे बीमार जान फ़ौरन बुलाया। उसके जवाब में आपने लिखा था—"मैं ख़ुद लिवाकर आ रहा हूँ। छुट्टी होने पर।"

जिस दिन हमारे जाने का बिस्तर बँधा तो चाची का तार पहुँचा कि मैं आ रही हूँ, मेरी तबीयत यहाँ नहीं लगती।

आपने जवाब दिया—"अभी मत आओ, मैं इलाहाबाद जाने को तैयार हूँ।"

हम इलाहाबाद आए। इसके बाद मैं देहात चली गई। वे भी पन्द्रह रोज़ तक मेरे पिता के घर रहे।

फिर वे कानपुर आए। मेरी दवा तो मेरे मायके में होती रही। धुन्नू को दूध पिलाने के लिए एक औरत रखी गई।

धुन्नू भी स्वस्थ होने लगा। मैंने भी दस्त से तो छुट्टी पाई, लेकिन खाँसी-जुकाम ने पल्ला पकड़ा।

कानपुर से आपने मेरे पिता से मेरी ख़बर पूछी। पिता ने लिखा—दस्त तो बन्द हो गए; लेकिन खाँसी आ रही है। धुन्नू तगड़ा हो रहा है। तुम इसकी चिन्ता छोड़ दो। मगर वे फिर लौट आए। पन्द्रह दिन के क़रीब फिर रहे। उनकी दवा भी वहाँ बीच-बीच में होती रही। इसके बाद वे कानपुर चले गए।

पन्द्रह दिन स्कूल खुलने को रहे तो वे लौटकर आए और मेरी बिदाई के लिए कहा। मेरे पिता बोले—"अब ज़रा-सी अच्छी हुई तो फिर बिदाई की सूझी। अभी मेरी इच्छा नहीं है।"

वे मेरे पिता से बोले—"इतना मेरे साथ किया करें। मैं भी तो बीमार रहता हूँ। मैं भी तो उन्हीं का हूँ। इसलिए मैं अकेले यहाँ से जाऊँगा तो मुझे तकलीफ़ होगी। इनके रहने से मैं बिलकुल बेफ़िक्र रहूँगा।"

मेरे पिता राज़ी हो गए। मैं जब यहाँ आई तो उनका बी.ए. का दूसरा वर्ष था। वे फिर कोर्स की तैयारी करने लगे।

जब मैं गोरखपुर में थी, तो मेरी गाय थी। वह गाय एक दिन कलक्टर के हाते में चली गई। कलक्टर ने कहला भेजा कि अपनी गाय ले जाएँ। नहीं तो मैं गोली मार दूँगा। आपको ख़बर भी न होने पाई, ढाई-तीन सौ के लगभग लड़के नौकरों के साथ पहुँचे।

जब मैंने शोरगुल बहुत सुना और दरवाज़े पर देखती हूँ कि कोई आदमी नहीं है तो मैं आपके कमरे में गई। मैंने क्या देखा—आप शान्ति से लिख रहे थे।

"आप तो यहाँ बैठे हैं। हाते में कोई भी आदमी नहीं है।"

"अच्छा।"

जाड़े के दिन थे। एक कुर्ता और स्लीपर पहने निकले। कलक्टर के बँगले ही की तरफ़ गए। वहाँ जाकर पूछा—"आख़िर तुम लोग यहाँ क्यों आए?"

आदमियों ने कहा—"साहब के हाते में गाय आ गई है। उसने गोली मारने को कहा है।"

"तुम लोगों को कैसे ख़बर हुई?"

"साहब का आदमी गया था। वही यह सब कह रहा था।"

"जब अर्दली गया तो मुझसे बताना चाहिए था।"

"आपसे इसीलिए नहीं कहा कि हमीं कौन कम थे।"

"मगर साहब को जब गोली मारनी थी, तो मुझे बुलाने की क्या ज़रूरत थी यह तो साहब की बात बिलकुल बच्चों की-सी है। गाय को गोली मारना और मुझे दिखाकर!"

लड़के—"बग़ैर गाय लिये हम नहीं जाएँगे।"

आप बोले—"अगर साहब ने गोली मार दी?"

लड़के—"गोली मार देना आसान नहीं है। यहाँ, ख़ून की नदी बह जाएगी। एक मुसलमान गोली मार देता है तो ख़ून की नदियाँ बहती हैं।"

"फौजवाले तो रोज़ गाय, बछड़े मार-मारकर खाते हैं, तब तुम लोग कहाँ सोते रहते हो? यह तो ग़लती है कि मुसलमानों की एक कुर्बानी पर सैकड़ों हिन्दू-मुसलमान मरते-मारते हैं। गाय तुम्हारे लिए जितनी ज़रूरी है, मुसलमानों के लिए भी उतनी ज़रूरी है। चलो! अभी तुम्हारी गाय लेकर आता हूँ।"

साहब के पास जाकर आप बोले—"आपने मुझे क्यों याद किया?"

"तुम्हारी गाय मेरे हाते में आई। मैं उसे गोली मार देता। हम अंग्रेज़ हैं।"

"साहब, आपको गोली मारनी थी तो मुझे क्यों बुलाया? आप जो चाहे सो करते। या आप मेरे खड़े रहते गोली मारते?"

"हाँ, हम अंग्रेज़ हैं। कलक्टर हैं। हमारे पास ताक़त है। हम गोली मार सकता है।"

"आप अंग्रेज़ हैं, कलक्टर हैं, सब कुछ हैं, पर पब्लिक भी तो कोई चीज़ है।"

"मैं आज छोड़ देता हूँ। आइन्दा आई तो हम गोली मार देगा।"

"आप गोली मार दीजिएगा। ठीक है; पर मुझे न याद कीजिएगा।" यह कहते हुए आप बाहर चले आए।

गोरखपुर : होली

गोरखपुर में जब स्कूल-मास्टर थे तब की बात है। होली के दो रोज़ पहले ही से उन्हें उत्साह होता था। होली के एक दिन पहले ही से ख़ुद अबीर, रंग, मिठाई, भंग आदि ख़रीद लाते। होली के दिन सब लड़के आते और वे सब सामान लड़कों के सामने रख देते। वे लोग खाते-पीते। उसमें हिन्दू-मुसलमान दोनों शरीक होते। खाने-पीने के बाद भंग भी पिलाते। फिर गाना-बजाना बड़े धूम से होता। प्रत्येक त्योहार में उत्साह से भाग लेते थे। गाना आप ख़ुद गाते थे। कभी-कभी हम दोनों साथ-साथ गाते।

कलकत्ते में प्रेस लेने का इरादा

उन दिनों उनके भाई कलकत्ते में नौकर थे। वहाँ उन्होंने एक प्रेस लेना चाहा। प्रेस एक मारवाड़ी के साझे में लेना था। उन्होंने लिखा—नौ हज़ार में हम लोग ख़रीद रहे हैं। आप साढ़े चार हज़ार दीजिए।

जो कुछ मैंने बचाकर रखा था, उसे और प्रामेसरी नोट भुनाकर उन्हें देने के लिए तीन हज़ार इकट्ठा किए। डेढ़ हज़ार उन्होंने अपने चचेरे भाई से भी माँगे थे। उन्होंने इन्दौर से एक हज़ार भेज दिया और 500 रुपये बाद में भेजने का वादा किया।

एक रोज़ मैंने पूछा—"रुपये देने का ढंग कैसा है? प्रेस में किन शर्तों पर ठीक काम होगा?"

बोले—"शर्त क्या! अरे प्रेस रखेगा जो कुछ मुनाफ़ा होगा, तुम्हें भी देगा।"

मैं—"इन शर्तों पर रुपया देना ठीक नहीं। हाँ, धुन्नु के नाम ख़रीदा जाए वे काम करनेवाले रहें।"

"नहीं, वह झल्ला उठेगा।"

"फिर ये रुपये आपके नहीं, आप अपने रुपये दीजिए! रुपये मेरी ही शर्त पर जाएँगे।"

"ख़ैर, मैं लिख दूँगा कि धुन्नू की माँ इस शर्त पर रुपये देना चाहती है।"

इस ख़त का चौथे रोज़ जवाब आया कि मेरी यहाँ बड़ी हँसी हो रही है। क्या आप हमारे ऊपर विश्वास नहीं करते? मेरा ही और कौन है, धुन्नू ही तो मेरे भी हैं।

मेरे लिए बड़े अफ़सोस की बात है।

ख़त आने पर उसे उन्होंने मुझे सुना दिया और बोले—"बड़ा गड़बड़ हुआ।"

मैं—"कोई गड़बड़ नहीं। मेरी राय ठीक है। मैं किसी के हाथ में नहीं होना चाहती। कोई काम हो, अपनी जगह होना चाहिए। मैं बहुतों को देख चुकी हूँ। आप आँखें बन्द करके चलते हैं, मैं आँखें खोलकर चलती हूँ।"

"अच्छा बोलो, इसका जवाब क्या लिखूँ?"

मैं—"मेरी तरफ़ से लिखो कि जब तक कोई लड़का मेरे पास न था, तब तक तुम ही सब कुछ थे। यह लड़का तुम्हारा भी है, तब नाम रहना क्या बुरा? तुम यहाँ ख़ुद आ जाओ, सब बातें साफ़-साफ़ हो जाएँ। फिर सब तुम्हारे ही हाथ में तो होगा। उसका तो महज़ नाम रहेगा।"

इस पर वे झल्लाए हुए चौथे दिन आए। कहने लगे—"लोगों ने मेरा बहुत मज़ाक़ बनाया।"

मैं—"मज़ाक़ उड़ानेवाले बेवकूफ़ हैं। उन्हें समझ होनी चाहिए। फिर ये तो बनिये हैं। बनिये के यहाँ तो बाप-बेटों में लिखा-पढ़ी होती है। इसमें बुरा लगने की कोई बात नहीं थी।"

इसके बाद वे बोले—"मैं इन शर्तों पर रुपया लेने में असमर्थ हूँ।"

मैं—"मैं भी मजबूर हूँ।"

मैं—"भाई साहब के भी रुपये भेज दीजिए।"

"भेज दिया जाएगा।"

"नहीं, भेज दीजिए। रखने की ज़रूरत ही क्या है? कोई और काम तो है नहीं।"

इसके बाद वे चले गए।

सन् 1920 : गांधी जी : नौकरी से इस्तीफ़ा

सन् 1920 की बात है। असहयोग का ज़माना था। गांधी जी गोरखपुर में आए। आप बीमार थे; फिर भी मैं, दोनों लड़के, बाबू जी मीटिंग में गए। महात्मा जी का भाषण सुनकर हम दोनों बहुत प्रभावित हुए। हाँ, बीमारी की हालत थी। विवशता थी। मगर तभी से सरकारी नौकरी के प्रति एक तरह की उदासीनता पैदा हुई।

इसके दो साल पहले ही आप बी.ए. पास कर चुके थे। एम.ए. पढ़ने की तैयारी में भी लग गए थे। फ़ीस भी दाख़िल कर चुके थे। बीमार तो थे ही, दवा किसी की करते न थे। बीमारी की हालत में वे मुझे अपने पास से हटने न देते थे। दवा भी नहीं करते थे।

एक दिन झुँझलाकर मैं बोली—"इसका निर्णय आज अवश्य करना होगा कि दवा कीजिएगा या नहीं?"

आप बोले—"दवा से कुछ न होगा।"

मैं—"महज इसका जवाब कि हक कराइएगा या नहीं?"

"भाई, दवा करने से क्या होगा, जवाब तो उसका उल्टा ही होगा।"

मैं—"फिर आप वही कहते चले जा रहे हैं। मुझे आख़िरी निर्णय बताइए।"

"आख़िर करोगी क्या?"

मैं—"यह करूँगी कि चार आने की संखिया मँगाकार, खाकर सो जाऊँगी। न रहूँगी, न तकलीफ़ देखूँगी। अभी दो ही महीने हुए, मेरा एक लड़का मर गया, अब आप बीमार पड़े हैं। घर-गृहस्थी देखूँ, दोनों बच्चों को देखूँ। आपकी बीमारी की यह हालत। अब मुझमें ज़्यादा ताक़त नहीं।"

"अच्छा, दवा करूँगा। नहीं ही मानती हो जब। मगर दवा से कुछ लाभ नहीं होगा। हाँ, तुम कह रही हो, करूँगा।"

मैं—"दवा करना हमारा काम है। लाभ-हानि होना ईश्वर के अधीन है। कब कीजिएगा, कल से न?"

"हाँ, कल ही से करूँगा।"

मैं—"हाँ, कल ही से शुरू कीजिएगा। कल होते देर नहीं लगती।"

ऐसा कहने पर उन्हें स्वाभाविक हँसी आ गई। मैंने कहा—"हँसने से काम न चलेगा। जो कह रही हूँ, करना पड़ेगा।"

"नहीं, देखना, कल से ज़रूर करूँगा। दवा न करूँगा तो रहूँगा कहाँ?"

"हाँ, ठीक सुबह!"

सुबह हाथ-मुँह धोकर धीरे-धीरे वैद्य के यहाँ गए। वहाँ से दवा और बेल के पत्ते लाए।

मैंने तैयार करके दवा उनके सामने रखी।

आठ दिन तक घड़ों पानी पाख़ाने के रास्ते से निकला।

दिन-भर जब काफ़ी दस्त आए, तब मैं बोली—"अब आप तुरन्त वैद्य के यहाँ जाइए।"

वैद्य ने कहा—"ठीक है। पेट का सारा पानी निकल रहा है। घबड़ाने की क्या बात है? एक भस्म मैं और दे रहा हूँ, उससे आपके बदन में गर्मी भी रहेगी। कमज़ोरी भी न रहेगी।"

पानी आठ दिन तक पेट से निकलता रहा। फिर दोबारा उसने दवा दी।

उबली हुई तरकारी, बिना छना हुआ हाथ का पिसा आटा खाने को बताया। ख़ैर इस तरह वह जैसे-तैसे अच्छे हुए।

एक दिन की बात है, मुझसे बोले—"तुम राय देतीं तो मैं सरकारी नौकरी छोड़ देता।"

मैं जवाब देती हुई बोली कि इस विषय पर विचार करने के लिए दो-तीन दिन का समय चाहिए।

"मैं तो ख़ुद ही चाहता हूँ कि पहले तुम अपना विचार ठीक कर लो।"

जो उलझन उनको थी वही दो-तीन दिन मुझे भी हुई। मुझे भी बार-बार यही ख़याल होता कि आख़िर बी.ए. की ख़्वाहिश क्यों हुई, यही न कि आगे तरक़्क़ी की आशा। पहले तो यह ख़याल था कि यह कभी प्रोफ़ेसर हो जाएँगे, और जीवन के दिन आराम से कटेंगे, क्योंकि सेहत अच्छी न थी। और कहाँ यह प्रस्ताव कि जो कुछ भी मिलता है उसको भी छोड़कर महज़ हवा में उड़ा जाए। उस समय इनको कुल मिलाकर 125 रुपये क़रीब मिलता था। स्कूल की नौकरी होने की वजह से घर पर भी काम करने का समय मिल जाता था। मुझे भी इस बात की उलझन थी कि आख़िर नौकरी छोड़कर करेंगे क्या? एक लड़की और एक लड़का सामने था, और अभी बच्चे होने की उम्मीद थी। नौकरी छोड़ने के बाद 1921 में बन्नू पैदा हुआ। उधर मेरी इच्छा यह भी नहीं थी कि किसी की पैर की बेड़ी बनकर रहूँ और किसी को आगे बढ़ने से रोकूँ। यह नहीं कि रुपयों का मूल्य मेरी आँखों में कम था। एक तो अपनी ज़रूरतों को देखते हुए, ख़ुद भी बहुत दिनों से बीमार, न घर न द्वार, इन सब बातों को सोचकर यही दिल में आता था कि इनको नौकरी छोड़ने से रोक दूँ। दो रोज़ का समय लिया था लेकिन चार-पाँच दिन में भी मैं कोई निर्णय न कर सकी।

चार-पाँच दिन के बाद उन्होंने पूछा कि बतलाओ तुमने क्या निर्णय किया। मैं बोली—एक दिन का समय और। उस दिन मैंने यह सोचा कि आख़िर जब यह इतने बीमार थे और बचने की कोई आशा न थी; एक तरह शायद उन्होंने मुझे जवाब ही दे दिया था, यह कहकर कि यह 3,000 रुपये हैं और तीन तुम हो। मैंने सोचा कि यह अच्छे हो गए हैं तो नौकरी की कोई चिन्ता न होनी चाहिए। क्योंकि ईश्वर कुछ अच्छा ही करनेवाला होगा, तभी तो यह अच्छे हो गए हैं। मान लो जब यही न रहते तो मैं क्या करती, शायद इसी काम के लिए ईश्वर ने इन्हें अच्छा किया हो। फिर उन दिनों जलियाँवाले बाग़ में जो भीषण हत्याकांड हुआ था, उसकी ज्वाला सभी के दिल में होना स्वाभाविक थी। वह शायद मेरे भी दिल में रही हो। दूसरे दिन अपने को उन सभी मुसीबतों को सहने के लिए तैयार कर पाई जो नौकरी छोड़ने पर आनेवाली थीं। दूसरे दिन मैंने उनसे कहा—छोड़ दीजिए नौकरी को। 25 वर्ष की नौकरी छोड़ते हुए तकलीफ़ तो होनी ही थी। मगर नहीं! यह जो मुल्क पर अत्याचार हो रहे थे, उनको देखते तो वह शायद नहीं के बराबर थी। जब मैंने उनसे कहा कि छोड़ दीजिए नौकरी क्योंकि इन अत्याचारों को तो अब सबको मिलकर मिटाना होगा और यह सरकारी नीति अब सहन-शक्ति के बाहर है।

अब आप अपनी स्वाभाविक हँसी हँसकर बोले—"दूसरों का अन्त करने के पहले अपना अन्त सोच लो।"

मैं बोली—"मैंने सोच लिया है, जब तुम अच्छे हो गए हो तो मैं सोचती हूँ कि अब आगे भी मैं जंगल में मंगल कर सकूँगी और मेरा ख़याल है कि ईश्वर कुछ अच्छा ही करनेवाला है।"

आप बोले—"सोच लो, फिर न कहना कि नौकरी छोड़कर ख़ुद भी तकलीफ़ उठाई और मुझे भी तकलीफ़ दी। क्योंकि सिर पर तकलीफ़ें आगे बहुत आनेवाली हैं, मुमकिन है कि खाने को खाना भी न मिले।"

मैं बोली—"मैं इसके लिए सोच चुकी हूँ, मैं तो यह जानती हूँ कि सिर पर जब बला होती है, तब सब कोई भुगत लेता है। फिर भुगतते तो हैं बड़े-बड़े घर के लोग, अपनी तो बिसात ही क्या है?"

तब वह बोले—"यही निश्चय है?"

मैं बोली—"हाँ।"

"तो मैं कल ही इस्तीफ़ा दे देता हूँ; और कल ही यह सरकारी मकान भी आपको छोड़ना होगा। जाना कहाँ है, इसका भी कोई ठिकाना नहीं है।" उन्होंने कहा।

मैं बोली—"गाँव चलना है।"

वह बोले—"गाँव में ही तुम्हारे रहने के लिए मकान कहाँ है, क्योंकि जो पुराना घर है, उसमें चाची-वग़ैरह का गुज़र होता होगा। उसमें तुम्हारे लिए जगह कहाँ?"

मैं बोली—"तो घर उन्हीं का है?"

वह बोले—"ज़हाँ ज़मीन पाओगी, वहीं तो रहेगी कि दूसरे के मकान में चली जाओगी?"

मैं बोली—"मकान में जो जगह है, आधी वह लेंगे। बाक़ी आधी तो हमको देंगे।"

आप बोले—"उसमें जगह ही कितनी है?"

मैं क्रोध के साथ बोली—"कुछ भी है। हमीं क्यों छोड़कर चले जाएँ, वही क्यों न जाएँ? जब उन्होंने हमारे आराम-तकलीफ़ का कोई ठेका नहीं लिया है, तो हमीं क्यों लें?"

"तो तुम इसके ऊपर यह कह सकती हो कि जब सरकारी नौकरियाँ और नहीं छोड़ रहे हैं तब मैं ही क्यों छोड़ूँ?"

"यह एक पक्ष का काम नहीं है, यह तो देश-भर की बात है।" मैं बोली—"फिर इसमें त्याग, तपस्या और बलिदान है, यह अपनी मर्ज़ी से मनुष्य कर सकता है।"

आप हँसकर बोले—"जिसको तुम त्याग, तपस्या, बलिदान समझती हो, वह एक भी नहीं है। यह तो हम-तुम दोनों का अपने पापों का प्रायश्चित्त करना मात्र है।"

मैं बोली—"तो हम लोगों ने पाप क्या किए हैं?"

वह बोले—"तुमने नहीं किए तो तुम्हारे बुज़ुर्गों ने किए! क्योंकि आराम के नशे में तो वही लोग डूबे थे। अपनी विलासिता कि नशे में अन्धे होकर पड़े थे। तभी मुल्क में फूट भी पैदा हुई। और दोनों फ़रीक़ों को हरा करके तीसरा विजयी हुआ। मुमकिन है कि वह विलासिता में डूबनेवाले हमीं-तुम हों। और फिर से जन्म मिला हो। यह विकट पहेली कुछ समझ में भी नहीं आती। यह जो आजकल तुम्हारे ऊपर शासन कर रहे हैं, यह क्या विजयी हुए थे? इनके बड़े लोग विजयी हुए थे।"

मैं बोली—"विजेता कभी गर्व से अन्धा भी हो सकता है?"

वह बोले—"इस जगह तुम ग़लती पर हो। विजेता हमेशा गर्व से अन्धा रहता है। अगर विजेता गर्व से अन्धा न हो तो उसे मनुष्य न कहना चाहिए, बल्कि देवता। अगर देवता नहीं है तो यह कहता हूँ कि तुम्हारे भाई-बन्द क्या कम अन्धे हैं, जो कि विजेता भी नहीं हैं। यहाँ जो हिन्दुस्तानी हाकिम आता है, वह अंग्रेज़ों की अपेक्षा कहीं कड़ा शासन करता है। और उसी से देख-देखकर हमारे देश के नवयुवकों की वृत्ति भी उसी तरह की होती जा रही है। मुझे इस स्थान पर रहीम का दोहा बहुत उपयुक्त मालूम हो रहा है—

प्यारा से फरजी भयो, टेढ़ो-टेढ़ो जाए।

"मैं तो कहता हूँ कि बहुत दिन लग जाएँगे हिन्दुस्तानियों को अपनी मनोवृत्ति बदलने में। क्योंकि इधर वे कोई 500 वर्ष से ग़ुलामी में रह चुके हैं, तुम क्या समझती हो कि उनकी आत्मा 10-20 साल में सुधर जाएगी। स्वराज्य मिलने पर भी मैं कहता हूँ कि इसमें काफ़ी दिन लगेंगे।"

मैं बोली—"फिर घर चलना ही होगा। आख़िर चलेंगे कहाँ?"

आप बोले—"मेरा तो विचार है कि यहीं (गोरखपुर में) कुछ काम कर लूँ। कुछ नहीं तो 50-60 रुपये तो दे ही देगा। यहीं 10-5 रुपये का मकान लेकर पड़े रहें। मेरा विचार है कि एक चरखा-संघ खोलें, इसके लिए पोद्दार तैयार भी हैं।"

मैं बोली—"जब सरकारी नौकरी छोड़ दी, तब यहाँ रहने की कोई वजह नहीं मालूम होती और आबोहवा भी यहाँ की तुम्हारे माफ़िक़ नहीं है। मेरी समझ में नहीं आता कि अब यहाँ पर रहा क्यों जाए! अभी तक तो सरकारी नौकरी का लोभ था।"

आप बोले—"यहाँ तो कुछ काम भी होगा भाई और बनारस चलकर बैठने से क्या होगा, यह मेरी समझ में नहीं आया। क्योंकि यहाँ और कुछ नहीं है तो पोद्दार मेरा मददगार है ही। बनारस में तुम्हारा कौन मददगार बैठा है?"

मैंने कहा—"और कुछ नहीं तो घर के लोग तो हैं ही?"

तब वह बोले—"जिनको तुम अब तक अपना समझती थीं, वह अपने लिए थे, तुम्हारे लिए नहीं। जब तुम्हारे पास पैसा नहीं है तो तुम्हारा कोई साथ क्यों देने लगा! तुम्हें मालूम हुआ है कि अभी अपनी बीमारी में मैं चाची को रोकना चाहता था कि वह रहें मगर वह नहीं रहीं? उनका लड़का नौकर है ही, उसकी शादी हो ही गई है। अब उसको क्या पड़ी है जो मेरा साथ दे। अब तो वह यही समझेंगे कि शायद मुझसे कुछ मदद चाहते हैं। जब से वह मेरी उस हालत पर मुझे छोड़कर गए, एक बार भी कम-से-कम देखने को आए। दो बार तुम्हारे भाई मुझे बुलाने भी आए और दवा कराने के लिए भी।"

मैं बोली—"कौन तुम्हीं उनके पास दवा कराने को गए?"

"ख़ैर, मैं जाऊँ या नहीं, उनका कर्तव्य तो अदा हो गया। इसके माने यह होते हैं कि अब वह मेरे हितैषी हैं, और जिनको मैं अपना समझता था, अब वह नहीं रह गए। इसलिए वहाँ जाने में तुमको क्या आनन्द मिलेगा, मेरी समझ में नहीं आता।"

मैं बोली—"आख़िर घर तो चलना ही है। मैं कब उनकी रोटियों पर गुज़र करनेवाली हूँ। अगर मुझमें कष्ट सहने की शक्ति न होती तो मैं क्यों इस्तीफ़ा देने के लिए आपको तैयार करती। मैं अपने घर तो जा ही सकती हूँ। या अब उनके लिए पूरा बनारस छोड़ दिया जाएगा?"

"तो वहाँ जाने से फ़ायदा ही क्या? आपस में द्वेष ही तो बढ़ेगा।"

"मैं इस द्वेष से डरती कब हूँ और इस तरह डरकर गृहस्थी में कोई रह नहीं सकता। यह तो एक संन्यासी ही कर सकता है। घर-बार वाला नहीं।"

"अच्छा साहब, जैसी तुम्हारी इच्छा हो।"

"हाँ, मेरी तो इच्छा यही है। मैंने जीवन में कभी डरना नहीं सीखा।" मैंने कहा—"अपने से मैं किसी को छेड़ूँगी नहीं, मगर जो मुझको छेड़ेगा, उससे डरकर कहीं भागूँगी भी नहीं।"

गोरखपुर की नौकरी छोड़ने के बाद आप महावीरप्रसाद पोद्दार के निवास-स्थान मानीराम गए। वहाँ से चाची के पिता को नौकरी छोड़ने का सारा क़िस्सा एक चिट्ठी में बताया। उनके नाना ने लिखा, नौकरी छोड़कर बुरा किया। ख़ैर, "तुम्हारी इच्छा। अपने बाल-बच्चों को मेरे पास छोड़ जाओ, अपने लिए कोई काम ढूँढ़ो। अभी से काम छोड़ने के बाद क्या करोगे?"

आप उस चिट्ठी को लिये मेरे पास आए। हँसकर बोले—"ये पुराने खुर्राट समझते हैं कि सारी लियाक़त हमीं ने पाई है। लिखते हैं, बाल-बच्चों को मेरे पास पहुँचाकर अपने लिये काम ढूँढ़ों।"

उनका ख़त पढ़कर मुझे भी बुरा लगा। मैं बोली—"इतने सारे बच्चे हैं भी तो। दाने-दाने को मर न जाएँगे।"

आप बोले—"नौकरी छोड़ते हुए सब मैंने समझ लिया है। फिर ये लोग मुझे पाठ सिखाते हैं, जिन्होंने अपनी सारी ज़िन्दगी बेकारी ही में बिता दी।"

मैं बोली—"अब ये इलाक़ेदार हुए हैं। तुम्हारी परवरिश के लिए तड़प रहे हैं।"

आप बोले—"अगर वे अपनी परवरिश कर लें तो समझो मेरी परवरिश हुई। मैं पन्द्रहवें साल से ही बोझ उठाने का आदी हो गया हूँ, अब तो ईश्वर की दया से अपना ही बोझ है। उस वक़्त की समझो। तीन-तीन परिवारों की ज़िम्मेदारी मुझ पर थी। उस समय ये अपना बोझ तक न उठा सके।"

मैं बोली—"ज़रूर उठाएँगे जब कह रहे हैं।"

आप बोले—"शायद वे घबरा रहे हैं। शायद मैं उनके नाती पर अपना बोझ न डाल दूँ।"

मैं बोली—"उनका यह सोचना ग़लत थोड़े ही है।"

आप बोले—"तुम भी क्या बच्चों की-सी बातें कर रही हो। जो आदमी दूसरों का बोझ ले सकता है, वह अपने बाल-बच्चों का बोझ किसी के सिर डाल नहीं सकता। ख़ुदा न ख़ास्ता अगर ऐसी नौबत आ जाए तो उसे चाहिए कि अपने बच्चों को ज़हर देकर मार डाले।"

मैं बोली—"वे जैसे घबरा उठे हैं।"

आप बोले—"वे लोग-जीवन-भर बेहयाई सहते रहे हैं। उनके अन्दर स्वाभिमान कभी था ही नहीं। फिर मैंने नौकरी छोड़ी है अपनी क़लम के बल पर। मैंने किसी के आसरे काम किया ही नहीं, मैं हमेशा अपने बाजुओं पर भरोसा रखता हूँ। जिन लोगों को मैं समझ चुका हूँ, उनसे तो ख़ैर क्या उम्मीद करूँगा?"

मैं बोली—"तो फिर हर्ज ही क्या है?"

आप बोले—"तुम उनके यहाँ रह सकती हो?"

मैं बोली—"मैं जब उन्हें अपने यहाँ रख चुकी हूँ तो उन्हें मुझको अपने यहाँ रखने में क्या एतराज़?"

आप बोले—"तुम सरासर झूठ बोल रही हो। क्या सचमुच तुम रह सकती हो?"

"आप भी क्या कहते हैं? जब मुझे औरों के यहाँ ही रहना होता तो मैं नौकरी ही क्यों छुड़वाती?" मैं बोली।

आप बोले—"वही तो मैं भी कहता हूँ।"

मैं बोली—"मैंने यों ही कहा।"

आप बोले—"ये लोग बड़े संकीर्ण विचारों के हैं। ये हमेशा किसी-न-किसी के सिर का बोझ बनकर रहे हैं।"

पोद्दार जी के यहाँ हम लोगों के दिन बहुत अच्छे कटे। ऐसा मालूम होता था कि पोद्दार जी और हम सब एक ही हैं। पोद्दार जी ने हमारी काफ़ी सेवा की; उन्हीं की सेवा की वजह से वे जल्दी तन्दुरुस्त हुए। 13 मील शहर रोज़ाना पोद्दार जी जाते थे। बाबू जी दरवाज़े पर बैठे-बैठे चर्खे बनवाते और लिखते-पढ़ते।

दो महीना रहने के बाद तय हुआ कि पोद्दार जी के साझे में शहर में चर्खे की दुकान खोली जाए और एक मकान वहाँ लिया गया। उसी जगह दस कर्घे लगाए गए। चर्खा चलानेवाली कुछ औरतें भी थीं। देहात से बनकर चर्खे आते थे, वे बेचे भी जाते थे। शाम के वक़्त पोद्दार जी और बाबू जी तथा और कुछ मित्र लोग बैठकर गपशप करते।

एक दिन की बात है। रात को खाना खाकर आप जैसे ही उठे, वैसे ही लाल बादल हुए। मुझसे बोले कि "तुम लोग भी जल्दी खा लो। मालूम होता है, आँधी जल्दी आएगी।" जैसे ही थाली परोसकर रखी, वैसे ही आँधी-पानी दोनों आए। मैं तो भागकर बच्चों के कमरे में पहुँची, वहीं आप भी पहुँचे। उसी वक़्त पत्थर गिरना शुरू हुए। पत्थर पड़ते समय मैं बरामदे में पहुँची और उनकी मेज़ पर जो काग़ज़ लिखे हुए पड़े थे, उन्हें समेटकर उनकी चारपाई पर पटक दिया। तब तक पत्थर अन्दर भी खपड़ा तोड़कर आने लगे। तब आप घबराकर बोले—देखो रानी, बच्चों का सिर फूटा। हम जल्दी में बच्चों के ऊपर एक लिहाफ़ तानकर दोनों तरफ़ खड़े हो गए। बच्चों के सिर बचने की उम्मीद तो थी; पर अपने कैसे बचाते। हम दोनों के सिर पर पत्थर लगे। आप बोले—"अब अपने सिर कैसे बचाए जाएँगे?"

मैंने बच्चों को एक तख़्ते के नीचे डाल दिया। और उनसे कहा—"आप भी जल्दी चले जाइए।"

"तुम भी इसी के नीचे आओ।"

"नौकर, तू भी चल भीतर।"

हम पाँचों उस तख़्त के नीचे पेट के बल पड़े थे। बिछावन-ओढ़न सब भीग गए थे।

आप बोले—"तुम्हें मौक़े पर बात सूझ जाती है; लेकिन मुझे नहीं सूझती, क्या बात है? अगर आज न होतीं तो दो-एक सिर अवश्य फूट गए होते।"

बच्चों को सुलाकर हम बाहर पत्थर देखने आए। देखते हैं तो कमर के बराबर पत्थर लगा हुआ है। मेज़ पर काग़ज न देखकर बोले—"मेरे काग़ज़ भी उड़-पड़ गए।"

मैं—"नहीं, चारपाई के नीचे सब पड़े हैं। मैंने उन्हें रख दिया था।"

एक बार की बात है, धुन्नू छोटा था। आप एक लेख लिखकर मेज़ पर रख आए थे। धुन्नू ने जाकर उस लेख को फाड़ डाला। क़लम-दवात लेकर, दूसरे काग़ज़ पर वह कुछ ख़ुद लिखने लगा। जब आपने कमरे के अन्दर जाकर यह हरकत देखी तो क्रोध में आकर एक चपत लगाई और डाँटा—"भगो यहाँ से, नहीं तो और भी पीटूँगा।"

धुन्नू की चीख़ मेरे कानों में पड़ी। मैंने उनकी बहन से कहा—"जीजी, ज़रा देखिए तो, क्या धुन्नू पर मार पड़ रही है?" वह वहाँ दौड़ी हुई गई। बच्चों को गोद में उठाकर बोलीं—"क्यों बच्चे को मार दिया?"

"तुम देखो तो। मेरा लेख इसने फाड़ डाला। आज इसे मैं भेजनेवाला था। दुष्ट ने इसे फाड़ डाला। अब क्या अपना सिर भेजूँ?"

"बच्चा ही तो है। समझकर थोड़े ही किया। तुम भी तो कम शैतान न थे।"

"मैं लेख थोड़े ही फाड़ता था।"

"तब लेख लिखता ही कौन था? रामू के कान तो तुम्हीं ने काटे थे। वह लेख कान से भी महँगा था?"

आप चुप।

बहन (बड़बड़ाती हुई)—"नासमझ बच्चे पर इतनी मार!"

जीजी उसे गोद में लेकर अन्दर आईं, बोलीं—"इन्हें क्रोध बहुत आने लगा है।"

फिर मैं उनसे बनारस चलने को कहने लगी।

बोले—"वहाँ जाकर क्या करोगी?"

"यहीं रहने से क्या होगा? वहाँ पर बैठिए और अपना काम कीजिए।"

"मैं काम तो यहाँ भी करता ही हूँ।"

"फिर भी यहाँ रहना ठीक नहीं। वहाँ की आबोहवा भी आपके अनुकूल पड़ेगी।"

"अच्छा है दो-तीन रोज़ में चला जाए।"

उसके बाद हम लोग लमही आए।

लमही : कानपुर

लमही (बनारस) आने के बाद वे 40 रुपये प्रतिमास पर दो लेख या दो कहानी नियम से लिखते थे। लिखते तो और जगह के लिए भी थे; पर यह मुस्तक़िल था।

सुबह उठना, पाख़ाना जाना, फिर हाथ-मुँह धोकर कुछ नाश्ता करना। फिर अपने रोज़ के काम पर लग जाना। फिर बारह बजे काम से उठकर नहाना-खाना। उसके बाद एक घंटा आराम करते थे। फिर उसी तपते हुए मकान के नीचे दो बजे से लिखने-पढ़ने में लग जाते थे, फिर कुछ नाश्ता करके बच्चों को लेते और दरवाज़े पर बैठकर गाँववालों से बात करते। यही उनकी ज़िन्दगी का क्रम था।

एक दिन चर्खा बनवाने के लिए एक ज़मींदार साहब के पास लकड़ी माँगने गए। बोले—"मुझे आप लकड़ी दीजिए, मैं बनवाई दूँ, और चर्खे देहात में बाँटे जाएँ जिससे ग़रीब भाइयों में चर्खे का प्रचार बढ़े।"

ज़मींदार को यह बात प्रिय लगी और वे लकड़ी देने पर राज़ी हुए।

गाँव-भर के आदमियों को इकट्ठा करके आप अपने साथ लकड़ी लदवा लाए। एक माह तक दो बढ़ई दरवाज़े पर चर्खे बनाते रहे। उसके बाद सब लोगों को एक-एक चर्खा मुफ़्त बाँटा गया। चर्खे के लिए स्नेई किस तरह की हो, किस तरह वे चलाए जाएँ, कैसा सूत हो इन सब बातों की जानकारी वे लोगों को कराने लगे। इसी तरह दो महीने बीते।

एक दिन की बात है। वे जब खाना खाने बैठते तो मैं तत्काल अपने हाथों उन्हें गरम-गरम रोटियाँ पकाकर देती थी। उस दिन जब आप खाना खाने बैठे तो घी नदारद!

मुझसे पूछा—"क्या दाल में घी नहीं पड़ा?"

मैं—"घर में हो तब न!"

उसी समय उन्होंने अपनी चाची को बुलाया, और पूछा—"घी क्यों नहीं रहा?"

चाची—"एक दिन बिना घी के नहीं खा सकते?"

"कभी घी, कभी तरकारी, कभी दाल इस तरह तो एक-न-एक चलता ही रहेगा। आख़िर है क्यों नहीं?"

आप बोले—"ताँगे पर जाना है। पैदल तो जा नहीं रहा हूँ।"

मैं बोलीं—"जीने पर उतरना-चढ़ना है न?"

आप बोले—"यह तो लगा ही रहता है। मेरी तबीयत नहीं मानती।"

मैंने उनके साथ बड़े लड़के को भेज दिया। नीचे तक ख़ुद पहुँचाने आई। मैं यह डर रही थी कि कहीं जीने पर से ये गिर न जाएँ।

जब वे वहाँ से लौटे तो मैं फिर दरवाज़े पर मिली। जब वे ऊपर चढ़ने लगे तो बहुत करने पर भी उनके पैर लड़खड़ा गए। मैं उनके पीछे-पीछे आ रही थी, जिससे कि उन्हें मेरा सँभलना मालूम न हो। ऊपर आने पर चारपाई पर लेट गए। सुस्त पड़ गए। मैं उनके पास बैठी धीरे-धीरे उनके पैर दबा रही थी। जब वे कुछ सुस्ता लिये, तब बोले—"मैं वहाँ खड़ा न हो सका, भाषण पढ़ना तो दूर रहा। एक और महाशय से भाषण पढ़वाया।"

मैं बोली—"मेरा कहा आप मानें तब न? मुफ़्त में परेशानी उठानी पड़ी।"

आप बोले—"कमज़ोरी आए या चाहे जो कुछ, कहीं इस तरह बैठा जाता है?"

मैं बोली—"जब इस तरह करने से नुक़सान होता है तो भाषण किसी और से भिजवा दिया जाता।"

आप बोले—"ऐसा ख़याल नहीं था। हाँ, कमज़ोरी मुझे बहुत आ गई है।"

मैं बोली—"थोड़ा दूध पी लीजिए।"

तब आप बोले—"खाता-पीता तो सब हूँ।"

मैं बोली—"क्या खाते-पीते हो? कुछ भी तो नहीं।"

आप बोले—"गोर्की के मरने से मुझे बहुत दुःख हुआ। मेरे दिल में यही आ रहा है कि गोर्की की जगह लेनेवाला कोई नहीं रहा।"

गोर्की के मरने की चर्चा वे कई दिनों तक करते रहे। जब-जब गोर्की के विषय में बातें करते, तब-तब उनके हृदय में एक प्रकार का दर्द-सा उठता दिखाई पड़ता। गोर्की के प्रति उनके दिल में असीम श्रद्धा थी। वही उनका अन्तिम भाषण था। गोर्की का कोई समकक्ष लेखक उनकी निगाह में नहीं आता था। गोर्की की चर्चा वे अक्सर उन दिनों करते। कौन जानता था कि दो महीने भी बीतने नहीं पाएँगे कि वह ख़ुद चले जाएगें। जिसके चले जाने से हिन्दी साहित्य का, और ख़ासकर मेरा तो जैसे तारा ही टूट पड़ा। गोर्की के लिए जब वे इतना दुखी थे तब हम लोगों के लिए क्यों वे दुखी नहीं होते? फिर इस पर मेरा गिला करना बेकार है।

प्रेमचन्द : घर में 25 जुलाई, 1936

शिवरानी देवी

उनको पहले 25 जून को ख़ून की क़ै हुई थी, उसी दिन से उनको नींद नहीं आती थी। मगर डॉक्टर ने कह दिया था कि पित्त की ख़राबी से हुआ है। साथ ही डॉक्टर ने कहा था कि मैंने ऐसे कितने रोगी अच्छे कर दिए हैं। हम दोनों को विश्वास हो गया था कि आप अच्छे हो जाएँगे। एक रोज़ घूमकर आप लौटे तो मुझसे बोले—"मैं रास्ते में चलता हूँ तो पैर थर्राने लगते हैं। आँखों के नीचे अँधेरा छा जाता है। ख़ून भी तो ढाई-तीन सेर के लगभग निकल चुका है।"

वे खाने में एहतियात करते थे। उनका यह क्रम एक महीने तक चलता रहा। पर एक दिन भी वे नहीं बैठे। उसी में उन्होंने 'मंगलसूत्र' के कितने ही सफ़हे लिख डाले। और काम भी बीच-बीच में करते रहे। कई दिन घूमने गए तो साथ में मक्खन, हरी सब्ज़ी अपने साथ लेते आते। जैसी कि उनकी पुरानी आदत थी, ताक़त न होने पर भी वे अपने को कमज़ोर नहीं महसूस करते थे। एक महीने तक वे इसी तरह करते रहे। हालाँकि उसी दिन से उनसे पूरी ख़ुराक़ नहीं खाई जाती थी। दूसरी क़ै उन्हें 25 जुलाई को ढाई बजे रात को फिर हुई। उन्हें नींद आने के लिए पैर के तलवे और सिर की मालिश करती थी। मैं रात को एक बजे उनका सिर सहला रही थी कि किसी तरह उन्हें नींद आ जाए।

वे मुझसे बोले—"अब तुम सो रहो। कब तक बैठी रहोगी।"

मैं बोली—"मैं तो आपकी फ़िक्र में हूँ और आप मेरी।"

आप बोले—"तुम सो जाओगी तो मैं भी सो जाऊँगा।" मैं उसी कमरे में एक तख़्ते पर लेट गई। आप धीरे से उठे। पाख़ाने जाने लगे। पाख़ाने में बैठते ही आपको फिर क़ै आ गई। आवाज़ सुनकर दौड़ी गई। उस समय इतनी शिथिलता उनमें आ गई थी कि वे उठ-बैठ भी नहीं पा रहे थे। फिर दोबारा क़ै का ख़ून हम दोनों पर तैर गया। उसके बाद पानी मँगाकर मैंने उससे उनका मुँह धोया। कुल्ला करवाकर उन्हें चारपाई के पास कर दिया। कुछ देर बाद तबीयत कुछ सँभली।

उस समय तक तीनों बच्चे भी जाग गए थे।

मैं धुन्नू से बोली—"जाकर डॉक्टर को बुला लाओ।"

आप बोले—"लड़के को इस वक़्त तुम परेशान न करो। डॉक्टर ईश्वर नहीं। सुबह जाएगा। जाकर क़लम-दवात और काग़ज़ लाओ।" जल्दी-जल्दी कह गए—"अब मैं नहीं बचने का। कम-से-कम काग़ज़ तो दो।"

मैं बोली—"होगा क्या?"

"तुमको बैठने का तो ठिकाना करता जाऊँ।"

मैं बोली—"घबड़ाइए नहीं। आप अच्छे हो जाएँगे।"

आप बोले—"उठो, लाओ।"

मैं बोली—"अन्दर चलिए।" वे मेरे मुँह की तरफ़ देखकर रो पड़े। मेरी भी आँखों से आँसू बह चले। मैं आँसुओं को छिपाना ज़रूर चाहती थी पर मजबूरी भी कोई चीज़ होती है। फिर भी मैं अपने में साहस भरकर अपने सहारे उन्हें अन्दर ले गई। चारपाई पर जब उन्हें लिटा दिया, तब फिर वे बेहोश-से हो गए।

पहली बार भी वे इस तरह सुस्त पड़ गए थे। मैं ख़ामोश बैठी थी। बैठी क्या थी, अपनी क़िस्मत को रो रही थी। जब सुबह हुई तो फिर वे उठे। पाख़ाने गए। उस दिन वह सारा दिन बेहोश-से रहे। उस दिन तीन बजे के क़रीब उन्हें थोड़ा-सा दूध दिया। अब उस डॉक्टर पर से मेरा विश्वास उठ गया।

डॉक्टर गुप्ता को बुलाया। तीन-चार रोज़ तक उसकी दवा हुई। मगर उसकी दवा से कोई फ़ायदा नहीं हुआ। अब रोज़ाना उन्हें क़ै होने के समय की तरह गरमी रहने लगी। जब उसकी दवा से कोई लाभ नहीं हुआ तो लखनऊ चलने का आग्रह मैं करने लगी। एक्स-रे की मशीन बनारसवाली ख़राब हो गई थी। बोले—"ठीक कहती हो, लखनऊ चलो।"

लखनऊ जाने के दिन साथ चलने का आग्रह मैं भी करने लगी।

आप बोले—"तुम्हारे साथ चलने से क्या होगा?"

मैं बोली—"क्यों?"

बोले—"कोई ज़रूरत तुम्हारे जाने की नहीं हैं।"

मैं बोली—"धुन्नू जाएगा?"

आप बोले—"धुन्नू की भी कोई ज़रूरत नहीं, तुम्हारे इत्मीनान के लिए लेता जाऊँ।"

वहाँ से दस-ग्यारह रोज़ रहे। वे ग्यारह दिन के किस-किस तरह कटे, कैसे बताऊँ?

वहाँ से जो चिट्ठियाँ आती थीं, वे भी गोल में लिखी हुईं। मैं जाने को तैयार ही थी कि वे आ गए। दरवाज़े पर जब उनका ताँगा आया ़तो देखकर मैं सन्न रह गई। इससे अच्छे तो वे पहले ही थे। उन्हें किसी तरह ऊपर ले आई। जब ऊपर लाने लगी तो दरवाज़े पर पूछा—"कैसी तबीयत है?"

बोले—"ठीक है।" ऊपर तक आते-आते उन्हें गर्मी हो आई।

मैंने जल्दी से उनको बग़ल की एक चारपाई पर लिटा दिया।

कुछ देर बाद बोले—"मैं अब नहीं बचने का।"

मैं सुनकर क्या कहती, आँसू की धारा बह चली। उस समय मुझे दूनी ताक़त चाहिए थी।

वे रोते हुए बोले—"जलोदार है।"

मैंने दो-चार कड़े शब्द डॉक्टर के लिए भी कहे। माँ की तरह उन्हें समझाती हुई बोली—"डॉक्टर ऐसे ही बेहूदे होते हैं। पैसे ऐंठने के लिए कह दिया होगा। आप अच्छे हो जाएँगे। बोलिए खाते क्या हैं?"

उन्हें जैसे मेरी बातों का विश्वास हो आया। बोले—"खाना भी छुड़ा दिया है। तीन रोज़ से तो कुछ नहीं खाया।"

मैं बोली—"कुछ भी नहीं खाया तीन दिनों से?"

मैंने कहा—"नहीं।"

मैंने कहा—"तभी आप कमज़ोर पड़ गए हैं। आख़िर उसने खाने के लिए कुछ बताया कि कुछ नहीं?"

आप बोले—"बार्ली और बोतल का दूध खाने को बताया है।"

मैंने पानी गरम करवाकर बार्ली चढ़वा दी। पहले दूध पीने को दिया। मेरा ख़याल था कि ख़ुद दूध पिलाऊँ।

आप बोले—"अभी मैं ऐसा कमज़ोर नहीं हो गया हूँ।"

दूध पी चुके तो मैं बोली—"मैं ख़ुद कल लखनऊ जानेवाली थी।"

आप बोले—"कई रोज़ रात-भर दस्त आते रहे। शायद उसने जुलाब दे दिया था। मैंने ही धुन्नू से लिखवाया था कि चली आओ। क्योंकि दस्त मुझे आते थे, तो रात में कमोड हकीम जी को ख़ुद साफ़ करना पड़ता। हकीम देवता हैं। उनकी शराफ़त क्या बताऊँ? उन्होंने मेरी सेवा जी-जान से की। दस दिन वहाँ था, तब तक हकीम जी सोये नहीं। धुन्नू को सुलाकर रात-भर वे मेरे पास बैठे रहते थे। ऐसा शरीफ़ आदमी मैंने नहीं देखा। ऐसे मुसलमान पर हज़ारों हिन्दू कुरबान हो सकते हैं। उसने जैसी मेरी सेवा की उसकी तारीफ़ मैं क्या करूँ? मैं अच्छा हो गया तो उनकी सेवा मैं करूँगा।"

उस दिन से मेरे दिल के भाव ऐसे हो गए हैं कि अगर हकीम जी की सेवा मैं कुछ भी कर पाती तो अपना अहोभाग्य समझती। हाँ, मैं उन्हें अपना भाई समझती हूँ। अपनी एक-एक तकलीफ़ का बयान उन्होंने किया।

मैं बोली—"आप वहीं रहते। मैं तो कल आ जाती।"

आप बोले—"मैंने सोचा, कहीं मर गया तो देख भी नहीं पाऊँगा।"

इन बातों में सोचिए कितना दर्द भरा है और कितना अपनापन। इन बातों को सुनकर मुझे कितना ख़ून पीना पड़ा होगा। सिर्फ़ इस आशा से कि इसका प्रभाव कहीं बुरा न पड़ जाए। बस सिर्फ़ यही आशा थी कि वे अच्छे हो जाएँगे। मगर वह आशा और वे भगवान्, इन दोनों से मुझे अरुचि हो जाए, अविश्वास हो जाए, तो शायद मेरी ग़लती नहीं होगी। क्योंकि जिस चीज़ को आदमी अपनाता है, विश्वास करता है अगर उससे किसी का अविश्वास हो जाता है तो दिल में एक क्रान्ति-सी पैदा हो जाती है। वह क्रान्ति हम लोगों को भस्म नहीं कर सकती, पर ख़ुद भस्म हो सकती है। फिर इन दोनों पर विश्वास लाना मेरे क़ाबू के बाहर की बात है। इसमें भी मेरा दुर्भाग्य ही है। जो इन पर विश्वास करते हैं, उन्हें थोड़ी-सी शान्ति मिलती है; मगर मैं इनमें भी जलन ही महसूस करती हूँ।

धुन्नू डॉक्टर को लेकर आया। यह दूसरा होमियोपैथ डॉक्टर था। मैंने उससे पूछा—"क्या बीमारी है?"

डॉक्टर ने कहा—"अभी बताता हूँ।"

आप बोले—"मैं तो जानता हूँ। आपको छुपाने की कोई ज़रूरत नहीं।"

डॉक्टर ने विश्वास दिलाया—"आप अच्छे हो जाएँगे।"

आप बोले—"यह सब बातें हैं।"

लखनऊ से आते ही मुझसे कहा—"मुझे देहात ले चलो। एक दफ़ा नहीं, अनेक बार कहा। बल्कि यह कहा कि "देखा, देहात जाने से उस बार अच्छा हो गया था।"

मैं भी चलने को तैयार हो गई। मगर बीमारी को देखकर डर लगता था, जाते नहीं बनता था। पर उनकी यही ज़िद थी कि घर चलो। मैंने धुन्नू से कहा—"मैं इन्हें देहात ले जाना चाहती हूँ।"

धुन्नू बोला—"एक तो शहर से दूर, दूसरे पानी इतना तेज़ गिर रहा है कि एक क्षण के लिए भी गुंजाइश नहीं। बाबू जी की जाने वहाँ कैसी हालत हो जाए। यहाँ समय से डॉक्टर-वग़ैरह तो मिल जाएगा।"

मैंने भी कहा—"तुम्हारा कहना ठीक है।" मुझसे दुबारा फिर बोले—"रानी, तुम घर नहीं चल रही हो?"

मैं बोली—"हिम्मत नहीं होती, कैसे ले चलूँ। ज़रा आपकी तबीयत सँभल जाए तो कुछ हिम्मत पड़े।"

गाँव जाने का लोभ उन्हें आख़िर तक रहा।

रामकटोरावाले मकान को वे पहले ही देख गए थे। मुझे भी यह पसन्द आया था। मैंने पंडित से पुछवाया। पंडित ने 10 अगस्त को नए मकान में जाने को बताया। उनकी बीमारी का हाल सुनकर मेरे भाई भी देखने आए थे। भाई ने मेरी परेशानी देखकर अपनी स्त्री को मेरे पास भेज दिया। पानी ज़ोरों से बरस रहा था, फिर भी मेरे घर का समान ढोया जा रहा था। उनके कमरे में कुछ किताबें बिखरी पड़ी थीं। सब समान अस्त-व्यस्त था। आपने एक बार उठने की कोशिश की। मगर अपनी तबीयत से लाचार। मुझे देखा तो लेट रहे।

मैं बोली—"आप यह क्या कर रहे हैं?"

बोले—"कुछ नहीं। दोनों लड़के कहाँ गए?"

मैं बोली—"यहीं कहीं सामान-वग़ैरह ठीक कर रहे होंगे।"

आप बोले—"किताबों का बंडल वग़ैरह क्यों नहीं बँधवा देतीं?"

मैं दरवाज़े से आँगन को लौट रही थी।

तो बोले—"कोई ठीक करे या नहीं, अपने को क्या?"

इन शब्दों में सोचिए कितनी विरक्ति भरी थी। ये शब्द कितने मार्मिक थे। जिसने अपने हाथ से एक-एक चीज़ का संग्रह किया हो, जिन चीज़ों के लिए पसीने की जगह ख़ून बहाया हो, जिन चीज़ों को समेटने के लिए अभी तक एक मिनट पहले ही वे उठे थे, उन्हीं के प्रति ऐसी उदासीनता?

थोड़ी देर बाद मैं फिर उसी कमरे में गई। उसके कुछ ही मिनट पहले पानी की बूँदें थमी थीं।

मुझसे बोले—"चलतीं क्यों नहीं तुम? पानी में भीग जाऊँगा, नहीं तो।"

मैं थोड़ा-सा दही और शक्कर लाकर सामने रखकर बोली—"इसे ज़बान पर लगा लीजिए।"

मेरे कहने से उन्होंने ज़बान पर तो ज़रूर लगाया, लेकिन कुल्ला करते हुए मेरी ओर देखकर मुस्करा दिए।

वह ख़ुशी की हँसी नहीं थी। सोचिए उसमें कितना व्यंग्य भरा था। वह व्यंग्य यह था कि मरता हुआ आदमी कहीं दही चाटकर स्वस्थ हुआ है? यही हँसने का कारण रहा होगा।

मैं उसी तरह ताँगे में बैठकर नए मकान पर लाई। रास्ते-भर मैं एक हाथ से बेटी के बच्चे को, दूसरे से उन्हें पकड़े आ रही थी; क्योंकि मुझे उन पर विश्वास न था। वे बच्चे की तरह ही उस समय हो गए थे। जब मैं नए घर में पहुँची तो लड़का तो ख़ुद उतरकर चला आया। उन्हें मैं अपने सहारे लाई। वह मेरा सहारा क्या था, आत्म-विश्वास था। क्योंकि अगर वे गिरते ही तो मैं कब रोक पाती। उन्होंने मेरा सहारा शायद इसलिए मंजूर किया था कि मैं समझूँ कि उन्होंने मेरी बात मान ली।

चारपाई पहले ही से बिछी हुई थी। वह उत्तर-दक्षिण बिछी हुई थी। जब वे लेट गए तो दिशा का ज्ञान हुआ।

मैंने कहा—"ज़रा चारपाई को ठीक करने दीजिए।"

आप बोले—"इससे क्या होगा जी। जो होना होता है, वही होगा।"

मैं बोली—"ज़रा उठ जाइए।"

बोले—"अच्छा, थोड़ी देर में उठता हूँ।"

जब सुस्ता चुके तो उठकर खड़े हो गए। बेटी को बुलवाकर मैंने उनकी चारपाई पूरब से पश्चिम कर दी। उस दिन शाम के वक़्त खाना नहीं पका। खाना पकता ही कैसे।

आप बोले—"बाज़ार से पूड़ी मँगवा लो। मेरे लिये गरम पानी करके दूध बना दो।"

मैं बोली—"बार्ली न लीजिएगा?"

आप बोले—"मेरी तबीयत बार्ली लेने की बिलकुल नहीं है।"

जिस रोज़ मैं इस घर में आई, ठेले से सामान लदकर नए मकान में आ रहा था। ठेले के साथ छोटा लड़का बन्नू आ रहा था।

बरसात जारी थी।

ठेला बन्नू के पैर पर चढ़ गया।

किसी तरह ठेला भीतर आया।

मैं उसके पैर को देखकर बोली—"यह क्या हो गया?"

मैं उसके पैर को ठीक करने के लिए इधर-उधर घूम रही थी कि उसका पैर किसी तरह ठीक हो जाए।

आप कमरे से बोले—"यहाँ आओ।"

जब मैं उनके पास गई तो बोले—"किसी को चोट लग गई क्या?"

मैंने कहा—"हाँ, बन्नू के पैर में चोट आ गई।"

आप बोले—"सब आफ़त एक ही दिन आती है। क्या ज़्यादा चोट आ गई?"

मैंने कहा—"नहीं तो।"

बोले—"तुम यहीं बैठो, और लोग हैं उसके दवा लगा देंगे।"

दूसरे दिन बेटी के दोनों बच्चे शोर मचा रहे थे। बेटी भी दुखी ही थी। बेटी ने बच्चों के दो तमाचे लगाए। मैं भी डाँट बैठी।

बेटी दूसरे रोज़ उनके पास बैठी थी। ये दोनों लड़के भी वहीं पहुँच गए। पहले बड़ा जाकर पूछने लगा—'बाबू जी, कैसी तबीयत है?' उसी को देखकर छोटा भी पूछने लगा। उन दोनों के सिर पर हाथ फेरते हुए बोले—"अच्छी है।"

बड़ा उन्हीं के पास बैठकर बातें करने लगा। बेटी की ओर छोटा बढ़ा। बेटी कमरे के बाहर निकल आई, साथ ही दोनों लड़के भी बाहर आ गए। जब वे चले आए तो मुझसे बोले—"इन बेचारों को तो कोई प्यार करता नहीं।"

मैं बोली—"मैं आपकी सेवा में लगी हूँ। प्यार करनेवाला और कौन है? सभी परेशान हैं, कौन किसकी ख़बर ले?"

आप बोले—"बेटी भी तो बीमारी ही से उठी है। जिस दिन ये सब आए उसी दिन से मैं भी पड़ा हूँ। इन बेचारों को पूछे तो कौन पूछे? मैं अच्छा होता तो इन बेचारों को खिलाता। बेचारे लावारिस की तरह इधर-उधर घूम रहे हैं। इन बच्चों के लिए एक नौकर रख लो। बेटी को आराम भी मिलेगा। मैं अच्छा हो जाऊँगा तो सब ठीक हो जाएगा।"

25 अगस्त, 1936

अगस्त महीने की 25वीं तारीख को रात 2 बजे मैं जाग रही थी। उस दिन सुबह ही से चिन्तित थी। रात को आप सोये हुए थे। मैं ख़ामोश पड़ी सिर दाब रही थी। सामने घड़ी थी। बार-बार उसी पर निगाह जाती। बार-बार ईश्वर से प्रार्थना करती कि ईश्वर दया कर।

दो या सवा दो का समय था। मुझसे बोले—"रानी, मुझे गर्मी हो रही है। शायद मुझे फिर ख़ून की क़ै होगी। आज 25वीं तारीख़ है न?"

मैंने कहा—"नहीं तो। आज 24 है।"

आप बोले—"मुझे बड़ी गर्मी लगी है। देखो घड़ी में ढाई तो नहीं बजा है।"

मैं बोली—"आपको व्यर्थ की शंका हो रही है।"

मेरे ज़ोर देने पर उन्होंने मान लिया। घड़ी भी मैंने आधा घंटा लेट कर दी। बोली—"अभी तो दो बजे हैं। फिर इन बातों को सोचिए मत। सोचने से और चिन्ता बढ़ जाएगी।"

आप बोले—"मैं इन बातों को सोचने थोड़े जाता हूँ। इन बातों के सोचने में मुझे आराम भी नहीं मिलता। मुझे इस क़ै में बेहद तकलीफ़ होती है। इतनी तकलीफ़ होती है कि जान भर नहीं निकलती और सब कुछ भुगत लेता हूँ। मैं करूँ क्या, मुझे ख़ुद ही परेशानी हो रही है।"

मैं बोली—"आप चिन्ता छोड़ दें। कुछ न होगा। सो जाइए।" उन्हें समझा तो मैं ज़रूर रही थी पर मैं ख़ुद ही सहमी थी। वे तो शायद इन बातों को सुनकर कुछ ज़रूर प्रभावित हुए।

उस दिन रात-भर जागकर ही सुबह की। उनकी उस चिन्ता से मुझे घबराहट हो रही थी। क्या उन्हें सचमुच बोध हो गया कि आज 24 है? बीमारी ही में नहीं हर बार मेरी बात को वे मान जाते थे। इसलिए वे मेरी बातों को नहीं मानते थे कि मैं उनसे ज़्यादा समझदार थी; बल्कि इसलिए कि वे मेरा मान रखना चाहते थे। कई बार मुझसे उन्होंने कहा था कि मेरी तरह, मुझे विश्वास है, तुम्हारे बच्चे तुम्हारी बात न मानेंगे। इसी का ख़याल कर बच्चों की कोई शिकायत मैंने उनसे नहीं की। हाँ, उन्हें यही जवाब देती थी कि लड़कों के साथ तो ब्याही नहीं गई हूँ। जिसने अपने लड़कों पर अपना हक़ न समझा हो और एक आदमी पर अपना सारा जीवन डाल चुका हो, और उसे वह भी छोड़कर चला जाए तो उसके जीवन में क्या बाक़ी रह जाता है? बस आख़िर में उसके हाथ लगती है निराशा और दुर्भाग्य।

पहले जिस मकान में रहती थी, नीचे उसी में प्रेस भी था। जब वहाँ से हटे तो साथ ही प्रेस भी आया। जिस हिस्से में प्रेस है, वह उस समय बन रहा था। दिन-भर उधर ही आपकी आँख रहती। राजी की कारीगरी देखते थे या प्रकृति का खेल, नहीं मालूम! देखते उसी की तरफ़ रहते थे।

पहले हम लोग आए। बाद में दस-पन्द्रह दिनों पर प्रेस आया। जब दूसरे नए मकान में आए तो दो दिन तक शाम को वे लॉन में टहलते। कहते—"इसमें मेरी तबीयत अच्छी हो जाएगी।" मैंने भी समझा कि शायद इसमें अब अच्छे हो जाएँ।

सच है, धरती सभी को खा जाती है, पर धरती को कोई नहीं खा पाता। क़िस्मत अपनी ख़राब होती है, जगह-वग़ैरह तो बहाना होता है। उस मकान में किताबों का स्टाक लद रहा था। दिन में अक्सर मुझसे कहते—"देखो, ठीक-ठीक रखा जा रहा है कि नहीं। नया बना हुआ मकान है। दीमक ज़्यादा लगेंगे।"

नहीं मालूम होता कि क्या मेरा देखना वे अपना देखना समझते थे। जब कई बार मुझसे कहा, देख आओ, तो मैं बोली—"भाई रखते-रखाते होंगे, मैं क्या देख आऊँ।"

आप बोले—"इसकी चिन्ता करने की ज़रूरत तो तुम्हें है। जितनी फ़िक्र मुझे और तुम्हें है, उससे अधिक होगी उन्हें? दीमक लग जाने से नुक़सान हो जाएगा।"

मैं बोली—"देखती तो हूँ सब हालत।"

जाकर देखा तो दीवार से सटाकर किताबें रख रहे थे। आदमियों से मैं बोली—"दीवार से सटाकर क्यों किताबें लगाते हो?"

आपने सुन लिया था। बोले—"मेरा कहना सुन लिया न? बेफ़िक्र होकर कभी आदमी न बैठे। अपने काम में अपना सिर लगा देना चाहिए।"

मैं बोली—"रख देंगे।"

आपने कहा—"यही दुनिया का तरीक़ा है। एक तो नुक़सान-का-नुक़सान हो, दूसरे, दुनिया बेवकूफ़ बनाए।"

सामान पुराने मकान से आ रहा था। कुछ सामान आ गया था। कुछ बाक़ी था। मकान-मालिक और धुन्नू में झगड़ा हो गया था। मकान-मालिक सामान निकालने ही नहीं देता था, उसमें ताला डाल दिया था, कर्मचारियों को लेकर धुन्नू वहाँ पहुँचा। ताला अपने आदमी तोड़ने लगे तो मारपीट होने लगी। आपको पता चला कि धुन्नू और मकान-मालिक में झगड़ा हो रहा है। दामाद यहीं थे। उनसे कहा—"बेटा, जाकर सामान उठवा लाओ।" जब उधर वह लड़का चला गया तो मुझसे बोले—"मैं तो इधर बीमार पड़ा हूँ और यह फ़ौजीदारी करने पर तुला है।"

मैंने कहा—"ग़लती तो उन्हीं की है। क्योंकि सामान नहीं देता, ताले लगा दिए हैं। फिर वह भी तो लौंडा ही है। आपको नहीं मालूम जब हम लोग वहाँ रह रहे थे तो दूसरों की तरह आपसे भी झगड़ता था। हम लोग लड़का समझकर बोलते न थे। आख़िर दोनों लौंडे ठहरे।"

आप बोले—"यह समय शान्ति से काम चलाने के लिए है। आख़िर झगड़ा बढ़ा क्यों?"

मैं बोली—"झगड़ा इस बात पर बढ़ा कि वह पानी का पैसा माँग रहा है। वह कहता है मकान का पानी तुम्हीं ने ख़र्च किया है, टैक्स और कौन देगा? धुन्नू का कहना है कि नए मकान में तुम पानी ले जाते थे, इसलिए ज़्यादा पानी लगा।"

आप बोले—"तुम्हीं दे दोगी तो क्या हो जाएगा। गुंडों के साथ गुंडापन करने से काम नहीं चलता। बुलाकर रुपये दे दो।" आपने मकान-मालिक को बुलवाया। जब वह आया तो उससे पूछने लगे—"कल क्यों झगड़ा कर बैठे?"

वह बोला—"श्रीपत ने झगड़ा किया। पानी का टैक्स आपको देना चाहिए था।"

मैं सुनकर बोली—"तुम चारों धुन्नू से बड़े होकर भी कितना झगड़ा हमसे करते थे। मकान जब किराये पर दे दिया गया तो पानी लेने के लिए मुस्तहक़ तुम नहीं रहे।"

लड़का बोला—"आपके दामाद न गए होते तो वे जाने क्या करते? वे बड़े शरीफ़ हैं।"

मैं बोली—"झगड़ा तुम्हारी ओर ही से शुरू हुआ। तुम अपनी पूरी ताक़त से वहाँ थे, धुन्नू भी पूरी ताक़त से गया था।"

आप बोले—"अब तुम झगड़ा करोगी क्या? बोलो जी, कितने रुपये हुए?"

उसने कहा—"18 रुपये।"

मुझसे बोले—"दे दो जी। लो, अपने रुपये ले जाओ। सीधे मेरे पास चले आए होते। रुपये मिल जाते। झगड़ा भी न होता। अभी लड़के हो, जरा सँभलकर चला करो। और तो नहीं कुछ बक़ाया? किराया तो नहीं बाक़ी है?"

उन लोगों ने कहा—"नहीं, किराया पूरा मिल गया।"

आप उसे उपदेश देने लगे—"देखो, थोड़ी-थोड़ी बात के लिए झगड़ा नहीं करना चाहिए। ईमानदार बनो, व्यवहारकुशल बनो। ज़रा-सी बात के पीछे अपनी इज़्ज़त न गँवाना। तुम अपनी बदनामी कराओगे, दूसरे की भी। इन सब बातों में महत्ता नहीं है। इन रोज़ के व्यवहार की बातों में ईमानदार और व्यवहारकुशल होने की बहुत ज़रूरत होती है।"

इनमें दोनों बातें—प्यार और उपदेश—हैं। उपदेश की फटकार बहुत ज़रूरी होती है। यह फटकार अपने को पहचाने की ताक़त देती है।

बीमारी के दिनों में उन्होंने मुझसे एक घटना बताई। एक दिन उन्हें रात को नींद नहीं आ रही थी। मैं उनके सोने के लिए कोशिश कर रही थी। रात का एक बजने का समय था। आप बोले—"मैं बीमार क्या पड़ा, तुम्हारे लिए खाना-पीना सब हराम हो गया।"

अपने सिर से हाथ खींचते हुए बोले—"इधर आओ। जब नींद नहीं आती तो कुछ बात ही करें।"

मैं बोली—"नहीं, आप सो जाइए। रात ज़्यादा चली गई है।"

तब आप बोले—"मैं घंटों से सोने और तुम्हें सुलाने की कोशिश में हूँ। पर नींद आए तब न! देखो, तुमसे अपनी एक चोरी का हाल बताऊँ। पर मुँह के बाहर निकालते झिझक होती है।"

मैं बोली—"कैसी चोरी?"

तब बोले—"उस बंगाली युवक को तुम्हारी जान में जो दिया था सो तो दिया ही था, अपनी बीवी के ज़ेवर और कपड़े भी उसने मेरी ही जमानत पर लिये थे। उस रुपये को तुम्हारी चोरी से मैंने अदा किया।"

मैं बोली—"आपने कैसे दिया?"

तब आप बोले—"तुम्हीं सोचो, करता क्या? जो तुम्हारी चोरी से कहानियाँ लिखता था, उसी के पैसे उसे दे आता था। तुमसे रुपयों का नाम भी नहीं लेता था। क्या करता, उसका भी क़र्ज़दार रहा होऊँगा। और मैं क्या कहूँ?"

मैं बोली—"नहीं साहब, मुझे सब मालूम होता रहता था। मैं भी चुप रहती थी।"

आप बोले—"सच? बताओ कैसे मालूम होता था?"

मैं बोली—"सर्राफ़ और बज़ाज़ को कई बार आपके पास आते मैंने देखा था। तभी मुझे मालूम हो गया था।"

आप बोले—"तुमने मुझसे पूछा नहीं?"

मैं बोली—"मैं पूछती क्या? जब आप चोरी से देते थे, तब पूछने की क्या ज़रूरत थी? फिर मैंने समझा कि जब धोखा खा चुके तो देना पड़ेगा ही।"

आप बोले—"अच्छा, एक और चोरी सुनो। मैंने अपनी पहली स्त्री के जीवन-काल में ही एक और स्त्री रख छोड़ी थी। तुम्हारे आने पर भी उससे मेरा सम्बन्ध था।"

मैं बोली—"मुझे मालूम है।"

यह सुनकर वे मेरी ओर देखने लगे। उस देखने के भाव से ऐसा मालूम होता था जैसे वे मेरे मुँह को पढ़ लेना चाहते हों। मैंने उनको अपनी तरफ़ देखते देखकर निगाह नीची कर ली। बड़ी देर तक वे गम्भीर होकर मेरे चेहरे की ओर देखते रहे। मैं शर्म से सिर झुकाए थी। बार-बार मेरे दिल के अन्दर ख़याल हो रहा था कि इन बीती बातों के कहने का रहस्य क्या है?

कुछ देर बाद बोले—"तुम मुझसे बड़ी हो।"

उनके इस कथन का रहस्य मेरी समझ में बिलकुल नहीं आया।

मैं बोली—"आज आपको हो क्या गया है? मैं बड़ी हो सकती हूँ?"

तब आप हँसते हुए बोले—"तुम हृदय से सचमुच मुझसे बड़ी हो। इतने दिन मेरे साथ रहते हुए भी तुमने भूलकर भी ज़िक्र नहीं किया।"

यह सुनकर मैंने उनका मुँह बन्द कर कहा—"मैं इसे नहीं सुनना चाहती।"

उस वक़्त मेरे दिल में यही ख़याल आया कि बात क्या है? आज इस बीती बात को इस तरह करने का रहस्य क्या है? इन सब बातों को सोचकर मैं शिथिल पड़ गई।

आप अपने-आप बकने लगे—"हे भगवान्, मैं आज तुमसे प्रार्थना करता हूँ कि मुझे कुछ दिन के लिए अच्छा कर दो।" वे इस तरह की प्रार्थना कर रहे थे और मैं चारपाई पर पड़ी-पड़ी रो रही थी।

फिर अपने-आप वे बोले—"तुम सुनते नहीं हो भगवान्? अगर हो तो तुम्हें सुनना चाहिए। मैं और कुछ नहीं चाहता। इस बार अच्छा होना चाहता हूँ। जो यह निष्कपट मेरी सेवा कर रही है, महज़ इसके लिए मुझे तुम एक बार ज़िन्दा कर दो।" शायद वे रो भी रहे थे—"अगर भगवान्, तू मेरी इस प्रार्थना पर कान नहीं देता तो अगले जन्म में फिर इन्हें तू मुझसे मिला दे। अगर नहीं मिलाया तो मैं यही समझूँगा कि मेरा व्यर्थ ही गया।"

मुझ में उस समय जड़ता आ गई थी। मेरा गला भर आया था। आँखों में आँसू भरे हुए थे। आँसू रोकने की बहुतेरी कोशिश की पर सब बेकार। जितनी ही कोशिश मैं रोकने की करती, आँसू और निकलते आ रहे थे। उनके साथ ही यह डर था कि कहीं इन्हें मालूम न हो जाए कि मैं रो रही हूँ। आख़िर मैं करती क्या? मैं भी तो एक निर्बल

नारी हूँ। अपने को कहाँ तक वश में कर पाती। जिसका ऐसा स्नेही अलग हो रहा हो, उसे कैसे चैन मिले। थोड़ी देर के बाद वे उठकर पाख़ाने चले गए। पाख़ाने से लौटकर दूसरी छत पर टहल रहे थे। मैंने चुपके से उठकर मुँह धोया। गला साफ़ किया। जैसे मेरा गला साफ़ हुआ, वे भी आकर चारपाई पर लेट रहे। मुझे जागती समझकर बोले—"मैं तुमसे कई दिनों से अपनी बातें बता देने का इच्छुक था।"

मैं बोली—"मुझे इन बातों को सुनने की इच्छा नहीं है।"

आप बोले—"कोई दूसरा समय होता तो शायद मैं भी न कहता। मगर इस समय मैं बिना इन बातों के कहे तुमसे रह भी नहीं सकता था। मैं जितना ही तुम्हारे विषय में सोचता हूँ, उतना ही मुझे क्लेश होता है। मैं चाहता हूँ तुम मेरे पास से एक सेकेंड के लिए भी न हटो। न जांने मुझे इधर कई सालों से क्या हो गया है। तुम कहीं चली जाती हो तो मुझे कुछ भी नहीं अच्छा लगता।"

मैं बोली—"तो मैं जाती ही कहाँ हूँ?"

"फिर आख़िर मैं ऐसा क्यों होता जा रहा हूँ?"

मैं बोली—"घर में दो आदमी ठहरे। उनमें अगर एक चला जाएगा तो ज़रूर सूना लगेगा।"

आप बोले—"नहीं जी, कुछ भी समझ में नहीं आता। क्या जाने सभी का हाल ऐसा हो जाता है या हमारा ही?"

यों पहले भी उनकी तबीयत ऐसी ही थी। बीमार होने पर वे पास से उठने न देते थे। शायद उनको अच्छा न लगता था। आदमी अपने को सबसे ज़्यादा अक़्लमन्द समझता है तथा सबसे ज़्यादा शक्तिमान् समझता है। अपने को प्रेमी और कोमल समझता है। होता उसका उल्टा है। अक़्ल की तो यह हालत है कि जिस्म के अन्दर का पता नहीं पाते। कब क्या हो जाएगा, इसका कुछ ठिकाना नहीं। शक्ति की यह हालत है कि सब कुछ आँखों के सामने होता रहता है और हम कुछ नहीं कर पाते। ख़ाली हाथ बैठे रह जाते हैं। जो कुछ अक़्ल मौक़े पर रहती भी है, वह जवाब दे देती है। कोमलता की यह हालत है कि कूड़े-से-कूड़ा दुःख सहते रहते हैं, पर कुछ नहीं कर पाते।

यह सब कुछ देखने के बाद यही मालूम होता है कि परिस्थितियों के सामने हारकर सभी अपना सिर झुका देते हैं। सबको परिस्थिति के सामने विवश हो जाना पड़ता है। आदमी करे ही क्या? उसमें ऐसी शक्ति नहीं कि उसका मुक़ाबला कर सके। मुक़ाबला तो तभी हो सकेगा जब वह ख़ुद मरने के लिए तैयार हो। तभी तो कुछ कर सकता है। आज मैं उन बातों को सोचती हूँ तो बराबर यही मालूम होता है कि मैं कितनी नीच और कितनी कायर हूँ, जो मैं कुछ नहीं कर पाती। जो कभी एक दिन के लिए भी अलग होना न चाहता हो उसके चले जाने पर भी उसी रफ़्तार और उसी ढंग से मैं आज चली जा रही हूँ। इससे ज़्यादा और क्या कायरता तथा नीचता होगी। अगर यह सब बातें किसी को महसूस न हों तब तो कोई बात नहीं। मगर सब महसूस करते हुए भी कोई ख़ामोश बैठा रहे तो क्या यह नीचता नहीं है? और एक-दो दिन की बात नहीं है। जो अपने दिल की सारी बातें सह चुकी हो, उसके लिए शेष रह ही क्या जाता है?

मैं उस महान् आदमी को ज़रा भी न पहचान सकी। महान् आत्माओं को पहचानने के लिए अपने में ज़ोर चाहिए ताक़त चाहिए। फिर मैं समझती हूँ, वह शक्ति आ ही

कैसे सकती थी? मैं पहचानती ही कैसे? मैं तो अपने पागलपन में मस्त थी। मैं तो उन्हें अपनी चीज़ समझती थी। वे अगर अपने नहीं थे तो डरते क्यों थे? मुझसे छिपाकर कोई काम वे न करते। मैं उनके सामने थी ही क्या? उनके समान भला मैं हो सकती थी! मगर नहीं, मेरी आँखों को धोखा था। आँख खुली भी तो उस समय जब कोई लाभ नहीं, वे अपने हृदय की सारी बातें एक-एक करके कह गए। मैं उस समय भी उन्हें न पहचान पाई। अब बाक़ी क्या रहा? अँधियारी रात और उसी रात में भटकना! और अपने भाग्य को कोसना। हारकर यही मुँह से निकल जाता है कि मैं उस देवता को पहचान न सकी।

इस घर में आने पर आपके पेट में दर्द होने लगा।

मैं बोली—"गरम पानी करके सेंक दूँ?"

आप बोले—"सेंक दो, शायद कुछ आराम ही मिल जाए।" मैंने पानी गरम करवाके मँगवाया। चारपाई पर बैठकर उनके पेट को सेंक रही थी। मेरी जिठानी बैठी हुई मेरी मदद कर रही थीं। उनको देखकर बोल—"तुम्हीं सेंको जी।"

मैं बोली—"और कौन है? मैं ही सेंक रही हूँ।"

आप बोले—"भौजी को क्यों तकलीफ़ दे रही हो?"

मैंने उनके क्रोध से बचने के लिए उन्हें इशारे से हटा दिया। जब वे चली गईं तो कहा—"दरवाज़ा बन्द कर दो।" तब मैंने दरवाज़ा बन्द कर दिया।

मुझसे बोले—"मेरा काम तुम ख़ुद किया करो।"

मैंने कहा—"मैं ही करती हूँ।"

आप बोले—"हाँ, मैं किसी का ऋणी नहीं होना चाहता। किसी का अगर होना चाहता हूँ तो तुम्हारा ही।"

मैं बोली—"इसमें ऋण की क्या बात है?"

आप बोले—"जो सेवा करेगा वह सेवा लेगा नहीं?"

मैंने कहा—"अपने घर में कोई किसी का ऋणी नहीं होता।"

यह सुनते ही उनकी आँखों में से आँसू आ गए।

मैं बोली—"आप यह क्या कर रहे हैं?"

आप बोले—"कुछ नहीं जी। मैं खाली तुम्हारा ही ऋणी होना चाहता हूँ, दूसरों का नहीं। तुम जितनी भी सेवा करोगी, मुझे ख़ुशी ही होगी। क्योंकि इस जन्म में आराम मिलेगा, उस जन्म में भी।"

उस वक़्त मेरी भी आँखों में आँसू आ गए थे। मैं इस ख़याल से कि इन्हें मेरे आँसू न दिखाई पड़ें, बाथरूम में चली गई। सोच-सोचकर मुझे और आँसू आ रहे थे। इस महान् पीड़ा में भी इन्हें मेरा कितना ख़याल है। मगर मुझे रोने की जगह कहाँ? उनके सामने रोने से उनकी तबीयत और भी ख़राब हो जाती। बाहर रोऊँ तो लड़के-लड़कियों को कैसा लगेगा? मेरी ही हिम्मत पर घर के सभी आदमी आश्रित थे। बार-बार यही दिल में आता कि क्या होगा? अभागों को रोना भी नहीं नसीब होता। सबको समझानेवाली मैं थी। मेरा समझानेवाला ख़ुद ही अधीर हो रहा है। मैं किसके पास रोऊँ? फिर मेरी ड्यूटी भी रोने की नहीं थी।

रात को फिर पेट दर्द उठा। फिर वही बेचैनी। चारपाई पर सेंकने से आराम नहीं पहुँच रहा था। उठने की शक्ति नहीं, फिर भी उठकर बैठ गए। मैं करती क्या? यह सब बातें मेरी आँखों के सामने ही हो रही थीं। मैंने उन तकलीफ़ों से उन्हें बचा न पाती। घर-भर सो रहा था। मैं अकेली रात को बैठी कभी पेट सहलाती, कभी पंखा करती। जब पेट दर्द कुछ कम हुआ तो बोले—"रानी, मैं अब नहीं बचूँगा।"

मैं बोली—"क्या बात है?"

बोले—"मेरी हालत देख रही हो, तुम तब भी यही कहती हो।"

मैं बोली—"डॉक्टर भी तो यही कहता है। घबराइए नहीं।"

बोले—"घबरा न जाऊँ तो करूँ क्या?"

मैं बोली—"घबराने से कहीं काम चलता है?"

फिर बोले—"रात-दिन तुम भी तो मेरे साथ पिस रही हो। मैं तुम्हारी सेवा देखकर चकित रह जाता हूँ।"

मैं बोली—"आपको अच्छा होना है।"

आप बोले—"न अच्छा होऊँ तब?"

मैं बोली—"मैं यह नहीं सुनना चाहती।"

बोले—"आख़िर..."

मैंने कहा—"इसके पहले मैं अपनी मौत चाहती हूँ।"

बोले—"सुनो। अगर तुम पहले चली जाओ तो मुझे दुःख होगा, बिलकुल तुम्हारी तरह। मगर सोचो, तुम्हारे कर्तव्य तब मैं और ज़्यादा ज़िम्मेदारी से निबाहता न! वैसे ही तुम्हें भी चाहिए कि तुम अपने कर्तव्य को निभाओ। अगर मैं न रहूँ तो तुम्हारा कर्तव्य हो जाता है बन्नू को आराम से रखना, ईमानदार और नेक बनाना। तुम अभी भी तो अपने लिए नहीं जी रही हो। बाद को भी न जिओगी। कौन तुम्हीं अमर होकर आई हो। एक दिन सबको मरना है।"

मुझमें उस समय बोलने की ताक़त बिलकुल नहीं थी। मैं पड़ी थी। वे अपने आप बक रहे थे। वे कहते सब कुछ थे; पर मेरी आशा वैसे ही बँधी हुई थी। उन्हीं आशाओं को लेकर मैं जी रही थी। उन्होंने समझा मैं सो गई हूँ। उस वक़्त एक मिसरा ख़ुद पढ़ रहे थे : "ख़ुश रहो अहले वतन हम तो सफ़र करते हैं।"

दुनिया की दुआ कर रहे थे, और अपने जाने की तैयारी। फिर ख़ुद कहने लगे—"दुनिया की सब न्यामतें रहेंगी पर हम नहीं रहेंगे।"

इन सबों को सुनकर मेरा हृदय फटा जा रहा था। सबके बाद मैंने पीछे का दरवाज़ा खोला। अँधेरी रात में बाहर खड़ी-खड़ी रोती रही। रोने के बाद मेरी यह भावना हुई कि मैं आख़िर ज़िन्दा क्यों हूँ? भीतर से मेरी आत्मा पुकार-पुकारकर कह रही थी कि देखो, तुम्हें कितना दुःख सहना पड़ेगा। मैं उसी अँधेरी रात में कुएँ की तरफ़ चली। जब कुएँ की जगत पर पहुँची तो ध्यान आया तुम डूबने तो जा रही हो, इनकी सेवा कौन करेगा? यह प्रेम नहीं है। प्रेम तो इसी में है कि घुट-घुटकर मरो। अगर अच्छे रहे तो सुख से रहना। पैर में जैसी बेड़ी पड़ गई। वह महज़ एक आशा थी।

तब तक आप जाग रहे थे। बोले—"आओ, चारपाई पर बैठकर पंखा खींचो।"

मैं पंखा झलने लगी। शायद उन्होंने मेरा रोना तो नहीं देखा था, पर अन्दाज़ से जान लिया कि मैं रो रही थी। मेरा बायाँ हाथ अपने हाथ में लेकर बोले—"तुमको सुस्त देखता हूँ तो घबरा जाता हूँ। कहीं तुम बीमार पड़ गई तो मैं मर जाऊँगा। अच्छा भी होनेवाला तो तुम्हारे बीमार पड़ने पर बचने का नहीं।"

मैं बोली—"मैं बीमार कहाँ पड़ी जाती हूँ। बीमारी तो उन्हें ही आती है जो सबको सुखी करते हैं। मुझ ऐसों को बीमारी नहीं आ सकती!"

मेरे गाल पर धीरे से एक चपत लगाते हुए बोले—"अगर तुम बीमार पड़ जाओ तो मैं कहीं न होऊँ। औरों को चाहे तुम्हारी ज़रूरत न हो, पर मुझे तो तुम्हीं सबसे ज़्यादा ज़रूरी हो।"

इन शब्दों में कितना प्यार और अपनापन है। चाहे इनसान और कुछ न चाहे पर प्यार तो चाहता ही है। इन दोनों के पीछे आदमी जो भी लुटा दे थोड़ा है।

बीमारी के उन्हीं दिनों में नाथूराम प्रेमी बम्बई से मिलने के लिए आए। उन्हीं दिनों 'हंस, की जमानत भी देनी थी।

आप बोले—"'हंस' की जमानत जमा करा दो।"

मैं बोली—"अच्छे होने पर सब ठीक हो जाएगा, घबराइए नहीं।"

आप बोले—'रानी, 'हंस' ज़रूर निकलेगा, चाहे मैं रहूँ या न रहूँ।'

जब मैंने यह सुना तो चुप रह गई। बोली—"कल जमा करवा दूँगी।"

प्रेमी जी कई दिन रहे। एक दूसरे सज्जन भी इलाहाबाद से मिलने के लिए आए थे। वे मेरे भाई के मित्र थे। इन दोनों महाशयों को चिन्ता हुई कि कहीं मैं भी न बीमार पड़ जाऊँ। इन दोनों ने उनके छोटे भाई से कहा यह रात-दिन जागती हैं। अगर ये बीमार पड़ीं तो सब चौपट हो जाएगा।"

उनके भाई बोले—"अगर वे कहें तो मैं सब कुछ करने को तैयार हूँ।"

प्रेमी जी मुझसे धीरे-धीरे कह रहे थे कि आप कह दीजिए कि वही जागा करें।

मैं उन्हें कह रही थी कि मैं क्यों किसी से कहूँ। मैं ही क्या कम हूँ, फिर मुझे दूसरों की सेवा पर विश्वास भी नहीं है।

न मालूम कैसे यह आवाज़ उनके कान में चली गई। मुझे बुलाकर बोले—"यहाँ तो आओ।" ज़ब मैं गई तो बोले—"प्रेमी जी क्या कह रहे थे?"

मैं बोली—"आपने कहाँ से सुन लिया?"

बोले—"आख़िर क्या बात थी? मैं किसी और से सेवा कराना नहीं चाहता। बस, केवल तुम्हारी सेवा चाहता हूँ।"

मैंने कहा—"मैंने कहा ही आख़िर किससे जो आप ऐसा कह रहे हैं? आप ही दुलहिन से पैर दबवाने के लिए कहते हैं, तभी भेजती हूँ। कहिए उन्हें भी मना कर दूँ।"

बोले—"उनसे तो मैं अपनी इच्छा से पैर दबवाता हूँ। उनको मेरी सेवा करने का शौक है तो मैं क्यों रोकूँ?"

मैं बोली—"मैं भी नहीं चाहती कि दूसरे आपकी सेवा करें। यों लड़की-लड़का चाहे जो कर दें। कहिए तो मैं उनसे भी मना कर दूँ?"

तब बोले—"नहीं जी, ये तो अपने ही हैं।"

दूसरे दिन तीज की सुबह थी। दुलहिन बैठकर पैर दबा रही थी। मैं आकर पास खड़ी हो गई। बेटी मन मारे ज़मीन पर बैठी थी। दुलहिन लाल रंग की साड़ी पहने उनके

पैर दबा रही थी। मेरी तरफ़ इशारा करके बोले—"आज बड़ी अच्छी साड़ी पहनी है। अच्छा, कल शायद तीज थी।"

मैंने कहा—"बेटी की साड़ी नहीं आई।"

आप बोले—"ख़ैर, मैं अच्छा होते ही ढेर-की-ढेर साड़ियाँ ला दूँगा।" फिर मेरी ओर देखकर बोले—"तुमने बड़ी ग़लती की। इन लोगों के लिए साड़ियाँ मँगा देनी चाहिए थीं।"

बेटी और दुलहिन दोनों बोलीं—"आप अच्छे होते तो बड़ी साड़ी ला देते।"

बोले—"सब्र करो। अच्छा होने पर अच्छी-से-अच्छी ला दूँगा।"

आज सभी हमेशा के लिए निराश हो गए। उनकी बात में कितना प्रेम भरा रहता था।

प्रेमी जी कई दिन रहे। घंटों बैठकर उनसे बातें करते। प्रेमी जी जिस दिन दो बजे रात को गाड़ी से जाने को तैयार थे, मैं शायद सो गई थी। मुझे जगाकर बोले—"रानी, उठो, प्रेमी को पहुँचा आओ।"

प्रेमी जी बोले—"नहीं, नहीं सोने दीजिए।"

मैं जाग गई थी। बोली—"कहिए क्या है?"

बोले—"प्रेमी जी जा रहे हैं। इनको कुछ दूर तक पहुँचा दो।"

मैं प्रेमी जी को पहुँचाने गई। मगर मेरे हृदय में एक अजीब तरह की व्यथा होने लगी। उनके वे शब्द कि मेरी ड्यूटी तुम पूरी करो, मैं अपने दिल में उन शब्दों को बार-बार दुहराने लगी। बार-बार मेरे दिल में यही शब्द नाच रहे थे। ये अपनी ड्यूटी मुझे सौंप रहे हैं। ये तो अपने मित्रों का स्वागत स्वयं करते थे। अपने मित्रों को पाकर ये निहाल हो जाते थे। यहाँ तक कि अपने मित्रों को पाकर खाना-पीना तक भूल जाते थे। इसी तरह मुन्शी दयानारायण साहब के जाते समय भी यही दृश्य हुआ था। उस दिन आँखों से आपने इशारा किया था। उनमें दिखावा नहीं था। वे प्रेम से ऐसा करते थे। यह उनकी आदत की बात थी। उनसे मिलने कोई भी आता, उससे हँसकर मिलते।

आज यही मेरी ज़िम्मेदारी है। यही बार-बार आता है कि ईश्वर, तुमने इनको उतना विवश कर दिया था। पहले किसी भी काम को नहीं करने देते थे। आज मेरी ड्यूटी बताते हैं। प्रेमी जी को पहुँचा आने पर जब मैं लौटी तो मुझे घंटों रुलाई आई। पर ज़्यादा साँस लेने की गुंजाइश मुझे न थी।

दाँतों के बीच ज़बान की तरह मैं अपने बोझे से दबी थी क्योंकि साँस लेने की मुझे बिलकुल गुंजाइश न थी। सब कुछ सहने के लिए मैं भी तैयार थी। मगर यह देखने के लिए नहीं तैयार थी कि वे दुखी हो जाएँ। मुझे विश्वास था कि वे अच्छे हो जाएँगे।

मेरी आशा की रस्सी टूट चुकी है। उनको तो खो ही चुकी, उनकी आशा और विश्वास भी खो बैठी और उसके बिना जीवन मेरे लिए अमावस्या की रात की तरह है। इसके आगे और क्या कहूँ।

एक पुरानी घटना और मुझे याद आती है।

'प्रेस' खुल गया था, और आप स्वयं वहाँ काम करते थे। जाड़े के दिन थे। मुझे उनके सूती पुराने कपड़े भद्दे जँचे और गरम कपड़े बनाने के लिए अनुरोधपूर्वक दो बार चालीस-चालीस रुपये दिए, परन्तु उन्होंने दोनों बार वे रुपये मज़दूरों को दे दिए।

घर पर जब मैंने पूछा—"कपड़े कहाँ हैं?" तब आप हँसकर बोले—"कैसे कपड़े? वे रुपये तो मैंने मज़दूरों को दे दिए। शायद उन लोगों ने कपड़ा ख़रीद लिया होगा।" इस पर मैं नाराज़ हो गई। तब वे अपने सहज स्वर में बोले—"रानी, जो दिन-भर तुम्हारे प्रेस में मेहनत करे वह भूखों मरे और मैं गरम सूट पहनूँ, यह तो शोभा नहीं देता" उनकी इस दलील पर मैं खीझ उठी और बोली—"मैंने कोई तुम्हारे प्रेस का ठेका नहीं लिया है।" तब आप खिलखिलाकर हँस पड़े और बोले—"जब तुमने मेरा ठेका ले लिया है, तब मेरा रहा ही क्या? सब कुछ तुम्हारा ही तो है। फिर हम-तुम दोनों एक नाव के यात्री हैं; हमारा-तुम्हारा कर्तव्य जुदा नहीं हो सकता। जो मेरा है वह तुम्हारा भी है, क्योंकि मैंने अपने-आपको तुम्हारे हाथों में सौंप दिया है।" मैं निरुत्तर हो गई और बोली—"मैं तो ऐसा सोचना नहीं चाहती।" तब उन्होंने असीम प्यार के साथ कहा—"तुम पगली हो।"

जब मैंने देखा कि इस तरह वे जाड़े के कपड़े नहीं बनवाते हैं तब मैंने उनके भाई साहब को रुपये दिए और कहा कि इनके लिए आप कपड़े बनवा दें। तब बड़ी मुश्किल से आपने कपड़ा ख़रीदा। जब सूट बनकर आया तब आप पहनकर मेरे पास आए और बोले—"मैं सलाम करता हूँ, मैं तुम्हारा हुक्म बजा लाया हूँ।" मैंने भी हँसकर आशीर्वाद दिया और बोली—"ईश्वर तुम्हें सुखी रखें, और हर साल नए-नए कपड़े पहनो।" कुछ रुककर फिर मैंने कहा—"सलाम तो बड़ों को किया जाता है। मैंने न तो उम्र में बड़ी हूँ, न रिश्ते में, न पदवी में, फिर आप मुझे सलाम क्यों करते हैं?" तब उन्होंने उत्तर दिया—"उम्र, रिश्ता या पदवी कोई चीज़ नहीं है। मैं तो हृदय देखता हूँ। और तुम्हारा हृदय माँ का हृदय है। जिस प्रकार माता अपने बच्चों को खिला-पिलाकर ख़ुश होती है, उसी प्रकार तुम भी मुझे देखकर प्रसन्न होती हो और इसलिए अब मैं हमेशा तुम्हें सलाम किया करूँगा।"

हाय! मई, 1936 में उन्होंने स्नान करके नई बनियान पहनी ही थी और मुझे सलाम किया था—यही उनका अन्तिम सलाम था।

उनके अन्तिम दिन

एक दिन बेहोशी दूर हुई तो बोले—"शिवप्रसाद जी गुप्त ने एक मातृ-मन्दिर बनवाया है, महात्मा जी उसका उद्घाटन करेंगे, उसे देखने के लिए लाखों की भीड़ वहाँ जमा होगी।"

मैंने कहा—"आप अगर तब तक अच्छे हो जाएँगे तो मैं भी आपके साथ चलूँगी।"

आप हँसकर बोले—"मैं भगवान् से प्रार्थना करता हूँ कि रानी, तुम्हारी बातें सच निकलें। पर मैं देखता हूँ रानी, तुम्हारी इस जन्म की तपस्या सफल होती नहीं दिखती।"

मैंने कहा—"आप मन को क्यों छोटा करते हैं। हमने किसी का क्या बिगाड़ा है, भगवान् हमारी आशा सफल करेंगे।"

आप बोले—"रानी, तुम मेरे पास से कहीं मत जाया करो। तुम पास बैठी रहती हो तो मेरा धैर्य नहीं टूटता। कल तुमने तो मांस की यख़नी खिला दी थी, वह मुझे नहीं पची। तुम ऐसी चीज़ें क्यों मुझे खिलाती हो?"

मैं बोली—"डॉक्टर की राय से मैंने यह चीज़ आपको खिलाई है। डॉक्टर की राय मानूँ कि आपकी?"

आप हँसकर बोले—"डॉक्टर को तो तकलीफ़ नहीं है, तकलीफ़ तो मुझे है।"

मैंने कहा—"उससे आपको नुक़सान क्या हो गया?"

आप बोले—"रानी, देखा नहीं तुमने, कितनी ज़ोर का दस्त मुझे हुआ था।"

मैं बोली—"इससे फ़ायदा ही है। सब पानी निकल जाएगा।"

आप चिन्ता के स्वर में बोले—"पानी के साथ सब कुछ निकला जा रहा है, रानी!"

मैं उनके ये शब्द सुनकर रो पड़ी। टप्-टप् करके मेरे आँसू ज़मीन पर गिर पड़े। यद्यपि मैं बड़ी कोशिश में रहती थी कि उनके सामने मेरी आँखों से आँसू न निकलें। पर इस बार मेरा मन विवश हो गया। मेरे धैर्य का बाँध टूट पड़ा।

दूसरे दिन फिर आपको बेहोशी हुई। बहुत ज़ोर का पख़ाना भी हुआ। मैं उसे साफ़ करने के लिए बढ़ रही थी कि भाई ने मेरा हाथ पकड़कर कहा—"बहन, वे अब नहीं रहे! कहाँ जाती हो?"

मैं खुलकर रो पड़ी। और तभी से आज तक रो रही हूँ। अब मुझे किसका डर रहा। पाठको, आगे अब मुझसे लिखा नहीं जा रहा है। अब मेरी सारी ज़िन्दगी रोने के लिए ही बच रही है।

मैं न कोई लेखिका हूँ, न कोई कलाकार। इस रचना से पाठकों का ज़रा भी लाभ हो सका तो मैं अपने को धन्य मानूँगी।

मिला तेज़ से तेज़

सुधा चौहान

माँ और काका का जिस प्रकार राजनीति के क्षेत्र में एक बड़ा परिवार था, उसी प्रकार साहित्य के क्षेत्र में भी उनके अनेक बन्धु थे। पंडित माखनलाल चतुर्वेदी से उनके सम्बन्ध की कथा ऊपर आ चुकी है। माखनलाल जी के माध्यम से, आगरा में पढ़ाई के दिनों में गणेशशंकर विद्यार्थी से काका का परिचय हुआ था और इस परिचय ने उनके जीवन को कैसा संस्कार दिया इसकी कथा भी कही जा चुकी है। विद्यार्थी जी के घर पर ही कानपुर में काका का परिचय बालकृष्ण शर्मा 'नवीन' से हुआ था। नवीन जी उनसे उम्र में एकाध साल छोटे थे। समवयस्क होने के कारण दोनों में बहुत जल्दी मित्रता हो गई। काका की शादी हो जाने के बाद नवीनजी अपने किसी काम से इलाहाबाद आए और वहाँ उनका परिचय माँ से कराया गया। अब समस्या यह हुई कि नवीन जी माँ को क्या कहकर पुकारें? उम्र में वह उनसे काफ़ी छोटी थीं परन्तु काका के रिश्ते के नाते बड़ी हो जाती थीं। नवीन जी का मन सोलह-सत्रह साल की उस दुबली-पतली लड़की को भाभी का गौरवमय पद देने के लिए तैयार नहीं हो रहा था। तभी एकाएक समस्या का समाधान आप-से-आप हो गया। पता नहीं बात पहले किसे सूझी, लेकिन ये बालकृष्ण थे और वे सुभद्रा थीं, उनका सम्बन्ध तो सनातन था! तब से नवीन जी माँ पर छोटी बहन जैसी ममता रखते थे। उन्हें जब माँ पर बहुत प्यार आता तो उन्हें बिन्नो या बन्नो रानी कहकर बुलाते।

सन् '43 की बात है, माँ कभी कानपुर गईं और प्रताप प्रेस में नवीन जी के पास ठहरीं। उनके आगमन से नवीन जी इतने प्रसन्न थे कि वह ख़ुशी उनके भीतर समा नहीं पा रही थी। दोपहर को माँ सो रही थीं। उनके सोते में शायद बिजली चल गई। जब उनकी आँख खुली तो उन्होंने देखा कि नवीन जी हाथ का पंखा लिये उन्हें झल रहे हैं।

काका और नवीन जी आजीवन एक-दूसरे के लिए लक्ष्मण और बालकृष्ण रहे आए परन्तु माँ सारे रिश्ते-नाते और कालखंड लाँघकर उस द्वापर के कृष्ण की बहन सुभद्रा बन गईं।

माँ और महादेवी जी का सम्बन्ध भी ऐसी ही गहरी आत्मीयता का सम्बन्ध था। उसका आरम्भ तो क्रास्थवेट स्कूल से ही हुआ था, लेकिन तब कोई नहीं जानता था कि आगे चलकर जीवन में कौन क्या राह पकड़ेगा। अपने बचपन के दिनों को याद करते हुए महादेवी जी क्रास्थवेट स्कूल में माँ के साथ बिताये दिनों के बारे में लिखती हैं, "एक सातवीं कक्षा की विद्यार्थिनी, एक पाँचवी कक्षा की विद्यार्थिनी से प्रश्न करती है "क्या तुम कविता लिखती हो?" दूसरी ने सिर हिलाकर ऐसी अस्वीकृति दी जिसमें हाँ और नहीं तरल होकर एक हो गए थे। प्रश्न करनेवाली ने इस स्वीकृति-अस्वीकृति की सन्धि से खीजकर कहा, "तुम्हारी क्लास की लड़कियाँ तो कहती हैं कि तुम गणित

की कॉपी तक में कविता लिखती हो। दिखाओ अपनी कॉपी," और उत्तर की प्रतीक्षा में समय नष्ट न कर यह कविता लिखने की अपराधिन को हाथ पकड़कर खींचती हुई उसके कमरे में डेस्क के पास ले गई। नित्य व्यवहार में आनेवाली गणित की कॉपी को छिपाना सम्भव नहीं था, अतः उसके साथ अंकों के बीच में अनधिकार सिकुड़कर बैठी हुई तुकबन्दियाँ अनायास पकड़ में आ गईं। इतना दंड ही पर्याप्त था। पर इससे सन्तुष्ट न होकर अपराध की अन्वेषिका ने एक हाथ में वह चित्र-चित्रित कॉपी थामी और दूसरे में अभियुक्त की उँगलियाँ कसकर पकड़ीं और वह हर कमरे में जा-जाकर इस अपराध की सार्वजनिक घोषणा करने लगी। लेकिन आठवीं क्लास पास करने के बाद माँ की शादी हो गई, पढ़ाई छूट गई। उनकी राजनीति सक्रिय राजनीति रही। उनकी कविता उनके जीवन से बहुत ही सीधे रूप में जुड़ी हुई रही।

महादेवी जी की शिक्षा निर्बाध चली और सम्मानपूर्वक शिक्षा समाप्त करके उन्होंने स्त्री-शिक्षा को अपना कार्यक्षेत्र बनाया। उनकी कविता उनके व्यक्तित्व के अनुरूप अन्तर्मुखी और अर्थगाम्भीर्यमयी थी। उन्होंने साहित्य में बहुत यश कमाया; परन्तु इन दोनों के व्यक्तित्वों के अन्तर से या उनकी जीवनधाराओं के अलग-अलग होने से दोनों के उस पुराने साहचर्य में कभी कोई अन्तर नहीं आया। बहुत बार कई-कई वर्षों बाद उनका मिलन होता था पर वह दो साहित्यकों का मिलन नहीं होता था, दो सहेलियाँ आपस में मिलती थीं और उसी तरह के हँसी-मज़ाक़ होते थे। गम्भीर बातों को छोड़कर दुनिया भर की और सब बातें होती थीं। दोनों खादी भंडार में दो एक-सी साड़ियाँ खोजती थीं, जिनका मिलना उन दिनों, जब खादी का प्रचार इतना कम था, ज़रा मुश्किल होता था। पर यदि कभी एक-सी दो साड़ियाँ मिल जाती थीं तो उन्हें सँभालकर रखा जाता था कि उन्हें साथ-साथ पहनकर बाहर जा सकें। माँ जब भी कभी कहीं जाएँ और रास्ते में इलाहाबाद पड़ता हो तो वे एक दिन वहाँ ज़रूर रुकतीं। अगर कभी किसी कारण से इलाहाबाद न उतर सकती हों तो महादेवी जी को स्टेशन पर बुला लेतीं।

एक बार महादेवी जी किसी साहित्यिक आयोजन में जबलपुर आईं। उनके ठहरने की व्यवस्था किसी बड़े आदमी के घर की गई थी, लेकिन उन्होंने माँ के साथ उनके टूटे-फूटे घर में ही ठहरना पसन्द किया। सवेरे माँ ने उनसे कहा, "महादेवी, तुम ज़रा बैठो, मैं आँगन लीप लूँ तब फिर तुम्हारे साथ बैठूँगी।" महादेवी ने कहा, "तुम क्या समझती हो, मुझे लीपना नहीं आता? बहुत अच्छा लीपना जानती हूँ।" माँ बोलीं, "तुम जानती होगी पर मेरे समान जल्दी नहीं लीप पाओगी।" महादेवी जी इस बात को क्यों मानतीं, बोलीं, "अच्छी बात है, मैं एक तरफ़ से लीपना शुरू करती हूँ और तुम दूसरी तरफ़ से। देखें कौन जल्दी लीपता है और अच्छा लीपता है।" और दोनों ने आँगन के दो विपरीत कोनों से लीपना शुरू किया।

जबलपुर के साहित्यिकों और साहित्य-प्रेमियों ने सुना कि हमारे शहर में प्रसिद्ध कवयित्री महादेवी वर्मा पधारी हैं और सुभद्रा जी के घर ठहरी हैं। सबेरे-सबेरे सब लोगों ने दल बनाकर वहाँ धावा बोल दिया और जब हमारे घर पहुँचे तो देखा कि दोनों कवयित्रियाँ पूरे मनोयोग से आँगन लीपने में जुटी हुई हैं!

ऐसे ही माँ एक बार शाम को इलाहाबाद में महादेवी जी के घर पहुँचीं। उन्होंने ताँगे पर से अपना सामान नहीं उतरवाया और महादेवी जी को बुलाकर उनसे कहा कि

"देखो, इस बार मैं तुम्हारे घर नहीं ठहरूँगी", और इलाहाबाद के एक अध्यापक कवि का नाम लेकर बोलीं कि "उनका बहुत आग्रह है, मैं एक बार उनके साथ ठहरूँ तो इस बार मैं वहीं जाऊँगी। चलो तुम भी मेरे साथ चलो, फिर लौट आना।" महादेवी जी बोलीं कि "अच्छा, चलो मैं भी चलती हूँ। सुना है उनकी पत्नी बहुत बढ़िया कचौरी बनाती हैं। अच्छा है, आज कचौरियाँ खाएँ।"

ताँगे में बैठकर दोनों उन कवि महोदय के घर पहुँचीं। दरवाज़ा खटखटाया गया परन्तु दरवाज़ा खुलने के पहले ही उन महाशय की पत्नी ने इस तरह के बिन बुलाए मेहमानों के लिए अपने पति को लताड़ना शुरू कर दिया और ज़ोरदार शब्दों में बता दिया कि वे दुनिया भर के लिए खाना नहीं पका सकती हैं। लोगों ने समझ क्या रखा है, मुँह उठाया और चले आए। पतिदेव अपनी पत्नी का क्रोध शान्त करने मे लगे थे, पर इन दोनों सहेलियों ने इस बीच चुपचाप प्रत्यावर्तन में ही कल्याण समझा और घर में कचौरी न सही, जो भी गरम-गरम भोजन मिला, उसी में तृप्ति पाई।

इलाहाबाद में महादेवी जी के घर माँ का परिचय सूर्यकान्त त्रिपाठी निराला से हुआ था। निराला तब अपनी प्रतिभा से उद्‌भासित दिग्गज कवि थे और माँ तब तक गृहस्थी के चक्कर में फँसी हुई अपने बच्चों की माँ थीं, जो अपने घर और देश सब की चिन्ताओं को अपने ऊपर ओढ़े हुए साहित्य के राजमार्ग को छोड़कर उसकी पगडंडी पर चलनेवाली एक साधारण बटोही रह गई थीं। लेकिन वह परिचय दो साहित्यकों या दो कवियों का न होकर दो व्यक्तियों का था, जिनमें से एक स्त्री थी, जिसका सहज मातृत्व किसी को भी माँ की ममता और बहन का स्नेह दे सकता था। माँ ने अपने सामने बैठे हुए उस लम्बे-चौड़े विशालकाय पुरुष के अन्दर छिपे हुए शिशु को पहचान लिया था, जो इसी स्नेह के लिए तरसा हुआ है।

मुझे ठीक से याद नहीं है, '43 या '44 रहा होगा। जबलपुर की किसी साहित्यिक संस्था ने निराला जी को जबलपुर आमंत्रित किया था। उसका सब पत्र-व्यवहार माँ ने किया था। उन्होंने ही इसका भी इन्तज़ाम किया था कि जब निराला जी जबलपुर आएँ, तो उन्हें पाँच सौ रुपये की थैली देकर उनका सम्मान किया जाए। होली के आसपास का समय था, जब निराला जी जबलपुर आए। उनके ठहरने का प्रबन्ध हमारे पड़ोसी एक साहित्य-प्रेमी धनी व्यक्ति के यहाँ किया गया था। उन दिनों निराला जी का मन सन्तुलन ज़रा बिगड़ा हुआ था। वे जबलपुर शाम के समय पहुँचे। नहा-धोकर गीले बदन ही वे केवल एक धोती पहनकर कमरे में आ गए। कमरा आदमियों से भरा था और उसमें पूरी तेज़ से पंखा चल रहा था। पंखे के नीचे निराला जी ठंड से झुरझुराते बैठे रहे। न तो उन्हें ही सूझा और न किसी और को उनसे यह कहने की हिम्मत पड़ी कि आप बदन पोंछकर कपड़े पहन लीजिए। माँ जब घर आईं, तो बताने लगीं कि बेचारे निराला जी ठंड से कँपकँपाते बैठे रहे बदन पर कुछ डाल लें, यह उन्हें नहीं सूझा। उन्हें तो किसी ऐसी स्त्री की ज़रूरत है, जो माँ-बहन के समान उनकी ज़रूरतों को समझकर उनकी फ़िकर रख सके। एक तो निराला जी का लम्बा-चौड़ा भव्य व्यक्तित्व, दूसरे उनकी कुछ असन्तुलित मन:स्थिति, इन सबसे शायद माँ भी हिचक गई होंगी, वर्ना उनका जैसा उन्मुक्त और स्नेही स्वाभाव था वे पहले निराला जी को तौलिया देतीं कि "लो, इससे अपना बदन पोंछ लो" और फिर कुर्ता पहनने को दे देतीं।

निराला जी अपने इस प्रवास में दो-तीन बार हमारे घर आए। काका तब तक जेल में थे। बैठने के कमरे में पूरे फ़र्श पर गद्दा बिछा हुआ था। निराला जी को वहाँ बिठाकर माँ चौके में खाने का इन्तज़ाम करने गईं। निराला जी ने अलमारी खोलकर उसमें से चुन-चुनकर अपनी पुस्तकें निकाल लीं और लेटकर पढ़ने लगे। पढ़ते-पढ़ते ख़ुश होकर निराला जी कमरे के एक सिरे से दूसरे सिरे तक लोट लगाते, फिर कुछ पढ़ते और फिर उस दूसरे सिरे से पहले सिरे तक लोट लगाते। इतने बड़े कवि और ऐसे भव्य व्यक्तित्ववाले आदमी से हम भाई-बहन यों ही आतंकित थे, उन्हें इस तरह की चेष्टाएँ करते देखकर हम सब सहमे हुए दूसरे कमरे से झाँक-झाँककर देखते रहे। निराला जी की वह ख़ुशी एक बच्चे जैसी ख़ुशी थी, जिसे अपना कोई काम बहुत अच्छा लगा हो। वह और कुछ भी नहीं था क्योंकि माँ जब वापस कमरे में आईं तो उनसे वे ठीक से बात करने लगे। पर यह भी ठीक है कि वे अनर्गल बातें भी करते थे। पता नहीं यह कैसी ग्रन्थि थी पर जब बहुत से लोग उनसे मिलने आ जाते तो वे रवीन्द्रनाथ ठाकुर और जवाहरलाल नेहरू के परिवार से नीचे कोई और बात नहीं करते थे। बड़े दु:ख की बात है कि निराला जी के मन की इस ग्रन्थि को सद्भावनापूर्वक समझकर उसका उपचार करने का कोई प्रयत्न नहीं किया गया। इसी प्रसंग में मुझे अपने अनुभव की एक-दो घटनाएँ याद आती हैं, जिनसे इस बात पर रोशनी पड़ती है कि यदि उन्हें केवल निन्दा या केवल स्तुति का पात्र न बनाकर एक सहज मानवीय धरातल पर उनको समझने का यत्न किया गया होता तो उनकी बहुचर्चित विक्षिप्तता की व्याधि का समाधान खोज लेना बहुत कठिन न होता।

कुछ साल पहले एक बार हमारे घर बम्बई से हिन्दी के एक प्रोफ़ेसर आए। स्वभावत: उनके नाम के आगे और पीछे बहुत-सी उपाधियाँ लगी हुई थीं। उन्होंने निराला जी के दर्शन करने की इच्छा व्यक्त की। उनके साथ उनकी पुत्री भी थी। हम लोग जब निराला जी के घर जाने लगे तो हमारे एक पड़ोसी जो स्वयं भी लेखक हैं और निराला जी के इतने बड़े भक्त हैं कि उनकी चर्चा करते समय उनकी आँखों में आँसू आ जाते हैं, वे भी हमारे साथ हो लिये। हम पाँच व्यक्ति जब निराला जी के घर पहुँचे तो वे अपने कमरे में जिसके दरवाज़े गली में खुलते थे, निखहरे तख़त पर एक लुंगी पहने बैठे थे। हम सब लोगों ने उन्हें प्रणाम किया और उन्होंने बड़ी प्रसन्न मुद्रा से हमारा स्वागत किया। बम्बई के दोनों अभ्यागत निराला जी के लिए अपरिचित थे और हमारे पड़ोसी ने उनका परिचय कराना शुरू किया कि आप डॉक्टर अमुक हैं, हेड ऑफ़ द डिपार्टमेंट हैं, आप और आपकी पुत्री अभी-अभी विदेश-भ्रमण करके लौटे हैं आदि-आदि। इस परिचय के दौरान मैं निराला जी की बदलती मुखमुद्रा देख रही थी। उसके बाद निराला जी ने तुरन्त अंग्रेज़ी बोलना शुरू किया और कहा कि वे हिन्दी नहीं समझ सकते और केवल अंग्रेज़ी में बोलते रहे और उस समय शायद वे गणित के विषय में कुछ बोल रहे थे। अधिकांश बातें अनर्गल-सी थीं। सभी लोग सहमे-से उन्हें देख रहे थे। इसी अपने धाराप्रवाह भाषण के बीच-बीच वे उठकर घर के भीतर जाते, जहाँ उन्होंने शायद गोश्त पकने के लिए चढ़ा रखा था, और उसे देखकर वापस आ जाते। कुछ देर बाद जब वे भीतर से पतीली में पकता गोश्त देखकर आए तो अमृत ने उनसे कहा कि बहुत अच्छी ख़ुशबू आ रही है। इस बात से निराला जी के चेहरे पर मुस्कराहट आई और वे अमृत से हिन्दी में बोले, कि अब बस थोड़ी-सी कसर और है, अभी तैयार हुआ

जाता है। फिर यह हुआ कि वे अंग्रेज़ी के बीच-बीच में बैसवाड़ी में भी बोलने लगे। कुछ देर में गोश्त तैयार हो गया और निराला जी उसे एक थाली में निकालकर ले आए। इस बीच जिन महाशय के घर वे रहते थे, उन्होंने रोटियाँ भी सिंकवा ली थीं। हम लोगों के बाक़ी सब साथी शाकाहारी थे तो निराला जी ने अमृत को अपने ही साथ खाने को बिठा लिया। ख़ुद उन्होंने कितना खाया, यह कहना कठिन है, पर जिस प्रेम से उन्होंने अमृत को खिलाया उस प्रेम से कोई माँ ही अपने बच्चे को खिला सकती है। गोश्त के अच्छे-अच्छे नरम टुकड़े चुनकर उन्हें देते कि लो इसे खाओ, यह अच्छा है। खाना ख़तम होते-होते निराला जी का व्यक्त्वि एकदम बदल चुका था। वे अंगेज़ी भूलकर हिन्दी और बैसवाड़ी बोल रहे थे। फिर उन्होंने उन डॉक्टर साहब के आग्रह पर अपनी एक कविता भी सुनाई। उनकी बेटी निराला जी की फ़ोटो खींचना चाहती थी, निराला जी फ़ौरन उसके लिए भी तैयार हो गए। वे जिस तरह बैठे थे, खिलाने-पिलाने के लिए वह सज्जा ठीक थी परन्तु फ़ोटो खिंचाने के पहले कुछ तो प्रसाधन चाहिए। तख़्त के पास ही एक खुली अलमारी से निराला जी ने एक टूटे हुए आईने का टुकड़ा उठाया पर दुर्भाग्यवश वहाँ कोई, टूटा ही सही, कंघा नहीं था। निराला जी कुछ परेशान-से दिखे पर फिर उन्होंने टूटे आईने में देखकर अपनी उँगलियों से ही अपने वे उलझे हुए बाल सँवार लिये जो ज़रा से साज-सँवार से ही किसी के लिए भी गर्व का कारण बन सकते थे। और अपनी इतनी सज्जा के बाद वे वही फटी लुंगी पहने गली में निकल आए कि उजाले में ठीक से फ़ोटो खिंचवा सकें।

निराला जी के भक्तों की संख्या जितनी ही ज़्यादा थी, उन्हें समझनेवालों की संख्या शायद उतनी ही कम थी। यदि हमारे साथवाले उनके भक्त उन अभ्यागत डॉक्टर साहब का इतना ही परिचय देते कि ये आपके दर्शन के लिए बम्बई से आए हैं, आपकी कविताओं के बड़े प्रेमी हैं, तो शायद उनकी मन:स्थिति में एकाएक वह असन्तुलन न दिखाई देता, जो कि दिखाई पड़ा—और फिर थोड़ा-सा अपनापन पाकर उतनी सरलता से धीरे-धीरे ठीक भी हो गया।

निराला जी की बीमारी और उनकी मृत्यु के समय भी हम लोग उनके पास थे। उस समय भी उनके कुछ भक्तों का जो ढोंग और आडम्बर वहाँ देखा, तो मुझे यही लगा कि इससे कहीं अच्छा होता कि वे कहीं दूर केवल अपनों के बीच इस संसार से विदा हुए होते।

इस थोड़े-से विषयान्तर के लिए क्षमा चाहती हूँ, क्योंकि बात जबलपुर के कवि-सम्मेलन की हो रही थी।

निराला जी को या तो जबलपुर बहुत भा गया था या उनके मन के पीने-पिलानेवाले साथी मिल गए थे, वे वहीं रुके रहे। कवि-सम्मेलन समाप्त हो जाने के बाद ही माँ को किसी ज़रूरी काम से रायपुर जाना था। कारण तो ठीक से नहीं मालूम, हो सकता है, माँ रुपया देने गई हों और निराला जी न मिले हों, उन्होंने सौ-सौ के पाँच नोट एक लिफ़ाफ़े में रखकर मुझे दिए कि यह लिफ़ाफ़ा तुम जाकर निराला जी को दे देना और मेरा तरफ़ से माफ़ी माँग लेना।

दिन के कोई चार या पाँच बजे मैं और मेरा एक भाई निराला जी के पास गए। वे अपने कमरे में अकेले बैठे थे। मैंने उन्हें वह लिफ़ाफ़ा दिया और अपनी माँ का सन्देश

कह दिया। निराला जी ने पूछा कि "तुम दोनों भाई-बहन हो? तुम लोग किस क्लास में पढ़ते हो?" फिर मुझसे कहा कि "अभी रुको" और दूसरे कमरे में चले गए। कमरों के बीचवाले दरवाज़े में शीशे लगे हुए थे। निराला जी ने दरवाज़े की आड़ में खड़े होकर लिफ़ाफ़े में से नोट निकालकर गिने और फिर लिफ़ाफ़े में वापस रख लिये। हम दोनों भाई-बहन को शीशे में से सब दिखाई दे रहा था। फिर निराला जी कमरे में आए और लिफ़ाफ़े में से एक नोट निकालकर मुझको देते हुए बोले, "लो, इसकी तुम लोग मिठाई खा लेना।" मैं उनसे रुपया लेती ही क्यों? और उस समय तो मेरी कच्ची उम्र थी, निराला जी को छिपकर रुपया गिनते देखकर मुझे बहुत क्रोध आ रहा था कि इन्हें मेरा इतना विश्वास नहीं है कि मैं उन्हें पूरा रुपया दूँगी और फिर यदि गिनना ही था तो मेरे सामने क्यों नहीं गिना, छिपकर क्यों गिना। एक उम्र होती है कि जब स्वाभिमान बहुत जल्दी आहत होता है और विशेषकर मेरी जो परिस्थिति थी (अपने माँ-बाप की अनुपस्थिति में मेरी आख़िर यही तो चेष्टा रही थी कि जैसे भी हो मैं अपने बूते अपना काम चलाऊँ) मैंने कुछ रुखे ही स्वर में रुपया लेने से इनकार कर दिया। बचपन का क्रोध अलग चीज़ होती है। इतने वर्षों बाद उस बात को सोचो तो लगता है कि जो व्यक्ति शीशे के दरवाज़े की आड़ में छिपकर रुपया गिनता है वह भी तो कहीं बच्चा ही था, नहीं तो कमरे में थोड़ा और भीतर जाकर उन्हें दीवार की आड़ भी मिल ही सकती थी।

मेरे इनकार का निराला जी ने बुरा नहीं माना। रुपया वापस रखते हुए बोले, "तुम्हारे घर चलें, चाय पिलाओगी?" मैंने कहा, "चलिए" और हम लोग अपने घर आ गए। जब हम लोग घर पहुँचे तो वहाँ हमारी एक पड़ोसिन अपने पाँच-छह बच्चों के साथ बैठी हुई थीं। मैंने चाची जी से निराला जी का परिचय कराया और भीतर चाय बनाने चली गई। जब मैं चाय लेकर आई तो निराला जी जा चुके थे। चाची जी ने बताया कि बरामदे में एक सिरे से दूसरे सिरे तक बार-बार टहलते हुए वे एक बार चाची जी के पास आकर खड़े हुए और उनसे पूछा कि यह सब बच्चे तुम्हारे ही हैं? चाची जी ने जवाब दिया, "जी हाँ।" फिर निराला जी दूसरी तरफ़ चले गए। जब पलटे तो फिर उनके पास आकर रुके और बोले कि "जवानी तो ख़ूब बचाकर रखी है," और फिर जो बरामदे के सिरे पर पहुँचे तो वहाँ से बाहर ही निकल गए।

उसके बाद निराला जी, चौबे जी (हमारे सम्पन्न पड़ोसी) का घर छोड़कर शहर में ही कहीं और रहने चले गए। माँ के बाहर चले जाने से हमारे घर तो फिर वे दुबारा नहीं आए लेकिन जबलपुर में और कई दिन रुके रहे। सुनते हैं, उन रुपयों में से दो सौ रुपये उन्होंने जबलपुर साहित्य संघ को दे दिए। बाक़ी रुपये भी बहुत-कुछ इधर-उधर बाँटने में ही गए। फिर जब उनका रुपया समाप्त होने लगा तब उनके हमप्याला दोस्तों ने टिकट कटाकर उन्हें रेल में बैठा दिया।

फिर शायद 1947 में काशी विश्वविद्यालय में निराला जी की स्वर्ण जयन्ती मनाई गई। उसमें माँ भी आमंत्रित थीं। एक तो माँ निराला जी को बहुत मानती थीं, दूसरे मैं बनारस में ही रहती थीं और मेरे पास एक छोटा-सा बेटा था। माँ ठीक बसन्त पंचमी के दिन बनारस पहुँची। उसी दिन मैरे घर का महराज छुट्टी पर चला गया। उसके यहाँ किसी की मृत्यु हो गई थी। मेरी गोद में छोटा-सा बच्चा था और अब मुझे खाना भी पकाना

था। माँ मेरी परेशानी देखकर दुखी थीं, पर विश्वविद्यालय तो उन्हें जाना ही था; मुख्यत: उसी काम के लिए वे बनारस आई थीं।

विश्वविद्यालय के आयोजन से लौटकर माँ ने उसके बारे में मुझको बताया कि किस तरह निराला का सम्मान किया गया। लोगों ने उन्हें रेशम का कुर्ता, ज़री के काम का उत्तरीय और बढ़िया महीन धोती पहनाकर बिलकुल दूल्हा बना दिया। फिर कुछ सोचकर बोलीं कि "हो सकता है दूसरे ही दिन निराला जी सब कुछ उतारकर किसी को दे दें। इससे तो अच्छा होता कि उन्हें चार जोड़ी सादे कपड़े बनवा देते, जो कुछ दिन उनके काम तो आते।" उसके दूसरे दिन हम लोगों ने निराला जी को सड़क पर से जाते देखा। उनके वे कपड़े जब से पहने गए थे शायद बदन से उतरे नहीं थे। सारे कपड़ों में सलवटें पड़ी थीं, बाल उलझे-से थे। पैर की चप्पल पहनना वे शायद भूल ही गए। आसपास से बेख़बर कहीं चले जा रहे थे।

माँ का यह साहित्य-परिवार सचमुच बहुत बड़ा था। उन्होंने दूसरों को भरपूर आत्मीयता दी थी और वैसी ही भरपूर आत्मीयता पाई भी थी। जबलपुर के जो भी तब के तरुण लेखक थे, वे सभी माँ के मित्र थे। उन सबको उनका स्नेह और उनकी ममता बिना किसी भेद-भाव के अजस्त्र मिलती रहती थी। जो व्यक्ति संकोच छोड़कर सीधे-साधे उनके पास आ पाता, उसका तो स्वागत था ही, जिसके बारे में सुन लेतीं कि वह उनके पास आना तो चाहता है पर मारे संकोच के नहीं आ पाता, या आता है और बाहर-ही-बाहर चक्कर लगाकर लौट जाता है, उसके पास वे स्वयं चली जाती थीं और बड़े मनुहार से उसे अपने घर लिवा लाती थीं। फिर तो जो भी एक बार उनके घर आया और उनके पास कुछ देर बैठा, उसका सम्बन्ध सदा के लिए उनसे जुड़ जाता था।

जैनेन्द्र कुमार ने एक बार माँ के सम्बन्ध में बात करते हुए कहा था कि "सुभद्रा ने धन-कष्ट और और भी बहुत-से कष्ट सहे, पर उसमें दैन्य कभी नहीं आया। उसकी गरिमा अभावों के बीच भी राजसी रहती थी।" लोग कितने भी बेवक़्त आएँ, माँ काम से कितनी भी थकी हों, वे हृदय से उनका स्वागत करती थीं। उनके पास जो कुछ बाहर था, वही भीतर भी था। अभ्यागत का स्वागत-सत्कार उसी तरह करती थीं, मानो उसे बड़े मान-मनुहार से बुलाया हो। उनके घर पर एक चूल्हा चाय के लिए अलग ही रहता था, जिस पर दिन में पचीसों बार चाय बनती थी। साहित्यिक मित्रों से पढ़ने-लिखने की बात तो होती ही होगी लेकिन असल चीज़ यह थी कि उनसे उनके सम्बन्ध के कुछ दूसरे ही धरातल थे। उनके परिवार के सुख-दुःख, उनके अपने व्यक्तिगत सुख-दुःख सभी माँ को सुनने पड़ते थे। लोग अपनी बात उनसे कहकर हलके हो जाते थे। उनमें ज़रूर उनको एक सहानुभूतिपूर्ण श्रोता मिलता होगा नहीं तो कोई यों किसी के सामने अपना दिल खोलता है?

माँ के एक नवयुवक साहित्यिक बन्धु की शादी उनके माता-पिता के आग्रह के कारण हो तो गई पर अपनी वधू उन्हें अपनी कल्पना के अनुरूप नहीं लगी। वे उससे बात करना भी पसन्द नहीं करते थे। और साथ ही यह भी समझते थे कि इस तरह वे उस लड़की के प्रति बहुत बड़ा अन्याय कर रहे हैं। उनका विवेक हर समय उन्हें कचोटता रहता था। वे बहुत ही दुखी थे और माँ को अपना दुखड़ा सुनाकर अपना जी हल्का कर लेते थे। माँ उन्हें क्या सलाह देती थीं, यह तो मुझे नहीं मालूम, परन्तु इसमें मुझे सन्देह

नहीं है कि माँ ने न तो उनके अविवेकपूर्ण आचरण के लिए उनकी भर्त्सना की होगी और न उस बेचारी निर्दोष लड़की के ख़िलाफ़ कुछ कहा होगा। जो भी बात हो इन आत्मीयतापूर्ण बातों का इतना परिणाम अवश्य हुआ कि इन तरुण बन्धु का अपनी पत्नी के लिए आक्रोश कम होता गया और धीरे-धीरे उनका दाम्पत्य जीवन समगति से बहने लगा। बिना किसी को डाँटे-डपटे अपनी ही तरह से बातें करके उसे उसके अनजाने ही सही राह पर लगा देना माँ को ख़ूब आता था।

विधानसभा, घर और मित्रों के इतने बड़े परिवार को लेकर माँ बहुत व्यस्त रहती थीं। काम की व्यस्तता में वे अपने गिरते हुए स्वास्थ्य को भूल जाना चाहती थीं। पर वह अब अपने को भुलाने नहीं देना चाहता था। सारीडान की मात्रा उत्तरोत्तर बढ़ती जा रही थी। पर उसके बाद भी उनका सिर दर्द उन्हें बार-बार बिस्तर पर पटक देता था। उनकी एक बड़ी चिन्ता का कारण अपनी छोटी बेटी ममता का भविष्य था। निराला जी के सम्मान-समारोहवाली अपनी उस अन्तिम काशी यात्रा में उन्होंने मुझसे पूछा ही था—बेटी, मैं मर जाऊँगी तो तुम्हारे ससुरालवाले ममता को तुम्हारे पास रहने देंगे? मैंने उन्हें डाँटकर चुप कर दिया था—माँ, तुम मुझसे मरने की बातें न किया करो! माँ चुप हो गई थीं लेकिन चिन्ता तो अपनी जगह थी ही। पर हाँ, इस बीच इतना अवश्य हुआ था कि एक बार उनके बाहर कहीं से लौटने के बाद महीने भर के भीतर ही ममता काफ़ी साफ़ बोलने लगी थी। बचपन में जब बोलना सीखने की उम्र होती है, तब वह अपने निरन्तर के ऑपरेशनों के कारण जीभ और तालू के स्पर्श से व्यंजनों का उच्चारण सीख ही नहीं पाई थी। काका ने अपनी बेटी की समस्या को लेकर जेल में बहुत-कुछ पढ़ा था। जेल से लौटकर जब उन्होंने लड़की को विधिवत् जीभ और तालू का स्पर्श दिखा-दिखाकर बोलना सिखाया तो वह हफ़्ते भर के अन्दर ही ठीक-ठीक बोलना सीख गई।

लेकिन अब माता-पिता के सिर पर एक दूसरी ही चिन्ता सवार हो गई थी—छोटे को हल्का-हल्का बुख़ार रहने लगा था। छोटे का बहुत इलाज करवाया गया, परन्तु बुख़ार में कोई अन्तर नहीं दिखाई पड़ा। रोज़ कुछ घंटों के लिए बुख़ार चढ़ जाता था और यह सिलसिला महीनों चला। काका को यों ही नींद बहुत कम आती थी, पर अब लड़के की इस बीमारी से वे पूरी-पूरी रात टहलकर काट देते थे। उधर माँ कितनी परेशान होंगी, उसका भी अनुमान सहज ही लगाया जा सकता है; परन्तु अपनी सारी परेशानी छिपाकर उन्हें छोटे के सामने ख़ुश रहना पड़ता था। पन्द्रह वर्ष का लड़का नासमझ नहीं होता। उसके साथ कुछ गड़बड़ है, इतना तो वह भी समझता होगा और उसकी चिन्ता भी उनके मन में होगी। फिर जब वह माँ-काका को अपनी परेशानी उससे छिपाने की चेष्टा करके देखता तो और भी चिढ़ जाता। उसके इस महीनों पुराने बुख़ार का अन्त इस प्रकार हुआ कि डॉक्टर ने माँ से कहा, कि आप थर्मामीटर तोड़कर फेंक दीजिए और अब छाती का एक्स-रे भी न कराइए, और पीने के लिए एक जनरल टॉनिक दिया। छोटे धीरे-धीरे चंगा हो गया, लेकिन इसमें सन्देह नहीं कि बीच के कुछ महीने उन दोनों के लिए बड़ी दुश्चिन्ता में बीते।

छोटे की बीमारी के सिलसिले में ही मैं जबलपुर आई और फिर वहीं रुकी रही। जबलपुर में ही मुझे लड़का हुआ। बच्चा होने के एक दिन पहले माँ मुझे लेकर डॉक्टर के पास

गईं और डॉक्टर ने जाँचकर कहा कि बच्चा अभी तीन हफ़्ते तक नहीं होगा। माँ को एक ज़रूरी काम से नागपुर जाना था। दूसरे दिन वे नागपुर चली गईं और उसी रात मुझे लड़का हुआ। मेरे अस्पताल जाते ही माँ को ट्रंककाल कर दिया गया था और वे दूसरे दिन सबेरे-सबेरे ही जबलपुर पहुँच गईं। काका पूरे समय अस्पताल में ही थे। माँ स्टेशन से सीधे अस्पताल आईं। मुझसे बोलीं कि "अच्छा हुआ मैं उस समय तुम्हारे पास नहीं थी। नहीं तो तुम्हें दर्द होता और मैं पूरे समय रोती।" फिर जब वे अस्पताल से घर गईं तो उनको रास्ते में जो भी अपना परिचित दिखाई पड़ा उसे रोककर बुलाकर उन्होंने उसको बताया कि हमारी बेटी को लड़का हुआ है! जब वापस अस्पताल लौटीं तो मुझे बताने लगीं कि रास्ते में कौन-कौन मिला था और उन्होंने सबसे बता दिया कि उन्हें नाती हुआ है। मैं उनसे बोली कि "माँ, तुम्हें किसी को भी रोककर बताने की क्या ज़रूरत थी?" पर माँ की ख़ुशी का तो जैसे अन्त ही न था। उधर काका भी बच्चे का झूला बाहर बरामदे में निकालकर उसके पास कुर्सी डाले बैठे रहते थे।

बच्चे के घर आने पर उसकी ज़रा भी रोने की अवाज़ सुनते तो चाहे मुवक्किलों से घिरे बैठे हों या कोई ज़रूरी-से-ज़रूरी काम कर रहे हों, वे सब कुछ छोड़-छाड़कर भीतर आ जाते और कहते कि "भाई, हमारे बेटे को क्यों रुला रही हो?" बच्चे में उन्हें न जाने कितनी सुन्दरता दिख जाती थी कि कहते, "अब मेरी समझ में आ गया कि श्रीकृष्ण का नाम कृष्ण क्यों पड़ा होगा? वे इतने सुन्दर होंगे कि कहीं उन्हें नज़र न लग जाए, इस मारे उनका नाम कृष्ण (काला) रख दिया गया होगा!"

इसी बीच काका के बड़े भाई उमराव सिंह अपनी छोटी लड़की की ससुराल अतर्रा गए थे, उसे विदा कराने के लिए। वहीं एक दिन सबेरे-सबेरे दातून कर रहे थे कि गिर पड़े, और हृदय की गति बन्द हो जाने से उनकी मृत्यु हो गई। बच्चा भैया पढ़ाई समाप्त करके नौकरी करने लगे थे। पिता की मृत्यु के समय वे ट्रेनिंग पाने के लिए जबलपुर आए थे। उनकी छोटी बहन माया खंडवा में पढ़ाती थीं। ये दोनों भाई-बहन अभी अविवाहित थे। पिता की मृत्यु के बाद माया खंडवा में अकेली कैसे रहतीं; तो माँ उन्हें और उनके छोटे भाई जुग्गू को अपने साथ जबलपुर लिवा आईं। जुग्गू को तो उन्होंने नौकरी पर लगवा दिया। अब उनके सामने सबसे बड़ी समस्या माया के विवाह की थी। माया की माँ पहले ही इस दुनिया से जा चुकी थीं और अब पिता के भी चले जाने पर माया के लिए दुनिया में अब जो थे उनके यही काका-काकी थे। शादी-ब्याह तय करने के मामले में काका बिलकुल अनाड़ी थे। घराने के बच्चों में अभी तक केवल मेरी ही शादी हुई थी और वह तय की नहीं गई थी, तय हो गई थी। अब माँ माया के लिए लड़का ढूँढ़ने के लिए परेशान थीं। विधानसभा की मीटिंग में जब एक बार नागपुर गई थीं तो वहाँ किसी से उन्होंने अपनी इस चिन्ता की चर्चा की होगी। तभी अमरावती के एक एम.एल.ए. ने बताया कि वे एक डॉक्टर को जानते हैं, जो विधुर हैं, और शादी करना चाहते हैं। वे एम.एल.ए. स्वयं भी डॉक्टर थे। उन्होंने बताया कि वे डॉक्टर साहब बहुत सज्जन आदमी हैं और उनकी डॉक्टरी भी बहुत चलती है। आप एलिचपुर जाकर किसी से भी कहिए तो वह आपको उनके पास पहुँचा देगा।

उस बार माँ के साथ छोटे भी नागपुर गया था। सत्र समाप्त होने के दूसरे दिन माँ और छोटे एलिचपुर के लिए रवाना हो गए। एलिचपुर पहुँचकर माँ जिस ताँगे पर बैठीं,

उस ताँगेवाले से उन्होंने कहा कि "मेरे सिर में बहुत दर्द है, तुम मुझे यहाँ के सबसे अच्छे डॉक्टर के पास ले चलो।" ताँगेवाले ने उन्हें ले जाकर डॉक्टर मेहताब सिंह के दवाख़ाने में पहुँचा दिया। वहाँ पर उस समय वे एम.एल.ए. सज्जन भी बैठे थे। उन्होंने माँ का परिचय मेहताब सिंह से करा दिया। बिना किसी औपचारिकता के माँ ने उन्हें सीधे-सीधे बता दिया कि वे उनके पास किस उद्‌देश्य से आई हैं। डॉक्टर साहब उन्हें अपने घर ले गए। उन्होंने बताया कि उनके पिता नहीं हैं, घर पर केवल बूढ़ी माँ हैं और उनके दो छोटे-छोटे मातृहीन बच्चे हैं। उनकी शादी की बातचीत किसी लेडी डॉक्टर से हो रही थी, परन्तु जब माँ उनके घर पहुँच गईं तो उन्होंने कहा कि "अब आप आ गई हैं, तो आप जो कहेंगी वही मैं करूँगा। लड़की के विषय में मेरी कोई माँग नहीं है। आपकी भतीजी है, आप कह रही हैं कि अच्छी लड़की है, तो अब मुझे उसे देखना भी नहीं है।" लेकिन माँ इतनी बड़ी ज़िम्मेदारी अपने सिर लेने को तैयार न थीं। उन्होंने डॉक्टर साहब से कहा कि "ऐसा नहीं होगा। आपको मेरे घर आकर कुछ दिन रहना होगा। आप लड़की को अच्छी तरह देख लें। उसके स्वभाव आदि को भी थोड़ा-बहुत जान लें, तब आप तय कीजिएगा कि आप शादी करना चाहते हैं या नहीं। केवल मेरे कहने से आप मान जाएँ, यह बात ठीक नहीं। आप दोनों के साथ ज़िन्दगी बितानी है। आप वहाँ आएँगे तो लड़की भी तो आपको देख लेगी।"

कुछ दिन बाद डॉक्टर मेहताब सिंह जबलपुर आए और तीन-चार दिन हमारे घर रहे। उन्हें माया विवाह के लिए ठीक लगीं और बच्चा भैया और माया को भी डॉक्टर साहब पसन्द आए। विवाह की तारीख़ तय हो गई। एक-दो महीने बाद मेहताब सिंह अपने कुछ मित्रों और सम्बन्धियों के साथ आए। बड़ी सादगी और शालीनता के साथ विवाह सम्पन्न हुआ। वे वधू के लिए कुछ सामान नहीं लाए थे। उन्होंने जबलपुर आकर माँ के हाथ में रुपये दिए और कहा कि "आप ही अपनी पसन्द से मेरी ओर से माया के लिए उपहार ख़रीद दीजिए।" बेचारे दद्‌दा जी अपना दामाद देखने को नहीं बचे थे, परन्तु डॉ. मेहताब सिंह जैसे असाधारण सज्जन और सुशील व्यक्ति के हाथ माया को सौंपकर माँ-काका के मन में निश्चय ही बहुत सन्तोष हुआ होगा कि उन्होंने अपने भैया के अधूरे काम को बहुत अच्छी तरह पूरा किया।

एक काम माँ को और करना था। उनकी एक मुँहबोली बेटी थी। माता-पिताहीन ग़रीब लड़की से कौन विवाह करता? पर समस्या का समाधान अपने-आप हो गया। एक दिन उसने माँ से बताया कि वह एक युवक से शादी करना चाहती है। इसके लिए वह माँ का सहयोग चाहती है। उसकी अपनी अभिभाविका इस शादी के बहुत पक्ष में न थीं। माँ उस युवक से मिलीं। उन्हें वह व्यक्ति बहुत अच्छा लगा। सीधा-सादा नौकरीपेशा आदमी था। माँ ने अपनी मुँहबोली बेटी से कहा कि "तुम चिन्ता न करो, तुम्हारी शादी मैं अपने घर से कर दूँगी।" और एक बार फिर उस कुटिया में बन्दनवार बँधे और शहनाई के स्वर गूँजे। बाद में उस लड़की की अभिभाविका भी आ गईं। माँ में आदमी को पहचानने की निश्चय ही एक गहरी अन्तस्संज्ञा थी, नहीं तो इस तरह दूसरों के मामलों में आदमी जल्दी नहीं पड़ता। विशेष करके जब अभिभावक विरुद्ध हों। लेकिन उनकी उस अन्तस्संज्ञा ने या सहज बुद्धि ने उनको धोखा नहीं दिया। उनकी आदमी की पहचान सही थी। वह व्यक्ति उस लड़की के लिए बहुत अच्छा पति साबित हुआ।

फिर से विधानसभा की सदस्या बन जाने का एक दुष्परिणाम यह हुआ कि ढेरों लोग अपने-आप काम से उन्हें घेरे रहते। माँ ग़रीब लोगों के काम करवा देतीं पर उनके काम तो अधिकतर जबलपुर में ही रहते। जैसे एक बार माँ जब बाज़ार से लौटीं तो उस समय घर में डाकिया आया हुआ था। सामान जब रिक्शे से उतरवाकर भीतर रखा जा रहा था तो उसने माँ से पूछा, "बाई, आपको गुड़ कहाँ से मिल गया?" दूसरा महायुद्ध समाप्त होने के बाद के दिन थे। गुड़ तक का परमिट बड़ी मुश्किल से मिलता था। माँ ने उसे बताया कि कितनी मुश्किल से दस सेर मिला है, सुधा को लड़का हुआ है न, उसी के लिए चाहिए था! और भीतर चली गईं। बाद में उन्हें लगा कि डाकिए ने यह बात उनसे यों ही नहीं पूछी होगी। दूसरे दिन जब वह आया तो माँ ने उससे पूछा कि "तुम गुड़ के बारे में क्यों पूछ रहे थे?" उसने बताया कि उसकी लड़की को भी बच्चा हुआ है और लड़की को सुठोरा खिलाने को गुड़ नहीं मिल रहा है। तब माँ ने प्रयत्न करके उसके लिए भी दस सेर गुड़ मँगवा दिया।

रिक्शे पर बैठकर वह कभी पैसा नहीं तय करती थीं। जो भी रेट होता होगा उससे ज़्यादा ही देती थीं। वे कहती थीं कि ग़रीब आदमी को दो-चार आना कम देने से मेरी कोई ख़ास बचत नहीं होती; पर उसे एक-दो आना ही ज़्यादा मिल जाए तो उसके लिए यह बड़ी बात होती है। उनके तर्क उनके अपने ही होते थे। काका रिक्शे पर कभी नहीं बैठते थे। उन्हें उस पर बैठता अमानवीय लगता था। माँ को रिक्शे की सवारी ही पसन्द थी। उनका कहना था कि अगर सब लोग ऐसा ही तर्क करने लग जाएँ तो बेचारे इतने ग़रीब आदमियों का पेट कैसे पलेगा?

माँ के सिर में दर्द बराबर होता ही रहता था। टोने-टोटके या झाड़-फूँक में उनको तनिक भी विश्वास नहीं था। परन्तु अपने घर आनेवाले एक बूढ़े जमादार का मन रखने को वे उससे झाड़-फूँक भी करवा लेती थीं। जमादार जब कभी उन्हें लेटा हुआ या उदास देखता तो पूछता "क्यों बाई, क्या सिर दुःख रहा है?" और यदि माँ के मुँह से हाँ निकल गया तो जमादार फ़ौरन झाड़-फूँक को तैयार हो जाता। उन्हें दरवाज़े की देहली पर बैठाकर वह जाने क्या-क्या मंत्र बुदबुदाता था, और बीच-बीच में पूछता जाता कि बाई दर्द कम हो रहा है न? और उसकी एक-एक जिज्ञासा का उत्तर माँ को हाँ में देना पड़ता था। चाहे फिर जमादार के जाने के बाद उन्हें तुरन्त ही बिस्तर पर लेटना पड़े।

हमारी एक पड़ोसिन को पहला बच्चा हुआ। अपने बच्चे के लिए वे स्वेटर बुन रही थीं। पहले बच्चे के साथ माँ के शौक का अन्त नहीं होता। उसका वश चले तो वह आसमान के तारे टाँककर उसके कपड़े अपने बच्चे को पहनाए। आशा अपने बच्चों के लिए बहुत ख़ूबसूरत नमूना डालकर स्वेटर बुनना चाहती थीं। वे माँ के पास आईं कि उन्हें सुन्दर-सा नमूना बता दें। नमूना बताते-बताते ही माँ ने देख लिया कि छोटे बच्चे को गोद में सम्हालकर बुनाई करना कितना मुश्किल काम है। उन्होंने आशा से कहा कि "तुम ऊन मेरे पास छोड़ दो। मैं तुम्हें बुनकर दे दूँगी।" और तीन-चार दिन बाद उन्हें बच्चे का स्वेटर दे आईं।

एक दिन दोपहर को वे यों ही अपने पड़ोसी के घर चली गईं। उषा बाई अपने चौके में बैठी खाना खा रही थीं। उनकी थाली में रोटी और सूखी तरकारी थी। माँ ने

उनसे कहा कि "तुम रुको, ऐसा रूखा खाना क्यों खा रही हो? मैं तुम्हारे लिए दही लाती हूँ।" और लगा हुआ ही प्लाट था तो फ़ौरन अपने घर आईं और उनके लिए ढेर-सा दही ले गईं। हमारे घर में जब दूध होता था तो फिर नौकर भी यदि खाने के समय कहे कि "बाई, आज हमें थोड़ा दूध या दही दे दो", तो माँ झट उससे कह देती थीं, "जाली की अलमारी से ले लो।" उनकी तबीयत अक्सर ख़राब रहने लगी थी। दोपहर को या रात को एक बार बिस्तर पर लेट जाती थीं तो फिर उनसे उठा नहीं जाता था। उनके लेट जाने के बाद नौकर फिर चाहे जितना दूध-दही निकाल ले यह उसकी मर्ज़ी पर था।

उनकी तबीयत ज्यों-ज्यों ज़्यादा ख़राब होती जाती थी, घर के सदस्यों की संख्या बढ़ती जाती थी। मैं उन दिनों बनारस में थी। माया भी शादी के बाद एलिचपुर चली गई थीं। इस तरह दो बड़ी लड़कियाँ जो घर सम्हाल सकती थीं, उनके साथ नहीं थीं। परन्तु घर में लोग-ही-लोग थे। चारों बच्चे और काका तो थे ही, जुग्गू अपने पिता की मृत्यु के बाद वहीं आ गए थे। भेड़ाघाट में काम करने के लिए एक दूर के रिश्तेदार नन्दू भी आ गए थे। घर का काम करने को अब तीन लड़के नौकर थे। घर में अव्यवस्था भरपूर थी और बेहिसाब ख़र्च होता था। माँ कभी-कभी बहुत दुखी होकर मुझको लिखती थीं कि बेटी यह सब कैसे ठीक होगा, समझ में नहीं आता।

समझ में आने की बात भी नहीं थी। उनका रक्तचाप बहुत बढ़ गया था। अपने ही पानी से पकी हुई साग और केवल एक रोटी खाने की अनुमति उन्हें डॉक्टर से मिली थी। सरपीना आदि दवाइयाँ उनके सिरहाने की मेज़ पर रखी रहती थीं। कभी याद रहा तो खा लिया वर्ना भूल गईं, जो कि अक्सर होता था। उनके गिरते हुए स्वास्थ्य का इंगित इन्हीं चीज़ों से मिलता था। नहीं तो उनका यह हाल था कि कोई अपना काम लेकर आ गया तो वे अपनी तबीयत के बारे में एकदम भूल जाती थीं, और उसका काम करवाने को चल पड़ती थीं। कितनी बार हम भाई-बहन उन्हें इस तरह दौड़ पड़ने पर टोकते थे, पर वे कहती थीं कि "बेचारा बड़ी मुसीबत में पड़कर मेरे पास आया है, अब मैं भी नहीं करूँगी तो उसे कितनी निराशा होगी। या उसका कितना नुक़सान हो जाएगा। लेकिन यह दूसरों के काम के लिए दौड़ पड़ना यदि जबलपुर में इधर-उधर जाने तक ही सीमित रहता तब भी एक बात थी। अक्सर लोगों का काम जबलपुर की दौड़-भाग से नहीं चलता था तो उन्हें नागपुर तक जाना पड़ता था। नागपुर जाने के पहले माँ अपने लिए कुछ और सिर दर्द मोल ले लेती थीं। जो कोई उनकी मित्र होती थीं या जिन लोगों ने कभी उनकी साड़ियों की छपाई की प्रशंसा की होती थी वहाँ या तो ख़ुद चली जाती थीं या ख़बर भेज देती थीं कि वे नागपुर जा रही हैं। यदि किसी को अपनी साड़ी छपवानी है तो अमुक-अमुक दिन तक उनके पास साड़ियाँ भेज दे। फिर नागपुर पहुँचकर इन साड़ियों को छपने के लिए देना, उनके लिए डिजाइन और रंग पसन्द करना, छप जाने पर उन्हें रंगरेज़ के यहाँ से लाना और उनकी छपवाई देना, यह सब सिरदर्द उनका था। जब ये सब काम करवा के जबलपुर लौटती थीं तो वे साड़ियाँ अपनी असल मालकन तक पहुँच जाएँ, यह भी उन्हीं की ज़िम्मेदारी थी। साड़ियाँ अगर लोगों को पसन्द आ गईं तो माँ को बहुत ख़ुशी होती थी और अगर किसी ने रंग या डिजाइन को लेकर कुछ नाक-भौं सिकोड़ी तो माँ का चित्त दुखी हो जाता था। छपाई के रुपये उन्हें कभी नहीं मिलते थे। लोग उन्हें एक-एक साड़ी छपवाने को देते थे और

एक साड़ी की छपवाई पाँच-छह रुपया देने में उन्हें संकोच होता था। पर उन्हें क्या पता कि माँ इसी तरह एक-एक करके कितनी सारी साड़ियाँ छपवाकर लाई हैं। जब कभी कोई साड़ियों में दोष निकालता था तो बाद में बड़बड़ाती थीं, कि एक तो इतनी मेहनत करके छपवाकर लाओ और ये लोग ऐसी हैं कि इनको कुछ पसन्द ही नहीं आता। मुझे उनका यह काम एकदम समझ में नहीं आता था। एक बार वे ऐसे ही बड़बड़ा रही थीं तो मैंने कहा, "अच्छी बात है माँ, अब तुम अगली बार जाना तो किसी का कोई कपड़ा मत ले जाना। लेकिन मैं जानती हूँ कि अगली बार जाने के पहले तुम फिर सुपारी बाँट आओगी!" और सदा यही होता था।

ऐसे ही एक बार अपने एक बहुत पुराने परिचित के बेटे की नौकरी के सिलसिले में वे उन्हीं की मोटर में नागपुर जा रही थीं। नागपुर पहुँचने में शायद तीस-चालीस मील रह गए थे कि उनकी नकसीर फूट गई और इतना ज़्यादा ख़ून बहा कि सारे कपड़े ख़ून से तर हो गए। परिवार का कोई भी सदस्य उनके साथ नहीं था। उनके सहयात्री सब एकदम घबरा गए और उन्होंने नागपुर पहुँचकर माँ को सीधे मेयो अस्पताल में भर्ती कर दिया। माँ चार-पाँच दिन अस्पताल में रहीं। उन्होंने घर पर कोई ख़बर नहीं दी थी। वह तो नागपुर से एक आदमी आया और उसने काका को बतलाया कि सुभद्रा जी मेयो अस्पताल में भर्ती हैं। उनकी तबीयत बहुत ख़राब हो गई है। माँ बीमार होकर अस्पताल में पड़ी हैं, इस बात से घर के सभी लोग एकदम घबरा गए। फ़ौरन नागपुर टेलीफ़ोन लगाया गया। वहाँ से पता चला कि अब उनकी तबीयत सँभल रही है और कल अस्पताल से छूटकर वे सीधे घर आ रही हैं और इस-इस गाड़ी से उन्हें लेने के लिए स्टेशन पहुँच जाना।

उनके घर आने से पहले सब लोगों ने मिलकर उनके लिए एक कमरा तैयार किया जिसमें उनका बिस्तर लगा था। और यह तय किया कि अब वे चाहे जो कहें, उनकी बात कोई न मानेगा और उन्हें बिस्तर से नहीं उठने दिया जाएगा। तीसरे दिन सबेरे वे घर आ गईं। साफ़-सुथरा बिस्तर और ताज़े फूलों का गुलदस्ता देखकर बहुत ख़ुश हुईं। उस दिन सब लोग उनका बिस्तर घेरे बैठे रहे और ख़ुद ही बात करते रहे, उन्हें नहीं बोलने दिया। इस प्रकार एक दिन बहुत अच्छी तरह से बीत गया। लेकिन दूसरे ही दिन से बिस्तर पर लेटे रहना माँ के लिए असह्य हो गया। काका के कचहरी जाने के बाद उठकर बरामदे में आ गईं। मैं उन दिनों वहीं थी। मैंने कहा, "माँ, तुम चलकर लेटो, नहीं फिर तुम्हारी तबीयत ख़राब हो जाएगी।" वे कुछ देर बाद जाकर फिर लेट गईं। लेकिन तीसरे दिन उन्होंने बिलकुल विद्रोह कर दिया। उन्होंने साफ़-साफ़ कह दिया कि मैं लेटकर नहीं रह सकती। अगर मुझे लेटकर ही रहना पड़ेगा तो इससे तो अच्छा है कि मैं मर जाऊँ। और जैसा उस घर का रंग-ढंग था, दिन-भर कोई-न-कोई आता रहा। यदि अपना काम लेकर नहीं आया तो माँ का हाल-चाल ही पूछने आ गया। मतलब यह कि माँ को अपनी पुरानी दिनचर्या पर लौटने में बहुत दिन नहीं लगे।

काका ने माँ को पूरी स्वतंत्रता दे रखी थी। वे जैसे रहना चाहती थीं, रहती थीं; जो कुछ करना चाहती थीं करती थीं। काका उसमें बिलकुल हस्तक्षेप नहीं करते थे। लेकिन अगर उन्होंने उनके स्वास्थ्य के विषय में हस्तक्षेप किया होता तो ज़्यादा अच्छा

होता। वे उनसे एकाध बार यह तो कह देते थे कि "सुभद्रा, अब फिर तुमने बहुत आना-जाना शुरू कर दिया" या "सुभद्रा, तुम्हारी दवाइयाँ पड़ी रहती हैं, उन्हें याद से खा लिया करो," लेकिन उसके बाद वे यह नहीं देखते थे कि माँ सचमुच आराम कर रही हैं या नहीं या नियमपूर्वक दवा खा रही हैं या नहीं। इस मामले में हम लोग यानी उनके बच्चे भी कम दोषी नहीं रहे। माँ घर में ही रही आएँ, इसमें तो जैसे हमारा भी स्वार्थ था, क्योंकि इस तरह माँ का साथ अधिक-से-अधिक मिलता था। लेकिन माँ को नियमपूर्वक दवाई खिलाने का काम किसी ने नहीं किया। माँ ने एक बार मुझसे कहा भी कि "बेटी, मुझे तो याद ही नहीं रहता, तुम्हीं मुझे याद से दवाई खिला दिया करो," लेकिन दवा के मामले में शायद सारा घर एक जैसा था। माँ की तबीयत गड़बड़ हो और वे बिस्तर पर लेटी हों, तो हम सभी को उनकी दवाइयों की याद रहती थी। परन्तु यदि वे चल-फिर रही हैं और ठीक-ठाक दिख रही हैं तो फिर दवा खिलाने की बात अनजाने ही ध्यान से उतर जाती थी। और माँ थीं कि अपनी तरफ़ से भरपूर यही प्रयत्न करती थीं कि उन्हें बिस्तर पर न लेटना पड़े। लकिन सौ बात की एक बात यह है कि माँ अन्दर-ही-अन्दर कितनी अशक्त और जर्जर हो गई हैं, तब तक किसी ने ठीक तरह से यह समझा नहीं था।

शिवानी पर संस्मरण

मृणाल पाण्डे

विजयादशमी पर मातृ स्मृति

मेरी माँ गौरा, जिनको साहित्य-जगत् उनके उपनाम 'शिवानी' से ही जानता आया है, का जन्म 17 अक्टूबर, 1923 में विजयादशमी के दिन हुआ था। हम लोग उसे जन्मदिन पर दो बार याद करते थे, एक बार विजयादशमी को, फिर उसके 'कैलेंडरवाले' जन्मदिन पर। उनकी माँ, मेरी नानी, अलबत्ता उनको हमेशा उनके तिथिवाले जन्मदिन पर ही असीसती थीं। कभी परिहास रसिक बड़े मामा छेड़ते, दशहरे पर रावण मरा और यह पैदा हो गई। धत्! हँसी रोकती नानी कहतीं, क्या दुर्गा जैसी ही तेजस्वी नहीं निकली है मेरी लड़की? पर अहा ये ज़माना जो है न, वो दुर्गा जैसा तेज़ औरत में अधिक देर कहाँ सहन कर पाता है? जहाँ महिषासुर मरा, हाथ जोड़ के देवता भी दुर्गा से कह देनेवाले ठहरे, गच्छ-गच्छ स्वस्थानम् सुरेश्वरि। सो चेला (बिटिया), जींरै, बचिरै! चौडिकै! यानी जीती रहो, बची रहो, पर झुककर ही!

विनम्र लज्जास्तूप बनकर खाल बचाने भर को झुकती कैसे दुर्गा? वर्षों बाद अपनी आत्मकथा में शिवानी ने लिखा : 'सुना यही है कि कोई विवेकी शल्यचिकित्सक कभी अपने किसी निकट आत्मीय पर छुरी नहीं चलाता और विवेकशील लेखक के लिए भी शायद यही उचित है। पर मेरा मानना है कि कभी-कभी ऐसी शल्यचिकित्सा मरीज़ के हित में ही नहीं औरों के लिए भी हितकर होती है। ऐसे जीवनानुभव जो आपके जीवन के अन्तरंग क्षणों से जुड़े हैं, यदि हम ईमानदारी से तमाम प्रियाप्रिय ब्योरों के साथ पाठकों में भी बाँटें, तो शायद उनके सन्मुख भी जीवन के नए आयाम खुल सकें।

(सुनहु तात...से)

अपने लेखन द्वारा शिवानी ने बहुत जल्द एक मेधावी, सरस और दबंग साहित्यकार की एक वैकल्पिक पहचान अर्जित कर ली, जो आज भी लेखिकाओं को बमुश्किल ही मिल पाती है, और ख़ुद उनकी पीढ़ी की औरतों में तो बहुत ही दुर्लभ थी। पर अपनी प्रिय मित्र तथा अग्रजा लेखिका महादेवी के साथ शिवानी इतिहास के उस सन्धिस्थल पर खड़ी हो लिख रही थीं जहाँ विषमतामूलक सामन्ती तथा समतामूलक लोकतंत्र की दो भिन्न संस्कृतियाँ परस्पर मिलती, टकराती, जुड़ती, बिखरती हुई एक नई तरह का राज समाज रच रही थीं। उनके लेखन का स्वर भले ही कई बार विद्रोही लगे पर वह एक ज़बर्दस्त करुणा से भी आप्लावित है।

महादेवी परिवार के पारम्परिक दाय से मुक्त रहीं इसलिए उनके साहित्य और जीवन दोनों को परम्परा की कसौटी पर अपेक्षया कम रगड़ा गया। लेकिन शिवानी का निजी जीवन पारम्परिक परिवार से गुँथा-गुँथाया ही चला। इसलिए उनका लेखन

बहुत लोकप्रिय होते हुए भी आलोचकीय मठों द्वारा 'घरेलू तथा मनोरंजक' करार देकर उपेक्षित किया गया। हाँ, उनकी रचना के केन्द्र में कोई नया अध्यात्म या राजनैतिक विचारधारा नहीं, मनुष्य और समाज है। पर मनुष्य यहाँ कोई महानायक नहीं बल्कि वैसा ही है, जैसा कि वह सामान्य समाज में है, सीखता, प्रेम करता, गृहस्थी चलाता, क्रमशः वीर और कायर, उदार और कठोर बनता हुआ। समाज के सुधार या स्वीकृति पाने की कोई ख़मठोंक अभिलाषा शिवानी ने नहीं घोषित की। पर वे मात्र मनोरंजनकर्ता भी नहीं। अपने समय और परिवेश से जिस निर्मल प्रेम, कड़े यथार्थ और मानवीय विषाद की छवियाँ उन्होंने खोज निकालीं, वे अनोखी और अविस्मरणीय हैं। उस बेबाक चित्रण ने क़रीबी परिजनों से उनके रिश्तों पर कई बार तकलीफ़देह दबाव पैदा किए। और परिजनों ने उनकी अस्त्रियोचित बेबाक़ी को लेकर काफ़ी निर्मम तरीक़े से समाज में शिवानी के ख़िलाफ़ सार्वजनिक रूप से टिप्पणियाँ कीं जिसकी तकलीफ़ के बारीक़ रेशे उनकी अनेक रचनाओं में मौजूद हैं। फिर भी रचनाकार ही नहीं, माँ के रूप में भी मेरे लिए उसकी सही स्मृति बनाए रखने को उसका सबसे अच्छा स्मारक उसका साहित्य ही है जिसकी विषाद, जागरूकता और सूक्ष्म नैतिक विवेक से भरी सुगन्ध आज भी उस तक लाखों पाठकों को खींच लाती है।

एक साहित्यकार को गढ़ने में कितनी तरह के लोगों का किस तरह का योगदान रहा, इस सवाल का ग्राफ़ एक बड़े ऐतिहासिक दायरे में ही दिया जा सकता है। शिवानी की माँ औपचारिक रूप से बड़ी डिग्री की धारक न होती हुई भी बहुभाषी साहित्यप्रेमी महिला थीं। नाना ने लखनऊ के महिला कॉलेज की नींव रखी थी। पिता राजकुमार कॉलेज के प्रमुख थे, और संस्कृतज्ञ दादा हरीराम पांडे मालवीय जी के अभिन्न मित्र थे। झोली फैलाए दोनों खादीधारी मित्र अपने सपनों के विश्वविद्यालय की स्थापना के लिए गृहत्यागी बन चन्दा बटोरने शहर-शहर घूमे थे। मालवीय जी के आदेशानुसार शान्तिनिकेतन भेजी जाने पर शिवानी को बचपन में ही जाने कैसे-कैसे गुरु मिले : कविकुलगुरु रवीन्द्रनाथ टैगोर से लेकर पं हजारीप्रसाद द्विवेदी तक। लेखन के शुरुआती दिनों में अपनी प्रिय छात्र के शान्तिनिकेतन के संस्मरणों के संकलन (आमादेर शान्तिनिकेतन) पर पंडित जी ने अपनी प्रिय छात्र, (जिसे वह गउरा पुकारते थे) को लिखा, 'तुममें छोटी-छोटी किन्तु महत्त्वपूर्ण आत्मीयताव्यंजक बातों के द्वारा सम्पूर्ण को जीवन्त बनाने की बड़ी क्षमता है। बस फिर क्या था? गुरु का वरदहस्त पाने की देरी थी कि, शिवानी के शब्दों में, 'मेरी लेखनी अब उसी दिन से एक गहन वन में वनमृगी-सी निर्भीक छलाँगें लगाने लगी जिसे क्रूर से भी क्रूर व्याध के बाणों का भय नहीं...।'

अपने जीवन में अनेक तरह का अवसाद झेल चुकने के बाद भी शिवानी में जीवन के रस को लेकर एक गहरा लगाव और अनुभूत सत्य की अभिव्यक्ति को लेकर एक दुर्लभ निडर स्पष्टभाषिता बनी रही। उनके बच्चे हों या पाठक, उनके सरोकार की जड़ें हमेशा उस सहज मानवीय विवेक में रहीं जो भाषा और उसके प्रयोग को प्रदूषित करनेवाले हर तत्त्व को तुरन्त खुलकर ललकारता और नकारता है। गुजरात में जन्मीं, बंगाल में पली-बढ़ीं शिवानी का दृढ़ विश्वास था कि अंग्रेज़ी जीविकोपार्जन और सार्वजनिक व्यवहार के लिए ग्राह्य ज़रूर है, लेकिन भारतीय भाषा साहित्य से अन्तरंगता होना एक लेखकीय अनिवार्यता है, और बिना अपनी मातृभाषा

पर गहरी पकड़ के, इंडो अंग्रेज़ी साहित्य का चतुर नागर रचनाकार बहुत आगे नहीं जा सकता। उनके इस विश्वास का ही प्रसाद था कि आज के पैमानों पर अकल्पनीय सादगी से पाला गया हमारे घर का हर सदस्य, बचपन से ही बहश्रुत बहुपाठी बना और अभिव्यक्ति के लिए मातृभाषा कुमाऊँनी के अलावा हिन्दी तथा अंग्रेज़ी का बड़ी सहजता से उपयोग करता आया।

अहिन्दी भाषाओं विशेषकर दक्षिण भारतीयों का अपनी मातृभाषा से सहज जुड़ाव शिवानी को बहुत प्रभावित करता था। अनेक कथित हिन्दी संस्थानों तथा प्रचारकों की क्षुद्र राजनैतिक हरकतों को लेकर उनकी गहरी विरक्ति ने उनको अहिन्दी भाषियों के आक्रोश के प्रति गहरी सहानुभूति दी। चेन्नै के एक सम्मेलन के बाद उन्होंने लिखा: "उनका अपनी मातृभाषा के प्रति प्रगाढ़ लगाव हम उन हिन्दी समर्थकों को बहुत-कुछ सिखा सकता है जो प्रचार के लिए कर्मठता से अधिक महत्त्वपूर्ण कंठ की गर्जना को देते हैं। भाषा डंडे की मार से नहीं सिखाई जा सकती। अहिन्दी क्षेत्र में हिन्दी प्रचारक का काम तो एक व्यवहारकुशल माँ सरीखा होना चाहिए जो कल्याण और उपकार की भावना से प्रेरित होती है, सत्तामद या अहंकार से नहीं।"

कुछ लोगों का जीवन हमारे मन व्यक्तित्व पर गहरी छाप छोड़ जाता है, उनकी मृत्यु नहीं। मेरे लिए भी विजयादशमी के दिन जन्मी अपनी अनेकरूपा जननी की यादें मुख्यतः उस जीवन्त, रसमय समय की यादें हैं जब उनके साथ, उनकी रचनाओं से गुज़रते हुए यह समझ सकी, कि साहित्य में मात्र मनोरंजन और मात्र आध्यात्मिक सन्देश, इन दो ख़तरों को बेध कर ही अनुभूति अर्थवान् बनती है।

शमशेर : ग्यारह वर्षों का समय

रंजना अरगड़े

?...का एक दिन मुअय्यन है, नींद क्यों रात भर नहीं आती (ग़ालिब)। इसलिए नहीं?... कि बात केवल यही नहीं है कि हमें उस दिन का पता नहीं है।

अभी पिछले दिनों शमशेर जी की ग्रन्थावली के लिए सामग्री एकत्रित करने के...में उनकी जो पुरानी चीज़ें मेरे पास हैं उन्हें टटोल रही थीं। उनमें 1986 के किसी...की तारीख पड़ी थी। मैंने चौंककर हिसाब लगाया 86-96...2006...2010...यानी कि...ख़ासा लम्बा समय है। 1986 के पहले 1984 यानी दो वर्ष और जोड़ दिए जाएँ तो...वर्ष हो जाते हैं। अगर 1984 से 1993 का समय गिनें तो ग्यारह वर्ष। ग्यारह वर्ष का...। ग्यारह वर्ष का समय कम नहीं होता। ग्यारह वर्ष शमशेर जी के साथ रहने का समय और अब उसके बाद बीते ये 15 वर्ष। उन ग्यारह वर्षों की स्मृतियों को आज जब मैं 15 वर्षों बाद लिखने बैठी हूँ तो सहसा मैं सोचती हूँ कि मुझे किन बातों का साझा करना चाहिए। शमशेर जी के साथ रहे वे ग्यारह वर्ष लगभग उनकी बीमारी के वर्ष रहे हैं और आरम्भिक दिनों में यानी 84-85 के वर्ष तो बहुत ही कष्टकर रहे हैं। उन दिनों का हवाला देना यानी कि...प्रकार का क्राइम करना है। क्यों न मैं इस तरह शुरू करूँ कि उन दिनों मैंने उनके साथ कुछ बातचीत की थी, जो 'आलोचना' के प्रगतिशील विशेषांक में भेजी थी। उसके कुछ अंश उद्धृत करूँ। मेरे काग़ज़ों में यह बातचीत अंकित है। वहीं से शुरू करके फिर आगे बात बढ़ाते हैं।

बातचीत—1

(इधर पिछले मई-जून से शमशेर जी घोर रूप से बीमार रहे हैं। पिछले माह से लगभग वे इतने स्वस्थ हुए हैं कि बातचीत का बोझ सह सकें। अख़बार पढ़ना शमशेर जी फिर भी नहीं छोड़ पाए और लगातार सामयिक स्थितियों से परिचित होते चले हैं। इसी दौरान मैंने शमशेर जी से सामयिक सन्दर्भ को लेकर बातचीत की है। विशुद्ध बातचीत साक्षात्कार नहीं। बातचीत का सन्दर्भ ही कुछ इतना भारी कर देनेवाला रहा कि वे एक साथ ज़्यादा नहीं बोल पाए। थक जाता है उनका दिमाग़। उसी बातचीत के कुछ टुकड़े यहाँ पर प्रस्तुत हैं।)

प्रश्न—सच शमशेर जी, चारों तरफ़ जो हो रहा है—लगातार अनिश्चितता, इसका क्या इलाज हो सकता है?

शमशेर—लोग अपने-अपने धर्मों की पुस्तकें रोज़ पढ़ें, जब तक कि वे ऊब न जाएँ या उन्हें कंठस्थ न हो जाए।

प्रश्न—इससे क्या होगा?

शमशेर—संस्कार होगा। शुद्ध प्रभाव पड़ेगा। प्रत्येक भाषा के अपने-अपने रत्न हैं। रत्न से मेरा मतलब है ऋषि, मुनि, वचन। वे उन्हें पढ़ें, समझें—तभी कुछ हो सकता है।

प्रश्न—धर्म की किताब पढ़ने से काम हो जाएगा?

शमशेर—हाँ। पर यह सोचकर न पढ़ें कि वह हिन्दू है या ईसाई-मुस्लिम। बस पढ़ें।

प्रश्न—तो क्या सोचें?

शमशेर—बस जो कुछ लिखा, पढ़ते चले जाएँ। कितनी सरल बातें लिखी हैं। बच्चों का दिल उधार लिये बिना मनुष्य मनुष्य नहीं बन सकता। मनुष्य स्वयं बहुत कलुषित है। बच्चे जहाँ हैं, स्वर्ग वहीं है।

रविवार, दिनांक 5-4-1986

बातचीत—2

(एक दिन शाम को मैं शमशेर जी को कुछ कविताओं के अनुवाद (गुजराती से हिन्दी) सुना रही थी। उनका ध्यान बार-बार किसी अदृश्य वस्तु से टकरा रहा था और वे बार-बार गिरजाघर की घंटियों की बात कर रहे थे। आख़िर मैंने कहा—'क्योंकि इसके पूर्व भी कई-कई बार उन्होंने ओल्ड या न्यू टेस्टामेंट, गिरजाघर, बजती घंटियाँ, दृश्य' आदि का ज़िक्र किया था।)

रंजना—मुझे लगता है कि पिछले जन्म में आप ईसाई थे।

शमशेर—मेरे लिए यह महत्त्वपूर्ण नहीं कि मैं क्या था। मैं केवल इतना मानता हूँ कि ईश्वर है, हमारे अन्दर है और हमारे अन्दर वह झूलता रहता है।

रंजना—अरे वाह। तब तो बड़ा सुन्दर है ईश्वर।

शमशेर—स्वादिष्ट पेय की तरह सुन्दर है ईश्वर।

रंजना—जिसे आप सहर्ष भीतर उतार सकते हैं।

शमशेर—(केवल सिर हिलाया)

रंजना—चलिए, अब मैं कविता नहीं सुनाती आपको। मैं अपना काम करूँगी। कर्म की ओर प्रवृत्त होती हूँ।

शमशेर—तुमने बहुत अच्छी बात कही।

रंजना—कौन-सी?

शमशेर—यही कि, मैं कविता नहीं सुनाऊँगी, कर्म करूँगी। कर्म ही करणीय है। ईश्वर का नाम-स्मरण करना सबसे सुन्दर काम है, जो तुम कर रही हो।

रंजना—न, मैं तो वह नहीं कर रही।

शमशेर—क्यों?

रंजना—क्यों करूँ?

शमशेर—इसमें हर्ज क्या है? ईश्वर जो है वह अपने दोनों पाँवों से चलकर अपनी आँखों से चारों तरफ़ देखता है और इस पुस्तक को, जो मैं पढ़ रहा हूँ, यानी बाइबल..., जो उसे सबसे प्रिय है, बाइबल के पवित्र शब्दों को हमारे दिल में बिठाता है।

रंजना—वे शब्द क्या हैं?

शमशेर—वे शब्द हैं—आदम ने, जो पहला मनुष्य था, या यूँ कहूँ—इस पृथ्वी पर आनेवाले पहले पुरुष ने जिस चीज़ का जो नाम दिया, उसी नाम से उसे पुकारा जा रहा है। तब से यह सिलसिला यूँ ही चला आ रहा है।

रंजना—यानी नाम चीज़ों को आदम ने दिए।

शमशेर—जब वे हुईं, तो आदम ने उनका नाम दिया।

रंजना—यह तो बड़ा स्वाभाविक है, ऐसा ही तो होता है। उसमें विशेषता क्या है?

शमशेर—हम यथार्थ की बात कहते हैं, विशेषता की नहीं।

रंजना—जो चीज़ें आदम के समय नहीं थीं, उनका क्या?

शमशेर—उनका नाम आदम के बच्चों ने दिया।

रंजना—इस पूरे संवाद में ऐसा क्या है जो कहना ज़रूरी है। यह तो स्वाभाविक ही है! चीज़ें बनेंगी, नाम दिया जाएगा, तभी तो पहचानी जाएँगी। यह तो होगा ही।

शमशेर—हमें पूर्वजों का ऋण मानना चाहिए। पूर्वजों का ऋण।

13-4-1986

बातचीत—3

आलोचना, अंक 77 के सन्दर्भ में हुई बातचीत

रंजना—मार्क्सवाद के प्रति आपकी आस्था कम कब हुई?

शमशेर—मार्क्सवाद के प्रति कम कब हुई? जब मैंने देखा पार्टी के विभिन्न नेता लोग इस बात को नहीं भूलते कि उन्हें भी अपने बच्चों को जल्द-से-जल्द उम्दा या अलग तालीम देनी या दिलानी है।

रंजना—मार्क्सवाद के प्रति या पार्टी के प्रति?

शमशेर—मार्क्सवाद और पार्टी दोनों को तुलनात्मक खानों में नहीं रखना चाहिए।

रंजना—क्यों?

शमशेर—क्यों?

रंजना—मैं इसलिए पूछ रही हूँ कि आपने पहले मार्क्स के मेनिफेस्टो को गीता के समकक्ष रखा या माना है। फिर जिन दिनों आप भीषण मेंटल डिप्रेशन के शिकार थे, आप ही के अनुसार, मार्क्सवाद ने ही आपको उबारा था। क्या उसके प्रति भी आस्था कम हुई?

शमशेर—अगर पार्टी और मार्क्सवाद एक होते तो हम उसके बाहर कैसे होते?

रंजना—यानी पार्टी के प्रति आस्था कम हुई है, मेनिफेस्टो के प्रति नहीं।

शमशेर—पार्टी का इतिहास तो देश के इतिहास के साथ जुड़ा है।

रंजना—बड़े आश्चर्य की बात है शमशेर जी कि आप मार्क्सवाद के बारे में अब ऐसी राय रखते हैं। याद है, मैंने बताया था आपको कि बाबा नागार्जुन ने भी खंडवा में 1983 में कुछ ऐसे ही कहा था, "मैं अपने बूते पर ज़िन्दा रहा हूँ—ज़िद से, वरना ये लोग मेरी कविता को मार डालते।" उनकी आँखें नम हो गई थीं कहते-कहते...।

शमशेर—क्यों कोई मार्क्सवादी अखाड़े में मरने जाए। जो थोड़ी जान बची है, उसी से काम लो। वरना वह भी गई एक...दो...तीन...।

रंजना—अरे!

शमशेर—ऐसी बात मुझे करनी नहीं चाहिए। आड़े वक़्त उन्हीं ने मदद की थी। कहेंगे कि देखो अब उन्हें प्राइज़ मिल गया। बस इसके लिए लालायित थे।

19-4-1986

शमशेर जी की मृत्यु और बाद में हिन्दी-जगत् की प्रतिक्रिया ने मुझे बहुत-कुछ सिखाया। एक बात तो यह सिखाई कि तुम्हारे हिस्से जो काम आया था वह तुमने कर दिया। अब भूल जाओ कि तुम्हारे साथ हिन्दी साहित्य का एक इतना बड़ा कवि इतने वर्ष रहा था, जबकि सिवाय एक कवि के उसके साथ तुम्हारा कोई रिश्ता तो नहीं था। रिश्ता था तो वही, जो एक मनुष्य के साथ दूसरे मनुष्य का रिश्ता होता है। आज 26 वर्षों बाद भी मैं याद करती हूँ तो मुझे लगता है कि मैं उन चुने हुए लोगों में से थी जिन पर ईश्वर की विशेष कृपा रहती है। यह मैं इसलिए कहती हूँ कि आज इतने वर्षों बाद मेरे अपने परिवार में लोग—मेरे माता-पिता उन्हें उसी तरह याद करते हैं जिस तरह वे मेरे दिवंगत दादा जी को याद करते हैं। अभी कल ही मेरी माँ मुझसे कह रही थी कि हमें यह घमंड नहीं करना चाहिए कि हमने अपने बुज़ुर्गों का ध्यान रखा। काका (मेरे दादा जी 99 वर्ष की आयु में शान्त हुए) और शमशेर जी तो स्वयं इतने अच्छे थे कि हम उन्हें रख सके। उन्होंने हमें यह गौरव प्रदान किया कि लोग अब कहते हैं, तारीफ़ करते हैं कि आपने बहुत अच्छा रखा। बड़प्पन है कि हमें यश मिल सका है।

शमशेर जी से पहली बार मैं दिल्ली में मिली थी। 1980 में। तब मैंने शोध के लिए अपना पंजीकरण करवा लिया था। विष्णुचन्द्र शर्मा के मार्फ़त मैं उनसे श्रीमती शोभा सिंह के यहाँ मिली थी। शोध के दरमियान मैंने उनसे दो बार इंटरव्यू लिये थे। पहली बार का इंटरव्यू तो टेप-रिकार्डर ने ही खा लिया था। दूसरी बार मैंने बातचीत लिख ली थी, जो मेरी थीसिस का हिस्सा बनी और मेरी पुस्तक में छप चुकी है। उस परिचय के बाद शमशेर जी को सम्भवत: यह भरोसा हो गया था कि मैं उनकी कविताओं पर ठीक-ठीक काम कर सकूँगी। 1982 में मैंने अपना थीसिस जमा कर दिया था। उसके बाद समाचार मिला कि शमशेर जी उज्जैन आ गए हैं। दिल्ली की अपेक्षा उज्जैन अहमदाबाद के पास पड़ता था। पीएच.डी. की उपाधि मिली नहीं थी, नौकरी थी नहीं, न ही करने की कोई जल्दी थी, शमशेर जी की चिन्ताओं से पूरी चेतना सराबोर रहती थी, तो सोचा चलो उज्जैन में जाकर कवि से मिलें। फिर यह सिलसिला चलता रहा। इसी दरमियान किसी समय शमशेर जी ने कहा था कि मेरा यहाँ का कार्यकाल पूरा होने पर अपनी सारी चीज़ें मैं तुम्हारे यहाँ रखूँगा और मैं ख़ुद घूमता रहूँगा। बात आई-गई हो गई।

1984 की गर्मियों में मैं यह सोचकर उज्जैन गई कि मिलते हुए फिर आगे को निकल जाऊँगी और थोड़ा घूमूँगी-फिरूँगी। पर फिर घटनाचक्र कुछ इस तरह घूमा कि आगे जीवन की गति क्या होगी यह मैं ख़ुद भी नहीं जान पाई। शमशेर जी बेहद बीमार हो गए थे। उनका कार्यकाल भी पूरा हो गया था। तब तक नरेश मेहता भी आ गए थे। वे शमशेर जी के बाद प्रेमचन्द पीठ के अध्यक्ष बने। उनके जितने भी अज़ीज़ थे मैंने सभी से सम्पर्क किया, पर किसी कारणवश सम्पर्क हो नहीं सका। मैं इसे अपनी और शमशेर जी की नियति मानती हूँ। उनका मेरे यहाँ रहना तय होगा, अत: कहीं और से कोई सन्देश नहीं आया होगा। शमशेर जी को मैं अपने साथ ले गई। यह सोचकर कि जब ठीक हो जाएँगे, तो अपनी योजना के अनुसार, जहाँ जाना है, जा सकेंगे।

मैंने अपने जीवन में आज तक ऐसा व्यक्ति नहीं देखा जो अस्सी पर भी बच्चे की तरह निर्दोष हो सकता है। शमशेर जी जब पेड़ों की हिलती पत्तियों या टहनी के सिरे पर

उगी पत्तियाँ खाती बकरी को देखते थे या रंगबिरंगे वस्त्रलंकार में आती मेरी दूधवाली को अथवा गाय-भैंस चराते भरवाड़ को अथवा उत्ताल तरंगोंवाले समुद्र को, तो उनकी आँखों में जो बाल-सहज कुतूहल मैं देखती थी, वह ठीक वैसा ही था जो उन दिनों 10-11 महीनों की मेरी भतीजी की आँखों में मैंने देखा था। सच, अपनी भतीजी की आँखों में मुझे शमशेर जी की आँखें दिखाई पड़तीं। तब मेरी समझ में यह भी आया कि मात्र और मात्र कवि होना क्या होता है। मेरे दादा जी भी मेरे साथ थे और ग़ज़ब के इनसान थे, परन्तु यह निर्दोषता तो शमशेर जी के अलावा कहीं नहीं देखी। उन दिनों उनके कई हम-उम्रों से मेरा परिचय हुआ, पर मेरा मानना है हृदय की पवित्रता जो शमशेर जी में मैंने देखी—वह अन्यत्र नहीं थी। इस निष्कर्ष का कारण यह भी हो सकता है कि मेरा परिचय शमशेर जी से जितना था, उतना औरों से नहीं था।

मैं उन दिनों सुरेन्द्र नगर में थी। कुछ काम से बाहर गई थी। घर आने में थोड़ी देर हो गई। लौटकर आई तो देखती हूँ कि वे रसोई-घर में थे और वहाँ कुछ काम कर हैं। उन्होंने आटा माँड़ रखा था और रोटियाँ बना रहे थे। बेलन नहीं था, सो बोतल का इस्तेमाल कर रहे थे। मैं ख़ूब हँसी। मुझे नहीं मालूम था कि जिस बात पर मैं हँसी थी वही एक दिन मुझे काम आएगी। हुआ यों कि एक बार बैंगलुरू किसी काम से जाना पड़ा। वहाँ एक हॉस्टल में ठहरने की व्यवस्था थी। छुट्टियों के दिन थे अत: मेस बन्द था। पर किचेन खुला था। कई दिनों के चावल-इडली से थककर सोचा रोटी बनाई जाए। आटा इत्यादि तो बाज़ार से ले आए। बेलने के लिए प्लेटफ़ॉर्म का उपयोग हो सकता था, पर बेलन। तब याद आया कि बोतल से काम चल सकता है। हॉस्टल में कई बोतलें लुढ़की पड़ी थीं, काम आ गईं।

उस दिन केवल इतना ही नहीं था कि शमशेर ने रोटी बनाई पर जब मैंने पूछा कि आपने क्यों बनाई, मैं आकर बना लेती, तो कहा कि तुम इतने सारे काम करके आनेवाली थी, तो मैंने सोचा मैं बना लूँ, तुम्हें थोड़ा आराम हो जाएगा। मुझे कुछ कहते नहीं बना। हालाँकि मैं बहुत-कुछ कहना चाहती थी। यह कि आपको कुछ हो जाता, आपको यह सब नहीं करना चाहिए था, यह आपका काम नहीं है, इत्यादि। परन्तु उनके कहने के तरीक़ों ने मुझे मौन कर दिया।

इससे भी अधिक चौंकानेवाले काम उन दिनों शमशेर जी करते रहे हैं। एक बार कॉलेज से आकर देखती हूँ तो शमशेर जी कहीं दिखे नहीं। मैं प्राय: ताला लगाकर कॉलेज जाती थी। जिस घर में हम रहते थे वह बहुत बड़ा था और पिछवाड़े खुला आँगन। अत: ताला होने पर भी घर बन्द हो ऐसा नहीं लगता था। फिर घर में आगे की तरफ़ खुला बरामदा भी था। मैंने घर में प्रवेश किया तो हर कमरे में जाकर देखा, पर शमशेर जी कहीं दिखे नहीं। मैं चिन्तित हो उठी। आँगन से जो सीढ़ी छत पर जाती थी, मैंने सोचा ऊपर जाकर देखूँ कि कहीं छत पर तो नहीं हैं। देखा कि वहीं आँगन में टंकी के पास ढेर सारे बरतनों के बीच शमशेर जी बैठे हैं। मैं गुस्सा भी हुई, शर्मिन्दा भी और चिन्तित भी। पर उसी मासूमियत के साथ उन्होंने कहा—तुम कितना काम करती हो, भैंने सोचा कुछ मैं भी कर लूँ। पर अगर आप कहीं गिर जाते तो? उन्होंने इस मुद्रा में मेरी तरफ़ देखा कि मैं केवल इतना ही कह पाई कि अगर आज के बाद आप ऐसा कुछ करेंगे, तो मुझसे बुरा कोई नहीं होगा। ख़ैर। आज सोचती हूँ तो लगता है कि दूसरों

की चिन्ता करना शमशेर जी का मूलभूत स्वभाव था। उनके लिए वे सारे सवाल और आशंकाएँ कोई मायने नहीं रखती थीं जो उनका ध्यान रखनेवालों की होती थीं।

शमशेर जी की आँखों में रही मासूमियत के कारण अथवा काव्य-कला में माहिर थे इसलिए ही वे कवि कहलाने के अधिकारी थे, ऐसी बात नहीं है, परन्तु कवि होने का अर्थ क्या-क्या हो सकता है—यह मैंने पहली बार शमशेर जी के साथ रहते हुए ही जाना। कवि होने का अर्थ एक साफ़-पाक़ इनसान होना, कवि होने का अर्थ जीवन से कभी पराजित नहीं होना, कवि होने का अर्थ दूसरों को बिना किसी शर्त स्वीकार करना, कवि होने का अर्थ अपने हृदय के स्नेह एवं प्रेम भाव को अपने शरीर में इस तरह धारण करना कि दूसरे के लिए वह कभी भी बोझ अथवा ग्लानि न लगे। कवि होने का अर्थ अपने भाव-स्वभाव-प्रकृति तथा कर्तव्य को दूसरे के परिप्रेक्ष्य में समझने और बरतने की अपेक्षा केवल अपने सन्दर्भ में एवं अपनी सत्यता के सन्दर्भ में ही देखना। कौन क्या करता है और किसे क्या करना चाहिए यह न सोचकर मेरे लिये क्या करणीय है इसी पर अपने को केन्द्रित करना।

चूँकि किसी की भी अच्छी आदतें हमें तुरन्त लग जाएँ, ऐसा होना कठिन ही है प्राय:, अत: शमशेर जी की भी बहुत-सारी बातें देखते-समझते हुए भी अपने में ग्रहण नहीं कर पाई, इसका मुझे अफ़सोस रहता है। पर हाँ, उनके साथ रहते हुए मीठे के प्रति मेरी रुचि अवश्य विकसित हो गई।

भोजन में शमशेर जी मीठा बहुत पसन्द करते थे। फलों में आम उनकी कमज़ोरी था। आम का मौसम भी आ ही गया है और इसलिए इस पूरे मौसम में हमारा पूरा घर शमशेर जी को आज भी याद करता है। आज उनका अवसान हुए इतने वर्ष बीत गए परन्तु आम और हलवे का ज़िक्र हमारे यहाँ बिना उनको याद किए पूरा नहीं होता था। घर में पिता जी आम के महाप्रेमी फिर शमशेर जी का हमारे यहाँ आना पिता जी के लिए तो उत्सव जैसा हो गया। दोनों जन आम की तारीफ़ में क़सीदे पढ़ते जाते और आम खाते जाते। फिर जब एक फाँक रह जाती तो तकल्लुफ़ के लिए एक-दूसरे को आग्रह करते और जिसको मौक़ा मिलता, वह यह कहते हुए उस फाँक के साथ न्याय करता कि आम के साथ ऐसा व्यवहार ठीक नहीं कि लगे वह फ़ालतू है और फिर दोनों हँसते। शमशेर जी आम के सन्दर्भ में अपने-आप को ग़ालिब की परम्परा का मानते थे। आम के बारे में अपने बचपन का एक क़िस्सा उन्होंने एक बार गर्मियों में आम खाते-खाते सुनाया था। हुआ यूँ था कि उनके बचपन में उनकी मामी जी ने यह शर्त लगाई कि टोकरा-भर आम जो खाकर दिखाए उसे इनाम मिलेगा। शमशेर जी ने शर्त स्वीकार कर ली। आम की टोकरी आ गई। अब जब उन्होंने खाना शुरू किया तो औपचारिकतावश वहाँ जो दो-एक लोग थे उन्हें शमशेर जी ने एक-एक आम दिया और फिर मज़े से बाक़ी आम खाते चले गए और देखते-देखते पूरी टोकरी खाली हो गई। जब इनाम की बारी आई तो मामी जी ने कहा कि दो-तीन आम तो तुमने औरों को दे दिए अब तुम इनाम के हक़दार नहीं रहे। बड़े मज़े से शमशेर जी ने कहा कि मुझे इनाम की तो पड़ी नहीं थी क्योंकि वे आम ही मेरे लिए इनाम जैसे थे।

शमशेर जी को चुटकुलों का बड़ा शौक था और चुटकुलों पर वे जी भरकर हँसते भी थे। उन्होंने मुझे कई चुटकुले सुनाए थे। मेरा यह दृढ़ मानना है कि इसी के कारण वे

अपने जीवन के कठिन दिनों को पार कर पाए। उन्होंने मुझे साहित्य-जगत् के भी कुछ अनूठे क़िस्से सुनाए थे, पर महत्त्व की बात यह है कि कठिन समय को किस तरह पार करना चाहिए यह मैंने उनसे अवश्य सीखा। उनकी 'बाढ़' कविता में यह उनका सेन्स ऑफ़ ह्यूमर भली-भाँति झलकता है।

एक क़िस्सा और है जो मुझे भूलता नहीं है। सुरेन्द्रनगर में जब मैं थी तो मेरी मित्र मृदुला पारीक के शोध-प्रबन्ध लेखन का काम पुर-जोश में चल रहा था। हम लोग रात-रात जागकर काम करते थे। उसकी आँखों में कुछ तकलीफ़ हो गई थी, सो हम सब जुटे हुए थे। रात को भूख लगी, तो हमने हलुआ बनाया—मृदुला हलुआ बहुत स्वादिष्ट बनाती है। शमशेर जी तो सो गए थे। पर हलुए की ख़ुशबू जैसे ही हवा में फैली हमने कहा कि शमशेर जी जागते होते तो ख़ुश हो जाते। अभी यह बात पूरी नहीं हुई थी कि हमने देखा शमशेर जी कमरे की चौखट में खड़े थे और हमारी तरफ़ देखकर कह रहे थे कि पता नहीं मुझे नींद में ऐसा लगा कि कहीं हलुआ बन रहा है। हम लोगों ने ठहाका लगाया जिसमें शमशेर जी शामिल थे और रात की उस हलुआ-पार्टी में भी। उनके चेहरे पर तब भी वैसी ही निर्दोषता थी जैसी किसी बच्चे में होती है।

'हरि अनन्त हरि कथा अनन्ता' बहुत-कुछ कहा जा सकता है, बहुत-कुछ याद आता है पर बात को कहीं विराम तो देना ही है। जैसा कि कृष्णा सोबती कहती हैं—ऑल गुड थिंग्स शुड ऐंड। अच्छे व्यक्ति की यादें गुड थिंग्स ही होती हैं। एक आख़िरी बात के साथ अपनी बात पूरी करती हूँ। मेरे घर में मेरा भाँजा, जो उस समय तीन-चार साल का रहा होगा और मेरे दादा जी जो 95-96 के रहे होंगे—सभी के लिए शमशेर की उपस्थिति इसलिए महत्त्वपूर्ण थी कि वे हमारे घर के एक सदस्य बन गए थे। एक इतना बड़ा व्यक्ति हमारे घर में है, इस भार से वे कभी दबे हुए नहीं थे। मेरे भाँजे को फिट्स आते थे अत: रोज़ उसे एक गोली खानी पड़ती थी। वह रोज़ शमशेर जी को दवाई लेते हुए देखता था। अत: जब उसे हम दवाई देते थे तो कहता नाना जी की तरह मैं भी लूँगा। वह उसी तरह अपनी गोली मुँह में रखता और कभी भूलता भी नहीं कि उसे दवाई लेनी होती है। बल्कि कभी मेरी बहन भूल भी जाती तो याद दिला देता था। एक इतने छोटे बच्चे से ऐसी अपेक्षा तो नहीं होती।

मेरे दादा जी शमशेर जी का बहुत आदर करते थे। शमशेर जी कई बार जब नहा-धोकर निकलते तो मेरे दादा जी को प्रणाम करते, यह कहते हुए कि अपने परिवार में मुझसे बड़े तो यही हैं और ये हैं, इस बात से मुझे एक तरह का दिलासा भी मिलता है। सुरेन्द्रनगर में दादा जी और शमशेर जी दोनों ही मेरे साथ रहते थे। तब उन्हें दोपहर की दवाई वक़्त पर देने का काम दादा जी के जिम्मे था। वे शमशेर जी से दस साल बड़े थे। शमशेर जी को चौबीस घंटों में चार बार दवाई देनी पड़ती थी। 4-10-4-10। समय चूकना नहीं होता था। जब मैं अकेली होती थी तब उस समय कॉलेज से घर आ जाती थी। पर मेरे दादा जी जिन दिनों होते थे तब मैं शमशेर जी के बिस्तर के पास मेज़ पर पानी और दवाएँ रख देती थी। ठीक चार बजे दादा जी अपनी लकड़ी ठकठकाते हुए पहुँचते और उन्हें जगाकर अथवा याद दिलाकर, दवा दे देते थे। जब शमशेर जी का अवसान हुआ तो मैंने उनके चेहरे पर एक उदासी—और कुछ मूल्यवान् हम लोगों के बीच से चला गया है—का भाव देखा था।

मुझे याद है कि इसके पहले अहमदाबाद आने पर जनवरी 1993 जब एक बार दादा जी बहुत बीमार हुए थे और लगभग ऐसी स्थिति आ गई थी कि वे नहीं बचेंगे—शमशेर जी के चेहरे के भाव मुझसे नहीं भूलते। जैसे वे शमशेर जी के परिवार के हों और हमारे बाद में—ऐसी व्यग्रता और चिन्ता से वे घिर गए थे और यह अहसास कि मैं कुछ कर नहीं सकता। घर और बाहर मिलाकर, केवल मेरे दादा जी ही ऐसे थे, जिन्होंने शमशेर जी के अवसान के बाद, मेरे जीवन में आए खालीपन को, सबसे अधिक सही समग्रता से समझा था।

हिन्दी जगत् के लिए शमशेर जी बहुत महत्त्वपूर्ण कवि थे पर मेरे परिवार के लिए जिसमें मेरे दूर और पास के रिश्तेदारों का भी समावेश होता है—माता-पिता, भाई-बहन, भानजे-भतीजे, मामा-मौसी, बुआ-फूफा, ताई-ताया, जीजा-भाभी सभी के लिए उनका हमारे घर में रहना और हमारे बीच होना मात्र और मात्र पूर्व-जन्म के पुण्य और ईश्वर की कृपा थी। परिवार के साथ शमशेर जी के मेरे संस्मरणों के कुछ ऐसे चित्र मेरे मन पर अंकित हैं जिन्हें समय की धूल देर तक धूमिल नहीं कर पाएगी।

खंड-4

यात्रा संस्मरण

इंग्लैंड की यादें

शिवानी

अब मुँह का स्वाद बदलने क्राउन ज्यूऐल्स देखे जाएँ। एक अनन्त क्यू में पौन घंटा खड़े रह हमने न जाने कितनी चकरघिन्नियाँ खाईं तब कहीं टिकट मिला। अब लगभग पचास सीढ़ियाँ उतर हम अपने उस इतिहास प्रसिद्ध कोहेनूर को देखने जिस कमरे में पहुँचे, वह बमप्रूफ़ था। कड़ा पहरा, हर क़दम पर डसती रक्षकों की अँगारे-सी आँखें—चलते रहिये और कृपया दूसरों को देखने दीजिए। एक रक्षक बड़ी अभद्रता से गरजा तो मेरे पीछे खड़े एक मसखरे सरदार जी बोले, "हुंण चुप कर यार, हीरा तो साड्डाई है।" ठीक ही तो कह रहे थे। एक वही हीरा नहीं, न जाने और भी कितने जगमगाते ताजों में हमारे देश की समृद्धि चमक रही थी। प्रिन्सेस रॉयल का ताज, क्वीन मदर का मुकुट, ड्यूक ऑफ़ एडिनबरा का और फिर शाही दावतों के सोने-चाँदी के पात्र। एक डिकेंटर पर बने दो देवदूत हैंडल बने मुस्करा रहे थे। डिकेंटर भी ऐसा भीमोदर कि मन भर शराब भर दें, तब भी न छलके। फिर देखिए। राजसी पोशाक, महारानी की मोती-हीरे जड़ी कॉरोनेशन रोब, जिसकी सुनहली जामदानी बुनावट में भी मुझे भारत की ही कलानिपुण बनारसी अँगुलियों का चमत्कार दिखा।

आँखों-ही-आँखों में कोहिनूर की चमक भर हम जब बाहर निकले तो एक-एक पैर सवा मन का लग रहा था। साथ में लाए दोनों कॉफी के पात्र रिक्त हो चुके थे। हवा ऐसी थी जैसे बर्फ़ की छुरी। बाहर एक छोटी-सी दुकान में पहाड़ी सेब-से लाल गालोंवाली एक सुन्दर युवती गर्म कॉफी और मफिंस मशीनी तेज़ी से तृषार्त ग्राहकों को पकड़ा रही थी। हम भी उसी क्यू में खड़े हो गए। यह लन्दन की ख़ासियत है। कुछ लेना हो, देना हो, बस में चढ़ना हो, उतरना हो, तो क्यू में शामिल होना ज़रूरी। पूरे पार्क को गुलज़ार किए रहती है। कहीं अक्लान्त तारुण्य की छटा, कहीं क्लान्त वार्द्धक्य का विषाद! बच्चों के कलकल निनाद से गूँजती उस सुरम्य उपत्यका की सान्ध्यकालीन छटा वास्तव में दर्शनीय लगती है।

एक झील भी है 'सरपेंटाइन'। यहाँ किराये पर नौका-विहार की सुविधा भी उपलब्ध है। उत्तरपूर्वी कोने पर स्थित है लन्दन का प्रख्यात 'स्पीकर्स कॉर्नर'। हम जब घूम रहे थे, वहीं से किसी के भाषण की शेर की-सी गर्जना रह-रहकर गूँज रही थी। एक संगमरमरी मेहराब के साथ में एक आलमगीर रेस्तराँ भी है। बीचोबीच विराट् मूर्ति के चारों ओर ब्रिटेन के पूरे अधीनस्थ साम्राज्य की प्रतीक प्रस्तर मूर्तियाँ हैं। उन्हीं के बीच है राजस्थानी लहँगा-ओढ़नी पहने एक भारतीय युवती की मूर्ति।

चारों ओर प्रख्यात कलाकार, साहित्यिक, संगीतज्ञ, विद्वान् एवं दार्शनिकों की मूर्तियों के नीचे उनका संक्षिप्त परिचय लिखा है। लतावेष्टित रंगीन पुष्पों के वृक्ष, ठंडी हवा के झोंके और देश-विदेशों से जुटे पर्यटकों का मेला छोड़कर जाने को जी ही नहीं

कर रहा था। असंख्य खटकते कैमरों की फटाफट, पर्यटकों का उन्मुक्त हास्य, प्रशस्त पथ पर तीर-सी भागी जा रही रंग-बिरंगी कारों की अशेष पंक्ति देख, मन भर ही नहीं रहा था। जी में आ रहा था, वहीं रात-भर बैठे देखते रहें। उठकर चलने को उद्यत हुई थी कि सहसा मेरी दृष्टि सामने बैठी एक अनिन्द्य रूपवती युवती पर पड़ी। साँचे में ढली देह, सुनहले, कन्धे तक झूल रहे केशगुच्छ, माथे पर बँधा लाल स्कार्फ। उसका सहचर दूर खड़ा कैमरा साधे, पीछे पग धरता चलता-चलता सहसा फचाक से एक बेंच से टकराकर गिर पड़ा। वह अपदस्थ साथी की दुर्दशा देख खिलखिलाकर हँस पड़ी प्रवाल-से अधरों से उन मोती-से दाँतों की चमक देख मैं मुग्ध हो एक पल उसे एकटक निहारती रही। सामान्य-सी वेशभूषा। बिना बाँहों का पीतवर्णी ब्लाउज। राख के रंग की स्कर्ट—पेन्सिल हील में सधी सतर देह। न कुछ सज्जा न आभूषण पर क्या रूप था? ऐसे सौन्दर्य को कला सज्जा क्या सँवार सकती थी?

तकल्लुफ़ से बरीं है हुस्नेज़ाती
कबाये गुल को गुलबूटा कहाँ है?

लन्दन का अभी एक-चौथाई अंश भी नहीं देख पाई थी और समय घोड़ा पछाड़ धामन साँप की तेज़ी से भागा जा रहा था। इसी से सोचा, समय रहते ही सब दर्शनीय स्थल देख लिये जाएँ। किन्तु इसी बीच में टी.वी. एवं बी.बी.सी. के तीन कार्यक्रमों में अनुबन्धित होकर विवश हो गई। जब मुक्ति मिली तो कैम्ब्रिज जाने का सुअवसर प्राप्त हो गया।

मेरे प्रवास काल की सबसे सुखद स्मृतियाँ कैम्ब्रिज की ही हैं। यात्रा तो सुखद थी ही, वहाँ पहुँचते ही परिवेश की अम्लान शुचिता ने निरन्तर भाग-दौड़ की समस्त क्लान्ति कुछ ही क्षणों में धो-पोंछकर बहा दी। जिस अध्ययनरत दम्पती के आग्रह पर मैं वहाँ गई थी, उनका छोटा-सा अपार्टमेंट मुझे बया का सुरम्य सुनिर्मित घोंसला-सा लगा। चारों ओर पुस्तकें-ही-पुस्तकें, छोटा-सा किचन सीढ़ियों के घेरे से संलग्न सुघड़ शयनकक्ष, खिड़की से दिखती प्रायः जनशून्य सड़कें, जहाँ साइकिलों पर जाते युवा छात्र-छात्राएँ कभी-कभार दिख जाते। कार तो यदा-कदा ही दिखती। सन्नाटा ऐसा कि सुई भी टपके तो चौताल का ठेका बनकर गूँज उठे—धा धातिट धा।

कैम्ब्रिज के पूरे वातावरण में एक गम्भीर रहस्यमय सन्नाटा है। गहन शान्ति। मुझे लगा, ऐसी ही भव्य निस्तब्धता कभी हमारे नालन्दा विश्वविद्यालय में भी रही होगी। लन्दन की अपेक्षा कैम्ब्रिज में ठंड कुछ अधिक ही है। भीगी-भीगी हवा के झोंके बीच-बीच में जैसे भीगे तौलिये से शरीर पोंछ जाते हैं। वहाँ की स्वच्छता और लॉन की सधी हरीतिमा को सुरक्षित रखने के लिए स्थान-स्थान पर पर्यटकों से अनुरोध करते निर्देश टँगे हैं—कृपया इस दूब पर खड़े होकर तसवीर मत खिंचवाइए। पथरीली सड़क पर घूमते-घूमते हम वहाँ के प्राचीन गिरजाघर के पास खड़े हो गए। वह आनन्दप्रद दृश्य मुझे कभी नहीं भूलेगा।

गिरजे की अपूर्व बनावट, पथरीला प्रांगण, चारों ओर हरे-भरे वृक्ष, दूर-दूर तक लहराती मखमली घास। पास ही में पानी के क्षीण स्रोत ने, नीचे जाकर छोटी-सी नहर का रूप ले लिया था। दो-तीन युवक एवं युवतियाँ उसी नहर में तिरती एक तिरछी नौका को एक ही डाँड़ के कौशलपूर्ण संचालन से साध रहे थे। धीरे-धीरे समतल उद्यान पथ

से होते घर पर लौटे। गर्म कॉफी पी। मेरे मेज़बान बार-बार मुझसे आग्रह कर रहे थे कि मैं उनके साथ कैम्ब्रिज के डिनर में उनकी अतिथि बनकर चलूँ। मैं झिझक रही थी। किन्तु मेरे स्नेही मेज़बान सुदर्शन, रत्ना दोनों ही मुझे अन्त तक वहाँ खींच ही ले गए। आपको चलना ही होगा—यह भी स्वयं अपने में एक अनुभव सिद्ध होगा। एकदम फार्मल यह डिनर कैसा होता है, आप देख तो लें...गाउन, ग्रेसवाला डिनर! आपको निश्चय ही आनन्द आएगा।

हम पहुँचे और नियत स्थान पर खड़े हो गए। ग्रेस समाप्त होते ही सब बैठ गए। मेज़ पर प्लेटें लगी थीं। परिवेशन को तत्पर छात्र-छात्राएँ हाथ बाँधे खड़े थे। हॉल में वही राजसी गरिमा थी, जिससे कभी भारत के रियासती दरबार हॉल मंडित रहते थे। न छींक, न खाँसी, न साँस। लग रहा था सब दम साधे खड़े हैं। दीवारों पर लगे उद्भट विद्वानों के आदमक़द तैलचित्र, झाड़फानूसों का झिलमिलाता प्रकाश, हवा में हिलती काँच की मीनारों की ठुनठुन, सब कुछ मुझे जैसे वर्षों पूर्व के ओरछा नरेश के दशहरा दरबार में खींच रहा था। मैं अतीत के उसी स्मृतिमन्थन में डूबी थी कि सहसा पास ही बैठे सुदर्शन ने कहा—"यहाँ विभिन्न मेजों की स्थिति भी पूर्व निर्धारित रहती है, वह प्रोफ़ेसर्स की मेज़ पर ग्रेजुएट्स, अंडर ग्रेजुएट्स।"

"कभी-कभी तो बड़ा अच्छा खाना मिलता है, कभी साधारण।" मेरी अल्पभाषिणी मेज़बान ने वाइन ग्लास मेरी ओर खिसकाकर कहा, "इसे लीजिए। इसमें तो कुछ भी ऐसा-वैसा नहीं है।"

जिसमें कुछ भी नहीं था, वह भी शुद्ध सात्त्विकी गंगाजल नहीं है, यह मैं गन्ध से ही समझ गई थी। धीरे से मैंने गिलास खिसका दिया। फिर आया चिकन, मैं समझ गई कि आज मेरी एकादशी ही होगी। किन्तु तब भी एक निरीह आलू, दो बन और एक मक्खन की टिकिया लेकर एक छात्र आ गई। वह समझ गई थी कि मैं निरामिष भोजी हूँ। अन्त में आई ऐपल पाय।

"यह यहाँ की, ख़ास चीज़ है, चखकर देखिए।" बड़ी ललक से मैंने पहला चम्मच मुँह में रखा। सच कहती हूँ, सेब की ऐसी दुर्गति मैंने जीवन में कभी नहीं देखी!

वैसे भी भोजानप्रिय भारतीय जिद्दी जिह्वा विदेशी स्वाद को ग्रहण करने में कुछ समय लेती है। हमारे देश के रसपारखियों की जीभ से पहले उनके अनुभवी नथुने ही परिवेशित व्यंजनों का स्वाद लेकर उन्हें मान्यता देते हैं। सामने परसी थाल के छत्तीस व्यंजनों की मनोहारी सुगन्ध जब तक नथुनों से होकर खानेवाले की जीभ को लार से रसप्लावित न कर दे, तब तक भला वह व्यंजनों की प्रशंसा कैसे कर सकता है! हाँ, जहाँ तक केक, पेस्ट्री, बिस्किट, चॉकलेट, सूफले आदि का प्रश्न है, विदेशी हमें भले ही मात दे दें। धैर्य से भूँजने और अनुपम स्वाद, सुगन्ध की सृष्टि करने में हमारी कला बेजोड़ है। इस दृष्टि से कलछुल का राजदंड सदा हम भारतीयों के पास ही रहेगा। हमारी घ्राण-शक्ति भी अतुलनीय है। सड़क पर खड़े रहने पर भी हम बता सकते हैं कि किसी पास के गृह से आ रही सुगन्ध विशुद्ध घृत में सेंके जा रहे पराँठे की है या तेल में डबडबा रहे उड़द के बड़े की।

मेरी यह धारणा सोहो के एक प्रख्यात इतालवी रेस्तराँ में जाकर और पुष्ट हुई। मेरे एक परिचित दम्पती ने हमें नैश्यभोज के लिए आमंत्रित किया था। जब कार में हमें लेने

वे आए, तो बोले—"हम दोनों ऑफ़िस से अभी छूटे। सोचा, आपको आज सोहो ले जाएँ। लन्दन जाकर आपने सोहो में खाना नहीं खाया तो आपका लन्दन-भ्रमण अधूरा ही कहलाएगा।" ऑक्सफोर्ड स्ट्रीट और रीजेंट स्ट्रीट के बीच स्थित सोहो नि:सन्देह लन्दन किरीट का एक जगमगाता रत्न है। क़दम-क़दम पर चित्र-विचित्र रेस्तराँ, कहीं तेज़ रौशनी, उतना ही तेज़ संगीत, कहीं मन्द टिमटिमाते जापानी कन्दीलों का धूमिल प्रकाश और उतने ही मदिर मन्द स्वर में छेड़ा जा रहा संगीत। जैसे-जैसे रात्रि प्रगाढ़ होती है, सोहो भी यौवन-मदमत्ता वार-वनिता-सा इठलाने लगता है।

"अब बताइए हिन्दुस्तानी खाना पसन्द करेंगी या इतालवी?" मेरे मेज़बान की पत्नी कुवैत एयरलाइन्स में काम करती थी। उसके पति मेरे पुत्र के सहकर्मी थे। दोनों की ऊँची नौकरी उन्हें दिन-भर के साहचर्य से वंचित कर देती थी। "इसी से हम लोग प्राय: ही खाना खाने, यहाँ के एक इतालवी रेस्तराँ में चले आते हैं। यहाँ का प्रसिद्ध रेस्तराँ है। खाना भी आला दर्जे का देता है। वैसे, यहाँ एक हिन्दुस्तानी रेस्तराँ भी है—'खान'। मसालेवाला चटपटा खाना खाना हो तो वहाँ चलें।"

"हिन्दुस्तानी खाना तो रोज़ ही खाते हैं, वहीं चलो, जहाँ तुम रोज़ जाया करते हो।" मैंने कहा और हम जिस मन्दी नीलाभ रोशनी में आकंठ डूबे कमरे में पहुँचे, वह एक छोटा-मोटा शीशमहल लग रहा था। जिधर देखो, उधर काँच और उन स्वच्छ काँचों से सोहो की उस मुखरा सड़क की रंगबिरंगी भीड़ स्पष्ट दिख रही थी। एक-दूसरे से लिपटे कपोल-से-कपोल सटाए युवा जोड़े—खुली सड़क पर ही प्रेम के ऐसे निर्लज्ज-उन्मुक्त प्रदर्शन के बाद इन बेचारों के लिए घर में बचता ही क्या होगा? शायद द्वन्द्व, कलह और विषाद। एक-दूसरे के प्रति इनके प्रेम की नींव क्या इतनी ही कच्ची होती है कि राह चलते राहगीरों को भी उसका ऐसा नग्न प्रमाण थमाते चले जाते हैं।

थोड़ी ही देर में ग्रीक देवता-सा एक सुन्दर युवक हमारी मेज़ पर मीनू धर ऑर्डर लेने काग़ज़-क़लम लेकर खड़ा हो गया। उन अपरिचित इतालवी व्यंजनों की अनजानी भीड़ में एक-दो ही नामों से मेरी जिह्वा का पूर्व परिचय था। वे ही चीज़ें मैंने मँगवाईं। किन्तु अपना दुर्भाग्य न्योतने ही मँगवा बैठी 'मशरूम चिली सॉस'। मैं तो सोचती थी, हम भारतीय ही तीखी मिर्च से अपनी आँतों को भस्म करने की कला में पारंगत हैं, पर यह तो अच्छा-ख़ासा आन्ध्र का रसम निकला। एक क्षण को लगा किसी ने आग का पलीता गले से लेकर पेट तक घुमा दिया है। मेरे मेज़बान को मेरी कंठनली भस्म करने का तगड़ा बिल चुकाना पड़ा है, यह मैंने देख लिया था। उस पर राजसी टिप, जिसमें शायद भारत के किसी निम्न-आयवर्गी पूरे परिवार का महीने-भर का गेहूँ तुल जाता।

लन्दन का एक भव्य दर्शनीय स्थल है वेस्ट मिन्स्टर ऐबे। एक पुराने गिरजाघर की भूमि पर आबाद यह ऐबे 'एडवर्ड द कनफेसर' ने बनवाई थी। उसी की क़ब्र यहाँ की पहली क़ब्र है। फिर उसी परम्परा का निर्वाह कर, उसके अनेक उत्तराधिकारी यहाँ दफ़नाए जाते रहे।

इसके पूर्वी कोने में 'बैटल ऑफ़ ब्रिटेन मेमोरियल चैपल' है। ऐतिहासिक दृष्टि से सबसे महत्त्वपूर्ण है 'कॉरोनेशन चेयर'। इसी राजसिंहासन पर पीढ़ियों तक स्कॉटलैंड के भूपतियों की ताजपोशी होती रही। यह एडवर्ड प्रथम के समय में बनी थी और तब से लेकर आज तक किसी भी सम्राट् या सम्राज्ञी का राज्याभिषेक इसके बिना सम्पन्न नहीं

हुआ। पश्चिमी द्वार पर एक काँच के केस में एक बृहत ग्रन्थ धरा है, उसमें द्वितीय युद्ध में मारे गए नागरिकों के नाम और पते दिए गए हैं।

लन्दन आकर पर्यटक जिन प्रमुख दर्शनीय स्थलों को अवश्य देखते हैं, वे हैं 'बकिंघम पैलेस' विंडसर कॉसल, मदाम तुसद की मोम की मूर्तियों का संग्रहालय और प्लैनेटेरियम।

बकिंघम पैलेस पहले ड्यूक ऑफ़ बकिंघम की निजी हवेली थी। जॉर्ज तृतीय ने इसे ड्यूक से ख़रीदकर राजप्रासाद में परिणत कर दिया। महारानी विक्टोरिया के सिंहासनारूढ़ होने पर यह स्थायी रूप से राजप्रासाद बन गया। इस बुलन्द इमारत के बीचोबीच एक मेहराबदार झरोखा है, जिसमें विशेष अवसरों पर प्रजा का अभिनन्दन ग्रहण करने पूरा राज परिवार आकर खड़ा होता है। जब महारानी प्रासाद में रहती हैं तो राजसी झंडा फहराकर उनके नगर में रहने की सूचना दी जाती है। ठीक साढ़े ग्यारह बजे यहीं 'चेंजिंग द गार्ड्स' होता है जब मिट्टी की मूरत-से लाल वस्त्र और झब्बेदार काली टोपी में सँवरे राजप्रासाद के सन्तरी अपना स्थान बदलते हैं।

संसार के सुन्दरतम, बृहत्तम राजप्रासादों में अग्रणी विंडसर कॉसल 'विलियम द कनकरर' ने बनवाया था। यह टेम्स नदी के किनारे स्थित है। चारों ओर का दृश्य अत्यन्त मनोरम है। यहाँ स्थित सेंट जॉर्ज चैपल की गणना संसार की श्रेष्ठ इमारतों में की गई है। प्रासाद के पश्चिमी कोने पर लन्दन का प्रसिद्ध सफारी पार्क है।

मदाम तुसाद की मोम की मूर्तियों का संग्रहालय और प्लैनेटेरियम, दोनों ही आसपास हैं, इसी से एक ही दिन में दोनों को देखने की सुविधा हमें अनायास ही प्राप्त हो गई थी।

प्लैनेटेरियम को देखने का समय, नियत रहता है। यदि आप समय से नहीं पहुँच पाए तो देखते-ही-देखते वहाँ के शून्य गगनांगन में रात्रि की मरीचिका, ग्रह-नक्षत्रों के चँदोवे के नीचे बैठने के सुख से आप वंचित हो सकते हैं।

मदाम की मोम से बनी मूर्तियों के संग्रहालय में प्रवेश के साथ ही, पहले कुर्सी पर बैठी स्वयं मदाम की मूर्ति पर ही दृष्टि निबद्ध होती है।

मदाम की जीवितावस्था में प्रकाशित, लन्दन की गाइड पुस्तिका में, इस विलक्षण महिला का वर्णन इन शब्दों में किया गया है :

'दर्शक एक सुरुचिपूर्ण सजे कक्ष में पहुँचेंगे। राजसी सज्जी में सँवरे इस कक्ष की दीवारों पर बड़े-बड़े आईने लगे हैं, बीच में, कुर्सी में अडिग भव्य मुद्रा में बैठी जो वृद्धा आपको मिलेंगी, वे ही हैं मदाम तुसाद। यदि वे उसी अडिग मुद्रा में बैठी रहतीं तो शायद आपको भ्रम होता कि यह भी इस प्रदर्शनी की मोम की मूर्तियों में से एक मूर्ति है—यह विलक्षण महिला स्वयं में ही एक प्रदर्शनी है।

1761 में जन्मीं मदाम फ्रांस के सम्राट् की बहन को मोम की मूर्ति कला सिखाने वर्सेलीज़ आईं। वहीं फ्रांस के विप्लव में गिलोटीन से कटे सिरों की अनुकृति बनाते-बनाते, उनके मस्तिष्क में एक ऐसे ही अवशेषों की प्रदर्शनी लगाने का विचार आया। उनकी यह प्रदर्शनी फिर उतना ही प्रख्यात संग्रहालय बन गई। एक बार जब वे देश-विदेश में घूमती, अपनी इसी प्रदर्शनी के बूते ख़ासा नाम कमा रही थीं कि एक समुद्री यात्रा में जहाज़ डूब जाने से इनकी इन बहुमूल्य मोम की मूर्तियों का पूरा संग्रह भी डूब

गया, किन्तु इस साहसी महिला ने हिम्मत नहीं हारी, निर्जीव मूर्तियाँ ही तो डूबी थीं, उन्हें सिरजनेवाली उनकी सजीव अँगुलियाँ तो सलामत थीं। फिर नई मूर्तियों का निर्माण कर, वे पूरे 33 वर्ष तक, विभिन्न शहरों में, अपनी यह प्रदर्शनी लगाती रहीं—अन्त में, लन्दन में ही स्थायी रूप से बस, इन्होंने अपने इस अमूल्य संग्रह को और समृद्ध किया। अपने दोनों पौत्रों को मूर्तिकला सीखने रॉयल अकादमी में भेज, वे जी-जान से इसी संग्रहालय की मूर्तियों को जीवन्त बनाने के कार्य में जुट गईं।

संग्रहालय के उस ऐतिहासिक खड्ग को जुटाने में, जिसने फ्रांस के बादशाह की गर्दन अलग की थी, उन्हें पानी की तरह रुपया बहाना पड़ा। कभी किसी सम्राट् की राज्याभिषेक की शाही पोशाक जुटाने ही में उनकी वर्ष-भर की कमाई निकल जाती, किन्तु उनकी सूझ-बूझ थी विलक्षण, कल्पना सजीव एवं साहस था अपरिसीम। आज भी, उस विलक्षण महिला के मोम के जीवन्त चेहरे पर, वे कर्मठ रेखाएँ और दृढ़ गाम्भीर्य देखकर दर्शक अनुमान लगा सकते हैं कि वह व्यक्तित्व कैसा असाधारण रहा होगा। इस संग्रहालय में इतिहास प्रसिद्ध प्रख्यात एवं कुख्यात व्यक्तियों से आप मिलते ही नहीं, उनके चेहरों पर उनके जीवन, उनके चरित्र की एक-एक रेखा को, खुली पुस्तक-सा ही बड़ी सुगमता से बाँच सकते हैं। विभिन्न कक्षों में घूमते-घूमते गांधी जी की यह उक्ति बार-बार सत्य होकर कानों में बजने लगती है, कि जो जैसा जीवन जीता है, वैसी ही रेखाएँ उसके चेहरे पर आ जाती हैं। कैसी अद्भुत जीवन्त मूर्तियाँ हैं, इसका आभास तब तक नहीं हो सकता जब तक आप स्वयं उनके सान्निध्य में कुछ समय न बिताएँ। जाते ही बायीं ओर एक पराजित राज्य के राजपरिवार के दो बन्दी बालकों से जिरह कर रहे कठोर जल्लाद-से चेहरों पर दृष्टि पड़ी, तो सहम गई। उसका शीर्षक है : 'And when did you last see your father?' तुमने अपने पिता को अन्तिम बार कहाँ देखा? नन्हा-सा सुन्दर निर्भीक राजकुमार, शत्रुपक्ष के सम्मुख दोनों हाथ पीछे बाँधे सीना ताने खड़ा है। उसके पीछे उसकी बालिका बहन दोनों हाथों से मुँह ढाँपे सिसक रही है। सुना है, कभी इंग्लैंड के प्रत्येक गृह में, विलियम यीम की इस प्रख्यात कलाकृति अनुकृति टँगी रहती थी।

तीन ब्रांते बहनों को देर तक देखती ही रही, जी में आ रहा था, लपककर उनका हाथ थामकर कहूँ—तुमने अपनी लेखनी के जादू से मेरे कैशोर्य की कितनी रातें रससिक्त की हैं, जब तुम्हारी लेखनी, मंत्रपूत डोर-सी रात-रात-भर मुझे बाँधकर रख देती थी।

मदाम अपनी मूर्तियों का चयन केवल उनकी ख्याति की दृष्टि से ही नहीं करती थीं। जिस चेहरे पर चरित्र की रेखाएँ स्पष्ट उभरी हों और कालजयी बनी अनादि काल तक वैसी ही प्रभावपूर्ण बनी रहें, उसे ही वे अपने संग्रहालय में रखती थीं। एक बार भाग्यशाली व्यक्ति का चयन हो जाने पर फिर आरम्भ होता उसके जीवन पर शोधकार्य। उसकी जीवनी का गहन अध्ययन किया जाता। उसकी पोशाक, उठना-बैठना आँखों का रंग, बालों का रंग, सबका सूक्ष्म निरीक्षण होता फिर बनती मूर्ति। और जब बनकर तैयार होती, तो कभी-कभी निष्प्राण मूर्ति के सप्राण मॉडल भी अपनी अविकल अनुकृति देख दंग रह जाते। कहते हैं कि एक बार एक फ़िल्म की शूटिंग के दौरान जब एक प्रशंसिका, एकटक शूटिंगरत एल्फ्रेड हिचकॉक को देख रही थी तो उन्होंने कहा था,

"मैडम मैं कैसा दिखता हूँ यह आपको देखना हो तो कृपया मदाम तुसाद के संग्रहालय में जाइए।" जब संग्रहालय की किसी मूर्ति का मॉडल पृथ्वी पर अपनी आंशिक लोकप्रियता खोने लगता है तो तत्काल उसकी मूर्ति को भी संग्रहालय से हटाकर स्टोर में डाल दिया जाता है। निकट-से-निकट खड़ी होने पर भी मैं विश्वास नहीं कर पाई थी कि वे निष्प्राण मूर्तियाँ हैं। चाहे वह लतावेष्टित कुंज में बैठी अगाथा क्रिस्टी हो या पीछे खड़े एल्फ्रेड हिचकॉक, आन्द्रे प्रेवीन, मरलिन मुनरो, सोफियाँ लॉराँ जिसके साथ खड़ी होकर तसवीर खिंचवाई तो मुझे अपना ही चेहरा मोम की मूरत-सा लगने लगा और सोफ़िया लॉराँ का जीवन्त। एक दूसरा प्रभावशाली दृश्य है हेनरी अष्टम का, अपनी सात बदनसीब रानियों के साथ वे अकड़कर खड़े है। उस कुटिल चेहरे के साये में, उन सात सहमे चेहरों की करुण चावनी देख पैर ठिठक जाते हैं। एलिजाबेथ प्रथम, जॉर्ज थर्ड महारानी विक्टोरिया, उनके पीछे टँगा है सर जॉर्ज हेटर द्वारा अंकित उनका जगत्प्रसिद्ध कॉरोनेशन पोर्टेट, कभी इस चित्र की अनुकृति भारत के अधिकांश राजप्रासादों की दीवारों को सुशोभित करती थी, स्वयं मेरे रायबहादुर ताऊ जी के यहाँ यह चित्र सुनहले फ्रेम में मढ़ा दीवानख़ाने में टँगा रहता था। शायद अब भी हो। एडवर्ड सप्तम का हाथ थामे महारानी अलेकजैंड्रा, पोप जौन कैनेडी के साथ खड़े सर चर्चिल अपनी प्रिय मुद्रा में दोनों हाथों से कोट का कॉलर थामे, खट से सामने आ गए तो मैं एक क्षण को चौंक गई थी। एक पल को मुझे लगा, उस कठोर चेहरे पर मोती-सी स्थिर आँखों की पलकें झपक रही है। जनरल दगाल, बादशाह हुसैन प्रधानमंत्री योशिदा, मार्शल टीटो इनमें से प्रत्येक ने अपने निजी कपड़ों का चयन कर अपनी मूर्तियों को पहनाने स्वयं भेजा। यहाँ तक कि कुछ ने तो अपना रूमाल भी भेज दिया था जिससे मूर्ति की सज्जा पूर्ण रूप से जीवन्त हो उठे। बीचोबीच राजपरिवार की प्रभावशाली मूर्तियाँ खड़ी हैं जहाँ कैमरों की सर्वाधिक खटाखट चलती है, दूसरी ओर बापू की भव्य मुद्रा, घुटनों तक की धोती, हाथ की लाठी देख लगता है, अभी-अभी दौड़कर मनु या आभा लाठी थाम लेंगी। एक अन्य प्रभावशाली राजपरिवार की झाँकी है अभागे सोलहवें लुई और अभिशप्ता मारी आन्तोनियत की माँ से सटकर खड़ा है कमनीय उत्फुल्ल चेहरे की छटा बिखेरता नन्हा राजकुमार, पिता के पास घुँघराले, सुनहले केशगुच्छ लटकाये, राजकन्या। 1793 में जब पहले इसी सम्राट् का सजीला सिर, गिलोटीन से विलग किया गया और फिर उसी टोकरी में इस सुन्दरी रानी का सिर गिरा तो सहमी भीड़ को इन कटे मुंडों को अन्याय एवं अत्याचार के प्रतीक के रूप में प्रदर्शित किया गया था, फिर उन्हें तत्काल मदाम तुसाद के पास पहुँचाया गया जिससे वे चटपट उन्हें मोम के साँचे में ढाल संग्रहालय में सदा-सदा के लिए संचित कर लें! देखनेवाले पीढ़ी-दर-पीढ़ी यह सत्य हृदयंगम करते रहे कि अत्याचारी का अन्त कैसा होता है। इसी संग्रहालय का एक और कक्ष है जहाँ पहुँचते ही ही दम घुटने लगता है कलेजा धड़ककर मुँह में आ जाता है और जी में आता है, भागकर बाहर चले जाएँ। इस चेम्बर ऑफ़ हौरर (chamber of Horror) की प्रस्तर भित्तियों से लेकर, भयावह निस्तब्धता को भंग करती फाँसी, के भीमकाय घंटे की मनहूस खनक पर्वत श्रेणियों से टकराती मेघ गर्जना-सी ही गरज-गूँज कलेजा भय से हिम कर देती है। यहाँ कुख्यात जघन्य अपराधियों की पूरी केस हिस्ट्री के साथ उनके अपराधों का सजीव चित्र प्रस्तुत करती ख़ून से लथपथ मूर्तियाँ

हैं, असली गिलोटीन से कटता टोकरी में गिरने को तत्पर, भयार्त सफ़ेद चेहरा है, टब में तैरती निष्प्राण देह है, बदनाम ख़ूनी डॉ. क्रिस्टी हैं—जिन्होंने असंख्य सुन्दरियों की हत्या कर, उनकी लाश अपने किचन की आलमारी में बन्द कर सहेज दी थीं, कुख्यात हत्यारे विलियम पामर की क्रूर आँखें देखनेवाले को सहमकर स्वयं अपनी आँखें फेरनी पड़ती हैं। वह विलियम, जो वर्षों तक अपने मित्रों की, आत्मीयों की ऐसे हत्या करता रहा जैसे मच्छर मार रहा हो। इस कक्ष की सबसे हृदयद्रावक झाँकी है, मृत्यु की प्रतीक्षा कर रहे चार्ल्स पेस और हाथ में चमड़े की पेटी लिये उसके जल्लाद मारवुड की। फाँसी का फन्दा ऊपर झूल रहा है, लगता है दोनों हाथों से, कुर्सी के हत्थे थामे बैठे हत्यारे चार्ल्स पेस की अँगुलियाँ काँप रही हैं, ललाट पर न जाने कैसे पसीना झलकने का आभास होता है और चेहरे पर, संसार की समस्त ग्लानि, गहन पश्चात्ताप राशिभूत होकर उभर आएँ हैं। सबसे दर्शनीय है, जल्लाद की कठोर मुखमुद्रा, नीली पैनी दृष्टि की दृढ़ता और खड़े होने की कर्तव्यरत निर्विकार मुद्रा। चलते-चलते समापन किस्त में ट्रैफलगर स्क्वायर के युद्ध के नैलसन फ्लैगशिप पर सहमे पैर रखते हम बाहर निकले तो कानों में तोपों की गड़गड़ाहट गूँज रही थी, दूसरी ओर मृत वीर सैनिकों के लिए बजतीं गिरजे की घंटियाँ।

एक बड़ी-सी गैलरी में अनेक उपहार पुस्तिकाएँ, पिक्चर पोस्टकार्ड बिक रहे थे। सोचा कुछ तस्वीरें ख़रीद लूँ। मैं आगे बढ़ी तो एक विचित्र दृश्य देखा, एक पाउंड में आप यहाँ अपनी ऐसी तिलिस्मी तसवीर खिंचवा सकते हैं जिसमें आपका कटा सिर आपके धड़ से विलग कर आपको और देखनेवालों को कैमरे का कौशल चमत्कृत कर देता है। ऐसी अनूठी तसवीर भला अन्यत्र कहाँ खींची जा सकती है! वहाँ से निकलकर हम प्लैनेटेरियम (नक्षत्रालय) देखने तेज़ी से लपके। जल्दी-जल्दी टिकट लेकर भीतर पहुँचे तो वह घेरा कुछ-कुछ वैसा ही लगा जैसा भारत के नुमाइशी ख़ेमे में ख़ुदा मौत का कुआँ हो, जिसकी ऊँची-नीची ढलान में तीव्र गति से मोटर-साइकिल भगाता जाँबाज चालक, जान हथेली पर धरे, फराफर उड़ता-सा चला जाता है। पहले तो वह निराडम्बर परिवेश देख निराशा हुई, पर एकाएक बत्ती बुझी और भरी दोपहरी में उस निरभ्र आकाश में अमावस का-सा अन्धकार छा गया और फिर देखते-ही-देखते, अगणित तारों की जगमगाहट से शून्य गगनांगन चमक उठा। चारों ओर लन्दन की विभिन्न ऐतिहासिक इमारतों के बेलबूटे न जाने किस तिलिस्म से उभरने लगे और दर्शक दम साधे, उस बाज़ीगरी को देखते ही रह गए। साथ-साथ चल रहा था प्रत्येक ग्रह-नक्षत्र का परिचय। मंगल, शनि, बृहस्पति, सप्तर्षि-मंडल, धूमकेतु। कौन सोच सकता था कि बत्ती जलते ही यह जादू का खेल फिर मदारी के झोले-कथरी में सिमट जाएगा। सूर्यास्त-सूर्योदय, दिवस-धूसर शशि, तीव्रता से स्थानच्युत होकर जगमगाती महताब-सा गिरता उल्कापात, तारों-सा टिमटिमाता मानव-निर्मित नवनक्षत्र—सब देख इन चतुर विदेशियों की बुद्धि का लोहा मानना पड़ता है। बचपन में सुनी एक पहाड़ी उक्ति का स्मरण हो आया। जब एक सरल भोले पर्वतीय ने अल्मोड़ा में पहली बार जलेबी देखकर, उसे भी अंग्रेज़ का ही बुद्धि कौशल मान कहा था :

धनिरे अंग्रेज़ तेरी कावा।
मैदे की नलि भितर चिनि कसिक हावा!

'धन्य है अंग्रेज़ तेरी बंद्धि को, मैदे की नली के भीतर तूने चीनी कैसे पहुँचा दी।' प्राय: पौन घंटे तक, प्लैनेटरियम में बैठ हमने सहस्त्रों वर्ष पूर्व के अतीत की अन्तरिक्ष यात्रा की और भविष्य के अगणित काल्पनिक भावी वर्षों की झाँकी देखी बीच-बीच में व्योम में उन जगत्प्रसिद्ध वैज्ञानिकों के चित्र भी उभर जाते हैं। जिन्होंने मानव की इस अद्भुत प्रगति-यात्रा में अनूठा योगदान दिया था। लन्दन का यह प्लैनेटेरियम, प्रत्येक जिज्ञासु पर्यटक को पौन घंटे में ही बहुत-कुछ सिखा सकता है इसमें कोई सन्देह नहीं।

हमारे सौभाग्य से लन्दन के मौसमी औदार्य ने हमें इधर-उधर, घूम-घाम प्राय: सभी दर्शनीय नगीने बूटे देखने का पर्याप्त सुअवसर प्रदान किया था। नहीं तो सुना था, लन्दन का अप्रैल भी कभी-कभी बेहद सनकी तेवर बदल लेता है। जानलेवा ठंड और अनवरत बरसता आकाश, पर्यटकों का बाहर निकलना असम्भव कर देता है। हमें तो सदा निरभ्र आकाश का ऐसा स्वच्छ चँदोवा मिला कि जब चाहें निकल जाएँ और जब चाहें लौटें। वहाँ सूर्यास्त तब नौ बजे रात तक होता था। कभी-कभी दस बजे तक भी सूर्य बना रहता। सुबह भारी-भरकम नाश्ते के बाद ही हम निकल जाते। वहाँ दोपहर के भोजन का झंझट भारतीय परिवार भी नहीं पालते। इसी से वहाँ की गृहिणी की दिनचर्या भारतीय गृहिणियों की उस दिनचर्या से कहीं अधिक सुखद रहती है—जिसमें कभी-कभी बेचारी भारत की गृहिणी का आधा दिन ही चूल्हे-चक्की में निकल जाता है नाश्ते में एक-से-एक स्वादिष्ट विभिन्न स्वादों के विटामिनपूर्ण नाश्ते के पैकेट लाकर लोग धर लेते हैं। बढ़िया दूध द्वार पर ही धरा मिल जाता है। शाम को खाली बोतलें धर दीं सुबह भरी उठा लीं।

भारतीय गृहणियों की तो आधी ज़िन्दगी ही निर्लज्ज ग्वाले से उलझने में बीत जाती है। कभी दूध में आवश्यकता से अधिक पानी, कभी सेर-भर दूध के स्थान पर तीन पाव। वहाँ दूध तो शुद्ध मिलता ही है पनीर की भी बीसियों क़िस्में उपलब्ध हैं। कॉटेज चीज़ तो बहुत-कुछ हमारे ताज़े पनीर से मिलती है। नाश्ते के बाद अधिकांश गृह जनशून्य हो जाते हैं। बच्चे स्कूल, पिता अपने दफ़्तर और माँ अपने। बिरली ही कोई गृहस्वामिनी घर पर खाली बैठी रहती है। सन्ध्या को ही एक बार खाना बनता है। पहले-पहले, चार बार नाश्ते और खाने का अभ्यस्त भारतीय हठीला पेट विद्रोह अवश्य करता है किन्तु फिर उसी दिनचर्या में आनन्द आने लगता है।

मैंने देखा कि वहाँ रात का खाना भी समय पर ही निबटा लिया जाता है। यानी कि दफ़्तर के प्रत्यावर्तन के कुछ ही देर बाद, जिससे हाथ में समय का पर्याप्त मूलधन रहे। बाज़ार-हाट है, घूमना-फिरना है या किसी सेल में जाना है तो सुविधा से जा सकें। और कहीं नहीं भी जाना है, तो निरन्तर चल रहे टी.वी. के विभिन्न रुचि के कार्यक्रम ही पर्याप्त मनोरंजन के साधन जुटा देते हैं। विभिन्न चैनल बदलने पर मनचाहे नाटक, फ़िल्म, साप्ताहिक नाट्य रूपान्तर, क्विज, पुरस्कार वितरण, अतीत के संगीत समारोह, नित्य नवीन वैविध्यपूर्ण उन प्रोग्रामों को देखकर बार-बार अपने देश के दूरदर्शन की अल्पज्ञता का भास होता है। चाहने पर हम भी क्या ऐसे कार्यक्रम नहीं प्रस्तुत कर सकते? सामान्य-सी कल्पना से भी तो कभी बासी उबानप्रद कार्यक्रम को सुख श्राव्य एवं सुदर्शन बना सकते हैं। यह हम अभी नहीं सीख पाए।

उदाहरण के लिए, वहाँ एक कार्यक्रम होता है, जिसमें किसी भी प्रख्यात अभिनेता, अभिनेत्री, क्रिकेट के खिलाड़ी, साहित्यिक या संगीतकार के अतीत एवं वर्तमान की

रोचक झाँकियाँ प्रस्तुत की जाती हैं। वह व्यक्तित्व स्वयं टेलीमंच पर उपस्थित रहता है। जिस स्कूल में उसने पढ़ा है, जहाँ शैशव बीता है उस ग्राम या शहर की झाँकी, बचपन के चित्र, बाल्य-सखाओं, माता-पिता, भाई-बहनों को, एक-एक कर मंच पर आमंत्रित किया जाता है। पर्दा खोलकर, अब कौन आत्मीय, कौन मित्र या कौन सहअभिनेता, अभिनेत्री आएँगे मंच पर आसीन वह व्यक्ति भी नहीं जान पाता। एक-एक कर उनके नाम घोषित होते हैं, उस व्यक्ति के कृतित्व की छुटपुट झाँकियाँ प्रस्तुत की जाती हैं, जिनमें उसे विशेष ख्याति प्राप्त हुई थी। अन्त में दूरदर्शन की ओर से एक दामी उपहार भी उसे भेंट किया जाता है।

ऐसे ही उनके क्विज या प्रश्नोत्तरी कार्यक्रम में भी नित्य नवीन प्रयोग चलते रहते हैं। कभी दो परिवारों को आमने-सामने बिठा दिया जाता है। परिवार के सभी सदस्य, वृद्ध पिता-माता, पितामह-मातामह सब रहते है। यह नहीं कि वृद्धा दादी या बाबा लाठी टेकते आ रहे हैं। आधुनिकतम सज्जा में सँवरी, उस देश की नानी या दादी की भी ऐसी सतर काठी कि हमारे देश की प्रौढ़ाएँ भी पानी भरें। नकली दाँतों की उजली हँसी, कपोलों पर लालिमा, सँवरा भ्रूभंग, चाहें तो क़ब्र में उतरने से पूर्व भी तीन-तीन शादियाँ कर लें। किन्तु, बने-ठने उस वार्द्धक्य में वह सरल सात्त्विकी तेज़, मुझे कहीं नहीं दिखा जो हमारे देश की पोपली हँसी में चमक झुर्रियों को उद्‌भासित करता है। उस देश का बुढ़ापा हमारे देश के बुढ़ापे की भाँति, जो आँके न जाएँ वाला बुढ़ापा नहीं है, उसके जिद्‌दी ठहराव को वहाँ लाठी लेकर दूर खदेड़ने के लिए उनके पास बीसियों सशक्त साधन हैं। किन्तु इन साधनों के बूते पर क्या प्रकृति को पराजित करने की चेष्टा स्वयं अपने-आपको छलने की चेष्टा नहीं है?

पत्रों की तरह चुप-जापान प्रवास

इन्दु जैन

यदि पूछा जाए कि जापानियों का कौन-सा सामाजिक गुण सर्वाधिक प्रभावित कर गया तो निःसंकोच मैं कहूँगी, उनकी ईमानदारी। इसका एक महत्त्वपूर्ण कारण यह हो सकता है कि यह सीधे-सीधे मेरे नफ़े-नुक़सान से जुड़ा है। लेकिन जितनी बार क़ीमती चीज़ें यहाँ-वहाँ भूल जाने के बाद मुझे जापान में वापस मिली हैं, शायद दुनिया के किसी दूसरे मुल्क़ में नहीं मिल सकतीं। अनेक पश्चिमी विदेशी मित्रों ने इसकी ताईद की है।

हिरोशिमा नागासाकी की यात्रा में हमने बहुत से स्थान अपने कार्यक्रम में सम्मिलित किए हुए थे। रेल के सारे टिकट रिजर्व करा रखे थे, होटलों में कमरे तय थे और यह ज़रूरी था कि हम सब गाड़ियाँ ठीक समय पर पकड़ते चले जाएँ। हिरोशिमा से हमें तोबा पहुँचना था। कहना जितना आसान है, करना उतना नहीं। हिरोशिमा से शिन-ओसाका, वहाँ से दूसरी गाड़ी लेकर नाम्बा और वहाँ से तीसरी गाड़ी लेकर तोबा पहुँचना था। इस बीच में हिमेजी में उतरकर डेढ़ घंटे के अन्दर स्टेशन पर सामान टिका, हिमेजी का प्रसिद्ध किला देखकर हिमेजी से फिर शिन्कान्सेन यानी बुलेट-ट्रेन पकड़नी थी।

भारत में अपना सामान कभी ढोने की ज़रूरत नहीं पड़ी सो तमाम मनोबल के बावजूद देह थक जाती थी। तिस पर जापान के स्टेशनों की बेइन्तहा सीढ़ियाँ चढ़ने-उतरने की भूलभुलैया, बीच में जैसे-तैसे जुटाए निरामिष भोजन से पेट भरते रहने की समस्या और मुँह में ज़बान होते हुए अवाक् रह जाने की मजबूरी। लेकिन फिर भी सहायता को उद्यत लोग, हमारे यात्रा-सलाहकार की प्रबुद्ध योजना और रेल-परिवहन की सुचारु नियमितता से हम सारी मंज़िलें पूरी करते चले गए और तरह-तरह के अनुभवों व दृश्यों की मीठी थकान से भरे अपने अन्तिम सफ़र के लिए आरामदेह सीटों पर सामान टिका कर प्लेटफ़ॉर्म पर टहलने लगे। अभी गाड़ी छूटने में थोड़ा समय बाक़ी था—पहली बार ऐसी रेलगाड़ी में बैठ रहे थे जो दो मंज़िली थी। नीचे की आधी मंज़िल ज़मीन के नीचे रहती थी। सोचा इस अद्भुत रेलगाड़ी का चित्र खींच लिया जाए। लेकिन कैसे? कैमरा कहाँ है? बल्कि कैमरा, उसके दो, लेंस चल-कैमरा का माइक्रोफ़ोन, कई खींची हुई फ़िल्में, नई फ़िल्में...सबका...बैग-का-बैग ही कहाँ है? जल्दी-जल्दी सोचना शुरू किया और याद आया कि शिन ओसाका से नाम्बा की स्थानीय भूमिगत ट्रेन में बहुत भीड़ थी। लगभग बीस मिनट की यात्रा दरवाजे के पास खड़े-खड़े की थी। बड़े बैग हाथ से सँभाले हुए थे और भीड़ जब ज़्यादा बढ़ने लगी तो कैमरा-बैग ऊपर सामान के रैक पर रख दिया था। नाम्बा आया—बाहर निकलती,

भीतर आती भीड़ के बीच जल्दी से बड़े बैग लेकर बाहर चले आए और कैमरे का थैला ऊपर ही रखा छूट गया। इस बात को अब लगभग सवा घंटा हो चुका था। उधर—इस गाड़ी के छूटने में मुश्किल से पाँच मिनट बाक़ी थे। किसी तरह गाड़ी के कंडक्टर को सारी बात समझाई। उसने फ़ौरन सामान उतारने को कहा और फिर शुरू हुई कोशिशें...कोशिशें और कोशिशें। जापान रेलवे के उस वयोवृद्ध कर्मचारी को हम कभी न भूलेंगे। अगली गाड़ी का टिकट बदलवाते हुए, मेरे हाथ का सामान ख़ुद ढोते हुए वे हमें यहाँ-से-वहाँ सम्बन्धित ऑफ़िसों में ले गए। अपनी ड्यूटी दूसरे साथी को सौंपी। अनेक फ़ोन करवाने के बाद उन्होंने बताया कि बैग कहीं किसी स्टेशन के खोये सामान-ऑफ़िस में जमा नहीं कराया गया है। यह कहते हुए कि कैमरा मिलने की सम्भावना अब कम ही है—उनके चेहरे पर खेद और लज्जा के ऐसे भाव थे, जैसे ग़लती हमारी नहीं उनकी है, मानो वे अपने देशवासियों के व्यवहार के लिए क्षमा माँग रहे हैं। उन्होंने फिर भी तोबा में हमारे होटल का नाम और फ़ोन नम्बर ले लिया और आश्वासन दिया कि हमें अब और प्रतीक्षा करने की ज़रूरत नहीं, कैमरा मिले या न मिले, वे रात को आठ बजे हमारे होटल में फ़ोन करके हमें स्थिति से अवगत करा देंगे। इतना कुछ करने के बाद हमें ठीक से धन्यवाद भी दे पाने का अवकाश न देकर वे अपनी ड्यूटी पर लौट गए।

सारी स्फूर्ति खोकर थके मन हम तोबा पहुँचे तो शाम काफ़ी नीचे उतर चुकी थी। सामान सीढ़ियों पर से ऊपर ले जा रहे थे कि देखा ऊपर खड़े एक सज्जन उत्तेजित से, हाथ हिला-हिलाकर नीचे किसी से कुछ कह रहे हैं। अचानक समझ पड़ा कि वे हम ही से कुछ कहना चाह रहे हैं। सारी बात में बस एक ही शब्द पल्ले पड़ रहा था, "कामेरा, कामेरा..." आशा की चमकीली कौंध मन में दौड़ गई। और उसके बाद...आज तक यह सोचकर आश्चर्य होता है कि समझने की तीव्र इच्छा किस तरह मनुष्य को भाषा की सीमा से ऊपर उठा ले जाती है। वे अंग्रेज़ी या हिन्दी बिलकुल नहीं जानते थे और हम जापानी का एक अक्षर नहीं समझते थे लेकिन उन्होंने बख़ूबी यह हमारे ज़ेहन में उतरवा ही दिया कि नाम्बा से फ़ोन आया है कि वे इस गाड़ी से आनेवाले भारतीय दम्पती को बता दें कि उनका कैमरा-बैग मिल गया है, कि वह अगली गाड़ी से भेजा जा रहा है, कि बैग आ जाने पर ये सज्जन जो स्टेशन मास्टर हैं, उसे ऑफ़िस लॉकर में सुरक्षित रख देंगे, हमें होटल फ़ोन कर देंगे ताकि हम उसे आकर ले जाएँ।

हमारी ख़ुशी और अचरज का ठिकाना न था। बारम्बार धन्यवाद और अनुग्रह में झुकते हुए हम टैक्सी पकड़कर होटल पहुँचे। तब तक स्टेशन मास्टर महोदय होटल फ़ोन करके सारा क़िस्सा बता चुके थे। सो जाते ही होटल के मैनेजर ने अत्यन्त मृदुता से हमें बताया कि हम निश्चिन्त रहे—वे हमारा सामान स्वयं होटल की कार भेजकर मँगा लेंगे और हमारे कमरे में पहुँचा देंगे। उसके बाद वे उसी मृदुता, तत्परता और सहजता से हमारी दूसरी समस्या सुलझाने में लग गए—हम क्या निरामिष भोजन खा सकते हैं।

दूसरी बार फिर हमने कैमरा और उसके तमाम उपकरणों का बैग छोड़ दिया। इस बार वह नगर सप्पोरो से चितोसे हवाई अड्डे आते हुए बस में, फिर से ऊपर सामान-

रैक पर रखा छूट गया और हमें अपनी भूल का इल्म तब हुआ जब हवाई जहाज़ तोक्यो के हानेदा हवाई अड्डे से 10 मिनट की दूरी पर रह गया। फिर वही भाग-दौड़, दौड़-धूप हमारी और इस बार हवाई परिवहन कर्मचारियों की...। फ़ोन-पर-फ़ोन लेकिन कुछ भी पता न चल पाया। हानेदा से ही हमने अपने मित्र श्री शिनोमिया को सप्पोरो फ़ोन करके अपनी मूर्खता बता दी थी। रात के दस बज चुके थे—तमाम दफ़्तर बन्द हो चुके थे। अगले दिन रविवार था लेकिन शिनोमिया जी ने भरसक कोशिश करके हमें फ़ोन करने का आश्वासन दिया।

रविवार को हमारी प्रतीक्षा जितनी आतुर थी, फ़ोन की चुप्पी उतनी ही स्थिर थी। सप्पोरो, हानेदा, चितोसे—सब चुप थे। चुओ बस सर्विस से भी कोई सन्देश न था। मेरे पति का कहना था कि इस बार कैमरा न मिलना ही 'पोएटिक जस्टिस' होगा। कुछ देर बाद बोले, "बच्चा भी एक बार ग़लती करता है तो माफ़ कर दिया जाता है लेकिन दूसरी बार वही भूल करता है तो उसकी पिटाई बनती है..." फिर, "बस अब कैमरा नहीं मिलता तो ज़िन्दगी भर दूसरा नहीं ख़रीदूँगा। तुम्हारे जेबी कैमरे से ही काम चलाऊँगा।" और कुछ देर बाद फिर, "इतना बढ़िया कैमरा! शायद मैं उसके योग्य ही नहीं था..." सारी बातें उनकी हताशा और छटपटाहट को ध्वनित कर रही थीं।

लेकिन आख़िर उनसे न रहा गया। जमकर बैठ गए। चितोसे के दो-तीन नम्बरों को फ़ोन, हानेदा में कम-से-कम छह-सात फ़ोन—"एक बैग जिस पर 'बीटल्स' का चित्र है...उसमें एक निकौन एफ ई कैमरा, मूवी कैमरा, एक वाइड लेन्स, एक टेली लेन्स, फर की टोपी और दस्ताने, एक भूरी-नीली ऊन की जर्सी..." और हर बार एक ही उत्तर, "यहाँ ऐसा कोई बैग नहीं है...हम नहीं जानते। हमने नोट कर लिया है... फ़ोन करेंगे।"

शाम को फ़ोन अपने आप बजा। शिनोमिया जी थे। "मुझे बहुत दुःख है..." उन्होंने बात शुरू की और एम एम का बैठा दिल लेट गया। मैं इतनी देर में फ़ोन कर रहा हूँ। बस के ड्राइवर ने अपनी कम्पनी के हेड ऑफ़िस में आपका कैमरा और सामान जमा करा दिया था..." आगे तो, रात की हरहराहट में उन्हें कुछ सुनाई ही न दिया। फ़ोन को हथेली से ढक चमकती आँखों, खनकती आवाज़ में मुझे सूचना दी, "सुनो कैमरा मिल गया..." जी हाँ! बीटल्स बैग सही-सलामत हमारे मित्र के घर में आराम फ़रमा रहा था।

इसके बाद बीस-पच्चीस दिन तक हर दूसरे-तीसरे दिन किसी-न-किसी हवाई पदाधिकारी का फ़ोन आ जाता। "आपके बैग का कुछ पता नहीं चला हमें खेद है..."

"जी नहीं, बैग मिल गया अनेक धन्यवाद...वह सप्पोरो में हमारे मित्र को सौंप दिया गया है।"

फिर कुछ दिन बाद किसी दूसरे अफ़सर का फ़ोन...वही बातचीत...आख़िरकार उन्होंने हमारा बैग स्वयं सप्पोरों से हानेदा मँगाकर ही दम लिया। पतिदेव जाकर उसे ले आए और तब फ़ोन आने बन्द हुए। जब तक यह नहीं हुआ, निप्पौन एयरलाइन्स शायद चैन की नींद न सो पाई।

इस बीच दो छोटे-छोटे हादसे और हुए। हमारे बैग में से एक खींची हुई फ़िल्म की डिबिया लेकर शिनोमिया जी फ़ोटोग्राफर की दुकान पर धुलवाने देने गए। डिबिया

खोली तो उसमें से ढेर-का-ढेर सफ़ेद चूरा निकलकर दुकान के तमाम काउंटर पर दूर-दूर तक फैल गया। भारतीय गृहिणियाँ यात्रा पर निकलती हैं तो पूरी-सब्ज़ी बनाकर तो साथ ले ही जाती हैं—एक डिबिया में नमक, दूसरी में चीनी और तीसरी में अचार भी साथ चलता है। फ़िल्म रखने की, कसकर बन्द होनेवाली डिबिया इस काम के लिए बहुत माकूल रहती हैं। सो बेचारे भारतीय इतिहास के जापानी विद्यार्थी को इस भारतीय घरेलू तथ्य का साकार शिकार होना पड़ गया। डिबिया पर बड़े-बड़े अक्षरों में लिखा था—'न म क' लेकिन ये बात ही शिनोमिया जी के लिए कल्पनातीत थी कि कोई सप्पोरो आएगा तो अपने साथ तोक्यो से नमक लेकर चलेगा—इसलिए उन्होंने लेबल पढ़ने की ज़रूरत ही न समझी। यह घटना हमें बताते हुए वे फ़ोन पर ही हँस-हँसकर दुहरे हो गए।

दूसरी घटना भी उन्हीं के साथ घटी। उन्होंने हमारे कुछ चित्र खींचे थे। सोचा, क्यों न इसी बैग में उनकी कॉपी भी भेज दी जाए। जब वे फ़ोटोग्राफर के पास कॉपियाँ लेने पहुँचे तो जो चित्र उन्हें दिए गए, वे नितान्त अपरिचितों के थे। कोई दूसरे शिनोमिया उनका लिफ़ाफ़ा ले गए थे और अपना भूल से छोड़ गए थे—बल्कि भूल तो दुकानदार की ही होगी।...शिनोमिया जी का कहना था कि ऐसे ही चलता रहा तो शायद स्थिति अन्त में ऐसी हो जाएगी कि उन्हें भारत आकर हमारा बैग वापस करना पड़ेगा।...

विश्वविद्यालय के सहकर्मी माचिदा जी ने दो बार कैमरा खोने का क़िस्सा सुना तो बड़ी मासूमियत से बोले कि जापान में एक कहावत है कि दो बार कोई चीज़ खोकर मिल जाए तो उसे एक बार और खो देना चाहिए क्योंकि यदि तीसरी बार भी मिल जाए तो बिलकुल निश्चिन्त हो जाइए कि अब वह कभी नहीं खोएगी।...उनके सुझाव के लिए बहुत धन्यवाद किन्तु जी नहीं। यह भी तो हो सकता है कि निश्चिन्तता के आश्वासन से पहले ही हम उसकी सुरक्षा की चिन्ता से ही सदा-सदा के लिए मुक्त हो जाएँ। न रहेगा बाँस न बजेगी बाँसुरी। हमारा कैमरा कोई 'म्याऊँ' नहीं, जो नौ जिन्दगियाँ लेकर जन्मा है।

वैसे, एक बार और हम इस जापान देश में कुछ खोकर पा चुके हैं। जेम्पुकुजी बाग़ में तेज़ ठंड में कुछ धूप खाने जा पहुँचे और ढलती शाम में धूप के एक चकत्ते से दूसरे पर सूर्य और पेड़ों की आँखमिचौली के साथ-साथ सरकते रहे। बढ़ते अँधेरे में पूरी झील का चक्कर लगाकर घर के आधे रास्ते पहुँचकर देखा कि मेरा पर्स कहीं वहीं छूट गया है। फ़ौरन लौटे। पति साइकिल पर पूरा वही रास्ता तय करते हुए उस बेंच पर पहुँचे जहाँ हम आख़िर में बैठे थे। पर्स कहीं नहीं था। आज तो चला ही गया! पैसे तो ख़ासे थे ही उसमें—क्योंकि पार्क आने से पहले ही बैंक से निकाले थे—बल्कि इसीलिए देर भी हो गई थी। लेकिन पैसों से बढ़कर और चीज़ें थीं—विदेशी नागरिक का रजिस्ट्रेशन सर्टिफिकेट—(जो हर समय अपने साथ होना ज़रूरी है), रेल-पास, पुस्तकालयों के कार्ड, बैंक की पास-बुक, बैंक-कार्ड और तीन डायरियाँ, जिनमें जापानी के नितान्त आवश्यक वाक्यों से लेकर मित्रों के पते, टेलीफ़ोन नम्बर, कार्य-सूचियाँ आदि तमाम ऐसी बातें थीं, जिनके बिना जीवन पंगु हो जाता। शृंगार प्रसाधन सामग्री तो हर महिला के बैग में होती ही है। एम एम चिन्ता

में ही थे कि एक क्षीण कटि, जॉगिंग करती ठंड में भी पसीना-पसीना युवती रुक गई और पास में मछली पकड़ते कुछ बच्चों से बातचीत कर मेरे पति को पास के पुलिस-बॉक्स की ओर ले चली। रास्ते में ही उन्हें मोटरसाइकिल पर उसी ओर आता एक पुलिसमैन दिखाई दिया जिसके हाथ में मेरा बैग था। मोटर साइकिल पर पीछे एक आठ साल का बच्चा था। हुआ यह कि बच्चे ने बैग बेंच पर रखा देखा और उसे उठाकर वह सीधा पुलिस चौकी पहुँचा। अब सिपाही उसे साथ लेकर पर्स मिलने की जगह देखने आ रहा था। युवती ने सारी बात मेरे पति और सिपाही के बीच स्पष्ट कराई और वे उस अचानक अवतरित सहायिका को शतशः धन्यवाद दे ही रहे थे कि मैं भी पैदल चलती हुई पहुँच गई। पर्स ज्यों-का-त्यों सही-सलामत था। एक तिनका भी इधर-उधर न हुआ था।

भारत में रहने के बाद जापान के नागरिकों का यह चारित्रिक पक्ष हमें बार-बार चमत्कृत करता रहा है। यहाँ अक्सर बढ़िया-से-बढ़िया चीज़ें, बच्चों की साइकिलें, क़ीमती खिलौने, बढ़िया कम्बल, अन्य कपड़े—खुले आँगनों या घर के लगभग बाहर टिके दिखाई देते हैं। कोई उन्हें हाथ नहीं लगाता। दुकानों में जगह की तंगी की वजह से बाहर तक बिक्री की चीज़ों का अम्बार लगा रहता है। अक्सर दुकान चलानेवाली महिला दुकान के पीछे बने मकान में बिलकुल भीतर घर के काम में लगी होती हैं—दुकान में ग्राहक के घुस आने पर पर्दे से टँगी हल्की-सी घंटी के टनटना उठने पर काफ़ी देर में इत्मीनान से निकलकर आती है लेकिन उसकी बाहर रखी विक्रय सामग्री को कोई ख़तरा नहीं। ऐसा क्यों है?

समृद्धि के कारण? समृद्धि यदि ईमानदारी को जन्म देती तो अमेरिका का वह हाल न होता, जो आज है। इंग्लैंड में टी.वी. के एक साक्षात्कार में भारतीय उद्योगपति जे.आर.डी. टाटा से प्रश्न पूछा गया कि आप अपनी निजी सुरक्षा पर कितना व्यय करते हैं, कितने अंगरक्षक रखते हैं? उनके नकारात्मक उत्तर पर फिर प्रश्न किया गया कि भारत में इतनी ग़रीबी हैं, ग़रीब-अमीर के बीच इतना आर्थिक अन्तर है। आपको अपहरण या हानि पहुँचने का कोई भय नहीं हैं? उन्होंने यही उत्तर दिया कि अब तक तो मुझे इस तरह की कोई ज़रूरत नहीं महसूस हुई।

किसी देश की संस्कृति और नागरिकों की चरित्रगत विशेषताओं के निर्माण के क्या आधार हैं—यह निश्चित कर पाना असाध्य कार्य है। जापान अपराधरहित है यह कहना तो बचपना होगा लेकिन यहाँ बड़े अपराध, बड़ी बेईमानी अधिक पाई जाती है—छोटे-छोटे अपराध, चोरी-लूटमार, अन्य देशों की अपेक्षा बहुत कम है। सम्भवतः इसका मूल यहाँ के सामाजिक अनुशासन की परम्परा, अपमान और मर्यादा की गहरी मानसिकता में ढूँढ़ा जा सकता है। सामाजिक विनिमय में इस तरह की ईमानदारी की परम्परा क्या बहुत पुरानी है—इसका कोई निश्चित उत्तर मुझे किसी जापानी से नहीं मिला लेकिन यहाँ की लोक-कथाओं, काबुकी नाटक की कहानियों और आत्महत्या-हाराकिरी की मनोवैज्ञानिक भूमिका के थोड़े अध्ययन से ऐसा आभास मिला कि भीतर का कलुष समाज के सामने उजागर हो जाना असह्य स्थिति है। मानापमान की कड़ी मर्यादाएँ यहाँ सदा से रही हैं और हर अच्छे-बुरे कृत्य के लिए मनुष्य स्वयं जिम्मेदार होते हुए भी अपने साथ सम्बन्धित परिवार, वर्ग या स्वामी की प्रतिष्ठा को ख़तरे में डाल सकता है।

इस तरह व्यक्तिगत आचरण कभी भी समाज निरपेक्ष या एकान्तिक नहीं रह जाता और उस पर बोझ बढ़ता चला जाता है।

भारत में भी एक युग था, जब कहते हैं लोग घरों में ताले नहीं लगाते थे। शहरी और ग्रामीण जीवन में परिस्थिति, परिवेश और विभिन्न मानसिकता-जनित अन्तर अभी भी देखा जा सकता है। सच तो यह है कि सामाजिक चरित्रगत ह्रास को समझ पाना ज़्यादा आसान है चारित्रिक गुणों की स्थिरता का अध्ययन कठिन।

ईमानदारी के ही कुछ दूसरे पक्ष भी जापानी चरित्र में दिखाई देते हैं। निजी अनुभव के आधार पर कह सकती हूँ कि जापानी जो कहते हैं, वह करते हैं। वे वायदे भूलते नहीं। जो काम उठाते हैं उसे सम्पूर्णता से पूरा करते हैं। उनकी हाँ, हाँ है। 'ना' करना उन्हें पसन्द नहीं। उनका असमंजस या कुछ न कहना ही उनकी 'ना' है।

कुसुमित कानन-कुंज बसी

उषाकिरण खान

पटना महानगर बन रहा है। चमकीली दुकानें, गगनचुम्बी अट्टालिकाएँ, अट्टालिकाओं में छोटे-छोटे फ़्लैट और उनमें रहनेवाले अपरिचय का मुखौटा पहने परिचित लोग! पटना का चप्पा-चप्पा आबाद हो रहा है। दीघा का मालदह-आम्रवन कटता हुआ कंक्रीट के सर्वग्रासी जंगल में परिवर्तित होता जा रहा है। गाँव महानगर की फैलती जिह्वा की भेंट चढ़े चले जा रहे हैं। जब कभी गंगा के कछार पर खड़ी होती हूँ, सदाकत आश्रम की आम्रवाटिका में बैठी होती हूँ तो लगता है यही कहीं से पुल जाता होगा उस पार, यह पुल मैत्री का नहीं था, मैत्री की तो नाव चलती थी।

एकल अजातशत्रु बिहार (बिहार शरीफ) के जंगलों में रोज़ शिकार खेलने आता था। एक बार नाव से पार कर वैशाली भी चला गया। मातृक-कुल के लोगों ने उसकी कुरूपता का मज़ाक़ उड़ाया—चेलमा और बिम्बिसार का बच्चा ऐसा क्यों? गिरिव्रज और वैशाली के बीच गंगा, सोन और पुनपुन की मिट्टी, आदिनिवासिनी कृषक-कन्या की तरह लम्बाई में पसरी हुई थी। फूलों से भरा यह प्रदेश कहीं पाटलिग्राम कहलाता था तो कहीं कुसुमपुर। कौन-से फूल नहीं खिलते थे यहाँ!

प्रस्तर घाटियों के किले में रहनेवाले अजातशत्रु ने पाटलिग्राम में घोड़ा बाँधकर विश्राम किया। सोचा यहीं आकर एक किला बनवाएगा। वर्ष के कुछ महीने इस कुसुमित-कुंज में बिताएगा। टीन के-से स्वभाववाला अजातशत्रु कहीं समनीयता का दास हो जाए!...और लौटकर आते हुए जब वह घोड़े पर चढ़ने लगा तो उसका सारा शरीर क्रोध से जल रहा था। इसी स्थान पर कहीं उसने एक लाल पाटल पुष्प तोड़कर मुट्ठियों में मसल डाला। वह वैशाली को नहीं छोड़ेगा। उसे हँसी आई, इस स्थान पर वह किला तो बनाएगा ही...पर युद्ध के लिए, शान्ति के लिए नहीं!

"गंगा तू अपवित्र है मगध में!" उत्तर के पंडितों ने कहा, "तूने अजातशत्रु को अपना पुण्य दे दिया है।"

किसी ने पूछा था मुझसे कि गंगा किनारे के सभी नगर गंगा के कारण प्रसिद्ध हैं अर्थात् तीर्थ हैं। मात्र पाटलिपुत्र ही ऐसा है जिसके साथ गंगा की ऐसी प्रतिष्ठा नहीं जुड़ी है तो इस कथा से उन बन्धु का समाधान हो गया होगा।

पटना के हर नुक्कड़ पर आज भी वृक्षों के नीचे सिन्दूर अक्षत् और किसी देवी की प्रतिमानुमा आकृति पड़ी मिलती है। लेटी हुई साँवली आदिवासिनी देह अंगारों से भर गई। नगर बस गया, बहुत ख़ूबसूरत नगर, तीन नदियों के बीच काष्ठशिल्प का अद्वितीय नमूना 'युद्धं देहि' की इच्छा से स्थापित नगर, गाँव से शहर में तब्दील हुआ नगर, जहाँ आज तक आसपास के सारे गाँव नगराभिमुख हो रहे हैं।

"इस नगर को आग, पानी और आपसी फूट का भय है।"

गौतम बुद्ध ने कहा था। तब तो नगर महानगर बनने की राह पर था। उतार-चढ़ावों का नगर—कौन-सा नगर ऐसा नहीं होता है? लेकिन पाटलिपुत्र ने अपना निजत्व कभी खोया नहीं है। सारे युद्ध इसे कुछ-न-कुछ उपलब्ध ही कराते गए हैं।

अजातशत्रु ने इसे उपलब्ध कराया साम्राज्य, उदयन ने यहाँ राजधानी बनाई, नन्द ने गरिमा बढ़ाई, चन्द्रगुप्त ने इसके चरणों में भारतवर्ष अर्पित कर दिया, '42 ने इसे श्रेय दिया और आगे अभी हाल-हाल तक सारे संसार का राज-पथ—अशोक राजपथ में जाकर विलीन होता था। पटना दिल्ली का पथप्रदर्शक था।

आपसी फूट से विखंडित पटना, पाटलिग्राम कभी मरता नहीं। अमीबा की तरह खंड-खंड जीवन है, प्रत्येक दो सौ वर्षों के अन्तराल पर जलप्लावन का आतंक झेलकर यह नगर और धुल-निखर जाता है। अगणित अग्निकांड, जो काष्ठ शिल्प के विलोपन के कारण विरल हो गए हैं, यह स्वर्ण की भाँति और दमक उठता है क्योंकि दुःख सभी को माँजता है।

पटना अपना क़स्बाई संस्कार अक्षुण्ण रखे हुए है। मैं कुसुमित कानन-कुंज में बसती हूँ। पाटलिपुत्र में एक विशाल वृक्ष है उसकी डाल पर अनेकानेक लोकभाषाओं के, रियासतों के, वनखंडी और सुसंस्कृत क्षेत्रों के भाँति-भाँति के पक्षी बैठे हैं और यह आश्रयदाता वृक्ष अपनी छाया लुटा रहा है।

बिहार और बंगाल के बाद पहली बार मैं एक बार बम्बई गई। बम्बई का पन्द्रह दिनों का प्रवास मुझे पन्द्रह मास का लगा। उफ़, कैसा शहर है। शहर अगर बसनेवाले लोगों की फ़ितरत का नाम है तो वहाँ के लोग मुझे ख़ासे हमदर्द लगे। लेकिन कुछ था जो अच्छा नहीं लगा। समुद्र अच्छा नहीं लगा, गंगा याद आती रही। "गांधी मैदान के सौ वर्ष के सामने बम्बई का मेरीन ड्राइव कुछ भी नहीं..." यह कहने के बाद मुझे लाख विद्रूप का सामना करना पड़े, मैं तो कहूँगी ही।

"तुम्हें पता है, पटना तुम्हें क्यों इतना अच्छा लगता है?" मुझसे मेरी बालसखी ने अभी हाल में ही कहा था।

"क्यों?"

"तुम्हें लगता है तुम एक विराट् इतिहास से जुड़ी हो। तुम्हारा संस्कारचेता मन शायद अपने-आपको यहाँ का शाश्वत नागरिक मानता है।" उसकी मुस्कान मेरे इतिहास प्रेम को चुनौती देती है। मैं कुछ बोलने को होती हूँ। फिर चुपचाप तसलीम कर लेती हूँ।

सिर्फ़ रात की हाज़िरी!

यह गंगा का किनारा है, किनारे पर झुका-झुका वटवृक्ष है, वटवृक्ष की डालों पर अब भी शाखामृगों का दल धमाचौकड़ी मचा रहा है। मगध महिला कॉलेज के इन शाखामृगों की स्थानीय अख़बारों में अच्छी चर्चाएँ होती रही हैं। उनके कारनामों पर एक पूरी पुस्तक तैयार की जा सकती है। सामने का गोल बँगला हमारा विज्ञान विभाग था, अब भी है। उस दिन अपने बँगले में काग़ज़ों के बीच बैठी थी कि दो ताज़ातरीन किशोरियाँ आकर सामने खड़ी हो गईं। उन्होंने अपना परिचय दिया—मेरी सहेली की बेटी थी उनमें से एक, उसी छात्रवास में रहती है, जिसमें हम रहा करते थे।

"आज तुम हॉस्टल में कैसे आईं और तुम्हें मेरा बँगला कैसे मिला?"

"आप लोगों के समयवाला बन्धन नहीं है अब, मम्मी ने बताया था आपके बारे में...ढूँढ़ती-खोजती पहुँच गई।" वह समझदारी से मुस्कराई।

"अच्छा।"

"हमें सिर्फ़ रात को हाज़िरी के समय रहना होता है।"

गांधी मैदान में, वर्दियों में सजे बच्चे राज्यपाल से हाथ मिला रहे हैं। आज़ादी के जश्न में यह सब तो होता ही है...और मेरी स्मृति में कौंध जाती है। सात-आठ साल की एक छोटी लड़की, दुबली-पतली नीले फ्राकवाली सीधी तनी खड़ी 'बुलबुल', लम्बी नीली बुलबुलों की पाँत में आगे-आगे महामहिम राज्यपाल थे वयोवृद्ध माधव श्री हरि अर्ण। बुलबुलों की एक नगरी जो महानगर बन रही है, एक नगरी जो नवाबजादों, नेताओं, गुंडों, भूख, फ़ैशन और क्रान्ति को बड़े अदब से झेलती है, एक नगरी जो माँ के अपमान का बदला सरेआम लेती है, एक नगरी जिसकी बेटियाँ लौटी दी गईं, नगरी जो बम्बई को फीका करती है—उस पाटलिपुत्र की सम्पूर्ण ऐतिहासिक परिप्रेक्ष्य में ताजातरीन जानकारी...

अगुआ उस लड़की को बायाँ हाथ मिलाना था। "राज्यपाल से हाथ मिलाने का यही नियम है।" बताया था प्रशिक्षिका ने। लड़की विचित्र असमंजस में खड़ी थी, आदेश देने में भी मुश्किल हो रही थी। उतनी छोटी लड़की ने बाइबिल, रामायण पढ़ रखी थी। पुराण और महाभारत पढ़कर तो अभी-अभी समाप्त किया था। बुद्धि का अजीर्ण हो रहा था। ब्राह्मण-कन्या देवयानी का बायाँ हाथ पकड़कर राजा ययाति ने कुएँ से खींचा था और देवयानी उनकी पत्नी बन गई थी। छोटी बुलबुल लड़की यही सोच-सोचकर परेशान थी कि बायाँ हाथ वयोवृद्ध राज्यपाल के हाथों में कैसे दे, कहीं ययाति की तरह...? और उसने बायाँ हाथ खींचकर दायाँ हाथ मिला लिया। प्रशिक्षिका ने स्कूल आकर उसे अच्छी तरह प्रताड़ित किया, कहा कैसे समझाये, समझाने पर यह मज़ाक़ उड़ाएगी...कहेगी दूसरी सहेलियों से..."देखो यह ग़ैर मसीही लड़की क्या कह रही है"—मैं बच्चों को हाथ मिलाते देख मुस्करा उठती हूँ, सच हो तो प्रतिकिया होती उनकी।

साड़ी, स्कर्ट और बुर्के का पंचमेल

ग्यारह वर्षों बाद अपने विभाग में प्रवेश कर रही हूँ—साफ चमकदार दीवारें पोस्टरों और नारों से भरी हैं। स्टाफ़-रूम की कुर्सियाँ धूल-भरी हैं। जहाँ जाते सकता-सा छाता था, वहाँ कई बुलबुलें छात्र-छात्राएँ विभिन्न प्रकार के वस्त्रों में सजे, हँसी-ठहाके लगा रहे हैं। पिछले दरवाज़े से होती अपने प्रिय पटना कॉलेज के बहाने से उतर जाती हूँ कारीडोर के पार के उस मैदान में जहाँ सौवीं वर्षगाँठ मनाई गई थी, जिसकी दूब पर जाड़े की धूप सेंकती बैठती थीं पटना कॉलेज की लड़कियाँ। आज दूब सूख गई है, दोनों ओर काग़ज़ बिखरे हैं वहाँ, जहाँ पत्ता भी अब्दीन साहब बिखरा नहीं देखना चाहते थे। जीन्स में घूमती लड़कियों को देखकर याद आते हैं इकबाल साहब, जो अक्सर राह रोककर मुझे साड़ी पहनने पर बधाई देते और साथिन को स्कर्ट पहनने पर सीधे डाँट बताते या तो इकबाल साहब देख नहीं रहे हैं या आँखें मूँद ली हैं। ज़बरन सब कक्षाओं में साड़ी, स्कर्ट और बुर्के का पंचमेल नहीं दीखता।

पटना नवाबों का शहर है, शहर की पुरानी इमारतों में सबसे ख़ूबसूरत इमारत 'सुलतान पैलेस' नवाब सर सुलतान अहमद की थी, जो अब परिवहन भवन है। सिरफिरे नवाबों के महलों पर क़ब्ज़े होते जा रहे हैं, क्योंकि वे बेचना नहीं चाहते। अकड़ी हुई बूढ़ी नवाबज़ादी अपने पुराने ख़ैरख़्वाह भंगी धोबियों को गालियाँ देकर सन्तुष्ट हो जाती हैं। पटना इन्हें बड़े अदब से झेलता है।

भवनों के साये में एक समूचा पटना बसा है। पत्थर-कट ख़ानाबदोशों का, नट-बक्खों-पमरिया का, रिक्शेवालों का, उनके लिए सत्तू, पानी का इन्तज़ाम करनेवालों का, पटना की कड़कड़ाती ठंड और झुलसाती गर्मी झेलकर भी ये मज़े में अपने जीर्ण वितान फैलाए पड़े हैं।

रिक्शेवाले! रिक्शे!! रिक्शा एक शाही सवारी सरीखा है यहाँ। यह कलकत्ता का रिक्शा नहीं है, जो सीने पर बोझ लिये चलता है। पटना का रिक्शेवाला किसी भी बुद्धिजीवी से कम नहीं है। चुनावों में यह निर्णायक भूमिका अदा करता है, चुनावों से पहले हवा के रुख़ का उसकी बातों से पता चल जाता है। बाहर से यहाँ आनेवालों के लिए यह जानकारी कम महत्त्वपूर्ण नहीं है। यदि लम्बा रास्ता तय करना हो तो रिक्शेवाले को राजनैतिक-आर्थिक मसले पर बहस में शामिल कर लें, ख़ूब कटेगी। मेरी समझ से पटना की असली नब्ज़ का पता रिक्शा पर चढ़कर ही लगाया जा सकता है।

बिटिया के सीधे-नंगे पाँव

पटना सही मायने में राजधानी है, क्या हुआ सम्पूर्ण भारत की नहीं रहकर मात्र बिहार की है। अब सड़कों पर फैले जीर्ण-वितान, देखिए गौर से, यही तो है सारा हिन्दुस्तान। यह प्राचीन नगरी बड़ी बेख़बर है। मुन्नी दाई का पिघले सोने का-सा रूप है, मुन्नी का बाप ताड़ी पीकर बुत रहता है। माँ भीख माँगती है और मुन्नी घरों में चौका-बर्तन। मुन्नी सफ़ाई से नहीं रहती और माँ भिखारिन है, सो लोग अपने घर में रख नहीं पाते हैं। क्या करे मुन्नी!

"तो क्या होगा, भूखी थोड़ी मरूँगी, लोनवा भिड़ (गांधी मैदान के पास) दो घंटे बैठूँगी, पेट भर जाएगा।" कहती है मुन्नी। यह एक और तथ्य उद्घाटित होता है। रात गए पटना की सांस्कृतिक बैठक के विषय में तो जानती हूँ, लेकिन यह नहीं जानती थी। गांधी मैदान, उसके सामने खड़ा गांधी संग्रहालय और पार्श्व में ए. एन. सिन्हा इन्स्टीट्यूट ऑफ़ सोशल साइन्सेज। देश की रफ़्तार बदल देनेवाले ऐतिहासिक गांधी मैदान में पेट पालने की यह अस्थायी हवा होता है।

धन्धे तो और भी बढ़ने लगे हैं। एक मित्र की छोटी बहन, जिसने अभी-अभी बी.एस-सी. पास किया है, मेरे फ़ोन पर किसी इंटरव्यू लेनेवाले अधिकारी के साथ सीमा से बाहर जाकर बात कर रही थी फिर फ़ोन रखने पर उसने बताया—"पहले अपने लेखा विभाग में नौकरी दे दे, तब देखूँगी। चन्द मीठी बातें कर लेने में अपना क्या जाता है।" पारम्परिक पटना में बिटिया सीधे-नंगे पाँव कोलतार पर उतर आई है।

मातृकुल के अपमान का बदला

पटना का डाक बँगला चौराहा सबसे अधिक आबाद जगह है। राजनीतिक सरगर्मी, साहित्यिक चोंच भिड़ीवल, सांस्कृतिक हलचल, नागरिक घटनाएँ—पान और चाय के

सहारे सरकती हुई डाक बँगले में आकर जम जाती हैं। सांस्कृतिक हलचल मचानेवाले लोग भी चौराहे से कॉफी हाउस और वहाँ से भारतीय नृत्य कला मन्दिर की दूरियाँ नापते रहते हैं। पटना कलाकारों का सम्मान करना अब तक जानता है। उपेन्द्र महारथी जी के शव को कन्धा देने और उनके परिवार के आँसू पोंछने हर तबके के लोग पहुँचे। साहित्य के लेखक-पाठक श्रोतानुमा जीव कॉफी हाउस की ओर सरकते हैं। बीच में एक पुराना पड़ाव है स्व. क़ामना बाबू का—'पारिजात', जिसमें बड़े-बुजुर्ग साहित्य प्रेमी जाकर बैठते है। इस अमर बेल को अपने-आप में लपेटे बैठे मिलते हैं यदा-कदा सदाबहार ठहाका लिये, समय-असमय कुछ ख़यालों में, कुछ ख़्वाबों में रमे शंकर दयाल। इनका व्यक्तित्व मागध है ख़ासुलखास, समाता नहीं पटना में फिर भी इनके यहाँ अनेक प्रकार के अनुभव होते हैं और यहाँ बरबस वह पंक्ति याद आ जाती है—'कबिरा एहिं संसार में भाँति-भाँति के लोग।'

व्यक्तित्व तो बहुतों का नहीं समाता यहाँ और वे वात्याचक्र की भाँति पश्चिमाभिमुख हो लेते हैं। तब पटना अपनी छाती पर से एक व्रण दूर हुआ पाता है। व्रण का वह दर्द मैं बेशक झेलती हूँ। यह विराट् परम्परागत नगर जिसको कुछ दे नहीं सका वह कैसा अभागा है। यहाँ कुछ दिन रह जाने के बाद जगह छूटने का दर्द होता ज़रूर होगा। पिछले तीन वर्षों से यहाँ रहनेवाले एकांकी शायर अफ़सर हरि मेहता कहते हैं—"यह पटना मेरे दिल में तीरे नीमकश फैल गया है। सच कहूँ तो मैं अब जाना नहीं चाहता।"

गांधी मैदान के चारों ओर भीड़ लगी है। मज़मेबाज़ भाँति-भाँति के बोल निकाल रहे हैं। बीच मैदान के मंच पर खड़े होकर भाषण देना शुरू कीजिए, रातों-रात नेता बन जाइए। जहाँ कोई माइक लेकर कुछ बोलने लगा भीड़ जम जाती है। यह मैदान कई क्रान्तियों का गवाह है। पटना अनियंत्रित भीड़ का शहर है। लोग आक्रोश दबाकर नहीं, इज़हार करके प्रकट करते हैं अपने पिता को भी न बख़्शनेवाले यह अजातशत्रु का बनाया शहर, मातृकुल के अपमान का बदला पिता से लेनेवाले शहर के लोग तुरन्त नीचे उतर जाते हैं।

तापस कुमार के शाप का डर

प्राचीन नगरी के ऊपर पटना सिटी है। पटना साहब है तख़्त श्री हरिमन्दिर है, जिसके गुम्बद को देखने में टोपी गिर जाए। साँवली मगध-कन्या नाक तक सिन्दूर चढ़ाए पीतल की फुलडलिया लिये कहीं जा रही है, पूर्वाभिमुख है तो पटना देवी का पूजन करने जा रही होगी, स्वतः प्रमाण है। अरे, उसे उस नाचती हुई टोली ने घेर लिया। शरारतों का यह नज़ारा दिखाई पड़ रहा है। सच है पटना सिटी आ ही गया नहीं तो वृन्द-ललाओं का यह दल कहाँ से आया। पटना की कोई भी बारात इनसे बच नहीं सकती। पटना की बारात का समाँ निराला होता है। इसी सन्दर्भ में प्रसिद्ध योगी कवि, दार्शनिक डॉ. श्रीनिवास के पुत्र तांडव आइन्स्टीन समदर्शी (नाम पर गौर करें) की बारात की झाँकी दे दूँ। राजेन्द्र नगर जब बारात पहुँची तो घरवाले घर छोड़कर भाग गए और पहली बार कुछ बाराती भूखे पेट लौट आए। तब भी समधियों में कोई मनमुटाव नहीं हुआ, क्योंकि बारातियों में शामिल थे—बाघ, शेर, हिप्पी, गैंडे! हाथी, घोड़े, ऊँट तो सामान्य हैं।

कार्तिक शुक्लपक्ष का षष्ठी व्रत त्योहार। अपार भीड़ है गंगा तट पर। गंगा कृतार्थ होती है तो पटना की...और जगह पर तो गंगा अपने भक्तों को कृतार्थ करती है। छठ में

सारा पटना घाटों पर उमड़ पड़ता है। भारत भर के पत्रकार-छायाकार नौकाओं में सवार होकर सूर्य को अर्घ्य देने का अभूतपूर्व दृश्य देखने पहुँच जाते हैं। प्रायः रात भर लोग घाट पर रहते हैं। कभी कोई शिकायत सुनने में नहीं आई। गुंडागर्दी करनेवाले बदनाम उम्र के लड़कों के हाथ में ही समारोह का सूत्र थमा दिया जाता है। सूत्र थमा देने का गुर पटना जानता है।

सचिवालय के सामनेवाला शहीद स्मारक देख रही हूँ। ये सभी आग से खेलनेवाले थे। अशिष्ट भाषा में ऊधमी ही तो थे। एक समय होता है जो असीमित लहरों सदृश चरित्र को बाँधकर नई ऊर्जा पैदा करता है, पटना का ऊर्जरव सादर-शिशु समर्पित भाव से अपने नायकों के पीछे चलने में सक्षम होता है। अपने भोले-सीधे स्वभाव के कारण इस शहर का कपटहीन व्यक्ति बुद्धू माना जाता है। उदासीन मस्त स्वभाव वाला पटनहिया फिर भी सौहार्दभाव से चूकता नहीं, किन्तु यह दर्द मुझे सालता है कि यहाँ निश्छलभाव से डूबकर किसी को समर्पित हो जाना बुद्धूपने की निशानी है। सच है चालाकी, बाहरी दिखावा, चरित्र का दुहरा मानदंड प्रदर्शित करना ही गुणों का मापदंड है!...मगर ऐसा माननेवाला पटना में नहीं रह पाता।

जहाँ विश्वास का अभाव है वहाँ शर्म से सिर भी झुक जाता है। जब सुदूर पथगामी रेलगाड़ी बिहार में प्रवेश करती है तभी लोग सहम जाते हैं। दानापुर पहुँचते-पहुँचते तो शायद ही कोई इज़्ज़त-पानी के साथ उतरकर आ सके। जमुनिया रंग के पान पगे होंठों और इंजन की तरह धकाधक धुआँ उड़ाते किशोर और नवयुवक द्वापर के यदुवंशियों से भी अधिक उद्धत मिलते हैं। कौन इनको गेवाकलर शाम देखकर न सहम जाए! और तब मैं यह सोचने को बाध्य हो जाती हूँ कि कहीं इन्हें भी किसी तापस कुमार का शाप न झेलना पड़े। वंशवृक्ष वहीं जो ठहरा।

भारत के चुनिन्दा कलाकार जब-जब भी पटना में होते हैं—अपार जनसमुदाय, बेतरतीब श्रोता। कलाकार की एक झलक की आतुर भीड़ और हर साल कलाकार का नखरा :

"देखिए अगली बार से मैं पटना नही आऊँगी।" सितारा देवी को अपनी इस उक्ति की जुबलियाँ मनानी चाहिए। तब भी ये बखूबी हर साल आती हैं और ढेर सारा प्यार गठरी बाँधकर ले जाती है। शास्त्रीय कला का बहुत बड़ा पारखी है पटना। चौराहों पर शास्त्रीय कला का यह आयोजन ही सम्भवतः नुक्कड़ नाटकों का जनक होगा।

जब मैं पटना का नाम लेती हूँ तो फूलों की घाटी श्यामला आदिवासिनी कन्या सदृश लेटी प्राचीन भूमि की ही! मात्र बात नहीं कर रही होती। मैं बात करती हूँ इस महानगर की ओर बढ़ते अपने इतिहास को दुहराते नगर की विशाल छाँव में रचे-बसे सम्पूर्ण बिहार की सन्थाली, मुंडा, मैथिल, भोजपुरी और मगही जीवन की सम्मिलित समिधा से प्रज्वलित पटना की आग की। वह आग जो अच्छी-बुरी सभी वस्तुओं को अपने में समाहित कर लेती है। आग का स्वभाव और गुण नहीं बदलता बल्कि सत्-असत् सभी वस्तुओं का स्वभाव और गुण आग का ही हो जाता है तो मैं इस कुसुमित कानन कुंज में वास करती हूँ, जहाँ आग के फूल खिलते हैं, जहाँ राख खाद की शक्ल में परिवर्तित होकर भूमि को और अधिक उर्वरा कर देती है, जिसकी छाती ख़ूब चौड़ी है, जिसके हृदय में स्नेह स्रोत है।

यह दर्द पुराना पड़ गया है

पटना गुंडों का शहर है। यह शरीफ़ लोगों के रहने के लायक़ नहीं। अभिजात्यों के लिए बड़ा ख़तरा है इस तरह की बातें प्राय: सुनने में आती हैं, तब भी बिहार से आए बंगाली, पंजाबी, सिन्धी, महाराष्ट्री और गुजराती यहाँ के सेठ-साहूकार कैसे बन बैठे हैं? क्या बात है कि यह शहर, जिसके लिए आपके दिल से कैसी भी आह नहीं निकलती, आपको अपने सीने पर बैठाए हुए है? बड़े-बड़े मकानातोंवाले धनाढ्यों को तो पटना सहता ही है। झोले लटकाये टोटके बुद्धिजीवियों का स्वाँग-भरे अनेकानेक चमगादड़ों को भी शिरोधार्य करता है। हिन्दी पत्रकारिता अगर परवान चढ़ी है, तो पटना के बल पर। यह तो कोई भी छोटी-बड़ी पत्रिका का प्रबन्धक बताएगा, मैं क्या कहूँ जबकि वहाँ इसे भी हल्के तौर पर लिया जाता है।

महादेवी : पटना की बहन, बेटी

शमशेर बहादुर सिंह सरीखे कविवर पटना में आयोजित अपने सम्मानवाली एक गोष्ठी की भीड़ जिसे मेला कहना अधिक उचित होगा, देखकर आश्चर्यचकित रह गए। गद्‌गद कंठ से उन्होंने कहा, "मैं समझ नहीं पा रहा हूँ कि इतना स्नेह मुझे क्यों मिल रहा है।" तभी स्मरण हो आता है महादेवी जी के सम्मानवाला वह सरकारी आयोजन, उस आयोजन में राज्यपाल, मुख्यमंत्री सभी थे। आमतौर पर ऐसे समारोहों में लोग कम जाते हैं, उसे रस्म-अदायगी समझते हैं, लेकिन उस दिन रवीन्द्र भवन का वह हॉल छोटा पड़ रहा था। शान्त, गम्भीर वातावरण में महादेवी को सुनने और महसूस करने सभी चेहरे एक से थे, सभी तबकों और खेमों के लोग नज़र आए। तब एक ऐसा क्षण आया कि महादेवी की आँखें भर आईं और वह भावजल मंच के ऊपर-नीचे सभी लोगों की आँखें गीली कर गया।

सच है। और कुछ नहीं तो स्नेह धन बहुत है लुटाने को। महादेवी ने कहा, "मैं आपकी बहन और बेटी हूँ क्योंकि मेरा काव्य-जीवन यहीं से शुरू हुआ।" फिर स्मरण हो आता है—पटना ने सेल्युकस की बेटी हेलेन से लेकर सुशीला देवी तक को बख़ूबी प्यार दिया। कठिन आतप यह अपने ऊपर झेलना जानता है।

हमारी बेटियों को भले बाहरवालों ने सहन नहीं किया। सीता से लेकर प्रतिभा तक सभी बेटियाँ लौटकर चली आईं। पटना को यह पता है कि कोई संस्कृति स्त्रियों को कष्ट और अपमान देकर जीवित नहीं रह सकती। हमारा यह शहर ऊपर से देखने में जितना ही उखड़ा और कठोर लगे भीतर से उतना ही निर्मल और कोमल है। नारिकेर समकारा!

क्या बात है जो आख़िर...?

शीशे में खड़ी है मिट्टी की नयनाभिराम सुन्दरी, कच्ची मिट्टी में ढली कपड़े की दुकानों की अपरिमेय शोभा। पटना के कुम्भनगर शिल्पी सचमुच अद्वितीय हैं। ये बेनाम कुम्भकार पुश्त-दर-पुश्त कलाकार हैं। पटना में दुर्गा, काली, सरस्वती, लक्ष्मी की मूर्तियों के साथ शिव, गणेश, कार्तिकेय, विश्वकर्मा इत्यादि का पूजन बहुतायत से होता है। विद्युतपर्णा व्यंग्य-स्वाँगों से लोगों का मनोरंजन होता है, तो कला के विकास का सहज अवसर भी प्राप्त होता रहता है। पटना की अपनी कला-शैली विख्यात थी,

जिसका एक प्रकार से विलोपन हो गया। पुलिस द्वारा पड़ती लाठियों के चित्रों से तो सारे भारत के अख़बार भरे मिलते हैं, किन्तु अक्सर किसी वर्दीधारी की चौराहों पर पिटाई पटना का विशेष दृश्य है। इस दृश्य का इतना सामान्यीकरण हो चुका है कि न तो कोई उसे रोकने को आगे बढ़ता है न तमाशबीन ही बनता है। सामान्यीकरण तो हत्या और लूटमार का भी हो रहा है।

एक वह छोटी लड़की पटना के उस मिशन स्कूल में पढ़ती थी, जिसे पाँच वर्ष की उम्र में ही क्राइस्ट और कृष्ण की ध्वनि समानार्थक लगती थी, जिसका हृदय 'ग़ैर-मसीही' शब्द सुनकर आहत होता था, जिसके स्कूल में भाँति-भाँति के पेड़-पौधे थे। सफ़ेद चमड़ी की मिस होप और मिस वैसल्हम स्कूल चलाती थीं शायद, शालमंजन का खेल खेलती लड़कियाँ पत्तियों के बदले डाल तोड़ने लगतीं और तब मिस हैलट यह कहकर मना करतीं—"नहीं, नहीं, छूना नहीं इन पेड़-पौधों को। नाख़ून मत गड़ाना, ख़ून निकल आएगा सारे पेड़ किसी देह पर उगे हैं।" दूसरी लड़कियाँ नाख़ून गड़ा-गड़ाकर देखतीं...ख़ून निकल रहा है या नहीं लेकिन उस छोटी लड़की ने मान लिया कि ख़ून निकलता होगा, वह नहीं छुएगी...उसे ख़ून से डर लगता है। वे पटना में जितने पेड़-पौधे हैं, गोलघर के घेरे के नीचे जितनी ज़मीन है, वह कई पर्तों में जीव-जन्तुओं के ऊपर उगे-बने हैं। सबके अन्दर ख़ून-ही-ख़ून हैं। जीवन ढूँढ़ने कुम्भकार के गढ़ों में या जालौन किले के नीचे नहीं जाना पड़ेगा। धीरे-धीरे पटना की मटमैली गलियों में विचरते रिक्शेवाले, मस्ताने गोप-रजक नवाबों के दिलों में बैठिए, पटना अपना लगेगा।

मेरे जैसे इतिहास और आदर्श के रूमान में डूबे लोगों से पटना की नब्ज़ नहीं पहचानी जाएगी। मैं तो कुसुमित कानन कुंज में बिहरती एक तृप्त आत्मा हूँ, जिसके अच्छे, कम अच्छे, बहुत अच्छे दिनों का साक्षी यह नगर है, अपनी तमाम कमज़ोरियों के साथ, आग-फूट और जलाप्लावन के बावजूद यह मुझे प्रिय है।

अब आप सोचिए—क्या बात है जो पटना के रसिया को महानगर नहीं खींचता? ...मैं बताऊँ—यह एक शाश्वत जीवित नगर है, उष्मित, स्पन्दित!

भूलकर भी 'ब्लैक' शब्द का इस्तेमाल न करें—नैरोबी

मीरा सीकरी

हवाई जहाज़ ने उड़ान भर ली है और अब हम आकाश में हैं। पहली हवाई उड़ान नहीं है मेरी, हाँ, पहली विदेश यात्रा की ज़रूर। इस उड़ान से हमें मुम्बई पहुँचना है और लगभग दस घंटे की प्रतीक्षा के बाद कल सुबह नैरोबी के लिए हवाई जहाज़ लेना होगा। कार्यक्रम बनाते हुए मन बहुत उत्साहित था पर क्रियान्वयन की इस वेला में मन उदास हो गया है—अपने-आप से पूछती हूँ यह उदासी क्यों? बेटे को अकेले छोड़ आना? पर इक्कीस-बाईस की उम्र के लड़कों को माँ की कहाँ ज़रूरत होती है—वह तो ख़ुश ही हुआ होगा कि अब रोकने-टोकनेवाला कोई नहीं या यात्रा का डर? जो भी हो, अब चिन्ता नहीं करनी ऊपर उठो।

रात बीर भाई के होटल में आ गए थे ताकि कुछ ही घंटों का सही आराम मिल जाए और सुबह अच्छे से नहा-धोकर यात्रा की जाए। साढ़े सात बजे सुबह हम मुम्बई के हवाई अड्डे पर पहुँच गए थे। आश्चर्य तो नहीं पर बहुत अच्छा लगा जब एक टनल जैसे कॉरीडोर से हम सीधे विमान में पहुँच गए। अभी तो बस के माध्यम से ही खुले में खड़े हवाई जहाज़ पर पहुँचते रहे। अपने में ताक़त भरता हुआ विमान अन्ततः धरती को छोड़ ऊपर उठ गया, विशाल सागर के ऊपर हम न आकाश पर न धरती, पर अधर में शायद। कुछ ही देर में समुद्र ओझल हो गया और बादलों से घिरे आकाश में रहस्यलोक या परीलोक में। अब सब ओर आकाश, नीला आकाश; आसमानी आकाश या सफ़ेद रुई के टीलों से भरा आकाश, आकाश-ही-आकाश, बस आकाश, इस आकाश से मेरे मन का सिकुड़ा सिमटा आकाश आश्चर्यान्वित है, डरा हुआ या ख़ुश? नहीं जानती कब तक इस मानसिकता में खोयी रहती पर ड्रिंक्स के ट्रॉली की आवाज़ अपने से बाहर ले आती है और बेरोकटोक मन या यह डरपोक मन पूछ रहा है अपने से कि बियर के केन को सिर्फ़ औषधि की तरह से ले लिया जाए ताकि डर और डिप्रेशन दोनों को दूर कर लिया जाए। विमान की स्थिरता की भ्रान्ति के साथ जब मन सहज होने लगाता है कि तभी मौसम की ख़राबी की सूचना के साथ विमान हिलने लगता है और झटके देने लगता है तो पाँवों के नीचे धरती होने का मूल्य समझ में आने लगता है। अपनी धरती जिससे हमारे अपने अस्तित्व की चेतन आश्वस्ति मिलती है।

नैरोबी की धरती पर पहुँचकर चैन की साँस ली पर बाहर निकलते हुए अधिकारी ने रोक लिया और अटैची खोलने के लिए जीजा जी को कहा। मुस्कराते हुए अटैची को खोलते वे उससे कह रहे थे, "मित्र बच्चों के पास आए हैं क्या होगा, इसमें उनके लिए कुछ कपड़े, नमकीन मिठाई आदि।" बाहर खड़े राजू-समिधा दिख रहे थे। शुक्र

किया जब बिना कोई अड़ँगा लगाए उसने हमें हरी झंडी दिखा दी। समिधा तो माँ के गले लगकर रोने ही लगी पर ये आँसू तसल्ली और सुख के आँसू थे।

अपने देश से बाहर जाकर व्यक्ति शायद ज़्यादा धार्मिक हो जाता है, यही वजह रही होगी कि नैरोबी पहुँचनेवाले दिन ही समिधा हमें सनातन धर्म मन्दिर लेकर गई और लौटते हुए ओश्वाल वाकिंग कॉम्प्लेक्स का चक्कर भी लगवा लाई।

टीवी के माध्यम से क्योंकि विविध देशों को अपनी आँखों से देखा होता है और राजधानी दिल्ली में रहने के कारण सम्भवतः किसी भी देश में चले जाओ वह कल्चरल शॉक नहीं लगता जो पुराने ज़माने में लगता होगा। पर मन है कि उसे अपने देश से भिन्न कुछ देखने की चाह होती है। इसलिए 'आज मंगलवार है, मसाई बाज़ार लगता है' कहते हुए समिधा जब अचानक वहाँ ले गई तो लोक कला और कारीगरी के उस सहज ग्रामीण प्रदर्शन को देख मन प्रसन्न हो उठा। पंजाब की याद दिलाती टोकरियाँ-ट्रे वग़ैरह। तीर्थ स्थानों पर मिलनेवाली तुलसी की मालाओं की याद दिलाती मालाएँ। लकड़ी का बहुत सुन्दर सामान—सजे-धजे, मालाएँ पहने क़बीलाई स्त्री-पुरुषों की प्रतिमाएँ—लकड़ी थामे बहुत ज़्यादा बूढ़ी आकृतियाँ जो बहुत पहले बचपन में माँ के साथ गंगा स्नान पर जाते मेले में यमुना बाज़ार में देखी थीं—बूढ़ों का वैसा वर्चस्व अब भारत में तो नहीं रहा, यहाँ शायद अभी हो? विविध मुखौटे-दीपदान और न जाने क्या-क्या? उन्मुक्त आकाश के नीचे प्रदूषण रहित हवा, साफ़-सुथरा माहौल—घर-गृहस्थी के बोझ से मुक्त क़बीलाई परिवेश में अपने देश की भरपूर गन्ध को पाते हुए कहीं परायापन नहीं लगा था कि तभी मसाई बाज़ार के दायरे से बाहर सड़क पर कुछ केन्याई युवकों की झगड़ालू आवाज़ों ने डरा दिया—कुछ समझ में आता इससे पहले ही समिधा अपने ड्राइवर को बुला चुकी थी और हमें गाड़ी में बैठने का संकेत कर रही थी। सुबह भी जब मैंने कहा कि "सैर के लिए बाहर सड़क पर जा रही हूँ" तो उसने रोक दिया था और हिदायत दी थी कि या तो टैरेस पर चली जाऊँ या कम्पाउंड में। बिना उसके बताये धीरे-धीरे समझ में आ गया था कि बाहरी इलाक़ों में रहनेवाले लोग डाउन टाउन में रहनेवालों से घबराते हैं। इलेक्शन के दिनों में तो दंगे आम बात हैं—चोरी-चकारी आए दिन हो जाए तो आश्चर्य नहीं। हम लोग घबरा न जाएँ इसलिए ऐसा ज़िक्र ही नहीं आने देती थीं। उसके अनुसार खुले-आम सड़कों पर चहलक़दमी करना सम्भव नहीं, कहीं भी जाना हो कॉम्प्लेक्स से गाड़ी में बैठो और लौटकर वहीं गाड़ी से आ जाओ। ग़लती से भी काले—नीग्रो—निगर—ब्लैक जैसे शब्दों का इस्तेमाल नहीं करना। सब समझते हैं ये।

बाहरी सतह पर सब कुछ सामान्य-सा दिखते हुए भी भीतर-ही-भीतर केन्याई जन श्वेत वर्ण के दबदबे से दबे हुए-से भीतरी परतों में अभी भी उनके प्रति सम्मान का भाव लिये हुए हैं। अपनी पुरानी 'अधीनस्थ' स्थिति की कुंठा पूर्ति के लिए भारतीयों के प्रति होड़-द्वेष का छिपाया हुआ भाव प्रकट कर ही जाते हैं। भारतीय गुजरातियों का यहाँ की आर्थिक स्थिति पर विशेष प्रभाव है पर भारतीयों के प्रति श्वेत वर्णवालों के समान उनको भाव यहाँ के लोग नहीं देते, भीतरी उपेक्षा—'तुम हम से अलग नहीं'। उपेक्षा कब आक्रामकता में बदल जाए कहा नहीं जा सकता इसीलिए सम्भवतः इलेक्शन के दिनों में भारतीय जन अपने परिवारों को उन दिनों भारत या अन्य देशों में भेज देते हैं।

आनन्द-मस्ती मनाने के लिए यहाँ कुछ परिवार इकट्ठे होकर ही निकलते हैं। यहाँ के विशिष्ट 'अरण्य जीवन' देखने के लिए 'मसाई माटा गेम रिज़र्व' का कार्यक्रम समिधा ने इसीलिए कुछ मित्र परिवारों के साथ बनाया था। चार कौम्बी (टैक्सी गाड़ियाँ) एक साथ चली थीं। रास्ते में एक कौम्बी के ख़राब हो जाने पर सभी गाड़ियाँ रुक गई थीं और समय का सदुपयोग करने के लिए वहीं एक कौम्बी में 'खाना लगाकर' लंच कर लिया गया था। वहीं अपने माले लिये हुए मसाई ग्वाले सम्भवतः आ पहुँचे थे। उनका देखना और खड़ा होना अजनबीपन लिये हुए था—समिधा आदि तो नहीं पर हम उनकी आदिम पोशाक़ों और भालों से डर गए थे। राजू ने मेरी उनमें से दो ग्वालों के साथ फ़ोटो भी खींची थी। मुझे समझ में नहीं आया था पर राजू से वे पैसे लेकर गए थे। 'वाइल्ड लाइफ़ सफारी' यहाँ का मुख्य आकर्षण है। विशेष रूप से 'मसाईमारा'। विश्वभर में सैरगंरी और मसाईमारा वन्य जीवन के गढ़ हैं। बस में से वन्य जीवन का सामना, इतना बड़ा जंगल नहीं, मैदान, सूखी घास, रास्ते-ही-रास्ते, कुछ पशुओं के बनाए और कुछ 'गेमपार्क बनानेवालों' ने हाथी, हिरण, घोड़े, जेबरा, चीते, शेर केवल गिने जा सके ऐसे झुंडों में नहीं क़बीले-के-क़बीले। दो अलग दुनियाओं से फिर भी आमने-सामने, एक-दूसरे की भाषा से अनजान, परिचित होते हुए भी अपरिचित एक-दूसरे को देखते हुए पर आपसी सम्प्रेषण के अभाव में एक-दूसरे के लिए रास्ता छोड़ते हुए। यहाँ के वनराज के पास जाकर पनाह माँगने की ज़रूरत नहीं, आप पहुँच ही गए हैं तो वह दूसरी तरफ़ मुँह फेरे हुए सोने का नाटक करता रहेगा। आप बिना आवाज़ किए जितना समय देखते रहना चाहें, देख सकते हैं। पर दिल को दहला देनेवाला दृश्य होता है स्थानान्तरण के समय जब अपने अस्तित्व की लड़ाई नहीं संघर्ष कर रहे होते हैं ये जीव। समय कल का रहा हो या आज का, यह सच आज भी मुखरित हो रहा है 'जीवो जीवस्य जीवनम्' इस सच के आंशिक रूप में हम इन्हें अपनी क़िलेबन्दी में देख रहे थे। पर खुले मैदान में वह मूलभूत डर लिये कानों को ऊँचा किए झुंडों के झुंड भागते हुए हमारे मन में क्यों संवेदना नहीं जगाते, क्यों बच्चों और जवानों की एक लय आवाज़ बस में उठ रही है, 'शो अस द किल'।

शायद यही वजह रही होगी कि विराट् 'मसाईमारा' की अपेक्षा नैरोबी में ही छोटा एलिफैंट मुझे कहीं ज़्यादा लुभावना लगा था। बोतलों से दूध पीते हाथी, शिशु प्यार लेते हुए ये वन्य प्राणी अपनी पनीली आँखों से आर्द्रता का सन्देश देते।

मुँह से भले ही उच्चरित न किया हो, दूर किसी भी जगह को देखने के लिए गए हों, लक्ष्य पर पहुँच न पाए हों और शाम ढलने लगे तो इकट्ठे होने पर भी चुप्पी-सी छा जाती है, डर की परछाइयाँ घेर लेती हैं। सम्मी ने केन्या के ही एक प्रमुख नगर 'मोंबासा' ले जाने का कार्यक्रम बनाया हुआ था, वहाँ दो दिन रहने के बाद साउथ कोस्ट की कॉटेज में जाना था और वहाँ समुद्र में 'कोरल गार्डन' देखने के लिए नैरोबी लौटना था। अकेले नहीं जा रहे की भ्रान्ति बनाए रखने के लिए दो गाड़ियों पर जाना तय किया था जबकि सब एक ही गाड़ी में समा सकते थे। सुबह समय से निकल लिये थे पर दिन-ही-दिन में मोंबासा पहुँचना मुश्किल था इसलिए पहले से ही तय कर लिया था कि रात मकिंडो गुरुद्वारे में बिताई जाएगी। रास्ते भर सब मस्ती में खाते-पीते, गाते, बातें करते मस्त थे, अँधेरे का अहसास होते सब एकाएक चुप हो गए, राजू ने भजनों का

कैसेट लगा दिया, दीदी ने पर्स से माला निकाल गायत्री मंत्र पढ़ना शुरू कर दिया था। मंत्र पाठ का प्रभाव था या जो भी हो तभी राजू की आवाज़ कान में पड़ी, "वो देखो, निशान साहेब की रोशनी की चमक, बस अब गुरुद्वारे पहुँच ही गए।"

मुझे याद नहीं पड़ता इससे पहले कभी इतना अभिभूत होकर गुरुद्वारे में माथा टेकने के लिए प्रवेश किया हो, जहाँ ग्रन्थी भाई जी का गान सचमुच आपको सुखदायक और भय भंजन करनेवाला सिद्ध हो—सुखदाता भय भंजन/तुम दयाल कृपाल मेरे साहेब/पंज पवन गोसाईं।

अगले दिन हैंडी क्राफ़्टन की फैक्टरी 'अकाम्बा' को देखते हुए समय से मोंबासा पहुँच गए। दो चीज़ों ने वहाँ विशेष रूप से आकृष्ट किया, समुद्र और समिधा और राजू के मित्र परिवारों ने, हिन्दू, मुस्लिम, सिक्ख, ईसाई चाहे उत्तर भारत से हों या दक्षिण भारत से, सब किस तरह से घुले-मिले और एक इकाई बने हुए हैं। सब अहमदाबाद से आई प्रतिभा के घर पर इकट्ठा हो गए थे और हमें ताक़ीद कर दी थी कि साउथ कोस्ट की कॉटेज में दोनों दिन वे लोग लंच लेकर आएँगे और हमारे साथ पिकनिक मनाकर लौट जाएँगे। दिक़्क़त सब जगह एक ही है, अपने मनचाहे वक़्त पर समुद्र तट पर घूमा नहीं जा सकता।

पर साउथ कोस्ट पर ग्लासबोट से कोरल गार्डन का भ्रमण निश्चित रूप से अद्‌भुत अनुभव रहा। सुना ही था कि पाताल-लोक होता है पर अपनी आँखों से देखना जहाँ पर्वत है—रंग-बिरंगा जगत् बसा हुआ है—चंचल मछलियाँ सुनहरी, पीली, काली, लाल। इन्हीं मत्स्य कन्याओं ने अज्ञातवास पर गए अर्जुन को लुभा लिया होगा। कोरल्ज के विविध रूप—पोटेटो कोरल, मशरूम कोरल, जैकफूट कोरल, किताबों में पढ़े या मानो सुने नाममात्र नहीं रह गए थे, आँखों देखी सच्चाई जो सोचने मात्र से आँखों के सामने मूर्त हो सकती है।

वहीं बोट में ही ग्लासबोट के मास्टर सूडे ने बताया था कि यहाँ सुआहली के अलावा डीगो भाषा भी बोली जाती है।

इसे विडम्बना नहीं तो और क्या कहेंगे कि कोरल गार्डन से परितृप्त प्रसन्न केन्याई जीवन के साथ सहज महसूस कर ही रहे थे, लगा था कि साउथ कोस्ट का स्टे बहुत आह्लाददाई रहेगा कि कॉटेज पहुँचते ही सूचना मिली कि किसी टूरिस्ट को गन प्वाइंट पर कालों ने लूट लिया। निडर होने की कोशिश करता मन फिर डर की परछाइयों की चपेट में था। तत्काल निर्णय लिया गया कि सामान पैक कर आज ही कॉटेज वेकेट करते हैं, रात मकिन्दों गुरुद्वारे में बिताएँगे और कल सुबह नैरोबी के लिए रवाना हो जाएँगे।

सुनियोजित ढंग से देखने जानेवाली दो जगहें, रह गई थीं, 'नॉटो मोरो रिफ्ट लॉज' और 'माउंट केन्या'। नदी से सम्बन्धित क्षेत्र वैसे ही आकर्षक लगते हैं। नॉटो मोरो रिफ्ट लॉज जब पहुँचे तो बारिश हो रही थी, शाम हो जाने से धुँधलका तो हो ही रहा था, होटल में पहुँचे तो बत्ती भी चली गई। आवासीय कमरों में लगभग अँधेरे में पहुँचने के कारण कुछ अन्दाज़ा नहीं हो पा रहा था कि परिवेश कैसा है और पृष्ठभूमि में नदी के बहने की आवाज़ें उसे देखने के लिए मन में जिज्ञासा पैदा कर रही थीं। सुबह जल्दी उठने की आदत के कारण बाहर सैर के लिए निकल आई कि परिवेश से परिचय तो

कर लिया जाए। ऊँचे-ऊँचे पेड़ों की क़तारों और कटे-छँटे सुन्दर लॉन्ज तो मन को मोहनेवाले थे ही, सबसे सुन्दर थीं अपनी कॉटिजेस जो अलग-अलग हरी घास के टीलों पर अपना विशिष्ट नाम और परिचय लिये सामने थीं 'बेटियन', 'नेल्सन'। और पृष्ठ भाग से आती नदी की कलकल ध्वनि अपनी तरफ़ बुला रही थी। मोहभंग हुआ जब नदी को देखा, नदी क्या थी नाला थी पर उससे आते सुन्दर संगीत ध्वनि का कारण थे नाले में पड़े पत्थर जिनको लाँघते-लाँघते हुए या टकराते हुए पानी संगीत में रूपान्तरित हो रहा था। दूरी में आकर्षण बढ़ता है और दूर से आती सामान्य ध्वनियाँ भी चुप्पी में संगीत की लय बिखेर सकती हैं। यों केन्या के किसी भी प्रदेश में पहुँच जाओ 'वन्य जीवन' यानी 'सफारी' या 'गेम पार्क' में रुचि रखनेवालों को तो भरपूर आनन्द मिल ही सकता है। प्रकृति भी खुले दिल से यहाँ मेहरबान है।

सुनिश्चित और पहले ही से सोचे-समझे कार्यक्रम के अनुकूल चलने में तो एक सीमा होती है पर अचानक झूंगे में मिले देखे स्थान में जो परितोष होता है उसकी मापतौल नहीं की जा सकती। ऐसा ही रहा 'फोर्टीज फॉल्ज', विशाल पाट में ऊँचाई से जमघट में आती सम्भवतः चौदह स्पष्ट धाराएँ। नासिक का तपोवन और देहरादून की सहस्त्रधारा याद हो आई। पर केन्या में इतने सुन्दर दृश्य में कुछ देर बैठना चाहें तो मन की आशंकाएँ बैठने नहीं देतीं। सौन्दर्य का रस लेने के लिए जिस सुरक्षा की अपेक्षा होती है उसी की कमी यहाँ निरन्तर महसूस होती है।

इस सब के बावजूद फ्लैमिंग गूज देखने के लिए 'नकरू लेक' जाना हुआ। लेक तक पहुँचने का रास्ता तो है पर अकेले जाने की वजह से लेक के किनारे तक नहीं गए। बहुत दूर से पानी पर सूरज की रोशनी में गुलाबी लकीरों से दिखते पक्षियों को देखकर कहीं तसल्ली कर ली। इसका विश्वास भी तब हुआ जब पक्षियों का झुंड-का-झुंड पानी की सतह से क़तारबद्ध ऊपर की तरफ़ उड़ने का प्रयास कर रहा होता है।

अनाश्वस्त मन की यह बेचैनी सामूहिक तौर पर उस समय बहुत मुखरित रूप से दिखाई दी जब 'ड्राइव इन थियेटर' पर फ़िल्म देखने के लिए गए। उन्मुक्त आकाश तले पिकनिक का मज़ा लेते हुए फ़िल्म देखना किसे बुरा लग सकता है पर आशंकित मन लिये सभी दर्शक आख़िरी दृश्य ख़त्म होने से पहले ही गाड़ियाँ स्टार्ट करनी शुरू कर देते हैं—'ऐसा किसलिए' समझ में आने से पहले ही आवाज़ों से भरा मैदान चुप्पी में बदल जाता है। यहाँ आकर बसे भारतीयों के आशंकित और डरे हुए मन को आसानी से सूँघा जा सकता है। पर ऐसा कौन-सा देश है जहाँ चोरी-चकारी, हत्या और हिंसा नहीं होती? हर देश में नदी, पहाड़, हवा-सूरज-आकाश-पानी-धरती सब एक से ही तो हैं—पंच तत्त्वों के पुंजीभूत हम सभी एक से, फिर क्यों एक-दूसरे के लिए हौआ बन जाते हैं? क्यों? क्यों करने लगते हैं अविश्वास?

ई-230, अमर कालोनी, लाजपत नगर, नई दिल्ली-24
मो. 09650981271

बारूद की छाँव में पनपती कला और मरज़ीना का देश

नासिरा शर्मा

इराक़ जैसे-जैसे क़रीब आ रहा था मेरे दिल में अजीब-सी बेचैनी करवटें बदलने लगी थी...कैसा होगा इराक़ देश? मुझे तो वहाँ की भाषा भी नहीं आती है, क्या करूँगी?... पिछले चार सालों में ईरान में सुनी बातें दिमाग़ में गूँजने लगीं—"सद्दाम हुसैन ख़र-अस्त (गधा) है, सद्दाम हुसैन काफ़िर अस्त है" वग़ैरह-वग़ैरह। मेरे अन्य पत्रकार साथी जो पहले इराक़ जा चुके थे बड़े विस्तार से अपने अनुभव और इराक़ के रहन-सहन के बारे में बता रहे थे, मगर मेरी जिज्ञासा थी कि भयमिश्रित रोमांच से हमकिनार हो रही थी। आठ-दस लोगों का यह भारतीय क़ाफ़िला जिसमें पाँच पत्रकार, चार मौलवी और एक संसद् सदस्य थे, इराक़ी हवाई जहाज़ मे बैठे बड़ी बेतक़ल्ललुफी से घुल-मिलकर बातें कर रहे थे, मगर मेरा मन बार-बार तीन बार देखे हुए ईरानी युद्ध क्षेत्रों की तरफ़ मुड़-मुड़ जाता था जहाँ पर इराक़ी बम गिरे थे। इराक़ी पायलटों की लाशें और जले हवाई जहाज़ देखे थे। टी.वी. पर इराक़ी युद्धबन्दियों के इंटरव्यू सुने थे। उनकी बातचीत, वहाँ का माहौल सब कुछ दिल व दिमाग़ में चक्कर लगा रहे थे। ईरान की दीवारों पर लिखे अक्षर उभरने लगे—'मर्ग या पीरू जी!' (मौत या जीत)

हवाई जहाज़ से उतरकर जब हम वी.आई.पी. लॉज में पहुँचे तो बीस-पच्चीस इराक़ी मौलवी व अफ़सर हमारे अभिनन्दन के लिए खड़े थे। तीन दिन बाद, चौदह अप्रैल से 'इंटरनेशनल पॉपुलर इस्लामिक सेमिनार' आरम्भ होनेवाली थी, उसी में सम्मिलित होने के लिए हम इराक़ आए थे।

होटल तक जाने का रास्ता रोशनी से भरा हुआ था। मुझे ताज्जुब हुआ कि यह कैसी राजधानी है जहाँ पर युद्ध के ज़माने में दीवाली मनाई जा रही है। रोशनी से नहाई मस्जिदें और फ़व्वारे देखकर ईरान की काली रातें याद आई जहाँ पर सात बजने के बाद चिराग़ जलाना मना था। कार में इराक़ी गाने का कैसेट चल रहा था और ड्राइवर बहुत मग्न होकर उस संगीत पर स्वयं को अभिव्यक्त कर रहा था। ईरान में इस्लामी सरकार आने के बाद नाच-गाना पाप समझा जाने लगा था। जिसकी कार में रेडियो कैसेट होता उस पर जुर्माना होता और कभी-कभी रात-भर कोतवाली में रखकर उसकी मरम्मत भी होती थी।

रोज़ नए-नए मौलवी संसार के कोने-कोने से आ रहे थे। तीन सौ मौलवियों, दो सौ इस्लामी संस्थाओं के अध्यक्ष और पचास पत्रकारों के बीच मैं तन्हा महिला थी। चारों तरफ़ काली, सुरमई, सफ़ेद अबा-क़बा फहराते ऊँचे टोपी के नीचे लम्बी-घनी काली-सफ़ेद दाढ़ी को सहलाते हुए हर क़द उम्र के मौलवी अलरशीद जैसे होटल में चहलक़दमी कर रहे थे। इनके बीच मैं सहमी मगर हर प्रकार की घटना और

दुर्घटना को झेलने के लिए आमादा खड़ी थी। ईरान के दुःखदाई अनुभवों की याद अभी ताज़ा थी और मैं इन्तज़ार में थी कि देखें यहाँ का समाज व वातावरण औरत का क्या हुलिया बनाते हैं?

बग़दाद में स्थित पवित्र स्थान 'काज़मैन' और अबूहनीफ़ा का मज़ार देखने हम सब साथ गए। दोनों इमारतों पर बनी जाली, नीली काशीकारी और सोने के गुम्बदों का जवाब न था। इन यात्रओं में मौलवियों से परिचय हुआ। मैं ईरान जा चुकी हूँ और ख़ुमैनी से लेकर आम इनसान से मिल चुकी हूँ, इस इत्तला ने सबकी रुचि बढ़ा दी। मेरा भय जाता रहा और सेमिनार आरम्भ होने से पहले इन तीन दिनों में ख़ूब लम्बा वार्तालाप चला। हर जगह मैं बाल खोले साड़ी पहने हुए गई। इस बात का अहसास हो गया कि इराक़ इस्लामी देश होने पर भी प्रगतिशील और स्वतंत्र विचारों का है। मगर यह स्वतंत्रता अलरशीद होटल को रास ना आई। तीसरे दिन मद्धिम धुनों की संगीत लहरी की जगह होटल में क़ुरानख़ानी की आवाज़ गूँजने लगी। डिस्को, केसिनो और फ़्लोर-शो बन्द हो गए। बार में ताला पड़ गया। ओबेरॉय जो दिल व जान से इस होटल को गुटनिरपेक्ष देशों के सम्मेलन के लिए तैयार कर रहे थे और उसके स्थगित होने के बाद भी उसकी सजावट व इन्तज़ाम में तन्मय थे, ख़ामोश रह गए। मौलवियों के आगे क्या कहते? शाम के समय हमें समाचार मिला कि सारे पत्रकारों को अन्य होटल में जाना है। बात कुछ समझ में नहीं आई। तभी किसी ने बताया कि कल रात मौलवियों ने एक गोपनीय बैठक बड़े हॉल में की थी, जिसमें इराक़ी समाज की स्वतंत्रता पर आलोचना और नैतिकता पर ज़ोर दिया जा रहा था। अन्त तक यह बात साफ़ न हो सकी कि वह मौलवी किस देश के हैं, जो कट्टरवादिता और अन्धविश्वास को रद्द करने के लिए इस सेमिनार में लेख पढ़ने आए हैं, और उसी को प्रोत्साहन देने का उत्साह दिखाने लगे हैं!

दूसरा दिन, सेमिनार का पहला दिन। हम सब शानदार हॉल में बैठे थे। तभी हैदराबाद के मौलाना मेरे पास से गुज़रे और बोले, "आपा, आपको एक भरपूर कुर्ते की ज़रूरत है, हिन्दुस्तान लौटकर पूरी आस्तीन के कपड़े पहनें।" उनके बदले स्वभाव से मैं विचलित हुई, तभी उर्दू नई दुनिया के सम्पादक शाहिद सिद्दीकी बोल उठे, "हम तो इनके कपड़ों पर एतराज़ नहीं करते हैं काला साफ़ा, पीले-सफ़ेद दुपट्टे सारे बदन पर लपेटे झंडा बने घूम रहे हैं, यह सेमिनार है फ़ैन्सी शो नहीं।" चेहरों से गम्भीरता धुली, तभी एक घाना के मौलवी जालीदार तिकोनी चादर कन्धे पर डाले गुज़रे। वही साहब चहके, 'यह मेज़पोश ही पहनकर आ पहुँचे हैं।'

"ये सब ख़ुमैनी को दुआ दें जिसने इनका सिक्का फिर चलवा दिया है। यदि इस्लाम की बात न होती तो इस ईरान-इराक़ युद्ध-विराम में इन मौलवियों का क्या महत्त्व होता।" मैंने धीरे-से कहा, "वह तो है। इस्लामी की तवारीख में मौलवियों ने इतनी विदेशी यात्राएँ कभी नहीं की होंगी जितनी इस युद्ध ने करा दी हैं। कभी ईरान जाते हैं कभी इराक़, कभी मुरक़्क़ो, तो कभी कुवैत, तो कभी सऊदी अरब, तो और कभी सोवियत लैंड हो आते हैं।"

"पिकनिक है, मौलवियों की पिकनिक...युद्ध और युद्ध-विराम के बारे में सिर्फ़ ख़ुमैनी को सोचने का हक़ है बाक़ी सारा धन्धा चलता है।"

सेमिनार की गतिविधि आरम्भ हुई, बहुत-कुछ खुलकर सामने आया, जैसे पढ़े गए परचों में यह बात साबित की गई थी कि आक्रमणकारी ईरान है। उसमें तथ्य यह पेश किया गया था कि इस्लाम निर्यात का जो आन्दोलन ख़ुमैनी सरकार ने आरम्भ किया था उसने हर देश में अशान्ति ही फैलाई थी, विशेषकर इन देशों में जिनकी आबादी 'शीओं' थी। इराक़ के पैंसठ प्रतिशत शीआ हैं। इसी बात को लेकर ख़ुमैनी का कहना है कि शीयों पर एक काफ़िर हुकूमत करे, यह कहाँ का अन्याय है? ख़ुमैनी ने 25 सौ वर्ष पुरानी ईरानी मोनारकी का चिराग़ गुल किया था। इस एतिहासिक घटना ने उन्हें आत्मबल की चरमसीमा पर पहुँचा दिया और उन्होंने खुले शब्दों में कहा था कि दुनिया के बादशाह ख़बरदार हो जाएँ। इस ऐलान से सबसे अधिक विचलित सऊदी अरब के बादशाह हुए थे। अमध्यपूर्वी अरब देशों में 'अरब एकता' का नारा भी फ़िलिस्तीनी समस्या के सन्दर्भ में बेकार लगता है और ईरान-इराक़ युद्ध में भी सीरिया, लेबनान का व्यवहार ख़ुमैनी का खुला समर्थन करना कहीं भी 'पान अरब' की पुष्टि नहीं करता है। सीरिया का इराक़ी पेट्रोल-पाइप लाइन का रोकना, दज़ला के पानी को अवरुद्ध करके कुछ इराक़ी इलाक़ों को सूखे की कठिनाई से दो-चार कराना अपने-आप में 'पान अरब' के प्रति विद्रोह है, जो इस बात को साबित करता है कि हर अरब देश में अपनी डफली अपना राग़ है। अब इराक़ का वार्षिक युद्ध व्यय बारह मिलियन डालर है, यदि इस समय सऊदी अरब व कुवैत साथ न देते तो इराक़ की अर्थ-व्यवस्था का ठचरा बैठे जाता। यह दूसरी बात है कि ईरानी इस्लामी निर्यात और सद्दाम हुसैन को लगातार चुनौती देने के पीछे ख़ुमैनी की सरकार का हाथ रहा है, मगर यह भी सही है कि सद्दाम हुसैन को युद्ध के लिए आमादा करने में सऊदी अरब और अन्य शक्तियों का सीधा न सही, मगर थोड़ा-बहुत हाथ रहा है।

अब्बासी काल—जो ख़लीफ़ाओं का काल था, उसके बाद आज 'बास सोशलिस्ट पार्टी' के समय में इतना बड़ा इस्लामी बुद्धिजीवियों का मजमा लगा था। संसार भर के मौलवी आए थे, जो इराक़ की पुरानी संस्कृति व सभ्यता की याद ताज़ा कर रहे थे।

इराक़ की राजधानी बग़दाद वास्तव में इमामबाड़ों और मस्जिदों का शहर है। अब्बासी काल (जब इस्लाम का आगमन हुआ) के दूसरे ख़लीफ़ा मंसूर (ईसा पूर्व 750-775) ने बहार की एक शाम को दज़ला के पश्चिमी किनारे पर बसे सासानी गाँव को देखा (762 ईसा पूर्व) और एक शहर की बुनियाद डालने का निर्णय ले लिया। उस शहर को बनने में चार साल लगे। एक लाख कारीगर, मिस्तरी कलाकार सभी मुस्लिम देशों से बुलाए गए थे। इस शहर का नाम फारसी के दो अक्षरों से मिलकर बनाया गया। 'बग़दाद' अर्थात ख़ुदा द्वारा दिया गया बाग़ या स्वर्ग। इसे अरब लोग 'शान्ति का नगर' नाम से भी पुकारने लगे यह शहर कहानियों में बादशाह हारुन रशीद के नाम से जाना जाता है।

वास्तव में बादशाह बग़दाद शहर ख़लीफ़ाओं (मोहम्मद साहब को माननेवाले) का शहर है और यहाँ स्त्री इन्हीं ख़लीफ़ाओं की जगत्प्रसिद्ध कहानी—अलिफ़ लैला' जो कि न केवल संसार भर की भाषाओं में अनूदित हो चुकी है बल्कि उसने बहुत-सारे रस्मों-रिवाज़ की बुनियाद भी डाली है, जैसे लगभग सारे यूरोप में रस्म है कि शराब पहले मर्द चखेगा फिर बैरा इज़ाज़त लेकर दोनों गिलास भरेगा।

सुमेर की मेसोपोटामिया, बेलीलॉन, असीरिया और अब्बासी काल के बाद टर्की की चार सौ साल तक की हुकूमत और इसके बीच में कई बार ईरान का प्रभाव भी। 1971 में टर्की हुकूमत का हटना और पहली बार रिपब्लिक का बनना, जिसने इराक़ के बिखरे समाज को समेटने का प्रयत्न किया।

बग़दाद, एक आधुनिक शहर है। गगनचुम्बी अट्टालिकाओं के बीच मस्जिदों का वजूद इस बात का द्योतक है कि लोग अपनी संस्कृति व सभ्यता को सँजोकर रखना जानते हैं। बग़दाद में अदिमिया और काज़मैन पवित्र स्थल हैं, जो बारह इमामों में से दो की आरामगाहें हैं। नीली काशीकारी, सोने का गुम्बद, अन्दर शीशेकारी और जाली का काम अद्भुत है। बग़दाद शहर को सँवारने में इमाम अब्बू हनीफ़ा ने बहुत साथ दिया था। उनकी क़ब्र पर बनी इमारत भी आर्किटेक्ट का बेजोड़ नमूना है।

पूरे बग़दाद में बड़े-बड़े पुराने दरवाज़े हैं, जिनके नाम—चाँद दरवाज़ा, काल दरवाज़ा, खुरासान दरवाज़ा, बेदेमजनूँ दरवाज़ा, बसरा दरवाज़ा वग़ैरह-वग़ैरह हैं। इनमें से केवल एक दरवाज़ा बचा है। बग़दाद की दो प्रसिद्ध सड़कें हैं। रशीद और इन सादून सड़क पर अब्बासी पैलेस हैं, जिनका दरवाज़ा दज़ला की तरफ़ है। सुमेर होटल, अलीबाबा रेस्तराँ और सिन्दबाद होटल भी है। हारून रशीद बादशाह के समय में इराक़ ने अपना सुनहरा समय बिताया है। बग़दाद दुनिया का धनी शहर गिना जाने लगा था। शस्तुलअरब का सीना पानी के जहाजों से भरा रहता था। चीनी मिट्टी के बर्तन, मलाया और हिन्दुस्तान से मसाले और रंग, टर्की से ग़ुलाम और लाजवर्द, पूर्वी अफ्रीका से हाथी दाँत और स्वर्ण चूर्ण, सऊदी अरब से मोती और हथियार। उस समय अपने चेक अरब बगदाद बैंक में जमा करते और भुनाते थे।

ज़ुहरे आतिया वास्तव में किसान परिवार से हैं और 'हेरिटेज' के डाइरेक्टर हैं। वह शाम जो उनके घर पर गुज़री, उसने इराक़ की तारीख़ ही नहीं, बल्कि कला और साहित्य को भी ज़िन्दा किया।

ज़ुहरे एक बहुत अच्छे चित्रकार भी हैं फ़ोटोग्राफर भी और पुरातन चीज़ों को परखनेवाले दक्ष और इन सबके बाद सूफ़ी संगीत पर नाचनेवाले एक कलाकार भी हैं।

ज़ुहरे अतिया का घर स्वयं अजायबख़ाना था। दीवार पर बसरा का पुराना दरवाज़ा लटका हुआ था। अलम, तलवार, कपड़े, मूर्ति, गुलदान विभिन्न रोशनी के प्रभाव! कहीं से भी वह घर वर्तमान वातावरण का नहीं लग रहा था। यह बात मेरे लिए हमेशा सुखद आश्चर्य का कारण बनी रही है कि मध्यपूर्वी व ईरान के बुद्धिजीवी भारतवर्ष को एक स्वप्नलोक के रूप में आत्मा और विचार के धरातल पर जीते हैं।

उनका प्रेरणा-स्रोत भारत रहा है।

इस्लामी पॉपुलर सेमिनार का आज तीसरा दिन था। कार्यक्रम आरम्भ ही हुआ था कि हॉल का दरवाज़ा एकाएक खुला और सद्दाम हुसैन आठ-दस फ़ौजी अफ़सरों के साथ दाख़िल हुए। इराक़ के राष्ट्रपति सद्दाम हुसैन के बारे में काफ़ी सुन रखा था कि वह बेधड़क बिना इत्तिला के गाँवों, वहाँ के देहातियों के घरों, कारख़ानों और स्कूलों में चले जाते हैं और बड़े आराम से आम आदमी से बात करते हुए उनका दुःख-सुख सुनते हैं। इस समय स्टेज पर जाकर बैठ गए और बड़े विनम्र स्वर में बोलना आरम्भ

किया—"इराक़ हमेशा युद्ध-विराम के लिए तत्पर रहा है। ईरान के मुक़ाबले इराक़ी क्षेत्रफल, जनसंख्या और प्राकृतिक स्रोत एक चौथाई है। सोचने की बात है 54 मिलियन जनसंख्यावाले देश के सामने 14 मिलियन जनसंख्या की बिसात ही क्या है! 15 वर्ष तक ख़ुमैनी साहब इराक़ के मेहमान रहे हैं और आज फिर इराक़ का सौभाग्य होगा कि वह हमारे अतिथि बनें। आप सभी धर्म के रक्षकों के सामने ईरान-इराक़ की समस्या को आकर सुलझा लें या फिर हमें इजाज़त दें कि उनके पास हाज़िर होकर इस युद्ध के बारे में उनसे सुझाव और विचार लें। आप सबकी इच्छा से आज ही उनके पास दावतनामा भेजा जा रहा है। आशा है, वह हमें निराश नहीं करेंगे।"

उसी दिन शाम को औक़ाफ़ मंत्री का पत्रकारों के साथ प्रेस सम्मेलन था। वास्तव में हम सब औक़ाफ़ (धार्मिक) मंत्रालय के अतिथि थे। मंत्री ने आते ही बताया, "विशेष कारणवश हम प्रेस सम्मेलन स्थगित करते हैं। मगर सारे पत्रकारों के लिए जो इच्छा रखते हों, बसें तैयार हैं। मिसान सेक्टर की ओर ईरानी हमले में बहुत लोग शहीद हुए हैं। युद्धक्षेत्र देखने का बेहतरीन अवसर है, कपड़े व सामान लेने की आवश्यकता नहीं है, केवल कैमरा और टेप ले लें, फ़िल्म रील की आवश्यकता पड़ी तो उसका इन्तज़ाम होगा।"

टर्की, फ्रेंच, यूगोस्लाविया, बंगलादेश, भारतीय, चीनी, इंडोनेशियाई, सूडानी सारे पत्रकार यह सुनकर ऐसी चुस्ती से उठे जैसे फ़ौजी सिपाही! बस से हम हवाई अड्डे तक गए, वहाँ से हम फिर हेलीकॉप्टर से मिसान सेक्टर की ओर उड़े। समय कम था, रास्ता दूर था, हेलीकॉप्टर तूफ़ानी वेग से उड़ रहा था। पायलट के समीप बैठी मैं पूरे बग़दाद के हुस्न को देख रही थी। पायलट बहुत प्रसन्न थे और यादों में खो गए जब वह भारतीय सरदार जी से उड़ान का प्रशिक्षण ले रहे थे!

हेलीकॉप्टर अब बग़दाद शहर से बाहर की ओर उड़ान भर रहा था, कानों में सनसनाहट और हलक़ के ऊपर नसों का शदीद खिंचाव महसूस हो रहा था। पर्स से टॉफ़ी निकालकर मुँह में डाली ताकि मांसपेशियों का तनाव कुछ कम हो। तभी पीछे से इराक़ी रेडियो के संवाददाता अख़बारी साहब ने पूछा, "आप डर तो नहीं रही हैं नीचे मीलों दलदल है?" उनकी इस बात से नज़रें एक दूसरे अन्दाज़ से पैरों के नीचे फैले दलदल पर डालती हुई बोली, "कहीं आप तो ख़ौफ़ज़दा नहीं हैं?" उनका फ़ौरन जवाब मिला, "बेगुनाह मरने से डर लगता है कि मुफ़्त जान से हाथ धो बैठे!"

मिसान सेक्टर बग़दाद से काफ़ी दूर था, मगर हम 45 मिनट में पहुँच गए थे। वहाँ पर कमांडर के साथ प्रेस कान्फ्रेन्स तय थी, इराक़ी टेलीविजन वाले हमारे साथ थे। एकाएक कुछ मीलों की दूरी पर गोले बरसने लगे। कमांडर प्रेस सम्मेलन के बाद हेलीकॉप्टर से ड्यूटी पर निकल गए। हम सामने उड़ती चिनगारियाँ और लाल होते आसमान को देख रहे थे। सुबह सेमिनार का अन्तिम दिन था। जो केवल सेमिनार की रिपोर्टिंग करने आए थे वे पत्रकार व्याकुल थे। हमारे हेलीकॉप्टर हमें छोड़कर वापस बगदाद जा चुके थे। रात के आठ बज रहे थे। गोलों का शोर बढ़ रहा था। अजीब-सी बात थी कि इस एक हमले में 14 सौ ईरानी तूफ़ानी वेग से इराक़ की ओर बढ़ते हैं, उसे रोकने के लिए इराक़ के पास वायुसेना है। मगर हर बात की सीमा होती है!

रात के दस बजे आधे पत्रकार बसों में बैठे और बग़दाद की तरफ़ चल पड़े। कुछ पत्रकार वहीं युद्धक्षेत्र में रुक गए कि नए आक्रमण की फ़िल्म लेकर सुबह लौटेंगे।

उनके लिए बैरक में बैठे सिपाही कद्दू काटने लगे थे। सारी रात चलकर हम सुबह सात बजे बग़दाद पहुँचे। शाम को सेमिनार की विशेष बैठक केवल मौलवियों के लिए थी। दूसरे दिन हमें नजफ़ और कर्बला की तरफ़ जाना था। उसी नजफ़ की ओर जिसका सपना ख़ुमैनी साहब देख रहे है।

शाम ख़ाली थी, इसलिए शहर को देखने की इच्छा न रोक पाई। शाम ढल रही है, नीली काशीकारी की मस्जिदों की हसीन मीनारें चिराग़ सिर पर उठाए धुँधले पड़ते आसमान के बीच चमक रही हैं। अज़ान की गूँजती प्रतिध्वनियों में शहर का कोलाहल डूबता नज़र आ रहा है। काम से लौटते, चीनी, जापानी, भारतीय मज़दूरों के झुंड सड़क पार करने की बेक़रारी में खड़े हैं।

सड़क पर पानी छिड़कती मशीन जा रही है। भिश्ती मशक कमर पर लादे प्यासे राहगीरों को शरबत पिला रहा है। सड़क के किनारे बने पुराने चायख़ानों की ख़ाली बेंचें, चारख़ाने का रूमाल सिर पर बाँधे और बेचैन उँगलियों से तस्बीह फिराते अधेड़ बूढ़े इराक़ियों से भर रही हैं। कुछ ने गप्पें मारना और चाय पीना आरम्भ कर दिया है। कुछ चौपड़ बिछाकर कौड़ी खेलने में व्यस्त हो गए हैं।

शाम का धुँधलका और रोशनी का फैलाव बग़दाद को नया रंग दे रहा है। दज़ला नदी इस नाज़ो अदा से बग़दाद के सीने पर लहराती है जैसे शहर से रोमांस लड़ा रही हो या फिर सन्दल के दरख़्त के तने से लिपटा साँप लैम्प-पोस्टों और इमारतों की जगमगाहट का अक्स दज़ला के पानी पर दीयों की क़तारों की शक्ल में उभर रहा है। भाषा न जानने से अजनबीपन का अहसास बढ़ रहा है। क़ुदरत चाहे जितनी ही हसीन क्यों न हो यदि वहाँ के लोगों के अहसास और ख़यालात का लम्स न कर पाऊँ तो लगता है बस एक बेजान मगर हसीन कैलेंडर देख रही हूँ और सचमुच इन हसीन कैलेंडरों के बीच मैं तमाशाई बनी हुई हूँ।

"इतनी उदास, ख़ामोश और तन्हा क्यों हो?"

"नहीं तो..."

"झूठ! चलो उदास, ख़ामोश और तन्हा न सही मगर सोच में डूबी हुई हो न?"

"आप...?"

"इतनी देर से मुझे घूर रही हो। पहचाना नहीं? मैं मरज़ीना, अलीबाबा की कनीज़?"

"ओह, मरज़ीना!"

"हाँ, मेरी बात का जवाब तो दो!"

"क्या कहूँ, भाषा न जाननेवाला गूँगा होता है। अहसास की भाषा को न अक्षरों की ज़रूरत पड़ती है न ध्वनि की। इसलिए इन नज़ारों के उसी धरातल पर जी रही हूँ।"

"समझी! समय की गति को पकड़ने का प्रयास कर रही हो?"

"शायद हाँ! किसी अजनबी देश की शाम किसी मुसाफ़िर के लिए कितनी विचारोत्तेजक और भाव मिश्रित होती है, विशेषकर ऐतिहासिक ज़मीन की जो बहुत ख़ामोशी से भूत की प्रतिध्वनियों और वर्तमान के पदचिह्नों का समन्वय पैनोरमा की तरह पेश करती है।"

"तुमने बग़दाद देखा? घूमना...चाहोगी?"

"क्यों नहीं, मैं मरज़ीना से लेकर अब तक के ईरान-इराक़ को जीना चाहती हूँ।"

"कल क्या प्रोग्राम है?"

"नजफ़, कर्बला, जानती तो हो न मैं ईरान-इराक़ युद्ध-विराम पर आयोजित सेमिनार में आई हूँ।"

"उफ़! बसरा शहर, कितनी बार उजड़ा कितनी बार बसा है! गोले बरसते रहे, लोग झुलसते रहे। शस्तुलअरब के सीने पर जहाज़ साकित खड़े हैं। वाह रे जंग! हाँ सुनो, तुम सिन्दबाद से मिली हो? आजकल बसरा से बग़दाद आए हुए हैं।"

"सिन्दबाद..."

"हाँ सिन्दबाद, बग़दाद का प्रसिद्ध बड़ा ताज़िर। शायद अभी सादून रोड पर किसी फ़ैशन-शॉप पर खड़ा होगा या फिर सिन्दबाद होटल में बैठा टर्की काफ़ी पी रहा होगा।"

"उधर ही जाती हूँ। मुलाक़ात हो गई तो ख़ुशी होगी।"

बग़दाद शहर पूरे मध्यपूर्व में अपनी हसीन रातों के लिए प्रसिद्ध है। एक तरफ़ मस्जिदों में अज़ान हो रही है तो दूसरी तरफ़ बड़े-बड़े होटलों में फ़्लोर-शो हो रहा है। कहीं पर चित्र प्रदर्शनी लगी है तो कहीं पर फ़ैशन-शो हो रहा है। हर व्यक्ति पसन्द की ज़िन्दगी चुन सकता है। मगर यह स्वतंत्रता बेलगाम नहीं है, उसकी भी सीमा है जो इराक़ी समाज को उसकी सभ्यता, संस्कृति व आधुनिक युग की ठोस धरती पर खड़ा रखे हुए है।

हमारा लम्बा-चौड़ा क़ाफ़िला बस और कारों के ज़रिये कर्बला पहुँचा! छोटा-सा शहर मगर शीओं का पवित्र-स्थल। इस शहर में इमाम हुसैन व उनके अलमबरदार और 72 शहीदों की क़ब्रें हैं जो बेगुनाह शहीद हुए थे। (ईसा पूर्व 680) क़र्बला की ख़ूनी घटना का महत्त्व ईरान-इराक़ युद्ध को समझने के लिए महत्त्वपूर्ण है। दूसरे यदि हज़रत इमाम हुसैन हक़ के लिए शहीद न होते तो इस्लाम आज तक (1400 वर्ष) जिन्दा न रहता।

संक्षेप में ख़लीफ़ा उस्मान, चौथे ख़लीफ़ा (ईसा पूर्व 656) की हत्या को लेकर मनमुटाव और गृहयुद्ध की स्थिति आ गई है। छह वर्षों में स्थिति यहाँ तक पहुँच गई कि ख़लीफ़ा उमाया मोआविये जिनकी राजधानी उमसकस थी, उन्होंने क़ूफ़े में हज़रत अली को शहीद करा दिया ताकि वह हज़रत अली की राजधानी 'क़ूफ़ा' पर क़ब्ज़ा करके इस्लाम की सत्ता पूरे रूप से अपने हाथ में ले ले। मोआविया की मृत्यु (ईसा पूर्व 680 में) हुई। उनके लड़के यज़ीद उमसकस के ख़लीफ़ा बने। मदीना के लोगों ने इमाम हुसैन को ख़लीफ़ा बनाना चाहा जो अपने नाना मोहम्मद और पिता अली की तरह पवित्र थे।

मदीना से हुसैन 'क़ूफ़ा' आए ताकि पिता की 'ख़िलाफ़त' को ले सकें। हुसैन अपने परिवार और 72 लोगों के साथ निकले। यज़ीद ने उबैदउल्लाह नाम के गवर्नर को क़ूफ़ा की तरफ़ रवाना किया ताकि वह हुसैन को घेर सकें। हुसैन ने देखा कि वह पूर्णरूप से क़ूफ़ा के निवासियों से अलग रह गए हैं, साथ ही पानी की धारा को भी काट दिया गया है और इस हालत में उबैदउल्लाद बलपूर्वक उनसे आत्मसमर्पण करवाना चाह रहा है। हुसैन के साथियों ने खन्दक खोदकर उसमें आग रौशन की

ताकि दुश्मन उन तक पहुँच न पाए मगर उबैदउल्लाह के फेंके तीरों ने एक के बाद एक सबकी जान ले ली। आख़िर में मरनेवाले हज़रत इमाम हुसैन थे। लाशें वही क़ूफ़ा के रेगिस्तान में बालू के नीचे दब गईं। इस्लाम या शिआयों में शहादत का दर्शन इसी घटना से आरम्भ होता है।

नजफ़ में हज़रत अली की आरामगाह है और क़र्बला में इमाम हुसैन की। इमाम हुसैन की क़ब्र से कुछ दूर पर हज़रत अब्बास की क़ब्र है जो हुसैन के चचाज़ाद भाई थे और यज़ीद द्वारा बन्द किए गए पानी के बावजूद वह पानी लेने पहुँचे थे, तो एक के बाद एक उनका हाथ काट डाला गया तो पानी से भरी मशक दाँतों से निकलकर प्यासी धरती पर गिर गई और वह वहीं शहीद हो गए! हुसैन का छह मास का बच्चा हज़रत असग़र प्यासा ही दम तोड़ गया!

हज़रत मोहम्मद के जीवन, व्यवहार, आचरण को 'सुन्नत' कहते हैं। उस सुन्नत को माननेवाले 'सुन्नी' कहलाते हैं। इस्लाम आने के बाद सारे मुसलमान सुन्नी थे। 300 वर्ष तक अरबों ने ईरान पर हुकूमत की है। ईरान की धार्मिक, सरकारी, दरबारी भाषा अरबी हो गई थी, मगर ऐसे लोग भी थे जो अरब सत्ता व इस्लाम को नकारते थे। वे ईरान से भागकर भारतवर्ष आए और गुजरात में बसे और 'पारसी' कहलाए। यह 'जरदुश्ती' थे जो ईरान में आग की पूजा करते थे। अरब व अरबी भाषा से घबराए फ़िरदौसी थे जिन्होंने बड़े दु:ख के क्षणों में ईरान की तवारीख़ को 'शाहनामे' की शकल (60,000 शेर) में कहना शुरू किया ताकि ख़ालिस फ़ारसी की एक सनद आनेवाली नस्लों के लिए बच सके।

ईरानी में सफ़व्वी काल में शीआ सेक्ट (शाख) का आरम्भ हुआ। यह भी सियासी ज़रूरत थी, अरबों के बीच ईरानी व्यक्तित्व को ज़िन्दा रखने के लिए। शीआ, अली और हुसैन के शदीद अनुयायी हैं। अब ख़ुमैनी यह दावा करते हैं कि नजफ़ और क़र्बला शीओं का पवित्र स्थल शीआयों को मिलना चाहिए। बग़दाद पर 1587, 1604 और 1605 में ईरानियों का आक्रमण हुआ था। 1638 में सुलतान मुराद 'मुहादाम दरवाज़े' से बग़दाद में दाख़िल हुआ और बग़दाद की सारी मस्जिदों और इमामबाड़ों को उसने फिर से सजाया और मरम्मत करवाई। इस बात की ओर इशारा करते हुए ख़ुमैनी का दावा है कि इराक़ का प्रत्येक धार्मिक-स्थल ईरानियों ने बनवाया है, यहाँ तक कि रेज़ाशाह पहलवी द्वारा दिए गए सोने के दरवाज़े बीसवीं सदी में भेंट किए गए हैं। इस दावे के साथ ख़ुमैनी युद्धबन्दी के पक्ष में नहीं हैं।

जब हम नजफ़ पहुँचे तो हमारे स्वागत में स्कूली बच्चे फ़ौजी लिबास में हाथों में सद्दाम हुसैन की तस्वीर लिये अरबी में नारे लगा रहे थे। वे सब हमें बताना चाह रहे थे कि "हमारे प्रिय नेता सद्दाम हैं। ख़ुमैनी लाख कहे मगर हम सद्दाम हुसैन को चाहते हैं।"

हिन्दुस्तान के शीआ आज भी नजफ़ क़र्बला के कफ़न को महत्त्व देते हैं। नजफ़ जाकर मेरे मन में भी विचार आया कि आई हूँ तो एक-दो कफ़न तोहफे के तौर पर बुज़ुर्गों के लिए ले लूँ। अभी मैं सोच ही रही थी कि कड़ी धूप में लाश को उठाए चार अरब हज़रत अली की दरग़ाह में दाख़िल हुए और उनकी क़ब्र के कई चक्कर लगाकर क़ब्रिस्तान की तरफ़ चले गए। लाश पर इराक़ी झंडा पड़ा देखकर पता चल गया कि

फ़ौजी अफ़सर होगा। आधे घंटे में इस तरह से दस लाशें आईं और गईं मगर दरगाह का अनुशासन भंग नहीं हुआ। संसार भर से आए हुए लोग नमाज और इबादत में व्यस्त रहे।

ईरान में एक शहीद का जनाज़ा पूरे शहर में घुमाकर ही क़ब्रिस्तान ले जाया जाता है। रोना, चीख़ना, पूरे सामाजिक स्तर पर होता है, फिर शहीद की तस्वीरों का पोस्टर पूरे शहर में चिपकाया जाता है। दोनों समाजों को देखकर लगता है कि ईरान का मुख्य उद्देश्य युद्ध करना है वरना उसका तख़्ता पलट जाएगा। इसलिए इस्लामी रंग में रंगी शहादत, आँसू और क़ब्रिस्तान उनकी धुरी है, वहाँ पर कारख़ाने, मिलें, उत्पादन के स्थान बन्द पड़े हैं। स्कूल-कॉलेजों में फ़ौजी ट्रेनिंग दी जाती है। विश्वविद्यालय बन्द हैं। प्रगति का कोई चिह्न किसी भी क्षेत्र में नहीं है। यहाँ तक कि ख़ूजिस्तान की रिफ़ाइनरी बन्द पड़ी है। नौरग्ज नामक पेट्रोल का कुआँ बह रहा है। क़ुवैत के पास पीने का पानी नहीं है। तेल पूरी फ़ारस की खाड़ी में फैल रहा है, मगर ख़ुमैनी को चिन्ता नहीं है। इराक़ में सब कुछ चल रहा है। समाज का प्रत्येक व्यक्ति अपना कर्तव्य निभा रहा है। फ़ौज युद्ध क्षेत्र में अपना कर्तव्य निभा रही है। नई इमारतों से बग़दाद भर गया है। चीनी, जापानी, भारतीय तख़्ती क्रेनो पर झूलती हुई दूर से नज़र आती है। नए फ्लाईओवर और पुल, होटल, इमारतें वास्तव में देखनेवाले को आश्चर्य में डाल देते हैं कि युद्ध के साथ यह प्रगति? हाँ, युद्ध के कारण इराक़ में चार गुनी महँगाई ज़रूर बढ़ी है। दूसरे लोग इस युद्ध से थक रहे हैं। आबादी कम होने के कारण जवान कम नज़र आते हैं। दुकानों पर अधिकतर बूढ़े और दफ़्तरों, मंत्रालयों व अन्य स्थानों पर सिर्फ़ औरतें नज़र आती हैं। शहीद के परिवार को सरकार एक मर्सीडीज़ कार देती है। लड़कियों की अधिकता के कारण उनका झुकाव विदेशियों की ओर हो सकता है, इस आशंका से एक नया क़ानून बना है कि विवाह के बाद विदेशी पति चन्द माह युद्ध क्षेत्र में जाएगा। इससे पहले यह क़ानून था कि यदि किसी ने किसी विदेशी से विवाह किया तो उसे इराक़ी नागरिकता लेनी पड़गी।

ईरान में सद्दाम हुसैन का दावतनामा पहुँच गया। ईरानी रेडियो ने ऐलान किया— "इस दावतनामे का जवाब बहुत जल्द मिल जाएगा।" मौलवियों के एक विशेष वर्ग को बहुत प्रसन्नता हुई। उसी दिन मेरी मुलाक़ात सूचना मंत्री से हुई। अभी मैंने प्रश्न पूछना शुरू ही नहीं किया था कि फ़ोन की घंटी बजी और उनकी घबराई आवाज़ उभरी "कब...? कब...आया?" कुछ समझ में नहीं आया कि हुआ क्या! बस, सूचना मंत्री क्षमा याचना करते हुए भागे और मैं होटल लौटने के लिए। पुराने सारे रास्ते बन्द हो गए थे। कार काफ़ी पेचदार गलियों और पुलों से गुज़रती होटल पहुँची। वहाँ पर फ्रांसीसी पत्रकार घबराए खड़े थे। पूछने पर पता चला कि होटल के पास टी.वी. सेंटर में बम फटा है जिससे सारे होटल के शीशे चूर हो गए हैं। समझते देर न लगी कि यही जवाब ख़ुमैनी को 'दावा पार्टी' (यह पार्टी मूसासद्र ने इराक़ में आरम्भ की थी। यह ख़ुमैनी के प्रशसंक हैं। मूसासद्र ख़ुमैनी के बहनोई थे जिन्हें ग़द्दाफ़ी ने मरवाया था) से दिलवाना था।

कमरे में पहुँची और सिर पकड़कर बैठ गई। बिस्तर, सोफ़े, कपड़ों, किताबों, फ़र्श पर सिर्फ़ शीशे थे और मेरे बिस्तर पर बालकनी का आदमकद दरवाज़ा उखड़ा पड़ा था। कमरे को साफ़ करनेवाली लड़की 'लैला' आ गई और लगभग रुआँसी होकर

बोली, "पिछले छह माह से हमारा यही काम रह गया है, शीशों की किरचों को समेटना क्या आसान काम है?"

शाम तक हम सब पत्रकार अन्य होटल में शिफ़्ट कर दिए गए।

पन्द्रह दिन बाद ख़ुमैनी की तरफ़ से सद्दाम हुसैन व मौलवियों द्वारा भेजे गए दावतनामे का जवाब आ गया। नजफ़ के इराक़ी मौलाना काशफ़ी और पाकिस्तान के सैयद राज़ी ने बड़े दुःख के साथ पत्रकारों को बताया कि यह उत्तर उन्हें इराक़ में स्थित ईरानी काउन्सलर ने दिया है, जिसमें लिखा है—"यह 'अन्तरराष्ट्रीय पॉपुलर इस्लामिक सेमिनार' वास्तव में 'शैतानों की बैठक' थी। उनके विचार और सुझाव के सब शरारत से भरे हुए हैं। ऐसे दावतनामे की ईरान को परवाह नहीं है।"

हॉल में काफ़ी देर तक सन्नाटा छाया रहा। मुझे अमेरिका स्थित शीओं के ईरानी मौलवी मूसा मूसवी से लिये गए इंटरव्यू की याद आ गई, जिसमें उन्होंने कहा था—"इस्लामी क्रान्ति के नाम पर जो सेवा ख़ुमैनी ने इस्लाम की पिछले चार वर्षों में की है उसने सिर्फ़ एक नुक़सान पहुँचाया, वह यह है कि सौ साल तक ईरानियों के दिलों में इस्लाम धर्म ने नफ़रत का बीज बो दिया है।"

सीरिया के मौलाना अलफातेह हाशमी से मैंने पूछा, "यदि ख़ुमैनी साहब ने आप जैसे तीन सौ मौलवियों के निवेदन को रद्द करते हुए युद्ध जारी रखा तो फिर आपका अगला कार्यक्रम क्या होगा?" उन फ़रिश्ता चेहरा मौलवी का उत्तर था, "यदि वह हमारी अपील को नहीं मानते हैं तो हमारी नज़रों में वह इस्लाम की नीतियों एवं क़ानूनों का उल्लंघन कर रहे हैं। इस सूरत में इस्लामी सरकार उन्हें ग़ैर-इस्लामी क़रार दे देगी, क्योंकि इस्लाम में नियम है कि जिसने इस्लाम के क़ानूनों को न माना वह काफ़िर हुआ।"

पाकिस्तानी मौलवी सैयद राजी ने कहा, "हम ही थे जिन्होंने इस इस्लामी क्रान्ति को बढ़ावा दिया था मगर आज...ख़ुमैनी साहब स्वयं इन सारी घटनाओं के ज़िम्मेदार हैं या उनके पीछे कोई और हाथ है।"

पत्रकार सम्मेलन के बाद मालूम हुआ कि इराक़ ने ग्यारह बार युद्ध-विराम के लिए कोशिश की मगर...? रमज़ान में हुए शहीद हमलों के बारे में ख़ुमैनी ने कहा था, "हम युद्ध बन्द कर दें, किसलिए? क्या क़र्बला की शहादत भूलनेवाली है? यही इराक़ी थे जिन्होंने धोखे से इमाम हुसैन को क़ूफ़ा में शहीद किया था। आज यदि हम अपने फ़ौजी सीमा से हटा लें तो यह धड़धड़ाते हुए ईरान में घुस आएँगे।"

इसी बीच पता चला कि बसरा पर हर दिन गोले बरस रहे हैं। मंडली सेक्टर का भी बुरा हाल था। कल हम दस पत्रकार जिनमें लेबनानी व फ्रेंच टी.वी. वाले भी थे, मंडली सेक्टर में थे। रास्ते में कच्ची सड़कों पर भागते टैंकों से उठती धूल ने हमे ऐसा अन्धा बना दिया था कि हम एक-दूसरे को देख नहीं पा रहे थे। धूल के कण गले तक पहुँच गए थे। आज फिर बसरा जाने का मतलब था—थकान और लाशों का अम्बार देखना। शाम को हमारा क़ाफ़िला कारों में बसरा की तरफ़ चला। पूरा बग़दाद रोशनी से भरा हुआ था और बड़े ज़ोर-शोर से सद्दाम हुसैन का जन्मदिन मनाया जा रहा था।

"तुम जो इल्म की प्यास लिये घूम रही हो 'इसका' कहीं अन्त है?"

"इल्म की प्यास जिस दिन बुझ गई, समझो मेरा चिराग़ भी ख़ामोश हो जाएगा, इस प्यास के सहारे ही जी रही हूँ मगर मरज़ीना, आज तुम यह सवाल कैसे कर बैठीं?"

"कारण है, जानती हो उन चालीस चोरों को जिन्हें मैंने गर्म तेल से मारा था, आज पूरे संसार में बिखर गए हैं...उन्हें ढूँढ़ने के चक्कर में कहाँ-कहाँ की ठोकर खाओगी तुम?"

"सारे संसार की मरज़ीना, पहाड़, मैदान, हर कोने, हर गोशे की, वह तुम्हारे चालीस चोर अब इनसानों का घर नहीं उनकी 'ज़िन्दगी' लूटने लगे हैं। उन्हें ढूँढ़ना और पकड़ना बहुत ज़रूरी है।"

"तुम भी कमाल की हो, अकेली निकल पड़ीं जोखिम भरे सफ़र पर बिना किसी हथियार के..."

"मेरी हमबदन बहन मरज़ीना! तुम फ़िक्र न करो मेरी जान! हथियार से हथियारबन्द मेरा हाथ है, तुम्हारे चाकू की तरह पैना, तेज़ नुकीली धारवाला जो कलेजों को चीरकर रख देनेवाला है...यह देखो!"

"पकड़ चुकी मेरी हिन्दुस्तानी हमज़ाद उन चोरों को इस नन्ही-सी क़लम से..."

"हँस लो, मैं भी तुम्हारी हँसी में शामिल हो जाती हूँ, मगर सूई का काम तलवार नहीं करती। यदि मैंने इस नन्हे से हथियार से चोर पकड़ लिया तो पहले मैं हँसूँगी।"

"मंजूर है..."

धरती गुलाब के फूलों से ढकी हुई थी और खजूर के दरख़्तों पर कच्ची कलियाँ घुँघरुओं की तरह लगी हुई थीं।

ऐसी ही एक ख़ूबसूरत सुबह को हम पन्द्रह पत्रकार 'रमादी कैम्प' की तरफ़ जा रहे थे। हसीन दिलक़श नज़ारों के बावजूद आँखों के सामने बार-बार मुरझाई ईरानी कलियों के चेहरे घूम रहे थे, जिनके चित्र समाचार-पत्रों में देखने को मिल जाते थे।

दो वर्ष पहले जब आठ वर्ष से सोलह वर्ष के लड़के बसरा के समीप पकड़े गए थे तो सद्दाम ने रेडक्रॉस से कहकर इन्हें ईरान भेजने की व्यवस्था कर दी थी मगर ख़ुमैनी ने स्पष्ट शब्दों में कह दिया था, "यह जब ईरानी लड़के नहीं हैं तो ईरान इन्हें वापस क्यों ले?" इस स्पष्टता से मुझे शक था कि आख़िर ख़ुमैनी नन्हे ईरानी सिपाहियों को क्यों वापस नहीं लेंगे?

रमादी कैम्प पहुँचकर मेरे दिमाग़ में एक तूफ़ान बरपा हो चुका था कि मैं इस हक़ीक़त या झूठ से पर्दा हटाऊँगी कि वास्तव में यह लड़के किस धरती के फूल हैं, किस क़ौम की दौलत हैं, किन माँओं की कोख की ज़ीनत हैं?...रमादी कैम्प के उस बड़े हॉल में जब दाख़िल हुई तो मेरे शक के पैर डगमगाने लगे। दौ सौ कमसिन ईरानी लड़के सिर झुकाए, हरे कम्बलों पर घुटनों पर सिर रखे बैठे थे। मेरे फ़ारसी में हालचाल पूछने पर चौंके, कुछ ने जवाब दिया, कुछ ने सिर्फ़ ताज्जुब से मुझे देखा। मुझे विश्वास हो गया कि यह ईरानी नस्ल हैं, जो कल के ईरान का भविष्य हैं। उठे सिर जाने किस बोझ से झुक गए।

एकाएक क़ुरानख़ानी आरम्भ हो गई। मेरे सारे प्रश्न दब गए। ईरान में यह इशारा 'एकता' का था। मुझे मालूम था कि इस क़ुरानख़ानी के बाद कोई लड़का बात नहीं

करेगा। एकदम से ईरानी बच्चों के लेखक समद बेहरंगी का ख़्याल आया कि पुकारूँ, "समद तुम कहाँ हो? आकर ज़रा क्रान्ति का हाल तो देखो, जिसने तुम्हारे गाँवों के ग़रीब बच्चों को रोटी नहीं बल्कि बन्दूक़ थमाई है! तुम इन्हीं लड़कों के भविष्य के लिए शहीद हुए मगर कुछ न बदला..." एक विचित्र अहसास से मैं तड़प उठी कि मैं तो थोड़ी देर बाद चली जाऊँगी मगर यह लड़के तीन-चार साल से इस दो कि. मी. के घेरे से बाहर नहीं निकले हैं। आख़िर इनका क़सूर क्या है? मैं इतिहास से दीवानावार सवाल कर बैठी कि इन फूलों के क़ातिल को कौन-सी सज़ा मिलेगी?

ईरान में तीन माह का सैनिक प्रशिक्षण लेते लड़के याद आए। फिर ख़्याल आया कि इन अभिशप्त लड़कों में कितनों के हाथ और पैर नहीं थे। कल जब यह बुख़ार उतरेगा तो हक़ीक़त का कड़वापन उन्हें कितना तड़पाएगा? क्या ख़ुमैनी तब तक ज़िन्दा होंगे?

इराक़ के सबसे शानदार और हसीन होटल में आयोजित अरब कवि-सम्मेलन तीन दिन तक चलता रहा। अधिकतर कवि फ़िलिस्तीनी और इजिप्ट से थे। लेबनानी कवयित्री की छोटी-सी कविता ने पूरे हॉल को ख़ामोश और दरोदीवार को हिला दिया था—

मैं आग के देश से आई हूँ
मेरा देश...
जहाँ गोली सनसनाती है
जहाँ धरती आग उगलती है
मैं आग के देश...

इस कवि सम्मेलन को आयोजित करने का श्रेय इराक़ के प्रसिद्ध कवि व फ्रांसीसी भाषा साहित्य के पंडित ख़लील ख़ुरी को जाता है। उन्होंने अपने बारे में बताया—"मैं फ्रेंच नहीं बल्कि अरबी भाषा बहुत अच्छी जानता हूँ। वास्तव में मातृभाषा कहकर लोग अपनी भाषा को न माँजते हैं न व्याकरण पर ध्यान देते हैं। अच्छे-अच्छे लेखक फ़ाश ग़लतियाँ करते हैं। भाषा ही जज़्बात की तर्जुमान है, वही हकलाने लगे तो फिर कहानी या कविता का रस कहाँ बचा...?"

लुतफ़िया अल दलामी इराक़ की प्रथम महिला उपन्यासकार हैं। उन्होंने बताया, "युद्ध इराक़ी समाज का एक नया अनुभव है। सो मेरे दोनों उपन्यास सियासत से जुदा नहीं हैं। दोनों उपन्यासों पर फ़िल्म बन रही है।"

रमज़िया बच्चों की पत्रिका की सम्पादक हैं। उन्होंने 'चिल्ड्रेन कल्चर हाउस' में आने की दावत दी। छोटा-सा पुस्तकालय, प्यारी-सी पत्रिका, पत्रिका दिखाते हुए बोलीं, "युद्ध ने कहीं पर भी इराक़ी जनजीवन की गति को अवरुद्ध नहीं किया है। हमारे अधिकतर लेखक व चित्रकार इस समय रणक्षेत्र में हैं। वहीं से चीज़ें भेजते हैं। उनका यह सहयोग अमूल्य है, जिसे बच्चे पढ़कर बहुत प्रभावित होते हैं और बेशुमार पत्र आते हैं। इसी ईरान-इराक़ युद्ध में प्रसिद्ध कवि शाहिब अल शाहिर की शहादत पारसाल हुई थी। नई प्रतिभा मगर महत्त्वपूर्ण चित्रकार, सलमान दाऊद, भी आजकल रणक्षेत्र में हैं।"

बच्चों का साहित्य, पुस्तकों का गेटअप और चित्रकारों व कार्यकर्ताओं से मिलवाने वह मुझे ले गईं। हर कमरे में जवान लड़कियाँ थीं, क्लर्क, टाइपिस्ट, डिज़ाइनर आदि।

पूरे कमरों में घुसकर जब मैं चित्रकारों के कमरे में पहुँची तो सिर्फ़ वहाँ पर एक साहब बैठे नज़र आए। उन्हें देखकर मैं अपने को ज़ब्त न कर पाई और पूछ बैठी, "आपकी मानसिक स्थिति कैसी है। स्पर्द्धा, द्वेष, तुच्छता व बेचैनी का अहसास तो आपको नहीं। सता रहा है...आप अकेले और...?" वह खुलकर हँसे और बोले, "जी, नहीं, मेरी मानसिक स्थिति नार्मल है। मुझे तो बहुत अच्छा लगता है क्योंकि इनके ब्रश से उभरे चित्रों में औरतों की नज़ाकत और नज़र की गहराई झलकती है जो काम की दृष्टि से महत्त्वपूर्ण है।"

नई लेखमाला जो पत्रिका में आरम्भ होनेवाली थी, वह भारतीय लोक-साहित्य पर थी। उसके कुछ चित्र मुझे दिखाए गए। जब चलने लगी तो कोने में ख़ामोशी से खड़ी एक लड़की आगे बढ़ी और उसने दो रेखाचित्र मुझे अपने हस्ताक्षर 'अलजलाक मोहम्मद अली' के नाम से करके दिए। वह वास्तव में मेरे ही रेखाचित्र थे, जो वह इतनी देर से खींचने में तल्लीन थीं।

बसरा जाते हुए क़ुरना शहर में सबा से मुलाक़ात हुई तो उनके फ़ौजी लिबास, अफ़सरी और बैरेक में बन्दूक़ और बोरियों के बीच इत्मीनान से खड़ा देखकर पूछा, "क्या इराक़ी औरत युद्धक्षेत्र में लड़ने भी जाती है?" हँसकर बोली, "हमारे मर्द अभी ख़त्म नहीं हुए हैं। उनके रहते हम रणक्षेत्र में आएँ भी तो उनके आत्मसम्मान को चोट पहुँचेगी। बाक़ी तमाम फ़ौजी ओहदों पर हम सब तन-मन-धन से कर्तव्य निभा रही हैं। जिस दिन हमारी ज़रूरत पड़ेगी हम पीछे नहीं हटेंगी।"

पूरे इराक़ में दीवारों पर चिपके विज्ञापनों पर कहीं भी औरत का चित्र नहीं। पूरे मध्यपूर्वी देशों में इराक़ी औरत वास्तव में अपना सुनहरा समय जी रही है और इस संघर्ष में उसे समाज का सहयोग मिला हुआ है। औरतों का सही दिशा में फलना-फूलना वह भी इस्लामी देश में, मन को बहुत भाया।

इराक़ी दूरदर्शन पर पिछले छह मास से फ़ारसी कार्यक्रम शुरू हुआ है। यह कार्यक्रम विशेष रूप से ईरान के लिए होता है। समाचारों व सियासी अवलोकन के बीच-बीच उन सारे ईरानी गाने व नाचनेवालों के कार्यक्रम दिखाए जाते हैं जो जनता में लोकप्रिय हैं, मगर ख़ुमैनी ने आते ही उन्हें देश निकाला दे दिया था। इसके बाद शेख़ अली तेहरानी जो ईरान के राष्ट्रपति के सगे बहनोई हैं और ईरान से भागकर इराक़ में पनाह ले चुके हैं, रोज़ आधा घंटा ईरानी इन्क़लाब, ख़ुमैनी के अत्याचार और घटनाओं का इस्लामी विश्लेषण करते हैं। लगता है जैसे अलिफ़-लैला की दास्तान हो जो रोज़ रात को आरम्भ होती है और सुबह अधूरी ही ख़त्म होती है। शेख़ तेहरानी ईरान के इन्क़लाब के आरम्भ से सारी बातों की चर्चा करते हैं। महत्त्वपूर्ण सियासी घटनाओं का इस्लामी विश्लेषण करते हैं। बड़ा विचित्र लगता है एक ईरानी का अपने शत्रु देश में आकर यूँ स्वयं को व्यस्त करना। मगर फिर लगता है शायद ईरान व इराक़ का दुश्मन आज एक ही है और वह है—ख़ुमैनी!

आसपास के गाँव देखकर लौटी थी। सफ़र ज़्यादा लम्बा नहीं था, जो थकान होती, फिर भी मन चाहा कि बग़दाद की शाम को एक ऐतिहासिक अहसास के साथ जिया जाए। सिन्दबाद होटल की तरफ़ जाने का इरादा बनाकर निकली थी मगर

सिन्दबाद मुझे ख़ानमीर जान रेस्तराँ में कॉफी पीते नज़र आ गए। हुलिया इस क़दर फ़ैशनपरस्त कि पहचानना मुश्किल!

ख़ानमीर जान (1359) का माहौल और सिन्दबाद से मुलाक़ात मेरे लिये महत्त्वपूर्ण शाम की ख़ुशी बन गए।

"आप जब ताज़िर नहीं हैं तो फिर बग़दाद कैसे आईं?"

"बग़दाद में तिजारत के अलावा भी बहुत-कुछ है, कुछ बसरा का हाल सुनाएँ?"

"बसरा का? वहाँ क्या रखा है? गोली, बारूद, तोप और बालू की बोरियाँ, अन्तरराष्ट्रीय व्यापार के बारे में प्रश्न करें, मैं तो सारा संसार घूमता रहता हूँ। बसरा और बग़दाद ही मेरा ठिकाना थोड़े है।"

"अन्तरराष्ट्रीय व्यापार की समझ मुझमें कहाँ, मैं ठहरी अक्षरों को जड़नेवाली। हाँ, कुछ ईरान के बारे में बतायें...इन्क़लाब के आरम्भ में सारा बाजार ख़ुमैनी का साथी था, सारे पैटी बूर्ज़ुआ ताज़िर उनको आँख बन्द करके कबूल कर रहे थे मगर आज उनके विरोधी बन गए।...क्या ताज़िरों के विचारों में बाज़ार के मोल-भाव का असर पड़ा है?"

"एकदम! ताज़िर हमेशा अपने फ़ायदे की सोचता है। नहीं सोचेगा तो फिर करेगा क्या? शाह को पसन्द करनेवाले बड़े ताज़िर थे जो छोटे को पनपने नही देते थे। इन्कलाब के बाद वे सब भाग खड़े हुए और मध्यवर्गीय ताज़िरों की बन आई। मगर कच्चे माल की कमी, बाज़ार का ख़त्म होना, यह दोनों चीज़ें ताज़िरों को रुष्ट करने के लिए काफ़ी थीं। मगर आप कौन हैं जो ईरान के बारे में प्रश्न कर रही हैं?"

"मैं लिखती हूँ...चूँकि सारे संसार के लेखकों को एक वर्ग का मानती हूँ इसलिए दुनिया का सफ़र बड़ा मधुर बन जाता है।"

"ठीक है। हम ताज़िरों का भी एक वर्ग है जो देश की सीमारेखा में बँटा नहीं है बल्कि अन्तरराष्ट्रीय स्तर पर है। सो ईरानी व्यापारी व ताज़िर का दुःख और परेशानी मैं समझ रहा हूँ। मगर मेरे समझने से क्या होगा, स्वयं ईरानियों को कुछ करना पड़ेगा जैसे शाह को उखाड़ा, ख़ुमैनी को भी उखाड़ फेंकें..."

सिन्दबाद के चले जाने के बाद बड़ी देर तक मैं सोचती रही कि तिजारत कौन नहीं कर रहा है! सिर्फ़ व्यापारियों पर यह आरोप क्यों?

सारे अरब देशों के बच्चों की बनाई चित्रों की प्रदर्शनी, मैलोडी ऑफ़ फ़िलिस्तीन नाम से थी। कहवे का दौर चल रहा था। माडर्न आर्ट अकादमी की डाइरेक्टर प्रख्यात चित्रकार लैला अत्तार अतिथियों का स्वागत कर रही थीं। चित्रों में परियाँ, फूल, पहाड़ जो बाल मानसिकता दर्शाते हैं उनके स्थान पर अधिकतर युद्ध के दृश्य और फ़िलिस्तीन बरबादी के दृश्य थे। आठ-दस वर्ष के बच्चों का काम देखकर लगा कि कल बड़े होकर अपने मानसपटल पर पड़े इन ख़ूनी धब्बों की अभिव्यक्ति को अपने व्यवहार और आचरण द्वारा वे कैसे और किन शर्तों पर इस समाज को देंगे? आज तो वह अपनी कलाकृति पर इनाम ले रहे हैं! मन प्रसन्नता की जगह कहीं प्रश्नों के जंगल में भटकने लगा।

दो दिन बाद लौटना है, इस ख़्याल से कमरे में बिखरी किताबों और चीज़ों को समेटती हूँ। कमरा साफ़ करनेवाली साँवली इराक़ी लड़की लैला जिसके गालों और ठुड्डी पर काले गुदने के निशान हैं, हँसते हुए दराज़ में रखी चूड़ियों को बड़े प्यार से देखती है।

"तुम्हारे लिए हैं।" मैंने हँसकर कहा तो ख़ुशी के मारे वह कुछ बोल न सकी, बस हँसती रही। फिर चलते हुए बोली, "मुझे सब हिन्दुस्तानी कहते हैं, मेरा रंग साँवला है, बालों का रंग काला है!" उसे गौर से देखकर सोचती हूँ, 'मकाम' और 'राग' की समानता शक्लों में भी कैसे उभर रही है!

"मेरा भाई पारसाल युद्ध में मारा गया। वह शक्ल में मेरी तरह था...!" हँसी थोड़ी देर के लिए थमती है।

मैं सोचती हूँ सारे इनसान एक-से हैं, फिर यह सीमारेखा का आडम्बर क्यों?

इराक़ के खजूर मशहूर हैं। शाम को सोचती हूँ, बसरा के मोती न सही, इराक़ के खजूर ही साथ ले चलूँ। खजूर के पेड़ों का हुस्न और उसका स्वाद पहली बार इराक़ में महसूस किया। इतना लज़ीज़ फल और इतना हसीन पेड़ दूसरा कोई इराक़ में नहीं है। अभी बाज़ार तक पहुँची ही नहीं थी कि मरज़ीना से मिलने को मन तड़पा...

"मरज़ीना, कल मैं जा रही हूँ।"

"इतनी जल्दी?"

"जल्दी कहाँ, मास भर हो गया है।"

"आगे जाओगी या...?"

"नहीं, अब सीधे हिन्द जाऊँगी।"

"पूरा इराक़ देख लिया?"

"पूरा तो नहीं, मगर कुछ तो घूमा।"

"तुम्हें चाह थी न मरज़ीना के इराक़ से लेकर आज तक का इराक़ देखने की, वह अहसास क्या हुआ?"

"वह अहसास मौजूद है। मैंने वास्तव में मरज़ीना से लेकर आज तक के इराक़ को जिया और महसूस किया कि समय कहीं रुका नहीं है। मरज़ीना नाम की नारी-नारी का व्यक्तित्व इराक़ में निरन्तर बहाव में है। आज की इराक़ को सँभाले कौन है? औरतें... दफ़्तरों, मंत्रालयों, घरों, होटलों में हर जगह औरते हैं। मर्द तो युद्धक्षेत्र में 'देश बचाने' में लगे हैं। यह 'औरत' है कौन? 'मरज़ीना' सरीखी हज़ारों 'मरज़ीना' जो गर्म तेल की सुराही हाथों में उठाए संघर्षरत हैं!"

"तुम्हें ऐसा लगा?"

"लगा नहीं, दिखा। अच्छा मरज़ीना! चलती हूँ...ख़ुदा हाफ़िज़!"

खंड-5

कहानी

दुलाईवाली

बंगमहिला

काशी जी के दशाश्वमेध घाट पर स्नान करके एक मनुष्य बड़ी व्यग्रता के साथ गोदौलिया की तरफ़ आ रहा था। एक हाथ में एक मैली-सी तौलिया में लपेटी हुई, भीगी धोती और दूसरे में सुरती की गोलियों की कई डिबियाँ और सुँघनी की एक पुड़िया थी। उस समय दिन के ग्यारह बजे थे। गोदौलिया की बाईं तरफ़ जो गली है, उसके भीतर एक और गली में थोड़ी दूर पर, एक टूटे-से पुराने मकान में वह जा घुसा। मकान के पहले खंड में बहुत अँधेरा था, पर ऊपर की जगह मनुष्य के वासोपयोगी थी। नवागत मनुष्य धड़धड़ाता हुआ ऊपर चढ़ गया। वहाँ एक कोठरी में उसने हाथ की चीजें रख दीं और 'सीता! सीता!' कहकर पुकारने लगा।

"क्या है?" कहती हुई एक दस बरस की बालिका आ खड़ी हुई, तब उस पुरुष ने कहा, "सीता! जरा अपनी बहन को बुला ला।"

"अच्छा", कहकर सीता गई और कुछ देर में एक नवीना स्त्री आकर उपस्थित हुई। उसे देखते ही पुरुष ने कहा, "लो, हम लोगों को तो आज ही जाना होगा!"

इस बात को सुनकर स्त्री कुछ आश्चर्ययुक्त होकर और झुँझलाकर बोली, "आज ही जाना होगा! यह क्यों? भला आज कैसे जाना हो सकेगा? ऐसा ही था तो सवेरे भैया से कह देते। तुम तो जानते हो कि मुँह से कह दिया, बस छुट्टी हुई। लड़की कभी विदा की होती तो मालूम पड़ता। आज तो किसी सूरत जाना नहीं हो सकता!"

"तुम आज कहती हो, हमें तो अभी जाना है। बात यह है कि आज ही नवल किशोर कलकत्ते से आ रहे हैं। आगरे से अपनी नई बहू को भी साथ ला रहे हैं। सो, उन्होंने हमें आज ही जाने के लिए इसरार किया है। हम सब लोग मुगलसराय से साथ ही इलाहाबाद चलेंगे। उनका तार मुझे घर से निकलते ही मिला। इसी से मैं झट नहा-धोकर लौट आया। बस, अब करना ही क्या है! कपड़ा-वपड़ा जो कुछ हो बाँध-बूँधकर, घंटे-भर में खा-पीकर चली चलो। जब हम तुम्हें विदा कराने आए ही हैं तब कल के बदले आज ही सही।"

"हाँ, यह बात है! नवल जो चाहें करावें। क्या एक ही गाड़ी में न जाने से दोस्ती में बट्टा लग जाएगा? अब तो किसी तरह रुकोगे नहीं। ज़रूर ही उनके साथ जाओगे, पर मेरी तो नाक दम आ जाएगा।"

"क्यों? किस बात से?"

"उनकी हँसी से और किससे! हँसी-ठट्ठा भी राह में अच्छा लगता है? उनकी हँसी मुझे नहीं भाती। एक रोज मैं चौक में बैठी पूड़ियाँ काढ़ रही थी, कि इतने में न-जाने कहाँ से आकर नवल चिल्लाने लगे, "ए बुआ! ए बुआ! देखो तुम्हारी बहू पूड़ियाँ खा

रही है।" मैं तो मारे सरम के मर गई। हाँ, भाभी जी ने बात उड़ा दी सही। वे बोलीं, "खाने-पहनने के लिए तो आई ही है।" पर मुझे उनकी हँसी बहुत बुरी लगी।"

"बस इसी से तुम उनके साथ नहीं जाना चाहतीं? अच्छा चलो, मैं नवल से कह दूँगा कि यह बेचारी कभी रोटी तक तो खाती ही नहीं, पूड़ी क्यों खाने लगी?"

इतना कहकर बंशीधर कोठरी के बाहर चले आए और बोले, "मैं तुम्हारे भैया के पास जाता हूँ। तुम रो-रुलाकर तैयार हो जाना।"

इतना सुनते ही जानकी देई की आँखें भर आईं और असाढ़-सावन की ऐसी झड़ी लग गई।

बंशीधर इलाहाबाद के रहने वाले हैं। बनारस में ससुराल है। स्त्री को विदा कराने आए हैं। ससुराल में एक साले, साली और सास के सिवा और कोई नहीं है। नवल किशोर इनके दूर के नाते में ममेरे भाई हैं, पर दोनों में मित्रता का खयाल अधिक है। दोनों में गहरी मित्रता है, दोनों एक जान दो कालिब हैं।

उसी दिन बंशीधर का जाना स्थिर हो गया। सीता, बहन के संग जाने के लिए रोने लगी। माँ रोती-धोती लड़की की विदा की सामग्री इकट्ठी करने लगी। जानकी देई भी रोती ही रोती तैयार होने लगी। कोई चीज भूलने पर धीमी आवाज से माँ को याद भी दिलाती गई। एक बजने पर स्टेशन जाने का समय आया। अब गाड़ी या इक्का लाने कौन जाए? ससुरालवालों की अवस्था अब आगे की-सी नहीं कि दो-चार नौकर-चाकर हर समय बने रहें। सीता के बाप के न रहने से काम बिगड़ गया है। पैसेवाले के यहाँ नौकर-चाकरों के सिवा और भी दो-चार खुशामदी घेरे रहते हैं। छूछे को कौन पूछे? एक कहारिन है, सो भी इस समय कहीं गई है। सालेराम की तबीयत अच्छी नहीं। वे हर घड़ी बिछौने से बातें करते हैं। तिस पर भी आप कहने लगे, "मैं ही धीरे-धीरे जाकर कोई सवारी ले आता हूँ, नजदीक तो है।"

बंशीधर बोले, "नहीं, नहीं, तुम क्यों तकलीफ करोगे? मैं ही जाता हूँ।" जाते-जाते बंशीधर विचारने लगे कि इक्के की सवारी तो भले घर की स्त्रियों के बैठने लायक नहीं होती, क्योंकि एक तो इतने ऊँचे पर चढ़ना पड़ता है; दूसरे, पराये पुरुष के संग एक साथ बैठना पड़ता है। मैं एक पालकी गाड़ी ही कर लूँ। उसमें सब तरह का आराम रहता है। पर जब गाड़ी वाले ने डेढ़ रुपया किराया माँगा, तब बंशीधर ने कहा, "चलो, इक्का ही सही। पहुँचने से काम। कोई नवल किशोर तो यहाँ से साथ हैं नहीं, इलाहाबाद में देखा जाएगा।"

बंशीधर इक्का ले आए और जो कुछ असबाब था, इक्के पर रखकर आप भी बैठ गए। जानकी देई बड़ी विकलता से रोती हुई इक्के पर जा बैठी, पर इस अस्थिर संसार में स्थिरता कहाँ! यहाँ कुछ भी स्थिर नहीं। इक्का जैसे-जैसे आगे बढ़ता गया, वैसे-वैसे जानकी की रुलाई भी कम होती गई। सिकरौल के स्टेशन के पास पहुँचते-पहुँचते जानकी अपनी आँखें अच्छी तरह पोंछ चुकी थी।

दोनों चुपचाप चले जा रहे थे कि अचानक बंशीधर की नजर अपनी धोती पर पड़ी और "अरे, एक बात तो हम भूल ही गए।" कहकर पछता-से उठे। इक्के वाले के कान बचाकर जानकी जी ने पूछा, "क्या हुआ? क्या कोई ज़रूरी चीज भूल आए?"

"नहीं, एक देशी धोती पहिनकर आना था, सो भूलकर विलायती ही पहिन आए। नवल कट्टर स्वदेशी हुए हैं न! वे बंगालियों से भी बढ़ गए हैं। देखेंगे तो दो-चार सुनाए बिना न रहेंगे। और, बात भी ठीक है। नाहक विलायती चीजें मोल लेकर क्यों रुपये की बरबादी की जाए? देशी लेने से भी दाम लगेगा सही, पर रहेगा तो देश ही में।"

जानकी जरा भौंहें टेढ़ी करके बोली, "ऊँह, धोती तो धोती, पहिनने से काम। क्या यह बुरी है?"

इतने में स्टेशन के कुलियों ने आ घेरा। बंशीधर एक कुली करके चले। इतने में इक्केवाले ने कहा, "इधर से टिकट लेते जाइए। पुल के उस पार तो ड्योढ़े दरजे का टिकट मिलता है।"

बंशीधर फिरकर बोले, "अगर मैं ड्योढ़े दरजे का ही टिकट लूँ तो?"

इक्केवाला चुप हो रहा। "इक्के की सवारी देखकर इसने ऐसा कहा," यह कहते हुए बंशीधर आगे बढ़ गए। यथा-समय रेल पर बैठकर बंशीधर राजघाट पार करके मुगलसराय पहुँचे। वहाँ पुल लाँघकर दूसरे प्लेटफॉर्म पर जा बैठे। आप नवल से मिलने की खुशी में प्लेटफॉर्म के इस छोर से उस छोर तक टहलते रहे। देखते-देखते गाड़ी का धुआँ दिखलाई पड़ा। मुसाफिर अपनी-अपनी गठरी सँभालने लगे। रेल देवी भी अपनी चाल धीमी करती हुई गम्भीरता से आ खड़ी हुई। बंशीधर एक बार चलती गाड़ी ही में शुरू से आखिर तक देख गए, पर नवल का कहीं पता नहीं। बंशीधर फिर सब गाड़ियों को दोहरा गए, तेहरा गए, भीतर घुस-घुसकर एक-एक डिब्बे को देखा, किन्तु नवल न मिले। अन्त को आप खिजला उठे, और सोचने लगे कि मुझे तो वैसी चिट्ठी लिखी और आप न आया। मुझे अच्छा उल्लू बनाया। अच्छा, जाएँगे कहाँ? भेंट होने पर समझ लूँगा। सबसे अधिक सोच तो इस बात का था कि जानकी सुनेगी तो ताने पर ताना मारेगी, पर अब सोचने का समय नहीं। रेल की बात ठहरी, बंशीधर झट गए और जानकी को लाकर जनानी गाड़ी में बिठाया। वह पूछने लगी, "नवल की बहू कहाँ है?" "वह नहीं आए, कोई अटकाव हो गया," कहकर आप बगल वाले कमरे में जा बैठे। टिकट तो ड्योढ़े का था, पर ड्योढ़े दरजे का कमरा कलकत्ते से आनेवाले मुसाफिरों से भरा था, इसलिए तीसरे दरजे में बैठना पड़ा। जिस गाड़ी में बंशीधर बैठे थे, उसके सब कमरों में मिलाकर कुल दस-बारह ही स्त्री-पुरुष थे। समय पर गाड़ी छूटी। नवल की बातें और न-जाने क्या अगड़-बगड़ सोचते गाड़ी कई स्टेशन पार करके मिरज़ापुर पहुँची।

मिरज़ापुर में पेटराम की शिकायत शुरू हुई। उसने सुझाया कि इलाहाबाद पहुँचने में अभी देरी है। चलने के झंझट में अच्छी तरह उसकी पूजा किये बिना ही बंशीधर ने बनारस छोड़ा था। इसलिए आप झट प्लेटफॉर्म पर उतरे और पानी के बम्बे से हाथ-मुँह धोकर, एक खोंचेवाले से थोड़ी-सी ताजी पूड़ियाँ और मिठाई लेकर, निराले में बैठ आपने उन्हें ठिकाने पहुँचाया। पीछे से जानकी की सुध आई। सोचा कि पहले पूछ लें, तब कुछ मोल लेंगे क्योंकि स्त्रियाँ नटखट होती हैं। वे रेल पर खाना पसन्द नहीं करतीं। पूछने पर वही बात हुई। तब बंशीधर लौटकर अपने कमरे में आ बैठे। यदि वे चाहते तो इस समय ड्योढ़े में बैठ जाते क्योंकि अब भीड़ कम हो गई थी, पर उन्होंने कहा, थोड़ी देर के लिए कौन बखेड़ा करे?

बंशीधर अपने कमरे में बैठे तो दो-एक मुसाफिर अधिक दीख पड़े। आगेवालों में से एक उतर भी गया था। जो लोग थे, सब तीसरे दरजे के योग्य जान पड़ते थे; अधिक सभ्य कोई थे तो बंशीधर ही थे। उनके कमरे के पास वाले कमरे में एक भले घर की स्त्री बैठी थी। वह बेचारी सिर से पैर तक ओढ़े, सिर झुकाए एक हाथ लम्बा घूँघट काढ़े, कपड़े की गठरी-सी बनी बैठी थी। बंशीधर ने सोचा इनके संग वाले भद्र पुरुष के आने पर उनके साथ बातचीत करके समय बितावेंगे। एक-दो करके तीसरी घंटी बजी। तब वह स्त्री कुछ अकचकाकर, थोड़ा-सा मुँह खोल, जँगले के बाहर देखने लगी। ज्योंही गाड़ी छूटी, वह मानो काँप-सी उठी। रेल का देना-लेना तो हो ही गया था। अब उसको किसी की क्या परवा? वह अपनी स्वाभाविक गति से चलने लगी। प्लेटफॉर्म पर भीड़ भी न थी। केवल दो-चार आदमी रेल की अन्तिम विदाई तक खड़े थे। जब तक स्टेशन दिखलाई दिया तब तक वह बेचारी बाहर ही देखती रही। फिर अस्पष्ट स्वर से रोने लगी। उस कमरे में तीन-चार प्रौढ़ा ग्रामीण स्त्रियाँ भी थीं। एक, जो उसके पास ही थी, कहने लगी—"अरे इनकर मनई तो नाहीं आइलेन। हो देखहो, रोवल करथईन।"

दूसरी, "अरे दूसर गाड़ी में बैठा होंइहें।"

पहली, "दुर बौरही! ई जनानी गाड़ी थोड़े है?"

दूसरी, "तऊ हो भलू तो कहू।" कहकर दूसरी भद्र महिला से पूछने लगी, "कौन गाँव उतरबू, बेटा! मीरजैपुरा चढ़ी हऊ न?" इसके जवाब में उसने जो कहा, सो वह न सुन सकी।

तब पहली बोली, "हट हम पुँछिला न; हम कहा काहाँ ऊतरबू हो? आँय ईलाहाबास?"

दूसरी, "ईलाहाबास कौन गाँव हौ गोइयाँ?"

पहली, "अरे नाहीं जनलूँ? पैयाग जी, जहाँ मनई मकर नाहाए जाला।"

दूसरी, "भला पैयाग जी काहे न जानीथ; ले कहैके नाहीं, तोहरे पंच के धरम से चार दाईं नहाय चुकी हईं। ऐसों हो सोमवारी, अउर गहन, दका, दका, लाग रहा तउन तोहरे काशी जी नाहाय गई रहे।"

पहली, "आवे जाए के तो सब अऊते जाता बटले बाटेन। फुन यह साइत तो बिचारो विपत में न पड़ल बाटिली। हे हम पंचा हई; राजघाट टिकस कटऊली; मोंगल के सरायैं उतरलीह; हो द पुन चढ़लीह।"

दूसरी, "ऐसे एक दाईं हम आवत रहे। एक मिली औरो मोरे संघे रही। दकौने टिसनीया पर उकर मलिकवा उतरे से कि जुरतँइहैं गड़िया खुली। अब भइया ऊ गरा फाड़-फाड़ नरियाय, ए साहब, गड़िया खड़ी कर! ए साहेब, गड़िया तनी खड़ी कर! भला गड़िया दहिनाती काहै के खड़ी होय?"

पहली, "उ मेहररुवा बड़ी उजबक रहल। भला केहू के चिल्लाए से रेलीऔ कहूँ खड़ी होला?"

इसकी इस बात पर कुल कमरे वाले हँस पड़े। अब जितने पुरुष-स्त्रियाँ थीं, एक से एक अनोखी बातें कहकर अपने-अपने तजरुबे बयान करने लगीं। बीच-बीच में उस अकेली अबला की स्थिति पर भी दुःख प्रकट करती जाती थीं।

तीसरी स्त्री बोली, "टीक्कसिया पल्ले बाय क नाहीं? हे सहेबवा सुनि तो कलकत्ते ताईं ले मसुलिया लेई। अरे, इहो तो नाहीं कि दूर से आवत रहले न, फरागत के बदे उतर लेन।"

चौथी, "हम तो इनके संगे के आदमी के देखबो न किहो गोइयाँ।"

तीसरी, "हम देखे रहली हो, मजेक टोपी दिहले रहलेन को।"

इस तरह उनकी बेसिर-पैर की बातें सुनते-सुनते बंशीधर ऊब उठे। तब वे उन स्त्रियों से कहने लगे, "तुम तो नाहक उन्हें और भी डरा रही हो। ज़रूर इलाहाबाद तार गया होगा और दूसरी गाड़ी से वे भी वहाँ पहुँच जाएँगे। मैं भी इलाहाबाद ही जा रहा हूँ। मेरे संग भी स्त्रियाँ हैं। जो ऐसा ही है तो दूसरी गाड़ी के आने तक मैं स्टेशन ही पर ठहरा रहूँगा। तुम लोगों में से यदि कोई प्रयाग उतरे तो थोड़ी देर के लिए स्टेशन पर ठहर जाना। इनको अकेला छोड़ देना उचित नहीं। यदि पता मालूम हो जाएगा तो मैं इन्हें इनके ठहरने के स्थान पर भी पहुँचा दूँगा।"

बंशीधर की इन बातों से उन स्त्रियों की वाक्-धारा दूसरी ओर बह चली, "हाँ, यह बात तो आप भली कही।" "नाहीं भइया! हम पंचे काहिके केहुसे कुछ कही। अरे एक-के-एक करत न बाय तो दुनिया चलत कैसे बाय?" इत्यादि ज्ञानगाथा होने लगी। कोई-कोई तो उस बेचारी को सहारा मिलते देख खुश हुए और कोई-कोई नाराज भी हुए, क्यों, सो मैं नहीं बतला सकती। उस गाड़ी में जितने मनुष्य थे, सभी ने इस विषय में कुछ-न-कुछ कह डाला था। पिछले कमरे में केवल एक स्त्री जो फरासीसी छींट की दुलाई ओढ़े अकेली बैठी थी, कुछ नहीं बोली। कभी-कभी घूँघट के भीतर से एक आँख निकालकर बंशीधर की ओर वह ताक देती थी और, सामना हो जाने पर फिर मुँह फेर लेती थी। बंशीधर सोचने लगे कि यह क्या बात है? देखने में तो यह भले घर की मालूम होती है, पर आचरण इसका अच्छा नहीं।

गाड़ी इलाहाबाद के पास पहुँचने को हुई। बंशीधर उस स्त्री को धीरज दिलाकर आकाश-पाताल सोचने लगे। यदि तार में कोई ख़बर न आई होगी तो दूसरी गाड़ी तक स्टेशन पर ही ठहरना पड़ेगा। और जो उससे भी कोई न आया तो क्या करूँगा? जो हो, गाड़ी नैनी से छूट गई। अब साथ की उन अशिक्षिता स्त्रियों ने फिर मुँह खोला, "क भइया, जो केहु बिना टिक्कस के आवत होय तो ओकर का सजाए होला? अरे ओंका ई नाहीं चाहत रहा कि मेहरारू के तो बैठा दिहलेन, अउर अपुआ तउन टिक्कस लेई के चल दिहलेन!" किसी-किसी आदमी ने तो यहाँ तक दौड़ मारी कि रात को बंशीधर इसके जेवर छीनकर रफूचक्कर हो जाएँगे। उस गाड़ी में एक लाठीवाला भी था, उसने खुल्लमखुल्ला कहा, "का बाबू जी! कुछ हमरो साझा!"

इसकी बात पर बंशीधर क्रोध से लाल हो गए। उन्होंने इसे खूब धमकाया। उस समय तो वह चुप हो गया, पर यदि इलाहाबाद उतरता तो बंशीधर से बदला लिये बिना न रहता। बंशीधर इलाहाबाद में उतरे। एक बुढ़िया को भी वहीं उतरना था। उससे उन्होंने कहा, "उनको भी अपने संग उतार लो।" फिर उस बुढ़िया को उस स्त्री के पास बिठाकर आप जानकी को उतारने गए। जानकी से सब हाल कहने पर वह बोली, "अरे जाने भी दो; किस बखेड़े में पड़े हो?" पर बंशीधर ने न माना। जानकी को और

उस भद्र महिला को एक ठिकाने बिठाकर आप स्टेशन मास्टर के पास गए। बंशीधर के जाते ही वह बुढ़िया, जिसे उन्होंने रखवाली के लिए रख छोड़ा था, किसी बहाने से भाग गई। अब तो बंशीधर बड़े असमंजस में पड़े। टिकट के लिए बखेड़ा होगा क्योंकि वह स्त्री बे-टिकट है। लौटकर आए तो किसी को न पाया। "अरे, ये सब कहाँ गईं?" यह कहकर चारों तरफ़ देखने लगे। कहीं पता नहीं। इस पर बंशीधर घबराए, 'आज कैसी बुरी साइत में घर से निकले कि एक के बाद दूसरी आफत में फँसते चले आ रहे हैं।' इतने में अपने सामने उस दुलाईवाली को आते देखा। "तू ही उन स्त्रियों को कहीं ले गई है," इतना कहना था कि दुलाई से मुँह खोलकर नवल किशोर खिलखिला उठे।

"अरे यह क्या? सब तुम्हारी ही करतूत है! अब मैं समझ गया। कैसा गजब तुमने किया है? ऐसी हँसी मुझे नहीं अच्छी लगती। मालूम होता है कि वह तुम्हारी ही बहू थी। अच्छा तो वे गईं कहाँ?"

"वे लोग तो पालकी गाड़ी में बैठी हैं। तुम भी चलो।"

"नहीं मैं सब हाल सुन लूँगा तब चलूँगा। हाँ, यह तो कहो, तुम मिरज़ापुर में कहाँ से आ निकले?"

"मिरज़ापुर नहीं, मैं तो कलकत्ते से, बल्कि मुगलसराय से तुम्हारे साथ चला आ रहा हूँ। तुम जब मुगलसराय में मेरे लिए चक्कर लगाते थे तब मैं ड्योढ़े दर्जे में ऊपरवाले बेंच पर लेटे तुम्हारा तमाशा देख रहा था। फिर मिरज़ापुर में जब तुम पेट के धंधे में लगे थे, मैं तुम्हारे पास से निकल गया, पर तुमने न देखा। मैं तुम्हारी गाड़ी में जा बैठा। सोचा कि तुम्हारे आने पर प्रकट होऊँगा। फिर थोड़ा और देख लें, करते-करते यहाँ तक नौबत पहुँची। अच्छा अब चलो, जो हुआ उसे माफ करो।"

यह सुन बंशीधर प्रसन्न हो गए। दोनों मित्रों में बड़े प्रेम से बातचीत होने लगी। बंशीधर बोले, "मेरे ऊपर जो कुछ बीती सो बीती, पर वह बेचारी, जो तुम्हारे-से गुनवान के संग पहली ही बार रेल से आ रही थी, बहुत तंग हुई, उसे तो तुमने नाहक रुलाया। बहुत ही डर गई थी।"

"नहीं जी! डर किस बात का था? हम-तुम दोनों गाड़ी में न थे?"

"हाँ, पर यदि मैं स्टेशन मास्टर को इत्तिला कर देता तो बखेड़ा खड़ा हो जाता न?"

"अरे तो क्या, मैं मर थोड़े ही गया था! चार हाथ की दुलाई की बिसात ही कितनी?"

इसी तरह बातचीत करते-करते दोनों गाड़ी के पास आए। देखा तो दोनों मित्र-बन्धुओं में खूब हँसी हो रही है। जानकी कह रही थी—"अरे तुम क्या जानो, इन लोगों की हँसी ऐसी ही होती है। हँसी में किसी के प्राण भी निकल जाएँ तो भी इन्हें दया न आवे।"

खैर, दोनों मित्र अपनी-अपनी घरवाली को लेकर राजी-खुशी घर पहुँचे और मुझे भी उनकी यह राम-कहानी लिखने से छुट्टी मिली।

घर की रानी

उषा देवी मित्रा

प्रथम प्रहर की रात्रि धरती से विदा ले चुकी थी और पहुँच चुकी थी सदा सुहागिन, चिरयौवना रात्रि अभिसारिका। उसकी ख़ुशी निखर-बिखर पड़ी थी, संसार की नस-नस में, और उस ख़ुशी का नशा व्याप्त था चहुँदिशा में।

नींद से जब झुक पड़ी थीं शंकर की आँखें, तब उसी पल द्वार पर आकर खड़ी हो गई रस-रंग भरी सुरंगी। केवल खड़ी ही नहीं हो गई, वह हाथ के इशारे से उसे बुलाने लगी।

विस्मय और अविस्मय का समय ही कहाँ उस छोटे से पल में जबकि उसे चल देना पड़ा सुरंगी के पीछे-पीछे। सुरंगी जैसे उसे पथ दिखलाती चली वन-उपवन, जंगल, उपत्यकाओं को विद्युत् गति से पार करती हुई और शंकर उसके पीछे-पीछे।

वृक्ष-शाखाओं से पक्षियों के घोंसले लटक रहे थे। मधुमक्खियाँ अपने छत्तों के सामने उड़ रही थीं। एक बड़ी मकड़ी अपने बुने हुए जाल में सुरक्षित बैठी थी।

शंकर देखने लगा, वृक्ष से लटकते हुए एक बड़े घोंसले को। देखते ही उसे स्मरण हो आया—यह वही घोंसला है जिससे उसने घर बनाने की भावना पायी थी। सुरंगी की और अपनी सुख-सुविधा खोज निकाली थी। पर्वत की गुफा को त्यागकर पत्तों की कुटिया का निर्माण किया था। फिर पानी आँधी से जब वह उड़ गई तब पत्थर और मिट्टी का एक सोद्‌देश्य गृह निर्माण किया था। इसी घोंसले के निपुण-निर्माण ने उसको प्रेरणा दी थी।

और मकड़ी का वह जाल! यह वही जाल है जिसने उसे सन, रुई इत्यादि से जाल बुनने की प्रेरणा दी थी। जिस जाल के बल पर वह पशु-पक्षियों को पकड़कर उनके मांस से पेट भर रहा है। केवल फलों पर ही जीवन निर्भर नहीं करना पड़ता है।

और जंगली पुष्पों से मधु संचय करती हुई मधुमक्खियाँ! ये वही मधुमक्खियाँ हैं जिनको भोजन-पान का नित नवीन स्थान खोज निकालने की वृत्ति ने उसे पृथ्वी के उदर से गेहूँ, चावल, दाल इत्यादि अन्न खोज निकालने में सहायता दी थी।

और जब प्रयोजन की भीषण आवश्यकता आ पड़ी, तब जैसे अपने-आप ही उसके सामने सब सामान आने लगा। लकड़ी, लोहा सब! फिर बना एक किम्मत किमाकर चरखी, लोहा, भद्‌दा कता सूत। फिर बने मोटे बेढंगे छोटे-छोटे कपड़े।

और अब वह है और सुरंगी और वह छोटा-सा घर। आराम-चैन की सब वस्तुएँ सुरंगी घर के कोने में जुटाया करती है। नित नवीन खोज की चीज़ों से वह घर भरा रहता है। किन्तु उसका हृदय फिर भी अपूर्ण-सा लगता है। दुनिया में मात्र दो ही प्राणी हैं—वह और सुरंगी। पशु-पक्षी अपने शावकों के साथ कैसा घूमा करते हैं। दुनिया के हर कोने में सृष्टि है।

शंकर ने आवाज़ दी—"सुरंगी, सुरंगी!"

पर कहाँ थी सुरंगी? वह मायाविनी न जाने कब हिरणी की भाँति अदृश्य हो गई थी।

शंकर ज़रा-सा हँसा, मुस्कराया। तो पहुँच गई होगी वह अपने सीमित गृह के मदद में और बैठी वहाँ रच रही होगी अपनी निपुणता का सौष्ठव पुल, एकमात्र राज्य!

शंकर, ख़ुशी-ख़ुशी घर लौट रहा था। मृत पक्षियों की झोली अपने कन्धों पर लादे। घर पहुँचकर उन्हें छील-छालकर सुरंगी के साथ भोजन करेगा। झूम-झूमकर चलता और विचारता जाता उस दिन की बात, जिस दिन उसकी अनुसन्धान वृत्ति ने रत्नगर्भा धरती की सत्ता को खोज निकाला था। और तब एक नवीन सृष्टि में जुट पड़ा था वह।

नहीं भी कैसे? ज़मीन उसी ने खोदी, शष्य उसी ने रोपे। तभी न चावल, गेहूँ से आज वह पेट भर रहा है। और वह ख़ूनभरा ताजा मांस। घर में ले जाकर देगा और फिर उसके नवीन-नवीन सुख-शान्ति की चिन्ता में लग जावेगा। हाँ, अपनी उस गुड़िया की।

गुड़िया नहीं तो क्या? खेल की गुड़िया ही तो है सुरंगी। पुरुष वह, दुनिया की नसों से छानबीनकर परिवार के सुख-शान्ति का विधान करेगा। और सुरंगी गुड़िया हँस-हँसकर घर के कोने में बैठी खेला करेगी, बस।

घर पहुँचकर शंकर की सारी ख़ुशी एक उद्वेग, एक विस्मय में परिवर्तित हो गई। कहाँ गया उसके हाथ से बना वह पत्थर मिट्टी का ऊबड़-खाबड़ घर! यहाँ तो खड़ा है एक लिपा-पुता, साफ़-सुथरा मकान। मकान की काया बगुला के पंख-सी सफ़ेद है। ज़मीन गोबर से लिपकर कैसी चिकनी हो रही है। यह कैसा अचम्भा है। नहीं, नहीं, यह किसी दूसरे का मकान है।

और ठीक उसी पल वह उद्भ्रान्त-सा अपनी सुरंगी को और अपने मकान को खोजकर ढूँढ़ निकालने के लिए चलने को हुआ कि ठीक उसी पल, ख़ुशी का दीप होंठों पर जलाये, उच्छ्वसित संगीत की भाँति उसी गृह के द्वार पर आकर खड़ी हो गई सुरंगी। परम आदर से सुरंगी उसके माथे का पसीना पोंछने लगी।

उसने देखा और फिर देखा—सुरंगी को। हाँ, उसकी सुरंगी ही तो थी।

अन्तःपुर में प्रवेश कर शंकर अवाक् हो रहा। उस खेल की गुड़िया ने इस घर को कैसी शृंखला में बाँध डाला है। कैसी सुन्दरता के साथ बिस्तर बिछा हुआ है। उसने जो बाँस की चटाई बुनी थी और जिसकी उपयोगिता के विषय में वह सन्दिग्ध था, वही ऊबड़-खाबड़ बाँस की चटाई बैठने के लिए उपयोग में लायी गई है।

और वह तुलसी का पौधा जिसे वह जंगल से खोदकर लाया था और जिसके गुणों की चर्चा उस दिन उसने सुरंगी से की थी। सर्दी और खाँसी से पीड़ित वह तुलसी के वन में घास खोद रहा था। सन्ध्या समय उसने अपने को पाया पूर्ण स्वस्थ्य, सर्दी और खाँसी कुछ नहीं। ज़रूर तुलसी की हवा अच्छी है। इसीलिए वह एक दृश्य सुरंगी को दिखाने के लिए ले आया था।

विस्मय से शंकर ने देखा, आँगन के एक ओर तुलसी का वह पौधा लगा हुआ है और उसके नीचे तैल दीप जल रहा है।

तब तक सुरंगी जल-भरा पात्र ले आयी। नित्य की तरह ही शंकर का हाथ-पाँव धुलवाया। बोली—"चलो।"

शंकर चला और कोई अदृश्य शक्ति उसे तुलसी तक ले गई। दोनों ने उसे प्रणाम किया—"इतना गुण जिसमें है, वह अवश्य ही देवता है।" शंकर ने कहा।

भोजन पर बैठकर शंकर विस्मय-पुलक से सिहर उठा। बोला, "सुरंगी! यह तुमने कैसे क्या कर डाला? इतना अच्छा स्वाद कैसे हुआ? ये चावल कैसे नरम हैं? कैसे फूल गए हैं? वाह! वाह! अब न तो चबाने में कड़े लगते हैं और न कच्चा मांस चबाते दाँत ही दुखते हैं। इस प्रकार बनाना किसने सिखाया तुम्हें?"

शंकर के सामने पत्तल पर पड़ा हुआ भात, बनी हुई भाजी और सुपरिपक्व मांस था। नित की तरह बिना पका चावल या मांस नहीं था।

सुरंगी हँसकर बोली—

"ज़रूरत ने!"

"ज़रूरत ने?"

"हाँ ज़रूरत ने ही। जब भात, मांस इत्यादि बनाने की ज़रूरत मालूम पड़ी तो आप-ही-आप विचारधारा ने सब-कुछ खोज निकाला।"

"फिर भी कहो कैसे क्या किया?"

मुस्कान की गुलाबी मुँह पर बिखेरकर बोली सुरंगी—"सृष्टि करना तुम्हारा काम है। और उसे सँजोना और सँवारना मेरा काम है। दुनिया का यह असीम प्रान्त बिखरा पड़ा है। वहीं तुम्हारा काम भी सीमाहीन पड़ा हुआ है। किन्तु घर-घर की जो संकीर्ण दुनिया है उसका भार मुझ पर है। यहाँ मेरा राज्य है।"

रात को सुरंगी ने शंकर को जगाकर कहा—"अब तुम अपने सोने का प्रबन्ध दूसरी कोठरी में कर लो।"

शंकर ने कुछ न समझते हुए पूछा—"क्यों?"

"अब इस कोठरी में एक तीसरे प्राणी का अवतरण होगा। मैं माँ बनूँगी।"

शंकर हर्ष से खिल उठा। नवीन आगन्तुक की कल्पना से उसका रोम-रोम पुलक उठा। उसने स्नेह से सुरंगी को अपनी बाहुओं में लपेटते हुए कहा—"यह गृह-राज्य तुम्हारा है। तुम इस घर की रानी हो। तुम्हारा जैसा आदेश होगा, मुझे पालन करना ही पड़ेगा।"

तीन बच्चे

सुभद्रा कुमारी चौहान

[एक]

मेरे बच्चों में से प्रत्येक ने अपने लिए एक-एक बग़ीचा लगाया था। बग़ीचा क्या फूलों की छोटी-छोटी क्यारियाँ थीं। एक दिन सवेरे हम लोगों ने देखा कि उन क्यारियों में फूल खिल आए हैं।

बच्चे ही तो ठहरे। हर एक को अपनी-अपनी क्यारी के फूल अधिक सुन्दर जान पड़े। और इसी बात पर उन लोगों में लड़ाई छिड़ गई। हर एक का कहना था कि उसकी क्यारी के फूल सबसे सुन्दर हैं।

बात बढ़ते-बढ़ते फूलों से हटकर दूसरे ही क्षेत्र में जा पहुँची। एक हिटलर बना, तो दूसरा मुसोलिनी और तीसरा स्टालिन। और मुझे इन तीनों की माँ बनने का सौभाग्य एक साथ ही प्राप्त हो गया।

संग्राम में विषैले वाक्यों का प्रयोग होते सुनकर, मुझे चौके का काम छोड़कर, बग़ीचे की ओर जाना पड़ा। मुझे देखते ही सब एक साथ, अपने-अपने पक्ष का समर्थन कर, न्याय की दुहाई देने लगे। न्याय का कार्य उतना आसान न था, जितना कि एक अदालत के जज का होता है। जज के पथ-प्रदर्शन के लिए कानून होते हैं और नजीरें भी। चाहे लकीर की फकीरी में अन्याय ही क्यों न हो जाए, पर उसका मार्ग स्पष्ट रहता है। मेरे सामने न नजीर थी, न कानून। फिर भी मुझे यह लड़ाई समाप्त करनी थी—और न्यायपूर्वक।

मैं सोच ही रही थी कि निर्णय करने के लिए जूरी क्यों न नियत कर लिये जाएँ कि इतने में ही बच्चों के काकाजी आते दिखाई दिए। चीखना-चिल्लाना तो दूर, उन्हें किसी का पंचम स्वर के ऊपर बोलना तक पसंद नहीं है। बच्चों को लड़ते देखकर बोले, "अच्छा, यह लड़ाई किसलिए है? यदि तुम लोग लड़े-भिड़े तो मैं तुम्हारी माँ को सत्याग्रह न करने दूंगा।"

मेरे हिटलर-मुसोलिनी शान्त हो गए। माँ के बिना जिन्हें स्कूल जाने तक में कष्ट होता है, माँ के बिना जिनका काम नहीं हो सकता, वही मेरे बच्चे चाहते थे कि मैं सत्याग्रह करूँ और जेल जाऊँ!

अब मैंने उनसे पूछा कि कोई शिकायत तो नहीं है, तो सब एक स्वर में बोल उठे, "नहीं माँ, सभी क्यारियों के फूल सुन्दर हैं। तुम सत्याग्रह करो और जल्दी जेल जाओ।"

हम सब भीतर जाने को ही थे कि बाहर से गाने की आवाज आई—गाना कोरस में था और स्वर था, बच्चों का-सा :

भगवान् दया करना इतनी,
मोरी नैया को पार लगा देना।

और अब तो हम सब दरवाजे की ओर दौड़ पड़े। इसी समय दूसरा पद सुनाई पड़ा—

मैं तो डूबत हूँ मँझधार पड़ी,
मोरी बैयाँ पकड़के उठा लेना।

बाहर आकर देखा—तीन बच्चे थे—दो लड़कियाँ और एक लड़का। बड़ी लड़की होगी दस बरस की; छोटी आठ और सात के बीच में थी और लड़का, वह बड़ी की ही गोद में था—कोई तीन साल का। हम लोगों को देखते ही उन लोगों ने गाना बंद कर दिया। लड़के को गोद से उतारकर, बड़ी ने ज़मीन से माथा टेककर हमें प्रणाम किया। उसकी देखा-देखी छोटी लड़की और लड़के ने भी ज़मीन से माथा टेका और तीनों ने अपने चीथड़ों में छिपे हुए पेट को दिखाकर यह बताया कि वे भूखे हैं। बड़ी के हाथ में एक झोली थी और छोटी के हाथ में टीन का डिब्बा। उन्होंने एक बार झोली की ओर देखा, जो बिलकुल खाली जान पड़ती थी, फिर हमारी ओर याचना की दृष्टि से देखने लगे। मैंने उनसे कहा, "तुम गाती तो बहुत अच्छा हो और भी कोई गाना जानती हो?"

बड़ी के बोलने के पहले ही छोटी बोल उठी, "हमें भजन भी आते हैं, बड़ी मालकिन!" और आदेश पाए बिना ही वे दोनों गाने लगीं—

कमर कस ले रे बिलोची, तेरे संग चलूँगी।
तेरे संग चलूँगी रे, तेरे संग चलूँगी॥
कमर कस ले...
मेरे साथ चलेगी तो तेरी अम्माँ लड़ेगी...।

हम लोगों की हँसी अब दबाए न दबी। अम्माँ के लड़ने की बात सुनते ही वह फूट पड़ी। वे सभी शरमाकर चुप हो गए। उनकी दृष्टि से ऐसा जान पड़ता था कि वे किसी अज्ञात भूल से दुखी हो गए हैं। मैंने हँसी रोककर आश्वासन के रूप में कहा, "बहुत अच्छा गाया।" मेरी बात सुनते ही वे फिर बैठकर लगे ज़मीन से माथा टेकने। मैंने पूछा, "तुम्हें क्या चाहिए, पका हुआ खाना या कच्चा?"

बड़ी ने फिर ज़मीन से माथा टेककर कहा, "कुछ भी खाने को चाहिए, बड़ी मालकिन। कल से कुछ नहीं खाया है।" मैंने बच्चों से कहा कि इन्हें दो-दो पूरियाँ लाकर दे दो, और मैं अन्दर चली गई।

बच्चों ने उन्हें कितनी पूरियाँ दीं, यह तो मैं नहीं कह सकती, पर जब चौके में जाकर देखा तो न डिब्बे में एक भी पूरी थी और न कटोरे में तरकारी।

[दो]

दूसरे दिन हम लोग सुबह की चाय पीकर उठने ही वाले थे, वे बाल गवैए फिर आ पहुँचे। हमें कोमल स्वर में सुनाई पड़ा—

साँवरिया हमें भूल गयो, सखि साँवरिया।
बिंदराबन की कुंजगलिन में बाज रही है बाँसुरिया॥
हमें भूल गयो, सखि साँवरिया॥

मैंने अपने बच्चों से कहा, "कल तुमने इन्हें खूब पूरियाँ खिलाई थीं न। अब वे सब फिर आ गए। जैसे उनके लिए यहाँ रोज पूरियाँ धरी हैं!"

"धरी तो हैं माँ!" एक साथ ही बच्चों के मुँह से निकला और सबके हाथ एक साथ ही पूरी के डिब्बे की ओर बढ़े।"

मैंने उन्हें रोकते हुए कहा, "ठहरो, ठहरो! रोज-रोज इन्हें पूरियाँ खिलाओगे तो वे दरवाजा ही न छोड़ेंगे। उन्हें चावल या आटा देकर जाने को कह दो।" एक बच्चा बोल उठा, "बेचारे छोटे-छोटे बच्चे; न जाने उनके माँ भी हैं या नहीं! वे भला कहाँ पकाएँगे?"

दूसरा ताने के स्वर में बोला, "इससे अच्छा तो उन्हें कुछ भी न दिया जाए।"

सबसे छोटा बोला, "तुम भी माँ होकर ऐसा क्यों कहती हो, माँ? उन बेचारों को भी भूख लगी होगी। हमारे हिस्से की ही दे दो।"

लड़की सब में समझदार थी। उसकी दृष्टि यही चाह रही थी कि माँ का इशारा भर मिले और पूरियों का डिब्बा ले जाकर वह पूरियाँ उन बच्चों को खिला दे।

मैंने उदासीनता से कहा, "पूरियाँ ही दे दो, पर शाम को फिर तुम्हारे लिए नाश्ता बनाना पड़ेगा।"

"माँ, शाम को नाश्ता नहीं करेंगे", एक स्वर में एक साथ बच्चों ने कहा और हाथ में पूरियाँ लिये हुए दरवाजे की ओर दौड़े।

चौके का काम निपटाकर मैं बाहर गई। देखा, वे तीनों बड़े मजे में पूरियाँ खा रहे थे और मेरे बच्चे भी बड़े उत्साह से उन्हें परोस रहे थे। जब वे खा-पीकर उठे तो मैंने कहा, "देखो भाई! तुमने पूरियाँ खा लीं। अब बिना गाना सुनाए न जा पाओगे।" उन्होंने कृतज्ञतापूर्वक माथा ज़मीन पर टेककर गाना शुरू किया—

अब न रहूँगी कान्हा, तोरी नगरिया।
हाट-बाट मेरी गैल न छोड़े,
पनघट पर मोरी फोरे गगरिया।
अब न रहूँगी...।

गाना गा चुकने के बाद उन्होंने ज़मीन पर माथा टेका, जैसे हमें आशीर्वाद देकर जाने के लिए उद्यत हों, पर मैंने उन्हें रोककर पूछा, "क्या तुम तीनों भाई-बहन हो?"

"हाँ, बड़ी मालकिन।" बड़ी लड़की ने कहा।

मैंने पूछा, "तुम्हारा नाम क्या है?" अपना नाम उसने 'ईठी', छोटी बहन का नाम 'सीठी' और भाई का नाम 'प्रेमा' बतलाया।

'ईठी', 'सीठी', 'प्रेमा', उनका नाम दुहराते हुए मैंने पूछा, "क्या तुम्हारे माँ-बाप कोई नहीं हैं? तुम कल भी अकेले आए थे, आज भी?"

छोटी लड़की बड़ी तत्परता से बोल उठी, "माँ भी है और बाप भी है, बड़ी मालकिन हमारे सब कोई हैं।"

"कहाँ हैं तुम्हारे माँ-बाप, जो तुम्हें इस तरह अकेले फिरने को भेज देते हैं?"

"बाप अमरावती में है और माँ..."

"अमरावती में तुम्हारा बाप क्या करता है?" मेरा छोटा लड़का बीच में ही पूछ बैठा।

"जेल में है, छोटे बाबू।" बड़ी लड़की ने उत्तर दिया।

"जेल में है!" मैंने कुछ अनास्था से पूछा, "जेल क्यों हुई उसे?"

लड़की बोली, "वह दारू जो पीता था। और दारू पीकर चुप भी नहीं रहता था। दंगा करता था, माँ को मारता था, गाली बकता था, इसीलिए तो...(लड़की आँख उठाकर देखते हुए बोली) बड़ी मालकिन पुलिसवालों ने उसे पकड़ा; और सब लोग कहते हैं, पुलिसवालों ने ठीक किया।"

"और तुम्हारी माँ, वह अब कहाँ है?" मैंने पूछा।

लड़की बोली, "माँ? वह भी तो जेल में है। और उसी के साथ हमारा सबसे छोटा भाई भी है। वह तो (अपने भाई की ओर उँगली से दिखाकर लड़की ने कहा) प्रेमा से छोटा है। वह रोता नहीं, इससे अच्छा है।"

"बेचारे बच्चे", मेरे मुँह से निकल पड़ा, "माँ-बाप दोनों जेल में और ये अनाथ सड़क पर भीख माँगते फिरते हैं।"

मैंने फिर पूछा, "तुम्हारी माँ ने क्या किया था?"

लड़की बोली, "हमारी माँ ने पुलिसवाले को मारा था, जिसने हमारे बाप को पकड़ा था न, उसी को। और फिर वे माँ को भी पकड़ ले गए। माँ के बिना हमको बुरा लगता है, पर यह प्रेमा तो रात-दिन रोता ही रहता है।"

मैंने लड़के की ओर देखा–बेचारा छोटा सा बच्चा; मुश्किल से तीन बरस का, फटे चीथड़े में लिपटा हुआ; सिर में महीनों तेल का नाम नहीं; रूखे, बिखरे बाल, न जाने कब से नहाया नहीं था, शरीर पर एक मैल की तह-सी जम गई थी; गाल पर आँसुओं के निशान जमे हुए थे, आँसुओं के साथ-साथ उस स्थान की मैल, जो धुल गई थी। मुझे उस बच्चे पर बड़ी दया आई।

मैंने उस लड़की से पूछा, "तुम लोग अपनी माँ से जेल में मिलने नहीं जातीं?"

छोटी बोल उठी, "जाती हैं बड़ी मालकिन।"

बड़ी ने कहा, "तीन महीने में एक बार मुलाकात होती है। एक बार मुलाकात करने गए थे, दूसरी बार तीन महीने के बाद जब हम लोग गए तो मालूम हुआ कि माँ को यहाँ के जेल में भेज दिया है। तो हम लोग सब, काली माँ के साथ यहाँ चले आए। काली माँ भी भीख माँगती है।"

"तुम लोग रात को कहाँ रहती हो? सोती कहाँ हो? तुम्हें डर नहीं लगता?" मैंने पूछा।

बड़ी लड़की ने कहा, "जेल के पास एक नाला है। हम लोग रात को वहीं पुल के नीचे माँ की बातें करते-करते सो जाते हैं। कभी-कभी काली माँ भी आ जाती है, पर वह रोज नहीं आती।"

"माँ की सजा कितने दिन की है?"

"दो साल की।" बड़ी लड़की ने कहा, "हम रोज जेल को देखते हैं। हमारी माँ वहीं तो है। जब माँ छूटेगी, हम उसको साथ लेकर देश जाएँगे।" एक प्रकार की खुशी से बालिका पुलकित हो उठी। अपनी माँ को लेकर जैसे वह सचमुच देश जाने की तैयारी कर रही है।

मैंने लड़की से पूछा, "तुम लोग नहाती हो कभी?" संकोच से बड़ी लड़की चुप रही। छोटी ने कहा, "हमारे पास दूसरे कपड़े नहीं हैं न।"

मेरा इशारा पाते ही मेरे बच्चों ने अपने पुराने कपड़ों में से बहुत से कपड़े ला दिए।

मेरा चित्त उदास हो गया। मैं कमरे में बैठकर कुछ सोचने लगी और वे बच्चे कपड़े लेकर खुशी-खुशी चले गए। कुछ दूर से गाने की आवाज आई—

मैं तो डूबत हूँ मँझधार पड़ी
मोरी बैयाँ पकड़के उठा लेना।

बहुत से सुन्दर पद पढ़े, लिखे और सुने थे। पर स्वर और आत्मा का ऐसा संयोग तो कहीं नहीं देखा था, शब्द और वस्तु का ऐसा मेल तो कभी चित्रित नहीं हुआ।

मैं उन्हें बुलाने के लिए झपटी, पर तब तक वे दूर निकल गए थे।

[तीन]

इस घटना के दूसरे ही दिन मैं भी युद्ध-विरोधी सत्याग्रह करके जेल की अतिथि बनी। मेरे और बच्चों ने तो हँसी-खुशी बिदाई दी, पर सबसे छोटी मीनू, बहुत छोटी होने के कारण, मुझे छोड़कर घर में न रह सकी। अतएव वह मेरे साथ ही गई।

उस समय जबलपुर जेल में कोई अन्य राजबंदिनी न थी। अकेले होने के कारण मैं अस्पताल में रखी गई। मेरी सेवा के लिए दो साधारण स्त्री क़ैदी स्त्रियाँ रात में मेरे साथ रहती थीं। दिन में सब लोग एक साथ रह सकते थे।

क़ैदखाने की दुनिया भी एक विचित्र वस्तु है।

यह कौन है? चोर!

यह? यह चरस बेचती थी और इसने अपने नवजात शिशु की हत्या करने की चेष्टा की थी। पर माँ होकर वह हत्या कर सकती थी, इसका मुझे विश्वास न हुआ।

और यह लड़की? यह तो अभी बहुत कम उमर है, इसने क्या किया था? इसने अपने पति और सास को जहर दिया था। मैं काँप उठी, विधाता! क्या ये सचमुच स्त्रियाँ हैं? तुम्हारी ही आज्ञा से इनका सृजन हुआ होगा?

किन्तु, इसी समय जैसे कोई अन्दर से बोल उठा, "यह तसवीर का एक ही पहलू है, इसके दूसरी ओर भी देखो! सम्भव है, वे निर्दोष हों, सम्भव है, वे देवियाँ हों।"

मेरी सेवा के लिए जो दो स्त्रियाँ तैनात थीं, उनमें से एक तो अल्हड़ थी, जिसे कुछ काम-काज न आता था, पर दूसरी समझदार थी। वह प्रौढ़ा थी। उसकी गोद में भी एक बच्चा था। वह बड़ी फ़िक्र से सब काम करती थी। वह अधिकतर चुप रहती थी, जैसे सदा मन-ही-मन कुछ सोचा करती हो। मीनू को तो उसने इस प्रकार हिला लिया था, जैसे वह उसी की बच्ची हो। उसका खुद का बच्चा पाँव-पाँव चलता और मीनू चलती, उसकी गोदी में। वह पानी भरती तो मीनू उसके साथ होती, दाल दलती तो मीनू उसके साथ और बरतन मलती तो मीनू भी उसके साथ छोटी-छोटी कटोरियाँ और गिलास मलती दिख पड़ती। अन्त में बात इतनी बढ़ी कि वह मीनू को अपनी पीठ से बाँधकर झाड़ू देने लगी। उसका नाम था लखिया।

लखिया और मीनू के इस स्नेह सम्बन्ध से लखिया के बच्चे को जो अभाव ज्ञात हुआ, उसकी पूर्ति मैं उसे मीनू के फल और मिठाइयाँ दे-देकर करने लगी। वह प्रायः

मेरे ही पास खेला करता। फल और मिठाइयाँ खाने से इस बच्चे को और पानी भरने, बरतन मलने तथा बग़ीचा सींचने से मीनू को थोड़े हो दिनों में स्वास्थ्य-लाभ होता दिखाई दिया।

मैं बहुत सोचती थी कि यह लखिया कौन है? यह जेल क्यों आई? एक दिन अचानक मैंने प्रश्न किया। जिसका उत्तर मिला, "ओह, यह बड़ी खतरनाक औरत है, इसने पुलिस को मारा है, पुलिस को। पर हमने उसका दिमाग ठीक कर दिया है। आपको कोई तकलीफ तो नहीं देती?"

अचानक मुझे उन बच्चों की याद आ गई। उसकी माँ भी तो पुलिस को मारने के कारण जेल भेजी गई थी और उसके साथ भी तो एक छोटा बच्चा था। पूछना मैंने कई बार चाहा, पर लखिया की गम्भीर और उदास मुद्रा देखकर हिम्मत मेरी एक बार भी न हुई।

एक दिन रात को खूब पानी बरसा। खूब दहाड़-दहाड़कर बादल गरजे और कड़क-कड़ककर बिजली चमकी। मुझे अपने बच्चों की याद आ गई। छोटा लड़का डरा होगा। दूसरे पलंग पर सोने पर भी वह बादलों के गरजते ही मेरे पास आकर सो जाता था। इसके साथ मुझे उन तीनों बच्चों की भी याद आई, जो बेचारे पुल के नीचे सोते थे। कहीं आगे सोचने की मेरी हिम्मत न पड़ी। मैंने प्रार्थना की, "हे ईश्वर, सब माताओं के बच्चों को अच्छी तरह रख और सबके बाद मेरे बच्चों की भी रक्षा कर।"

[तीन]

जेल में मेरे पास अख़बार आया करते थे। जेल की सभी क़ैदी स्त्रियाँ लड़ाई की ख़बरें सुनने को उत्सुक रहा करती थीं। उन्हें विश्वास था कि एक दिन ऐसा होगा, जब जेल के फाटक टूट जाएँगे और अवधि से पहले ही उनका छुटकारा हो जाएगा। मैं भी उन्हें यूरोप की लड़ाई और भारत के सत्याग्रह की ख़बरें सुना दिया करती थी।

उस दिन शाम को अख़बार आया और पढ़ते-पढ़ते मेरा जी धक् से रह गया! जबलपुर की ही ख़बर थी—

'कल रात एकाएक पानी बरसा और खूब बरसा। जेल के पास के नाले में तीन गरीब बच्चे बह गए। उन तीनों की लाशें मिली हैं। बहुत खोज करने पर भी उनकी शिनाख्त नहीं हो सकी। दो लड़कियाँ हैं और एक लड़का। ऐसा सुना गया है कि वे गाना गाकर भीख माँगा करते थे।'

मेरे घर पर आकर गानेवाले उन तीन बच्चों का चित्र हठात् मेरी आँखों के सामने खिंच गया और ऐसा जान पड़ा, जैसे दूर से कोई गा रहा है—

मैं तो डूबत हूँ मँझधार पड़ी,
मोरी बैयाँ पकड़के उठा लेना।

अख़बार रखकर मैं आँसू रोकने का प्रयत्न करने लगी। अचानक मेरे मुँह से निकल गया, "बेचारे बच्चे!"

लखिया पास ही बैठी मेरे लिए चाय तैयार कर रही थी। उसने पूछा, "क्या ख़बर है, बाई साहब? अरे, उदास क्यों हो गईं? बच्चों की याद आ रही है?"

मैं उसे कुछ भी उत्तर न दे सकी। वह फिर बोली, "थोड़े ही दिन तो और हैं, बाई साहब! कट ही जाएँगे। फिर बच्चे अपने बाप के साथ तो हैं; फिकर क्यों करती हो?"

उसकी ओर देखने की मेरी हिम्मत नहीं थी, पर मुझे ऐसा जान पड़ा जैसे उसने बात खत्म होते-न-होते एक गहरी साँस ली और आँखों के आँसू पोंछ लिये। मैंने अपनी सब शक्ति संचित करके उससे पूछा, "लखिया, तेरे और बच्चे हैं या यही एक है?"

आँखों में आँसू और होंठों पर एक क्षीण मुसकराहट के साथ वह बोली, "एक ही क्यों बाई साहब, (मेरी बच्ची की ओर इशारा करके) यह बिटिया भी तो है।"

मैंने कहा, "ये तो जेल के भीतर हैं। जेल के बाहर कितने हैं?"

लखिया एक गहरी साँस लेकर बोली, "जेल के बाहर बाई साहब, वो तो भगवान् के हैं; अपने कैसे कहूँ?"

और इसके बाद वह अख़बार की ख़बर पूछती ही रह गई, पर मैं उसे कुछ भी न बतला सकी।

आधार

होमवती देवी

रोगी की आँखों में आँसू भर आए। उसने बहुत ही क्षीण स्वर में कहा—"तुम दोनों का क्या होगा प्रतिभा! मैं इसी चिन्ता में शान्ति से मर भी तो नहीं सकूँगा?" और फिर पलँग की पाटी से टिकी हुई, ज़मीन में बैठी पत्नी का कोमल हाथ अपने दुर्बल हाथ में थाम लिया। युवती ने घुटनों में अपना मुँह छिपा लिया, उसकी आँखों से अविरल अश्रुधारा बह चली। यही तो बस एक सहारा है दुर्बल का।

पास ही कुर्सी पर बैठे मेजर मोहन कासलीवाल इस करुण दृश्य को अपनी छाती पर पत्थर रखे देख रहे थे। यदि वह प्राण देकर भी अपने इस परमप्रिय मित्र को बचा सकते तो ऐसा ही करते, इसमें रत्ती भर भी सन्देह नहीं। किन्तु विधि के विधान को टाल देने की शक्ति स्वयं विधाता में भी नहीं रहती। जो होना है अवश्य होगा, वह जैसे पत्थर की लकीर के समान अमिट है, अडिग है।

कैप्टेन कुमार पल भर मौन रहकर बोले—"तुम्हें एक ऐसे संरक्षक की आवश्यकता है प्रतिभा, जो मेरा अभाव पूरा कर सके और तुम्हारा तथा इस नन्हे-से शिशु अनिल का उचित ध्यान रख सके, जिसे मैं केवल दो ही वर्ष की उम्र में छोड़े जा रहा हूँ।... हाँ, ऐसा ही अभिभावक चाहिए।" कहते हुए उन्होंने पत्नी का हाथ थोड़ा ऊपर उठाया और एक बार बड़ी ही मर्मभेदी दृष्टि से अपने मित्र कासलीवाल की ओर देखा। मेजर कासलीवाल ने कुछ समझा और कुछ नहीं। कुर्सी से उठकर वह रोगी की शय्या पर झुक आए, और रोगी ने दूसरे हाथ से उनका हाथ थामकर प्रतिभा के हाथ की ओर बढ़ाना चाहा। तभी युवक मेजर ने तुरन्त कैप्टेन कुमार का हाथ कसकर पकड़ लिया, जिस हाथ में युवती का हाथ दबा था!

वे तीनों ही उस समय जैसे किसी घोर अन्धकार में खोये से जा रहे थे। ऐसा मालूम हो रहा था, मानो उस सूने कक्ष और स्तब्ध वातावरण की लाचारी में, मृत्यु मुँह फाड़े द्वार पर खड़ी अट्टहास कर रही है, पर सब विवश हैं, किसी का कोई चारा नहीं।

रोगी को जैसे अभी भी बहुत-कुछ कहना शेष था, किन्तु समय कम और कहानी लम्बी थी। ज़बान पर भी जैसे किसी ने हाथ रख दिया था, कहें तो किस मुँह से कहें, और क्या कहें?

बड़ा साहस समेटकर, डॉक्टर कुमार ने नत सिर बैठी, सर्वांग सुन्दरी प्रतिभा की ओर देखकर मित्र से कहा—"तुम इन लोगों को अपने साथ रख सकोगे मोहन?"

"हाँ, ज़रूर रख सकूँगा, जीवन भर, ठीक इसी प्रकार, तुमसे वायदा करता हूँ कुमार...।" और कासलीवाल की बात अभी पूरी भी नहीं हो पाई थी कि कुमार फिर कहने लगे—"दोस्त! मैं इस समय मर तो रहा ही हूँ, किन्तु इससे पहले अपना कलेजा

अपने हाथ से निकालकर तुम्हारी हथेली पर रखता जा रहा हूँ। और साथ ही प्रतिभा की भी हत्या किए जा रहा हूँ। यह मुझे बहुत प्यार करती है..." कहते-कहते रोगी फफक-फफककर रोने लगा, साँस की गति तीव्र हो गई, दिल बैठने-सा लगा।

कासलीवाल ने तुरन्त दवा पिलाई और उन्हें धैर्य देते हुए कहा—"तुम बड़ी ही नासमझी की बातें कर रहे हो कुमार! ठीक हो जाओगे, एकदम, हजार दम। दुःख-सुख क्या होते नहीं, घबराओ नहीं। यह जो कुछ तुम्हारा है, हमेशा तुम्हारा ही रहेगा, और मैं क्या तुम्हारा नहीं हूँ? मैं सिर आँखों पर तुम्हारी आज्ञा का पालन करूँगा।"

"यह मैं जानता हूँ, और इसीलिए अपना सब-कुछ तुम्हें दिये जा रहा हूँ। मेरी आत्मा को इससे ही शान्ति मिलेगी। तुम इसे स्वीकार करो। मैं तभी सुख से मर सकूँगा...। यह सब सँभालकर यत्न से रखना मोहन। प्रतिभा-जैसी स्त्री चिराग़ लेकर खोजने पर भी संसार में दूसरी नहीं मिलेगी। शिक्षित ही नहीं, बुद्धिमती और सेवामयी भी।" रोगी ने बड़ी कठिनाई से यह सब कह डाला जैसे जो कहना है तुरन्त कह डालना चाहिए, और जो करना है उसके लिए फिर भी गुंजाइश नहीं है अब!

"अच्छा अब बहुत मत बोलो।" कहते हुए डॉक्टर मोहन ने रोगी के माथे का पसीना अपने रूमाल से पोंछ दिया, और फिर नब्ज़ देखने लगे।

कुमार ने फिर हाँफते-हाँफते कहा—"तुम मुझे बहलाओ मत डॉक्टर! यह रात नहीं कटने की। तुमने और मैंने साथ ही सब पढ़ा-लिखा है। मैं सब जानता हूँ। जो कहना है कहने दो। जो करना है करने दो। फिर कुछ कहना-सुनना नहीं होगा। थोड़ी-सी बात और बाक़ी है। और समय भी बहुत कम है अब। सुनो, बैंक में इन्श्योरेन्स का जो कुछ रुपया है, और उसके तमाम काग़ज़ इस आलमारी में रखे हैं। इन्हें सँभाल लो। और प्रतिभा का बहुत-सा जेवर इम्पीरिअल बैंक में पड़ा है। उसे जहाँ ठीक समझो, रखना। मैंने अपने सब भाइयों को अच्छी तरह देख लिया है। अपनी इस लम्बी बीमारी में कुछ भी देखना और समझना बाक़ी नहीं रहा। उन्हें इज़्ज़त चाहिए, पैसा चाहिए, और उनके बस का कुछ नहीं है...! उठो यह सब सँभालो, और...और इसे भी सँभालो अब। अनिल को भी बुलाओ। आज से तुम्हीं उसके पापा हो। उठो...उठो। देखो यह कब से ऐसी ही बैठी है। बेहोश तो नहीं हो गई...?" कहते-कहते कुमार का दम घुटने-सा लगा, दिल डूबने लगा और आँखों के आगे अँधेरा छा गया।

कासलीवाल ने चुपचाप उसकी आज्ञा का पालन किया; और जैसे ही वह प्रतिभा के पास पहुँचे, देखा उसके मुँह से झाग आ रहा है, नब्ज़ की गति बहुत मन्द है और पलकें झँपी हुई हैं। बिना कुछ सोचे उन्होंने अपनी बलिष्ठ भुजाओं में युवती को उठाकर दूसरे कमरे में पलँग पर जा लिटाया। उनकी समझ में कुछ नहीं आ रहा था कि कैसे पल-भर में इसे होश में कर लें। घंटी बजाई, बाहर से कम्पाउंडर और नर्स दौड़ आए। डॉक्टर ने हुक्म दिया—"स्लाइन तैयार रखो...। और फिर तुरन्त 'इंजेक्शन' देकर वह एकटक उसे देखने लगे। थोड़ी देर बाद उन्हें ऐसा लगा जैसे उसकी संज्ञा लौट रही है, 'स्टैथेस्कोप' हृदय पर रखकर उन्होंने अनुभव किया, दिल की धड़कन भी कुछ तेज़ हो चली है, श्वास की गति भी व्यवस्थित-सी जान पड़ी। उनका चेहरा दीप्त हो उठा। मनुष्य का स्वभाव है कि वह आशा के क्षीण-से-क्षीण तन्तु से भी तब तक अटका रहता है जब तक कि वह बिलकुल ही टूट न जाए। डॉक्टर ने अपने दोनों हाथ जोड़कर किसी अज्ञात शक्ति को

नमस्कार किया—"और किसी के भी लिए नहीं, केवल उस अबोध बालक के लिए यह बच जाए बस। मैं उसे कैसे समझा सकूँगा...? और...और फिर रह ही क्या जाएगा?"

वह तन-मन से युवती के उपचार में जुट गए, और वह भयानक विपत्ति की रात इसी प्रकार बीतने पर, जब उषा ने प्राची में अनुराग बिछाया—तब प्रतिभा ने करवट ली। उसके थोड़ी देर बाद कैप्टेन कुमार के शव को सोलन के श्मशान घाट पर ले जाकर रख दिया गया। मेजर कासलीवाल ने अपना सिर पीट डाला, और फिर कलेजे पर शिला रखकर उन्होंने अपने अनेक परिचितों और मित्रों के देखते-देखते ही कैप्टेन कुमार का अन्तिम संस्कार भी अपने ही हाथों कर डाला। थोड़ी देर में चिता की लपटें आकाश को छूने का यत्न करने लगीं। और फिर सब-कुछ फुँककर केवल भस्म का ढेरमात्र रह गया। घर लौटकर जब वह रोगिणी के कमरे में गए, तब नर्स ने संकेत से बताया—"सो रही हैं।" जीवन और मरण, दुःख और सुख, सब साथ ही तो रहते हैं, यही संसार का नियम है।

"अब उनकी तबीयत कैसी है?" रोगिनी ने मेजर के मुँह पर अपनी जिज्ञासा भरी दृष्टि गड़ाते हुए पूछा।

डॉक्टर कासलीवाल को ऐसा लगा, यदि इस समय उनकी ज़बान कटकर गिर पड़ती तो अच्छा होता। क्या उत्तर दें? वहाँ वाणी तो थी, पर शब्द कहाँ से लाएँ?

सिर झुकाए वे बाहर चले गए, और अनिल को लाकर चुपचाप युवती के पास बैठा दिया। प्रतिभा की आँखें फटी-सी जा रही थीं, जैसे आँसू भी आज बिलकुल सूख गए। उसका जी बैठने-सा लगा। अब और क्या समझने को शेष था? प्रतिभा की आँखों के सामने सारा विश्व घूम गया। उसने पलँग की पट्टी में अपना सिर दे मारा।

डॉक्टर ने ज़बरन उसका मुँह खोलते हुए, एक ख़ुराक दवा उसके गले के नीचे उतारते हुए कहा—"जो होना होता है, होकर रहता है...। जो बादल वर्ष भर मँडरा रहे थे वे कभी तो फटते ही, प्रतिभा! हम-तुम क्या, कोई भी उस घड़ी को टाल नहीं सकता। पढ़ी-लिखी हो, सब जानती हो, तुम्हें क्या कहकर समझाऊँ? और किस मुँह से कुछ कहूँ? मैं अपने प्राणों के बदले में भी यदि उसे बचा सकता...।" कहते-कहते डॉक्टर का गला भर आया। उन्होंने बच्चे के सिर पर हाथ फेरते हुए कहा—"अनिल उसकी थाती है। इसे सँभालकर रखने का भार हम दोनों के ऊपर छोड़ा है उन्होंने। हमें जो कुछ करना है, इसी के लिए तो...। आज सप्ताह, कल महीना, फिर वर्ष, इसी प्रकार अनन्त काल बीत जाने पर भी जानेवाला नहीं लौटता, फिर हम सभी को तो एक दिन वहीं जाना है।"

बालक की समझ में कुछ नहीं आ रहा था। उसने माँ की छाती पर अपना छोटा-सा मस्तक डाल दिया। मानो यही वह कर सकता था। बीता हुआ नहीं, वर्तमान भी शायद नहीं, पर भविष्य का सन्देश जैसे इस युक्ति में निहित था, और वही मूर्तिमान् होकर अबला के हृदय के घाव को सेंकने-सा लगा।

प्रतिभा की छाती में पहले ज्वाला-सी धधक उठी, फिर वह फटने-सी लगी, और...और फिर वह सहसा चीत्कार करके रो पड़ी। मेजर ने सन्तोष की साँस लेते हुए सोचा—"ठीक...अब कोई ख़तरा नहीं।"

दिन और सप्ताह, मास और वर्ष बीतते गए, और अब पूरा डेढ़ वर्ष हो गया प्रतिभा को इस पराये घर में रहते-रहते। वह बीस वर्ष की युवती असमय में ही जैसे बूढ़ी हो चली। कोई कष्ट न होते हुए भी—मानसिक शान्ति का अभाव उसे खाए जा रहा था।

मैके में कोई होता तो वहीं जा बसती। माँ-बाप थे, वे विवाह करते ही परलोक सिधार गए। ससुरालवाले तो जो चाहते थे वह हो गया, अब और क्या चाहेंगे? अनिल बचा है बस...। नहीं, वह वहाँ जाकर नहीं बसेगी। वहाँ कौन अपना है, सबको वह पूरे वर्ष भर की बीमारी में ख़ूब देख चुकी है। आज तक किसी ने ख़बर नहीं ली, रुपये-पैसे का हिसाब माँगने लगे बस। वह तो यही अच्छा हुआ जो उसके पास उन्होंने पेट भरने लायक़ पैसा छोड़ा है, वह ख़ुद भी पैसा पैदा कर सकती है, इतनी पढ़ी-लिखी है वह। किन्तु...किन्तु फिर भी तो दुःख-सुख का साथी चाहिए कोई...। तब...तब क्या बहन के घर चली जाए? पर वहाँ भी क्या है उसका? और...और न जाने कैसा रहे! यह जाने दें कहीं तब तो। परन्तु ऐसे कब तक चलेगा? इनका विवाह आज नहीं तो कल तो होगा। सुना था, सविता एम.ए. से तय हो चुका है। न जाने वह कैसी लड़की हो, मेरा रहना पसन्द करे, न करे। तब क्या वह गृहस्वामिनी की दासी बनकर रहेगी? नहीं...उसे ऐसे रहने की आदत नहीं है। तब वह अलग घर में रहेगी। अनिल अभी बहुत ही छोटा है, पर...! और उसकी भी उम्र छोटी है, फिर...फिर विधवा जो है वह!

सोचते-सोचते युवती का सिर घूमने लगा। उसे ऐसा लगा, जैसे यह संसार अन्धकार से घिरा है, कहीं भी कोई प्रकाश की क्षीण-सी रेखा भी नहीं दीख रही थी उसे। वह वहीं फ़र्श पर बिछी चटाई पर पड़ गई। देखा सामने से अनिल भागा आ रहा है—"ममी! ममी! बताओ पापा कहाँ हैं? हम भी मोटर में घूमने जाएँगे। पपी जा रही है, नीना भी जा रही है...।"

"पड़ोसियों की हिरस करेगा तो कुछ भी मँगाकर नहीं दूँगी, न बिस्कुट न चाकलेट, न हवाई जहाज़ समझा!" प्रतिभा ने बालक को डाँट दिया। और वह और भी मचल उठा—"बताओ, पापा कहाँ हैं? तुम मत मँगाना। वह मँगा देंगे...।"

"पापा मर गए। तुझे नहीं मालूम?" युवती झल्लाकर रो पड़ी। बालक भी रो पड़ा। आया बाहर खड़ी सब देख-सुन रही थी। उसकी भी आँखें भर आईं। तभी बराबरवाले कमरे से आवाज़ आई—"अनिल, इधर आओ। मोटर में घूमने चलेंगे, और बहुत-से बिस्कुट-चाकलेट और हवाई जहाज़ ख़रीदकर लाएँगे।"

बालक उधर ही भाग गया, यह कहता हुआ—"पापा तो यह रहे, वैसे ही कह रही थीं—मर गए, मर गए, मर गए?" युवती को ऐसा लगा, मानो किसी ने मुँह पर ही उसको गाली दे दी हो, जैसे बड़ा अपराध किया है उसने। न इसका कोई प्रायश्चित्त है, और न कोई प्रतिकार ही है उसके पास। और तुरन्त ही जैसे वह सँभलकर सोचने लगी—"छिः! क्या सोचने लगी थी वह! ठीक ही तो कहा था उसने!"

"पापा!" बराबरवाले कमरे से सुनाई पड़ा।

"बेटा! राजा! मुन्ना! कहो, क्या कहते हो?"

"नीनी अपनी साइकिल पर नहीं बैठाती हमें...।"

"हम तुम्हें नई मँगाकर देंगे। ज़रा बड़े हो जाओ। उसकी तो पुरानी है, टूटी हुई, गन्दी।" डॉक्टर कासलीवाल ने बालक को गोद में उठाते हुए कहा। और बराबरवाले कमरे में बैठी प्रतिभा जैसे लाज से गड़ी जा रही थी।

"चलिए घूमने।" वह फिर बोला।

"अच्छा, अभी चलते हैं, जाओ ममी के पास, मुँह धुलवाओ, कपड़े बदलो, आया से कहो कि जूते साफ़ करके पहना दे। तभी तो चलेंगे! तब तक हम भी कपड़े बदल लें, बस।"

मेजर साहब ने बच्चे को लिये-लिये ही बराबरवाले कमरे की चौखट पर खड़े होकर कहा—"इसे ठीक कर दो, घूमने जाएगा, चलो तुम भी चलो। कम्पनी बाग़ तक चलेंगे, बस।"

युवती का मन कटने-सा लगा—यह पुरुष मनुष्य है या देवता? कितने दिनों से यह हमारे दुर्भाग्य से अपने को बाँधे हुए है...मानो जैसे कुछ हुआ ही नहीं...कितने शान्त और उदार हैं?

इसी समय नौकर ने दरवाज़े के पीछे खड़े होकर कहा—"हुज़ूर आई हैं, सरकार।"

"कौन हुज़ूर?" और साथ ही वह प्रतिभा से कहते गए—"तुम्हें मेरे सिर की क़सम, जल्दी तैयार हो जाओ, तुम्हें ज़रा भी तो बच्चे का मन रखना नहीं आता।"

आया बच्चे को लेकर 'ड्रेसिंग-रूम' में चली गई। और युवती बिलकुल निश्चय भाव से जड़वत् वहीं बैठी-की-बैठी रह गई।

ड्राइंग-रूम में बैठी मिस सविता को मेजर कासलीवाल ने नमस्ते करते हुए कहा—"आज इस समय कहाँ से आ रही हैं?"

"आ तो घर से ही रही हूँ। तबीयत नहीं लग रही थी, सोचा, आपको फ़ुरसत होगी तो सिनेमा ही चले चलेंगे। लेकिन देखती हूँ कि आप ख़ुद ही कहीं जाने की तैयारी में हैं। कहाँ जा रहे हैं? क्या कोई मोटा आसामी आ फँसा है? कौन बीमार है?" सविता ने एक साथ इतने प्रश्न कर डाले।

"तो क्या आप समझती हैं कि मैं हमेशा मरीज़ ही देखने जाता रहता हूँ बस। अस्पताल, क्लब, मित्रों में और...और भी बहुत-से काम रह सकते हैं। और इस वक़्त तो वह काम करने जा रहा हूँ जो कभी नहीं किया! सिनेमा देखने का शौक अब नहीं रहा।" डॉक्टर साहब ने कहा।

"मतलब?"

"मतलब यही कि पड़ोसियों के बच्चों को देखकर, बच्चा हठ पकड़ गया है, उसे घुमाने जा रहा हूँ।"

"बच्चा! कौन बच्चा? किसका बच्चा? क्या कोई मेहमान आए हुए हैं आजकल?" सविता ने पूछा।

"नहीं, मेहमानों के बच्चे को घुमाने की फ़ुर्सत नहीं रहती मुझे। अपना ही बच्चा है...।" डॉक्टर ने कहा।

"अपना? मतलब?" मिस सविता जैसे आकाश से गिर पड़ी।

"हाँ, अपना। मतलब तो साफ़ है कि हमारा।" डॉक्टर ने उत्तर दे दिया।

युवती कुछ खीझकर, दूसरी ओर गर्दन फेरकर बोली—"समझा दीजिए ठीक-ठीक, जिससे यह रोज़-रोज़ की झंझट छूटे। कुछ दिनों से आपके रंग-ढंग बदले हुए दीख रहे हैं। किसी को धोखा देने से क्या लाभ? और भी बहुत-से लोगों से बहुत तरह की बातें सुनाई पड़ रही हैं। आपके कोई मित्र थे, जो पिछले साल आप की ही कोठी में सोलन में मर गए हैं। उन्हीं के साथ शायद आप तीन महीने की छुट्टी लेकर रहे। अब

सुना है कि उनकी मिसेज़ और बच्चा आपके ही साथ रहते हैं। क्यों ठीक है न?" सविता की गर्दन में कुछ तनाव आ गया और वाणी में कम्पन स्पष्ट था ही।

डॉक्टर साहब ने सहज शान्त स्वर में, संक्षेप में, उत्तर दिया—"हाँ, जो कुछ आप लोगों ने सुना है वह ठीक ही है। और आगे भी जो कुछ अनुमान लगाएँगे आप लोग, शायद वह भी ठीक ही होगा। मैं सोलन से उन्हें यहाँ ले आया हूँ।"

"तो क्या वह यहीं रहेंगी हमेशा?" मिस सविता का स्वर कठोर था।

"क्यों, आपको इसकी चिन्ता क्यों आ पड़ी?" डॉक्टर ने गम्भीरतापूर्वक पूछा।

"और किसे चिन्ता होगी? क्या आप मुझे साफ़ जवाब दे रहे हैं? मेरा अपमान करने पर तुले हैं आप? अगर मैं ऐसा जानती तो...। अच्छा मैं मिसेज़ से मिलना चाहती हूँ जरा...।" वह बोली।

डॉक्टर ने अपनी स्थिर और गम्भीर दृष्टि युवती के चेहरे पर जमाते हुए कहा—"मैंने कभी किसी से कोई वायदा नहीं किया। फिर साफ़ जवाब का सवाल ही नहीं उठता। मैं जो कहता हूँ, उसे करता हूँ। और न आज तक मैंने किसी भद्र महिला का अपमान ही जान-बूझकर किया है। आप आगे से जो जी में आए, जानने की कोशिश करती रहें, और जो मन में आए, कहती रहें। मुझे ज़्यादा अवकाश नहीं है, और न उन्हीं को फ़ुरसत मिलती है। घर की देख-भाल, बच्चे का काम और...और फिर मेरी झंझट से जब छुटकारा पाती हैं, तब पूजा-पाठ, पढ़ना-लिखना, यही सब चलता रहता है। इस समय तो वह स्नानागार में होंगी।"

मिस सविता जैसे आग-बबूला हो गई—"तो यह क्यों नहीं कहते कि...अब शादी की ज़रूरत ही नहीं रही।"

"यह क्या आपसे कहना होगा, सविता देवी! यह तो मेरे सोचने की बात है। आप मर्यादा से इतनी दूर चली जा सकती हैं, यह मैंने कभी नहीं सोचा था। माफ़ कीजिए, मैंने आपको कभी कोई वचन नहीं दिया था। और आज मैं वचनबद्ध हूँ। मेरे पास कुछ नहीं है—किसी को देने-लेने के लिए, और न मुझ जैसे गँवार के साथ आप जैसी 'अप-टू-डेट' युवती का कोई मेल ही हो सकता है। मैं तो सोच रहा हूँ कि शहर के इस गन्दे वातावरण से दूर, कहीं जाकर रहेंगे हम लोग। नौकरी से भी छुट्टी और इस बड़े शहर से भी। इस कोठी को किराये पर देंगे, और सोलन की कोठी बेचकर और कहीं ख़रीदेंगे अब।" डॉक्टर मोहन ने सीधे खड़े होकर कहा, जैसे आज यह अन्तिम निर्णय कर डाला था उन्होंने।

सविता को ऐसा लगा मानो इसके पैरों के नीचे की धरती खिसकती जा रही है, और आकाश जैसे फट पड़ेगा। ओह इतना पैसा, मान और इज़्ज़त ज़मीन और जायदाद, कोठी-बँगले, नौकर-चाकर, यह चमचमाती बीस हज़ार से अधिक मूल्य की कार...। यह सब एक ही झोंके में उसकी आँखों से ओझल होने लगे। युवती का रोम-रोम जलने लगा। और वह तेज़ी से कमरे से बाहर निकलती हुई आख़िरी बाण छोड़ गई—"इस मय बच्चेवाली शादी की दावत कब होगी? निमंत्रण तो हमें भी देंगे न आप?"

डॉक्टर ने सहज भाव से कह दिया—"ज़रूर...ज़रूर।"

और फिर उन्होंने जैसे ही पासवाले कमरे में पैर रखा, देखा, प्रतिभा वहीं-की-वहीं पत्थर की प्रतिमा बनी बैठी है।

डॉक्टर ने बिना किसी भूमिका के कह डाला—"भाभी! उठो। बिलकुल शाम हो गई। अनिल कार में बैठा-बैठा शोर मचा रहा है। कहीं रोने न लगे।"

युवती ने अपनी बड़ी-बड़ी तरल आँखों से उस बलिष्ठ और सुन्दर ही नहीं, देवता समान उज्ज्वल पुरुष को आज जी भरकर देखा, और फिर न जाने क्या सोचकर उसके पैरों पर अपना सिर रख दिया—"इसकी लाज तुम्हारे ही हाथ है। बस...।"

युवक ने और भी एक दिन की तरह अपने दोनों हाथों से उसे उठाते हुए कहा—"लाज तो अब आपको मेरी रखनी होगी। वचन दो कि ठुकराओगी नहीं। संसार को दिखाने के लिए ही सही—चार जनों के सामने मेरी हँसी न करा देना...। लोग कहते और हैं, और वास्तव में करते हैं कुछ और। किन्तु इसे मैं कायरता समझता हूँ। तुम्हारे सामने आज शपथ लेकर वायदा करता हूँ कि तुम्हारी हर एक बात को सिर झुकाकर स्वीकार करूँगा...। यद्यपि मुझमें अब कुछ भी शेष नहीं रह गया है, फिर भी मैं वैसा दुर्बल नहीं हूँ। मैं तुम्हें कभी भी यह विश्वास दिला सकता हूँ कि अब किसी प्रकार का भी आडम्बर या ढोंग रचने की सामर्थ्य मुझमें नहीं है। मरने के बाद एक ऐसे की आवश्यकता होती है, जो दो आँसू डाल दे, और जो कुछ भी हो उसे सहेज बैठे। सो उसका प्रबन्ध कुमार ने कर दिया है। मैं उसका, तुम्हारा और अनिल का भी बहुत कृतज्ञ हूँ...!"

युवती के रोम-रोम में विद्युत्-सी फैल गई। उसने पुनः डॉक्टर के पैरों को छूते हुए कहा—"आपकी एक-एक आज्ञा, मेरे लिये देवता के सहस्त्रों आशीर्वाद और वरदानों के समान होगी, इस पर विश्वास रखें। मेरे ही पास अब क्या बचा है? किन्तु...किन्तु ऐसा कोई काम न कर बैठना, जिससे मैं दुनिया में मुँह दिखाने योग्य भी न रहूँ...।"

युवक ने तुरन्त उत्तर दिया—"दुनिया किसका मुँह देखना चाहती है, और किसका नहीं, इसकी बात छोड़ो, प्रतिभा! दुनिया अन्धी है। उसका काम है दूसरों पर कीचड़ उछालना। उसे किसी के दुःख-सुख से क्या लेना है। मैं ऐसी दुनिया में पल-भर भी रहना नहीं चाहता। मैं चाहता हूँ, दुनिया की आँखें खोलना, और...और ऐसी दुनिया में रहना, जहाँ शान्ति हो, धैर्य हो, और...और अनिल हो, और...और तुम हो।" डॉक्टर का कंठ गद्‌गद होने पर भी, उसमें दृढ़ता का अभाव नहीं था। वह विद्रोही के समान इधर-से-उधर अपने निश्चय को दोहराते हुए, कमरे में टहलने लगे।

प्रतिभा कुछ शंकित और घबराई हुई-सी उन्हें देखती रही। उन्होंने बहुत शान्त और संयत स्वर में फिर कहा—"मैंने तुम्हारी और अनिल की इच्छाओं पर अपना बलिदान कर डाला है, प्रतिभा! इसे कभी भूल न जाना।"

युवती ने अपनी आँखों को आँचल के छोर से मसलते हुए कहा—"कहाँ भूल सकी हूँ, कैसे भूलें? यही तो लाचारी है। अपनों को कोई कैसे भूल सकता है डॉक्टर साहब?"

डॉक्टर ने उसी प्रकार गम्भीर और कोमल स्वर से कहा—"मैं उसे भूल जाने को थोड़े ही कहता हूँ प्रतिभा! मैं ही क्या उसे भूल गया हूँ। तुमसे ज़्यादा दिन हमारा साथ रहा है। पर इतना तो स्वीकार करोगी न कि जो आज जीवित है, उसके प्रति भी हमारा कोई कर्तव्य है। क्या तुम उनकी उपेक्षा करके शान्ति से रह सकोगी? बिना किसी उद्‌देश्य और लक्ष्य के कोई जीवित रह सका है कभी? तुम्हारे जीवन का मूल्य दूसरे ही आँक सकते हैं। यदि अनिल इतना समझदार होता तो आज उसी से पुछवा देता...।

फिर मेरा...मेरा ही कौन है? माँ काशी वास करने चली गई हैं। भाई साहब अपने ही स्त्री-बच्चों से विरक्त रहकर कभी कलकत्ता और कभी बम्बई घूमते रहते हैं, दो बार विदेश हो आए। इसीलिए तो माँ, सारी ज़मींदारी का भार उनके सिर पटककर काशी चली गईं। और मैं भी उनके हित में यही ठीक समझता हूँ कि वह घर के काम में इतने व्यस्त रहें कि कहीं निकल न सकें। मनुष्य का स्वभाव चंचल तो होता ही है। पर उसकी भी कोई सीमा होनी चाहए...।"

प्रतिभा कुछ कहना चाहती थी कि अनिल कूदता हुआ आ गया और उन दोनों के हाथ अपने नन्हें-नन्हें हाथों में थामकर घसीटता हुआ बाहर ले गया। प्रतिभा और डॉक्टर मोहन बिलकुल मौन, निस्तब्ध और जड़वत् कार में जा बैठे। अनिल ने शोफर से कहा—"चलो, कम्पनी बाग़।"

उस दिन की सारी रात आँखों में ही बीत गई। प्रतिभा को एक पल के लिए भी नींद नहीं आई। रात-भर उसके मन में अनेक प्रकार के विचार उठते रहे। संघर्ष की कोई सीमा नहीं। वह क्या करे और क्या न करे? अनिल, हाँ अनिल ही उसके जीवन का एकमात्र सहारा है। वह अभी कितना नासमझ है। उसे वह क्या कहकर समझाए? वह पापा-पापा की रट लगाए रहता है, एक क्षण भी पापा को नहीं भूलता। उसने जो कुछ स्वयं जोड़ा है, उसे वह कैसे तोड़ डाले? फिर उसे क्या कहकर सान्त्वना देगी वह? उनके अभाव को कैसे दूर करेगी? किसके सहारे जिएगा वह? और...और उनका अपराध? वह कहते हैं कि उन्होंने बलिदान किया है? मैं भी बलिदान करूँगा? किन्तु मुझसे तो वह कुछ भी नहीं कहते। सभी कुछ तो हम लोगों के लिए मिटा डाला है उन्होंने अपना। परन्तु सविता...! उससे कही गई बातें! विवाह...। कैसा विवाह? क्या मुझे अनिल के लिए यह भी करना होगा...? संसार को दिखावे की ज़रूरत है। क्या मैं दिखावा करूँ? वह यही चाहते हैं क्या? प्रतिभा का मन जैसे आत्मग्लानि से भर गया। और तभी अनिल सहसा पलँग से उतरकर नीचे खड़ा हो गया। आँखों में अभी नींद भरी थी। बदन में था आलस्य! प्रतिभा सहसा सचेत होकर बोली—"कहाँ जा रहे हो अनिल?" और बालक ने सहसा उत्तर दिया—"नीचे पापा के पास...।"

युवती ने उसे छाती से लगा लिया—"तू पापा के बिना नहीं रह सकता, क्या? चल मैं भी चल रही हूँ। आज बहुत दिन चढ़ आया। चाय का समय हो गया...।" और जैसे आज जीवन और मृत्यु के संघर्ष में वह नीचे उतर आई।

प्रतिभा ने डॉक्टर साहब के प्याले में चम्मच भर चीनी डालते हुए कहा—"बस या और भी एक चम्मच?"

"बस नहीं, और भी कई चम्मच। आज मैं ख़ूब गहरी और मीठी चाय पीना चाहता हूँ।" उन्होंने उत्तर दिया और कुर्सी की पीठ पर अपना सिर डाल दिया, मानो शरीर ही नहीं, आज वह मन से भी हार माने बैठे हैं।

युवती ने एक...दो...तीन करके बहुत-सी चीनी चाय में झोंक दी। फिर कहा— "इतनी तो बहुत नुक़सान करेगी! न जाने कई दिन से आपको क्या हो रहा है? दूसरों को उपदेश देना सरल है, बस।"

"तुम सब जानती हो। लाओ एक चम्मच और डाल दो बस...।" वह बोले।

"क्या जानती हूँ, और क्या नहीं, मुझे अपनी बुद्धि पर ज़रा भी भरोसा नहीं रहा अब। हाँ, रात-दिन यही सोचा करती हूँ कि दुनिया कैसे जीने देगी...? मुर्दों को घसीटने भर का ही काम रह गया है जैसे सबको।" प्रतिभा ने सेब तराशते हुए कहा।

"हाँ, मैं भी यही सोच रहा हूँ कई दिन से। जिसे देखो, पत्र लिख रहा है तो यही एक बात लेकर, बात करता है तो व्यंग्य कसकर। दूर-दूर के रिश्तेदारों को पत्र लिखने की भी ख़ूब फ़ुरसत मिली है अब। इसी का उपाय सोच रहा हूँ। इतना तो तुम भी जानती हो कि दुनिया चाहे या न चाहे, पर जिन्हें जीना है, वह अवश्य ही जिएँगे, और जीना चाहिए। लोग जीने के लिए न जाने कितने पाप करते हैं और झूठ बोलते हैं, फिर भी जीते ही हैं। मरते भी हैं, मरना है ही सबको, पर अपनी इच्छा से कौन मरना पसन्द करता है। हमारी तरह बहुत कम लोग ऐसे होते हैं, जो जीकर भी मृतवत् रहते हैं। मैं अपनी-तुम्हारी बात नहीं सोचता, दुनिया को ही सोच रहा हूँ। उसे कैसे सन्तोष हो! कई एक से वायदा भी कर चुका हूँ। मेरे वायदे झूठे नहीं होते। और इसीलिए दावत देने की बात सोची है। चाहे हमें हो या न हो, पर दुनिया को तो इसी की ज़रूरत है। यहाँ सब काम डंडे की चोट पर ही सफल होते हैं, प्रतिभा रानी...। तुम्हें कुछ करना न होगा, सब काम होटलवाला कर देगा। तुम्हें तो केवल उतना ही करना होगा जितना रोज़ करती हो।" डॉक्टर ने स्नेहपूर्वक युवती से कहा।

"दावत से क्या होगा? किस उद्देश्य को लेकर यह आयोजन करने को ठानी है आपने?" प्रतिभा ने डॉक्टर साहब की सहज गम्भीर आँखों में अपनी आँखें डालते हुए पूछा।

"सब साफ़ हो जाएगा, यही न चाहती है दुनिया? और उद्देश्य, उद्देश्य तो यही है केवल कि जीवन का कोई उद्देश्य होना ही चाहिए, जिसके आधार पर बिना किसी की टीका-टिप्पणी के जीवन कटता चला जाए।" उन्होंने कहा।

"स्पष्ट कीजिए थोड़ा। साफ़ शब्दों में कहिए। पहेली बनाकर नहीं।" युवती ने दृढ़ता से कहा।

"साफ़ तो यही है कि अनिल के पापा के शादी की दावत दी जाएगी, लोगों को...। उसे पापा की ज़रूरत है और मुझे है केवल उसकी ज़रूरत, और बाक़ी घर-द्वार तो तुम आज भी सम्हाले बैठी ही हो न?" डॉक्टर ने शान्त भाव से कह दिया।

युवती जैसे किसी असमंजस में पड़कर बोली—"बड़ा तमाशा-सा कर रहे हैं आप, कोई क्या कहेगा? और...और फिर उसके बाद?"

डॉक्टर ने बिलकुल निर्विकार भाव से उत्तर दिया—"उसके बाद की बात मैं नहीं जानता। कई बार कह चुका हूँ कि तुम्हारी इच्छा पर सभी कुछ निर्भर है। मैं तुम्हारे विरुद्ध एक भी शब्द कहने तक का साहस अपने में नहीं पाता। इसमें तनिक भी अन्यथा न होगा, विश्वास न छोड़ो, प्रतिभा! मनुष्य-मनुष्य और पशु-पशु है। और तुम मुझे इतना ज़लील बनाना चाहती हो? निःसन्देह यह केवल तमाशा ही सही, पर शादी-विवाहों में क्या, मरना-जीना, हँसी और रंज, सभी में तो तमाशा ही होता है। और तमाशा न हो तभी लोग बकते हैं, तमाशा देखकर सब चुप हो जाते हैं। यह सारी दुनिया ही एक तमाशा है। जो अस्थिर है, क्षणिक है, सीमित है, वह तमाशा नहीं तो और क्या है? अच्छा अम्माँ के बारे में तुम्हारी क्या राय है? उन्हें मैं ज़रूर बुलाना चाहता हूँ। मैं उन्हें स्वयं लेने जाऊँगा।

अनेक बातें कहनी-सुननी होंगी उनसे। उनके आशीर्वाद से यह तमाशा अन्त तक सफल हो सके, केवल इसीलिए उनका आना आवश्यक है।"

प्रतिभा ने यद्यपि इस अद्‌भुत और अपार ज्ञान के भंडार पुरुष को मन-ही-मन प्रणाम किया, फिर भी जैसे पिंजरे में बन्द पक्षी के समान उसकी आत्मा अन्दर-ही-अन्दर छटपटाकर रह गई। डॉक्टर के अकाट्य तर्कों का उत्तर देना उसकी बुद्धि से परे की बात होगी। उसे डॉक्टर पर अटल विश्वास था। स्वयं से भी वह सन्तुष्ट नहीं थी, पर अनिल! उससे जैसे पार-पाना उसके वश की बात नहीं रह गई थी। उससे तो वह बिलकुल ही परास्त हो गई, ऐसा उसने कभी सोचा भी नहीं था।

डॉक्टर साहब ने उसे सचेत करते हुए कहा—"मेरी बुद्धि के ऊपर विश्वास करो प्रतिभा! और माँ के विषय में तो तुमने अभी कुछ भी नहीं बताया।"

युवती ने अपराधिनी की भाँति डॉक्टर की ओर देखते हुए कहा—"उन्हें अवश्य बुला लीजिए। मेरा मन भी लग जाएगा। थोड़ा नाराज़ हो लेंगी तो क्या है! थोड़ी भर्त्सना भी कर लेंगी तो क्या है? आख़िर तो माँ ही हैं...फिर...फिर भला-बुरा निर्णय करने की बुद्धि उनमें अधिक ही होगी। वह जिसे बुरा समझेंगी, वह तो बुरा होगा ही...। तभी तो नाराज़ होंगी!"

"नहीं, ऐसा मत समझो। माँ को देखकर तुम्हें अवश्य ही अपनी धारणा बदल देनी होगी। वह बड़ी दयामयी और दूरदर्शी हैं, प्रतिभा! उनके दर्शन-मात्र से मन शुद्ध हो जाता है। उनकी बड़ी इच्छा थी कि भाई साहब की शादी जिस लड़की से हो...। पर जाने दो वह पुरानी बात है। यदि तुम जैसी स्त्री उन्हें मिली होती तो धन्य हो जातीं। नहीं, सविता जैसी उद्‌दंड और उच्छृंखल नारी की ज़रूरत थी उन्हें तो, तुम्हारी तुलना तो मैं किसी से भी नहीं कर सकता प्रतिभा! अच्छा तो माँ का आना निश्चित हुआ। वह आएँगी, ज़रूर। उन्हें मैं अवश्य ले आऊँगा। केवल दिन भर लगेगा, बस। फिर वह चाहे जितने दिन रहें। किन्तु यह तो निश्चित है कि वह किसी का जी लगाने के लिए नहीं रहेंगी। ऐसा होता तो काशी जाने की जल्दी ही क्या थी?" इतना सब कहकर डॉक्टर मोहन ने फलों और मेवों से भरी प्लेटों को प्रतिभा के सामने रखते हुए कहा—"बातों-बातों में मुझे खिला दिया सब, लो अब तुम खाओ। और खा-पीकर दावत होगी परसों, हाँ परसों रविवार है—उसके पहले तुम्हें सफ़ाई करानी है। समझ गईं न। एक बात और है, उस सैकड़ों आदमियों के बीच, मुझे बेवकूफ़ न बनवा देना। बाहर चाहे न भी बैठो, पर मुँह लपेटकर चटाई पर न पड़ जाना...अच्छा!"

प्रतिभा ने स्वीकृति में सिर झुका दिया, और उसकी आँखों से झर-झर आँसू बह चले। युवक ने उसकी पीठ को सहलाते हुए कहा—"पगली कहीं की। रोने से क्या बनना है? दुनिया में रहना चाहिए हँसकर, और मरना भी चाहिए हँसते-हँसते। अगर तुम इस वक़्त मेरा कलेजा चीरकर देख पातीं प्रतिभा, तो देखतीं कि वहाँ अब शून्य के अतिरिक्त कुछ भी तो नहीं रह गया है। मैं बहुत थकता जा रहा हूँ" कहते हुए डॉक्टर की छाती फटने लगी और पल-भर पहले का हँसता हुआ युवक, बच्चों की तरह फूट-फूटकर रोने लगा।

प्रतिभा अपने को सँभाल न सकी, और उसने अपने काँपते हुए हाथों से युवक का माथा थामकर उसे अपनी धड़कती हुई छाती में छिपा लिया। डॉक्टर को ऐसा लगा, मानो माँ की ममता, बहन का स्नेह, और नारी का प्रेम, सभी कुछ वहाँ अथाह रूप में दबा पड़ा है।" उन्हें अब जीवन में कुछ भी लेना-देना शेष नहीं है। जैसे समस्त विकार

और मन का मैल धुल गया है। और रह गया है केवल कंचनमात्र। यहीं अनन्त विश्राम है और यहीं अमर शान्ति, चिर शान्ति...।

और...और युवती को ऐसा लगा, मानो समस्त संसार को आज उसने अनिल के रूप में पाया है, जैसे अपने अन्तःकरण का सब-कुछ टूटता-सा अनुभव करते हुए भी, उसने कुछ जोड़ धरा है। महान् तृप्ति, सान्त्वना और बड़ी साधना के साथ बड़ा भारी दायित्व ग्रहण किया है, उसने।

दावत का सारा प्रबन्ध बड़ा शानदार था। प्रत्येक की ज़बान पर प्रशंसा थी। बढ़िया-से-बढ़िया फल, मिठाई और नमकीन, देशी और विदेशी ढंग की अनेक प्रकार की चीज़ें प्लेटों में सजाकर रखी गई थीं। ऐसी कोई वस्तु न थी, जो न हो या कम हो। मेजर कासलीवाल की शानदार कोठी के हरे-भरे और पुष्पित उद्यान में बढ़िया-से-बढ़िया सोफ़े, मेज़ और कुर्सियाँ सजाकर बिछाई गई थीं। हर एक मेज़ पर सुगन्धित पुष्पों से भरे फूलदान और हर एक कुर्सी के साथ काँच के गिलासों में, फूल के आकार से बनाए गए स्वच्छ श्वेत रूमाल सजाए गए थे। उनके मित्रों और प्रशंसकों की आँखें अपरिमित उल्लास भरे उन्हें देख रही थीं। वह भी सबके स्वागत में जैसे अपना हृदय ही बिछाए दे रहे थे।

थोड़ी देर तक परस्पर परिचय की क्रिया होती रही। और तभी मिस सविता ने समस्त मंडली पर विष छिड़कते हुए कहा—"मिसेज़ कासलीवाल क्या इस समय भी पर्दे में ही छिपी रहेंगी, यह नियम पार्टी के बिलकुल विरुद्ध है।"

और उनके कहने के साथ ही जैसे सैकड़ों आँखें एक साथ ही इधर-उधर कुछ खोजने लगीं। स्त्रियाँ और पुरुष, बूढ़े और जवान, सबके हाथ रुक गए। सब सामान ज्यों-का-त्यों सामने पड़ा था। जैसे एक साथ ही सबको साँप सूँघ गया। सारा आमोद-प्रमोद पल-भर में फ़ीका पड़ने लगा। तभी डॉक्टर कासलीवाल ने खड़े होकर अपने मित्रों को सम्बोधन करते हुए कहा—"बन्धुओ! मेरे कुल की प्रथा के अनुसार, मेरी पूज्य माता जी को इसमें आपत्ति है कि मिसेज़ इस समय अतिथियों का स्वागत करें। ऐसे अनेक अवसर आएँगे, और अभी थोड़ी देर में कुल-देवता को नमस्कार करने के उपरान्त आप देखेंगे कि माँ के साथ मिसेज़ प्रतिभा आप सबको धन्यवाद देने आएँगी। आप विलम्ब न करें, इस शुभ कार्य में सहायक हों।" क्षण-भर रुककर फिर उन्होंने कहा—"मैं मिस सविता से भी प्रार्थना करता हूँ कि मेरे कुल की मर्यादा को ध्यान में रखते हुए वह सहयोग प्रदान करें।"

जब सब लोग खा-पी चुके, तब डॉक्टर कासलीवाल ने अतिथियों को बड़े सत्कार के साथ उस बड़े 'ड्राइंग-रूम' में लाकर बैठा दिया, जिसकी सजावट स्वयं प्रतिभा ने अपनी देख-रेख में कराई थी।

और साथ ही सबने देखा कि असीम रूप के भार से लदी हुई प्रतिभा, बड़े-से चाँदी के थाल में सोने-चाँदी के वर्कों में लिपटे हुए पान और इलायची लिये सास के साथ हॉल में उपस्थित हुईं। न कोई साज न शृंगार, न पैरों में मेहँदी, और न माँग में सिन्दूर, माथा भी सूना ही पड़ा था। अंग पर केवल शान्ति-पुरी स्वच्छ श्वेत साड़ी और वैसा ही सादा ब्लाउज़, हाथों में केवल दो-दो सोने की चूड़ियाँ पड़ी थीं। पर इतने में ही उसका रूप

फटा पड़ा रहा था। और उधर फटी जा रही थी माँ की वात्सल्य परिपूर्ण छाती, उसका यह सूना सुहाग देख-देखकर। बहुत हठ करने पर भी वह प्रतिभा के अंग पर इस समय एक रंगीन वस्त्र तक नहीं डाल सकी थीं।

प्रतिभा ने पृथ्वी में दृष्टि गड़ाए पान का थाल बीच में ला धरा, और फिर हाथ जोड़कर नमस्कार किया सबको। साथ ही अनेक आँखें उसके अनिंद्य और पवित्र सौन्दर्य पर टिकी-की-टिकी रह गईं। अनेक अतिथियों ने खड़े होकर उसका स्वागत किया, और भाँति-भाँति के अमूल्य उपहार उसको भेंट किए।

सविता ने थोड़ा व्यंग्य करते हुए कहा—"तुम्हारा बच्चा कहाँ है जी...मैं उसके लिए यह विलायती गुड्डा लाई थी...।"

प्रतिभा ने केवल एक तीव्र दृष्टि इस वाचाल लड़की पर डाली, और मेजर कासलीवाल ने एक बार उपेक्षा से उसकी ओर देखकर अपना मुँह फेर लिया। कासलीवाल की माँ ने तुरन्त उत्तर दिया—"उसे तो केवल देशी गुड़िया चाहिए, यह तुम वापस लेती जाओ, वह खेल रहा है...।"

अतिथिगण शुभकामनाओं सहित विदा हुए। माँ भी काशी जाने को हठ करने लगीं। बहुत विरोध करने पर भी, वह फिर आने का वचन देकर अपना सामान ठीक करने लगीं। जब प्रतिभा और मोहन उनकी चीज़ें रखने में जुटे थे, तब अनिल उनका बक्स खखोड़ने में व्यस्त था। माँ ने उसके गले में सोने की कंठी डाल दी, और प्रतिभा के गले में मोतियों का क़ीमती हार डालते हुए कहा—"जब-जब याद करोगी, यहीं दिखूँगी, घबराना नहीं।"

प्रतिभा ने उनके चरणों में अपना माथा टेककर कहा—"और चाहे जो समझे कोई, पर आप कुछ अन्यथा न समझें माँ! आश्रयहीनों को आश्रय दिया है आपने, आशीर्वाद दीजिए कि मैं अपने धर्म का पालन करती हुई, आपके चरणों में स्थान पा सकूँ।"

माँ की आँखों में आँसू भर आए, न जाने वह कैसे थे? उन्होंने कहा—"गृहस्थ में रहकर भी धर्म का पालन हो सकता है बेटी! अभी तुम्हारी उम्र ही क्या है?"

वातावरण कुछ भारी और गम्भीर-सा हो चला। तभी डॉक्टर ने माँ से कहा—"तुम्हारे इन आभूषणों में मेरा कुछ भी साझा नहीं है क्या अम्माँ! कंठी और हार के अलावा मेरे लायक़ कोई चीज़ हो तो देती जाओ न? फिर कौन जाने, नाती-पोतों को दे-लेकर कुछ बचे या न भी बचे।"

माँ ने पुत्र के सिर पर हाथ फेरते हुए कहा—"तुझे सारे घर की शोभा दिये जा रही हूँ, यत्न से रखना। संसार में कंकर-पत्थरों की कमी नहीं है मोहन! कमी है तो केवल मणियों की ही।"

पर इस बात का उत्तर जैसे शून्य में खो गया। माँ ने जिज्ञासा-भरी दृष्टि से पुत्र की ओर देखा और वैसे ही पुत्र ने उत्तर दिया—"अभी तो आपने सुना था कि आप कुछ अन्यथा न समझें। मैं कुछ नहीं जानता कि मैं क्या पा रहा हूँ और क्या खो रहा हूँ। अब तक तो बहुत-कुछ खो ही चुका हूँ माँ! यहाँ तक कि तुम्हें भी...।"

माँ का हृदय युवा पुत्र की बात से तिलमिला-सा उठा। उन्होंने सहसा उन दोनों के हाथ अपने हाथों में लेकर, परस्पर मिलाते हुए कहा—"इसमें अब किसी 'अन्यथा' की गुंजाइश नहीं है, मैंने सब-कुछ देख-सुन लिया है। इसी में मरनेवाले की आत्मा को

शान्ति मिलेगी, और इसी से जीवित रहनेवालों की आत्मा को सन्तोष होगा। गाँठ का धन गँवाकर पश्चात्ताप के अतिरिक्त कुछ हाथ नहीं लगता, बेटी!"

माँ चली गई। सब साथ आकर उन्हें गाड़ी में चढ़ा आए। पुराना ब्राह्मण गुमाश्ता भी साथ गया। जब माँ के चरण छूकर तीनों ने उन्हें नमस्कार किया, तो सहसा वृद्धा की आँखें बरस पड़ीं। फिर सभी रो पड़े। प्रतिभा मन पर अतुल भार धरे, सोचती चली आई—कितने सहृदय और बुद्धिमान् हैं ये लोग।

घर आकर फिर सब ज्यों-का-त्यों सूना-सा अनुभव होने लगा। डॉक्टर साहब ने अपने थके से मन और शरीर को पलँग पर डालते हुए प्रतिभा से कहा—"मन नहीं लग रहा?"

"कैसे लगाऊँ मन? माँ और दो-चार दिन रह जातीं तो..." युवती ने युवक के पलँग की पाटी पर हाथ टेककर वहीं चटाई पर बैठते हुए कहा।

और ठीक उसी समय अब से दो वर्ष पहले की एक दु:खद घटना, शायद उन दोनों को ही याद हो आई, वह दोनों एक साथ ही सिसक-सिसककर रोने लगे।

डॉक्टर साहब ने शायद अनजाने ही युवती का हाथ अपने हाथ में थामकर कहा—"उस दिन ठीक इसी तरह उसने तुम्हारा हाथ अपने हाथ में थामकर, मुझे थमा देने की चेष्टा की थी प्रतिभा! और आज...? तुम मेरी ओर से आज भी कुछ अन्यथा न समझ लेना प्रतिभा रानी! तुम जानो, और माँ जाने, मेरा मन तो ऐसे ही लग जाएगा। अनिल कहाँ है? वह शायद ड्राइवर के पास होगा। उसे बुलाओ। उसी से मन लगाऊँगा अब।"

युवती जड़वत् बैठी रही, और शायद स्वत: ही उसका सिर पलँग की पाटी पर जा टिका और डॉक्टर कासलीवाल की उँगलियाँ अनायास ही उसके कुंचित केशों पर फिरने लगीं, मानो वह दोनों ही उस समय एक आधार की खोज में थे।

कुछ देर बाद, डॉक्टर ने ही मौन भंग करते हुए कहा—"प्रतिभा! मनुष्य के जीवन का कोई भरोसा नहीं। फिर भी वह जितने दिन जीता है, उसे एक लक्ष्य, एक आधार की आवश्यकता सदा महसूस होती रहती है। हम दोनों के जीवन का लक्ष्य है अनिल, उसे मनुष्य बनाना।...फिर अधीर होने का कारण?"

युवती ने अपनी गीली और कमल जैसी विकसित आँखें, युवक के मुँह पर स्थिर करते हुए उत्तर दिया—"मैंने आज तक देवता का वरदान अभिशाप के रूप में ही पाया है। अब यह वरदान, वरदान होकर ही मिले बस...।"

डॉक्टर ने उसके दोनों हाथों को अपने हाथों में थामते हुए कहा—"यही वरदान मुझे भी दे डालो देवी!"

और तभी अनिल मुँह और हाथ-पैरों पर बहुत-सा दही-भात लपेटे हुए, बग़ल में बिल्ली का बच्चा दबाए, उन दोनों के सामने आकर कहने लगा—"मम्मी! पापा! देखिए ये नीना की पूसी मुझे खाना भी नहीं खाने देती अब...।"

सहसा सचेत होकर उन दोनों ने बालक की ओर जैसे ही देखा, वैसे ही वे उसका यह रूप देखकर, खिलखिलाकर हँस पड़े। सारा कक्ष वात्सल्यपूर्ण प्रेम की अबाध धारा से भर गया।

स्वप्न

कमला देवी चौधरी

1

महात्मा जी, सुरीला की जीवन-नौका की पतवार अब मैं आपके हाथों में देता हूँ। आपकी कृपा-दृष्टि के सिवा संसार में इस दुखिया के लिए दूसरा शान्ति का साधन नहीं है।

"अपनी एकमात्र कन्या को अपने समीप न रखकर आश्रम में छोड़ने के लिए विकल क्यों हो?"

"महात्मा जी, कभी आप मेरे मित्र थे, मेरी ज़िन्दगी आपसे छिपी नहीं है। आप महान् आत्मा हो! आपने अपने जीवन में घोर परिवर्तन कर लिया है—आज तपस्वी हो। किन्तु मैं—मैं जो आज से बीस वर्ष पहले था, बिलकुल वही हूँ। केवल इतना अन्तर हुआ है कि जिस दिन से सुरीला विधवा हुई मुझे अपने दुर्व्यसन नरकाग्नि के समान जला रहे हैं।

"महात्मा जी, मैं महानीच हूँ, पापी हूँ, दुराचारी हूँ, व्यभिचारी हूँ। किन्तु मेरी पुत्री सुरीला देवी है, लक्ष्मी है, पवित्रता की प्रतिमा है। गुरुदेव, उस पर दया करो। मुझे भय है कि मुझ पामर के दुर्व्यसनों का प्रभाव कहीं उसके पुनीत विचारों को दूषित न कर दे। अब तक वह पूर्णत: संसार के संसर्ग में नहीं आई है। वह कवि है और किसी और लोक में विचरण करती है! किन्तु नव-यौवन का विकास उसे इस पापी संसार से परिचित कराके रहेगा। देव, उसकी पवित्रता की रक्षा करो। वह विधवा है। मैं उसका पतित पिता उसकी आत्मोन्नति का इच्छुक हूँ। मेरी अन्तिम अभिलाषा है, मेरी देवी समान पुत्री देवी ही बनकर रहे।"

महात्मा ने सुरीला को आश्रम में रखना स्वीकार कर लिया।

2

महात्मा कभी बैरिस्टर थे। उनकी स्त्री लक्ष्मी ने अन्तिम समय में कहा था—दूसरा विवाह न करना, वरना मेरे बच्चों की दुर्गति हो जाएगी। दूसरी माँ प्यार के बदले इनसे...

क्रूर काल ने लक्ष्मी को अपना वाक्य पूरा नहीं करने दिया किन्तु यह अधूरा वाक्य ही बैरिस्टर दीक्षित के हृदय पर अमर छाप डाल गया। लक्ष्मी की उन्मीलित आँखें जाने कैसी व्यथा छोड़ गई थीं, वे टूटते हुए शब्द विनय की ऐसी अनन्त सीमा दिग्दर्शन करा गए थे कि बैरिस्टर दीक्षित ने अनेक विपत्तियों का सामना किया किन्तु दूसरा विवाह नहीं किया। उस दिन से उनके कार्यक्रम में बच्चों का लालन-पालन और मृत लक्ष्मी के चित्र का पूजन सम्मिलित हो गया।

स्त्री के देहावसान के समय बैरिस्टर दीक्षित नवयुवक ही थे। नवीन सभ्यता, पश्चिमीय शिक्षा और फ़ैशनेबुल सोसाइटी का रंग उनमें भी पूर्ण मात्रा में व्याप्त था।

और शायद उनके वे पूर्व संस्कार चेष्टा करने पर भी उनके मन को चलायमान करते थे। हमेशा उनके हृदय में देवासुर-संग्राम छिड़ा रहता। कितनी ही बार आसुरी वृत्तियों ने अपनी विजय-घोषणा करने का निश्चय कर लिया, लेकिन लक्ष्मी की उन आँखों और शब्दों ने सदा उनकी रक्षा की।

संयम की आराधना-हेतु स्त्री-जाति से सर्वथा दूर रहने का उन्होंने निश्चय किया। उनके कई मित्र ऐसे थे, जिनकी स्त्रियों से भी उनकी काफ़ी घनिष्ठता थी। लक्ष्मी के मृत्यु के बाद उन लोगों ने बैरिस्टर दीक्षित को पूर्ण सहानुभूति के साथ बच्चों के लालन-पालन में सहायता भी दी किन्तु बैरिस्टर दीक्षित ने उन लोगों की सहानुभूति की ज़रा भी परवा न करके उनसे मिलना-जुलना तक बन्द कर दिया। वे अपने चारों ओर के वायुमंडल में अब स्त्री के नाम को भी स्थान देना नहीं चाहते थे।

बच्चों को पालनेवाली पुरानी आया से भी कह दिया गया कि अब जाओ पर तुम्हारी पेंशन प्रतिमास मनीआर्डर द्वारा पहुँचती रहेगी। इस मामले में बैरिस्टर दीक्षित ने न आया के आँसुओं की चिन्ता की, न बच्चों के मानसिक क्लेश की। हाँ, बच्चों को स्वतंत्रता थी कि जब इच्छा हो, आया के घर जाकर उससे मिल आया करें। उनके अन्य कर्मचारियों में जो सपत्नीक थे, उनके वेतन में वृद्धि के साथ उनकी आज्ञा हुई कि अलग घर लेकर अपने परिवार को रखें।

यहाँ तक कि बैरिस्टर साहब ने किसी स्त्री-मुवक्किल का केस भी लेना छोड़ दिया। अपनी कन्या सुनीता से बोर्डिंग-हाउस में मिलने तक न जाते, क्योंकि अध्यापिका से मुकाबिला किए बिना लड़कियों से मिल सकना बोर्डिंग-हाउस के नियमानुसार सम्भव नहीं था। छुट्टियों में सुनीता का बड़ा भाई उसे लिवा लाता, तभी पिता-पुत्री एक-दूसरे को देख सकते।

इस प्रकार अनेक कठिन नियमों के आवरण में वे अपने को छिपाकर रखने लगे।

3

बैरिस्टर दीक्षित अपने साथ इतनी सख्ती करने पर भी मानसिक संयम न रख पाते। हर समय मानसिक भावनाओं के साथ उनको घोर युद्ध करना पड़ता। दिन-भर किसी प्रकार विभिन्न कार्यों में चित्त को उलझाए रखते। रात में गीता-पाठ के साथ निद्रादेवी का आह्वान करते, फिर भी स्वप्न में अतीत काल के हास-विलास के दृश्य अपनी छाया डाल ही जाते।

श्यामाचरण वकील के यहाँ पार्टी है। कैलाशबिहारी आग्रा की स्त्री रागिणी आज कैसी सज-धजकर आई है। रागिणी के रूप की बराबरी करनेवाली फैशनेबुल स्त्री जगत् में दूसरी नहीं है। धानी साड़ी मुख पर कैसी खिल रही है।...ऐसे स्वप्न उनके चित्त को उद्विग्न कर जाते।

बैरिस्टर साहब ऑफ़िस में क़ानून का अध्ययन कर रहे हैं और बाहर बरामदे में कोई नया मुवक्किल मुहर्रिर से गुफ़्तगू करता है, तो बैरिस्टर साहब की चितेरी कल्पना सब-कुछ भुलाकर स्त्री के चित्र उनके सम्मुख खींचती। कोई सफ़ेद साड़ी पहने विधवा होगी। पति की सम्पत्ति पर किसी ने अधिकार कर लिया होगा और अब रोटी भी देना अस्वीकार करता होगा। मुक़दमे की बात सोचकर आई है। ध्वनि से भी स्त्री ही प्रतीत होती है। संकोच से धीरे-धीरे बोल रही है।

मुहर्रिर के द्वारा मशविरा तो दे दूँगा किन्तु केस अपने से हाथ में नहीं लूँगा। उसी समय मुहर्रिर कमरे में आता, बैरिस्टर साहब की निमग्नता में बाधा पड़ती। वे कुछ कम्पित हृदय से कल्पनानुसार सुनने की प्रतीक्षा करते। मुहर्रिर कहता—साहब छवम्मीलाल नामक एक मुवक्किल आया है।

लज्जा और ग्लानि से चित्त चंचल हो उठता। वे सोचते—यह क्या है? मेरी मानसिक स्थिति ऐसी दुर्बल तो नहीं थी। प्रवृत्तियों को पराजित करने के साधन उल्टे मुझे ही पराजित कर रहे हैं और मानसिक उन्नति के मार्ग से विमुख करके पतन के मार्ग की ओर आकृष्ट करते हैं। क्या उपाय करूँ भगवान्!

4

पुत्र-पुत्रियों के कर्तव्य से निवृत्त होकर बैरिस्टर दीक्षित ने संन्यास ले लिया। हिमालय की पहाड़ियों में भ्रमण करते हुए एक पहुँचे हुए महात्मा से उनका साक्षात् हुआ। उसी दिन वे उनके शिष्य हो गए।

महात्मा वास्तव में एक दिव्य पुरुष थे। संसार से विरक्त होकर वर्षों उन्होंने कठिन तपस्या की थी। बहुत दिनों तक मानव-समाज से परे भयानक जंगलों और दुर्गम पहाड़ों में विचरण करते रहे थे, किन्तु अपनी साधना को सफलीभूत करके अब फिर मानव-समाज के उपकार की कामना से इस ओर आ गए थे। योगिराज की इच्छा एक आश्रम बनाने की थी, जिसमें भटकते हुए प्राणियों को शान्ति और अध्यात्मवाद का अध्ययन करने का अवसर मिले। साथ ही निर्धनों के लिए वे एक चिकित्सालय भी खोलना चाहते थे। उन्हें अनेक संजीवनी जड़ी-बूटियों का ज्ञान था।

बैरिस्टर दीक्षित ने अपनी सम्पत्ति का आधा भाग देकर योगिराज की इच्छा पूरी की और स्वयं भी उनके साथ आश्रम में रहकर सेवा और उपासना में तन्मय हो गए।

योगिराज की कृपादृष्टि से पूर्ण शान्ति भी प्राप्त हुई और थोड़े ही दिनों में कठिन अभ्यास और तपस्या के द्वारा वे एक महान् तपस्वी बन गए। योगिराज के अनेक शिष्यों में बैरिस्टर दीक्षित का स्थान सर्वप्रथम था। चारों ओर उनकी ख्याति फैल रही थी। उन पर भी लोगों की श्रद्धा-भक्ति उनके गुरु से कम नहीं थी।

योगिराज के शरीर छोड़ देने पर आश्रम ने गुरुदेव के पद के योग्य बैरिस्टर दीक्षित को ही समझा और उसी दिन से उन्हें महात्मा की पदवी भी मिल गई। अब वे बैरिस्टर दीक्षित नहीं, एक प्रसिद्ध महात्मा थे।

5

सुरीला को आश्रम की सीढ़ियों पर बिठाकर उसके पिता गुरुदेव के दर्शन करने गए थे। सुरीला सुदूर तक गंगा की उज्ज्वल जल-धारा का अवलोकन करती हुई अपने विचारों में निमग्न थी। पिता मुझे संन्यास दिलाना चाहते हैं। कहते हैं—इन महात्मा की कृपा से मुझे कृष्ण भगवान् के दर्शन हो जाएँगे, मुझे शान्ति मिलेगी। जिन नट नागर के स्वप्न में अपनी कविताओं में अंकित करती रहती हूँ, उनके दर्शन पाने से बढ़कर और क्या सौभाग्य हो सकता है, किन्तु पिता से विलग होना भी तो आसान नहीं है। और अपने अन्दर अशान्ति तो मुझे कुछ प्रतीत होती नहीं। लोग मुझे दुखिया समझकर मुझ पर

करुणा का भाव दिखलाते हैं, मेरे दुःख पर आँसू बहाते हैं पर मैं तो बहुत सुखी हूँ। पिता मुझे कितना प्यार करते हैं।

मेरी माँ नहीं है, भाई-बहन भी नहीं हैं, मैं अकेली हूँ, लेकिन यह अकेलापन अब तक तो कुछ अखरता नहीं है। कितने तो काम हैं, मुझे यह सोचने की फ़ुर्सत ही कब मिलती है कि मैं अकेली हूँ।

पति के मैंने दर्शन ही नहीं किए। कभी मन दुखी अवश्य होने लगता है। मेरा विवाह पिता ने इतनी छोटी उम्र में क्यों कर दिया? विलायत जाते समय पतिदेव मुझसे मिलने आए, पर लज्जावश मैं उनके समीप गई ही नहीं। वे नाराज़ होकर प्रातः ही चले गए, और विदेश ही में उनकी मृत्यु हो गई। यह ख़याल अवश्य हृदय को ठेस पहुँचाता है।

पिता को छोड़कर मैं यहाँ कैसे रहूँगी? यह आश्रम तो मेरे घर जैसा भी नहीं है। गंगा का किनारा होने से कुछ सुहावना अवश्य जान पड़ता है। मुझे यहाँ फुलवारी लगाने को कहाँ मिलेगी? कविताएँ भी शायद ही लिख सकूँ। महात्मा की आज्ञा पर ही तो चलना होगा न।

और फिर पिता जी को कितना कष्ट होगा? अँधियारे ही में चाय पीते हैं। कोई नौकर भी इतने सबेरे नहीं उठ सकेगा। और मेरी मैना मुझे न देखकर व्याकुल हो जाएगी। मदनगीर बिना मेरे खिलाए आधा चारा भी नहीं खाएगा।

कहीं नौकर ने सन्ध्या समय कबूतरों को बन्द नहीं किया, तो उन्हें बिल्ली खा जाएगी। मेरे पीछे मेरी फुलवाड़ी उजड़ जाएगी। मेरी सारी चिड़ियाँ मर जाएँगी। मिसरानी के बनाए खाने से पिता जी का पेट भी नहीं भरेगा। वे और भी दुबले हो जाएँगे, खाँसी भी बढ़ जाएगी।

सम्भव है, हर समय शराब ही पीते रहें। अभी तो मैं बहुत देर तक उन्हें बातों में लगा लेती हूँ, ताश खेलती हूँ, गाना सुनाती हूँ और सन्ध्या को चिड़ियाखाने की सैर कराती हूँ। फिर सन्ध्या से ही बोतल लेकर बैठ जाया करेंगे। परमात्मा क्या होगा? मैं तो चुपके से शराब में पानी मिला देती हूँ, मेरे पीछे ख़ालिस शराब की पूरी बोतल ही पी गए, तो फिर मुँह से ख़ून गिरने लगेगा। कुछ भी हो, मैं यहाँ नहीं रहूँगी। मेरे पिता शराब पीते हैं, तो क्या हुआ? उनके बराबर मेरे लिये कौन हो सकता है? कौन मुझे वैसा प्यार करेगा? मैं यहाँ किसी प्रकार भी नहीं रहूँगी। किन्तु पिता को कैसे समझाऊँ, वे नाराज़ हो जाएँगे, दुखी होंगे। सोचते-सोचते सुरीला के सुन्दर नेत्रों से बड़े-बड़े मोती-जैसे आँसू टपकने लगे।

महात्मा का शिष्य शेखर स्नान करके आ रहा था, दूर से सुरीला श्वेत संगमरमर की प्रतिमा-सी जान पड़ी। सीढ़ी पर वह ठिठक गया—कोई दुखिया है, रो रही है। उसने मीठी वाणी में पूछा—"देवी, रोती क्यों हो? क्या मैं तुम्हारी कुछ सेवा कर सकता हूँ?"

सुरीला पुरुषों के संसर्ग में नहीं रही थी लेकिन प्रकृति से ही वह निर्भीक थी। लज्जा के वातावरण में वह पड़ी ही न थी। उसने बालकों की भाँति आँसू पोंछते हुए पूछा—"तुम महात्मा के पुत्र हो?"

"मैं महात्मा जी का शिष्य हूँ। वे मुझ पर पुत्र की भाँति ही स्नेह करते हैं।"

"तो तुम कुछ न कर सकोगे। इसी आश्रम के हो न?"

"आश्रमवासी होने से क्या हुआ? कुछ कहो भी तो। सम्भव है, मैं तुम्हारा कुछ उपकार कर सकूँ। हम लोगों का ध्येय ही तो परोपकार है।"

सुरीला ने क्षण-भर पहले सोची हुई सारी बातें शेखर को सुना दीं और बोली—"क्या अब तुम मेरे पिता से सिफ़ारिश कर सकोगे? यों तो मेरे पिता मेरी प्रत्येक इच्छा पूरी करते हैं मगर उनका विचार जम गया कि इस आश्रम में रहने से मेरा कल्याण होगा।

शेखर ने अत्यन्त मधुर शब्दों में सुरीला के पिता के विचारों का समर्थन किया और अनेक प्रकार से सान्त्वना देते हुए उसने कहा—"इसमें क्या हर्ज है? पिता की आज्ञानुसार कुछ दिन यहाँ यह देखो। यदि मन न लगे, तो चली जाना। यहाँ किसी प्रकार का बन्धन थोड़े ही है। तुम्हारी स्वतंत्रता में भी बाधा नहीं पड़ेगी। अपनी इच्छानुसार कविता भी कर सकोगी, फुलवारी में विचरण भी कर सकोगी। यहाँ शिक्षा आदि के अनेक साधन हैं। चलो, तुम्हें यहाँ का पुस्तकालय और चित्रशाला दिखलाऊँ। यहाँ तुम चित्रकला, चिकित्सा, संगीतकला आदि का भी अध्ययन कर सकती हो।"

सुरीला को यह जानकर बहुत सान्त्वना मिली कि शेखर भी कवि है। यहाँ उसे सहानुभूति भी मिल सकती है। शेखर के शब्दों में जाने कैसी मोहिनी थी कि सुरीला आश्रम में रहने को तैयार हो गई।

पिता शीघ्र-शीघ्र आने का वादा करके चले गए।

6

सुरीला और शेखर में मित्रता हो गई। आश्रम में स्त्री-पुरुषों के परस्पर मिलने-जुलने के लिए कोई ख़ास नियम नहीं था। सबको पूर्ण स्वतंत्रता थी। दोनों आश्रम के कार्य, पूजा-उपासना आदि से निवृत्त होकर कलकल-नादिनी गंगा के तट पर बैठकर कविता लिखते, कभी वार्तालाप करते और कभी अध्यात्मवाद का विषय लेकर वाद-विवाद करते। दोनों के विचारों में किसी प्रकार की अपवित्रता नहीं थी। वे यथाशक्ति गुरुदेव के बताए मार्ग पर चलते। गुरु के उपदेशानुसार ही अध्ययन, उपासना तथा अभ्यास करते।

किन्तु गुरु को यह मैत्री खटकी। एक नवयुवक और नवयुवती का इस प्रकार हर समय का साथ, एक का दूसरे के प्रति इतना अनुराग, उचित नहीं है। संयम में विघ्न पड़ सकता है। शेखर अभी अभ्यास ही कर रहा है, तपस्वी नहीं बन पाया है, और सुरीला को तो आश्रम में प्रविष्ट हुए अभी कुछ ही दिन हुए हैं। गुरुदेव ने अपने ये विचार किसी पर प्रकट तो नहीं किए पर इन दोनों पर कड़ी दृष्टि रखना प्रारम्भ कर दिया।

उन्होंने शेखर से कहा—"पुत्र, मैं तुमसे बहुत प्रसन्न हूँ। भगवान् तुम पर शीघ्र प्रसन्न होंगे। अब वह समय आ गया है कि तुम कुछ दिनों तक एकान्तवास में तपस्या करो। एक सप्ताह बाद तुम्हें एक पहाड़ की कन्दरा में जाना होगा।"

शेखर ने मस्तक नत करके गुरुदेव की आज्ञा स्वीकार की। गुरु ने सुरीला को नीचे से बदलकर छत पर अपने कमरे के समीप एक दूसरा स्थान दे दिया। सुरीला के मन में शंका हुई—क्या गुरु मेरे ऊपर सन्देह करते हैं किन्तु उसने स्वयं ही अपने विचार की निन्दा की और गुरु की श्रद्धा-भक्ति में किसी प्रकार का अन्तर नहीं आने दिया।

उस दिन रजनी दुग्ध से स्नान कर रही थी। उसके शरीर से दुग्ध धारा ने बहकर सारी प्रकृति को श्वेत बना दिया था। उसी श्वेत वातावरण में हरी घास की सुकोमल शय्या पर बैठे सुरीला और शेखर वार्तालाप कर रहे थे। शेखर ने कहा—"सुरीला, गुरुदेव की आज्ञा से अब मैं एक मास के लिए एकान्तवास करने जाऊँगा।"

सुरीला पर वज्रपात हुआ। उसे ऐसा जान पड़ा, मानो हृदय की धड़कन बन्द हुई जाती है। वेदना उसके हृदय को मसलने लगी। वह भयभीत हिरणी की नाईं छलकते आँसुओं से शेखर का मुँह निहारती रह गई।

सुरीला की यह दशा देखकर शेखर का मन भी जाने कैसा होने लगा, किन्तु उन्होंने हृदय को दृढ़ करके कहा—"घबराती क्यों हो? शान्ति से चित्त एकाग्र करके रहो। गुरु के उपदेशों पर मनन करना, तुम्हारा चित्त शान्त हो जाएगा।"

सुरीला ने कहा—"शेखर, तुम चले जाओगे, तो मैं किसी प्रकार भी यहाँ न रह सकूँगी। मुझे पिता के यहाँ पहुँचा दो।"

"नहीं, सुरीला, इतने दिनों के अभ्यास को इस प्रकार न तोड़ो। मैं गुरुदेव से प्रार्थना करूँगा कि वे अब तुम्हें अधिक समय दें। गुरु के उपदेशों से तुम्हें शान्ति मिलेगी।"

घबड़ाकर सुरीला ने कहा—"नहीं, शेखर ऐसा न करना बल्कि गुरु से कहो, मुझे भी एकान्तवास की आज्ञा दें।"

"ऐसा तो नहीं हो सकेगा सुरीला, गुरुदेव तुम्हें एकान्तवास में जाने की आज्ञा नहीं देंगे। अभी तुम उस कठिन तपस्या में सफल न हो सकोगी!"

"तो शेखर, मैं यहाँ नहीं रहूँगी। मुझे क्षमा करना, शेखर, गुरु से मुझे एक प्रकार का भय लगता है। उनसे अधिक मुझे तुम पर..."

बीच ही में बात काटकर शेखर ने ताड़ना के शब्दों में कहा—"कैसी बातें करती हो, सुरीला! गुरुदेव पर भक्ति करो।"

काँपते हुए स्वर से सुरीला ने कहा—"शेखर, मैंने अनेक बार देखा है, गुरु छिपकर हम दोनों की बातें सुनते हैं।"

"तो दोष क्या है? हम लोगों पर दृष्टि रखना गुरु का कर्तव्य है।"

सिसकते हुए सुरीला बोली—"इतना ही नहीं, शेखर, रात्रि में मुझे कई बार शुबहा हुआ, किवाड़ की दराज़ में से कोई मेरे कमरे में झाँकता है। तुमने जो अपना चित्र बनाकर मुझे दिया था, वह मेरे कमरे से कोई चुराकर ले गया। मुझे यह काम गुरु का ही जान पड़ता है। मैं यहाँ नहीं रहूँगी, या फिर तुम कुछ दिनों बाद जाना।"

सुरीला सिसक-सिसककर रोने लगी। क्षणभर मौन रहने के बाद उसने शेखर से कहा—"शेखर, मेरा मन तुमसे भय नहीं खाता।"

इस सरलता पर शेखर हँस दिया। और इस समय इस प्रसंग को भुलाने के लिए उसने कहा—"आओ, कुछ देर रामायण का पाठ करें।"

7

सुरीला रामायण गाने लगी। शेखर आधा लेटा हुआ सुनने लगा। पुष्पवाटिका का मनोरम प्रसंग चल रहा था। दोनों तुलसीदास के भक्ति रस का स्वाद ले रहे थे, बिलकुल रामायण में तन्मय थे।

और गुरु? गुरु छत की खिड़की पर आधी रात में दोनों के बीच का भेद लेने के लिए बैठे थे! जाग्रत अवस्था में ही गुरु को स्वप्न-सा भान हुआ—यह सुरीला कितनी सुन्दर है, मानो सौन्दर्य स्वयं देवी-रूप में प्रकट हुआ है। रागिणी का रूप इसकी छाया के बराबर भी न था।

गुरु चौंक पड़े। आज वर्षों बाद अतीत काल की स्मृति क्यों हिलोरें लेने लगी? 'हरि ओऽम्' उच्चारण करके गुरु ने आकाश पर हँसते हुए चन्द्रमा को देखा और क्षितिज पर बैठी हुई सुरीला पर दृष्टि डाली। उन्हें ऐसा जान पड़ा, मानो चन्द्रमा का कुछ भाग टूटकर सुरीला बन गया है। उन्हें प्रतीत होने लगा कि भगवान् ने प्रसन्न होकर उन्हें दिव्य दृष्टि प्रदान की है। सुरीला चन्द्रमा का अंश ही नहीं, रामायण की सीता भी है, विष्णु की लक्ष्मी भी है, कृष्ण की राधिका भी है और कामदेव की सौन्दर्यवती रति भी है। गुरु बेसुध होकर, भक्ति-सागर में डूबकर राधा, लक्ष्मी, सीता के दर्शनामृत का पान करने लगे।

इस समाधिस्थ अवस्था में कितना समय व्यतीत हो गया, गुरु जान ही न सके। कुक्कुट ने मदमाती बाग से उषा के आगमन की सूचना दी, तो शेखर ने कहा—"सुरीला, उठो, आज आश्रम की धुलाई करने की हम लोगों की पारी है। मैं पानी लाता हूँ, तुम चलकर पहले गुरुदेव का कमरा झाड़ दो।"

गुरु खिड़की पर सर रखे निद्रा में निमग्न थे। यह समय तो उनका वायु-सेवन के लिए आश्रम से बाहर जाने का है। सुरीला झाड़ू लिये गुरु के जागने की प्रतीक्षा में द्वार पर खड़ी रही। गुरु मनोरंजक स्वप्न देख रहे थे—वृन्दावन विजन वन में चन्द्रदेव पूर्ण कलाओं से शोभायमान है। मनोमुग्धकारी रजत चन्द्रिका विपिन को सौरभ दान कर रही है, और उसी विमल चाँदनी की शय्या पर सौ चन्द्रमा की कान्ति को लज्जित करनेवाले भगवान् कृष्ण दाहिने कर में मुरलिका लिये नृत्य कर रहे हैं, और उनके बायें पार्श्व में प्रियतमा राधिका शोभा पा रही हैं।

अनेक देवताओं के साथ गुरु भी विमान पर बैठे पुष्प-वर्षा कर रहे हैं। भक्त-वत्सल भगवान् कृष्ण ने मुरलिका ऊपर उठाकर गुरु को समीप आने का संकेत किया। भक्ति में उन्मत्त होकर गुरु विमान से कूद पड़े और भगवान् ने उन्हें अपने में लीन कर लिया। अब भगवान कृष्ण और गुरु जुदा नहीं थे।

फिर एक बार राधिका के मुख पर दृष्टि डालकर मुरली मनोहर ने कहा—"प्रिये, संसार में तुम सुरीला थीं और मैं महात्मा था। अभी मृत्युलोक में फिर चलकर प्राणियों का उद्धार करना है।

इतना कहकर भगवान् पूर्ण गति से नृत्य करने लगे। रासलीला समाप्त कर वे राधिका को लेकर फिर संसार में चले आए। अभी पृथ्वी का पूर्णोद्धार नहीं हुआ था।

राधिका बोली—"प्राणेश, क्या मुझे अभी और विलग रहना होगा? इस बार की जुदाई तो सीता-वनवास से भी अधिक हो गई, देव।"

कृष्ण ने राधिका का आलिंगन कर लिया और बोले—"कहो प्रिये, अब हम तुम साथ रहकर ही पृथिवी का उद्धार करेंगे।"

जागकर भी गुरु को चेतना नहीं हुई। उन्मत को भाँति सुरीला का हाथ पकड़कर बोले—"राधिका प्रिये,..."

सुरीला गुरु का हाथ झटककर चीखती हुई भागी—"मुझे बचाओ, शेखर।"

शेखर जल की बाल्टी लेकर सीढ़ियाँ पार कर चुका था। यह दृश्य देखकर अप्रतिभ-सा खड़ा रह गया। उसी समय सुरीला बिजली की भाँति टूटकर उसके पैरों के समीप गिर पड़ी। बाल्टी की कोर माथे में चुभ गई और ख़ून की धारा बह निकली।

बेसुध-सी सुरीला को गोद में उठाकर शेखर आश्रम से बाहर हो गया। सारे आश्रम में कोलाहल मच गया। घटना का पता लगाने के लिए आश्रमवासी गुरु के समीप गए। लेकिन दरवाजे बन्द थे। सभी ने समझा, गुरु समाधि में हैं। शेखर ने बिना कुछ कह ही साथियों से विदा माँग ली।

पिता से चिपटकर सुरीला खूब रोयी। पिता भी रोने लगे।

"अच्छा किया आ गईं सुरीला। अब मेरा अन्तिम समय निकट जान पड़ता है।" बात करते-करते उनके मुँह से लाल-लाल रक्त गिरने लगा। शेखर उपचार में लग गया। सुरीला और भी बिलख उठी—"मुझे अपने से जुदा करके तुमने अपनी क्या गति कर ली पिता जी।"

नौकर ने शेखर के नाम एक पत्र लाकर दिया—

शेखर, सुरीला ने मेरी आँखें खोल दीं। मैं भ्रम में था, जिसे अब तक स्वप्न समझा था, वास्तव में हकीकत थी, और जिसे हकीकत समझा था, वही स्वप्न था। मुझे अपने मार्ग का दिग्दर्शन अब हुआ। मैं जाता हूँ और आश्रम का भार तुम दोनों पर छोड़ता हूँ। तुम सुरीला से विवाह कर लो, तुम्हारा कल्याण होगा। मानुषिक प्रेम द्वारा ही तुम्हें दिव्य प्रेम का परिचय मिलेगा। प्रवृत्तियों के दमन करने से नहीं, बल्कि उन्हें आध्यात्मिक रूप में परिवर्तित करने से ही वास्तविक शान्ति की प्राप्ति होगी। यही तुम्हारे गुरु का अन्तिम उपदेश है।

भाई-बहन

सत्यवती मलिक

"माँ जी!...हाय! माँ जी!...हाय!" एक बार, दो बार, पर तीसरी बार 'हाय! हाय!' की करुण पुकार सावित्री सहन न कर सकी। कार्बन पेपर और डिज़ाइन की कापी वहीं कुर्सी पर पटककर शीघ्र ही उसने बाथरूम के दरवाज़े के बाहर खड़े कमल को गोद में उठा लिया और पुचकारते हुए कहा, "बच्चे सबेरे-सबेरे नहीं रोते।"

"तो निर्मला मेरा गाना क्यों गाती है, और उसने मेरी सारी क़मीज़ क्यों छींटे डालकर गीली कर दी है?"

स्नानागार में अभी तक पतली-सी आवाज़ में निर्मला गुनगुना रही थी—"एक लड़का...था...वह रोता...रहता..."

"बड़ी दुष्ट लड़की है। नहाकर बाहर निकले तो सही, ऐसी पीटूँगी कि वह भी जाने।" माँ से यह आश्वासन पाकर कमल कपड़े बदलने चला गया।

न जाने कितनी मंगल-कामनाओं, भावनाओं और आशीर्वादों को लेकर सावित्री ने अपने भाई के जन्म-दिन पर उपहार भेजने के लिए एक श्वेत रेशमी कपड़े पर तितली का सुन्दर डिज़ाइन खींचा है। हल्के नीले, सुनहरे और गहरे लाल रंग के पीले अक्षरों के साथ-ही-साथ जाने कितनी मीठी स्मृतियाँ भी उसके अन्त:स्थल में उठ-उठकर बिंध-सी जा रही हैं, और अनेक वन, पर्वत, नदी, नाले तथा मैदान के पार दूर से एक मुखाकृति बार-बार नेत्रों के सम्मुख आकर उसके रोम-रोम को पुलकित कर रही है। कभी ऐसा भी लगने लगता है, मानो सामने दीवार पर लटकी हुई नरेन्द्र की तसवीर हँसकर बोल उठेगी। सावित्री की आँखों में प्रेमाश्रु छलक उठे। तितली का एक पंख काढ़ा जा चुका है, किन्तु दूसरा आरम्भ करने के पूर्व ही कमल की सिसकियों और आँसुओं ने सावित्री को वहाँ से उठने को विवश कर दिया।

स्कूल की चीज़ें को बैग में डालते हुए निर्मला से निकट खड़े होकर सावित्री ने कड़ककर कहा, "निर्मल, तुझे शर्म नहीं आती क्या? इतनी बड़ी हो गई है! कमल तुझसे पूरे चार वर्ष छोटा है। किसी चीज़ को उसे छूने तक नहीं देती। हर घड़ी वह बेचारा रोता रहता है। अगर उसने तेरे पेन्सिल-बाक्स को तनिक देख लिया, तो क्या हुआ?"

निर्मला सिर नीचा किए मुस्करा रही थी। यह देखकर सावित्री का पारा और भी अधिक चढ़ गया। उसने ऊँचे स्वर में कहना शुरू किया, "रानी जी, बड़े होने पर पता चलेगा, जब इन्हीं दुर्लभ सूरतों को देखने के लिए भी तरसोगी। भाई-बहन सदा साथ-साथ नहीं रहते।"

माँ की झिड़कियों ने बालिका के नन्हे मस्तिष्क को एक उलझन में डाल दिया। आश्चर्यान्वित हो वह केवल माँ के क्रुद्ध चेहरे की ओर एक स्थिर, गम्भीर, कुतूहलपूर्ण दृष्टि डालकर रह गई।

क़रीब आधा घंटा बाद किंचित् उदास-सा मुख लिये निर्मला जब कमल को साथ लेकर स्कूल चली गई, तब सावित्री को अपनी सारी वक्तृता सारहीन प्रतीत होने लगी। सहसा उसे याद आने लगी, कुछ वर्ष पूर्व की एक बात। तब वह नरेन्द्र से क्यों रूठ गई थी? छि:! एक तुच्छ, बात पर...किन्तु आज जो बात तुच्छ जान पड़ती है, उन दिनों उसी तुच्छ, निकृष्ट, ज़रा-सी बात ने इतना उग्र रूप क्यों धारण कर लिया था, जिसके कारण भाई-बहन ने आपस में पूरे एक महीने तक बात भी न की थी! एकाएक सावित्री के चेहरे पर हँसी प्रस्फुटित हो उठी, जब उसे स्मरण हो आया नरेन्द्र का दिन-रात नये-नये रिकार्ड लाकर ग्रामोफ़ोन पर बजाना और एक दोस्त की दूरबीन माँगकर आते-जाते बहन के कमरे की ओर झाँकना कि किसी तरह इन दोनों चीज़ें का प्रभाव सावित्री पर पड़ रहा है या नहीं! उसे यह याद करके ख़ूब हँसी आई कि कैसे वह मौन धारण किए हुए मिठाई की तश्तरी नरेन्द्र के कमरे में रख आती थी।

टेबिल-क्लाथ पुन: हाथ में लेकर काढ़ते हुए सावित्री ने मन-ही-मन प्रतिज्ञा की कि अब से बच्चों को बिलकुल डाँट-फटकार नहीं बताएगी, किन्तु इधर बारह बजे की आधी छुट्टी में खाने के समय फिर कई अभियोग कमल की ओर से मौजूद थे—"निर्मला मुझे अपने साथ-साथ नहीं चलने देती, पीछे छोड़ आती है। 'मन्दाकिनी पूर्ण धाराएँ' के बदले 'कमलकिनी पूर्ण धाराएँ' गाना गाती है और गधा कहती है।"

मामला कुछ गम्भीर न था, और दिन होता, तो शायद निर्मला की इन शरारतों को सावित्री हँसी समझकर टाल देती, परन्तु यह उद्दंड लड़की सबेरे से ही उसके प्रिय तथा आवश्यक कार्य में बार-बार बाधा डाल रही है। एक हलकी चपत निर्मला को लगाते हुए माँ ने डाँटकर कहा, "बस कल ही स्कूल से तेरा नाम कटवा दिया जाएगा। यह सब अंग्रेज़ी स्कूल की शिक्षा का ही नतीजा है। ज़रा-सी लड़की ने घर-भर में आफ़त मचा रखी है। अभी से भाई-बहनों की शकल-सूरत नहीं भाती, बड़ी होने पर न जाने क्या-क्या करेगी!" फिर थाली में पूरी-तरकारी डालकर बच्चों के आगे रखते हुए ज़रा धीरे स्वर में कहा—"देखा निर्मला, जब मैं तुम्हारे बराबर की थी, तब अपने भाई-बहनों को कभी तंग नहीं करती थी, कभी अपने माता-पिता को दु:ख नहीं देती थी।" किन्तु यह बात कहते हुए भीतर-ही-भीतर सावित्री को कुछ झिझक-सी हो आई।

"हम दोनों सीता के घर से जुलूस देखेंगे माँ, अच्छा!" कमल ने विनम्र स्वर में अनुमति चाही।

"नहीं जी, क्या अपने घर से दिखाई नहीं पड़ता?" दरवाज़े की ओट में निर्मला खड़ी थी। "कैसी चालाक है। इस ग़रीब को आगे करती है, जब ख़ुद कुछ कहना होता है। जाओ जाना हो तो।" सावित्री ने झुँझलाकर उत्तर दिया।

पाँच बजे मुहर्रम का जुलूस निकलनेवाला था। पल भर में चौराहे पर सैकड़ों मनुष्यों की भीड़ इकट्ठी हो गई। सावित्री का ध्यान कभी काले-हरे, रंग-बिरंगे वस्त्र पहने जनसमूह की ओर, कभी जुलूस के कारण रुकी हुई मोटर-गाड़ियों में बैठे हुए व्यक्तियों की ओर अनायास ही खिंच रहा था। और इधर बालिका निर्मला के होश-हवास एकाएक गुम-से हो गए जब उसे सारे घर में कमल की परछाईं तक नजर न आई। व्याकुल-सी हो, वह एक कमरे से दूसरे में और फिर बरामदे में पंखहीन पक्षी की नाईं फड़फड़ाती हुई दौड़ने लगी। उसकी आँखों के सामने अँधेरा-सा छा गया। उसे

सब-कुछ सुनसान-सा प्रतीत होने लगा। वह माँ से कई बार छोटे बच्चों के भीड़-भाड़ में खो जाने का हाल सुन चुकी है। आह—उसका भैया—कमल, वह क्या करे?

नीचे की सड़क पर भाँति-भाँति के रंग-बिरंगे खिलौने, नये-नये ढंग के गुब्बारे, काग़ज़ के पंखे, पतंग और भिन्न-भिन्न प्रकार के सुर निकालते हुए बाजे लाकर बेचनेवालों ने बाल जगत् के प्रति एक सम्मोहन जाल-सा बिछा रखा है। कुछ दूर से मानो नेपथ्य में से ढमाढम-ढमाढम ढोल-बाजों की ध्वनि बढ़ती आ रही है। निर्मला इन सब चित्ताकर्षक चीज़ें को बिना देखे-सुने ही भीड़-भाड़ को चीरती हुई वेगपूर्वक भागती-भागती सीता के घर भी हो आई, पर कमल तो वहाँ भी नहीं है। रोते-रोते निर्मला की आँखें सूज आईं, चेहरे का रंग सफ़ेद पड़ गया! आख़िर वह हिचकियाँ लेते हुए रुँधे गले से माँ के पास जाकर बोली, "कमल...कमल तो सीता के घर भी नहीं है।"

सावित्री का तन-बदन एक बार सहसा काँप उठा। क्षण-भर में भीड़, मोटर और गाड़ियों के भय से कई अनिष्ट आशंकाएँ उसकी आँखों के आगे घूम-सी गईं। किन्तु वह अपनी भीरु लड़की की नस-नस से परिचित थी। उसे पूरा विश्वास था कि कमल ज़रूर ही कहीं-न-कहीं किसी दुकान पर खड़ा होकर अथवा किसी नौकर के साथ जुलूस देख रहा होगा, फिर भी उसने फूट-फूटकर रोती हुई निर्मला को हृदय से नहीं लगाया और न उसे धीरज ही बँधाया, बल्कि आश्चर्यचकित-सी हो, आश्वासन का एक शब्द तक कहे बिना मानो वह लड़की की रुलाई को समझने का प्रयत्न कर रही थी। रह-रहकर एक सन्देह-सा उसके मन में उठने लगा—मुझसे भी अधिक...भला माँ के दिल से भी ज़्यादा किसी और को दर्द-चिन्ता हो सकती है? और यह निर्मला तो दिन-रात कमल को सताया करती है!

जुलूस समाप्त हो गया। क्रमशः दर्शकों के झुंड भी छिन्न-भिन्न होने लगे। मोटर-गाड़ियों का धड़ाधड़ आना-जाना पूर्ववत् जारी हो गया। और सामने ही फुटपाथ पर सफ़ेद निकर और सफ़ेद कमीज़ पहने पड़ोसी डॉक्टर के नौकर के हाथ-में-हाथ लटकाये कमल घर आता हुआ दिखाई दिया।

सीढ़ियों में से फिर सिसकने की आवाज सुनकर सावित्री ने देखा तो मंत्रमुग्ध-सी रह गई। कमल को दृढ़ पाश में बाँधे निर्मला दुगने वेग से रो रही है। उसके कोमल गुलाबी गाल मोटे-मोटे आँसुओं से भींगे जा रहे हैं और वह बार-बार कमल का मुख चूम-चूमकर कह रही है—"पगले! तू कहाँ चला गया था? गधे! तू क्यों चला गया था?"

सावित्री का हृदय उमड़ आया, पुनीत प्रेम के इस दृश्य को देखकर एक आनन्द की धारा-सी उसके अन्तस्थल में बहने लगी। झरते हुए आँसुओं के साथ उसने कमल की जगह निर्मला को छाती से लगाकर उसका मुँह चूम लिया और कहा—"बेटा, बहन को प्यार करो। देखो, वह तुम्हारी ख़ातिर कितनी रोयी है। तुम बिन कहे क्यों चले जाते हो?"

निर्मला का इतना आदर होते देखकर कमल बोल उठा—"तो क्या मैं वहाँ नहीं रोया था?"

"तुम रोये क्यों थे जी?" माँ ने कुतूहलवश पूछा।

"मुझे गुब्बारा लेना था, पैसा नहीं था।"

निर्मला ने दौड़कर अपने जमा किए हुए पैसों की एक चवन्नी से दो गुब्बारे और दो काग़ज़ के खिलौने कमल को लाकर दिये और एक बार फिर उसे भुजाओं में जकड़कर कहा—"गधे! तू चला क्यों गया था?"

सिक्का बदल गया

कृष्णा सोबती

खद्दर की चादर ओढ़े, हाथ में माला लिये शाहनी जब दरिया के किनारे पहुँची तो पौ फट गई थी। दूर-दूर आसमान के परदे पर लालिमा फैलती जा रही थी।

शाहनी ने कपड़े उतारकर एक ओर रखे और 'श्रीराम, श्रीराम' करती पानी में हो ली। अंजलि भरकर सूर्य देवता को नमस्कार किया, अपनी उनींदी आँखों पर छींटे दिये और पानी से लिपट गई।

चिनाब का पानी आज भी पहले-सा ही सर्द था, लहरें लहरों को चूम रही थीं। दूर सामने कश्मीर की पहाड़ियों से बर्फ़ पिघल रही थी, उछल-उछल आते पानी के भँवरों से टकराकर कगार गिर रहे थे, लेकिन दूर-दूर तक बिछी रेत आज न जाने क्यों ख़ामोश लगती थी। शाहनी ने कपड़े पहने, इधर-उधर देखा, कहीं किसी की परछाईं तक न थी। पर नीचे रेत में अनगिनत पाँवों के निशान थे। वह कुछ सहम-सी उठी!

आज इस प्रभात की मीठी नीरवता में न जाने क्यों कुछ भयावना-सा लग रहा है। वह पिछले पचास वर्षों से यहाँ नहाती आ रही है। कितना लम्बा अरसा है। शाहनी सोचती है, एक दिन इसी दरिया के किनारे वह दुलहिन बनकर उतरी थी। और आज...। आज शाह जी नहीं, उसका वह पढ़ा-लिखा लड़का नहीं, आज वह अकेली है, शाह जी की लम्बी-चौड़ी हवेली में अकेली है। पर नहीं यह क्या सोच रही है वह सवेरे-सवेरे। अब भी दुनियादारी से मन नहीं फिरा उसका। शाहनी ने लम्बी साँस ली और 'श्रीराम, श्रीराम' करती बाज़ारे के खेतों से हो घर की राह हो ली। कहीं-कहीं लिपे-पुते आँगनों पर से धुआँ उठ रहा था। टन-टन बैलों की घंटियाँ बज उठती हैं। फिर भी...फिर भी कुछ बँधा-बँधा-सा लग रहा है। शाहनी ने नज़र उठाई। यह मीलों फैले खेत अपने ही हैं। भरी-भराई नई फसल को देखकर शाहनी किसी अपनत्व के मोह में भीग गई। यह सब शाहनी की बरकतें हैं। दूर-दूर गाँवों तक फैली हुई ज़मीनें, ज़मीनों के कुएँ—सब अपने हैं। साल में तीन फ़सल, ज़मीन तो सोना उगलती है। शाहनी कुएँ की ओर बढ़ी आवाज़ दी, "शेरा, शेरा, हसैना, हसैना...।"

शेरा शाहनी का स्वर पहचानता है। वह न पहचानेगा! अपनी माँ जैना के मरने के बाद वह शाहनी के पास ही पलकर बड़ा हुआ। उसने पास पड़ा गँड़ासा, 'शटाले' के ढेर के नीचे सरका दिया। हाथ में हुक्का पकड़कर बोला—"ऐसे-सैना-सैना...।" शाहनी की आवाज़ उसे कैसे हिला गई। अभी तो वह सोच रहा था कि उस शाहनी की ऊँची हवेली की अँधेरी कोठरी में पड़ी सोने-चाँदी की सन्दूकचियाँ उठाकर...कि तभी "शेरे-शेरे...।" शेरा गुस्से से भर गया। किस पर निकाले अपना क्रोध? शाहनी पर। चीख़ कर बोला—"ए मर गई ऐ—रब्ब तैनू मौत दे...।"

हसैना आटेवाली कनाली एक ओर रख, जल्दी-जल्दी बाहर निकल गई। "ऐ आई आँ—क्यों छाबेले (सुबह-सुबह) तड़पना है?"

अब तक शाहनी नज़दीक पहुँच चुकी थी। शेरे की तेजी सुन चुकी थी। प्यार से बोली, "हसैना, यह वक़्त लड़ने का है? वह पागल है, तो तू ही जिगरा कर लिया कर।"

"जिगरा!" हसैना ने मान भरे स्वर में कहा—"शाहनी, लड़का आख़िर लड़का ही है, कभी शेरे से भी पूछा है कि मुँह अँधेरे क्यों गालियाँ बरसाई हैं इसने?" शाहनी ने लाड़ से हसैना की पीठ पर हाथ फेरा, हँसकर बोली, "पगली, मुझे तो लड़के से बहू अधिक प्यारी है! शेरे—"

"हाँ शाहनी!"

"मालूम होता है, रात को कुल्लूबाल के लोग आए हैं यहाँ।"—शाहनी ने गम्भीर स्वर में कहा।

शेरे ने ज़रा रुककर, घबराकर कहा, "नहीं शाहनी।" शेरे के उत्तर को अनसुनी कर शाहनी ज़रा चिन्तित स्वर से बोली, "जो कुछ भी हो रहा है अच्छा नहीं। शेरे, आज शाह जी होते तो शायद कुछ बीच-बचाव करते। पर...।" शाहनी कहते-कहते रुक गई। आज क्या हो रहा है। शाहनी को लगा जैसे जी भर-भर आ रहा है। शाह जी को बिछुड़े कई साल बीत गए, पर आज कुछ पिघल रहा है। शायद पिछली स्मृतियाँ..., आँसुओं को रोकने के प्रयत्न में उसने हसैना की ओर देखा और हलके से हँस पड़ी। और शेरा सोच ही रहा है, क्या कह रही है शाहनी आज! शाह जी क्या, कोई भी कुछ नहीं कर सकता। यह होके रहेगा क्यों न हो? हमारे ही भाई-बन्दों से सूद ले-लेकर शाह जी सोने की बोरियाँ तोला करते थे। प्रतिहिंसा की आग शेरे की आँखों में उतर आई। गँड़ासे की याद हो आई। शाहनी की ओर देखा नहीं...नहीं, शेरा इन पिछले दिनों में तीस-चालीस क़त्ल कर चुका है, पर-पर वह ऐसा नीच नहीं...सामने बैठी शाहनी नहीं, शाहनी के हाथ उसकी आँखों में तैर गए। वह सर्दियों की रातें, कभी-कभी शाह जी की डाँट खाके वह हवेली में पड़ा रहता था। और फिर लालटेन की रोशनी में वह देखता है, शाहनी के ममता भरे हाथ दूध का कटोरा थामे हुए—"शेरे-शेरे उठ, पी ले।" शेरे ने शाहनी के झुर्रियाँ पड़े मुँह की ओर देखा तो शाहनी धीरे-से मुस्करा रही थी। शेरा विचलित हो गया। आख़िर शाहनी ने क्या बिगाड़ा है हमारा? शाह जी की बात शाह जी के साथ गई, वह शाहनी को ज़रूर बचाएगा। लेकिन कल रातवाला मशवरा। वह कैसे मान गया था फिरोज की बात!—"सब-कुछ ठीक हो जाएगा, सामान बाँट लिया जाएगा।"

"शाहनी, चलो तुम्हें घर तक छोड़ आऊँ।"

शाहनी उठ खड़ी हुई। किसी गहरी सोच में चलती हुई शाहनी के पीछे-पीछे मज़बूत क़दम उठाता शेरा चल रहा है। शंकित-सा इधर-उधर देखता जा रहा है। अपने साथियों की बातें उसके कानों में गूँज रही हैं। पर क्या होगा शाहनी को मार कर?

"शाहनी!"

"हाँ शेरे।"

शेरा चाहता है कि सिर पर आनेवाले ख़तरे की बात कुछ तो शाहनी को बता दे, मगर वह कैसे कहे?

"शाहनी..."

शाहनी ने सिर ऊँचा किया। आसमान धुएँ से भर गया था।

"शेरे..."

शेरा जानता है यह आग है। जबलपुर में आग लगी थी, लग गई।

शाहनी कुछ न कह सकी। उसके नाते-रिश्ते सब वही हैं।

हवेली आ गई। शाहनी ने शून्य मन से ड्योढ़ी में क़दम रखा। शेरा कब लौट गया, उसे कुछ पता नहीं। दुर्बल-सी देह और अकेली, बिना किसी सहारे के! न जाने कब तक वहीं पड़ी रही शाहनी। दुपहर आई और चली गई। हवेली खुली पड़ी है। आज शाहनी नहीं उठ पा रही। जैसे उसका अधिकार आज स्वयं ही उससे छूट रहा है। शाह जी के घर की मालकिन...लेकिन नहीं, आज मोह नहीं हट रहा। मानो पत्थर हो गई हो। पड़े-पड़े शाम हो गई, पर उठने की बात फिर भी नहीं सोच पा रही। अचानक रसूली की आवाज़ सुनकर चौंक उठी।

"शाहनी-शाहनी, सुनो ट्रकें आती हैं लेने।"

"ट्रकें...?" शाहनी इसके सिवाय और कुछ न कह सकी। हाथों ने एक-दूसरे को थाम लिया। बात-की-बात में ख़बर गाँव-भर में फैल गई। बीबी ने अपने विकृत कंठ से कहा, "शाहनी, आज तक कभी ऐसा न हुआ, न कभी सुना। ग़ज़ब हो गया, अँधेर पड़ गया।"

शाहनी मूर्तिवत् वहीं खड़ी रही। नवाब बीबी ने स्नेहव्यसनी उदासी से कहा, "शाहनी, हमने कभी न सोचा था।"

शाहनी क्या कहे कि उसी ने ऐसा कब सोचा था? नीचे से पटवारी बेगू और जैलदार की बातचीत सुनाई दी। शाहनी समझी कि वक़्त आ पहुँचा। मशीन की तरह नीचे उतरी, पर ड्योढ़ी न लाँघ सकी।

किसी गहरी, बहुत गहरी, आवाज़ से पूछा—"कौन-कौन है वहाँ?"

कौन नहीं है आज वहाँ? सारा गाँव है, जो उसके इशारे पर नाचता था कभी। उसकी असामियाँ है, जिन्हें उसने अपने नाते-रिश्तों से कभी कम नहीं समझा, लेकिन नहीं, आज उसका कोई नहीं, आज वह अकेली है? यह भीड़ उनमें कुल्लूबाल के जाट। वह क्या सुबह ही न समझ गई थी?

बेगू पटवारी और मसीत के मुल्ला इस्माइल ने जाने क्या सोचा, शाहनी के निकट आ खड़े हुए। बेगू आज शाहनी की ओर देख नहीं पा रहा। धीरे से ज़रा ग़ला साफ़ करते हुए कहा, "शाहनी, रब्ब नू एही मंजूर सी।"

शाहनी के क़दम डोल गए। चक्कर आया और दीवार के साथ लग गई। इसी दिन के लिए छोड़ गए थे शाह जी उसे? बेजान-सी शाहनी की ओर देखकर बेगू सोच रहा है, 'क्या गुज़र रही है शाहनी पर! मगर क्या हो सकता है! सिक्का बदल गया है...।'

शाहनी का घर से निकलना छोटी-सी बात नहीं। गाँव-का-गाँव खड़ा है हवेली के दरवाजे से लेकर उस दारे तक, जिसे शाह जी ने अपने पुत्र की शादी में बनवा दिया था। तब से लेकर आज तक सब फ़ैसले सब मशविरे यहीं होते रहे हैं। इस बड़ी हवेली को लूट लेने की बात भी यहीं सोची गई थी। यह नहीं कि शाहनी कुछ न जानती हो वह जानकर भी अनजान बनी रही। उसने कभी वैर नहीं जाना। किसी का बुरा नहीं किया। लेकिन बूढ़ी शाहनी यह नहीं जानती कि सिक्का बदल गया है।

देर हो रही थी। थानेदार दाऊद ख़ाँ जरा अकड़कर आगे आया और ड्योढ़ी पर खड़ी निर्जीव छाया को देखकर ठिठक गया। वही शाहनी है, जिसके शाह जी उसके लिए दरिया के किनारे खेमे लगवा दिया करते थे। यह तो वही शाहनी है जिसने उसकी मँगेतर को सोने के कर्णफूल दिये थे, मुँह-दिखाई में। अभी उसी दिन जब वह 'लीग' के सिलसिले में आया था तो उसने उद्दंडता से कहा था, "शाहनी भागोवाल मसीत बनेगी, तीन सौ रुपया देना पड़ेगा।" शाहनी ने अपने उसी सरल स्वभाव से तीन सौ रुपये आगे रख दिये थे। और आज...?

"शाहनी!" दाऊद ख़ाँ ने आवाज़ दी। वह थानेदार है, नहीं तो उसका स्वर शायद आँखों में उतर आता।

शाहनी गुम-सुम कुछ न बोल पाई।

"शाहनी!" ड्योढ़ी के निकट जाकर बोला, "देर हो रही है शाहनी। (धीरे से) कुछ साथ रखना हो तो रख लो। कुछ साथ बाँध लिया है? सोना-चाँदी..."

शाहनी अस्फुट स्वर में बोली, "सोना-चाँदी", ज़रा ठहरकर सादगी से कहा, "सोना-चाँदी, बच्चा वह सब तुम लोगों के लिए है। मेरा सोना तो एक-एक ज़मीन में बिछा है।"

दाऊद ख़ाँ लज्जित-सा हो गया। "शाहनी तुम अकेली हो, अपने पास कुछ होना ज़रूरी है। कुछ नकदी ही रख लो। वक़्त का कुछ पता नहीं...।"

"वक़्त?" शाहनी अपनी गीली आँखों से हँस पड़ी। "दाऊद ख़ाँ, इससे अच्छा वक़्त देखने के लिए क्या मैं ज़िन्दा रहूँगी।" किसी गहरी वेदना और तिरस्कार से कह दिया शाहनी ने।

दाऊद ख़ाँ निरुत्तर है। साहस कर बोला, "शाहनी कुछ नक़दी ज़रूरी है।"

"नहीं बच्चा, मुझे इस घर से", शाहनी का गला रुँध गया, "नक़दी प्यारा नहीं। यहाँ की नक़दी यहीं रहेगी।"

शेरा पास आ खड़ा हुआ। दूर खड़े-खड़े उसने दाऊद ख़ाँ को शाहनी के पास देखा तो शक गुज़रा कि हो-न-हो कुछ मार रहा है शाहनी से। "ख़ाँ साहब, देर हो रही है..."

शाहनी चौंक पड़ी—देर!...मेरे घर में मुझे देर! आँसुओं की भँवर में न जाने कहाँ से विद्रोह उमड़ पड़ा। मैं पुरखों के इस बड़े घर की रानी और यह मेरे ही अन्न पर पले हुए...नहीं, यह सब-कुछ नहीं। ठीक है—देर हो रही है—देर हो रही है—शाहनी के जैसे कानों में यहीं गूँज रहा है। देर हो रही है—पर नहीं शाहनी रो-रोकर नहीं, शान से निकलेगी इन पुरखों के घर से, मान से लाँघेगी यह देहरी, जिस पर एक दिन बहूरानी बनकर आ खड़ी हुई थी। अपने लड़खड़ाते क़दमों को सँभालकर शाहनी ने दुपट्टे से आँखें पोंछी और ड्योढ़ी से बाहर हो गई। बड़ी-बूढ़ियाँ रो पड़ीं। उनके दु:ख-सुख की साथिन आज इस घर से निकल पड़ी है। किसकी तुलना हो सकती थी इसके साथ! ख़ुदा ने सब-कुछ दिया था, मगर दिन बदले, वक़्त बदले...।

शाहनी ने दुपट्टे से सिर ढाँपकर अपनी धुँधली आँखों में से हवेली को अन्तिम बार देखा। उसने दोनों हाथ जोड़ लिये—यही अन्तिम दर्शन था, यही अन्तिम प्रणाम था। शाहनी ने ज़ोर मारा—सोचा, एक बार घूम-फिरकर पूरा घर क्यों न देख जाऊँ मैं? जी छोटा हो रहा है, पर जिनके सामने हमेशा बड़ी बनी रही है उनके सामने वह छोटी

न होगी। इतना ही ठीक है। बस हो चुका। सिर झुकाया। ड्योढ़ी के आगे कुलवधू की आँखों से निकलकर कुछ बूँदें चू पड़ीं। शाहनी चल दी—ऊँचा-सा भवन पीछे खड़ा रह गया। दाऊद ख़ाँ, शेरा, पटवारी, जैलदार और छोटे, बड़े, बच्चे, बूढ़े, मर्द, औरतें सब पीछे-पीछे।

ट्रकें अब तक भर चुकी थीं। शाहनी अपने को खींच रही थी। गाँववालों के गलों में जैसे धुआँ उठ रहा है। शेरे, ख़ूनी शेरे का दिल टूट रहा है। दाऊद ख़ाँ ने आगे बढ़कर ट्रक का दरवाज़ा खोला। शाहनी बढ़ी। इस्माइल ने आगे बढ़कर भारी आवाज़ से कहा, "शाहनी कुछ कह जाओ। तुम्हारे मुँह से निकली असीस झूठ नहीं हो सकती।" और अपने साफ़े से आँखों का पानी पोंछ लिया। शाहनी ने उठती हुई हिचकी को रोककर रुँधे-रुँधे गले से कहा, "रब्ब तुहानू सलामत रखे बच्चा, ख़ुशियाँ बख़्शे...।"

वह छोटा-सा जनसमूह रो दिया। ज़रा भी दिल में मैल नहीं शाहनी के और हम शाहनी को नहीं रख सके। शेरे ने बढ़कर शाहनी के पाँव छुए। "शाहनी कोई कुछ नहीं कर सका। राज ही पलट गया।" शाहनी ने काँपता हुआ हाथ शेरे के सिर पर रखा और रुक-रुककर कहा, "तैनू भाग जगण चन्ना।" (ओ चाँद, तेरे भाग्य जागें)। दाऊद ख़ाँ ने हाथ का संकेत किया। कुछ बड़ी-बूढ़ियाँ शाहनी के गले लगीं और ट्रक चल पड़ी।

अन्न-जल उठ गया। वह हवेली, नई बैठक, ऊँचा चौबारा, बड़ा 'पसार' एक-एक करके घूम रहे हैं शाहनी की आँखों में। कुछ पता नहीं ट्रक चल रहा है या वह स्वयं चल रही है। आँखें बरस रही हैं। दाऊद ख़ाँ विचलित होकर देख रहा है इस बूढ़ी शाहनी को। कहाँ जाएगी अब वह?

"शाहनी मन में मैल न लाना। कुछ कर सकते तो उठा न रखते। वक़्त ही ऐसा है। राज पलट गया है, सिक्का बदल गया है...।"

रात को शाहनी जब कैम्प में पहुँचकर ज़मीन पर पड़ी तो लेटे-लेटे आहत मन से सोचा, 'राज पलट गया है...सिक्का क्या बदलेगा? वह तो मैं वहीं छोड़ आई...'

और शाहनी की आँखें और भी गीली हो गईं।

आसपास के हरे-हरे खेतों से घिरे गाँवों में रात ख़ून बरसा रही थी...।

शायद राज पलटा भी खा रहा था और...सिक्का बदल रहा था।

वापसी

उषा प्रियम्वदा

गजाधर बाबू ने कमरे में जमा सामान पर एक नज़र दौड़ाई—दो बक्स, डोलची, बालटी। "यह डिब्बा कैसा है, गनेशी?" उन्होंने पूछा। गनेशी बिस्तर बाँधता हुआ, कुछ गर्व, कुछ दुःख, कुछ लज्जा से बोला, "घरवाली ने साथ को कुछ बेसन के लड्डू रख दिये हैं। कहा, बाबू जी को पसन्द थे। अब कहाँ हम ग़रीब लोग, आपकी कुछ ख़ातिर कर पाएँगे।" घर जाने की ख़ुशी में भी गजाधर बाबू ने एक विषाद का अनुभव किया, जैसे एक परिचित, स्नेह, आदरमय, सहज संसार से उनका नाता टूट रहा हो।

"कभी-कभी हम लोगों की भी ख़बर लेते रहिएगा।" गनेशी बिस्तर में रस्सी बाँधता हुआ बोला।

"कभी कुछ ज़रूरत हो तो लिखना गनेशी! इस अगहन तक बिटिया की शादी कर दो।"

गनेशी ने अँगोछे के छोर से आँखें पोंछी, "अब आप लोग सहारा न देंगे, तो कौन देगा? आप यहाँ रहते तो शादी में कुछ हौसला रहता।"

गजाधर बाबू चलने को तैयार बैठे थे। रेलवे क्वार्टर का यह कमरा, जिसमें उन्होंने कितने वर्ष बिताए थे, उनका सामान हट जाने से कुरूप और नग्न लग रहा था। आँगन में रोपे पौधे भी जान-पहचान के लोग ले गए थे, और जगह-जगह मिट्टी बिखरी हुई थी। पर पत्नी, बाल-बच्चों के साथ रहने की कल्पना में यह विछोह एक दुर्बल खद्दर की तरह उठकर विलीन हो गया।

गजाधर बाबू ख़ुश थे, बहुत ख़ुश। पैंतीस साल की नौकरी के बाद वह रिटायर होकर जा रहे थे। इन वर्षों में अधिकांश समय उन्होंने अकेले रहकर काटा था। उन अकेले क्षणों में उन्होंने इसी समय की कल्पना की थी, जब वह अपने परिवार के साथ रह सकेंगे। इसी आशा के सहारे वह अपने अभाव का बोझ ढो रहे थे। संसार की दृष्टि में उनका जीवन सफल कहा जा सकता था। उन्होंने शहर में एक मकान बनवा लिया था, बड़े लड़के अमर और लड़की कान्ति की शादियाँ कर दी थीं, दो बच्चे ऊँची कक्षाओं में पढ़ रहे थे। गजाधर बाबू नौकरी के कारण प्रायः छोटे स्टेशनों पर रहे और उनके बच्चे और पत्नी शहर में, जिससे पढ़ाई में बाधा न हो। गजाधर बाबू स्वभाव से बहुत स्नेही व्यक्ति थे और स्नेह के आकांक्षी भी। जब परिवार साथ था, ड्यूटी से लौटकर बच्चों से हँसते-बोलते, पत्नी से कुछ मनोविनोद करते। उन सबके चले जाने से उनके जीवन में गहन सूनापन भर उठता। खाली क्षणों में उनसे घर में टिका न जाता। कवि प्रकृति के न होने पर भी उन्हें पत्नी की स्नेहपूर्ण बातें याद आती रहतीं। दोपहर में गर्मी होने पर भी, दो बजे तक आग जलाए रहती और उनके स्टेशन से वापस आने पर गरम-गरम

रोटियाँ सेंकती...उनके खा चुकने और मना करने पर भी थोड़ा-सा कुछ और थाली में परोस देती, और बड़े प्यार से आग्रह करती। जब वह थके-हारे बाहर से आते, तो उनकी आहट पा वह रसोई के द्वार पर निकल आती और उसकी सलज्ज आँखें मुस्करा उठतीं। गजाधर बाबू को तब हर छोटी बात भी याद आती और वह उदास हो उठते... अब कितने वर्षों बाद वह अवसर आया था, जब वह फिर उसी स्नेह और आदर के मध्य रहने जा रहे थे।

टोपी उतारकर गजाधर बाबू ने चारपाई पर रख दी, जूते खोलकर नीचे खिसका दिये, अन्दर से रह-रहकर क़हक़हों की आवाज़ आ रही थी। इतवार का दिन था और उनके सब बच्चे इकट्ठे होकर नाश्ता कर रहे थे। गजाधर बाबू के सूखे चेहरे पर स्निग्ध मुस्कान आ गई, उसी तरह मुस्कराते हुए वह बिना खाँसे अन्दर चले आए। उन्होंने देखा कि नरेन्द्र कमर पर हाथ रखे शायद गत रात्रि की फ़िल्म में देखे गए किसी नृत्य की नकल कर रहा था और बसन्ती हँस-हँसकर दुहरी हो रही थी। अमर की बहू को अपने तन-बदन, आँचल या घूँघट का कोई होश न था और वह उन्मुक्त रूप से हँस रही थी। गजाधर बाबू को देखते ही नरेन्द्र धप-से बैठ गया और चाय का प्याला उठाकर मुँह से लगा लिया। बहू को होश आया और उसने झट से माथा ढक लिया, केवल बसन्ती का शरीर रह-रहकर हँसी दबाने के प्रयत्न में हिलता रहा।

गजाधर बाबू ने मुस्कराते हुए उन लोगों को देखा। फिर कहा, "क्यों नरेन्द्र, क्या नकल हो रही है?" "कुछ नहीं बाबू जी!" नरेन्द्र ने सिटपिटाकर कहा। गजाधर बाबू ने चाहा था कि वह भी इस मनोविनोद में भाग लेते, पर उनके आते ही जैसे सब कुंठित हो चुप हो गए। उससे उनके मन में थोड़ी-सी खिन्नता उपज आई। बैठते हुए बोले, 'बसन्ती, चाय मुझे भी देना। तुम्हारी अम्माँ की पूजा अभी चल रही है क्या?"

बसन्ती ने माँ की कोठरी की ओर देखा, "अभी आती ही होंगी", और प्याले में उनके लिए चाय छानने लगी। बहू चुपचाप पहले ही चली गई थी, अब नरेन्द्र भी चाय का आख़िरी घूँट पीकर उठ खड़ा हुआ, केवल बसन्ती, पिता के लिहाज़ में, चौके में बैठी माँ की राह देखने लगी। गजाधर बाबू ने एक घूँट चाय पी, फिर कहा, "बिट्टी—चाय तो फीकी है।"

"लाइए, चीनी और डाल दूँ।" बसन्ती बोली।

"रहने दो, तुम्हारी अम्माँ जब आएगी, तभी पी लूँगा।"

थोड़ी देर में उनकी पत्नी हाथ में अर्घ्य का लोटा लिये निकली और अशुद्ध स्तुति कहते हुए तुलसी में डाल दिया। उन्हें देखते ही बसन्ती भी उठ गई। पत्नी ने आकर गजाधर बाबू को देखा और कहा, "अरे, आप अकेले बैठे हैं—ये सब कहाँ गए?" गजाधर बाबू के मन में फाँस-सी करक उठी, "अपने-अपने काम में लग गए हैं—आखिर बच्चे ही हैं।"

पत्नी आकर चौके में बैठ गई। उन्होंने नाक-भौं चढ़ाकर चारों ओर जूठे बर्तनों को देखा। फिर कहा, "सारे में जूठे बर्तन पड़े हैं। इस घर में धरम-करम कुछ नहीं। पूजा करके सीधे चौके में घुसो।" फिर उन्होंने नौकर को पुकारा, जब उत्तर न मिला तो एक बार और उच्च स्वर में, फिर पति की ओर देखकर बोलीं, "बहू ने भेजा होगा बाज़ार।" और एक लम्बी साँस लेकर चुप हो गईं।

गजाधर बाबू बैठकर चाय और नाश्ते का इन्तज़ार करते रहे। उन्हें अचानक ही गनेशी की याद आ गई। रोज़ सुबह, पैसेंजर आने से पहले वह गरम-गरम पूरियाँ और जलेबी बनाता था। गजाधर बाबू जब तक उठकर तैयार होते, उनके लिए जलेबियाँ और चाय लाकर रख देता था। चाय भी कितनी बढ़िया, काँच के गिलास में ऊपर तक भरी लबालब, पूरे ढाई चम्मच चीनी और गाढ़ी मलाई। पैसेंजर भले ही रानीपुर लेट पहुँचे गनेशी ने चाय पहुँचाने में कभी देर नहीं की। क्या मजाल कि कभी उससे कुछ कहना पड़े।

पत्नी का शिकायत-भरा स्वर सुन उनके विचारों में व्याघात पहुँचा। वह कह रही थीं, "सारा दिन इसी खिच-खिच में निकल जाता है। इस गृहस्थी का धन्धा पीटते-पीटते उमर बीत गई। कोई ज़रा हाथ भी नहीं बँटाता।"

"बहू क्या किया करती है?" गजाधर बाबू ने पूछा।

"पड़ी रहती है। बसन्ती को तो, फिर कहो कि कॉलेज जाना होता है।"

गजाधर बाबू ने जोश में आकर बसन्ती को आवाज़ दी। बसन्ती भाभी के कमरे से निकली तो गजाधर बाबू ने कहा, "बसन्ती, आज से शाम का खाना बनाने की ज़िम्मेदारी तुम पर है। सुबह का भोजन तुम्हारी भाभी बनाएगी।"

बसन्ती मुँह लटकाकर बोली, "बाबू जी, पढ़ना भी तो होता है।"

गजाधर बाबू ने प्यार से समझाया, "तुम सुबह पढ़ लिया करो। तुम्हारी माँ बूढ़ी हुईं, उनके शरीर में अब वह शक्ति नहीं बची है। तुम हो, तुम्हारी भाभी हैं, दोनों को मिलकर काम में हाथ बँटाना चाहिए।"

बसन्ती चुप रह गई। उसके जाने के बाद उसकी माँ ने धीरे से कहा, "पढ़ने का तो बहाना है। कभी जी ही नहीं लगता। लगे कैसे? शीला से फुरसत नहीं, बड़े-बड़े लड़के हैं उनके घर में, हर वक़्त वहाँ घुसा रहना, मुझे नहीं सुहाता। मना करूँ तो सुनती नहीं।"

नाश्ता कर गजाधर बाबू बैठक में चले गए। घर छोटा था और ऐसी व्यवस्था हो चुकी थी कि उसमें गजाधर बाबू के रहने के लिए कोई स्थान न बचा था। जैसे किसी मेहमान के लिए कुछ अस्थायी प्रबन्ध कर दिया जाता है, उसी प्रकार बैठक में कुर्सियों को दीवार से सटाकर बीच में गजाधर बाबू के लिए पतली-सी चारपाई डाल दी गई थी। गजाधर बाबू उस कमरे में पड़े-पड़े कभी-कभी अनायास ही, इस अस्थायित्व का अनुभव करने लगते। उन्हें याद हो आती उन रेलगाड़ियों की, जो आतीं और थोड़ी देर रुककर किसी और लक्ष्य की ओर चली जातीं।

घर छोटा होने के कारण बैठक में ही अब अपना प्रबन्ध किया था। उनकी पत्नी के पास अन्दर एक छोटा कमरा अवश्य था, पर वह एक ओर अचारों के मर्तबान, दाल, चावल के कनस्तर और घी के डिब्बों से घिरा था; दूसरी ओर पुरानी रजाइयाँ, दरियों में लिपटी और रस्सी से बँधी रखी थीं; उनके पास एक बड़े-से टीन के बक्स में घर-भर के गरम कपड़े थे। बीच में एक अलगनी बँधी हुई थी, जिस पर प्रायः बसन्ती के कपड़े लापरवाही से पड़े रहते थे। वह भरसक उस कमरे में नहीं जाते थे। घर का दूसरा कमरा अमर और उसकी बहू के पास था, तीसरा कमरा, जो सामने की ओर था, बैठक था। गजाधर बाबू के आने से पहले उसमें अमर की ससुराल से आई बेंत की तीन कुर्सियों का सेट पड़ा था, कुर्सियों पर नीली गद्दियाँ और बहू के हाथों के कढ़े कुशन थे।

जब कभी उनकी पत्नी को कोई लम्बी शिकायत करनी होती, तो अपनी चटाई बैठक में डाल पड़ जाती थीं। वह एक दिन चटाई लेकर आ गईं। गजाधर बाबू ने घर-गृहस्थी की बातें छेड़ीं, वह घर का रवैया देख रहे थे। बहुत हल्के-से उन्होंने कहा कि अब हाथ में पैसा कम रहेगा, कुछ ख़र्च कम होना चाहिए।

"सभी ख़र्च तो वाजिब-वाजिब हैं, किसका पेट काटूँ? यही जोड़-गाँठ करते-करते बूढ़ी हो गई, न मन का पहना, न ओढ़ा।"

गजाधर बाबू ने आहत, विस्मित दृष्टि से पत्नी को देखा। उनसे अपनी हैसियत छिपी न थी। उनकी पत्नी तंगी का अनुभव कर उसका उल्लेख करतीं, यह स्वाभाविक था, लेकिन उनमें सहानुभूति का पूर्ण अभाव गजाधर बाबू को बहुत खटका। उनसे यदि राय-बात की जाती कि प्रबन्ध कैसे हो, तो उन्हें चिन्ता कम, सन्तोष अधिक होता। लेकिन उनसे तो केवल शिकायत की जाती थी, जैसे परिवार की सब परेशानियों के लिए वही ज़िम्मेदार थे।

"तुम्हें किस बात की कमी है अमर की माँ—घर में बहू है, लड़के-बच्चे हैं, सिर्फ़ रुपये से ही आदमी अमीर नहीं होता।" गजाधर बाबू ने कहा और कहने के साथ ही अनुभव किया यह उनकी आन्तरिक अभिव्यक्ति थी—ऐसी कि उनकी पत्नी नहीं समझ सकतीं। "हाँ, बड़ा सुख है न बहू से। आज रसोई करने गई है, देखो क्या होता है।" कहकर पत्नी ने आँखें मूँदीं और सो गईं। गजाधर बाबू बैठे हुए पत्नी को देखते रह गए। यही थी क्या उनकी पत्नी, जिसके हाथों के कोमल स्पर्श, जिसकी मुस्कान की याद में उन्होंने सम्पूर्ण जीवन काट दिया था? उन्हें लगा कि लावण्यमयी युवती जीवन की राह में कहीं खो गई है और उसकी जगह आज जो स्त्री है, वह उनके मन और प्राणों के लिए नितान्त अपरिचित है। गाढ़ी नींद में डूबी उनकी पत्नी का भारी-सा शरीर बहुत बेडौल और कुरूप लग रहा था, चेहरा श्रीहीन और रूखा था। गजाधर बाबू देर तक निस्संग दृष्टि से पत्नी को देखते रहे और फिर लेटकर छत की ओर ताकने लगे।

अन्दर कुछ गिरा और उनकी पत्नी हड़बड़ाकर उठ बैठीं, "लो, बिल्ली ने कुछ गिरा दिया शायद", और वह अन्दर भागीं। थोड़ी देर में लौटकर आईं तो उनका मुँह फूला हुआ था, "देखा बहू को, चौका खुला छोड़ आई, बिल्ली ने दाल की पतीली गिरा दी। सभी तो खाने को हैं, अब क्या खिलाऊँगी?" वह साँस लेने को रुकीं और बोलीं, "एक तरकारी और चार पराँठे बनाने में सारा डिब्बा घी उड़ेलकर रख दिया। ज़रा-सा दर्द नहीं है, कमानेवाला हाड़ तोड़े और यहाँ चीजें लुटें। मुझे तो मालूम था कि यह सब काम किसी के बस का नहीं है।"

गजाधर बाबू का लगा कि पत्नी कुछ और बोलेगी तो उनके कान झनझना उठेंगे। ओंठ भीच करवट लेकर उन्होंने पत्नी की ओर पीठ कर ली।

रात का भोजन बसन्ती ने जान-बूझकर ऐसा बनाया था कि कौर तक निगला न जा सके। गजाधर बाबू चुपचाप खाकर उठ गए, पर नरेन्द्र थाली सरकाकर उठ खड़ा हुआ और बोला, "मैं ऐसा खाना नहीं खा सकता।" बसन्ती तुनककर बोली, "तो न खाओ, कौन तुम्हारी खुशामद करता है।"

"तुमसे खाना बनाने को कहा किसने था?" नरेन्द्र चिल्लाया।

"बाबू जी ने।"

"बाबू जी को बैठे-बैठे यही सूझता है।"

बसन्ती को उठाकर माँ ने नरेन्द्र को मनाया और अपने हाथ से कुछ बनाकर खिलाया। गजाधर बाबू ने बाद में पत्नी से कहा, "इतनी बड़ी लड़की हो गई और उसे खाना बनाने तक का शऊर नहीं आया!"

"अरे, आता तो सब-कुछ है, करना नहीं चाहती।" पत्नी ने उत्तर दिया। अगली शाम माँ को रसोई में देख, कपड़े बदलकर बसन्ती बाहर आई, तो बैठक से गजाधर बाबू ने टोक दिया, "कहाँ जा रही हो?"

"पड़ोस में, शीला के घर।" बसन्ती ने कहा।

"कोई ज़रूरत नहीं है, अन्दर जाकर पढ़ो।" गजाधर बाबू ने कड़े स्वर में कहा। कुछ देर अनिश्चित खड़े रहकर बसन्ती अन्दर चली गई। गजाधर बाबू शाम को रोज़ टहलने चले जाते थे, लौटकर आए तो पत्नी ने कहा, "क्या कह दिया बसन्ती से? शाम से मुँह लपेटे पड़ी है। खाना भी नहीं खाया।"

गजाधर बाबू खिन्न हो आए। पत्नी की बात का उन्होंने कुछ उत्तर नहीं दिया। उन्होंने मन में निश्चय कर लिया कि बसन्ती की शादी जल्दी ही कर देनी है। उस दिन के बाद बसन्ती पिता से बची-बची रहने लगी। जाना होता तो पिछवाड़े से जाती है। गजाधर बाबू ने दो-एक बार पत्नी से पूछा तो उत्तर मिला, "रूठी हुई है।" गजाधर ब्राबू को रोष हुआ। लड़की के इतने मिज़ाज, जाने को रोक दिया तो पिता से बोलेगी नहीं। फिर उनकी पत्नी ने ही सूचना दीं कि अमर अलग रहने की सोच रहा है।

"क्यों?" गजाधर बाबू ने चकित होकर पूछा।

पत्नी ने साफ़-साफ़ उत्तर नहीं दिया। अमर और उसकी बहू की शिकायतें बहुत थीं। उनका कहना था कि गजाधर बाबू हमेशा बैठक में ही पड़े रहते हैं, कोई आने-जानेवाला हो तो कहीं बिठाने की जगह नहीं। अमर को अब भी वह छोटा-सा समझते थे और मौक़े-बेमौक़े बहू को काम करना पड़ता था और सास जब-तब फूहड़पन पर ताने देती रहती थीं। "हमारे आने से पहले भी कभी ऐसी बात हुई थी?" गजाधर बाबू ने पूछा। पत्नी ने सिर हिलाकर बताया कि नहीं। पहले अमर घर का मालिक बनकर रहता था, बहू को कोई रोक-टोक न थी, अमर के दोस्तों का प्रायः यहीं अड्डा जमा रहता था और अन्दर से नाश्ता-चाय तैयार होकर जाता रहता था। बसन्ती को भी वही अच्छा लगता था।

गजाधर बाबू ने बहुत धीरे से कहा, "अमर से कहो, जल्दबाज़ी की कोई ज़रूरत नहीं है।"

अगले दिन वह सुबह घूमकर लौटे तो उन्होंने पाया कि बैठक में उनकी चारपाई नहीं है। अन्दर जाकर पूछने ही वाले ही थे कि उनकी दृष्टि रसोई के अन्दर बैठी पत्नी पर पड़ी। उन्होंने यह कहने को मुँह खोला कि बहू कहाँ है; पर कुछ याद कर चुप हो गए। पत्नी को कोठरी में झाँका तो अचार, रजाइयाँ और कनस्तरों के मध्य अपनी चारपाई लगी पाईं। गजाधर बाबू ने कोट उतारा और कहीं टाँगने को दीवार पर नज़र दौड़ाई। फिर उसे मोड़कर अलगनी के कुछ कपड़े खिसकाकर, एक किनारे टाँग दिया। कुछ खाए बिना ही अपनी चारपाई पर लेट गए। कुछ भी हो, तन आख़िरकार बूढ़ा ही था। सुबह-शाम कुछ दूर टहलने अवश्य चले जाते, पर आते-जाते थक उठते थे। गजाधर बाबू को अपना बड़ा-सा क्वार्टर याद आ गया। निश्चिन्त जीवन, सुबह पैसेंजर

ट्रेन आने पर स्टेशन की चहल-पहल, चिर-परिचित चेहरे और पटरी पर रेल के पहियों की खट्-खट्, जो उनके लिए मधुर संगीत की तरह थी। तूफ़ान और डाक गाड़ी के इंजनों की चिंघाड़ उनकी अकेली रातों की साथी थी। सेठ रामजी मल के मिल के कुछ लोग कभी-कभी पास आ बैठते, वही उनका दायरा था, वही उनके साथी। वह जीवन अब उन्हें एक खोई निधि-सा प्रतीत हुआ। उन्हें लगा कि वह ज़िन्दगी द्वारा ठगे गए हैं। उन्होंने जो कुछ चाहा, उसमें से उन्हें एक बूँद भी न मिली।

लेटे हुए वह घर के अन्दर से आते विविध स्वरों को सुनते रहे। बहू और सास की छोटी-सी झड़प, बालटी पर खुले नल की आवाज़, रसोई के बर्तनों की खटपट और उसी में दो गौरैयों का वार्तालाप—और अचानक ही उन्होंने निश्चय कर लिया कि अब घर की किसी बात में दख़ल न देंगे। यदि गृहस्वामी के लिए पूरे घर में एक चारपाई की जगह नहीं है, तो यही पड़े रहेंगे। अगर कहीं और डाल दी गई तो वहाँ चले जाएँगे। यदि बच्चों के जीवन में उनके लिए कहीं स्थान नहीं, तो अपने ही घर में परदेसी की तरह पड़े रहेंगे...और उस दिन के बाद सचमुच गजाधर बाबू कुछ नहीं बोले। नरेन्द्र रुपये माँगने आया तो बिना कारण पूछे उसे रुपये दे दिये—बसन्ती काफ़ी अँधेरा हो जाने के बाद भी पड़ोस में रही तो भी उन्होंने कुछ नहीं कहा—पर उन्हें सबसे बड़ा ग़म यह था कि उनकी पत्नी ने भी उनमें कुछ परिवर्तन लक्ष्य नहीं किया। वह मन-ही-मन कितना भार ढो रहे हैं, इससे वह अनजान ही बनी रहीं। बल्कि उन्हें पति के घर के मामले में हस्तक्षेप न करने के कारण शान्ति ही थी। कभी-कभी कह भी उठतीं, "ठीक ही है, आप बीच में न पड़ा कीजिए, बच्चे बड़े हो गए हैं, हमारा जो कर्तव्य था, कर रहे हैं। पढ़ा रहे हैं, शादी कर देंगे।"

गजाधर बाबू ने आहत दृष्टि से पत्नी को देखा। उन्होंने अनुभव किया कि वह पत्नी और बच्चों के लिए केवल धनोपार्जन के निमित्त-मात्र हैं। जिस व्यक्ति के अस्तित्व से पत्नी माँग में सिन्दूर डालने की अधिकारिणी है, समाज में उसकी प्रतिष्ठा है, उसके सामने वह दो वक़्त भोजन की थाली रख देने से सारे कर्तव्यों से छुट्टी पा जाती है। वह घी और चीनी के डिब्बों में इतनी रमी हुई है कि अब वही उसकी सम्पूर्ण दुनिया बन गई है। गजाधर बाबू उनके जीवन के केन्द्र नहीं हो सकते, उन्हें तो अब बेटी की शादी के लिए भी उत्साह बुझ गया। किसी बात में हस्तक्षेप न करने के निश्चय के बाद भी उनका अस्तित्व उस वातावरण का एक भाग न बन सका। उनकी उपस्थिति उस घर में ऐसी असंगत लगने लगी थी, जैसे सजी हुई बैठक में उनकी चारपाई थी। उनकी सारी ख़ुशी एक गहरी उदासीनता में डूब गई।

इतने सब निश्चयों के बावजूद भी एक दिन बीच में दख़ल दे बैठे। पत्नी स्वभावानुसार नौकर की शिकायत कर रही थीं, "कितना कामचोर है, बाज़ार की भी चीज़ में पैसा बनाता है, खाने बैठता है, तो खाता ही चला जाता है।" गजाधर बाबू को बराबर यह महसूस होता रहता था कि उनके घर का रहन-सहन और ख़र्च उनकी हैसियत से कहीं ज़्यादा है। पत्नी की बात सुनकर कहने लगे कि नौकर का ख़र्च बिलकुल बेकार है। छोटा-मोटा काम है, घर में तीन मर्द हैं, कोई-न-कोई कर ही देगा। उन्होंने उसी दिन नौकर का हिसाब कर दिया। अमर दफ्तर से आया तो नौकर को पुकारने लगा। अमर की बहू बोली, "बाबू जी ने नौकर छुड़ा दिया है।"

"क्यों?"

"कहते हैं ख़र्च बहुत है।"

यह वार्तालाप बहुत सीधा-सा था, पर जिस टोन में बहू बोली, गजाधर बाबू को खटक गया। उस दिन जी भारी होने के कारण गजाधर बाबू टहलने नहीं गए थे। आलस्य में उठकर बत्ती भी नहीं जलाई थी—इस बात से बेख़बर नरेन्द्र माँ से कहने लगा, "अम्माँ, तुम बाबू जी से कहती क्यों नहीं? बैठे-बिठाए कुछ नहीं तो नौकर ही छुड़ा दिया। अगर बाबू जी यह समझें कि मैं साइकिल पर गेहूँ रख आटा पिसाने जाऊँगा, तो मुझसे यह नहीं होगा।" "हाँ अम्माँ", बसन्ती का स्वर था, "मैं कॉलेज भी जाऊँ और लौटकर घर में झाड़ू भी लगाऊँ, यह मेरे बस की बात नहीं है।"

"बूढ़े आदमी है", अमर भुनभुनाया, "चुपचाप पड़े रहें। हर चीज़ में दख़ल क्यों देते हैं?" पत्नी ने बड़े व्यंग्य से कहा, "और कुछ नहीं सूझा, तो तुम्हारी बहू को ही चौके में भेज दिया। वह गई तो पन्द्रह दिन का राशन पाँच दिन में बनाकर रख दिया।" बहू कुछ कहे, इससे पहले वह चौके में घुस गईं। कुछ देर में अपनी कोठरी में आईं और बिजली जलाई तो गजाधर बाबू को लेटे देख बड़ी सिटपिटाईं। गजाधर बाबू की मुख-मुद्रा से वह उनके भावों का अनुमान न लगा सकीं। वह चुप आँखें बन्द किए लेटे रहे।

गजाधर बाबू चिट्ठी हाथ में लिये अन्दर आए और पत्नी को पुकारा। वह भीगे हाथ लिये निकलीं और आँचल से पोंछती हुई पास आ खड़ी हुईं। गजाधर बाबू ने बिना किसी भूमिका के कहा, "मुझे सेठ राम जी मल की चीनी मिल में नौकरी मिल गई है। ख़ाली बैठे रहने से तो चार पैसे घर में आएँ, वही अच्छा है। उन्होंने तो पहले ही कहा था, मैंने ही मना कर दिया था।" फिर कुछ रुककर, जैसे बुझी हुई आग में एक चिनगारी चमक उठे, उन्होंने धीमे स्वर में कहा, "मैंने सोचा था कि बरसों तुम सबसे अलग रहने के बाद, अवकाश पाकर परिवार के साथ रहूँगा। ख़ैर, परसों जाना है। तुम भी चलोगी?" "मैं?" पत्नी ने सकपकाकर कहा, "मैं चलूँगी तो यहाँ का क्या होगा? इतनी बड़ी गृहस्थी, फिर सियानी लड़की..."

बात बीच में काट गजाधर बाबू ने हताश स्वर में कहा, "ठीक है, तुम यहीं रहो। मैंने तो ऐसे ही कहा था।" और गहरे मौन में डूब गए।

नरेन्द्र ने बड़ी तत्परता से बिस्तर बाँधा और रिक्शा बुला लाया। गजाधर बाबू का टीन का बक्स और पतला-सा बिस्तर उस पर रख दिया गया। नाश्ते के लिए लड्डू और मठरी की डलिया हाथ में लिये गजाधर बाबू रिक्शे पर बैठ गए। एक दृष्टि उन्होंने अपने परिवार पर डाली। फिर दूसरी ओर देखने लगे और रिक्शा चल पड़ा।

उनके जाने के बाद सब अन्दर लौट आए। बहू ने अमर से पूछा, "सिनेमा ले चलिएगा न?" बसन्ती ने उछलकर कहा, "भइया, हमें भी।"

गजाधर बाबू की पत्नी सीधे चौके में चली गईं। बची हुई मठरियों को कटोरदान में रखकर अपने कमरे में लाईं और कनस्तरों के पास रख दिया, फिर बाहर आकर कहा, "अरे नरेन्द्र, बाबू की चारपाई कमरे से निकाल दे। उसमें चलने तक की जगह नहीं है।"

तीसरा हिस्सा

मन्नू भंडारी

शेरा बाबू हवा में मुट्ठियाँ उछाल-उछालकर भन्नाते हुए कमरे में इधर-से-उधर घूम रहे हैं, "नहीं, अब और नहीं चलेगा। बहुत बर्दाश्त कर लिया मैंने इन लोगों ने समझ क्या रखा है..."

वास्तव में इनका नाम शेरा बाबू नहीं। 1962 में चुनाव के दौरान इन्होंने एक पाक्षिक पत्रिका निकाली थी। बहुत बड़ा रिस्क लिया था। लगी-लगाई नौकरी छोड़ दी। पत्रिका के लिए जमा पूँजी थी—पी.एफ. का थोड़ा-सा पैसा और मित्रों के बड़े-बड़े आश्वासन। पत्रिका क्या थी, एकदम आग का गोला। ऐसे बेलाग और दहाड़ते हुए सम्पादकीय लिखे कि दोस्तों और पाठकों ने पीठ थपथपाकर दाद दी—'वाह रे शेर!' और बस, तब से ही वे शेरा बाबू हो गए।

पर पैसे के अभाव में शेरा बाबू की सारी गर्जना-तर्जना और दहाड़ भी पत्रिका को बारह अंकों से ज़्यादा ज़िन्दा नहीं रख पाई। बन्द हो गई। परिणाम—ढेर-सा क़र्ज़!

मित्रों का द्वेष।

पूरे अस्तित्व के टुकड़े-टुकड़े! बीबी की जीभ में छुरी-कैंचियों की पैदाइश! बोलती है तो शेरा बाबू को लहूलुहान करके छोड़ती है।

ग्यारह बज रहे हैं अभी तक, साहबजादे का पता नहीं है। आने दो, आज साफ़-साफ़ ही कहूँगा। घर को होटल समझ रखा है नालायक़ ने। सबेरे जो कुछ मिला, पेट में ठूँसा और निकल गए मटरगश्ती को। सारे दिन आवारागर्दी करना, रात को देर-सबेर जब भी मन हुआ आ गए टाँग फैलाकर सोने के लिए...। और वे माँ हैं, नौ बजे से ही भैंस जैसी पसरी पड़ी हैं। उन्हें चिन्ता ही नहीं कि सपूत साहब कहाँ कबड्डी खेल रहे हैं।

गुस्सा शेरा बाबू के मन में लावे की तरह खौल रहा है। ठीक है, सारी कोशिशों के बावजूद पत्रिका वे फिर नहीं निकाल पा रहे हैं। पर इसका यह मतलब तो नहीं कि शेरा बाबू के लेबिल के नीचे एकदम गीदड़ी ज़िन्दगी जिएँ। कोई गिनता ही नहीं उनको घर में, जैसे वे मिट्टी का लौंदा हो।

घूम-घूमकर उन्होंने उन सारे वाक्यों को कई बार दोहरा लिया जिनकी बौछार करके आज वे अपने बेटे को पस्त करेंगे। एक बार तो उन्होंने ज़ोर से बोल-बोलकर भी देख लिया। नहीं, आवाज़ में कड़क है। आख़िर जाएगी कहाँ? इस आवाज़ के सामने न उसकी टाँगें थरथरा जाएँ तो! और क्षणांश को उनकी आँखों के आगे वह दृश्य कौंध गया जब भरी सभा में उन्होंने नेहरू सरकार की धज्जियाँ बिखेरकर रख दी थीं। क्या बुलन्दी थी आवाज़ में! अपने को ही भाषण देते देखकर एक हल्की-सी मुग्ध मुस्कान उनके होंठों पर थिरक गई।

कितना लम्बा अर्सा बीत गया। पूरे पन्द्रह साल। उसके बाद से तो बस—गुस्सा, नफ़रत, हिकारत, धिक्कार सब-कुछ मन में ही खदबदाता रहता है।

दरवाज़े पर साइकिल की खड़खड़ाहट सुनकर ही वे चौकस हुए। आ गया लगता है। वे तनिक दरवाज़े पर आ खड़े हुए। उनकी मुद्रा देखकर ही वह अपने को सँभाल ले और थोड़ा सहम जाए तो अच्छा है।

पर अँधेरे की वजह से या तो लड़के ने उन्हें देखा ही नहीं या फिर देखने के बाद भी उनके हाव-भाव और तेवर का उस पर कोई असर नहीं हुआ। निहायत लापरवाही से उसने स्टैंड नीचे गिराया और साइकिल खड़ी करके सीटी बजाते हुए...

"सुधीर!" अपने हिसाब से उन्होंने आवाज़ को काफ़ी कड़क बनाकर ही कहा, पर उधर से मौन।

"जानते हो, कितने बजे हैं?"

"ग्यारह!" झिझक और संकोच का लेश नहीं। एक-एक अक्षर पर ज़ोर और आवाज़ में शेरा बाबू से भी कहीं ज़्यादा कड़क।

हो गई शेरा बाबू की तो ऐसी-की-तैसी। इतनी बार की दोहराई बातें भीतर-ही-भीतर गड्ड-मड्ड होने लगीं और जीभ तो जैसे लटपटाने लगी। फिर भी उन्होंने अपने को समेटा और पूरी हिम्मत के साथ प्रश्न दागा—

"यह टाइम है घर लौटने का?"

"टाइम। अरे घर लौटने के टाइम का नियम तो इमरजेन्सी के दौरान भी नहीं बना था। जाइए, जाकर सो रहिए।" और सारी बात से बेअसर वह कमरे में दाख़िल हो गया।

लड़के के पैर तो नहीं थरथराए पर गुस्से और आवेश से शेरा बाबू के पैर लड़खड़ाने लगे।

नालायक...बदतमीज़...हरामी... एक के बाद एक गालियाँ उभरने लगीं, पर मन की आवाज़ तो जैसे कुन्द हो गई।

मैं इस स्साले का बाप हूँ। लानत है मुझ पर।

और उनके सामने अपने बाप की तस्वीर घूम गई। लम्बा-चौड़ा कद्दावर जिस्म ऐंठी हुई मूँछें। जब बोलते थे तो आदमी तो क्या, घर की दीवारें भी थरथराने लगती थीं। मजाल है जो उलटकर कोई जवाब दे दे। उनके मुँह से निकली हुई बात, अन्तिम बात। न उसके इधर कुछ हो सकता है, न उधर। घर का नियम ही बन गया था, शाम को जैसे ही वे घर आते तो सबकी जबानें अपने-आप कटकर उनकी जेब के हवाले हो जातीं। बस, अब केवल सुनो। सबेरे काम पर जाते तो सबकी ज़बानें वापस लगा दी जातीं। अब कुछ देर बोल लो। कई बार बड़ी घुटन होती थी। हुआ करे—पर एक शब्द तक बोलने की ज़ुर्रत नहीं कर सकता था कोई।

एक स्साला मैं हूँ। बाप होकर भी आप कुछ कह नहीं सकते। एक कहिए, दस सुनिए।

बस, खुलकर कहने का मौक़ा तो उन्हें तब मिला था, जब उन्होंने पत्रिका निकाली थी। जहाँ कुछ अनुचित देखा, ग़लत सुना, धज्जियाँ बिखेरकर रख दीं। न किसी का डर, न ख़ौफ़।

पत्रिका का ख़याल आते ही वे घर की चहारदीवारी से मुक्त होकर जैसे आसमान में तैरने लगे—व्यापक, विस्तृत। 'छीः, कितनी छोटी बात पर वे दुखी हो रहे हैं। बात

अकेले सुधीर की तो नहीं है। आज हर तीसरे घर में एक सुधीर मौजूद है—निष्क्रिय, आवारा और भटका हुआ। कितनी बड़ी समस्या है और वे सुधीर को लेकर बिलबिला रहे हैं। एकाएक दिमाग़ में कौंधा—कितना मौजूँ विषय है! मौजूँ और महत्त्वपूर्ण! एक पूरा विशेषांक निकाला जा सकता है। और देखते-ही-देखते उनकी आँखों के सामने बड़े-बड़े अक्षरों में लिखा—'दिग्भ्रमित युवा—पीढ़ी' कौंध गया।

बेटे के व्यवहार से निर्जीव हो आए शरीर में दिपदिपाते शीर्षक ने बिजली की-सी फुर्ती भर दी। लपककर उठे और अपनी अलमारी खोली। पत्रिका के बारह अंकों को जिल्द में बँधवाकर कोई बीस प्रतियाँ उन्होंने बड़े क़रीने से सजा रखी हैं। एक क्षण वे उन्हें देखते रहे। फिर बड़ी ममता से उन पर हाथ फेरा सहलाया। इस स्पर्श से ही थोड़ी देर पहले के सारे तनाव ढीले हो गए। एक नया आत्मविश्वास जागा।

नीचे के ख़ाने से एक मोटी-सी फ़ाइल निकालकर वे कुर्सी पर आ गए।

एक पाक्षिक पत्रिका निकालने की पूरी योजना मय-बजट के नत्थी की हुई है। कितनी मेहनत से यह योजना उन्होंने तैयार की है! दस साल पहले बजट पैंतालीस हजार था, आज एक लाख हो गया। उसके बाद टाइप की हुई एक लम्बी सूची है उन सब नामों की, जिन्होंने कभी आश्वासन दिया था कि पत्रिका निकालने पर वे विज्ञापन देंगे। फिर कुछ विशेषांकों की विस्तृत योजना।

बड़ी अजीबोग़रीब स्थितियों में इन विशेषांकों की योजना शेरा बाबू के दिमाग़ में आई थी। योजना कभी भी बनाई हो कैसे भी स्थिति में बनाई हो पर ये विषय कभी पुराने नहीं पड़ेंगे। पहला विशेषांक था—

'देश का नया जन्म। भ्रष्ट नौकरशाही का अन्त!' बड़े-बड़े अक्षरों में लिखा था।

मन में फिर कुछ रड़कने लगा। तीन साल हो गए पर आज भी सारी बात इस तरह मन में खुदी हुई है जैसे कल ही घटी हो। कितना अपमान किया था उस दिन स्साले मल्होत्रा ने और वह भी मिस दास के सामने! बिना एक भी शब्द बोले, भीतर-ही-भीतर सौ-सौ ज़ख़्मों का दर्द लिये कैसे वह घिसटते हुए अपनी कुर्सी तक आए थे! हरामी कहीं का! सारे दिन मिस दास की साड़ी में घुसा रहता है। बीवी तो बना नहीं सकता अपनी उस बारह मन की धोबन के रहते, असिस्टेंट मैनेजर बनाकर बिठा लिया अपनी गोद में। एक वो मिस दास हैं, पूछो भला, क्या तुम्हारा अनुभव, क्या तुम्हारी लियाक़त! डेबिट-क्रेडिट का मतलब तक तो आता नहीं तुमको...अकाउंट्स-डिपार्टमेंट की मैनेजरी करने आ गईं। पर करना क्या है लियाक़त का! ऊँचे ओहदों पर पहुँचने के लिए दो ही लियाक़त होनी चाहिए औरत में—बड़े बाप की बेटी, या अफ़सर संग लेटी।

और फोहश गालियों का फ़व्वारा छूट पड़ा। सारे भ्रष्ट अफ़सरों के नाम...उनकी रखैलों के नाम। एक-से-एक वज़नदार गाली। पर आख़िरी गाली शेरा बाबू ने अपने ही नाम दागी। लानत है इस ज़बान पर! लेकिन क्या करें? इन घिनौने और ज़लील लोगों की बात सोचते ही उनकी अपनी ज़बान कैसी ज़लालत में लिपट जाती है! थू ऽ ऽ! ज़बान साफ़ करने के चक्कर में थड़ाक से थूककर उन्होंने अपना ही कमरा गन्दा कर दिया।

इस भ्रष्ट नौकरशाही को जड़ से उखाड़ देने की भयंकर ललक और इसे तिलभर भी हिला न पा सकने की मजबूरी के बीच शेरा बाबू का मन कुछ इस तरह ऐंठा कि उन्होंने वह फ़ाइल ही बन्द कर दी।

सामने एक नया काग़ज़ फैलाया। ख़ाली और साफ़। मन को भी सारी कटुता से ख़ाली किया और क़लम पकड़कर एक क्षण को आँखें बन्द कीं। लिखने को वे पूजा की तरह पवित्र मानते हैं।

रात दो बजे तब इन्होंने इस नये विशेषांक की विस्तृत योजना बनाई। विभिन्न लेखों के शीर्षक...परिचर्चा का विषय...अलग-अलग क्षेत्रों के महारथियों के इस समस्या पर विचार और फिर अपना लम्बा, विचारोत्तेजक सम्पादकीय।

मन में एक गहरा आत्मतोष और शरीर में हल्की-सी थकान लेकर वे सोये तो सारी रात उन्हें सपने ही आते रहे। चारों ओर से लड़के-लड़कियाँ चले आ रहे हैं—थके, हारे, पस्त। धीरे-धीरे सारी भीड़ एक जुलूस में बदल गई। संयत और अनुशासित। शेरा बाबू नेतृत्व कर रहे हैं। कहीं से सुधीर आता है, हाथ में पानी का गिलास लिये, "पापा, पानी पीजिए, आप थक गए होंगे।"

"जिस आदमी की खोपड़ी पर कोई ज़िम्मेदारी नहीं, वही आठ-आठ बजे तक सो सकता है।" बीवी की लताड़ ने नींद को ही नहीं, शेरा बाबू को ही चीरकर खड़ा कर दिया। आठ बज गए, पता ही नहीं चला।

"मैं जा रही हूँ। महरी तो आज भी नहीं आई। सब्जी बनाकर रख दी है। मुझे देर हो रही है, रोटी खुद सेंक लेना।" और कूल्हे मटकाती हुई वह निकल गई।

अच्छा तमाशा है। जहाँ तीन रोटी अपनी सेंकीं, मेरी भी सेंक सकती थी, पर नहीं सेंकेगी। कमाऊ बीवी का रौब कैसे पिलाए! और इस महरी को भी पता नहीं क्या हुआ है?

जल्दी-जल्दी शेरा बाबू ने अपना निजी काम निपटाया। एक बार बीवी के कमरे में झाँका—पलँग पर पड़ा अस्त-व्यस्त ओढ़ना, बिछौना, आधी कुर्सी और आधी ज़मीन पर फैली बीवी की उतरी हुई साड़ी। कोने में उतरे हुए पजामे के दो गोले। तो सपूत साहब माँ से भी पहले सटक लिये। यह घर है या स्साला घूरा? हज़ार बार कहा कि सबेरे और कुछ नहीं तो अपना कमरा ही थोड़ा ठीक कर लिया करो। पर नहीं, सबेरे तो उन्हें तगण-मगण-भगण का तर्पण जो करना रहता है। पूछो भला—इस तगण-मगण-भगण से किसका कल्याण होने जा रहा है आज? क्यों अपनी और बच्चों की ज़िन्दगी ख़राब करने में लगे हो? पर इन भैंसिया अक्लवाले हिन्दी के पंडितों को कौन समझाए?

और शेरा बाबू की दुनाली हिन्दीवालों की ओर घूम गई। 'देस स्साला रसातल को जा रहा है, पर इन गधों को कोई चिन्ता नहीं। लगे हुए हैं रासो की जान को। रासो प्रामाणिक है या नहीं? मान लो तुमने प्रामाणिक सिद्ध कर ही दिया तो कौन तुम्हें कलक्टरी मिल जाएगी। जहाँ हो, वहीं पड़े सड़ते रहोगे। तुम बस हो ही इस लायक़ कि दंड पेलो और गधों की जमात पैदा करते जाओ।"

समय ने लंगी लगाई तो शेरा बाबू चारों खने चित। बाप रे, नौ बज गए। उन्होंने दोनों गालों पर चपत लगाई...असली गधे तो शेरा बाबू तुम ख़ुद हो। यह स्साला दिमाग़ है या चूँ-चूँ का मुरब्बा! अब न खाने का समय, न पकाने का। अब भूखे ही दंड पेलना ऑफ़िस में।

बस में लद-फदकर ऑफ़िस पहुँचे। वही परिचित चेहरे, परिचित गन्ध, परिचित माहौल। नया कुछ भी नहीं जो मन को बाँध सके और इसीलिए कुर्सी पर बैठने के

थोड़ी देर बाद ही भूख ने सताना शुरू कर दिया। उन्होंने अपने पर ही तरस खाते हुए कहा—शेर-शेर बनकर दूसरों को खा सकता है...गीदड़ बनकर तो ससुरा अपने को ही खाएगा।

तभी जगत दिखाई पड़ गया—ऑफ़िस का चपरासी। पाँच-छह दिन से नहीं आ रहा था।

"अरे जगत, कैसे हो भइया?" बड़ी आत्मीयता से उन्होंने पूछा।

"बुख़ार तो टूट गया पर कमज़ोरी बड़ी है।" जगत सामने हाथ जोड़कर खड़ा हो गया।

"तो और दो दिन आराम करके आते।" उन्होंने स्नेह से जगत के जुड़े हुए हाथ अपने हाथ में ले लिये।

"अरे साब, यों ही दो दिन की छुट्टी ज़्यादा हो गई है। हम लोगों के लिए क्या काम, क्या आराम! बस, पेट में दो जून डालने के लिए रोटी का जुगाड़ हो जाए, यही सबसे बड़ा आराम है साब!"

"जानते हो, मैं परसों तुम्हारे घर की तरफ़ गया। सोचा, देख आऊँ, कैसे हो। पर तुम्हारा घर ही नहीं मिला।"

कृतज्ञता के मारे जगत की आँखों में तराइयाँ आ गईं, "अरे आपने बेकार में तकलीफ़ की साब!"

पर तभी चारों ओर से जगत पर तरह-तरह के आदेशों की मार पड़ने लगी और वह दौड़ पड़ा।

कोई इतनी-सी बात भी नहीं सोचेगा कि बेचारा बीमारी से उठकर आया है तो थोड़ा-सा ख़याल ही रख लें। ये घिस्सू क्लर्क। चपरासियों को पेल-पेलकर ही तो इन्हें कुर्सी पर बैठने का अहसास होता है। अफ़सरों से झाड़ों, चपरासियों को झाड़ो। शेरा बाबू का तो तजुर्बा है कि इस तबके के आदमी को तुम बस आदमी समझो, बदले में ये तुम्हें ख़ुदा समझेंगे।

पर शेरा बाबू के तजरुबे का कोई मोल रह गया है आजकल! टके को नहीं पूछता कोई। सब उन्हें सिनिक कहते हैं, कहो! इस चहुँतरफ़ी सड़ायँध को देखकर हर समय जिसके दिमाग़ की नसें फटती रहती हों, ख़ून खौलता रहता हो, वह सिनिक तो हो ही जाएगा।

जो ज़िन्दा है, वही सिनिक है। एकाएक उनके मन में उभरा और अपनी इस उक्ति पर वे ख़ुद मुग्ध हो गए। वाह रे शेरा, क्या दिमाग़ पाया है...कुछ उपयोग कर पाता इस दिमाग़ का तो बात भी थी, वरना तो भेजे के भीतर ही स्साले का सिरका बन रहा है।

शाम को ऑफ़िस से निकलकर वे सीधे लाइब्रेरी पहुँचे। उनकी दिनचर्या का सबसे सुखद समय। अख़बार और पत्रिकाएँ पढ़ने के बाद थोड़ी देर मिश्रा जी से गप्प कर लेते हैं। दिन-भर ऑफ़िस में बैठकर छाती में धुआँ-सा भर जाता है। किसी के सामने निकाल लें तो जी हल्का हो जाता है, वरना घर...। उन्होंने दिमाग़ से घर को परे सरकाया और एक साप्ताहिक खोल लिया।

जनता पार्टी के मंत्रियों की तस्वीरें...उनकी जीवनियाँ...उनके इंटरव्यूज...उनकी प्रशंसा...प्रशस्ति...

लानत है स्साले इन सम्पादकों पर! दोग़ले और बेपेंदी के! अच्छा है बेटा, तुम यही करो। जो शक्तिस्थान पर बैठा है, उसके चरण चाँपों और अपनी सात पुश्तों को तार लेने का सिलसिला बिठा लो। अरे, कम-से-कम कुछ करके चरण थकने तो देते इनके, फिर चाँपते। पर इतना सबर किसको? लेखक, सम्पादक, अध्यापक, सब-के-सब चले जा रहे हैं लाइन लगाकर। जय कुर्सी मैया। यह तो शेरा बाबू ही स्साला उल्लू का पट्टा है जो सिद्धान्तों की दुम पकड़े-पकड़े सबका लतियाव सहता रहता है। एक दिन ऐसे ही दफ़ा भी हो जाएगा...कोई दो आँसू बहाने भी नहीं आएगा।

सौ-सौ धिक्कार फूटने लगे इन गिरगिटिये चरण-चाँपियों पर।

"अरे शेरा बाबू, आप कब आकर बैठ गए। मैं तो आपके लिए जेब में ख़ुशख़बरी लिये घूम रहा हूँ।" शेरा बाबू को देखकर लाइब्रेरियन मिश्रा अपने कठघरे में से बाहर निकल आया।

"ख़ुशख़बरी?" शेरा बाबू के लिए तो यह शब्द ही अपरिचित हो उठा है।

"गुप्ता जी का जवाब आ गया। अगले महीने वे ख़ुद भी आनेवाले हैं।" और मिश्रा जी ने एक चिट्ठी शेरा बाबू के सामने फैला दी, "इनके साथ अगर बात बन गई तो जैसा आप चाहते हैं, वह हो जाएगा।"

चिट्ठी पढ़ते-पढ़ते शेरा बाबू के हाथ काँपने लगे।

"आप कल ही अपनी योजना मय-बजट इनके पास भेज दीजिए। आने से पहले वे भी एक-दो लोगों को देख-दिखा लें। वैसे आदमी बहुत खरे हैं गुप्ता जी।"

घर लौटे तो पैदल चलते हुए भी उन्हें लग रहा था जैसे मोटर पर सवार हैं। फ़ाइल में नत्थी किए हुए विशेषांक छप-छपकर उनके आगे-पीछे तैरने लगे। एक विशेषांक और उसकी होनेवाली प्रतिक्रिया के सैकड़ों दृश्य उनकी आँखों के सामने गुज़रने लगे। एकाएक ही उन्हें लगा जैसे वे कुछ विशिष्ट हो गए हैं...कुछ ऊपर उठ गए हैं...ज़मीन से डेढ़ इंच ऊपर।

घर में घुसते ही देखा—चिल्ल-पों। बीवी अपनी धाड़-फाड़ आवाज़ में महरी पर जुटी हुई थी और वह सफ़ाई पेश कर रही थी, "क्या करती बीवी जी, घर का एक-एक आदमी बीमार। मरे इस मलेरिया ने छोड़ा भी है किसी को इस बार?"

"ठीक है, मलेरिया ने नहीं छोड़ा तो मैं भी नहीं छोड़ने की इस बार। आठ नागा हुआ है, इस महीने में तनख़्वाह कटेगी। यहाँ भी कोई मुफ़्त का..."

"क्या कोहराम मचा रखा है घर में?" डेढ़ इंच ऊपर से ही शेरा बाबू ललकारे।

बीवी ने बड़ी पैनी नज़रों से शेरा बाबू के इस तेवर को देखा।

"ठीक तो है। बीमारी तो किसी के बस की नहीं। इसके लिए पैसा काटना कोई इन्सानियत है..."

"एऽहेंऽ! चार सौ रुपल्ली पानेवाला आदमी पहले ख़ुद तो इनसान बनकर दिखा, चला है...इन्सानियत की बातें करने..." शटाक् से छुरी चली और शेरा बाबू टुकड़े-टुकड़े होकर धड़ाम से ज़मीन पर।

"यहाँ काम करते-करते हड्डियाँ चटक गईं और ये ऑफ़िस के बाद मटरगश्ती करके आए हैं, इन्सानियत का पाठ पढ़ाने। ऐसे निखट्टू..."

और फिर छुरी-कैंची का एल. पी. चला तो शेरा बाबू की धज्जी-धज्जी बिखेरकर रख दी।

हवा निकले गुब्बारे की तरह किसी तरह अपना किरचा-किरचा समेटकर भीतर आए और धम्म से कुर्सी पर बैठ गए।

'ये स्साली बीवी है। बीवी और औरत के नाम पर कैसी-कैसी लफ़्फ़ाज़ियाँ झाड़ रखी हैं—सब बक़वास। एक वो प्रसाद जी हो गए...ऐसी एक भी घुड़की खा लेते तो सारी श्रद्धा-वद्धा पीछे के रास्ते निकल जाती।'

कोई विश्वास करेगा कि शादी के बाद यही औरत कैसे आगे-पीछे घूमा करती थी उनके? शेरा बाबू की छोटी-सी इच्छा सीधा आदेश बन जाती थी इसके लिए। पहली तारीख़ को हज़ार रुपये पकड़ाते थे और वह हज़ार जान से कुर्बान रहती थी उन पर। क़र्ज़ न चुका पाने के कारण जब कुर्की आई तो बिना चेहरे पर शिकन लाए अपना दस तोले का सतलड़ा हार निकालकर दे दिया था। हालाँकि वह हार उनके पिता जी का ही दिया हुआ था, फिर भी शेरा बाबू तो एकदम बिक गए। यह तो बाद में मालूम पड़ा कि शेरा बाबू को ख़रीदने के लिए ही उसने यह हार दिया था। उसके बाद शेरा बाबू—बीवी के ज़रख़रीद ग़ुलाम।

सचमुच अपने व्यक्तित्व के एक हिस्से पर उन्होंने 'सोल्ड' की चिप्पी लगाई और बीवी के हाथों में सौंप दिया—ले घिस, छील, काट...

वितृष्णा का ज्वार कुछ ऐसे ज़ोर से उमड़ा कि ऊपर से नीचे तक सराबोर। दो-तीन डुबकियाँ लगाकर ऊपर आए तो एकदम दार्शनिकी मुद्रा में।

कुऽऽ नहीं...सब बेकार। कोई किसी का नहीं—न बीवी, न बच्चे। सब मन भरमाने के चोंचले हैं।

अभी कुछ देर पहले मिश्रा की बात से जिस उत्साह और उमंग के पंख लगाकर वे उड़ते हुए घर आए थे, वे भी झाड़कर फेंक दिये।

नहीं, कुछ नहीं होगा। पहले की अनेक बातों की तरह यह बात भी ढिस्स होकर रह जाएगी। जब-जब कहीं से ज़रा-सी बात का सुराग भी मिला है...किसी ने कोई आश्वासन दिया है...उन्होंने ज़मीन-आसमान एक कर दिया है। महीनों भाग-दौड़ की कि बात बन जाए...हफ़्तों सपने देखे कि बात जमने पर वे क्या-क्या करेंगे।

पर हुआ कुछ आज तक?

एक वो पटेल साहब आए थे। उनको पत्रिका की पॉलिसी समझाओ...उद्देश्य समझाओ दोनों टेक की तरह बस, एक ही बात दोहराते थे—"यह तो ठीक है जी, पर इसका व्यावसायिक पक्ष तो समझाओ। हम व्यापारी आदमी ठहरे, वहीं पैसा लगाएँगे, जहाँ दो की जगह चार होकर मिले।"

बैठ स्साले सट्टे बाज़ार में। व्यापारी की...सँभलते-सँभलते भी एक मोटी-सी गाली उनके दार्शनिक चोले में से फूटकर बाहर आ ही गई।

एक वो पनिक्कर साहब! "देखिए मिस्टर शेरा बाबू, आपकी बोल्डनेस ने हमें एकदम फ़्लैट कर दिया। ऐसी ही बोल्डनेस हम चाहते हैं। पैसा भी इतनी बड़ी प्राब्लम नहीं होगा। बस, एक बात है...मैगज़ीन में आपको पार्टी का लैंस ज़रूर लगाना होगा। हर चीज़ पार्टी के एंगिल से आए।"

शेरा बाबू से बात कर रहा है पार्टी के एंगिल की। लैंस लगा ले अपने पैंदे में। रोज़ सबेरे पेट साफ़ करने के बाद देखा करना कि कीड़े कितने बढ़े गए कि दिमाग़ तक झड़ गया स्साले का।

शेरा बाबू को समझौता ही करना होता या किसी के आदेश पर ही चलना होता तो अख़बारी नौकरियों की कमी थी उस समय कोई! पत्रिका बन्द होते ही ऑफ़र आए थे उनके पास। पर नहीं, उन्होंने ढाई सौ रुपल्ली की नौकरी चुनी। नौकरी थी गीदड़ की और उन्होंने शेरा बाबूवाले तेवर में शुरू की। शुरू-शुरू के दिन थे। अपने को मारने में समय तो लगता है न!

हो गई एक दिन सेक्रेटरी से झड़प। स्साले की ऐसी-की-तैसी कर दी। आज भी शेरा बाबू को याद है, उसने बिना आदेश के पत्थर जैसी जमी हुई कठोर आवाज़ में कहा था—"गेट आउट ऑफ़ दी रूम।" और दूसरे दिन ही ऑफ़िस से भी गेट आउट होने का नोटिस थमा दिया गया था उन्हें।

तब उन्होंने अपने एक हिस्से को मारकर, घिस-घिसकर गैंडे की खाल चढ़ाकर नौकरी के लिए तैयार कर लिया। जब नई नौकरी की तो इस हिस्से को मल्होत्रा को सौंप दिया था—मार, पीट, छील।

उसके बाद की ज़िन्दगी—जलालत का इतिहास।

उन्होंने बीवी से समझौता कर लिया...नौकरी से समझौता कर लिया। पर पत्रिका? नहीं, वहाँ वे कोई समझौता नहीं करेंगे—किसी भी क़ीमत पर नहीं। एक यही तो जगह है जहाँ वे शेरा बाबू होकर जी सकते हैं। यहीं तो खुलकर अपनी बात कहने की आस रख सकते हैं...डटकर विरोध करने का हौसला रखते हैं...बड़े-से-बड़े की धज्जियाँ बिखेरने का साहस रखते हैं। यहाँ वे शेरा बाबू होकर ही जिएँगे... शेरा बाबू होकर ही लिखेंगे। इस एक-तिहाई हिस्से को लेकर ही तो लगता है कि वे भी ज़िन्दा हैं, इतना सब होने पर भी अपने पूरे वजूद के साथ ज़िन्दा हैं, वरना तो ज़िन्दगी में रह ही क्या गया है।

भावुकता और आवेश के मारे उनका सारा बदन जैसे थरथराने लगा। हर किसी के नाम फूटती गालियों की बौछार न जाने कहाँ बिला गई। थोड़ी देर पहले की दार्शनिक मुद्रा पर कुछ-कुछ आध्यात्मिक पवित्रता का-सा लेप चढ़ गया और वे सिद्धावस्था को पहुँच गए। पर भूखे पेट बहुत देर तक सिद्धावस्था में भी तो नहीं रहा जा सकता। सो जल्दी ही नीचे उतर आए।

ख़याल आया, आज सबेरे भी तो कुछ नहीं खाया था। पर अभी तो तुरन्त की खाई हुई चोट से ख़ून रिसना भी बन्द नहीं हुआ है। कैसे खाने पहुँच जाएँ? ठीक है, आज वे नहीं खाएँगे। जहाँ मन को इतना मारा, वहाँ पेट को भी मार सकते हैं। पर पेट स्साला बवंडर कुछ ज़्यादा ही मचाता है। अँतड़ियाँ कैसी कुलबुला रही हैं! यह कुलबुलाहट दिमाग़ को भी ऐंठने लगी। उन्होंने कसकर अपने दोनों गालों को चपतियाया।

कुछ नहीं शेरा बाबू, तुमसे कुछ नहीं होने का। यह पत्रिका की बात दिमाग़ को स्साले आसमान पर ले जाकर बिठा देती है। भूल ही जाते हो कि खड़ा तो ज़मीन पर होना है। और जब औंधे मुँह गिरते हो तो इसी तरह लहूलुहान। पकड़ो कान और खाओ क़सम कि पत्रिका की बात सोचना भी छोड़ दोगे। ज़मीन पर रहोगे तो ज़मीन की

ज़िन्दगी जिओगे। अपने दिमाग़ी फ़ितूर छोड़ो और अपने वजूद का तीसरा हिस्सा ज़मीन के ही नाम लिख दो। यह रस्समकश ही ख़तम हो।

और भूखे पेट में क़सम के दो कौर डालकर शेरा बाबू अपनी खटिया पर लेट गए, लेटे रहे...लेटे रहे। कभी इस करवट, कभी उस करवट! पता नहीं पेट की कुलबुलाहट थी या कि गुप्ता जी के पत्र की पंक्तियाँ कि नींद ही नहीं आ रही थी। मन के चारों ओर अच्छी तरह नाकेबन्दी करने के बावजूद गुप्ता जी के पत्र की पंक्तियाँ सपनों के छोटे-छोटे टुकड़ों के रूप में लपक-लपक उनकी आँखों के सामने कौंध जातीं। तब वे हताश से, सफ़ाई देते हुए जैसे अपने को ही समझाते...क्या हर्ज है, जीने का एक बहाना ही मिल जाता है।

आज शनिवार है। ऑफ़िस एक बजे बन्द हो जाएगा। पर मल्होत्रा साहब की इच्छा है कि चार बजे सब लोग यहीं इकट्ठा हों। कारण—मंत्री महोदय के निवास स्थान पर जाकर उन्हें जन्म-दिन की बधाई देना। मल्होत्रा साहब की इच्छा है यानी बाक़ी सब लोगों के लिए आदेश। ऐसा आदेश जिसे टालना जुर्म है। भारी जुर्म...माफ़ी के परे का जुर्म।

मल्होत्रा साहब आते ही मिस दास को लेकर बुके और फूलमालाओं का आर्डर देने निकल गए। मंत्री महोदय के चरणों में अर्पित होनेवाला बुके बहुत नफ़ीस होना चाहिए। नफ़ीस और लाजवाब। ये कलमघिस्सू क्लर्क नफ़ासत क्या समझें इसलिए ऑफ़िस की सबसे नफ़ीस चीज़ को बग़ल में बिठाकर ख़ुद गए हैं।

उनके जाते ही क़लमघिस्सू क्लर्क जीभ घिस्सू हो गए। बढ़ते दामों से लेकर जनता पार्टी, कांग्रेस—सबका ही तर्पण कर डाला। वही नंगी भाषा...वही ज़हर-घुले वाक्य। भारी-भरकम गालियों के कन्धे पर चढ़ा दो-तीन बार मल्होत्रा का जनाज़ा भी निकाल डाला। सबसे बड़ा गम तो इस बात का कि इस मंत्री के चक्कर में आधे दिन की छुट्टी-की-छुट्टी हो गई।

काम कर रहा है तो केवल तापस। कोई दस दिन पहले ही दूसरे विभाग से बदली होकर आया है। शेरा बाबू की मेज़ पर बैठता है। दुबला-पतला निरीह-सा बंगाली लड़का। बुझा हुआ चेहरा। मल्होत्रा के केबिन में जाएगा तो पैर थरथराते रहते हैं... लौटता है तो आँखें छलछलाई रहती हैं। लगता है, जैसे किसी बहुत अपने को दफ़नाकर आ रहा हो। शेरा बाबू को पहले ही दिन से इस लड़के से कुछ ममता-सी हो गई है, वरना आज तक जगत के सिवाय उनका और किसी से तालमेल ही नहीं बैठा। इसे देखकर जब-तब दिमाग़ में सुधीर टकराता रहता है। पर अजीब बात है—सुधीर की आवारागर्दी और ग़ैर-ज़िम्मेदारी को लेकर जितना गुस्सा उनके मन में है...तापस को देखकर वह सब छँट जाता है। केवल छँटता ही नहीं, एक सुकून-सा मिलता है। इस कुर्सी पर बैठने से तो आवारागर्दी करना कहीं ज़्यादा अच्छा है।

खटाक से जैसे माइक पर बजते रिकार्ड का स्विच किसी ने बन्द कर दिया हो। यहाँ से वहाँ तक सूई-पटक सन्नाटा। साहब केबिन में—सबके सिर फ़ाइलों में।

थोड़ी देर में ही जगत ने फ़रमान पेश किया, "तापस बाबू, बड़े साहब।"

बड़ी कतार-सी नज़र शेरा बाबू पर डालकर तापस जगत के पीछे घिसट लिया। शेरा बाबू भीतर की आहट लेने को एकदम चौकस होकर बैठ गए।

थोड़ी देर तक भीतर चुप्पी रही फिर एक गुर्राहट।

"पढ़ लिया अपना लिखा नोट?"

एक अस्पष्ट-सी रिरियाहट।

"तीन दिन के बाद ये नोट तैयार किया है तुमने?" लानत में लिपटा एक प्रश्न।

रिरियाहट में अब रुआँसापन भी मिल गया।

"नो आरग्यूमेंट्स...गो!" एक दहाड़ती हुई दुत्कार।

चुप्पी।

"लाइनों को पढ़ लेना ही पढ़ना नहीं होता। बिटवीन दी लाइन्स भी कुछ पढ़ा जाता है, समझे। जाओ, जाकर शुक्ला से गाइड-लाइन लो और फिर से नोट तैयार करो।"—धिक्कार-भरा आदेश।

दरवाज़ा खोलकर तापस ने पहला क़दम बाहर किया ही होगा कि "तापस, तुम इस तरह घिसट-घिसटकर क्यों चलते हो? जब देखों ऐसी मुहर्रमी सूरत बनाकर रहते हो? और सुनो, शाम को ठीक से ड्रेस होकर आना...यों पसीने में चिपचिपाते हुए नहीं। यंगमैन हो...बी स्मार्ट...बी ब्राइट..."—उद्‌बोधन।

शेरा बाबू के भीतर कुछ खौलने लगा—"स्मार्टनेस के बच्चे, उपदेश झाड़ रहा है। मोटर-बँगले के साथ तीन हज़ार पाकेट में डाल दे और एअर कंडीशंड कमरे में बिठा दे फिर देख अंग-अंग से कैसी स्मार्टनेस टपकती है! ढाई सौ रुपल्ली में तो पसीना ही टपकेगा। स्साला बिट्वीन दी लाइन समझा रहा है। अरे, तेरे बिट्वीन दी लेग्ज जो है, वह भी समझ में आता है...ख़ूब समझ में आता है। सीधे से क्यों नहीं कहता कि निगम आकर हलक के नीचे उतार गया है नोटों का बंडल। ठीक है, कौन हमारे बाप की जेब से कुछ जाता है। करो लीपा-पोती। पर उस ग़रीब को क्यों धुनक दिया नाहक़ ही?

तापस घिसटता हुआ आकर धीरे से बैठ गया। वही पनियाली आँखें...लगा, अब रोया, तब रोया।

"शेरा बाबू, हमने बहुत ध्यान से सारा फ़ाइल स्टडी किया था...बहुत मेहनत करके नोट तैयार किया था...आपको भी तो दिखाया था।"

शेरा बाबू ने दिलासा देते हुए कन्धा थपथपाया, "अरे, कोई बात नहीं, तुम शुक्ला के पास चले जाओ। वह गाइड-लाइन नहीं, लिखा-लिखाया नोट ही तुम्हें दे देगा। बस लाकर टाइप करो और लगा दो।"

तापस उठा तो मन-ही-मन उभरा—शुक्ला स्साला मल्होत्रा की मींगनी। हिकारत से उन्होंने वेस्ट-पेपर बास्केट में ही थूक दिया।

एक बजे ऑफ़िस से निकल शेरा बाबू लाइब्रेरी चले आए। घर आना-जाना यानी दो घंटे की बरबादी। यों भी कोई तुक नहीं था घर जाने का।

मिश्रा देखते ही चिल्लाया, "अरे शेरा बाबू, दो दिन से आप आए ही नहीं। मैं तो आपके घर आनेवाला था।"

शेरा बाबू सीधे मिश्रा के कठघरे में ही घुस गए।

"गुप्ता जी की चिट्ठी आई है। चिट्ठी नहीं, बस समझ लीजिए, पत्रिका शुरू करने का आदेश। आपके भेजे हुए प्रोजेक्ट को उन्होंने एकदम पास कर दिया। अगले सप्ताह वे ख़ुद आ रहे हैं। सारी बात को अन्तिम रूप देने के लिए।"

पत्र पढ़कर शेरा बाबू के रोम-रोम में जैसे भूचाल-सा उठ पड़ा। समझ ही नहीं पा रहे थे कि इस आवेग को कैसे सँभालें। मिश्रा पर ही एक के बाद एक प्रश्नों की बौछार कर दी।

काम में डूबा मिश्रा इस बिन बादल की बौछार से हड़बड़ा गया। कन्नी काटते हुए बोला, "गुप्ता जी आए तब सब बात हो ही जाएगी। इस समय मैं ज़रा इन किताबों को दर्ज कर लूँ।"

"हाँ...हाँ...ठीक तो है..." अपने आवेग को अपने में ही समेटे वे बाहर निकल आए। बाहर लॉन में पेड़ के नीचे पड़ी बेंच पर लेट गए। उन्हें लगा, इस समय शायद शरीर की निष्क्रियता से ही मन की सक्रियता को झेला जा सकता है।

गुप्ता जी को योजना भेजने के बाद उन्होंने दोनों हाथों से दबोचकर अपने भीतर के शेख़चिल्ली को चित कर दिया था और ख़ुद उस पर चढ़े थे। नहीं, वे बिलकुल नहीं सोचेंगे पत्रिका की बात।

पर इस समय...लग रहा है कि वे ख़ुद चारों खाने चित पड़े हैं और भीतर का शेख़चिल्ली उन पर चढ़ बैठा है...पूरे आवेग और आक्रोश के साथ।

इस मल्होत्रा की तो ऐसी की तैसी करके रख दूँगा। स्साले के इतने घपले हैं कि बँधा-बँधा फिरेगा। सबके प्रमाण जुटाकर निकलूँगा यहाँ से, फिर बड़े-बड़े अक्षरों में...

घिघियाता हुआ आएगा तो उतनी ही धाँसू आवाज़ में—'गेट आउट ऑफ़ दी रूम।'

सौ सुनार की, एक लुहार की। तेरे पत्तों से ही तेरा हिसाब साफ।

फिर तो पूरी रेलगाड़ी चल पड़ी—सम्पादक, नेता, मंत्री, भ्रष्टाचार, बढ़ती महँगाई, पिसती जनता...नई सरकार...

और तब उन्होंने अपने पर अंकुश लगाया—बस करो शेरा बाबू, बस करो...

घड़ी देखी तो पौने चार। लो इतनी देर से लन्तरानियाँ ही झाड़ रहे हैं। चार बजे ऑफिस पहुँचना है। पर मल्होत्रा और उस सारे माहौल का ख़याल आते ही मन में भारी कोफ़्त उठी—कौन जाए स्साले उन ज़नख़ों की टोली में। मंत्री महोदय के सामने तालियाँ बजा-बजाकर नाचना ही तो है। ऐसी-की-तैसी!

वे उठे। हिकारत के साथ उन्होंने अपने दो-तिहाई हिस्से को बेंच पर ही छोड़ दिया और बड़ी एहतियात के साथ अपने एक-तिहाई हिस्से को पुचकारा, सहलाया, समेटा और चल पड़े। इन दो-तिहाई हिस्सों के चक्कर में कितना अजनबी हो उठा है उनका यह एक-तिहाई हिस्सा।

एक बार पत्रिका जम गई तो बीवी से नौकरी छुड़वा दूँगा। असल में पैसे और काम की मार ने ही उसका मिज़ाज ख़राब कर दिया है। वह भी क्या करे बेचारी... वरना पहले तो...

हाँ, कहीं तापस मिल जाता तो उसे पूरी तरह आश्वस्त कर देते। आज बहुत झुलस गया बेचारा। दूसरे काइयाँ क्लर्कों की तरह अभी गैंडे की खाल नहीं चढ़ी है उस मासूम के...भीतर तक थरथरा जाता है। नहीं-नहीं, और परेशान होने की ज़रूरत नहीं है। बहुत जल्दी ही वे उसे सड़ायँध से मुक्त कर देंगे। मेहनती और ईमानदार बच्चा है...प्यार मिलेगा तो कुछ कर दिखाएगा।

उनके सामने तापस का बुझा हुआ मुरझाया चेहरा घूम आया और उन्होंने कुछ ऊँचाई से उसके सिर पर अपना वरदहस्त रख दिया।

पर अब कहाँ जाएँ? एकाएक ख़याल आया, जगत के घर चलना चाहिए। उस दिन उसने पता दिया था। देखते ही चौंक जाएगा—अरे साब, आप यहाँ? आप लोगों को तो मंत्री महोदय के...

उसे भी कह ही दें कि अब सबेरे से शाम तक एक पैर पर नाचने की और बात-बात पर फटकार खाने की ज़रूरत नहीं है। पहली नियुक्ति वे जगत की ही करेंगे। बेचारा कितना ख़्याल रखता है...कितना आदर करता है। एक बार वे कोई काम कह दें तो मल्होत्रा साहब की बात भी अनसुनी कर देता है...फिर चाहे उनकी झिड़कियाँ ही खाता रहे।

अब शेरा बाबू के साथ काम करे देखे कि काम करना क्या होता है। अच्छी तनख़्वाह, काम की सब सुविधा और सबसे बड़ी बात इन्सानियत का व्यवहार। यहाँ तो बहुत दुखी रहता है बेचारा।

शेरा बाबू के ये आश्वासन तापस और जगत तक तो नहीं पहुँचे पर इनसे वे ख़ुद कहीं बहुत आश्वस्त हो आए।

मलबा

मंजुल भगत

पतला-दुबला उबले हुए अंडों जैसी आँखोंवाला कुबड़ा बूढ़ा, जिस मलबे से सटी, झूलती-झिलँगी, मंजी पर धँसा बैठा दिखलाई पड़ता है, वह उसके अपने ही घर का कुचला-पिसा ढेर है। यह और बात है कि हम और आप उसके ठिकाने को मकान या घर कुछ भी न कह पाते, तब भी जब उसके काई-पुती टुट्टल ईंटे एक के ऊपर एक जमीं खड़ी थीं। खपरैली छप्पर था। जंग खाए टीन का दरवाज़ा झूलता। चार-छह ईंटें, खोल-खिसकाकर बने दरीचे से झाँकता कोई भी भीतर लकड़ी का बना ताख देख सकता जिसमें पीतल की कौली में झकाझक मोमबत्ती जला करती, दीवारों पर रोशनी के फ़ानूस बनाती हुई। सिगड़ी तो बाहर मिट्टी के चबूतरे पर ही सुलगती। आज टुक्कड़-टाँकी सिले नायलोनी-निवाड़िया चीज़ पर बूढ़ा धँसा रहता है, उसे चारपाई केवल चार पायों के कारण कहना पड़ता है। फिड्डी निवाड़ भी जोड़-जोड़, कहीं बाण तो कहीं डोरा, सूत न मिला तो नाड़ा। क़रीब ही दस ईंटों को, एक के ऊपर एक तहाकर थड़ा-सा बना था, जिस पर बुढ़िया पीतल के गिलास में चाय रख जाती, कौली से ढाँपकर। बूढ़े को घूँट-घूँट चाय सुड़कते कौली में उड़ेलते, फूँक मारते एक पहर बिताना होता। मंजी पर पाला-मार पत्तों से कुछ पुराने काग़ज़-पत्तर बिखरे हैं, जिन्हें नाक के पास ले जाकर बूढ़ा तब तक घूरता-सूँघता रहता, जब तक धूप से उसका मूँड़ टनकने न लगे। उसे चश्मे के बिना कोई भी अक्षर ठीक से बना हुआ नज़र नहीं आता, पर चश्मा उसके पास है ही नहीं या फिर शायद मलबे के नीचे धँसा-पड़ा हो। पीले काग़ज़ों की इबारत तो यों भी उसे बेज़ुबानी याद है। एक नक़्शा भी है उसके पास। बुढ़िया को मलबा खिसकाकर, पिचकी-धसकी टीन-कनस्तरी भी निकालते देखा है। वह उसे हाथ में लेकर देर तक, टकटकाती है, सब तरफ़ से घुमा-फिराकर। फिर ले जाकर अपनी अटरम-शटरम गृहस्थी में जमा देती है। बुढ़िया की पूरी गृहस्थी यों सड़क पर आ गई है, मानो वह सब वहीं पर उगा झाड़-झंखाड़ हो। देखा जाए तो भीतर कुछ है ही नहीं। बुड्ढा बाहर, चूल्हा बाहर, नल की टोंटी बाहर। कपड़े लत्ते इधर-उधर ढूह ढेर पर पड़े सूखा करते या तो हवा खाते। आसपास उठ रहे नये-नकोर मकानों के लिए, अस्थायी रूप से जो नल, नगर निगम ने बख़्शा हुआ है उसी की कृपा से सब होती है। बुढ़िया को बारहों घंटे का एक काज और भी मिल गया है, इस नल-देवता की शुद्धता बनाए रखने का। मज़दूर टोली को वहाँ कुल्ला न करने देने का, बच्चों की पिछाड़ी न छुलाने देने का। हड़काना-बरजना ही नहीं, उसने तो नल के नीचे से लेकर एक लम्बी-कच्ची नाली तक खोद-खींचकर दिखला दी है जो असलियत में कहीं नहीं जाती बस अपना गँदला पानी, लिये-दिये वहीं मलवे के आसपास अन्तर्धान हो जाती है। कुछ सड़ाव मिट्टी

सोख लेती है, कुछ गड्ढों में ठहरा रह जाता है। परे, एक विशाल नीम का पेड़ है जिसे बुड्ढा अपना कहता है और उसके पत्ते बटोरकर, खड़े पानी के क़रीब, जलाकर धुआँ दे दिया करता है। मजाल है जो कोई ऐरा-ग़ैरा नीम से छेड़-छाड़ कर दे। थप्पड़-चट्ट की नौबत आ जाती। बूढ़ा कहता है, नीम इसलिए मेरा है, क्योंकि वह मेरे अहाते में पड़ता है। उसका अहाता कहाँ है, यह कोई नहीं जानता। मलबे पर नीम की टहनियाँ भी पड़ी सूखा करती हैं। उनके यहाँ कबाड़-कचरे जैसी कोई चीज़ नहीं पैदा होती। सब-का-सब, मलबे पर पापड़-बड़ियों की तरह पड़ा-सूखता-सिकुड़ता रहता है और काम की चीज़ बन जाता है। कुतरे काग़ज़, मुचड़ी थैलियाँ, लक्कड़-गुट्टी, फुट्ट पत्थर, टुट्टल ईंट, सब की गड्ड-मड्ड ढेरियाँ बनी हैं। उनके भीतर सैकड़ों कीड़े-मकोड़े बसे हैं, अनछुये, रेंगते हुए, मगन। "अरे इस मलबे के भीतर बुढ़ऊ की दौलत गड़ी है।" कोई कहता। बनते मकानों पर तैनात मज़दूर टोली रात में, कंकड़-रोड़ी, बजरी-बदरपुर के ढेर पर सोया करती है। मच्छरों से दुखी होकर कोई-कोई इस कंकरीले बिछौने पर मसहरी गाड़कर सोता है। गोद-बग़ल के और पेट के कच्चे-पक्के, कुल मिलाकर छह बालक एक-एक मज़दूर-दम्पती के हैं। यही इनसानी पुलिन्दा उनकी पूँजी है। बदन न दिख जाए कहीं, इस भय से धोती का कछौटा कसे, तसले-पर-तसले ढोती, नौ ईंट सर पर धरे सीढ़ियाँ चढ़ती मज़दूरिन माँ को कभी फुरसत ही न मिलती कि घड़ी-दो-घड़ी अपनी औलाद समेटकर सुस्ता-बतिया ले। बस साँझ ढले पर जब खुले में धुआँते लक्कड़ पर हाँड़ी चढ़ाती तब ही बच्चे आप ही आ धमकते और उनके छोटे-छोटे स्याह बुत रोटी की आस में गूँगे और अडोल हो जाते। तभी बुढ़िया आ धमकती ममता और स्यानेपन से सनी सीख देने, "अरी जरा-सी हींग तड़का दे दाल में, भुना जीरा नहीं है तेरे पास?" मज़दूरनी सब के जवाब में मुट्ठी भर लाल मिर्चा झोंक देती है। जरा-सी दाल ऐसा सिसकारा देती कि पूरे कुनबे को पूरी पड़ जाती। यही बुढ़िया का समाज है। वह किसी नई लगी मज़दूरनी से पूछती, "तेरे को कितने बच्चे हैं?"

जवाब आता, "दो।"

"दो? फिर ये गोद में और अगल-बगल क्या है?" वह पूछती।

"ई ई? त छोरी लोग हँय तमाम।"

छोरी मजदूरनी बन सकती है, पर बच्चा नहीं कहला सकती। तीन बरस तक उसे तन पर कोई लत्ता लपेटने की भी दरकार नहीं। भूखी-नंगी, मच्छरों द्वारा खाए जाने पर भी वह बाँस की तरह बढ़ने लगेगी। "भला, छोरी जात को काहे के मरने लगने लगे? छोरे की जान को तो हज़ार नज़र-टोंक-बला।"

बूढ़े को इन सब पचड़ों से कोई सरोकार नहीं। वह हरकत में आता है, जब, सरकारी अफ़सर उसे ज़बरन उस भूमि पर से हटाकर मलबा साफ़ करवाना चाहे तब, "अरे, बुढ़ऊ काहे गोह की मनिन्द इस ढुह से चिपके हो?" कोई कह बैठता। सुनते ही वह उस हद तक शोर मचाता, गालियाँ बकता जिस हद पर पुलिस कर्मचारी उन दोनों को ले जाकर हवालात में ही न डाल दें। "ले चलो जहाँ चाहो, नंगे की तलाशी क्या?" वह तेज़-तेज़ चलता। "इस बूढ़े ने तिगनी का नाच नचवा डाला है।" कर्मचारी मलवा उठवाने का काम शुरू करवाते कि बूढ़ा-बूढ़ी, बरी होकर फिर से आ धमकते। कुछ दम था उसके पीले काग़ज़ों में तभी न एक ही रोज़ में बरी होकर वह वापस अपनी

खटिया पे तैनात हो जाता और बुढ़िया उसकी सेवा-टहल में। सुनते हैं उसे अपने क्लेम के एवज में ज़मीन मिल रही है पर वह कहता है, "सरकार मुझे यहीं आकर क्लेम दे। सवा-सौ गज का बना-बनाया मकान दे।"

कोई कहता बूढ़े के काग़ज़ों में गुज़रे दिनों के किसी प्रधानमंत्री तक के दस्तख़त हैं। अंग्रेज़ी ज़ुबान में अपने हाथ से लिखी अर्जियाँ भेजता रहा है सरकारी दफ़्तरों में। हाथी की सूँड़ से गन्ना छीनने के बराबर है उसकी धरती ज़ब्त करना। "पर बाउ जी तुम्हारी धरती है तो परे को होके बैठो, तुम तो सड़क घेर के बैठे हो?" "क्यों सड़क पे मेरा नीम नहीं खड़ा? मैं भी तो देखूँ कैसे सड़क निकालते हैं, कैसे नीम काटते हैं? सड़क सरकार की है तो जो मैं चालीस साल से इस पर बैठा हूँ, मैं भट्टे में जा पड़ूँ? पाकिस्तान से लुट-पिट के नहीं आया मैं?" इसी तरह की गुफ़्तगू रोज़ हुआ करती। गली के बावले की अलमस्त चाल और बेख़बर सैर देखकर पगला जाने को जी हो आता। दिखावे-पहरावे से दूर, बहक-भुलावे की दुनिया। जाने कितना मजबूर होकर यूँ भटका होगा मगज। मज़दूरों की रोटी बनते, तकने लगता। एक साथ कई गर्म घेरों से उसे रोटी खाने का न्योता मिल जाता। वह बेफ़िक्री से हाथ हिलाकर मना कर देता और चाव से रोटी बनना देखता रहता। गुलाबी पड़ती रोटी से उसके नथुने फड़कने लगते। बिना भूख के भी भला कोई खाता है।

मज़दूर भी इस बात को समझते हैं कि पेट भरा होने पर दोबारा रोटी खाई ही नहीं जा सकती। दूसरे का हिस्सा ठूँसने से वही रोटी बकबकी हो, रूप-रस-गन्ध बदल उठती है। भूख लगने पर वह चाहे जिस-तिस से रोटी माँग बैठता। भला बावले को रोटी की क्या कमी। एक रोज़ तो बर्तन-चौकावाली के एक घर से बचा हुआ पुलाव पा गया। वह घर से जो अपनी दो रोटी साथ बाँधकर लाई थी, वह खा चुकी थी सो पुलाव लिये-लिये बावले को खोजती फिरी 'बदनसीब के मुख का स्वाद बदल जाएगा ज़रा।' पर बदनसीब तो जाने कहाँ अन्तर्धान था। भलमनसाहत और परोपकार की एक बेला की सामर्थ्य से ओत-प्रोत कामवाली को आखिर पुलाव मन्दिर में रख देना पड़ा कि बावला जब उधर आए तो उसे ज़रूर से खिला दिया जाए। बस यही आँखमिचौनी बावले की उसे खिजा देती है। एक रोज़ तो वही बावला, बुड्ढे को टोक बैठा, "बाउ? मकान? कब बनवाओगे?" रोज़ ही तो सुनता-देखता रहता था। बूढ़ा एकदम से उछलकर खड़ा हो गया और कूद-कूदकर वह लड़-झगड़ मचाने लगा कि बावला एकदम से उकता गया। छोटी-सी बात की इतनी लम्बी प्रतिक्रिया? वह हँसने लगा, फिर हाथ झटकारते हुए यूँ चला मानो बूढ़े का ही मगज पटरी से उतरा हुआ हो। फिर बुढ़िया ही तश्तरी में गर्मागर्म पकौड़े रखकर बूढ़े की आरती उतारने आई। बूढ़ा असमंजस में पड़ गया तब गाल बजाए कि प्याज के पकौड़े चुभलाए। रात को तो आटे की छान की रोटी पकी थी। आटा जो ख़त्म था। आख़िर गाल की राल जीत गई। वह पकौड़ा ठंडा कर बैठ गया और भचर-भचर खाने लगा।" इस बुढ़िया का भी कोई जवाब नहीं। जाने कौन-से जोड़तोड़ लगाती रहती है बूढ़े को चिकना-चुपड़ा खिलाने को। वह प्लेट तो फ़ाइलो को रख चली गई। रब ख़ैर करे, इसी जनानी की बदौलत समय की सुई चलती है। वह स्वयं को बगल-बच्चा बनाए हुए है। यह जानते हुए भी कचहरी में जो जीता वह भी हारा और हारा तो है ही मरे बराबर। इस छोटे-से घेरे में जिसे वह घर मानता है, घड़ी टिकटिकाती

रहती है तो इसी छोटी सुई की बदौलत। रिफ़्यूजी कैम्प कभी का मटियामेट हो चुका। वहाँ के वासियों को उनका हक़ मिल चुका। जिन्होंने कभी पैसा देखा न था वह अपना कब्ज़ा बेच रातोरात लखपती बन गए और किन्हीं और गली-मोहल्लों में रहने चले गए। कुछ ओरिजनल अलाटी रह भी गए। चारों तरफ़ नये-नकोर मकान उठ रहे हैं, गुलाबी पत्थर की दीवारों और संगमरमरी मकराने के फ़र्शवाले। बुढ़िया का पड़ोस ख़त्म हो चुका। सुना है बूढ़े के घर पर बुल्डोजर चला दिया गया था। सब-कुछ पिच-दबकर मलबा बन गया। बड़ी वाही-तबाही मचायी बूढ़े ने। सरकारी कारिन्दों ने पिछली तरफ़ ईंटों के दो कमरे भी डालकर दिये। पर बूढ़े को अड़ हो गई। वह अपनी चूरा गृहस्थी का मलबा समेट वहीं डटा है। चलती गली में यह मलबा ऊँट के कोहान-सा खड़ा है। ठठेरे की बिल्ली ठक-ठक से नहीं डरती। बूढ़े और सरकार में ठनी है। उसके टूटे दर पे झूलता टाट-टट्टर का परदा, मुँह चिढ़ाता हुआ। नये पड़ोसी समझाने आते हैं, "पापा जी इस मलबे में साँप-बिच्छू घुस के बैठे होंगे। दफ़ा करो इसे।" सुनते ही बुड्ढा टिड्डे की तरह टर्र-टर्र करने लगता। "पीर उठती है मेरे कलेजे में। कैसे दफ़ा कर दूँ अपने घर को?" उसने ढाये गए घरौंदों की पुरानी ईंटें भी ख़रीद लीं और मलबे पर ढेर लगा दीं। इस ढेर को बढ़ाने का उसे मिराक-सा हो गया है।

"अपनी-तो-अपनी, बुड्ढे ने बुढ़िया की ज़िन्दगी भी ख़राब कर रखी है।" लोग कहते।

"हाँ जी! कोई बेटा-बच्चा भी न हुआ जो हक़्क़-हिसाब माँगता सरकार से। बस एक थी है सो पराये घर रची-बसी है। कभी-कभार झाँक जाती है।" समधिनें भी इसी झिलँगी खटिया पर मिल बैठती हैं। बुड्ढा कहता है, "पूरी ज़मीन का हक़ मिल जावे समधिन, तो तुम्हें भी यहीं एक कमरा डलवा देंगे। मिल-जुलकर हमारे साथ ही रहना।"

"ज़रूर बनवा देना, भला मैं क्यों हिचकूँगी रल-मिल रहने को।" जानती है, बुड्ढा आख़िर क्लेम को छाती पे रखकर तो ले जाने से रहा। लड्डू फूटेगा तो नुक्ती मिलेगी ही। पर अभी तो जवाँई को जूते खोलने को था नहीं। बुढ़िया घर की बनी बेसन की पंजीरी समधिन के सामने रख कहती है "एक ज़माना था, बहन मैं काग़ज़ी बादामों से गिट्टे खेलती थी, पर, वह तो लाहौर था।"

समधिन पंजीरी चुभलाते कहती हैं, क्यों न खेलती होगी बहन मेरी, वह तो फिर लाहौर था। रौनकोंवाला, बरकतोंवाला, नित नवीं खप-शपवाला शहर। पर देख तो समधिन इस रफ़ूजी कम्फ के भाग भी कैसे जगे हैं। कब्बी इस थाँ अंग्रेज़ों के घोड़े बँधते थे।"

"अजी मलीटरी कैम्प था पहलों-पहल। मलीटरी जब उस तरफ़ों गुजरती तो नीचे बसा गाँव पूरा ढक दिया जाता। इसी से तो उसे ढका गाँव कहते हैं।" बूढ़ा बोला।

"पर इस तरफ़ तो देखो कैसा भरा-पूरा बाज़ार भर दिया दुकानों से शरणार्थियों ने। माल से अटी पड़ी हैं दुकानें और धन से उन्हीं शरणार्थियों की जेबें। कैसे लुटे-पिटे आए थे। आख़िर उठ खड़े हुए। पेट में गिरह डालकर भी धन्धा बिठलाया।"

"हाँ, जी, देश के जब दो फाड़ हुए तो सब-कुछ फट गया था।" बूढ़ा बोला।

"एक वक़्त था, जब इस थाँ खड़े होकर कोई पानी पीने को राजी नहीं था। अब देखो तो मकान अभी पूरा तय्यार नहीं और बाहर मारुती तो अन्दर टेप चल रहा है। बस जी, जो रह गए वे रह गए, या पगला गए।"

"पर भीख तो किसी ने न माँगी"—बूढ़े ने भी समधिन के वार को झेला।

बुढ़िया काम निबेड़ खुले में नहाने बैठती तो बुड्ढा एकदम से बाख़बर हो उठता। पास ही रोटी गटकते मज़दूर पर चिचिया उठता।

"पीठ मोड़ ओये। जनानियाँ धोवें—बदले तो दीदी फाड़ के न तक्का कर।"

मज़दूर हैरान। निवाला गटकेगा तो भला दीदा तो आप ही बाहर को लट्टू-सा हो जाएगा। उसकी जवान-जहान महरारू भी हाथ में बेलन लिये-लिये एकदम से खड़ी हो गई। देह ऐसी कि जैसे बिना गाँठ का गन्ना हो। "बुड्ढे त होय गए बाबा पन...।" बुढ़िया एकदम से कुर्ता डाल खड़ी हो गई। सलवार का नाड़ा बाँधते-बाँधते बिफर उठी, "तेरा खसम बुड्ढा नई होयगा कदी? तेरा बाप नई होया था?"

"अरे माई! लाज-ओट कोई भीत-ईंटाँ से ही है? हम नई नहात खुल्ले माँ?" पल-भर को बुढ़िया की आँखों में मज़दूरनी के नहाने की सम्पूर्ण कला घूम गई। पहनी हुई धोती का कछोटा खोल तनता पर्दा फिर वही लपेटा-ओढ़ना बन जाता। बुड्ढा बेबात मज़दूर की तरफ़ को कूदा, "बताऊँ? तुझे बताऊँ? मैं बुड्ढा हूँ?"

"चलो-चलो जाने दो बाउ, काहे बात बढ़ाते हो।" दो-चार जने आकर फिर बूढ़े की रोज़ की इस वर्ज़िश को रोक देते।

एक रोज़ तो दोपहर बाद ही घनी शाम-सी गहराने लगी। आसमान पे काली छतरी तन गई। पर बीच-बीच में बारिशवाले बादल भी बन खड़े थे। देखते-देखते ही बरखा के भाले तड़तड़ाने लगे। बूढ़ा बाहर बैठा, अचानक इस वार से तिलमिला उठा।

"भीतर बड़ो जी, वाच्छड़ आई है।" बुढ़िया चिल्लाई।

"अब क्या भीतर और क्या बाहर। अभी बरसकर राह लगेगी अपने। आगे नहीं झेले यै मौसम?" बूढ़ा वापस चिल्लाया।

"नहीं जी मेरी हड्डियों के तो अभी से सब जोड़ पिराने लगे।"

अब की बार बूढ़ा चारपाई सिर पर रख, अपने घर-आँगन के नाले-परनाले पार करने लगा। ईंटों के अम्बार में से गँदला पानी अपने साथ तरह-तरह का सड़ाव लेकर बहने लगा। बुढ़िया की खुदी नाली में एकदम से बाढ़ आ गई। कीचड़ घुमेर खाकर सन-सन इधर-उधर घुसने लगा। बूढ़े के क़दम धँसते-रपटते आख़िर अपनी खोह तक पहुँच गए। उसने चारपाई भीतर फँसा दी और उछलकर उस पर चढ़ गया। पाँव सिकोड़कर बल खाते कीचड़-पानी को देखने लगा। बुढ़िया का मूँज का खटोला पहले से ही दीवार से सटा था। दोनों बारिश के थमने का इन्तज़ार करने लगे। छत, अगल-बग़ल से टपका मार रही थी।

"धार थमे तो मग्गे से पानी उलीच देना।" बूढ़ा बतियाया।

"हाँ जी। नाली भी चौड़ी करनी पड़ेगी।" बुढ़िया के अब तक पूरे पिंडे में टीस उठने लगी थी। दूर-दूर तक धरती तक—कछार बनी थी।

"अजी मलबे में से हबाड़ जैसी उठ रही है।" उसने नाक सिकोड़ते हुए कहा। अचानक वह चिड़चिड़ी हो आई, "आपने भी बीच समन्दर में लाके जहाज़ खड़ा कर दिया है। जब वह दे रहे हैं और जगह तो फिर यह थाँ छोड़ क्यों नहीं देते?"

"मेरे कलेजे में बर्छियाँ न भोंका कर। क्यों लूँ मैं बित्ता भर ज़मीन?" उछलने की जगह न पा बूढ़ा बैठा-बैठा बोला था।

बूढ़ी के नक़्श पिघलने लगे जैसे करछुल भर देशी घी उन पर उलट गया हो, "मैंने कहा जी, मगर जो अपने एक बच्चा-पुत्तर होता तो अब तक मकान खड़ा करवा लिया होता, यों गली-मोरी में थोड़ा बैठता।" आँखों के आगे कद्दावर जवान लड़का खड़ा मकान चिनवा रहा हो, ऐसे ममता की चिकनाई चेहरे पर पुत गई। टूटे ढूह के भीतर उसकी मुस्कान की लौ काँपने लगी। बूढ़े के सीने में भी एक तड़प बल खाने लगी। यह बुढ़िया जब नेड़े बैठकर यूँ ममता से सन जाती है तब उसका दिल भी टीसने लगता है। "हाँ आँ, एक होता अपना भी, चाहे कैसा ही।" वह फुसफुसाया।

सामने से बावला हाथ में गीली रोटी लिये निकल गया। बौछारों से बेख़बर, भरे पेट से तंग, हाथ की रोटी के लिए गली का कुत्ता खोजता हुआ।

बूढ़े-बूढ़ी की धी आई हुई थी। बूढ़ों का मन सींचने। जिस थाँ बैठ जाए बस दोनों को उधर-ही-उधर का दिखलाई दे। दो रोज़ ठहरकर, हाथ की पकी-बनी खिला गई। "रैन दे, चन्नी ऐ, बल्ली ऐ रैन दे। तू पराया धन मेरी आदत बिगाड़ देगी। तू चली गई भला तो फिर मैं किसकी थाली झाँकती फिरूँगी?" बूढ़ी लहालोट होती रहती। सौ-सौ मन्नतें मानकर जन्मी थी, चन्नी। पीर बाबा के मज़ार पर चादर चढ़ाई थी बूढ़ी ने। पर करामात तो देखो पीर जी की मज़ार पर चाहे जितनी लम्बी चादर चढ़ा दो छोटी ही पड़ जाती है। भला, आदमी की क्या बिसात जो पीर-पैग़म्बर के हुज़ूर में पूरा पड़ जाए। पीर जी जब जीते थे, तब फूँक भी मार दें तो सामनेवाले की काया बीस-तीस बरस तक नीरोगी ही रहती। कितना कुछ देख-भुगत चुके वे बूढ़े। अब रब्ब दिखलाएगा भी क्या। भला हो उस दूसरे दीन-धरमवाले का जो पड़ोसदारी के नाते उन्हें लाहौर टेसन तक हिफ़ाज़त से छोड़ आया था। बुढ़िया ने तो खेस की तहों में छोटी-बड़ी, पूरी सात छुरियाँ लुका रखी थीं। जवान काया की मालकिन थी तब, घोंप देगी जो किसी ने उसके कपड़े खोले। टेसन पर मलीटरी ने दरियाफ़्त किया था, "बिस्तर में कोई चीज़ छिपा के तो नहीं लाईं।" "जी सात छुरियाँ हैं बस।" उसने बिस्तर खुलने से पहले ही झट से कह दिया। "यह बस है?" पर भला हो उसका। उसने तो फटाफट छुरियाँ बरामद कर अपने क़ब्ज़े में लीं, बस, कहा कुछ भी नहीं। वह निहत्थी गाड़ी चढ़ गई थी। रब्ब जी की मेहर, कटी लाशों से पटी गाड़ी में वह ख़ैर से दिल्ली पहुँच गई। बाओ जी तो चार रोज़ पीछे पहुँचे। कहते हैं वे भी बोरियों में बन्द सड़ती लाशों और नुची हुई सिसकती बेदम लाशों के साथ ठूँस दिये गए थे। टेसन पहुँचे भी रात के अँधेरे में बकरा बने, चारों हाथ-पाँव से रेंगते हुए। अब न अँधेरे से ख़ौफ़ आता है न चोर-डकैत से। उनके चारों तरफ़ उठ रहे मकानों में लोग फालतू चेन-कुड़ियाँ लगवाते रहते हैं। बूढ़े को हँसी आती है। वह तो अँधेरा फलाँगते चेहरों को पहचानने भी लगा था। वे शक्लें ख़ुद डरी हुई होती हैं। अमन में सब चेहरे एक-से होते हैं—पहचाने-से।

चन्नी तो इसी थाँ जनमी थी। जब उनके साथ थी तो कुछ-न-कुछ चहल-पहल करवा देती। उसके चले जाने से सारे बहाने समाप्त हो गए। हर त्योहार सड़क पर बैठे, बेअसर गुज़र जाता है। चारों तरफ़ पटाखे फूटते हों या रंग की फुहारें पड़तीं हों, बूढ़े उसे भी सर्द-सख़्त मौसम की तरह झेल जाते। उनकी निक्की की कबूतरी चन्नी जो पराई मुँडेर जा बैठी थी। एक रोज़ बावले को मलबे पर से किसी खिड़की से फेंकी हुई राखी पड़ी मिल गई। रुपहले धागों की चमक काली पड़ चुकी थी। बीच का फूल भी मुचड़

गया था। चन्नी चूल्हे के सामने बैठी रोटी पो रही थी। बावला पास आकर बैठ गया और रोटी फूलते देखने लगा। "क्यों, खाएगा?" चन्नी ने मुस्कराकर पूछा।

"नहीं।" वह बोला। फिर अचानक अपनी बाँह पसार, हथेली की राखी दिखला कर बोल पड़ा "चन्नी? ये!"

"क्या है?" उसने रोटी की थाप चकले पर मारते हुए पूछा।

"रखड़ी।" उसने काले मुचड़े हुए धागों को पहचानते हुए ख़ुश होकर कहा।

"हाँ? भला आज कोई रखड़ी है? रे बावले, दस दिन बीते उस त्योहार को और तू आज...?" चन्नी जो हँसी तो फिर दोहरी हो, हँसती ही जाए।

"बेबे, देख ज़रा इसको।" फिर अचानक चन्नी गम्भीर हो उठी। बेबे की कलप याद करके। चन्नी तुझे वीर न दे सकी, बाओ जी को नामलेवा। हर तीज-त्योहार पर रोने बैठ जाती।

"तू, रखड़ी का मतलब जानता है, बावले? मेरी राखी करेगा तू?" वह सुस्त-सी बोली।

बावला चुप रहा, पर धीरे से एक शिकन उसके माथे पर उभरने लगी। क्रोध की खड़ी लकीर। आँखें विक्षोभ से चमकने लगीं। उसका आग्रह लौट आया था, किसी फेंकी-पड़ी चीज़ की तरह।

"चल बाँध भी चुक अब, चन्नी, मुका इस आस को।" अपने ख़यालों में से उबर कर बुढ़िया बोली।

चन्नी ने बावले के हाथ से राखी ले ली और उसे धीमे-धीमे बाँधने लगी। बुढ़िया के होंठ कँपकँपा गए जैसे कोई प्रार्थना इतनी पुरानी हो चुकी हो और इतनी बार दोहराई गई हो कि अपने आप होंठों पर तैर जाती हो। चन्नी के मुख पर एक नरमी थी, जैसे बेबे और बावले के बीच कुछ घट रहा हो और वह उसकी केवल साक्षी हो।

अजब जगह थी यह। पाँच कोठियोंवाला ही सबसे नीची नज़र रखता। एक ही हादसे से इकट्ठा गुज़रे ये लोग, कुट-पिसकर, एक-दिल हो गए थे। बर्तन चौकेवाली को पाँच कोठी वाला 'माँजी' पुकारता। दुकानों के सामने बैठी पगली का भी राम-राम और रोटी का हक बनता। वहाँ से आकर आख़िर कुछ-न-कुछ काम तो करना था सो जी-तोड़ मेहनत से पचासों तरह की दुकानें खड़ी हो गईं। कुछ लोग जो प्लाट बेच चले गए थे, लौट-लौट आ गए, बँगले-मकान बनवाने। सबको लगता यह बूढ़ा दिन-दिन बुढ़ाता तो जाएगा, पर मरेगा कभी नहीं। यूँही अपनी झिलंगी खटिया पे बैठा-बैठा, झिलंगा होता रहेगा। वही बूढ़ा मलबे पर ढेर हुआ पड़ा था। पर चन्नी क्यों न रोयी? उसके चेहरे पर राहत की चुप्पी पसरी थी। कोई फ़र्ज़ चुक गया हो जैसे, या कोई न सुलझाई जा सकनेवाली गुत्थी सुलझ गई हो। बुढ़िया बिलकुल सन्न हो रही। उसके होने-जीने का मकसद ही आबोजी का पेट भरना था। वह सारी खटर-पटर अचानक बेमानी हो, थम गई। बूढ़े की मय्यत उठी तो चन्नी काली गाड़ी में साथ हो ली। एक छोटी-सी भीड़ बुढ़िया को दिलासा देती जमा थी। लेकिन बावला उसकी बग़ल में चुपचाप खड़ा रहा था। उठाला हो गया तो अड़ोसी-पड़ोसी बुढ़िया को समझाने लगे।

"मामा जी अब यह मलबा उठ जाने दो। आपका क्या है जरा परे को सरक कर बैठ जाओ। इस नीम की आड़ से भी तो राह रुकती है। हमारी ज़मीन-जायदाद के

दाम तो तभी उठेंगे जब यह सड़क बन सकेगी।" बुढ़िया एकदम सुन्न थी। आख़िर मलबा लद गया। नीम कटा तो उसने लक्कड़ तक न माँगा। उसे तो मजदूरनियाँ जिस थाँ बिठला देतीं, वह बैठ जाती। घड़ी की बड़ी सुई टूटकर गिर गई तो छोटी भी सहम कर थम गई हो जैसे। बस टिक-टिक की आवाज़ आती रही। सैकंड, मिनट, घंटे सब-के-सब कहाँ चले गए? धूप-छाँव का वह खेल जो हर पल बूढ़े-बूढ़ी के सामने रचा रहता। "देखो तो बाओजी, दो बज लिये होंगे, सूरज कैसा तप कर, छना आ रहा है, नीम के बीचोबीच!" "हाँऽ आँऽ, चल रोटी ला दे अब।" चन्नी कुछेक रोज़ अपने घर से अचार और रोटियाँ बाँध लाई। कौर तोड़ माँ के मुख में दे देती, वह चुभलाने लगती। जब चन्नी हाथ रोक लेती, बुढ़िया का मुँह चलना बन्द हो जाता। वह पानी का कटोरा होठों से लगा देती तो बुढ़िया यों घूँट भरती जैसे किसी की कोई बात रख रही हो। उसके बाद चन्नी दिन में एक बार, थोड़ी देर को आने लगी। एक वक़्त, चूल्हा जलाकर, वहीं पका-खिला जाती माँ को। फिर चन्नी बड़बड़ाने ज़्यादह और पकाने कम लगी।"

"जरा होश कर, बेबे, साम अपना आपा। मैं भी टब्बर-टंडीरेवाली हूँ। देवर-जेठवाला घर ठहरा। मैं उधर का निबेड़ू या तेरे धन्धे सल्टाऊँ? मरते के साथ कोई नहीं मरता और जीते हड्डे, दाना-पानी सब माँगते हैं। चल मुका अब स्यापा! ख़ुद से पका-खा।"

वह माँ को समझा-समझा के जो अपनी गृहस्थी में घुसी तो फिर पलटी ही ना। दो रोज़ उपवासी ही गुज़र गए। तीसरे रोज़ पास की मज़दूरनी की नज़र में बुढ़िया की काया काँटे-सी जा चुभी। वह हाथ का तसला फेंक, सटर-सटर बुढ़िया का चूल्हा जलाने लगी।

"ले, माई खिचड़ा बीन-चुग के हाँडी धर इसपे।" उसने बाटी में ज़रा से चावल-दाल, कनस्तरी से निकालकर, बुढ़िया के सामने धर दिये और चली गई। भला जलता चूल्हा देख कौर जनानी हरकत में न आवेगी? उसने सोचा। बुढ़िया सुलगती-धुआँती लकड़ियों को घूरने लगी। बावले को इस घरेलू आँच का सेंक जा पहुँचा। वह गरमाया-सा आकर, बुढ़िया की बग़ल में उकड़ूँ बैठ गया। "रोटी।" वह तपाक से बोला। बुढ़िया उस मर्दाने आग्रह पर ज़रा चौंकी। इस बार बावले ने हौले से उसे कोहनी का टहोका दिया और ज़रा बेसब्री से माँग की, "रोटी"। यह कौन आ पहुँचा, हक-हुकुमवाला? बुढ़िया मारे अचरज के हरकत में आ गई।

"रोटी?" वह फुसफुसाई।

"रोटी"। निर्द्वन्द्व भाव से बावला बोला। उसके स्वर में निश्चित था कि इस माँग का कोई दूसरा विकल्प हो ही नहीं सकता।

बुढ़िया डगमगाती डोंगी-सी उठ खड़ी हुई। कुछ याद करती-सी आटे की कनस्तरी के पास ठहर गई। फिर परात खींची और आटा उलीच, पानी मिलाकर धीमे-धीमे गूँधने लगी। अन्दर मन मथा चला जा रहा था। भिंचती रुलाई, गूढ़ी-गूढ़ी फूटने लगी। वह घुटनों पर सिर टेक रोने लगी। फिर सलवार पर नाक और आँसू पोंछ दोबारा आटा गूँधने लगी और तब तक गूँधती रही जब तक कि वह उगते सूरज के गोले-सा उजला-चिकना न हो गया। बावले को भूख ने एकदम से हड़बड़ा दिया था। वह तवा उस चूल्हे पर आड़ा-तिरछा रखने लगा।

बुढ़िया रोते-रोते हँस पड़ी।

"ठैर मोये। बेसब्र ठैर।"

तवा सीधा कर वह रोटी बेलने लगी। अचानक उसने बिली रोटी को तोड़-मरोड़ दिया और झपाटे से उठ खड़ी हुई। बावला अकबकाया-सा उसे तकने लगा। बुढ़िया को वह छोटी-सी काली डिबिया मिल गई जिसमें अजवायन रखी रहती। बाओजी की रोटियों से डाला करती थी। उसने अजवायन छिटककर फिर से लोई बना डाली और हट के बेलने लगी। रोटी का आकार बिगड़कर बनते देख बावला हँसने लगा।

बढ़ती रोटी के साथ बुढ़िया के होंठों पर एक स्निग्ध मुस्कान फैलाने लगी। गुलाबी पड़ी रोटी की गरमायी से बुढ़िया का चेहरा नर्म पड़ने लगा। जैसे तपती मकई पर मक्खन की डली पिघल आई हो। पहली रोटी सिंके कि सिंके, कि, उसने दूसरी बेल डाली और पहली को उतार परे पटक दिया और दूसरी पटापट तवे पर डाल तीसरी बेलने लगी।

बावला इस व्यापार से उकता गया। तभी बुढ़िया ने उसके सामने दूसरी रोटी रख कर कहा—"रे बावले! बेसब्रे। इतना भी नहीं समझता कि पहली रोटी तवा ही चुरा लेता है। देख कैसी सख़्त पड़ गई है। चल खा ले अब।"

बावला मस्त बेफ़िक्री से, रोटी के गस्से में घुमा-घुमाकर, जीभ के रस में मीठी करके खाने लगा।

तीन किलो की छोरी

मृदुला गर्ग

शारदाबेन ने मुचड़ी धोती टाँगों के बीच से निकाली और उठकर खड़ी हो गई। नंगे गीले बच्चे को फटे कपड़े और तराज़ू की तरफ़ लपकी। आजकल यह उसका रोज़ का नियम था। बच्चा जनवाने पर, उसे नहलाना तो ख़ैर ज़रूरी ठहरा, पर उसके बाद, माँ को उसका मुँह दिखलाने से पहले, वह तराज़ू पर उसका तौल करने दौड़ती थी। मालिकों की नज़र में बच्चे जनवाने का महत्त्व कम, तराज़ू में तौलने का ज़्यादा था। सौ रुपया महीना की नौकरी थी उसकी, कोई मज़ाक़ नहीं।

आज कुछ अलग उछाह था, तराज़ू तक की लपक में। गोद में पड़ी छोरी, उसके जने और बालकों से फ़रक़ थी। बहुत दिनों बाद, बच्चा उठाने पर लगा था, हाँ, कुछ है गोद में, चिथड़ों की पोटली के अलावा। एक दबाव महसूस हुआ था बाँहों में। वह तो भूल ही चली थी, नन्ही हड्डियों के ढाँचे पर चढ़े मांस का वज़न क्या होता है।

नई-नहाई बच्ची के बदन पर लिपटा कपड़ा नम हो गया था। उसे उतार अपने कन्धे पर डाल लिया। चन्द मिनटों में सूख जाएगा।

फिर जतन से सँभालकर उसने छोरी को तराज़ू में लिटा दिया। उसे यही सिखलाया गया था। निपट नंगे बच्चे का तोल करना चाहिए वरना कपड़ों का वज़न जुड़ जाता है आँकड़े में। घिसे-पिटे चिथड़े का वज़न क्या होगा, दस ग्राम भी नहीं, पर शारदाबेन हँसी तक रोके रखती है अपनी। चिथड़ा अलग करती है और नंग-मलंग बच्चे को तराज़ू में लिटाती है। तभी न, तमाम ग्रामसेविकाओं में अव्वल ठहराई जाती है हमेशा। काम के मामले में न हँसी-ठट्ठा, न कोर-कोताही। नंगा तुलना है बच्चा तो नंगा तुलेगा, कपड़े का वज़न देख हँसी छूटे तो रक्खो पेट में दबा के।

जो सोचा था सही निकला। शारदाबेन ने उचककर वज़न पढ़ा और ताली पीटकर चहक उठी, "तीन किल्लो। पूरी तीन किल्लो। वाह री छोरी, तू तो औसत से भी जादी निकली।"...औसत वज़न ढाई किल्लो है, अपने गाँव-गँवई के बच्चों का, उसे मालूम था। यह छोरी उससे ऊपर होगी, नीचे नहीं। गोद में लेने पर लगा तो था पर उसने अपना अनुमान नीचे की हद पर खींच रखा था, ऊपर उठने नहीं दिया था। मानुष की अकल आख़िर मानुष की ठहरी। जब तक मशीन ठोंक-बजाकर कह न दे, ट्रेनिंग पाई दाई को धीरज धरे रहना चाहिए, है कि नहीं? वैसे शारदाबेन दाई नहीं, अपने को ग्रामसेविका कहलाना पसन्द करती थी। हर लल्लू-पंजू दाई के हाथ में तराज़ू नहीं होता न। वह भी एकदम नये ढंग का, न बाट न बटखड़ा, ऊपर लगी सुई खटाक से दिखा देगी वज़न का नम्बर, घड़ी की सुई की तरह। तीन किल्लो तो तीन किल्लो, न एक ग्राम इधर, न एक ग्राम उधर। वैसे शारदाबेन का हिसाब भी कच्चा नहीं था। शायद ही कभी मोटी

गड़बड़ी हुई हो, पर आदत कुछ ऐसी बन चुकी थी कि बच्चा गोद में उठाने पर, उसके वज़न में आधे-चौथाई किल्लो की बढ़त करके ही रहती। हर बार मन में कहती, अरे, कुल जमा डेढ़ किल्लो वज़न होने से रहा, दो नहीं तो पौने दो किल्लो तो होगा ही होगा। माँ का दूध मिल गया तो जी जाएगा, बेचारा!

फ़ाउंडेशन की मोटीबेन यही बोलती हैं हमेशा, अरे शारदाबेन, (या शान्ताबेन या हमीदा बीबी, जो रहे सामने) एक बात गाँठ बाँध लो; माँ के दूध जैसी नेमत दूसरी है नहीं। तीन महीने तक भरपेट, टैम से माँ का दूध मिले, बच्चे को बस और कुछ नहीं चाहिए। अरे, अब तो विलायत-अमरीका की मेमें भी बच्चों को अपना दूध पिलाने लगीं। जानती है शारदाबेन। उसके इस छोटे-से गाँव में भी चली आती हैं जब-तब मेमें। मोटीबेन ही भेजती हैं। कहती हैं, उसका सेंटर सबसे बढ़िया है उनके गाँव में और शारदाबेन ठहरी फिर ख़ूब चटर-पटर बतियानेवाली। एक बात नहीं छोड़ती बिना बतलाए।

यह देखो, दस पैसे की पचहत्तर ग्राम ममरी, मूँग की दाल, चावल और तेल से बनी। पाँच साल से कम बच्चों, गर्भवती और दूध पिलाती माँओं के लिए। जो चाहे, खुले हाथों ले। किसी को वापस नहीं लौटाते हम। क्या चीज़ है ममरी, खाने में स्वाद, सेहत के लिए बढ़िया। दस पैसे क्या हैं, पचहत्तर ग्राम के लिए, मुफ़त बराबर समझो। हमें तो पचास की पड़ती है। दस्सी लेते हैं सो इसलिए कि भिखारी नहीं ना बनाना हमें गाँववालों को। और यह देखो, बालदीपक, कुपोषित बालकों के लिए बढ़िया टॉनिक। कमज़ोर हो बच्चा, तो छठी होते ही, चम्मच-भर रोज़ पिलाना शुरू किया। क्या बतलाऊँ आपको, कैसे पुच-पुच घोट जाते हैं बदमाश। अरे कमज़ोर हुए तो क्या, कमअकल तो नहीं, अपने मतलब की चीज़ ख़ूब पहचानते हैं।

ताली बजाकर वह खिलखिला पड़ती पर मेमें उसका मज़ा ख़राब कर देतीं। ओंठ दबाकर कहतीं, "इस सबकी कोई दरकार नहीं है, छोटे बच्चों को मिलना चाहिए माँ का दूध, टैम से और भरपेट। उसके लिए माँ को भी, कड़क तला, तेल रचा खाना खाने के बजाय, ताक़त की ख़ुराक खानी चाहिए।"

शारदाबेन का मन-मुँह कसैला हो जाता। ताक़त की ख़ुराक। अन्न का जहाँ जुगाड़ न हो...

खाने का ख़याल आया नहीं भेजे में कि पेट ने गुड़गुड़ाना शुरू कर दिया। उसे याद आ गया, अभी रोटला खाया नहीं, काग़ज़ में लिपटा पड़ा है थैली में, वहीं सेंटर पर। अभी क्या टैम हुआ होगा, दो-ढाई और क्या, ऊपर आसमान में तपते सूरज को देखकर उसने सोचा। ना, तब पेट इतनी बेहाली से गुड़गुड़ाना करनेवाला था। ज़रूर तीन से ऊपर हो रहे होंगे। साले पेट में भी घड़ी की सुई लगी है। बच्चे तौलनेवाले तराज़ू के माफ़िक़, ठीक टैम पर गुड़गुड़ाना चालू करता है।

खा लूँगी, पापी, सबर कर, उसने अपने पिचके पेट पर चपत लगाकर कहा और खी-खी कर हँस दी। ऐसे न खानेवाली हूँ आज, रूखा रोटला-प्याज, आज तो इस तीन किल्लो की छोरी की माँ से सूकड़ी लिये बग़ैर न मानूँगी। अरे, पूरा तीन किल्लो वज़न है छोरी का, कोई मज़ाक़ है, यह समझ लो जैसे एक के बजाय दो बालक एक साथ जने हों, डेढ़ किल्लो से जादा बच्चा जनमता कहाँ है इधर।

बस एक अड़चन है। है साली छोरी, छोरा होता तो खुले हाथों देता बापू इसका। सुखी परिवार है, दो भैंसें हैं, किस्तें भी, सुना, चुका लीं अब तक। पाँच बीघा खेत भी है अपना, चारे-खाने की किल्लत नहीं है। ऊपर से मौसम भी सहारेवाला है, न बाज़ारे की कटाई का बखत है न रोपाई का। छोरी की माँ को आराम मिल जाएगा। वरना क्या, सुखी परिवार हो तब भी, कटाई-रोपाई के बखत औरत घर पर तो बैठ नहीं सकती। पर लल्लीबेन खींच ले जाएगी। पन्द्रह-बीस दिन, घर पर सासू भी है न, मनुबेन, भैंसों का चारा-पानी तो कर ही देगी इतने दिन।

"चल मेरी तीन किल्लो की छोरी, सूकड़ी तो खिलवा दे। अरे, छोरी हुई तो क्या हुआ, कहती नहीं अपनी मोटीबेन, छोरे-छोरी में अब फ़रक़ नहीं रहा। देख न शारदाबेन, मैं भी तो छोरी हूँ, पर पूरा-का-पूरा फाउंडेशन मेरे दम पर चलता है। है कि नहीं?" सच्ची-खरी बात कही थी मोटीबेन ने। यह सारा ताम-झाम था तो मोटीबेन के कन्धों पर। उनकी बात सुन शारदाबेन की छाती इतनी चौड़ी हो गई थी कि झट घर पहुँच, ज्यों-की-त्यों जड़ दी थी अपने मरद के माथे पर। उस दिन, सच, मार खाते-खाते बची थी शारदाबेन।

एक बात है उसके मरद की। याद नहीं पड़ता कभी हाथ उठाया हो उस पर। एकाध बार को छोड़ दो, कभी-कभार तो आप जानो, मरद ठहरा, पर क़सम है जो एकाध बार से ज़्यादा पिटाई की हो उसकी। अब एकाध झापड़ कभी मार दिया, वह तो ख़ैर मान-मनौवल की बात हुई, पर मन की भड़ास निकालने को उसकी पीठ का इस्तेमाल कभी नहीं करता।...हाँ, उस दिन ज़रूर मार खाते-खाते बची थी शारदाबेन।

खटिया पर बैठा उसका मरद चाय पी रहा था कि झलल-मलल करती वह भीतर आई और खटाक से जा चढ़ी थी ऊपर, उसके बराबर में। बोली थी, "आज का दिन बड़ा ख़राब बीता, तीनों-की-तीनों चुड़ैल छोरियाँ जनी गईं। किसी ने टुकड़ा भर गुड़ भी न धरा हाथ पर। फिर मोटीबेन ने बतलाया तो शीत पड़ा कलेजे में, कहने लगी, "ले शारदाबेन, सूकड़ी खा। छोरे-छोरी में कोई फ़रक़ नहीं है। अरे, तू भी छोरी है, है कि नहीं, फिर सौ रुपये कमा रही है कि नहीं, महीने-के-महीने। सारा गाँव तेरी इज़्ज़त...।"

बात यहीं तक पहुँची थी कि मरद ने लात मारकर उसे खटिया से नीचे गिरा दिया था। फिर एक घूँट में सटक, उसकी गरदन पर आ सवार हुआ था। पीठ पर धौल जमाकर बोला था, "सौ रुपल्ली का भूत चढ़ गया सिर पर, हरामज़ादी।"

और-तो-और, छोरा उसका, बालिश्त-भर का, बाप की देखा-देखी चढ़ आया था सिर पर और चीखकर बोला था, "छोड़ परे साली नौकरी। कल ही जाकर छुट्टी कर। हमें नहीं चाहिए तेरे सौ रुपये।"

छोरे की बात सुनते ही मरद की अकल ठिकाने आ गई थी। उसे छोड़ छोरे पर झपट लिया था। एक झन्नाटेदार थप्पड़ उसकी कनपटी पर रसीद कर दहाड़ा था, "खाल में रह, हरामज़ादे। बड़ा आया नौकरी छुड़ानेवाला। जाकर पढ़ाई कर अपनी। स्कूल में नाम क्या फोकट में लिखवाया है?"

रोता-बिसूरता छोरा कोने में सिकुड़ गया था। मरद वापस खटिया पर विराजमान हो गया था। अबकी बेर उसने इतना कहकर सन्तोष कर लिया था, "तेरी इज़्ज़त में फ़रक़ न आता हो तो जा चा बना ला, कमज़ात।" शारदाबेन चाय बनाने चूल्हे पर चली गई

थी और बरबस उसकी हँसी फूट पड़ी थी। बेचारा, उसका भलामानुस मरद, सौ रुपये की मार में ही ठंडा हो गया। मोटीबेन के मरद का तो राम जाने क्या हाल होता होगा? चाय तैयार होने तक वह खिल-खिल हँसती चली गई थी। पर गिलास में छान मरद को पकड़ाई तो चेहरे पर मुर्दनी ओढ़ ली और धरती पर सिमट सिर घुटनों में दे बैठ गई थी।

ज़्यादा देर बैठे रहना नहीं पड़ा था। ज़रा देर बाद ही मरद की प्यारभरी घुड़की सुनाई दे गई थी, "अपने लिए भी छान ली होती, करमजली, न खाएगी, न पीएगी, सौ रुपल्ली के लिए परान देगी क्या?" मुँह ऊपर उठाकर वह बेलाग हँस दी थी। मरद ने भी साथ दिया था, "सिललबिलल्लो है सिललबिलल्लो, एक तू, एक तेरी मोटीबेन। अरे, छोरे-छोरी का फ़रक़ कभी मिट सकता है।"

शारदाबेन क्या जानती नहीं। वह तो मोटीबेन से सुनी सो उससे कह दी। फ़रक़ है तो हुआ करे, उसकी बला से। उसे तो उस फ़रक से मतलब है, जो उसके कमाये सौ रुपये माहवार से, उसकी अपनी ज़िन्दगानी में आया है। छोरे के स्कूल में नाम लिखाने को लेकर कितना फ़साद हुआ करता था घर में। मरद कहता था, "कौन बाबू साहब का छोरा है कि पढ़-लिखकर लाट बनेगा। घसखुद्दा बनना है तेरे छोरे को घसखुद्दा। सो एक जमात पढ़े कि दस, क्या फ़रक़ पड़ेगा। अरे ओ कमअक्कल, किताब क्या मालिक की भैंस को सुनाएगा, जो पीछे पड़ी है उसके।" पर शारदाबेन की नौकरी पक्की हुई नहीं और मोटीबेन ने बुलाकर एक बोल सुनाया नहीं कि मरद, कजरी गऊ सरीखा, छोरे को स्कूल में बिठला आया। बुड़बुड़ तो ख़ैर कम नहीं की पर वह तो आप जानो, कढ़ी का उबाल, ठंडा होते-होते होता है। पर तब से लेकर आज तक, मरद ने न किताबों की ख़रीद में कोर-क़सर रखी, न छोरे के खाने-पीने में।

अब उस दिन को लो। जंगल से लकड़ी काट, गट्ठर लादकर चला तो रास्ते में मटके-भर छाछ के बदले बेचकर घर लौटा। छोरा कढ़ी-खिचड़ी खाने को मचल जो रहा था। कहने लगा, "लकड़ी का क्या है, फिर काट लेंगे, हाड़-गोड़ बचे रहें, यहाँ से काट भी ले गए ठेकेदार तो पाँच-दस मील पर तो रहेगा जंगल, मेहनत से नहीं घबराते हम।" लाड़ लड़ाने पर आएगा मरद तो जादूगर-सा तमाम मुश्किलों को फूँक मार उड़ा देगा। वह क्या जानती नहीं, जलावन की कितनी क़िल्लत हो गई पिछले पाँच-दस बरसों में। जिनके पास डंगर हैं उनके पास फिर भी गोबर है; जिनके खेत हैं, उन्हें फ़सल काटने पर डंठल मिल जाते हैं जलाने को, पर उसके मरद सरीखों के घरों की दुर्गत है। छोरी जाती थी लकड़ी बीनने तो सारा दिन लगाकर, एक ज़रा-सी गठरी उठाए लौटती थी। मरद बोला, "मटरगश्ती करती होगी साली, इत्ती लकड़ी बीनने में आठ घंटे लगेंगे क्या।" एक दिन तो धुनकर ही रख दिया बेचारी को। ताव खाकर ख़ुद चला लकड़ी लाने, फिर कितनी काटी-बीनी, सो किसी ने जानी नहीं। क्यों, लौटा तो लकड़ी के बदले छाछ का मटका लेकर। हाँ, दुबारा छोरी को दुतकारा नहीं। अब वही जाती है सुबह-सकाले। सन्ध्या घिरने पर लौटती है। क्या करे मानुष! रहा कहाँ जंगल जो जलावन मिले। सब काट-कूटकर तम्बाकू उगा लिया पटेलों ने। ग़रीब-गुरबा का क्या, लो तेन्दु पत्ता और पेलो बीड़ी। क्या मरद, क्या औरत, क्या बूढ़ा, क्या बच्चा। पेलते-पेलते उँगलियों के निशान तक साफ़-सफ़ाचट हो जाते हैं। बीड़ी हाथ से फिसल-फिसल पड़ती है। जितनी फिसली उतने पैसे कटे। तभी न, नन्हे-नन्हे छोरे-छोरियाँ, माँ-बापू से

ज़्यादा कमा लेते हैं। पर कित्ते दिन? इस काम में बुढ़ाते क्या देर लगती है। दिन-रात करके भी एक अदद औरत सौ रुपया महीने की बँधी-बँधाई पगार नहीं पा सकती। पूरा परिवार लगता है तब जाकर चार-पाँच रुपया रोज़ की आमदनी होती है। अरे कितनी हैं इस गाँव में, जो शारदाबेन सरीखी सौ रुपये पगार पाती हैं। छोरे को स्कूल में बिला नागा पढ़ाई करने पठाती हैं। गर्व से उसकी छाती फूल गई। तभी गोद में पड़ी छोरी, महीन सुर में रो दी।

चौंककर शारदाबेन ने उसे देखा, और अपने गाल पर चपत लगाकर ख़ुद को कोसा। बस, यही एक दोष है तुझमें शारदाबेन, जबान की कैंची थमने में नहीं आती, एक बार शुरू हुई तो चली जाएगी कच-कच। सुननेवाला हुआ नहीं तो भेजा ही चालू हो जाएगा, कचर-कचर।

"बस, मेरी तीन किल्लो की छोरी, और न बोलने की मैं। देख, आ गया तेरा छप्पर। नारे, छप्पर कहाँ, अब तो पक्की छत डाल ली तेरे बापू ने। कहा, क्या लीप-पोतकर रखती है लल्लीबेन घर को। भागवान है तू, छोरी, बड़ी भागवान।" छाती से लगाकर उसने बच्ची को प्यार किया और भीतर घुस गई। लल्लीबेन की काँख में देते हुए बोली, "ले सँभाल अपनी जाई को, पूरी तीन किल्लो की है, तीन किल्लो की। माथे पर काला टीका दे दे और कहियो मत किसी से, कौन जाने किसको नज़र लग जाए।"

"मरने दे हरामज़ादी को", भैंस का दूध दुहती मनुबेन ने हुंकार भरी तो वह सकते में आ गई। "तीन किलो। तीन किलो! दूध है जो डीपो पर बेच आएँ। क्यों जले पर नमक छिड़क रही है शारदाबेन। खा-खाकर मुटाती रही हरामख़ोर, हमें पता था तीसरी भी छोरी जनेगी कमज़ात। डाल परे कमबख़्त को। मरे तो अपने भाग से, जीये तो अपने भाग से।"

लल्लीबेन हिलककर रो पड़ी, "मेरी क़िस्मत ही ख़राब है। कितने बरत-उपवास किए, कितनी मन्नत-मनौती माँगी, सब बेकार, भगवान् ने एक न सुनी।"

"चुप चुड़ैल! छोड़ नौटंकी, उठ और काम पर लग। दूध पहुँचाने कौन जाएगा, तेरा बाप।" मरद ने लताड़ लगाई तो धोती का पल्लू मुँह में ठूँस वह और ज़ोर से रो दी।

"चोप हरामज़ादी!" मरद और ज़ोर से चीखा।

"छोड़ उसे, दूध पहुँचाकर आ," मनुबेन ने बीच में टोक दिया, "डीपोवाले बैठे नहीं रहेंगे तेरे लिये।"

शारदाबेन की आँखें बरबस दूध की बाल्टी की तरफ़ खिंच गईं। ज़्यादा नहीं तो चार किल्लो दूध तो होगा। सन्ध्या समय इतना है तो सुबह आठ से कम क्या हुआ होगा। आँख भर देखा नहीं कि पेट फिर गुड़गुड़ाने लगा। हाय, छोरा हुआ होता तो माँग ही लेती छटाँक भर। मलाईदार चाय के साथ रोटला खाती। इस मरी छोरी के हुए...।

"क्यों इत्ते हलकान हो रहे हो तुम लोग," हिम्मत जुटाकर उसने कहा, "छोरे-छोरी में फ़रक़ नहीं रहा अब, मोटीबेन कहती है कि नहीं।"

"तो दे आ जाकर अपनी मोटीबेन को, वही कर लेंगी लगन इसका", कहते-कहते लल्लीबेन के मरद ने दूध की बाल्टी ऐसे उठाई जैसे लल्लीबेन के सिर पर दे मारेगा। पर पास नहीं फटका, धम-धम करता बाहर निकल गया।

दुह लिये जाने पर दोनों भैंसें वापस धरती पर पसर गई थीं और जुगाली कर रही थीं। खूँटे से खोल दिये गए पाड़े, पास दुबककर, बेमतलब, थन पर मुँह मार रहे थे।

अच्छी जाड़ी भैंसें हैं, क्या वज़न होगा, शारदाबेन का भेजा चालू हुआ तो जाँघ पर चपत लगाकर उसने फटकारा, "मर साले, हर बखत वज़न क्या तौलता रहता है।" ज़बरदस्ती हटाने पर भी उसकी नज़रें बार-बार भैंसों पर जाकर अटकती रहीं। पास पसरी मनुबेन के बदन में भैंसों जैसा ढीलापन था पर उसने बीड़ी सुलगा रखी थी और पूरा दम लगाकर कश भर रही थी। उसके धुएँ में वही नफ़रत रेंग रही थी जो उसकी आँखों से फूट रही थी। भैंसें इतमीनान से जुगाली कर रही थीं। लल्लीबेन अब भी हिलक रही थी। पास पड़ी छोरी के बदन से कपड़ा हट गया था और वह दुनिया से बेख़बर मस्त-मलंग पड़ी थी। भैंसों का मुँह और मनुबेन का कश बराबर चल रहा था। दिन में बारह किल्लो दूध तो देती ही होंगी, चारा अच्छा खिलाता है लल्लीबेन का मरद। क़र्ज़े की किस्तें भी चुका लीं, डेरी से अमूलदान ख़रीदकर भैंसों को खिलाने में कोताही नहीं करता। छोरा होता तो मनुबेन सारा-का-सारा दूध डीपो बिकने न भेजती। कुछ ज़रूर बचाकर रख लेती, घी बनाने को। छोरे की माँ को, और कुछ नहीं, तो तनिक-मनिक घी तो देना ही पड़ता खाने में। कुछ छाछ शारदाबेन के हिस्से में भी आ जाता। अब क्या बनाएगी ख़ाक। छोरी को माँ का दूध मिल गया तो बहुत समझो। मनुबेन का बस चले तो गला ही घोंट दे छोरी का।

गुस्से के मारे उसका ख़ाली पेट उफनकर कलाबाज़ियाँ खाने लगा। "क्या रोना-पीटना मचा रखा है," उसने कहा, "छोरी को दूध पिलाओ, मेरा हिस्सा मुझे दो, रोटला खाऊँ। सुबह से बिना खाए बैठी हूँ, तुम अपने तमाशे में लगे हो। कोई मज़ाक़ है, तीन किल्लो की छोरी है, तीन किल्लो की।"

मनुबेन ने एक जलती नज़र उस पर फेंकी और पहले से भी तेज़ रफ़्तार से धुआँ उगलने लगी। रोती लल्लीबेन ने खटिया की बीनाई में से टटोलकर, मुसा-तुसा एक रुपये का नोट निकाला और उसकी तरफ़ बढ़ दिया।

तभी पासवाले छप्पर से किसी के चीख मारकर रोने की आवाज़ आई। नन्नीबेन पिछले हफ़्ते बच्चा जना था उसका शारदाबेन ने। पहलौठी का छोरा। नोट छोड़ वह उधर लपक ली।

लल्लीबेन और नन्नीबेन के बीच अधबनी-अधलिपी कच्ची दीवार के अलावा एक भैंस भर थी, जो आठ-दस की कुठरिया के आधे हिस्से में पसरी हुई थी। दुब्बर होने पर भी लगता था वही उस छप्पर की असली मालकिन है। उसके ज़मीन पर पसरते ही बाक़ी जन कोने में सिकुड़ जाते थे।

मिनट-भर के अन्दर शारदाबेन छप्पर के नीचे थी। पर उतनी देर में ही रोना थम गया था। ज़मीन पर चिथड़े में लिपटी छोरे की लाश रखी थी और पास में नन्नीबेन और उसका मरद घुटनों में सिर दिये बैठे थे। उसे देख नन्नीबेन एक बार फिर चीख मारकर रो पड़ी। उसके मरद ने बिना सिर ऊपर उठाए उदास स्वर में कहा, "सुबह से टट्टियाँ कर रहा था।"

"मुझसे नहीं कहा।"...

"तुम उधर थीं, उनके डेरे।"...

"चीनी-नमक का पानी पिलाया था?"...

नन्नीबेन ने 'ना' में सिर हिला दिया।

"क्यों, मोटीबेन ने बतलाया नहीं था? मैंने भी।"

"काम से आई तो दूध लगाया..." कहते-कहते उसकी आवाज़ घुट गई, "मुँह ही नहीं मारा छोरे ने।"

"काम पर गई थी, अभी से?"

"मुँह से कुछ न कहकर नन्नीबेन ने हाथ हिलाकर जतलाया, क्या करें, भाग हमारा।

तब तक आसपास से और दो-चार जन आकर जमा हो गए थे। सन्ध्या के चार बज रहे थे। ज़्यादातर लोग डीपो पर दूध पहुँचाने गए हुए थे या काम से घर नहीं लौटे थे।

"दो दिन ना जाती काम पर। डेढ़ किल्लो तो वज़न था छोरे का। बखत पर दूध न मिला तो ऐंठ गया होगा बेचारा। किधर गई थी, काम पर?"

उसने फिर बिना कुछ कहे, हाथ के इशारे से अपनी लाचारी जतलाई पर पड़ोस की मनुबेन चिचिया उठी, "वही ट्रक पर खाद के बोरे लादने का काम, और क्या। अरे, छोरा जना था, छोरा, नासपीटी, ना जाती दो दिन काम पर। एक हमारी को देखो, छोरी जनी है, वह भी तीसरी, और खा-पीकर खटिया तोड़ रही है।"

"भैंस भी है अब तो तुम्हारे," शारदाबेन ने दो फुटे खूँटे के पीछे बँधी डाँगर भैंस पर नज़र डालकर कहा, जो अलग बँधे कटरे को देख करुण स्वर में बिबिया रही थी। "फिर भी गुज़र नहीं होती?"

नन्नीबेन का मरद चौंककर खड़ा हो गया। "डीपो निंकल जाएगी," उसने कहा, "दूध पहुँचा आऊँ।"

लोटा लेकर वह भैंस दुहने बैठ गया। काम तो औरत का था पर अभी मरे छोरे की माँ से कह न सका कि उठकर दूध दुह ले।

शारदाबेन ने देखा, लोटा दूध से भरा नहीं। कुल होगा यही कोई तीन पाव। बेचकर मिलेगा क्या, तीनेक रुपये। उसी से छोरे को दफ़न कर पिंड छुड़ाना होगा।

"इतने भारी काम पर जाएगी तो दूध कैसे उतरेगा?" उधर मनुबेन का भाषण चालू था, "कितनी बार कहा, माने तब ना। दो दिन से भूखा कलप रहा था छोरा, भैंस भी बाँध ली अब तो घर में...।"

"भैंस ही तो खा गई मेरे लालभाई को," घुटनों से सिर उठाकर नन्नीबेन चीख पड़ी, "चार हज़ार का क़र्ज़ हुआ ख़रीदने पर। हर महीने किस्त चुकानी होती है। चारे की तलाश में डोलते दिन बीत जाता है। खली खिलाने की औकात नहीं। दूध उतरेगा कैसे? बहुत हुआ तो दो किल्लो, वह भी चार रुपये किल्लो की चिकनाई वाला। क्या करे ग़रीब आदमी? तभी न हमने कहा, अपनी पियरी भैंस है, तो सब कुछ है। दूध बेचकर जो मिलेगा, इसी को खिलाएँगे। डेरी बेचती है न अमूलदान। खिलाएँगे तभी न दूध उतरेगा, तभी न किस्त चुकेगी। सेवा करेंगे तभी न फल मिलेगा। यह दिया फल हमें पियरी ने। खा गई मेरे लालभाई को।" वह फुग्गा मारकार रो दी।

"चुप कर करमजली, भैंस को क्यों कोस रही है, अपनी क़िस्मत को कोस, उसके मरद ने टोका पर फटकारकर नहीं। लोटा उठाकर बाहर चला गया।

"ये तो कल सारा दिन चारा काटते डोले। मैं काम पर गई तो किल्लो भर बाज़ारा हुआ घर में। काम पर न जाऊँ तो क्या खिलाऊँ मरद को और क्या पिलाऊँ छोरे को आकर मुँह में दूध दिया तो..." अबकी बार वह रोयी तो रोती ही चली गई। शारदाबेन

आगे बढ़कर उसे चुप नहीं कराया गया। ग़लत हो गया यह तो। भैंस को गाली नहीं देनी चाहिए। छोरे का क्या है, दूसरा जन लेगी।

पर यह सब हो क्या रहा है गाँव में! उसका भेजा जाम हो रहा था। उसका अपना भला तो ज़रूर हुआ, कौपरेट डेरी से, पर बाक़ी जन? भैंसें इतनी आ गईं गाँव में, दूध की कौपरेट डेरी चल निकली, फिर भी दुखी परिवार दुखी के दुखी और सुखी परिवार वही दो-चार। इससे तो पहले अच्छे थे। और कुछ नहीं तो छाछ ही मिल जाता था बालकों को। बहुतेरे जन घी बनाया करते थे पहले, अब तो सारा-का-सारा दूध बेच आते हैं डीपो में। सुना है डीपो-डीपो दूध जमा करके डेरी शहर में बेचती है, ऊँचे दामों पर। दूध ही क्यों और भी जाने क्या-क्या बनाकर खपा देती है शहरों में। मक्खन तो ख़ैर समझ में आता है उसके, पर ऐसा क्या मक्खन, जो न घी निकले, न छाछ? क्या फ़ायदा ऐसे दूध का? मोटीबेन कहती है, "शहर में छाछ-घी को कोई नहीं पूछता, वहाँ के लोग माँगते हैं मक्खन, चीज़ और चाकलेट, सो वही बनाकर बेचती है डेरी और घना मुनाफ़ा कमाती है।" शारदाबेन के पल्ले कुछ नहीं पड़ता पर मोटीबेन कहती है तो ठीक ही कहती होगी। "मुनाफ़ा होता है तो तुम्हीं लोगों में बँटता है न? अरे, कौपरेट डेरी है कि नहीं, तुम्हीं लोग तो मैम्बर हो। पैसा मिलेगा तभी न बँटेगा। फिर जो तुम चाहो, खाओ। अरे, घी से नहीं बना करता कसरती बदन। तुम लोगों को तो खाने का रोग है।"

मोटीबेन की बात काटने की शारदाबेन की, बिसात नहीं। उन्होंने कहा, उसने सुन लिया। पर घी उसने कभी जाना-देखा नहीं, खाने की कौन कहे। न उन भागवानों को उसने कभी देखा, जिनमें डेरी का पैसा बँटा करता है। वह तो बस छाछ को रो सकती है। पूरा परिवार कढ़ी-रोटला खा लेता था छाछ के भरोसे, हारी-बीमारी में बालक पी लिया करते थे। अब क्या है, भैंस है, भैंस का चारा-सानी है, दूध की डीपो है, बस। छोरे-छोरियाँ छूछे-के-छूछे। घी खानेवाले सुखी परिवारों की उसे क्या ख़बर। चार-पांच भैंसोंवाले सुखी पटेल परिवारों में तो उसकी आमद है नहीं। सुना है, सूकड़ी-भाकड़ी सब, घी में लोटमलोट खाते हैं वे लोग। और बच्चा जनने पर ठठ-के-ठठ मेथी पाक। पर वह सब सुनी-सुनाई बातें हैं। उसकी जानकारी में तो ऐसे ही छोटी ज़ात के घर हैं, क़र्ज़ पर ख़रीदी एक भैंस, सो भी खली-चारे के अभाव में सूखी मरियल, मुश्किल से तीन-चार किल्लो दूध देनेवाली। उस पर किस्तों पर मार, बेजोड़ मेहनत-मज़ूदरी और कमज़ोर-काहिल बालक। दो भैंसोवाले सुखी परिवार हैं तो यही-दो चार।

शारदाबेन का मन खट्टा हो गया। क़िस्मत उसकी! तीन किल्लो की हुई भी तो छोरी। वह भी तीसरी। और यह छोरा, पहलौठी का, जनमा डेढ़ किल्लो का, बचना कहाँ था इसे जो बचता। पर अपनी तीन किल्लो की छोरी को न सुखाने-दुबलाने दूँगी मैं इन लोगों को। कल ही जाकर शिकायत करती हूँ, मोटीबेन से। कोई मज़ाक़ है। डेरी सिकरेटरी से कह देंगी तो लल्लीबेन के मरद को खाली मिलनी बन्द हो जाएगी, हाँ, सारी अकल ठिकाने आ जाएगी। मोटीबेन के सामने बोले तो जानूँ। अरे करमजला, लगन नहीं करा सकतीं, छोरी का, तो नौकरी तो दिला सकती हैं। कह दें एक बार छाती ठोंककर, बड़ी होने पर छोरी को ग्राम-सेविका लगवा देंगी, तब देखो, सब-के-सब फिस्स। बदन से चिपक आई धोती को फटकारकर शारदाबेन ने मनुबेन को फिस्स होते देखने का आनन्द उठाया ही था कि भेजे ने कैंची चला दी, किस-किस-को ग्रामसेविका

बनवाएँगी मोटीबेन? अरे चुप बैठ, वह बुदबुदाई, यही कचर-कचर सुनती रही तो हो लिया, बीसियों काम पड़े हैं करने को। अभी सेंटर पहुँच, बालसेवावाली बेन के साथ बैठकर ममरी का हिसाब भरना है, चीज़ें साज़-सँभालकर कमरा बन्द करना है और... फिर नहीं लौटेगी इधर। निकल जाएगी बुनकरों की बस्ती की तरफ़। उनका दुःख दरद दूर करनेवाला कौन है, उसके सिवा। वही उनकी डॉक्टर है, वही अस्पताल। सेंटर में जो बुख़ार-दरद की हवा रहती है, उसी के भरोसे इलाज चलता है उनकी हारी-बीमारी का। कितनी इज़्ज़त देते हैं शारदाबेन को, जैसे उनमें से एक न होकर ऊँची जात की हो।

पिचके पेट पर धोती का फेंटा कसकर वह सेंटर की तरफ़ निकल पड़ी। रोटला खाने की फ़ुर्सत नहीं थी। सूरज ढले पर देखा जाएगा।

सेंटर के दरवाज़े पर पहुँची थी कि मास्टरभाई के छोरे ने दौड़कर रास्ता रोक लिया। "घर चल बेन," जल्दी मचाकर उसने कहा, "बा का बदन तप रहा है, दरद से सिर पटक रही है, दवाई लेकर चल मेरे साथ।"

"जा, चली जा," सेंटर की बेन ने कहा, "हिसाब मैं देख लूँगी।"

सब-कुछ भूलकर शारदाबेन ने झटपट दवाई की पुड़िया थैली में डाली और उसके साथ हो ली।

उनकी कोठरी पर पहुँचकर देखा, मास्टर भाई की बहू का हाल जो बेहाल। हाथ लगाने की औकात उसकी थी नहीं। देखकर ही समझ गई, बदन ज़रूर आग हो रहा होगा, आँखें जो कनेर के फूल-सी लाल हो रही थीं, ऊपर से जूड़ी की कँपकँपी। चादर के नीचे, हड़काई भैंस-सी देह छटापटा रही थी।

"पानी पिला बा को, भाई, और साथ में ये गोलियाँ दे," उसने छोरे से कहा कि घबराकर बेन उसकी तरफ़ पलटी और उसका हाथ पकड़ चीख उठी, "सिर फट जाएगा, बेन, मर जाऊँगी।"

"हैं-हैं! क्या करती हो!" संकुचित होकर शारदाबेन हाथ छुड़ाने लगी। उसने कहना चाहा, मैं बुनकर हूँ। छू लिया तो नहाना पड़ेगा। बीमारी में तुम...पर मास्टर भाई की बहू ने मौक़ा नहीं दिया। कसकर उसके दोनों हाथ थाम, वह उन पर सिर पटकने लगी। गुहार मचा, दवा की माँग करने लगी। उससे हाथ छुड़ाये नहीं गए। आप-से-आप, बेटी की उमर की बीमार बेन को थपथपा उठे। तो क्या गाँव में ऐसे भी लोग हैं, जो भूल चुके हैं कि शारदाबेन बुनकर जात की है, उनके लिए सिरफ़ दवाईवाली बेन है?

छोरा पानी ले आया था। उसने बीमार बेन को सहारा देकर उठाया और गोलियाँ खिला दीं। बेन ने उसके हाथों पर अपनी जकड़ ढीली नहीं की। बरबस शारदाबेन उसके सिरहाने बैठ गई और उसका माथा सहलाने लगी। जैसे-जैसे उसके हाथों के नीचे बेन का कलपना-कराहना धीमा पड़ा, वह भर-भर आई। मटकी छाछ के साथ ढेर-सारे रोटले डकारकर उठी हो जैसे। बदन की थकान मिट गई। महीने के सौ रुपये फूलकर पाँच सौ हो गए। छुअन की मिठास से बँधे हाथ और सधकर चले और मन में उस तीन किल्लो की छोरी को छोरे माफ़िक़ पाल-पुसवा लेने का हौसला पेंग भरने लगा।

अकारण तो नहीं

राजी सेठ

दीपाली ने कहा, "नहीं, किसी के आदेश से वह मैके नहीं जाएगी। जाए भी क्यों! मैके जाने से क्या गोद भर जाएगी? जो कुछ होना है, यहीं रहकर होगा। या कहीं से लाद लाऊँ?" कहकर वह फिद्द-सी हँसी। कहना चाहती थी इस ठेलने में उसे साज़िश की गन्ध आती है। कह नहीं पाई थी अभी।

"चोऽप छिनाल।" सास ने अँगीठी पर फूलता फुलका हाथ में लेकर चिमटा उसकी तरफ़ फेंका।

सामनेवाले छोटे कमरे में विभागीय परीक्षाओं की तैयारी करता सुधाकर सोचता है, कितना बदल गई है दीपाली। ढीठ हो गई है। बदज़ुबान भी। वही थी जो शुरू-शुरू में कहती थी, "ऊँचा मत बोलो। एक बार डाट खुल जाती है तो, ज़ुबान कतरनी हो जाती है।"

चिमटा लगा तो नहीं पर दीपाली को क्रोधित कर गया। फुफकारती-सी उठी और दोनों बाँहें कमर पर रखे सास के सामने जा खड़ी हुई।

"मैं कहती हूँ आप चुप रहिए। सुधाकर की माँ हैं आप पर यह घर मेरा भी उतना ही है जितना आपका। आप कितना भी कलह करें, मैं इसे छोड़कर नहीं जानेवाली। यहीं खड़े-खड़े प्राण दे दूँगी चाहे आप लोगों को हथकड़ियाँ पड़ जाएँ।"

हीरोरानी ने अपनी उम्र में सैकड़ों का मिज़ाज सीधा किया था। जिस पर चाहा गरजी थीं। जिसको चाहा अपने पंखों के नीचे समेटकर रखा। खाविन्द था सो पता नहीं क्यों चल निकला। नहर में डूबा पाया था। "हमने तो ऐसा कुछ नहीं किया था कि जाता। पेट में अँखुआ डाल गया।" हीरोरानी याद करती रहती है। निर्भाव होकर। "अरे, धरती भी तो उर्वर होनी चाहिए। नहीं तो औरत क्या है साँड़-की-साँड़। बेलगाम घोड़े की तरह चलती है।"

सास का गुस्सा यहाँ-वहाँ तड़तड़ाया है। दीपाली की गोद भरती तो आग में पानी पड़ता। चोखे छह साल होने को आए। दो-तीन साल तो हीरोरानी कुछ नहीं बोली। "खाएँ-खेलें, घूमें-फिरें। जल्दी क्या है। यह क्या कि ज़री-ज़रदोज़ के लुगड़े गू-मूत से भिनकते रहें। चाव पूरा तो हो पहनने-ओढ़ने का..."

लड़के से कहती रहतीं, "फिर पढ़ लेना। जल्दी क्या है? मन में चिन्ता लगी रहती है तो हाथ-पाँव ढीले नहीं पड़ते।"

सुधाकर माँ की ओर देखता है फिर आँखें नीची कर लेता है। रात को जुनून की दुनिया में दाख़िल हो जाता है। दायें-बायें ऊपर-नीचे चिकोटियाँ काटता है। पत्नी को उकसाता है या अपने को, कुछ साफ़ नहीं।

अकेले में पहुँचते ही उसकी देह को सन्देह का साँप सूँघ जाता है। जब मन ही पूरा नहीं बन पाता तो पौध कहाँ से होवेगी।...

पौधे के मामले ने नींद हराम कर रखी थी। एक ही लड़का वह भी निरबंसिया। पहले तो सास कौंचती रही, "कहीं कॉप्टी-सॉप्टी तो फिट नहीं करा रखी तूने? बिलकुल सच बताना।"

दीपाली ने चोखा-सा सिर हिला दिया, "एक ही बात को कितनी बार पूछेंगी आप?"

उसके बाद निज़ामुद्दीन औलिया के दरबार, अजमेर के चिश्ती के मज़ार, पानीवाले बाबा के दुआर, नब्बे साल की उम्रवाला वैद्य, हरदोई का महन्त, नक्को दाई की दवाई, जमुना पार का यूनानी, गली के सिरे पर छह पोतोंवाली सुहागिन।

बार-बार मैके भी गई दीपाली जहाँ कोसने ओढ़े बिना वह ठंडे मन से दौड़-धूप कर सकती थी पर कुछ न बना।

कानपुर से भाभी ने लिख भेजा यहाँ एक अच्छा डॉक्टर है, उसने कितनों का उद्धार किया है तो तैयार हो गई। सुधाकर को छोड़कर जाने का कोई तुक नहीं है। दिखाना तो दोनों को होगा। यह कोई अकेले की खेती तो नहीं है। होती तो फूट निकलती।

सुधाकर झिझकता रहा। मन में यह ठिठक कि कौन जाने नुक्स किसमें निकले। खोट उसका हुआ तो औरत तो सीने पर चढ़ बैठेगी। पर वहम झूठा निकला। सास के हटते ही दीपाली रुई के गोले-जैसी हो गई।

"दु:ख जो है वह तो साझा है। कटना होगा तो क़ट जाएगा...वैसे देखो तो दु:ख क्या है! छोरा बच्चा नहीं है तो नहीं है। कौन अन्धेर आ जाएगा।"

"अन्धेर तो है ही। माँ तो सोच भी नहीं सकती।"

"नहीं सोच सकतीं तो वही कोई बच्चा गोद ले लें।"

"यह ठीक नहीं। अपना अपना ही होता है।"

कानपुर से लौटे तो राहत में थे। शुक्राणु कुछ कमज़ोर ज़रूर हैं पर नि:सत्व नहीं। डॉक्टर ने कहा था दवा-दारू से ठीक हो जाएँगे। एक साल जितना लग सकता है।

"लगने दो एक साल। यहाँ तो जन्मभर का साथ है।" सुधाकर ने दिलासा दिया। दीपाली ने मान लिया।

उन दोनों को लौटे देखा तो सास का चेहरा और सूख गया। पता नहीं क्या सुनने को मिले। आसपास घूमती, चक्कर काटती है।

दीपाली बिस्तर खोलती रहती है। कुछ भी नहीं कहती। माँ सुधाकर को दालान पार करते समय पकड़ लेती है, "बताओ तो सही, डॉक्टर ने क्या बताया?"

"बधाई दी है।"

किसको?"

सुधाकर क्षण-भर को रुका फिर मुँह नीचा करके बोला, "उसको।"

गुस्से में दीपाली ने चमड़े के फीते खोलते-खोलते कस डाले और बिस्तरबन्द कर और लुढ़का दिया। पैर पटकती वह दालान में निकल आई। खाविन्द की मरदानगी ने भी उसकी आड़ ली। छिप गया कायर। छिप ले। मेरे सामने तो तू सदा से नंगा है, नंगा ही रहेगा।

"तुमने क्यों किया ऐसा? क्यों झूठ बोला?" पहले ही एकान्त में वह सुधाकर पर झपट पड़ी।

"मैं अच्छी तरह समझता हूँ कि क्या कहना ठीक है।"

"चाहे झूठ ही हो।"

"हाँ, चाहे झूठ ही हो। मर्द हूँ मैं घर का।"

मर्द? दीपाली के चेहरे पर एक वक्रता ऐंठ गई। इसे लक्ष्य करते सुधाकर के कन्धे झूल गए। निमिष में ही चेहरा ऐसा सफ़ेद जैसे किसी ने सिरिंज लगाकर रक्त की आभा खींच ली हो।

वह द्रवित हो गई। पल-भर पहले की लपट पानी की लहर बन गई।

"सुनो! यह भी एक रोग है। दूसरे रोगों जैसा। इसका एक रोग की तरह सामना करना पड़ता है। मन को मिट्टी कर लेने का तो कोई मतलब ही नहीं।"

सुधाकर अस्थिर। संचित रहने की चेष्टा में डगमगाया-सा मूक, अवसन्न।

वह मूकता दीपाली को अखरी। वह इस आवरण को अभी-का-अभी फाड़ देना चाहती है। पति मन से ही काठ हो गया तो दवा-दारू का क्या लाभ। चलो, वही अपनी ज़ुबान पर लगाम दे लेगी।

"क्या सोच रहे हो?" उसने कंकरी फेंकी।

"कुछ सोच नहीं रहा। केवल तुम्हें समझाना चाहता था कि माँ को यही कहना ठीक था। तुम्हारे ख़याल से..."

"मेरे ख़याल से क्यों?" सुधाकर का कपट दीपाली ने छेदा, "मुझे तो अब चबा ही जाएगी ठकुराइन।"

सुधाकर ने झट रास्ता बदल दिया, "तुमने आज ठकुराइन कैसे कहा माँ को?"

"ठकुराइन नहीं तो क्या? नाक पर मक्खी नहीं बैठने देती। भगवान भी नाक पर तिल रखना चाहे तो उसे भी झिड़क दे। कुछ भी हो तुम्हें नहीं कहना चाहिए था," दुखी हो रही थी दीपाली।

"अब कह दिया सो कह दिया। थोड़े दिन ऐसे ही चलने दो। तब तक तो इंजेक्शन्स का दौर भी पूरा हो जाएगा।"

दीपाली सुस्त हो गई। कीचड़ में धड़। किसी ओर भी हिले-डुले, छींटे अपने पर पड़ते हैं। अपने को छोड़ दे तो लांछन। काला कलंक।

निस्सन्तान होने में कलंक क्या है? बेल नहीं बढ़ी तो नहीं बढ़ी। जड़ ही ठिठुर गई। जैसे दूसरी अनन्त चीज़ें। मनुष्य के मन में सातत्य की इतनी भूख क्यों है कि सदा अपनी नश्वरता का अभिषेक करने में लगा रहता है? मिट जाने से क्यों इतना डर कि अमरता की प्रवाहिणी को प्रतिष्ठा का सवाल बना देना चाहता है। याकि धन-धान्य की सार-सँभाल की चिन्ता है। यदि ऐसा होता तो दरिद्र इस इच्छा से मुक्त होते।

यह भूख शहादत की कौन-सी मुद्रा माँगेगी, यह सोच दीपाली को कातर कर गई। पास बैठे सुधाकर का हाथ उसने थामा। कसा, ज़ोर से।

असमय, असामान्य इस कसने का जो भी अर्थ सुधाकर ने निकाला हो। झड़प से बोल, "सुनो दीपाली, एक बात तुमसे कहना चाहता हूँ। है तो बेढंगी पर तुम्हें कहने में क्या हर्ज है।"

दीपाली मुँह उठाए उसे देखती रही एकटक। सुधाकर ने दीपाली की पकड़ से अपने हाथ मुक्त किए।

"तुम चाह रही हो न कुछ मुझसे? मैं तुम्हारे मन की हालत समझता हूँ, पर कुछ समय तक तो मैं संकल्प में रहना चाहता हूँ। डॉक्टर न भी कहें फिर भी संचित रहने की एक अपनी महत्ता है। व्रत तोड़ूगा जब सारे इंजेक्शन लग चुकेंगे।"

दीपाली की समझ में नहीं आया कि वह हँसे या रोये। ऐसे अचानक हाथ थामकर वह क्या यह माँग रही थी—ऐसा कुछ?

वह तो पूछ रही थी कि क्या है यह?—अटल नाशवानता में अविनाशी होने की भूख। क्यों कमर के गिर्द इतना मजबूत रस्सा कि पीढ़ियों तक खिंचता चला जाए। ठाकुरों के घर ठाकुर जन्मे, ब्राह्मणों में ब्राह्मण, शूद्रों में शूद्र।

क्या कहीं कोई स्वतंत्र आत्मसत्ता नहीं इनसान के अपने-आप होने की? आकर खप जाने की? मिट्टी में मिट्टी, जल में जल, अग्नि में प्राण। पंचमहाभूतों के दर्शन ने तो इतना बड़ा आधार दे रखा है। जाओ और लौटो। जकड़ने का आग्रह न रखो, यहाँ अन्ततः कौन किसी का भाई-बन्धु है?

"तुम ठीक कहते हो। मैं तो सदा तुम्हारे साथ ही चली हूँ। जैसे भी..." दीपाली ने अपने व्योम के छोरों की भीतर खींच लिया।

खींचने की चेष्टा में दीपाली रुद्ध गई। "तुमने कितनी तो मीठी और क़ीमती चीज़ें मुझे दी हैं। एक न हुई तो क्या फ़र्क़ पड़ा।"

रुद्धना, सिमटना सुधाकर ने नहीं देखा। आवाज़ के दुलार से हिल गया। दीपाली के कन्धे से लगकर सो जाने की चिहुँक जाग उठी।

दीपाली तक पहुँचने के लिए उसने अपने शरीर को छोटा बना लिया। सिर को उसकी बग़ल में सटाकर दीपाली की देह को बाँध लिया—बाँहों में।

दीपाली को हुआ जैसे थपकी देना ज़रूरी हो—उसे। एक सन्तप्त बालक को।

सबको नाश्ता देकर निवृत्त होकर बैठी ही थी कि सास ने प्रश्न दागा, "कितने दिनों में महीना होती हो?"

हाथ में एक कटोरा। कटोरे में रखी जो कोई भी वस्तु। वस्तु पर एक मोटी पर्त घी की देखकर दीपाली की भौंहें चढ़ गईं। जिस कृपण भाव से उसकी रोटी पर घी चुपड़ा जाता है उसकी भी याद हो आई।

वह उस दो-हाथ करनेवाले न्याय को आमोद-भाव से देखती है। कुढ़ती नहीं। कुढ़न तो परदादी से, दादी से, माँ से उस तक आने में घुल ही जाएगी। पत्थर को भी टेव पड़ जाएगी।

"सत्ताईस दिन की साइकिल है", संयत होती बोली।

"साइकिल क्या है?"

"मतलब 27 दिन बाद।" आगे कहने का दीपाली का मन न हुआ। कटोरा लेकर पास की तिपाई पर रख लिया, "क्या पूरा खाना है?"

"हाँ! पूरा और रोज़।" सास के स्वर में दुलार से ज़्यादा धौंस थीं। शीरे का कटोरा और सख्ती?

"पर यह है क्या?"

"कुछ भी हो तुझे इससे क्या! तुझे कोई ज़हर तो नहीं पिला रही। तर माल है। कभी देखे भी न होंगे।"

दीपाली तिलमिला गई। पर तिलमिलाने को भी एक आवरण चाहिए था, स्थिति के चलते। उसे अच्छा लगना चाहिए व्याधि का उपचार, चाहे जिस मुद्रा में सम्भव किया जाए। चाहे उसे लगे कि वह ख़ुद एक उगालदान है जिसमें गाढ़ा गरम द्रव बेमतलब ढुलकाया जा सकता हो।

यह स्थिति उठते-बैठते बनी रहेगी, यह उसे तब पता लगा जब कड़े काले से गुट्ठा बीज-जैसा एक गंडा उसकी दाईं कोहनी के ऊपरवाले गुदाले हिस्से पर बाँधे रखने का आदेश हुआ।

अभी-अभी जुटाई सुनहरी कोरवाली ब्लाउज़ें उसे मन-ही-मन ग़र्क़ होती लगीं। उसने उज्र किया—"मैं कोई शलवार-कुरता तो पहनती नहीं अम्माँ कि बाँह की ढिलाई से सब-कुछ छिप जाए। यह तो फिट ब्लाउज़ है। बाँधो भी दाहिनी बाँह पर। यह सब मैं नहीं करूँगी।"

"करोगी कैसे नहीं, अभी तक सब-कुछ कर रही थीं या नहीं? जो जतन किया सो माना। अब क्या है? अब तो खोट पूरी तरह उजागर हो गया है। अब तो नम जाना चाहिए। औरत की शोभा कोख से है, कपड़ों से नहीं।"

दीपाली को हुआ पास रखी ऊन की पछिया खाली करे और सास के सिर पर दे मारे, पर यह भी सदा की तरह उतनी ही निःसत्त्व फूत्कार थी जो अपना ही कलेजा फूँकती है।

"यह कहाँ का चलन है?" रात कमरे में आते ही दीपाली फट पड़ी।

सुधाकर के पास उत्तर नहीं था पर निरुत्तरता भी जोखिम से भरी थी। दीपाली को उत्तेजित कर सकती थी और दीपाली को उत्तेजित करना?

नरमाई से बोला, "थोड़े दिनों की बात है। वैसे भी कौन बड़ी पालने झुला रही थीं तुम्हें अम्माँ। पहले ही तुम कहाँ ख़ुश थीं उनसे?"

दीपाली दंग रह गई।

घेराबन्दी और भी सुदृढ़ हो रही है। छिप पाने का जुगाड़ हो जाने से सुधाकर को आराम-जैसा मिलने लगा है। पर किस क़ीमत पर? अब वह तर्क ढूँढ़ रहा है झूठ को सजाने और सिद्ध करने के।

क्यों उसकी अन्तरात्मा में इतना सघन अन्धकार?

अब चीथन थी। सास की हिंसा दीपाली सह पा रही थी। उनसे कोई अपेक्षा नहीं थी। पहल करके भी देख चुकी थी। आई-आई थी तो मन निर्मल था। सेवा करने और स्नेह पाने के चाव से भरा हुआ, पर जल्दी ही घट रीत गया।

सामने एक ठस्स मुजस्सिम मरदानापन—वह अम्माँ थीं। मर्द कभी बग़ल में नहीं रहा तो स्त्रीपन को क्या जानतीं। यह मरदानगी आत्मरक्षा के लिए जुटानी पड़ी या नियति से अड़ने के लिए खूँखार बल चाहिए था, वह नहीं जानती। उनके प्रचंड स्वामित्व-भाव

को सारे संसार का नियंत्रण अपने हाथ में लेने को व्याकुल देखती है तो क्रोधित होने की बजाय सदय हो जाती है। क्षमा कर देती है पर सुधाकर को...?

कहाँ से चलकर कहाँ आया और कितनी जल्दी! जैसे मान चुका हो कि वह ही 'अपराधिनी' है।

'अपराधिनी' का विशेषण आते ही दीपाली की देह धधक उठती है। खोट उसकी देह में होता तो भी क्या वह लज्जित होती? ऐसा मनोभाव दीपाली के मन में नहीं व्यापता।

लज्जित, लांछित होने को इस स्थिति में क्या है? यह सब थोपी हुई मान्यताएँ हैं। हमने मान लिया है। मानते रहे हैं।

मान लेने से सुविधा मिलती है—नाम, उपनाम, धन-दौलत, विरासत, सातत्य, निजता, पारिवारिकता—सब सध जाते हैं। एक ही रस्से से।

हम न चाहें तो न भी मानें।

ऐसा शक्तिवन्त कौन है जो मनुष्य की सत्ता से उसके विवेक का हक़ छीन ले। अपने हाथ में एक समूची ज़िन्दगी को पा जाना क्या कोई छोटी बात है?

जीने के पूरेपन की प्रतिष्ठा के लिए आज तक हममें से कोई क्यों नहीं लड़ा? क्यों उपकरण उपादान ढूँढ़ते रहे?

सोच पाती है पर नहीं जानती कि सुधाकर से यह सब कैसे कहना होगा?

सुधाकर में एक आँख बचाता-सा भाव है। अपने ही अन्दर से उसरती आत्मदया का शिकार। कितना चौकन्ना। कितना सावधान।

कुछ कह सकने की चेष्टा में कैसे भूल सकती है कि सुधाकर की व्याधि और आत्मछवि के बीच का फ़ासला कितन रपटीला और ख़तरनाक है।

सुधाकर की साथिन बनकर इस घर में आई है दीपाली तो चुप रहे। ऐसे ही भीतर और बाहर के दर्दों को सेंकती रहे। सुधाकर को जहाँ इंजेक्शन लगता है एक ढीठ-जैसी गाँठ उभर आती है। टप-टप टपकनेवाला टीसता हुआ दर्द। डॉक्टर कहता है सेंकना लाभ करेगा।

रात को दीपाली सोने आती है तो कपड़ों को प्रेस करनेवाली इस्तरी सोने के कमरे में लेती आती है। पता ही न लगे किसे सेंकना है। जैसे कि दोनों साथ-साथ डॉक्टर के यहाँ जाते हैं। पता ही न लगे किसे इंजेक्शन ठोंकना है।

एक दिन अम्माँ ने चलने से पहले चाय की पत्ती और घी लाकर देने का आग्रह किया। सुधाकर अम्माँ के कान तक झुक आया, "इस समय नहीं अम्माँ। दीपाली को इंजेक्शन दिलवाने जाना है।"

दबकर कही गई बात भी पीछे फिल्टर से पानी लेती दीपाली ने सुनी। क्षुब्ध हुई। क्यों हुई? यह खेल तो कब से चल रहा है।

सुधाकर पलँग पर लेटा होता है, दीपाली धरती पर बैठी होती है। दीपाली इस्तरी तपाने के लिए प्लग लगाती है और रुई के नरम सफ़ेद बूबड़े इस्पात की सतह पर रखकर गरम करती है। सुधाकर अपना 'हिप' उघाड़ देता है और चादर का कोर अपनी आँखों पर धर लेता है।

आराम मिलने से वह सो भी जाता है। सुधाकर कृत-संकल्प सुधाकर। वह प्लग निकाल देती है और ज़मीन पर बैठी रहती है वैसी-की-वैसी।

यह नहीं कि कुछ करने को नहीं है। यह भी नहीं कि सुधाकर से विशेष 'कुछ' चाहिए होता है। बस, यह है कि इस समय रात है और रात ने सब प्राणियों के लिए सोने की परम्परा बाँध रखी है। नींद के सिवा दूसरी ओर ध्यान ही नहीं जाता।

कितनी दी गई अड़चनें हैं! कितनी आदतें! कितने चले हुए रास्ते! कितने पहले के पद-चिह्न। कितना अनुकरण, अनुसरण का दबाव! क्या कोई अनजाना, अनदेखा, अनभोगा रास्ता नहीं जिसे खूँद डालने की ललक राह को आदीप्त करे? उकसा दे नश्वरता के डर से पीड़ित जीवन को? सुधाकर के लिए उस गठरी को उठाना क्यों ज़रूरी है? सिर्फ़ इसलिए कि उसे दूसरों ने नपुंसक कहा?

सुधाकर को मुक्ति नहीं मिलती तो उसे भी नहीं मिलती। दोनों ओर का अत्याचार सहती है दीपाली! अत्याचार का गुर है कि दाँत भी हों और काँटें भी। दीपाली के पास क्या अपना कोई गुर नहीं कि दाँत भी हों पर काँटें भी नहीं?

दीपाली भाँपने की चेष्टा करती है कि सुबह वह सब क्यों कहा गया? मायके जाने का प्रस्ताव कहाँ से आया? पिछले दो-तीन दिन से तो शीरे का आना और खाना भी बन्द हो गया।

बहुत-कुछ साफ़ है। बाक़ी कुछ को पड़ोसन की बहू निशा साफ़ कर देती है। इंगित करके।

निशा में चलकर आने और कुछ कहने की व्यग्रता दीपाली ने देखी। चेहरा डरा हुआ और वाक्य अनमने अधूरे।

"मैके जा रही हो भाभी?"

"नहीं तो। तुम्हें किसने कहा?"

"ताई के मुँह से सुना।" अपने को 'ताई' कहने देती हैं ठकुराइन क्योंकि निशा का घराना भी ठाकुरों-ज़मींदारों का घराना है।

चाय-पानी, मुलाक़ात ख़त्म होने के बाद भी निशा टिकी रहती है, "ताई जब तक नहीं आतीं, मैं बैठी हूँ। मेरी सास भी साथ ही मन्दिर गई हैं। दोनों की ख़ूब मिलीभगत है।" निशा सूचना देती है।

दीपाली हँस देती है। निशा को यह सहजता रास नहीं आती। वह दीपाली के पास खड़ी होकर टिकड़े बेलने लगती है।

"तुम तो यह भी नहीं पूछतीं कि मैंने ऐसा क्यों कहा। और कोई होता तो पीछे लग जाता।"

"अच्छा पीछे लगती हूँ...हाँ, बताओ।" दीपाली ठिठोली करती है।

निशा का चेहरा अभी बन्दी है, चिन्तित। "सोचा, तुमसे मिल आऊँ, फिर पता नहीं कब मिलना होगा। होगा भी या नहीं।"

अब दीपाली चौंकती है। जान पाती है कि क्या षड्यंत्र है। दीपाली को ठेलकर दूसरे ब्याह के सपने हैं। सुधाकर से भी धोखा। उसे भेजकर सुधाकर पर हावी हो जाएगी अम्माँ। फिर सुधाकर कैसे पेश आएगा? कैसे बताएगा कि...

"पर भैया क्या गाय हैं?" निशा ने तार तोड़ा। वह शायद भोंदू कहना चाहती है। दीपाली को लगा।

दीपाली को धक्का लगता है पर नहीं भी लगता। सास के कुछ भी करने का उसे धक्का नहीं लगता। सास से अब तक लोहा लेती नहीं रही, पर जानती है ले सकती है। बीच में धरा क्या है जिसे खो देने का डर व्यापे—स्वामित्व, आधिपत्य और हिंसा। इन सब श्रेणियों में से आधिपत्य तो वह भी चुन सकती है—सुधाकर की पत्नी; उसने यह अधिकार ब्याज के नाते पाया है। बिककर तो नहीं आई। इतिहास (सास) के चेहरे से डरना एकदम ज़रूरी नहीं।

इतना समझ चुकी थी, काफ़ी था। अत्याचार बढ़ता तो सुधाकर की आड़ ले सकती थी, चाहे सुधाकर...

कमरे में घुसी तो सुधाकर सुबह की बात को खींचकर केन्द्र में लाता बोला, "सच में तुम्हारी ज़ुबान कतरनी हो गई है। सुबह अम्माँ से कैसे बोल रही थीं तुम? खिल्ली उड़ा रही थीं उनकी? किसी दिन ऐसी मात खाओगी..."

दीपाली ने अनसुना किया, "क्या कह रही थीं मुझे, वह भी सुना।"

"वह कह सकती हैं ऐसा?"

"तुम्हें कोई उज्र नहीं?"

"आजकल तो...मेरा मतलब है आजकल क्या फ़र्क़ पड़ता है। यही दिन मायके जाने के लिए ठीक हैं। आगे तो फिर...तुम्हारी ज़रूरत-ही-ज़रूरत होगी।"

ऐसे गणितज्ञ तर्क से दीपाली छिल गई, "यानी कि मैं कोई स्त्री नहीं, नाँद हूँ जिसमें तुम्हारी पुश्तों का चारा धरा रहे। एक निर्जीव-जैसी वस्तु, जो भेजी और लाई जाती रहे जिस हिसाब से जिस किसी को उसकी ज़रूरत हो।"

"तुम सच में बदतमीज़ होती जा रही हो दीपाली।"

"होना ज़रूरी लग रहा है सुधाकर।" दीपाली का स्वर एकदम ठंडा था। सपाट।

"तुममें धीरज तो एकदम नहीं है!"

"मुझमें?" दीपाली ने अपनी दृष्टि सुधाकर के चेहरे पर बींध दी।

"तुम्हें समझाया नहीं था, थोड़े समय की बात है। अब इस समय अनुकूलता भी है और अम्माँ भी ऐसा चाह रही हैं।"

"सुन लो सुधाकर! अम्माँ और अनुकूलता का तर्क मैं नहीं मानूँगी।"

"इसमें ग़लत क्या है?"

"ग़लत जो कुछ है वह तो तुम्हें पता नहीं लग पाता। कैसा लगता है, यदि लगे कि जिस शख़्सियत को प्यार कर रहे थे वह...वह नहीं कुछ और है।"

"क्या मेरे लिए कह रही हो?"

एक विद्रूप जैसा दीपाली के घायल चेहरे पर बिछ गया। वार की इच्छा तक भीतर नहीं जनमी। कहीं कोई तटस्थ-जैसा चट्टानी दुराव। प्रश्न की नोक से बचती हुई बोली, "अम्माँ तो ख़ूब दो टूक हैं। विकट ज़रूर हैं पर उनको जानना कितना आसान है। उनके तो हथियार भी कितने मोटे हैं। सीधे और भोथरे।"

सुधाकर अकुला आया पर चुप रहा। अपने पर गिरे शब्दों के तर्क और तापमान को टटोलता रहा। बात को उघाड़ा नहीं। पता ही नहीं उघाड़ देने से चमड़ी की नीचे से क्या निकल आए। अपराधी विरूपन की दलदल या सड़ायँध।

यह चुप्पी चीथ गई दीपाली को। इतना भी नहीं कि जानने का उपक्रम करता। खोलता, खुलता। वह कितनी सदियों से उसके पौरुष की पीप को ले रही है—अपने भीतर...क्या वैसे ही कितने और पुरुष बनाने को—झूठे, धूर्त और दयनीय।

सुधाकर से कुछ और नहीं सधा तो दीपाली की ओर खिसकते हुए उसने अपने हाथ बढ़ा दिये। उसे अपने पर खींच लेने का यत्न किया। वैसे संकल्प के बावजूद।

ठेठ पुरुषीय युक्ति। स्थूल के तम्बू के नीचे हर तन्तु की कराह को पीस देने की।

दीपाली ने खिंचकर आने से इनकार किया। बहुत धीरे-से बोली, "अपनी बात पर तो कायम रहो सुधाकर। कुछ तो ठीक से करो। मैं तो वैसे भी जाने को हूँ सुबह। ऐसे ही रहना होगा तुम्हें...पता नहीं कब तक..."

एकदम जान रही है दीपाली कि जाने की तरह, लौटकर न आने का इरादा उसके भीतर कितनी तेज़ी से बन रहा है।

गति

कुसुम अंसल

"बेटा ये पराइवेसी क्या होती है?"

"एकान्त...प्राइवेसी का अर्थ है अकेलापन, पर क्यों मौसी जी...?"

"वैसे ही पूछा था बेटी...ये रोज़ कहते हैं—जब से बहू आई है हमारी प्राइवेसी चली गई है। देख न, रोज लुंगी पर बनियान डालकर बाहर बग़ीचे में फूल-पत्ती उगाते थे। थोड़ी सब्ज़ी-भाजी हो जाती थी। अब इस तरह बाहर नहीं निकलते। कहते हैं—बहू थल-थल करती घूमती है। हमें शरम आती है...चलो सिर पर दुपट्टा न सही, गले में डाल लो...पर नहीं। और फिर पैंट, हे भगवान् बहुएँ क्या ऐसी होती हैं। तू भी तो बहू है...दरवाज़े के भीतर से ही तेरा आदर हम तक आता है।"

"हरदम पड़ोसियों से शिकायत। कैसी गली-मुहल्लेवाली मैंटेलिटी है आपकी।" जादुई धमाके-सी अनीता बाहर आ गई थी।

"दीवारें जुदा होने से कोई पड़ोसी नहीं हो जाता।" वह बोली।

"बस-बस रहने दो...मैं जानती हूँ आप मुझे हर किसी के सामने ज़लील करना चाहती हैं।"

"जीत, हर कोई नहीं है। जब से ब्याह के आई है अपनों से ज़्यादा पूछती है मुझे।"

"हम तो आपके हैं नहीं, यही कहना चाहती हैं न आप।" धम-धम करती अनीता चली गई और पीछे वीरो मौसी भी। भागवन्ती झाड़ू दे रही थी, कहने लगी—"अजय बाबू को पता नहीं क्या सूझी पढ़ते-पढ़ते छम्मकछल्लो ब्याह लाए। होगी तो मामूली घर की, पर नखरे तो देखो। बाप रे, कपड़े भी ऐसे पहनती है कि एक-एक नस गिन लो और ज़बान ऐसी कि दिल जला के राख कर दे।"

"बस तू चल अपना काम कर भागवन्ती। तुझे क्या? कोई अपने घर में कुछ भी करे।"

ब्याह कर लेना तो बड़ी आम बात है। पड़ोस की वीरो मौसी के अजय का मेडिकल की दुरूह पढ़ाई के बीच ब्याह कर लेना भी उतनी ही आम बात थी, पर मौसी से जैसे बरदाश्त नहीं हो रहा था, रो-रोकर कहतीं, "क्या ज़रूरत थी इतनी जल्दी ब्याह की, ना कमाई, ना कामकाज, इतनी मुश्किल डॉक्टरी की पढ़ाई भी अभी बाक़ी है, अज्जू को घर की हालत पता थी फिर भी ब्याह लाया ये सब्जपरी-कनक में प्याजी आ मिली है।" वह अनीता को सब्ज़परी कहतीं। वह साँवली थी पर नैन-नक्श तीखे थे। ऊपर से बहुत तराशा हुआ जिस्म जिस पर एक लुनाई थी। ऐसा आकर्षण जो किसी को भी बाँध लेता था। अनीता कपड़े भी इतने चुस्त-दुरुस्त पहनती कि आँखें अटक जातीं। अनीता को मुझसे भी कोई लगाव नहीं था। उसे इस सब देहाती लगते—हिन्दी,

पंजाबी बोलनेवाले...जलन्धरी। वह कभी मेरे पास आती तो शिकायत साथ लाती। मुझसे कहती—"आप पता नहीं कैसे रहती हैं अपनी जॉइंट फैमिली में, मेरा तो दम घुटता है—ये मत करो वो मत करो...ये मत पहनो वो मत पहनो, एकदम देहाती मैंटेलिटी। आपको नहीं लगता कि दिल्ली और जालन्धर में दो सदियों का फ़र्क़ है।"

"असल में यहाँ लोग सीधे-सादे हैं।" मैं बोली, "मौसी जी की जैसी आमदनी थी उसी के अनुरूप अजय और अनूप को पढ़ा-लिखाकर इनसान बनाने में लगी रहीं। इस बीच संसार के परिवर्तनों से उनका सरोकार रहा नहीं। बस, तुम्हें लगता है पुराने ख़यालात के हैं..."

"आपको शायद पता नहीं जीत दीदी, इनकी ग़रीबी एक दिखावा है। अजय बता रहे थे उनके पास मलेरकोटला में बहुत ज़मीन है, जहाँ से बाऊ जी जाकर फ़सल के पैसे लाते हैं और अनाज भी, पर बुड्ढा-बुड्ढी दोनों बहुत कंजूस हैं, कुछ ख़र्चना नहीं चाहते। अजय ने बाऊ जी को बहुत समझाया कि वहाँ मलेरकोटला में इंडस्ट्रियल एरिया बन रहा है ज़मीन बेच दो, सोने के दाम बिकेगी, पर बाऊ जी क्यों बेचने लगे, हमारी सलाह उन्हें अच्छी थोड़े ही लगती है।"

दूसरे दिन फिर बरामदे में शोर था। भागवन्ती मुझे बुला ले गई। अनीता ज़ोर-ज़ोर से चिल्लाकर मुझसे बोली, "जीत दीदी, आप ही फ़ैसला कीजिए। माँ जी अजय से कह रही हैं कि यही जुराब पहनो, इसी को बाऊ जी पहनते हैं। हद है न जहालत की। इन लोगों को पता ही नहीं कि कुछ चीजें पर्सनल होती हैं। मैं आई तो तौलिये अलग हुए, नहीं तो बाप-बेटे एक ही तौलिये से बदन पोंछते थे।"

"तुझे क्या पता हमने कैसे पाला बच्चों को। अपना पेट काटकर इन्हें खिलाया, इनकी नींद सोये इनकी नींद जागे। अब इनसान बने तो तू सँभाल बैठी। बड़े नुक्स निकाल रही है ना, जैसा बाप के घर से जायदाद नाम करा के आई हो। बड़ी क़ायदे-कानूनवाली बनती है—लाव-लश्कर, दहेज देना तो तू छोड़ तेरे बाप ने सीधे मुँह बात भी नहीं की।"

"दहेज...दहेज लेना जुर्म है वीरो। दहेज की बात इस घर में कभी मत उठाना।" मौसा जी बीच में गुर्राये, "मेरे भी कुछ उसूल हैं।"

"हाँ करो बात उसूलों की भूखे-नंगे हैं तुम्हारे उसूल। सारी उम्र इन्हीं उसूलों की सूली पर चढ़े रहे। मिला क्या? इसमें नई बात क्या है, सारी बहुएँ थोड़ा-बहुत दहेज लाती हैं। ये सब्ज़परी शुक्रग़ुजार है क्या तुम्हारी, इतने दुख-क्रष्ट में भी हँसकर जा सिर-आँखों पर बिठाया है।"

"उसके अलावा तो आपके पास जगह भी नहीं थी बैठने को ना सोफ़े, ना कुर्सियाँ, ना क़ायदे का पलँग।"

हँसी इतनी ढीठ, इतनी क्रूर हो सकती है मैंने जाना नहीं था, पर अनीता की वह हँसी खिड़कियों, दरवाज़ों से निकलकर मेरी दहलीज़, मेरे आँगन तक बिखर जाती। इसी चख-चख में तीन साल निकल गए। इसी बीच अजय की पढ़ाई खत्म हो गई, एक दिन अनीता आई तो कहने लगी—"जीत दीदी हम लोग लन्दन जा रहे हैं—अजय को जॉब मिल गया है।"

"अरे नहीं अनीता, इतनी दूर क्यों जाते हो? अजय तो डॉक्टर है, यहाँ क्या कमी है मरीज़ों की, अस्पतालों की।"

"एक मामूली डॉक्टरी से हिन्दुस्तान में मिलता ही क्या है? यहाँ हमारा क्या फ्यूचर है—मामूली-सा पैसा, मिडिल क्लास लिविंग, ऊपर से जॉइंट फ़ैमिली। ना बाबा ना! मैंने बहुत बरदाश्त किया, अब नहीं करूँगी। वहाँ सब-कुछ मिलेगा—पूरी आज़ादी और रहने का स्टैंडर्ड एकदम हाई। उसके अलावा अजय को भी जॉब सैटिस्फ़ैक्शन मिलेगा।"

मौसी रो-रोकर बताती रहीं—"अजय के और अनीता के टिकट की ख़ातिर आधी ज़मीन बेच देनी पड़ी। बस अब अनूप की सपनों का आधार बच रहा था सो बाक़ी ज़मीन उसके नाम कर दी मौसा ने।"

बाद में लन्दन से आए अजय के पत्रों से पता चलता कि वह ख़ुश है। अच्छी नौकरी मिल गई है और एक बेटा भी जन्मा है सब्ज़परी ने। वीरो मौसी का मन बच्चे के लिए हुमकता, कहतीं—"है नी, वहाँ जापे में तकलीफ़ नहीं होती क्या? ना कोई सास, ना माँ पास, अकेले कैसे सँभालती होगी। मेरी सास ने तो अजय की वारी मुझे सौर की कोहड़ी से सवा महीना बाहर ही नहीं आने दिया था। तेरे मौसा जी ने फुल्लियाँ छोलेवाले दिन अजय का मुँह देखा था।" कभी कहतीं—"कैसा होगा मरजाना...मेरे अजय पर गया तो चिट्टा होगा, सब्ज़परी पर गया तो रब्ब ही राखे।"

अनूप भी सपनों की डोर पर उतना खरा नहीं उतरा। एम.ए. के बाद होशियारपुर में साधारण-सी नौकरी मिल गई थी। स्कूल में पढ़ाने लग गया था। हर शनिवार को बस में बैठकर आता, सोमवार मुँह अँधेरे चला जाता।

एक दिन वीरो मौसी बोलीं, "जीत बेटी, अनूप के लिए कोई अच्छी-सी लड़की देख न! न हो तो अपने चाचा की बेटी से ही अनूप का रिश्ता करा दे, रोटी की बड़ी तकलीफ़ होती है बेचारे को।"

मैं हँस दी, "मेरे घर में रिश्ता करेंगी मौसी जी? हम सिक्ख, आप ठहरे मोने।"

"लो, फिर क्या हुआ? मुझे अच्छी लगती है...तेरी बहन। चाँद जैसा चेहरा है, गोरी-चिट्टी, हाथ लगाए मैली होती है।"

अनूप से मेरे चाचा की बेटी का रिश्ता तय हो गया। मौसी जी बहुत ख़ुश। अजय को बार-बार लिखतीं—'तू आ बेटा...पैसे भी भेज, एक शादी में तो रीझें पूरी कर लें। गाना बैठाऊँ...मिठाइयाँ बाँटूँ...बेटे को घोड़ी चढ़ता देखूँ—चाँद-सी बहू घर आ रही है। तेरे बाऊ जी दहेज नहीं लेते, न लें, तू इत्ता कमाता है हमें क्या कमी है। औलाद के सिर पर ही तो अरमान पूरे होते हैं। तू आ बेटा, मैं पोते का मुँह देखूँ। बारी-बारी जाऊँ।"

पर न पैसा आया, न अजय ही और न पोते का मुँह देखा मौसी जी ने। मौसा जी के बहुत मना करने पर; मेरे बहुत समझाने पर भी मौसी नहीं मानीं। अनूप को मलेरकोटला भेज दिया कि जा ज़मीन बेच आ, मैं सारी उम्र के अरमान तो पूरे कर लूँ।

अनूप ज़मीन बेचकर लौट रहा था कि मलेरकोटला में दंगा हो गया। सेहरे की जगह कफ़न बाँधकर लौटा अनूप। ज़मीन गई, पैसा गया, बेटा गया। दोनों घरों में कोहराम मच गया। जवान लाश एक दिन रही। मैंने ख़ुद लन्दन में अनीता से बात की, पर अजय की व्यस्तताओं की एक लम्बी लिस्ट गिना दी उसने। हारकर मौसा जी, मौसी जी को समझाना पड़ा। दुःख से सन्न बेहोश बेचारे सँभाले नहीं जा रहे थे। अब मेरे पति इन्दर ने ही उनको तसल्ली दी। अनूप का क्रिया-कर्म अपने हाथ से कर दिया।

मैं ही उन्हें चाय-पानी पिलाती, दिलासा देती। फूल चुनने के दिन पत्थर हो रहे थे मौसा जी। इनसे बोले, "इन्दर बेटा तुम्हीं करना हमारा क्रिया-कर्म। ना हो तो म्युनिसिपलिटी में लिखा देना हमारा नाम, लावारिस लाशों में हमें भी फूँक दें, पर देखो अजय को ख़बर ना देना।"

मौसा जी जब अनूप की अस्थियाँ लेकर हरिद्वार जाने लगे तो मौसी जी भी बहुत ज़िद करके साथ जाने को तैयार हो गईं—सुबह के समय में बैठकर मैंने उन्हें खाने की टोकरी भी पकड़ा दी—"मौसी जी...कुछ खा लेना...शरीर में दम ना हो तो रोया भी नहीं जाता।"

वे रोने लगीं, "एक हाथ में बेटे की राख दूसरे में रोटी रखकर कैसे खा लूँगी।"

इसका उत्तर मेरे पास नहीं था। उनकी बात मुझे सारा दिन उदास किए रही, मन बात-बात पर काँपता। जाने क्यों उनका उदास चेहरा आसपास मँडराता रहता। शाम को भागवन्ती दौड़ती आई—"अरे टेलीविज़न लगाओ बीबी जी! सुना है हरिद्वारवाली बस के सारे मुसाफिरों को आतंकवादियों ने गोलियों से भून डाला है।"

मैं चिल्लाई—"हाय रब्बा, उसमें तो मौसा जी भी थे। वाहेगुरु ख़ैर करी।" टेलीविज़न पर वही बस, वही मुसाफ़िर, टूटे बेजान चेहरे जिन्हें मैं सुबह विदा दे के आई थी। मरनेवालों में मौसी जी का नाम था, घायलों में मौसा जी का। इन्दर उसी वक़्त टैक्सी करके गए। होनी को यही मंजूर था। मौसी जी का क्रिया-कर्म उन्हें ही करना पड़ा—मौसा जी को हाथ में गोली लगी थी, उनका इलाज चल रहा था कि अचानक एक दिन आधी रात को अजय आ गया, बोला—"टेलीविजन में देखा सब-कुछ, लाशों के ढेर...अपनी माँ का मरा हुआ चेहरा, सहा नहीं गया तो चला आया।"

अजय जितने दिन रहा सीधे मुँह नहीं बोला। बाऊ जी एकाएक चुप हो गए थे—पत्थर की मूर्ति की तरह। वह हमें सुनाकर कहता—"अब यहाँ धरा क्या है, मकान बेचकर बाऊ जी को साथ ले जाऊँगा। इस ज़मीन का क्या भरोसा, जब सारे पंजाब का भविष्य ही अनिश्चय में डूबा है तो यहाँ क्या भविष्य तलाशे कोई? ऊपर से हवाओं में आतंकवाद और भय के सिवा हिन्दुस्तान में बचा क्या है। पहले दूसरों के हाथों मारे जाते थे अब अपने ही अपनों के दुश्मन हो गए—दोष दें भी तो किसे?"

कभी मौसा जी से कहता—"वहाँ इंग्लैंड में ब्रिटिश नेशनल के डिपेंडेंट माँ-बाप को साठ साल की उम्र के बाद एलाउन्स मिलता है—काफ़ी अच्छी रकम और एक मुफ़्त का 'पास' भी जिससे जहाँ चाहो, बस या रेल में फ्री जाया जा सकता है।"

"साठ साल की उम्र के बाद इन बातों का अर्थ ही कितना बचता है अजय...ख़ैर, तुम्हारी मर्ज़ी, जो चाहो करो।"

मौसा जी मेरे पास आए तो बोले कुछ नहीं, पर उनकी आँखों की डबडबायेपन में कुछ था जो सम्प्रेषित हो रहा था। उनके काँपते हाथ छूकर मैंने ही कहा—"हो आइए मौसा जी, इतने बड़े कांड के बाद यहाँ मन भी तो नहीं लगेगा, वहाँ पोते के साथ मन बहल जाएगा।"

लन्दन से लेस्टर तक पहुँचने में दो घंटे लगे। इतने सालों बाद हम लोग अजय को मिलने जा रहे थे। वह हमें स्टेशन पर लेने आया हुआ था। हमसे प्यार से मिला तो

जान-में-जान आई। ख़ूबसूरत-सी काटेज का दरवाज़ा अनीता ने खोला। वह जीन्स पर कसा हुआ बलाउज़ पहने थी। उसकी 'हेलो' में स्वागत नहीं था, एक ठंडापन था जो सीले हुए रिश्ते की गन्ध से पगा हुआ था। वह हमें भीतर ले गई। चाय के दो मग बना लाई। मैं मौसा जी से मिलने को बेताब थी। लन्दन से यहाँ तक आने का और कोई अर्थ भी तो नहीं था, पर वातावरण के बनावटीपन में डर-सा गुँथ गया था।

एकाएक दरवाज़े के शीशे पर एक छाया-सी नज़र आई। मौसा जी का मटमैला-सा साफ़ा मुझे दिखाई दिया तो बाथरूम जाने के बहाने मैं उठ गई। दरवाज़ा खोलकर भीतर चली गई तो धक् से रह जाना पड़ा। एक दीवार से लगे खड़े थे मौसा जी। कमज़ोर हड्डियों का ढाँचा।

बड़ी-बड़ी आँखों में रीतापन, चुप्पी, उदासियों का धुआँ।

"मौसा जी!" मैंने पैर छुये तो उनके बेजान जिस्म में जैसे लहर दौड़ गई। सूखे होंठों पर मुस्कान तैर गई, पर जो अनिश्चय आँखों में उतर आया था, वैसा ही टिका रहा—"इन्दर आया है?"

"हाँ, जी।"

"बाल-बच्चे राजी?"

"जी...आप कैसे हैं?"

"लो विलायत में रहता हूँ—अच्छा नहीं रहूँगा भला?"

अनीता पीछे आ खड़ी हुई। मुझे इशारे से समझाने लगी कि इनका दिमाग़ कुछ ख़राब हो गया है। इन्दर के आने पर कहने लगे—"मलेरकोटला गया काका...हरिद्वार... मैं तो दोनों को बीच में छोड़ आया।"

अनीता ने फिर कनपटी के पास उँगली घुमाई। समझाने लगी, "दिमाग़ चल गया है इनका; किसी को पहचानते नहीं।"

"चलिए मौसा जी, चाय पी लीजिए।"

"रोटी!" अनीता को देखकर उनकी आँखों में दहशत-सी उतर आई। एक सब्ज़ परछाईं जो चेहरे से होकर वातावरण में घुल रही थी। अनीता ने खाने की ट्रे रख दी। चार मोटी रोटियाँ, दाल और एक बदरंग-सी सब्ज़ी। वह झुककर जल्दी-जल्दी खाने लगे, जैसे बहुत भूखे हों।

अजय ने आवाज़ दी—"आइए जीत भाभी, समोसे खाइए! अनीता ने बनाए हैं—बड़ी कुकिंग करती है।"

मोटी रोटी और ठंडी दाल में डुबाकर खाते मौसा जी सड़प-सड़प कर रहे थे। उस आवाज़ को छुपाता-सा अजय उनकी ओर देखकर कहने लगा—"बाक़ी सारा कुछ ठीक है। बस बाऊ जी की वजह से बड़ी परेशानी है। उनकी वजह से हमारी अपनी प्राइवेसी बिलकुल नहीं है। पगला गए हैं न! बाहर भी नहीं निकलते, घूमने नहीं जाते, बस घर में बन्द रहते हैं।"

"पर वहाँ तो सैर करने जाते थे, बड़ा पक्का नियम था।" मैंने कहा।

"यहाँ भी जाते थे शुरू-शुरू में। मैंने रोका, लुंगी पहनकर बाहर मत निकलिये— पैंट पहनो या पाजामा; उस दिन से घर में बैठे रहते हैं। न कहीं बाहर जाते हैं न किसी से बोलते-चालते हैं, हमें तंग करना है और क्या?"

"बोलेंगे कैसे, अंग्रेजी तो आती नहीं।" कमरे में अनीता का बेटा आया था—काला बदसूरत दाँतों पर तार के ब्रेसस, कचड़-कचड़ च्युइंगम खाता हुआ।

"पर अंग्रेज़ी तो मौसा जी को आती है।" मैंने कहा।

"अंग्रेज़ी, माइ फुट। उनकी अंग्रेज़ी में जालन्धरी की बू आती है, इतनी गँवारू कि शर्म आ जाए।" अजय ने इस तरह कहा कि उसका विलायती बेटा ज़ोर-ज़ोर से हँसा और उसके दाँतों की कचड़-कचड़ च्युइंगम बाहर आ गिरी।

"आप चाहें तो मौसा जी को मेरे साथ भेज दें।" मैंने हिम्म्मत करके कहा।

"क्या बात करती हैं आप, अब तो हम उन्हें 'ओल्ड होम' में भरती कराने जा रहे हैं। वहाँ और बहुत बुड्ढे-बुड्ढियाँ रहते हैं। वहीं इन्हें अच्छी कम्पनी मिल जाएगी दिमाग़ भी ठिकाने आ जाएगा।"

"अच्छा अब चलें जीत," इन्दर ने बड़े आहत स्वर में कहा।

"चलिए।" मैं उठ खड़ी हुई। और मौसा जी को मिलने गई तो मेरे हाथ में कपड़े का एक टुकड़ा देकर बोले—"जीत, मेरे साफ़े का टुकड़ा है। हरिद्वार गईं तो बहा देना गंगा में। मेरा तो और कुछ पहुँचनेवाला नहीं वहाँ—इसी से मेरी गति होगी।"

मैंने उनके पैर छुये तो भरे गले से बोले—"सुखी वस्य...जीऊँदी रह। तुम आईं तो आत्मा में ठंड पड़ी, जैसे जालन्धर की हवा की ख़ुशबू साथ आई हो।" मेरे सिर पर उनका हाथ काँप रहा था।

जाँच अभी जारी है

ममता कालिया

एक सम्मानित राष्ट्रीयकृत बैंक में नियुक्ति पाकर वह फूली नहीं समाई। विद्यार्थी जीवन से ही उसे बैंक की नौकरी आकृष्ट करती थी। उसे लगता शक्ति, सच्चाई और नैतिकता जैसे मूल्यों का एहसास जितना बैंक में हो सकता है, उतना अन्य किसी नौकरी में नहीं। हाथ नोटों से भरे रहें फिर भी दिमाग़ विचलित न हो, यह एक अग्निपरीक्षा ही होती होगी। पर कुछ दिन नौकरी पर जाकर अपर्णा ने पाया यह सब महज़ रूटीन का हिस्सा है। हालाँकि इससे छह महीने पहले अपर्णा की नियुक्ति विश्वकर्मा डिग्री कॉलेज में हो चुकी थी, उसने इस नौकरी की ख़ातिर लेक्चररशिप छोड़ दी। शिक्षक, प्राध्यापक उसे बासी और निरीह लगते थे।

उसकी ड्यूटी मुख्य हॉल में थी। कुल वहाँ पच्चीस मेज़ें थीं। हॉल भरा-भरा लगता। अपनी एक निश्चित जगह और अलग मेज़ देख अपर्णा को गर्व और सन्तोष हुआ। उसने घर जाकर माँ और पिता जी से कहा, "जितनी बड़ी घर में चारपाई है, उतनी ही बड़ी तो मेरी मेज़ है वहाँ। रोज़ लाखों रुपये का टर्नओवर होता है, इतना बड़ा बैंक है।"

माँ और पिता जी गौरवान्वित हुए, "हमारी बेटी ने अपनी लियाक़त के बूते यह जगह पाई है। हज़ारों ने इम्तहान दिया, पर पास तो बिरले ही हुए, भगवान् तुझे दिन-रात तरक़्क़ी दें।'

काम में मेहनत और एकाग्रता की ज़रूरत थी। दोनों गुण अपर्णा में थे। दो बजे तक का समय तो पलक झपकते बीत जाता, क्योंकि यह पब्लिक डीलिंग का समय होता। उसके बाद शुरू होता असली काम। गार्ड शटर बन्द कर देता। अन्दर पैसे-पैसे का हिसाब मिलाया जाता। अपर्णा के लिए यह करिश्मे से कम नहीं था कि इतने काउंटरों पर, इतनी मेज़ों पर इतनी तरह से पैसों का लेन-देन हो और अन्त में हिसाब एक क्रॉसवर्ड पहेली की तरह फिट बैठ जाए। जब सारा हिसाब फिट बैठ जाता, साढ़े चार बजे तक ही सारे कर्मचारी और अधिकारी फ़ुर्सत में आ जाते। तब चाय का दौर चलता और हॉल गपबाज़ी से गूँज उठता। लेकिन किसी-किसी दिन हिसाब में बल पड़ जाता, दस पैसे या दस रुपये की गड़बड़ निकलती और सारा स्टाफ़ रोक लिया जाता। सभी काग़ज़ात नये सिरे से जाँचे जाते। लेज़र मिलाए जाते, पूरी नक़दी गिनी जाती और चाहे शाम के सात बजते, हिसाब साफ़ होने के बाद ही स्टाफ़ फ़ारिग़ होता।

शुरू-शुरू में अपर्णा को बड़ी हँसी आती। अरे, अगर दस पैसे का हिसाब गड़बड़ है तो अपने पास से मिला दो, बस छुट्टी। कम हैं तो अपने पर्स से डाल दो, ज़्यादा हैं तो दराज़ में डाल दो, भूल-चूक लेनी देनी, पर उसके सहयोगियों ने समझाया कि यह भूल-चूकवाला मुहावरा बैंकिंग के किसी काम का नहीं। यह तो बैंकिंग के सिद्धान्त का शत्रु है।

बैंक के शाखा प्रबन्धक एक नाटे-मोटे चश्मेवाले मिस्टर खन्ना थे, जो सारा दिन हस्ताक्षर करते देखे जाते थे। यह राष्ट्रीयकृत बैंक शहर के हृदय में स्थित था। इसलिए यहाँ व्यापारियों, व्यवसायियों के छोटे-बड़े खातों की भरमार थी। वे सुबह दस बजे इन्तज़ार करते मिलते। पान चबाते हुए वे अपने स्कूटरों पर या बैंक की सीढ़ियों पर खड़े होते। कुछ व्यापारियों, फर्मों के मुनीम और एकाउंटेंट इस काम के लिए आते। लेकिन पुराने क़िस्म के लाला धोती-कुर्ते में स्वयं आते। उनका हुलिया देखकर यह अन्दाज़ लगाना मुश्किल था कि वे कितनी हैसियत के आदमी हैं, लेकिन लेज़र देखने पर पता चलता है, वे लाखों में चलते हैं। सुबह-सुबह अपनी घर की सिली बनियानों की चोर जेबों में नोटों का वक्ष:स्थल फुलाए जब वह जमा काउंटर पर खड़े होते, अपर्णा का मन होता, उनसे कहे, "सेठ जी, थोड़ा-सा पैसा ख़र्च कर कपड़े किसी पावर पैक्ड साबुन से धुलवा लीजिए, सारे बैंक में पसीने की गन्ध उड़ रही है।" पर प्रकट में वह यों ही सिर नीचा किए अपना काम करती रहती। अपर्णा को अपने सहयोगियों पर और ख़ुद अपने पर हैरानी होती। पैसा एक अमानत की तरह उन सबके हाथों से गुज़रता। अपर्णा अपनी सहेलियों को बताती, "पता है, जिस कुली के सिर पर ईंटों की तरह चिनवाकर पाँच-पाँच लाख के नक़द नोटों की गड्डियाँ स्ट्रांग रूम से ट्रेजरी भिजवाई जाती हैं, उस कुली की कुल मजदूरी क्या होती है—सिर्फ दस रुपये रोज। आप उससे पूछिये, कब से यह काम कर रहा है, तो कहेगा, सिर्फ़ दस साल से।"

सहेलियाँ दंग रह जातीं, "कमाल है, दस साल में क्या एक भी बार उसकी नीयत ख़राब नहीं हुई। हम होते तो नोट लेकर भाग जाते।"

अपर्णा सिर हिलाती, "तुम भी ऐसा न करतीं। जब सिर पर ज़िम्मेदारी पड़ती है तो ईश्वर अपने-आप शक्ति देता है।"

"तुम तो ऐसे बोल रही हो, जैसे किसी यूटोपिया में पहुँच गई हो।"

"सच यूटोपिया ही लगता है। हर आदमी अपने काम में इतना मुस्तैद इतना चौकस है कि इस संस्था और उसकी प्रणाली पर ही गर्व होता है। यक़ीन न हो किसी दिन आकर देखो।"

दो-चार बार अपर्णा की सहेलियाँ उसके दफ़्तर गईं। पर अपर्णा काम से इतनी घिरी रहती कि वे लोग उठकर कॉफ़ी पीने भी न जा सकीं। अलबत्ता मेज़ पर ही कॉफी मँगाकर पी ली गई।

सहेलियों ने मुँह बनाया। "यह तो दस से पाँच तक जेल की तरह है।"

अपर्णा मुस्करा दी। उसे पता था यह वे नहीं उनकी कुंठा बोल रही थी।

ये वे दिन थे जब अपर्णा आशा और विश्वास से भरी थी। उसे जगह-जगह लिखे नारे भी अच्छे और अर्थपूर्ण लगने लगे थे। 'परिश्रम ही देश को महान् बनाता है।' 'अनुशासन आज की ज़रूरत है।' 'कड़ी मेहनत, पक्का इरादा, दूरदृष्टि।'

उसे रात में सपने भी इसी तरह के आने लगे जैसे दिन में उसके ख़याल थे। सपने में उसे दिखता कि वह अपनी ही शाखा में एक सहयोगी की पत्नी बन चुकी है। रोज़ सुबह साढ़े नौ बजे वे दोनों अपना-अपना लंच बॉक्स थामकर इकट्ठे स्कूटर से रवाना होते हैं। दोनों का एक जॉइंट एकाउंट है और घर में दोनों की मर्ज़ी से काम-काज होता है।

ये निहायत मुमकिन किस्म के सपने थे। और अगर हॉल में एक भी आदमी अविवाहित और नौजवान होता तो ये पूरे भी हो सकते थे। पर मौजूदा स्टाफ़ में सब लोग इस क़दर विवाहित थे कि उनके बारे में सोचना भी फ़िज़ूल था।

दफ़्तर में दो महिलाएँ और थीं। उनकी अपर्णा से कोई प्रतिद्वन्द्विता नहीं थी। मगर बहुत घनिष्ठता भी नहीं थी। उन दोनों की आपस में बनती थी। कभी-कभी अपर्णा को सतर्क करना वे अपना कर्तव्य समझतीं।

मिसेज़ श्रीवास्तव कहतीं, "सँभलकर रहना अपर्णा, ये शादी-शुदा मर्द बड़े ख़तरनाक होते हैं। पहले आतुर बनेंगे, फिर कातर और फिर शातिर, एकदम, पन्नालाल हैं सब-के-सब।"

अपर्णा कहती, "मुझे तो सब बड़े सीधे नज़र आते हैं। लगता ही नहीं कि मर्दों के बीच बैठे हैं।"

मिसेज़ श्रीवास्तव एक तजरुबेदार हँसी हँस देतीं।

अपर्णा को काम करते हुए क़रीब ढाई महीने हो गए। एक दिन खन्ना साहब ने एकाएक उससे पूछा, "आज शाम क्या कर रही हैं आप?" अपर्णा सतर्क हो गई। उसे सारी चेतावनियाँ याद हो आईं।

"जी, मुझे माँ को लेकर डॉक्टर के पास जाना है।" उसने मुँह लटकाकर कहा, "कोई ज़रूरी काम है क्या?"

"मैंने सोचा, आवर्ती जमा योजना का बहुत-सा काम चेक करना है, आपकी मदद से आज निपटा लूँ।"

अपर्णा को अपनी चालाकी पर ग्लानि हुई। लेकिन अब वह झूठ बोल चुकी थी।

"आज की शाम आप क्या कर रही हैं?" यह सवाल धीरे-धीरे बैंक का हर छोटा-बड़ा अधिकारी अपर्णा से पूछ चुका था। अपर्णा बुद्धू नहीं थी। माँ की बीमारी, पिता का प्रवास उसके रक्षाकवच थे। अपनी शाम साबुत सुरक्षित बचाने का उसके पास यही उपाय था। लेकिन एक शाम वह चपेट में आ ही गई। हमउम्र सहयोगी सिन्हा ने कहा, "अपर्णा जी आज ऑफ़िस में ही दो-चार मित्रों को बुलाया है, आप भी रुकें।"

अपर्णा ने अपना कवच और कुंडल निकाला, "देखिए मुझे माँ के साथा..."

"नहीं, अपर्णा जी, आप सिर्फ़ बीस मिनट मुझे दें। मेरे बेटे का जन्मदिन है आज।"

"आप घर पर जन्मदिन नहीं मनाएँगे?"

"मेरा बेटा अपनी मम्मी के साथ बनारस गया हुआ है। सुबह से ही उसकी बड़ी याद आ रही थी, इसलिए कुछ लोगों को यहीं बुला लिया।"

अपर्णा एक तरह से फँस गई। उससे यह कहते नहीं बना कि वह बीस मिनट भी नहीं दे सकती।

पाँच बजे बैंक के सभी लोग चले गए। सिर्फ़ चौकीदार और दो चपरासी अपने-अपने स्टूल पर बैठे रह गए। थोड़ी देर में सिन्हा के मेहमान आने शुरू हो गए। दफ़्तर के बाहर दो-चार स्कूटर, मोपेड और एक मारुति खड़ी हो गई। इनमें से किसी का भी चेहरा अपर्णा के लिए पहचाना हुआ नहीं था। इसलिए वह अपनी सीट पर ही बैठी रही। सिन्हा का कमरा अन्दर को था। जल्दी ही सिन्हा आकर उसको लिवा ले गया।

सबसे सबका परिचय हुआ। केक की रस्म अदा होने के बाद अपर्णा ने देखा, चपरासी दाताराम एक बड़ी-सी प्लेट में ढेर सारी बर्फ़ ले आया। इसके पहले कि वह चीज़ों को समझे, बात-की-बात में न जाने किस कोने से ह्विस्की की बॉटल लाकर मेज पर रख दी गई। बैठे लोगों के थके चेहरों पर एकाएक स्फूर्ति आ गई। सिन्हा ने मेज़ की दराज़ से ग्लास निकाल लिये।

"एक्सक्यूज मी।" अपर्णा ने कहा और उठ गई।

"अरे-अरे आप क्या अनर्थ करती हैं, बैठिए।" सिन्हा ने उसे रोका।

"जी नहीं, मैं जाऊँगी।" अपर्णा ने दृढ़ता से कहा और बाहर हॉल में आ गई।

चपरासी और चौकीदार उसे कौतुक से देख रहे थे।

"छि: यह सब दफ़्तर में चलता है और आप लोग रोकते भी नहीं।" अपर्णा ने कहा।

"हम रोकनेवाले कौन होते हैं, जब आप लोग नहीं रोकते।"

"क्या यहाँ अक्सर यह सब चलता है?"

"और बैंक में शाम को क्या होता है। कभी सिन्हा साहब, कभी खन्ना साहब।" राष्ट्रीयकृत बैंकों का यह इस्तेमाल अपर्णा के लिए एक धक्का था। शाम को जब कभी उसने बैंक की बिजली जली देखी, उसने यही सोचा था कि यहाँ के अधिकारी कितने मनोयोग से अपना काम पूरा करते हैं।

रिक्शा स्टैंड तक अपर्णा को ख़तरा महसूस होता रहा कि कहीं सिन्हा उसके पीछे न आए। जब वह सकुशल रिक्शे में बैठ गई, उसने चैन की साँस ली।

घर में माँ या पिता को इस घटना की जानकारी देना निरर्थक दुश्चिन्ता बढ़ाना होता। वह चुप रही। आज उसकी अकड़ खंडित होते-होते बची थी।

साल बीतने पर वह भी एल.टी.सी. प्राप्त करनेवालों में हकदार हो गई। माँ ने कहा, "तू छुट्टी ले ले तो हम सब जगन्नाथपुरी चलें।"

'चलो, माँ की मर्ज़ी ही सही।' अपर्णा ने सोचा, हालाँकि वह ख़ुद कुल्लू-मनाली के सपने देख रही थी। माँ ने सारी तैयारी कर ली। उसने दफ़्तर से एडवान्स लिया। आरक्षण आसानी से हो गया। लेकिन यात्रा की सुबह एक अप्रत्याशित घटना हो गई। पिता जी को अचानक घबराहट और सीने में दर्द उठा। देखते-देखते वे तीनों स्टेशन की बजाय अस्पताल पहुँच गए, जहाँ शुरू हो गया ई.सी.जी. और अन्य परीक्षणों का एक लम्बा सिलसिला। अपर्णा की दस दिन की छुट्टी इस बीमारी ने निगल ली। पिता जी बच गए, लेकिन वे तीनों इस दौरे से बेहद विचलित हो गए।

इस बीच अपर्णा ने इस दफ़्तर में फ़ोन कर अपने अधिकारी को इत्तला दे दी थी कि वह छुट्टी में घूमने नहीं जा सकी है। उसने सोचा, वह छुट्टी के बाद जब दफ़्तर जाएगी, एडवान्स वापस कर देगी।

दस दिन बाद जब वह दफ़्तर गई चपरासी ने उसे एक रजिस्टर्ड लिफ़ाफ़ा पकड़ाया। पत्र बैंक के क्षेत्रीय कार्यालय से आया था, जिसमें लिखा था—'आपने एल.टी.सी. का झूठा बिल पेश कर बैंक के साथ धोखाधड़ी और धन के दुरुपयोग की चेष्टा की है। इस सम्बन्ध में अपना स्पष्टीकरण तत्काल दें अन्यथा आपके विरुद्ध अनुशासनात्मक कार्रवाई करने को हम बाध्य होंगे।'

अपर्णा पत्र लेकर धड़धड़ाती हुई खन्ना के केबिन में पहुँची, "सर मैंने तो फ़ोन पर आपको पहले ही सूचित कर दिया था कि..."

शाखा प्रबन्धक ने चश्मे में से उसे घूरकर कहा, "मुझे आपका कोई फ़ोन नहीं मिला। आपको जो भी कहना है, लिखित में कहें।" अपर्णा के लिए यह आरोप न सिर्फ़ निराधार था, वरन् बचकाना भी, ख़ासकर तब जबकि आज वह अपने पर्स में एडवान्स की रक़म भी लौटाने की ग़र्ज़ से लाई थी।

खन्ना ने सिन्हा को बुलाकर सलाह की। तय यही हुआ कि ये जो नये अपरिपक्व, अनुशासनहीन अधिकारी हैं, उन्हें सबक सिखाया जाए और उनकी लीपापोती क़तई मंजूर न की जाए।

सिन्हा ने कहा, "और सर, हमारी फ़ाइल में इनके द्वारा दिया गया बिल भी लगा हुआ है। उस पर तारीख़ भी उनके हाथ की ही लिखी हुई है।"

अपर्णा अभी भी डरी नहीं। उसे लगा सच्चाई उसके साथ है, उसकी नीयत में कोई ख़राबी नहीं है, फिर वह क्यों घबराए।

घर में माता-पिता को उसने संक्षेप में थोड़ा-सा समझाया, पर समस्या को बहुत हल्का बनाकर ताकि पिता जी के कलेजे पर बोझ न पड़े।

"तू क्यों चिन्ता करती है। मैं चलूँगा तेरे साथ क्षेत्रीय दफ़्तर।" पिता ने कहा।

जाते वक़्त पूरे रास्ते पिता उसे समझाते रहे, "तू बिलकुल न डर। सत्य में आज भी बड़ी शक्ति है। मेरी इतनी उम्र हो गई, मैंने आज तक झूठ का सहारा नहीं लिया और मैं कभी घाटे में नहीं रहा।"

क्षेत्रीय कार्यालय कानपुर की एक व्यस्त स्वच्छ सड़क पर था। भव्य इमारत, भारी सुरक्षा और तामझाम से भरपूर। कार्यालय का हर अधिकारी कर्मचारी वहाँ व्यस्त नज़र आ रहा था।

अपर्णा सम्बन्धित अधिकारी से मिलना चाहती थी। पूछताछ से पता चला कि वे तो दौरे पर निकले हुए हैं। उनके कनिष्ठ अधिकारी ज़रूर हैं। इस अधिकारी के केबिन में जाने से पहले विभागीय कर्मचारियों का एक हॉल क्रॉस करना पड़ता था।

जब अपर्णा अपने पिता को साथ लेकर केबिन में जाने को उद्यत हुई, चपरासी ने रोककर कहा, "एक-एक करके जाना, भीड़-की-भीड़ क्या करेगी, अन्दर।"

"भीड़ नहीं, यह मेरे पिता जी हैं।" अपर्णा ने तैश में कहा,

"आर्डर नहीं, एक बार में खाली एक जन आएगा।" पिता जी को बाहर ठहरने को कह अपर्णा अन्दर गई। कनिष्ठ अधिकारी वरिष्ठ अधिकारी की अकड़ से बैठा अपना कान फ़ोन में और आँख फ़ाइल में लगाए था, उसने अपर्णा के अन्दर आने का कोई नोटिस नहीं लिया और बड़ी देर तक फ़ोन पर केवल ओ आ ऐं जैसे स्वर में बोलता रहा। थककर अपर्णा सामने पड़ी कुर्सी पर बैठ गई। फ़ोन रखते ही उसने अपर्णा की ओर इतने रूखे सरकारी ढंग से देखा कि वह अटपटाकर खड़ी हो गई। और न चाहते हुए भी उसने अपनी बात में 'सर' 'सर' कहना शुरू कर दिया। एक-डेढ़ मिनट उस अधिकारी ने अपर्णा की बात ध्यान से सुनी, फिर निरपेक्ष भाव से कहा, "अब आप क्या चाहती हैं?"

"मैं चाहती हूँ, मेरे स्पष्टीकरण पर आप ध्यान दें और मेरी विश्वसनीयता पर सन्देह न किया जाए।"

"स्पष्टीकरण की पुष्टि करना हमारा फ़र्ज़ होगा। शाखा प्रबन्धक और उनके सहयोगी अधिकारी की रिपोर्ट पर आपके विरुद्ध जाँच की कार्रवाई तो करनी ही पड़ेगी।

"यह सरासर अन्याय है। मैंने अभी अर्ज़ किया कि वह पैसे मैंने एडवान्स बिल के अगेन्स्ट लिये थे। छुट्टी के बाद मैं वह धनराशि तुरन्त लौटाने ही आई थी।"

"आपने अपनी यात्रा रद्द करने की कोई सूचना अपने कार्यालय को नहीं दी नम्बर एक, आपके बिल पर कहीं भी एडवान्स बिल जैसा शब्द नहीं लिखा हुआ है नम्बर दो और आपके पास अपनी भेजी गई सूचना का कोई लिखित सबूत नहीं है। फिर हम कैसे मानें कि आप सन्देह से परे हैं।"

"आप अपने विवेक से न्याय करें, क्या आपको मैं एक बेईमान लड़की मालूम देती हूँ।"

"व्यक्तिगत प्रतिक्रिया का दफ़्तर के रूटीन में कोई अर्थ नहीं होता। फिर इधर हमारे यहाँ नये आए जूनियर्स में इतने अजीब तत्त्व घुस गए हैं कि इनकी पड़ताल होनी ज़रूरी है। आप जा सकती हैं।'

"पर सर..."

"आप अपना समय बरबाद कर रही हैं।" अधिकारी ने घंटी बजा दी। अपर्णा बौखलाई-सी चपरासी के पीछे-पीछे बाहर आई। उसके पिता डीलिंग क्लर्क के सामने पड़ी कुर्सी पर बैठे हुए थे। क्लर्क के मुँह में ठँसमठूँस पान भरा था और वह बड़े गौर से अपने चश्मे में से अपर्णा को देख रहा था। 'चलो' अपर्णा ने बिना उससे बात किए पिता से कहा। क्लर्क ने गुस्से में मुँह का पान लहूलुहान कर लिया। उसे केस का पता था। उसे लगा, गले तक मुसीबत में फँसी है लड़की पर अकड़ देखो, डीलिंग क्लर्क से बात करते हेठी होती है। दर्जनों केस उसकी मेहरबानी से इसी दफ़्तर की आलमारियों में दफ़न हुए पड़े हैं। उसने सोचा था, लड़की आकर उससे ठीक से मुलाक़ात करेगी, थ्रू प्रॉपर चैनल अन्दर जाएगी और आइन्दा इस मनहूस बूढ़े को लाकर उसके सामने न बैठाने की समझदारी दिखाएगी तो वह मामला दबवा देगा। अभी जाँच की कार्रवाई का काग़ज़ डिस्पैच नहीं हुआ था, पर इसके तो मिज़ाज सातवें आसमान पर टिके हुए हैं।

उसके चले जाने के बाद उसने चपरासी (जो उसका परामर्शदाता भी था) से कहा, "इसी तरह यह अपने पिता जी के साथ आती रहेंगी तो दसियों साल इन्क्वायरी चलवाऊँगा, रो न दे तो कहना।"

चपरासी खैनी के लिए श्रीवास्तव का मोहताज रहता था। उसकी किसी बात से असहमत होना उसे कभी ठीक न लगता, उसने सिर हिलाया।

अगला पूरा हफ़्ता भागदौड़ में बीता। हालाँकि वह नई थी, सहयोगी उससे हमदर्दी रखते थे। जिसने जिस मददगार का नाम बताया, वह वहीं दौड़ी, लखनऊ और कानपुर उसके लिए कटरा और ममफोर्डगंज बन गए। कभी किसी सूचना पर, बिना रेल आरक्षण के वह सफ़र पर चल देती, घिच-पिच भरे डिब्बों में बोरे पर बैठ, खड़े हो, लटककर। अधिकतर सम्बन्धित व्यक्ति से मुलाक़ात ही न होती या वह अपनी व्यस्तता बताकर दो दिन बाद वक़्त देता। अनजान शहर में कहीं भी टिकना उसे निरापद न लगता। मजबूरन वह वापस आकर दो दिन बाद फिर दौड़ लगाती।

माँ और पिता लाचार उसे देखते। उन्हें लगता, उनकी अप्पी वाक़ई बड़ी हो गई है। अब उसकी मुश्किलों का हल वे नहीं निकाल सकेंगे।

जाँच बैठ चुकी थी।

फ़ाइल मोटी होती जा रही थी, अपर्णा दुबली।

क्षेत्रीय कार्यालय के एक अधिकारी प्रीतमसिंह, यूनियन के एक प्रतिनिधि समीर सक्सेना, और एक अन्य अधिकारी जाँच समिति में शामिल थे।

उसी दफ़्तर में जहाँ अपर्णा एक अधिकारी की हैसियत से जाती रही थी, अब एक अभियुक्त की तरह आती और शाखा प्रबन्धक के कमरे के बाहर पड़ी कुर्सी पर बैठी रहती, फ़ाइल गोद में रखे और आँखें दीवार पर टिकाए। जाँच का आतंक कुछ ऐसा था कि दफ़्तर के चपरासी तक ने अपर्णा को सलाम करना बन्द कर दिया। कोई इस लफड़े में पड़ना नहीं चाहता था।

जाँच के दौरान बहुधा सवाल इस तरह पूछे जाते जिनका जवाब हाँ या नहीं में अपेक्षित होता।

अपर्णा अपने को बेहद फँसा हुआ पाती। उसकी शक्ल हर समय रुआँसी रहने लगी थी।

बड़ी मुश्किल से उसे यह पता चला कि समीर सक्सेना कहाँ रुके हुए हैं। उसने सोचा, वह विशेष रूप से उनसे मिलकर अपनी बात समझाने की कोशिश करेगी।

उनसे मिलना आसान नहीं था। अक्सर होटल में उनके कमरे में ताला ही पड़ा रहता। जब वे लौटते तो उनके मुलाक़ाती एक छोटे-मोटे जुलूस की शक्ल में उनका स्वागत करते। वे देर तक लाउँज में लोगों की समस्याओं का समाधान निकालते और उनके प्रार्थना-पत्र प्राप्त करते। इतनी भीड़ के बीच अपर्णा अपना मामला खोलना नहीं चाहती थी। इससे सिर्फ़ तमाशा बन सकता था, लेकिन भीड़ से निपटते ही समीर सक्सेना कमरे में दाख़िल हो जाते और वेटर उनके दरवाज़े पर 'डू नाट डिस्टर्ब' की तख़्ती लटका देता।

वेटर की काफ़ी मिन्नत, खुशामद और बख़्शीशबाज़ी के बाद एक दिन अपर्णा को सक्सेना जी से मुलाक़ात का मौक़ा मिला।

उन्होंने काफ़ी ग़ैर से उसकी बात सुनी। अब तक अपर्णा हर एक महत्त्वपूर्ण व्यक्ति को 'सर' कहने की आदी हो चली थी। उन्होंने टोका, "आप तो स्वयं अधिकारी हैं, नई हैं तो क्या। आपको किसी को 'सर' नहीं कहना चाहिए।"

अपर्णा को सक्सेना जी की बातों से राहत मिली। पहली बार उसे किसी ने इनसान की हैसियत से सम्बोधित किया था।

"मैं देखूँगा, वैसे केस उलझ गया है, क्योंकि उनके पास सबूत है। आपके पास सबूत नहीं है।"

"क्या नेकनीयती अपने-आप में सबूत नहीं होती?" अपर्णा ने पूछा।

"दफ़्तरी मामलों में सबसे ज़रूरी चीज़ होती है लिखित सबूत। फिर भी मैं कोशिश करूँगा। यह खन्ना कैसा आदमी है?"

"महाधूर्त!" अपर्णा ने कहा। सक्सेना जी के अधपके बालों की ओर देखकर अपर्णा ने संकोच से कहा, "आपको बताते हुए मुझे संकोच होता है, लेकिन दफ़्तर में खन्ना साहब और सिन्हा साहब दोनों का व्यवहार महिला कर्मचारियों से उचित नहीं है।

"इस सिलसिले में हमारे पास कभी कोई शिकायत नहीं आई है।"

"पर मुझे तो मालूम है, एक नई प्रोबेशनर को रोज़ अपनी मेज़ की दराज़ में काग़ज़ पर लिखे अश्लील शेर मिला करते थे, उसने मुझे ख़ुद दिखाए थे, वह लिखावट हूबहू खन्ना साहब की थी। मेरे प्रति भी उनका सख़्त रवैया तभी शुरू हुआ, जब मैंने शाम पाँच बजे के बाद दफ़्तर में रुकने से इनकार किया।"

"लेकिन यह एक आम शिकायत है कि जब-जब महिला वर्करों की योग्यता पर सवाल उठाए जाते हैं, वे पुरुषों के चरित्र की बात बीच में ले आती हैं।"

"ऐसा नहीं है सर, यह बहुत हद तक ठीक भी होता है।"

"इस वक़्त इस पचड़े को उठाने से आपको इस मामले में कुछ वक़्त और मिल जाएगा पर इससे क्या हासिल होगा। क्या आपकी सहेली इस बात की पुष्टि करेगी कि उसे खन्ना साहब तंग करते रहे।"

"मैं पूछूँगी, वैसे मैं अब तक काफ़ी तनाव और परेशानी से गुज़र चुकी हूँ। मैं भी नहीं चाहती कि मेरा केस अनिश्चित काल तक घिसटता रहे।"

"आप पता कर मुझे बताइए, क्या किसी और महिला को दफ़्तर में खन्ना साहब से शिकायत है।"

अगले दिन अपर्णा ने फ़रीदा जमाल से बात की। फ़रीदा उससे जूनियर थी और जब उसे लगातार चार दिन अपनी दराज़ में गन्दे शेर लिखे रखे मिले, उसने अपना दुखड़ा अपर्णा को सुनाया था।

शिकायत का प्रस्ताव सुन वह एकदम बिदक गई। वह इस वाक़ये को पब्लिकली नहीं कहना चाहती थी। फिर अब तो ये शेर-ओ-शायरी भी बन्द हो चुकी थी।

"ना बाबा, मैं इस लफड़े में नहीं पड़ना चाहती। कितनी फ़ज़ीहत होगी। मेरे अब्बा तो मुझे जान से मार डालेंगे।"

"पर ऐसी बातों का पर्दाफ़ाश होना चाहिए कि नहीं? यह साहब आनेवाली और लड़कियों को भी इसी तरह परेशान करेगा।"

"करेगा तो वे ख़ुद निपटेंगी। मैं मोर्चा नहीं बनाना चाहती। केस आपके झूठे बिल का है। उसका इन सारी बातों से क्या रिश्ता?"

फ़रीदा के तेवर बदलते देख अपर्णा चुप हो गई।

सक्सेना जी से उसका मिलना तय था।

सब-कुछ सुनकर वे बोले, "मैंने आपसे पहले ही कहा था, व्यर्थ के नये प्रसंग उठाने से कोई लाभ नहीं होगा, सिर्फ़ थोड़ा वक़्त मिल जाएगा। आज तो मैं वापस लौट रहा हूँ, अगली बार आऊँगा तो हम आपकी डिफेन्स की रूपरेखा बना लेंगे। आपकी फ़ाइल भी मैं अच्छी तरह देखूँगा। अपर्णा ने सोचा कि वह दस मिनट में फ्री हो जाएगी, पर सक्सेना साहब ने डेढ़ घंटा लगा दिया।

प्रीतमसिंह घनी दाढ़ी और भारी देहवाले सहृदय से दिखनेवाले अधिकारी थे। उनके बारे में किसी को ज़्यादा जानकारी नहीं थी। वह तो एक दिन उनका एक फ़ोन आने से अपर्णा को यह जानकारी मिली कि वे गेस्ट हाउस में रुके हैं। वह वहाँ गई।

"जब सब बातें दफ़्तर में हम सुन रहे हैं, यहाँ आने में कोई सेन्स नहीं है मिस जोशी।" सिंह साहब ने उसे दरवाज़े पर खड़ा देखकर कहा।

"नहीं सर, आपको मेरी बात सुननी पड़ेगी।" अपर्णा ने पूरा प्रकरण उन्हें सुनाया।

सिंह साहब ध्यान से सुनते रहे, फिर बोले—"लेकिन इस बात का सेन्स क्या निकलता है!"

"यही कि यह आरोप बेबुनियाद है। मेरी बात पर यक़ीन किया जाए।"

"टेलीफ़ोन पर दी गई सूचना को हम कैसे आधार बना सकते हैं?"

"जाँच तो आपके विवेक पर हो रही है।"

"तुम अपनी फ़ाइल लाई हो।" सिंह साहब के यकायक तुम सम्बोधन से अपर्णा उत्साहित हो गई। उसे लगा जैसे अँधेरे में कोई चिराग़ जला हो।

"जी सर।"

सिंह साहब फ़ाइल पलटने लगे।

इस वक़्त शाम ढल चुकी थी। अपर्णा सुबह से घर से निकली थी। उसके पैरों में दिन-भर की थकान थी। भूख और प्यास से मुँह एकदम सूख रहा था, लेकिन वह एक बार फिर जबरन अपनी आवाज़ में जान भरकर सिंह साहब को एक-एक काग़ज़ समझा रही थी। उसे लग रहा था कि उसकी डूबती नाव को सिंह साहब बचा लेंगे।

"चाय पियोगी?" सिंह साहब ने पूछा। अपर्णा को और भी अच्छा लगा।

अचानक सारी फीलिंग्स और फ़ाइल पर दाढ़ी के ढेर-से सफ़ेद बाल छितरा गए। अपर्णा ने दहशत में खुले दरवाज़े की ओर देखा, जिसे अब तक वह बहुत बड़ी सुरक्षा मान रही थी। दरवाज़े पर मोटा पर्दा था जिसे सिंह साहब बहुत बड़ी सुरक्षा मान चुके थे।

फ़ाइल इतनी पेचीदा थी कि एक बार नहीं कई-कई बार देखी गई, कभी सिंह साहब देखते, कभी सक्सेना साहब। जाँच की सुनवाई खिंचती चली जा रही थी। अपर्णा फ़ाइल ढोते-ढोते बेजान हो चली थी। सारा शरीर सफ़ेद पड़ता जा रहा था। रक्तहीन चेहरे पर न पहले का नूर था, न नरमी। वह एक ऐसे कुचक्र में पड़ गई थी कि फ़ाइल दिखाने से न तो वह मना कर सकती थी, न विद्रोह। कई बार उसने सोचा, वह सीधे वित्तमंत्री को पत्र लिखे, पर वह जानती थी कि पत्र का नतीजा यही होगा कि एक जाँच और बैठा दी जाएगी। उसकी फ़ाइल और भी पेचीदा होती जाएगी और दर्जनों अधिकारियों के हाथों से गुज़रेगी।

इस बिन्दु पर नौकरी छोड़ने का मतलब होता, वह सारे आरोप स्वीकार करते हुए त्याग-पत्र दे रही है। ऐसी स्थिति में अन्य कोई नौकरी मिलनी भी मुश्किल थी। अब तक शहर में जाँच की ख़बर फैल चुकी थी। जहाँ कोई परिचित सामने पड़ जाता, उसे अजब नज़रों से देखता। उनकी निगाहों से लगता, अपर्णा बेहद मक्कार और बेईमान इनसान है और वे ख़ुद एकदम सच्चे साफ़ और पवित्र हैं। सहेलियों ने शुरू में कुछ दिन हमदर्दी दिखाई, फिर वे भी इस प्रसंग से ऊबने लगीं। अपर्णा हर स्तर पर अकेली होती गई।

जिन दिनों जाँच की कार्रवाई स्थगित रहती, अपर्णा के मन में बेहद आक्रोश स्थगित इकट्ठा होता रहता। वह सोचती, उसे खन्ना के केबिन में घुसकर एक दिन उसे ताबड़-तोड़ मारना है, सिन्हा के स्कूटर के सामने उसे पत्थर रख देना है। एक दिन कुर्सी पर खड़े होकर वह चीख़-चीख़कर सबको बताएगी कि इस राष्ट्रीयकृत बैंक में कैसे घपले और सौदेबाज़ी होती है। झूठे बिलों के ज़रिये हर आदमी हज़ारों रुपये डकारता है, चाहे वे मेडिकल बिल हों या यात्रा बिल या स्टेशनरी बिल। इस सबकी

कोई शिकायत नहीं होती। इस सब पर जाँच नहीं बैठाई जाती। जाँच उसके अठारह सौ के बिल पर बैठाई गई है। जिस पर अब तक अट्ठाईस हज़ार रुपये ख़र्च हो चुके होंगे। उसे पता है, इस बैंक में छोटा-बड़ा कोई क़र्ज़ बिना कमीशन के मंजूर नहीं होता। ऊपर से नीचे तक सबका परसेंटेज बँधा है।

सब-कुछ समझते हुए भी अपर्णा अपनी आवाज़ न उठा पाती। उसे पता था, दफ़्तर में वह अपनी विश्वसनीयता खो चुकी है।

खोया तो उसने और भी बहुत-कुछ। अब उसे लगता, जिस कारण से उसने खन्ना और सिन्हा से अदावत मोल ली, अब तो वह उस कारण भी हिफ़ाज़त नहीं कर सकी।

जाँच अधिकारी उसे लगातार ढाँढ़स बँधाते, "तुम बिलकुल बेफ़िक्र रहो। इस मामले को निपटाकर हम तुम्हारा तबादला और पोस्टिंग ऐसी ब्रांच में करवा देंगे, जहाँ किसी को इस मामले की ख़बर ही न होगी। तुम नये सिरे से जीवन शुरू कर सकोगी।"

क्या कभी वह नये सिरे से जीवन शुरू कर सकेगी, अपर्णा सोचती और उसकी उदासी गहरी होती जाती।

हालाँकि उसकी फ़ाइल अब तक अच्छी तरह देखी-भाली जा चुकी थी, फ़ाइल देखने का दबाव अभी भी उतना ही था। उसके शनिवार, रविवार सब इस जाँच की बलि चढ़ चुके थे। अब उसे इसका कुछ-कुछ अन्दाज़ था कि इसका नतीजा क्या होगा। उसके निर्दोष साबित होने के पूरे आसार थे, पर इस सम्भावना के बावजूद अपर्णा के चेहरे की मनहूसियत घट नहीं, बढ़ रही थी। उसे लग रहा था कि असली सज़ा तो वह पा चुकी है। दुनिया की नज़रों में गुनहगार की हैसियत से जी लेना उसके लिए एक भयंकर अनुभव रहा था, जिसे जाँच अधिकारियों के दिलासे भी कम नहीं कर सके थे। उसे लगता था, इस जाँच की आँच कभी ठंडी नहीं होगी। इस तरह शुक्रवारों को फ़ोन आते रहेंगे, शनिवार और इतवार उसकी फ़ाइल निगलते रहेंगे। वह इसमें से निकलने की कोशिश में और भी उलझती जाएगी।

बहरहाल, जाँच अभी जारी है।

लकड़बग्घा

चित्रा मुद्गल

तीन दिनों की उपासी, औंघाई पड़ी देह अचानक धन्नियों के बीच हुई 'खुर-खुर' की ध्वनि सुन चिहुँककर सचेत हुई। आँखें पटपटाकर पल-भर में 'खुर-खुर' टोही पछाँहवाली ने। कुछ नज़र नहीं आया। कोठरिया में ताज़े पिरे सरसों के तेल-सा अँधेरा गढ़ाया हुआ है। चढ़ी दोपहरी के बावजूद मन में आया कि उठकर भिड़े किवाड़ खोल दें। मगर, आँगन में डोलती तपन ने उन्हें अपने खटोले से उठने नहीं दिया। अँधेरे की जुड़ाहट से हाथ धोना पड़ेगा। हाथ बढ़ाकर उन्होंने भूमि पर रखा बेना उठाया और आँखें मींच देह पर डुलाने लगीं। मूसों ने इधर बड़ा उत्पात मचा रखा है। नंगी धरती जुड़ाती है। सोये कैसे? मूस कभी पाँव का अँगूठा कुटक लेते हैं तो कभी एड़ी। मूसदानी कई हैं घर में। उनकी कोठरिया की ख़ातिर खाली नहीं रहती बस! बड़े दिनों से सोच रही हैं, पियारे को रुपया थमा, अपनी कोठरिया के लिए एक मूसदानी मँगवा लें हाट से। बात आई-गई निकल जाती है। बेना सूख गया है। डुलाने से तपन उँड़ेल रहा है। भरी सुराही कोठरिया के एक कोने में रखी हुई है। निर्जला पड़ी हैं तीन दिनों से तो बेना भिगोने की ख़ातिर जल छूना भी दोष होगा। प्रण किया है...मकराहट थोड़े ही!

'खुर-खुर' फिर हुई। हलकी सरसराहट भी। आशंकित-सी उठ बैठीं खटोले से और भिड़े पट खोल दिये भड़ाक से पछाँहवाली ने। कुछ दिखे तो सही! दिखा। मूस की पूँछ-सा कुछ धन्नियों के नीचे दबी झाऊ के तिनकों के बीच से लटकता हुआ। अगले ही पल आँखें फटने-सी लगीं। मूस की पूँछ कुएँ में बिना घिरनी के उतारी गई रस्सी-सी हिलक-हिलक के लम्बी कैसे हो रही है? उनकी टकटकी पनियाकर झपकी भी नहीं कि ये गज-भर की सर्पदेह धन्नियों के बीच पींगें लेने लगी। पछाँहवाली की अशक्त उपासी देह से ऐसी करुण चीख़ फूटी कि आनन-फानन उनकी कोठरिया के सामने आशंकित कुटुम्बियों की भीड़ टूट पड़ी। हाथ-भर का घूँघट काढ़ पछाँहवाली अपनी कोठरिया से बाहर हो, ख़मसार की आड़ में साँस ऊपर-नीचे किए खड़ी अन्य मेहरियों के संग जा खड़ी हुईं। लाठी-बल्लम तन गए।

"दादा रे दादा! करिया नाग है! उलटा लटका हुआ फुफकारा छोड़ रहा है... कोठरिया में घुसने नहीं दे रहा किसी को..."

पछाँहवाली की आतंकित देह पत्ते-सी काँप रही है। उत्तेजित, उत्सुक, लपकने को आतुर बच्चों की महतारियाँ डपट रही हैं—जगह पर से न हिलने-डुलने को। जनपियारे ने बल्लम तान कोठरी में घुसने का साहस किया कि तभी अटारी की सीढ़ियाँ उतरती हुई राँड़ तइया सास दिद्दा ने वहीं से हाँक लगा-लगाकर नागराज को कुचलने की कोशिश रोक दी। दिद्दा का आदेश हुआ—"भूलकर भी कोई नागराज को हाथ न लगाए। हाथ

लगा नहीं कि कुटुम्ब का अनिष्ट हुआ समझो। प्रणाम करके हट जाओ कोठरिया से सब। पल-भर में अन्तर्धान हो जाएँगे नागराज किसी का अहित किए बिना। बरसों से कुलरक्षक हैं नागराज इस देहरी के। उन्हीं के प्रताप से देहरी फल-फूल रही है..."

पछाँहवाली का काँपता कलेजा झल्लाया—"कुलरक्षक कि भक्षक? बड़ी बुआ के रामेन्द्र को नहीं भक्ष लिया था इस कुलरक्षक ने? कौन बालक रामेन्द्र ने लाठी छुलाई थी कुलरक्षक की देह से?"

नागराज के पक्ष में कई स्वर मुखर हो आए—"छुलाई क्यों नहीं थी। अटारी पर कंचे खेल रहे थे बच्चे। तभी दिखी थी नागबाबा की पूँछ। लड़िकई बुद्धि। कंचा टर्राकर रामेन्द्र ने फटाक से पूँछ चटका दी उनकी। चोट खाकर गम नहीं खाते नागबाबा, सो मौक़ा पाते ही डस लिया रामेन्द्र को। मान्य का कलंक अब तक टीस रहा है इस देहरी की छाती में..."

जिदिया गई थी पछाँहवाली कि दिद्दा के संग कुम्भ नहाने वे भी जाएँगी इलाहाबाद। पुण्य-प्रताप की महिमा से भी अधिक चुम्बकीय हो उठी गाहे-बगाहे उनकी बड़ी बहिनी के आनेवाले पत्रों की ममता कि "एक बार तो आ के मिल-भेंट जाओ मुन्नी, तुम तो भरे-पूरे कुटुम्ब में हो, बिना अड़चन निकल सकती हो..." दिद्दा की पैरवी दबाव बन गई लम्बरदार पर—"लिये चलो संग लाला, अभागिन त्रिवेणी में डुबकी लगा के अउर कुछ नहीं तो चुटकी-भर शान्ति पा लेई...का धरा है आखिर वहिके रेत-सी सूखी बियाबान जिनगी में...!"

इधर दिद्दा ने पैरवी कर दी, इधर वापसी की बेरिया बहिनी ने सोच-समझकर गोड़ धर लिये मनौवल की ख़ातिर लम्बरदार के—"जेठ नहीं, ससुर के स्थान पर हैं आप! हमारी मुन्नी के लिए बाप-माई सब। पन्द्रह साल बाद देहरी से पाँव निकले हैं तीर्थ करने उसके, इसी बहाने कुछ रोज़ हम लोगों के संग रह लेगी...बच्चे भी जानेंगे कि उनकी मौसी ज़िन्दा है! बहनोई होते तो मौसा का सुख भी अनुभव करते..." और लम्बरदार गोड़ नहीं छुड़ा पाए बहिनी से। धर्मसंकट में पड़ गए। अन्त में निश्चय हुआ—दिद्दा को संग ले वे गाँव लौट जाएँगे। हफ़्ते-पन्द्रह रोज़ बाद पछाँहवाली को उनके जीजा गाँव पहुँचा आएँगे। फसल का समय है, अनवइए नहीं भेज पाएँगे वे।

रात बहिनी के गले में बाँहें डालकर पछाँहवाली एकदम दूधपीती बछिया-सी उनकी छाती में मुँह गड़ाए, हुलस-हुलसकर बोलती-बतियाती रहीं। बाबू-अम्माँ नहीं रहे तो नैहर नहीं रहा, मगर नैहर की सोंधी स्मृतियाँ उन्हें कभी बनवारी काका के दशहरी आमों के बाग़ों में डोलाती रहीं, तो कभी किसी गुइयाँ की सोहगिलों के गीत गवाती रहीं, तो कभी उन्हें कोयलपादी अमिया के पीछे लड़ाती-भिड़वाती रहीं, तो कभी मदरसे से लौटते हुए खेतों की मेंड़ उतर, पकी कचेलियों की बेलें टटोलवाती रहीं! जीजा पेशाब के लिए जब-जब उठे, उन्हें जगता हुआ पाकर टोक गए सोने के लिए। ठीक भोरहरे ज़ाकर आँखें झपकीं उनकी। बहिनी के घर का सर्वथा अकल्पनीय संसार पछाँहवाली की आँखों की मुँडेर पर किसी इन्द्रधनुषी सपने-सा टँग गया।

बहिनी का बड़ा लड़का योगेन्द्र डॉक्टरी पढ़ रहा है। घर पर नहीं रहता। शहर में होते हुए भी हॉस्टल में रह रहा है।

"पढ़ाई के लिए ज़रूरी है, मुन्नी! तुमसे मिलने घर आएगा, कल फ़ोन कर आई है सुखदा उसे। ख़ूब ख़ुश हुआ है सुनकर कि मौसी घर आई हुई हैं। तूने तो ख़ूब गोदी खिलाया है उसे, मुन्नी! याद है, एक बार खेतों में चने का साग खूँटने गए हुए थे हम सब। योगेन्द्र को तूने मेंड़ पर सरसों के फूल खेलने के लिए देकर बैठा दिया था और धोती का झोला-सा बना साग खुँटने उतर दी थी खेत में। तभी अचानक योगेन्द्र गुलाटी खाकर लुढ़क गया था मेंड़ पर से और बबूल का एक लम्बा काँटा घुप गया था उसी बायीं बाँह में...किस कदर जान छोड़कर रोया था वह, मुन्नी! याद है?"

मँझली बिटिया सुखदा एम.ए. फाइनल में पढ़ रही है। बहिनी ने बताया कि अगले वर्ष सुखदा अपने कॉलेज में ही पढ़ाने लगेगी, साथ ही पी-एच.डी. भी करेगी। पछाँहवाली को अचरज हुआ था कि बहिनी बिटियन को इतना पढ़ा-लिखा रही है, मगर उनके ब्याह-शादी की रत्ती-भर भी चिन्ता नहीं कर रही। बहिनी हँस दी थीं पछाँहवाली की चिन्ता सुनकर। ब्याह-शादी की चिन्ता है उन्हें, मगर कोई जल्दी नहीं है उन्हें, पहले सुखदा अपने पाँव पर खड़ी हो जाए। अपने पाँव पर खड़े होना लड़कियों के लिए बहुत ज़रूरी है। समय बदल रहा है। हमारा-तुम्हारा वक़्त गया। अब किसकी ज़िम्मेदारी कौन उठाता है? फिर जीवन-भर माँ-बाप साथ रहते नहीं किसी के, जो ऊँच-नीच पर थूनी-से खड़े हो जाएँ संग। हमने तो तुम्हारी परवशता देख अपनी बिटियों के लिए सीख गठियायी मुन्नी कि लड़कियों को कुछ देना है तो विद्या देनी चाहिए माँ-बाप को। छोटी उत्तरा को भी मैं पूरा पढ़ाऊँगी।"

बहिनी के चेहरे की दृढ़ता पछाँहवाली के हृदय में पिघलती हुई मोम-सी टपकने लगी। बहिनी ने उसकी परवशता से कुछ तो सीखा, किन्तु अपनी परवशता से पछाँहवाली ने स्वयं कुछ नहीं सीखा। क्यों? एक उनकी पुनिया है, पढ़ाई छोड़ घर पर बैठी, अन्य बहुरियों के बाल-बच्चे कनिया में लादे, दिन-भर यहाँ-वहाँ उजड्डों-सी डोलती फिरती है। ऐसा नहीं है कि पुनिया आगे पढ़ने की इच्छुक नहीं है। इच्छुक है। ख़ूब इच्छुक है, मगर मजबूरी है मदरसे की। गाँव में सिर्फ़ पाँचवीं कक्षा तक ही पढ़ाई है। पाँचवीं तक पुनिया पढ़ ली। अब बच्चे कनिया में लादे न घूमे तो क्या करे? पढ़ने के लिए अपनी साइकिलों पर उत्तरा और सुखदा को निकलते देखती हैं पछाँहवाली तो बड़ी देर तक दरवाज़े पर खड़ी उन्हें जाते निहारती रहती हैं। उत्तरा का पिछाड़ उन्हें एकदम अपनी पुनिया होने का भ्रम पैदा करता है, आँखें भरभरा आती हैं।

कुम्भ की भीड़ क्या छँटने लगी, मानो एक शहर उजड़ने लगा। फिर भी लट्टुओं से जगमगाता इलाहाबाद पछाँहवाली को किसी इन्द्रलोक-सा मनोहारी प्रतीत होता है। सन्ध्या गंगातट का फेरा डलवा लातीं बहिनी। एक रोज़ हनुमान जी के दर्शन कर बहिनी के संग पछाँहवाली रिक्शे में लौट रही थीं कि आगे जाती हुई फटफटिया पर उन्हें एक लड़की बैठी दिखाई दी। विस्मय से पछाँहवाली की आँखें फटने को ही आई—"मोरी बहिनी! ये फटफटिया पर बइठी जाय रही बिटिया आय कि लरिका?"

बहिनी पछाँहवाली की भोली जिज्ञासा पर हँस दी थी, "लड़की चला रही है स्कूटर, मुन्नी। एकदम लड़की! सुखदा चला लेती है बाप का स्कूटर, भीड़-भाड़ की वजह से देते नहीं तुम्हारे जीजा।"

फिर पछाँहवाली का नाक तक खिंचा आँचल देख दुलार-भरे स्वर में डपटा उन्हें—"काहे को पर्दा किए रहती हो हर समय, पूरा इलाहाबाद तुम्हारा जेठ-ससुर लगता है?"

घर पर उत्तरा और सुखदा मौक़ा पाते ही सर्र से उनके सिर का पल्ला खींच देतीं—"क्या मौसी, यह हर समय बुरका क्यों ओढ़े बैठी रहती हो तुम?" क्या कहती पछाँहवाली उत्तरा और सुखदा से! इलाहाबाद से कितने कोस दूर होगा उनका अपना गाँव भरतीपुर, कितना अन्तर है यहाँ और वहाँ के रहन-सहन, उठने-बैठने में! कौन विधि समझाए इन बच्चियों को कि कौन-सा जीवन जी रही हैं वे! ढोर-ढमारों को भी रात-भर खूँटे से बाँधे रखकर, सुबह दूध दुहकर हाँक दिया जाता है—ऊसर-बंजर, घास-फूस चरने-बिचरने, उनको इतनी भी मोहलत नहीं। तब बदलती दुनिया की रीति-नीति क्या जानें वे?

उस रात पुनिया के भविष्य को लेकर अचानक बहिनी प्रश्न कर बैठीं पछाँहवाली से। "पुनिया के भविष्य के विषय में कुछ सोचा है तुमने, मुन्नी?"

"हम?" बहिनी के प्रश्न ने उन्हें एकदम सोच-विचार में डाल दिया।

"हाँ, हाँ, तुम! और कौन?"

"हम सब सोचब बहिनी..."

"क्यों? महतारी हो, बिटिया के भविष्य, उसकी पढ़ाई-लिखाई, ब्याह-लगुन... कुछ तो सोचती होंगी?"

सोच में डूबी पछाँहवाली ने उत्तर दिया, "सोचैवाले बड़े-बूढ़े बइठे तो हैं।"

"कौन?"

"लम्बरदार।"

"तो पढ़ाई छुड़ाकर घर क्यों बैठा रखा है पुनिया को?"

"मजबूरी है।"

"कैसी मजबूरी?"

बहिनी तो एकदम कचहरी हो रही हैं—"पाँचवीं तक ही है गाँव का मदरसा।"

"गाँव में पाँचवीं तक है मदरसा तो आसपास के किसी गाँव में कोई स्कूल तो होगा, जहाँ लड़कियाँ आगे पढ़ाई जारी रख सकें?"

"है न, धनुहीखेड़ा में है दसवीं तक।"

"कितनी दूर है?"

"भरतीपुर से धनुहीखेड़ा, होई कऊनो दुइ कोस।"

"पढ़ने में मन लगता है पुनिया का?"

"ख़ूब! गाँव की अध्यापिका मनोरमा बहन जी, वोऊ कहती रहीं कि पछाँहवाली, तुम्हार कऊन दुई-चार बिटिया-बेटवा हैं, पुनिया पढ़ै में होशियार है, धनुहीखेड़ा दाखिला करवाय देओ उसका।"

"ठीक ही तो कह रही हैं अध्यापिका जी। क्यों घर बिठाकर साल बरबाद कर रही हो पुनिया का? लौटकर फ़ौरन धनुहीखेड़ा में दाख़िला करवा दो उसका।"

"लम्बरदार के पास कहलवाया तो रहय, बहिनी!" पछाँहवाली का गला अपनी विवशता का स्मरण कर अचानक अवरुद्ध हो आया।

बहिनी ने नि:श्वास छोड़ उन्हें छाती से चिपका लिया। स्नेहार्द्र हो पीठ सहलाई—"देख मुन्नी! भाग्य ने जो तेरे संग छल किया है, तूने बड़े साहस के साथ उसका खमियाजा भुगता है। तेरा जीवन कट गया, मगर आनेवाला समय बड़ा कठिन है। पुनिया के भविष्य की सोच, उसे कुछ बना! मैंने तो कितनी बार लिखा है तुझे कि तुझे भरोसा हो मुझ पर तो पुनिया को मेरे पास भेज़ दे, मैं पढ़ाऊँगी उसे...जैसी सुखदा, उत्तरा, वैसी पुन्नो...अब मेरे भी कष्ट के दिन कट गए।"

धारोधार आँखें बह चलीं पछाँहवाली की। बड़ी मुश्किल से इतना-भर निकला होंठों से, "भरोसा...आई बहिनी, माँ मरे मौसी जिये...झूठ थोड़इ कहते हैं लोग! हम पढ़ैबे अपनी पुन्नो को पढ़ैबे, बहिनी, पढ़ैबे।"

जीजा के पछाँहवाली को छोड़ने जाने से पूर्व की अचानक एक सन्ध्या गाँव से बड़े दौवा विदा कराने आ गए। उन्होंने अपने आने का कारण रखा बहिनी के सामने कि लम्बरदारिन नर्दवा पर से फिसल गई हैं। उनके दाहिनी गोड़ की हड्डी उतर गई है। लम्बरदार की बड़ी बिटिया बिटालू की सौरी का समय भी निकट है। चूल्हा-चौका की भारी दिक़्क़त हो रही है। पुनिया भी महतारी को याद कर रही है...

पुनिया की बात सुनते ही पछाँहवाली का कलेजा ऊपर-नीचे होने लगा। वरना बहिनी जिदिया रही थीं कि कामकाज का हर्जा हो रहा है तो हो, जैसा कि लम्बरदार से तय हुआ था, मुन्नी के जीजा ले जाकर मुन्नी को गाँव छोड़ आएँगे अगले हफ़्ते। छुट्टी ले रखी है उन्होंने अगले हफ़्ते की।

चलती बेरिया पछाँहवाली को बहिनी के गले से छुड़ाकर रिक्शे पर बैठाना मुश्किल हो गया मोहल्लेवालों को। उनके आर्तनाद से यही लग रहा था कि जैसे उनकी काया लौट रही है गाँव, प्राण उनके अपनी बहिनी के पास ही गिरवी हो गए हैं।

योगेन्द्र भागता-ढूँढ़ता गाड़ी छूटने के पहले पहुँच गया था उनके पास। पाँव छूने झुका तो उसका सिर अपनी छाती से गड़ा मिनटों आँसुओं से आशीषती रहीं पछाँहवाली।

बहिनी के घर से लौट आईं पछाँहवाली, मगर उनका हृदय खौलते अदहन-सा खलबलाता रहा पल-पल। पुनिया को देखतीं तो आँखें धुन्ध हो आतीं। आने के हफ़्ते-भर बाद ही उन्होंने दरवाज़े पर लम्बरदार को सन्देश भिजवाया पुनिया की पढ़ाई की बाबत। तड़के टट्टी के समय अध्यापिका मनोरमा बहन जी से भेंट हुई तो अपनी मन्शा उन पर भी प्रकट की पछाँहवाली ने। मनोरमा बहन जी ने आश्वासन दिया—"निश्चय कर लो, दाखिला मैं करवा दूँगी संग ले जाकर। पिछड़ी पढ़ाई में भी मदद कर दूँगी पुनिया की।" उनकी हिम्मत भी बढ़ाई—"जो सोच रही हो, ठीक सोच रही हो। बग़ल में सगवर से तीन-चार बिटिया जा रही हैं धनुहीखेड़ा पढ़ने, मैं परिचय करवा दूँगी। उनके संग आया-जाया करेगी। आख़िर लम्बरदार अपने बच्चों को उन्नाव में रखकर आगे पढ़ाने का निश्चय कर रहे हैं कि नहीं?"

ठीक ही तो कह रही हैं मनोरमा बहन जी। साल-भर पहले उन्नाव में जगह ख़रीदकर डाल दी थी लम्बरदार ने। अब घर बनवा रहे हैं उस जगह पर। योजना बनी है कि लम्बरदारिन अपने बाल-बच्चों समेत शहर में ही रहेंगी, उन्हें पढ़ाने। गाँव में बच्चों का भविष्य नहीं है। उजड्ड-के-उजड्ड बने रहेंगे। अनाज-पानी सब यहाँ से

जाता रहेगा—घी, तेल सब। कोई दिक़्क़त नहीं होगी। यहाँ की चिन्ता नहीं है किसी को। पछाँहवाली के दस हाथ हैं काम-धाम को! लम्बरदारिन को तो वैसे भी चूल्हा-चौका छोड़े बरसों हो गए। जिया के मरने के बाद घर की प्रधानी उनके कन्धों पर आ टिकी, सो वे गाँव के न्योते-व्यवहार निभाने में ही व्यस्त रहती हैं।

पछाँहवाली के दरवाज़े भेजे गए सन्देश का कोई उत्तर नहीं मिला। उन्होंने अबकी लम्बरदार के छोटे बेटे सतीशवा से सीधे सन्देश भिजवाया। हिम्मत करके यह भी कहलवा दिया कि उत्तर उनको चाहिए जल्दी। सतीशवा ने पलटकर सूचना दी कि बप्पा ने कहा है—अपनी चाची से कह दो जाकर कि फालतू की बातों के लिए उनके पास समय नहीं है।

उत्तर सुनकर पछाँहवाली का धैर्य चुक गया एकाएक। हाथ-पाँव चलाती रहीं कामकाज निपटाने को, मगर जी उचटा-उचटा-सा बना रहा। तिरस्कार की आँच, एक प्रण करती-सी अन्तर्मन में 'भर्र-भर्र' सुलगने लगी। हाड़ फूँक दिये इस कुटुम्ब को पालने के पीछे! किसी के मुँह से कुछ फूटा नहीं कि ताबेदार-सी तुरन्त पूरा करने दौड़ीं वे। भोरहरे उठतीं तो खटोले पर तन पटकने तक एक पहर रात बीत चुकी होती। यहाँ तक कि अपनी पुनिया का भी ख़याल नहीं होता कि कहाँ, किसके संग वह किस पलँग-खटोले में दुबकी पड़ी सो रही है। जूड़ी चढ़ी हो या पेट पोंक रहा हो, आदत पड़ी हुई है सो पड़ी हुई है कि जब तलक वे दिद्दा और लम्बरदारिन की टाँगें नहीं मींज लेंगी, पलक नहीं झपकाएँगी। उसी घर में उनकी हौंस लम्बरदार को फालतू बात प्रतीत हुई? कौन-सा हिंडोला माँगा था अपने लिए? माँगा था अपनी इकलौती पुनिया के लिए कोई राजपाट? बात करना तक मुनासिब नहीं समझा लम्बरदार ने? पुनिया की पढ़ाई 'फालतू की बात' है तो उन्नाव में जो अपने बाल-बच्चों की पढ़ाई-लिखाई के लिए महल बनवा रहे हैं वह कौन-सी बात है?

भोरहरे टट्टी से लौटकर, कुल्ला-दातून से निपट पछाँहवाली एक निश्चय से भरी वापस अपनी कोठरिया में जा पड़ रहीं। लम्बरदारिन की टट्टी के लिए आँख खुली तो न उन्हें आँगन में बढ़नी पड़ने की 'खर्र-खर्र' सुनाई पड़ी, न चूल्हे में तोपी हुई चिनगारी को उकसाकर सुलगाए जानेवाले कंडों का धुआँ आँखों में कड़ुवाया। माथा ठनका उनका। पानी से लोटा भर वे बाहर जाने से पूर्व पछाँहवाली की कोठरिया के सामने, भीतर टोहती-सी ठिठकीं। कोठरिया के भीतर सनामन्न पड़ा था। ख़मसार में दिद्दा की बग़ल में गठरी-सी बनी पड़ी पुनिया को जाकर हिलाया उन्होंने—"का बात है, पुनिया? तोर महतारी उठी नहीं?"

पुनिया ने उनींदे स्वर में उत्तर दिया, "का जानी, बड़ी अम्माँ!"

"उठ, उठ! पूछ तो तनी?"

"पुनिया, कहि दे दिदिया से कि आज हम न उठब।" पुनिया की जगह पछाँहवाली ने अपनी कोठरिया से उत्तर दिया।

तो पछाँहवाली जग रही है! यह कौन-सा स्वाँग है?

"काहे दुलहिन, काहे न उठिहौ?"

"हम कोप म हन दिदिया।"

"कोप म?"

"हाँ, हाँ, कोप म।"

"कोप म बइठ जइहो, दुलहिन, तौ यहि घर का चूल्हा-चौका को करी?" लम्बरदारिन को आशंका हुई थी, कहीं पछाँहवाली की तबीयत न ढीली हो गई हो। मगर यहाँ तो मामला ही कुछ और है। उनका पारा तनिक ऊपर को सरका।

"कोऊ नहीं करैवाला तो लम्बरदार से कह देव कि चूल्हा-चौका की ख़ातिर पंडिताइन रखि देयँ तुम्हारे बरे, हमार जाँगर चुकिगा हय, दिदिया।" पछाँहवाली के वाक्य का कटाक्ष लम्बरदारिन को बिच्छू के डंक-सा चुभा।

"बौरा गई हौ का, दुलहिन! जो सगुन बेला में बोल-कुबोल बोलि रहिव हाय? घंटे-आधा घंटे म चाय न पहुँची दरवाज़े तो जानती नहीं हौ कि कइसे हड़कम्प मची?"

"मची तो मचत रही, दिदिया, हम कोठरिया से बाहर न निकरब।" लम्बरदारिन के सारे प्रहार निरस्त्र कर दिये पछाँहवाली ने। धौंस नहीं सहेंगी अब किसी की। जिस घर में उनकी एक बात की सुनवाई नहीं, वे क्यों सिर पटकती बेहाल हों उसके पीछे?

उनके बिना घर में सचमुच हड़कम्प व्याप गया, किन्तु पछाँहवाली अपने प्रण से टस-से-मस नहीं हुईं...न वे अपनी कोठरिया से किसी कामकाज को हाथ लगाने बाहर निकलीं, न उन्होंने अन्न-जल जुठारा। दिद्दा समझा-बुझाकर हार गईं, "अरी तेहिन, केहिका तेहा दिखा रही है...कोऊ न देखी तोर तेहा...उठ, कामकाज में लग!" मगर पछाँहवाली को अपनी बात का जवाब लम्बरदार से चाहिए था। जब तक वे स्वयं आकर उनसे बात नहीं करेंगे, उनकी धौंस नहीं स्वीकारेंगे, पछाँहवाली मुँह नहीं जुठारेंगी।

आज तीसरा दिन है पछाँहवाली के उपवास का। भरी दोपहरी नागबाबा और लटक आए उनकी कोठरिया की धन्नियों के बीच से।

नागबाबा को मारने घुसी लाठी-बल्लम से लैस भीड़ दिद्दा की चेतावनी सुनकर, नागबाबा को नमन करती हुई पलटकर दरवाज़े से बाहर हो गई। पछाँहवाली का आतंकित हृदय साहस नहीं जुटा पा रहा था अपनी कोठरिया में घुसने का। विशाल घर में यही तो आधा कच्चा-पक्का कोना है उनकी ठौर के लिए। निर्जला देह खड़ी नहीं हो पा रहीं। हारकर कोठरिया में घुस, किसी भाँति हिम्मत बटोर खटोले में पड़ रहीं पछाँहवाली। मुसीबतें अकेले थोड़े ही लपकती हैं खाने को...

रात-भर पछाँहवाली भयभीत बालिका की भाँति हल्की-सी भी 'खुर्र-खुर्र' सुनकर, चौंककर उठ बैठतीं। पलक झपकती नहीं कि धन्नियों के बीच से फुफकारते नागबाबा कच्चे सपने में डोलने लगते। प्यास से गला सूखने लगता। मन बेईमान हो आया, एक गडुवी पानी एक साँस में गटक ही न लें चुराकर। नहीं, यह प्रण का अपमान होगा। न करतीं प्रण! सुबह तक उनकी हालत ख़राब हो गई। सूखी उलटियाँ होने लगीं। पहले तो कुछ पेट से बाहर भी आया। फिर था ही क्या आँतों में जो ओक के संग बाहर आता। घबराकर दिद्दा ने दरवाज़े ख़बर भिजवाई डॉक्टर बुलाने के लिए। डॉक्टर के बजाय लम्बरदार ने कहलवाया कि पहले वे स्वयं बात करेंगे पछाँहवाली से, तब ज़रूरत हुई तो डॉक्टर बुलवा लेंगे। घर के भीतर का मामला है...गाँव में अर्थ का अनर्थ होते वक़्त लगता है?

पछाँहवाली ने सुना तो उनके हताश मन में आशा का संचार हुआ। लम्बरदार आ रहे हैं उनसे बात करने तो शायद यही कहने आ रहे होंगे कि वे हार गए। पछाँहवाली की हौंस जीत गई। पुनिया को वे धनुहीखेड़ा आगे पढ़ने अवश्य भेजेंगे। धनुहीखेड़ा भेजना उचित नहीं प्रतीत हुआ उन्हें तो अपने बच्चों के संग पुनिया को भी उन्नाव में ही रखकर पढ़ाएँगे। वह कोई आन की बच्ची है क्या!

पछाँहवाली सीधे लम्बरदार से बात करेंगी नहीं। आज तक कभी की नहीं। जेठ और लहुरी की मर्यादा उनके बीच सदैव क़ायम रही। सतीशवा को उन्होंने पास बुलाया और अपने पास ही खड़े रहने को समझाया, ताकि जो भी उन्हें कहना हो सतीशवा की मार्फ़त समझा सकें कि वह उनकी ओर से 'यह' या 'वह' बोल दे अपने बप्पा से।

अपनी कोठरी से निकल भीति की टेक ले-लेकर पछाँहवाली ख़मसार के एक खम्भे से टिककर आ खड़ी हुईं। सतीशवा उनसे सटकर खड़ा हो गया। आँगन के उस पार लम्बरदार की खड़ाऊँओं की आगे बढ़ रही खट-खट ने मुनादी कर दी, वे घर के भीतर दाख़िल हो चुके हैं और अपने सदैव के स्थान पर आ खड़े हुए हैं।

"यह चार रोज़ से खाना-पीना क्यों छोड़ रखा है, पछाँहवाली?" लगा कि एक उत्ताल तरंग भयंकर गर्जन के साथ ऊपर उछली।

प्रश्न सुनते ही पछाँहवाली की अशक्त टाँगों में अचानक शून्यता-सी उतर आई। आँखों से सोते-से फूट पड़े खारे! निर्जला उपासी देह में पानी कहाँ से आया इतना आँखों से धारों-धार बहने के लिए? यह कैसा प्रश्न है? नहीं जानते लम्बरदार कि पछाँहवाली चार रोज़ से उपासे क्यों पड़ी है? तिरस्कार पर ऐसा उपहास?

"मैंने उपासे रहने का कारण पूछा है, पछाँहवाली?" पहले प्रश्न का उत्तर न पाकर संयत भाव से लम्बरदार ने अपनी जिज्ञासा दोहराई।

कुछ कहने के लिए सूखे पपड़ियाये होंठ फड़के पछाँहवाली के, मगर निरन्तर बहती अश्रुधाराओं के वेग ने ठिठका दिया उन्हें।

"उत्तर दो, यह त्रियाचरित्र किसलिए?" संयत स्वर आवेश से भर उठा। जवाब न देने की यह ढिठाई, वह भी लम्बरदार के समक्ष?

"त्रिया-चरित्रा? पछाँहवाली की हौंस को, उनकी बिटिया को आगे पढ़ाने की ललक को त्रिया-चरित्र कहकर लांछित किया जा रहा है! उनकी इच्छा का कोई मतलब नहीं इस घर में? कोई उनकी भावनाओं को दुलराने-लड़ियानेवाला नहीं है? पूरे कुटुम्ब का पेट भरनेवाली पिछले चार रोज़ से अन्न-जल के बिना, बिन पानी की मछली-सी तड़फड़-तड़फड़ करती पड़ी हुई है तो मक्कर करके पड़ी हुई है? अशक्त देह को तीली लग गई अचानक। पछाँहवाली ने सतीशवा से कुछ कहने के लिए कहा। सतीशवा लम्बरदार की ओर उन्मुख होकर बोला, "बप्पा, चाची कह रही हैं कि उन्होंने जो सन्देश भेजा था आपके पास, उसका उत्तर चाहिए उन्हें।"

प्रतिप्रश्न! ऐसा दुस्साहस? लम्बरदार को अचानक नहा पर से उठाकर कठघरे में खड़ा कर दिया पछाँहवाली ने! ख़मसारों और अपने में दुबकी हुई कुटुम्ब की जेठी, लहुरी स्त्रियों के रोएँ खड़े हो गए भय से।

"जितना पढ़ना था पुन्नू को पढ़ ली, बस!"

"बस नहीं लम्बरदार, पुनिया आगे पढ़ेगी, धनुहीखेड़ा जाकर पढ़ेगी...हम पढ़ैबे वहिका...पुनिया कै महतारी जिन्दा है अबै!" पछाँहवाली भूल ही गई कि सतीशवा को उन्होंने किसलिये खड़ा किया था अपने पास। उत्तेजना से काँपती उनकी देह अपने वश में नहीं थी।

पल-भर को पूरे घर को जैसे साँप सूँघ गया। लम्बरदार की छाती में पछाँहवाली का दुस्साहस बल्लम की नोक-सा चुभा। एक मामूली-सी मेहरिया की इतनी मजाल कि वह उनके मुँह लगे? उनसे प्रश्न करनेवाले और अपना निश्चय सुनानेवाले पैदा हो गए इस देहरी में? मान-मर्यादा का कोई अर्थ नहीं? इस उद्दंडता का मुँह नहीं कुचला गया तो एक ग़लत रीति का सूत्रापात हो जाएगा। अन्यों के मुँह के ताले खुलने में देर नहीं लगेगी। उनकी सत्ता को चुनौती देता यह मुँह एक बार खुल आया है तो फिर न जाने कितनी दफ़े कहाँ-कहाँ खुले...एक कोशिश और आजमा देखें...घर की चिनगारी घर के चूल्हे में ही तुपी रहे तो बेहतर होगा। अपने ऊँचे तीखे, रुक्ष स्वर को लम्बरदार ने किंचित् सहिष्णु बनाया—"पुनिया का भला-बुरा सोचना हमारा काम है! उचित होगा कि तुम अपनी सीमा में रहो, पछाँहवाली बहू! और हमेशा की तरह अपने काम-धाम में लगो।"

"हमका पुनिया की पढ़ाई की बाबत प्रबन्ध चही, लम्बरदार..."

"पछाँहवाली!" लम्बरदार संयम ढह गया एकाएक।

"हाँ, हाँ, हमका पक्का प्रबन्ध चही...पुनिया हमरी भाँति जाहिल-काहिल न रही, आज हम चार अक्षर पढ़ी-लिखी होतिन तौ कोहू के आसरे चौका-बासन निबटावति पड़ी रही होतिन! हमार जिनगी कढ़िलत-घसिटत बीत गई। हमार भाग्य...मगर हम अपनी बिटिया क पढ़ैबे, वहिका अपने बाप की नाईं डाकदरी पढ़ैके है...पुनिया डाकदर बनी! इहाँ सम्भव न होई तो हम वोहिका अपनी बहिनी के घर इलाहाबाद म राखि के पढ़ैबे। हमार अलगा-अलगी कर दियो, लम्बरदार हमरे हाथ चार पइसा होई तो हम पाई-पाई के मोहताज तो न होइबे कोहू के।"

"अलगा-अलगी?" लम्बरदार के नथुने क्रोध से फूल गए, "माऽऽऽ...चुप रहती है या नहीं...पियारे...बल्लुआ, कोई है दरवाज़े?"

उनकी दहाड़ती आवाज़ जितनी तीव्रता से देहरी फलाँग दरवाज़े की ओर सरपट भागी, उतना ही सरपट पियारे देहरी फलाँग, उनके निकट पत्ते-सा काँपता हुआ दौड़ा आया—"जी मालिक।"

"बाहर बँगले में हमारी भरी राइफ़ल टँगी हुई है। फ़ौरन उतारकर ले आओ।"

"मालिक..." पियारे ने उनके पाँव पकड़ लिये।

"पियारे, जो मैं कह रहा हूँ वह, करो!"

आँगन के बीचोबीच बने तुलसी के चौरे में डोलते बिरवे ने भी सहमकर जैसे हवा के आलोड़न के संग डोलना बन्द कर दिया। आड़ में खड़ी कुटुम्ब की महरियों की भयाक्रान्त देह आँधी में तिनके-सी हो आई। बौरा गई है पछाँहवाली! लम्बरदार से खुल्लम-खुल्ला मुँहजोरी? भूत-प्रेत चढ़ बैठे हैं कुलच्छिन के या डाइन डकरा रही है करेजे में? आज तक आँगन में पछाँहवाली की बोली भी किसी ने सुनी तो गोड़े-चढ़े झाँझ-सी रुनकती-सी! खौखियायी हुई शेरनी-सी यह गर्जन-तर्जन किसने सोची-सुनी?

अनिष्ट की परछाईं फन काढ़े सभी की छाती पर चढ़ बैठी। पियारे ने बल्लुआ के कान में फूँक, उसे सरपट भट्टे दौड़ाया, "बड़े दौवा को जस-का-तस लेकर आ। बता देना उन्हें, लम्बरदार क्रोध में हैं, ख़ून-ख़राबे पर उतारू हैं...राइफल आँगन में मँगवाई है।"

बँगले की दीवार से राइफ़ल उतारते हुए पियारे के हाथ परकटे पक्षी-से असहाय हो आए...मनों अनाज लड़िहा से पीठ पर लाद डहरियों में भर देनेवाला उसका तड़ शरीर अपाहिज हो रहा है। पछाँहवाली दुलहिन उसी से तो मेले-ठेले से बिन्दी-टिकुली मँगाती हैं। उनके घूँघट की बदली में छिपे मुख पर से आँचल सरकते ही कैसे उगते सूरत-सी टिकुली दपकारा मारती है कि उसकी निगाह अटकने-अटकने को हो जाती है। खोटे भाग्य पाए हैं हतभागी ने। उसको समझ आने लगी थी तभी की तो घटना है...

गौना होकर आई थी पछाँहवाली। मास-भर भी नहीं पूरा हुआ था कि छोटे कुँवर अचानक एक रात अपने पलँग पर से ग़ायब हो गए। गौना-भर के लिए ही आए थे पढ़ाई पर से। ख़ूब ढुँढ़वाये-दौड़ाये गए...चौदह बरस बीत गए, कोई सुराग़ नहीं मिला छोटे कुँवर का। आस गठियाये पछाँहवाली का जीवन न सधवा में, न विधवा में। कुँवर जी के लोप होने के बाद सतमासी पैदा हुई थी पुनिया। तब जिया जीवित थीं। मरणासन्न पुनिया को अपने छोटे पूत का प्रतिरूप मान मेहनत-जतन से पाल लिया। जिया के स्वर्गवासी होते ही पछाँहवाली बिन गइया की बछड़ी-सी अनाथ हो आई। पचासों विवाद झेले पछाँहवाली ने...नैहर से पेट लाई थीं...सहन नहीं कर पाए कुँवर जी कि भट्टेवाली ज़मीन की बेईमानी की दुश्मनी लील गई उन्हें...डॉक्टरी पढ़नेवाले थे छोटे कुँवर। कोई कहता है कि वे ब्याह-शादी के झंझट में पड़ना नहीं चाहते थे सो साधु होकर घर त्याग गए...

लम्बरदार की ओर भरी राइफ़ल बढ़ा तो दी पियारे ने, मगर दूसरे ही पल उनके पाँवों में लोट गया। चिरौरी करता—"छिमा कर दो, मालिक...छिमा कर दो!"

"हट पियारे हट जा!" लम्बरदार ने उसे पाँव से ठोकर मारी। पियारे वहाँ से लुढ़ककर आँगन में आ गिरा।

"निकल बाहर, पछाँहवाली!" राइफ़ल सीधी करते हुए लम्बरदार दहाड़े।

सभी स्तब्ध रह गए। यह क्या, क्षमा माँगने के बजाय पछाँहवाली छन्न से खम्भे की ओट में से निकलकर आँगन की ओर दौड़ीं। उनके सिर का पल्ला उड़कर पीठ पर लटक आया। रणचंडी-सी चुनौती देता पछाँहवाली का रौद्र रूप देख दिद्दा और लम्बरदारिन निकलकर उन्हें पकड़ने दौड़ीं। पुनिया चीख़ती हुई माँ से जा लिपटी। दिद्दा की सूखी हड्डियों में न जाने कहाँ से शक्ति आ समाई कि वे पछाँहवाली को तुलसी के चैरे तक घसीट लाईं, "अरी डायन, कुतिया! नंगिन...बौरा गई है का? चल, आ चल खमसार, लाज-शरम छाँड़ि के बिटिया-बहुरिया इह भाँति नंगा नाच नचती भली लगती हैं कहीं...कै..."

"हट जाओ दिद्दा! अलगा-अलगी चाहि न इस बहन को! अभी दिये दे रहा हूँ अलगा-अलगी..."

बड़े दौव्वा भट्टे पर से आ गए तभी। उन्होंने पीछे से लम्बरदार को धर लिया। पितिआउत भाई नरेन्द्र ने साहस कर राइफ़ल छीन ली उनके हाथों से। बड़े दौव्वा ने

डपटा भी, "यह क्या नादानी कर रहे हो, लम्बरदार? स्वयं बाँबी में हाथ डाल रहे हो? चलो बाहर...मतिभ्रष्ट मेहरियन के मुँह लगाना शोभा देता है कहीं तुम्हें?"

नरेन्द्र और बड़े दौव्वा लम्बरदार को बलात् बाहर धकेल ले गए।

दिद्दा और लम्बरदारिन पछाँहवाली का नंगा सिर पल्ले से ढकती हुईं, उन्हें घसीटती उनकी कोठरिया में लाकर खटोले पर धकेल गईं। खटोले पर गिरते ही पछाँहवाली अचेत हो उठीं।

रात-भर लम्बरदार अपने निवाड़ के पलँग पर बेचैनी से करवटें भरते रहे। अलगा-अलगी के ख़्याल ने सिर उठाया है तो इतनी आसानी से बात नहीं दब पाएगी। और बात निकली है तो कल देहरी लाँघ दुआरे, दुआरे से पंचायत, पंचायत से कोर्ट-कचहरी तक भी पहुँच सकती है। अलगा-अलगी का मतलब है पूरे अट्ठारह बीघे के चक से हाथ धोना। अट्ठारह बीघा उनके हाथ से निकल गया तो आख़िर क्या और कितना बचेगा उनके पास? चार बेटे हैं उनके और दो बेटियाँ। मात्र एक बेटी की ज़िम्मेदारी से मुक्त हुए हैं लम्बरदार। कितना बोझा है उनके कन्धों पर। किसी तरह ढीले पड़ गए तो उनके कुनबे का सर्वनाश हुआ ही समझो। अभी अनपढ़ पुनिया दस-बारह हज़ार में पार लग जाएगी। जिस देहरी डंका देंगे, डाँक जाएगी बिना किसी हील-हुज़्ज़त के। पढ़ा-लिखा देंगे तो निपटा पाएँगे उसकी शादी-ब्याह इतनी रक़म में...

मुँहअँधेरे कहीं जाकर आँख लग पाई थी लम्बरदार की, मगर तभी घबराए हुए सतीशवा ने आकर उन्हें झकझोरकर जगा दिया—"बप्पा! बप्पा! अम्माँ कहि रही हैं कि वे अऊर चाची नाले पार के अरहीं के खेतन म टट्टी फिरे गई रहीं, खेत में से चाची को अचानक लकड़बग्घा उठा ले गया...उठो बप्पा! उठो..."

घर के भीतर से उठे मेहरियों के करुण रुदन ने पूरे गाँव में डुग्गी पीट दी कि पछाँहवाली को तड़के नाले पारवाले अरहीं के खेत से अचानक लकड़बग्घा उठा ले गया...अधजगा गाँव आँखें मलता हुआ लम्बरदार के दरवाज़े इकट्ठा होने लगा।

पियारे घुटनों में मुँह दिये सिसकी दबा रहा है अपनी। सोच रहा है—नागराज की पूँछ पर कब पाँव पड़ गया पछाँहवाली का?

(1990)

बाऊ जी और बन्दर

सूर्यबाला

बाऊ जी फिर आ रहे हैं।

उन्हें फिर से बच्चों की बहुत याद आ रही है।

सुनते ही मैंने सिर कूट लिया। सिर कूटने की बात ही थी। अभी साल भी तो पूरा नहीं हुआ, सन्दीले में आए ही थे। एक-दो नहीं पूरे छह महीने रहकर गए। वह भी, क्या कभी अपने से जाते भला? मैंने ही अक़्ल और तिकड़म भिड़ाई कि गाँव जाकर अपनी जगह-ज़मीन देखिए, इस तरह ज़्यादा दिन तक छोड़ देंगे तो काश्तकार बेदख़ल कर हड़प बैठेंगे—बैठे-बिठाए हज़ारों का नुक़सान। सो बीच-बीच में निगरानी बनाए रखनी चाहिए।

तब कहीं बात उनके दिमाग़ में बैठी। बोरिया-बिस्तर बाँधा। तो भी जाते-जाते, जीप में बैठने के बाद भी, मुड़-मुड़कर पीछे छूटते बच्चों को देखते जा रहे थे। खीझकर ललित को कहना पड़ा, "बच्चे अन्दर गए, अब सीधे बैठिए।"

तब भी पनीली आँखें, अँगोछे से सहलाते एक ही बात, "अब तो पका-पकाया फल हूँ, अब गिरा कि तब—पता नहीं इस ज़िन्दगी में बच्चों के चेहरे देख भी पाऊँगा या नहीं। अकेले आना-जाना भी तो अब अपने बस का नहीं...हाथ-पैर बेकार होते जा रहे हैं। वह तो बहू सयानी है कि घर-गाँव, खेत-खलिहान की सुध लेने की सलाह दी। सब तरफ़ ख़याल रखती है। भगवान् उसकी बुद्धि ऐसी ही रखें...बस किलक यही कि तुम सबसे दूर...अब कहाँ देख पाऊँगा।"

"अरे देखेंगे, देखेंगे। ऐसी भी क्या बात।"

सिगरेट की तलब पर क़ाबू पाते ललित ने लापरवाही से एक चालू फ़िकरा कसा और कल्पना में ही एक भरपूर कश खींचकर राख बाहर झाड़ दी।

घर लौटकर यह सब बताते हुए ललित ठठाकर हँसे थे, "जानती हो, उस वक़्त मैं क्या सोच रहा था? सोच रहा था कि बाऊ जी की इस मोह-मुद्रा पर अगर एक सच्चे पितृभक्त पुत्र की भाँति मैं पसीजकर कह दूँ कि "आपका मन नहीं कर रहा तो मत जाइए...गोली मारिये उस हील-हुज्ज़तों-भरे ज़मीन के टुकड़े पर...चलिए घर वापस, बच्चों के पास..." तो उनको वापस देख तुम्हारी क्या हालत होती—हा-हा-हा...लेकिन उसकी जगह एक सच्चे पत्नी-भक्त की तरह मैंने कहा, "अरे...अरे...आ पाएँगे आप।"

यह कहते हुए ललित ने ज़रूर ईश्वर से माफ़ी माँगी होगी, "हे भगवान्! माफ़ करना, सब-कुछ जान-बूझकर भी बाप को यह झूठा दिलासा देने, बहलाने के लिए... वरना यह तो मैं भी ख़ूब अच्छी तरह जानता हूँ कि अब की गए, इतने घिसे कल-पुरज़ेवाली देह लिये कहाँ फिर वापस आनेवाले हैं।"

लेकिन नहीं साहब! सारी हिलती-डुलती चूलें सहेजे चले आ रहे हैं बाऊ जी! हमें ख़ुद पूरा पखवारा भी नहीं बीता इस नये शहर में आए और बाऊ जी बच्चों का मुँह देखने को तरसने लगे। गुज़रे डेढ़ बरस उन्हें 'जुगों' से बढ़कर लग रहे हैं। हर समय बच्चों का चेहरा उनकी आँखों के आगे टँगा रहता है। (पूछो, तब आने की क्या ज़रूरत) सोते-जागते, उठते-बैठते बच्चों की बातें, उन्हीं का ख़याल। यानी सारे विरह-वियोग की छुट्टी सो अब उठो और करो बाऊ जी के आगमन की तैयारी।

पता नहीं ये बूढ़े लोग मोह-माया का इतना ओवर स्टॉक क्यों भरे रहते हैं अपने दिल में। जब देखो तब उलीचने को तैयार। इनके दिल न हुए मोह-माया के दलदल हो गए, जीना हराम!

ललित टोकते हैं, "क्या? जीना हराम? तुम्हारा? यह तो भई ज़्यादती है तुम्हारी। सारे दिन कभी इस कोने में, कभी उस कोने में सिर गाड़े बैठे रहते हैं। चाय पिएँगे?... पी लेंगे। खाना खाएँगे?...खा लेंगे। जो खाना दो, खा लेंगे। जब खाने को दो, खा लेंगे। कपड़े अपने ख़ुद धोकर, मैले-कुचैले जैसे भी बन पड़ें फैला देंगे...।"

"बेशक, लेकिन कहाँ?" मुझे तैश में आकर बिफरने का मौक़ा मिला—

"सीधे बाहरी बरामदे के आर-पार-गमछे, धोती, बनियाइनों के बन्दनवार सजाकर न! तब कौन उन्हें वापस अन्दर फैलवाता है? ऊपर से गाँव के कोल्हू में पेरे तिल का कटोरी-भर तेल रोज़ सिर में चुपड़ने से चीकट हुआ तकिया कौन फटक-फटककर गरम पानी से धुलवाता है?...अरे पूरे कमरे में ही तिल, सरसों के तेल की बास ऐसी बसी रहती है जैसे कोल्हू यहीं कमरे में ही चलता रहा हो।"

ललित को मुझे चिढ़ाने में बहुत मज़ा आता है, "तो क्या, काम कुछ नहीं करते थे तुम्हारा? दोनों वक़्त कुर्ता-धोती पहने, छतरी ताने, शानू-शौनक को उँगली पकड़ाये स्कूल ले जाना और ले आना...धूप हो, बारिश हो, सुस्ती हो, हरारत हो...पिछवाड़े क्यारियाँ खोद-खोद कितने टमाटर, बैगन, भिंडी, पालक लगाए थे कि नहीं?...और कुछ नहीं तो महीनों में हज़ारों रुपये का तो बाज़ार से सौदा-सुलुफ...।"

"ऊँ..." मैं तिनकी, "उसमें से पचासों रुपये तो हिसाब-किताब की गड़बड़ की वजह से दुकानदार ने झटक लिये होंगे या फिर जेब से गिरा-खिसका दिये होंगे... और-तो-और उन्हें महरी के साथ राशन की दुकान भेजती थी तो किसलिए? कि दुकान से ही मुट्ठी-दो-मुट्ठी झटक लेने की जो चालाकी बरतती है महरी, उस पर बाऊ जी ज़रूर निगरानी रखेंगे...लेकिन हुआ क्या? महरी तो उलटे और बेशरमी से जैसे मुझे बिराती-सी हँसती-हँसती आई। पता चला, अब तो राशन लेने के बाद वह ख़ुद ही बाऊ जी से पूछ लेती है—"बाऊ जी, दो मुट्ठी शक्कर अपने खूँटे में बाँध लूँ, बच्चन के वास्ते?" और जवाब में बाऊ जी कहेंगे, "अरे दो क्या, चार मुट्ठी डाल ले—इसमें पूछने की क्या बात?"

लेकिन ललित छेड़ने से कहाँ बाज आनेवाले। मोर्चे पर डटे हैं—"बड़ी अहसान-फ़रामोश औरत है भाई। लेकिन क़सूर तुम्हारा नहीं, बीवी बहस पर ही जीती और जीतती आई है, सदियों से। सुनते-सुनते ही आदमी बेचारे का भेजा खाली हो जाता है। बोलने का दम ही नहीं रह जाता...बहरहाल, इतना समझ लो कि ऐसा कोई उपाय नहीं जिससे बाऊ जी को यहाँ आने से रोका जा सके...।'

बात सही थी। मुँह लटक गया मेरा। लेकिन दिमाग़ का चौकस घोड़ा चारों दिशाओं में ऐड़ लगाता रहा कि चलो ठीक है। अब जब आ ही रहे हैं तो मन के सन्तोष के लिए ही सही, बाऊ जी का कुछ तो उपयोग हो। उनके यहाँ रखने, रहने के एवज़ में कोई तो सहूलियत...लेकिन यहाँ तो माली भी आता है, एक दिन छोड़कर घंटे-पौना घंटे को। उसके काम में दख़ल न दें तो ही अच्छा। बच्चे भी अब ललित के प्रमोशन के बाद से हिन्दी स्कूल से नाम कटवाकर क्वीनमेरी कॉन्वेंट जाते हैं रिक्शे पर। उन्हें पहुँचाने, लाने के लिए भी किसी बाऊ जी की ज़रूरत नहीं। चाहती थी, सुबह-शाम की सेवा-टहल के लिए कोई छोकरा या दरबान टाइप मिल जाता कि ललित शाम को जीप से आए तो लपककर सलाम मार के फाटक खोल दिया। आए-गए को चाय-पानी सर्व कर दिया। वक़्त-ज़रूरत को चौमुहानी तक लपककर थोड़े बियर-सोडे की ख़रीदारी। साहबी का रुतबा इसी बात पर तो क़ायम रहता है, लेकिन बाऊ जी इस मसरफ़ के भी नहीं...फिर भी कुछ उपाय तो सोचना ही है, कुछ-न-कुछ काम के लायक़ तो बनाना ही है, इन बेमसरफ़ बाऊ जी को।

इसी उधेड़बुन में दोपहर में सोने की जगह सोचती, जुगत बैठाती रही बाऊ जी को लेकर...बड़ी मुश्किल से नींद लगी।

आधा घंटा ही हुआ होगा कि छत पर धूम-धड़ाम, धाड़-धूड़, धर-पकड़ और चिल्ला रही-सी वहशी आवाज़ें...चौंककर उठी तो ललित पहले ही खिड़की पर। जाकर जो नज़ारा देखा तो काटो तो ख़ून नहीं...समूचा घर बीस-पच्चीस छोटे-बड़े बन्दरों की उछल-कूद और चिंचियाहटों की गिरफ़्त में...।

मकान के एक तरफ़ गली, दूसरी तरफ़ खाली पड़ा प्लॉट...सिर्फ़ पीछे कलईवाले की गुप्ताइन कई आवाज़ें लगाने पर बड़े इत्मीनान से बोलीं, "आप लोग नये आए हो न...बन्दर तो आते ही रहते हैं...ऐसे ही बीसों-पच्चीसों के झुंड में—कभी दो-चार हफ़्ते तो कभी दो-चार रोज़ पर ही...कुछ ठिकाना नहीं। कनिया जात और बच्चों से तो डरते भी नहीं न...वैसे घर की साँकल चढ़ाए रहिए तो ज़्यादा नुक़सान क्या करेंगे...पर ठहरे तो आख़िर बन्दर ही...पेड़-पालव, फूल-पत्ते तो तहस-नहस करेंगे ही...इसी से तो हम फूल-पत्तों के झंझट में पड़े ही नहीं...आपने तो, देखती हूँ, एक माली रखा है न...बन्द कर दो कल से। बस्स, किटकिट ख़तम।"

हुँह, कलईवाली के कहने से? हमारा माली तो सरकारी है। फोकट का। हम भला क्यों बन्द करने जाएँ उसे? अहमकपने की बात। वह तो एक दिन छोड़कर सुबह आएगा-ही-आएगा और फूल-पत्ते लगाएगा-ही-लगाएगा। लेकिन कभी भी झुंड-के-झुंड इन फिरकर आनेवाले बन्दरों को भगाएगा कौन?

सहसा दिमाग़ में बिजली-सी कौंधी—

हाँऽऽऽ ठीक, बाऊ जी...।

और बाऊ जी के आने के नाम से दिल पर जो मनों बोझ लदा चला जा रहा था, कुछ हलका-सा हो गया।

बोझ और भी हलका हो आया, जब अगले पूरे हफ़्ते में तीन बार बन्दरों ने धावा बोला। हर दो-तीन दिनों में अचानक ही, कभी भी देखो तो मकान के चारों तरफ़ औघराए हुए हैं। बग़ल के खाली पड़े प्लॉट में एक-दूसरे पर खौंखियाते, छीना-झपटी

करते भाग रहे हैं। अमरूद की डालियाँ झिंझोड़ रहे हैं, टमाटर और बैगन के पौधे नोच-उखाड़ रहे हैं। अकेली मैं और शानू-शौनक छोटे-छोटे। एकाध बार खिड़की के पीछे से डंडी दिखाई भी तो ऐसे दाँत किटकिटाये सबने कि अन्दर तक रूह काँप गई। न डर पर क़ाबू, न गुस्से पर। बारी-बारी हर खिड़की-रोशनदान से लगी अपने नये-नये लगाए बग़ीचे की बरबादी देखती, ख़ुद ही पिंजरे में बन्दर की तरह खौंखियाती रही। कई-कई बार तो घंटों घर का दरवाजा ही नहीं खुल पाया। चारों तरफ़ खौंखियाते बन्दरों की वजह से...। तब बाऊ जी के आने के ख़याल से मन हलका हो आया।

तो बाऊ जी आए। (ख़ैर वो तो आते-ही-आते।) शानू, शौनक ने आते-ही-आते उन्हें वह छड़ी दिखाई।

"जानते हैं यह क्या है? यह छड़ी है, मम्मी ने रखी है आपके लिए...।"

"हाँ...।" बाऊ जी सिर हिलाते प्रसन्नचित्त छड़ी का मुआयना करने लगे, "इसे लेकर टहलने जाया करूँगा...कभी-कभी कुत्ते लग जाते हैं...पीछे...।"

"दुत्त। कुत्तों को मारने के लिए थोड़ी न। बन्दरों को भगाने के लिए...इससे आप बन्दरों को भगवाया करेंगे।"

"बन्दर?...बन्दर कहाँ हैं?" बाऊ जी ने कौतुक से पूछा।

"आते हैं, बहुत-सारे, कभी-कभी। तब हम दोनों को और मम्मी को बहुत डर लगता है...लेकिन मज़ा भी ख़ूब आता है जब वे पिछवाड़े के प्लॉट पर कलामुंडियाँ खाते हैं और एक-दूसरे के ऊपर खौंखियाते हुए झपटते हैं। आप देखेंगे तो आपको भी ख़ूब मज़ा आएगा, है न शानू?"

"लेकिन अपनी ऐनक सँभालकर रखिएगा।" शानू ने हिदायत दी।

"अच्छा-अच्छा..." वह बड़े चाव से बच्चों की बातें सुनते हैं। फिर बक्सा खोलकर उसी चाव से प्लास्टिक से मढ़ी हनुमान जी की एक फ़ोटो और काले कपड़े का एक हाथी निकालकर बच्चों को 'देखो मैं तुम्हारे लिए क्या लाया हूँ' के अन्दाज़ में थमा देते हैं। बच्चे दोनों चीज़ें लापरवाही से उछालते हुए कहते हैं, "इसका हम क्या करेंगे? अमिताभ बच्चन की फ़ोटो नहीं थी आपके पास!"

बाऊ जी अपनी रौ में बच्चों को हनुमान जी की महिमा समझाने लगते हैं।

शौनक चिढ़ाते हुए कहता है, "जानते हैं, सारे-के-सारे बन्दर न, पीपलवाले हनुमान मन्दिर के अहाते से ही आते हैं। सारी खुराफ़ात उन्हीं हनुमान जी की है।"

बाऊ जी बच्चों की बातों से निहाल, मगन-मन बक्से में से सब्ज़ियों के बीजों की कुछ पोटलियाँ निकालते हैं। बच्चे देखते ही वापस फिर चहकने लगते हैं, "वापस रखिये, वापस, कुछ नहीं बोना-शोना है अब। आपको पता नहीं? पापा का प्रमोशन हो गया है। अब हमारे यहाँ माली आता है। आपको अब सिर्फ़ बन्दर भगाने हैं और कुछ नहीं, समझे!"

क्या ख़ाक समझे, तीसरे दिन ही, मेरी और बच्चों की नज़रें बचाकर माली के पास पहुँच गए। दुआ-सलाम, जान-पहचान हुई। क्यारी बनाने में चूक होती देख हथेलियों में खलबली तो मचेगी ही। अब बारी-बारी कुदाल, खुरपी, फावड़ा लिये भुरभुरी मिट्टीवाली क्यारी सँवार रहे हैं और माली, जामुन के पेड़ के साये में बैठा बीड़ी फूँक

रहा है। सिर पीट लिया कि फोकट का न रहा होता माली तो फ़ौरन छुड़वाकर सौ-पचास रुपयों का नफ़ा करती।

शाम को बहाने-बहाने से झल्लाई। उनकी बुढ़ौती और उनके बेटे की अफ़सरी का हवाला दिया कि अब इतने बूढ़े हुए, कुछ तो अक़्ल से काम लें...।

सुनते हुए इस तरह आज्ञाकारी भाव से सिर हिलाते रहे जैसे मैं उन पर नहीं, किसी हद दरजे के निकम्मे, नकारे पर झल्ला रही होऊँ और वह ख़ुद उस आदमी की बेग़ैरती और नासमझी पर तरस खाते मेरी हाँ-में-हाँ मिला रहे हों।

अगला दिन ख़ासा बेसब्री से कटा उनका। बार-बार बच्चों से पूछते, "माली नहीं आया?"

बच्चे भी खीझे, "आपसे कहा न, माली एक दिन छोड़कर आता है। आज नहीं कल आएगा।"

तीसरे दिन माली आया तो अँगोछे से सिर ढाँपे सो रहे थे। बच्चे होमवर्क पर। मैंने राहत की साँस ली। लेकिन आधे घंटे बाद ही बच्चे बेतहाशा चिल्लाते हुए आए। मम्मी! मम्मी बाऊ जी ने झाड़ी काटनेवाली कैंची से हाथ काट लिया, फलाफल ख़ून बह रहा है...।" भागकर देखा तो सिर झुकाए नल के नीचे हाथ से रिसती ख़ून की धारा धोये जा रहे हैं। मुझे देखते ही धोती के छोर से उँगली का ज़ख़्म छुपाए, सहमे बच्चे की तरह सरपट अपने कमरे की तरफ़ भागे।

पीछे-पीछे शोर मचाते बच्चे, 'हाँ, अब मज़ा आया न! तब तो कैसा ख़ुश होकर खचा-खच्च, खचा-खच्च झाड़ी काटे जा रहे थे...हमारे मना करने पर कहते थे, अरे कुछ नहीं होगा...अब? अब बोलिये जी...।"

वह उसी तरह खिसियायी हँसी के साथ उँगली धोती के छोर के दबाए-दबाए शौनक से अपने हजामत के डब्बे से फिटकरी की डली निकालने के लिए कहते रहे... जिनसे रिसता ख़ून रुक जाए...।

अब अपना मन कहाँ मानता है। हार-झींककर मरहम-पट्टी करनी ही पड़ी...नहीं तो गुस्सा तो इतना आया था कि बस्स...।

आख़िर चौथे दिन बन्दर आए। मुझे चैन पड़ा। बच्चे थे उस वक़्त घर पर। देखते ही चिल्लाए, "बन्दर आए, बन्दर आए, बाऊ जी! चलिए छड़ी लेकर बन्दर भगाइए।"

बाऊ जी ने सचमुच आज्ञाकारी बच्चे की तरह छड़ी तजबीजी और बच्चों के साथ बरामदे तक गए...जैसे बच्चों का कोई नया खिलवाड़ हो।

लेकिन बरामदे में जो चारों तरफ़ का नज़ारा देखा तो चौंककर सहम-से गए। बाहरी मुँडेर के हर कँगूरे पर एक बन्दर या बँदरिया छोटी-बड़ी औलादों के साथ एक-दूसरे की पीठ खुजाने, धौल जमाने, दुम खींच्र-खींचकर भागने या लगातार टहनियों से फल-पत्ते नोच-नोचकर खाने, फेंकने जैसे क्रिया-कलापों में व्यस्त थे...। बाऊ जी व बच्चों का पहुँचना उनकी निजी ज़िन्दगी में ज़बरदस्त दख़ल था। दो बच्चों को एक बूढ़े को एक साथ, वह भी छड़ी के साथ देखकर बन्दरों ने अपनी जगह बैठे-बैठे दाँत किटकिटाकर सही मायने में बन्दर-घुड़की की मुद्रा अपनायी। सहमकर बाऊ जी की छड़ी अपने-आप नीचे आ रही और बच्चे किलकिलाते अन्दर कमरे में भागे। ख़ौफ़ और मज़ा एक साथ... अन्दर आते ही बाऊ जी को आगे करते, वापस आकर चिल्लाए बच्चे—

"भगाइए बाऊ जी, भगाइए न...डरिये नहीं, आपको काटेंगे थोड़े ही ये सब... सिर्फ़ मम्मियों और बच्चों को झूठ-मूठ डराते हैं। आदमियों से तो डरते हैं...आपको नहीं काटेंगे...।"

बाबू जी फिर निकले। उन्होंने सहमे-सहमे थोड़ी-सी छड़ी ठकठकायी...बन्दर अपनी जगह निश्चिन्त बैठे रहे। बच्चों के लिए इतना ही कम उत्साहप्रद नहीं था, क्योंकि अब तक तो हमेशा बन्दरों की भनक लगते ही दहलकर भागती मैं सारे दरवाज़े बन्द कर दुबक लेती।...बच्चों को खिड़की से झाँकते देखकर भी दिल धड़क उठता था। लेकिन आज बच्चों को बाऊ जी की मौज़ूदगी का सुकून था। ख़ूब उछल-उछलकर चिढ़ाते और आवाज़ें कर रहे थे। थोड़ी देर में बन्दर जैसे तंग आकर दूसरी मुँडेरों की तरफ़ चले गए और शानू-शौनक गला फाड़-फाड़कर चिल्लाने लगे, "भाग गए बन्दर। भाग गए, सारे-के-सारे।"

तृप्ति और सन्तुष्टि फूल-पत्ते बचने से ज़्यादा बाऊ जी के हो पाए उपयोग की थी। (अपनी इस कामयाबी से उत्साहित होकर दिमाग़ के घोड़े पर वापस चाबुक लगाया। इसी तरह के और भी उपयोग इन बाऊ जी के खोजे जाने चाहिए।)

लेकिन हफ़्ता बीतते-बीतते ज़बरदस्त मोहभंग हो गया। सारी उम्मीदों पर पानी फिर गया। हुआ यह कि पाँचवें दिन ही बन्दर फिर आए। एक-दो नहीं...पूरे-का-पूरा कुनबा, क़बीले-का-क़बीला बाहरी बरामदे से, अगवाड़े, पिछवाड़े, जीने और छत की टंकी तक एंटीने पर जिमनास्टिक और कपड़े फैलाने की रस्सी पर, ट्रैपीज, क्यारियों-की-क्यारियाँ उछल-कूद मार-झपट्टे में रौंद गई। आँखों में ख़ून उतर आया, "अरे बाऊ जी...अभी तक भगाये नहीं बन्दर आपने? आप भी बच्चों की तरह खिड़की से ताका-झाँकी करते मज़े ले रहे हैं? अरे भगाइए, भगाइए भी, जल्दी। जब सारी क्यारियाँ उजड़ ही जाएँगी, तब भगाने का फ़ायदा?"

लेकिन बाऊ जी कई बार मेरे उकसाने पर छड़ी लेकर धीरे-धीरे बाहर निकले भी तो ऐन सामने बैठे किसी बन्दर के दाँत किटकिटाते ही हड़बड़ाकर वापस अन्दर भागे। भागने में धोती का सिरा भी मुँडेर में निकली कील में फँसाकर फड़वाते आए।...उसके बाद तो लाख उकसाया, अन्दर से ही हिट्ट-हुट्ट करते रहे...और ऊपर से मज़ा यह कि "ख़देड़ दिया है", "खुद ही चले जाएँगे"..."कुछ नुक़सान नहीं कर रहे...", "मैं देख रहा हूँ", "जैसे ही कुछ नुक़सान पर उतारू होंगे, हँकाल दूँगा..." जैसे जुमले कह-कहकर मुझे चकमा देने की कोशिश करते रहे।

उससे अगले हफ़्ते तो बात एकदम साफ़ हो गई। मैं दो-तीन घंटों के लिए ख़रीदारी करने गई थी। लौटकर आई तो बाहरी सीढ़ी पर दो-तीन गमले लुढ़के पड़े थे और अन्दर क़दम रखते ही फूल-पत्तों और टूटी टहनियों से सारा बग़ीचा तहस-नहस...।

मेरी आँखों में जैसे ख़ून उतर आया। उधर बाऊ जी मुझे देखते ही सरपट पहले गुसलख़ाने में, फिर जल्दी से माला लेकर ठाकुर जी के सामने बैठ गए।

बच्चे भी, छोटे सही पर इतनी अक़्ल तो थी ही, बाऊ जी को देखते ही चिल्लाने लगे, "आहा! अब मक्कड़ साध रहे हैं, मम्मी के डर से। बन्दरों को नहीं भगा पाए न, इसीलिए। हमने इतना कहा कि जाइए, भगाइए, आप डरिएगा तो बन्दर और भी ज़्यादा डराएँगे...जाइए, कोशिश तो कीजिए...लेकिन हमारी बात ही नहीं मानते।"

मैं होंठ भींचे, गुस्से, क्रोध और झल्लाहट से उबलती एक हिकारत-भरी नज़र डालती अन्दर चली गई।

ललित से कुछ कहना तो भैंस के आगे बीन। सिर्फ़ मसख़री, सिर्फ़ टिहकारी। उबाल उतरा बच्चों पर। होमवर्क कराते-कराते। मुद्दा बच्चों ने ही उठाया, "बग़ीचा कितना ख़राब हो गया न। तुम तो कहती थीं, बाऊ जी बन्दरों को भगा दिया करेंगे, लेकिन वह तो ख़ुद ही कितना डरते हैं।"

गुस्सा भभका अब पूरे उफ़ान के साथ, "इतना डरते हैं तो जाएँ वापस गाँव और उड़ाएँ जाकर खेत में चील-कौव्वे...हमारे किस काम के। वही कहावत कि..."

कहावत तो बच्चों का ख़याल कर मुँह-के-मुँह जब्त कर गई पर मम्मी की उबाल खाई मुखमुद्रा और कुछ गाँव वापस जाने जैसी भनक बाऊ जी तक पहुँचाई उन्होंने ज़रूर...वैसे भी मेरा बाऊ जी से 'डाइरेक्ट कम्युनिकेशन' सिर्फ़ चाय-पानी,नाश्ते-खाने के पूछने तक ही होता था। बाक़ी सब ललित और बच्चों के माध्यम से—जैसे, "अँगोछा वहाँ न फैलाया कीजिए"..."तेल इतना न डाला कीजिए!"..."बाहर से आने पर पायदान पर चप्पलें ख़ूब रगड़ लिया कीजिए...।"

इन सारी हिदायतों पर इधर ज़रूरत से ज़्यादा ही अमल किया जाने लगा। मुझे दिखा-दिखाकर पैर पायदान पर ख़ूब रगड़े जाने लगे। अँगोछा फैलाते-फैलाते ही अचानक ध्यान आ जाता और उसे उतार लिया जाता। बच्चों से कहा जाता कि "अब मैं तेल ज़्यादा नहीं डालता। बस्साता है न।" और इससे भी बढ़कर शानू-शौनक को अगल-बग़ल की दुकान से रबर, पेन्सिल भी लानी होती, तो फ़ौरन छतरी उठाकर धीरे से कहते, "लाओ मैं लाए देता हूँ...मम्मी से पूछो और भी कुछ लाना है, सौदा सुलुफ़... तो मैं लाए देता हूँ...।" इतना ही नहीं, माली के आने से पहले ही वह जी-जान से तहस-नहस पौधे, क्यारियाँ सुधारने भी लगे थे।

लेकिन बन्दर फिर आए चार-छह दिन पर। फिर उजाड़ी क्यारियाँ उन्होंने और फूल-पत्ते नोच डाले। मैं कमरे की खिड़की से झाँकती, होंठ काटती, कमरे में चहलक़दमी करती रहती। बाऊ जी की विचित्र हालत, सही मायने में बगलें झाँकनेवाली। यों मुझे दिखाने के लिए ही बाहर निकलने को दरवाज़ा जरा-सा ख़ोल, झाँकने-झूँकने की कोशिश भी करते। लेकिन बन्दरों के ज़रा-सा दाँत निकालते ही ख़ौफ़ खाए से दरवाज़ा बन्द कर लेते। फिर मेरे सामने पड़ने से कतराते; बहाने से किसी कोने में दुबके रहते। मेरी खीझ और झल्लाहट अब बौखलाहट में तब्दील होने लगती है। अजब दाँत पीसती बेबसी का आलम था।

इस आलम में सबसे ज़्यादा आन्तरिक सन्तुष्टि तभी मिलती, जब बच्चे, बाऊ जी को 'डरपोक' कहकर चिढ़ाते होते।

असल में मेरा तो पूरा प्लान ही फ़्लाप हो रहा था न। ऊपर से न दिखाने पर भी मेरी बेसब्री, बेरुख़ी बाऊ जी के सामने साफ़ हो गई थी। यों तो पहले भी बाऊ जी से मुझको कौन-सी बड़ी अपनापे-भरी बात करनी होती थी। लेकिन अब तो जैसे पूरी किलेबन्दी। वह अपनी तरफ़, मैं अपनी तरफ़। नाश्ता रखा है, खाना लगा है। नाश्ता-खाना उन्हें दिया नहीं जाता, उनके सामने डाल दिया जाता है। वह ख़ुद भी चुपचाप खा लेते और खिसक जाते।

एक दिन होमवर्क करते-करते बच्चों ने कहा, "अब तो आप अपने गाँव चले जाएँगे न!"

"क्यों?"

"क्योंकि आप तो बन्दरों को भगा ही नहीं पाते, उनसे डरते हैं।"

बाऊ जी थोड़ी देर हक्के-बक्के से बैठे रहे। उनकी समझ में ही न आया कि अपने बचाव या सफ़ाई में क्या कहें? कुछ लमहों बाद जैसे बच्चों को कुछ नई बात बताने के से अन्दाज़ में बोले, "बन्दर हनुमान जी के अवतार होते हैं!"

इस पर बच्चे खिलखिलाकर हँसने लगे। बाऊ जी बौड़म की तरह उनका मुँह देखते रहे। उन्होंने इसकी उम्मीद न की थी। सोचा था, बच्चे पक्ष में, विपक्ष में कुछ तो बोलेंगे, और इस तरह बात चल निकलेगी; लेकिन बच्चों ने खिलखिलाकर पारी समाप्ति की घोषणा कर दी। बाऊ जी चुप बौड़म-से बैठे रहे। फिर उदास-से उठे, छड़ी उठाई, चप्पलें डालीं, बाहर इधर-उधर यों ही डोलने निकल गए।

फिर लौटकर वापस।

एक जगह स्थिर-से बैठते भी तो नहीं—जब देखो यहाँ से वहाँ चलायमान। बच्चों के पीछे-पीछे साये-से डोलते। अब तो बच्चे भी जैसे जान छुड़ाने की फ़िराक़ में। पहले छोटे थे तो उनकी उलटी-सीधी बातों पर हँस-हँसा लिया करते लेकिन अब फटर-फटर इंगलिश आ गई है...तंग आकर कहते हैं—आपका जोक ख़तम हुआ या नहीं...और हँसने लगते हैं (अब बच्चे छोटे तो नहीं—पढ़ाई-लिखाई, खेल-कूद और तमाम दूसरे काम...होमवर्क के लिए मैं पूरी पाबन्द। उस एक समय बच्चे भी ज़रा स्थिर, घर में।)

बस, बच्चों को होमवर्क करते देखते ही बाऊ जी चुपचाप एक किनारे आ बैठते। भाँपते भी रहते कि मैं आसपास तो नहीं। फिर बच्चों से कुछ-न-कुछ बातें करने की कोशिश करते; जैसे—"ये जो तुम्हारे पापा हैं न, ये मेरे वैसे ही बेटे हैं जैसे तुम दोनों इनके। तुम्हारे पापा भी छोटे थे तो मैं उन्हें वैसे ही डाँटता था जैसे वह तुम दोनों को डाँटते हैं।"...फिर सोचते हुए धीमे-से जोड़ते—"बहुत डरता था वह मुझसे"—या फिर कभी—"जैसे वह तुम लोगों के लिए चॉकलेट, बिस्कुट लाते हैं, वैसे ही मैं भी लाया करता उसके लिए...मैं तो बाज़ार की सबसे महँगी हैट और गेटिसवाली निकर लाया था—उसके लिए...।"

फिर एक दिन उन्होंने बहुत जोड़-तोड़ बिठाकर, बच्चों के सामने वह वाक्य बोल डाला, "अगर मैं गाँव चला गया तो फिर तुम लोगों को कहाँ देख पाऊँगा..." और अधीर चेहरे से बच्चों के जवाब का इन्तज़ार करने लगते।

लेकिन बच्चों को इसमें कोई गौरतलब बात समझ में आई ही नहीं। उन्होंने सुना, 'हामी' में सिर हिलाया और वापस झुककर होमवर्क करने लगे।

बाऊ जी बैठे रहे, अचानक उठे, बड़े बिज़ी होने के से अन्दाज़ में चप्पलें डालीं, छतरी उठाई और निकल गए।

इधर भी किसे होश-हवास...तमाम-तमाम ज़रूरी काम। काफ़ी देर हुई तो ख़याल आया...डर यह कि बूढ़ा-ढिल्ला शरीर, कहीं पैर ऊँचे-नीचे न पड़ गए हों। तब तक पायदान पर चप्पलें रगड़ते दीखे। किधर गए थे? मन्दिर गए थे। भई इतनी देर क्या करते

रहे? कीर्तन करती मंडली के साथ बैठकर मँजीरे बजाते रहे। बड़ी ठसक और उमंग के साथ जवाब दिया गया। ठीक है, बजाओ मँजीरा चाहे मृदंग, अपने से क्या।

लेकिन दो-चार दिनों बाद फिर जल्दी लौटे और पूछा गया तो चुप्प—'बस, नहीं बताते', जैसे अन्दाज़ में। बाद में ललित ने हँसते हुए बताया कि वह कीर्तन मंडली चली गई और दूसरी में उनका अपना मँजीरेवाला है। सो उदास हो लिये थोड़े, बस।

तो भी क्या मन्दिर तो है ही हनुमान जी का, चित्र स्थान। जाकर बैठे रहते हैं। (क्या पता कभी मँजीरेवाला ग़ैरहाज़िर हो।)

फिर एक दिन महरी बोली, "कौन, बाऊ जी? मन्दिर में कहाँ ज़्यादा उनका दीदा लगता है! उन्हें तो अक्सर पुलिया पार कुँजड़ों की बैगन-टमाटर की क्यारियों के पास देखती हूँ। वहीं उन सबसे बोलते-बतियाते रहते हैं—खाद-फ़सल, हुक्के-चिलम की बातें।"

ललित का गुस्सा जायज था, फिर भी क़ाबू कर गए। किसी तरह बस दो-चार सख़्त शब्दों में ही हिदायत दे दी कि मन्दिर तक हो आया कीजिए बस। बाक़ी यहाँ-वहाँ बैठकें लगाने की ज़रूरत नहीं। मान गए बाऊ जी, बिना हील-हुज़्ज़त के। जैसे बिलकुल ठीक कह रहे हों, नहीं जाएँगे कल से। बस मन्दिर से घर, घर से मन्दिर।

बन्दर अब भी वैसे ही आते थे, पर अब बाऊ जी से कोई कुछ न कहता। सारा साहबी रुतबा ताक पर रख, मैं ओर महरी तथा बच्चे रहे तो बच्चे भी, ज़ोर-ज़ोर से अन्दर से थाली-कनस्तर पीटना शुरू कर देते...रास्ते से गुज़रते लोग अचानक अचकचाकर देखते, देखकर मुसकराते हुए आगे बढ़ जाते। हम अन्दर-अन्दर शरम से पानी-पानी हो जाते लेकिन बन्दर आख़िरकार आवाज़ें से आजिज़ आकर धीरे-धीरे खिसक जाते।

तब हम चैन की साँस लेकर सुस्ताते और बच्चे बाऊ जी को चिढ़ाते हुए कहते, "देखा? हमने ख़ुद ही भगा दिये बन्दर।"

अचानक ललित उस दिन हुलसते हुए आए। दस दिनों के लिए 'साइट' पर जाने का आर्डर। ख़ुशी की बात यह कि साहब ने बीवी-बच्चों को ले जाने की मंजूरी दे दी। छोटी जगह, जंगल-घाटियों के बीच में। कांट्रेक्टर, सुपरवाइजर हाथ बाँधे खड़े रहेंगे। पैसे काटेंगे अलग। ख़ासी पिकनिक और सबसे बढ़कर 'घर' की रखवाली के लिए पन्द्रह रुपये रोज़ का चौकीदार ढूँढ़ने की ज़रूरत नहीं। बाऊ जी तो हैं ही।

ललित ने ही समझा दिया। कुछ दिनों के लिए बाहर जा रहे हैं हम सब। घर देखिएगा। होशियारी से रहिएगा। सुनकर अन्दर-अन्दर थोड़े सहमे-से दीखे छोटे बच्चे की तरह। कितने दिन लगेंगे। महीने डेढ़-महीने को जा रहे हो तो मैं गाँव चला जाऊँ... लेकिन मैंने आँख मारी—अब एक ज़रा काम आया चौकीदारी का तो उससे भी कन्नी काट रहे हैं। ललित ने कहा, "अरे नहीं...हफ़्ते-भर को ही—लेकिन दो-चार दिन इधर-उधर तो हो ही सकता है (नौकरी की बात है। कोई घर की थोड़ी) और फिर तकलीफ़ क्या है यहाँ? वहाँ तो रोटी भी ख़ुद ही ठोंकते थे। यहाँ तो हम महरी से कह जाएँगे। एक समय बना जाया करेगी। लेकिन सारे समय घर में ही रहिएगा, समझे!"

"और बन्दर आएँ तो अन्दर से थाली, कनस्तर बजा दीजिएगा।" बच्चों ने कहा तो ललित के साथ-साथ मैं भी खिलखिला पड़ी। बरतन पोंछ-पोंछकर रैक पर सजाती महरी

ने बड़े ठसके से ठिठोली की, "अब बाऊ जी बेचारे डरते हैं वानर से तो सब-के-सब उनका टिहकारी लेते हैं..."

हम लोग चलने को हुए तो बाऊ जी ने थोड़ी देर बेसब्री से इन्तज़ार-सा किया। बाद में ख़ुद ही हमें समझाते-से इस तरह कहने-समझाने लगे जैसे हम उन्हें अकेला छोड़कर जाते हुए बड़े दुखी और चिन्तित हैं—"मेरे लिए परेशान मत होना...मैं तो गाँव में भी महीनों-सालों से अकेला ही रहता हूँ...खाने-पीने की भी परेशानी नहीं। बदन टूटते ही पीलीवाली गोली खा लूँगा और घुटनों में भी तारपीन का तेल चुपड़ लिया करूँगा। बाक़ी समय मन्दिर जाकर बैठ जाया करूँगा, बस्स।"

ख़ैर, जो कुछ हमें कहना चाहिए था, वह सब वह ख़ुद हमारी तरफ़ से अपने-आपको कहकर प्रबोध रहे और इस बीच हमारी जीप स्टार्ट हो गई।

'साइट' पर पहुँचने के बाद तो ऐसा पासा पलटा कि न घर के रहे, न घाट के। इतने हौसले, इतनी उमंग से बँधे पहुँचे थे, पर सारे हौसले ही मलबे की तरह बैठ गए। कुल दो दिनों बाद ही 'साहब' ख़ुद आ धमके और उसके बाद जिस जी-हुजूरी की उम्मीद हम अपने जूनियर्स से कर रहे थे, उसी जमात में ललित ख़ुद शामिल हो गए बल्कि उन सबसे कहीं ज़्यादा टैंस्ड, परेशान और नर्वस से। (क्योंकि 'साइट' प्रोजेक्ट की सारी जवाबदेही ललित की ही थी।) अब से दिन-के-दिन एक सुबह से गई रात तक साहब के पीछे-पीछे रजिस्टर, फ़ाइलें लिये दौड़े रहे हैं। न नाश्ते की धुन, न खाने की। जो कुछ समय मिलता भी, वह भी साहब के क़दमों के नीचे बने रहने और अपने सर्विस रेकार्ड की कलई-पॉलिश में कौड़ी के मोल लुटाया जा रहा था। साहब कहते भी, तो भी उनके क़दमों में बने रहना और गई रात देर-सबेर आकर थकान से लस्त निढाल पड़े रहना। मैं और बच्चे तम्बू में फँसे क़ैदख़ाने से बदतर, बदमज़ा। (सर्कस के जानवरों को भी 'शो' दिखाने के लिए ही सही, तम्बू से बाहर तो लाया जाता है।) हम बाहर एक-दो चक्कर भी मारते तो दुबके-सहमे। बच्चे हज़ार निर्देशों के साथ बाहर लाए जाते—कहीं सामना हो जाए तो ऐसे पेश आना, 'गुडमॉर्निंग' कहना—तो ऐसे हो रही थी हमारी पिकनिक—बच्चों के साथ-साथ मेरा भी जैसे दम घुटा जा रहा था।

ऐसे में घर की याद और ज़्यादा आती। स्वाभाविक ही था। चिन्ता, फ़िक्र भी सताती। घर के साथ-साथ बाऊ जी भी, कहीं बीमार-ईमार न पड़े हों। लौटने पर और आफ़त। घर का कोई दरवाज़ा, कहीं ख़ुदा-ना-ख़्वास्ता खुला रह गया तब तो और आफ़त। बन्दरों ने अन्दर-बाहर कुछ भी साबुत न छोड़ा होगा। हे भगवान्! कहाँ आ फँसे...

(और बाऊ जी भी तो निपट अकेले...इतने दिन इतने-इतने घंटे, बन्दरों के आने पर क्या करते होंगे? अकेले कितनी थाली-कनस्तर बजाते होंगे? बाहर मन्दिर तक जाने को भी ललित मना कर आए हैं कि कहीं चाबी गिरी-खोई तो? घर सूना देख पिछले दरवाज़े-खिड़की से पैठने की कोशिश करें तो? हज़ार शक, हज़ार अन्देशे, चुपचाप घर में बने रहिएगा। हमारे आने तक सिर्फ़ खाना खाइएगा और पूजा-पाठ कीजिएगा। दो हफ़्ते होते क्या हैं?)

यह तो मुझे अब पता चल रहा था। ऊब की हद एकरसता और निहायत अकेलेपन की घुटन...घुटन और धुर तटस्थता, यानी उपेक्षा ही तो...तमाम ज़रूरी काम, दौड़-धूप,

भागम-भाग, जी-हुजूरी, उसमें मेरी, हमारी कहाँ सुध। कहने को तो दो के चार हफ़्ते होने को आए। उफ़ कब...क़ब ख़त्म होगा, यह निर्वासन, यह घुटन, यह उपेक्षित एकरसता—कब मुक्ति मिलेगी?

सो मुक्ति मिली। साइट का काम पूरा क्या हुआ जान को जहान मिला। जीप से लौटे उसी दिन। रास्ते में बाऊ जी के विषय में सोचते हुए कि कैसे गुज़ारे होंगे उन्होंने इतने सारे दिन।

जीप रुकी, गेट खोला और मैं बेतहाशा हाँफती हुई-सी बाहर बरामदे की सीढ़ियाँ चढ़ीं तो अवाक् सन्न...बरामदा पूरा छोटे-बड़े बन्दरों से घिरा हुआ था और बाऊ जी दरवाज़े से सटी चौकी पर कटोरे-भर भीगे चने रखे मुट्ठी-मुट्ठी भर-भर बन्दरों को खिला रहे थे। बन्दरों के बच्चे मगन-मन अपनी ख़ुशी का इज़हार करते बाऊ जी के सामने कलामुंडियों पर कला-मुंडियाँ खा रहे थे और बाऊ जी एकदम अभिभूत नेत्रों से उन्हें देखे जा रहे थे।

चौखट से टिकी महरी भी बड़े चाव, बड़े अपनापे से देख रही थी और बाऊ जी उसे सगर्व समझा रहे थे—बन्दर हनुमान जी के अवतार होते हैं।

कोख

नमिता सिंह

अम्बालिका उद्विग्न थी। दासी ने उसके कान में कुछ कहा और फिर मुँह ताकने लगी।

—"सच कह! तुझे भ्रम हुआ होगा? क्या सचमुच तूने अपने कानों से सुना था?"

—"हाँ देवि! मैं माता सत्यवती के प्रासाद में थी। उन्होंने मुझे बुला भेजा था।" दासी चपला ने स्वामिनी के मुख के भावों को पढ़ना चाहा। गहरे सोच में डूबी अम्बालिका ने जैसे उबरते हुए कहा,

—"फिर? क्या कहा उन्होंने!"

—"वहाँ वीरप्रवर गांगेय के साथ वे मंत्रणा में लीन थीं। मैं दरवाज़े पर खड़ी थी और माता सत्यवती के आदेश की प्रतीक्षा कर रही थी। वीरप्रवर बहुत धीमे स्वर में माता से कुछ कह रहे थे। मेरे क़दम आगे बढ़े थे कि मैंने सुना, गांगेय ने स्पष्ट कहा था कि भ्राताश्री ऋषिश्रेष्ठ व्यास हस्तिनापुर के अतिथि होंगे। उनकी कृपा है कि उन्होंने हमारा आतिथ्य स्वीकार किया है।"

—"लेकिन चपले! वे तो हस्तिनापुर के अतिथि हैं। माता सत्यवती और ज्येष्ठश्री भीष्म उनकी आतिथ्य सेवा में होंगे। बहुत से बहुत हुआ और माता हमें आज्ञा देंगी तो हम अवश्य ऋषिवर के चरणों में प्रणाम करने जाएँगी।" अम्बालिका ने सहज होने का प्रयास किया।

—"नहीं देवि! उन्होंने स्पष्ट कहा था कि—"

—"बार-बार इस अप्रिय प्रसंग को मत दुहरा चपले! मुझे और अवसाद में न डाल!"

अम्बालिका अपने आसन से उठकर खड़ी हो गई। उसकी समझ में नहीं आ रहा था कि वह क्या करे? अपने कक्ष में चहलक़दमी करते हुए वह गवाक्ष से बाहर देखने लगी। सरोवर के शान्त जल में कमलिनी अर्द्धनिमीलित थीं और सभी जैसे गरदन झुकाए कुछ सोच रही थीं। अपनी स्वामिनी के साथ वह भी उनकी चिन्ता में सम्मिलित थीं। कोमल, धवल श्वेत कमलिनी—इनके ऊपर कोई पत्थर से प्रहार कर दे या उनको भारी-भरकम शिलाखंड के नीचे दबा दिया जाए, जीवित बचेंगी क्या? अम्बालिका की दृष्टि ऊपर गई। नीले आकाश में उड़ते सफ़ेद बादलों के झुंड! अम्बालिका का मन किया कि वह भी इस महल के परकोटों को पार करती उसकी चारदीवारी से बाहर निकले! ठंडी मस्त हवा में उड़ चले इन बादलों के साथ। मुक्त हृदय से विचरित करती हुई छुप जाए बादलों में। कितनी असम्भव कल्पना! राजकुल की राजकुमारी, हस्तिनापुर राज्य की महारानी—क्या स्वतंत्र है, अपने मन की उड़ान के साथ जीने के लिए? जितनी बड़ी सत्ता उतने ही विशाल लौहकपाट। राजमहल के गर्भ में स्थित अन्तःपुर के सुदृढ़ परकोटे। क्या

प्रतिष्ठा के साथ बन्दी जीवन अनिवार्य है? शायद नारी के लिए यही सत्य है। नहीं, वह इन वेदनामय असह्य परिस्थितियों में नहीं रहेगी,—कोई राह निकालनी होगी।

क्या अनर्गल बातें सोचने लग पड़ी राजरानी। क्या हमसे कोई मंत्रणा की जा रही है? हमें क्या यह अवसर मिलेगा कि इच्छानुसार हम स्पष्ट करें कि हमें क्या प्रिय है और क्या अप्रिय। हमारे पक्ष में तो केवल आज्ञा पालन है। यही हमारा धर्म है, यही शास्त्र है। स्वामी की आज्ञा-मातृश्री की आज्ञा,—ज्येष्ठश्री की आज्ञा। हमारे जीवन पर हमारा वश नहीं।

अम्बालिका को आज बहन अम्बा का स्मरण हो गया। उसकी ज्येष्ठ बहन अम्बा! तीनों बहनों में सबसे सुन्दर। आत्मविश्वास और कमनीयता का बेजोड़ मिलन। सम्पूर्ण आर्यावर्त के राजकुलों की कामना। दूर-दूर तक उसके सौन्दर्य और बुद्धिमानी की ख्याति—प्रेम और मेधा की अपूर्व स्वामिनी—अम्बालिका के सम्मुख जैसे पूरा घटनाक्रम जीवित हो उठा—

काशीनरेश कितने प्रसन्न थे। पूरा राज्य उत्सव के रंग में मदमस्त था। पराक्रमी एवं प्रतिष्ठित काशीनरेश ने पहले तो केवल ज्येष्ठ पुत्री अम्बा के विवाह हेतु स्वयंवर का आयोजन करने का विचार बनाया था। फिर एक दिन उपवन में तीनों राजकन्याओं को देखा। वे भ्रमवश अम्बिका को अम्बा समझ बैठे थे। भूल इतनी बड़ी कदापि न थी। सहज स्वाभाविक थी। लेकिन इसने यह विचार अवश्य दिया कि तीनों ही कन्याएँ विवाह योग्य हैं। अप्रतिम सौन्दर्य की धनी अम्बा से कहीं कम अम्बिका और अम्बालिका नहीं थीं।

अम्बा को तो जैसे मनवांछित मिला हो। प्रत्यक्ष और अप्रत्यक्ष कई दूतों के माध्यम से शाल्वराज अम्बा के प्रति प्रेम प्रदर्शन कर चुके थे। अम्बा स्वयं शाल्वराज के प्रति अनुरक्त थी। शाल्वराज का शौर्य और पराक्रम भी आर्यावर्त में चर्चित था। निरन्तर युद्ध जीतते और राज्य विस्तार करते शाल्वराज की महारानी बनना राजकुमारी अम्बा का अभीष्ट था।

काशीनरेश ने इसी प्रयोजन हेतु स्वयंवर का आयोजन किया था। वीरोचित परिणय ही अम्बा को अभीष्ट था और शाल्वराज को भी।

स्वयंवर मंडप में आर्यावर्त के चुने हुए राजपुरुष मानो तारामंडल के रूप में सुशोभित थे। इनके बीच एक नहीं, दो नहीं, तीन चन्द्रमुखी रूपसी राजकन्याएँ मन्थर गति से क़दम बढ़ा रही थीं। अम्बा को अपना अभीष्ट दिखाई दे रहा था। वह आगे बढ़ रही थी। पीछे अम्बिका और अम्बालिका अर्द्धनिमीलित नयनों से हिरणी की तरह इधर-उधर देखतीं। जिस राजपुरुष के सम्मुख पहुँचतीं, उसका यशोगान चारण करने लगते।

तभी जैसे स्वयंवर मंडल में भूचाल आ गया हो। एक बड़ा समूह अस्त्र-शस्त्र से सुसज्जित सैनिकों का और उनके आगे, एक राजपुरुष—मानो युद्ध के मैदान में चला आ रहा हो। शुभ्र धवल दाढ़ी। संकल्प से भरे विशाल नेत्र! आजानुबाहु! माथे पर शिरस्त्राण और शरीर पर कवच धारण किए। कन्धे पर धनुष, पीठ तरकश से सुसज्जित। कमर से लटकती तलवार।

तीनों राजकन्याएँ भयभीत हिरणी-सी जहाँ थीं, वहीं जैसे जम गई हों। क़दम थम गए। वरमाला हाथों से गिरने लगी। ये दिव्य पुरुष हस्तिनापुर के राजपुरुष, कुलसंरक्षक, वीरवर भीष्म थे। सभामंडप के बीच उन्होंने क्या कहा, वे शब्द तो जैसे किसी के कानों में पड़े ही न थे। चेतना जागी तो सिर्फ़ इस आदेश से कि उन तीनों को बाहर खड़े रथ

में बैठना है। यह गंगापुत्र परमवीर आर्य भीष्म की आज्ञा थी। हस्तिनापुर जैसे बलशाली साम्राज्य के आगे किसी की क्या हस्ती थी। क्या मजाल थी। कौन प्रतिरोध करता। काशीनरेश सिंहासन से उठने का उपक्रम करते—इससे पहले ही भीष्म उनसे करबद्ध निवेदन कर चुके थे। क्षत्रियोचित वीर परम्परा का निर्वाह ही तो हो रहा था। स्त्रियाँ हाड़मांस की पुतली, इच्छा-अनिच्छा से परे। जो बलशाली हो, उठाकर ले जाए—यह सर्वथा वीरोचित कृत्य ही तो था। राजकुलों की परम्परा के अनुरूप ही था। काशीनरेश मौन होकर फिर अपने सिंहासन पर बैठ गए।

अम्बा के पैर ठिठके थे। उसने नज़र उठाकर सामने विराजमान शाल्वराज को देखा था—वह रुक गई थी कि सम्भवत: कोई हाथ पकड़कर रोक लेगा—लेकिन सब कैसे मंत्रबिद्ध थे, आतंक से सम्मोहित थे।

भीष्म ने पीछे रुक गई अम्बा को देखा था और पुन: उसे आज्ञा दी थी कि वह रथ में विराजमान हो। आँखों में आँसू लिये अम्बा रथ की ओर चल दी थी।

सब इतनी जल्दी हो गया। लोग जैसे नींद से जागे हों और अब भीष्म के रथ के पीछे अन्य रथ थे। यह स्वयंवर में आमंत्रित नरेशों का सरासर अपमान था। तीरों की बौछारें दोनों ओर से हो रही थीं। शाल्वराज ने अपने हथियार सँभाले, अपने सैनिक साथ लिये और वह अन्त तक पीछा करता रहा। अम्बा इष्टदेव का स्मरण करती रही और शाल्वराज अपने मान-सम्मान की रक्षा हेतु जूझता रहा।

सम्पूर्ण आर्यावर्त जिसके बाहुबल और शौर्य प्रताप का साक्षी था—उसके सामने कोई नहीं टिक सका। शाल्वराज भी अन्तत: घायल होकर वहीं खड़ा रह गया और कुँवर भीष्म ने तीनों राजकन्याओं को माता सत्यवती के सम्मुख प्रस्तुत कर दिया।

—"मातृश्री, आप भ्राता विचित्रवीर्य के विवाह के लिए चिन्तित थीं। मैं एक नहीं, तीन राजकन्याओं का हरण कर लाया!"

—"पुत्र—ऐसा..."

—"हाँ मातृश्री! मैं ठहरा ब्रह्मचारी। मैं कैसे सुनिश्चित करता, कौन सर्वाधिक योग्य है।"

—"तीनों एक से बढ़कर एक हैं पुत्र"—राजमाता सत्यवती निहाल थीं।

अम्बा ने अस्वीकार कर दिया विचित्रवीर्य को। वह मन-ही-मन शाल्वराज को पति मान चुकी थी। वह किसी अन्य को कैसे वरण करेगी।

अम्बा का तर्क उचित था। यही मर्यादा थी। भीष्म ने पूरे सम्मान के साथ और लावलश्कर के साथ अम्बा को विदा किया। वह स्वतंत्र थी शाल्वराज के पास जाने के लिए—वह गई। शाल्वराज के दरबार में दस्तक दी।

लेकिन यह क्या! शाल्वराज ने उसकी ओर देखा तक नहीं। उसका हरण हुआ था। अब कौन अम्बा, कौन शाल्वराज। वह अपना अपमान न भूले थे जब भीष्म ने घनघोर बाणवर्षा कर उन्हें विवश किया था कि वे लौट जायँ। हस्तिनापुर राज्य के हाथों अपमानित होकर वह भीख में मिला प्रसाद ग्रहण नहीं करेंगे। अम्बा को स्वीकार नहीं करेंगे। याचक बनी नारी एक बार फिर दरबार से तिरस्कृत होकर लौटी थी।

अपमानित अम्बा पुन: हस्तिनापुर में थी। भीष्म ने उसका हरण किया था, वही उसका वरण करें—यही धर्म है, यही न्याय है।

भीष्म तो अपनी प्रतिज्ञा से बँधे हैं। पिता को दिया वचन। माता को दिया वचन। एक नहीं सौ अम्बा आ जाएँ। वह अपनी प्रतिज्ञा भंग नहीं करेंगे।

अब—कहाँ जाए अम्बा! पिता-प्रेमी-हरणकर्ता—कोई स्वीकार नहीं करेगा। वह युद्ध में जीती हुई ऐसी सम्पत्ति जिसका कोई स्वामी नहीं! उसका दोष? शायद उसका स्वाभिमान था—अपनी इच्छानुरूप अपने जीवन अस्तित्व का बोध था।

युग-युग से ऐसी स्थिति में अबला को जगह मिली है अग्नि की गोद में। यही नियति अम्बा की थी। उसके सम्मुख अब कोई शरणदाता नहीं था।

सबके सामने चिता प्रज्वलित कर अम्बा लपटों के बीच खो गई। अम्बा ने साहस किया था। अपनी भावनाओं को शब्द दिये थे। लेकिन परिणाम, अपमान घोर अपमान। उसके सम्पूर्ण नारीत्व का अपमान। उसकी इच्छाओं का तिरस्कार। उसके व्यक्तित्व की ऐसी अवहेलना। गेंद की तरह लुढ़कती रही वह अपने आत्मसम्मान के लिए और, क्या परिणाम हुआ उसके संघर्ष का, उसके प्रतिरोध का।

अम्बालिका का हृदय फिर अवसाद में डूबने लगा। अम्बा की चिता की लपटें जैसे उसके सम्मुख फिर प्रज्वलित हो उठी हों। लपटों की उष्मा उसके भीतर प्रविष्ट हो उसे झुलसाने लगी थी।

मन पर किसका वश है? कल्पना में ही सही—मन सारे बन्धन तिरोहित कर उन्मुक्त—पंख फैलाए उड़ने लगता है लेकिन धरती पर पैर टिकाते ही प्रश्न मुँह बाये खड़े हो जाते हैं कि हमारा आकाश कहाँ है?

अम्बालिका फिर घूम-फिरकर अपनी शय्या पर आ बैठी। उसकी दोनों दासियाँ उसके आदेश की प्रतीक्षा में थीं। उसने उन्हें बाहर जाने का संकेत किया और चपला को आदेश दिया कि वह अम्बिका के प्रासाद में सन्देश लेकर जाए। वह मिलने जाएगी अपनी सहोदरा से। उसके पास भी तो कोई सूचना होगी। अम्बिका बड़ी है। अधिक प्रबुद्ध है। उसके पास निश्चित कोई सन्देश होगा। समाधान भी होगा।

अम्बिका अपने कक्ष में वीणा के सुरों में खोई थी। चपला के साथ छोटी बहन को देखा तो उसकी उँगलियाँ थम गईं। स्वामिनी का संकेत पाकर चपला भी कक्ष से बाहर चली गई। वे दोनों अब न पटरानी थीं और न महारानी। न ही अब वे सौतें थीं। अब वहाँ सिर्फ़ दो बहनें थीं—सिर्फ़ दो नारियाँ, नितान्त अकेली। निजता के स्तर पर एक-दूसरे की हमजोली, सखी। सम्पूर्ण नारी जाति के प्रतिनिधि के रूप में सिमट आई थीं एक-दूसरे के समीप।

अम्बिका सचमुच अधिक गम्भीर थी। वह राजमहिषी थी। सत्ता की आवश्यकताओं से पूर्ण रूप से परिचित। राज्य को उत्तराधिकारी चाहिए। हम दो महारानियाँ और हमारे स्वामी सन्तान से वंचित रह गए। राजधर्म कैसे निभेगा। इस अजेय प्रतिष्ठित हस्तिनापुर राज्य की वंशबेलि का प्रश्न था।

—"क्यों अम्बिके! सन्तानोत्पादन में क्या अकेले नारी की भूमिका होती है? उसका शेष अर्द्धांग-पुरुष? उसकी उपस्थिति बिना कैसी सन्तान?"

अम्बिका हँसने लगी।

—"क्यों, महाराजा विचित्रवीर्य—हमारे स्वामी। वह कहाँ हैं?"

—"हमारे पुरुष!" अम्बालिका ने बीच में ही बात काटी और वह भी हँसने लगी।

अचानक अम्बिका गम्भीर हो उठी और अम्बालिका की पीठ को अपनी बाँहों से घेरते हुए उसे अपने समीप खींच लिया। छोटी बहन के प्रति उसके हृदय में लहराता स्नेह उन दोनों को आप्लावित करने लगा।

—"बहन! महाराज सन्तानोत्पादन के लिए सक्षम नहीं रहे, इसे सब जानते थे। वे अति विलासी थे लेकिन दोष औरतों के सिर पर ही आता है। पुरुष का पुरुषत्व चुनौती नहीं सहन करता। उसका अहम् पर्वत समान होता है। उसे ज्ञात है कि उसके अहम् की आधारभूमि खोखली है, इसीलिए वह और अधिक तीव्रता से स्वयं पर्वत की चोटी पर जा अवस्थित होता है और निरन्तर धरती पर प्रहार करता है। पैरों तले रौंदता-मानमर्दन करता है। मानो इससे उसका पुरुषत्व स्थापित होगा—निर्विवाद स्वामित्वधारित होगा।"

—"तो?" अम्बालिका के नेत्रों में प्रश्न थे। उसकी निश्छल वय सम्भवत: इन जटिलताओं और उनके समाधानों के व्यावहारिक पक्ष से अनभिज्ञ थी।

—"तो यह कि अम्बालिके, जो भी वीर्यवान् पुरुष हमें उपलब्ध कराया जाए उससे गर्भवती होकर हम नारीधर्म का पालन करें।"

—"क्या चाहा-अनचाहा कोई भी हो?"

—"हाँ! निश्चित रूप से अनचाहा ही होगा। जिसे देखा न हो, जिससे परिचय न हो—जिसके प्रति कोई भाव, कोई संवेदना न हो—वह निश्चय ही अनचाहा, अपात्र होगा। जो उपलब्ध कराया जाएगा—उसी से गर्भधारण कर हमें अपना नारीत्व सिद्ध करना होगा। यही समाज व्यवस्था है और व्यवस्था का पालन करना ही हमारा धर्म है।"

—"लेकिन अम्बिके, महाराज? महाराज के प्रति हमारा धर्म..."

—"पगली। हमारे महाराज चिरंजीवी होते—अक्षय प्रतापवान् होते—हमारी तो यही कामना थी लेकिन विधि के विधान पर हमारा कोई वश नहीं है। महाराज यदि आज यहाँ होते तो माता सत्यवती की आज्ञा का पालन करते हुए वे भी यही व्यवस्था देते।"

—"तो क्या महाराज के न रहने पर भी मदनोत्सव का आयोजन परम्परागत विधि-विधान से ही होगा?"

देह पर क्या हमारा तनिक भी अधिकार नहीं? देहधर्म की नीति और व्यवहार भी क्या दूसरे ही निर्धारित करेंगे? हम क्या निर्जीव, भावशून्य पिंड भर हैं, जहाँ चाहा, जिसे चाहा परोस दिया? विचार करने को मस्तिष्क तथा संवेदित होने को स्पन्दित हृदय, इनको पृथक् कर क्या जीवित मनुष्य की कल्पना हो सकती है—अम्बिका एकान्त में बेहद अशान्त हो उठी थी। वह किसी भी मूल्य पर उस बीहड़ से दिखनेवाले ऋषि महाराज का अपने प्रासाद में, अपने शयनकक्ष में प्रवेश नहीं चाहती थी। उसने कहा कि वह स्वयं उनके चरणों में उपस्थित होगी। सिर पर आँचल डालकर उनके सम्मुख चरणों में नतमस्तक हो उनसे आशीर्वाद ग्रहण करेगी लेकिन किसी अन्य की आज्ञानुरागी होकर अपना आँचल समर्पित नहीं करेगी।

ऋषिप्रवर अन्त:पुर में एक पृथक् प्रासाद में विश्राम कर रहे थे। उन्हें प्रतीक्षा थी महारानी अम्बिका की। रूपवती, नवयौवना अम्बिका...। तीनों बहनों अम्बा, अम्बिका और अम्बालिका को उनके स्वयंवर के अवसर पर जब भीष्म उठा लाए उसी समय इन बहनों की कमनीयता तथा सौन्दर्य चर्चा के विषय थे। भीष्म का पराक्रम स्वयं में एक महत्त्वपूर्ण चर्चा का विषय था कि माता सत्यवती के पुत्र, राजसिंहासनधारी विचित्रवीर्य

के लिए एक कन्या का हरण करने के स्थान पर वह रेवड़ के समान नारीसमूह ही हाँककर ले आए थे।

ऋषिश्रेष्ठ व्यास आतुर थे। उनकी भुजाएँ लम्बी और रोमयुक्त थीं। शरीर बलिष्ठ था और लम्बे समय से वन में तप करते रहने के कारण उनकी देह कठोर और मुखमंडल दर्पयुक्त था। उनकी लहराती श्वेत दाढ़ी, मूँछ और रुक्ष जटाजूट उनके चेहरे को और अधिक भावहीन बना रहे थे। उनका हृदय तीव्र आवेग से ज़ोर-ज़ोर से स्पन्दित हो रहा था और भुजाएँ फड़क रही थीं जैसे किसी रणस्थल में सामने खड़ी शत्रुसेना के सम्मुख अपनी शक्ति प्रदर्शन के लिए वह तत्पर हों। उनकी प्रतीक्षा की घड़ियाँ समाप्त हुईं और देहरी पर पायल की रुनझुन के साथ एक कमनीय नारी भरपूर सौन्दर्य के साथ प्रस्तुत थी। उसका उत्तेजक शृंगार किसी भी पुरुष को अपने आकर्षण में आबद्ध करने के लिए पर्याप्त था।

ऋषिवर सुसज्जित शय्या पर बैठे थे, तुरन्त खड़े हो गए।

—"प्रणाम गुरुदेव!"

—"पुत्रावती भव अम्बिके...आयुष्यमती भव..."

ऋषिवर ने महारानी अम्बिका की काँपती देह को उसके कन्धे पकड़कर स्थिर करना चाहा। चेहरे पर अवगुंठन धारण किए सुन्दरी के नेत्र नीचे झुके हुए थे। ऋषि ने कोमल देह को दोनों हाथों से यूँ आच्छादित कर लिया था कि केवल नीचे की ओर दृष्टिपात करने पर झीने अधोवस्त्र से नीचे उसके दुग्ध धवल पैर ही दिखाई दे रहे थे। जैसे विशालकाय अजगर के मुँह में समाया कोई पशु जिसका शेषांश ही बाहर दिख रहा हो। वह कोमलकान्त गौर वर्ण देह उस रोमयुक्त बलिष्ठ पुरुष काया के भीतर समा रही थी। देह के भीतर देह का चिर शाश्वत सम्बन्ध सभी सीमा रेखाओं को तिरोहित कर सिर्फ़ स्त्री-पुरुष पर स्थिर हो गया था। एक तूफ़ान...गर्जनयुक्त लहर...उछलती रही...।

धीरे-धीरे ऋषिवर के भीतर तटबन्ध पर टकराती समुद्र की लहरें अब शान्त होने लगीं। पौरुष घट रिक्त हो चला था और जीवन का अमृत कलश सराबोर था ऋषि की कृपादृष्टि से।

प्रातः बेला अक्षयदान ग्रहण कर अभिसारिका नारी प्रस्थान कर चुकी थी। वहाँ शेष थे रात्रि समागम के चिह्न! मुरझाये कुचले पुष्पदल—मादक सुगन्ध की तलछट जो अब केवल संकेत भर दे सकने में सक्षम थी। दीपाधार पर जलता दीप अब अन्तिम श्वासों में वर्तिका के जलने की दुर्गन्ध देने लगा था।

सूर्योदय के साथ जीवन स्पन्दित होने लगा। दिन के प्रकाश में जीवन के दूसरे सत्य उद्घाटित होने लगे। यथार्थ अपनी विसंगतियों और विद्रूपताओं के साथ स्थान ग्रहण करने की चेष्टा करने लगा और इसी के साथ ऋषिवर व्यास कक्ष से बाहर आ गए। उनकी बनवासी देह मानो झाड़ लताओं में और अधिक उलझ गई थी। चिन्तन और साधना के गूढ़ रहस्य चेहरे को और अधिक कठोरता प्रदान कर प्रस्तर खंड में बदल चुके थे। विशाल नेत्र रक्ताभ होकर जैसे फट पड़ना चाहते थे। होंठ फड़क रहे थे। नथुने फुफकार रहे थे।

उनके साथ छल किया गया था।

सवेरे की पूजा-अर्चना के बाद तुरन्त ही ऋषि व्यास माता सत्यवती के कक्ष में जा पहुँचे। वे क्रोध में डूबे थे। क्षुब्ध थे। वे प्रस्थान के लिए तत्पर थे। माता सत्यवती चिन्तित हो उठीं। पुत्र भीष्म भी वहाँ उपस्थित थे।

...और थोड़ी ही देर में रहस्य दोपहर की धूप की तरह स्पष्ट था। दासी मुनिप्रवर के पैरों पर गिरकर क्षमायाचना कर रही थी। उसका कोई अपराध न था। उसने केवल स्वामिनी की आज्ञा का पालन किया था। स्वामिनी अम्बिका का आदेश था कि वह उनके वेश में ऋषिवर व्यास के साथ रात्रि वेला में समागम के लिए स्वयं को प्रस्तुत करे। उसने केवल आज्ञापालन किया। वह अपराधमुक्त है।

दासी का अस्तित्व क्या हो सकता है। स्वयं की देह पर किसी भी नारी का कोई अधिकार नहीं, फिर वह तो क्रीतदासी है। उसकी देह पर, उसकी साँसों पर, उसकी इच्छा-अनिच्छा पर स्वामी का ही अधिकार होगा। उसे आज्ञा दी गई कि वह ऋषिवर व्यास की शय्या पर जाकर अपनी देह समर्पित कर दे...उसने किया...।

अम्बिका अब तेरे लिए ठौर नहीं। अब नहीं बचेगी तू। तेरा पति वहाँ जंगल में जानवरों का आखेट करता हुआ स्वयं भाग्य का आखेट बन गया और यहाँ एक नई जंगलगाथा अंकित हो रही है। यह जाम्बवन्त समान मुनि। यही बचा है क्या इस संसार में—उसे तो उनके चेहरे की कल्पना से ही उबकाई आने लगती है। कैसे सहन करेगी वह उस वृषभ को—माता सत्यवती, यह कैसा अन्याय है। पुत्र-प्राप्ति हेतु हम कुलवधुओं के लिए यही वनवासी पुत्र मिला था आपको। किस जन्म की शत्रुता निहित है आपके इस आचरण में—लेकिन हमारा यह अरण्यरोदन यहीं बिखरकर रह जाएगा। आपके राजकुल की मर्यादा हमें घुट-घुटकर न जीने देगी और न ही मरने देगी। हे ईश्वर, मैं मृत्यु को वरण करने के लिए तैयार हूँ—लेकिन इस पशु सदृश पुरुष की देह तले रौंदे जाने के लिए मैं किस प्रकार स्वयं को प्रस्तुत करूँ, मैं नहीं जानती...हे विधाता...मेरे पग आगे नहीं बढ़ते...किस प्रकार मैं उस अनजान के सम्मुख स्वयं को प्रस्तुत करूँ। मैं क्या निर्जीव प्रस्तर हूँ या केवल देह हूँ। यूँ अनिच्छा और पूर्ण अस्वीकार के साथ...विवशतावश देह समर्पित कर मैं किस धर्म का पालन कर रही हूँ। हे दैव, मेरी रक्षा करो। मैं इसके चेहरे पर दृष्टिपात नहीं कर सकती। मैंने इतना कुरूप, इतना संवेदनहीन—प्रस्तर मुख कभी नहीं देखा। मैं इसकी देह तले आकर जीवित नहीं बचूँगी। हे देवताओं मेरी रक्षा करना...

—"देवि, आगे आओ। तुम क्यों इतना काँप रही हो? आओ। मेरी विशाल भुजाओं में समा जाओ। मेरे शरीर में सहस्त्र हाथियों का बल है अम्बिके। मैं तुम्हारी कोख को वीर्यवान् पुत्रों का दान दूँगा। मेरा पौरुष अक्षय घट है—मेरे समीप आओ। देवि, तुम इतनी पीली क्यों पड़ गई हो? तुम्हारा रक्तविहीन मुख मेरे विषाद का कारण बन रहा है। तुम क्यों भयभीत हो? देवि अम्बिके। मैं तुम्हारा हितैषी हूँ। हस्तिनापुर राज्य का हितैषी हूँ। इस संसार में केवल यही सम्बन्ध सत्य है। यह क्षण, यह अवसर, यही शाश्वत है। स्त्री और पुरुष मात्र की अहम् भूमिका! इसी में सृष्टिकर्ता का मन्तव्य निहित है। सभी दर्शन-चिन्तन, इसी शाश्वत क्षण की सार्थकता पर आधारित हैं। राज्यधर्म में केवल कर्तव्य होता है। कोई सम्बन्ध, कोई रिश्ता-नाता नहीं होता। प्रेम, संवेदना सब दर्शन के वाक्विलास हैं। भ्रम हैं। हृदय की दुर्बलता हैं। बुद्धि और तर्क-वितर्क स्त्रीधर्म में अंगीकार

नहीं किए जाते। बुद्धि से विवेक और विवेक से कर्तव्य पालन ही राज्यसत्ता का धर्म है। भावनाएँ धर्मभ्रष्ट करती हैं। संवेदना और भावुकता सबसे बड़े शत्रु हैं राजसत्ता में। इनका त्याग करो और कर्तव्य हेतु अपनी देह प्रस्तुत करो। यही धर्म...राजसत्ता और धर्मसत्ता का समागम ही सर्वश्रेष्ठ सत्ता में रूपान्तरित होता है...आओ देवि। सामान्य स्थिति में आओ अम्बिके और वरण करो इस पुरुष को। अक्षय सुखों की स्वामिनी बनो।"

—"हाँ तो इस तरह डर के मारे पीली पड़ गई अम्बिका के पुत्र पांडु हुए। छोटी अम्बालिका की जिस रात बारी आई तो उसने डर के मारे ऋषि व्यास का चेहरा ही नहीं देखा। वह पूरी रात आँखें बन्द किए रही। हाँ, पूरी रात वह ऋषि से पुत्र-प्राप्ति का दान ग्रहण करती रही लेकिन उसने आँख खोलकर एक बार भी उनका चेहरा नहीं देखा। उसने सोचा कि अगर उसने उनकी ओर देखा तो डर के मारे अवश्य उसके प्राण चले जाएँगे। इसीलिए अम्बालिका की कोख से अन्धे धृतराष्ट्र पैदा हुए और अम्बिका की कोख से पांडु हुए।"

—"क्या व्यवस्था थी दीदी उस ज़माने में। इससे तो आज हम मामूली औरतें भली हैं। क्यों? ऐसी ज़बरदस्ती कोई करके तो देखे।"

—"दीदी, अब एक बात कहूँ।"

—"कहो।"

—"आपकी कहानी पूरी हो गई न!"

—"हाँ, बिन्नो, इसे साफ़ करना है बस। आज दोपहर तक ज़रूर इसे रवाना कर देना है।"

—"दीदी, कहानी तो बाद में साफ़ होगी, पहले तैयार हो जाइए घर-सफ़ाई के लिए। मेरी तो क्लास है दस बजे से इसीलिए मैं इस काम में आपकी कोई मदद नहीं कर सकती।"

—"क्यों क्या हो गया? हमें क्यों सफ़ाई करनी है?"

—"इसीलिए कि आपका गंगू आज काम पर नहीं आएगा—उसका छुटकू कह गया है अभी!"

—"अब क्या हुआ उसे। रोज़-रोज़ के नागे उसके। मुझे तो यह कहानी आज भेजनी है—रोज़ फ़ोन आ रहे हैं।"

—"आपका गंगू पड़ोस के गाँव में गाय को हरी कराने गया है।"

—"अरे बाप रे। अब!"

—"किस सोच में पड़ गईं दीदी...आप थोड़ी-बहुत सफ़ाई कर लो जितनी ज़रूरी है। बाक़ी शाम को मैं आकर कमरे और आँगन झाड़ दूँगी।"

—"नहीं रे! मैं गंगू के मिशन के बारे में सोच रही थी।"

—"मिशन कैसा दीदी! मनुष्य हो या जानवर। औरत की कोख अपनी नहीं होती और न ही अपनी मर्ज़ी से होती है। औरतजात तो मादा है। चाहे अम्बिका, अम्बालिका या उन जैसी और रही हों या ये हमारी गाय-भैंसे हों। सब एक बराबर हैं।"

खमीर

दीपक शर्मा

पुस्तकालय में उस समय अच्छी-ख़ासी भीड़ थी।

इश्यू काउंटर पर अतिव्यस्त होने के कारण सुधा मुझे पुस्तकालय में प्रवेश करते हुए नहीं देख पाई।

चपरासी द्वारा ही मैंने उसे सन्देश भिजवाया कि उसके निर्देशक के कमरे में उसकी प्रतीक्षा कर रहा था।

हाथ का काम निपटाकर जब सुधा वहाँ पहुँची तो छुट्टी के मामले में कंजूस व कठोर रहते हुए भी उसके निर्देशक ने उसे मेरे साथ जाने की अनुमति सहजता से दे दी।

"क्या बात है?" निर्देशक के कमरे से बाहर निकलते ही सुधा काँपने लगी।

"अभी बताता हूँ।" लम्बे डग भरकर उस विशाल भवन से मैं बाहर हो लिया।

"क्या हुआ?" सुधा भी मेरे पीछे-पीछे लगभग भागती-सी चली आई।

"सुबह गहरी धुन्ध थी। स्कूल जाते समय नमिता का मोपेड पुल पर सामने से आ रहे ट्रक से जा टकराया।" अपने स्कूटर के पास पहुँचकर मैंने अपना हाथ सुधा की पीठ पर धर दिया। परिवार में जब भी कोई प्रमुख घटना घटती मैं इरादतन उसे सुधा से अपने उलझाव को प्रकट करने का हीला बना लेता। मेरी घनिष्ठता के संकेत संवादात्मक भी रहते और स्पृश्य भी!

सुधा का रंग सफ़ेद पड़ गया परन्तु वह तनिक भी रोई अथवा चीखी नहीं!

"ट्रक उसे कुचलकर आगे चलता बना।" विचलित होकर मैंने अपना हाथ सुधा की पीठ से हटा लिया।

"कुचलकर?" सुधा ने आभासित शान्ति बनाए रखी।

"पता चलते ही मैं बाबू जी को साथ लेकर अस्पताल पहुँचा", मेरी शोकग्रस्त छवि ही इस अवसर के लिए अधिक उपयुक्त थी, "ख़ून से लथपथ नमिता को देखते नहीं बन रहा था...।"

मैंने जेब से अपना रूमाल निकालकर अपनी नाक ढाँप ली। आजकल की फ़िल्मों में भी फ़िल्म निर्देशक अपने पात्रों को रुलाई के दृश्यों में आँखों से बह रहे पानी को सँभालते हुए दिखाते हैं।

"बाबू जी कहाँ हैं?" बहन का शोक भुलाकर सुधा पिता के प्रति चिन्तित हो उठी।

"वे अस्पताल में सरकारी नियमों में उलझ रहे हैं। डॉक्टर कहते हैं, जब तक सारी नियमितताएँ पूरी न होंगी हम नमिता का शव उठाने न देंगे...।"

"बाबू जी को इस समय अकेले नहीं होना चाहिए।" सुधा अपनी देह की कँपकँपी को नियंत्रित रखने में पूर्णतया असमर्थ रही।

"मैं जानता हूँ", मैंने अपना स्वर कोमल, अति कोमल कर दिया, "इस समय तुम्हारा बाबू जी के पास रहना बहुत ज़रूरी है। इसीलिए तो इतनी दूर तुम्हें लिवाने चला आया...।"

"चलिए।" सुधा तुरन्त मेरे स्कूटर की पिछली सीट पर बैठ ली।

सुधा की उपस्थिति में ग़ज़ब का ख़मीर था—ऐसा ख़मीर जिसके स्पर्शमात्र से मेरे जीवन का स्वाद बदल जाता।

"तुम अपना हाथ मेरी पीठ पर रख लो।" मैंने स्कूटर चलाते ही सुधा से विनती की, "ऐसा न हो, तुम कहीं गिर जाओ।"

"नहीं, मैं सीट के स्प्रिंग को कसकर पकड़े हूँ। मैं गिरूँगी नहीं।" सुधा ने दृढ़ स्वर में उत्तर दिया।

स्कूटर के सामनेवाले शीशे में मैंने स्पष्ट देखा, सुधा की आँखों से आँसुओं की अविरल धारा रास्ते भर बहती रही परन्तु प्रत्यक्ष में एक भी सिसकी, एक भी आह सुनाई न दी।

मैं उसी गुदगुदाहट से भर उठा जब मैं नमिता को जब-तब अपने आँसू अथवा अपना क्रोध छिपा लेने के मूर्खतापूर्ण प्रयास करते हुए देखता था।

इस परिवार की लड़कियों को यह भ्रम नहीं तो क्या था जो वे समझतीं कि जब तक वे अपने विद्रोह अथवा व्यथा के तूफ़ान को अपने अन्दर समेटे रहेंगी तब तक उनकी निरुपायता के रहस्य अक्षुण्ण बने रहेंगे...।

अपने परिवार में वे पाँच लड़कियाँ थीं। दूसरे नम्बर की नमिता को छोड़कर सभी पिता के घर पर पड़ी थीं।

सबसे बड़ी, सुजाता विधवा थी। छह वर्ष पहले उसके पति को जो दिल का दौरा पड़ा तो वह तुरन्त चल बसा। सुजाता के ससुरालवालों ने शीघ्र ही उस पर यह स्पष्ट कर दिया था कि अब उसे अपने तथा अपनी दोनों बेटियों के भरण-पोषण के लिए अपने मायके लौटना होगा।

तीसरे नम्बर की वनिता का विवाह दहेज न देने के लोभ में एक ऐसे युवक से कर दिया गया था जो पोलैंड से केवल दस दिन के लिए भारत आया हुआ था। शादी के चौथे दिन उसने वनिता पर यह प्रकट कर दिया कि वह उसके साथ पोलैंड तभी जा पाएगी जब उसके बाबू जी उन दोनों के टिकटों का इन्तज़ाम लेकर देंगे। जल्दी में एक ही टिकट का प्रबन्ध हो पाया था और उस पर वह लड़का पोलैंड लौट गया था। लड़के ने वनिता की जब पाँच महीने तक कोई सुध न ली और उसके सभी पत्र निरुत्तर रहे तो वनिता के ससुरालवालों पर दबाव डालने की चेष्टा की गई। वहाँ से दो-टूक उत्तर मिला—हमारा पीछा करना छोड़िये। पोलैंड जाकर पता कीजिए—और वनिता को मन-मसोसकर अपने लिए नौकरी ढूँढ़ लेनी पड़ी। ऐसी परित्यक्ता का दूसरा विवाह अब असम्भव ही था।

चौथे नम्बर की कविता को भी दुर्भाग्य की तेज़ झोंका-भट्टी ने न बख़्शा था। जिस परिवार में सामर्थ्य से बढ़कर दहेज के साथ कविता को भेजा गया था, उसे कविता फूटी आँख न सुहाई। कविता उनके लोभ व अत्याचार से बचने के लिए पिता के घर लौटने पर विवश थी।

पाँचवीं सुधा थी जो अद्‌भुत लावण्य की स्वामिनी होते हुए भी पिता की साधनविहीनता तथा भयार्तता के कारण जीवन-पर्यन्त अविवाहित रहने के लिए बाध्य थी।

नमिता से मैंने आठ वर्ष पहले मजबूरी में शादी की थी। हाल ही में उसे एक सरकारी स्कूल में अध्यापिका की पक्की नौकरी मिली थी और उसके मासिक कोष को मैं अपनी सुविधानुसार तात्कालिक प्रयोग में लाना चाहता था। उन दिनों जिस कमरे में मैं किराये पर रहता था, वह एकदम ख़ाली था और मेरी नौकरी तब ऐसी न थी जो मुझे वृत्तिमूलक उपकरण शीघ्र उपलब्ध करा सकती।

मेरे पिता दूरवर्ती एक पिछड़े गाँव में थानेदार रहे। तीन बहनों तथा चार भाइयों में मैं छठे नम्बर पर था। मैं बचपन से ही मेधावी व उपाय-कुशल रहा। बारहवीं तक गाँव में नि:शुल्क पढ़ा और फिर एक कृपालु पुलिस अफ़सर के संरक्षण व सहायता से मैंने इस बड़े शहर की यूनिवर्सिटी व उसके हॉस्टल में दाख़िला ले लिया। पढ़ने के साथ-साथ मैंने एन.सी.सी., एन.एस.एस., हॉकी, वाद-विवाद तथा गीत-संगीत में भी जमकर नाम कमाया। मेरे सभी सर्टिफिकेट तथा जन-सम्पर्क मेरे काम आए और मुझे एक प्रमुख समाचार-पत्र के दफ़्तर में एक उद्‌घाटक का सुअवसर प्राप्त हो गया।

शादी करते ही इस शहर में मेरी जड़ें और मजबूत हो गईं।

घर में कुर्सियाँ आईं, मेज़ें आईं; मेरी तनख़्वाह बढ़ी, गैस का चूल्हा आया, टेप-रिकॉर्डर आया; नमिता की तनख़्वाह बढ़ी, नमिता के परिवार के पड़ोस में घर लिया गया ताकि आनेवाले अमित के पालन-पोषण में उसके परिवार की सेवाएँ सरलता से प्राप्य रहें; अमित आया, अमित का पालना आया; मेरी तनख़्वाह बढ़ी, खिलौने आए, टी.वी. आया; नमिता की तनख्वाह बढ़ी, दूसरा बेटा सुमित आया, पलँग आए, मेरी तनख्वाह बढ़ी, एक और कमरा किराये पर लिया गया, सोफासेट आया; नमिता की तनख़्वाह बढ़ी, मेरा मोपेड आया, खाने की मेज़ आई; मेरी तनख़्वाह बढ़ी, मेरा स्कूटर आया और मोपेड नमिता के काम आने लगा...

नमिता के दाह के बाद भी कई दिनों तक पूरा परिवार शोकग्रस्त रहा।

उनका विषाद व विलाप इतना गहरा था कि मैंने धैर्य रखने में ही अपनी भलाई देखी।

जब परिस्थितियाँ मुझे अनुकूल लगीं तो मैंने नमिता के पिता को अपने कक्ष में बुलाया।

बुढ़ऊ मेरा अधीनस्थ कर्मचारी था।

"बच्चों को अब मैं वापिस घर पर लिवा लाना चाहता हूँ," बुढ़ऊ जैसे ही मेरी सामनेवाली कुर्सी पर बैठा, मैंने भूमिका बाँधी, "आख़िर वे कब तक आपके पास बने रहेंगे?"

"अभी कुछ दिन और उन्हें वहीं रह लेने दीजिए।" बुढ़ऊ तुरन्त आँसू गिराने लगा।

"ये दिन बड़ी यातना के हैं," मैंने अपना हाथ अपने माथे पर फेरा, "रसोई के ख़ाली बर्तन मेरा मुँह ताकते हैं, धूल-सने कपड़े मुझे मुँह चिढ़ाते हैं और ख़ाली कमरे मुझे काट खाने को दौड़ते हैं। सोचता हूँ बच्चों के संग सुधा को भी विधिवत् घर ले आऊँ..."

"आप सुधा को ठीक से नहीं जानते," बुढ़ऊ चतुराई पर उतर आया, "वह आपका घर-परिवार नहीं सँभाल सकेगी।"

"आप उसे कहीं तो ब्याहेंगे ही न!;" मैंने बुढ़ऊ की दुखती रग छेड़ी, "किसी-न-किसी का घर-बार तो वह सम्हालेगी ही न।"

"सुधा बहुत ज़िद्दी है। कहती है मैं कभी ब्याह न करूँगी..."

"उसकी बात मानने की भूल कभी मत करिएगा," मैंने अपने क्रोध पर कड़ा नियंत्रण रखा, "हमारे हिन्दू शास्त्रों में स्पष्ट निर्देश है—कन्या के पिता को कन्यादान करने पर ही सद्गति प्राप्त होगी।"

"मृत्यु के बाद जो भी दंड मुझे मिलेगा, वह मैं सह लूँगा," बुढ़ऊ टस-से-मस न हुआ, "परन्तु ज़िन्दगी रहते मैं सुधा की मर्ज़ी के विरुद्ध कभी न जाऊँगा।"

"सुधा को मनाने का जिम्मा मेरा रहा, मैंने पैंतरा बदला, आपके मकान पर मैं आज पाँच बजे आऊँगा और..."

"सुधा आपके लिए सर्वदा अयोग्य रहेगी, मैं जानता हूँ। आप जैसे सुपात्र को रिश्तों की भला क्या कमी होगी?"

अपने समाचार-पत्र का मैं अब विशेष संवाददाता बन गया था तथा कई महत्त्वपूर्ण राजनीतिज्ञ, अफ़सर, दूरदर्शन अधिकारी, रेडियो कार्यकर्ता, डॉक्टर व इंजीनियर मुझे पहचानते तथा सत्कारते थे। विश्वसनीय विदग्धता व बहुविध मनोयोग से मैंने अपने वरिष्ठ अधिकारियों को अपनी उपयोगिता व योग्यता के कई प्रमाण दिये थे और अपने लिये यह ऊँची कुर्सी जुटा ली थी।

"परन्तु मैं जानता हूँ सुधा ही मेरे लिये सर्वोपयुक्त रहेगी," मैंने अपना आग्रह दोहराया।

"सुधा बहुत ही लापरवाह और ग़ैर-ज़िम्मेदार लड़की है", बुढ़ऊ ने फिर आँसू गिराये, "मेरी नमिता तो पृथ्वी के समान थी—धीर, गम्भीर और सहनशील..."

"नमिता का शोक मुझे भी कम नहीं है", मैं भी बुढ़ऊ के नाटक में सम्मिलित हो लिया, "परन्तु जीवन हमसे साहस माँगता है, धैर्य माँगता है..."

"क्या करूँ?" बुढ़ऊ का क्रन्दन बढ़ चला, "मेरे पास अब धैर्य नहीं रहा—अंश मात्रा भी नहीं। नमिता ने मेरा बूढ़ी आँखों के सामने दम तोड़ा है।"

"आप घबराइए नहीं", मैं अपनी कुर्सी छोड़कर बुढ़ऊ के पास आ खड़ा हुआ। उसके दोनों कन्धों पर मैंने अपने हाथ टिका दिये, "मैं सदैव आपके साथ रहूँगा..."

"मुझे एक हत्यारे का साथ नहीं चाहिए", बुढ़ऊ ने मेरे हाथ तुरन्त नीचे झटक दिये और कुर्सी से उठ खड़ा हुआ।

"आप क्या कह रहे हैं?" मैं आश्चर्यचकित था।

"आँखें मूँद लेने से पहले नमिता के होंठ 'ब्रेक' शब्द बुदबुदाये थे।" बुढ़ऊ ने अपना वार जारी रखा।

"तो क्या हुआ?" मैंने बुढ़ऊ को समझाने की चेष्टा की, "ट्रक देखते ही नमिता ने मोपेड की ब्रेक प्रयोग में लानी चाही होगी और वह विफल रही होगी..."

"वह इसलिए विफल रही क्योंकि घर के सौ काम निपटाकर जब वह हड़बड़ाहट में स्कूल के लिए निकली तो यह देख न पाई कि उसकी ब्रेक श्लथ थी। देहान्त से पहले नमिता ने मुझे बताया कि वह उस श्लथन के लिए आपको उत्तरदाई मानती थी...।"

नमिता का आरोप सही था, परन्तु मैंने अपने होशोहवास क़ायम रखे।

"आपको ज़रूर सुनने में या समझने में ग़लती हुई है," मैंने ज़बरन बुढ़ऊ को अपने अंक में ले लिया, "फिर भी यह मेरा सौभाग्य है जो आपने अपनी ग़लतफ़हमी मुझ पर प्रकट की और मुझे उसे दूर करने का अवसर प्रदान किया।"

"मुझे क्षमा करें।" शायद मेरे कोमल, मृदु व धीमे स्वर ने बुढ़ऊ को छू लिया या शायद वह मेरे विरुद्ध कोई ठोस सबूत अथवा साहस नहीं जुटा पाया, "नमिता के वियोग ने मुझे विक्षिप्त कर दिया है। मैं कई बार अंट-शंट बकने लगता हूँ।"

"इसी सप्ताह आप सुविधानुसार किसी भी दिन एक सादे से समारोह का आयोजन कर लेंगे।" बुढ़ऊ की काँप रही देह को मैंने अपनी बाँहों की टेक दी, "और बच्चे सुधा के संग यथापूर्वक घर लौट जाएँगे...।"

"वे बच्चे तो देवपुरुष हैं।" बुढ़ऊ ने मेरी टेक अस्वीकारी, "उन्हें तो कोई भी बहला लेगा। आप किसी से दूसरी शादी करेंगे, वे बच्चे उसी का दिल जीत लेंगे।"

बुढ़ऊ की दृढ़ व अडिग नीति-घोषणा के सम्मुख मैंने घुटने टेक दिये, "हाँ, शादी के लिए मुझे प्रस्ताव तो कई आ रहे हैं परन्तु...।"

"आप बहुत समझदार व्यक्ति हैं।" बुढ़ऊ अपने मुख पर विदा-मुद्रा ले आया, "आप अवश्य ही सही जगह पर 'हाँ' करेंगे।"

"फिर मिलेंगे।"

बुढ़ऊ को मैंने अब रोका नहीं।

उस समय उसका वहाँ से चले जाना ही बेहतर था।

मैं एकान्त में रोना चाहता था—सचमुच का रोना।

जीवन ने क्यों मुझे समग्र व सर्वाङ्गक प्रेम से अलग-अलग रखा? मेरे भीतर रहस्यमय उस ख़मीर की लालसा व अनुपस्थिति क्यों इतनी दुःसाध्य रही?

यक़ीन मानिये, मैं शोक मनाना चाहता था—नमिता के लिए नहीं, सिर्फ़ अपने लिए।

लव स्टोरीज़

क्षमा शर्मा

1994 का प्रेम कैसा होगा? वह ख़ड़िये के ताजमहल की तरह होगा। गिरा और टूटा। वह कोई विज्ञापन होगा। कोई जिंगल-माचिस की तीली—जली, बुझी कूड़े में। वह साठ के दशक का उलाहना-भरा गीत भी तो न होगा। वह कूल्हे और छातियों की टक्कर भर होगा। प्रेम! वैज्ञानिकों ने खोजा। उसका दिलोदिमाग़ से कोई रिश्ता नहीं। वह जीन्स में है। आनेवाले दिनों में जीन्स के विज्ञापन होंगे—'आइए और प्रेम करना सीखिये। सफलता पर डिस्काउंट भी। रबर इंडस्ट्री के कुछ गिफ्ट्स भी।' यह धाराप्रवाह भाषण पुष्पा का है। वह ऐसे ही बोलती है। हम बाराखम्भा के बस स्टैंड पर खड़े हैं।

पुष्पा अमेरिकन लाइब्रेरी में एक पत्रिका चाटकर आई है। वह कहती है—"सुन, जैसे ईश्वर की नज़र में अपराधी और भले आदमी में भक्त होने पर कोई फ़र्क़ नहीं, वैसे ही इन वैज्ञानिकों को देख। उन्हें जीन्स की संजीवनी मिल गई है। प्रेम भी जीन्स करते हैं और अपराधी भी जीन्स बनाते हैं। वही सात पीढ़ी का चक्कर...जीन्स चलते चले जाते हैं।

"प्रेम स्टॉक एक्सचेंज की तरह है जिसमें उछाल और मन्दी आती रहती है। वह मल्टीनेशनल का प्यारा हथियार है। आख़िर वे दुनिया को प्रेम सिखाने के लिए ही बम बनाते हैं।

"प्रेम मुद्रा स्फीति की तरह है, इधर महँगाई बढ़ती है उधर प्रेम का बाज़ार सिकुड़ता है।

"वह किसी चिड़िया का नाम नहीं है। वह हवा में है, ख़ुशबू की तरह। हवा गई तो ख़ुशबू भी गई। वह गूँगे का गुड़ भी नहीं है जिसे बताया न जा सके और दो दिलों का मिलन तो क़तई नहीं। डॉ. वेणुगोपाल बेहतर बताएँगे कि प्रेम का दूर-दूर तक दिल से कोई सम्बन्ध ही नहीं है। ईलू-ईलू के वक़्त प्रेम को किसी सबसे ऊँची पहाड़ी पर भी नहीं लिखा जा सकता।

"वह जोड़ों का दर्द है। बच्चों की बहती नाक है। प्रेमिका के टूटे दाँत और सफ़ेद बाल हैं। वह आजकल भाषा और भावना से जुदा होकर नालियों में बहता है। गए जमाने के प्रेमी-प्रेमिका उन नालियों में अपना प्रतिबिम्ब देख सकते हैं। प्रेम कुछ नहीं मर्दों की सुविधा का एक शब्द है। मनमोहन सिंह की उदार नीति की तरह।"

पुष्पा का भाषण ख़त्म हुआ। वह अमेरिकन लाइब्रेरी जाने से पहले टी. वी. पर न्यूज़ पढ़कर लौटी है। कन्धे पर बड़ा बैग। उसके सफ़ेद बालों की वह क़ातिल लट।

अचानक दाहिने हाथ की तरफ़ झुकी बस बिलकुल पास आ किकिआई। ड्राइवरी का यह नया अन्दाज़ था। इन दिनों वे सवारियों के ऐन पास रोकते बस। लड़कियाँ खड़ी हों तो उन्हें और भी आनन्द आता था ऐसा करके डराने में।

भीड़ ज़्यादा नहीं थी। बस इतनी ही कि फुटबोर्ड पर खड़े होकर जाया जा सकता था।

बस के भीतर एक चीख़ती स्वर-लहरी। कोई गा रहा था—"अच्छा सिल्ला दिया तूने मेरे प्यार का।"

गीत घिस चुका था। उलाहनेवाला ख़त्म हुआ। लोग नये गीत का इन्तज़ार करने लगे। ड्राइवर ने चौरानबे के शुरुआती महीनों की उस शाम, बानबे के उस कैसेट के सिर पर, बयालीस को बताता कैसेट दे मारा—"एक लड़की को देखा तो ऐसा लगा?"

"बताऊँ कैसा लगा?" पुष्पा हँसी और ज़ोर से—"जैसे कुत्ते की पूँछ जैसे बिल्ली की मूँछ।"

"प्लीज़ बस।" मैं उकताकर बोली।

पुष्पा बोलेगी, बोलती जाएगी। कबाड़ पढ़ने की आदत है उसे। बुद्धिजीवी लोग जिन चीज़ों को देखकर नाक-भौं सिकोड़ते हैं वह उन्हें ख़ूब दिलचस्पी से पढ़ती है। स्टारडस्ट उसकी प्रिय पत्रिका है। अमेरिकन और ब्रिटिश लाइब्रेरी उसकी प्रिय जगहें। प्रेम-कथाओं की तो वह एक्सपर्ट है।

वह आगे बढ़ी। मैं पीछे थी। बारह-चौदह साल का लड़का दरवाज़े पर झूमता-झूमता बुला रहा था, "फिर बस नहीं आएगी।" पुष्पा ने छलाँग भरी और चढ़ गई।

"फिर नहीं आएगी...जल्दी आओ चौदह, बारह, बाईस...चौदह, बारा, बाईस... चौदे...बारा बाई ठक...ठक...चलो...अरे...रुक...रुक जनान्नी दौड़ी आ रही है।" उस औरत के चढ़ जाने के बाद लड़के ने बस के अंजर-पंजरों को हिलाते हुए धड़ाम से दरवाज़ा बन्द किया और बस झटके से नाचनेवाली नायिका की तरह सड़क पर धीरे-धीरे आगे बढ़ गई।

अब यदि दूसरी बस पन्द्रह मिनट भी देर से आई तो बस में यही लगेगा कि पहलेवाली ही ठीक थी। खड़े-खड़े जाना पड़ता तो क्या घर वह वक़्त पर पहुँच जाती। अगर भीड़ की वजह से बस छोड़नी पड़े स्कूटर लेना पड़े तो फिर पछतावे का क्या अन्त।

इतनी सारी कारें, साइकिलें, बसें, मिनी बसें...सब में ठसाठस भरे अपरिचित चेहरे अपनी मंज़िल की तरफ़ बढ़े जा रहे थे। कितनी सारी बातें थीं कहने-सुनने के लिए, कपड़े, पर्स, कंघे, जूते, पेटी, टाई, मोजे, अँगूठियाँ, धूप के चश्मे-चश्मे, टिफिन, ब्रीफ़केस, लिपस्टिक, बिन्दी, पाउडर, माला, कुंडल, जूड़ा पिन, हेयर डाई, टिशू पेपर, रूमाल, साड़ी, ब्लाउज़, पेन, काज़ल...कित्ती सारी चीज़ें, सभी के पास...

लेकिन बाराखम्भा रोड के इस पेड़ के नीचे खड़े, सब, सबसे अपरिचित। दिमाग़ की रस्सी ढीली की नहीं कि सब-कुछ गड्डमड्ड हो जाता है। सरपट दौड़ता है, यहाँ-से-वहाँ, वहाँ से...सब-कुछ है। फिर भी कुछ नहीं। लाइफ़ में बचा क्या, दौड़ो, दौड़ते जाओ मशीन बनकर घिस-मिट जाओ। पुर्ज़े टूट जाएँ, मशीन की तो ग्रीजिंग भी हो जाए पर हमारी ग्रीजिंग कैसे हो? कहाँ हो? इधर से बचाओ, उधर से बचाओ। मकान की किस्त...स्कूटर का इन्श्योरेन्स, चार्टर्ड बस का किराया, इन्कमटैक्स, एल.आई.सी. का प्रीमियम, मकान का लैंटर, कपड़ों की सिलाई, दर्ज़ी से चिक-चिक, कामवाली का न आना, बच्चे का रिजल्ट, क्रेच की प्रॉब्लम, सास-बहू की खटखट, रिटायरमेंट, पेन्शन, पी.एफ...

कितनी सारी बातें जो बसों में लगातार गूँजती रहती हैं, फिर भी सब अकेले हैं... एलीयनेशन के शिकार...पैटी बूर्जुआ...मध्यवर्गीय इच्छाओं के प्रेत और विलाप करते यक्ष...हज़ारोंहज़ार कभी न समाप्त होनेवाले यक्ष प्रश्न।

सात बजे के बाद कनाट प्लेट भूतिया दिखता है...लाखों लोगों की पदचाप पलक झपकते ही हवा में विलीन हो जाती है—ओ.के., बाय, सी.यू., टाटा, नमस्कार, जै राम जी, सुबह-शाम सुनते ये गगनचुम्बी इमारतें भी ऊबकर, पके कान लिये बूढ़ी हो चुकी हैं।

पैर जमाकर नज़र ड्राइवर के केबिन में जाती है। शिव जी की मूर्ति रखी है। अगरबत्ती के अवशेष बाक़ी हैं। ड्राइवर के बायें हाथ में एक ब्रेड पकौड़ा उलझा है। वह दायें हाथ से बस दौड़ा रहा है। पैर क्लच, ब्रेक और एक्सीलेटर पर क़वायद कर रहे हैं। अचानक सामने सुरमई रंग की एक फिएट आ जाती है, ड्राइवर झटके से ब्रेक लगाता है और गियर बदलने के चक्कर में उसके हाथ का ब्रेड पकौड़ा गिर पड़ता है। इन दिनों ड्राइवरों को केबिन चाहिए। सड़कों पर जहाज़ की गति से चलते वे पायलट होते हैं। सवारियाँ उनकी कुशलता पर डरती हुई मुग्ध होती हैं। दिल्ली की सड़कों से डी.टी.सी. का विदा होना कोई घटना नहीं है। चार्टर्ड बसों का बढ़ना एक घटना है। बस दो हिस्सों में होती है। एक केबिन...एक पीछेवाला हिस्सा।

मंडी हाउस पार करते ही बस अपनी रफ़्तार पकड़ लेती है। ड्राइवर एक कैसेट निकालकर लगा देता है।

"तुम अगर साथ देने का वादा करो।" बस में बैठे लोग अपनी प्रेमिकाओं के बारे में, स्त्रियाँ अपने प्रेमियों के बारे में सोचती हैं।

उस दिन पुष्पा कह रही थी—"गाने की कोई लाइन साथ आकर बैठ जाए तो आसानी से पीछा नहीं छोड़ती। सुबह-सुबह रेडियो पर जो सुन लो बस वह दिन-भर कान में बजता रहता है। साइकिल पर चढ़ो तो पीठ पर सवार। नहाओ तो शावर में घुला, बस में बैठो तो दूर पेड़-पौधों के बीच झाँकता...लिफ़्ट में आओ तो हर फ्लोर पर रुकता बन्द हो जाता। मुझे ऐसी ही चार्टर्ड पसन्द है जिसमें अच्छे गाने बजते हों।"

बस का पैसे इकट्ठे करनेवाला लड़का आता है कि एक औरत लड़ने लगती है। वह प्रख्यात मिसेज़ वर्मा हैं। उद्योग भवन में कार्य करती हैं। चिल्लाकर कहती हैं—"इतना भी लालच क्या कि आप मेम्बरों के लिए भी सीट नहीं रखते। जगह नहीं बचती फिर भी गेस्ट-पर-गेस्ट लिये जाते हैं।"

"कोई बात नहीं मैडम..."

"बात कैसे नहीं। थके-हारे आते हैं उस पर भी सीट नहीं। या तो आपको उस दिन के पैसे नहीं लेने चाहिए।" लड़का कोई जवाब नहीं देता। रोज़ की बात है। पैसे लेकर चुपके से, मुस्कराता आगे बढ़ जाता है। बात बढ़ने से बच जाती है। तीसरा कोई बीच में नहीं बोलता।

पैसे इकट्ठा करता लड़का पीछे की सीटों के पास से ड्राइवर को आवाज लगाता है। पता चलता है कि ड्राइवर का नाम करतार है—"ओए करतार...करतार...सुन ले यार...जरा स्टीरिओ धीरे करिओ दिक़्क़त हो रही है।" ड्राइवर ने गाने की आवाज़ धीमे कर दी है कि पीछे से एक आवाज़ आती है, "इतना अच्छा गाना बज रहा था। ज़रा आवाज़ ऊँची कराइए।"

बस में और भी बहुत-कुछ है जो घट रहा है...कुछ महिलाएँ आँखें मूँदे हैं। कइयों की बातचीत चल रही है। आदमी शाम का अख़बार पढ़ रहे हैं। पीछे की लम्बी सीट पर हंगामा बरपा है।

तिलक ब्रिज पर बस रुकी है। एक लड़की बस में चढ़ी है। वह लड़की कहाँ जाएगी? लोग अपनी-अपनी सीटों पर उकड़ूँ हो जाते हैं कि लड़की अब आई कि तब आई। वह नहीं आती। घिच-पिच में बैठने से खड़ा रहना बेहतर है। आत्माभिमानी लड़की देखकर वे कुढ़ते हैं। फिर सीधे हो जाते हैं। प्रगति मैदान के इन्तज़ार में। वहाँ से भी कई लड़कियाँ चढ़ती हैं। लड़की को खड़ी देख कंडक्टर अपनी सीट से खड़ा हो जाता है। लड़की बैठकर ज़ोर से साँस लेती है। उसकी साँस में राहत है। छोटे क़द की गोरी-चिट्टी लड़की। उसी जैसे क़द का एक लड़का फुटबोर्ड पर आकर, केबिन से सटकर खड़ा हो गया है। उसकी मूँछें टाइगर चायवाले विज्ञापन की तरह हैं। छोटा क़द, अकड़ी मूँछें।

लड़की ने अपने इर्द-गिर्द फ़िरोजी रंग का शाल कसकर लपेट रखा है। बाल तरतीब से कढ़े हैं। छोटी आँखें काजल लगने से बड़ी दिखती हैं।

"तो क्या हाल है?"...लड़का खड़े-खड़े शुरू करता है।

"कुछ भी तो नहीं, शायद पूना जाना पड़े," लड़की कहती है।

"अच्छा उसी प्रोजेक्ट के सिलसिले में।" दिखाता है लड़की को। बहुत-कुछ जानता है, उसके बारे में—प्रेम करने के लिए बहुत-कुछ जानना ज़रूरी होता है लड़कों के लिए।

एक पत्रिका आगे बढ़ाता है, "रख लो, पढ़ लेना।" आग्रह...अपनत्व।

"नहीं फ़ुरसत कहाँ है?" लड़की स्प्रिंग की तरह उठ खड़ी होती है। स्टाप आ गया है। पत्रिका असहाय-सी लड़के के हाथ में झूल रही है। लड़की बस से उतरकर चली गई है। लड़का दूर तक जाते हुए देखता है उसे। इन्तज़ार है। लड़की पलटकर देखे। अब देखे, तब देखे। मगर वह नाक की सीध में चली जाती है। लड़का धम्म से उसी जगह बैठ जाता है। हथेलियों से आँखें बन्द कर लेता है। आँखों में लड़की की तस्वीर है भी या नहीं कौन बताए? कल यह लड़का किसी और बस में होगा। लड़की किसी और बस में या एक ही बस में वे एक-दूसरे को नहीं पहचानेंगे। प्रेम हवा का नाम है। हवा बदली कि प्रेम कहानी ख़त्म।

हर्षद मेहता आ चुका था। प्रधानमंत्री लालकिले से चौथी बार भाषण दे चुके थे। याक़ूब मेनन की गिरफ़्तारी हो चुकी थी। फ़िल्मी दुनिया में हड़कम्प था। वर्ल्ड बैंक और मल्टीनेशनल्स का विरोध था। तीन सौ लोगों के हाथ में तख़्तिया झंडे थे। ग्लोबल बैंक के दो करोड़ साठ लाख शेयर्स थे। फार्मों का ब्लैक था। स्टॉक एक्सचेंज स्थायित्व प्राप्त करने लगा था। जमा करानेवालों की भारी भीड़। प्लूटोनियम तस्करों के हाथ था। दिल्ली के ब्यूटीफिकेशन की योजना थी। एक बारिश में पूरी सड़कें उखड़ गईं। उन पर बड़े-बड़े पैबन्द लगे। पेड़ काटने के लिए उपराज्यपाल से इजाज़त लेनी ज़रूरी। स्काई स्केपर्स बनानेवालों को इससे छूट थी। कस्तूरबा गांधी मार्ग पर लगे सेमल की हँसी थी ख़ूबसूरत। ओह ख़ूबसूरत। कनाट प्लेस की बाइ लेन—कस्तूरबा गांधी मार्ग और बाराखम्भा रोड को जोड़ती बीस वर्षों के कूड़े से लबालब। पीला पड़ा आसमान। कभी

फ़ुरसत में बीस वर्ष पहले लिखे गए प्रेमपत्रों की तरह। आकाश में टँगे प्रेमपत्र, पुराने चप्पल घिसते प्रेमी-प्रेमिकाओं को देख, ठहाके लगाते। फिर ख़ुद को पढ़ते। क्या-क्या लिखा है पत्रों में इन बूढ़े-बुढ़ियाओं के नाम। शाम को लाटरी के बेकार टिकट सड़क के दोनों ओर आँधी में उड़े पत्तों की तरह जमा थे। इसी लेन के मोज़ेवाले, नमकीन बिस्कुटवाले, सौंफ, इलायची, बिजली का सामान, पुरानी किताबें, चाट और पानवाले अब कहाँ? सब लाटरीवाले। ऊँची-ऊँची आवाज़ें लोगों के कानों को चीरतीं, अख़बारों पर झुकतीं, परिणामों पर सरपट दौड़तीं। अब सिर दर्द और पेट दर्द में गोली की जगह लाटरी थी।

जातिगत वेदों के सारे फ़ार्मूले इक्कीसवीं सदी में पहुँच रहे थे। बड़े-से-बड़े नेता, साहित्यकार, क्रान्तिकारियों की धज्जियाँ उड़ रही थीं, लेनिन की छाती पर एक रूसी सिपाही मोटा-सा जूता रखकर खड़ा था। किसी चिड़िया को देखता, बन्दूक़ से प्रेम करता। विचार के मुक़ाबले बन्दूक़ से प्रेम करना जो आसान है बहुत।

ऐसे ही महान् दिनों में इस प्रेमकथा की शुरुआत हुई। उसी बस में 'मगर उस क्षणिक कथा से भिन्न-बेतरतीब। हम कह सकते हैं कि उस पर हमारी नज़र नहीं गई थी। प्रचलित प्रेम कहानियों जैसा कुछ भी नहीं था वहाँ। न विचारधारा थी न उसका संकट था। यहाँ तक कि मुकेश और राजेश खन्ना की फ़िल्मों के प्रेम की दास्तानें भी वहाँ नहीं थीं। क्लासिकीय प्रेम से परे। लैला-मजनूँ, शीरीं-फ़रहाद, फ़िल्मों, नाटकों, सीरियलों, कहानी, उपन्यासों, कविताओं के चिर-परिचित प्रेमाख्यानों से अजाने। इस प्रेमकथा में नायक के मुक़ाबले सुपरिचित खलनायक, हीरो-हीरोइन के माता-पिता, समाज आदि की दख़लअन्दाज़ी पर क्रास। गाँव में जाति-उपजातियाँ के नाम पर लड़के-लड़कियों की गरदनें लुढ़की पड़ी हैं। उनकी मौत पर सियार तक मुँह दबाकर भाग जाते हैं। जो मर्यादा तोड़े उसे आँसू भी मुफ़्त नहीं मिलते। फिर भी इन दिनों में प्रेमकथाएँ जन्म लेती हैं। इस कथा के जन्म के लिए क़स्बे की मुँडेरें, महानगर की बसें, कॉलेज, दफ़्तर अथवा पार्क नहीं चाहिए। कैसे हो वातावरण की सृष्टि? लेकिन वातावरण पूरा था।

अब तक हमारी नज़र बसों के बाहर होनेवाले 'प्रेम' पर पड़ती आई है, लेकिन बस के अन्दर भी प्रेम था। एक नहीं बहुत सारे प्रेम चलते थे। प्रेम से भरी स्त्रियाँ थीं। लव स्टोरी-42 के गीत थे। पीले स्टिकर थे। शेर थे—हसीनाओं की ज़िन्दगी बिस्कुट और केक पर, ड्राइवर की ज़िन्दगी क्लच और ब्रेक पर। प्रेम से लबालब लोग थे जो आने-जाने का रास्ता तय करने के लिए प्रेम करते थे और स्त्रियाँ थीं—वे भी प्रेम करती थीं। वह उनके कोश के बाहर का शब्द नहीं था। पुष्पा के लिए ज़रूर यह मर्दों का बनाया शब्द था।

डी.टी.सी. के विदा होने के बाद की बस। हाल ही में जब सरकार ने आदेश जारी किया था कि सभी बसों का रंग बाहर से हरा होना चाहिए तो यह बस भी नीली की जगह हरी हुई बाहर से। ले-देकर पास भी करा ली गई। अन्दर से उसकी स्थिति में कोई परिवर्तन नहीं हुआ था। वे ही हिलती-झूलती फटी सीटें, जिनमें जगह-जगह कीलें निकली थीं। जो अक्सर किसी की साड़ी, पैंट या चुन्नी में उलझकर गाली खाती थीं। खिड़कियों के बहुत-से शीशे टूटे हुए थे। गर्मियों में इन खिड़कियों के पास बैठनेवालों में धक्कमपेल मची रहती। भीड़ कुछ बढ़ती गई थी। दोनों तरफ़ की सीटों के बीच पैसेज

बहुत कम था फिर भी कंडेक्टर उसमें ठूँस-ठूँसकर दो लाइनें लगवाता था और लोगों से कहता था कि वे पीछे चलें जैसे कि पीछे कोई तिलिस्मी दरवाज़ा हो, जहाँ ढेर-के-ढेर आदमी समा सकते हों।

जब बस आकर रुकी तो ड्राइवर एकाएक खिड़की से कूद पड़ा और अपने पीछे खड़ी बस के ड्राइवर से झगड़ने लगा। बीते कल के कुछ स्कोर्स सैटल होने थे। मगर जब तक बात मारा-मारी पर आती दूसरी बसों के कंडक्टर और ड्राइवरों ने फ़ैसला करा दिया।

आज भी ड्राइवर का केबिन अन्दर से बन्द था।

केबिन अन्दर से फाइव स्टार था। वहाँ की सीटें आकर्षक और बनी-ठनी थीं अगरबत्ती की महक से महकतीं। ड्राइवर के अनुशासन के तहत वहाँ कोई सिगरेट नहीं पी सकता। केबिन युवा, आकर्षक और मुस्करानेवाली युवतियों के लिए रिज़र्व्ड था। ड्राइवर ने अपनी सीट के पीछे भी एक बेंच डलवा रखी थी। एकाध युवती को बोनट पर भी बैठा लेता और गियर बदलने के बहाने उस स्त्री को छूता। बोनट गरम हो जाता है। स्त्रियाँ उस पर कम बैठतीं। फिर भी ड्राइवर उस पर उन्हें बिठाने की कोशिश करता। केबिन में सब नहीं घुस सकते। ड्राइवर चिढ़ता। वह सीटों पर अपने असिस्टेंटों को बिठाए रखता जिससे कि जब वे स्त्रियाँ आएँ तो उनकी जागीर उन्हें सौंपी जा सके।

लेकिन इनमें भी एक स्त्री विशिष्ट है।

आज बस के अन्दर वही कुंडलवाली बैठी हुई चिप्स खा रही थी, जो अब तक अपने को सोलह साल का समझती थी। तभी एक वृद्ध महिला चढ़ी और बाहर से केबिन खोलने लगी। कुंडलवाली ने उसे देखते हुए भी अनदेखा किया। ड्राइवर ने उस महिला को गुलशन ग्रोवर की नज़रों से देखा। जब वृद्ध महिला निराश होकर बस से उतर गई तो दोनों ज़ोर से हँसे। कुंडलवाली कभी-कभी ड्राइवर की तरफ़ चिप्स बढ़ा देती। विंडस्क्रीन से बाहर देखते उसके दाँतों के नीचे चिप्स बजते। केबिन के अन्दर बैठनेवाली महिलाएँ एक-एक कर आ रही थीं, केबिन खुलता और खट से बन्द हो जाता। केबिन पूरा भरने के बाद उसके पर्दे डाल दिये जाते। इस तरह एक प्रेम वातावरण में बन्द रहता।

"बड़ा पर्दानशीं हीरो है।" किसी ने फुसफुसाया।

लोगों में बेचैनी बढ़ रही थी। कैसेट पर 1942 लव स्टोरी का गाना बज रहा था। पाँच मिनट ऊपर हो गए बस क्यों नहीं चलती? लोगों की दशा भाँपते हुए ड्राइवर ने बस थोड़ी-सी आगे बढ़ाई और फिर रोक दी। जब यात्री उससे बार-बार पूछने लगे कि बस कब चलेगी तो उसने स्टीयरिंग पर मुँह जमाए हुए कहा, "जिसे बहुत जल्दी है, वह दूसरी बस में चला जाए।"

पूरी तरह भरने के बाद ड्राइवर ने बस काटी और चल दिया कि अचानक उसने एक स्कूटर को मुश्किल से बचाते बस रोक दी। स्कूटरवाले को बचा जाने की कोई ख़ुशी नहीं थी। वह हेली रोड पहुँचा और रुका रहा। सब सवारियों को मालूम था कि ड्राइवर यहाँ ज़रूर रुकेगा। प्रेम के लिए तो जान दी जा सकती है—डी.टी.सी. का ड्राइवर इस बात को क्या जाने। उसने चीख़कर कंडक्टर से कहा, "ओए सड़क पार वो मैडम खड़ी है। बुला उसे।" वही विशिष्ट स्त्री।

कंडक्टर बस से उतरा, बसों, कारों, स्कूटरों के बीच से लंगूर की तरह कूदता हुआ वह डिवाइडर पर जा पहुँचा। ज़ोर से हाथ हिलाता हुआ आवाज़ लगाने लगा, "मैडम जल्दी आओ। उस्ताद जी बुलाते हैं।"

मुस्कराहट में लड़की के ओंठ हल्के से खिंचे। फिर एक रैड लाइन को छकाती हुई वह बस के गेट पर आ पहुँची। केबिन खोलकर अन्दर पहुँची तो बस का दूसरा क्लीनर उठ खड़ा हुआ। अमर प्रेम के लिए एक मामूली सीट त्याग दी।

लड़की को देखकर बड़े दाँतवाली स्त्री मुस्काकर आगे खिसक गई। लड़की उसी के पास बैठ गई तो ड्राइवर ने उसे गहरी नज़रों से देखा और आँखें फेर लीं। पिछले दिनों से ड्राइवर ने दाढ़ी बढ़ा ली थी। कई रत्नों की अँगूठियाँ पहन ली थीं और खाली वक़्त में अपनी डायरी में शेरो-शायरी भी लिखता। वह ड्राइवर ही नहीं बस का मालिक भी था। हर ट्रिप के चार सौ रुपये उसके रहन-सहन में दिखते, ट्रैफिक पुलिस, दिल्ली प्रशासन और दूसरे सरकारी महकमों को चटाकर भी उसके पास बहुत-कुछ बच जाता। यह उसके कपड़े बताते। ठंडे पेय की बोतलें, जूस और आलू के चिप्स और चाकलेटें बतातीं। लड़की ने भी उस पर एक उचटती निगाह डाली। फिर हल्के से मुस्करायी। ड्राइवर का एंटेना गड़बड़ा गया और उसने भेजे मैसेज को रिसीव नहीं किया।

उसने कैसेट बदल दिया था। हिट्स ऑफ़ मुकेश—

भूली हुई यादों मुझे इतना न सताओ।
अब चैन से रहने दो मेरे पास न आओ।

मुकेश की आवाज़। गृहस्थ चर्चा। शेयरों के भाव।

ड्राइवर जैट की स्पीड से भाग रहा था। वह अकसर किसी वाहन के बहुत पास आकर ब्रेक लगाता जैसे टकराते-टकराते बचा हो। फिर एक गर्वीली नज़र से केबिन में बैठी प्रेयसी को देखता। उसकी नज़र पड़ते ही केबिन की सब स्त्रियाँ मुस्करातीं। वे उसे आलू के चिप्स, मिठाई और मूँगफलियाँ खिलातीं, मुस्कानों पर किसी मुद्रास्फीति का असर न होता। उनके लिए हर रोज़ सीटें बची रहतीं। वे हेली रोड की स्त्री के लिए सीट बचाकर रखतीं। उस स्त्री का स्वागत वे विशिष्ट अतिथि की तरह ही करतीं। वे हर सूरत में ड्राइवर को ख़ुश रखना चाहती थीं। सीटें जो चाहिए थीं।

कंडक्टर अक्सर आवाज़ लगाता—"खींच ले...रोकियो...लग जाएगी, अरे बढ़ा दे...जे स्कूटरवाला न माने दे-दे पहियों के नीचे।" तिलक ब्रिज से गुज़रते हुए ट्रैफिक पुलिसवाले ने रुकने का इशारा किया। कंडक्टर ने बस के दरवाज़े पर रुकने की थाप भी मारी मगर ड्राइवर को कहाँ होश, पर उसे पुलिसवालों ने धर पकड़ा था। उसे लगा कि यह ठीक नहीं हुआ। उसने क्रोध का घूँट पिया। चालान कटने के बाद ड्राइवर दहाड़ा, "इस साले का मुँह इतना फट गया है कि रोज़ की पत्ती माँगता है। अब महीने भर के लिए खल्लास, चालान ही काट दिया तो पैसे किस बात के?"

अगली शाम ड्राइवर ने खादी का कुर्ता-पजामा पहन रखा था। मगर उसका चेहरा नीला पड़ा हुआ था। क्या उस बसवाले ने मारा था जिससे वह उस दिन झगड़ रहा था? प्रेम में निराश होकर उसने आत्महत्या करने की कोशिश की थी? पता चला कि रात को वह अपने स्कूटर पर घूमने निकला था, स्कूटर फिसल गया था।

ये घाव किसी युद्ध के मैदान में नहीं खाए थे, मगर घाव तो घाव थे। आख़िर था तो वह कर्तार ही। बस चलाने के लिए दूसरा लड़का मौजूद था। धीरे-धीरे सवारियाँ आ रही थीं। वह प्रेमिका स्त्री भी आ पहुँची थी। आज वह हेली रोड से यहाँ तक पैदल चलकर आई थी। ड्राइवर के इशारे पर क्लीनर ने स्त्री को ठंडा पानी पेश किया, तभी ड्राइवर ने उन स्टिकर्स पर नज़र डाली जो क्लीनर ने दोपहर में वहाँ चिपकाए थे। वह स्त्री को देख शरमा गया। फिर चीख़कर बोला, "अबे ओ कालिया, साले तूने क्या गन्दगी फैला रखी है यहाँ। चल उखाड़ यहाँ से।"

क्लीनर कुड़कुड़ाया, "उस्ताद जी फट जाएगा, बड़ा क़ीमती है," क़ीमती शेर था—

वो जा रहा था मैं बुला रही थी,
वह डाल रहा था मैं चिल्ला रही थी।

ड्राइवर ने उसे घूरकर देखा तो वह स्टिकर्स उखाड़ने लगा और उसने उन्हें बस के बाहर चिपका दिया। यह देख ड्राइवर ठहाका मारकर हँसा। प्रेयसी के देखने से पहले उसने अपनी हँसी रोक ली। लड़की सुन्दर थी। पूजा भट्ट के ज़माने में आख़िर किसी भी लड़की को असुन्दर नहीं कहा जा सकता। वह शादीशुदा नहीं थी। कपड़ों के रंग के ही जेवर और चप्पलें पहनती थी। बिन्दी लगाती थी और उसकी ठोड़ी तोतापरी आम की तरह बाहर निकली हुई थी। आँखें छोटी, नाक तीखी और बाहर निकले हुए ओंठ। चेहरे पर ढेर-सारे पिम्पल्स थे। बालों में रिबन और बायें हाथ के लम्बे नाख़ून नेल पॉलिश से धारदार लगते थे। बस भर गई। केबिन में बैठनेवाली सारी सहेलियाँ पहुँच गईं। कैसेट बज उठा। बस चली तो घायल ड्राइवर उठ खड़ा हुआ। वह सवारियों से पैसे इकट्ठा कर रहा था। जल्दी-जल्दी पैसे इकट्ठे करके वह वापस केबिन में लौटा। बड़े दाँतवाली स्त्री हल्के से मुस्कराते हुए कुछ इस तरह से खिसकी कि ड्राइवर चिपककर उस लड़की के पास बैठ गया और हल्के-हल्के लड़की के कुर्ते के खुले बटन के भीतर झाँकने लगा। लड़की ने उसे ऐसा करते देख मुँह फेर लिया। बटन बन्द नहीं किया। पुष्पा होती तो कहती—"बहुत अच्छा हुआ जो लड़की ने बटन बन्द नहीं किया। हमेशा लड़कियों को ही क्यों शरमाना चाहिए। किसी दिन वे कपड़े उतारकर सड़क पर चली आएँगी फिर देखना इनकी कैसी ऐसी-की-तैसी होती है। शर्म इनकी, बचाएँ लड़कियाँ। ये तो कुर्ते के भीतर झाँकेंगे-ही-झाँकेंगे।"

ख़ैरियत है कि पुष्पा यहाँ नहीं है।

उदार आर्थिक नीति के चलते दाम बढ़ रहे थे। भला पेट्रोल के दाम क्यों न बढ़ते। ओपेक देश दाम बढ़ाए या न बढ़ाए भारत में तो पेट्रोल सोने की मुर्ग़ी था, चाहे जितने अंडे वसूलो। उसकी एक बूँद बचाने के विज्ञापन के लिए सरकार लाखों रुपये ख़र्च कर रही थी। सुबह दैनिक यात्रियों को अख़बार से मालूम पड़ा कि पेट्रोल पर एक रुपया बढ़ चुका है। लेकिन पेट्रोल पर दाम बढ़े तो डीज़ल से चलनेवाली बसें किराया क्यों बढ़ाएं? निजीकरण के दौर में चार्टर्ड बसों की एसोसिएशन ने तय किया कि एक रुपया ज़्यादा और चार रुपये की जगह किराया पाँच रुपये हो गया। ताज्जुब कि यात्रियों में थोड़ी-सी कुनमुनाहट हुई। मगर फिर सब-कुछ वैसा ही हो गया। दाम बढ़ रहे थे।

सवारियाँ बढ़ रही थीं। बसों में जगह लगातार कम हो रही थी। कम पैसे देनेवाले जिद्दी यात्रियों को नीचे उतारा गया। धीरे-धीरे सब पाँच रुपये देने लगे। उदारता में लोग लड़ना भूलने लगे थे।

बस का केबिन खाली था। बाल कटी हुई एक स्वस्थ महिला बस में चढ़ी। उसने केबिन खोलने की कोशिश की। शीशा थपथपाया मगर केबिन भला क्यों खुलता। एक तो चार रुपये की जगह पाँच रुपये की गज और ऊपर से बैठने की जगह नहीं।

कुछ ही देर में कुंडलवाली, बड़े दाँतवाली और वही लड़की जो ड्राइवर की प्रेमिका के रूप में विख्यात हो चली थी आ पहुँची तो केबिन फटाफट खुल गया। स्वस्थ स्त्री ने केबिन में घुसने की कोशिश की मगर केबिन उसके मुँह पर भड़ाक से बजा और बन्द हो गया।

"हम क्या इनसे कुछ कम पैसे देते हैं जो इनके लिए सीट रिज़र्व है और हमें अन्दर घुसने तक नहीं दिया जाता?" उस औरत ने चीख़कर ड्राइवर से कहा। यहाँ भी आरक्षण विरोधी आन्दोलन की सुगबुगाहट हुई। जो लोग ड्राइवर के इस आरक्षणवाद से किसी-न-किसी प्रकार सताए जा चुके थे वे हल्के से मुस्कराए। बाल कटी स्त्री का साहस कुछ बढ़ा, "अन्दर क्या-क्या रासलीलाएँ होती हैं, पूरी बस जानती है।"

अब ठहाका गूँजा। ड्राइवर ने कैसेट की आवाज़ ऊँची कर दी जिससे कि उस औरत की आवाज़ से बच सके। जब वह फिर भी न मानी तो वह उठा और उसने केबिन के पर्दे डाल दिये। अब बकती रहे जो बकती है।

"देखा, मैं कह रही थी न! यहाँ तो एक-एक सीट के लिए भी ड्राइवर को मिठाई खिलाती हैं तो कभी भुट्टे। अरे अपने स्टेटस का कुछ तो ख़याल करो।" औरत ने केबिन में बैठी औरतों को लानत भेजी।

आगे की सीट पर बैठी एक औरत ने दूसरी के कान में कहा, "जब यह बोनट पर पैर फैलाकर दूसरी बस के ड्राइवर के साथ बैठकर चने खाती है हा-हा हू-हू करती है तब कुछ नहीं। अपनी साड़ी का भी ख़याल नहीं करती कि पैरों से ऊपर उठकर कहाँ भागी जा रही है।"

"चुप-चुप सुन लेगी तो बस।"

ड्राइवर के साथ-साथ जब कंडक्टर पर भी विष बुझे तीरों की वर्षा होने लगी तो उसने केबिन के शीशों में मुँह घुसेड़कर कहा, "अरे सुनियो, मैडम तो हद से ज़्यादा बढ़ती जा रही है।"

"उतार दे, यहीं उतार दे।" ड्राइवर गरजा।

कंडक्टर बोला, "मैडम..."

वह बात पूरी करता कि औरत चीख़ी—"उतार कैसे देगा। तेरा राज़ है क्या बस में? इन्दिरा गांधी समझ रहा है अपने को? चल ट्रैफिक पुलिसवाले के पास, न ठीक करा दूँ तो..."

"क्या ठीक करा दोगी, पइसे नहीं देते क्या उसे।" कंडक्टर बोला।

"तेरे जैसे तीन सौ साठ देखे हैं पइसे देनेवाले"—औरत ने कंडक्टर की नक़ल उतारी—"मैं तो वह चीज़ हूँ कि चौराहे-चौराहे तेरी बस की चेकिंग न करा दी तो अपने बाप से पैदा नहीं।" औरत ने खम ठोंकते हुए कहा।

पाँच सेरी बात का वजन इतना था कि कंडक्टर ने मुँह फेर लिया और बाहर देखने लगा। केबिन में खिलखिलाहटों की जगह मातम छाया था। कुछ आदमियों ने औरत को वीरांगना की नज़र से देखा। कुछ औरतों ने आपस में कहा, "क्यों यह इनके मुँह लग रही है। गुंडे हैं। एकाध धर देंगे। इनका क्या जाएगा। इज़्ज़त तो अपनी जाएगी।"

इज़्ज़त...जिससे वे रोज़ खेलते थे, जिसकी नीलामी इन्हीं औरतों के सामने रोज़ होती थी...

बस में एक रुपया क्या बढ़ा कि सीट न मिलने पर सारी सवारियाँ चिल्लाने लगतीं। केबिनवाली स्त्रियाँ नहीं चिल्लातीं। केबिन में क़हक़हे गूँजते। वहाँ ऐसा कुछ नहीं बचा था जिस पर वे औरतें शरमा सकें। वे ड्राइवर को जिन नज़रों से देखती हैं कि वह समझ नहीं पाता किस-किस से प्रेम करे। उसकी समझ में नहीं आता कि आजकल ये स्त्रियाँ किसी भी बात का बुरा क्यों नहीं मानतीं। इन्हें छेड़ो तो हँसती हैं, केबिन में बैठीं वे सब बिना शर्म-लिहाज के उस पर कुर्बान हुई रहती हैं, क्यों? उसकी समझ में नहीं आता है। एक बंगालिन स्त्री घर से कैसेट लाकर ड्राइवर को देती और नीचेवाला ओंठ दबाकर ड्राइवर को रसभरी नज़रों से देखती रहती। वातावरण में तलत महमूद या मुकेश रोता रहता।

"इसे देखो, बिलकुल मरी ही जा रही है उस पर।" आगे की सीट पर बैठी स्त्री कहती है दूसरी से।

दूसरी बोलती है, "सुबह एक तो इसने मारुतिवाले को पिचका दिया होता, ऊपर से यह बंगालिन ड्राइवर का पक्ष लेकर उस मारुतिवाले से लड़ने पहुँची।" फिर बड़े शिकायती अन्दाज़ में बोली, "एक तो इनके लिए लड़ने जाओ और यह कुछ समझते नहीं।"

"हाँ, देखो तो भला पता नहीं क्यों नहीं समझता। उस पर मरा जा रहा है जो इसकी तरफ़ देखती तक नहीं, उसे तो शायद पता भी नहीं।"

"सब ड्रामा है न समझने का। देखती नहीं कैसे उसको कोहनी चुभाता है और चिपकता है। बुरी नज़र तो एक मिनट् में पहचानी जाती है।"

वे दोनों ज़ोर से हँसीं।

ड्राइवर पर निखार आ गया था। कभी खादी का कुर्ता-पाजामा, कभी नफ़ीस काला सूट जिसकी कोट की जेब में सुनहरा पेन चमचमाता। महँगी घड़ी, शिव की प्रतिमा के सामने जलती चन्दन अगरबत्ती, पालिश्ड जूते, शैम्पू किए बाल, पास में रखा मयूर जग...इसका नाम धमकासिंह या लल्लू लाल भी होता तो कर्तार से उन्नीस ही बैठता। जीन्स की जेब में चमकते कंघे को निकाल ड्राइवर बस में लगे शीशे में शक्ल देखकर बाल काढ़ता। कैम्पाकोला की बोतल मुँह से लगाता, बाबा सहगल की लय पर जूता हिलाता—दिल धड़के मेरा दिल धड़के।

वह उस लड़की से कह क्यों नहीं देता? क्या वह अब भी उसी ज़माने में जीवित है जब प्रेम को बिना कहे आँखों से पढ़ा जाता था। वह गूँगे के गुड़ की तरह खा रहा है। धीरे-धीरे, चुपके-चुपके बेआवाज़। और लड़की च्युइंगम चबा रही है। लड़की की नज़र में चढ़ने के लिए ड्राइवर क्या-क्या नहीं करता।

एक दिन की बात है प्रगति मैदान में कुछ लड़कियाँ बस में चढ़ीं। एक शराबी आदमी ने लड़कियों को छेड़ा था। ड्राइवर जैसे डब्ल्यू.डब्ल्यू.एफ. के चैम्पियन के सामने लड़की से छेड़खानी!! उसने उस आदमी को बस से खींचकर ख़ूब मारा था।

लेकिन बसों में शराबियों की संख्या बढ़ रही थी। वे औरतों को छेड़ते, उनके ऊपर गिरते थे। पैसा बढ़ रहा था। शराब बढ़ रही थी। शराबी को देखकर कोई चौंकता नहीं था। वे उनके पैर-पर-पैर रखते थे और नशे में होने का बहाना कर साफ़ बच निकलते थे। ड्राइवर की बाज़ू में बैठी विशिष्ट स्त्री यह सब न देखे, वह यही चाहता था।

लड़की की उम्र कितनी थी? पच्चीस? या इससे भी कम? उसके इतने सारे सफ़ेद बाल? क्यों? ओह क्लोरीन, पानी की क्लोरीन से। काले बालों में सुनहरे बाल भुट्टों के रेशे-से लगते थे।

जिस दिन वह नहीं आती वह ऐसी बस चलाता कि सवारियाँ राम-राम जपतीं अपने घर पहुँचतीं। क्लीनर को बात-बात पर झिड़कता। कैसेट प्लेयर पर अपना गुस्सा उतारता। केबिन की औरतों की दी कोई चीज़ नहीं खाता। रास्ते में चलते अन्य वाहन चालकों को धमकाता। और-तो-और कहीं भी बस ख़राब कर देता।

लेकिन कल लड़की आई थी। उसके आने पर भी ड्राइवर गुस्से से भरा था। कई औरतों ने लड़की से पूछा कि उसका चेहरा उतरा हुआ क्यों है तो उसने ड्राइवर से तिनके की ओट कर कुछ फुसफुसाया लेकिन इतनी ज़ोर से कि वह ड्राइवर सुन ले। कोई स्त्रियों के ही समझने की बात थी। उसकी बात सुनकर वे सब मुस्करायीं। फिर वह अचानक उठकर केबिन से बाहरवाली पहली सीट पर जा बैठी।

अन्दर बैठी औरतों ने आँखें चढ़ायीं, कुछ ने इशारे से पूछा कि क्या हुआ? आज वह बाहर कैसे? लेकिन लड़की मुस्कराकर रह गई। लड़की के हाथ में जामुन का लिफ़ाफ़ा था। वह जामुन को इतनी नफ़ासत से खा रही थी कि दो जामुन जब तक ख़त्म होते प्रगति मैदान का पूरा रास्ता कट गया। उसने ड्राइवर के एक साथी की तरफ़ लिफ़ाफ़ा बढ़ाया। फिर इशारा करके कहा वह ड्राइवर को भी दे दे। उस लड़के ने लिफ़ाफ़ा ड्राइवर की तरफ़ बढ़ाया तो वह बिना देखे चिल्लाया, "तू बाहर फेंक दे इसे।"

उसने मुस्कराते हुए लिफ़ाफ़ा वापस किया। लड़की मिमियायी, "कहा किसने था इन्हें देने को।"

"तो आज से तुम्हारी यह सीट रिज़र्व है, सीमा।" सीमा, सीमा। तो लड़की का नाम सीमा है।

"तुम आज से यहीं बैठा करोगी, सीमा।"

"हाँ।"

"सब जने तुम्हें अन्दर याद कर रहे हैं।"

"अच्छा ऐसा ही होता है।"

ओंठ दबाकर गर्वीली मुस्कराहट। लड़की ने अपने पर्स से एक पत्रिका निकाली। उसके पन्ने उलटने लगी।

पत्रिका के मुखपृष्ठ पर सफ़ेद बिकनी पहने लड़की की तस्वीर छपी थी। लिखा था—"हाउ टु रिमैन वर्जिन।"

आज सेकंड सेटर्डे था। केबिन खाली, सीटें अनरिज़र्व्ड।

ड्राइवर के असिस्टेंट पैर फैलाकर केबिन की सीटों पर बैठे थे। ड्राइवर ने काला पट्टा हाथ में पहन रखा था।

"उस्ताद जी, क्या शनीचर की मन्नत माँगकर आए हो।" असिस्टेंटों में सबसे कम क़द-काठी का लड़का बोला।

ड्राइवर ने कोई जवाब नहीं दिया तो दूसरा लड़का जिसकी शक्ल दिलीप ताहिल से बहुत मिलती थी कहने लगा, "चुप रह बे। उस्ताद जी उदास हैं। आज बस हेली रोड नहीं रुकेगी।"

"तो सोमवार कोई कुम्भ का मेला है जो बारह साल बाद आएगा। ये रहा सोमवार परसों। और हेली रोड कौन-सी अपनी जगह छोड़कर भागी जा रही है।" यह तीसरा असिस्टेंट था, "मगर क्या माल छाँटा है उस्ताद जी ने।"

"ओय चुप करो—बस शुरू हो गए बक-बक।" ड्राइवर ने मुस्कराते हुए अप्रसन्नता प्रकट की।

"गुस्सा काहे को होते हो उस्ताद जी। ये ससुरियाँ किसी की सगी नहीं हैं। जित्ता मज़ा तुम लूट रहे हो उत्ता तो किसी को भी लुटवा देंगी। फिर आ जाएँगी सिन्दूर भरकर सती मैया बनी हुई।" दिलीप ताहिल ने कहा। उसकी बात पर ठहाकों से केबिन गूँज उठा।

"उस्ताद जी कल तो मज़ा ही आ गया। मैंने एक से कहा, 'दे दे न, पैसे।' तो वह ज़ोर से हँसी," दूसरा छोकरा बोला।

"अरे भाई उस्ताद जी को भैन जी के बारे में कुछ कहना अच्छा नहीं लगता, सच्ची लौ लगा ली है। पर पछताओगे उस्ताद जी।"

"पछताना क्या है। ये औरतें जो अन्दर बैठती हैं ना। दस-दस यार करती हैं। जब हम-तुम जैसों को ये यार बनाने को तैयार हैं, सिर्फ़ बैठने के लिए तो और किसी के साथ क्या न करती होंगी? इनमें और रंडियों में क्या फ़र्क़ है?" दिलीप ताहिल ने ज़ोर से हाथ मारा छोटे असिस्टेंट के कन्धे पर—"और अपने उस्ताद जी हैं, वो हेली रोड पर इन्तज़ार कर-करके मरे जा रहे हैं।"

"मैंने तो इनके थैलों में ऐसी-ऐसी चीज़ें देखी हैं"—सबसे छोटे लड़के ने लार टपकायी, "वो उसका छूट गया था एक दिन। साली सब-कुछ लेके चलती हैं।"

उसकी बात पर ड्राइवर भी हँसा। ड्राइवर को हँसते देख छोटे लड़के की हिम्मत बढ़ी। वह दिलीप ताहिल को ललकारता हुआ बोला, "लेकिन अपने उस्ताद जी किसी श्रीदेवी से टाँका भिड़ायें या सायरा बानो से तुझे क्या मतलब?"

"क्यों तू भी टाँका भिड़ाना चाहता है? कुंडलवाली से भिड़ा ले। एक दिन बस यहीं निजामुद्दीन पुल के नीचे उतार लेंगे। तेरे बहाने हमें भी कुछ बचा-खुचा मिल जाएगा।"

वे चालू खलनायकी अन्दाज़ में एक से बढ़कर एक ठहाके लगा रहे हैं। वही कुंडलवाली इन्हें चिप्स खिलाती है, मिठाई लाती है। मूँगफली का पैकेट थमाती है। ये मर्द गिरगिट हैं। कहते हैं मादा गिरगिट को प्रकृति ने रंग बदलने की क्षमता नहीं दी है। औरतें मर्द गिरगिट बन गई हैं। प्रति पल बदलती। उन्हें समझा नहीं जा सकता। जिस बात पर उन्हें नाराज़ होना चाहिए वे हँसती हैं। छुओ तो दूर नहीं भागतीं। आँखें मारो तो चप्पल नहीं उतारतीं। चिपको तो कन्धे नहीं उचकातीं।

रसायनशास्त्र के सारे रिएक्शंस को पहले से समझकर गणनाएँ की जा सकती हैं—मगर आज की ये औरतें। उन्हें एसेस नहीं किया जा सकता। ये बाहर क्या निकली हैं, मर्दों की दुनिया के गणित से लड़ने का उन्होंने नया शास्त्र विकसित कर लिया है—जिसमें निर्लज्जता ए.के. छप्पन से बड़ा हथियार है...इस पर करे कोई टाडा लागू... वे किसी ज़मानत की दरख़्वास्त नहीं देतीं।

बस दौड़ रही है। ड्राइवर सोच रहा है।

यह साला छोटू सीमा के बारे में अनाप-शनाप बोलता है। वह मुझे नहीं मिल सकती...नौकरी करती है। अंग्रेज़ी बोलती है। ठीक है तू मेरी नहीं किसी और की भी नहीं।

कैसेट पर बहुत सैड सांग्स बज रहे हैं। ड्राइवर के मूड का पता देते। वह सचमुच दुखी है।

बस भाग रही है। रेस हो रही है। अचानक एक सफ़ेद मारुति बस से आगे निकल जाती है।

"हूँ।" ड्राइवर फुफकारता है—"औरत की ये मजाल।" वह क्लच दबाता है, गियर बदलता है, रेस देता है। सुई झटके खा रही है तेजी से...साठ-अस्सी।

मगर मारुति है कि साँप की तरह लहराती ड्राइवर के हाथ नहीं आती। बस सूँ-सूँ करती मारुति के पीछे भाग रही है। ड्राइवर इधर काट रहा है कभी उधर कि अचानक बस को पछाड़ती मारुति बायें मुड़ जाती है। धत् तेरे की उसे तो सीधा जाना है। इसी ग़फ़लत में वह कोलतार के पड़े ड्रम से बस को मार देता है। धाँय। ड्रम के परखचे उड़ जाते हैं।

सारी सवारियाँ उलट-पुलट हैं। खिड़कियों के शीशों का चूरा खाँड़ की तरह गिर रहा है। ड्राइवर बुरी तरह घायल है। ट्रैफिक पुलिस और सवारियों की ज़द से बचाते हुए ड्राइवर के असिस्टेंट उसे एक तरफ़ ले गए हैं। केबिन का फ्रेम तहस-नहस हो चुका है। ट्रांजिस्टर बन्द हो चुका है। सवारियाँ बच गई हैं। प्रेमी-ड्राइवर घायल हुआ है। चौरानबे में भी प्रेम सम्भव था—ड्राइवर का फूटा माथा गवाही दे रहा था।

(हंस/औरत उत्तर-कथा विशेषांक नवम्बर-दिसम्बर 94)

लोड-शेडिंग

मधु कांकरिया

मध्य कलकत्ता के सबसे भीड़ भरे इलाक़े बड़ा बाज़ार की एक बहुमंज़िली इमारत का वह एक आधुनिक ऑफ़िस था। जिसके तीन मालिकों में से एक मालिक वह था, वह यानी छोटा बाबू। जो हर वक़्त आवेग और उतावली में रहता। भड़-भड़ करता वह आता—आँधी-तूफ़ान-सा।

धकियाता-कुहनियाता-फड़फड़ाता-सा वह चलता। चेहरे पर आक्रोश का वितान ज़माने भर के लिए। हिकारत की हल्की-सी चादर हर उसके लिए, जो उसकी ज़िन्दगी में आया। बोलता तो डंक मारता। दरवाज़ा खोलता तो भड़-भड़ भड़ाक। बन्द किया तो सट-सट सटाक। उसके आते ही पंखे ज़ोर-ज़ोर से घूमने लगते। प्रिंटर दहाड़ने लगते। कम्प्यूटर दमदमाने लगते। गरज यह कि सारा स्टाफ़ सहमा-सा एक ओर—और अपने अहं में ऐंठा वह एक ओर। शोर-ही-शोर उसकी चारों ओर। सवा पाँच फ़ुटिया—एक कड़ियल लड़कीनुमा लड़का। अट्ठाईस साल का योगेश।

वह एक शेयर ब्रोकर फ़र्म। जहाँ औसतन करोड़ों रुपयों के शेयर रोज़ ख़रीदे और बेचे जाते। इस कारण ऑफ़िस अच्छा-ख़ासा भटियारखाना। हर वक़्त छोटे-मोटे दलालों का आना-जाना। ग्राहकों की लेवाली बिकवाली। चेकों का आदान-प्रदान।

और जब तक शेयर बाज़ार चलता रहता, लोग जैसे एक उत्तेजना में बहते रहते। आदमी से ज़्यादा व्यस्त फ़ोन। चार-चार टेलीफ़ोन लाइन। मिनट-मिनट टन्-टन् टिरिन-टिरिन। लिया पाँच सौ टिस्को—बेचा दो हज़ार मोटर—हज़ार टेल्को पोता—दो हज़ार रिलायन्स मत्था।

बोलते-बोलते गला बैठ जाता उसका। नसें खिंचने लगतीं।

और जैसे ही स्टॉक एक्सचेंज की हॉट लाइन आती—सबकी चेतना सिमटकर कानों में। चढ़ गया—बढ़ गया—आग लगी है बाज़ार में—भाव छू रहे हैं आसमान को—कर लो पोता। पोता करनेवाले यानी ख़रीदनेवालों की पौ बारह। न हींग लगा न फिटकरी, न हाथ हिलाया न पाँव और लीजिए बैठ-ठाले हो गई। हज़ारों की कमाई। एक-से-एक फ़टकेबाज। हरामख़ोरी की लत। खेलते लाखों में—लाख के नीचे बात ही नहीं। हर तेज़ी पर फुदक-फुदक पड़ते मेढकनुमा फटकेबाज़ सटोरिये!!

यह रोज़ का दृश्य। जो जितना बड़ा फटका लगाता—जीतता—वह उतना बड़ा सूरमा। हीरो, सबकी आँखों का केन्द्र। और ऐसा ही एक महाबली वह योगेश—सबकी आँखों का नूर। ज़बर्दस्त फटकेबाज़।

आज से क़रीब पाँच वर्ष पूर्व उसके पिता ने एक किताब दी थी उसे, साउथ कोरिया के उद्योगपति किम वी चूंग की जीवनी, जिसने सिर्फ़ पच्चीस वर्ष की उम्र में

ही बिलियन सम्पत्ति अर्जित कर ली थी। किताब देते हुए पिता ने कहा था—"तुम्हें भी शेयर मार्केट का किम वी चूंग बनना है।" पितृत्व की चाशनी में पगे जाने कैसे शब्द निकले थे पिता के मुँह से कि कॉलेज से निकले उस ताजे-टटके युवा मन में इबारत की तरह खुद गए थे—वे शब्द। और तब से उसने स्वयं को सम्पूर्णत: उस अनुभव सिद्ध एवं ठस्स कमाऊ पिता के हवाले कर दिया था। पिता उसके भविष्य के मानचित्र में रंग भरते जाते और वह उन्हें आत्मसात् करता, अपने यौवन की सारी पुलक, सारी मिठास, सारी शक्ति और उत्साह को अपनी फ़र्म की बढ़ोतरी के लिए होम करता जाता और उसी का यह परिणाम था कि आज वह भीतर से शून्य, किन्तु उसकी फ़र्म महानगर की गिनी-चुनी शेयर ब्रोकर फ़र्म थी।

उस पर इस बार की अप्रत्याशित तेज़ी। आसपास सब-कुछ कितना तेज़ी से उठता हुआ। नीचे चायवाला-पानवाला सबकी पौ बारह...सब एक का डेढ़ वसूलने में मशगूल। अब एक का डेढ़ तो उन्हीं से वसूला जा सकता है जो बिना हाथ-पैर हिलाए कमाएँ। मेहनत की क़माई यूँ सर्र-सर्र पॉकेट से नहीं सरकती।

योगेश के अधीनस्थ सब-ब्रोकर्स के दिमाग़ अलग आसमान पर।

फटका तो फटका डिलिवरी के शेयरों का भी सौदा पाँच सौ से कम नहीं। जब चाँदी यूँ ही बरस रही हो, सूरमाओं के चलते तो छुटपुट, टुटपुंजिये ग्राहकों की चिन्ता कौन करे?

फिज़ा में ख़ुशहाली-ही-ख़ुशहाली चहुँ ओर। झमाझम बरसाता पैसा—और उसकी मौज़ में ऐंठते अकड़ते चलते दलाल-फटकेबाज़, ग्राहक, जिन्हें लगता परमात्मा की सर्वश्रेष्ठ कृतियाँ वे ही हैं। बाक़ी सब निकृष्ट बकवास!

और ऐसों का सिरमौर योगेश! पर तेज़ी जहाँ कइयों को रिझाती, बहुतों को रुलाती, भी थी। सबसे ज़्यादा मिट्टी पलीद होती, श्रम और बुद्धि से रोज़ी-रोटी कमानेवालों की। इस लपक-झपक में उन्हें हाथ तो कुछ लगता नहीं, उल्टा दूसरों को इस प्रकार बैठे ढेर-सारा कमाता देख उनका मनोबल और टूट जाता। कई बार निराशा का दौरा तक पड़ जाता। असमय बुढ़ाया शरीर और हताश तन टूट-टूट जाता। अपनी शिक्षा और अथक श्रम पर अर्जित की गई गिनी-चुनी कमाई उन्हें मुँह चिढ़ाती-सी लगती, जवानी और अक़्ल पर लानत भेजती-सी। कुढ़ते-कुढ़ते सिकुड़ जाते वे।

योगेश के ही हमउम्र तीन-चार स्टाफ़...जिन्हें बुरी तरह तोड़ देता तेज़ी का माहौल। इन दिनों जब-जब वे इकट्ठे होते अकसर एक-दूसरे को सान्त्वना देते हुए मन की भड़ास निकाला करते।

"टेल्को का फुल फ़ार्म पूछो तो धोती खिसक जाए गधों की। चबर-चबर पान चबाते, सू-सों कर चाय सुड़कते, दाँत कुरेदते, तोंदों पर हाथ घुमाते कैसी घिन फैलाते हैं, लेकिन रौब ऐसे गाँठते हैं जैसे बुद्धि नामक सारा तत्त्व बस इन्हीं के पास है... ब्लडी...बास्टर्ड...गधे", खार खाया शुभाशीष आयातित लाइटर-सा भभक पड़ता। चेहरे के भाव विकृत हो जाते। आँखों में ईर्ष्या और हिकारत के मिले-जुले भाव। आज सुबह कांट्रैक्ट नोट नहीं दे पाने के कारण एक ग्राहक ने हाथ नचा-नचाकर, आँखें काढ़-काढ़कर भरे ऑफ़िस में सबके सामने लताड़ दिया था उसे। उसी की आँच में सुलग रहा था वह, अभी तक।

"मन की चाहे कितनी भड़ास निकाल लो बच्चू, लेकिन बड़ी ताक़त है इन लक्ष्मी वाहनों में। एक बार पैसा आ जाए तो पैसा-से-पैसा बनाने में कितनी देर लगती है। शेयर मार्केट में बुद्धि नहीं, घाटा सह सकने की कूवत चाहिए। मिनटों में लाखों कमाने और लाखों गँवाने का जिगर ख़ून-पसीना बहानेवालों का नहीं हो सकता," यह शैवाल था, जो इस बाज़ार के तिलिस्म से ऊपर उठ चुका था। क़रीब दो वर्ष पूर्व जब अपने गाँव से नया-नया ही आया था तब लोगों को इस प्रकार फटाफट कमाते देख अपना लोभ संवरण नहीं कर पाने के चलते छोटी-छोटी-सी पूँजी को फटके में स्वाहा कर लुटा-पिटा फिर अपनी श्रम की दुनिया में वापस आ गया था।

"दुर मोशाय सब समय शेयर-शेयर...जानिस आजके माजराहाटे एकटा दस वर्षीय छैले अद्भुत काज करेछे..." यह राजीव था। जो ज़बर्दस्त भाग्यवादी था...इसी कारण परम सन्तोषी और सभी प्रकार की हाय-हाय से दूर, हर पल जीने का मज़ा लेनेवाले राजीव के पास अद्भुत कथाओं और घटनाओं का अक्षय कोश हमेशा तैयार रहता जिसे चटकारे ले-लेकर वह प्राय: अपनी मित्र मंडली के बीच सुनाया करता और कुछ पलों के लिए ही सही, उसके आते ही वातावरण की एकरसता, उबासी और उदासी छँट जाती...और मधुर हास्य लहरी से सब सराबोर। आज माजराहाट में एक दस वर्षीय लड़के ने अपनी सूझ-बूझ के बल पर एक रेल दुर्घटना बचा दी थी। स्कूल जाते वक़्त उसने देखा कि रेलवे लाइन की फिश प्लेट उखाड़ ली गई है। उसने पहले हाथ हिला-हिलाकर ट्रेन को रोकने की चेष्टा की और जब उसमें सफल नहीं हो पाया तो अपनी पतलून जो लाल रंग की ही थी, उसे ही उतारकर ज़ोर-ज़ोर से फहराने लगा। ट्रेन रुक गई...इसी घटना को राजीव उत्साहपूर्वक सुना रहा था। और इस प्रकार बतियाते-गपियाते ही टिफिन का समय शेष हो गया था। दूर से ही योगेश और उसके पिता आते दिखे। राजीव ने शैवाल को इशारा किया। शैवाल ने शैलेन्द्र को कुहनियाया और शैलेन्द्र ने शुभाशीष को आँख मारी और आनन-फानन ही सभी अपने-अपने कर्म की दुनिया में वापस। यथास्थान।

कुछ दिनों तक ऑफ़िस का जीवन इसी प्रकार चलता रहा। शेयर मार्केट की तेज़ी के साथ ताल-में-ताल मिलाता तेज़-तेज़ चकाचक और मार्केट की इस तेज़ी ने सबसे अधिक चौंधाया था योगेश को, जो अपनी ज़िन्दगी की इतनी ताबड़तोड़ तेज़ी पहली बार देख रहा था। यूँ डेढ़-दो वर्ष पूर्व भी उसने अच्छी तेज़ी देखी थी। उन दिनों भी तेज़ी का नशा सम्पूर्णता से छाया था उसके मस्तिष्क पर। यहाँ तक कि स्टॉक एक्सचेंज का मार्केट बन्द हो जाता तो भी उसके भीतर का मार्केट चलता रहता। कौन-कौन शेयर आनेवाले दिनों में बढ़ेंगे, किसका फटका किया जाए...किसको उल्टा बेचा जाए, किसको बदले पर लिया जाए...सब-कुछ उसके अन्दर बहता रहता। कई बार तो खाते-खाते फ़ोन बज जाता तो अधूरा खाना छोड़ उठ जाता। कई बार आधी रात को नींद उचट जाती तो अधजगा-अधलेटा ही बढ़ते मूल्य और मुनाफ़े का ग्राफ़ बनाने लगता। और ऐसे माहौल में बालकनी में बाट जोहती खड़ी पत्नी की प्रतीक्षातुर बेचैन निगाहें कब पथरा जातीं, कब तीज़-त्योहार पर किया पत्नी का उबटन भरा शृंगार और हाथों की चटक मेहँदी अनदेखी, अप्रशंसित रह जाती। कब घंटों की मेहनत और चाव से बनाया पकवान अधखाया और सराहे बिना ही रह जाता, कब संग-संग सिनेमा देखने

की पत्नी की मासूस इच्छा दम तोड़ने लगती, कब तक बेटे की मुस्कान, लहराते हाथ अनुत्तरित ही रह जाते उसे भान तक न होता।

और इस बार की तेज़ी तो आँधी की तरह एकदम उड़ा ही देनेवाली थी। पिछली तेज़ी का जमकर फ़ायदा नहीं ले पाया था वह, इस कारण इस तेज़ी में जमकर ख़रीदारी की थी उसने और अब जब छोटा-मोटा किम वू चूंग बनने का उसका सपना साकार होने जा ही रहा था कि पासा उलटा पड़ गया था। जितनी ज़ोर की हँसी आनेवाली थी, उतने ही ज़ोर का तमाचा पड़ गया था। हुआ यह था कि अमेरिका ने एकाएक इराक़ पर धावा बोल दिया था और दूसरे ही दिन शेयर मार्केट धड़ाम से ज़मीन पर।

पोतेवालों (ख़रीदनेवालों) के होश फ़ाख़्ता। बाज़ार जो लुढ़का तो लुढ़कता ही गया। एक ही दिन में सेंसेक्स अढ़ाई सौ प्वाइंट नीचे। बम्बईवालों ने जमकर बिकवाली की। अजय समझे जानेवाले शेयर भी धराशायी। दम साधे भाव सुनते रहे लोग। जैसे भाव नहीं, शोक गीत सुन रहे हों। जहाँ पल-पल आवाजाही, चहल-पहल, वहीं एक मृत सन्नाटा प्रेत की तरह डोलता रहा—परिन्दा तक पास नहीं फटका। बेचो-बेचो का स्वर चारों और लेकिन जब ख़रीदार ही नहीं तो शेयर बिके भी कैसे—लिहाज़ा मार्केट और डाउन। कल के सूरमा आज के शून्य। जो बेच-बाचकर निकल गए थे, वे बाढ़ में बच निकलने जैसा महसूस कर रहे थे और ख़ुश थे। लेकिन जिनका सौदा खड़ा था। उनका ब्लडप्रेशर बेक़ाबू।

ऐसे में योगेश, जिसकी संरचना ही गरम तत्त्वों से हुई थी और जो रोज़मर्रा के जीवन को भी युद्ध की तरह लेता था, एकदम गरम इस्त्री बन गया था। जिसे देखता जलाने को तत्पर। अपनी ज़िन्दगी में पहली बार उसने इतना लम्बा घाटा देखा था। इस कारण दिमाग़ी परखच्चे ही उड़ गए थे। "साला सब ख़त्म..." वाली मानसिकता दिन-रात।

लेकिन इसके एकदम विपरीत थे योगेश के पिता। यह जितना पस्त-पस्त...वे उतने ही मस्त-मस्त। एकदम पका-पकाया घड़ा। घाट-घाट का पानी पीये हुए। काफ़ी कुछ बेनामी सम्पत्ति भी थी टेंट में। इस कारण इतने घाटे में भी दिमाग़ फ्रिज़ में रखे दही की मानिन्द ठंडा-शान्त। कुछ उल्टा-सीधा हो भी जाए तो भी हाथ खड़ा करने की क़ूवत।

योगेश को इसी बीच कई बार समझा भी चुके थे। गौतम बुद्ध की मानिन्द शान्त मुद्रा और थिर आवाज़—"बिज़नेस का पहला गुर है कि भीतर की असलियत बाहर नहीं आ पाए...एक बार मालूम पड़ जावे कि दम निकल गया है...तो धक्का देनेवालों की कमी नहीं रहती और थारा तो मुंडा भी बता देवेगा कि मैदान में जूते खाके निकले हो...।"

पिता का प्रवचन भी हौसला अफ़ज़ाई नहीं कर पाया था—योगेश का। दरअसल पिता द्वारा सफलता के जिस बने-बनाए ढाँचे में ढाल दिया गया था, उससे आज तक समरस नहीं हो पाया था वह। इस कारण आक्रोश-ही-आक्रोश हरेक के लिए। हर वक़्त उसे लगता जैसे उसके भीतर का आकाश धू-धू कर जल रहा था और उस दमघोटू धुएँ को बाहर निकालने के लिए कोई गवाक्ष भी नज़र नहीं आता था उसे। ख़ुद को कोई समझ थी नहीं, कोई और समझा सके ऐसा सहृदय मित्र, नारी, साहित्य या कविता थी नहीं ज़िन्दगी में। ज़िन्दगी में था तो सिर्फ़ तेज़ी-मन्दी का खेल। तेज़ी में खनकते

सिक्कों की ठनकती आवाज़ गूँजा करती वजूद में तो मन्दी में नस तोड़ हताशा और दिवालिया हो जाने की दहशत, ऐसे में पत्नी...बच्चे...मित्र...साहित्य...संगीत कहाँ समाता। इस कारण एक अजीब क़िस्म की घुटन-असुरक्षा एवं अतृप्ति फड़फड़ाया करती...रह-रहकर।

अभी तुरन्त ही बाहर से आया था वह। उखड़ा-उखड़ा मिज़ाज। झल्लाया-सा थका-थका चेहरा...वीरान। आते ही बिना हाथ धोये ही टिफ़िन खोलकर चभर-चभर भकोसना शुरू किया भकोसते-भकोसते ही ख़याल आया कि किसी ग्राहक का चेक आज तक नहीं आया है तो सारा गुस्सा उँगली में धरे निवाले पर निकालकर उन्हीं जूठे हाथों से ही फ़ोन मिलाया और फ़ोन पर ही झाग उगलने लगा..."यह स्टॉक एक्सचेंज किसी के बाप का नहीं...यहाँ बाप भी मरा पड़ा हो तो भी पहले चेक भिजवाना पड़ता है...मुझे कल बैंक आवर्स में चेक मिल जाना चाहिए..." और खाना बीच में अधूरा छोड़कर दनदनाता वह यह जा, वह जा। और योगेश बाहर क्या गया, पिंजरे में बन्द, पक्षी की तरह शुभाशीष लपककर राजीव के पास। इन दिनों शुभाशीष एक अलग ही क़िस्म की आग में जल रहा था। उतनी ही तीव्र, आकंठ लेकिन कितनी भिन्न थी वह आग, जिसमें योगेश जल रहा था।

पिछले पाँच वर्षों से वह इसी फ़र्म में कम्प्यूटर ऑपरेटर था। बिहार के राँची शहर में पला-बढ़ा। लेकिन नौकरी लगी कोलकाता में। साल-भर पूर्व ही शादी हुई थी उसकी। पत्नी राँची में उसके पिता के यहाँ। बढ़ती महँगाई और घटती आमदनी ने मजबूर कर दिया था। पत्नी एक छोर पर और वह दूसरी छोर पर कलपता...कसकता।

शादी के तुरन्त बाद कुल नौ दिनों का ही संसर्ग हो पाया था पत्नी के साथ, उसके बाद छुट्टी ही नहीं मिल पाई थी घर जाने की। उन्हीं मुट्ठी भर दिनों की रेशमी-रेशमी और मुलायम स्मृतियों में जब-तब डूबता-उतराता वह। एक और चीज़ थी जो कोसों दूर रहती पत्नी वियोग की पीड़ा को सह्य बना रही थी। वह थी पत्नी की अन्तरंग एवं भावाकुल चिट्ठियाँ। ये चिट्ठियाँ नहीं, प्रेम का अक्षय कोष थीं जिनके चलते उदासियाँ, परेशानियाँ, जीवन की एकरसता एवं ऊबाऊपन के बीच भी प्रेम का दीप प्रज्वलित था, इसलिए जीवन खिंच रहा था।

मन के ख़ाली कोने को भर देती थीं ये चिट्ठियाँ। योगेश की डंक मारती आवाज़ को सह्य बना देती थीं। निरन्तर डाटा-एंट्री करने से थक आई आँखों पर ठंडे पानी का छिड़काव। अथक श्रम से ललाट पर उभर आए स्वेद बिन्दुओं पर कोमल उँगलियों की छुअन थीं ये चिट्ठियाँ।

प्राय: पन्द्रह दिनों में एक चिट्ठी मिल जाती थी उसे। पत्नी की चिट्ठी को वह दर्जनों चिट्ठियों में भी दूर से ही पहचान लेता था। हाथ के बने सफ़ेद लिफ़ाफ़े पर हिन्दी-अंग्रेज़ी दोनों ही भाषाओं में लिखा रहता था पता (पत्नी को सदैव आंशका रहती थी कि कहीं डाकिया एक ही भाषा न जानता हो, इस कारण सावधानी के तौर पर वह दोनों ही भाषाएँ लिख देती थी)।

जब कभी पन्द्रह दिनों के भीतर चिट्ठी नहीं मिल पाती तो उसकी बेचैनी आसमान छूती। जीने का उत्साह नदारद। जीवनहीन जीवन। चिट्ठियों के प्रति उसकी इस क़दर बेचैनी को देख दोस्त मज़ाक़ में कहा करते, एक राक्षस था—पुराने युग में जिसके

सूक्ष्म प्राण बसते उसके तोते में...यहाँ भी एक मजनूँ...जिसका चित्त बसता राँची से आनेवाली...बात पूरी भी नहीं होती कि सब हो-हो कर हँस पड़ते।

...वह भी उदास-सा हँस पड़ता। जीवन वाटिका में सदैव लू के झोंके ही आते रहे थे...ख़ूबसूरत झोंका तो यही आया था।

आज बीसवाँ दिन। लेकिन आज भी कोई चिट्ठी नहीं। दोस्त उसे देख-देख गाते, "खत लिख दे...साँवरिया के नाम..."

बौराया-बौराया मन। उड़ता-उड़ता-सा। कहीं टिकाव नहीं। कहीं खिंचाव नहीं। कम्प्यूटर पर डाटा-एंट्री की तो वह भी भूल-भाल। सुबह से कई बार लताड़ा जा चुका था...योगेश से।

जाने कितनी बार दिन गिन चुका था। उँगलियों पर। वही बीस दिन। क्या बात हुई? इतना विलम्ब तो पत्नी ने कभी किया नहीं चिट्ठी देने में। कहीं नाराज़ तो नहीं...? पिछले पत्र में तो हल्की गुस्सा-गुस्सी हो गई थी। कई बार लिखा था उसने...घर आ जाने के लिए। मन-ही-मन अटकलें लगा रहा था। वह तभी ख़याल आया कि इन बीस दिनों में दो दिन सार्वजनिक छुट्टियों के पड़ गए थे। सोचकर राहत मिली। आँखें चमक उठीं...तब तो आज चिट्ठी मिल ही जानी चाहिए थी...हर हालत में।

पिछले तीन-चार दिनों से आँख गड़ाए चिट्ठी की ताक में ही बैठा रहा था वह। जैसे ही डाक का समय होता...बेचैन हो उठता वह। आँखों में आशा-निराशा के रंग जलते-बुझते। चेहरे का कसाव ढीला पड़ता तो आशा का लेप छा जाता मुख पर। पर जैसे ही डाक सामने फैलती...उसके दिल की धड़कन कई गुना बढ़ जाती। साँस रोके नज़रें पोंछा लगा देती सभी चिट्ठियों पर। चिट्ठी नहीं आने पर वहीं ढेर हो जाता वह। क़फ़न पड़ जाता मन पर। हर आनेवाली सुबह आशा का भुलावा देती और शाम मायूस-सा सुला देती। जब-जब चिट्ठी नियत समय के बाद मिलती, यही होता उसके साथ।

आज भी दिन भारी पड़ रहा था। अब और इन्तज़ार असह्य था। मन भी कह रहा था...कि डाक विभाग चाहे कितना भी सुस्त हो, आज चिट्ठी ज़रूर मिलनी चाहिए उसे...पर आज क़िस्मत दोगलई कर रही थी बार-बार। सुबह से ही डाक के इन्तज़ार में हिला भी नहीं था ऑफ़िस से वह। सबसे मेल-मिलाप कर रखता था। इस कारण आवश्यकता हुई तो भी किसी और को भेज देता। सुबह की डाक में उसकी कोई चिट्ठी नहीं थी फिर भी निराश नहीं हुआ था वह। अभी तो दोपहर की डाक आनी थी। कौन जाने उसी में आ जाए। लेकिन दोपहर आने से पहले ही मँझले बाबू ने किसी तक़ादे के लिए उसे बाहर भेज दिया था। मन्दी के चलते बाबू लोगों का दिमाग यूँ ही गरम तवा था...इस कारण बिना ना-नुच्च किए मन मारकर निकल जाना पड़ा था उसे।

भागता-दौड़ता गया वह और भागता-दौड़ता वापस। नीचे सबकी पत्र मंजूषा में बाहर तक झाँकते बड़े-बड़े लिफ़ाफ़ों को देखकर समझ गया था कि इस बीच डाकिए ने अपना काम कर दिया है। उसने भी पहला काम यही किया था योगेश से पूछने का। यूँ कसी मुट्ठी और भिंचे हुए जबड़े को देखकर हिम्मत नहीं हो रही थी उसकी योगेश से चिट्ठी के लिए पूछने की। लेकिन चिट्ठी आई या नहीं, यह जानने की इच्छा भी उतनी ही भीषण थी। अधपके अन्न-सी, अन्दर-ही-अन्दर खदखदाती। और इन्तज़ार

था कि गर्मी की दोपहर-सा ना कटने पर आमादा। हिम्मत की...आख़िरकार। जिगर को कड़ा किया, "सर, ऑफ़िस की डाक में मेरा भी कोई लेटर था क्या...मेरे पत्र यहीं के एड्रेस पर आते हैं..." अन्तिम बात बोलते-बोलते जाने क्यों ज़बान तालू से चिपक गई। गोला-सा अटक गया गले में।

"बाद में देखकर बता दूँगा..." किसी सरकारी बाबू की तरह बिना मुंडी उठाए ही जब ठंडे-ठंडे शब्दों में जवाब दिया छोटे बाबू ने तो रहा-सहा मन भी मर चुका था उसका। इसी कारण वह कभी भी अपनी चिट्ठियों के मामले में किसी भी प्रकार का ख़तरा नहीं उठाना चाहता था। जानता था कि एक बार उसकी चिट्ठी यदि योगेश की ड्राअर में चली गई तो फिर मिलने की नहीं एक-दो दिन और ध्यान जरा चूका तो चिट्ठी की सद्गति हो जाए या अज्ञातवास करने लगे तो भी बड़ी बात नहीं। जिन्हें चौबीसों घंटे अपने लन्द-फन्द और निजी हानि-लाभ के अलावा चाँद-सूरज भी नज़र न आते हों, वे क्या समझेंगे चिट्ठी पढ़ने की किसी की बेताबी को।

और हुआ भी यही। बिना उसे बताए ही योगेश लम्बे-लम्बे डग भरते ऑफ़िस से बाहर और अधजला छूटा वह। आशा और निराशा के बीच झूलता। बेचैन। ऑफ़िस के अन्दर अब आए...अब आए...कि घंटा भर और सरक गया। जनवरी की शीतकालीन सन्ध्या मटियाले अँधेरे में घिरी शाम। तभी जेनरेटर भी दगा दे गया। पूरा ऑफ़िस अन्धकार में। रही-सही आशा भी दम तोड़ने लगी शुभाशीष की। जेनरेटर आज ठीक होने का नहीं, और योगेश यदि बाहर से आ भी गए तो इस मोमबत्ती की रोशनी में चिट्ठी छाँटकर देनेवाले नहीं।

क्या करे वह, लाख समझाया...लेकिन मन बेताब...बेलगाम...आख़िर बिजली-सी कड़की कोई योजना मस्तिष्क में, ड्राअर की चाभी छोटे बाबू कभी साथ नहीं ले जाते। टेबिल की भीतरी हिस्से के कोने में रखी रहती है चाबी, क्यूँ न हिम्मत की जाए? हिम्मत की आख़िरकार। टार्च की रोशनी में कानी आँखों से देख ली थी उसने चाबी, बड़े से मेटल के बने रिंग में पिरोयी हुई इकलौती चाबी। भली प्रकार सोच-विचार लिया। ड्राअर खोलकर बिना अधिक उलट-पुलट किए चिट्ठी (यदि आई होगी तो) निकाल लेंगे और ड्राअर वापस बन्द ज्यूँ-की-त्यूँ। क्या पता चलेगा?

...और पूरी सतर्कता के साथ बाहर दूर तक देख आया। दोनों बड़े बाबू से ही तक़ादे पर निकले हुए थे और छोटे बाबू दूर-दूर तक नहीं नज़र आ रहे थे। और मौक़े का फ़ायदा उठाकर पूरा स्टाफ़ गोल-गोल घेरे में गपियाने में मशगूल। बायें हाथ में टार्च लिये दायें हाथ से चाबी घुमाई। हाथ कुछ कँपकँपा रहे थे...घूमी नहीं चाबी...ख़ुद को सहेजा (कोई चोरी नहीं कर रहा हूँ)...फिर घुमाया...अबकी खुली ड्राअर सामने ही ढेर-सारे बड़े-बड़े भूरे रंग के लिफ़ाफ़े थे...अधिकांश कम्पनियों के। धड़कते हृदय से थोड़ा उलट-पुलट किया तो दिल उछलकर ऊपर आ गया। छुआरे-सा सूखा चेहरा सूरजमुखी-सा खिल गया। बड़े-बड़े लिफ़ाफ़ों के बीच एक अदना-सा सफ़ेद रंग का लिफ़ाफ़ा दमदमाता-सा। सब-कुछ भूल गया वह उस क्षण। बड़े प्यार से लिफ़ाफ़े को सिर आँखों से लगाया और स्टाफ़ से थोड़ी दूर बाथरूम की दाईं तरफ़ की निरापद जगह में बैठ गया चिट्ठी पढ़ने। चिट्ठी खोलने की उतावली और पढ़ने की उत्तेजना में ड्राअर बन्द करने की बात एकदम उड़न छू।

और इसी बीच आना हुआ योगेश का। कुछ चेक मिले थे, इस कारण उफनता मन थोड़ा क़ाबू में। पाकेट से चेक निकाले और मोमबत्ती की मद्धिम रोशनी में उनकी रजिस्टर में एंट्री की और उन्हें ड्राअर में रखने के लिए अभ्यासवश जैसे ही चाबी की तरफ़ हाथ बढ़ाया तो चाबी नदारद। हाथ थोड़ा और गहरे तक बढ़ाया... इधर-उधर टटोला तो भी कुछ हाथ न लगा। आख़िरकार...हाथ की बजाय गर्दन को तकलीफ़ दी...तो देखा ड्राअर अधखुली है और चाबी शान से लटक रही है ड्राअर के की होल से।

च...च च्च एक बार तो बोलती ही बन्द हो गई गुस्से से। नथुने फड़कने लगे। आँख के कोने मिचमिचाने लगे। दाँत भिंच गए जैसे शरीर का चोला फट पड़ा हो और उसकी भीतर से कोई दूसरा ही दरिन्दा प्रकट हुआ...गुर्राता...अपने नख-दँतों से वार करता। और तभी विद्युत्-सा दिमाग़ में कौंधा कि शुभाशीष चिट्ठी के लिए पूछ रहा था। हो-न-हो चिट्ठी के बहाने...क्या भरोसा...किसी का भी...अभी पिछले वर्ष ही ऑफ़िस से कितने छोटे-मोटे सामान चोरी चले गए थे। अधिक छूट देने से यही होता है...औक़ात ही भूल जाते हैं...क़मीने।

जूते को एक बार फ़र्श पर घसीटा और दनदनाते-फड़फड़ाते ही पूरे ऑफ़िस की परिक्रमा कर डाली। पर शुभाशीष था कि कहीं नज़र ही नहीं आ रहा था। सारा स्टाफ़ अँधेरे में घर जाने की तैयारी में व्यस्त। सबकी नज़र घड़ी पर...सबके बस्ते गोल। कम्प्यूटर ढँके-ढूँके और रजिस्टर बन्द। सब साले निकम्मे...हरामजादे...मन-ही-मन गरियाते योगेश वापस जैसे ही लौटने को हुए तो कहीं उजास का-सा आभास हुआ। कोई परछाईं-सी डोली। कुछ क़दम बायीं तरफ़ बढ़ाए तो अवाक्। बाथरूम से थोड़ा हटकर, खुले में ठिठुरता-सिकुड़ा उकड़ूँ बैठा शुभाशीष दायें हाथ में पकड़े टार्च की एकदम हल्की मद्धिम रोशनी में आँख गड़ाए चिट्ठी पढ़ रहा था। चेहरा जगमग। आँखें नम। जैसे चिट्ठी नहीं, उन परम क्षणों में सारे ब्रह्मांड की कोमल भावनाओं एवं दिव्य प्रेम की अनुभूति को अपने भीतर सँजो रहा हो। चिट्ठी में गूँजी पत्नी की आत्मा जैसे उसकी आत्मा से एकीकृत हो गई थी। वह बस पढ़ रहा था निर्निमेष...निस्पन्द...निःशब्द... निर्विकार। प्राणों की पूरी शक्ति को आँखों में केन्द्रित कर उस हल्के उजास में सारे ब्रह्मांड से बेख़बर ब्रह्म सत्य जगत् मिथ्या का-सा समाँ।

उसे देखते रहे योगेश...चित्रवत्। अपलक। विमुग्ध। आए थे अच्छा-सा सबक सिखाने लेकिन वातावरण का प्रभाव कुछ ऐसा पड़ा कि ख़ुद ही सीख गए कुछ सबक। चाहा तो था कि उसे उसी वक़्त चोरी की नियत से ड्राअर खोलने के अपराध में नौकरी से निकाल दें (यूँ भी इन दिनों स्टाफ़ कुछ ज़्यादा ही हो गया था ऑफ़िस में)। लेकिन अब भीतर कुछ पिघलता-सा लगा। कोमल-कोमल कुछ उगता-सा। मुँह खोलने की चेष्टा भी की तो ज़बान जैसे तालू से चिपक गई। मन के भीतर का मन और आत्मा-की-आत्मा जैसे बोली, 'नहीं'। प्रेम में इस क़दर पगी आत्मा चोरी नहीं करती।

मन में महसूसा...इन क्षणों में शुभाशीष किसी बहुत उच्च धरातल पर खड़ा है... बहुत सम्पन्न, पवित्र, वैभवयुक्त एवं सुन्दर धरातल पर...और वह...वह है उसके सम्मुख एक दरिद्र, कंगाली...फुस्स। सदैव ही पेट की सरहद में जकड़ा...जीवन के बन्दोबस्त में लगा...भावहीन कीड़ा। भावशून्यता की बदबू छोड़ता।

शुभाशीष के हृदय में उसकी प्रियतमा विराजमान थी इस कारण पूजा-घर बन चुका उसका मन पेट की सरहदों से दूर, बहुत दूर था जबकि उसके हृदय में था सिर्फ़ धुआँ-ही-धुआँ। कितना सुन्दर लग रहा था शुभाशीष का चेहरा उन क्षणों, क्योंकि उसके चेहरे से सुन्दर भावनाएँ एवं कविता झलक रही थी। वहाँ जीवन का उत्सव था। उल्लास था।

आज तक सैकड़ों चिट्ठियाँ खोली थीं उसने, पर एक भी तो ऐसी मनभावन एवं जी-जुड़ावन चिट्ठी नहीं मिली कि इतनी व्यग्रता, नस-नस को चटका देनेवाली ऐसी आकुलता...इतनी छटपटाहट महसूसता...कि अपनी नौकरी तक दाँव पर लगा देता। एक भी तो चिट्ठी ऐसी नहीं मिली जिसे उसने इस प्रकार सम्पूर्ण एकान्त में इतनी पवित्र मानसिकता में, भावनाओं के आवेग में दम साधे पढ़ा हो।

एक तिहाई उम्र धुआँ की और खाते में एक भी ऐसी विलक्षण अनुभूति नहीं। कोई भी ऐसा साथी नहीं। यूँ होने को जीवन में सभी कुछ...पत्नी, पुत्र...माँ...बहन। लेकिन कब देखा उसने फ़ुरसत से उनकी ओर। सदैव ही घिरा रहा वह हाय-हाय करनेवालों की सूअरबाड़ी में।

और अकस्मात् उसके रेगिस्तान में भी गुलमोहर-सा कुछ खिला। मन में कोमल-कोमल कुछ उगा...कोई छवि कौंधी...कोई पाती फड़फड़ाई और पहली बार महसूसा उसने...फूलों की रंगत पर मुग्ध होना।

बेल-पत्र

गीतांजलिश्री

सब्ज़ी बाज़ार में फ़ातिमा का पैर छप से किसी गिलगिली चीज़ पर पड़ गया।

"ओफ़..." घिन के साथ उसने पैर अलग झटका।

"कुछ नहीं है, रिलैक्स।" ओम ने झुककर देखा और दिलासा दी—"गोबर है बस।"

पता नहीं क्यों फ़ातिमा के अन्दर ऐसा तेज़ गुस्सा फूटा—"देखो, होगा गोबर तुम्हारे लिए पाक। मेरे लिए वह उतना ही घिनौना है जितनी घोड़े की लीद।"

ओम के अन्दर तक कुछ हिल गया—"फ़ातिमा पागल हो जाओगी। इस तरह करोगी तो हर इशारे का दो में से एक ही मतलब होगा, हिन्दू या मुसलमान।"

"अब भी सँभल जाओ।" ओम ने कराहते स्वर में विनती की—"तुम जिस कीच में फँस रही हो, वह अभी नर्म है। अभी उसमें से निकल सकती हो। पर फ़ातिमा न समझोगी तो धँसती जाओगी। और फिर वह पदार्थ ठोस हो जाएगा...तुम अटल हो जाओगी, हिल नहीं पाओगी।

"अकड़ी रह जाओगी..."

दोनों स्कूटर पर सवार घर लौट आए।

अन्दर शन्नो चाची आई थीं—"यह लो बेटा, शिरडी गई थी, साईं बाबा का परसाद है। बहू यह धागा बाँध लो।"

फ़ातिमा ने चुपचाप धागा बँधवा लिया, उसकी आँखों में एक अनोखी चमक थी।

उसी शाम उसने अपना सूटकेस खोला। अम्मी ने गुलाबी और हरे गोटेदार साटिन में कुशन व जानमाज़ लपेट दी थी। फ़ातिमा ने खिड़की के नीचे कमरे के एक तरफ़ वह चीज़ें लगा दीं। नमाज़ पढ़ी और आसन एक कोने से ज़रा-सा मोड़ दिया।

रात को ओम ने अपना हाथ धीरे से फ़ातिमा के कन्धे पर रखा। फ़ातिमा ने मुँह फेर लिया। ओम ने और नज़दीक खिसककर कहा, "फ़ातिमा यह क्या कर रही हो?"

फ़ातिमा घायल जीव की तरह छिटककर अलग हो गई—"मैं कुछ नहीं कर रही हूँ। उल्टा चोर कोतवाल को..." वह चीख़ते से स्वर में बोल पड़ी।

अजीब-सी हो रही थी फ़ातिमा! मानो एक बारीक़-सी पर्त के नीचे बस 'हिस्टीरिया' ही 'हिस्टीरिया' दबा पड़ा हो। जब तक चुप्पी है ठीक है पर ज़रा-सी आवाज़ हुई कि पर्त चटकी और चीत्कार बाहर फूटा...

ओम ने उसका हाथ हल्के-से दबाया—"डार्लिंग, मैं क्या कर रहा हूँ तुम तो हर बात का मतलब निकालने लगी हो। बहुत जल्दी बुरा मान जाती हो। पहले हम हर तरह की बात पर हँस लेते थे।"

ओम ने उसे कसके चिपटा लिया।

"छोड़ दो मुझे, छोड़ दो।" वह रोती हुई उसकी बाँहों से निकलने को तड़पने लगी।

"नहीं," ओम ने बाँहें और कसते हुए कहा, "नहीं फ़ातिमा कैसे छोड़ सकता हूँ तुम्हें...प्लीज...तुम समझ ही नहीं रहीं..."

समझ तो वह भी नहीं रहा था। उसकी मति मारी गई थी। मुँह फाड़े कोई लहर आई थी और उसे मध्य सागर में, अनजान अँधेरों में गोते खाने पटक गई थी। वह सब क्यों हो रहा है? यह सब क्या हो रहा है? उसे कुछ भी समझ में नहीं आ रहा था।

सिसकती फ़ातिमा को सीने से लगाए वह मद्धिम चाँदनी में चुपचाप पड़ा रहा। पलँग के बग़ल में खड़े 'कैबिनेट' पर चाँद इशारा कर रहा था। फ़ातिमा की कॉलेज की तस्वीर धुँधली-सी झलक रही थी। दुबली-सी लड़की, जीन्स पर कुर्ता लटकाये, कुर्ते पर एक लम्बी चोटी झुलाती, हँसमुख चेहरेवाली, चपल नैनोंवाली। तब फ़ातिमा कितनी शोख़ हुआ करती थी। और निडर। और बाग़ी। हॉस्टल लाउँज में ही अपने अब्बा से लड़ पड़ी थी, समाज...धर्म...धमकाइए मत मुझे...अगर सारी-की सारी दुनिया भी घटिया नियम अख़्तियार करे तो वे सही नहीं हो जाएँगे। साथ-साथ ही उन्होंने सबका सामना किया था। जान की धमकी देनेवाले अनाम खतों को हिकारत से फाड़कर फेंक दिया था। ओम की नौकरी चली गई। उस पर आरोप लगे कि वह घमंडी है और ऑफ़िस का माल निजी इस्तेमाल में लाता है। मित्रों के संग दोनों हँसे थे क्योंकि वाक़ई ओम ऑफ़िस का काग़ज़ जब-तब अपने लेख टाइप करने के लिए उठा लाता था। एक के बाद एक बवाल हुआ। शहर भर में हंगामा फैला। फ़ातिमा को तो उसके अब्बा ने ताले-चाबी में बन्द कर दिया था। पर वह खिड़की से कूदकर भाग आई थी और दोनों ने शादी कर डाली थी।

ओम ने गहरी साँस ली। ऐसा लगा था कि एक डरावने दौर का अन्त हुआ है। एक ख़तरनाक कहानी ख़त्म हुई थी। पर न जाने कैसे उस कहानी का अन्त एक नई शुरुआत बन गया था।

सवेरे आँख खुलीं तो फ़ातिमा नमाज़ पढ़ रही थी।

"ये क्या?" ओम के तन-बदन में आग लग गई। उसने झपटकर जानमाज़ खींच ली और फ़ातिमा को घसीटकर खड़ा कर दिया—"ये क्या कर रही हो?" वह दाँत पीसकर बोला, "अब यही क़सर बाक़ी है?"

"छोड़ दो मुझे।" फ़ातिमा की आवाज़ काँप रही थी। उसकी आँखों का दृढ़ संकल्प देखकर ओम थर्रा उठा। फ़ातिमा झटके से वापस जा बैठी।

नाश्ते पर दोनों चुप थे। ओम अपने चेहरे के आगे से अख़बार हटाता तो केवल एक और कौर मुँह में डालने के लिए। जब फ़ातिमा खाली प्लेटें उठानें लगी तब उससे नहीं रह गया।

"रुको।"

फ़ातिमा ठिठक गई। सिर बिना उसकी तरफ़ घुमाए।

"जाओ," ओम गुर्रा के बोला, "जब सुनने से पहले ही तय कर चुकी हो कि सुनोगी नहीं तो क्या फ़ायदा?"

फ़ातिमा सट्-सट् साड़ी फड़फड़ाती रसोई में घुस गई। वह वाक़ई कुछ भी सुनने को तैयार न थी। सारा दर्द, सारी कुंठा उसने अब इसी एक बिन्दु पर न्योछावर करने

की क़सम खा ली थी। अपनी एक पहचान पर। क्योंकि उसे लग गया था कि कोई उसे पहचानता नहीं है, मानता नहीं है। या तो बस बर्दाश्त करता है या फिर ज़लील करता है। उसे अपनी अस्मिता का अहसास हो आया, ठीक है, वह भी दिखा देगी, वह क्या है।

ओम का हाथ फिर उसके कन्धे पर था—"फ़ातिमा!" उसकी आवाज़ रुँधी-रुँधी थी।

फ़ातिमा तड़प उठी। ओम की कोमलता वह बर्दाश्त नहीं कर सकती। इसी तरह वह हिलगा देता है। वह उम्मीद, विश्वास में बैठ जाती है कि उसे मंज़ूर किया जा रहा है। नहीं चाहिए यह नर्मी। चीख़ लो। मार लो। पर...

"फ़ातिमा, कुछ तो सोचो। तुम समझती क्यों नहीं हो कि क्या कर रही हो? सारा जग इठलाएगा कि उन्हें पहले ही पता था, दूध-पानी का मेल कब हो पाया है...तुम सँभलतीं क्यों नहीं...? हमने एक-दूसरे से प्यार किया है...मज़हब से परे...तुमने क्यों ठान लिया है कि दुनिया के रचे झूठे भँवर में फँसें हम?...तुली हुई हो हमें हिन्दू-मुसलमान बनाने में...फ़ातिमा...तुम ज़हर को मरहम समझ रही हो। प्लीज़ फ़ातिमा...प्लीज़। जिसमें से लड़कर निकल आए थे, उस गढ़े में गिर जाना चाहती हो?...हम तो बेइन्साफ़ी से लड़नवालों के लिए एक ताक़त बन गए। थे...सिम्बल...सिम्बल आफ़ विक्टरी..."

फ़ातिमा तिलमिला उठी—"हाँ-हाँ सिम्बल हैं। बस सिम्बल बन के रह गए हैं। मुर्दा सिम्बल...और कुछ नहीं रहे...जैसे तिरंगे झंडे पर स्याही का चक्र...ओम...मैं इनसानोंवाली...डू यू अंडरस्टैंड...जिसमें तरह-तरह के रिश्ते हैं, दूर के, क़रीब के...मुझे चार जिगरी दोस्तों के सहारे नहीं जीना है...ओम...ओम...तुम बेवकूफ़ हो...ज़िन्दगी एक ज़रा से 'इंटीमेट' के घेरे में नहीं बिताई जाती। हर वक़्त की यह 'इंटीमेसी'...सब इतने क़रीब...सब एक-दूसरे के बारे में सब-कुछ जानते हुए...ओम मेरा दम घुटता है। साँस लेने के लिए थोड़ा दूर होना पड़ता है...मुझे यह चाहिए...यह सब चाहिए..."

ओम उत्तेजित होकर बोला, "सब किसे कह रही हो? इस तरह क्या तुम 'सब' पा पाओगी? फ़ातिमा तुम अपने-आपको भी खो दोगी। जिन्हें 'सब' समझ रही हो, वे हैं बेजान सिम्बल्स...तुम डर गई हो..."

फ़ातिमा झटके से वहाँ से चली गई।

वह सच ही बहुत डरने लगी थी। बेकार में ही घबराहट की लहर उसके बदन में सिहर उठती। रातों को नींद खुलती तो वह जानी-पहचानी आवाज़ें, नल से गिरती टप-टप बूँदें, हवा से धीमे-धीमे खड़खड़ाती खिड़की, दूर सड़क पर जाती ट्रक की आवाज़...वह अँधेरे में ही डरी-डरी झाँकने लगती...कौन है, क्या है...?

कभी सपना देखती। अम्मी के कमरे में घुसी, अम्मी चुपचाप काम कर रही थीं। कहीं जानेवाली थीं। चेहरे पर शान्त-संयमित भाव बसाये। और वह उनसे कहने को तड़प रही थी, उनकी सुनने को बिलख रही थी। पर अम्मी बात ही नहीं करतीं। उनका क्या होगा? वह घुटन में, डर में टूटती जा रही थी। चीख़ रही थी। चेहरे की हर बनावट उस चीख़ में टूट गई।

अचानक वह जाग गईं। उस चीख़ते, विकृत चेहरे पर पड़ा यह शान्त, स्थिर, सिलवटरहित, सोकर जागा चेहरा...वह और भी अधिक डर जाती।

फ़ातिमा कुर्सी पर बैठ गई। पस्त।

उसकी हिम्मत चूर-चूर हो गई थी। अपने किए के नतीजे को नहीं जानना चाहती थी। आदर्श की लड़ाई अब बहुत हुई। उसे लग रहा था कि उसमें सिर उठाने की शक्ति नहीं रही है। हर पौधे को पनपने के लिए मिट्टी चाहिए, हवा-पानी चाहिए। वह मुरझाने लगी थी। ओम कहता था, उसे कोई हक़ नहीं कि हर झोंके पे ज़रा और झुक जाए। इतनी कमज़ोर बने। समाज से लोहा लिया है तो बंजर ज़मीन पर उगना पड़ेगा। नहीं तो पहले ही किसी लता की तरह कहीं पेड़ या दीवार से क्यों नहीं चिपट गई?

बहुत हो गईं वह कोरी बातें। फ़ातिमा का सिर झन्ना उठा। उसे लगा किसी और ज़िन्दगी में वह अपनी इस कमज़ोरी को कोस लेगी। अभी तो बस वह अपनी एक जगह चाहती है, अपनी पहचान माँगती है, अपनों को पाने के लिए तड़प रही है...

किसी ने घंटी बजाई। फ़ातिमा ने सिर उठाया। शन्नो चाची थीं।

सोमवार था। चाची हर सोमवार आ जाती थीं। अम्मी के नाम की पूजा कर जाती थीं।

दो बरस अम्माँ मुँह फुलाकर बैठ गई थीं। पर बेटे से कौन माँ अलग हो पाती है। देखते-ही-देखते सारी अकड़ चम्पत हो गई और बेटे के घर आना-जाना शुरू हो गया। तभी शन्नो चाची भी आने लगीं।

अम्माँ तो फ़ातिमा को जी-जान से प्यार भी करने लगीं।

कभी शन्नो चाची ने आँख मटकाकर कहा था, "क्यों री, तेरी बहू की आवाज़ तो बड़ी सुरीली है। वर्ना मैं तो आवाज़ से ही हिन्दू-मुसलमान बता देती हूँ।"

अम्माँ ने फ़ातिमा के गाल पर हाथ फेर के कहा था, "मेरी बहू किसी कोने से मुसलमान है ही नहीं।"

फ़ातिमा ने पूछ लिया—"मैं भी तो सुनूँ आवाज़ में क्या रहस्य है।"

चाची ने हाथ नचाया—"भई मुसलमानिन हमेशा भोंड़ी आवाज़ ही पाती हैं। आदमियों जैसी। भारी...वह मालिन नहीं आती है?"

फ़ातिमा ने तपाक से कह दिया, "आवाज़ तो आवाज़ ठहरी, हिन्दुओं के तो आदमी ही औरतों जैसे होते हैं—पिद्दे से।"

बाद में ओम और फ़ातिमा अपनी मित्र मंडली में इस क़िस्से पर ठहाके मार के हँसे थे। ओम के पाँच फुट सात इंच के पुरुषत्व की लम्बी खिंचाई की थी। फ़ातिमा ने ख़ुद को फतेह ख़ाँ फनकार कहकर कोई जोशीला गाना सुना दिया था।

आए दिन ऐसे क़िस्से होते थे जिनको लेकर मित्रों में छेड़छाड़ चलती। सब मिलकर संसार की रीतियों पर ताज्जुब करते। ओम के बाबा कहा करते थे कि राह चलते कभी साँप और मुसलमान मिल जाए तो पहले मुसलमान का ख़ात्मा करो, फिर साँप का। ओम अब बनिया और पठान का चुटकुला सुनाता कि बनिया पठान के सीने पर सवार घूँसे-पे-घूँसे जमाए जा रहा है और फफक-फफक रो भी रहा है कि रुके तो कैसे क्योंकि वह रुका नहीं कि पठान उठ के उसे पटकेगा... वह पटकेगा...

कभी ओम फ़ातिमा को चिढ़ाता—"इधर आ मुसलटी, देखें तो तेरे बदन से कैसी बू आ रही है। पानी से वैर है तुम्हें?"

फ़ातिमा इतरा के अलग हो जाती—"जा-जा काफ़िर। दो बूँद छिड़क ले और स्वच्छता का राग अलाप। ढोंगी धर्मात्मा!"

तब और दोस्त मिल जाते—"न भाभी नहाने की तो छोड़ो। वह तो ग़नीमत है इतनी गर्मी है कि तुझे भी नहाना पड़ता है। पर उसका क्या जो हर मांस खानेवाले जानवर की बू होती है?"

"हैं? यह क्या बकवास?"

सब हँसते—"क्यों हमारी गाय महकती है? कभी नहीं। और शेर और मुसलटा?"

"और घोड़ा?" फ़ातिमा ताली पीटकर हँसती।

सब मज़े में झूम उठते। कभी लोगों के दिमाग़ पर हँसते, कभी चौंक जाते। क्या-क्या नहीं प्रचलित कर देते हैं। कुछ भी मान लेते हैं।

पर शन्नो चाची तो शहद से लीपकर व्यंग्य कसती थीं। उन्हें तो 'फिट' करना ही था। लेकिन अम्माँ कभी ऐसा-वैसा नहीं बोलती थीं। उन्होंने तो बस एक बार बहू बना लिया तो फिर सिर्फ़ स्नेह ही बरसाया।

फिर अचानक उनका देहान्त हो गया। ओम एकदम टूट गया। अम्माँ को याद करके नन्हे-से बच्चे की तरह रो पड़ता। फ़ातिमा भी रोने लगती। अम्माँ याद आती हैं। फिर अम्मी और अब्बा का विचार भी आ जाता। न जाने किस हाल में होंगे। इधर-उधर से कोई उड़ती ख़बर आ जाती थी। खालूजान के पास गए हैं...नदीम की शादी कर दी...मोतिया का ऑपरेशन हुआ है। वगैरह। एकदम कट चुकी थी उनसे फ़ातिमा। कभी...कुछ हो गया तो...?

ओम ने अम्माँ की तस्वीर फ्रेम कराके टाँग ली। शन्नो चाची ने उसी के बगल के आले पर उनके सबसे प्रिय भगवान्, शंकर का फ़ोटो खड़ा कर दिया। कभी-कभार आतीं तो हाथ जोड़ लेतीं। देखते-ही-देखते वहाँ एक पूजा का कोना बन गया। पार्वती और गणेश भी आ गए। सामने एक पीतल की तश्तरी में शिवलिंग, गंगाजल, अगरबत्ती और दीया सज गए।

अम्माँ की याद से कुछ ऐसी जुड़ गई थी यह पूजा कि ओम ने कभी उँगली न उठाई। फ़ातिमा और वह आरती भी ले लेते और शन्नो चाची के कहने पर आले की तरफ़ जूता-चप्पल पहनकर न जाते।

बहुत दिनों तक चाची न आतीं तो ओम अधीर लगता। फ़ातिमा को ऐसा वहम था। एक ऐसे ही दिन उसने पूछा, "मैं फूल बदल दूँ?"

ओम पल-भर चुप रहकर बोला था, "ठीक है, अम्माँ को अच्छा लगता था।"

फ़ातिमा ने नहाकर चाची की तरह सिर पर पल्लू डाल लिया। केले के पत्ते पर गुड़हल, गुलाब और मोगरा धो लिया और शिव जी के लिए बेल-पत्र। दूध से शिवलिंग को नहलाया, फूल-पत्र चढ़ाए, दीया जलाया। उसके मन से हूक-सी उठी—अम्माँ... अम्मी...अब्बा...

अगली बार चाची आईं तो पूछने लगीं, "यह पूजा किसने की?"

"मैंने की थी।" फ़ातिमा ने बताया।

चाची कुछ नहीं बोलीं। पर हर सोमवार को आने लगीं।

"क्यों बहू, ओम ऑफ़िस गया?"

"हाँ चाची।"

"और तूने वह धागा तो नहीं उतारा? हाँ, उतारना नहीं। तेरी गोद भरेगी।"

"धागे से नहीं चाची, हमारी मर्ज़ी से भरेगी।"

"अरे तो मर्ज़ी तो है ही।" चाची ने पूजा के आले पर से घी उतारा और चढ़ावे के लिए थोड़ा-सा हलवा बनाया। पूजा की।

किसी जन्माष्टमी में आकर वे नीचे के आले को साफ़ करके कृष्ण-झाँकी भी बना गई थीं। तभी फ़ातिमा ने अम्माँ की देखा-देखी सिंघाड़े का हलवा बनाया था। शाम को ओम की तरफ़ बढ़ाया तो उसने पूछा, "क्या शन्नो चाची बन गईं?...तुमने...इतना आसान थोड़े है। एक दिन में नहीं आ जाता।"

शन्नो चाची पूजा करके चली गईं। फ़ातिमा भी बैंक के लिए चल पड़ी। फुटपाथ पर लोगों की भरमार थी। फ़ातिमा को लगा वह सबके रास्ते में आ रही है और सब उस पर मन-ही-मन भन्ना रहे हैं। अपराध-बोध से वह कभी बायीं ओर झुकती, कभी दाहिने को हटती, और एकाएक रुक जाती...भीड़ को गुज़र जाने दो...

वह भीड़ से बेहद घबराने लगी थी। लोगों से घबराने लगी थी। कभी कोई जाननेवाला दिख जाता तो अव्वल तो वह उसे पहचानती ही नहीं और अगर पहचान लेती तो दुविधा-भरी एक मुस्कान के साथ क़तरा के बग़ल से निकल जाती कि न जाने सामनेवाला उसे पहचान भी रहा है...पहचानना भी चाहता...?

ओम झल्ला उठता—"कहीं जाते हैं तो बोलने की कोशिश भी नहीं करती हो। लोग समझेंगे, खिलजी ख़ानदान की होने का ग़रूर है। बादशाहत का ग़ुमान पाले हुए हो।"

"तो मत ले जाओ मुझे कहीं।" फ़ातिमा बात निपटा देती।

ओम अकसर अकेले ही जाता। फ़ातिमा से कह-कहकर हार गया कि लोग हर बात का टेढ़ा मतलब ही निकालेंगे और निकालेंगे ज़रूर। उसी दिन की मनचन्दा बता रहा था, बाला ने कह दिया था, "देखो, नहीं आई न शहजादी। समझ रही होगी कि बेटे का जन्मदिन तो बहाना है, दुर्गा-पूजा का जमघट होगा असल में। अजी मानो-न-मानो, मुसलमान होता ही है ज़्यादा मुसलमान...हम तो सिद्दीकी की घर ईद पर हमेशा जाते हैं, जबकि हमें मालूम है कि वह छुप के गाय काटते हैं।"

लोग कैसा-कैसा बोलकर महफ़िल में रंग लाते हैं। इसका ओम और फ़ातिमा को पुराना तजुरबा था। वह तो शादी की ख़बर उड़ी भर थी कि जग भर अपने-अपने परमेश्वर का दूत बन बैठा। ओम और फ़ातिमा का रक्षक भी।

"अरे भाई चुप कैसे बैठें, एक शरीफ़ लड़का बरबाद हुआ जा रहा है...चह चंडाल निकाह किए बग़ैर नहीं माननेवाली..."

"अम्माँ फलाँ-फलाँ की यह जुरअत हमारी लड़की उठाएँगे। देख लेंगे!" और-तो-और, अम्माँ बेचारी की मौत पर भी अफ़वाहों का बाज़ार गर्म था—"देखा ना, निकाह किया, बेटे का धर्म लिया, माँ रो-रो के जान दे बैठी..."

मनचन्दा बता रहा था कि इकहत्तर में तो यह शोहरत थी कि फ़ातिमा के बाप पाकिस्तान के एजेंट हैं। शादी का विरोध तो नाटक है। लड़की को दुश्मन की मदद के लिए काफ़िर से ब्याहा है। ओम की कम्पनी शायद डनलप के तकियों और गद्दों में एफ.बी.आई. की फ़ाइलें सिलती थी!

फ़ातिमा चेक भुनाकर लौट आई।

शाम को ओम जल्दी घर लौट आया—"चलो डमरू पार्क चलें।"

वहाँ पहुँच के दोनों एक घने पेड़ के नीचे, उसके चौड़े तने पर टेक लगाए बैठ गए। फ़ातिमा ज़मीन पर पड़ी एक टहनी से खेलने लगी। अचानक किसी सड़की कुत्ते की, उसी टहनी पर, उसी तने से लग के, एक टाँग उठा के क्रिया करने की तस्वीर बेवजह उसके मन में कौंध गई। उसने चीख़कर टहनी गिरा दी।

"क्या हुआ...क्या हुआ?" ओम भी हड़बड़ा गया।

"व...वो...फ़ातिमा ने बड़ी-बड़ी आँखें उधर कीं। और फिर खिलखिला के हँस पड़ी सरिता-सी कल-कल करती उन्मुक्त हँसी।"

"फ़ातिमा!" ओम ने उसे गले लगा लिया। हँसते-हँसते फ़ातिमा रो पड़ी।

"ओम, मुझे अच्छा नहीं लगता। बिलकुल अच्छा नहीं लगता।"

"क्या बात है, फ़ातिमा? मेरी जान...अब तो ख़ुश हो जाओ। सब तो अच्छा हो रहा है। तुम अम्मी के भी पास जाने लगी हो।"

अब्बा का तार आया था। उन्हें अस्पताल में भर्ती कर दिया गया था। सख़्त बीमार थे। फ़ातिमा बदहवास हाल में मैके पहुँची थी। शादी के बाद पहली बार। बहुत रोना-धोना हुआ। बाप जान अच्छे हो गए। पर मुहर्रम शुरू हो गया था। फ़ातिमा ने ओम को लिखा था :

"अब्बा घर लौट आए हैं। अब कोई ख़तरा नहीं है। पर मुहर्रम शुरू हो गया है। उसके बाद ही आ पाऊँगी। अभी छोड़कर जाना ठीक नहीं लगता।"

मिलते ही दोनों में झगड़ा हो गया। ओम बरस पड़ा, "यह हमारा समझौता था कि धर्म से कोई साबिक़ा नहीं होगा। उसके पचड़ों में बिलकुल नहीं पड़ेंगे।"

फ़ातिमा ने आश्चर्य से कहा था, "तुम तो ग़ज़ब ही करते हो ओम। मुझे धर्म से अभी भी कुछ वास्ता नहीं। अब्बा बीमार थे। अम्मी का जी हल्का हो पाया। मेरे नौहे पढ़ लेने से उन्हें राहत मिली। बस। मैंने कोई समझौता नहीं तोड़ा।"

"वाह-वाह!" ओम ने लाल-पीले होकर ताना कसा—"तुम रोज़ा रखो, मातम करो और फिर मासूमियत से कहो क्या ग़लत किया? फिर क्यों न अम्मी के दिल के सुकून के लिए निकाह भी कर लिया होता? वही क्या ग़लत होता?"

फ़ातिमा ने बहुत गहराई से ओम की तरफ़ देखा। दो क्षण बाद शान्त स्वर में बोली, "हाँ, शायद ग़लत नहीं होता। हमें फ़र्क़ न पड़ता पर अम्मी और अब्बा को इज़्ज़त मिल जाती। हमसे रिश्ता क़ायम रखने का ज़रिया मिल जाता। मैं इस तरह अलग होने को मजबूर नहीं होती...भाई की शादी तक में शरीक नहीं हो पाई...तुम्हारे...हिन्दुत्व की वजह से।"

ओम सन्नाटे में आ गया—"अरे, दो दिन उस माहौल में लौटीं और दिमाग़ फिर गया? मैंने निकाह से मना किया था? या किसी क़िस्म की धार्मिक रस्म से? बोलो। मन्दिर, मस्जिद, गिरजा।"

"ख़ूब रही," फ़ातिमा बीच ही में बोल पड़ी, "अब फेरे और मन्दिर की बात होगी। मन्दिर पर कौन-सा कलंक लग रहा था? तुम जानते हो, अच्छी तरह जानते हो, कि हमारे समाज में लड़की का जाता है, जो भी जाता है। लड़का सिर्फ़ लेता है...तुम्हारे

हिन्दू मजहब की तरह...दूर-दूर तक अपना साया बिछाता है...अपनी छत्रछाया से दूसरों को पालता है...या डसता है...पर यह तो ख़ूब रही कि अपने फैलाव से बेख़बर हैं और कोई दूसरा ज़रा-सी पनाह माँगे, थोड़ी ज़मीन चाहे तो भड़क उठें कि वाह फिर हमें भी हिस्सा चाहिए...उल्लू न बनाओ। तुम्हारा क्या बदला या बिगड़ा?"

ओम का हाथ उठ गया था—"अब ऐसी दलीलें दी जाएँगी? और यह जताओगी कि मैं तुम्हें उठा के ले आया? अपनी रज़ामन्दी का जिम्मा लेते अब डर लगता है?"

फ़ातिमा रोने लगी। पर बोलती रही, "रज़ामन्दी? क्या तुमने कोई रास्ता छोड़ा था? या तो ऐसे आओ, या जाओ, फूटो, मरो...छोड़ना क्या आसान होता है?"

"फ़ातिमा!" ओम चिल्ला पड़ा था—"इस तरह हमारे अतीत को मत झुठलाओ, हमारे प्यार को दूषित मत करो।"

डमरू पार्क में दोनों अपने अतीत को असली-नक़ली गाँठों से उलझाए बैठे रहे।

ओम ने फ़ातिमा को गोद में लिटा लिया—"अब क्या है? अब तो तुम हर साल नौहे पढ़ने अपने घर जाती हो।"

फ़ातिमा भर्रायी आवाज़ में बोली, "जाती ही तो हूँ बस। क्या नाता रख पाई हूँ किसी से? क्या दे पाती हूँ उन्हें?...ओम, मैंने समाज से लड़ाई की थी वह मुझे बदनाम करे, मेरा बहिष्कार करे, मैं सब सह सकती थी। पर माँ-बाप से अलग-होना..."

ओम विचारमग्न हो गया। माँ-बाप से अलग कौन-सा समाज होता है? है कोई समाज?

उसने दृढ़ स्वर में जवाब दिया, "नहीं फ़ातिमा, हम शिकायत नहीं कर सकते। जगदीश काका को याद करो।"

जगदीश काका फ़ातिमा को अंग्रेज़ी पढ़ाते थे। वह अकेले बुज़ुर्ग थे जो उन दोनों की शादी में शरीक हुए थे। शादी से पहले उन्हें नसीहत भी दे चुके थे, "देखो इस समाज की ताक़त को मामूली न समझो। उसके बारे में अपनी नीयत तय कर लो। ख़ूब थू-थू होगी, यह समझ लो। उससे घबराते हो तो सोच लो। दुनिया के आगे चाहे मुस्कराता मुखौटा चढ़ा लोगे पर अन्दर चूर-चूर होते जाओगे। झेल पाओगे, हिम्मत है तो आगे बढ़ो, हम सब तुम्हारे साथ हैं। यह नक़ली भेदभाव तुम बच्चों के मिटाये ही मिटेंगे, पर फिर ठीक से समझ लो, जाने दो जो जाता है...नाम, ख़ानदान...किसी का ग़म न करो।"

"फ़ातिमा!" ओम ने उसका सिर अपने दोनों हाथों में ले लिया—"समाज को हरा दिया और अब लड़खड़ा रही हो?"

ओम ने ज़रा झुँझलाकर कहा, "तुम्हारी अम्मी चाहकर भी तुम्हें न मान पाईं, तो यह उनकी कमज़ोरी है, मेरी माँ को क्यों कोस रही हो?"

फ़ातिमा को बुरा लगने लगा। वह उठकर बैठ गई—"तुम नहीं समझ सकते। लड़के हो...तुम्हें क्या डर?"

"ओफ़्फ़ो!" ओम ने अपना सिर पकड़ लिया—"अब इसी तरह बात किया करो। जब समाज के घटिया क़ानूनों से ऊपर उठ गईं तो उनके माप पर हमें क्योंकर तौलोगी? लड़का-लड़की, हिन्दू-मुसलमान...?"

"कहना आसान है," फ़ातिमा का गुस्सा बढ़ने लगा—"तुम ऊपर उठ गए और अलग हो गए। तुम्हें पहले से यह छूट थी। पर मुझे तो हर क़दम पर समाज के बाण

सहने पड़ते हैं। जमादारिन है तो मुझसे पूछती है। तुम्हारे आगे तो मुँह नहीं खोलती। तुम्हारे उस जिगरी दोस्त की पढ़ी-लिखी बीवी तक तुमसे वही पुराने अदब से बोलती है पर मुझसे हैलो भी नहीं करती। कोई उससे पूछे तो सही कि यह सब नापसन्द है तो मुझ पर ही ज़हिर करने की तमीज़ क्यों? जैसे मैंने ही तो सब किया है, तुम तो दूध के धुले, मासूम बेचारे हो...धोबी तक मेरा काम जानकर डर से करता है..." फ़ातिमा की सिसकियाँ बँधने लगीं।

"छोड़ो, फ़ातिमा!" ओम ने टोका—"हमने लोगों से कब कोई और उम्मीद की थी? उनकी निर्दयता, उनकी संकीर्णता लगातार तो देखते रहे हैं। छोड़ो उनकी। क्यों इन छोटी-छोटी लड़ाइयों में सिर खपाती हो?"

"यही तो मैं समझ चुकी हूँ", फ़ातिमा चीख़ पड़ी, आपे में नहीं रही—"कि ये छोटी-छोटी लड़ाइयाँ ही असली हैं, बड़ी लड़ाई लड़ना आसान है, उन्हें गर्व से लड़ते हैं हम, अभिमान से मर मिटते हैं, पर छोटी लड़ाइयाँ...कीड़े की तरह घिनौनी, दीमक की तरह लग जाती हैं, खोखला करती जाती हैं...इतनी छोटी होती हैं कि बड़ी स्वाभिमानी लड़ाइयों से जोड़कर देखना दुर्लभ हो जाता है...तुम्हारी लड़ाई बड़ी है। लड़ो और चाटो बड़ी लड़ाई की बड़ी जीत को, उसकी तो हार भी घमंडी रहती है, पर...मैं...इन छोटी-छोटी ने...बड़ी के लिए फ़ुर्सत नहीं छोड़ी...मैं।..."

"यह हमारी हार है फ़ातिमा, कोई वजह नहीं कि हम हारें, तुम...त...तुम..." ओम घोर निराशा में हकलाने लगा।

"मैं अब कुछ नहीं जानती। बन्द करो!" फ़ातिमा त्रस्त हो चुकी थी।

ओम का हृदय कराह उठा—"फ़ातिमा डूब जाओगी, हम दोनों मिट जाएँगे। अपनी कमज़ोरी से बेइन्साफ़ी को बढ़ावा दे रहे हैं। अन्यायी को मसाला मिलेगा, वे चटखारे ले-लेकर दुनिया को यह मिसाल सबूत के तौर पर पेश करेंगे।"

किसी तरह...सँभलना...सँभालना...जगदीश...काका...कहाँ जाएँ, क्या करें... शहर छोड़ दें? कुछ दिन के लिए सुस्ताने निकल जाएँ? ऊटी? दूसरा हनीमून? ऊटी ही तो जा रहे थे जब वह मोटी मिली थी जो मुल्ला को देखकर भयभीत हो गई थी। लेडीज केबिन को रेलवेवालों ने जनरल डब्बा बना दिया था। उसी में फ़ातिमा और ओम को जगह मिली थी। ओम अपनी प्लेटफ़ॉर्म पर खड़ा था और फ़ातिमा सामान के साथ अन्दर बैठी थी। सामने गहनों से हाँफती एक मोटी बैठी थी जो 'लेडीज-लेडीज' चीख़ पड़ी जैसे ही एक मुल्ला अपनी पलटन लेकर डब्बे में घुसे। फ़ातिमा ने मामला स्पष्ट किया तो उसके चेहरे पर हवाइयाँ उड़ने लगीं। मुल्ला टोली सामान रखकर बाहर निकल गई तो मोटी फुसफुसाने लगी—"बेटी ये तो ख़तरनाक बात है।" फ़ातिमा ने सान्त्वना दी कि "नहीं बहुत लोग साथ हैं। घबराना क्या?" पर मोटी के तो होश फ़ाख़्ता हो रहे थे—"नहीं बेटी यह 'एम' लोग हैं।" उसने नजरें चारों तरफ़ दौड़ाकर हाँफते हुए बताया। और फिर जो उनकी बदमाशियों का ब्यौरा दिया उसमें ऐसी कोई करतूत न छोड़ी जो उन लोगों का तरीक़ा न हो। फ़ातिमा ने बहस की, "मुझे भी अन्दाज़ है। मैं खुद 'एम' हूँ।" मोटी को रात-भर नींद नहीं आई होगी, सवेरे-सवेरे फ़ातिमा गठरी की तरह सिमटकर ठंड में ठिठुरी जा रही थी कि ऊपर की बर्थ से मुल्ला का चौदह-पन्द्रह बरस का लड़का उतरा और बोला, "दीदी, चादर ले लो, मेरे पास दो हैं।" मोटी भयभीत

नज़रों से देख रही थी। "चलों घर चलें।" ओम ने फ़ातिमा का हाथ पकड़ लिया। फाटक पर उसने फ़ातिमा को रोक लिया। आसपास कोई नहीं था। ओम ने फ़ातिमा की आँखों में झाँका। वहाँ अँधेरा-ही-अँधेरा था।

"फ़ातिमा, चलो कहीं चलें। मैं छुट्टी ले लूँगा। ऊटी चलेंगे। फ़ातिमा, मैं तुम्हें ख़ुश देखना चाहता हूँ। फिर से हरा-भरा..."

ओम की भतीजी की शादी में फ़ातिमा ने हरी साड़ी पहन ली थी, अनायास ही ओम के मुँह से निकल पड़ा था—"यह क्या मुसलमानी रंग उठा लाईं?"

फ़ातिमा के होंठ काँपने लगे थे—"चुप हो जाओ ओम। बस इसी वक़्त चुप हो जाओ।"

ओम उसे बताना चाहता था कि उसका ऐसा-वैसा कोई मतलब नहीं था, यह सब अनजाने में, न जाने कहाँ की सुनी-सुनाई बातें, कहाँ की बसी-बसायी प्रतिक्रियाएँ हैं, जो भी हो, सादगी में अनायास ही निकल आती हैं। ओम फ़ातिमा के पीड़ित मन को फिर से 'मुसलमानी हरा' कर देना चाहता था।

"हँसो मेरी जान!"

फ़ातिमा की आँखों में गाँठे भरी पड़ी थीं। कैसे सुलझाएँ, इतनी उलझ चुकी थीं। ओम को लगा कि अब चाहे सुलझाने के लिए खींचो, या छोड़ दो, आप ही कसती जाने दो, नतीजा एक होगा—टूट जाएँगी।

नमाज़ का वक़्त हो गया था, फ़ातिमा अन्दर चली गई।

ओम फिर चुप न रह पाया। उसने लपककर उसे धक्का दिया—"फिर यही कह दो कि अब इस पर्दे में जाओगी और मैं दख़ल न दूँ।"

फ़ातिमा की तो नाक पर जैसे गुस्सा रखा रहता था—"और तुम जो दीया जलवाते हो?"

"मैं...मैं जलवाता हूँ? झूठ-सच किसी से मतलब नहीं तुम्हें? अब आनेवालों से कह दूँ कि घर में घुसकर अपने भगवान् का नाम न लो?"

"नहीं मत कहो। किसी से न कहो! मुझसे भी नहीं।"

ओम स्तब्ध उसे देखता रह गया।

जानमाज़ का कोना मोड़कर फ़ातिमा फिर बाहर निकल गई। सरपट-सरपट भागती-सी चाल में जा रही थी। लेकिन ऐसे नहीं जैसे किसी काम की जल्दी हो और गाड़ी छूट रही है, बल्कि ऐसे, जैसे किसी से भाग रही हो, भयभीत-सी, बौखलाई-सी चेहरे के हर कण को किसी अन्दर छिपी बेचैनी ने कस के मानो बाँध लिया हो कि कोई उड़ता भाव न आ जाए, किसी को मालूम न हो जाए, ज़्यादा कसे फीते में बँधी की तरह उसका चेहरा तनते-तनते सिकुड़ गया...।

धुआँ...! कहाँ है?

नीलाक्षी सिंह

कमरा नम्बर बाईस की खिड़की दो कारणों से 'स्वस्ति-कुंज' की अनूठी खिड़की है। पहला तो यह कि बाक़ी दूसरे कमरों में जहाँ दो खिड़कियाँ हैं, यह इकलौती है अपने कमरे की। दूसरा और ज़्यादा महत्त्वपूर्ण कारण यह कि 'महिला महाविद्यालय' के मुख्य द्वार का जितना साफ़ और सुस्पष्ट नज़ारा यहाँ से मिलता है, उतना कहीं और से कहाँ!

शाम को यहाँ से दृश्य बड़े ही व्यवस्थित ढंग से घटित होता-सा दिखता है। पहले मेनगेट से 'विज़िटर' नमूदार होता है। वह लड़की के नामवाली स्लिप चौकीदार को देता है। चौकीदार हॉस्टल तक आकर 'मौसी जी' को और 'मौसी जी' एक ख़ास सधे लय में लड़की का नाम (बहन जी लगाकर) पुकारता है। पाँच-छह मिनट बाद लड़की आती है क़ायदे से सज-सँवरकर। लड़की 'विज़िटर' के साथ पी.एम.टी. के नीचे अपने निश्चित स्थान पर बैठ जाती है।

पी.एम.टी.—'पिया मिलन ट्री' गेट के एकदम क़रीब है। (पेड़ बरगद का है या पीपल का, यह अप्रासंगिक प्रसंग है।) पेड़ का इतना रससिक्त नामकरण प्रशासन (विश्वविद्यालय) ने नहीं किया। यह महिला महाविद्यालय छात्रावास के किसी प्रतिभाशाली, समर्थ मानस की उपज है। इस पेड़ को लगाया किसने? मालूम नहीं। पर अवश्य लगानेवाले को यह ज्ञान नहीं होगा कि कालान्तर में यह पेड़ 'काशी हिन्दू विश्वविद्यालय' के प्रेमियों का तीर्थस्थल साबित होगा। तभी उन्होंने इसके चारों ओर इतना पतला-सुतला चबूतरा बनवाया, बैठने की कोई पक्की व्यवस्था नहीं की। ख़ैर, तीर्थस्थल तो तीरथ ठहरा। श्रद्धा खींच लाती है यहाँ, न कि बैठने की सुविधा-असुविधा का ख़्याल।

प्रेमी, विश्वविद्यालय के कोन-कोने से आते हैं यहाँ, बतियाते हैं, सुख-दुःख बाँटते हैं। (अन्दर की बात है, चार बजते ही दादी ईव के ज़माने की लड़कियाँ पापा, चाचा, भइया (जेनुइन विज़िटरों) को वहाँ से रफ़ा-दफ़ा कर देती हैं।) साढ़े चार, पौने पाँच तक मेला लगने लगता है। "प्रॉक्टरवाले तो भइया ग्रेट हैं।" छह बजते-न-बजते डंडेवाले डंडे भाँजकर सबको बाहर कर देते हैं। जिन्हें नहीं लगा, वे गेट के बाहर कोने में छिपकर बतियाते हैं, जिन्हें लगा वे सारी रात 'जे.सी. बोस', 'बिड़ला', 'ब्रोचा', 'ए.एन.डी.', 'राजपूताना' में कराहते हैं और लड़कियाँ 'अभिभावकों पर लाठीचार्ज के सम्बन्ध में'—विषयवाले आवेदन पत्र लेकर पूरे 'स्वस्ति-कुंज' का हस्ताक्षर एकत्रित करती हैं। फिर 'कीर्ति-कुंज', फिर 'ज्योति-कुंज', फिर 'डी.जे.' (बेचारा ये छात्रावास ही कुंज सरनेमवाले हॉस्टलों की बिरादरी से बाहर है।)

(बात के ज़्यादा बहकने से पहले ही शुरू की तीसरी पंक्ति ने नाता जोड़ लेना चाहिए।) हाँ, तो ऐसे अद्भुत नज़रे दिखानेवाली कमरा नम्बर बाईस की इस चमत्कारी खिड़की के पल्ले बन्द कर रही है, तृषा भारद्वाज।

"खिड़की क्यों बन्द कर दी तृषा?"

"धुआँ है।"

"धुआँ...! कहाँ है?"

"हूँ..."

"गर्मी लग रही है, खोल दो।"

तृषा खिड़की के पार झाँकती है। चारों तरफ़ ध्यान से देखती है।

हूँ...धुआँ तो नहीं है यहाँ, लेकिन..."तृषा आधी खिड़की बन्द रहने दो, आधी खुली।"

तृषा के सोच के आगे लुढ़कता आभा का सुझाव...प्रस्ताव...आदेश...

"हूँ" तृषा ने खिड़की का एक पल्ला सटा दिया। धुआँ होगा यहीं कहीं दुबका...

तृषा खुले पल्ले से लग गई।

सरजू जी की दुकान के सामने भी नहीं जलाया जा रहा है कुछ, मेन गेट पर भी नहीं...

"ओए...अब खिड़की से क्या चिपक गई?"

"दीदी धुआँ खोज रही हैं।"

"पी.एम.टी. के नीचे देखिए, किसी का दिल जल रहा होगा।"

आभा है, ज्योति है, मिनी है—तीनों सुर-से-सुर साधकर, पिच-में-पिच मिलाकर हँसती हैं। तृषा के होंठ अपने-आप फैल गए हैं। आवाज़ भी निकली है कुछ। सिर्फ़ तृषा के सुनने लायक़ महीन।

तृषा वापस कुर्सी पर आकर बैठ जाती है। क्यों हँसी...क्यों हँसी आई उसे? आभा, ज्योति, मिनी की ही-ही को अपनी हल्की खनखनाहट से आकार देने के लिए (जैसे माँ और भाभी के सुरहीन "जय गणेश जय गणेश जय गणेश देवा..." को आरती का टच देने के लिए वो हल्की-हल्की घंटी बजाया करती थी) या कि सेन्स ऑफ़ ह्यूमर के क़द्रदान होने का अस्थायी प्रमाण-पत्र देने के लिए...या धुआँ...

तृषा फड़फड़ाते पन्ने पर पेपरवेट रख देती है। पृष्ठ एक सौ इकहत्तर। मीनिंग ऑफ़ द टर्म मार्केट इन इकोनॉमिक्स। अर्थशास्त्र में बाज़ार का अर्थ—मूल्य-सिद्धान्त में बाज़ार का बड़ा ही महत्त्वपूर्ण स्थान है क्योंकि वस्तुओं का विनिमय बाज़ार में ही होता है। बाज़ार किसी वस्तु के उत्पादक तथा उपभोक्ता को एक-दूसरे के समीप लाता है। अब हमें यह देखना है कि बाज़ार है क्या?...

दरवाज़े पर दस्तक।

"शिट! कम इन।" आभा की तान। कमरे की तीन गरदनें दरवाज़ें की तरफ़ मुड़ती हैं।

तृषा का किताब पर झुका सिर ऊपर उठता है। रत्ना होगी। ठक...ठक...ठकठक। उसकी ही रिद्म है।

दरवाज़े के पाट धीरे-धीरे अलग होते हैं और रत्ना का सिर खाली जगह को भरता जाता है। उसकी आँखें कमरे के चारों कोनों को छू लेती हैं और जीभ निकल आती है। थोड़ी-सी दाँतों में दबी हुई—"सॉरी, तुम लोगों को डिस्टर्ब किया।"

"रत्ना...! क्या हुआ?" आभी किताब बन्द कर पीछे मुड़ती है।

"तुम लोग पढ़ रहे हो न। बाद में आऊँगी।"

"रत्ना, आओ न, क्या हुआ?" तृषा बेचैन स्वर।

"अंशु का भाई आया था।"

"बिड़ला से?"

"हाँ। आज किसी को गेट के अन्दर नहीं घुसने दिया गया। अंशु बाहर जाकर मिली।" रत्ना दरवाज़े के पासवाले बिस्तर पर ही बैठ रही है।

"बैठिए न दीदी।" मिनी तुरन्त वहाँ से तकिया हटा देती है। आभा, ज्योति, मिनी सब उसी पर आ गई हैं।

"क्या कह रहा था?" तृषा कुर्सी पर ही पालथी मार लेती है।

"अभिजीत के पैरेंट्स आए थे। डेड-बॉडी ले गए हैं कानपुर।"

"पोस्टमार्टम..." मिनी लड़खड़ा जाती है। माहौल जर्द हो गया है।

"क्यों मारा उसे?" तृषा ख़ामोशी तोड़ती है।

"पता नहीं यार। ठीक से बिड़ला में भी कुछ मालूम नहीं। दो ग्रुप तो थे ही लड़कों के। अभिजीत इधर-उधर कहीं नहीं था। चाय की दुकान पर बाक़ी दोनों ग्रुप के भी लड़के थे। अब अभिजीत को क्यों मारा? ये कह रहा था धोखे से...पता नहीं।"

"लड़के क्या करेंगे अब?"

"साइन-डाइ हो सकती है"

"आ...सच कहिए दीदी।"

"कह तो रहा था।"

"वो...ऊ...दीदी आपके मुँह में घी-शक्कर।"

रत्ना मिनी को देखती है, भौं सिकुड़ाकर।

"ये मिस इतनी ख़ुश हो रही हैं, क्योंकि इनकी दीदी की शादी है।"

"उसमें साइन-डाइ क्या करेगा?"

"दीदी साइन-डाइ नहीं हुआ तो मैं जाऊँगी कैसे? ऐटेंडेन्स कम है।"

"ओ...लेकिन, मैं घी-शक्कर नहीं लूँगी।"

"अच्छा। आपके मुँह में चॉकलेट बार।"

"गॉड...रत्ना के मुँह में एक साथ पूरा चौकोबार नहीं अटेगा। बचा हुआ मेरे मुँह में।"

सम्मिलित ठहाका, तृषा का पहला विकल्प ही सही था। उसकी हल्की खनखनाहट के बिना कितनी शेपलेस है इनकी ही-ही।

"रत्ना, अणिमा बुआ के घर चली गई न।"

हँसी अचानक थम गई। (हँसी की डोर अब भी तृषा के पास है। उसे सुरीली नहीं बना सकती तो क्या, रोक तो सकती ही है।)

"हाँ, वहीं से घर चली जाए शायद।"

"बिचारी, कैसा लगता होगा। इतना अच्छा लड़का फाँसा था, निकल गया।" आभा को अफ़सोस है बहुत।

"अभिजीत भइया बहुत सुन्दर थे न।"

"अंशु का भाई कह रहा था काफ़ी तेज़ भी था। नेट क्वालीफाई करने के काफ़ी चांसेज थे। एकदम शान्त था।"

"आए...ये मिनी क्या करने लगी?"

"जोड़ रही हूँ, यदि साइन-डाइ हो गई तो मेरा एटेंडेन्स कितना रहेगा।"

"मेरी माँ" आभा हाथ जोड़ लेती है, "ये तो साइन-डाइ करवा के ही दम लेगी।"

"अभिजीत के माँ, पापा आए तो क्या हुआ, कुछ बताया उसने।"
"नहीं तृषा, हॉस्टल नहीं गए थे वो।"
"कितने बज गए?" चौंकती है आभा, "मेकिंग ऑफ़ सोल्जर।"
"नौ पच्चीस।"
"पाँच मिनट हैं, चलें?"
चारों उठ खड़ी होती हैं।
"तृषा?"
"नहीं आभा। नींद आ रही है।"
"सोल्जर सोल्जर मीठी बातें बोलकर..."

आभा, ज्योति, रत्ना, मिनी की आवाज़ दरवाज़े से बाहर निकलकर सीढ़ियाँ उतरने लगती है। (कॉमन-रूम नीचे है)।

तृषा तेज़ी से उठकर सिटकिनी लगाती है। एक, दो, तीन...चार, क़दम कुर्सी तक। तृषा धीरे-धीरे ढहती है। टेबिल तक सिर पहुँचता है और तृषा बुक्का फाड़कर रो पड़ती है। अर्थशास्त्र में बाज़ार के अर्थ को धो-धोकर आँसू कुछ लिख रहे हैं। कूर्नो, बेन्हम, केयर्नक्रस की परिभाषाएँ भीग रही हैं। तृषा सुनती है अपनी ही अस्फुट आवाज़, जो एक लय में गुँथी शोक गीत गा रही है। औरतों के सामूहिक रुदन-सी आवाज़, जो मृतात्मा को विदाई देने बहुत दूर तक उसके पीछे-पीछे जाती है। अनोखा अनुभव। इस शोक गीत को गाये जाने की पीड़ा से गुज़रना। सुकूनदायक टीस। वेदना निकलती जा रही है, संगीत में ढलती। उन निर्मम क्षणों से कितने आत्मीय पल, जब भीतर सब-कुछ खौलता हो लावे-सा और ऊपर ज़बरदस्ती मुस्कराहटें बाँटनी होती हों लावे-सी।

दरवाज़े पर फिर दस्तक हुई। बेधड़क ठकठक...तृषा फटाफट आँसुओं को निर्देश देती है। निकलने को तत्पर अन्दर ठेल लेते हैं खुद को, जो आँखों में हैं डबडब, नीचे गिर जाते हैं। तृषा हाथ से गाल पर आ गई लकीर मिटाकर दरवाज़ा खोलती है। सपना।
"आभा?"
"नीचे कॉमन रूम में।"
"कॉमन...ओ सोल्जर! तुम नहीं गईं?"
"नहीं।"
"तबीयत ठीक है न।"
"हूँ।"
"सर्दी है?"
"हूँ।"
"ऐ साइन-डाइ होगा क्या?"
"मालूम नहीं।"
"मेरे रूम में तो पता है सब पैकिंग भी शुरू कर चुकी हैं।"
"हूँ।"
"तुम सो रही थीं क्या?"
"नहीं।"
"अच्छा, साइन-डाइ का पता करने आई थी, चलती हूँ।"

तृषा धीरे से सिटकिनी लगाती है। इत्मीनान से कुर्सी पर बैठकर डायरी का पन्ना... लेटरपैड निकालती है तृषा। क़लम? बिछावन पर। तृषा झुककर उठा लेती है उसे।

अभिजीत,

पहली बार लिख रही हूँ तुम्हें। जब दूर...उतनी दूर...मेरी दुनिया की हद के बाहर जा चुके होगे तुम, तब लिखूँगी, ऐसा सोचकर नहीं रखा था।

अक्सर ऐसा होता है, सोचती हूँ कैसे जागी मैं। जागकर किसे देखा, क्या सुना... क्या सोचा पहलेपहल? इन बेतुके सवालों में कई बार उलझती हूँ मैं। दसियों विकल्प सामने आते हैं, दूर से सब-के-सब उपयुक्तता की दावेदारी करते हुए, पर पास जाती हूँ तो सबका अधूरापन झाँकता मिलता है। नतीजा—वक़्त मेरी उँगलियों की पोर से हवा की मानिन्द रिस जाता है और मैं उन अनुत्तरित प्रश्नों को फिर सहेजकर रख देती हूँ किसी खाली पल के लिए। लेकिन आज ऐसा नहीं है। मैं उत्तर की प्रतीक्षा में बेचैन नहीं हूँ...आज उन प्रश्नों का एक, बस एक जवाब मेरी धड़कनों से सटकर धड़क रहा है। उसके होने के अहसास से अलग होने की जद्दोजहद...यही कहानी है आज इस दिन की। भूलना चाह रही हूँ उस जवाब को, भागना चाहती हूँ। अभिजीत सच कहूँ, दो-एक बार कोशिश भी की, पर जब भी क़दम बढ़ाया मेरे पैरों को कुछ...मुझे लगा।

सुबह जागी मैं तो पहले-पहल सुनी तुम्हारी मौत की ख़बर। पुलिस की गोली लग चुकी थी तुम्हें चाय की दुकान से भागते वक़्त। 'केजरीवाल' के सामने या...गोलियों के साये में महफ़ूज़ कर लिया था तुमने ख़ुद को, चढ़ गए थे तुम किसी घर की छत पर और तभी पाँव फिसल गया था तुम्हारा...या कि दंगा नियंत्रक वाहन 'वज्र' से कुचले गए तुम और साँसें टूटीं तुम्हारीं वहीं किसी गली में...ऐसा ही कुछ, यही कह रहे हैं लोग, (लड़कियाँ) मैंने सुना। "च्च...च्च...च्च..." "ओह गॉड वो!" "उफ़्! क्या होता रहता है यहाँ।" "साइन-डाइ होगा क्या?" "यहाँ के लड़कों का तो काम ही यही है।"...तुम मर गए। अफ़सोस की बात है, लेकिन नया क्या है? हर साल मारे जाते हैं लड़के। सर्दियों में ख़ासकर, माहौल को गरमाने के लिए। फिर मुझे परेशान क्यों होना चाहिए? इसलिए कि तुम हमारे 'महिला महाविद्यालय' के नियमित विज़िटरों में से एक थे? (आजकल) पी.एम.टी. के चबूतरे पर बाहिनी तरफ़ (दाहिनी है तो बाहिनी क्यों नहीं) थोड़ा हटकर बैठते थे तुम रोज़ अणिमा के साथ, इसलिए? कि रोज़ शाम—से गुज़रते, मैं तुम्हें देख लिया करती थी और कभी-कभी तुम्हारी नज़र भी मुझ पर आ जाती थी? इसलिए कि लंका पर एक-दो बार मुझे देखकर तुम्हारी आँखें चौंकीं, पर तुरन्त तुम सचेत हो गए थे, पहचान के सूत्र को मसलकर...या कि इसलिए कि कल, शाम, तुम्हारी मौत के कुछ घंटे...कुछ मिनट...कुछ सेकेंड...नहीं सेकेंड नहीं हो सकता। यदि तुम मेरे वहाँ से गुज़रने के तुरन्त बाद भी उठ खड़े हुए होगे जाने के लिए...और दौड़कर उस चाय की दुकान तक पहुँचे होगे, तब भी वक़्त सेकेंड की परिधि पार कर मिनट के दायरे में क़ैद हो गया होगा। हाँ, तो क्या मैं इसलिए परेशान होऊँ कि कल शाम तुम्हारी मौत के कुछ मिनट पहले ही मैंने तुम्हें देखा था। गहरे भूरे चेक की शर्ट, काली पैंट...इसमें परेशान होने की क्या बात है? कई-कई लोगों को हम देखते हैं रोज़, गुज़रते हैं उनकी बग़ल से, सुनते हैं उन्हें। (फिर तुम्हें तो मैंने सुना भी नहीं) मर जाते हैं कुछ उनमें से कभी। मारे भी

जाते हैं कुछ। "च्च...च्च" करती हूँ मैं। उदास होती हूँ। पाँच मिनट, दस मिनट, पन्द्रह मिनट...ज़्यादा-से-ज़्यादा एक घंटा। फिर...फिर तो मेरा फ़र्ज़ पूरा हो जाता है। अब एक घंटे से ज़्यादा परेशान होने की वजह हो ही नहीं सकती। मैंने...ओह गॉड! एक सारा दिन बहा डाला। और ये धुआँ। जो मेरा दम घोंट रहा है...सब वहम है। कहा नहीं था आभा ने—"धुआँ...कहाँ है?" मैंने ख़ुद भी ढूँढ़ा, नहीं दिखा...कहीं होता, तो न दिखता।

ओह, बोझ बहुत हल्का लग रहा है। मैंनें स्थिति एकदम खोलकर तुम्हारे आगे रख दी है मेरा पक्ष साफ़ हो गया होगा। ईश्वर तुम्हारी आत्मा को शान्ति दे? परिवारवालों को दु:ख सहने की शक्ति।

हाँ, एक बात और, शुरू की दूसरी पंक्ति के आख़िर में एक बूँद जहाँ टपकी है, वहाँ 'रखा था' लिखा है मैंने। शुरू में भावुक हो रही थी मैं

विदा

साढ़े दस। लड़कियाँ आ गई हैं वापस। "सोयी नहीं अभी तक? बड़ा मिस किया तुमने। सौ का खुदरा है? दो। परमार के पास अभी चेंज होता नहीं है।"

"हूँ" आभा सौ का नोट बढ़ा देती है।

तृषा ब्रीफ़केस खोलकर दो पचास के नोट निकालती है।

"चलो मैं भी चलती हूँ।"

"फ़ोन करना है?"

"ऐसे ही।"

नीचे हॉस्टल के सामने बहुत दिनों बाद मरकरी लगी है। आज छोटे गेट के बाहर, बड़े गेट से सटे, पी.एम.टी. की बायीं तरफ़ टेलीफ़ोन बूथ के पास अच्छी जमात में लड़कियाँ अभी भी मौजूद हैं।

"शिट! बहुत देर खड़े रहना होगा। कौन है अन्दर?" आभा बूथ के बाहर बैठी लड़कियों से पूछती है।

"कोई जे.के. हॉस्टल की दीदी है शायद।"

आभा मुँह बिचकाती है।

"तुम्हें प्रॉब्लम होगी तृषा।"

"नहीं, मैं बैठती हूँ।"

"कहाँ जगह है?"

"वहाँ बैठती हूँ।"

"पी.एम.टी. में? ठंड है। जाओ।"

तृषा चबूतरे के पास पहुँचती है। बाहिनी ओर से...तृषा झुकती है। नीचे बैठती है। वहाँ...उस जगह। एक पत्ता है वहाँ। तृषा उसे देखती है। पूरे चबूतरे को देखती है। बस एक पत्ता। तृषा उठाती है पत्ते को। अँधेरा छाने लगा था जब देखा था कल उसे। उसके उठने के बाद हो सकता है कोई और न बैठा हो यहाँ। आज तो किसी और को अन्दर आने नहीं दिया गया। हो सकता है ऐसा कि यहाँ बैठनेवाला आख़िरी वही हो।

तृषा के काँपते हाथ सहलाते हैं उस जगह चबूतरे को। ठंडी छुअन। तृषा एक बार सिहर जाती है।

“ओए तृषा कहाँ हो, चलो,” आभा की आवाज़ भेदती पहुँचती है। तृषा देखना चाहती है उधर, तब तक आभा दूसरी आवाज़ों से घिर जाती है।

“बड़ा चिल्ला रही हो आभा। लगता है साइन-डाइ करवा के ही दम लोगी।”

“हो जाए। बुरा ही क्या है?”

“बुरा तो वैसे कुछ नहीं। पर सामान का लफड़ा हो जाएगा। सब-कुछ हटाना होगा रूम से।”

“इसलिए तो मैंने अभी लोकल गार्जियन के घर फ़ोन घुमा दिया है। धमक जाऊँगी सामान लेकर।”

“लंका आज एकदम चार्मलेस था यार। लड़के सारे दुबके हैं हॉस्टलों में।”

“प्रॉक्टरवाले शाम से घूम रहे हैं।”

“कहाँ हुआ कुछ दंगा-वंगा अभी तक?”

“लड़के पिद्दियों की तरह अन्दर घुसे हैं सारे।”

“हाँ यार! एक लड़का मर गया। इनमें यूनिटी है ही नहीं। अरे तोड़-फोड़ करते, बन्द-शन्द करवाते कुछ। ऐसे तो हो चुकी साइन-डाइ!”

“क्या खिचड़ी पक रही है, इतनी ठंड में? हमें भी खिलाओ। हमें भी।”

“वही...साइन-डाइ...छुट्टी और क्या?”

“नहीं होनेवाली यार।”

“क्यों?”

“तुम लोगों को पता नहीं चला क्या? अरे भेदिया था वो। लड़कों की बात वी.सी. तक।”

“क्या?”

“हाँ और क्या।”

“लेकिन हमने तो सुना लड़कों के दो ग्रुप थे। न्यूट्रल था वो...बस।...स्पाइ...”

“अरे न्यूट्रल मतलब क्या? वही ना...”

“किसने मारा उसे, पुलिस ने या...”

“किसी ने भी मारा हो। उससे हमें क्या? लेकिन लड़के थोड़े ही न दंगा-वंगा करेंगे अब।”

“ये लड़कियाँ भी ग्रेट हैं। इतनी अफ़वाह...ओह मैंने तो पैकिंग शुरू कर दी थी। मम्मी को फ़ोन भी कर दिया है।”

“शिट! यहाँ का सब-कुछ इतना अनिश्चित रहता है। बोगस जगह है बी.एच.यू.। कुछ थ्रिल ही नहीं।”

“बड़ी मतलबी हो। साइन-डाइ हो गई तो पी.एम.टी. में बैठनेवालों को बिन मतलब जुदाई सहनी होगी, सो सोचा।”

“ऐ रागिनी, अणिमा का क्या हुआ?”

“होगा क्या? सुबह-सुबह हमने भगा दिया बुआ के घर। पुलिसवाले उसके पास भी आ सकते थे न! पूछ-ताछ।”

“कैसा लगा होगा उसे?”

“लगेगा क्या? थोड़ी नर्वस थी।”

“जोड़ी अच्छी थी।”

"ख़ाक अच्छी थी। कुछ विचित्र-सा नहीं लगता था वो लड़का। अणिमा उससे बेहतर डिज़र्व करती थी। जा रही हूँ उसे ही फ़ोन करने। दोपहर में भी किया था। बुआ कह रही थी कि उसे एक हफ़्ते के लिए घर भिजवा देगी। यहाँ जब मामला दब जाएगा तब आएगी। अच्छा चलती हूँ।"

"तुमने तो मूड ही ऑफ़ कर दिया। तृषा ओए..."

तृषा उठकर आ गई है।

"सुना रागिनी कह रही..."

"सुना..."

कमरे का दरवाज़ा सटा है, आभा कमरे की बत्ती जलाती है। मिनी, ज्योति सो रही हैं। तृषा टेबिल के पास आ गई। शॉल से पत्ती पोंछकर उसे डायरी में रख देती है।

"तृषा पढ़ोगी अभी या बत्ती बुझा दूँ?"

"बुझा दो।"

तृषा लेट गई है। बहुत थका-थका-सा लग रहा है। जबकि आज क्लास भी एक ही हुई। लंका भी नहीं ही गई। तृषा आँखें बन्द कर लेती है...कहाँ होगा वो...? सोया होगा ऐसे ही...कहाँ? चिता पर...? पहले पैर जले होंगे, पैर से उठती लपटें ऊपर की ओर आती होंगी...या कि सारा कुछ जला होगा एक साथ...या कि अभी घर पहुँचने के रास्ते में ही होगा वो। जा रहा होगा माँ की गोद में लेटा। माँ की गोद में होगा सिर। माँ साँसें ऊपर खींचकर दुखते पाँव की नसों को धीरे-धीरे ढीला छोड़ती होगी। तलवे हिला-हिलाकर झुनझुनी दूर करती होगी। हौले-हौले...! बेटा सो रहा है। कार हिचकोले खाती होगी, माँ की ओफ़ निकलती होगी...बेटा सो रहा है।

तृषा के आँसू कनपटी के रास्ते तकिए पर गिरते हैं। सिसकी रोकी जाती है, होंठ काटकर माँ रोती होगी, हिचकती होगी ऐसे ही बिना हिले...बेटा सो रहा है। हाथ काँपते, बेटे का सिर सहलाते होंगे। वैसा ही ठंडा, सर्द स्पर्श होगा चबूतरे जैसा।

"तुम्हें सर्दी हो गई है क्या?"

"हूँ।"

नहीं ऐसी मौत कहाँ मिली उसे कि लेटकर शान्ति से अन्तिम नींद सो सके। माँ की गोद में। गिरा होगा छत से...गोली लगी...कुचला गया होगा। ख़ून से लथपथ...तृषा सिर के नीचे से तकिया निकालकर, मुँह के ऊपर रखकर दाब लेती है।

लम्बी छुप्पा-छुप्पी खेलकर आज सूरज निकला है, ख़ूब ऐंठकर। तृषा लेटर-पैड का चिट्ठीवाला पन्ना फाड़ देती है। लिफ़ाफ़ा...लिफ़ाफ़ा क्यों? तृषा चिट्ठी मोड़ती सीढ़ियाँ उतरती है। सरस्वती द्वार। (सरस्वती जी के पैर का फूल नीचे गिर गया है, तृषा उसे उठाकर रख देती है), हॉस्टल का छोटा गेट, मेन गेट, विश्वविद्यालय का प्रवेश-द्वार, खानचन्द की दुकान, ला बेला होटल, चाय की दुकान...केजरीवाल की दुकान। तृषा चाय की दुकान से केजरीवाल तक का सब-कुछ एक निगाह में समेटती है। यही दुनिया आख़िरी बार देखी होगी उसने...चिट्ठी पर तृषा के हाथों की पकड़ मज़बूत हो जाती है।

अस्सी घाटवाली गली में मुड़ जाती है तृषा। अकेली घाट पर पहली बार आई। अकेली लड़की नहीं आती यहाँ। अकेली लड़की नहीं जाती है कहीं भी ज़्यादातर।

"दीदी!" हनुमान नाववाला है।

"नहीं, आज नहीं चढ़ना नाव पर।"

वह वहीं खड़ा रह जाता है। तृषा हाथ डालकर गंगा का पानी उछालती है। खूब ठंडा पानी। गंगा हर जगह ऐसी ही होगी। वहाँ भी। लपटों में तप-तपकर जले तुम... तुम्हारा राख अस्थि-शेष ऐसे ही जल पर बिखेर दिया गया होगा...मुझे रो लेने दो अभिजीत। रो लेना चाहिए मुझे। अन्दर की खौलती भट्ठी से तप-तपकर आए आँसू... मुझे इन्हें गंगा के इसी शीतल जल में बिखेर देना चाहिए। फिर मैं मुक्त हो सकूँगी अभिजीत तुम्हारी तरह। मेरा ये पत्र...तुम तक इसे पहुँचा देंगी ये लहरें। तुम कहाँ मिलोगे?, जानती हैं ये ही तो तुम्हारा ठिकाना।

अभिजीत,

आज दो हफ़्ते हो गए...तेरह दिन। मैंने तुम्हें याद नहीं किया। एकदम नहीं। पृष्ठ एक सौ इकहत्तर, कूर्नो, बेन्हम, केयर्नक्रास की परिभाषाओं पर आँसू की जो बूँदें गिरी थीं उस दिन, उन्हें देखकर भी नहीं याद किया तुम्हें। तीन-चार दिन हुए, डायरी पलटते वो पत्ता सामने आ गया था। तम्हारी याद तो नहीं ही आई, मैं पत्ता फेंकने भी चली थी। लेकिन रख लिया, अपने लिए नहीं यक़ीन मानो, पारुल (भतीजी) के लिए रखा। अगली छुट्टी में जब घर जाऊँगी तब तक सूख जाएगा। यह पत्ता उसे दे दूँगी, ख़ुश हो जाएगी। हाँ, पत्ता वापस रखते समय 'अँधेरे में' याद आया था।

"क्या वह संकेत
क्या वह इशारा
क्या वह चिट्ठी है किसी की?
बरगद-आत्मा का पत्र है वह क्या?
कौन-सा इंगित?"

तुम मर गए। आज तेरहवीं भी है तुम्हारी। विश्वविद्यालय शोकाकुल है। इंजीनियरिंग कॉलेज के लड़के इतने डूबे हैं ग़म में कि उन्होंने तकनीकी संस्थान मेला (छिः, आई.टी. फेट ये मेला-वेला कोई बोलता है यहाँ?) तक आयोजित करवा दिया है। लड़कियाँ गई हैं, झुंड-की-झुंड (मेरा कमरा भी खाली) आधा पाव लिपस्टिक, पाउडर थोपकर। शिकार करने। (शिकार बनने?) मेरी दिलचस्पी नहीं है इस खेल में, ऐसा नहीं है। अब मैं भी मिस फ्रेशर रह चुकी हूँ महिला महाविद्यालय की, पिछले साल।

जब पहले-पहल आई थी मैं यहाँ, रैगिंग हुई थी जमकर। सीनियर कहती थीं कैटवर्क (कैटवॉक शब्द को पहली बार मैंने कुछ ऐसा ही सुना था) करना तो मुझे समझ ही नहीं आता था, ये कहती क्या हैं? सिर झुकाकर खड़ी रह जाती थी। एक दिन जब आभा रूम में रियाज कर रही थी तब जाना...ओ, ये है कैटवॉक (तब तक सही नाम जान चुकी थी)। मिस फ्रेशर प्रतियोगिता के लिए आभा ने नाम दिया, मैंने भी दे दिया (तब तक पता चल चुका था कि कुल मिला-जुला एक हज़ार का इनाम है)। सम्भावित सवालों के जवाबवाला पन्ना रात-भर जगकर मैंने भी रटा था आभा के साथ।

"देश की वित्तीय बागडोर आपके हाथ में थमा दी जाए तो क्या करेंगी आप?"

"मैं भारत का बाज़ार दुनिया के लिए खोल दूँगी और देश से भूख का नामोनिशान मिटा दूँगी।"

"यदि विश्व को किसी एक रंग में रँगना हो तो आप कौन-सा रंग चुनेंगी और क्यों?"

"सफ़ेद, क्योंकि यह शान्ति का प्रतीक है।"

"यदि आप भविष्य में मिस यूनिवर्स बनीं तो इनामी राशि का क्या करेंगी?"

"मैं उसे अनाथ, ग़रीब, ज़रूरतमन्द बच्चों की देखभाल में लगाऊँगी। बच्चे ही हमारा भविष्य हैं।" आदि-आदि। पूरे सैंतालीस सवाल रटे थे निर्देशों के साथ। परचे पर सब लिखा था कहाँ मुस्कराना है, कहाँ संजीदा होना है...लेकिन अब होनी को कोई क्या करे? आभा का सवाल तो सत्तानबे प्रतिशत लड़ गया। "नारी को तीन शब्दों में परिभाषित कीजिए।" आभा का चेहरा फक में खिला था। "स्त्रष्टा, क्षमा..."

(शक्ति बोल यार मेरी याददाश्त ज़ोर मार रही थी) उतनी लाइट थी स्टेज पर, हिंट कैसे देती उसे। आभा के चेहरे की बत्ती जितनी तेज़ी से जली थी, उतनी ही तेज़ी से गुल भी हो गई थी।

"स्त्रष्टा, क्षमा और...शक्तिमान् है नारी" किसी तरह अटक-अटककर पूरा कर दिया था आभा ने। मेरी रुकी साँस फिर से चली थी। जय हो शक्तिमान्। सच है। सच है बच्चे जब फँसते हैं शक्तिमान् आता है बचाने। बहरहाल, मेरा सवाल आउट ऑफ़ सिलेबस आ गया।

"आपकी नज़र में ग़रीबी का क्या औचित्य है?" दिमाग़ घूमा था मेरा। मेरी पूरी अर्थशास्त्र की किताब में भी ऐसा तो कोई जवाब नहीं।

"ग़रीबी उस चाँद तक इक डोर बाँध देती है, जिस पर बड़े मनोयोग से नट की तरह सधे पाँव रखते हम चाँद को छूने की चाहत में आगे बढ़ते जाते हैं।" (ग़रीबी हमें अमीर बनाती है अनुभवों में, यह जवाब अन्दर ही रह गया था) आँसू भी चमके थे आँखों में (तालियों की गड़गड़ाहट पर नहीं, जवाब मिल जाने की ख़ुशी में नहीं, मुझे बाबू जी याद आए थे न जाने क्यों...महीने की चौथी तारीख़ को माँ के हाथ में कुछ थमाते थके-थके से बाबू जी)। फिर तो आँसू निर्लज्जता से टपकने लगे थे...तब भी जब मुझे विजेता का सेहरा पहनाया जा रहा था। (आभा ने बाद में इस पर अतिरिक्त लाड़ दिखाते हुए कहा था—मुझे तुमने सिर्फ़ सवालों के जवाब रटने में लगा दिया और ख़ुद विनर बनने के बाद कैसे रोना है इसका भी रियाज़ कर लिया।)

प्राइज देखकर सारे तो मुझ पर ओले ही पड़े थे। टेडी बियर, कैसेट स्टैंड, लार्ज साइज पोस्टर सेट, दर्शना (ब्यूटी पार्लर) में मुफ़्त ट्रीटमेंट, स्कीन टाइट जीन्स...एक भी चीज़ ऐसी नहीं जो उस शाम से मेरी आँखों में क़ैद बाबू जी की आँखों में तैरते बादल के उस टुकड़े को इंच भर भी हिला सके। कुछ भी ऐसा नहीं जो उनके माथे पर पड़ी शिकन की एक भी लकीर मिटा दे।

फिर आँसू आ गए...उफ़ दरअसल रोना या रुलाना आज मेरा उद्देश्य नहीं था। (ये मिस फ्रेशरवाली बात भी पता नहीं कहाँ से निकली?) मैं बस यह कहना चाह रही थी कि तुमने याद आने की कोशिश की, पर मैंने याद नहीं किया तुम्हें।

अभी एक ख़बर पढ़ी, तुम्हारी ख़बर से मिलती-जुलती ख़बर। और इस ख़बर को पढ़ते ही एक घटना घटी, उस दिन से मिलती-जुलती घटना। पहले तुम्हें ख़बर सुनाऊँ इंडोनेशिया के शासनतंत्र को सुहार्तो के पिट्ठुओं की क़ैद से मुक्त कराने के लिए छात्रों ने विद्रोह का झंडा ऊँचा किया है। नतीजा—दमन की नीति अपने ज़ोरों पर है। चार दिन

पहले वाडरा नाम के बीस वर्षीय छात्रा को सेनाध्यक्ष वीरान्तों की तरफ़ से धमकी दी गई थी कि उसकी बहन (जो स्कूली छात्रा थी और धमकी में उसके स्कूल के नाम का भी ज़िक्र था) और माँ को मार दिया जाएगा, यदि उसने छात्रों की योजना लीक न की तो। वाडरा ने उसकी बात मान ली। बदले में जब आत्मजया विश्वविद्यालय के छात्र प्रदर्शन कर रहे थे (वाडरा अग्रिम पंक्ति में शामिल था) तब पेजर पर वाडरा को वहाँ से हट जाने की सलाह दी गई क्योंकि दोपहर एक बजे से चार बजे तक वहाँ सैनिक फायरिंग होनेवाली थी। वाडरा ने अपनी जान की परवाह नहीं की और वहीं डटा रहा अपने साथियों के साथ। गोलियाँ चलीं, नौ छात्र मारे गए।

हबीबी सरकार की तरफ़ से घटना को दूसरे लोगों की साज़िश क़रार देता हुआ गोलीकांड के तुरन्त बाद यह बयान आया कि छात्रों पर रबर की गोलियाँ चली थीं, जो मरे वे भगदड़ में अपनी ग़लती से मरे। वाडरा को यह बयान भीतर तक चुभ गया और उसने सारी कहानी साफ़ कर दी। राष्ट्रपति हबीबी और सेनाध्यक्ष वीरान्तों का भाँडा फोड़ दिया। हालाँकि कहानी से वह ख़ुद छात्रा-द्रोही साबित हो चुका था। दो दिन बाद यानी कल, वाडरा की लाश मिली किसी गली में। सीने में गोलियाँ लगी थीं, तीन। चुप्पी छाई है वहाँ। गोली किसकी थी पता नहीं।

ख़बर है न मिलती-जुलती! मुझे लगी इसलिए लिख दिया। अब घटना सुनो। जब मैं यह ख़बर पढ़ रही थी तो मुझे दम घुटता-सा लगा। धुआँ...धुआँ-सा। मैं उठी खिड़की बन्द करने। बाहर झाँका तो कहीं कुछ नहीं था दूर-दूर तक। मैंने फिर भी खिड़की बन्द कर दी लेकिन अभी तक मुझे लग रहा है कि कुछ रिस-रिसकर आ रहा है कमरे में, मेरा दम घोंटने। आभा रहती तो कहती (और बात सही भी है)—"धुआँ...! कहाँ है?"

विदा

नोट—हाँ, एक ज़रूरी बात। तुम्हारी अणिमा आ गई है वापस। देखा तो नहीं है, आभा कहती थी।

तृषा खिड़की के पास बैठी है। आभा भी, मिनी भी, ज्योति भी। महिला महाविद्यालय की शाम सज-धजकर ढली है आज फिर। 'विज़िटर' अन्दर आ रहे हैं। 'मौसी जी' झूम-झूमकर नाम गा रही हैं। लड़कियाँ सँवरकर जा रही हैं।

"जिस दिन मेरा कॉल आएगा और मुझे पी.एम.टी. के नीचे बैठने का सौभाग्य प्राप्त होगा उस दिन मैं संकटमोचन में एक किलो लड्डू चढ़ाऊँगी, पक्का।"

"और मेरे साथ यदि ऐसा होगा तो मैं रोज़ पी.एम.टी. के नीचे जल चढ़ाऊँगी, सुबह एक महीने तक, पक्का।" ज्योति आभा को काटती है।

"ये अ...?" तृषा चौंकती है।

"अणिमा है।"

"बेचारी।"

"व्हाट बेचारी?" आभा आश्चर्य से देखती है। "तुम्हें पता नहीं? ओ...तम्हें बताना भूल गई। उस दिन आई.टी.फेट में एक अच्छा लड़का फाँसा है इसने। उसी से मिलने जा रही है। देखो, वहाँ खड़ा है, ब्लू जीन्स।"

"दीदी, इंजीनियरिंग कॉलेज के हैं?"

"हाँ यार। आईटीयन, वो भी फ़र्स्ट हैंड। रागिनी बता रही थी दोनों रोज़ मिलते हैं। अणिमा की ओर से तो हरी झंडी है। उसने कहा है सोचकर बताएगा एक महीने बाद।"

"आभा...अभिजीत..."

"तुम भी तृषा! पता है तुम्हें कितना बड़ा भेदिया था वो। अणिमा को उसके बारे में कुछ भी नहीं मालूम था। बेचारी का पूरा एक हफ़्ता अटेंडेन्स गया उसके चक्कर में। उसकी मौत के कारण ही तो अणिमा को घर जाना पड़ा था। और कहाँ वो हिन्दी-विन्दी का स्टूडेंट था। ये तो इंजीनियर है फ़ाइनल ईयर। अगले साल से डेढ़-दो लाख पर एनम...समझी बच्ची।"

"तुम्हें कैसे पता चला?"

"क्या?"

"अभिजीत स्पाई था।"

"रागिनी कह रही थी।"

"उसे कैसे पता चला?"

"अरे पूरे हॉस्टल में हल्ला है।"

"दीदी इस पूरे प्रकरण में घाटा हुआ मेरा। देखिए मरना तो था ही उन्हें यदि वो स्पाई नहीं होते तो साइन-डाइ हो जाता न।"

"कहाँ...एक के मरने से थोड़े न होता है। कम-से-कम तीन-चार मरते तब बात होती कुछ।"

अभिजीत,

मन बिलकुल नहीं था तुम्हें लिखने का, तुम्हारी असलियत जानने के बाद। तुम स्पाई थे। जब महिला महाविद्यालय छात्रावास में ये बात सबको पता है तब तो इस पर अविश्वास करने की कोई वजह हो ही नहीं सकती (कम-से-कम तब तक, जब तक कोई दूसरी ख़बर इसको काटती नहीं फैल जाती यहाँ)।

तुमने प्रशासन तक पहुँचाया होगा ये कि लगभग सारे छात्रावासों में छिपकर हीटर जलाते हैं छात्र (हीटर न जलानेवाले नियम के लागू हो जाने के बाद भी) या कि ये कि पचहत्तर प्रतिशत उपस्थितिवाले नियम के विरोध में वी. सी. का पुतला जलानेवाले हैं छात्र या कि...कुछ भी ऐसा ही। नहीं, इस जघन्यतम अपराध के लिए मौत से कम किस सजा की अपेक्षा थी तुम्हें?

तुम्हारे ख़िलाफ़ और अपने परेशान न होने के पक्ष में इतने पुख़्ता प्रमाण होने के बावजूद मैं परेशान हूँ। वजह निहायत ही निजी है। अब सिर्फ़ दम ही घुटता-सा नहीं लगता है मुझे, चीज़ें सामने की हिलती हुई-सी भी दिखती हैं। ऊपर-नीचे डुलती, एक-दूसरे पर चढ़ती...आभा ही नहीं सब कहते हैं...कभी आश्चर्य से, कभी खोज से... "धुआँ...! कहाँ है?" मैं ख़ुद भी झाँकती हूँ तो इधर-उधर कुछ जलता नहीं दिखता, धुआँ नहीं दिखता है। उत्तर ढूँढ़ती हूँ तो बियाबान अँधेरा...बस अभी अचानक एक क्षीण-सी सम्भावना दिखी है। इसलिए तो तुम्हें लिख रही हूँ...ठीक बताना कि ये धुआँ तुम्हारी चिता से छिटककर गिर गई किसी अधजली सुलगती लकड़ी से तो नहीं आ रहा है...?

लक्ष्मी

अर्चना पैन्यूली

लक्ष्मी मेरे सामने खड़ी थी—सिमटी, सकुचाई...। मैंने उसे ऊपर से नीचे, भरपूर निहारा ...तो यह है लक्ष्मी...पूरे कैम्पस में चर्चा का विषय बनी हुई है। कोई भी उसे अपने घर काम पर रखने को तैयार नहीं है। हालाँकि लक्ष्मी अब तक इस सौ परिवारोंवाले कैम्पस के कम-से-कम दस-बारह घरों में काम कर चुकी है, पर अब सभी उससे कतराते हैं। कई बातें मैंने उसके विषय में कैम्पस के लोगों से सुनी हुई हैं...कि उसके कई ब्वॉयफ्रेंड हैं। कई आदमियों से उसके सम्बन्ध हैं। जब वह किसी के घर में काम कर रही होती है तो उसके लिए ऐरे-गैरे आदमियों के फ़ोन आते हैं। अपने यार से मिलने की उसे इतनी बेताबी रहती है कि हमेशा उसे काम ख़त्म करने की जल्दी मची रहती है, और अक्सर वह नागा कर जाती है। बी-ब्लॉक में रहनेवाली मिसेज़ गोस्वामी ने तो यहाँ तक कह डाला, "इतने खुलेआम सेक्स...क्या अभी तक इसे एड्स नहीं लगा होगा? अपने घर इसे काम पर रखकर क्यों आमंत्रण दे रही हो अपने घर एच.आई.वी. रेटरो वायरस को। छोटे-छोटे बच्चे हैं आपके...।"

मेरी आवश्यकता इतनी विकट है कि मुझे लक्ष्मी के विषय में चर्चित इन सभी बातों की उपेक्षा करनी पड़ी। मुझे इन ख़बरों, अफ़वाहों की कोई परवाह नहीं। मुझे तो सिर्फ़ एक ऐसी बाई चाहिए जो सुबह छह बजे मेरे घर आ सके, बस।

मैं स्कूल टीचर हूँ। बम्बई के उपनगर गोरेगाँव पश्चिम में एक माध्यमिक स्कूल में फ़िलहाल अध्यापन कर रही हूँ। जगह की कमी होने की वजह से स्कूल दो शिफ़्ट में चलता है। मेरी सुबह की शिफ़्ट है, जिसके लिए मुझे हर हाल में अपने घर की चौखट सुबह छह बजे लाँघ जानी पड़ती है। मेरा पूरा घर क्या, पूरा कैम्पस तब सोया रहता है। अभी तक काम करनेवाली सिन्धु बाई आठ बजे तक आती थी। निर्मल दफ़्तर के लिए नौ बजे निकलते थे तो परेशानी की बात नहीं थी। बाई के आने तक वो सुबह के बच्चों के साथ होनेवाले कामों को निपटा लेते थे।

मगर अगले हफ़्ते निर्मल येल यूनिवर्सिटी, अमेरिका पोस्ट डॉक्टरेट के लिए जा रहे हैं। एक साल तक घर में बच्चों के पिता की अनुपस्थिति रहेगी। इसलिए मुझे एक ऐसी बाई की नितान्त आवश्यकता है जो मेरे सुबह घर से निकलने से पहले पहुँच जाए। एक महीने से खोज जारी है पर इतनी सुबह कोई भी मेरे घर आने को तैयार नहीं। सभी बाइयाँ कहती हैं : "हमारे भी बच्चे स्कूल जाते हैं। हमारा भी मर्द दफ़्तर जाता है। हम भी सुबह स्नान, पूजा, चाय-नाश्ता आदि करते हैं। कैसे हम दिनचर्या के ये अनिवार्य काम छोड़, पौ फटते ही आपके घर पहुँच जाएँ, आपका घर सँभालने?"

और-तो-और सिन्धु बाई, जो पिछले दो सालों से मेरे घर लगी है, ने भी दो-टूक बोल दिया, "सुबह छह बजे...न-बाबा-न। मैं नहीं आ पाएँगी इतनी सुबह आपके घर। आप कोई और बाई देख लो।"

एक यह सिर्फ़ लक्ष्मी ही है जो मेरे घर सुबह इतनी जल्दी आने को तैयार है।

"तो तुम हो लक्ष्मी?"

"जी।"

"क्या तुम्हें इतनी सुबह यहाँ आने में कोई दिक़्क़त नहीं?"

"नहीं।"

"तुम्हारे अलावा घर में और कौन-कौन है?"

वैसे मुझे पता चल चुका था कि लक्ष्मी विधवा है।

"मेरा दस साल का लड़का है। सास और देवर-देवरानी भी हैं।"

"तुम्हारा बेटा स्कूल जाता होगा?"

"हाँ। उसकी दादी व चाची ने उम्मीद दी है कि वे भेज देंगे उसे सुबह स्कूल।"

"देखो लक्ष्मी, तुम्हें यहाँ छह बजे से सात-आठ मिनट पहले ही पहुँचना होगा। दो छोटे-छोटे बच्चे हैं मेरे—एक चार साल का, दूसरा एक साल का। उनके पिता एक साल के लिए अमेरिका जा रहे हैं...।"

"आप फ़िक्र न करो। मैं आपके बच्चों को बराबर देखेंगी," लक्ष्मी ने मुझे आश्वासन दिया। मुझे सम्बल-सा मिला।

"मेरी बेटी ईशा किंडरगार्टन में पढ़ती है। उसे सुबह तैयार करके आठ बजे स्कूल भेजना पड़ेगा। स्कूल बस आती है गेट पर, दोपहर में छोड़ भी जाती है। नन्हा राहुल तो ख़ैर अभी स्कूल नहीं जाता पर जब तक मैं घर नहीं लौटती उसकी अच्छे से देखभाल करनी पड़ेगी...इसके अलावा घर की साफ़-सफ़ाई, खाना पकाना वगैरह भी...। यह सब कर लोगी?"

लक्ष्मी मूक सहमति में गर्दन हिलाती गई। उसके साथ काम व वेतन निर्धारण हो गया। जब वह जाने लगी तो मैं पीछे चिल्लाई, "याद रहे...ठीक सुबह छह बजे...नहीं तो मैं अपने काम पर नहीं जा पाऊँगी।"

निर्मल भी दुविधा में थे कि उनके जाने के बाद कैसे घर के समस्त कार्यों का प्रबन्ध होगा। अपनी प्रगति के लिए यह मौक़ा खोना नहीं चाहते थे पर उन्हें अपने बाल-बच्चों को भी चिन्ता थी। ख़ैर अब बाई का इन्तज़ाम हो जाने से उन्होंने भी राहत की साँस ली, और एक शाम इत्मीनान से वे बम्बई सहारा इंटरनेशनल एयरपोर्ट से अमेरिका के लिए रवाना हो गए।

लक्ष्मी सुबह साढ़े-पाँच या पाँच चालीस तक घर आ जाया करती। दोनों बच्चों के जागने में काफ़ी समय रहता, सो वह रसोई में घुसकर फटाफट मेरे लिए नाश्ता बनाने लग जाती। मुझे अब बँधा-बँधाया टिफ़िन मिलने लग गया। मेरे स्कूल से डेढ़-दो बजे तक घर लौटने पर लक्ष्मी एक ठंडा पानी का गिलास पकड़े मेरे सम्मुख हाज़िर हो जाती। मेरी साड़ी थामती और उसको तह करने लग जाती। कोई मेरे उतरे कपड़ों की तह करे, इस ऐयाशी की न तो मुझे आदत थी, न ही कोई चाहत। मैं उसे रोकना चाहती परन्तु मेरा थका शरीर इसका विरोध नहीं करता, और

लक्ष्मी के रोज़ के कामों में मुझे ठंडा पानी पिलाना व मेरी उतरी साड़ी की तह करना भी जुड़ गया।

एग्रीमेंट के मुताबिक़ मेरे दोपहर डेढ़-दो बजे तक घर लौटने पर लक्ष्मी तुरन्त अपने घर जा सकती थी। मगर उसे तीन-चार बजे तक अपने घर में मँडराते देख मुझे हैरानी होती। कभी वह बालकनी से सूखे कपड़े समेटकर उनकी तह करने लग जाती, तो कभी राहुल के बिखराये खिलौनों को सँभालने लगती। कुछ न हो तो यूँ ही राहुल के संग खेलती रहती। मुझे लक्ष्मी से पहले अपने घर में पाँच वर्षों के अन्तराल में काम कर चुकी ग्यारह बाइयों का ध्यान आ जाता

...कैसी उन्हें काम ख़त्म करके घर जाने की जल्दी रहती थी। एक यह लक्ष्मी है...

"लक्ष्मी, तुम्हें क्या अपने घर जाने की कोई जल्दी नहीं रहती...?" एक दिन मैंने पूछ लिया।

"क्या जल्दी रहनी मुझे उस घर में जाने की? सब की नज़रों में मैं वहाँ खटकती रहती हूँ। सभी मुझे ऐसे नफ़रत से देखते हैं जैसे विधवा होकर मैंने कोई गुनाह कर लिया हो। कोई सीधे मुँह बात तक नहीं करता...।"

"ऐसा क्यों, लक्ष्मी?"

"अरे मैडम, सुकेश के पापा के गुज़र जाने के बाद उन्होंने तो मुझे घर से दुत्कार ही दिया था। कई सालों तक मुझे गाँव में मायके में रहना पड़ता था। पर मायके का जीवन भी कब किस औरत के लिए सुखद रहा...। भाभी का हर पल चढ़ा मुँह, भाई की तीखी नज़रें, माँ-बाप की खोखली सहानुभूति, गाँववालों के ताने...। उफ़...। फिर गाँव में शहरों की तरह कोई रोज़गार भी नहीं मिलता कि इनसान मेहनत करके पेट भर ले। पर इधर मेरे देवर की शादी के सात सालों बाद तक जब कोई बच्चा नहीं हुआ तो मेरी सास का लाड़ मेरे सुकेश के लिए उमड़ गया। सुकेश की माँ होने के नाते मुझे भी थोड़ी जगह मिल गई ससुराल में।"

मैं लक्ष्मी को विस्मय से देख रही थी। अभी तक उसने इतने सारे शब्द एक साथ मुझसे नहीं कहे थे। मेरे एक प्रश्न ने उसके अन्तर्मन को भीतर तक कुरेद दिया था। वह धाराप्रवाह बोलती ही गई और मैं सुनती गई...।

"मैं बड़ी भी नहीं हुई थी कि मेरी शादी हो गई। सुकेश का जन्म शादी के पाँच सालों के बाद हुआ। मुश्किल से वह दो-ढाई साल का था...जब उसके पापा की कम्पनी में काम करते हुए मौत हो गई।" लक्ष्मी अब तक फ़र्श पर पसरकर बैठ चुकी थी। मैंने उसके दिए गए समीकरणों से उसकी उम्र का अन्दाज़ लगाया। मुश्किल से वह 26-27 साल की रही होगी।

"एक बहुत भारी मशीन सुकेश के पापा के ऊपर गिर गई थी। वो उस मशीन के नीचे काफी घंटे तक दबे रहे, जब तक किसी ने उन्हें देखा उनका दम निकल गया।"

"ओह..." मैंने अफ़सोस प्रकट किया।

"कम्पनी के सेठ ने तीस हज़ार रुपया दिया था। साल साल पहल तीस हज़ार...। मैंने ही काग़ज़ों पर अँगूठा लगाया था। लेकिन वह रक़म मेरे पल्ले नहीं पड़ी। सारी सास और देवर ने हड़प ली।"

"यह तो सरासर अन्याय है, लक्ष्मी। उन रुपयों में सिर्फ़ तेरा व तेरे बेटे का हक़ था। तूने क्या पुलिस में रिपोर्ट नहीं लिखवाई? किसी नारीमुक्ति सामाजिक संस्था के दरवाज़े नहीं खटखटाए?"

"अरे मेडम, ये पुलिसिया कार्रवाई, नारीमुक्ति आन्दोलन संस्थाएँ सिर्फ़ सुनने में अच्छी लगती हैं। ज़िन्दगी अपने लोगों के संग गुज़रती है। क्या करूँगी उनके ख़िलाफ़ कार्रवाई करके? मर्द तो मेरा पहले से ही नहीं है। अब तो जो जीवित हैं, बस उनकी सलामती चाहिए," उठते हुए लक्ष्मी ने अपना वाक्य पूरा किया, और चली गई।

मैं अपनी जगह बैठी देर तक उसके विषय में सोचती रही। इस ग़रीब, अनपढ़ औरत को ज़िन्दगी की सच्चाई का कितना ज्ञान है! जीवन की नियति को कितनी सरलता से इसने स्वीकार कर लिया है! किसी से कोई शिकायत नहीं, कोई रंजिश नहीं।

लक्ष्मी ने मेरे दिल में अपने निजी संसार के विषय में जिज्ञासाएँ उत्पन्न कर दीं। उसके विषय में सभी कुछ जानने के लिए सहसा मैं उत्सुक हो गई।

"अच्छा लक्ष्मी तेरा बेटा पढ़ने में कैसा है?" अगले दिन लक्ष्मी के आने पर मैंने उससे जानकारी लेनी चाही।

"एकदम नालायक़। पिछले साल चौथी में फेल हो गया। अब मेडम, मैं तो एकदम सुबह यहाँ, आपके घर आ जाती हूँ। मेरी सास भी नौकरी पर जाती है।"

"तेरी सास नौकरी करती है?"

"आरटीओ ऑफ़िस में चपरासिन है वह। ससुर वहाँ नौकरी करते थे। उनके मरने पर वह नौकरी उसे मिल गई। अरे बुढ़िया को पूरे तीन हज़ार रुपया महीना पगार मिलता है। पर मुझे अपना पेट पालने व अपने बेटे की पढ़ाई के लिए खुद ही खटकना पड़ता है। वह बुढ़िया अपनी सारी कमाई अपने छोटे बेटे और उसकी ख़ूबसूरत बहू पर लुटाती है।"

"यह तो पक्षपात है।"

"अरे मेडम, सबसे ज़्यादा ठाट घर में उस चिकनी के ही हैं। मालकिन बनी वह आराम से दिन-भर पसरी रहती है। टीवी देखती रहती है। उसके कमरे में टीवी, पंखा, पलँग, रेडियो सब है। उसके कमरे में फ़र्श भी पक्का है। मेरी कोठरी में बस एक पुरानी चटाई कच्चे फ़र्श पर बिछी रहती है, जिस पर हम माँ-बेटे थके-माँदे रात आठ बजे सो जाते हैं।" साँस भरते हुए वह बोली, "अब मेरी देवरानी का सुकेश से ख़ून का रिश्ता थोड़े ही है जो वह उसका बुरा-भला समझे। उसकी बला से मेरा सुकेश स्कूल जाए या न जाए। पढ़े या न पढ़े। वह मेरे सुकेश को टाइम से दो रोटी ही सेंक कर दे दे तो यही मेहरबानी।"

"नहीं लक्ष्मी, दस साल का लड़काइतना बड़ा हो जाता है कि वह अपनी समझ से स्कूल जाए। किसी को उसे धक्के मारकर स्कूल भेजने की ज़रूरत नहीं पड़नी चाहिए। ख़ैर...तू ऐसा कर अपने बेटे को मेरे पास लेकर आना। मैं उसे समझाने की कोशिश करूँगी।"

दूसरे ही दिन लक्ष्मी ने अपने बेटे को मेरे सामने लाकर खड़ा कर दिया। मैं जब उसे ज़िन्दगी की ऊँच-नीच व अच्छे-बुरे में भेद समझाने लगी तो पाया झुग्गी में रहनेवाला वह बालक कहीं अधिक परिपक्व व गम्भीर है। बस इसे थोड़े मार्गदर्शन की

आवश्यकता है जिसका उसके परिवेश में नितान्त अभाव है। मैंने उसे हफ़्ते में तीन दिन पढ़ाने की ज़िम्मेदारी ले ली। हर शाम वह अपना बस्ता थामे मेरे पास आता। किताबें, कापियाँ व पेन्सिल निकालकर मेरे सामने चटाई पर बैठ जाता। मैं उसे बड़े मनोयोग से गणित, विज्ञान, भूगोल व अंग्रेज़ी पढ़ाती। वह बड़ी लगन से पढ़ता। कितने ही बच्चों को मैंने पढ़ाया था, मगर लक्ष्मी के बेटे को पढ़ाने में मुझे एक ज़बरदस्त सन्तुष्टि मिला करती। चौथी कक्षा के सालाना परीक्षा में जब वह अच्छे अंकों से पास हुआ तो लक्ष्मी पेड़े का एक डिब्बा लेकर मेरे सम्मुख प्रकट हुई। एक उत्तेजना से मुझसे बोली, "दीदी, मेरा बेटा पास हो गया। पाँचवीं में चला गया।"

धीरे-धीरे लक्ष्मी ने मेरे घर के उन अन्य कामों का जिम्मा भी अपने ऊपर ले लिया जो उसकी कार्यसूची में शामिल नहीं थे। मुझे भी उसे निर्धारित की हुई देय राशि से बाहर निकलना पड़ा। उसके बेटे को जब-तब कॉपी, पेन्सिल, स्कूल बैग व चॉकलेट्स थमाती। अपनी पुरानी साड़ियाँ लक्ष्मी को पहनने को देती रहती। लक्ष्मी की वजह से एक साल का समय बिना किसी तकलीफ़ के बीत गया। निर्मल येल यूनिवर्सिटी से अपनी पोस्ट डॉक्टरेट पूरी करके लौट आए। लक्ष्मी के कार्य व समयसारिणी पूर्ववत्ही बने रहे।

वह सुबह वही साढ़े पाँच के आसपास आती, दोपहर ढाई-तीन बजे तक घर में बनी रहती। मेरे घर के लिए वह अधिक-से-अधिक समर्पित होती गई और मैं उसके लिए विभिन्न सहायता कोशों के कपाट खोलती गई। उसका व मेरा रिश्ता कब व कैसे अन्तरंग होता गया मैं स्वयं समझ नहीं पाई। उसका व मेरा रिश्ता एक नौकरानी व स्वामिनी के रिश्ते से बहुत ऊपर उठता चला गया। कब उसने मुझे मेडम छोड़कर दीदी पुकारना शुरू किया मुझे पता ही नहीं चला।

मेरे पति तो मेरी कविताओं से सदा दूर बिदकते थे, मगर लक्ष्मी बड़ी रोचकता से मेरी कविताओं को सुना करती। एकाग्रता से वह कविता के शब्दों में छुपे अर्थों को समझती। एक बार रसोई-घर में होते हमारे इसी कविता-पाठ पर निर्मल ने कटाक्ष भी किया, "अरे इस बेचारी लक्ष्मी को यहाँ कविता भी सुननी पड़ती है। लक्ष्मी, अपनी मैडम से कविता सुनने की पूरी फ़ीस लेना।"

"ऐसा नहीं है, साहब..." लक्ष्मी ने एकदम से प्रतिकार किया। "मुझे दीदी की कविताएँ अच्छी लगती हैं। मन को धीरज देती हैं। दीदी का दिमाग इत्ता तेज़ है...स्कूल में पढ़ाती हैं, कहानी और कविता भी लिखती हैं, और घर की भी देखभाल करती हैं। आप बहुत लकी हैं साहब...।"

मेरे व निर्मल के बीच एक नज़र का आदान-प्रदान हुआ, जिसे लक्ष्मी ने तुरन्त पकड़ लिया। उन्मुक्त हँसते हुए बोली, "आपके घर में अंग्रेज़ी सीख रही हूँ—थैंक्यू, वेलकम, सो नाइस...।"

मैं और निर्मल लक्ष्मी को आश्चर्य से देखते हुए कसकर हँस पड़े। लक्ष्मी भी ख़ूब जोरों, से खिलखिलाने लगी। उसके पतले कन्धे, उन्नत वक्ष उसकी हर हँसी के साथ हिलने लगे।

और...एक दिन...मैंने लक्ष्मी से वह प्रश्न कर ही डाला जो पहले भी कितनी बार मेरे अधरों पर आकर ठहर गया था। "लक्ष्मी, क्या तेरा कोई ब्वायफ्रेंड है—किसी मर्द से दोस्ती है?"

लक्ष्मी के हाथों से झाड़ू नीचे गिर गया। कई पलों के लिए वह ठिठक गई। अपनी गर्दन उठाकर अजीब नज़रों से वह मुझे देखती रही, फिर बोली, "मैं आपको और औरतों से अलग समझती थी। पर आपने भी शुरू कर दी उनकी तरह की बातें..."

"नहीं-नहीं, लक्ष्मी, मैं तो ऐसी ही चुहल कर रही हूँ...। पर देख, तू जवान है। कई सालों से एकाकी जीवन बिता रही है। ऐसे में यदि पुरुष के सामीप्य की मन में चाह जाग जाए तो कोई पाप नहीं। किसी से कुछ अनुबन्धता हो जाए तो अचरज नहीं।"

मेरे इस बेबाक भाषण ने लक्ष्मी का हौसला बढ़ा दिया। वह झाड़ू छोड़कर लगभग भागती हुई-सी मेरे पास आई। घुटनों के बल बैठते हुए बोली, "अरे दीदी, आपसे कुछ छुपाकर मैं कहाँ जाऊँगी? हाँ...है मेरा एक ब्वायफ्रेंड...। विनोद है उसका नाम। आरे डेरी में काम करता है।"

"क्या वह कुंवारा है?" गम्भीर होते हुए मैंने प्रश्न किया।

"नहीं, कुँवारा क्यों होगा वह भला?"

"बीवी जीवित है?"

"यह लो भला...उसकी बीवी को क्या होनेवाला? भली-चंगी सेहत की, तन्दुरुस्त है।"

"बच्चे हैं?" मेरे लगातार प्रश्नों से लक्ष्मी को उलझन हो रही थी।

"अरे बच्चे क्यों नहीं होंगे उसके? सभी सुकेश की चाची की तरह बाँझ थोड़ी होते। पूरे तीन बच्चे हैं उसके—दो लड़के हैं और एक लड़की।"

"उधर उसकी हट्टी-कट्टी बीवी, इधर तू उसकी कमसिन प्रेमिका...तो लक्ष्मी जी आपके विनोद जी कैसे यह दोनों रिश्ते निभाते हैं?" मैंने अचरज से पूछा।

"दीदी सब रिश्ते निभ सकते हैं जब तक इनसान चाहें। परन्तु मेरा उसके साथ... उसके साथ...ओ हो दीदी, आप ही बोला न...आपको सभी बातों का इतना ज्ञान है।"

"हाँ लक्ष्मी, इस प्रेम में न ही कोई वासना है, न ही कोई स्वार्थ और न ही कोई शर्त। शायद यह जीने का एकमात्र आकर्षण है।"

"हाँ दीदी, सच्ची कहा...। जब यह सारी दुनिया मुझे हिकारत भरी नज़रों से देखती है, तो एक उसी की ही नज़रों में, ख़ुद के लिए कोई आदर पाती हूँ। आपकी कविता की वह लाइन है न...तपते हुए उष्ण जीवन में तुम शीतलता भर देते हो..."

"शुष्क कम्पित होंठों पे तुम मधुर मुस्कान बिखेर देते हो। ठहरे हुए मेरे जीवन में एक हलचल-सी मचा देते हो," कविता की अगली पंक्ति मैंने गुनगुनायी।

"बस, दीदी, बस...उसका मेरी ज़िन्दगी में यही अर्थ है।"

इन वाक़ियों के पश्चात् लक्ष्मी अपनी हर छोटी-बड़ी ख़ुशी व परेशानी मेरे साथ बाँटने लगी। अपने घर के हर छोटे-बड़े कार्य में वह मेरी सलाह लेने लगी। अपने ब्वायफ्रेंड के साथ घटित अपनी हर मुलाक़ात का वह मुझे खुलकर ब्यौरा देती। अब वह हर पल चहकी हुई-सी दिखती। अपने परिधान की ओर वह और सतर्क हो गई थी। अपने लम्बे, घने व काले केश वह बड़े कलात्मकपूर्ण सँवारती—कभी जूड़ा तो कभी लम्बी चुटिया।

कमर तक लटकती लम्बी चुटिया पर वह साड़ी के रंग से मेल खाती डोरी डालती। मेरे कुछ पड़ोसियों ने छींटे भी कसे, "तुम्हारी लक्ष्मी तो बहुत स्मार्ट होती जा रही है। क्या खिलाती हो उसे जो वह दिन-पर-दिन इतनी निखर रही है?"

लक्ष्मी के चेहरे का निखार व तन का बढ़ता सौन्दर्य, मेरा उसे प्रेषित वह निश्चल स्नेह है, जिसका उसकी ज़िन्दगी में सर्वथा अभाव था। ख़ैर क्या कहती मैं उन औरतों को...?

उस शनिवार जब सुबह छह बजे घंटी बजी तो मैंने उनींदी आँखों से दरवाज़ा खोला। सामने लक्ष्मी को खड़े देख मैं उस पर बिफर पड़ी, "अरे लक्ष्मी, तुझे याद नहीं कि आज शनिवार है...छुट्टीवाले दिन तुझे आठ बजे आना होता है। सुबह-सुबह घंटी बजाकर तूने मेरी नींद क्यों ख़राब कर दी।"

लक्ष्मी चुपचाप मेरे बग़ल से निकलकर अन्दर घुस गई। रसोई में जाकर सिंक में पड़े जूठे बर्तन साफ़ करने लगी। उसकी तमाम कोशिशों के बावजूद उसकी आँखों में आँसू थम नहीं रहे थे।

"क्या हुआ लक्ष्मी? क्या सास से झगड़ा हुआ है?"

उसने इनकार में गर्दन हिलाई, नहीं।

"देवर-देवरानी में कोई खटपट?"

उसने इनकार में गर्दन हिलाई।

"तो यह गंगा-यमुना क्यों बहा रही है?"

लक्ष्मी फफक पड़ी। "दीदी, आज मेरे घर के लोग शिरडी और औरंगाबाद की हफ़्ते भर की यात्रा पर चले गए हैं।"

"अब लक्ष्मी, यह मत कहना कि तेरे को उनकी याद आ रही है।"

रोते हुए लक्ष्मी हल्के से मुस्करा दी। "नहीं, दीदी, मेरा मन इसलिए दु:ख रहा है कि उन तीनों में से किसी ने भी एक बार भी मुझे साथ चलने को नहीं कहा। उनके कहने पर मैं उनके साथ थोड़े ही चल पड़ती। मुझे कहाँ इतनी फ़ुरसत कि मैं यात्रा करूँ। पर उन्हें रिश्ते का तो धर्म निभाना था न! मैंने तीन बजे उठकर उनके लिए खाना पकाया। मेरा बेटा इधर-उधर दौड़ते-भागते हुए उनके लिए यात्रा का सामान जुटाता रहा, और वे तीनों प्रेम का कोई शब्द कहे बग़ैर चले गए। मुझे मालूम था कि आज शनिवार है। पर मैंने सोचा कि आपके पास आकर मुझे धीरज मिलेगा...।"

लक्ष्मी सुबकती जा रही थी, मैं उसे एकटक निहारते हुए सोचती जा रही थी... लक्ष्मी, तू उस ऊँची दीवार के उस पार एक झुग्गी में रहती है, और मैं दीवार के इस पार इस ऊँची इमारत में...। लेकिन तुझ में और मुझ में कोई विशेष फ़र्क़ नहीं है। हमारी भावनाएँ एक हैं, अपेक्षाएँ एक हैं और इस जहान से शिकायतें भी एक हैं। मुझे भी कितने ही मौक़ों पर अपने ससुरालवालों का बेग़ाना व्यवहार चुभता है। कितनी ही अवसरों पर उनका उदासीन व्यवहार मेरे दिल को आहत कर जाता है। तब मेरी भी आँखों से आँसू ऐसे ही छलक जाते हैं।

ख़ैर मैंने गैस का चूल्हा जलाया और चाय का पानी चढ़ा दिया। इलायची वग़ैरह कूटकर फटाफट ज़ायकेदार चाय बनाई। लक्ष्मी की तरफ़ एक प्याला बढ़ाते हुए बोली, "लक्ष्मी, छोड़ इन बर्तनों को। ले, पहले गरमागरम चाय पी। और ऐसा कर आज सफ़ाई

वगैरह रहने दे। सीधे घर जा। तू और सुकेश तैयार होकर यहाँ आ जा। हम सब सम्राट् टॉकीज में लगी हिना पिक्चर देखने चलेंगे।"

लक्ष्मी चाय पीकर चली गई। थोड़ी देर में वह उसका बेटा अपनी सामर्थ्य अनुसार बन-सँवरकर हमारे घर आ गए। पहली बार वह दोनों हमारे साथ कार में सवार होकर घूमने जा रहे थे। हमने पहले हिना पिक्चर देखी, फिर ऊडीपी में बैठकर इडली, डोसा और बड़ा खाया। कृतज्ञता से भीगे हुए लक्ष्मी व उसका बेटा पूरे समय हमसे झिझके-झिझके ही रहे।

काम करते-करते लक्ष्मी बिना किसी प्रसंग व सन्दर्भ के शुरू हो जाती और मुझे कुछ क्षण लगते उसकी बात को समझने में। "बुढ़िया को दीवाली का बोनस मिला था। और भी न जाने क्या-क्या...कुछ बकाया वेतन। अपनी उस चिकनी बहू के लिए उसने नई साड़ी, सैंडिलें ख़रीदीं, उसके गोरे व कोमल हाथों के लिए सोने के कंगन। सुकेश की चाची की नज़कत अब और भी बढ़ गई। जो दो काम वह पहले किया करती थी, अब उनकी भी छुट्टी...हर वक़्त हाथों में नेलपॉलिश लगाए रहती है, कंगन पहने रहती है। अपने हाथों को निहारते हुए इतराते हुए कहती है...न भई, मैं न करती काम...मेरी नेलपॉलिश उतर जाएँगी। मेरे कंगन फीके पड़ जाएँगे। क्या करें, दीदी, अपनी-अपनी क़िस्मत है...छोटी बहू का तन शृंगार करने के लिए है और बड़ी बहू का काम करने के लिए।"

"ओह लक्ष्मी...इतनी कड़वी बात..." मैंने हल्के से अफ़सोस प्रकट किया।

"पर दीदी..." लक्ष्मी उत्तेजित होते हुए बोली, "मैंने भी कल उस चिकनी बाँझ को सुना दिया...तेरा शरीर सिर्फ़ बाहर से ही दिखने में सुन्दर है। कोख तो तेरी सूनी है। कितना मेरा देवर उसके इलाज में पैसा ख़र्च कर रहा है...। मैं भले ही काली हूँ, ज़र्दे नैन-नक्श की हूँ पर ख़ानदान को औलाद तो मैंने ही दी है। सुकेश के पिता ज़िन्दा होते तो दो-चार और बच्चे होते मेरे..." कहते हुए उसका हाथ अपने पेट पर चला गया।

लक्ष्मी देर तक अपने मन का आक्रोश, अपने जीवन का असन्तोष मेरे सम्मुख निकालती रहती। मैं उसे आश्वासन देने का यत्न करती। मैं उसकी व्यथा को भली-भाँति समझती। मैं स्वयं एक नारी हूँ। नारी मन की ईर्ष्या व प्रतिद्वन्द्विता को कैसे न समझूँ?

"लक्ष्मी, छोड़ इन सब बातों को...। दुनिया का रंगरूप ऐसा ही है। लोगों के व्यवहार में घटियापन रहता है, मन में नीचता भरी रहती है...। तू और मैं कुछ नहीं कर सकते।"

लक्ष्मी हाथ जोड़ते हुए दार्शनिक अन्दाज़ में बोली, "हे भगवान् लोगों के मन से घटियापन और नीचता को दूर कर।"

एक दिन लक्ष्मी ने गणपति त्योहार के अवसर पर दस दिनों की छुट्टी की माँग कर दी। दो वर्षों में वह पहली बार छुट्टी की बात कर रही थी। कह रही थी कि उसे अपने घर में गणपति बिठाने हैं। मैं उसे मना नहीं कर सकी। पर उसके छुट्टी पर जाते ही घर में बड़ी अव्यस्तता हो गई। दो दिन तो निर्मल अपने ऑफ़िस से छुट्टी के लिए राज़ी हो गए, फिर मुझे ही घर बैठना पड़ा। लेकिन लक्ष्मी अपने निर्धारित समय से एक दिन पूर्व ही लौट आई, हाथ में मोदक का प्रसाद लिये।

उस सुबह लक्ष्मी को सामने दरवाज़े पर खड़ा देख मुझे एक सुखद अनुभूति हुई। बाहर तेज़ वर्षा हो रही थी। मेरी उसे दी हुई पुरानी छतरी उसे भीगने से बचा नहीं पाई थी। मेरा मन हुआ तुरन्त उसका हाथ पकड़े, प्रेमपूर्वक उसे खींचते हुए सोफ़े पर एक अतिथि की तरह बैठा दूँ और मैं आतिथेय बन उसकी ख़िदमत करूँ। लेकिन मैंने ऐसा कुछ नहीं किया। एक पुराना तौलिया उसकी तरफ़ बढ़ाते हुए आदेश भरे स्वर में बोली, "ले, पहले अपने को सुखा ले। फिर अदरक की तेज़ चाय बना।"

तौलिये से अपना भीगा बदन पोंछते हुए लक्ष्मी ने पूछा, "और टिफ़िन...? स्कूल नहीं जाना आपको?"

"अरे स्कूल तो मैं पिछले चार दिनों से जा ही नहीं रही हूँ। अब लक्ष्मी जी, जब आप छुट्टी पर हो, तो मैं भला अपने स्कूल कैसे जा सकती हूँ?"

लक्ष्मी झेंप गई।

"अब मैं स्कूल कल ही जाऊँगी," बाहर वर्षा की तेज़ होती बौछारों को देखते हुए मैं बोली।

लक्ष्मी के हाथों से चाय का प्याला थामते हुए मैंने उस पर एक लम्बी दृष्टि डाली। "कहाँ चली गई थी इतने दिनों के लिए...? किससे मिलकर आ रही है जो इतनी तरोताज़ा लग रही है? हाथों में चूड़ियाँ खनक रही हैं। जूड़े में गजरा महक रहा है...।"

लक्ष्मी ने मुझ पर एक अर्थपूर्ण मुस्कान फेंकी। "मुझे आपसे कुछ कहना है...पर अभी नहीं, पहले साहब को ऑफ़िस और बच्चों को स्कूल जाने दो।"

सुबह के आवश्यक कार्यों को निबटाते हुए मैं लक्ष्मी की बात को भूल-सी गई। दस बजे के क़रीब जब मुझे थोड़ी फ़ुरसत मिली तो मुझे उसकी बात ध्यान आई। "हाँ लक्ष्मी, बता, कौन-सी बातें करनी है तूझे मुझसे?"

"ऐसे नहीं, दीदी, पहले सावनवाली कविता सुनाओ," लक्ष्मी बाहर रिमझिम फुहार की ओर इशारा करते हुए बोली।

"चुप कर, लक्ष्मी। मेरा इस समय कोई मन नहीं है कविता सुनाने का। कविता सुनाने के लिए पहले एक माहौल बनता है। ऐसे नहीं सुनाई जाती।"

"अरे दीदी बोलो न...माहौल अपने-आप बन जाएगा...बोलो न..."

घुमड़-घुमड़ मेघ आकाश में करे शोर
छा गई निराली घटा घनघोर
रिमझिम-रिमझिम पकड़ी बरखा ने ज़ोर
भीग गई धरती और हर एक पोर
सावन में बँधी प्रीत की ऐसी डोर
खिंचने लगी मैं अपने पिया की ओर
पकड़ा जो पिया ने मेरे आँचल का छोर
बन गया यह हृदय फिर एक किशोर...

मैं मंत्रमुग्ध लक्ष्मी को सुन रही थी। मुझे बहुत अच्छा लग रहा था यह देखकर कि एक तो लक्ष्मी को मेरी कविता पूरी कंठस्थ थी, दूसरा वह स्पष्ट उच्चारण व मधुर

आवाज़ से मेरी कविता गुनगुना रही थी। किसी अन्य के मुख से अपनी रचित कविता सुनना सुनाने से अधिक प्रिय लगता है।

फिसल-फिसल जाएँ ये नयन चितचोर
झूम उठा मेरे मन का मोर
हाय जीवन में आया यह कैसा दौर
भाने लगी मुझे हर भोर।

"दीदी, उसने कहा कि वह मुझसे शादी करेगा," भावों पर बेक़ाबू होकर लक्ष्मी एकाएक बोली। उसकी साँसों का स्पन्दन तेज़ हो गया था।

मैं सहसा अपनी जगह खड़ी हो गई। "वह तेरे से शादी करेगा? पर वह तो शादीशुदा है...।"

"तो क्या हुआ? उसकी माँ तो मान ही गई है। मुझसे बोली कि मेरा बेटा तुझे बहुत चाहता है, तुम दोनों मन्दिर में शादी कर लो। उसकी बीवी तो अभी गुस्सा खा रही है पर देर-सबेर वह भी मान जाएगी।"

"ख़बरदार लक्ष्मी..." मैं उस पर एकाएक गरजी। "ऐसा ग़लत क़दम हरगिज़ मत उठाना। उसके घर में कभी तुझे कोई जगह नहीं मिलेगी, साथ ही तू अपने इस घर से भी जाएगी। अरे अभी तू कम-से-कम इज़्ज़त से खड़े होकर समाज के बनाए हुए नियमों को कोसा तो करती है। ससुरालवालों के सामने अपने अधिकारों की बात ऊँची आवाज़ में किया तो करती है। अरे मूर्ख, ज़रा सोच...जो आदमी अपनी पत्नी, अपने बच्चों की माँ का न बन पाया वह तेरा क्या बन पाएगा...? इस छलावे से, इस भ्रम से जल्दी बाहर निकल, लक्ष्मी...कहीं बहुत देर न हो जाए।"

लक्ष्मी का सारा जोश, सारा उत्साह पल-भर में ही क्षीण हो गया। वह नंगे फ़र्श पर थकी-सी घुटनों पर अपना स्याह चेहरा टिकाए बैठ गई। आँखों से मोटी-मोटी बूँदें टपटप फ़र्श पर टपकने लगीं। उसे देखकर मेरा मन पसीज गया। दिलासे भरे स्वर में मैं उससे बोली, "लक्ष्मी, क्यों एक शादीशुदा, पत्नीवाले पुरुष पर नज़रें गड़ाती है? किसी अविवाहित या विधुर को क्यों नहीं तलाशती?"

"अविवाहित पुरुष हम जैसियों की तरफ़ नहीं देखते। उन्हें कमसिनों की कोई कमी नहीं है। और...हमारे समाज में विधुर नहीं होते, केवल विधवाएँ होती हैं। मैं कहाँ से किसी अविवाहित या विधुर को खोजूँ?"

उसके प्रश्न का मेरे पास कोई जवाब नहीं था।

कुछ पलों के मौन के बाद लक्ष्मी ने बिना पलकों को उठाए, बड़ी सरलता से एक प्रश्न मुझ पर दाग दिया, "दीदी, आप मेरी दूसरी शादी करवा सकती हो?"

"अरे लक्ष्मी, यह तू कैसा प्रश्न कर रही है? यह तू मुझसे कैसी उम्मीद करने लगी है...? मैं कोई फ़रिश्ता नहीं हूँ..."

"आप इतनी अच्छी-अच्छी कविताएँ और कहानियाँ लिखती हैं..."

लक्ष्मी के भोलेपन पर मुझे कोफ़्त-सी होने लगी। "अरे लक्ष्मी तू कितनी अनजान है! तू क्या सोचती है...ऊँची इमारत में रहने से, रेशमी साड़ी पहनने से, थोड़ी अंग्रेज़ी

बोलने से, कविता या कहानियाँ लिखने से ही औरत आज़ाद हो जाती है? नहीं, लक्ष्मी, नहीं...इन सामाजिक बन्धनों से मैं भी मुक्त नहीं हूँ। मैं तेरी तरह ही लाचार हूँ, बेबस हूँ। कई मायनों में तेरे से कहीं अधिक..."

लक्ष्मी और मेरे बीच सन्नाटा छा गया। कई पल यूँ ही अन्यमनस्क से गुज़र गए। फिर चुप्पी तोड़ते हुए नपे-तुले शब्दों में मैं उससे स्पष्ट बोली, "लक्ष्मी, तेरे आड़े वक़्त पर तुझे दो-चार सौ की नक़दी, रेशम की इन चन्द पुरानी साड़ियों और तेरे बेटे को कैडबरी चाकलेट्स देने के अतिरिक्त मैं तेरे लिए और कुछ नहीं कर सकती। मेरी औक़ात, मेरी हैसियत बस इतनी ही है...।"

उस घटना के उपरान्त लक्ष्मी ने एक निरभ्र ख़ामोशी ओढ़ ली। मेरा भी अपना एक परिवार था, पेशा था, एक समाज था। लक्ष्मी के क़िस्सों को सुनते रहना, उसके व्यक्तिगत मसलों को सुलझाते रहना मेरी ज़िन्दगी का मक़सद नहीं था। फिर सच कहूँ... मुझे यह भी आभास होने लगा कि मैंने लक्ष्मी को बहुत मुँह लगा लिया है। वह मुझसे कुछ अनापेक्षित अपेक्षाएँ रखने लगी है। मुझे उससे थोड़ी दूरी बनाकर रखनी चाहिए।

समय अपनी रफ़्तार से गुज़रता गया...। मेरे शरीर का नाप-अनुपात तो वही रहा, किन्तु लक्ष्मी का बदन गदराता गया। मेरे ब्लाउज़, जो शुरू में उसके बदन पर झूलते-से थे, अब कसे-कसे से आने लगे। वह बहुत जल्दी ही एक छरहरी युवती से एक भारी बदन की महिला बन गई। परन्तु उससे भी अधिक परिवर्तन उसके बेटे पर आया। देखते-ही-देखते वह नन्हा, दुबला, शर्मीला बालक गठीले व्यक्तित्व का किशोर बन गया। मेरा उसे पढ़ाना सतत बना रहा। जब उसने दसवीं पास की तो मैंने व निर्मल ने मिलकर भाग-दौड़कर उसे बम्बई के एक टेक्निकल जूनियर कॉलेज में प्रवेश दिलवा दिया।

जब एक दिन लक्ष्मी मेरे सिर की मालिश कर रही थी पता नहीं क्यों मेरे मुख से वही प्रश्न सहसा फिर फिसल गया, "लक्ष्मी, तूने काफ़ी अरसे से अपने ब्वायफ्रेंड की बातें नहीं कीं।"

"अरे दीदी, मज़ाक़ छोड़ो...अब तो मेरे सर के बाल पकने लगे हैं। बेटा कालिज में पढ़ने लगा है। कुछ सालों में वह कमाने लायक़ हो जाएगा। फिर उसकी शादी हो जाएगी। बस...निकल गई ज़िन्दगी। जब से मेरा बेटा कालिज में पढ़ने लगा है मेरी बस्ती के लोग मुझे बड़ा मान देने लगे हैं। सुकेश की दादी भी अब मेरे और सुकेश के इर्द-गिर्द ही मँडराती रहती है।"

"तेरी देवरानी का हुआ कोई बच्चा?"

"नहीं हो पाया," वह एक ठंडी साँस भरते हुए बोली, "हो जाता तो अच्छा रहता...सुकेश का अपना कोई भाई या बहन कहने के लिए हो जाता। पर क्या करें कई बातें वैसी नहीं होतीं जैसा हम चाहते हैं।"

समय थोड़ा और बीता...हमारी ज़िन्दगी ने एकदम एक करवट ली। निर्मल ने डेनमार्क में एक नौकरी का प्रस्ताव स्वीकार कर लिया। हमारा निवास परिवर्तन होने लगा। प्रस्थान की तैयारियों से हमारा पूरा घर गूँज उठा। जब पूरा ही वातावरण स्पन्दित कर रहा था, एकमात्र लक्ष्मी पाषाण की भाँति स्थिर और मूर्ति की तरह ख़ामोश घर के कामकाज निपटाती। प्रस्थान की तैयारियों में हमारा हाथ बँटाती। हमारा फ़ोन हर दस मिनट पर

घनघना उठता। हमारे अधिकतर पड़ोसियों के फ़ोन अप्रत्यक्ष रूप से लक्ष्मी के लिए होते : "आप लोगों के जाने के बाद लक्ष्मी का क्या होगा। वह कहाँ काम करेगी? क्या वह हमारे घर काम करना चाहेगी?"

कई गृहस्वामिनियों को तो मैंने यह कहकर निपटा दिया कि इस विषय में लक्ष्मी स्वयं आपसे बात कर लेगी। लेकिन मिसेज़ डांडेकर से फ़ोन पर मेरी थोड़ी जम गई।

"सुना कि आप लोग यहाँ से जा रहे हो?"

"हाँ, निर्मल इंडिया से बाहर काम करना चाहते हैं। संयोग से डेनमार्क में एक अवसर मिल गया, सो जाने की सोच ली कुछ सालों के लिए।"

"और लक्ष्मी...?" क्या वह भी तुम लोगों के साथ जा रही है?

"अरे नहीं। वह हमारे साथ कैसे जा सकती है? उसका यहाँ अपना बेटा है, अपना एक परिवार है। फिर वीजा वगैरह का चक्कर..."

"मैं दरअसल लक्ष्मी को अपनी तान्या की देखभाल के लिए रखने की सोच रही हूँ। मैंने लक्ष्मी को कई बार पार्क में तुम्हारे बच्चों के साथ खेलते हुए देखा। तुम्हारा राहुल तो 'लक्ष्मी मौसी' कहकर उसके पीछे भागता रहता है। लेकिन उसके बारे में जो वह बातें सुनी थीं...कि उसके ब्वॉयफ्रेंड के फ़ोन आते रहते हैं...और वे उससे मिलने घर तक चले आते हैं...।"

"देखो निशा, लक्ष्मी ने पूरे पाँच साल हमारे घर में काम किया। न ही कभी हमारे घर उसके लिए कोई फ़ोन आया, न ही कभी उसका कोई फ्रेंड हमारे घर उससे मिलने आया। और यदि उसका कोई ब्वॉयफ्रेंड है भी, तो मैं इसमें कोई बुराई नहीं समझती। आख़िर मनुष्य की आवश्यकताएँ रोटी, कपड़ा और मकान तक तो सीमित नहीं रहतीं।"

"हाँ-हाँ, साहिति, तुम बिलकुल ठीक कह रही हो। हमें उसकी पर्सनल लाइफ़ से क्या मतलब...। ऐसा करना, लक्ष्मी को हमारे घर भेज देना बात करने के लिए।" मैंने लक्ष्मी की तरफ़ देखा। उसके काम करते हाथ रुक गए थे। वह एकदम स्थिर होकर फ़ोन पर होता हमारा वार्तालाप सुन रही थी।

बात ख़तम कर मैंने रिसीवर नीचे रखा। लक्ष्मी को निहारते हुए मैंने उससे चुहल की, "अरे भई लक्ष्मी, तू तो पूरी कैम्पस में बड़े डिमांड में है। सभी को तेरी ज़रूरत है।"

लक्ष्मी भावुक स्वर में बोली, "दीदी, इस शरीर को तो काम की आदत है। काम तो बहुतेरे मिलेंगे। काम की कमी नहीं है। कमी है तो अच्छे इनसानों की। अच्छे इनसान बार-बार नहीं मिलते।"

लक्ष्मी को रोते हुए मैंने कई बार देखा था। परन्तु उसका यह करुण क्रन्दन मैं पहली दफ़ा देख रही थी। वह बड़ी देर तक मेरी गोदी में अपना सिर टिकाए रोती रही। उसकी आँखों से झरते आँसू मेरे हाथों को भिगाते रहे।

अन्ततः वह क्षण भी आ गया जब हम अपने देश से एक अनिश्चित काल के लिए विदा ले रहे थे। विदाई देनेवालों के बीच लक्ष्मी और उसका बेटा भी खड़े थे। लक्ष्मी के मूक होंठ व अश्रुपूर्ण नयन उसकी वेदना, उसकी हमारे प्रति संवेदना का चीत्कार कर रहे थे। उसने अपने बेटे के कान में कुछ फुसफुसाया। उसका सोलह वर्षीय लम्बा-सा लड़का मेरे पैरों पर सीधे दंडवत् लेट गया। वह कई पलों के लिए उठा ही नहीं। सभी लोग इस दृश्य को हतप्रभ देख रहे थे। मुझे संकोच हो रहा था।

लक्ष्मी के उदास व ख़ामोश चेहरे को अपने स्मृतिपटल पर संजोये मैं वायु मार्ग से एक लम्बी दूरी तय करते हुए पृथ्वी के इस छोर आ गई—एक नये जीवन की जिजीविषा में। अध्यापन का अच्छा-ख़ासा अनुभव था मुझे, वह भी महानगरी बम्बई का। सो थोड़े ही प्रयास से मुझे एक इन्टरनेशनल स्कूल में अध्यापिका की नौकरी मिल गई। दोपहर में स्कूल की नौकरी बजा जब मैं एक थकावट लेकर घर लौटती हूँ तो पूरा घर अस्त-व्यस्त पड़ा मिलता है—सिंक में जूठे बर्तन, बिस्तर पर पड़े कम्बल-रजाई, इधर-उधर बिखरे कपड़े व अन्य चीज़ें। अपने इस उपेक्षित घर को देख मुझे लक्ष्मी का ध्यान बरबस आ जाता है। लक्ष्मी, क्या तुम हमारे घर में काम करनेवाली मात्र एक बाई थीं...? नहीं, तुम हमारे बिखरे घर को समेटती वह एक महत्त्वपूर्ण हस्ती थीं जिसने हमारी ज़िन्दगी को बिखरने से बचा रखा था। अगर, लक्ष्मी, तुम नहीं होतीं तो क्या निर्मल अपने पोस्ट डॉक्टरेट के लिए येल यूनिवर्सिटी जा पाते? मेरी अनुपस्थिति में क्या मेरे अबोध बच्चों को एक अच्छा संरक्षक मिल पाता?

लक्ष्मी, यहाँ हमारे पास सभी कुछ है मगर तुम नहीं हो। इस विकसित देशों में धन से कितनी ही अद्‌भुतकारी वस्तुओं को ख़रीदा जा सकता है किन्तु तुम्हारे जैसे सेवकों को यहाँ नहीं ख़रीदा जा सकता। तुमने हमारा जीवन कितना सरल बना रखा था! भारत में तुम जैसों की ग़रीबी पर हम जैसे लोगों की अमीरियत टिकी है।

लक्ष्मी, तुम्हारा वह प्रश्न मेरा पीछा यहाँ भी करता है। बार-बार तुम्हारा प्रश्न मेरे मस्तिष्क पर कौंध जाता है, "दीदी आप मेरी दूसरी शादी करवा सकती हो?"

लक्ष्मी, तुम बीस साल की भी नहीं थीं जब विधवा हो गईं। पुनर्विवाह करके तुम घर बसाना चाहती थी मगर सभी लोग तुम्हारे यौवन को यूँ ही ढलते देखते रहे। तुम्हारा दर्द समझने के बजाय तुम्हारा चरित्र जानने की कोशिश करते रहे। तुम्हारे चरित्र पर जब तब सरेआम फ़ब्तियाँ कसते रहे। तुम्हारे प्रश्न पर जब आज मैं अपनी ज़मीन से कोसों दूर बैठे मनन करती हूँ तो सोचती हूँ कि आज के बदलते हुए मानदंडों में तुम्हारा पुनर्विवाह असम्भव तो नहीं था। मगर किसी ने कुछ नहीं किया, मैंने भी नहीं...।

अर्चना पैन्यूली

Bryggergade 6, 2, 4, 2100 Copenhagen Denmark

टैडी बॅयर

अनीता गोपेश

प्रेम के पहले राउंड के बाद, वे दोनों थककर लस्त पड़े थे। आज उनकी सुहागरात थी। लड़की ने सोचा न था कि प्रेम इतना थकाऊ हो सकता है, तिस पर लड़का सुबह तक एक-दो राउंड और चलाने की बात कर रहा था। वह इसे प्रेम की तरह ही जानती आई थी। को-एजुकेशन के बावजूद, उसने कभी 'असल प्रेम' नहीं किया था, या यह कि उसके परिवार के बड़ों ने व्यवस्था कर रखी थी कि वह 'उस तरह के प्रेम' के चक्कर में न पड़ने पाए। उसे हमेशा बताया गया था—अच्छी लड़कियाँ मात्र पति से ही प्रेम करती हैं और वह एक अच्छी लड़की थी। इसीलिए उसे प्रेम के लिए एक अदद पति का बेसब्री से इन्तज़ार था।

टीवी या सिनेमा, बैन नहीं था उसके लिए , उसमें दिखाई पड़नेवाले प्रेम दृश्यों को देखती तो, अपने साथ के सबसे स्मार्ट और ख़ूबसूरत लड़के के साथ अपने को रखकर कल्पना की उड़ान भरने लगती, पर कल्पना, कल्पना ही रहती—हक़ीक़त में किसी लड़के के साथ सहज रूप से बात करने की उसकी हिम्मत न पड़ती।

अपने किलेनुमा घर के बड़े-से फाटक से वह एयरकंडीशंड गाड़ी में बैठकर निकलती, जिसकी खिड़कियों पर प्रिंटेड शीशे लगे होते, जहाँ भी जाती गाड़ी, मय ड्राइवर पूरे समय वहाँ खड़ी रहती और उसे साथ लेकर ही लौटती। कभी साथ की किसी लड़की को लिफ़्ट दे देती, और उसे रास्ते पर या रास्ते-से जरा-सा भी हटकर छोड़ने की बात कहती, तो घर का खूसट-सा पुश्तैनी ड्राइवर, जीतलाल उसे डाँट देता—"कॉलेज से सीधे घर लाने का आदेश है हमें। कहीं और ले जाने का नहीं।" किसी तरह वह "प्लीज जीतलाल" करके काम निकलवाती।

प्रेम-प्यार की बातें जितनी निषिद्ध थी घर में, उतनी ही फुसफुसाहटें थीं घर की औरतों में। घर का नौकर कभी-कभी सब्जीवाले झोले में 'वो वाला' वीडियो कैसेट भी ले आता, जिसे मर्दों के जाने के बाद घर की औरतें आवाज़ धीमी करके देखा करतीं। उसमें वह और उसकी छोटी बहन शामिल न हो पातीं। उसने 'ब्लू-बुक' बेशक देखी थी एक दिन, बॉटनी डिपार्टमेंट के पीछे, हरियालीवाले समस-हाउस में बैठकर, साथ की एक लड़की उसे प्रिंटिंग पेपर के डिब्बे में रखकर ले आई थी जिसके ऊपर गाढ़े हर्फों में लिखा होता था। 'डू नाट ओपेन इन लाइट' उस दिन वह बहुत बेचैन होकर लौटी थी। उसके बदन की क्रियाएँ उसके नियंत्रण के बाहर हो रही थीं और वह किसी से इस विषय में बात भी नहीं कर सकती थी। उस दिन उसकी दिली इच्छा हुई कि उसकी शादी जल्दी से हो जाए।

पिता तो उसके मासिक प्रारम्भ होने के बाद से ही लड़का खोजने लगे थे। दरअसल तब से अब तक सातेक साल गुज़र गए—उनके हिसाब से अब देर होने लगी थी। जैसे-जैसे समय बीतता गया उनका उतावलापन बढ़ता गया। अपने बिजनेस के सिलसिले में जहाँ जाते जैसे अर्जी-सी लगा आते बिटिया के लिए कोई वर सुझाने की। धीरे-धीरे बिजनेस किनारे होने लगा वह काम अपने दोनों भाइयों और बेटे के जिम्मे छोड़, वह लड़की के लिए उपयुक्त पात्र खोजने लग गए—उन्हें हर घड़ी लगता—कोने-अँतरे कहीं एक लड़का मिले, लड़की के हाथ पीले करें, तभी समाज में उनका मान बचेगा, वरना वह हर वक़्त ख़तरे में हैं। हालत यह थी कि उनका बक्सा हर समय तैयार ही रहता—कहीं किसी ने ठीक-ठीक लड़का बताया भगवान् जी को हाथ जोड़ा, मन्नतें माँगी और भागे।

लड़केवालों से बात होती, देखने का दिन-समय तय होता और घर में एक उत्सव का माहौल हो जाता। स्वागत-सत्कार में कोई कमी न होती। हर बार लड़की सज-सँवर कर सामने आती पर हर बार लड़केवाले किसी-न-किसी वजह से इनकार ही लिख भेजते।

दरअसल लड़की की हाइट बहुत कम थी। वह मंगली थी, रंग साँवला था, चश्मा लगाती थी। जिस पर कोढ़ में खाज यह कि उसकी पूरी शिक्षा बालिका विद्यालय और कन्या विद्यालय में हुई थी, किसी कान्वेंट में नहीं।

इन सारे तथ्यों की जानकारी उनके लिए रहस्योद्घाटन से कम न थी क्योंकि लड़की की पैदाइश से आज तक उन्होंने लड़की को अवयवों में बाँटकर इस तरह से नहीं देखा था। हर बार प्रस्ताव ख़ारिज होने पर वह इन सब बातों पर खीझ जाते—सबसे ज़्यादा अपने पर कि उन्होंने आज तक इन सब बातों पर ध्यान क्यों नहीं दिया था।

एक दिन पत्नी ने समझाया था उन्हें—"जब माँ-बाप दोनों नाटे हैं तो लड़की लम्बी कैसे होगी? फिर दुनिया में कहीं नाटे लड़के भी तो होंगे।"

और ये भी कि "जो चीज़ अपने बस में नहीं है उसके बारे में क्या सोचना—जो बस में है उसकी सोचो। उनका इशारा दहेज की सामर्थ्य पर था। पर पिता का ध्यान दूसरी तरफ़ गया—चश्मे की जगह, उन्होंने बिटिया को कांटेक्ट लेंस लगवा दिये और अब किसी को न बताते कि उसकी आँखें कमज़ोर हैं, अंग्रेज़ी सीखने के लिए 'दो महीने में सीखें-फर्राटे से अंग्रेज़ी बोलना' कोर्स ज्वाइन करा दिया।

फ़ैशन को अभी तक अभिशाप कहते थे वे पर उसे ब्यूटी पार्लर जाने और हाई हील सैंडिल्स, जीन्स आदि पहनने की, खुली तो नहीं, पर परोक्ष ढील दे दी थी; हाँ, लड़कों से बातचीत या मेलजोल की छूट अभी भी नहीं थी। वह तो लड़की की पढ़ाई के पक्ष में भी नहीं थे, पर चूँकि समाज में लड़कियों के पढ़ने का चलन हो गया था और सभी लड़कियाँ पढ़ रही थीं इसलिए उसे भी पढ़ने दिया जा रहा था। घर से सही वक़्त पर जाए और सही वक़्त पर वापस आ जाए। घर के लोगों की रुचि सिर्फ़ इतने में ही थी। उसकी पढ़ाई में किसी को रुचि नहीं थी। पढ़ाई के वक़्त वहाँ ऐसे ही थे जैसे बच्चों को खेलने के लिए खिलौना बाज़ार में महँगा-से-महँगा और नये-से-नया जो खिलौना हो, सब उसे मिलना ही चाहिए, वैसे ही पढ़ाई भी जो वह चाहे कर लेने दी जाए—शादी के बाद तो सब अपने-आप ही ठप्प हो जाएगा।

लड़की को स्वयं बहुत आश्चर्य हुआ था जब वह बी.एस-सी. में फर्स्ट आई थी। प्रिन्सिपल ने समझाया था—"आगे ज़रूर पढ़ना" पर पापा ने घर बैठा दिया था। पढ़ाई छुड़ाकर कुकिंग, बेकिंग, स्टफ्ड टॉय मेकिंग आदि का कोर्स ज्वॉइन करा दिया था। उसका घर अलग-अलग साइज के 'टैडी बॅयर्स' और 'मंकीज़' से भर गया था। यहाँ तक कि दोनों बहनों ने आदमक़द 'टैडी बॅयर्स' बनाए थे और रात में उनको ही बाँहों में लेकर सोती थीं।

और आज वह जीते-जागते इनसान के साथ सो रही थी—अन्ततः वह शादी-शुदा हो ही गई थी। ख़यालों में अनगिनत बार जिये अनुभव को जीवन में पहली बार जीकर लस्त पड़ी हुई है। प्रेम के इस राउंड के पहले ही पति ने आगोश में लेकर प्यार से उससे कबुलवाया था कि यह उसके जीवन का पहला अनुभव है। और फिर उतने ही गर्व से बताया था कि उसके लिए यह कोई नया अनुभव नहीं है। उसके जीवन में बड़ी सारी लड़कियाँ आती और जाती रहती हैं। उससे शादी तो उसने माँ-बाप का दिल रखने के लिए की है।

दरअसल वहीं से उसके शरीर की हरारत कुछ कम होने लगी थी। पर ऐसे में क्या करना चाहिए इस विषय में कुछ स्पष्ट न होने के कारण उसने न कुछ किया न कुछ कहा। पूरी प्रेम-प्रक्रिया में उसे जैसा साथ देना चाहिए था वैसा ही वह दे भी पाई थी या नहीं, कह नहीं सकती। पर प्रक्रिया समाप्ति के बाद वह जिस तरह निश्चिन्त, बेलौस सो गया था उससे उसने अनुमान लगाया कि सब-कुछ ठीक ही रहा होगा...अलबत्ता थकान के बावजूद, उसे नींद नहीं आ रही थी। पुरानी आदत है उसकी नई जगह पर आसानी से नींद नहीं आती...फिर यह घर...यह कमरा तो उसके लिए बिलकुल ही अनजाना है।

विदाई के बाद जब से इस घर में आई घूँघट में ही रही। हैरान थी वह इस बात पर कि दिल्ली जैसे इस महानगर में भी इतने दकियानूस लोग हो सकते थे। पापा ने तो अपने प्रान्त में इसीलिए उसकी शादी नहीं की थी कि उधर के लोग दकियानूस और पुराणपन्थी होते हैं। जब से आई है यहाँ कोई कपड़े निकाल देता तो कोई हाथ पकड़कर बाथरूम तक पहुँचा देता। इस बहाने सूटकेस और अलमारियों की चाभी भी उसके पास से चली गई। सारा दिन बातचीत से अच्छी तरह समझ गई वह, कि उसकी ज़िन्दगी में कोई गुणात्मक परिवर्तन नहीं आनेवाला...जो उम्मीद बची थी वह पति से ही थी... धड़कते दिल से रात का इन्तज़ार करती रही।

रात खाना खाने के बाद उसे उसके कमरे में ले आया गया—अच्छी तरह से देखना चाहती थी इस कमरे को। यह कमरा शादी तय हो जाने के बाद उसके पापा ने ही बनवाया था। साथ में ननदों की वजह से सिर झुकाए रहना लाज़िमी था। आँख नचाना तो सम्भव ही नहीं था, कपड़े बदलवाकर जिस पलँग पर उसे बिठाया गया, वह उसकी कल्पना के सुहागराती-पलँग से एकदम मेल नहीं खाता था। फ़िल्मों में देखे गए पलँगों की छवि आँखों में थी—यहाँ किसी ने कहीं फूल सजाने की भी कोशिश नहीं की थी, सिरहाने पलँग के एक्सटेन्शन पर दो गिलासों में दूध, एक प्लेट में मेवे और मिठाई ज़रूर रखे गए थे। उन सबने उसे दहेज में मिले बड़े से म्यूजिक सिस्टम में कोई सी.डी. लगा दिया। लाइट भी हल्की कर दी। कमरे के मुआयने के लिए बड़ी ननद आई तो उनकी ही-ही खी-खी बन्द हो गई।

"जब पति आए तो उसके पैर छू लेना" "जब थक जाओ तो दूध पी लेना और मेवा मिठाई खा लेना" "और हाँ सुबह दिन निकलने के पहले बाहर आ जाना" आदेशों की फ़ेहरिस्त अचानक थम गई। उनके भाई भीतर आ गए थे अचकचाहट में उठ भी नहीं पाई थी वह कि पलँग पर आ बैठे और दरवाज़े के बन्द होते ही उसे बाँहों में लेकर बिस्तर पर पसर गए। चेहरे पर जहाँ-तहाँ चुम्बनों की बौछार और हाथ बेसब्रपन से इधर-उधर जहाँ-तहाँ...ऐसी शुरुआत की कल्पना तो न की थी उसने, घबड़ा गई थी वह, साँस ले पाने की कोशिश में छटपटा गई। तब पति को शायद कुछ बातें करने की सुध आई...हाथ उसके ऊपर से ले जाकर म्यूजिक सिस्टम ऑफ़ किया, लैम्प के डिजाइन शेड छेदों से छनकर आ रही रोशनी को भी ऑफ़ कर दिया।

बाँहों का कसाव कुछ ढीला किया और पूछा, "कैसा लगा यहाँ? ख़ुश तो हो?" क्या कह सकती थी, "अच्छा लगा" के सिवा "कैसे लगे लोग मेरे घर के?" अगला सवाल—

"क्या कहूँ अभी..."

पति थोड़ी दूर हटा। "क्या मतलब?"

"मेरा मतलब मैं, अभी जान ही कहाँ पाई हूँ इन लोगों को।"

"वहाँ के लोगों को जानती थीं, अच्छी तरह?" यह कैसा सवाल, कुछ बुद्धि का कमज़ोर है क्या? "वहाँ तो एक जीवन गुज़ारकर आई हूँ, उन्हें नहीं जानूँगी।"

"कोई ऐसा भी था जिसे ज़्यादा ही जानती थीं?" लड़की सतर्क हुई—बुद्धि का कमज़ोर या कुछ ज़्यादा ही चालाक है। "मेरे जीवन में आप पहले पुरुष हैं। आपके पहले मैंने किसी को नहीं जाना" यही सुनना चाहता था वह...इक्कीसवीं सदी में क़दम रखता पति...पास लेते हुए प्रगल्भ भाव से पूछा, "यह तुम्हारी ज़िन्दगी का पहला अनुभव है?" उसके सीने में सिर छिपाते हुए लड़की ने सिर हिलाया "हूँ"।

"और आपका?" न जाने क्या सोचकर पूछ बैठी लड़की।

"नहीं मेरा पहला अनुभव तो नहीं है, असल में कॉलेज में कोएड था...फिर मैं लड़कियों में बहुत पॉपुलर था, लड़कियाँ आती जाती रहती थीं लाइफ़ में"—उसने भी कोएड पढ़ाई की है, बता सकती है, क्या इसको? लड़की ने सिर दूर ले जाकर गहरी निगाहों से देखा—क्या उसका पति इतना सुन्दर है...किसी प्रेमिका की निगाह से देखने की कोशिश की उसने।

"क्या घर पर लोगों को मालूम है?"

"उन्हें मालूम करके क्या करना! तुमने पूछा तो मैंने ईमानदारी से बता दिया।" उसकी ईमानदारी कुछ अच्छी नहीं लगी लड़की को।

"दरअसल मैं प्रेम-व्रेम के चक्कर में नहीं पड़ता था, मुझे मालूम था कि मुझे शादी वहीं करनी है जहाँ मेरे माँ-बाप कहेंगे।" समझदार की तरह जवाब दिया उसने लड़की को। उसकी समझदारी भी कुछ अच्छी नहीं लगी...भीतर-ही-भीतर कुछ बदलता-सा महसूस हो रहा था। सारी आँच जो इतने दिनों से जमा कर रखती आई थी उस पर पानी के छींटे से पड़ रहे थे और अब गर्माहट कम, धुआँ ज़्यादा लग रहा था...बातों का असर कुछ अच्छी तरफ़ जाते न देख लड़के ने जैसे किसी बदहवासी के आलम में उसके सारे कपड़े, उसको उलटते-पुलटते, उतार फेंके। अपने कपड़े भी जल्दी-जल्दी उतारे और

अपने-आपको लहरों की उठान को सौंप दिया। लड़की की छोटी-सी काया को, उसके लम्बे-तगड़े शरीर ने पूरा छाप लिया। लड़की का शरीर उन उत्ताल तरंगों को छू न पाया फिर भी वह थककर चूर हो आई, नींद फिर भी नहीं आ रही थी।

पति की टाँग और बाँह, लड़की के शरीर पर कुछ ऐसे पड़ी थी कि लड़की हिल नहीं सकती थी...सिर्फ़ निगाहों और गर्दन की हरकत से ही बाहर से छनकर आती रोशनी में कमरे पर एक आराम की निगाह डाली...सामने, दरवाज़े के ऊपर ठीक बीचोबीच वॉल क्लॉक मामा जी ने दी थी, घड़ी ही हमेशा उपहार में देते आने से उनका नाम ही 'घड़ीवाले मामा जी' पड़ गया था।

दाहिने हाथ के कार्नर में बेहतरीन मॉडल का टी.वी. उतने ही बेहतरीन कैबिनेट में रखा हुआ है, बायीं तरफ़ की पूरी दीवार से लगकर लकड़ी की शेल्फ और अलमारी है, शेल्फ के बीचोबीच म्यूज़िक सिस्टम, उसके दोनों ओर ऊपर के शेल्फ पर स्पीकर्स—यह बड़ी बुआ ने दिया था। ऊपर की रॉड में बीचोबीच हैंगर पर टँगा गुलाबी रंग का नाइटी ग़ाउन का सेट—भाभी बम्बई से लेकर आई थी—ननदें उसे निकालकर रख गई थीं कि ज़रूरत पड़े तो वह उसे पहन ले।

सामने छत की दीवार के बीचोबीच झूलता शैंडलियर जो भइया फिरोज़ाबाद से आर्डर देकर बनवाकर लाए थे इसे तो अभी तक वह देख ही नहीं पाई थी...पलँग, उसके पति ने अपनी पसन्द से बनवाया था, जिसका पैसा उसके घरवालों ने दिया था। बाहर डाइनिंग टेबिल और ट्रंक वगैरह पड़े थे जिन्हें रखने की घर में जगह ही नहीं थी, दाहिनी तरफ़ सोफ़ा, नीचे क़ालीन...सिरहाने रखे चाँदी के गिलास जिसमें दूध रखा ही रह गया...चाँदी की प्लेट-गिलास सब तिलक में आए बर्तनों में से निकाला गया था, प्लेट में रखी मिठाई-मेवे विदाई में उसके साथ आए थे। गोदरेज की आलमारी की जगह दीवारों में 'इन-बिल्ड अलमारियाँ' बनवाई थीं खड़े होकर उसके चाचा ने...और उसके रहने के लिए यह कमरा, अटैच्ड बाथरूम, उसके घरवालों ने ही बनवाया था उसके लिए—क्योंकि इस घर में कोई कमरा ही नहीं था जिसमें वह रह पाती।

शादी की बात किसी मध्यस्थ ने की थी—हर बार की तरह लड़की देखने की बात तय हुई थी। उसे साथ लेकर माँ, पापा, ताऊ, भइया और भाभी आए थे—दिल्ली महानगर के एक पॉश इलाके में फ्लैट देखकर उनकी तबीयत ख़ुश हुई। अन्दर जाकर और भी आश्वस्त हुए वे—सोफ़ा, परदे, डाइनिंग टेबिल, लेटेस्ट मॉडल का फ्रिज, साज-सजावट, नौकर-चाकर सब-कुछ ठीक वैसा ही जैसा कि उनकी बेटी के लिए चाहिए था। शादी तय हुई। अगले ही दिन होटल लेकर मँगनी की रस्म निपटा दी गई। शादी की तारीख़ भी तुरन्त की ही निकल आई थी, पर अचानक दादी के गुज़र जाने से उसे बरसी तक टालना पड़ा। ज़्यादा रुकना न पड़े इसलिए बरसी जल्दी ही उठा दी गई थी। बीच में चाचा का दिल्ली जाना हुआ। लड़की का ससुराल ठहरा—हाजरी देना मय मिठाई शगुन के कैसे ना करते, पर जिस पते पर देखना-सुनना हुआ था वहाँ पहुँचे तो पता चला वह किसी और का घर था। मकानदारों ने ही बताया कि वे लोग तीन-चार महीने के लिए अमेरिका अपने बेटे के पास जा रहे हैं। शर्मा जी ने आग्रह करके घर की ज़िम्मेदारी ले ली थी। दिल्ली जैसे शहर में घर खाली छोड़ना आजकल मुश्किल हो गया है। कोई परिचित ज़िम्मेदारी ले ले तो क्या बुरा है?

चाचा दिल्ली से ताव खाए लौटे, तुरन्त शादी तोड़ो। कंगलों के यहाँ लड़की नहीं देनी अपनी।"

ताऊ ने ही शान्त किया उन्हें, "शादी तोड़ने की बात बेवकूफ़ी है, सगाई हो चुकी है। ...फिर मकान नहीं है तो क्या हुआ! लड़का कम्प्यूटर इंजीनियर है, जहाँ नौकरी करेगा, वहीं मकान भी मिलेगा...।"

"काम करेगा...अभी करता नहीं है...और कम्प्यूटर इंजीनियरिंग की डिग्री ली है नौकरी नहीं करता अभी...ढेरो इंजीनियर चप्पल चटकाते घूम रहे हैं भारतवर्ष में... इतने इंजीनियरिंग कॉलेज खुलते जा रहे हैं कोने-अँतरे, पैसा देकर इंजीनियर बन जाता है कोई भी..."

ताऊ ने हिम्मत करके जवाब दिया, "बुरा-ही-बुरा सोचने की आदत है तुम्हें। उसके पास विदेश के तीन ऑफ़र हैं। क्या पता हमारी बिटिया का भाग्य ज़ोर मारे। इधर शादी हो उधर कहीं बाहर ही निकल जाए।

"...और फिर नहीं भी जाए तो इतनी जान-पहचान है तुम्हारी गाजियाबाद, फरीदाबाद, गुड़गाँव में, कह देने से नौकरी यूँ मिलेगी उसे यूँ।" चुटकी बजाते हुए जवाब दिया था ताऊ ने। कमरे के भीतर बहस सुनती लड़की को लगा था, ताऊ उसे कितना प्यार करते हैं...

पर चाचा फिर बोले, "और घरवा उसका क्या करेंगे? जाकर देखेंगे भी कि नहीं—उसका घर-दुआर है कि नहीं...और है तो उसमें हमारी बिटिया के रहने लायक़ कोई ठिकाना भी या नहीं?"

अगले ही दिन ताऊ चले गए थे और दो-तीन दिन बाद लौटे तो काफ़ी कुछ आश्वस्त हो चुके थे। बताया था उन्होंने, "शहर के पुराने हिस्से में हैं, पर उनका पुश्तैनी मकान है। लड़की के लायक़ कमरा अभी तो नहीं है, पर ऊपर जगह मज़े की है जिसमें एक कमरा विद अटैच्ड बाथरूम-लैट्रिन आराम से बन सकता है।"

"हम काम शुरू करवा आए हैं, आगे छुटकू को भेज दो। उन्हें आइडिया है, खड़े-खड़े बनवा दें। हमारी लड़की को ही रहना है, बनवा देने में हर्ज ही क्या है। इसके एवज़ में तिलक में पैसा कम करने की बात पर बड़ी कहा-सुनी हुई। कैश तो कम किया गया पर गाड़ी देने की बात बनी रही।"

लड़की ने प्यार से इस कमरे पर भरपूर नज़र दौड़ाई—सारी साज़-सज्जा, चाचा की रुचि की थी, पर यह क्या...देखते-देखते जैसे उसके पेट में एक हौल-सी उठने लगी—भादों के उमड़ते बादलों की तरह एक एहसास उसे अपनी पहुँच में लेने लगा...।

वह कमरा, उसके घरवालों के पैसे से चाचा का बनवाया हुआ। सोफ़ा, पलँग, म्यूजिक सिस्टम, टी.वी., रेफ्रिजरेटर, डाइनिंग टेबिल, कपड़े गहने उसकी तरफ़ से मिले हुए। जिस कार पर बैठकर इस घर आई—पिता की दी हुई, बिस्तर, क़ालीन, वाशिंग मशीन, बर्तन जो सिरहाने रखा रह गया सब-कुछ तो उधर से मिला हुआ है तो यहाँ इस यहाँ का क्या है? गहने जो इधर से चढ़े थे, वे भी सुबह उतारकर रख लिये गए। जहाँ तक दिमाग़ जाता है सब-कुछ उधर का, तो यहाँ का क्या है? यह...यह आदमी...जो बग़ल में लेटा है, गले में सोने की चेन, हाथ में घड़ी और उँगली में हीरे की अँगूठी पहने...वह? इसी एक आदमी को पाने का सपना देखती रही थी इतने दिनों?

यह आदमी जो जीवन में सब-कुछ कर चुका है—एक शादी के सिवाय! और जो उससे अक्षतयोनि होने का आश्वासन भी चाहता है...कुछ ज़्यादा महँगा नहीं पड़ा क्यों?

हैरान हुई अपने-आप पर...आज तक उसने इस तरह क्यों नहीं सोचा? क्या अजब व्यवस्था है यह...जिसमें एक लड़की के सुखी जीवन के लिए उसकी तरफ़ के लोग जीवन का सारा समान जुटाएँ...लड़की भी दें और सिर भी झुकाए रहें, और दूसरा पक्ष लड़की की सुरक्षा का, सुरक्षित जीवन का आश्वासन भी न दे! अचानक उसे लगा वह नितान्त अजनबियों के बीच निहायत असुरक्षित पड़ी है। उसे अपने घर का अपना कमरा, अपना बिस्तर याद आया...और उस पर लेटा हुआ आदमकद 'टैडी बॅयर', जो उसे तोहफ़े में मिला था जन्मदिन पर। उसे लगा 'टैडी बॅयर' ही आज भी उसके साथ है वहाँ का, उसके खेलने के लिए। यहाँ वह ख़ुद उसके खेलने का समान बनी हुई...

उसने करवट बदली—सिरहाने दूध के गिलास वैसे ही रखे थे पर पानी नहीं था। थकान बहुत थी शरीर की हरकत से कम, दिमाग़ी उठा-पटक से ज़्यादा, पर दूध पीने का मन नहीं हुआ।

बग़ल में 'टैडी बॅयर' कुनमुनाया। उसके हाथ ने फिर खेलना शुरू कर दिया था बदन पर। इस बार हाथ का चलना कुछ मुलायमियत लिये हुए था, पर लड़की के शरीर से हरकतों का जवाब नहीं बन पा रहा था। उसने कोशिश भी नहीं की...लड़के को थोड़ा आश्चर्य हुआ, गर्दन उठाकर लड़की के चेहरे की ओर देखा। उसे अपने स्टेमिना पर थोड़ा गुमान भी हुआ...हर किसी के बस की बात नहीं है—फिर लड़की तो थकी हुई भी है—घर की याद भी आ रही होगी, "नाट रेडी फॉर सेकेंड राउंड?"

"नहीं! बिलकुल नहीं।" लड़की के स्वर में थकान नहीं, झिझक भी नहीं, एक निर्णयात्मक दृढ़ता-सी थी जिससे लड़का थोड़ा हतप्रभ हुआ। इससे पहले कि कुछ और कहता लड़की ने अपने-आप को उसकी बाँह से छुड़ाया। हाथ बढ़ाकर हैंगर में टँगी नाइटी और गाउन उठा बाथरूम में चली गई।

खंड-6

उपन्यास अंश

चाक

मैत्रेयी पुष्पा

"अम्मा, मास्साब बुला रहे हैं।"

चन्दन हाथ में गिल्ली-डंडा थामे चौके में आ खड़ा हुआ।

सारंग पतीली में हींग-जीरा डालने की तैयारी में थी। सुनते ही उसका हाथ हिल गया और जीरे के दाने इधर-उधर बिखर गए। गर्म तेल आग पकड़ लेता है, यकायक उसने सोचा और जलती लकड़ी चूल्हे से बाहर की ओर खींच दी।

"कहाँ? यहाँ आए हैं मास्साब कि स्कूल में ही?"

"भँवर चाचा के घर," कहकर चन्दन भाग गया।

सारंग को झुँझलाहट चढ़ी—यह लड़का तो खेल में बरबाद हो गया। ठहरा तो नहीं कि कुछ तसल्ली से बताता। क्यों बुला रहे हैं भँवर के घर? क्या हो गया ऐसा? सारंग को आलू छौंकने दुश्वार हो गए। अभी तो रोटी बनानी है। बताओ, यह समय है कहीं आने-जाने का? श्रीधर भी...और देखें न ठौर!

कहीं तबादला तो नहीं हो गया? या कोई पकड़ा गया? बुरे-बुरे ख़याल आ रहे हैं। रंजीत न जाने कब रोटी खाने आ जाएँ? सुधि-बुधि भूले हुए हैं आजकल। चुनाव का चस्का भी आदमी को कहीं का नहीं छोड़ता। भगवान् ही मालिक है हमारी गृहस्थी का।

सारंग लाख टालना चाहे, श्रीधर की बात पर देर-सबेर करना उसके बस का नहीं। पतीली रीती ही उतारकर धर दी ज़मीन पर, चूल्हे की लकड़ी निकालकर पानी डाल दिया।

जा पहुँची भँवर के घर।

घर में कोई नहीं। कहाँ चले गए सब? "भँवर!" उसने आवाज़ दी।

"आ जाओ, आ जाओ यहाँ," दाईं ओर के कोठे में से आवाज़ आई।

हलके अँधेरे ओर ठंडक भरे कोठे में घुसते ही सारंग ने सवाल किया, "यहाँ बैठे हो! क्यों? दुवारी-दालान में नहीं? क्या बात है?'

वह धूप में से आई। सब-कुछ साफ़ नज़र नहीं आ रहा।

"आओ बैठो यहाँ।"

"तुम मेरे लिए आसन तैयार किए धरे थे?" हँस दी सारंग। "मैं बैठूँगी भला खाट पर? अभी तुम्हारी अम्माँ आ जाएँगी। सत्रह नाम धरेंगी।" वह इधर-उधर बोरा टटोलने लगी। भँवर खाट पर पीछे सरक गया। सारंग को बाँह पकड़कर बराबरी पर बिठा लिया। वह भी सिरहाने की ओर, जहाँ एक कोने पर श्रीधर बैठे हैं। तनिक सकुचा-सी गई सारंग।

"कैसे याद किया लल्लू? मैं काम छोड़कर आई हूँ।"

कोठे में मौन छाया रहा। मौन में से आशंकाएँ उठने लगीं। सारंग को बेचैनी-सी हो रही है। "दिन चढ़ते का बखत है भँवर, तुम दोनों सोच क्या रहे हो? मेरी तो समझ में नहीं..."

श्रीधर ने बात शुरू की, "एक बात पर विचार करना था। सोचा हमने कि तुम भी विचार करो। विचार क्या, यह तो करना ही है। जो करना चाहिए, करना पड़ेगा।"

सारंग को हँसी आ गई, "तुम दोनों को कुछ हो गया है क्या? कहीं भाँग-वाँग!"

"तुमको करना ही होगा सारंग।"

"क्या? क्या? क्या करना होगा? किसी का कतल करना है सो साफ़-साफ नहीं बोल पा रहे? पहेलियाँ मत पसारो। कहो जल्दी। मुझे जाना है घर। रंजीत आ जाएँगे।

"सारंग चुनाव में खड़ी होना है तुम्हें।"

"वह एकटक देखती रह गई। फिर बोली, "क्या? क्या कहा?"

"सारंग खिलखिला पड़ी। हँसी रुकी तो बोली, "क्या विचार! शाबाश!"

भँवर खिसियाया-सा देखता है।

"श्रीधर का चेहरा सख़्त हो गया, रुखाई से बोला, "हँसकर मत टालो।"

"तो?' सारंग को ख़ुद को बचाने का मार्ग नहीं सूझ रहा।"

मास्टर एकटक देख रहे हैं सारंग को। निगाहें रूखी होती चली जा रही हैं, लगा कि उनकी आँखों से गर्म हवा के थपेड़े आने लगे। "ठीक है, मुझे बोलने का हक़ नहीं। बाहरी आदमी हूँ। ऊपर से यह भी कह दोगी कि...तुम मुझे उजाड़ने पर तुले हो। फिर भँवर से बात कर लो। मैं चला जाता हूँ यहाँ से।"

सारंग के भीतर ठंडी-सी लहर दौड़ गई, अंगों को सुन्न करती-सी लहर! ऊपर से भँवर चोट करने लगा, "मैं तो ऐसा सोच भी नहीं सकता था कि भाभी इस तरह... गाँव-भर की चिन्ता क्या दिखाने के लिए करती हो? मरी जाती हो छोटी-सी बात को लेकर, अब जब इतना बड़ा मुद्दा है तो हँसकर टालना चाहती हो?"

पहले शरीर ठंडा हुआ, अब पसीना आने लगा। सारंग की बेचैनी...यह क्या हो रहा है? भँवर और श्रीधर का दिमाग संग-संग फिर गया? या खिझा रहे हैं यों ही?

"तुम नहीं करती थीं बड़ी-बड़ी बातें? क्या कहती थीं, याद है तुम्हें? कि भँवर , अब तक हम मरने के लिए जीते रहे हैं, अब जीने के लिए मरेंगे। सकुच और दुविधा ही मार डालती है हमें। इस विष को ख़तम करें तब तो जी पाएँ।"

"हद है भँवर! तुम मुझे सोचने तो देते," कहकर भँवर की ओर देख रही थी कि कनखी से श्रीधर को देख लिया—चुभता हुआ-सा अक्स कोंचने लगा उसे।

वे धारदार बोली बोल रहे हैं, "जमाना कहाँ से कहाँ चला जाएगा, तुम सोचती रह जाओ। यह तो वही बात हुई कि जबड़ा फाड़े सामने खड़े बाघ को देखकर घर से हथियार लाने की सोचो।"

"इतना मत कसो श्रीधर," तड़प उठी सारंग।

"ठीक है, मैं तो ढीला क्या तुम्हें बिलकुल ही छोड़ता हूँ, दूसरे लोग काँटों में खचेड़ेंगे तब?" कहकर ऐसे देखा ज्यों "तुम इनसानियत के नाम पर ठंडी और नकारा हो" जोड़ना चाहते हों।

"अरे! रंजीत के ख़िलाफ़ खड़ी हो जाऊँ? औरतों में मैं ही बची हूँ? बड़ी बहू, लौंगसिरी बीबी, भँवर की बहू किसी को खड़ा कर दो, काम तो मैं करूँगी ही। मेरी तबाही होगी तभी तुम खुश..."

श्रीधर के होठों पर विष फैल गया हो जैसे, जहराकर बोले, "तुम सोचती हो कि मैं और भँवर तुम्हारी चिरौरी करें, हा-हा खाएँ कि सारंग तुममें ही योग्यता है, साहस है लियाकत है इसीलिए तुम ही..."

उसकी आँखें डबडबा आईं। पलकें उठाकर देखना दुश्वार...रोकर कमज़ोर भी नहीं दिखना चाहती। आँसुओं को कंठ में भरे रही। भर्राई हुई आवाज़ में बोली, "तुम दोनों से मेरी हालत छिपी नहीं है। रंजीत कब से लगे हैं। उनको अगर मिला कुछ तो कितनी मुश्किल से मिलेगा। जिन्दगी में बेक़ीमत इनसान होकर जीना ही तो तोड़ रहा है रंजीत को। बारह साल बाद उनके जीवन में बदलाव की घड़ी आई है।"

"भाभी, इस तरह की बातें करके हमारे इरादों पर पानी न फेरो। तुम भी जानती हो कि रंजीत भइया कितने पानी में हैं। हमारे मुँह से क्यों सुनना चाहती हो?"

"भँवर, मेरे लिये हमदर्दी जताकर उनकी गैल में काँटे न भरो। तुम क्या यह नहीं ज़ानते कि वे तुम्हारी तरह से ज़िन्दगी को देखनेवाले नहीं। नौकरी न मिलने की बात को तुमने फ़ख़्र बना लिया किसानी में रमकर।...पर रंजीत को भीतर-ही-भीतर वही बात खोखला करती रही।" सारंग के होंठों पर निर्दय मुस्कराहट आ थमी।

"मैं कब कह रहा हूँ कि तुम ग़लत कह रही हो? जानता हूँ, भइया ने इस कारण अपनी पढ़ाई-लिखाई बेकार नहीं मानी, ज़िन्दगी बेकार मान ली। और तभी हुआ यह हश्र। कोई झूठे को, बहकाने को भी पूछ ले उसी के ग़ुलाम हो जाते हैं।...तुम्हीं बताओ, उन्हें मिलेगा कुछ? मिला भी तो वह हमारे-तुम्हारे काम आएगा?" भँवर लगातार उसके मन पर दस्तक दे रहा है।

"मुझे नहीं पता। मिले-न-मिले। पर मैं क्यों बाज की तरह झपट्टा मारूँ?"

समझाना चाहते हैं श्रीधर।

चलने को तैयार हैं सारंग।

"रुको।"

"मैं चाहूँगी नहीं, फिर भी...?"

श्रीधर परेशान से हो आए, "लेकिन मैं चाहता हूँ। भँवर चाहता है, यह गाँव चाहता है, और चाहती हैं सारी औरतें। तुम्हारे लिए, तुम्हारे माथे पर ताज धरने की बात कोई नहीं सोच रहा। सिर्फ़ गाँव के लिए...प्रधानी नहीं; सेवकाई करोगी तुम।"

वह जड़ और खुन्न-सी बैठी है—गुमसुम।

"यह बताओ, जब घर-परिवार में औरत का दख़ल हो सकता है, तो राजकाज में क्यों नहीं? तुम पढ़ी-लिखी हो, ख़ूब जानती हो हमारे संविधान में औरत को बराबरी का दर्जा मिला है। तुम कब तक औरत के पत्नी होने की दुहाई देती रहोगी? मैं निमित्त बनूँगा तुम्हारे खड़े होने का। भले कितना ही रोको। उसी तरह का निमित्त जैसे कुम्हार घड़ा बनाने का होता है। तुम्हें प्रधान बनना होगा—हर हालत में।"

सांरग की आँखों में अनकहा दर्द घुमड़ने लगा। श्रीधर नहीं जानते गृहस्थ क्या होता है? ब्याह हुआ न घर बयाया। सम्बन्धों की गहराई क्या समझें? निभाने की मजबूरी कैसे समझें? सारंग ने सिर झटक दिया झुँझलाकर।

"तुम क्या सोचती हो, मैं शादीशुदा नहीं तो रिश्तों की गूढ़ता नहीं समझता? सब जानता हूँ। और जानने के बाद यह भी कहता हूँ कि उठो तुम, तुम्हारी जैसे दृढ़ स्त्री

का अनुसरण पूरी औरत-जाति करेगी। मैं किताबी बातों पर अन्धे की तरह विश्वास नहीं करता, इसलिए कोई उदाहरण देना बेकार है। व्यावहारिक बात करना चाहता हूँ। तुम अपने हाथ-पर-हाथ धरकर बैठे रहने को रंजीत के लिए प्रेम का पिटारा मान रही हो न, इसे तो दुश्मनी ही कहूँगा मैं। अपने स्वार्थ में सुरक्षा की ख़ातिर, आराम और सुख में खलल न पड़ने के लाहक से रंजीत के सामने आकर अपना रास्ता खोटा नहीं करना चाहतीं। वरना आगे बढ़कर उनके हाथ घटनेवाला दुखदाई प्रकरण खींच लेतीं।"

श्रीधर भाषण देने लगे कि उस पर नुकीले-से-नुकीले शब्दों की वर्षा करना चाहते है। काश वह अनपढ़ होती। समझती ही न श्रीधर के बोले हुए शब्दों के अर्थ।

"तुम्हारे भीतर प्यार है तो बाँट दो ज़न-जन में। बाँटोगी तो बाहर भी निकलोगी। प्यार बाँटनेवाले आदमी के पीछे तो लोग ख़ुद-ब-ख़ुद चल देते हैं।"

"मेरा मुकाबला मेरे पति से होगा श्रीधर!" चीख की लय में आवाज़ निकली।

एक दिन!

दो दिन!! श्रीधर रोज़-रोज़ समझाते हैं। सारंग को। जहाँ मौक़ा मिले वहीं।

"हठी हो तुम सारंग।"

"हठी मत कहो मुझे। तुम्हारे राजधर्म-नारीधर्म हमारे काम के नहीं। मैं रंजीत को दुःख नहीं देना चाहती, यह पतिधर्म नहीं, इनसानी धर्म है—मानव धर्म। कुछ धर्म ऐसे ही होते हैं, तुम्हारे विचार से बेड़ियाँ, हमारे चलते सुख-शान्ति। इतना समझ लो कि ढीली बेड़ी ही पाँव ज़्यादा काटती है। मैं अपने घर इसी हैसियत से रह सकती हूँ, बस। ज़्यादा कुछ करूँगी तो घर की बहू होने का हक़ भी छीन लिया जाएगा।"

"बाबा से मशवरा किया है कभी?" श्रीधर बार-बार घेर रहे हैं।

"मशवरा करने की ज़रूरत है? कोई बाप अपने बेटे पर बहू को सवार देखना न चाहेगा। और फिर बाबा दुनिया का मुँह तो नहीं पकड़ लेंगे। लोग रास्ता चलते 'तिरिया चरित्र न जाने कोई/खसम मारके सत्ती होई' वाली कहावत हमारे ओसारे के सामने गुनगुनाएँगे। मुँह छिपाने को ठौर बचेगा बाबा के लिए? श्रीधर उनके बुढ़ापे में खाक..."

मास्टर के चेहरे को चिड़चिड़ाहट ने घेर लिया। वाणी कठोर हो गई, "लोग क्या कहेंगे, क्या नहीं कहेंगे, इसकी चिन्ता है तो बन्द करो रेशम, गुलकन्दी और गुरुकुलवाली शकुन्तला, शारदा के बारे में सोचना! विलाप करके क्या दिखाना चाहती हो? यही कि तुम हाय-हाय करके मरी जा रही हो उनके दर्द में? तरस के टोकरे भर-भरकर आँगन में गाड़ लो, क्या मिलनेवाला है? सतियों के सिंहासन पर देवी की तरह पधराई जा सकती हो, लेकिन पुरुषों की बराबरी में जगह पाना...असम्भव! 'बराबरी' शब्द खतरों की ईंटों से बना है, इसे हासिल करना...मेरे ख़याल में साहस दुनिया की अमूल्य चीज़ है।"

श्रीधर अपनी बात कहते हैं कि कठोर भाषण के ईंट-पत्थर बरसाते हैं? वह तिलमिला गई। प्रश्नाकुल आँखों के सामने जवाबों के ढेर लग गए। लगा कि—मेरे हालात के माफ़िक़ नहीं पड़ रहीं श्रीधर की बातें, लेकिन ग़लत तो नहीं। पता नहीं उनकी बात पूरी होगी या टालनी पड़ेगी। लेकिन यह मुद्दा रंजीत की आत्महत्या का पैगाम सिद्ध हो सकता है। उन्नति, तरक़्क़ी, ग्राम कल्याण—बोलने में अच्छे-अच्छे शब्द हैं, लेकिन मेरे लिये अशुभ। निजी बन्दिशों को मौक़ा देखकर तोड़ना एक बात है, पर पति

को सरेआम बेइज़्ज़त करना...? श्रीधर मुझको 'दुमुँही' की संज्ञा दे सकते हैं, लेकिन इकहरा होता है कोई आदमी? माना कि पति कोड़े बरसाता है हम पर, लेकिन हम औरत...सारंग की आँखें भर आईं। हे भगवन्, आगे क्या होगा? वह घुटनों में मुँह देकर बैठ गई।

श्रीधर सारंग की हालत देख रहे हैं। ये लक्षण शुभ नहीं। चन्दन आँगन में बैठा कुछ पढ़ रहा है, मास्टर हाथ पकड़कर या किसी अतिरिक्त निजी भाव से सारंग को बहलाने-मनाने के नहीं। आँसू पोंछना भी जुर्म में शामिल कर लिया जाएगा। वे तनिक आगे को सरक आए और हलके से उसका घुटनों में गड़ा सिर उठाया, "सुनो, मैं चलता हूँ। इन बातों का ध्यान रखना—ग़रीब को धन के लिए, निर्बल को बल के लिए और अज्ञानी को ज्ञान के लिए संघर्ष करना पड़ता है, यह शास्त्रों में लिखी प्रामाणिक बात है। यदि ऐसा नहीं होता तो इनसान और पशु में कोई फ़र्क़ नहीं। ये कोशिशें कोई बुरी बात तो नहीं। किसी शिकंजे से आजाद होना गुनाह नहीं सारंग! इसलिए तुममें जो योग्यता है, उसको बेकार न जाने दो। यह क्यों मानने को तैयार नहीं होतीं कि तुम रंजीत से ज़्यादा कुशल हो, ज़्यादा समझदार हो, ज़्यादा साहसी हो, ज़्यादा व्यावहारिक और ज़्यादा दृढ़ हो? इसलिए जिस काम में रंजीत असफल हो रहे हैं, तुम करने खड़ी हो जाओ।

"कल पर्चे भरे जाएँगे। मैं इसलिए आया था कि तुम्हारा इरादा कच्चा न पड़ जाए।" कहकर श्रीधर तेजी से निकल गए चन्दन के सिर पर हाथ धरकर!

कल पर्चा! सारंग काँप उठी।

रंजीत का चेहरा जैसे ही आँखों के सामने प्रकट होता है—मन में हलचल मच उठती है। नज़रों में अँधेरा छा जाता है और वह उस दमघोंटू घड़ी में उजाले की एक लकीर खोजती फिरती है यहाँ-वहाँ...

बाबा आते हैं आँगन में बार-बार। क्या कहना चाहते हैं बाबा? यही के मेरे बेटे को दुःख मत देना सारंग। वह टूट जाएगा री। मिट जाएगा। उसकी गली में अँधेरा मत भरना...मैं उसे भटकते देखना नहीं चाहता। मुझ बूढ़े की लज्जा रखना बेटी!

यदि यह नहीं कहना चाहते तो आज तक उन्होंने अपनी रजामन्दी का ऐलान क्यों नहीं किया? किया होगा श्रीधर से, मुझसे तो कुछ नहीं कहा।

बाबा फिर आ गए। खड़े रहे कोठे की देहरी पर। छाया-सी दीख रही है।

यहाँ तक कभी नहीं आते बाबा। सदा आँगन से ही लौट जाते हैं। खाना हमेशा बाहर ही खाया। नहाये भी बाहर ही। लेकिन आज...क्या मंशा है बाबा की? उसकी देह में काँटे उग आए। बाबा मना करेंगे? मना करेंगे तो वह मान जाएगी? ख़ुद से ही पूछने लगी सारंग। मान जाएगी? नहीं भरने जाएगी पर्चा? क्या मालूम?

बाबा फिर लौट गए। पाँवों की आहट आ रही—दूर जाता आदमी।

सारंग ने उठकर दालान, आँगन और दुवारी तक देखा, कोई नहीं था। बाबा आते तो उड़ जाते पलक झपकते ही? कोई नहीं आया। सब उसका वहम है।

कौन? रंजीत! रंजीत आ गए। पसीने से तर हैं रंजीत। आँखों में आत्मविश्वास भी है। "लाओ, रोटी परस दो," कहकर वे नल की ओर बढ़ गए हाथ-पाँव धोने।

सारंग काँपी न दहली। मौत के सामने खड़े सिपाही की तरह सुन्न हो गई।

सबेरे के धुँधलके में पलक खुलते ही पहली बात यही ध्यान में आई कि आज पर्चा भरने जाना है। सोये हुए शान्त चित्त में फिर से हलचल!

पर्चा भरने की बात के साथ ही रंजीत का ध्यान आता है। पति की तरह नहीं, प्रत्याशी की तरह। हालात यों बदल जाएँगे क्या मालूम था? उनकी चिन्ता होनी चाहिए थी, डर लग रहा है!

सारंग ने जबरन ख़ुद को पत्नी के रूप में सँजोया—दो दिन से मुँह नहीं देखा, न जाने कहाँ भेज दिया फत्ते ने? अलीगढ़ की कह गए थे, मगर अलीगढ़ में ऐसी क्या मजबूरी कि गाँव नहीं लौटे? पीछे क्या-से-क्या हुआ जा रहा है रंजीत...मैं छिपकर नहीं जाना चाहती। तुम्हारे क्रोध और ख़ौफ़ को सहकर आगे बढ़ते समय एक ख़ास तरह का साहस पैदा हो जाता है मेरे भीतर।

माना कि यह मेरा निजी फ़ैसला है, फिर भी तुम कहीं-न-कहीं शामिल क्यों लगते हो?

घर के कामकाज जल्दी निपटाये। उधेड़बुन चलती ही रही—एक बार को लगता है खींच ले पाँव पीछे, मगर दूसरे क्षण...यदि रंजीत इस निर्णय को स्वीकार न करें तब क्या उसे रुक जाना चाहिए? यह ऐसा सवाल है जिसका सही जवाब उसके पास नहीं। नाव को धार में डालकर यह सोच-विचार...विपरीत लहरों में डाँड़ चलाने है...आगे बढ़-बढ़कर पीछे मुड़कर देखना...नौ बजने को आए।

सफेद धोती लाल किनारी, संग में लाल ब्लाउज़ पहनकर घर से बाहर निकली सारंग। चप्पल पहनते हुए निमिष भर झिझकी थी, मगर उतनी ही तेज़ गति से बाहर आई और बाबा के पाँवों में झुक गई। न मालूम क्यों यकायक आँखें उमड़ आईं।

बहू को आशीर्वाद देने के लिए खड़े हो गए गजाधरसिंह। वह चलने लगी तो संग-संग गाँव के बाहर तक छोड़ने भी चल दिये। उनकी भूमिका ऐसी है, जैसे जहर की धार में उतरकर ख़ुद को जीवित रखना ही...ख़ुद माने रंजीत के पिता। बेटे की जवाबदारी करनी होगी, क्या कहेंगे रंजीत से, अभी तक सोचा नहीं...

भँवर की साइकिल के कैरियर पर बैठ गई सारंग। बाबा खड़े देखते रहे। यह आत्म-विश्वास का सफर बहू के लिए कैसे-कैसे मुकाम लाएगा, आशंका दिल दहलाए देती है।

'सारंग,' रंजीत की आवाज़, 'रुको सारंग' की काल्पनिक ध्वनि को पीछे छोड़ती तेज लू में उड़ी जा रही है। पीछे मुड़-मुड़कर देखना बन्द कर दिया फिर और रेशम और अपने ख़यालों में खोने लगी—मैं अकेली नहीं। अकेली में इतनी हिम्मत...मेरे संग रेशम और गुलकन्दी आजू-बाजू चलती हुई! कमर कसकर भागती चली आ रही है हरिप्यारी। बिसुनदेवा खरतालें बजाता हुआ, पद गाता हुआ...बड़ी बहू, लौंगसिरी बीबी ने सुना होगा कि सारंग...इस बदलाव को किस निगाह से देखेंगी बड़ी-बूढ़ी? क्या कहा होगा कलावती चाची ने?

ध्यान तब टूटा, जब भँवर ने साइकिल रोक दी। वह सँभलकर उतरी। सामनेवाले फाटक के ऊपर चन्द्राकार पट्टी पर लिखा है—'खंड विकास कार्यालय, इगलास, जि. अलीगढ़।'

"लो ठीक दस बजे आ लिये हम," भँवर साइकिल का हैंडिल पकड़े हुए थोड़ा मुस्कराकर बोलता है। पूरे रास्ते मौन चला आया है भँवर। उसके मन में भी

उथल-पुथल मच रही होगी। जंग की बातें करना एक बात है, और मोर्चे पर जाना दूसरी बात।

ऐसा क्या करने जा रहे हैं कि जान हथेली पर...क्या हम इस सबके हकदार नहीं? छीन रहे हैं किसी का अधिकार या चोरी कर रहे हैं अपनी इच्छा को रखने के लिए? तो फिर भँवर क्यों मौन है? क्यों उदास है? कल तक कितने वीरगीत सुना रहा था! आज ऐसे देख रहा है चारों ओर, जैसे वह किसी की स्त्री को भगा लाया हो।

"भँवर, श्रीधर नहीं आएँगे?" सारंग ने अपनी धोती ठीक करते हुए पूछा।

"नहीं।"

"नहीं! क्यों नही?"

"वे क्या करते आकर?"

सारंग हक्का-बक्का-सी देखने लगी, जैसे उसे भँवर से ही डर लगने लगा हो।

भँवर साइकिल पेड़ के सहारे टिकाकर आगे बढ़ गया। सारंग की निगाह कतार बाँधे हुए खड़े ट्रैक्टरों से गुज़रती हुई बैलगाड़ियों के झुके जुओं, जुगाली करते हुए खड़े बैलों, मोटरसाइकिलों और आदमियों की बढ़ती जाती भीड़ में अटक गई।

इतने आदमी! पूरी तहसील ही पलट पड़ी! रंजीत भी होंगे कहीं-न-कहीं...पति का ख़याल आते ही पीठ में ठंडी-सी लहर चढ़ने-उतरने लगी। मन सिकुड़-सिकुड़ जाता है।

न मालूम भँवर कितनी देर में आएगा? जल्दी आ जाता या फिर उसे किसी आड़ में...नहीं, ऐसे कहाँ तक छिपेगी? कोई आड़-बचाव कर सकी है कभी? आड़ केवल मनमाना कवच है—फ़ज़ूल!

मेला-सा लगा है! पर आदमियों के चेहरों पर मेले में आए लोगों जैसी रौनक नहीं। कहने को हँस रहे हैं, मुस्करा रहे हैं, पर भेद-भरी नज़रों से इधर-उधर देखते भी रहे हैं। सड़क के पार खोनचे लगे हैं—मिठाई, पूरी-छोले, गन्ने का रस, फलों का रस। कुछ लोग दुकानों पर टूट भी पड़ रहे हैं, लेकिन निश्चित भाव से नहीं।

'यह कैसा संसार है? मुझे भी हर चेहरा रंजीत का चेहरा क्यों लगता है?' लाख जतन करने पर भी सारंग रंजीत को नहीं भूल पा रही।

बैसाख-जेठ के दिन भाड़ की तरह धधकते हैं। वह पसीने में नहा गई। सामने आते हुए फत्तेसिंह! हड़बड़ा गई सारंग। हाथ ख़ुद-ब-ख़ुद घूँघट पर जा पहुँचा। गर्दन पर होती हुई सरसराहट छाती में हौदा मारने लगी—ये अनसुने-अनदेखे आघात! रंजीत आ गए तो चुटिया पकड़कर खदेड़ सकते हैं यहाँ से।

"देखो भाई, सिपाही तैनात हैं यहाँ, झगड़ा-फसाद का कोई काम नहीं।" कोई कह रहा है।...मगर उसके फसाद में पुलिस भी क्या कर पाएगी? पर्देदार ज़िन्दगी तार-तार होकर रहेगी। श्रीधर के कठोर बोल—"तुम समझती हो आँचल में आग बाँधोगी और जलोगी नहीं! भस्म करने के आसार किसने डाले हैं श्रीधर? मैं चट्टानों से टकरा-टकराकर पानी की तरह रास्ता बनाने निकली हूँ तो किसकी बात मानकर...? अपनी बात मानी है तुमने, तुम्हारी इच्छा न होती तो यहाँ तक आती? सूखे होंठों को जीभ से तर करती हुई इधर-उधर देखती है—

भँवर आ गया सामनेवाले कमरे की किवाड़ें ठेलकर।

"आओ," उसने सारंग को इशारा दिया।

आदमियों के बीच से रास्ता बनाती हुई वह भीतर घुस गई।

बेंच पर बैठी है, और उस जगह को गौर से देख रही है—तो मेरी जगह यहाँ है, जहाँ आदमियों के कन्धों-से-कन्धे भिड़ाकर?...सचमुच कोई औरत मेरी तरह बेशर्म नहीं। रंजीत को बिना बताए चली आई। बिना इजाज़त लिये...पता नहीं अपना किया बार-बार ग़लत क्यों लगने लगता है? ऐसा तो उस दिन भी नहीं लगा, जब श्रीधर के साथ रात-भर...यकायक आत्मविश्वास का तेवर उभरा, कारण कि झज्जू आता हुआ दिखाई दे गया। या पिछली कोई ताक़त धीरे रगों में उतर गई। सारंग, सोचो कि आज का दिन बेशक़ीमती है। अपनी नज़रों में ख़ुद का अक्स और पाँवों के नीचे आकाशगंगा जिस क्षण दीखेगी, वह क्षण अमूल्य...श्रीधर तुम कहते थे न, आज वह क्षण आ गया जीवन में।

सारंग ने सलीके से आँचल सँभाला।

आसपास भीगे कन्धे, गीली पीठ और साफा-टोपीवाले आदमियों के जमघट को गौर से देखने लगी। बीड़ी का हलका धुआँ भरा है। पसीना और धुएँ का हवाई घोल... हलक कड़वा-सा हो गया है।

पास ही बेंच पर जो आदमी बैठा है, शायद प्रधान पद का उम्मीदवार है। कोरी धोती, कोरा कुर्ता और घुटी खोपड़ी पर गांधी टोपी। कनपटियों पर सिकुड़नें। मोटे काजल से पुती हुई चुँधी-सी आँखें।

"अरे जगता नगला के धीरीसिंह!" किसी ने कहा तो सारंग अचकचा गई। घूँघट नीचा करना चाहती है, मगर इस जगह का तकाजा? उधर नाते की बात। बाबा के दोस्त नथाराम के बेटा हैं—जेठ लगते हैं उसके।

चार आदमी उन्हें घेरे खड़े हैं, जिनमें दो पैंटवाले लड़केनुमा हैं, दो टोपीवाले। फुसफुसाहट उभरी—रंजीत की बहू है हमारे ख़याल में। लग तो ऐसी ही रही है कद-काठी से।

"उत कूँ देख रहे हो कि अपना काम निपटाते हो?"

"ला बता, कहाँ क्या लिखना है?"

"लिख लिया तुमने, मैं लिखता हूँ।"

"तू चैं लिख देगा? अपना नाम न लिखा जाएगा मुझसे?"

"मात्रा तो ठीक लगाओ। सींग नहीं होता सिंह होता है। लिखो धीरीसिंह।"

"उमर लिखो, उमर!"

"घबड़ा गए! उमर लिख दो।"

"कितनी लिख दूँ? आवाज़ काँप गई धीरीसिंह की।"

"भाई हद्द है, उमर नाँय मालिम! याद कर लो।"

"मोय ख़बर है सास उमर की? अम्माँ होती तो बता देती।"

"अजी तो तुमने कर ली प्रधानी। अम्माँ ही प्रधानी कर लेगी फिर।"

"मैंने क्या कही तुमसे कि पिरधानी करवाओ मो पै। मेरी सास ज़बरदस्ती की लूथ।"

"अच्छा बाबा, लिख दो अब। लिख दो न उमर पैंतालीस साल।"

"पिता का नाम लिख दो अब। लिख दो नथाराम। जहाँ पति लिखा है, वहाँ काट दो।"

"नथाराम। ठीक, बिलकुल ठीक।"

"हत्तेरे की! तुमने तो पति की जगह पिता काट दिया! तुम कोई लुगाई हो सो पति का नाम लिखोगे?" लड़का झुंझलाया और चुहल भी किया।

"ऐसी-तैसी में जाय सब! इतनी बारीक लिखाई मेरी लखाई (नज़र) नहीं पड़ती। पहले ही कही कि लल्लू मेरा मोतियाबिन्द कटवा लाओ, पर तुम तो चुनाव में बावरे हो रहे थे, सो दम नहीं मारा। पिरधानी क्या सास उड़ी जा रही थी कहीं? लो बोलो, सब-के-सब हरप एक से दीख रहे हैं—पिता, पति की क्या चल रही है यहाँ?"

सारंग हँस पड़ी। मुँह पर पल्ला ढक लिया।

"अच्छा, तुम जाति लिखो अब। जाट—यहाँ, यहाँ।"

"वार्ड संख्या याद है? और मतदाता संख्या?"

"ऐसे क्या देख रहे हो? पहचान-पत्र मिला था, सो कहाँ है?"

"सुधी लंग जेब में देखियो।"

"कहाँ है जेब में? तुम भी..."

"अरे कहाँ अलोप हो गया कागद? जेब में ही तो धरा था।"

"तुम ही जानो," लड़का घुड़कने लगा।

"कहाँ आग लग गई सुसर में। मैं तो भइया पछताया। धर लो अपनी सीतारामी।"

"मिल गया, मिल गया। रखा है डेरी जेब में, बता रहे हैं सुधी में।"

"अकल गुम्म कर दई है तुमने मेरी।"

"लो जी, प्रस्तावक की जगह दस्तखत करो और बोलो गंगा जी की जै।"

"सारंग कितनी हँसी, कोई हिसाब नहीं। भँवर और झज्जू चले आ रहे हैं।"

"यहाँ नहीं, वहाँ," झज्जू दूसरे कोने की ओर इशारा करता है।"

सारंग पर्चा भरने लगी—नाम : सारंग नैनी, पति का नाम : रंजीतसिंह...लिखते ही नामालूम-सी कँपकँपी लगी उँगलियों में।

अतरपुर के भूतपूर्व प्रधान की आँखें जमी रह गईं! लाल किनारी की सफ़ेद धोती में यह कौन? सोऊ बिसे रंजीत की बहू! भँवर ध्यानमग्न है पर्चा भराने में...फत्तेसिंह के हाथ से अपना पर्चा धरती में जा गिरा और बेंच न होती तो शायद धरती में ही गिर पड़ते प्रधान जी।

थानसिंह ने भाँप ली नाज़ुक स्थिति और फत्ते की हालत—हौसला बँधाने लगे।

थानसिंह से अपनी कमज़ोरी छिपा लेना चाहते हैं फत्तेसिंह, कराहते हुए बोले—"देख लो, मगज ख़राब कर दिया है लोगों ने। भइया, कोई किसी का सगा नहीं। देख लिया सुलैमानसिंह को? हमें न्योंतते-न्योंतते ख़ुद पर्चा भर आए हैं अलीगढ़ जाकर। राजनीति भी साली रंडी-बेसा से कम नहीं, जिसका दाँव पड़ता है, वही दबोच लेता है।"

"सो तो तुम ठीक कह रहे हो फत्ते भइया, वहाँ बाप-बेटा भी अपना धरम नहीं अख्त्यारते। लाल के घर में घमासान मची। बहू मूँड़ में सोहनी (झाड़ू) मारकर गई है।

"तुम तो प्रधान का पर्चा भरो, नहीं तो इस गाँव में गधाराज होगा या लुगाईराज। रंजीत के लक्षण देख लिये? साला काबिल की पूँछ बना फिरत। है। लुगाई यहाँ चाखी-सी चलाने आ गई। तुम उस कुँवरपाल को ब्याही लुगाई की तरह कब तक चिपकाए फिरोगे? रहेगा तो साला ढेड़ ही। दोनों का क़िस्सा ख़तम। भरो तुम तो पर्चा।"

प्रधान जी का जानी दुश्मन इस समय एक ही आदमी है—रंजीत।

"कहाँ है साला? अब क्या अपनी माँ की...में!" बेंच की पीठ पर अपना पूरा वजन झुका दिया उन्होंने।

यह मनहूसी! ये अँधियारे! ऐसे लम्हे फत्तेसिंह प्रधान की ज़िन्दगी में आएँगे, उन्होंने कल्पना न की थी। गजाधर के बेटे की बहू ने दबे पाँव हमला किया है उन पर। हर गैल-गली को कीलनेवाले फत्तेसिंह प्रधान को इस साँपिन के बिल की भी ख़बर होती तो...आग भरवा देते छेद में।

"उस उल्लू को ढूँढ़ के तो ला थानसिंह। समय रहते रोक दे शायद।"

थानसिंह ने फ़ौरन हुकम की तामील की, पवनदूत की तरह प्रस्थान किया।

यह परकाला है पूरी। किसी ने ठीक कहा है कि अपनी-सी पर आ जाए औरत तो मर्द को दस पटखनी...चरनसिंह बौहरे की बात बार-बार याद आ रही है—लोग मानें-न-मानें, स्त्री आदमी से दोगुना खाती है, चार गुनी लज्जाशील, छह गुनी हिम्मती और आठ गुनी कामिनी। तभी तो इसे गहनों से बाँध-छेदकर रखा जाता है। पर यह रंजीत की लुगाई आदमी से कितनी गुनी बलवान् है कि बाँधने-छेदने पर भी इतनी ख़ौफ़नाक!

सत्यानाश हो चरनसिंह बौहरे के पत्री-पत्राओं का, किस बेमहूरत यह बात सत्य सिद्ध हो रही है। प्रधान जी को लगा जैसे प्राण उड़ रहे हों। मूर्छा-सी छाने लगी जैसे सचमुच ही सारंग सिंहवाहिनी बनी उनकी छाती का ख़ून पीने को तैयार खड़ी है, और वे असहाय, बेबस, मरते हुए आदमी की तरह तमाम प्रासंगिक-अप्रासंगिक बातों से जूझ रहे हैं। मौत और ज़िन्दगी के बीच की यह घड़ी...दर्दनाक, ख़ौफ़जदा और असहनीय है। फत्तेसिंह छटपटा रहे हैं। बुरी तरह...।

रंजीत का तो ख़ून ही कर चुकी डायन!

प्रधान जी के होश गुम और देह निचुड़ रही है। किसने राम-राम की? किस गाँव के मुखिया ने जुहार किया? अपनी आदरणीय स्थिति, जिसे महसूस करते ही वे गुब्बारे की तरह फूल उठते थे, सारंग़ नोकदार सूए से कोंचकर फुस्स करे दे रही है। कब तक निर्जीव पुतले की नाईं बैठे रहेंगे? वे रंजीत को आया देखकर भी देह में गर्मी अनुभव नहीं कर पाए।

साला! लुगाई का भड़ुआ! हाथ में बन्दूक़ और कन्धे पर कारतूस की पेटी लटकाकर ऐसे चल रहा है, जैसे इस चुनाव का नेता यही हो। तना हुआ चेहरा, अकड़ी हुई कटी मूँछें, छिः, धिक्! कुँवर जी समझ रहे हैं कि वे किसी रियासत के राजकुमार से कम नहीं...फत्तेसिंह का बस चले तो रंजीत के मुँह पर थूक दें।

"भइया!" रंजीत ने आत्मीयता भरी हमदर्दी से पुकारा।

"चुप," प्रधान जी ने बिना बोले ही होंठ पर उँगली धरकर न बोलने का संकेत किया।

"तुम्हारी तबीयत कुछ..." इतना ही कह पाए थे रंजीत से कुँवरपाल और थानसिंह आ गए। फत्तेसिंह ने कुँवरसिंह को नज़दीक आने का इशारा दिया।

थानसिंह के हाथ में कुँवरपाल का हाथ थमा दिया और इस तरह देखा थानसिंह की ओर जैसे प्राण छोड़ता मनुष्य अपनी वसीयत का सही असामी घोषित करता है। थानसिंह, कुँवरपाल और रंजीत ने प्रधान जी का आशय समझने में भूल नहीं की, "पर्चा

भरवा दे कुँवरपाल को।" इस वाक्य का अनकहा रह जाना रंजीत के लिए ज़्यादा तकलीफ़देह सिद्ध हुआ। ऐसे देखने लगे ज्यों आँखों की ज्योति गुल हो गई हो, देह की गर्मी बर्फ़ में तब्दील होती जा रही हो, और उसी बदलाव के तहलके से वे आपे में न रह पाए हों।

"ऐसे क्या देखता है अब? देख उस ओर," शब्दों को रोंथने लगे फत्तेसिंह। प्रधान जी द्वारा इंगित दिशा में देखते ही चारों ओर अन्धकार छा गया। होंठ खुले-के-खुले! आँखें फैली-की-फैली! देह जड़...अचरज नहीं, दुःख की गहन अनुभूति का इजहार...

प्रधान जी आँखें मूँदें हुए बेंच पर बैठे हैं।

"मैं तो इसे आँगन लीपते...हकलाकर कहा रंजीत ने बड़ी मुश्किल से। मूर्च्छितावस्था से यकायक जाग उठे प्रधान जी, "गफ़लत में है या पागलपन सवार है तेरे ऊपर? तू कब का निकाला है गाँव से? यह कितने दिन पहले आँगन लीपती छोड़ी थी?"

"पर भइया यह आई क्यों है?"

"तू ख़ुद से पूछ रहा है, या मुझे बहकाने की कोशिश कर रहा है? यह आई है तेरे मंसूबे लीपने।" वे दाँत कसते हुए आवाज़ चबाकर बोले।

"भइया!"

"वाह रे हौलू...!"

"भँवर लिवाकर लाया है ज़रूर।"

"कन्धा पर धर लाया भँवर? पर्चा भर चुकी है पट्ठी। अब तू चाहे तो अपनी घरवाली के मुकाबले चुनाव में खड़ा हो जा। क्योंकि हम तो पीछे हट ही गए हैं, लुगाई से किसी तरह हार गए तो...चुल्लू भर पानी न मिलेगा डूबने को।"

अपनी मिसाल देकर स्थिति स्पष्ट की है प्रधान जी ने, रंजीत समझ रहे हैं।

"अब तू ऐसा कर रंजीत, घर जा। तेरा गुस्सा भी मैं भाँप रहा हूँ, चार आदमियों के बीच मारपीट करे, यह मैं नहीं चाहता।" कहकर झुँझलाए फत्तेसिंह और जता दिया कि हमारा समय बरबाद मत करे।

"साले ढेड़ को पर्चा भरवाना पड़ रहा है। मजबूर किसने किया? बिरादरी की छाती पर बिरादरीवाले ही लात मारते हैं! बैयरवानी ने हस्तिनापुर लुटवा दिया था, पंडा दर-दर भटकने को विवश...कोई नई बात नहीं हुई आज..." फत्तेसिंह शोक में आकंठ डूबे हैं। अपनी खोपड़ी का वजन भी नहीं सध पा रहा, सिर बेंच के सिरहाने टिका दिया।

माइक पर ऐलान हो रहा है—अपनी-अपनी न्याय पंचायत के काउंटर पर आ जाएँ, सम्बन्धित अधिकारी वहीं मिलेंगे। उम्मीदवार के साथ प्रस्तावक भी हो।

रंजीत को जो क्रोध प्रधान पर आया था, वह भी उन्होंने सारंग की गुस्ताखी में शामिल कर लिया। दोगुनी घृणा से किचकिचा उठे—गद्दार पत्नी...बदकार औरत... छिनाल साली? बन्दूक पर पाँचों उँगलियाँ कस गईं। दूसरा हाथ छर्रों की असलियत जाँचने लगा, और लम्बे-लम्बे डग भरते हुए बरामदे में जा पहुँचे। सारंग का कन्धा पकड़ लिया, "तू इन भडुओं के संग...!"

उसने घूँघट तनिक नीचे सरकाया और आगे बढ़ जाने की कोशिश करने लगी। लेकिन रंजीत का हाथ नहीं, हथौड़ा जो निरन्तर दबाव बनाकर कन्धा तोड़ रहा है!

भँवर अचानक ही जैसे दूरी फलाँगता हुआ चला आया।

"ए ऽ ऽ...भइया!" हाथ पकड़ लिया रंजीत का। "हताशा मत करो। यहाँ कुछ मत कहो, घर चलो। और कन्धा छोड़ो इनका।"

"साले बेटी चो..." रंजीत ने होंठ मरोड़े और झटके से सारंग को मुक्त किया। "शान्ति से सुन लो, भाभी यहाँ तुम्हारी स्त्री नहीं, सारंग हैं, केवल सारंग।"

"यह तू बता रहा है! खसम का नाम भी लिखवाया होगा तूने।"

"समझा दूँगा यह भी। पर मारपीट करोगे तो पुलिस आ जाएगी।"

"सारंग सिर झुकाए खड़ी है। जानती है, रंजीत की नज़र उस पर थूक रही है।"

गाँव के रास्ते में चलते हुए पाँव कहीं-के-कहीं पड़ते हैं।

हालाँकि अब शाम के समय तेज धूप नहीं, रेत गर्म नहीं, लेकिन सारंग की देह जल रही है। भय का ताप उतर गया है। नस-नस में। घर पहुँचकर क्या हालत होगी? लोगों की भीड़ के बीच प्रताड़ना और अपमान...पर नई तो नहीं हैं ये बातें! गद्दारी, पाप और अधर्म की सजा मौके ढूँढ़-ढूँढ़कर दी जाती है औरतों को। अपराधिनी है, तभी तो कन्धे में उठती टीस पर उफ़ नहीं कर सकी।

श्रीधर के पास चली जाऊँ?...मगर किस हैसियत से? बाबा मंजूर करेंगे न मेरा ही मन मानेगा और फिर रंजीत समूचा घर तो नहीं...चन्दन भी तो है वहाँ। घबराहट क्यों बढ़ती चली जा चली जा रही है? बाबा के दम पर हौसला जुटा सकती हूँ मैं। चन्दन को देखकर सौ दु:ख सह जाऊँगी...बाबा सच, फत्ते जैसे लोग तुम्हारे बेटे को प्रधानी नहीं सौंपनेवाले...मेरा खड़ा होना क्या रंजीत का खड़ा होना नहीं है? रंजीत को ग़फ़लत में डालनेवाले लोग मेरे खड़े होने को उनकी ख़िलाफ़त का रूप दे रहे हैं। रंजीत खाँड़ा उठाए मिलें तो ताज्जुब क्या?

गाँव के सिवाने में घुसते ही बाबा दिखाई दिये। सारंग की जान-में-जान आ गई।

"कौन-कौन ने पर्चा भरे हैं भँवर?"

"कुँवरपाल, पन्नासिंह और भाभी ने।" साइकिल ले जाता हुआ भँवर उदास-सा बोला।

"हूँ ऽ ऽ ऽ..." बाबा ने हुंकारा भरा।

हुंकारे ठंडे हुए कि बाबा ने शीतल लय अख़्तियार कर ली, अपने उद्गारों से सारंग की झोली भरना चाहते हैं वे, "भला बेटी कैसी हिम्मत से काम लेगी! आज तू रंजीत का रूप हो गई मेरे लिए, उससे जो उम्मीदें लगाई थीं, सपने देखे थे, तू पूरे कर रही है आग पर चलकर। बेटा! जो आग में तपना सीख लेता है, वह कुन्दन हो जाता है।"

बाबा का इतना दुलार कैसे सँभाले वह। प्यार-भरी स्थितियों में अक्सर आँखें भर आती हैं सारंग की, घूँघट में आँसू छिपे हैं।

गाँव की ओर भरी नज़रों से देखा कि बाबा का अक्स दिल में उतर गया—डर जाता रहा। पाँव हलके होकर पड़ रहे हैं डगर पर। बढ़ी चली जा रही है घर की ओर। चौखट पार करते ही सन्नाटे ने घेर लिया। यह मुर्दा खामोशी! सूली देने की तैयारी कर रहे हैं रंजीत? या आए ही नहीं अब तक? बाबा ने भी बताया नहीं।

आँगन में दलकीर! जेठ जी कब आ गए? रंजीत के पर्चा भरने की सूचना पर आए हैं?

कई आशंकाओं में घिरी हुई वह हाथ का झोला खूँटी पर टाँगना चाहती है।... लेकिन यहाँ बन्दूक़! रंजीत कहाँ हैं? कहाँ है चन्दन?

सारंग को देखकर दलवीर बाहर निकल गए अपनी कमर पर हाथ धरे हुए। चेहरा उदास है, होगा ही। जेठ का मिज़ाज भाँप रही है।

वह हाथ-मुँह धोने के लिए मोरी पर आ गई। दाँत किसकिसा रहे हैं रास्ते की धूल के कारण। नल चलाकर पानी निकाल रही है सारंग।

बाल्टी अधभरी ही थी कि चन्दन निकल आया कोठे में से। नंगा, केवल जाँघिया पहने हुए। पसलियाँ देखते ही सारंग को उसकी दुर्बलता खलने लगी।

अरे! रो क्यों रहा है यह! आँसुओं की धारें, मगर बेआवाज़! वह नल का हत्था थामे रह गई, "क्या हुआ बेटा?"

रंजीत दायें हाथ में चन्दन की नई क़मीज़ लेकर निकले और लपके उसकी ओर।

चन्दन ने सारंग की कमर भर ली अपनी दुबली बाँहों में, "अम्माँऽऽऽ!"

"साले सीधे इधर आ जा नहीं तो..." कहकर बाँह पकड़ ली बच्चे की। सारंग उसकी छोटी-छोटी साँसों में सरसराती घबराहट भाँप रही है। यह माँ का बदला है, जो बच्चे से...जानती थी ऐसा ही कुछ करेंगे रंजीत। पूछूँ भी क्या? पूछना अपनी कमबख़्ती बुलाना है।

उन्होंने बच्चे की नरम बाँह मरोड़ दी। चन्दन चिल्ला पड़ा, "अम्माँ री!"

"अरे!" सारंग ने रंजीत का हाथ पकड़ना चाहा।

वे यकायक चिंघाड़े, "यह आगरे जा रहा है, समझी तू।"

"तो बाँह तोड़ने का मतलब?" कराह-सी भरी सारंग ने।

चन्दन पिता के कसाव में छटपटाने लगा। रोम-रोम तड़प उठा सारंग का। आँखें मींच लीं। हे भगवान्, यह भी होना बाक़ी था! माँ को सबक सिखाने के लिए बच्चे को सजा...!

चन्दन की धृष्टता पर तीन-चार तमाचे मारे रंजीत ने, शायद ज़्यादा ही ताक़त के साथ...सारंग के चेहरे पर झन्नाहट उभर आई उन थप्पड़ों की। ग़ज़ब कर रहे हैं रंजीत! इस कच्चे सूत से नाजुक बच्चे की देह, हमारी आपसी कलह...मैं भी कितनी स्वार्थी हो गई हूँ, चुपचाप खड़ी बच्चे पर बरसते कहर को देखे जा रही हूँ, क्यों? इसलिए कि रंजीत चिंघाड़कर मेरे ऊपर हमला कर देंगे? इसलिए कि जवाब में कुछ कहना मेरी इज़्ज़त पर भारी पड़ेगा? इसलिए कि इस समय टुच्ची कलह प्रधान पद की उम्मीदवार सारंग की छवि के माफ़िक़ नहीं। सो मैं बच्चे की तबाही की मौन तमाशबीन...अपराध-बोध में डूबी कुछ न कर पाने को मजबूर...

चन्दन ने डर के मारे क़मीज़ पहन ली।

पैंट चढ़ा रहा है और कमजोर-सी टाँगें काँप रही हैं!

जूतों की ओर बढ़ चला मेरा बेटा...फीते कस रहा है झुककर।

जेठ जी आँगन में आ गए। कैद कर ले जाएँगे अपने संग...

रोता हुआ चन्दन बकसिया बन्द कर रहा है। पिता उठा रहे हैं बाँह पकड़कर!...

मैं अपना भाग्य रौशन करनेवाली माँ...हाथ-पाँव बाँधे खड़ी हूँ अपने।

"सुनो, आज ही जाना..." सारंग की आवाज़ टूटने लगी।

"हम भेज रहे हैं आज ही," बादल-सा कड़का आँगन में। "लड़का पराये चूल्हे झाँके, माँ आवारागर्दी करे! मुझे मंजूर नहीं।"

जवाब में मौन है वह। चन्दन की आड़ में ये शब्द केवल उसके लिए हैं। वह पर्चा भरकर आई है, इसलिए यह मातम का माहौल पैदा किया गया है। जिस तरह कुँवरपाल इजलास से ही बताशे बाँटता आया है, रंजीत खड़े हुए होते तो बाँटते, मेल-मिलाप का सिलसिला चल रहा होता। एकता के नारे आरम्भ हो गए होते।...

पर मुझसे तो मेरा बेटा भी जुदा किया जा रहा है! रंजीत, मैं ऐसी गैर हूँ तुम्हारे लिए? चन्दन के लिए तुम अपने सात सुख छोड़ सकते हो, मुझे मेरा हक़ देने में गुरेज...

बकसिया लेकर चलने लगा चन्दन!

अरे! पूरे साल लड़ती रही इस बच्चे के लिए और आज? सारंग ने दो क्षण सोचा, और लपककर बाँह थाम ली चन्दन की, "रख दे बकसिया।"

रंजीत ज्यों तैयार ही खड़े हों, "लड़के को हाथ लगाया तो हाथ तोड़ दूँगा। साली, तू इसकी माँ कहलाने लायक़ नहीं।"

अब और नहीं। क्यों चूक रही हूँ मैं? अब तक तो आसमान सिर पर उठा लिया होता बिफरकर...लेकिन कलेजे में उमड़ता लावा, होंठों तक आते-आते बर्फ़ हो गया—"चन्दन को सजा मत दो। तुम जो कहोगे, मैं करूँगी।" आवाज़ दरकने लगी।

"सा-रं-ग! ये त्रिया-चरित्र...नहीं, अब और नहीं। मैं भेज रहा हूँ, तू जाने दे। घर मेरा है, बच्चे की ज़िम्मेदारी मेरी है। तेरी जैसी औरतें सैकड़ों देखी हैं हमने—खसम करके भागती हुई। उन वेश्याओं का कोई कुछ नहीं बिगाड़ पाया।...पर सारंग हम ऐसी औरत को चुटिया पकड़कर इस चौखट से बाहर करके अपने परिवार से बेदखल कर सकते हैं।"

ठंडी लय में जलता हुआ हुक्मनामा! उसके नथुने काँप उठे।

कुछ कहती उससे पहले दलवीर आ गए। आते ही बोले, "भाई क्या देर-दार है? रात क्यों कर रहे हो? बहू, यह लड़ाई-दंगा! लड़के को क्यों रोक रही है? हम दुश्मन हैं उसके?"

सारंग क्रोध पी रही है।

"चल बेटा, चल," दलवीर बच्चे को बाहर ले जाने की प्रक्रिया में...

"यह नहीं जाएगा," सारंग के बोल कि जहरीली साँपिन की क्रोधभरी फूत्कार!

रंजीत हक्के-बक्के रह गए। सारंग बैन करने लगी दलवीर भइया से! बोल भी इस कदर अभद्र! वे बाघ की तरह झपटे जवाबी हमले में, "साली! तेरी यह मजाल! यारों में रहकर हड्डियाँ फड़क रही हैं कि हमारे बड़ों से...बड़ों से...बड़ों से..." घूँसों से कूट रहे हैं उसे।

चन्दन चिल्लाकर रो पड़ा, "चाचा ऽ ऽ ऽ! ओ बाबा ऽ ऽ ऽ...!"

पिटकर दोगुनी ताक़त का अनुभव हुआ सारंग को, बुरी तरह लपक पड़ी हाथ-पाँवों में, पागल, विक्षिप्त की भाँति दौड़कर खूँटी से बन्दूक़ उतारी और बिजली की-सी फुर्ती से चला दी दोनाली—धाँय! धाँय! यह भी न सोचा कि निशाना किधर...

घर-आँगन थर्रा गया। चौक में पेड़ हिल गया। चिरइया...परेवा फड़फड़ा उठे।

"असल मर्द है तो छू चन्दन को! छू!" रणचंडी बनी खड़ी है सारंग।

भाग्य की बात कि फायर हवा में सनसनाकर रह गए। रंजीत और दलवीर, दोनों भाइयों के मुँह पर तितलियाँ उड़ रही हैं—भय से या आश्चर्य के कारण। जब दलवीर ने होश किया तो बहू के हाथ से बन्दूक़ छुड़ाने झपटे। सारंग दो क़दम पीछे हट गई।

क्या करके मानेगी? दलवीर हाथ जोड़ने लगे, "भवानी, इस हथियार को धर दे। चन्दन को गोली लग जाती तो? बाबा आ गए, कुछ शरमकर।"

बाबा हाँफते हुए घुसे हैं घर में, संग भँवर है। मालूम हो गया है पुत्रवधू ने बन्दूक उठा ली है, उनके ही बेटे के ख़िलाफ़...छोटी-छोटी साँस भरते हुए बाबा का रोम-रोम काँप रहा है। न जाने कैसी निगाह से देख रहे गजाधरसिंह सारंग नैनी को! बहादुरी भरी नज़र से नहीं देख पा रहे, तो घृणा भी नहीं छूट रही उन्हें, शाबाशी नहीं तो धिक्कार भी नहीं। सुन्न आदमी किस भाव का इजहार करे, खुले होंठ-फटी आँखें...बस बन्दूक़ समर्पित करा ली बहू से।

आँगन में लोग आने लगे और रंजीत ने मौक़ा देखते ही भँवर को दबोच लिया, "साले...मक्कार...तू आस्तीन का साँप, इसके यारों से मिलकर हमारे घर-बाहर दोनों को खत्म करने के इरादे से दाँत में विष की पोटली बाँधकर निकला है। हमारी हत्या कराने पर तुला है!"

भँवर ताक़त के चलते रंजीत से बीस ही बैठेगा, मगर रिश्ते के बड़प्पन की बेबसी में वह रंजीत से लात-घूँसा खाने को मजबूर है। लोगों ने जैसे-तैसे छुड़या भँवर को।

"क्या हो गया रे?"

"बन्दूक़ का फैड़ किसने किया?" ये प्रश्न लोगों की बातचीत के बीच मँडरा रहे थे।

"रंजीत की बहू पर्चा भर आई है इजलास जाकर, ख़सम को तो हवा भी नहीं लगने दी।"

"जुलम! पल्लौ (प्रलय) कलजुग की मार!...अब ऐसा ही होगा, इससे भी ज़्यादा बुरा।"

सारंग घूँघट नीचा किए मौन। दालान के खम्भे से टिकी तमाशे का बिन्दु बनी बैठी है।

कोई कह रहा है, "लुगाई राजनीति में आ रही है, बुरी बात क्या है। इसमें?"

"अरे तुम सीतापुर की सावित्री की मिसाल ले बैठते हो, विधवा औरत, नाथ न पगहा।"

"और असावरवाली कृष्णाकुमारी तो विधवा नहीं है?"

"यार, अधबूढ़ी कुँआरी को कुँआरी मानते हैं लोग? सत्रह ख़सम हैं, टोका-टोकी की छूट किसी को नहीं। हाँ विसाहुली के बाबू की बहू है प्रधान, देख लो उसका

क़ायदा-करीना कि पर्चा भरने भी बाबू ही गया था। कह दिया कि राजपाट मिलेगा, तब क्या बड़ों का लिहाज़ छोड़ देंगे?"

ऐसी त्यागमई लिहाज़दारी...सारंग ने धोकर रख दी।

सारंग? बेशर्म औरत। हत्यारी! पति-द्रोहिणी!

अब गाँव की प्रजा मेरी जैसी औरत को प्रधान पद के योग्य क़तई नहीं ठहरा पाएगी।

भँवर हाथ जोड़ रहा है, "भाई, अब अपने-अपने घर जाओ। तमाशा नहीं हो रहा कोई।"

लागों के बीच से वाक्य उछला, "हाँ जी, भइया-भइया हैं, मरें-कटें, हमें क्या मतलब? रंजीत भँवर की टेंटिया मसक देता, रहते तो भाई-भाई ही।"

बाबा लोगों की बातों से बेख़बर सारंग के पास चले आ रहे है।

रंजीत ने हलक में हंटर डालकर सब-कुछ उगलवाना चाहा, बुलवाना चाहा कि यह सारी करतूत मास्टर की है। उसकी चूड़ियों ने फाड़ डाली है कलाइयों की खाल, दर्द उभर रहा है बार-बार...मैं सब-कुछ पी जाऊँगी लेकिन मास्टर, भँवर और बाबा का दर्द...? एक तरह से हम सभी बदनाम हुए हैं!

बाबा खड़े हैं उसके आगे। बैठी हुई सारंग को छह फीट लम्बा खड़ा आदमी सुमेरु पर्वत सा लग रहा है। मंज़िल पास आती जाती है, पर धैर्य छोड़ता जाता है...मुझे माफ़ कर देना बाबा!

"सारंग, मैं यह तो समझता था कि तू जाट की बेटी है, हौसले-हिम्मत की मालिक, पर आज यह भी इलम हो गया कि तेरा नरम-नाज़ुक बदन लोहे में ढल चुका है।"

उसकी सिसकियाँ काबू के बाहर हो गईं।

लोहे में ढली औरत को मांस-मज्जा का बना आदमी अपने से अधिक बलवान् नहीं मान सकता, बाबा। ऐसा करना मर्द जाति की तौहीन है। मुझे कोई भी ख़त्म कर देना चाहेगा।

द्वार से निकलते लोगों को मसखरी का मुद्दा मिल गया—रंजीत को खड़ा हो जाना था, भाई तफरी आ जाती। अजी हार जाता तो? तो क्या, हारकर क्या लोग जीना छोड़ देते हैं? अजी लुगाई से, अपनी घरवाली वह भी...कुआँ-पोखर में डूबने को ठौर न मिलता। लोग हिजड़ों में डाल देते।

—सुनते हैं फत्ते तो बी.डी.ओ. आफिस में गैरहोस हो गया था। अलीगढ़ ले गए हुक्मा और थानसिंह। तीन बोतल ख़ून चढ़ा है। ठिलिया में से मरे पौहे की हालियत में उतारा था द्वार पर। प्रधानिन देखते ही पछाड़ खाने लगी। सुनते हैं कि मरा समझकर चूड़ी-बिछिया फोड़ डाले। मरा तो नहीं, पर हालत बिगड़ी हुई है। अन्न-पानी बन्द कर दिया है डाकदर ने। बस दिन-भर में पपीता की एक फाँक बताई है। परहेज नहीं करेगा तो सदमे की बीमारी से मर जाएगा।

"अजी चुनाव जंग है, जंग में लोग मरेंगे-जिएँगे नहीं?" झज्जू अपनी मूँछों पर हाथ फेरकर कहता है। "ऊपरी लड़ाई के संग भीतरी जंग! देखते जाओ, आगे-आगे होता क्या है।" झज्जू ने "बात में घुंडी है" के तकिया कलाम को स्थिति के हिसाब

से दरकिनार कर दिया। अब तो हर बात में कहता है—देखते जाओ, आगे-आगे होता क्या है।

"तो तेरे ही संग खिचड़ी रँधी है खटीकरा के।" थानसिंह को क्रोध आ गया, "मूँछों की ख़ैर मना, एक-एक करके नुचवा दूँगा।" थानसिंह की दमदार, मगर खोखली आवाज़ पर झज्जू फिक् से हँसता है—नादान लोग! जनता आ रही है, और बादशाह गद्दी के ऊपर बैठकर घुड़की दे रहा है! बेटा, ताता थैया नाचने को हो जाओ तैयार! अब देखते जाओ, कुँवरपाल को छोटी कौम ही गधा की सवारी कराएगी। देखते जाओ।

रंजीत सारंग को इस काबिल मानना कब का छोड़ चुके कि उससे बातचीत का सिलसिला रखा जाए। अनबोला है—घोर। घोर शब्द-सी घुटन भरी है घर में। वह घर के कामों में लगी रहती है तो क्या मन में सन्ताप नहीं? सन्ताप ने तो उसका पूरा वजूद ढक लिया है।

इधर रंजीत ने चौके में खाना-पीना, सारंग के हाथ की छुई चीज़ें का त्याग करना और रात को बाहर सोना...ऐसे ही दंड चुने हैं, जो उसे उसकी औकात बताते रहते हैं। सम्बन्ध-विच्छेद भी नहीं, उपेक्षा के नोकदार भाले पर सारंग को टाँगे रहना उन्हें ज़्यादा सन्तोष देता है शायद।

बाबा को बाप नहीं, बैरी करार दे दिया रंजीत ने। सारंग की आँखों के सामने अँधेरा तो तब छा गया, जब उन्होंने आँखें तरेरकर जहरीली आवाज़ में पूछा था—"दादा, हर समय उसी की बातें! क्या मीठा है उस बदकार से तुमको?"

बस अब नाम वापस ले लूँ, मेरे घर का अँधेरा कट जाएगा। मास्टर, मैं तुम्हें अपने परिवार की हालत समझा नहीं पाऊँगी, क्षमा कर सको तो कर देना...।

तने हुए रंजीत को देखकर दहशत नहीं, तकलीफ़ भी होती है। पति का विश्वास खो दिया, कि घर की छतें उड़ गईं! मालिक का दाँत पीसना...चबा गया उसके जीवन की सहजता। केवल अपने ही बारे में इस रवैये को सोचती तो आत्मा इतनी न कचोटती, पर इसका असर दो बेगुनाहों को छीले दे रहा है। एक बूढ़ा असहाय, दूसरा बच्चा अबोध।... उनकी यातना-यंत्रणा से मेरे पूरे बदन में घाव हो गए हैं, दर्द से चिल्ला-चिल्लाकर मरी जा रही हूँ, कमाल है कि आवाज़ श्रीधर तक नहीं पहुँची। क्या श्रीधर अपनी खाट-पीढ़ी बेचकर चले गए नेंकसे मास्साब की तरह? सारंग की आँखों में सपनों की सजीली दुनिया नहीं, भयानक संसार ने जन्म ले लिया है। कोई बुला दो मास्टर को, क्या हम इसी नरकभोग के लिए...श्रीधर मानें या न मानें मगर मैं भाग्यवादी नारी...ज़रूर मेरी तकदीर ख़राब हो गई है।

सारंग चौके में चूल्हे के पास बैठी रोटी बना रही है।

क्या-क्या सोच लेती है! फिर बच्चे की तरह उसे बिगाड़ देती है, बिगाड़कर फिर नये घर की शक्ल...कल्पनाएँ चैन नहीं लेने देतीं मनुष्य को। और उन्हीं की बदौलत इतनी माथापच्ची!

अचानक रंजीत आते दिखे उसी ओर!

चौका में! जहाँ वह रोटी कर रही है...आसन देने की हड़बड़ी में आ गई सारंग। कुछ न दिखा तो अपने नीचे रखा पटरा आगे सरका दिया—बिराजो।

वे बैठ ही रहे थे कि डलिया में से फूल की थाली खींच ली हाथ बढ़ाकर, और उसे अपनी धोती के पल्ले से जतनपूर्वक पोंछने लगी।

चमकती हुई दूध के रंग की थाली सजा दी पति के सामने।

"मैं खाऊँगा नहीं," गोड़ ऊँचे किए हुए रंजीत ने धीरे से उसके दिये प्यार-भरे आदर को किनारे सरका दिया।...लेकिन उसके भीतर ऐसी झन्नाहट गूँजी ज्यों काँसे की थाली आँगन में दे मारी हो पति ने। गहरी साँस भरकर क्रोध पीना आता है उसे।

"मैं एक बात पूछने आया हूँ," दोनों बाँहें घुटनों के गिर्द बाँधे हुए रंजीत क्षीण-सी मुस्कान के साथ बोले। सारंग ने सिर झुका दिया, अर्थात् "बोलो"।

"भँवर और श्रीधर तुम्हें तूल न देते तो तुम पर्चा हरगिज न भरतीं, यह मैं जानता हूँ।" वह मौन, बुझते चूल्हे को फुँकनी से फूँकने लगी।

"मालूम था कि मैं प्रधान पद के लिए उम्मीदवार..."

"मालूम था कि प्रधान पद के लिए तुम उम्मीदवार नहीं..." तुरन्त जवाब दिया।

"मान लो मालूम होता कि मैं...तो तुम क्या...?"

"देखा जाता तब।...लेकिन तुम ग्राम सभा के सदस्य के लिए खड़े क्यों नहीं हुए?"

"तुम्हारी मातहती में?" मखौल किया रंजीत ने।

"ज़रूरी तो नहीं कि मैं जीत ही जाऊँ। हो सकता है कुँवरपाल की मातहती...फिर तो एतराज नहीं था?"

"औरत जात इतनी कमअक्ल न होती तो फिर क्या नहीं था।"

"मुझे अपनी हार पर तौहीन न लगेगी, जीत पर वाहीवाही भी नहीं मिलेगी, यह मैं जानती हूँ। फिर नुक़सान-फ़ायदे की बात क्या, हाँ तुम्हारे लिए ज़रूर घाटे का सौदा माना जा सकता है।"

नि:श्वास छोड़ते हुए रंजीत विकल हैं। सिर को झटका देते हैं, कभी धरती पर खरोंचें बनाते हैं, शायद कोई बात उन्हें बेहद परेशान कर रही है। रंजीत उठ खड़े हुए। आँगन में टहलने लगे। ढलता सूरज आँगन में रोशनी फेंक रहा है...लाल-लाल, नहीं मैली सी...

वे पलट पड़े, "सारंग यह ज़िद! आख़िर किसलिए?"

भरा फोड़ा फूटता है एकदम से, रंजीत की दराँती उसे भीतर तक मवादरहित करके छोड़ेगी। सांरग बिलबिला उठी, "बस करो रंजीत, इस व्यथा को बार-बार चीरो-फाड़ो मत। मेरी ज़िद इस समय चुप रहने की है। तुम कहो क्या कहने आए थे?'

"सीधी बात कि नाम वापिस ले लो।"

"यही कहने..." वह अवाक् हो गई फिर।

"दस हज़ार रुपया भी दे रहा है।"

"ले लो रुपया।"

"बैठ जाओगी फिर?"

"नहीं!"

"बीस हज़ार?"

"..."

"चालीस हज़ार?"

रंजीत, लाख दर्जे हम विरोधी सही, फिर भी एक भरोसा था तुम पर, पर तुम तो कुँवरपाल की जाति में जाकर बैठ गए! पिछली बार उसने भी बीस हज़ार रुपये में अपना ईमान...।

"तुम नाम वापिस नहीं लोगी?" रंजीत के ऊपर पति का हक हावी हो गया।

"तुमने और प्रधान ने बात तो ठीक सोची है—मैं औरत जात हज़ारों रुपया पाकर गहने-कपड़े में मगन हो जाऊँगी," कहकर वह इत्मीनान से परात में पानी डालकर आटे सने हाथ धोने लगी।

"नहीं, तुम तो रामराज्य कायम करोगी," कड़वा-सा मुँह बनाया रंजीत ने।

हँसी आ गई सारंग को। "रामराज्य लेकर हम क्या करेंगे? सीता की कथा सुनी तो है। धरती में ही समा जाना है तो यह जद्दोजहद? अपने चलते कोई अन्याय न हो! जान की क़ीमत देकर इतनी-सी बात, छोटा-सा संकल्प करके निभाने की इच्छा है, बस।

"मैं चाहकर भी पीछे नहीं लौट सकती। अपने प्रधान जी से छिपा पाओ तो यह बात बताती हूँ कि पन्नासिंह नाम वापिस लेंगे, भले फत्तेसिंह ख़ुदकुशी कर लें। तुम मुझसे बाहर नहीं," कहते-कहते सारंग के मन में आत्मविश्वास जैसी लहर दौड़ने लगी।

कलि-कथा : 1940

अलका सरावगी

किशोर को सेंट्रल एवेन्यू-मुक्ताराम बाबू स्ट्रीट के चौराहे पर खुलनेवाले बरामदे में खड़े होकर नीचे लोगों को आते-जाते देखना अच्छा लगता है। सुबह-सुबह सड़क के किनारे बनी सुनहरी मोटी कलों में पाइप लगाकर जमादार-भिश्ती गंगाजल से सड़कें धो चुके होते हैं। धुली हुई सड़कों पर गंगा स्नान कर रोली-चन्दन का छापा लगाए लौटती या राममन्दिर जाती औरतें होती हैं; सामने पैसे के दो गुलगुले और पकौड़े बेचता नत्थूराम है, जिन्हें ख़रीदकर ख़ुद खाने और चील-कौवों को खिलानेवाले लोगों का जमघट प्राय: लगा ही रहता है। नींद ठीक समय पर खुल जाए तो किसी राजबाड़ी से निकलकर विक्टोरिया मैदान जानेवाली देसी बाबुओं की सफ़ेद अरबी घोड़े की बग्घी को देखा जा सकता है। चौराहे पर रिक्शेवालों की टनटन भी मन्दिर के घंटों और आरती के बाद बजनेवाले शंख-घड़ियाल की ध्वनि 'जय हो, जय हो' के घोष के साथ लिपटी हुई ऊपर एक तल्ले तक चली आती है। शनिवार को पीतल के लोटे में शनि देवता की लोहे की आकृति लिये मन्दिर के बाहर खड़े होकर ऊँची आवाज़ में 'शनि महाराज, शनि महाराज' पुकारनेवाले डाकौत का स्वर चौरास्ते की इस चहल-पहल में मिल जाता है।

किशोर को माँ ने याद रखकर 'शनि देवता' का दान करने के लिए कहा है। उनके घर पर शायद शनिचर की ही दशा लगी है। कौन जाने? वैसे न तो माँ को इन बातों में ज़्यादा विश्वास है और न किशोर को। फिर जब सब-कुछ ख़त्म हो ही गया है, तो अब और क्या बुरा हो सकता है? पर माँ का मन रखने के लिए ही किशोर शनि महाराज के लोटे में सरसों का तेल और कुछ सिक्के डाल आता है। हालाँकि यह सोचकर उसका दिल धड़कता रहता है कि उसका कोई दोस्त उसे ऐसा करते न देख ले।

माँ की बड़ी-बड़ी आँखों में घबड़ाहट का समुद्र फैला है। ज़िन्दगी का डर छुपाए नहीं छुपता। पर उनके आँसू कभी उमड़ते भी हैं, तो उसी समुद्र के अन्दर ही खो जाते हैं—बाहर नहीं निकलते। किशोर समझता है। माँ को शंका है कि ज़िन्दगी का डर किशोर के दिल में न बैठ जाए। और तो है ही कौन इस घर में जिसके सामने वे रोयें? उधर मायके में उनके तीनों भाई और माता-पिता ज़रूर हैं, पर वे सब पहले ही उनके दु:ख से मारे हुए हैं।

किशोर को कई बार माँ के चेहरे की सहजता और हर समय उसे काम में लगे हुए देखकर बहुत गहरी कसक होती है। मन होता है कि माँ को गले लगाकर कहे कि "माँ तू एक बार अच्छी तरह रो ले।" लेकिन वह ऐसा करने से डरता भी है। कहीं माँ को ही कुछ न हो जाए।

माँ कभी उसे उदास देखती है, तो सिर्फ़ इतना भर कहती है—"जो होना था, वह हो गया। सब ठीक हो जाएगा, जब तू बड़ा होगा।" माँ में कहाँ से इतनी ताक़त आती है—किशोर कई बार सोचता है।

नाना जी जब-तब अपने झकाझक कपड़ों और रोबदार चेहरे के साथ 'गद्दी' जाते हुए या लौटते हुए दरवाज़े पर माँ के सामने आ खड़े होते हैं—"कुन्ती, यह घर बन्द कर मेरे साथ चलो। यहाँ क्यों अकेली पड़ी हो? क्या रखा है इस घर में? आज तुम्हें और किशोर को लेकर ही जाऊँगा।"

माँ की आँखें तरलता को आने से पहले ही सोख लेती हैं। वे अपने शब्दों को मज़बूती से सहारा देकर खड़ा करती हैं। उन शब्दों में पिता की कातरता की समझ भी है और उसमें न बह जाने का संकल्प भी—"मैं चलती तो हूँ बाबू जी! लेकिन लौट आऊँगी। यह मेरा घर है बाबू जी। मैंने आपके जँवाई के चले जाने के बाद भी आपसे यही कहा था। इन दोनों बच्चों—ललित और किशोर को मैं कम-से-कम एक अपना घर तो दे ही सकती हूँ। नहीं तो वे जब बड़े होंगे, मुझसे पूछेंगे—माँ, हमारा घर क्यों नहीं है? हम नाना के घर में क्यों रहते हैं? अब ललित भी नहीं रहा। पर ललित की बहू ने चिट्ठी लिखी है—वह अपनी माँ के पास कानपुर नहीं रहना चाहती। वह पराई लड़की इस घर के अलावा और कहाँ रहेगी? आप चिन्ता मत कीजिए, यह समय भी कट जाएगा।"

नाना जी छह महीने तक दरवाज़े पर आकर आना बन्द कर देते हैं। पहले जँवाई की मौत और फिर अठारह साल के नाती का एक सुकुमार षोडशी को विधवा बनाकर छोड़ जाने का दु:ख सहने की ताक़त उनके दिल में नहीं है। एक दिन सचमुच उनका कलेजा फट जाता है। नानी जी नाना जी के ज़िन्दा रहते पहले ही बेटी और फिर नाती की बहू के दु:ख से सिन्दूर-टिक्की लगाना छोड़ चुकी थीं।

किशोर रात को जब तकिए पर सिर रखता है तो बहुत देर तक आँखें बन्द कर दोनों भौंहों के बीच उस बिन्दु को देखता रहता है जिसमें से अँधेरे के चक्कर निकलकर बाहर की तरफ़ फैलते रहते हैं। कभी-कभी ये चक्कर एक-दूसरे में उलझ जाते हैं। उसके दोस्त अमोलक ने उसे बताया है कि इस बिन्दु पर ध्यान लगाने और गिनती गिनने से तुरन्त नींद आ जाती है। पर सारी रात गहरी नींद में भी एक अनकहे दु:ख का भार किशोर के दिल को चाँपे रहता है। पता नहीं माँ क्या सोचती होगी नींद में—क्या नींद उसे सपनों की दुनिया में ले जा पाती होगी जहाँ सब-कुछ ठीक है? कोई बड़ी मज़बूत हवेली है और दो घोड़ों की रुनझुन करती बग्घी है, जो रोज़ शाम को ललित भैया को पूरे भिवानी शहर का चक्कर लगवा लाती है। या कि माँ भी उसकी तरह अब सपने नहीं देख पाती—न झूठमूठ कल्पना के और न बीते हुए सुनहरे कल के।

किशोर को अब बिलकुल सपने नहीं आते। कभी-कभी वह सोचता है कि सपने में ही यदि कोई ईश्वर सामने आ जाए, तो वह कम-से-कम उससे इतना तो पूछे कि माँ को तीस साल की उम्र में विधवा बनाया तो यह नियति सही। पर अब भाभी की क्या वैसी ही किनारेदार सफ़ेद साड़ी पहने बिना टिक्की-सिन्दूर के रहने की उम्र है?

"प्रिन्स"—मझले मामा ललित भैया को प्रिन्स कहते थे। वह प्रिन्स चिता पर लिटाकर भस्म कर दिया गया। उसके जतन से सँवारे गए बाल कैसे भक से जल गए।

सब देखते रहे। जब किशोर को मुखाग्नि देने के लिए जलता हुआ डंडा पकड़ाया गया, तो वह ठिठक गया था। वह पूछना चाहता था किसी ईश्वर से कि यह कैसा न्याय है? उसने चारों तरफ़ देखा तो मझले मामा ने उसके कन्धे को हल्का-सा धक्का दिया था। "जला दो" "जला दो"—श्मशान घाट में जैसे हज़ारों साल से जलाई हुई लाशें कह रही थीं। "ऐसा ही होता है। यही नियम है"—पास बहती हुई गंगा कह रही थी।

"माँ!" उसे माँ की याद आई। मुझे देखना है माँ को अब—मुझे ही सँभालना है। कर्तव्य—यह भी कर्तव्य है। यह जलाना, पिंडदान, तिलांजलि, गंगा-स्नान, सुख-शय्या। सब करना है। सब कर्तव्य है। उसने देखा एक छोटे बच्चे की लाश आई थी। न्याय? क्या ईश्वर की इस सृष्टि में कहीं न्याय नहीं है? इस बच्चे को मरना था तो यह पैदा ही क्यों हुआ? क्या मृत्यु ही जीवन का सबसे बड़ा और अन्तिम सत्य है?

यह प्रश्न उसने स्कूल के अपने बंगाली दोस्त शान्तनु से पूछा था तो शान्तनु ने उसके कन्धे को गुस्से से झिंझोड़ दिया था—"बेवकूफ़ हो तुम, एकदम पागल। कोई ईश्वर नहीं है। ईश्वर चाहिए तुम्हें? तुम ख़ुद बन नहीं सकते अपने ईश्वर? जीवन में दुर्घटनाएँ होती हैं। मुझे भी तुम्हारे ललित भैया के मरने का बहुत दुःख है। लेकिन न्याय, ईश्वर, नियति—यह सब बातें मेरे सामने मत करो। तुम्हें शान्ता भाभी की फिर से शादी करनी है। यह बीसवीं शताब्दी है, माई डियर। नाइंटीन हंडरेड एंड फोर्टी!"

किशोर को एक क्षण के लिए लगा था कि किसी तरह शान्तनु को चुप करा दे। पर शान्तनु बोलता ही गया—"तुम्हारे मारवाड़ियों में भी पहला विधवा-विवाह हुए तेरह साल हो गए हैं। तुम क्या चाहते हो—तुम्हारी भाभी का जीवन कैसा हो? तिल-तिल कर जलते हुए वह सती हो?"

किशोर के मन में एक अजीब तरह का आवेग उठा था—उत्तेजना, शर्म, डर का मिला हुआ लगभग एक उन्माद-सा, लेकिन फिर वह ठंडा पड़ गया था। कैसे होगा यह? माँ, बड़े मामा, बड़े चाचा, भाभी के पिता—सबका चेहरा उसके सामने बारी-बारी से घूम गया। हमारे कुल में कभी ऐसा नहीं हुआ। क्या कुल की मर्यादा को इस तरह तोड़ा जा सकता है? बातें करना एक बात है, असली ज़िन्दगी दूसरी बात है। क्या उस दिन पुलिस का डंडा खाकर यह हक़ीक़त समझनी बाकी रह गई है? सिर के पिछले हिस्से में अभी तक दर्दवाली गुठली बनी हुई है—रह-रहकर उसमें टीस मारती है। माँ को बताकर उसमें सेंक भी नहीं करवा सकता।

किशोर को इन सब बातों से गुस्सा आता है—"बंगालियों के जातीय घमंड का ठिकाना नहीं है।" पर वह यह भी देखता है कि शान्तनु की बातों में बहुत-कुछ सच है, इसलिए वह शान्तनु को कोई जवाब नहीं दे पाता।

शान्तनु और अमोलक के बीच इधर कुछ दिनों से बहुत तनातनी चल रही है। पिछले साल जब सुभाष बाबू कांग्रेस के अध्यक्ष निर्वाचित होकर भी अपनी वर्किंग कमेटी नहीं बना सके क्योंकि गांधी जी उनका समर्थन नहीं कर रहे थे, तब से दोनों के बीच ज़ोर का झगड़ा होकर बातचीत बन्द हो गई है। सुभाष बाबू को कांग्रेस से इस्तीफ़ा क्या देना पड़ा, अमोलक को शान्तनु ने अपनी मित्रा-मंडली से बाहर निकाल दिया है। किशोर ने बीच-बचाव करने की कोशिश की लेकिन कोई नतीजा नहीं निकला।

शान्तनु कहता है कि मारवाड़ी लोग आज़ादी की लड़ाई में भाग नहीं ले सकते। वे इतने दब्बू और डरपोक हैं कि न जेल जा सकते हैं और न ही पुलिस के डंडे खा सकते हैं—हर समय उन्हें जान-माल की ही फ़िक्र लगी रहती है। इसलिए वे ज़्यादा-से-ज़्यादा गांधी जी के लिए बकरी के दूध पीने का इन्तज़ाम करते हुए और चरखा कातते हुए उनके आगे-पीछे घूम सकते हैं।

शान्तनु राय सुभाष बाबू का भक्त है जिन्होंने, उसके ख़याल से, शेरनी का दूध पिया है। शान्तनु टाउन हॉल में अपने पाड़े (मुहल्ले) के किसी दोस्त के साथ सुभाष बाबू की सभा में भी जो आया है। उसने वहाँ मन-ही-मन एक क़सम खाई है। प्लासी की लड़ाई में नवाब सिराजुद्दौला द्वारा एक कमरे में क़ैद करने से घुटन से मर गए अंग्रेज़ सैनिकों की यादगार में बनाए गए 'होमवेल मान्यूमेंट' या 'ब्लैक होल' को सुभाष बाबू जब तोड़ने जाएँगे, तो वह भी उसमें शामिल होगा।

डलहौजी स्क्वायर पर राइटर्स बिल्डिंग के सामने बने इस स्मारक को दिखाने के लिए शान्तनु उसे ले गया था कि 'दुनिया का सबसे बड़ा झूठ' उसे दिखाएगा। यह किसे मालूम था कि उसी दिन वहाँ एक भीड़ इकट्ठी हो जाएगी और घुड़सवार पुलिस अचानक प्रकट होकर दनादन डंडे चलाएगी। इधर-उधर भागती हुई बदहवास भीड़ में वह और शान्तनु बिछड़ गए। किशोर की एक चप्पल पाँव से निकल गई। उसने रुककर कोशिश की कि अपनी चप्पल को दौड़ते हुए क़दमों के बीच से उठा ले। तभी पुलिस का डंडा उसके गर्दन के पिछले हिस्से पर लगा और वह दूसरी चप्पल भी फेंकता हुआ सीधे घर जानेवाले रास्ते की ओर अन्धाधुन्ध दौड़ता चला गया। उसके काँपते हुए शरीर, पसीने से तर कपड़ों और लाल गर्म चेहरे को मलेरिया के लक्षण मान माँ ने सीधे उसे बिस्तर में घुसा दिया। कई घंटे बाद जाकर उसके दिल की धड़कन सामान्य हुई। तब तक माँ उसे कटोरे में न जाने क्या-क्या पिलाती रही—वह बिना कुछ समझे-देखे बस पीता गया। बीच-बीच में वह माँ का चेहरा गौर से देख लेता। वह ज़िन्दा बचा हुआ है—बस यही एक बात उसके दिमाग़ में बार-बार आ रही थी।

अगले दिन शान्तनु स्कूल में इस तरह उससे मिला जैसे कोई बात ही नहीं हुई हो। उसका यह रुख़ देखकर किशोर ने उसे अपने सिर की चोटवाली बात बताने से ख़ुद को रोक लिया। शान्तनु ने जेब से नवाब सिराजुद्दौला की एक तस्वीर निकाली—"तुम जानते हो अंग्रेज़ों से लड़नेवाले इस नवाब की कहानी? अगर इसे इसके सेनापतियों और बड़े व्यापारियों ने धोखा नहीं दिया होता, तो आज हमें इस तरह ग़ुलाम नहीं बनना पड़ता।"

किशोर के गले में कुछ फँस गया था। वह पूछना चाहता था—कौन व्यापारी? लेकिन वह कुछ कह नहीं पाया। उसके सिर के पीछे की गुठली टसकने लगी थी।

"मीर ज़ाफ़र ने अमीचन्द और जगतसेठ से मिलकर गद्दारी नहीं की होती, तो सिराजुद्दौला तो फोर्ट विलियम पर क़ब्ज़ा कर ही चुका था। हो सकता है कि एकाध अंग्रेज़ गर्मी या घुटन से मर गया हो, पर अंग्रेज़ों ने जान-बूझकर मरनेवालों की संख्या को बढ़ा-चढ़ाकर दुनिया के सामने यह सिद्ध करने की कोशिश है कि देखो यहाँ के नवाब कितने जंगली और बर्बर हुआ करते थे। मरनेवालों की यादगार में यहीं हमारे सीने पर यह स्मारक खड़ा कर दिया गया है। नाम दिया है—ब्लैक होल ऑफ कैलकेटा।" शान्तनु के नथुने गुस्से से फड़क रहे थे।

किशोर चुप था। उसके अन्दर जैसे कहीं एक फाँस गहरी चुभ रही थी। उस दिन वह पूरे दिन खोया-खोया रहा। शाम को घर जाकर कपड़े बदलकर उसने माँ से कहा था—"मैं बड़ाबाज़ार लाइब्रेरी जा रहा हूँ। देर से लौटूँगा।"

सैयद साली लेन तक तेज़ क़दमों से चलता हुआ किशोर पुस्तकालय में सीधा सत्यपाल जी के सामने जा खड़ा हुआ—"मुझे सिराजुद्दौला के बारे में जानना है। कोई किताब दीजिए।"

सत्यपाल जी रजिस्टर से आँखें उठाकर उसकी तरफ़ गौर से एकटक देखते रहे। "क्यों जानना चाहते हो?" किशोर सकपका-सा गया तो सत्यपाल जी ने पूछा—"क्या जाना चाहते हो?"

"सब-कुछ! प्लासी की लड़ाई के बारे में।"—किशोर ने दृढ़ स्वर में कहा।

"अच्छा, मेरे साथ आओ।"—वे उसे कोने में लाइब्रेरियन के छोटे-से कमरे में ले गए। वहाँ उन्होंने चाभी लगाकर दराज़ से एक फ़ाइल निकाली जिस पर अंग्रेज़ी में 'एस' लिखा हुआ था और उसे किशोर को थमाते हुए कहा—"यह मेरी अपनी फ़ाइल है। तुम चाहो तो इसे यहीं बेंच पर बैठकर पढ़ सकते हो। मैं अजीमगंज-मुर्शिदाबाद का हूँ, इसलिए मुझे हमेशा सिराजुद्दौला में दिलचस्पी रही है। हमारा नवाब था सिराजुद्दौला।"

किशोर ने कृतज्ञता से भरकर फ़ाइल खोली। सुन्दर, मोटे अक्षरों में सत्यपाल जी की इधर-उधर से उतारी गई बातों को वह दत्तचित्त होकर पढ़ने लगा—

28 मई, 1756। सिराजुद्दौला ने आरमेनियन एजेंट 'खोजा वाजिद' को लिखा—'मैं अल्लाह और पैगम्बरों की क़सम खाता हूँ कि यदि अंग्रेज़ों ने कलकत्ते के देसी और फिरंगी इलाक़ों को घेरनेवाली 'मराठी खाई' को नहीं भरा और अपने क़िले को नहीं तोड़ा, तो मैं उन्हें इस देश की चौहद्दी से निकाल बाहर करूँगा।

"सिराजुद्दौला के सेनापति मीर ज़ाफ़र ने एडमिरल कर्नल क्लाइव के साथ समझौता किया कि नवाब बनने के बाद वह कलकत्ते पर आक्रमण से हुए नुक़सान और सेना के ख़र्च के एवज़ में इतने रुपये देगा—

ईस्ट इंडिया कम्पनी	—एक करोड़ रुपये।
अंग्रेज़ नागरिक	—पचास लाख रुपये।
मुसलमान नागरिक	—बीस लाख रुपये।
आरमेनियन नागरिक	—सात लाख रुपये।

"एक दूसरे समझौतेनामे के तहत मीर ज़ाफ़र ने देना स्वीकार किया—

ईस्ट इंडिया कम्पनी की मुख्य कमेटी के सदस्यों को 'उपहार'—बारह लाख रुपये, अंग्रेज़ी सेना को 'इनाम'—चालीस लाख रुपये।

"क्लाइव ने कलकत्ते के एक बड़े व्यापारी अमीचन्द (जो कम्पनी और मीर ज़ाफ़र के बीच की कड़ी था) को धोखा देने के लिए क़रारनामे की एक जाली प्रति बनवाकर उसमें लिखवाया कि अमीचन्द को उसके सहयोग के लिए बीस लाख रुपये दिये जाएँगे।

"23 जून, 1757। नवाब सिराजुद्दौला की सेना की मुख्य कमानें मीर ज़ाफ़र, यारलुत्फ़ ख़ान और राय दुर्लभ के हाथों में थीं। ये तीनों षड्यंत्र में शामिल होने के कारण नहीं लड़े। सिर्फ़ मोहनलाल और मीर मदन की टुकड़ियाँ लड़ाई में उतरीं। मीर मदन के ज़ख़्मी होने पर सिराजुद्दौला ने मीर ज़ाफ़र को अपने तम्बू में बुलाया। पगड़ी उतारकर उसके सामने रख उसे अपने ख़ून के रिश्ते की, अपने दादा अलीवर्दी ख़ाँ के अहसानों की और सैयद जाति की परम्परा की दुहाई देते हुए पुराने झगड़े को भूलने के लिए कहा। मीर ज़ाफ़र के लड़ने के लिए राज़ी होने पर सिराजुद्दौला ने उसी के कहने पर मोहनलाल को ज़बर्दस्ती लड़ाई के मुक़ाम से वापस बुलवाया। मोहनलाल को लौटता देख सारी सेना सिर पर पैर रखकर भागी, जबकि कोई पीछा नहीं कर रहा था। अन्ततः सिराजुद्दौला का भी दिमाग़ फिर गया और उसने भी भागने का फ़ैसला किया।"

(ग़ुलाम हुसैन—सियर-अल-मुत्ख़रीन—1780)

किशोर ने अचानक आवाज़ सुनकर चौंककर सिर उठाया तो देखा कि सत्यपाल जी चाभियों का गुच्छा लेकर खड़े हैं। बाहर अँधेरा हो गया था। सत्यपाल जी का चेहरा गम्भीर था—"जो खोज रहे थे, मिल गया?" किशोर ने 'नहीं' करते हुए सिर हिलाया।

"क्या जानना चाहते हो?"

उन्होंने देखा कि किशोर का चेहरा काला पड़ गया था—"यह अमीचन्द कौन था? मेरा मतलब किस जाति का था?"

सत्यपाल जी की आँखें चश्मे के अन्दर से उसे स्नेह से देख रही थीं—"सिक्ख-खत्री बनिया था। कलकत्ते में मारवाड़ियों के आने से पहले बंगाली और फिर खत्री बनियों की चलती थी। ऐयाशी के कारण इन लोगों के कामकाज से उदासीन हो जाने के बाद धीरे-धीरे मारवाड़ियों के साथ अंग्रेज़ों का काम होने लगा। अमीचन्द प्लासी की लड़ाई के बाद अगले साल ही मर गया। उस ज़माने में उसके पास कोई पचास लाख की सम्पत्ति थी। उसके अपनी कोई सन्तान नहीं थी—एक दत्तक पुत्र था दियाचन्द, किन्तु उसकी सारी सम्पत्ति अमीचन्द के साले हुजूरीमल ने हड़प ली। दियाचन्द को कुछ नहीं मिला। सब ख़त्म हो गया।"

"और जगतसेठों का क्या हुआ?"—किशोर ने पूछा।

"जगतसेठ हमारे अजीमगंज-जियागंज के ही थे। वे बंगाल के नवाबों और ईस्ट इंडिया कम्पनी को रुपये उधार दिया करते थे। उनकी मर्ज़ी के बिना कोई नवाब गद्दी पर न बैठ सकता था और न ही टिक सकता था—वे 'किंग मेकर' कहलाते थे। जगतसेठ की इतनी चलती थी कि एक बार ईस्ट इंडिया कम्पनी और जगतसेठ के बीच रुपयों के भुगतान को लेकर झगड़ा हुआ, तो नवाब ने जगतसेठ के कहने पर कम्पनी के वकील को गिरफ़्तार कर लिया था। एडमंड बर्क ने लिखा है कि जगतसेठों का कारोबार उतना ही था जितना बैंक ऑफ़ इंग्लैंड का।"

"लेकिन क्या जगतसेठ सिराजुद्दौला के ख़िलाफ़ ईस्ट इंडिया कम्पनी के साथ थे?" किशोर ने पूछा।

"हाँ! कहते हैं कि सिराजुद्दौला के मरने के बाद जब क्लाइव मुर्शिदाबाद आया तो जगतसेठ महताबचन्द उससे मिलने गया था। क्लाइव को दिल्ली के बादशाह से बंगाल

की दीवानी जगतसेठ के मार्फ़त ही मिली थी। लेकिन अन्त में जगतसेठ अपनी इसी राजनीतिक ताक़त के कारण मारा गया। अगले नवाब मीर क़ासिम ने उसे मुँगेर के बुर्ज़ में क़ैद करके मरवा डाला क्योंकि उसे डर था कि वह अंग्रेज़ों से मिलकर कहीं उसका तख़्ता न पलट दे। महताबचन्द का वारिस जगतसेठ खुलाशचन्द पक्का ऐयाश था। उधर बंगाल में अकाल पड़ने के कारण व्यापार ठप होता गया। जगतसेठ के वारिस कंगाल होते गए। नवाब और कम्पनी में उनका जितना रुपया उधार था, प्रायः डूब गया। सब-कुछ धीरे-धीरे बिक गया। प्लासी के सौ साल के अन्दर ही यह हालत हुई कि अंग्रेज़ों से मासिक वृत्ति लेकर बाद के जगतसेठ का ख़र्चा चलता था। इस तरह सारी कहानी ख़त्म हो गई।"

"क्या जगतसेठ मारवाड़ी थे?"—किशोर ने सत्यपाल जी की ओर जैसे अनुनय करते हुए देखा।

अचानक सत्यपाल जी को सारा माजरा समझ में आया—"हाँ, मारवाड़ी ओसवाल थे। लेकिन तुम जिस बात से परेशान हो रहे हो, वह बिलकुल बेबुनियाद है। अंग्रेज़ों के साथ मिलकर जिस मीर ज़ाफ़र ने सिराजुद्दौला से दग़ा किया, उससे ख़ुद उसका ख़ून का रिश्ता था। ताक़त और पैसों के पीछे पागल लोगों की कोई अलग जाति नहीं होती। वे सब एक ही जाति के होते हैं। वे अनादिकाल से अपने को बेचते आए हैं और हमेशा बेचते रहेंगे। मैं समझ रहा था कि तुम सुभाष बाबू के कारण सिराजुद्दौला के बारे में जानना चाहते हो लेकिन देख रहा हूँ कि तुम्हें कोई दूसरी ही बात चुभ रही है। क्या सबसे पहले बंगालियों ने ही अंग्रेज़ों को यहाँ पाँव जमाने में मदद नहीं की थी? तुम अपने को स्वयं पहचानो। किसी दूसरे की धारणाओं से क्यों परेशान हो रहे हो?"

किशोर का दिल अचानक हल्का हो आया। उसने लपककर सत्यपाल जी के पैर छू लिये और तीर की तरह पुस्तकालय से बाहर निकल गया।

रात के तीन बजे किशोर की नींद मल्लिक बाबुओं के बाग़ान में कूकती कोयल की आवाज़ से खुल गई। आमों में बौर लगे कई दिन हो गए हैं और छोटी-छोटी कैरियाँ बनने लगी हैं। रात की निस्तब्धता में कोयल की कूक इतनी नज़दीक है कि लगता है जैसे खिड़की पर ही बैठकर बोल रही हो। उसने कहीं से आती हलकी रोशनी में देखा कि माँ की आँखें भी खुली हुई हैं—"माँ, मुझे बताओ न अंग्रेज़ों से दादा जी लोगों का क्या नाता था?"—किशोर ने धीमे स्वर में कहा।

"अरे, तू जागा हुआ है? कहाँ से तेरे दिमाग़ में अभी अंग्रेज़ों की बातें आई हैं?"—माँ ने कहा। लेकिन उनकी आवाज़ में बात करने का मन न होने जैसी कोई आहट नहीं थी। वे कुछ देर चुप रहीं। किशोर अँधेरे और सन्नाटे में घिरा पहले दूर कभी घटी और कई बार सुनी हुई घटनाओं के काल्पनिक चित्र बनाता रहा।

"हॉग साहब के मार्केट से फलों और मेवों के बड़े-बड़े 'डाले' सजते थे अंग्रेज़ साहबों के लिए। मैं मायके में माँ-चाची को बताती, तो सबकी आँखें फटी-की-फटी रह जातीं। मेरे दादा ससुर—'बड़े बाबू' की मेहनत और ईमानदारी की साहब लोग बहुत क़दर करते। हैमिल्टन साहब तो उन्हें इतना मानते थे कि अपने सगे भाई को भी कोई क्या मानेगा। साहब लोग उनकी ईमानदारी पर अन्धविश्वास करते। एक कम्पनी थी—मैकेंजी लॉयड कम्पनी। उसके लिए वे शेयर ख़रीदते। अगर उसी दिन शेयर का दाम नीचे गिर जाता तो भी कम्पनी के साहब यह नहीं कहते थे कि ऊँचे दाम पर तुमने यह

शेयर कैसे ख़रीदा। एक बार उसी साहब ने चपरासी के हाथ एक लिफ़ाफ़ा भिजवाया उनके लिए। बड़े बाबू ने खोलकर देखा तो उसमें एक काग़ज़ था, जिस पर लिखा था—दो लाख रुपये। बड़ा अचम्भा हुआ उन्हें। उन्होंने साहब से जाकर पूछा कि यह क्या है, तो साहब ने बताया कि पाट की बुवाई इस साल इतनी होगी और क़ीमतें इतनी बढ़ेंगी—मतलब जो अन्दाज़ था उनका, वह बताया। उन्होंने कहा, "रामविलास, तुम चाहे तो पाट की इतनी एकड़ बोवनी ख़रीदकर इतना रुपया बना सकता है।" तुम्हारे बड़े दादा जी ने उस सौदे में बहुत कमाई की।

"यह पहली लड़ाई के समय की बात है। उस समय जूट के हैसियन बोरों की बड़ी माँग हुई थी। भिवानी में तीन चौक की बड़ी हवेली बनी एक लाख दस हज़ार रुपयों में। फलों का बग़ीचा भी अलग से था—आम, लीची, सफ़ेदा, अमरूद, फालसे—सब फल होते थे। बग़ीचे में तालाब था। तुम्हारे पिता जी और चाचा दोस्तों के साथ उसमें तैरते। दो सफ़ेद घोड़ों की बग्घी थी। गर्मियों में घोड़ों को चार सेर दूध चीनी डालकर पिलाते। सर्दियों में एक पाव घी खिलाते।

"घोड़ों की बग्घी रोज़ शाम को रुनझुन करती ललित को सारे भिवानी में घुमा लाती। वह एक साल का था। तू तो पैदा भी नहीं हुआ था। बड़े बाबू रात को बग्घी में कम्बलें डालकर सर्दियों में दूर-दूर तक जाते। जो आदमी बिना ओढ़े सोया मिलता, उस पर एक कम्बल डाल देते। भिवानी में पुस्तकालय खुलवाया—मेरे ससुर जी यानी 'छोटे बाबू' ने—लड़कियों के लिए कई स्कूल खोले। लेकिन समय एक जैसा कहाँ रहता है?

"वह तो छोटे बाबू कलकत्ते में टाइफाइड होने से अचानक क्या मरे कि बड़े बाबू का दिमाग़ फिर गया। इकलौते बेटे का भरी जवानी में इकतीस साल की उम्र में गुज़र जाना वे सह नहीं पाए। उस समय तुम्हारे पिता तो पन्द्रह बरस के थे। कारोबार-व्यापार कुछ समझते नहीं थे। बड़े बाबू ने सारा कामकाज भाई के लड़के चौथमल जी पर छोड़ दिया, जो केवल फाटका खेलते थे। वे एक ही रात में लाखों रुपये कमाने का सपना देखनेवाले आदमी थे। उन पर से सारी रोक-टोक हट गई तो उन्होंने रातों-रात ऐसा घाटा लगाया कि बड़े बाबू का कमाया हुआ सब-कुछ स्वाहा हो गया।

"उन दिनों बहुत लोगों के साथ ऐसा हुआ था—शायद पूरी दुनिया में ही ऐसा हुआ था। हवेली-बग़ीचा सब गिरवी रखे गए। अन्त में बड़े बाबू मुझसे दो-दो रुपये माँगते हुए मरे। मैं ओट से समझाती थी कि दो रुपये ज्योतिषी को दे देने से वह उनकी खोई हुई क़िस्मत नहीं लौटा देगा। पर वे खड़े रहते। तब मैं सोचती कि जाने दो—बचा-खुचा भी जाने दो। कम-से-कम उन्हें यह तकलीफ़ तो न रहे कि उनके पोते की बहू ने उन्हें दो रुपयों के लिए तरसाया।" माँ का गला भर्रा आया। वे चुप हो गईं।

किशोर 'बड़े बाबू' यानी रामविलास दादा जी की सोने की घड़ी लगाए काली लम्बी अचकन, काली पतली मोहरी की पैंट और विलायती 'ग्लासकिड' जूते पहने हुए रुआबदार तस्वीर का मेल दरवाज़े की ओट से पतोहू से दो रुपये माँगते निरीह बूढ़े से नहीं कर पाया। बाहर बहुत हल्की रोशनी होने लगी थी और दक्षिण से ठंडी हवा बह रही थी। कोयल कूक-कूककर थक गई थी और बीच-बीच में धीमी आवाज़ में कूकती थी। गंगाजल से सड़कों की धुलाई शुरू हो गई थी।

माँ ने कहा—"बड़े बाबू कहते थे कि जब वे पहली बार कलकत्ते आए तो गंगाजल से दोनों वक़्त सड़कों की धुलाई देखकर पगला गए थे। वे कहते थे—"आदमी दो बूँद गंगाजल के लिए तरसता है, और यहाँ तो सड़कों तक की गंगाजल से धुलाई होती है। इस शहर को छोड़कर मैं नहीं जाऊँगा, मैंने तभी सोच लिया था।"—लेकिन क्या सुख देखा यहाँ बड़े बाबू ने? शेयर बाज़ार और फाटके का काम करके कभी कोई सुखी हुआ है? दिन-रात नफ़े-नुक़सान की चिन्ता।"

किशोर अचानक उद्विग्न होकर उठ बैठा—"माँ, तुमने यह तो बताया नहीं कि छोटे दादा जी के मरने पर पुलिस कमिश्नर टैगर्ट बड़े दादा जी से मिलने हमारे चोरबाग़ान के घर में आया था।"

"हाँ, आया था न, तुम्हें बताया तो है पहले कई बार। टैगर्ट से बड़े बाबू की अच्छी जान-पहचान थी। शाम को उसके साथ वे घूमने जाते थे। वह उन्हें बहुत मानता था।"

"माँ, एक बात कहूँ तुमसे? मानोगी? तुम आज के बाद कभी ज़िन्दगी में किसी के सामने टैगर्ट का नाम न लेना। किसी को यह मत कहना कि टैगर्ट हमारे घर आया था"—किशोर की आवाज़ काँप रही थी—"माँ तुम्हें मालूम नहीं है, यह टैगर्ट बड़ा ख़ूँखार आदमी था। जनरल डायर से कम न था। उसने आज़ादी के लिए लड़नेवालों पर न जाने कितना ज़ोर-जुल्म किया। कितने शर्म की बात है कि ऐसा आदमी बड़े दादा जी का मित्र था। बंगाल में गोपीनाथ साहा ने आज के सोलह साल पहले टैगर्ट को मारने की कोशिश में किसी और को भूल से मार डाला था—सिर्फ़ अठारह साल की उम्र में टैगर्ट को मारने के लिए उसने अपनी जान दे दी। इतना ही नहीं, सुभाष बाबू के बड़े भाई शरत बाबू को टैगर्ट को मारने की योजना बनाने के लिए आठ साल पहले गिरफ़्तार किया गया था। माँ, कभी किसी के सामने बड़े दादा जी से टैगर्ट की जान-पहचान की बात मत करना।"

माँ कुछ देर तक चुप रही—"मैं इतना तो नहीं जानती थी। पर तुम्हारे दादा जी ही क्यों, गांधी जी के साथ रहनेवाले बड़े-बड़े लोग भी टैगर्ट के साथ मिलते-जुलते थे। मैं तो इतना जानती हूँ कि हमारे पुरखों ने जो ठीक समझा, वह किया और हम जो उचित समझेंगे वह हम करेंगे। लेकिन किसी बीती हुई बात को पोंछने या छुपाने की हमें क्या ज़रूरत है, उस पर शर्म करने की क्या ज़रूरत है? तुम्हें यदि कोई चीज़ पसन्द नहीं, तो तुम उससे दूर रहो। पर बीते हुए को कोई मिटा सकता है क्या?..."

रचनाकारों का परिचय

महादेवी वर्मा 1907 में फ़र्रुखाबाद, उत्तर प्रदेश में जन्म। प्रयाग विश्वविद्यालय से संस्कृत में एम.ए.। प्रयाग महिला विद्यापीठ में प्रधानाचार्य एवं कुलपति। 'यामा', 'नीहार', 'रश्मि', 'नीरजा', 'सान्ध्यगीत', 'दीपशिखा', 'अग्निरेखा' (कविता); 'अतीत के चलचित्र', 'शृंखला की कड़ियाँ', 'स्मृति की रेखाएँ', 'पथ के साथी' (रेखाचित्र); 'क्षणदा' (निबन्ध); 'मेरा परिवार' (संस्मरण) आदि प्रमुख कृतियाँ हैं। 'पद्मभूषण', 'पद्मविभूषण', 'भारत भारती पुरस्कार', 'ज्ञानपीठ पुरस्कार' आदि से सम्मानित।
निधन : 11 सितम्बर, 1987

निर्मला जैन 1932 में दिल्ली में जन्म। दिल्ली विश्वविद्यालय से एम.ए., पीएच.डी., डी.लिट्.। लेडी श्रीराम कॉलेज, दिल्ली विश्वविद्यालय में अध्यापन। 'आधुनिक साहित्य : मूल्य और मूल्यांकन', 'हिन्दी आलोचना का दूसरा पाठ', 'कथा-समय में तीन हमसफ़र', 'पाश्चात्य साहित्य-चिन्तन, 'कविता का प्रति-संसार' (आलोचना), 'दिल्ली शहर दर शहर' (संस्मरण), 'जमाने में हम' (आत्मकथा) आदि प्रमुख कृतियाँ हैं। 'सोवियत लैण्ड नेहरू पुरस्कार', 'रामचन्द्र शुक्ल पुरस्कार', 'साहित्य भूषण सम्मान' आदि से सम्मानित।

अर्चना वर्मा 6 अप्रैल, 1946 में इलाहाबाद में जन्म। दिल्ली विश्वविद्यालय के मिराण्डा हाउस में अध्यापन। पहली कहानी सन् 1966 में 'धर्मयुग' में प्रकाशित। 'मास्टर दा' (उपन्यास); 'स्थगित', 'राजपाट तथा अन्य कहानियाँ' (कहानी-संग्रह), 'कुछ दूर तक', 'लौटा है विजेता' (कविता-संग्रह); 'निराला के सृजन सीमान्त', 'अस्मिता-विमर्श का स्त्री-स्वर' (आलोचना) आदि प्रमुख कृतियाँ हैं। 'हंस' में वर्षों तक सम्पादन सहयोग, 'कथादेश' में भी सम्पादन से जुड़ी रहीं।
निधन : 16 फरवरी, 2019

प्रभा खेतान 1 नवम्बर, 1942 में कोलकाता में जन्म। एम.ए., पी-एच.डी. (दर्शनशास्त्र)। 'आओ पेपे घर चलें!', 'छिन्नमस्ता', 'पीली आँधी' (उपन्यास); 'अपरिचित उजाले', 'सीढ़ियाँ चढ़ती हुई मैं', 'हुस्न बानो और अन्य कविताएँ', 'अहल्या' (कविता-संग्रह) आदि प्रमुख कृतियाँ हैं। आपने सीमन द बोउवार की विश्व-प्रसिद्ध कृति 'द सेकेण्ड सेक्स' का 'स्त्री : उपेक्षिता' नाम से अनुवाद भी किया है।
निधन : 20 सितम्बर, 2008

रोहिणी अग्रवाल 9 दिसम्बर, 1958 में मानसा, पंजाब में जन्म। एम.ए. (हिन्दी एवं अंग्रेजी), पी-एच.डी. (हिन्दी), पत्रकारिता में स्नातकोत्तर डिप्लोमा। महर्षि दयानन्द विश्वविद्यालय, रोहतक में अध्यापन। 'स्त्री-लेखन : स्वप्न और संकल्प', 'हिन्दी उपन्यास का स्त्री-पाठ', 'हिन्दी उपन्यास में कामकाजी महिला' (आलोचना); 'घने बरगद तले' (कहानी-संग्रह) आदि प्रमुख कृतियाँ है। 'वनमाली कथा आलोचना पुरस्कार', 'स्पन्दन आलोचना पुरस्कार' सहित हरियाणा साहित्य अकादेमी द्वारा पुरस्कृत।

सुषम बेदी 1 जुलाई, 1945 में पंजाब के फीरोजपुर में जन्म। इन्द्रप्रस्थ कॉलेज, दिल्ली से बी.ए., एम.ए. और दिल्ली यूनिवर्सिटी से एम.फिल. तथा पंजाब यूनिवर्सिटी से पी-एच.डी.। कमला नेहरू कॉलेज, दिल्ली; पंजाब यूनिवर्सिटी, चण्डीगढ़ के बाद कोलम्बिया विश्वविद्यालय, न्यूयार्क में अध्यापन। 'हवन', 'लौटना', 'कतरा-दर-कतरा', 'मैंने नाता तोड़ा' (उपन्यास); 'चिड़िया और चील', 'तीसरी आँख' (कहानी-संग्रह); 'हिन्दी भाषा का भूमण्डलीकरण', 'आरोह-अवरोह' (निबन्ध); 'शब्दों की खिड़कियाँ', 'इतिहास से बातचीत' (कविता-संग्रह) आदि प्रमुख कृतियाँ हैं।
निधन : 2020

विजय शर्मा 2 नवम्बर, 1952 में गोरखपुर, उत्तर प्रदेश में जन्म। 'तीसमार खाँ एवं अन्य कहानियाँ' (कहानी-संग्रह); 'अपनी धरती अपना आकाश: नोबेल के मंच से', 'वॉल्ट डिज्नी : ऐनीमेशन का बादशाह', 'अफ्रो-अमेरिकन स्त्री-साहित्य', 'स्त्री, साहित्य और नोबेल पुरस्कार', 'क्षितिज के उस पार से', 'सात समुंदर पार से' (प्रवासी साहित्य विश्लेषण); 'देवदार के तुंग शिखर से', 'हिंसा, तमस एवं अन्य साहित्यिक आलेख' (कथेतर); 'विश्व सिनेमा : कुछ अनमोल रत्न' (सिनेमा) आदि प्रमुख कृतियाँ हैं। 'इस्पात मेल विजया साहित्य सम्मान' सहित कई सम्मानों से सम्मानित।

अनामिका 1961 के उत्तरार्द्ध में मुजफ्फरपुर, बिहार में जन्म। अंग्रेजी साहित्य से पीएच. डी.। दिल्ली विश्वविद्यालय के सत्यवती कॉलेज में अध्यापन। 'बीजाक्षर', 'अनुष्टुप', 'खुरदुरी हथेलियाँ,' 'दूब-धान', 'टोकरी में दिगन्त : थेरी गाथा : 2014', 'पानी को सब याद था', (कविता-संग्रह); 'अवान्तर कथा', 'दस द्वारे का पिंजरा', 'तिनका तिनके पास', 'आईनासाज़' आदि प्रमुख कृतियाँ हैं। 'भारतभूषण अग्रवाल पुरस्कार', 'गिरिजाकुमार माथुर सम्मान', 'केदार सम्मान', 'शमशेर सम्मान', 'साहित्य अकादमी सम्मान' आदि से सम्मानित।

मीना झा 25 जुलाई, 1959 में जन्म 'उत्तरवाहिनी', 'क़ैदी, क्रिकेट और कंगारुओं के स्वर्णिम देश में' आदि प्रमुख कृतियाँ हैं।

रजनी गुप्त 2 अप्रैल, 1963 में चिरगाँव, झाँसी, उत्तर प्रदेश में जन्म। 'एक नई सुबह', 'हाटबाज़ार', 'प्रेम सम्बन्धों की कहानियाँ' (कहानी-संग्रह); 'कही कुछ और', किशोरी का आसमाँ', 'एक न एक दिन', 'कुल जमा बीस', 'ये आम रास्ता नहीं',

'कितने कठघरे' (उपन्यास); 'सुनो तो सही' आदि प्रमुख कृतियाँ हैं। 'पं. प्रतापनारायण मिश्र स्मृति युवा साहित्य सम्मान', 'सर्जना पुरस्कार', 'आर्य स्मृति साहित्य सम्मान', 'अमृतलाल नागर स्मृति पुरस्कार' आदि से सम्मानित।

स्फुरणा देवी बीसवीं सदी की लेखिकाओं में एक अविस्मरणीय नाम। आप आधुनिक हिन्दी की पहली ऐसी लेखिका हैं, जिसने अपनी आत्मकथा लिखी और उसमें अपने जीवन-समाज का यथार्थ बेबाकी से लिखा। 1927 में प्रकाशित आपकी आत्मकथा पुस्तक 'अबलाओं का इन्साफ़' आज भी स्त्री-आत्मकथा के रूप में एक बेमिसाल कृति है।

चन्द्रकिरण सोनरेक्सा 19 अक्टूबर, 1920 में पेशावर (विभाजित भारत) में जन्म। आपकी लौकिक शिक्षा बहुत अधिक नहीं हो पायी, घर बैठे ही 'साहित्य रत्न' की परीक्षा उत्तीर्ण की तथा निजी परिश्रम से भाषाएँ सीखीं। 'आदमखोर', 'जवान मिट्टी' (कहानी-संग्रह); 'गुमराह' (पटकथा); 'पिंजरे की मैना' (आत्मकथा) आदि प्रमुख कृतियाँ हैं। 'सेकसरिया पुरस्कार', 'सारस्वत सम्मान', हिन्दी अकादेमी की ओर से 'सर्वश्रेष्ठ हिन्दी लेखिका सम्मान' आदि से सम्मानित।
निधन : 2009

पद्मा सचदेवा 17 अप्रैल, 1940 में पुरमण्डल जम्मू में जन्म। 'गोदभरी', 'बुहुरा' (कहानी-संग्रह); 'अब न बनेगी देहरी', 'नौशीन', 'भटको नहीं धनंजय', 'इनिबन', 'जम्मू जो कभी शहर था' (उपन्यास); 'मेरी कविता मेरे गीत', 'तैंथियाँ', 'रत्तियाँ' (कविता-संग्रह), 'मितवाघर', 'दीवानखाना', 'अमराई' (साक्षात्कार); 'मैं कहती हूँ आँखिन देखी' (यात्रा-वृत्तान्त); 'बूँद बावड़ी' (आत्मकथा) आदि प्रमुख कृतियाँ हैं। 'साहित्य अकादेमी पुरस्कार', 'सोवियत लैण्ड नेहरू पुरस्कार', 'सरस्वती सम्मान', 'जोशुआ पुरस्कार', 'कबीर सम्मान', 'पद्मश्री' आदि से सम्मानित।
निधन : 2021

शिवरानी देवी आपके पिता का नाम मुंशी देवी प्रसाद था। 1905 में आपका विवाह कथा सम्राट मुंशी प्रेमचन्द से हुआ। आपने स्वाधीनता आन्दोलन में सक्रिय रूप से भाग लिया। 1930 में आपको दो महीने के लिए कारावास की सज़ा भी मिली। आपकी रचनाएँ 'चाँद' व 'हंस' में प्रकाशित होती थीं। 'प्रेमचन्द घर में' आपकी बहुचर्चित कृति है।
निधन : 1976

सुधा चौहान आप हिन्दी की प्रसिद्ध कवयित्री सुभद्रा कुमारी चौहान की बेटी हैं। आपने सुभद्रा जी की जो जीवनी 'मिला तेज से तेज' लिखी है, वह एक मिसाल मानी जाती है। आपका विवाह कथा-सम्राट प्रेमचन्द के बेटे और लेखक-सम्पादक अमृत राय से हुआ था।
निधन : 1996

मृणाल पाण्डे 26 फरवरी, 1946 में मध्य प्रदेश में जन्म। एम.ए. (अंग्रेज़ी साहित्य), प्रयाग विश्वविद्यालय, इलाहाबाद। 'साप्ताहिक हिन्दुस्तान', 'वामा', 'हिन्दुस्तान', 'कादम्बिनी', 'नन्दन' का सम्पादन। 2010 से 2014 तक प्रसार भारती की चेयरमैन भी रहीं। 'सहेला रे', 'पटरंगपुर पुराण', 'हमका दियो परदेस', 'अपनी गवाही' (उपन्यास); 'बचुली चौकीदारिन की कढ़ी', 'चार दिन की जवान तेरी' (कहानी-संग्रह); 'सम्पूर्ण नाटक' (नाटक); 'परिधि पर स्त्री', 'स्त्री : देह की राजनीति से देश की राजनीति तक', 'स्त्री-विमर्श' आदि प्रमुख कृतियाँ हैं।

रंजना अरगड़े 1957 में दाहोद, गुजरात में जन्म। एम.ए., पी-एच.डी. (हिन्दी) गुजरात विश्वविद्यालय, अहमदाबाद से; फिर वहीं अध्यापन। मंच एवं टेलीविज़न में अभिनय, शमशेर बहादुर सिंह पर बनी फिल्म 'काल तुझसे होड़ है मेरी' का लेखन। शमशेर जी के विभिन्न काव्य एवं गद्य-सग्रहों का सम्पादन एवं संकलन। 'सापेक्ष' के शमशेर अंक का अतिथि सम्पादन। 'भिनसारे में मधुमालती' (निबन्ध-संग्रह); 'कवियों का कवि शमशेर' (आलोचना) अदि प्रमुख कृतियाँ हैं। 'वाणी पुरस्कार', 'माता कुसुमकुमारी अन्तरराष्ट्रीय पुरस्कार' आदि से सम्मानित।

शिवानी 17 अक्टूबर, 1923 में राजकोट, गुजरात में जन्म। पढ़ने के लिए अपनी बड़ी बहन जयंती तथा भाई त्रिभुवन के साथ शान्तिनिकेतन भेजी गयीं, जहाँ स्कूल तथा कॉलेज की पत्रिकाओं में बांग्ला में आपकी रचनाएँ नियमित रूप से छपती रहीं। आपकी पहली लघु रचना 'मैं मुर्गा हूँ' 1951 में 'धर्मयुग' में छपी। 'कृष्णकली', 'पूतों वाली', 'चल खुसरो घर आपने', 'श्मशान चम्पा', 'रति विलाप' (उपन्यास); 'शिवानी की श्रेष्ठ कहानियाँ' (कहानी-संग्रह); 'अमादेर शान्ति निकेतन', 'स्मृति कलश', 'वातायन', 'जालक' (संस्मरण); 'चरैवैति', 'यात्रिक' (यात्रा-वृत्तान्त); 'सुनहुँ तात यह अकथ कहानी' (आत्मकथा) आदि प्रमुख कृतियाँ हैं। 1979 में आपको 'पद्‌मश्री' से अलंकृत किया गया।
निधन : 21 मार्च, 2003 (दिल्ली)

इन्दु जैन 1936 में जन्म। 'कुछ न कुछ टकरायेगा ज़रूर', 'चौंसठ कविताएँ', 'आँख से भी छोटी चिड़ियाँ', 'हमसे पहले भी लोग यहाँ थे', 'कितनी अवधि', 'बुनती आवाज़ें', 'कौन तेरा कौन-सा', 'सबूत क्यों चाहिए', 'यहाँ कुछ हुआ तो था' (कविता-संग्रह); 'पत्तों की तरह चुप' (यात्रा-वृत्तान्त); 'एक रात की बात', 'दुर्घटना' (उपन्यास) आदि प्रमुख कृतियाँ हैं।

उषा किरण खान 7 जुलाई, 1945 में लहेरिया सराय, दरभंगा, बिहार में जन्म। एम.ए., पीएच. डी.। 'पानी पर लकीर', 'फागुन के बाद', 'रतनारे नयन' (हिन्दी), 'अनुत्तरित प्रश्न', 'हसीना मंज़िल', 'भामती', 'सिरजनहार' (मैथिली) (उपन्यास); 'गीली पाँक', 'कासवन', 'घर से घर तक' (हिन्दी), 'काँचहि बाँस' (मैथिली) (कहानी-संग्रह), 'कहाँ गए मेरे उगना', 'हीरा डोम' (हिन्दी), 'फागुन', 'मुसकौल बला' (मैथिली) (नाटक) आदि प्रमुख कृतियाँ हैं। 'साहित्य अकादेमी पुरस्कार',

‘महादेवी वर्मा सम्मान’, ‘दिनकर राष्ट्रीय पुरस्कार’, ‘विद्यानिवास मिश्र’ आदि से सम्मानित।

मीरा सीकरी 2 जून, 1941 में गुजराँवाला (अविभाजित भारत) में जनम। दिल्ली विश्वविद्यालय के इन्द्रप्रस्थ कॉलेज से हिन्दी साहित्य में एम.ए. और ‘नयी कहानी’ विषय पर पी-एच.डी.। ‘पैंतरे तथा अन्य कहानियाँ’, ‘अनकही’, ‘बलात्कार तथा अन्य कहानियाँ’, ‘प्रेम कहानियाँ’, ‘तप्त समाधि तथा अन्य कहानियाँ’ (कहानी-संग्रह); ‘ग़लती कहाँ?’, ‘अनुपस्थित’ (उपन्यास); ‘नयी कहानी’ (आलोचना) आदि प्रमुख कृतियाँ हैं। ‘कृति सम्मान’, ‘लेखिका रत्न सम्मान’ आदि से सम्मानित।

नासिरा शर्मा 1948 में इलाहाबाद में जन्म। फ़ारसी भाषा और साहित्य में एम.ए.। आप ईरानी समाज और राजनीति के अतिरिक्त साहित्य, कला व संस्कृति विषयों की विशेषज्ञ भी हैं। ईरानी बुद्धिजीवियों पर जर्मन व फ्रांसीसी दूरदर्शन के लिए बनी फिल्म में महत्वपूर्ण योगदान। ‘कुइयाँ जान’, ‘ज़ीरो रोड’, ‘अजनबी ज़जीरा’, ‘पारिजात’, ‘काग़ज़ की नाव’ (उपन्यास); ‘पत्थर गली’, ‘ख़ुदा की वापसी’, ‘बुतख़ाना’ (कहानी-संग्रह); ‘यादों के गलियारे’ (संस्मरण); ‘अदब में बाईं पसली’ (सम्पादन) आदि प्रमुख कृतियाँ हैं। ‘व्यास सम्मान’, ‘साहित्य अकादमी पुरस्कार’, ‘यू.के. कथा सम्मान’ आदि से सम्मानित।

बंग महिला 1882 में जन्म। बंग महिला का वास्तविक नाम राजेन्द्रबाला घोष है। मिर्ज़ापुर में आचार्य रामचन्द्र शुक्ल के सम्पर्क में आने के बाद आप हिन्दी में लिखने लगीं। आपने हिन्दी में बहुत-सी बांग्ला कहानियों का अनुवाद करके आधुनिक हिन्दी कहानी का पथ प्रशस्त किया। बाद में कुछ मौलिक कहानियाँ भी लिखीं, जिनमें ‘दुलाईवाली’ प्रसिद्ध है। इस कहानी को हिन्दी की प्रथम मौलिक कहानी होने का श्रेय दिया जाता है। यह 1907 में ‘सरस्वती’ में प्रकाशित हुई थी। आपका एक कहानी संग्रह ‘कुसुम संग्रह’ नाम से प्रकाशित हुआ था।

उषा देवी मित्रा 1887 में जबलपुर में जन्म। उषा देवी मित्रा हिन्दी कथा साहित्य के आरम्भिक दौर की एक महत्त्वपूर्ण लेखिका हैं। ‘वचन का मोल’, ‘पिया’, ‘जीवन की मुस्कान’, ‘पथचारी’, ‘सोहनी’ (उपन्यास); ‘संध्या पूर्वी’, ‘रात की रानी’, ‘मेघ मल्हार’, ‘महावर’, ‘रागिनी’ (कहानी-संग्रह) आदि प्रमुख कृतियाँ हैं। ‘सेकसरिया पुरस्कार’ सहित कई सम्मानों से सम्मानित।

सुभद्रा कुमारी चौहान 16 अगस्त, 1904 में इलाहाबाद में जन्म। ‘मुकुल’, ‘त्रिधारा’ (कविता-संग्रह); ‘बिखरे मोती’, ‘उन्मादिनी’, ‘सीधे-सादे चित्र’ (कहानी-संग्रह) आदि प्रमुख कृतियाँ हैं। भारतीय डाकतार विभाग ने 6 अगस्त, 1976 को आपके सम्मान में 25 पैसे का एक डाक-टिकट जारी किया। भारतीय तटरक्षक सेना ने 28 अप्रैल, 2006 को आपकी राष्ट्रप्रेम की भावना को सम्मानित करने के लिए नए नियुक्त तटरक्षक जहाज़ को ‘सुभद्रा कुमार चौहान’ नाम दिया।

होमवती देवी 20 नवम्बर, 1906 मेरठ में जनम। आप अपनी कविताओं के कारण 'मेरठ की कहादेवी' कहलाती थीं। 'उद्‌गार' (कविता-संग्रह); 'निःसर्ग', 'गोटे की टोपी' आदि प्रमुख कृतियाँ हैं। 'गोटे की टोपी' पर किशोर साहू ने 'सिन्दूर' नाम से एक फिल्म बनाई थी।

कमलादेवी चौधरी 1909 में लखनऊ में जन्म। हिन्दी की कथा-लेखिकाओं में आपका नाम अद्वितीय है। आपने 1930 से लिखना आरम्भ किया। उमर खय्याम की रुबाइयों का अनुवाद किया। 'उन्माद', 'पिकनिक' आदि आपकी प्रमुख कृतियाँ हैं।

सत्यवती मलिक 1 जनवरी, 1906 में श्रीनगर में जन्म। प्रारम्भिक शिक्षा घर पर ही हुई। साहित्य के अलावा संगीत और ललित कलाओं के विकास में भी आपका महत्त्वपूर्ण योगदान रहा। वर्षों तक आप आकाशवाणी एडवाइज़री बोर्ड तथा फ़िल्म और सेंसर बोर्ड की सदस्या रहीं। 'दो फूल', 'वैशाख की रात', 'दिन-रात' (कहानी-संग्रह); 'नारी हृदय की साध' (संस्मरण); 'अमर पथ', 'अमिट रेखाएँ', 'मानव-रत्न' (रेखाचित्र); 'कश्मीर की सैर' (यात्रा-वृत्तान्त) आदि प्रमुख कृतियाँ हैं।

कृष्णा सोबती 18 फरवरी, 1925 में गुजरात (अविभाजित भारत) में जन्म। 'डार से बिछुड़ी', 'मित्रो मरजानी', 'बादलों के घेरे', 'ज़िन्दगीनामा', 'ऐ लड़की', 'दिलो-दानिश', 'गुजरात पाकिस्तान से गुजरात हिन्दुस्तान', 'चन्ना', 'हम हशमत', 'सोबती-वैद सवांद', 'लद्दाख : बुद्ध का कमण्डल' आदि प्रमुख कृतियाँ हैं। 'ज्ञानपीठ पुरस्कार', 'शलाका सम्मान', 'साहित्य अकादेमी पुरस्कार', आदि से सम्मानित।
निधन : 25 जनवरी, 2019

उषा प्रियम्वदा 24 दिसम्बर, 1930 में कानपुर में जन्म। इलाहाबाद विश्वविद्यालय से अंग्रेज़ी साहित्य में पी-एच.डी., इंडियाना यूनिवर्सिटी, ब्लूमिंगटन, अमेरिका में तुलनात्मक साहित्य में दो वर्ष पोस्ट-डॉक्टरल अध्ययन शोध। लेडी श्रीराम कॉलेज, दिल्ली और इलाहाबाद विश्वविद्यालय में अध्यापन के बाद विस्कांसिन विश्वविद्यालय, मेडिसन के दक्षिण एशियाई विभाग में प्रोफ़ेसर रहीं। 'पचपन खम्भे लाल दीवारें', 'रुकोगी नहीं राधिका', 'शेष यात्रा', 'अन्तर-वंशी', 'भया कबीर उदास' (उपन्यास), 'फिर बसन्त आया', 'जिन्दगी और गुलाब के फूल', 'एक कोई दूसरा', 'कितना बड़ा झूठ' (कहानी-संग्रह) आदि प्रमुख कृतियाँ हैं। 'पद्मभूषण डॉ. मोदूरि सत्यनारायण पुरस्कार' सहित कई पुरस्कारों से सम्मानित।

मन्नू भण्डारी 3 अप्रैल, 1931 में भानपुरा, मध्य प्रदेश में जन्म। स्नातकोत्तर के बाद वर्षों दिल्ली विश्वविद्यालय के मिरांडा हाउस में हिन्दी का अध्यापन। विक्रम विश्वविद्यालय, उज्जैन में प्रेमचन्द सृजनपीठ की अध्यक्ष भी रहीं। 'आपका बंटी', 'महाभोज' (उपन्यास); 'एक प्लेट सैलाब', 'मैं हार गई', 'तीन निगाहों की एक तस्वीर', 'यही सच है' (कहानी-संग्रह); 'एक कहानी यह भी' (आत्मकथा); 'बिना दीवारों के घर', 'उजली नगरी चतुर राजा' आदि प्रमुख कृतियाँ हैं। 'व्यास सम्मान',

'शिखर सम्मान आदि से सम्मानित।
निधन : 15 नवम्बर, 2021

मंजुल भगत 22 जून, 1936 में मेरठ, उत्तर प्रदेश में जन्म। 'अनारो', 'अनारो और गंजी' (उपन्यास); 'अन्तिम बयान', 'गुलमोहर के गुच्छे' (कहानी-संग्रह) आदि प्रमुख कृतियाँ हैं। हिन्दी अकादमी, दिल्ली के 'साहित्यकार सम्मान' और 'कृति पुरस्कार' से सम्मानित।
निधन : 31 जुलाई, 1998; दिल्ली।

मृदुला गर्ग 25 अक्टूबर,1938 को कोलकाता में जन्म। अर्थशास्त्र में स्नातकोत्तर उपाधि के बाद तीन साल तक दिल्ली विश्वविद्यालय में अध्यापन। 'उसके हिस्से की धूप', 'वंशज', 'चित्तकोबरा', 'अनित्य', 'मैं और मैं', 'कठगुलाब' और 'मिलजुल मन' (उपन्यास); 'वसु का कुटुम' (कहानी-संग्रह); 'एक और अजनबी', 'जादू का कालीन', 'साम दाम दंड भेद', 'कैद-दर-कैद' (नाटक); 'रंग-ढंग', 'चुकते नहीं सवाल', 'कुछ अटके कुछ भटके' (निबन्ध-संग्रह) आदि प्रमुख कृतियाँ हैं। 'व्यास सम्मान', 'साहित्य अकादेमी पुरस्कार' आदि से सम्मानित।

राजी सेठ अक्टूबर, 1935 में नौशेरा छावनी (अविभाजित भारत) में जन्म। एम.ए. अंग्रेजी साहित्य। 'तत-सम' (उपन्यास); 'निष्कवच' (दो उपन्यासिकाएँ); 'अन्धे मोड़ से आगे', 'तीसरी हथेली', 'यह कहानी नहीं', 'ख़ाली लिफ़ाफ़ा' (कहानी-संग्रह) आदि प्रमुख कृतियाँ हैं। जर्मन कवि रिल्के के 100 पत्रों का अनुवाद। 'हिन्दी अकादमी सम्मान', 'भारतीय भाषा परिषद पुरस्कार', 'अनन्त गोपाल शेवडे पुरस्कार', 'वाग्मणि सम्मान' आदि से सम्मानित।

कुसुम अंसल 1940 में अलीगढ़, उत्तर प्रदेश में जन्म। अलीगढ़ मुस्लिम यूनिवर्सिटी से मनोविज्ञान में एम.ए.। पंजाब विश्वविद्यालय से पीएच.डी.। 'एक और पंचवटी', 'ख़ामोशी की गूँज', 'तापसी', 'उदास आँखें', 'इस तक', 'अपनी-अपनी यात्रा', 'रेखाकृति' (उपन्यास); 'स्पीड ब्रेकर', 'पते बदलते हैं' (कहानी-संग्रह); 'मौन के दो पल', 'धुएँ का सच' (कविता-संग्रह); 'जो कहा नहीं गया' (उपन्यास) आदि प्रमुख कृतियाँ हैं। 'शिरोमणि पुरस्कार', 'प्रियदर्शिनी पुरस्कार', 'साहित्य अकादेमी पंजाबी पुरस्कार', 'साहित्यकार सम्मान', 'साहित्य भूषण सम्मान' आदि से सम्मानित।

ममता कालिया 2 नवम्बर, 1940 में वृन्दावन, उत्तर प्रदेश में जन्म। शिक्षा दिल्ली, मुम्बई, पुणे, नागपुर और इन्दौर में। 'छुटकारा', 'उसका यौवन', 'जाँच अभी जारी है', 'प्रतिदिन', 'मुखौटा' (कहानी-संग्रह); 'बेघर', 'नरक-दर-नरक', 'दौड़', 'दुक्खम्-सुक्खम्' (उपन्यास); 'खाँटी घरेलू औरत' (कविता-संग्रह); 'यहाँ रहना मना है', 'आप न बदलेंगे' (नाटक); 'कितने शहरों में कितनी बार' (संस्मरण) आदि प्रमुख कृतियाँ हैं। 'व्यास सम्मान', 'साहित्य भूषण सम्मान', 'यशपाल स्मृति सम्मान', 'कमलेश्वर स्मृति सम्मान', 'सावित्री बाई फुले स्मृति सम्मान', 'सीता पुरस्कार' आदि से सम्मानित।

चित्रा मुद्गल 10 दिसम्बर, 1943 में जनम। स्नातकोत्तर एस.एन.डी.टी. महिला विश्वविद्यालय, मुम्बई से। चित्रकला में गहरी अभिरुचि के कारण जे.जे. स्कूल ऑफ आर्ट्स से फाइन आर्ट्स का अध्ययन। 'आवाँ', 'गिलिगड्डू', 'एक ज़मीन अपनी', 'पोस्ट बॉक्स नम्बर 203 : नाला सोपारा' (उपन्यास); 'इस हमाम में', 'जहर ठहरा हुआ', 'लक्षागृह', 'अपनी वापसी', 'केंचुल' (कहानी-संग्रह) आदि प्रमुख कृतियाँ हैं। 'व्यास सम्मान', 'साहित्य अकादेमी पुरस्कार', 'इन्दु शर्मा कथा सम्मान', 'पुश्किन सम्मान', 'साहित्य भूषण सम्मान', 'वीरसिंह देव सम्मान' आदि से सम्मानित।

सूर्यबाला 25 अक्टूबर, 1943 में वाराण्सी में जन्म। एम.ए., पी-एच.डी., काशी विश्वविद्यालय, वाराणसी। 'कौन देस को वासी : वेणु की डायरी', 'मेरे सन्धि-पत्र', 'अग्निपंखी', 'यामिनी-कथा', 'दीक्षान्त' (उपन्यास); 'थाली-भर चाँद', 'गृह-प्रवेश', 'साँझवाती', 'कात्यायनी संवाद', 'मानुष-गन्ध' (कहानी-संग्रह); 'अजगर करे न चाकरी', 'धृतराष्ट्र टाइम्स', 'देश सेवा के अखाड़े में' (व्यंग्य) आदि प्रमुख कृतियाँ हैं। 'प्रियदर्शिनी पुरस्कार', 'व्यंग्य-श्री पुरस्कार', 'रत्नादेवी गोयनका वाग्देवी पुरस्कार', 'हरिशंकर परसाई स्मृति सम्मान', 'महाराष्ट्र साहित्य अकादेमी का सर्वोच्च शिखर सम्मान', 'राष्ट्रीय शरद जोशी प्रतिष्ठा पुरस्कार' आदि से सम्मानित।

नमिता सिंह 4 अक्टूबर, 1944 में लखनक, उत्तर प्रदेश में जन्म।'अपनी सलीबें', 'लेडीज क्लब' (उपन्यास); 'खुले आकाश के नीचे', 'राजा का चौक','जंगल गाथा', 'कर्फ्यू तथा अन्य कहानियाँ' (कहानी-संग्रह) आदि प्रमुख कृतियाँ हैं। हिन्दीं मासिक पत्रिका 'वर्तमान साहित्य' का सम्पादन। डॉ. राही मासूम रजा साहित्य सम्मान सहित कई सम्मानों से सम्मानित।

दीपक शर्मा 30 नवम्बर, 1946 में लाहौर (अविभाजित भारत) में जन्म। पंजाब विश्वविद्यालय से अंग्रेजी साहित्य में स्नातकोत्तर। लखनऊ क्रिश्चियन कॉलेज के अंग्रेजी विभाग में अध्यापन। 'हिंसाभास', 'दुर्गभेद', 'परखकाल', 'रण-मार्ग', 'बवंडर', 'उत्तरजीवी', 'आतिशी शीशा', 'दूसरे दौर में', 'लचीले फीते', 'चाबुक सवार', 'अनचीता', 'ऊँची बोली' (कहानी-संग्रह) आदि प्रमुख कृतियाँ।

नीलाक्षी सिंह 17 मार्च, 1978 में हाजीपुर में जन्म। बनारस हिन्दू विश्वविद्यालय से स्नातक। 'शुद्धिपत्र' (उपन्यास); 'परिन्दे के इन्तजार-सा कुछ', 'जिनकी मुट्ठियों में सुराख था', 'जिसे जहाँ नहीं होना था', 'इब्तदा के आगे खाली ही', 'खेला' आदि प्रमुख कृतियाँ हैं। 'रमाकान्त स्मृति पुरस्कार' तथा 'कथा पुरस्कार' साहित्य अकादेमी का 'स्वर्ण जयन्ती युवा लेखक सम्मान' आदि से सम्मानित।

अर्चना पैन्यूली 17 मई, 1963 में कानपुर, उत्तर प्रदेश में जन्म। आरम्भिक शिक्षा देहरादून में। 1988-1997 में मुम्बई के माध्यमिक स्कूल में अध्यापन। सितम्बर 1997 से डेनमार्क प्रवास। डेनिश लेखिका कारेन ब्लिकेशन की रचनओं का हिन्दी

में रूपान्तरण। 'परिवर्तन', 'वेयर डू आई बिलांग', 'पॉल की तीर्थयात्रा' (उपन्यास); 'हाईवे 47' (कहानी-संग्रह) आदि प्रमुख कृतियाँ हैं। 'प्रेमचन्द सम्मान', 'प्राइड ऑफ इंडिया सम्मान', 'राष्ट्रकवि प्रवासी साहित्यकार पुरस्कार' आदि से सम्मानित ।

अनीता गोपेश 24 अगस्त, 1954 में इलाहाबाद में जन्म। एम.एस-सी., डी.फ़िल्. (प्राणी-विज्ञान)। इलाहाबाद विश्वविद्यालय में अध्यापन। आकाशवाणी व दूरदर्शन से कहानियाँ, लेख, शब्द-चित्र तथा नाटक प्रसारित। प्रतिष्ठित रंग-संस्था 'इलाहाबाद आर्टिस्ट एसोसिएशन' की सक्रिय सदस्य। वर्तमान में रंग संस्था 'समानान्तर' की अध्यक्ष। 'कित्ता पानी' (कहानी-संग्रह); 'कुंजगली नहिं साँकरी' (उपन्यास) आदि प्रमुख कृतियाँ।

मैत्रेयी पुष्पा 30 नवम्बर, 1944 में अलीगढ़ ज़िले के सिकुर्रा गाँव में जन्म। बुन्देलखंड कॉलेज, झाँसी से हिन्दी साहित्य में एम.ए.। 'ललमनियाँ तथा अन्य कहानियाँ', 'प्रतिनिधि कहानियाँ' (कहानी-संग्रह); 'बेतवा बहती रही', 'इदन्नमम', 'चाक', 'झूला नट', 'अल्मा कबूतरी', 'अगनपाखी', 'विजन', 'कही ईसुरी फाग', 'गुनाह-बेगुनाह', 'फ़रिश्ते निकले' (उपन्यास); 'कस्तूरी कुण्डल बसै', 'गुड़िया भीतर गुड़िया' (आत्मकथा); 'फाइटर की डायरी' (रिपोर्ताज) आदि प्रमुख कृतियाँ हैं। 'फ़ैसला' कहानी पर टेलीफ़िल्म 'वसुमति की चिट्ठी' का निर्माण। 'सरोजिनी नायडू पुरस्कार', 'साहित्यकार सम्मान', 'वीरसिंह जूदेव पुरस्कार', 'कथाक्रम सम्मान', 'महात्मा गांधी सम्मान' आदि से सम्मानित।

अलका सरावगी 17 नवम्बर, 1960 में कोलकाता में जन्म। हिन्दी साहित्य में एम.ए. और 'रघुवीर सहाय के कृतित्व' विषय पर पी-एच.डी.। 'शेष कादम्बरी', 'कोई बात नहीं', 'एक ब्रेक के बाद', 'जानकीदास तेजपाल मैनशन', 'एक सच्ची-झूठी गाथा' (उपन्यास); 'कहानी की तलाश', 'दूसरी कहानी' (कहानी-संग्रह) आदि प्रमुख कृतियाँ हैं। 'साहित्य अकादेमी पुरस्कार', 'श्रीकान्त वर्मा पुरस्कार', 'बिहारी पुरस्कार' आदि से सम्मानित।

✿✿✿